BEAUX SEINS
BELLES FESSES

Du même auteur

Le Clan du sorgho
Actes Sud, 1990

La Mélopée de l'ail paradisiaque
Messidor, 1990

Le Chantier
Scanéditions-Temps actuels, 1993

Le Radis de cristal
Philippe Picquier, 1993

Les Treize Pas
Seuil, 1995
et « Points », n° 1178

Le Pays de l'alcool
Seuil, 2000
et « Points », n° 1179

Enfant de Fer
Seuil, 2004

MO YAN

BEAUX SEINS BELLES FESSES

Les enfants de la famille Shangguan

roman

TRADUIT DU CHINOIS PAR
NOËL ET LILIANE DUTRAIT

OUVRAGE TRADUIT AVEC LE CONCOURS
DU CENTRE NATIONAL DU LIVRE

ÉDITIONS DU SEUIL
27, rue Jacob, Paris VIe

CE LIVRE EST ÉDITÉ SOUS LA DIRECTION DE VINCENT BARDET.

Nous remercions Zuo Si pour sa collaboration.

Titre original : *Fengru feitun*

Cette traduction a été établie, à la demande de l'auteur, à partir de la version révisée en 2001 encore inédite en chinois.

www.seuil.com

Je dédie ce livre à l'âme de ma mère
qui est aux cieux.

Première partie

Chapitre 1

Tranquillement étendu sur le *kang*[1], le pasteur Maroya vit qu'un rayon de lumière rouge éclairait la poitrine rose de la Vierge Marie et le visage joufflu de l'Enfant Jésus aux fesses nues. L'été précédent, le toit avait pris l'eau et des traces jaunâtres maculaient la peinture à l'huile accrochée au mur de terre, conférant aux visages de la Sainte Mère et du Saint Fils une expression hébétée. Une araignée tirant un mince fil de soie argentée était suspendue devant la fenêtre lumineuse et se balançait dans un souffle léger de vent frais. « Araignée du matin, bonne nouvelle ; araignée du soir, bonne fortune », c'était ce qu'avait dit un jour la belle femme au teint pâle. Quelle bonne nouvelle pourrais-je apprendre ? Laquelle donc ? Les corps célestes aux formes étranges qu'il avait vus en rêve scintillaient dans sa tête, il entendait le couinement des roues de charrette dans la rue, il entendait dans le lointain les craquètements des grues se propageant depuis les marais et aussi les bêlements détestables de la chèvre. Les moineaux se précipitaient sur le papier de la fenêtre qu'ils faisaient vibrer, tandis que les pies jacassaient sur le peuplier hors de la cour. Il était manifeste que ce jour-là allait arriver une bonne nouvelle[2]. Tout s'éclaira soudain dans son esprit. La belle femme au ventre extraordinairement gros et proéminent apparut brusquement dans un halo de lumière, ses lèvres ardentes tremblaient comme si elle voulait dire quelque chose. Elle était enceinte depuis onze mois et allait certainement accoucher ce jour.

1. Lit de terre cuite ou de brique chauffé par-dessous, très courant en Chine du Nord. [Toutes les notes sont des traducteurs.]

2. En chinois, le mot « araignée » comme le mot « pie » ont une connotation de porte-bonheur.

Soudain, le pasteur Maroya comprit la signification de l'araignée suspendue dans le vent et des jacasseries des pies. Il se redressa vivement et sauta du *kang*.

Une cruche noire à la main, Maroya gagna la grande rue qui passait derrière l'église et aperçut aussitôt Shangguan Lüshi [1], la femme du forgeron Shangguan Fulu, affairée à balayer la rue, l'échine courbée, le balai du *kang* à la main. Son cœur se mit à battre à tout rompre, ses lèvres à trembler, et il murmura : « Seigneur, Seigneur tout-puissant... » De ses doigts gourds, il traça un signe de croix sur sa poitrine avant de reculer lentement dans un coin de mur pour observer en silence la grande et grosse Shangguan Lüshi. Elle ramassait sans bruit, mais avec le plus grand soin, de la terre rendue humide par la rosée nocturne, puis écartait minutieusement les détritus qui s'y trouvaient. L'énorme femme avait des gestes maladroits, mais pleins d'une force extraordinaire ; le balai de paille de millet jaune d'or semblait un jouet entre ses mains. Une fois qu'elle eut rempli son van de terre, elle le tassa fermement, puis se releva en le soulevant à deux mains.

Chargée de sa corbeille, Shangguan Lüshi venait de s'engager dans la ruelle où se trouvait sa maison quand elle entendit du bruit derrière elle. Elle se retourna et vit que la grande porte laquée de noir de la résidence de la Vie Heureuse, la maison la plus riche du bourg, s'était entrouverte pour laisser jaillir un groupe de femmes. Elles portaient des vêtements élimés et s'étaient passé sur le visage de la suie récupérée sur le fond des marmites. Pourquoi les femmes de cette famille, d'ordinaire habillées de soie et de brocart et soigneusement maquillées, étaient-elles accoutrées de la sorte ? De la cour en face, le charretier, surnommé Vieille Mésange, fit sortir une énorme charrette flambant neuve, aux roues caoutchoutées, couverte d'une capote de toile noire. Avant même que la charrette se fût immobilisée, les femmes s'étaient précipitées dessus en se bousculant. Le charretier s'accroupit devant le lion de pierre couvert de rosée et se mit à fumer en silence. Le grand patron de la résidence de la Vie Heureuse, Sima Ting, apparut à l'entrée, un fusil à la main.

1. Le nom de Shangguan Lüshi est composé du patronyme de son mari : Shangguan, et de celui de son père, Lü, le mot *shi* signifiant « dame » ; traduit littéralement, son nom pourrait se lire : dame Lü de la famille Shangguan.

Ses gestes prestes et souples étaient ceux d'un jeune homme. Le charretier se releva en hâte, les yeux fixés sur son patron. Sima Ting lui arracha la pipe des mains et en tira bruyamment quelques bouffées. Puis il bâilla en contemplant le ciel teinté des couleurs roses de l'aube. « Vieille Mésange, dit-il, mets-toi en route et arrête-toi au bout du pont de la rivière d'Encre, je te rejoins. »

D'une main, le charretier s'empara des rênes et il agita son fouet de l'autre pour faire tourner les chevaux. Les femmes, serrées sur la charrette, pépiaient à qui mieux mieux. Au claquement du fouet, les chevaux se mirent au petit trot. Les clochettes tintaient à leur collier, les roues soulevaient la poussière.

Avec une parfaite désinvolture, Sima Ting pissa un grand coup au beau milieu de la rue, puis il poussa un rugissement en direction de la charrette qui s'éloignait. Enfin, sans lâcher son fusil, il grimpa sur la tour de guet. Haute de trois toises, elle était faite de quatre-vingt-dix-neuf grosses billes de bois. Le sommet était couronné d'une minuscule plate-forme sur laquelle était planté un drapeau rouge. Dans le petit matin, sans le moindre souffle d'air, le drapeau chargé d'humidité pendait lamentablement. Shangguan Lüshi regarda Sima Ting debout sur la plate-forme, qui tendait la tête pour scruter l'horizon vers le nord-ouest. Il allongeait le cou et avançait la bouche, comme une oie en train de boire. Tel un épais duvet, un nuage de brouillard l'avala puis le recracha. La brume rouge sang empourpra son visage. Shangguan Lüshi eut l'impression que celui-ci était couvert d'une couche de sucre fondu, luisant, collant, éblouissant. Sima Ting leva son fusil à deux mains très haut au-dessus de sa tête, le visage aussi rouge qu'une crête de coq. Shangguan Lüshi entendit un bruit ténu, le son de la culasse heurtée par le percuteur. Fusil brandi, Sima Ting attendait dignement. Shangguan Lüshi attendait elle aussi, bien que le van rempli de terre tirât terriblement sur ses bras et qu'elle fût obligée de se tordre le cou de façon très pénible. Sima Ting rabaissa son fusil et fit la moue comme un petit garçon boudeur. Elle l'entendit pousser des jurons contre son arme. Et alors, mon petit ! Tu oses te taire ! Puis il le souleva de nouveau, actionna le percuteur et, après un bref claquement, une flamme jaillit du canon, faisant pâlir la brume matinale et blanchir le visage rubicond de l'homme. Un son strident déchira le calme du bourg ; un instant, la lueur de la brume emplit le ciel tout entier, qui s'irisa de mille couleurs – comme si des immortelles, sur la frange des nuages, dispersaient autour d'elles des pétales de fleurs aux couleurs vives. Shangguan Lüshi se sentit remplie d'excitation. Épouse du forgeron, elle faisait preuve d'une maîtrise de la forge beaucoup plus assurée que son époux, et à la vue du métal et du feu, son sang s'embrasa. Un sang chaud bouillonnant, qui nettoya ses artères. L'un après l'autre, ses muscles saillirent comme autant de fouets à bœuf sortant de leur fourreau. Le fer noir pilonnait le fer rouge, les étincelles jaillissaient, la sueur inondait son dos, la rigole entre ses gros seins devenait ruisseau, l'odeur du sang et du métal en fusion emplissait l'air. Elle vit Sima Ting faire un bond sur la plate-forme. L'atmosphère humide du matin était imprégnée de fumée et de l'odeur de la poudre. Sima Ting lança l'alerte d'une voix haut perchée qui tournoya au-dessus du canton du Nord-Est de Gaomi : « Notables, villageois, les diables japonais arrivent ! »

Chapitre 2

Shangguan Lüshi versa sur le *kang* la terre contenue dans son van ; la natte avait été ôtée et la paillasse roulée. Elle jeta un regard rempli d'inquiétude à sa bru Shangguan Lushi[1] qui gémissait, appuyée contre le rebord du *kang*. De ses mains, elle égalisa la terre, puis dit à sa belle-fille d'une voix douce : « Allez, monte. »

Sous la tendresse de ce regard, Shangguan Lushi frémit de tout son corps. Elle lança à la dérobée un coup d'œil pitoyable au visage plein de compassion de sa belle-mère ; ses lèvres pâles tremblaient, elle semblait vouloir dire quelque chose.

Shangguan Lüshi annonça d'une voix forte : « Tirer au fusil dès le matin ! Ce bâtard de Sima Ting a encore été repris par le démon !

– Mère… » dit Shangguan Lushi.

Se frottant les mains pour en ôter la terre, Shangguan Lüshi murmura : « Toi, ma bonne petite bru, sois à la hauteur ! Si tu mets encore au monde une saleté de petite fille, je ne pourrai plus te protéger ! »

Deux rangs de larmes brillantes jaillirent des yeux de Shangguan Lushi. Se mordant fortement la lèvre inférieure, elle concentra toutes les forces de son corps pour soulever son gros ventre et grimper sur le *kang* de brique crue.

« C'est la routine pour toi, accouche tranquillement, débrouille-toi toute seule. » Shangguan Lüshi posa un rouleau de tissu blanc et une paire de ciseaux sur le *kang* et dit avec impatience en fronçant les sourcils : « Ton beau-père et le père de Laidi[2] aident l'ânesse

1. Les noms des deux femmes se distinguent seulement par le patronyme de leur père : Lü pour la belle-mère, Lu pour la belle-fille.

2. Prénom de l'aînée des filles de Shangguan Lushi, qui signifie : « Fais venir le petit frère ».

noire à mettre bas dans l'aile ouest, pour elle, c'est la première fois, il faut que j'aille m'en occuper. »

Shangguan Lushi acquiesça de la tête. Elle entendit des coups de fusil claquer haut dans le ciel, des chiens effrayés aboyaient et les appels de Sima Ting retentissaient : « Villageois, fuyez vite, si vous tardez trop, vous êtes morts… » Comme en écho aux cris de Sima Ting, elle sentit des coups de poing et de pied dans son ventre où une douleur violente la broya comme s'il s'y déplaçait un rouleau de pierre. La sueur perlait par tous les pores de sa peau qui dégageait une odeur fétide de poisson. Elle serra les dents pour contenir ses cris. À travers les larmes qui inondaient ses yeux, elle vit sa belle-mère, la tête couronnée de ses cheveux noirs, à genoux devant la niche des ancêtres de la grande salle. Elle avait piqué trois bâtonnets de bois de santal violet dans le brûle-parfum de la Guanyin miséricordieuse, d'où s'élevaient des volutes de fumée odorante.

Déesse Guanyin pleine de miséricorde et de compassion pour ceux qui souffrent, protège-moi, aie pitié de moi, donne-moi un garçon… Shangguan Lushi pressait de ses mains la peau glacée de son ventre proéminent tout en fixant le visage brillant et mystérieux de la Guanyin en porcelaine assise dans la niche ; elle priait en silence et les larmes jaillirent une nouvelle fois de ses yeux. Elle retira son pantalon tout humide, remonta le plus qu'elle put sa veste, dénudant son ventre et ses seins. S'appuyant des mains sur le *kang*, elle s'installa bien droite sur la terre apportée par sa belle-mère. Entre deux contractions, son dos calé contre la paillasse et la natte roulées, elle coiffa de ses doigts ses cheveux ébouriffés.

Dans l'embrasure de la fenêtre était encastré un vieux miroir brisé qui reflétait son visage de profil : tempes inondées de sueur, yeux allongés et sombres, long nez blanc, grande bouche desséchée et peau agitée de tremblements. Un rayon de soleil humide traversa la fenêtre pour venir éclairer de biais son ventre dont la surface était parcourue d'un réseau de veines bleues et de raies blanches, plus ou moins nettes, à l'aspect repoussant et effrayant. Tandis qu'elle observait son ventre, elle sentait noirceur et lumière poindre dans son cœur, comme ces cieux du canton du Nord-Est de Gaomi au plein cœur de l'été, tantôt traversés de gros nuages noirs, tantôt d'un bleu transparent. Elle n'avait presque plus le courage de regarder ce ventre d'une grosseur et d'une dureté extraordinaires. Elle avait rêvé une fois qu'elle portait en elle une pièce de fer glaciale, et une autre fois, qu'elle portait un crapaud paresseux au corps strié. En se forçant, elle pouvait supporter l'image de la pièce de fer, mais quand celle du crapaud se formait dans son esprit, elle sentait la chair de poule la gagner de la tête aux pieds. Que Bouddha me protège... que mes ancêtres me protègent... que tous les dieux, tous les démons me protègent, épargnez-moi, que je mette au monde un garçon avec tous ses attributs... mon enfant chéri, sors vite... Dieu du ciel et déesse de la terre, immortelles et renardes, aidez-moi... Et c'est en priant et en implorant de la sorte qu'elle faisait face aux violentes douleurs qui lui déchiraient les entrailles. Ses mains étaient agrippées à la natte du *kang* calée derrière son dos, tandis que chaque parcelle de sa chair tremblait et se contractait. Les yeux écarquillés, elle ne voyait que du rouge et des stries blanches qui s'étiraient et se rétractaient vivement tels des fils d'argent fondant dans un four. Un cri finit par jaillir de sa gorge, traversant la fenêtre pour se propager au loin dans la ruelle puis dans la grande rue, se mêlant aux appels de Sima Ting pour former une sorte de corde – un serpent qui alla se glisser dans des oreilles d'où jaillissaient deux touffes de poils blancs, celles du pasteur suédois Maroya, un homme grand, au dos voûté, la tête massive encadrée de cheveux roux.

Sur les marches de planches vermoulues conduisant au clocher, le pasteur Maroya tressaillit ; dans ses yeux d'un bleu profond, toujours remplis de larmes comme ceux d'un mouton égaré, ses yeux au regard affable et émouvant, passa un éclair de surprise. Il tendit son gros doigt rouge et traça sur sa poitrine un signe de croix, puis sa bouche cracha un mot étranger avec une intonation particulière, typique du canton du Nord-Est de Gaomi : « Seigneur tout-puissant... » Il continua à monter, grimpa jusqu'au sommet et mit en branle la cloche couverte de vert-de-gris qui était à l'origine accrochée dans la cour du temple. Le son morne de la cloche se répandit dans le matin rose enveloppé de brume.

Au premier coup de cloche, à l'avertissement annonçant que les diables japonais allaient entrer dans le bourg, un jet puissant de liquide amniotique jaillit entre les cuisses de Shangguan Lushi. Elle sentit monter une odeur rance de chèvre, elle sentit aussi le parfum des fleurs de sophora à la fois si fort et si doux, et soudain la scène de son joyeux accouplement avec Maroya, l'année précédente, dans le bois de sophoras, repassa distinctement devant ses yeux, mais sa belle-mère Shangguan Lüshi ne la laissa pas s'attarder sur ce souvenir : elle entra en courant dans la pièce, tenant haut levées ses mains maculées de sang. Shangguan Lushi fixait avec terreur les mains ensanglantées de sa belle-mère, qui brillaient de lueurs vertes.

« Il est sorti ? »

Elle entendit sa belle-mère crier la question.

Elle fit non de la tête, un peu honteuse.

La tête de sa belle-mère scintillait dans la lumière du soleil, et Shangguan Lushi découvrit avec surprise que ses cheveux étaient subitement devenus gris.

« Je croyais qu'il était né », insista la belle-mère.

Et elle tendit ses mains vers le ventre de sa bru. Ses articulations étaient énormes, ses ongles durs, et même le dos de ses mains était couvert d'une peau aussi rugueuse que des cals. Shangguan Lushi sentit la terreur l'envahir, elle voulait esquiver les mains couvertes de sang d'ânesse de la femme forgeron mais n'en avait pas la force. Les paumes de sa belle-mère pressèrent son ventre sans ménagement, elle sentait que son cœur allait cesser de battre, une sensation de froid pénétra ses viscères. Elle ne put s'empêcher de pousser plusieurs cris à la suite, non pas en raison de la douleur, mais de la peur. Les mains la massaient brutalement, écrasant son ventre ; finalement, la belle-mère frappa dessus comme si elle évaluait le degré de maturité d'une pastèque et exprimait son désagrément et son désappointement pour avoir acheté un fruit vert. Puis les mains quittèrent le ventre et restèrent suspendues dans la lumière du soleil, lourdes, inertes. Devant ses yeux, sa belle-mère n'était plus qu'une grande ombre qui flottait avec légèreté, seules les mains étaient bien réelles, menaçantes, prêtes à agir à leur gré. Elle entendit la voix de sa belle-mère lui parvenir de très loin, du fond d'une mare, accompagnée de l'odeur de la vase et de bulles de crabes : « … La pastèque se détache d'elle-même quand elle est mûre… quand le moment arrivera, on ne pourra plus l'empêcher de sortir… patiente un peu, crie tant que tu veux… n'aie pas peur qu'on se moque de toi, craindrais-tu que tes sept petits trésors de filles se moquent ?… »

Elle vit que l'une des mains revenait sur elle, sans force, tapotait avec ennui son ventre proéminent comme si elle frappait un tambour en peau de mouton qui aurait pris l'humidité et rendrait un son lugubre.

« Les femmes d'aujourd'hui, elles sont de plus en plus douillettes, moi quand j'ai mis au monde ton mari, je cousais des semelles en accouchant… » Finalement, la main cessa de taper et se retira, plongeant dans l'obscurité avec la vivacité des griffes d'un animal sauvage. La voix de la belle-mère scintillait dans la pénombre, tandis que les effluves de sophora l'assaillaient : « Regarde-moi ce ventre, il est d'une grosseur incroyable, ses marbrures sont spéciales aussi, comme pour un garçon. Ce sera ta chance, ma chance, la chance de la famille Shangguan. Que Bouddha nous protège, que le Seigneur nous bénisse, sans fils, tu seras esclave toute ta vie ; avec un fils, tu deviendras sur-le-champ la maîtresse. Tu ne me crois pas ? Fais comme tu veux, en fait ça ne dépend pas de toi…

– Mère, je vous crois, je vous crois ! » répéta Shangguan Lushi avec ferveur. Quand son regard se posa sur les traces brun foncé sur le mur d'en face, une tristesse sans limites la submergea. Trois ans plus tôt, après qu'elle eut mis au monde sa septième fille, Shangguan Qiudi[1], son mari Shangguan Shouxi était entré dans une fureur noire, il l'avait frappée avec le battoir en bois qui lui avait ouvert le crâne et le sang avait éclaboussé le mur. Sa belle-mère apporta à deux mains une corbeille plate qu'elle posa à côté d'elle. Sa voix semblait brûler dans l'obscurité comme une flamme lançant de magnifiques éclats.

« Répète après moi : “L'enfant qui est dans mon ventre est un fils aussi précieux que mille onces d'or”, allez, répète ! » La corbeille était remplie de cacahouètes dans leur enveloppe. Avec son visage bienveillant, sa voix pleine de gravité, la belle-mère semblait mi-ange mi-mère. Shangguan Lushi était au comble de l'émotion et elle répéta en pleurant : « L'enfant qui est dans mon ventre est un fils aussi précieux que mille onces d'or, l'enfant qui est dans mon ventre… mon fils… » La belle-mère lui fourra dans la main quelques arachides et lui fit encore répéter : « Cacahouète, cacahouète, cacacahouète, garçon ou fille, yin et yang se complètent. » Serrant les cacahouètes, elle reprit avec émotion ses paroles :

1. Qiudi a le sens de : « Réclame le petit frère ».

« Cacahouète, cacahouète, cacacahouète, garçon ou fille, yin et yang se complètent. »

Shangguan Lüshi tendit la tête et, les yeux pleins de larmes, implora : « Que Bouddha nous protège, que le Seigneur nous bénisse, que deux bonnes nouvelles frappent chez les Shangguan ! Mère de Laidi, attends le moment en épluchant les cacahouètes, notre ânesse noire va mettre bas, c'est la première fois, je ne peux plus m'occuper de toi.

– Mère, répondit Shangguan Lushi avec émotion, allez-y vite, que le Seigneur protège notre ânesse pour que tout se passe bien… »

Shangguan Lüshi poussa un soupir et quitta la pièce en se dandinant.

Chapitre 3

Dans la pièce de l'aile ouest de la maison, sur une meule de pierre brûlait une lampe à huile de soja toute souillée, qui émettait une lumière jaunâtre tremblotante. Des volutes de fumée noire s'élevaient à la pointe de la flamme. L'atmosphère était empuantie par l'odeur de l'huile qui se mêlait à celle de l'urine et des excréments de l'ânesse. La meule jouxtait la mangeoire de granit. L'ânesse noire des Shangguan, sur le point de mettre bas, était couchée entre les deux.

Quand Shangguan Lüshi entra dans la pièce, ses yeux ne purent distinguer que la flamme de la lampe à huile. De l'obscurité lui arriva la question pleine d'impatience de Shangguan Fulu : « Alors, elle a accouché de quoi ? »

Shangguan Lüshi ne répondit pas et se contenta d'adresser une grimace à son mari. Elle se dirigea vers la fenêtre en enjambant l'ânesse couchée par terre et Shangguan Shouxi, accroupi à côté de l'animal dont il caressait le ventre ; comme si elle les ignorait, elle se planta devant la fenêtre pour arracher le papier noir qui l'obstruait. Une dizaine de rayons dorés rectangulaires illuminèrent soudain la moitié du mur. Elle retourna devant la meule et souffla sur la lampe. L'odeur de l'huile de soja en train de se consumer se répandit et domina la puanteur qui régnait. Le petit visage sombre et luisant de Shangguan Shouxi se mit à briller d'un éclat doré éblouissant, tandis que ses petits yeux d'un noir de laque étincelaient tels deux charbons incandescents. « Maman, fuyons nous aussi, si les occupants de la résidence de la Vie Heureuse ont fui, c'est que les Japonais vont arriver… » dit-il timidement à voix basse en regardant sa mère.

Shangguan Lüshi jeta un regard navré à son fils, qui détourna les yeux. Le petit visage couvert de grosses gouttes de sueur se baissa.

« Qui t'a dit que les Japonais arrivaient ? lui demanda-t-elle sur un ton hargneux.

– Le grand patron de la résidence de la Vie Heureuse tire des coups de fusil et pousse des hurlements... » bredouilla Shangguan Shouxi à voix basse, tout en levant le bras pour essuyer du dos de sa main couvert de poils d'ânesse la transpiration qui coulait sur son visage. Comparées aux mains énormes et épaisses de Shangguan Lüshi, les siennes paraissaient minuscules et chétives. Ses lèvres cessèrent soudain leur mouvement de succion – comme s'il tétait –, puis il leva la tête, dressant ses petites oreilles finement ciselées pour écouter attentivement. « Père, mère, écoutez ! » dit-il.

Lointaine, la voix rauque de Sima Ting avait fini par pénétrer dans la pièce : « Grands-pères et grands-mères... Oncles et tantes... Beaux-frères et belles-sœurs... Frères et sœurs... Filez vite, fuyez, cachez-vous dans les friches du sud-est, cachez-vous dans les champs... Les Japonais vont arriver... J'ai des renseignements secrets fiables, je ne vous mens pas, villageois, n'hésitez pas un instant, filez, ne restez pas attachés à vos masures, tant qu'il y aura des hommes, les vertes montagnes vivront, tant qu'il y aura des hommes, le monde continuera à exister... Villageois, filez, sinon il sera trop tard... »

Shangguan Shouxi se leva d'un bond et dit, effrayé : « Maman, tu as entendu, fuyons nous aussi...

– Fuir ? Mais où ? ! s'exclama Shangguan Lüshi, contrariée. C'est normal que ceux de la résidence de la Vie Heureuse veuillent fuir, mais nous ? Les Shangguan vivent de la terre et du travail de la forge, ils n'ont aucune dette envers l'État et ne dépendent d'aucun subside. Eux, ce sont des officiels, et nous on est le peuple. Est-ce que les Japonais ne sont pas des hommes eux aussi ? Quand ils ont occupé le Nord-Est, est-ce qu'ils n'ont pas dû continuer à compter sur nous, les gens du peuple, pour leur cultiver la terre et leur payer des impôts ? Hé, le père, c'est toi le chef de famille, j'ai raison ou non ? »

Shangguan Fulu fit une grimace découvrant deux solides rangées de dents jaunes, mais il était impossible de savoir s'il souriait ou s'il pleurait.

Shangguan Lüshi gronda : « Je te pose une question, qu'est-ce que tu as à faire la grimace ? Même un rouleau de pierre n'arriverait pas à te faire sortir un pet ! »

L'air navré, Shangguan Fulu déclara : « Qu'est-ce que j'en sais, moi ? Si tu dis qu'il faut fuir, filons, sinon, on reste, voilà tout ! »

Shangguan Lüshi renchérit en soupirant : « Si ça tourne bien, ça ira, et si ça tourne mal, on ne pourra pas y échapper. Qu'est-ce que tu attends comme ça ? Appuie-lui sur le ventre ! »

Serrant les lèvres, Shangguan Shouxi prit son courage à deux mains pour demander le plus fort qu'il pût : « Elle a accouché ou non ?

– Mon petit gaillard, tu es un brave époux, mais tu ne peux pas faire deux choses à la fois, occupe-toi de l'ânesse et ne te tracasse pas pour les affaires des femmes ! répliqua Shangguan Lüshi.

– C'est ma femme quand même… bredouilla Shangguan Shouxi.

– Personne ne dit le contraire », dit Shangguan Lüshi.

Tout en appuyant sur le ventre de l'ânesse, Shangguan Shouxi reprit : « Je pense que cette fois, ce sera un garçon, son ventre est gros que c'en est effrayant.

– Toi alors, quel incapable… dit Shangguan Lüshi, abattue. Que Bouddha nous protège ! »

Shangguan Shouxi voulut ajouter quelque chose, mais il ferma la bouche, foudroyé par le regard atterré de sa mère.

« Venez me remplacer, je vais aller voir un peu ce qui se passe dans la rue, dit Shangguan Fulu.

– Reviens ici, ordonna Shangguan Lüshi, furieuse, en agrippant l'épaule de son mari pour le pousser devant l'ânesse. Qu'est-ce qu'il y a à voir dans la rue ? Masse-lui le ventre et aide-la à mettre bas au plus vite ! Bouddha, dieu du ciel, les ancêtres des Shangguan étaient tous de solides gaillards capables de couper le fer avec leurs dents, comment ont-ils pu donner le jour à des bons à rien comme eux ? ! »

Shangguan Fulu se pencha vers l'ânesse et tendit des mains aussi menues et fines que celles de son fils pour presser la peau tendue du ventre de la bête. Il se tenait face à lui, de l'autre côté de l'animal. Grimaçant tous les deux, grinçant des dents, chacun était le vivant portrait de l'autre. Quand le père se levait, le fils se baissait, comme s'ils étaient chacun à l'extrémité d'une balançoire. Suivant le mouvement, leurs mains massaient le ventre de l'ânesse, mais en l'effleurant à peine. Le père et le fils étaient aussi dénués de force l'un que l'autre, ils ne pesaient pas plus qu'une plume, ils étaient mous comme du coton, de frêles joncs, de la mauvaise ouate, ils se fichaient de tout et bâclaient leur travail. Debout derrière eux, consternée, Shangguan Lüshi hochait la tête. Elle avança les mains, telles des tenailles, pour empoigner son mari par le cou et le souleva en sifflant : « Fiche le camp, écarte-toi ! » À peine fut-il légèrement poussé que Shangguan Fulu, le forgeron à la réputation usurpée, tituba vers l'angle de la pièce où il trébucha sur un sac d'herbes. « Lève-toi ! hurla Shangguan Lüshi à l'adresse de son fils, ne viens pas te mettre dans mes pattes, manger et boire, ça tu sais faire, mais pour le travail, tu es nul ! Seigneur Dieu, quelle vie ! » Libéré, Shangguan Shouxi se releva et alla rejoindre son père dans l'angle. Père et fils clignaient leurs yeux noirs et brillants, le visage animé d'une expression à la fois fourbe et stupide. À cet instant, les appels de Sima Ting pénétrèrent une nouvelle fois dans la pièce. Tous deux se tortillèrent, comme pris d'un besoin pressant.

Le visage grave, Shangguan Lüshi s'agenouilla devant le ventre de l'ânesse sans se préoccuper des souillures qui maculaient le sol. Elle retroussa ses manches et frotta l'une contre l'autre ses grosses mains. Le bruit que produisit ce geste était assourdissant, comme si elle avait frotté deux semelles de cuir. Elle colla l'oreille contre le ventre de la bête et écouta attentivement, les yeux fermés. Puis, caressant la tête de l'ânesse, elle lui dit affectueusement : « Petite ânesse, petite ânesse, vas-y, nous les femmes, on peut pas y échapper. » Enfourchant l'encolure et se pliant en deux, elle appuya ses mains bien à plat sur le ventre, comme si elle poussait avec force un rabot. Dans un gémissement, l'ânesse tendit violemment ses pattes recroquevillées dont les sabots vibraient – on eût dit qu'ils frappaient à un rythme accéléré un gros tambour informe dont les coups désordonnés résonnaient à travers les pièces de la demeure des Shangguan. Le cou de l'ânesse se dressa à angle droit et resta figé dans le vide, puis il retomba lourdement en émettant un bruit de chair humide et collante. « Petite ânesse, tiens le coup, on n'a pas choisi d'être des femmes. Serre bien les dents, vas-y de toutes tes forces… vas-y… allez, ma petite ânesse… » Elle marmonnait, les mains levées devant sa poitrine ; reprenant ses forces et bloquant sa respiration, elle recommença à appuyer doucement mais résolument devant elle. L'ânesse se débattait, de la morve jaune coulait de ses naseaux, sa tête se balançait en arrière et sous elle se mélangeaient liquide amniotique et excréments. Effrayés, le père et le fils Shangguan se cachaient les yeux.

« Villageois, les troupes à cheval des diables japonais ont déjà quitté le chef-lieu de district, j'ai des renseignements fiables, ce ne sont pas des blagues, fuyez vite, après, il sera trop tard... » Les appels pleins de sincérité de Sima Ting résonnaient avec la plus grande netteté à leurs oreilles.

Le père et le fils rouvrirent les yeux. Shangguan Lüshi était assise près de la tête de l'ânesse. Elle respirait bruyamment, visage baissé ; la transpiration mouillait sa veste blanche, soulignant ses solides épaules. Derrière la croupe de l'animal s'étalait une flaque de sang vermeil, et une fine et chétive patte sortait tout droit du vagin. Cette patte avait l'air totalement irréelle, comme si, dans une mauvaise mise en scène, on l'avait volontairement plantée là.

Shangguan Lüshi colla à nouveau son visage congestionné contre le ventre de la bête et écouta longuement. Shangguan Shouxi constata que la couleur du visage de sa mère virait à l'abricot très mûr, un doré plein de sérénité. Les appels inlassables de Sima Ting passaient et repassaient, telle une mouche à merde, se collant au mur puis volant sur le corps de l'ânesse. Il sentit les battements de son cœur s'accélérer et des frissons le parcourir, comme si une catastrophe se préparait. Il avait envie de fuir cette pièce, mais n'en avait pas le courage. Il avait le sentiment que, dès la porte franchie, il tomberait entre les mains des petits diables japonais et serait aussitôt dévoré. On disait qu'ils étaient petits, avaient de gros membres courts, le nez en forme de gousse d'ail, les yeux comme des grelots, qu'ils mangeaient le cœur des hommes et buvaient leur sang frais, sans laisser d'eux la moindre miette de cervelle. À l'instant présent, ils devaient parcourir les ruelles par bandes entières, poursuivre les femmes et les enfants, comme des chevaux ou des chiens ruant et gambadant museau au vent. En quête de réconfort et de protection, il chercha le regard de son père. Le prétendu forgeron, l'escroc Shangguan Fulu, avait le visage terreux ; assis sur le sac dans l'angle de la pièce, les genoux serrés dans ses mains, il balançait son corps d'avant en arrière, son dos et sa nuque heurtant le mur avec régularité. Shangguan Shouxi sentit lui monter au nez une immense tristesse, deux rangs de larmes perlèrent à ses yeux, il sanglota.

Shangguan Lüshi releva lentement le visage en toussant. Elle caressa la tête de l'ânesse et soupira : « Petite ânesse, qu'est-ce que c'est que ça ? Comment peut-on commencer par les pattes ? Quelle idiote tu fais, il faut commencer par la tête pour mettre bas… » Dans les yeux de l'ânesse qui avaient perdu leur éclat jaillirent des larmes que Shangguan Lüshi essuya de la main, puis elle se moucha bruyamment avant de se tourner vers son fils. « Va chercher le troisième oncle Fan, dit-elle. Je voulais faire l'économie des deux bouteilles d'alcool et de la tête de porc, mais ce n'est pas possible, va vite le chercher ! »

Shangguan Shouxi se recroquevilla dans l'angle du mur et fixa, les yeux remplis de frayeur, la grande porte qui donnait sur la ruelle ; en grimaçant, il bafouilla : « Dans la rue, c'est plein de Japonais… plein de Japonais… »

Hors d'elle, Shangguan Lüshi se releva et traversa la pièce. Elle ouvrit la porte qui laissa pénétrer un grand souffle de vent du sud-ouest chargé de l'odeur de blé mûr du début de l'été. Dans la ruelle, tout était calme. Une nuée de papillons noirs qui semblaient parfaitement illusoires voletaient comme de la cendre de papier brûlé. Dans l'esprit de Shangguan Shouxi se grava l'image noire néfaste de tourbillons qui faisaient tourner la tête et donnaient le vertige.

Chapitre 4

Le troisième oncle Fan, le vétérinaire « inséminateur », habitait à l'est du bourg ; sa maison jouxtait un terrain herbeux qui s'étendait en direction du sud-est jusqu'à la rivière d'Encre. Derrière la cour de sa demeure se dressait la haute digue de la rivière du Dragon qui serpentait à perte de vue. Pressé par sa mère, Shangguan Shouxi sortit, les jambes flageolantes. Il vit que le soleil qui émergeait au-delà de la forêt était déjà une boule blanche éblouissante ; au clocher de l'église, les vitraux brillaient aussi, tandis que, sur la tour de guet haute comme le clocher, Sima Ting, le grand patron de la résidence de la Vie Heureuse, bondissait dans tous les sens. Il continuait à annoncer à tue-tête la nouvelle de l'arrivée imminente des Japonais. Sa voix était enrouée à présent. Dans la rue, des passants l'observaient, tête levée, bras croisés. Shangguan Shouxi resta au milieu de la chaussée, hésitant sur le chemin à prendre pour se rendre chez le troisième oncle Fan. Il y en avait deux : l'un empruntait la grande rue, l'autre la digue. Par ce dernier, il craignait de déranger la bande de chiens noirs de la famille Sun, dont la cour délabrée se trouvait au nord de la rue. Le mur de la cour était bas et son sommet troué par endroits de fissures béantes. Là où il n'y avait pas de fissures étaient souvent perchées des poules. Le chef de la famille Sun, c'était la grand-tante Sun, qui élevait cinq petits enfants muets dont les parents semblaient n'avoir jamais existé. Les cinq muets grimpaient pêle-mêle sur le mur et apparaissaient par cinq brèches en forme de selle de cheval. Ils s'y installaient à califourchon à la queue leu leu, comme s'ils avaient chevauché un fier coursier. Munis qui d'un gourdin, qui d'une fronde ou d'une arme taillée dans un bâton, de leurs yeux blancs écarquillés ils fixaient d'un regard sombre toute personne qui pénétrait dans la ruelle, ou tout autre animal. Ils étaient assez polis à l'égard des hommes, mais pas le moins du monde envers les animaux, qu'il s'agît d'un veau, d'un chat sauvage, d'une oie, d'un canard, d'une poule ou d'un chien ; si d'aventure ils en découvraient un, ils se lançaient à sa poursuite avec leurs chiens, transformant le vaste bourg en terrain de chasse. L'année précédente, tous ensemble ils avaient poursuivi à mort une grosse mule de la résidence de la Vie Heureuse qui s'était détachée, et ils l'avaient dépecée et découpée en morceaux au beau milieu de la rue en pleine effervescence. Tout le monde s'attendait à assister à un bon spectacle : la résidence de la Vie Heureuse était puissante et riche, certains hommes de la famille étaient commandants de régiment à l'extérieur du bourg et on entretenait sur place une troupe armée de pistolets. Tuer impunément une de leurs mules, c'était incontestablement chercher la mort. Pourtant, le patron en second de la résidence, Sima Ku – son tir au fusil était particulièrement précis, et son visage portait une tache de vin large comme la paume de la main –, non seulement ne sortit pas son arme, mais au contraire produisit cinq grosses pièces d'argent qu'il offrit à chacun des frères. De ce jour, les muets se mirent à agir avec encore moins de scrupules et, dès qu'un animal domestique les voyait, il ne lui restait plus qu'à maudire père et mère d'avoir oublié de lui donner des ailes. Tandis qu'ils étaient assis à califourchon sur le mur, leurs cinq chiens au pelage uniformément noir, qui semblaient repêchés d'une mare d'encre, étaient étendus paresseusement au pied du mur et, les yeux mi-clos, semblaient rêver. Les muets de la famille Sun et les chiens des muets nourrissaient un profond ressentiment contre Shangguan Shouxi qui habitait la même rue qu'eux. Celui-ci n'arrivait pas à se remémorer clairement quand, où, ni comment il avait offensé ces dix démons effrayants. Dès qu'il voyait les muets à califourchon sur le mur et les chiens couchés à leurs pieds, il sentait que la malchance allait lui tomber dessus. Il avait beau à chaque fois faire un grand sourire aux muets, il n'arrivait jamais à éviter que les chiens noirs se lancent sur lui comme des flèches. Ces attaques n'étaient que dissuasives, les chiens ne le mordaient pas, mais elles le plongeaient dans une peur profonde qui le faisait frissonner rien que d'y penser.

Il envisagea de passer par le sud pour se rendre chez les Fan, en empruntant la grande rue qui traversait le bourg de part en part, mais s'il prenait cette rue, il lui fallait passer devant l'église et, à cette heure de la journée, le pasteur Maroya, grand et gros, yeux bleus et cheveux roux, était certainement accroupi devant la grande porte, sous le clavalier[1] couvert d'épines qui répandait une forte odeur de piment. Plié en deux, de ses mains toutes rouges couvertes de duvet blond, il pressait les mamelles gonflées d'une vieille chèvre dont le menton s'ornait de trois touffes de poils, faisant gicler bruyamment le lait d'un blanc bleuté dans une cuvette émaillée qui commençait à rouiller. Une armada de mouches vertes à tête rouge entourait Maroya et sa chèvre dans un bourdonnement incessant. L'odeur de piment du clavalier, l'odeur rance de la chèvre, l'odeur de transpiration de Maroya se mêlaient en une puanteur écœurante qui se répandait sous le soleil brûlant et empoisonnait la moitié du chemin à parcourir. Ce que Shangguan Shouxi avait le plus de mal à supporter, c'était le regard affable que lui lançait Maroya en dressant la tête derrière la croupe de la chèvre, ainsi que son épouvantable odeur, bien que le visage s'ornât d'un sourire amical plein de commisération. Ce sourire faisait s'étirer les lèvres de Maroya, découvrant des dents blanches, pareilles à celles d'un cheval. Sa main sale traçait un signe devant sa poitrine velue, amen ! Chaque fois, Shangguan Shouxi sentait ses tripes se retourner, mille sentiments l'assaillaient et il s'enfuyait comme un chien, la queue entre les jambes. C'était la peur qui lui faisait éviter la maison des muets, le dégoût qui lui faisait éviter Maroya et sa chèvre. Ce qui le dégoûtait encore plus, c'était que sa propre femme Shangguan Lushi éprouvait pour ce diable roux des sentiments très profonds : elle était sa fervente disciple, il était son Dieu.

Après moult tergiversations, Shangguan Shouxi décida d'aller chercher le troisième oncle Fan en montant vers le nord puis en tournant vers l'est, bien qu'il se sentît très attiré par Sima Ting juché au sommet de sa tour de guet, ainsi que par l'agitation qui régnait au pied de ladite tour. Hormis le patron de la résidence de la Vie Heureuse qui se tenait là-haut, tel un singe, tout était normal dans le bourg. La peur des petits diables japonais s'était évanouie. Il fut rempli d'admiration pour la force de jugement de sa mère. Pour se défendre, il ramassa deux briques qu'il garda à la main. Il entendit

1. Xanthoxyle ou frêne épineux.

dans la grande rue le braiment sonore d'un âne ainsi que des cris de femmes grondant leurs enfants.

Lorsqu'il passa devant le mur de la cour des Sun, il vit avec bonheur que le sommet était désert comme jamais : il n'y avait ni muets juchés dans les brèches, ni poules perchées, ni chiens allongés au pied en train de rêver. Le mur entourant la cour des Sun était peu élevé et il l'était encore moins là où les brèches s'étaient formées. Son regard pénétra sans difficulté à l'intérieur de la cour où l'on était en train de procéder à un grand massacre. Celles qui se faisaient massacrer, c'étaient les poules solitaires et arrogantes, et celle qui massacrait, c'était la vieille grand-mère Sun, une femme pleine de talents que l'on appelait la grand-tante Sun. On disait que, dans sa jeunesse, elle était capable de voler par-dessus les toits et de franchir les murs, elle était un célèbre bandit de grand chemin. Si elle était venue se marier avec le petit ferronnier Sun, c'était uniquement parce qu'elle avait été compromise dans une grande affaire. Sept cadavres de poules gisaient déjà dans la cour. Le sol lisse d'un blanc éclatant était maculé de larges traînées de sang qui formaient des cercles : les traces laissées par les poules suspendues qui se débattaient avant de mourir. Une poule qui venait d'avoir la tête tranchée s'échappa des mains de la grand-tante Sun. Elle sauta à terre, le cou courbé, les ailes déployées, et se mit à décrire des cercles en clopinant. Les cinq muets, bras nus, accroupis sous l'auvent, leurs yeux stupides écarquillés, regardaient tantôt la poule qui se débattait, tantôt leur grand-mère qui tenait à la main un couteau affilé. Leur expression et leurs gestes étaient d'une effrayante uniformité, même le mouvement de leurs yeux semblait obéir à un seul ordre. La grand-tante Sun qui jouissait d'une si grande réputation au bourg était en fait une vieille femme au visage émacié, qui n'avait plus que la peau et les os. Son expression, son allure, sa taille, son port renseignaient sur son passé, laissant imaginer son air martial d'autrefois. Les cinq chiens noirs étaient assis, serrés les uns contre les autres, tête dressée ; de leurs yeux coulaient un mystère infini et un sentiment de désolation, mais personne n'aurait pu deviner à quoi ils pensaient. La scène qui se déroulait à l'intérieur de la cour ressemblait à une bonne pièce de théâtre, envoûtante, qui captiva Shangguan Shouxi, retenant son regard et ses pas, lui faisant oublier ses mille préoccupations et surtout les ordres de sa mère. Le petit homme de quarante-deux ans observait le spectacle avec attention par-dessus le mur des Sun. Il sentit le regard glacial de la grand-tante Sun le balayer, comme si un sabre précieux, souple comme l'eau, tranchant comme le vent, le décapitait. Les muets et leurs chiens tournèrent aussi vers lui leur tête et leur regard. Les yeux des muets lançaient des éclats méchants et pleins d'excitation. Les chiens, la tête inclinée, découvraient leurs crocs blancs acérés, un grondement sourd tournoyait dans leur gorge, leurs poils durs se dressaient sur leur nuque. Les cinq chiens étaient cinq flèches tendues sur la corde d'un arc, prêtes à partir à tout moment. Il allait prendre la fuite quand retentit la toux impérieuse de la grand-tante Sun. Les têtes gonflées d'excitation des muets retombèrent, soudain totalement inertes, tandis que les cinq chiens obéissants allongeaient leurs pattes de devant et se couchaient par terre. Il entendit la grand-tante Sun lui demander sur un ton insouciant : « Dis donc, neveu, qu'est-ce qu'elle fait ta mère ? »

Un instant, il ne sut que répondre, comme si un flot de paroles lui montait aux lèvres, mais qu'aucune ne parvînt à sortir. Embarrassé, il bafouilla, tel un voleur pris la main dans le sac.

La grand-tante Sun esquissa un sourire, sans ajouter un mot. D'une main, elle immobilisa un coq à la queue rouge et noir, et de l'autre caressa doucement son plumage luisant comme de la soie. Inquiet, le coq poussait des hoquets. Elle arracha de la queue de l'animal des plumes souples et les mit dans un sac de jonc tressé. Le coq se débattait furieusement, faisant gicler la terre sous ses pattes. La grand-tante Sun demanda : « Est-ce que les filles chez toi savent jouer au volant avec le pied ? Les meilleurs volants, ce sont ceux qu'on fabrique avec des plumes arrachées à un coq vivant. Hé ! quand je repense à cette époque… »

Elle jeta un coup d'œil à Shangguan Shouxi et cessa net de parler, plongeant dans un silence total. Ses yeux semblaient contempler le mur de terre. Shangguan Shouxi la regardait sans plus oser respirer. Finalement, la grand-tante Sun parut se dégonfler comme un ballon. Ses yeux brillants se remplirent de tristesse et de douceur. Elle posa un pied sur les pattes du coq, coinça la base de ses ailes entre le pouce et l'index de sa main gauche, tandis que du bout des doigts elle lui pinçait le cou. Le coq ne bougeait plus, incapable de se débattre. Elle avança le pouce et l'index de la main droite, arracha le fin duvet du cou gonflé de l'animal et mit à nu un morceau de peau violacée. De son majeur recourbé, elle tâta un peu la gorge du coq. Puis elle s'empara d'un petit couteau étincelant en forme de feuille de saule, en effleura le cou qui s'ouvrit net, libérant de gros bouillons de sang noir… La grand-tante Sun se releva lentement, le coq dégouttant de sang à la main. Elle regarda autour d'elle, comme si elle cherchait quelque chose. La lumière éblouissante du soleil lui faisait cligner les yeux. Shangguan Shouxi sentit que la tête lui tournait. L'odeur des fleurs de sophora était entêtante. « Va-t'en ! » entendit-il dire la grand-tante Sun. Le gros coq tout noir s'envola en tourbillonnant puis retomba lourdement au milieu de la cour. Shangguan Shouxi poussa un long soupir et relâcha inconsciemment ses deux mains qui agrippaient le mur. À cet instant, il se rappela soudain qu'il devait aller chercher le troisième oncle Fan pour délivrer l'ânesse. Alors qu'il allait tourner les talons, comme par miracle, le coq se releva en s'appuyant sur ses ailes et se redressa comme s'il se refusait à mourir. Il avait perdu les majestueuses plumes de sa queue dont il dressait la base dégarnie. Son air étrange et grotesque effraya Shangguan Shouxi au plus profond de son être. Le cou de l'animal n'était plus qu'une plaie béante d'où le sang frais s'écoulait, incapable désormais de soutenir la tête couronnée d'une crête majestueuse, rouge lorsque l'animal était en vie, presque grise à présent. Pourtant, il s'efforçait de redresser la tête. Encore un effort ! Sa tête se souleva, se souleva, puis retomba d'un coup, pendant lourdement. Elle se souleva de nouveau, se souleva, retomba, retomba, se souleva encore. Levant sa tête vacillante, le coq tomba de tout son derrière sur le sol ; du sang et des bulles sortaient en gargouillant de son bec dur et de la blessure. Ses pupilles dorées ressemblaient à deux étoiles d'or. Un peu nerveuse, la grand-tante Sun s'essuya les mains avec de l'herbe ; elle semblait mâcher quelque chose, mais en fait n'avait rien dans la bouche. Soudain, elle cracha et hurla aux cinq chiens : « Allez-y ! »

Shangguan Shouxi s'assit par terre de toutes ses fesses.

Lorsqu'il se releva en s'appuyant au mur, la cour de la famille Sun était jonchée de plumes noires. Le fier coq avait été déchiqueté en mille morceaux, son sang et sa chair imprégnaient la terre. Tels des loups, les chiens se disputaient les tripes de l'oiseau. Les muets frappaient dans leurs mains en riant stupidement. La grand-tante Sun s'était assise sur le pas de la porte et fumait sa longue pipe, plongée dans ses pensées.

Chapitre 5

Les sept filles de la famille Shangguan, Laidi, Zhaodi, Lingdi, Xiangdi, Pandi, Niandi, Qiudi[1], attirées par une légère odeur, sortirent de leur chambre dans l'aile est et se pressèrent devant la fenêtre de Shangguan Lushi. Sept têtes aux cheveux hirsutes mêlés de paille se serraient les unes contre les autres dans l'embrasure. Face à elles, leur mère était assise sur le *kang*, en train de décortiquer nonchalamment des cacahouètes, comme si de rien n'était. Pourtant, cette légère odeur semblait bien s'échapper de la fenêtre de la pièce où était leur mère. Laidi, qui avait déjà dix-huit ans, fut la première à comprendre ce qui se passait. Elle remarqua les cheveux de sa mère collés par la transpiration et sa lèvre inférieure qui saignait, elle vit la peau de son ventre agitée de spasmes ainsi que les mouches qui volaient en tous sens dans la pièce. La main qui décortiquait les cacahouètes s'activait sans répit, les pinçant une à une pour les réduire en poudre. Des sanglots dans la voix, Laidi l'appela, aussitôt imitée par ses six sœurs. Des larmes baignaient les joues des sept filles. Pleurant bruyamment et trépignant de ses petites jambes zébrées de piqûres de puces et de moustiques, Qiudi, la plus jeune, s'élança sans réfléchir vers la pièce. Laidi la rattrapa, l'arrêta et la serra contre elle. Qiudi sanglotait ; de ses poings, elle frappa le visage de sa grande sœur.

« Je veux maman… je veux voir maman », pleurait Qiudi.

Laidi sentit son nez la picoter et des larmes brûlantes lui montèrent aux yeux. Elle cajola sa sœur en lui tapotant le dos : « Ne pleure pas,

1. Soit, respectivement, « Fais venir le petit frère », « Appelle le petit frère », « Amène le petit frère », « Pense au petit frère », « Espère le petit frère », « Songe au petit frère », « Réclame le petit frère ».

Qiudi, ne pleure pas, maman est en train de nous donner un petit frère, elle va nous donner un petit frère tout potelé… »

De la chambre parvint une faible plainte poussée par Shangguan Lushi, entrecoupée de quelques mots : « Laidi… emmène tes sœurs… elles sont trop petites pour comprendre, tu devrais t'en rendre compte, toi aussi… »

Il y eut un grand bruit dans la chambre, puis une nouvelle plainte de Shangguan Lushi. Les cinq sœurs restaient serrées devant la fenêtre, et Lingdi, âgée de quatorze ans, criait en pleurant : « Maman, maman… »

Laidi lâcha sa sœur, et ses deux petits pieds, qui avaient commencé à être bandés puis libérés, se dirigèrent vers la pièce. Le seuil vermoulu de la porte la fit trébucher, son corps partit en avant et elle s'écroula sur le soufflet posé là. Dans sa chute, celui-ci brisa un bol en porcelaine céladon rempli de pâtée pour les poules. Elle se releva en hâte et vit la silhouette imposante de sa grand-mère agenouillée devant la statue de la Guanyin qu'entouraient des volutes de fumée.

Toute tremblante, elle remit le soufflet en place et rassembla les morceaux du bol. Elle semblait vouloir lui redonner sa forme initiale et peut-être ainsi atténuer sa culpabilité. La grand-mère se releva brusquement comme un gros et vieux cheval ; son corps vacillait, sa tête branlait en tous sens, tandis que de sa bouche s'échappaient des chapelets de bruits bizarres. Instinctivement, Laidi se recroquevilla, protégeant sa tête de ses mains dans l'attente des coups. La grand-mère ne la frappa pas, mais elle l'attrapa par sa grande oreille mince et blanche pour la relever et la pousser doucement vers l'extérieur. Laidi gémit d'une voix aiguë, puis elle roula dans le passage dallé, au milieu de la cour.

Elle vit sa grand-mère se pencher pour examiner les débris du bol éparpillés par terre, tel le bœuf qui s'abreuve à l'eau du fleuve. Un long moment plus tard, la grand-mère se releva, tenant quelques morceaux. Elle les entrechoqua doucement. Ils résonnèrent d'un son cristallin agréable à l'oreille. Le visage de la grand-mère était creusé de rides serrées et profondes, les coins de sa bouche tombaient, rejoignant deux gros sillons qui descendaient jusqu'à son menton, donnant l'impression que celui-ci avait été rajouté plus tard au visage.

« Tue-moi, grand-mère, pleura Laidi à genoux dans le passage dallé.

– Te tuer ? dit la grand-mère, le visage ravagé de tristesse. Est-ce que si je te tue, ce bol va reprendre tout seul sa forme ? C'était une porcelaine de l'ère Yongle des Ming, elle faisait partie de la dot de votre arrière-grand-mère, elle valait autant d'argent qu'un âne ! »

Le visage de Laidi vira au gris, implorant le pardon de la grand-mère.

« Toi aussi tu devrais te chercher un mari ! s'écria Shangguan Lüshi, tu traînes du matin au soir, sans rien faire, qu'est-ce que tu manigances encore ? La vie de ta mère ne compte guère, alors elle ne risque pas de mourir ! »

Laidi sanglotait, le visage enfoui dans les mains.

« À part casser la vaisselle, qu'est-ce que tu sais faire ? ajouta Shangguan Lüshi avec impatience, ne reste pas là à m'énerver, emmène donc tes gentilles petites sœurs qui se font engraisser gratis attraper des crevettes à la rivière du Dragon. Je ne veux pas vous voir rentrer tant que votre panier ne sera pas plein ! »

Laidi se releva en hâte et se précipita vers la porte en prenant dans ses bras la petite Qiudi.

Comme si elle chassait des poules, Shangguan Lüshi poussa dehors Niandi et ses sœurs, puis elle jeta à Lingdi une bourriche à crevettes en osier tressé.

Laidi portait Qiudi sur le bras gauche et traînait de la main droite Niandi, Niandi tirait Xiangdi, Xiangdi remorquait Pandi, Lingdi s'accrochait d'une main à Pandi et de l'autre portait la bourriche. Main dans la main et versant des torrents de larmes, les sept filles de la famille Shangguan se dirigèrent vers la grande digue de la rivière du Dragon, longeant la ruelle inondée de soleil et parcourue par le vent d'ouest.

Lorsque leur chemin les fit passer devant la cour de la grand-tante Sun, elles sentirent une odeur forte et enivrante. De la cheminée des Sun s'élevaient des volutes de fumée blanche. Les cinq muets, affairés comme des fourmis, transportaient du petit bois et de l'herbe dans la maison, tandis que les chiens noirs, postés tout près de la porte, leur langue rose pendante, semblaient attendre quelque chose.

Elles grimpèrent sur la haute digue de la rivière du Dragon, la scène à laquelle elles venaient d'assister dans la cour des Sun gravée dans leurs yeux. Les cinq muets qui transportaient du petit bois et de l'herbe avaient aperçu les filles de la famille Shangguan. Le plus âgé avait émis un petit rire en direction de Laidi en arrondissant sa lèvre supérieure où poussait une moustache noire clairsemée. Laidi avait senti son visage s'empourprer. Elle s'était rappelé comment, peu de temps auparavant, alors qu'elle était allée puiser de l'eau à la rivière, le muet avait jeté un concombre dans son seau. Le sourire du muet était allusif, mais pas malintentionné, et pour la première fois, elle avait senti son cœur battre de manière inhabituelle, le sang lui était monté au visage, et dans l'eau aussi calme et lisse qu'un miroir, elle avait vu qu'elle était écarlate. Plus tard, elle avait mangé ce concombre tout frais et elle n'en avait pas oublié le goût. Elle leva les yeux et son regard se posa sur le clocher coloré de l'église et la tour de guet en rondins. Au sommet de la tour, un homme aussi agité qu'un singe doré faisait des bonds et criait : « Villageois, les troupes à cheval des Japonais ont déjà quitté la ville ! »

La foule était assemblée au pied de la tour, les visages tournés vers le haut. Par moments, l'homme se penchait, baissait la tête, mains agrippées à la rambarde, comme s'il répondait à une question posée d'en bas. Sa réponse donnée, il se relevait, se remettait à tourner, formant avec ses mains un porte-voix autour de sa bouche pour clamer dans toutes les directions la nouvelle de l'arrivée imminente des Japonais.

Par la grande rue qui traversait le bourg surgit soudain une charrette tirée par des chevaux au galop. On ne savait d'où elle venait, elle semblait tombée du ciel ou sortie de terre. Trois fiers coursiers tiraient la grosse charrette aux roues caoutchoutées, les douze sabots frappaient le sol comme dans un roulement de tambour en faisant voler des nuages de poussière jaune. Un cheval était couleur d'ambre. L'autre, bai. Le troisième, jaune-vert. Tous trois bien dodus, comme sculptés dans la cire. Leurs corps luisants jetaient des éclairs d'une couleur envoûtante. Un petit homme tout noir se tenait debout, jambes écartées, sur le banc derrière les chevaux. Vu de loin, on eût dit qu'il était assis sur leur croupe. Le petit homme faisait tournoyer son fouet aux pompons rouges, poussant des hue, hue, hue qui se mêlaient aux clac clac clac du fouet. Soudain, il tira violemment sur les rênes et les chevaux se cabrèrent en hennissant. La voiture s'arrêta net. La poussière jaune, projetée vers l'avant, noya voiture, chevaux et conducteur. Lorsqu'elle se fut dissipée, Laidi vit les domestiques de la résidence de la Vie Heureuse porter sur la charrette des jarres d'alcool et des bottes de paille. Un grand gaillard, debout sur les marches de l'entrée principale, hurlait à tue-tête. Une jarre tomba dans un bruit sourd, la vessie de porc qui l'obstruait se déchira, laissant s'échapper un liquide brillant. Des domestiques se précipitèrent pour la ramasser. Le grand gaillard sauta des marches et agita un fouet étincelant qu'il abattit sur les hommes. Ceux-ci se mirent à genoux, se protégeant la tête pour éviter les coups. Le fouet tournoyait avec aisance. On eût dit un serpent dansant dans la lumière du soleil, tandis que le parfum de l'alcool flottait dans l'air. Dans la campagne, les blés ondulaient à perte de vue en longues vagues dorées soulevées par le vent. L'homme juché sur la tour criait : « Fuyez, fuyez, si vous tardez, vous êtes fichus… »

Les habitants étaient nombreux à sortir de chez eux, comme autant de fourmis affairées ou, au contraire, désœuvrées. Certains marchaient, d'autres couraient, d'autres encore restaient plantés là, immobiles. Il y en avait qui partaient vers l'est, d'autres vers l'ouest, d'autres tournaient sur place, regardant dans toutes les directions. À cet instant, l'odeur qui s'échappait de la cour des Sun devint plus forte encore, et une nappe de vapeur blanche sortit par la porte de la maison. Les muets avaient disparu, la cour était déserte. Seuls des os blancs y voltigeaient, déclenchant de féroces bagarres entre les chiens. L'animal qui réussissait à en attraper un courait vers le mur et le rongeait bruyamment, tête baissée dans son coin. Ceux qui n'avaient pas réussi lorgnaient avec envie vers la porte en gémissant doucement.

Tirant Laidi, Lingdi supplia : « Grande sœur, rentrons à la maison.

– Non, nous allons à la rivière attraper des crevettes, dit Laidi en secouant la tête. Quand maman aura fini de mettre au monde notre petit frère, elle aura besoin de boire notre soupe de crevettes. »

Elles descendirent de la digue en se tenant les unes aux autres et se mirent en rang, face à la rivière. L'eau reflétait leurs jolis visages. Elles avaient toutes un long nez et de grandes oreilles blanches bien charnues, la caractéristique physique essentielle de leur mère, Shangguan Lushi. Laidi sortit de sa poitrine un peigne en bois de pêcher et s'employa à coiffer une à une les têtes de ses sœurs, les débarrassant de la poussière et des brindilles qui s'y trouvaient. Pendant qu'elle les peignait, elles criaient en fronçant les sourcils et en faisant la grimace. Elle se coiffa en dernier puis se tressa une longue natte épaisse. Au bas de son dos, le bout de la natte atteignait ses fesses cambrées. Elle rangea le peigne, puis remonta le bas de son pantalon, découvrant des mollets blancs fins et délicats. Enfin, elle ôta ses chaussures de satin bleu brodées de fleurs rouges. Ses petites sœurs, dont les pieds n'avaient pas été bandés, contemplaient les siens à demi mutilés. Elle se mit soudain en colère et hurla : « Qu'est-ce que vous regardez ? Si vous n'attrapez pas de crevettes, la vieille vous punira. »

Les sœurs se hâtèrent d'ôter leurs chaussures et de retrousser leur pantalon ; la plus jeune, Qiudi, se mit carrément cul nu. Laidi resta debout sur la berge boueuse, contemplant l'eau qui s'écoulait lentement et les algues qui ondulaient au fond avec souplesse. Des poissons s'amusaient entre elles. Des hirondelles passaient en frôlant la surface. Elle descendit dans la rivière et cria : « Qiudi restera sur le bord pour ramasser les crevettes, les autres, descendez ! »

Les sœurs se précipitèrent à l'eau en riant à gorge déployée.

Elle sentit ses talons atrophiés par le bandage s'enfoncer dans la vase, les feuilles des algues glissantes caressaient ses jambes, faisant monter en elle un plaisir indéfinissable. Elle se pencha, tendit les mains, fouillant à la base des algues, car les crevettes aimaient se réfugier dans le creux des pas que la vase n'avait pas encore comblé. Soudain, une petite chose bondit entre ses doigts. Une joie folle l'envahit. Une crevette d'eau douce transparente, toute recroquevillée, longue comme le doigt, était prisonnière de sa main. Vaillante, avec de magnifiques antennes. Elle la jeta sur le bord. Qiudi s'élança joyeusement pour la ramasser.

« Grande sœur, j'en ai une aussi !

– Grande sœur, j'en ai une !

– Moi aussi ! »

La petite Qiudi, âgée de deux ans, ne parvenait plus à assumer sa lourde tâche. Elle trébucha et s'assit par terre en pleurant. Plusieurs crevettes vigoureuses, se débattant avec force, retournèrent à la rivière et disparurent sans laisser de trace.

Laidi remonta sur la berge et releva sa petite sœur. Elle l'entraîna vers la digue, prit un peu d'eau dans la paume de sa main pour nettoyer la boue sur les fesses de la fillette. Avant même qu'elle ait commencé, Qiudi se redressait en poussant des cris stridents où se mêlaient des jurons sans queue ni tête. Laidi donna une tape à sa sœur et la laissa partir. Celle-ci s'enfuit à toutes jambes jusqu'à mi-pente de la digue ; une branche d'arbre à la main, telle une vieille femme qui fait du tapage, le regard de travers, elle injuriait sa grande sœur. Laidi ne put se retenir de rire.

Les autres sœurs s'étaient dirigées vers l'amont. Sur la berge baignée de lumière frétillaient des dizaines de crevettes. Une des filles cria : « Grande sœur, ramasse-les vite ! » Se saisissant de la bourriche, Laidi sermonna sa petite sœur : « Petite idiote, on réglera ça à la maison ! » Puis elle ramassa joyeusement les crevettes, la bonne récolte lui faisant oublier ses tracas. Une chansonnette, dont elle avait oublié comment elle l'avait apprise, lui échappa : « Maman, maman, quelle tuile, tu m'as mariée au marchand d'huile… »

Elle se hâta de rejoindre ses sœurs. Longeant la rive, épaule contre épaule, courbées en avant, les fesses haut levées, le menton effleurant la surface de l'eau, elles ouvraient les bras, les ramenaient, les ouvraient, les ramenaient, fouillant devant elles. Après leur passage, l'eau se troublait, des algues jaunes arrachées flottaient à la surface. Chaque fois qu'une sœur se relevait, elle avait une crevette. Tantôt c'était Lingdi, tantôt Pandi, parfois Xiangdi… les cinq jetaient presque sans interruption des crevettes à leur aînée que suivait Qiudi.

Insensiblement, elles se rapprochèrent du pont de pierre voûté qui enjambait la rivière du Dragon. Shangguan Laidi héla ses sœurs : « Revenez, revenez, la bourriche est pleine, il faut rentrer ! »

À contrecœur, elles remontèrent sur la berge. Leurs mains étaient toutes blanches à force d'être restées dans l'eau et leurs pieds tachés de boue pourpre.

« Grande sœur, comment ça se fait qu'il y ait autant de crevettes aujourd'hui ?

– Grande sœur, maman nous a fabriqué un petit frère ?

– Grande sœur, ils sont comment les diables japonais ? C'est vrai qu'ils mangent les enfants ?

– Grande sœur, pourquoi chez les muets, ils ont tué les poules ?

– Grande sœur, pourquoi grand-mère, elle passe son temps à nous injurier ?

– Grande sœur, j'ai rêvé que maman avait une grosse loche d'étang dans le ventre… » Les petites sœurs assaillaient Laidi de questions, mais celle-ci ne répondait à aucune. Ses yeux étaient rivés sur le pont de pierre. Il scintillait d'une lumière bleu-violet. La grande charrette aux roues caoutchoutées tirée par les trois chevaux, qui avait quitté le bourg, y était arrêtée.

Le conducteur de la charrette, un petit homme, retenait les chevaux qui frappaient avec impatience le sol de leurs sabots, rendant un son clair et faisant jaillir des étincelles. Des hommes torse nu avaient autour des reins une large ceinture de cuir dont la boucle brillait comme de l'or. Laidi les connaissait. C'étaient les domestiques chargés de la surveillance de la résidence de la Vie Heureuse. Ils sautèrent sur la charrette, en jetèrent les bottes de paille, puis en firent descendre les jarres d'alcool. Douze en tout. Le conducteur tira la tête des chevaux en arrière pour les contraindre à se mettre sur leur arrière-train, faisant reculer le véhicule jusqu'à l'espace découvert à l'entrée du pont. À cet instant, Laidi vit le patron en second, Sima Ku, arriver du bourg sur une bicyclette noire. C'était la première bicyclette à avoir fait son apparition dans le canton du Nord-Est de Gaomi depuis la création du monde, de fabrication allemande, de la marque Schöneman célèbre dans le monde entier. Le grand-père de Laidi, Shangguan Fulu, qui avait toujours les mains qui lui démangeaient, profitant d'un moment d'inattention, en avait effleuré le guidon – c'était l'année précédente –, faisant jaillir des éclairs bleus des pupilles jaunes du patron en second. Ce jour-là, celui-ci était vêtu d'une longue robe de tussor, d'un pantalon blanc à l'occidentale, noué aux chevilles avec un ruban bleu à franges noires, les pieds chaussés de souliers de cuir à semelle blanche. Les jambes de l'ample pantalon se gonflaient, comme remplies d'air. Remontés, les coins de la robe étaient coincés dans sa ceinture. Une ceinture de fil blanc, où pendaient deux glands, un long et un court. Son épaule gauche était barrée d'une étroite lanière de cuir marron, au bout de laquelle pendait un étui en cuir d'où dépassait un triangle de soie rouge comme une flamme. La sonnette de la bicyclette Schöneman grelottait sans fin, Sima Ku arrivait à la vitesse du vent. Il sauta de vélo et ôta son chapeau de paille au bord retourné pour s'éventer ; la tache de vin sur son visage ressemblait à un charbon incandescent. Il lança d'une voix forte un ordre aux domestiques : « Dépêchez-vous, étalez la paille sur le pont et versez l'alcool. On va foutre le feu à ces fils de pute ! »

Les domestiques s'empressèrent de transporter la paille sur le pont. Peu de temps après, son épaisseur atteignait la hauteur de la taille. Les petits papillons blancs qui y vivaient en parasites volaient en tous sens, ceux qui tombaient dans la rivière finissaient leur vie dans le ventre des poissons tandis que d'autres étaient gobés par les hirondelles.

« Versez l'alcool sur la paille ! » cria Sima Ku.

Les domestiques montèrent sur le pont, l'échine courbée sous les jarres. Ils ôtèrent les vessies de porc, inclinèrent les récipients et le parfum du magnifique liquide clair enivra toute la rivière. La paille chuintait. De grandes quantités d'alcool s'écoulèrent vers le parapet avant de tomber dans l'eau en pluie drue. Ce ne fut plus qu'un immense clapotis. Une fois les douze jarres vidées, le pont avait l'air d'avoir été entièrement nettoyé à l'alcool. La paille jaune avait changé de couleur. Du parapet coulait un rideau transparent d'alcool. Le temps de tirer une bouffée de pipe, un banc de poissons blancs enivrés flottait à la surface de l'eau. Les petites sœurs de Laidi voulurent descendre les ramasser. Laidi les gronda à voix basse : « N'y allez pas, rentrons à la maison ! »

Le curieux spectacle qui se déroulait sur le pont fascinait les petites sœurs. Elles étaient clouées sur place. En réalité, cette scène captivait aussi Laidi. Elle aurait voulu entraîner ses sœurs, mais ses yeux ne quittaient pas le pont.

Sima Ku, fier comme un coq, frappait dans ses mains, les yeux lançant des éclairs, le visage hilare. Il paradait devant les domestiques : « Ce stratagème, j'étais le seul à pouvoir l'imaginer ! Merde alors, il n'y avait que moi. Petits Japonais, venez vite, venez voir un peu de quel bois je me chauffe ! »

Les domestiques acquiesçaient. L'un d'eux cria : « Deuxième Seigneur, on allume maintenant ?

– Non, quand ils seront là ! »

Entourant Sima Ku, les domestiques se dirigèrent vers l'extrémité du pont.

La charrette de la résidence de la Vie Heureuse était rentrée au bourg.

Sur le pont, le calme revint. Seul était perceptible le bruit que faisait l'alcool en coulant dans l'eau.

La bourriche à la main, Laidi guida ses sœurs à travers les épais buissons qui couvraient les pentes de la digue pour rejoindre le sommet. Soudain, elle découvrit un visage noir émacié caché entre des branches. Elle poussa un cri de frayeur, la bourriche tomba sur les buissons flexibles et dévala la pente en rebondissant jusqu'au bord de la rivière. Les crevettes s'échappèrent : une multitude de petits points scintillants sautillaient sur la berge. Lingdi voulut récupérer la bourriche, ses sœurs tentaient de ramasser les crevettes. Elle recula craintivement vers la rivière sans oser quitter des yeux le visage noir. Celui-ci souriait, comme s'il s'excusait, découvrant deux rangées de dents brillantes lançant des éclats comme des perles. Elle entendit l'homme murmurer : « Petite sœur, ne crains rien, nous sommes des maquisards. Pas un bruit, et filez vite. »

À cet instant, elle découvrit que dans les buissons étaient accroupis plusieurs dizaines d'hommes vêtus de vert. Impassibles, les yeux écarquillés, certains avec un long fusil, d'autres une grenade, d'autres un grand sabre couvert de traces de rouille rouges. Et face à elle, l'homme au visage noir souriant et aux dents blanches, avec dans la main droite un pistolet bleuâtre, et dans la main gauche une chose brillante qui émettait un tic-tac sonore – plus tard seulement elle apprendrait que c'était une montre de gousset qui servait à mesurer le temps. Et cet homme au visage noir finirait par devenir son mari.

Chapitre 6

Ivre et furieux, le troisième oncle Fan passa la grande porte de la famille Shangguan en maugréant.

« Les Japonais vont arriver, ton ânesse a vraiment bien choisi son moment ! Mais enfin… ton ânesse, c'est mon étalon qui l'a couverte… et celui qui a attaché la clochette au cou du tigre doit la détacher ! Tu ne manques pas de face, Shangguan Shouxi, pfff ! Tu parles d'une face ! Ta mère, oui, elle a de la face. Ta mère et moi, une fois… ah ah… elle m'a fichu un coup de racloir à sabots de cheval… »

Le visage inondé de sueur, Shangguan Shouxi suivait le troisième oncle Fan qui débitait ses sornettes.

« Troisième oncle ! rugit Shangguan Lüshi. Espèce de bâtard, tu te fais désirer ! »

Reprenant ses esprits, le troisième oncle Fan annonça : « Et voici le troisième oncle ! »

Lorsqu'il vit l'ânesse près de mettre bas qui gisait sur le sol en respirant difficilement, il se sentit dégrisé de moitié.

« Aïe, aïe, aïe, elle en est là ! Pourquoi ne m'avez-vous pas appelé plus tôt ? »

Il jeta par terre la sacoche en cuir qu'il portait à l'épaule et se pencha pour tâter les oreilles de la bête ; il lui caressa la peau du ventre, passa derrière elle et tira un peu sur la patte du mulet qui dépassait du vagin. Se relevant, il secoua la tête d'un air abattu. « C'est trop tard, c'est fichu, dit-il. L'année dernière, quand ton fils l'a amenée pour qu'elle s'accouple, je lui avais dit que cette ânesse "criquet [1]", il valait mieux la faire couvrir par un âne, il n'a pas écouté mes

1. Espèce d'âne de petite taille.

conseils et il a absolument voulu la faire saillir par mon cheval. Mon grand étalon, c'est un pur-sang japonais, un seul de ses sabots est plus gros que la tête de ton ânesse. À peine mon étalon lui était monté dessus, elle a été paralysée, c'était vraiment comme un moineau piétiné par un gros coq. Et mon étalon, il est bien obéissant, il a sauté votre "criquet" en fermant les yeux. Ah ! si ç'avait été le cheval de quelqu'un d'autre… Hmm, et donc qu'est-ce qui se passe ? Elle a de la peine à accoucher. Les ânesses qui font des mulets, c'est pas ces ânesses-là, la tienne, elle ne sait faire que des ânons, des ânons "criquets"…

– Troisième oncle ! l'interrompit Shangguan Lüshi hors d'elle, tu as bientôt fini, oui ou non ?

– Ça va, ça va, j'ai fini. » Il ramassa sa sacoche, la remit à son épaule, reprit sa dégaine d'ivrogne et, titubant, fit mine de sortir.

Shangguan Lüshi l'attrapa par le bras : « Oncle, tu t'en vas comme ça ?

– Ma vieille belle-sœur, ricana le troisième oncle, tu n'as pas entendu les appels du patron de la résidence de la Vie Heureuse ? Quand tout le monde aura fichu le camp du bourg, qu'est-ce qui sera le plus urgent : ton ânesse ou moi ?

– Tu as peur que je ne te paie pas, vieil oncle ? demanda Shangguan Lüshi. Avec deux bouteilles de bon alcool et une tête de cochon gras, je ne risque pas de te devoir de l'argent. Et ici, c'est moi qui décide. »

Regardant le père et le fils Shangguan, le troisième oncle dit en riant : « Ça, je le sais, c'est toi qui tiens les tenailles à la forge, tu es bien la seule vieille femme de toute la Chine qui manie le marteau-pilon torse nu avec une telle force… » Puis il se mit à rire de façon bizarre.

Shangguan Lüshi lui envoya une bourrade. « Putain de ta mère, Troisième, ne pars pas, il en va de deux vies : comme l'étalon c'est ton fils, cette ânesse, c'est la nouvelle mariée de ton fils, et le mulet qu'elle porte dans son ventre, c'est ton petit-fils. Montre un peu ton talent : s'il vit, je te remercierai et je te récompenserai ; s'il meurt, je ne t'en voudrai pas et j'en voudrai seulement à la malchance.

– Tu voudrais que je les reconnaisse comme ma propre famille, que veux-tu que je dise ? répondit le troisième oncle Fan, un peu embarrassé. Bon, je vais essayer de jouer au médecin qui ressuscite un âne mort.

– Bien parlé, rétorqua Shangguan Lüshi. Troisième, n'écoute pas ce fou de Sima rugir à tort et à travers, qu'est-ce que tu voudrais que les Japonais viennent faire ici ? Toi, en plus, tu accomplis des bonnes actions et tu fais le bien. On sait que les démons avancent en évitant les hommes vertueux. »

Le troisième oncle Fan ouvrit sa sacoche et en extirpa une bouteille remplie d'un liquide verdâtre.

« C'est un remède miracle dont la recette secrète est transmise de génération en génération dans ma famille, dit-il, il sert pour les accouchements difficiles des animaux. Quand on l'a administré, si l'accouchement continue à mal se passer, même Sun Wukong [1] en personne n'y pourrait rien. Hé, les hommes, venez me donner un coup de main ! ajouta-t-il en faisant signe à Shangguan Shouxi.

– J'arrive, dit Shangguan Lüshi, celui-là, il ne sait rien faire de ses dix doigts.

– Chez les Shangguan, c'est peut-être la poule qui chante, mais ce n'est pas le coq qui pond les œufs.

– Hé, frère, dit Shangguan Fulu, si tu veux nous injurier, fais-le directement, tourne pas autour du pot.

– Tu es fâché ? demanda le troisième oncle Fan.

– Arrêtez de jacasser, dit Shangguan Lüshi, alors, qu'est-ce qu'il faut faire ?

– Relève la tête de l'ânesse, je vais lui donner le remède ! »

Shangguan Lüshi écarta les jambes, rassembla toute son énergie pour entourer le cou de l'ânesse de ses bras et soulever sa tête qui se mit à bouger. Un souffle violent sortit des naseaux de la bête.

« Un peu plus haut ! » cria le troisième oncle.

Shangguan Lüshi fit des efforts désespérés tandis que de ses narines s'échappait un souffle violent.

« Hé, vous deux, vous êtes morts ou quoi ? » s'écria le troisième oncle, furieux.

Le père et le fils Shangguan s'approchèrent pour aider, mais ils manquèrent piétiner les pattes de l'animal. Lüshi roula des yeux blancs. Le troisième oncle secoua la tête. Enfin, la tête de l'ânesse fut relevée très haut. Elle retroussait ses lèvres épaisses en dévoilant

1. Le roi des Singes, personnage légendaire du roman classique *Xiyouji, Le Pèlerinage à l'ouest*, réputé pour sa débrouillardise, son habileté et son intrépidité.

ses grandes dents. Le troisième oncle enfonça dans sa gueule un entonnoir fabriqué dans une corne de vache et lui fit avaler le liquide verdâtre.

Shangguan Lüshi haletait.

Le troisième oncle Fan sortit sa pipe et la bourra avant de s'accroupir pour craquer une allumette. Il aspira une longue bouffée. Deux jets de fumée blanche jaillirent de ses narines.

« Les Japonais ont occupé le chef-lieu de district, dit-il, ils ont tué le chef de district Zhang Weihan et violé les femmes.

– C'est encore une nouvelle qui vient de la famille Sima? demanda Shangguan Lüshi.

– Non, c'est mon frère juré qui me l'a raconté, sa famille habite à la porte est du chef-lieu de district.

– À dix lis de distance, rien n'est sûr, dit Shangguan Lüshi.

– Si Sima Ku a emmené ses domestiques monter un guet-apens à l'entrée du pont, intervint Shangguan Shouxi, ça ne peut pas être faux. »

Shangguan Lüshi lança un regard furieux à son fils. « Tu es incapable d'entendre les choses sérieuses, mais les blagues, tu n'en rates pas une. Et tu te prétends un homme ? Et tu es le père de toute une ribambelle d'enfants ! Au-dessus de ton cou, c'est quoi, une citrouille ou une tête ? Vous n'avez même pas pensé que les Japonais ont aussi été mis au monde par un père et une mère ? Ils n'ont strictement rien contre nous, les gens du peuple. Et qu'est-ce qu'on peut faire, nous ? On peut courir aussi vite qu'on veut, est-ce qu'on évitera les balles ? Et se cacher, où voulez-vous qu'on se cache ? »

Écoutant ses admonestations, le père et le fils Shangguan gardaient la tête baissée et n'osaient plus protester. Le troisième oncle Fan vida les cendres de sa pipe et toussa plusieurs fois en guise d'excuse : « C'est bien encore la vieille belle-sœur qui voit le plus loin et qui comprend les choses. Tes paroles m'ont déjà à moitié rassuré. C'est vrai, où pourrions-nous fuir ? Où nous cacher ? Les hommes, encore, peuvent s'enfuir et se cacher, mais mon gros âne et mon grand étalon, qui sont comme des montagnes, comment les cacher ? Qui a évité le Nouvel An, ne coupe pas au quinze du mois[1]. Allez,

1. Traditionnellement, les dettes doivent être remboursées au Nouvel An, le quinze du premier mois lunaire constituant l'ultime échéance.

qu'ils aillent se faire foutre, on va d'abord faire sortir ce mulet et on en reparlera après. »

Rassurée, Shangguan Lüshi s'exclama : « Voilà qui est bien parlé ! »

Le troisième oncle Fan retira sa veste, serra sa ceinture, s'éclaircit la voix, comme un maître d'arts martiaux s'apprêtant à monter sur une estrade.

Satisfaite, Shangguan Lüshi ne cessait de hocher la tête en jacassant : « Troisième, c'est bien parlé, c'est bien parlé, Troisième. Là où passe l'homme, reste un nom, là où passe l'hirondelle, reste un cri. Si tu sauves le mulet, je te donnerai une bouteille d'alcool de plus et je ferai frapper tambours et gongs pour vanter ta réputation.

– Tout ça, c'est des conneries, belle-sœur, dit le troisième oncle Fan. Qui a permis que ton ânesse recueille la semence de chez moi ? Ça s'appelle le forfait "semence et récolte garanties" ! »

Il fit le tour de l'ânesse. Tirant un peu sur la patte du mulet, il murmurait : « Ma petite ânesse, nous sommes à la porte de l'enfer, retiens ton souffle et essaie de ne pas me faire perdre la face. » Puis il tapota la tête de l'animal : « Hé, les hommes, allez chercher une corde et un bâton, il faut la relever et la mettre sur ses pattes, allongée, elle ne pourra rien faire. »

Le père et le fils Shangguan regardèrent Shangguan Lüshi.

« Faites ce qu'il vous dit », dit-elle.

Ils apportèrent une corde et un bâton. Le troisième oncle Fan fit passer la corde derrière les pattes antérieures de l'ânesse et y fit un nœud. « Faites-y passer le bâton… » demanda-t-il.

Shangguan Fulu s'exécuta.

« Toi, mets-toi de ce côté, ordonna le troisième oncle à Shangguan Shouxi. Et tous les deux, courbez-vous et placez le bâton sur votre épaule. »

Face à face, le père et le fils se courbèrent et firent reposer le bâton sur leur épaule.

« C'est bien, dit le troisième oncle, c'est ça, ne vous pressez pas, vous vous relèverez à mon ordre. Mettez-y toutes vos forces, c'est maintenant ou jamais. Cette ânesse, elle n'en supportera pas plus. Belle-sœur, viens derrière elle pour recueillir le mulet, il ne faut pas le laisser tomber par terre. »

Il passa derrière l'ânesse, se frotta les mains, souleva la lampe à huile posée sur la meule et versa de son contenu sur ses paumes, les frotta pour répartir l'huile, puis souffla dessus. Ensuite, il entreprit d'introduire sa main dans le vagin de l'animal. L'ânesse se mit à se débattre des quatre sabots. Le bras du troisième oncle parvint à pénétrer, son cou était plaqué contre le sabot du petit mulet. Shangguan Lüshi le fixait, les lèvres tremblantes.

« Ça va aller, murmura le troisième oncle Fan. Hé, les hommes, je vais compter jusqu'à trois, et à trois vous soulèverez brusquement, ne vous dégonflez pas, hein, ne vous effondrez pas au moment crucial. D'accord ? » Son menton touchait presque la croupe de l'ânesse, sa main enfoncée profondément dans le vagin semblait avoir agrippé quelque chose. « Un… deux… trois… ! »

Le père et le fils Shangguan poussèrent une sorte de rugissement, manifestant une rare énergie pour se redresser brusquement. Sous la poussée de leur effort, le corps noir de l'ânesse tourna sur le côté, elle ramena ses pattes antérieures sous elle, sa tête se redressa, puis les pattes postérieures vinrent à leur tour se replier sous son corps. Le troisième oncle suivait le mouvement, presque couché. On ne voyait pas son visage, mais on entendait sa voix : « Soulevez, soulevez ! »

Le père et le fils Shangguan se mirent sur la pointe des pieds, s'efforçant de tirer le plus haut possible. Shangguan Lüshi se glissa sous le ventre de l'ânesse et poussa vers le haut : l'animal se mit à braire et se redressa. Au même instant, une énorme chose luisante, suivie de sang et d'un liquide gluant, s'écoula du vagin, tombant sur la poitrine du troisième oncle avant de glisser à terre.

Celui-ci retira le liquide visqueux de la gueule du petit mulet, coupa avec un couteau le cordon ombilical, le noua, puis il porta le petit dans un coin propre. Il réclama un chiffon sec avec lequel il essuya le liquide sur son corps. Les yeux pleins de larmes, Shangguan Lüshi ne cessait de répéter : « Merci au ciel, merci à la terre, merci au troisième oncle, merci au ciel, merci à la terre, merci au troisième oncle… »

Le petit mulet se mit debout sur ses pattes en tremblant, puis perdit l'équilibre. Son pelage était brillant comme de la soie, ses lèvres violettes comme des pétales de rose. Le troisième oncle le remit sur ses pattes en lui disant : « Tu es d'une bonne engeance, tu es bien issu de ma famille, comme le cheval est mon fils, mon petit gars, tu es mon petit-fils. Je suis ton grand-père. Belle-sœur, prépare un peu de soupe de riz et donne à manger à mon ânesse de bru, elle a gagné une vie. »

Chapitre 7

Tirant à sa suite sa brochette de petites sœurs, Shangguan Laidi avait à peine parcouru quelques dizaines de pas qu'elle entendit en l'air des sifflements aigus. Elle levait la tête pour repérer quel oiseau pouvait émettre des cris aussi étranges quand, derrière elle, un bruit gigantesque retentit dans les eaux de la rivière, ébranlant ciel et terre. Ses oreilles bourdonnaient, tout se troubla sous son crâne. Un poisson-chat à grosse tête atterrit devant elle, complètement déchiqueté. Sur la tête orangée du poisson coulaient des filets de sang vermillon, ses deux longs brins de moustache frémissaient doucement, tandis que ses tripes étaient collées sur son dos. La chute du poisson fut suivie de l'arrivée d'une nappe d'eau trouble très chaude, qui l'éclaboussa de la tête aux pieds. Paralysée, comme dans un rêve, elle finit par se retourner pour regarder ses sœurs qui, elles aussi, la regardaient. Sur la tête de Niandi pendait une masse gluante, telle une boule d'algues que des vaches ou des chevaux auraient ruminée puis recrachée ; sur les joues de Xiangdi étaient collées sept ou huit écailles de poissons argentées toutes fraîches. Au milieu de la rivière, à une dizaine de pas d'elles, l'eau tournoyait en une écume noire, formant un vaste tourbillon, et projetée en l'air par les vagues, retombait à grand bruit. À la surface flottait une mince fumée blanche. Elle sentit une forte odeur de poudre. Elle réfléchit de toutes ses forces à la scène qui s'offrait à ses yeux, et bien qu'elle ne comprît pas ce qui se passait, elle sentit monter en elle excitation et inquiétude. Elle voulut crier, mais dans ses yeux roulèrent soudain de grosses larmes qui allèrent s'écraser à terre. Pourquoi est-ce que je pleure ? Mais non, pensa-t-elle, je n'ai pas pleuré. Alors, d'où viennent ces larmes ? Ce ne sont peut-être pas des larmes, c'est peut-être l'eau de la rivière qui m'a éclaboussée. Elle ressentit à quel point son esprit était troublé par tout ce qui se bousculait devant ses yeux : les eaux tourbillonnantes, les buissons épais, les hirondelles affolées, ses petites sœurs paralysées de stupeur… toutes ces images s'enchevêtraient tel un écheveau de chanvre emmêlé. La plus petite de ses sœurs, Qiudi, ouvrait grand la bouche, les yeux bien fermés, deux rangs de larmes glissant sur ses joues. Partout dans les airs retentissaient de petits claquements secs, comme si une multitude de cosses séchées se fendaient au soleil. Dans les buissons de la berge, on entendait un remue-ménage mystérieux, ils bruissaient comme si de petits animaux s'y faufilaient. Parmi les branches des arbustes et les feuilles qui s'agitaient doucement comme des pièces d'or, les hommes habillés de vert qu'elle avait aperçus restaient silencieux. Étaient-ils vraiment cachés là ? Que faisaient-ils ? se demandait-elle avec difficulté, quand soudain elle entendit une voix sourde qui l'appelait de très loin : « Petite sœur, couche-toi vite… petites sœurs, couchez-vous vite… »

Elle chercha d'où venait la voix, balayant du regard devant elle. Il lui semblait qu'un crabe rampait tout au fond de son crâne, la faisant terriblement souffrir. Elle vit tomber du ciel un objet d'un noir éblouissant. À l'est du pont de pierre, une colonne d'eau monta lentement de la rivière, large comme la taille d'un bœuf, et lorsqu'elle arriva à la hauteur de la digue, son sommet forma d'un coup une gerbe comme le faîte d'un saule argenté échevelé. Ensuite, l'odeur de la poudre, l'odeur de la vase, l'odeur des poissons puants et des crevettes pourries envahirent ses narines. Ses oreilles étaient en feu, elle n'entendait plus rien, et elle visualisa presque ce bruit gigantesque qui jaillissait de toutes parts comme si c'était de l'eau.

De nouveau, un objet d'un noir éblouissant tomba dans la rivière en faisant s'élever une colonne d'eau. Puis une chose bleue relevée sur les bords, en forme de canine de chien, alla se ficher dans la berge. Elle se pencha pour la ramasser, mais au bout de ses doigts s'éleva une fine fumée jaune, et une douleur aiguë se répandit dans tout son corps. D'un coup, elle entendit de nouveau le vacarme du monde, comme si la douleur de la brûlure au doigt était sortie par ses oreilles, faisant sauter le bouchon qui les obstruait. La rivière crépitait tandis qu'une épaisse vapeur tourbillonnait à la surface. Le bourdonnement des explosions résonnait dans les airs. Parmi les six sœurs, trois pleuraient la bouche grande ouverte, les trois autres étaient couchées à terre, les oreilles bouchées avec les mains, le postérieur bien dressé, pareilles à ces oiseaux à la queue déplumée complètement stupides qui, quand ils sont poursuivis dans une étendue déserte, ne pensent qu'à cacher leur tête, mais pas leur derrière.

« Petite sœur ! » Elle entendit appeler depuis les buissons. « Vite, couche-toi, et rampe jusqu'ici… »

Elle s'allongea et chercha du regard l'homme caché dans les broussailles. Elle finit par l'apercevoir, au milieu d'un bosquet de saules rouges aux rameaux flexibles, et cet inconnu au visage noir et aux dents blanches lui faisait signe en criant : « Vite, rampe jusqu'ici ! »

Une fissure s'entrouvrit dans son cerveau en pleine confusion, laissant passer un filet de lumière blanche. Entendant un hennissement, elle tourna la tête et vit un petit cheval doré, au pelage hérissé comme des flammes, qui galopait vers le pont depuis le sud. Ce superbe petit cheval sans mors avait l'air d'être entre la prime jeunesse et l'adolescence, espiègle, vivant, débordant de vie. C'était un cheval de la résidence de la Vie Heureuse, le fils du grand étalon japonais du troisième oncle Fan ; et comme l'oncle aimait l'étalon comme son fils, ce petit cheval doré était donc son petit-fils en ligne directe ! Elle le connaissait, elle l'aimait. Il passait souvent dans sa ruelle, provoquant l'hystérie des chiens noirs chez la grand-tante Sun. Il galopa jusqu'au milieu du pont, s'arrêta soudain comme s'il avait été stoppé dans sa progression par le mur de bottes de paille ou comme si les effluves d'alcool qui les imprégnait lui étaient montés à la tête. Il baissa l'encolure et observa attentivement la paille. À quoi pense-t-il ? se demanda-t-elle. À nouveau, on entendit dans les airs des sifflements aigus, une boule de lumière plus éblouissante que du fer en fusion explosa sur le pont, un bruit de tonnerre s'ensuivit, qui semblait gronder très haut et très loin. Le petit cheval subitement se disloqua et l'une de ses pattes aux poils et à la peau carbonisés retomba sur les branches d'un buisson. Elle fut prise de nausée, un liquide à la fois acide et amer lui remonta de l'estomac dans la gorge. D'un coup tout fut clair dans sa tête, elle avait compris. À travers les pattes du cheval, elle avait vu la mort. La peur la saisit, faisant trembler ses jambes et ses mains, et s'entrechoquer ses dents. Elle sauta sur ses pieds et entraîna ses sœurs dans les buissons.

Les six sœurs se blottirent les unes contre les autres, comme les gousses d'une tête d'ail. Non loin d'elle, sur sa gauche, elle entendit la voix familière crier quelque chose sur un ton étouffé, mais très vite, elle fut recouverte par le bruit de l'eau qui jaillit de la rivière.

Elle tenait serrée contre elle la plus jeune de ses sœurs ; le visage de la fillette était brûlant comme de la braise. Pendant un instant, la surface de l'eau retrouva son calme, la fumée blanche se dissipa lentement. Les objets noirs sifflants, traînant leur longue queue, avaient volé par-dessus la digue de la rivière du Dragon et étaient tombés sur le bourg ; des grondements de tonnerre résonnaient par vagues successives. Du bourg parvenaient indistincts des cris de femmes et de grands bruits de bâtiments en train de s'écrouler. De l'autre côté de la rivière, il n'y avait âme qui vive, seul un vieux sophora se dressait là, solitaire. Sous le sophora, une rangée de saules pleureurs bordait la rive, leurs branches souples se penchant vers l'eau. Ces objets étranges et effrayants, d'où pouvaient-ils bien venir ?

Elle réfléchit avec obstination. « Ayaah, ayaah, ayaah... » Le cri étouffé d'un homme interrompit ses pensées. Par une trouée entre les branches, elle vit Sima Ku, le patron en second de la résidence de la Vie Heureuse, qui s'engageait sur le pont sur sa bicyclette Schöneman. Pourquoi faisait-il cela ? Certainement pour le cheval, pensa-t-elle. Mais si, d'une main, Sima Ku tenait le guidon, de l'autre, il brandissait une torche enflammée. Manifestement, ce n'était pas pour le cheval qu'il était là. Le joli petit cheval de sa maison était en pièces, ses chairs sanguinolentes collées en un tas informe sur le pont, et son sang rougissait l'eau de la rivière. Sima Ku freina brutalement et jeta la torche au milieu du pont sur la paille imbibée d'alcool. Des flammes bleues s'élevèrent aussitôt et se propagèrent rapidement. Sima Ku fit faire demi-tour à la bicyclette, mais il n'eut pas le temps de remonter dessus et partit en courant en la poussant, les flammes à ses trousses. Sa bouche continuait à émettre son cri bizarre : « Ayaah, ayaah, ayaah... » Clac clac ! Son chapeau de paille au bord retourné s'envola comme un oiseau et alla se poser sur le pont. Il jeta la bicyclette, se courba en deux, perdit l'équilibre et continua en rampant. Clac clac, clac clac, clac, clac, une série de claquements secs, comme des pétards. Sima Ku adhérait à la surface du pont, rampant droit devant lui comme un gros lézard. En un clin d'œil, il disparut. Les claquements cessèrent. Le pont était envahi par les flammes. Les plus hautes s'élevaient au centre, sans dégager de fumée. Sous le tablier, l'eau avait viré au bleu. Une vague de chaleur déferla, il devenait difficile de respirer, on avait la poitrine oppressée et les narines brûlantes. Elle se transforma en un vent soufflant par bouffées. Les branches des buissons dégoulinaient d'humidité comme si elles suaient, les feuilles se recroquevillaient sous l'effet de la chaleur. À cet instant, Laidi entendit Sima Ku jurer à tue-tête derrière la digue : « Petits Japonais, je baise vos sœurs, si vous êtes arrivés à passer le pont Marco-Polo, vous ne franchirez pas les flammes de mon pont du Dragon ! »

Ayant proféré ces injures, il partit d'un grand éclat de rire : « Ha ha ha ! ha ha ha ! ha ha ha !... »

Sima Ku n'avait pas fini de rire que, sur l'autre rive, apparaissaient à la queue leu leu des têtes coiffées de chapeaux de paille. Puis se profilèrent des bustes, vêtus d'habits kaki, et aussi des têtes de chevaux. Quelques dizaines d'hommes montés sur de grands chevaux s'arrêtèrent sur la digue. Bien qu'elle en fût éloignée de plusieurs centaines de mètres, Laidi vit que les chevaux étaient en tout point semblables au grand étalon du troisième oncle Fan. Les diables japonais ! Les diables japonais sont là, les voilà...

La cavalerie japonaise n'avait pas emprunté le pont de pierre où s'élevaient les flammes bleues mais obliqué à quarante-cinq degrés pour foncer vers la rive opposée. Plusieurs dizaines de grands chevaux, se bousculant maladroitement, furent en un clin d'œil dans le lit de la rivière, les hommes s'interpellant dans leur charabia, les chevaux hennissant en pénétrant dans l'eau. Leurs pattes étaient complètement immergées et leur panse frôlait la surface. Sur leur monture, les Japonais se tenaient tout raides, la taille droite, la tête légèrement relevée. Leurs visages étaient brouillés par la lumière du soleil, leur nez et leurs yeux restaient indistincts. Les chevaux tenaient la tête haute, comme s'ils s'apprêtaient à partir au galop, mais sans le faire. L'eau de la rivière, devenue sirupeuse, dégageait une odeur sucrée écœurante. Les grands chevaux y avançaient avec difficulté, faisant gicler des gerbes d'écume bleue. Il semblait à Laidi que cette écume était comme de petites flammes qui léchaient le ventre des bêtes, les forçant à redresser leur tête lourde et à tendre le cou, le bas de leur queue flottant à la surface. Juchés sur leur monture, les Japonais s'élevaient et s'abaissaient. Ils tenaient la bride à deux mains, leurs jambes tendues sur les étriers, toutes droites, formant un V renversé. Elle vit un grand cheval bai s'arrêter au milieu de la rivière, lever haut la queue et lâcher des boules de crottin. Le Japonais qui le montait frappait impatiemment le ventre de la bête avec ses talons. Le cheval restait immobile et balançait la tête en faisant cliqueter son mors.

« Frères, à l'attaque ! »

Ce cri partit des buissons situés sur la gauche, suivi d'un son sourd semblable à de la soie que l'on déchire, puis ce furent des bruits d'intensité plus ou moins forte. Un objet noir dégageant une fumée blanche s'abattit au milieu de la rivière et explosa en soulevant une colonne d'eau. Le corps du Japonais monté sur le grand cheval bai fut bizarrement projeté en l'air, puis il se renversa en arrière. Pendant qu'il retombait, ses gros bras courts s'agitèrent de manière désordonnée et de sa poitrine jaillit un sang noir qui arrosa la tête du cheval. Celui-ci se débattit et se cabra, faisant luire ses sabots couverts de boue et son large poitrail qui semblait imprégné d'huile. Avant que les sabots ne fussent retombés dans une pluie de gouttes d'eau, le soldat japonais pendait sur la croupe de l'animal, visage tourné vers le ciel. Un soldat monté sur un cheval noir avait la tête plongée dans l'eau. Un autre, sur un moreau, fonçait, les bras plaqués sur l'encolure de sa monture, son corps se balançait, sa tête privée de sa casquette penchée contre le cou de l'animal, et du sang coulait de son oreille dans l'eau. Un désordre total régnait dans la rivière, les chevaux qui avaient perdu leur maître hennissaient et, se retournant, se débattaient pour remonter sur la rive opposée. Les soldats japonais qui restaient se couchèrent sur leur monture, jambes serrées contre son ventre, et levant à deux mains leur fusil étincelant passé en travers de la poitrine, ouvrirent le feu en direction des buissons. Des dizaines de chevaux hennissants se précipitaient vers la berge, couverts de boue et trempés. Sous leur ventre gouttaient des chapelets de perles. Leurs sabots étaient enduits de boue pourpre. Leur queue s'étirait interminablement jusqu'au milieu de la rivière en un bouquet de fils de soie brillants.

Un cheval gris pommelé au front couvert de poils blancs, portant un soldat au visage blanc, bondit vers la digue. Ses lourds sabots creusèrent le sable de la berge en crissant. Le soldat sur le cheval, yeux clos, mâchoires serrées, frappait de la main gauche la croupe de l'animal, et de la droite brandissait un sabre qui lançait des éclairs d'argent. Shangguan Laidi distinguait nettement la sueur qui coulait au bout de son nez et les épais cils du cheval. Elle entendait le souffle expulsé par les naseaux de l'animal et sentit l'odeur aigre de sa sueur. Soudain, au front du cheval pommelé s'éleva une fumée rouge, ses membres se figèrent après qu'il les eut agités frénétiquement, et sur son pelage lisse et brillant apparurent une multitude de rides épaisses. Ses quatre pattes cédèrent tout d'un coup, le soldat qui le chevauchait n'eut pas le temps de descendre et s'écroula avec sa monture dans les buissons.

La troupe à cheval des Japonais galopa vers l'est en suivant le bord de la rivière et arriva à l'endroit où Shangguan Laidi et ses sœurs avaient posé leurs chaussures. Ils tirèrent sur la bride de leur monture avec un parfait ensemble et grimpèrent sur la digue à travers les buissons. Elle ne les vit plus. Le grand cheval gris pommelé était étendu sur la berge, son énorme tête maculée de sang et de boue, la pupille de son gros œil bleu contemplant tristement le ciel d'un bleu profond. Le Japonais au visage blanc avait la moitié du corps coincée sous la panse du cheval, il était à plat ventre dans la boue, la tête penchée sur le côté, une main livide dont tout le sang s'était retiré, tendue vers l'eau comme s'il essayait d'y récupérer quelque chose. La berge, à l'aube encore unie et lisse, était à présent complètement défoncée par les sabots des chevaux. Au milieu de la rivière, un cheval blanc s'était renversé et le courant faisait lentement remuer son corps. Lorsque le ventre du cadavre fut tourné vers le haut, les quatre pattes terminées par des sabots aussi gros que des pots de terre cuite se dressèrent tout droit de façon effrayante, puis, en un clin d'œil, au gré des tournoiements de l'eau, sombrèrent en attendant une occasion de désigner une nouvelle fois le ciel. Le cheval bai qui avait fait une forte impression à Shangguan Laidi descendait au fil de l'eau, tirant le cadavre de son cavalier, et était déjà parvenu loin en aval. Elle imagina soudain qu'il était fort probable qu'il voulût aller voir le grand étalon du troisième oncle Fan. Elle était persuadée que le grand cheval bai était une femelle qui formait avec l'étalon du troisième oncle un couple séparé depuis de longues années. Sur le pont de pierre, le feu brûlait toujours et, du tas de paille placé en son centre, s'élevaient des flammes jaunes et une épaisse fumée blanche. Le pont noir bombait haut sa taille en émettant des halètements et des plaintes sonores. Elle eut le sentiment que le pont, dans les flammes, s'était transformé en un gros serpent qui se tordait dans des souffrances indicibles, cherchant à s'envoler alors que sa queue était fermement clouée au sol. Pauvre pont de pierre ! pensa-t-elle tristement. Pauvre bicyclette Schöneman, la seule machine moderne du canton du Nord-Est de Gaomi, qui n'était plus à présent qu'un tas de ferraille tordue par la chaleur ! L'odeur de la poudre qui piquait le nez, l'odeur du caoutchouc, du sang, de la vase, rendaient l'air brûlant collant et épais, elle sentait que sa poitrine était pleine d'un gaz sur le point d'exploser à tout instant. Le plus grave était que les buissons devant elle étaient en feu, des flammes brûlantes chargées d'étincelles en jaillissaient et les branches se consumaient dans de grands crépitements. Elle prit Qiudi dans ses bras et sortit des buissons en courant, appelant ses autres sœurs d'une voix perçante. Debout sur la digue, elle s'efforça de les compter. Elles étaient toutes là, le visage gris de poussière, les pieds nus, le regard fixe, les oreilles rouges. Entraînant ses sœurs, elle dégringola de la digue et courut tout droit en direction d'une terre en friche. On disait que s'y trouvaient les ruines de la maison d'une femme hui [1], dissimulées par les hautes tiges de sésame et de lampourde. Quand elle pénétra dans le sésame, elle sentit ses chevilles devenir aussi molles que du coton et ses pieds la firent souffrir, comme s'ils étaient transpercés par des aiguilles. Ses sœurs trébuchaient en pleurant à qui mieux mieux. Elles s'assirent, paralysées au milieu des tiges de sésame, serrées dans les bras les unes des autres. Les petites sœurs avaient toutes enfoui leur visage sous le pan de la veste de leur aînée, et seule Laidi, tête dressée, observait avec inquiétude le feu jaunâtre qui se répandait sur le bord de la rivière.

Les dizaines d'hommes en vert qu'elle avait vus auparavant sortaient de la mer de feu en hurlant comme des diables. Le corps couvert de flammes. Elle perçut une voix familière qui criait : « Roulez-vous par terre ! Roulez-vous par terre ! »

L'homme qui avait crié prit les devants et roula en bas de la digue vers la rivière comme une boule de feu. Une dizaine de boules de

1. Terme désignant la minorité ethnique de Chine d'origine musulmane.

feu en firent autant. Une fois les flammes éteintes, une petite fumée bleue s'élevait encore de leur corps et de leur tête. Leurs beaux costumes vert émeraude, de la couleur des feuillages des buissons, avaient perdu leur aspect d'origine : il n'en restait que des lambeaux noirâtres collés aux corps. Un homme qui avait traversé le feu ne se roula pas par terre, mais fila droit devant lui en poussant des hurlements de douleur. Il courut jusqu'au champ de sésame où elles s'étaient réfugiées. Il s'y trouvait un grand trou rempli d'eau sale où poussaient toutes sortes d'herbes et des villarsies aussi grosses que des arbres, aux tiges toutes rouges et aux énormes feuilles jaune tendre avec, haut perchées au bout des rameaux, de belles fleurs d'un rose délicat. L'homme aux habits en feu se précipita tête la première dans le trou, faisant gicler des gerbes d'eau tandis que des petites grenouilles venant juste de perdre leur queue sautaient affolées tout autour, et que des papillons qui venaient de pondre leurs œufs sur les feuilles des villarsies s'envolaient avec légèreté et disparaissaient dans le soleil comme s'ils avaient fondu dans ses rayons brûlants. Le feu s'éteignit sur le corps de l'homme, il était noir de la tête aux pieds, sa tête et son visage couverts d'une épaisse couche de boue, et sur une joue se tortillait un ver. Il était impossible de distinguer où étaient son nez et ses yeux, seule sa bouche était visible. Il pleurait de façon déchirante : « Maman, maman, je vais mourir… » Une loche d'étang dorée gicla de sa bouche. Et comme il remuait l'eau, il faisait remonter à la surface la puanteur de la vase accumulée au fond.

Ceux qui avaient réussi à éteindre le feu sur leur corps étaient étendus, ils gémissaient et juraient, fusils et gourdins jetés à terre ; seul le petit gars maigre au visage tout noir, brandissant son fusil, criait, très excité : « Frères, dispersez-vous vite, les Japonais sont là ! »

Les blessés semblaient ne pas l'avoir entendu et restaient allongés. Deux d'entre eux se relevèrent en tremblant, firent quelques pas chancelants, puis retombèrent. « Frères, dispersez-vous vite ! » criait-il en donnant du bout du pied des coups dans le derrière de l'homme couché près de lui. Celui-ci rampa un peu en se débattant et dit en pleurant : « Commandant, mes yeux, mes yeux n'y voient plus rien… »

Elle apprit ainsi que l'homme au visage noir était leur commandant et elle l'entendit se remettre à crier à tue-tête : « Frères, les diables sont là, battez-vous… »

Sur la haute digue, à l'est, elle vit qu'une vingtaine de grands chevaux montés par des soldats japonais s'écoulaient en deux colonnes comme un torrent. Bien que la digue fût envahie par le feu, la troupe montée restait en ordre parfait ; les chevaux, tête dressée, avançaient à petits pas à la queue leu leu. Arrivé à la ruelle de la famille Chen, le cheval de tête dévala la pente, suivi de près par ceux qui venaient derrière lui, et ils longèrent l'espace découvert au-delà de la digue (c'était l'aire de battage où la famille Sima faisait sécher ses récoltes ; couverte d'une terre sablonneuse dorée, elle était bien plate et ferme). Brusquement ils accélérèrent l'allure. Les chevaux pressèrent le pas, l'encolure baissée, et se mirent à galoper en ligne. Poussant des hurlements, les soldats japonais brandirent bien droit leur long sabre étroit éblouissant et se rapprochèrent dans un tourbillon.

Le commandant leva son fusil et ouvrit le feu au juger en direction de la troupe à cheval. Une petite fumée blanche sortit de la gueule de son arme. Ensuite, il jeta son fusil et, boitant d'une jambe, penché en avant, passa en courant devant l'endroit où étaient cachées les sœurs Shangguan. Un grand cheval ambre le frôla. Le Japonais qui le montait se tourna avec rapidité et son sabre s'abattit en direction de la tête de l'homme. Celui-ci se jeta en avant, sa tête fut épargnée, mais un morceau de chair se détacha de son épaule droite et vola sur le sol. Elle vit ce morceau de chair grand comme la main, qui frémissait telle une grenouille dépecée. Le commandant poussa un cri de douleur et roula à terre. Il resta étendu sans bouger à côté d'une touffe de lampourde. Le soldat japonais fit faire demi-tour à son cheval ambre et se rua vers un grand gaillard debout qui tenait un sabre à la main. Cet homme au visage empreint d'une profonde terreur levait mollement son arme, comme pour la planter dans la tête du cheval. Celui-ci le renversa avec ses pattes avant. Le soldat japonais se baissa et d'un coup de sabre fendit la tête de l'homme en deux. La cervelle blanche gicla sur le pantalon du soldat. En quelques instants, les hommes qui s'étaient échappés des buissons cessèrent de respirer à jamais. Lâchant la bride à leurs chevaux, les Japonais piétinèrent les cadavres avec entrain.

Au même moment, une nouvelle troupe de cavaliers déboulait au galop depuis le bois de pins clairsemés situé à l'ouest du bourg.

Derrière les cavaliers venait une masse d'hommes kaki. Lorsque les deux troupes à cheval se furent rejointes, elles se dirigèrent vers le bourg par la grande rue nord-sud. Les fantassins, portant des tubes de métal noir, coiffés de casques ronds, venaient derrière les cavaliers, et tous envahirent le bourg comme un essaim d'abeilles.

Le feu sur la digue s'était éteint, seules des colonnes de fumée noire montaient vers le ciel. Laidi vit que la digue n'était plus qu'une étendue d'un noir de laque, les branches des buissons dévastés exhalaient une agréable odeur de brûlé. Des nuées de mouches, comme tombées du ciel, se posaient sur les cadavres déchiquetés par les sabots des chevaux, sur les traces de sang sur le sol, sur les feuilles des arbres et aussi sur le corps du commandant. La vue de Laidi était complètement brouillée par les mouches.

Ses yeux étaient secs, ses paupières collées, et un spectacle qu'elle n'avait jamais vu, étrange, s'offrait à elle : il y avait des pattes de chevaux détachées du corps qui tressautaient, un poulain avec un sabre fiché dans la tête, un homme au corps dénudé avec un énorme sexe pendant entre ses jambes, une tête humaine qui roulait à terre en poussant des cris comme une poule en train de pondre, et aussi des petits poissons qui sautaient dans tous les sens sur les tiges de sésame devant elle, comme s'il leur avait poussé de fines pattes. Ce qui l'étonna le plus, ce fut le commandant, dont elle pensait qu'il était mort depuis longtemps, qui s'était relevé lentement et avançait sur les genoux. Il retrouva le morceau de chair arraché de son épaule et le posa sur sa blessure. Mais le morceau retomba aussitôt et roula vers les fourrés. Il le rattrapa, le fit tomber plusieurs fois et finit par le maintenir solidement sur la plaie à l'aide d'un morceau de tissu arraché à ses habits.

Chapitre 8

Le vacarme dans la cour réveilla Shangguan Lushi qui s'était évanouie. Elle regarda désespérée son ventre qui continuait à faire une bosse et le sang frais qui imprégnait la moitié du *kang*. La terre que sa belle-mère avait étalée s'était transformée en une sorte de boue sanguinolente et gluante ; ses sensations confuses s'éclaircirent soudainement, elle vit une chauve-souris aux ailes roses qui voletait prestement entre les poutres, et sur les murs noirâtres apparut peu à peu un visage violacé, celui d'un petit garçon mort. La douleur qui lui vrillait les viscères s'était apaisée et elle découvrit avec surprise qu'entre ses jambes apparaissait un petit pied aux ongles brillants. C'est fini, pensa-t-elle, ma vie va prendre fin. À la pensée de la mort, elle sentit la tristesse monter en elle, elle se vit avec effroi enfermée dans un cercueil aux minces planches assemblées par des clous, sa belle-mère fronçait les sourcils, l'air furieux, son mari, la mine sombre, restait silencieux, seules ses sept filles pleuraient à chaudes larmes autour de son cercueil…

La grosse voix de sa belle-mère domina les pleurs des filles. Elle ouvrit les yeux, ses visions se dissipèrent et elle vit la lumière entrer par la fenêtre. Le parfum capiteux du sophora emplissait la pièce. Une abeille se cognait bruyamment au papier de la croisée.

« Troisième oncle, prends le temps de te laver les mains, entendit-elle dire sa belle-mère, notre chère belle-fille n'a pas encore accouché, elle a commencé à faire sortir un pied, tu pourras l'aider ?…

– Belle-sœur, tu dis vraiment n'importe quoi, ta bouche ne lâche que des pets. Moi, le troisième oncle, je suis docteur pour les chevaux et les ânes, comment pourrais-je aider une femme à accoucher ?

– Les hommes et les animaux, c'est la même chose.

– Arrête de discuter, prépare un peu d'eau, que je me lave les mains. Belle-sœur, ne regarde pas à la dépense et va vite chercher la tante Sun. »

La voix de la belle-mère gronda comme le tonnerre : « Est-ce que tu ne sais pas que je ne m'entends pas avec cette sorcière ? L'année dernière, elle m'a volé une poule.

– Comme tu veux. C'est ta belle-fille qui accouche, ce n'est pas ma femme. » Puis il ajouta pour faire diversion : « Putain, ma femme, quand elle était dans le ventre de ma belle-mère, elle avait déjà des crampes… Belle-sœur, n'oublie pas l'alcool et la tête de cochon, j'ai sauvé deux vies dans ta famille ! »

La belle-mère prit un ton affligé pour déclarer : « Troisième oncle, fais donc une bonne action, les anciens disaient : “Une bonne action qui n'est pas récompensée, tôt ou tard revient te hanter.” En plus, on entend tirer dans la rue, si tu sors, tu risques de tomber sur les Japonais…

– Ne dis plus rien, dit le troisième oncle Fan. Nos familles se connaissent depuis si longtemps, aujourd'hui je vais faire une exception… Mais entendons-nous bien, tu as beau dire que les hommes et les animaux c'est la même chose, malgré tout, la vie humaine c'est l'affaire du ciel. »

Shangguan Lushi entendit des pas s'approcher, et au bruit de ces pas se mêlaient des reniflements sonores. Est-ce que son beau-père, son mari et le troisième oncle Fan à l'air si rusé allaient entrer dans la pièce où elle accouchait et voir son corps totalement dénudé ? Elle sentit la colère et la honte monter en elle ; devant ses yeux flottaient des choses en forme de flocons de ouate. Elle voulut s'asseoir pour prendre un vêtement afin de cacher sa nudité, mais son corps était englué dans la boue sanglante et il lui fut impossible de bouger. D'énormes grondements lui parvenaient de l'extérieur du bourg. Entre ces grondements, il y avait comme des bruits mystérieux et en même temps familiers, on eût dit d'innombrables bestioles qui rampaient… Quels étaient ces sons, pour être aussi familiers à ses oreilles ? Elle fit de violents efforts pour se souvenir et dans son esprit jaillit un petit éclair qui se transforma rapidement en une grande lumière éclairant la scène d'une invasion de sauterelles qui s'était produite une dizaine d'années plus tôt : les sauterelles rouge foncé emplissaient le ciel et masquaient le soleil, déferlant comme une inondation, elles avaient dévoré les feuilles de toutes les plantes et l'écorce des saules ; le bruit effrayant des insectes mastiquant tout sur leur passage avait pénétré les hommes jusqu'à la moelle. Les sauterelles sont de retour ! pensa-t-elle avec terreur, sombrant dans un abîme de désespoir. Mon Dieu ! Laissez-moi mourir, j'en ai assez subi... Seigneur, Sainte Vierge, répandez vos bienfaits et sauvez mon âme... priait-elle à haute voix, pleine d'espoir dans son désespoir, implorant les dieux suprêmes de la Chine et les dieux suprêmes de l'Occident ; les souffrances de son âme et de sa chair semblèrent alors s'apaiser quelque peu. Elle pensa au pasteur Maroya avec ses cheveux roux et ses yeux bleus, aussi bon et charitable qu'un père ou un frère, qui lui avait dit dans un pré au printemps que le dieu du ciel des Chinois et le dieu des Occidentaux ne faisaient qu'un, comme la paume et la main, comme le lotus et le nénuphar. Comme... pensa-t-elle avec honte, comme le petit oiseau et le zizi. Il était debout dans le bois de sophoras au début de l'été, son truc vigoureux haut dressé... Une multitude de fleurs colorées voletaient de partout tandis que leur parfum capiteux enivrait comme un alcool. Elle se sentit elle-même voler comme un nuage, comme une plume. Elle vit avec une émotion sans limites le visage souriant de Maroya, à la fois solennel et sacré, empreint de gentillesse et de bonté, et les larmes lui montèrent aux yeux.

Elle ferma les paupières, ses larmes coulaient en suivant les rides du coin des yeux jusque dans ses oreilles. La porte de la pièce s'ouvrit et sa belle-mère dit à voix basse : « Hé, la mère de Laidi, qu'est-ce qui t'arrive ? Tu dois tenir le coup, mon enfant. Notre ânesse a mis bas un mulet qui gambade de tous les côtés, si tu mets au monde un garçon, la famille Shangguan sera comblée. Mon enfant, on peut cacher des choses à son père et à sa mère, mais pas au médecin. Chez les accoucheurs, on ne fait pas de distinction entre homme et femme, donc j'ai demandé au troisième oncle d'entrer... »

Ces paroles gentilles, chose rare, l'émurent. Elle ouvrit les yeux et hocha doucement la tête vers le grand visage doré de sa belle-mère. Celle-ci fit un signe vers l'extérieur. « Entre, troisième oncle », dit-elle.

Le rusé troisième oncle affichait une mine impassible, voulant prendre un air grave de circonstance. Son regard se déroba, comme s'il assistait à un spectacle effrayant, et soudain son visage sembla se vider de son sang. « Belle-sœur... dit-il en baissant la tête, fais-moi grâce, tu peux me tuer si tu veux, mais jamais je ne ferai ce travail. » Tout en parlant, il reculait et à peine son regard rempli de terreur se posa-t-il sur le corps de Shangguan Lushi qu'il s'en détourna. Au moment de sortir de la pièce à reculons, il se heurta à Shangguan Shouxi qui tendait la tête pour jeter un coup d'œil depuis la porte. Shangguan Lushi considéra avec dégoût le visage en pointe de son mari et son air de rat. La belle-mère poursuivit en hâte le troisième oncle, elle l'entendit crier : « Fils de pute ! »

Au moment où son mari passait de nouveau la tête à la porte et entrait, elle réunit toutes les forces de son corps, leva un bras et l'agita dans sa direction, puis des paroles glaciales sortirent de sa bouche – elle n'était pas sûre que ce fût bien elle qui les prononçait : « Fils de chienne, viens par ici ! » Cela faisait longtemps qu'elle n'éprouvait plus ni haine ni compassion à l'égard de son mari, pourquoi fallait-il qu'elle l'injuriât ? Le traiter de « fils de chienne » revenait à injurier sa belle-mère, à dire que sa belle-mère était une chienne, une vieille chienne… « Vieille chienne, vieille chienne, ne montre pas trop les dents, sinon tu tâteras de mon râteau… » Cette ritournelle qu'elle avait entendue vingt ans auparavant alors qu'elle habitait chez sa tante lui revenait soudain à l'esprit : c'était l'année où une grande sécheresse avait succédé aux inondations, on venait juste de mettre le canton du Nord-Est de Gaomi en exploitation, les foyers y étaient encore rares et la famille de sa tante faisait partie des premiers arrivants. Son oncle gigantesque, les gens l'avaient surnommé Yu les Grandes Paumes, car quand il fermait les mains, elles formaient deux poings énormes de la taille d'un sabot de cheval. D'un seul coup, il pouvait abattre un gros âne. C'était un joueur impénitent, ses doigts étaient enduits de vert-de-gris… Sur l'aire de battage de la famille de Sima Ku, où se tenait un grand rassemblement contre le bandage des pieds des femmes, j'avais été remarquée par Shangguan Lüshi…

« Tu m'as appelé ? » Shangguan Shouxi était debout devant le *kang*, les yeux tournés vers la fenêtre, l'air profondément gêné. « Pourquoi m'as-tu appelé ?… » Elle eut un regard apitoyé pour cet homme qui avait vécu vingt et un ans avec elle et soudain fut remplie de remords. Le vent déferlait par vagues dans l'océan des fleurs de sophora… D'une voix aussi ténue qu'un fil de soie, elle lui dit : « Cet enfant… n'est pas le tien…

– Mère de mes enfants… surtout ne meurs pas… je vais aller chercher la grand-tante Sun… dit Shangguan Shouxi en pleurs.

– Non… dit-elle en regardant son mari d'un air suppliant, je t'en prie, va chercher le pasteur Maroya. »

Dans la cour, souffrant comme si on lui arrachait un morceau de sa chair, Shangguan Lüshi avait sorti de sa poitrine un petit paquet de papier huilé et en ouvrait les feuilles une à une pour découvrir une grosse pièce en argent. Elle la prit entre ses doigts, les coins de sa bouche terriblement tirés vers le bas, les yeux rouges, tandis que le soleil illuminait ses cheveux devenus gris. Des fumées noires arrivaient d'on ne sait où, l'air était brûlant ; vers la rivière du Dragon, au nord, on entendait un vacarme assourdissant, des balles sifflaient bas dans le ciel. Près de fondre en larmes, elle demanda : « Troisième oncle, est-ce que tu peux voir quelqu'un mourir sans l'aider ? Vraiment, si rien n'est plus venimeux que le dard de la guêpe, rien n'est plus cruel que le cœur du médecin ! Mais comme dit le proverbe : "Avec de l'argent on peut faire pousser la meule à un fantôme." Troisième oncle, j'ai porté cette pièce pendant vingt ans contre ma peau, je te la donne, pour acheter la vie de ma belle-fille. »

Elle fit claquer la pièce sur la main du troisième oncle Fan. Celui-ci la jeta violemment à terre, comme si elle était en fer rougi au feu. Son visage était couvert de sueur, ses bajoues vibraient, agitant tous ses traits. Il chargea sa sacoche sur son épaule et déclara : « Belle-sœur, laisse-moi partir… je me prosternerai devant toi… »

Avant que le troisième oncle Fan ait eu le temps d'atteindre la grande porte, Shangguan Fulu entrait en courant, torse nu. Il n'avait plus qu'une chaussure et sa poitrine maigre aux os saillants était souillée de traces vertes comme de l'huile pour essieux de charrette. On eût dit une grosse plaie purulente. « Où étais-tu ? Toujours pas mort ? » l'injuria Shangguan Lüshi, hors d'elle. « Frère, qu'est-ce qui se passe dehors ? » lui demanda avec impatience le troisième oncle. Sans prêter attention aux injures de Lüshi ni répondre à la question du troisième oncle, il restait stupidement bouche bée, comme frappé d'idiotie, des bégaiements sortaient de sa bouche, qui évoquaient une volée de poulets en train de becqueter dans leur assiette en terre.

Shangguan Lüshi saisit le menton de son mari et le tira de haut en bas, faisant tour à tour ouvrir et fermer sa bouche. De la bave blanche s'en écoulait. Il toussota, cracha, puis finit par se calmer. « Hé, le père, qu'est-ce qui se passe dehors ? » Regardant tristement sa femme, il finit par dire en pleurant, la bouche tordue : « Les troupes à cheval des Japonais sont montées sur la digue derrière la rivière. »

Le son sourd des sabots des chevaux parvenait jusqu'à la maison, et dans la cour, tous étaient pétrifiés. Effrayées, un groupe de pies grises à queue blanche s'envolèrent en jacassant. Les vitraux du clocher de l'église se fendirent en silence et des éclats de verre scintillèrent dans les airs. Une fois le vitrail réduit en mille morceaux, le bruit clair d'une explosion se répercuta sur le clocher et les ondes se propagèrent dans toutes les directions, telle une lourde roue métallique qui grince. Un énorme souffle projeta au sol comme des grains de riz le troisième oncle Fan et Shangguan Fulu. Shangguan Lüshi recula pour s'appuyer au mur. Une cheminée de céramique noire ouvragée roula depuis l'avant-toit et vint s'écraser devant elle sur le passage dallé dans un gigantesque fracas.

Shangguan Shouxi sortit de la maison en courant et cria en larmes : « Maman, maman, elle va mourir, elle va mourir, va chercher la tante Sun…

– Si elle doit mourir, elle mourra, on n'y peut rien, et si elle ne doit pas mourir, quoi qu'on fasse, elle ne mourra pas ! » répliqua Shangguan Lüshi en fixant gravement son fils.

Les hommes dans la cour l'écoutaient sans bien comprendre et la fixaient en essuyant leurs yeux remplis de larmes. « Troisième oncle, dit-elle, as-tu encore de ce remède qui active les accouchements, que l'on se transmet de génération en génération ? Si tu en as, donne la bouteille à ma belle-fille, sinon, n'en parlons plus. » Quand elle eut fini de parler et avant même que le troisième oncle eût répondu, elle n'adressa plus un regard à personne. Tête levée, poitrine bombée, elle se dirigea d'un pas chancelant vers la porte.

Chapitre 9

Le matin du cinquième jour du cinquième mois lunaire de l'année 1939, au bourg de Dalan, le village le plus important du canton du Nord-Est de Gaomi, sans prêter la moindre attention aux sifflements des balles dans le ciel ni aux grondements assourdissants des explosions dans le lointain, Shangguan Lüshi fit passer la porte de sa maison à sa vieille ennemie la grand-tante Sun, afin que sa belle-fille Shangguan Lushi soit délivrée de sa grossesse difficile. À l'instant où elles entraient, la cavalerie japonaise piétinait les cadavres des maquisards dans l'espace découvert à l'extrémité du pont.

Dans la cour se tenaient son mari Shangguan Fulu et son fils Shangguan Shouxi, ainsi que le troisième oncle Fan qui s'était attardé – il brandissait triomphalement une bouteille en verre contenant un liquide verdâtre ; les trois hommes étaient là quand elle était sortie chercher la grand-tante Sun, mais le pasteur Maroya aux cheveux roux s'était joint à eux. Il portait une ample soutane noire et sur sa poitrine pendait une lourde croix de bronze. Debout devant la fenêtre de Shangguan Lushi, menton levé, visage tourné vers le soleil, avec le véritable accent du canton du Nord-Est de Gaomi, il récitait une prière à tue-tête : « … Notre Seigneur Jésus-Christ. Seigneur, ô Seigneur, accorde-nous tes faveurs et bénis-nous, au moment où moi, ton fidèle serviteur, et mes amis devons faire face aux souffrances et aux désastres, je te prie d'étendre ta main sacrée pour caresser nos têtes et nous donner la force, le courage, pour que cette femme mette au monde son enfant, pour que les chèvres fassent encore plus de lait, que les poules pondent davantage d'œufs, que les méchants n'aient plus devant les yeux que l'obscurité, que leurs fusils s'enraient, que leurs chevaux s'égarent, qu'ils s'enfoncent dans les marais. Seigneur ! Charge mes épaules de tous les crimes et laisse-moi prendre la place du peuple qui souffre... »

Les hommes, dans la cour, demeuraient silencieux, écoutant sa prière. À l'expression de leur visage, ils semblaient profondément émus.

La grand-tante Sun ricana. Elle s'avança et écarta le pasteur qui chancela, ouvrit grand les yeux et cracha un « amen » ; puis ses doigts décrivirent un signe de croix devant sa poitrine : il avait fini sa longue prière.

Les cheveux argentés de grand-tante Sun étaient soigneusement coiffés, elle avait sur la tête un chignon bien serré piqué sur le côté d'une tige d'armoise et retenu par une barrette argentée qui scintillait. Elle était vêtue d'une veste chinoise blanche à pans croisés parfaitement repassée, et au bouton situé à hauteur de l'aisselle était noué un mouchoir blanc. En bas, elle portait un pantalon de toile noire noué à la cheville par un petit ruban, et elle était chaussée de sandales brodées de velours à l'empeigne noire et à la semelle blanche. De la tête aux pieds, elle respirait la fraîcheur et exhalait une odeur de savon. Pommettes saillantes, nez droit, lèvres bien dessinées, et dans de grandes et profondes orbites, deux yeux jetant des éclairs. Sa distinction extrême contrastait violemment avec l'allure empâtée de Shangguan Lüshi.

Shangguan Lüshi prit des mains du troisième oncle Fan la bouteille remplie d'huile verte, s'approcha de la grand-tante Sun et lui dit à voix basse : « Grand-tante, voici l'huile stimulante du troisième oncle pour les accouchements, faut-il lui en faire boire ?

– Dites donc, vous de la famille Shangguan, dit la grand-tante Sun furieuse en balayant d'un regard glacial d'abord Shangguan Lüshi puis les hommes dans la cour, c'est moi que vous avez appelée pour aider à l'accouchement ou le troisième oncle Fan ?

– Grand-tante, ne te mets pas en colère, comme dit le proverbe : "Quand on est gravement malade, le premier médecin fait l'affaire", et "Qui trouve son lait, trouve sa mère" », répondit Shangguan Lüshi qui affichait une amabilité rare. Puis elle ajouta à voix basse : « Bien sûr que c'est toi qu'on a priée de venir, comment aurais-je osé faire déplacer une immortelle comme toi, si j'avais eu une autre solution ?

– N'as-tu pas dit que je t'avais volé une poule ? demanda la grand-tante Sun. Si tu veux que j'aide à l'accouchement, que personne d'autre ne s'en mêle !

– Entendu, on fera comme tu voudras », dit Shangguan Lüshi.

La grand-tante Sun dénoua de sa taille un morceau de tissu rouge qu'elle attacha au treillis de la fenêtre. Puis elle entra dans la pièce, tête haute, et sur le seuil, se retourna pour ordonner à Shangguan Lüshi : « Hé, toi, viens avec moi ! »

Le troisième oncle Fan s'était précipité vers la fenêtre pour récupérer la bouteille d'huile verte que Shangguan Lüshi avait posée sur le rebord ; il la fourra dans sa sacoche en cuir et, sans même saluer le père et le fils Shangguan, se rua vers la grande porte à la vitesse de l'éclair.

« Amen ! » dit Maroya qui, après s'être une nouvelle fois signé, fit un signe aimable de la tête en direction du père et du fils Shangguan.

De l'intérieur parvenaient les cris impérieux de la grand-tante Sun suivis des sanglots déchirants de Shangguan Lushi.

Accroupi, Shangguan Shouxi se bouchait les oreilles des deux mains. Son père Shangguan Fulu tournait en rond dans la cour, les mains dans le dos. Il marchait d'un pas rapide, tête baissée, comme s'il cherchait quelque chose.

Le pasteur Maroya répétait à voix basse la prière qu'il venait de réciter, les yeux fixés sur le ciel rempli de fumée.

Le petit mulet qui venait de naître sortit en tremblant de l'aile ouest, son pelage tout humide lisse comme une pièce de soie. L'ânesse affaiblie sortit à son tour, au milieu des cris de plus en plus pressants de Shangguan Lushi. Les oreilles pendantes, la queue basse, elle marcha péniblement jusqu'à la jarre d'eau posée sous le grenadier et regarda timidement les hommes. Personne ne lui prêtait attention. Shangguan Shouxi pleurait, mains plaquées sur les oreilles. Shangguan Fulu tournait en rond. Maroya priait, les yeux mi-clos. L'ânesse noire avança le museau vers la jarre et se mit à boire. Une fois désaltérée, elle se dirigea tranquillement vers les claies en tiges de sorgho qui servaient au séchage des arachides et, montrant les dents, mordit dans l'écorce.

La grand-tante Sun enfonça la main dans le vagin de Shangguan Lushi et fit sortir l'autre pied du bébé. La parturiente poussa un cri et s'évanouit. La grand-tante lui souffla une poudre jaune dans les narines. Elle se saisit des deux petits pieds et attendit patiemment.

Shangguan Lushi se réveilla en gémissant. Elle éternua à plusieurs reprises, faisant se contracter violemment son corps. Le haut de celui-ci se tendit puis retomba lourdement. La grand-tante Sun profita de cet instant pour tirer l'enfant. Lorsque le crâne long et plat quitta le corps de la mère, retentit une explosion sonore comme le bruit d'un boulet sortant d'un canon. Du sang frais macula la veste blanche de la grand-tante Sun.

Dans ses mains était étendue une petite fille au corps violacé.

Shangguan Lüshi se mit à pleurer à tue-tête en se frappant la poitrine.

« Ne pleure pas, il y en a encore un dans son ventre ! » gronda la grand-tante Sun avec colère.

Le ventre de Shangguan Lushi se convulsa de façon effrayante, du sang frais sortait à gros bouillons entre ses cuisses où un bébé, la tête couverte de fins cheveux blonds, se faufila comme un poisson.

Au premier coup d'œil, Shangguan Lüshi vit entre les jambes de l'enfant une petite chose qui ressemblait à une chrysalide de ver à soie et elle tomba d'un coup à genoux devant le *kang*.

« Malheur, c'est encore un enfant mort-né », annonça doucement la grand-tante Sun.

Shangguan Lüshi eut un vertige et sa tête alla frapper le rebord du *kang*. Prenant appui dessus, elle se redressa avec difficulté. Après un coup d'œil à sa belle-fille blanche comme un linge, elle quitta la pièce en gémissant douloureusement.

Dans la cour régnait la mort. Son fils était encore à genoux, son long cou sanguinolent d'où le sang serpentait comme un petit ruisseau était fiché dans le sol, et sa tête posée toute droite à côté gardait une expression de terreur. Son mari, dont la bouche mordait les briques de l'allée, avait un bras écrasé sous le ventre, l'autre tendu tout droit vers l'avant, une entaille béante à la nuque d'où se déversaient par terre des choses blanches et rouges. Le pasteur Maroya, agenouillé, ses doigts traçant des croix devant sa poitrine, proférait des chapelets de mots étrangers. Deux grands chevaux sellés mangeaient les claies en tiges de sorgho, l'ânesse et son petit étaient recroquevillés dans un coin. La tête du mulet se cachait sous la patte de l'ânesse et sa petite queue glabre se tortillait comme un serpent. Il y avait là deux Japonais vêtus d'habits kaki, dont l'un essuyait son sabre avec un mouchoir et l'autre tranchait les claies, éparpillant par terre les mille livres d'arachides que la famille Shangguan avait amassées l'année précédente et dont elle s'apprêtait cet été-là à tirer un bon prix au marché. Les deux chevaux baissèrent la tête et entreprirent de dévorer à grand bruit les arachides, remuant de contentement leur longue queue élégante.

Shangguan Lüshi sentit soudain le ciel et la terre tourner, elle voulut se précipiter pour porter secours à son fils et à son mari, mais son énorme corps tomba à la renverse aussi lourdement qu'un pan de mur.

La grand-tante Sun la contourna et se dirigea d'un pas assuré vers la grande porte. Le soldat japonais aux yeux très écartés et aux gros sourcils jeta le mouchoir avec lequel il essuyait son sabre et d'un bond fut devant elle, le corps raide. Il leva son sabre de cavalerie luisant et le pointa contre son cœur. De la bouche du Japonais à l'air sauvage sortait une succession de mots incompréhensibles. Elle le regarda tranquillement, avec même une expression de moquerie sur le visage. Elle recula d'un pas, le Japonais avança d'un pas. Elle fit encore deux pas en arrière, le Japonais deux en avant. Son sabre luisant était toujours pointé sur la poitrine de la grand-tante Sun. Le Japonais avançait toujours, mais la grand-tante Sun, sans impatience, leva la main et écarta le sabre, puis un petit pied volant d'une beauté presque absurde frappa le poignet du soldat. Le sabre tomba à terre. La grand-tante Sun fit un bond en avant et envoya une gifle au soldat qui se mit à pousser des vagissements étranges en se tenant le visage. L'autre militaire accourut en brandissant son sabre. Un éclair alla cueillir tout droit la tête de la grand-tante Sun. Celle-ci esquiva avec souplesse et saisit le poignet du soldat. Elle le secoua et le sabre tomba. Elle leva la main et donna aussi une gifle à cet homme ; elle ne semblait pas avoir frappé fort, mais la moitié du visage du soldat se mit aussitôt à enfler.

Sans se retourner, elle se dirigea vers la grande porte. Un des soldats épaula son fusil et fit feu. Le corps de la grand-tante Sun se raidit un peu, puis elle s'écroula dans l'entrée de la demeure des Shangguan.

À midi, une troupe de Japonais envahit la cour de la maison. Les cavaliers trouvèrent dans une pièce latérale des paniers plats avec lesquels ils transportèrent les arachides dans la ruelle pour nourrir leurs chevaux harassés. Deux soldats emmenèrent le pasteur Maroya.

Un médecin militaire au nez blanc chaussé de lunettes cerclées d'or suivit son officier supérieur dans la chambre de Shangguan Lushi. Fronçant les sourcils, il ouvrit sa trousse de médicaments, enfila des gants de caoutchouc et avec une lancette qui lançait des éclairs froids, coupa le cordon ombilical. Puis il prit par le pied le bébé de sexe masculin et le tapota dans le dos jusqu'à ce qu'il se mît à pousser un pleur rauque comme un chat malade. Ensuite, il prit de la même manière le bébé de sexe féminin, le tapota à son tour et le ranima. Le médecin militaire désinfecta leur cordon avec de la teinture d'iode et leur entoura la taille d'une bande de gaze immaculée. Enfin, il administra à Shangguan Lushi deux piqûres de produit hémostatique. Tout le temps où le militaire soignait la femme et les nourrissons, un Japonais, journaliste aux armées, prenait des photos sous tous les angles. Un mois plus tard, elles étaient publiées dans les journaux du Japon pour témoigner des bonnes relations entre les deux pays.

Deuxième partie

Chapitre 10

Ma mère, à qui avait été injecté un produit hémostatique, finit par revenir à elle. Au premier coup d'œil, elle repéra le petit zizi entre mes jambes, tel un ver à soie, et son regard sombre se mit soudain à briller. Elle me prit dans ses bras et me couvrit de baisers comme une poule qui picore des grains de riz. Je pleurai d'une voix stridente, ouvrant les lèvres à la recherche de son téton. Elle me le fourra dans la bouche. Je tétai de toutes mes forces, mais aucun lait ne vint, seulement le goût du sang. Je pleurai de plus belle. Le bébé qui était sorti avant moi – ma huitième grande sœur – pleurait d'une voix rauque. Ma mère nous posa côte à côte et descendit du *kang* en prenant appui sur le bord. Elle vacilla jusqu'à la jarre et puisa de l'eau avec une louche. Elle découvrit alors avec stupeur les cadavres qui remplissaient la cour. L'ânesse et son mulet tremblaient près des claies à arachides. À ce moment, les grandes sœurs arrivèrent, affolées. Pleurnichant, épuisées, elles coururent auprès de ma mère, puis s'effondrèrent pêle-mêle à même le sol.

C'est de la cheminée de notre maison que s'éleva la première fumée après le désastre. Ma mère força le coffre de notre grand-mère et en sortit des œufs, des jujubes, du sucre candi, ainsi qu'un morceau de vieux ginseng conservé là depuis des années. Elle jeta le tout dans la marmite. L'eau se mit à bouillir, faisant tournoyer les œufs. Ma mère appela mes sœurs et les fit asseoir autour d'une soupière. Elle puisa le contenu de la marmite, le déposa dans la soupière. « Mangez, les enfants ! » dit-elle.

Puis elle me donna le sein. Je tétai ce lait, grandiose et magnifique liquide où se mêlaient les goûts du jujube, du sucre candi et de l'œuf. J'ouvris les yeux. Tout excitées, mes grandes sœurs me regardaient. Je les voyais indistinctement. Je bus jusqu'à la dernière goutte le lait du sein de ma mère et, bercé par les pleurs rauques de ma huitième sœur, refermai les yeux. J'entendis ma mère prendre ma sœur dans ses bras et lui dire en soupirant : « Toi alors, tu es de trop. »

Le lendemain matin, des coups de gong retentirent dans la ruelle. Le grand patron de la résidence de la Vie Heureuse, Sima Ting, hurlait à s'en écorcher la gorge : « Villageois ! Sortez les cadavres de vos maisons, sortez-les… »

Ma mère sortit dans la cour, ma petite sœur et moi dans les bras, et se mit à pleurer en poussant une longue plainte. Aucune larme ne coulait sur son visage. Mes grandes sœurs se pressaient autour d'elle, certaines pleuraient, d'autres non. Sur leur visage, pas de larmes non plus.

Sima Ting, le gong à la main, entra dans notre cour. Cet homme ressemblait à une courge séchée par le vent, impossible de dire avec exactitude quel était son âge parce que son visage était couvert de rides. Il avait le nez telle une fraise et des yeux tout noirs, qui tournaient sans cesse, comme ceux d'un enfant. Sa corpulence était assez chétive, il paraissait déjà au déclin de l'âge, mais ses mains étaient restées blanches et grasses, et sur ses paumes se dessinaient cinq petites fossettes rondes. Comme pour éveiller l'attention de ma mère, il se tenait à un pas d'elle et frappait violemment le gong. Le son en était éraillé, comme s'il était fêlé. Ma mère ravala ses pleurs et, retenant son souffle, cessa d'inspirer et d'expirer pendant près d'une minute. « Quel malheur ! » soupira avec ostentation Sima Ting en considérant les cadavres couchés dans la cour. Aux coins de sa bouche, sur ses lèvres, ses joues, ses oreilles se lisaient douleur et désespoir, indignation et colère ; pourtant, son nez et ses yeux laissaient percer l'impression qu'il se réjouissait secrètement de l'infortune des autres. Il alla près du corps de Shangguan Fulu et resta immobile. Puis il se dirigea vers le cadavre de Shangguan Shouxi, dont le buste et la tête étaient séparés, se pencha et observa ses yeux glauques, comme s'il avait voulu lui témoigner sa sympathie. De sa bouche entrouverte s'écoulait imperceptiblement un filet de salive. En comparaison de l'air serein qu'arborait Shangguan Shouxi, il avait sur le visage une expression de stupidité et de sauvagerie. « Vous ne m'avez pas écouté, pourquoi ne m'avez-vous pas écouté ?… » grommelait Sima Ting qui semblait adresser des reproches à ces morts, mais aussi se parler à lui-même. Il se plaça devant ma mère et lui dit : « Je vais les faire emporter, vous avez vu le temps qu'il fait ! » Il leva le visage pour regarder le ciel, ma mère en fit autant. Le ciel était d'un gris de plomb oppressant ; à l'est, la brume rouge sang était en partie recouverte par de gros nuages noirs menaçants. « Devant chez moi, les lions de pierre suent l'humidité, la pluie va arriver. Si on n'emporte pas ces corps, avec l'humidité et le soleil, je vous laisse imaginer… » grommela encore Sima Ting. Ma sœur et moi dans les bras, ma mère se mit à genoux devant lui. « Patron, dit-elle, ces orphelins et leur mère veuve s'en remettent à vous, allez, les enfants, agenouillez-vous devant le patron ! » Et mes sœurs s'agenouillèrent toutes en rang d'oignons devant Sima Ting. Il frappa encore quelques coups de gong, avec une force décuplée. « Enculé de ses ancêtres, jura-t-il, puis il ajouta en pleurant : C'est une catastrophe qu'a provoquée ce salopard de Sha Yueliang, il a tendu son embuscade et piqué le cul du tigre, alors les Japonais ont tué les gens du peuple. Petites sœurs, mes nièces, debout ! Ne pleurez plus, il n'y a pas que votre famille qui a subi un désastre ! Quelle idée d'avoir accepté d'être nommé chef du bourg par le chef de district Zhang Weihan ! Le chef de district, lui, il a disparu, mais pas le chef du bourg ! Enculé de ses ancêtres ! » Puis il cria en direction de l'extérieur : « Gou le Troisième, Yao le Quatrième, qu'est-ce que vous fabriquez, vous attendez que je vous fasse venir sur un palanquin porté par huit personnes ? »

Gou le Troisième et Yao le Quatrième entrèrent dans la cour en courbant la taille, suivis de quelques bons à rien du bourg. C'étaient les âmes damnées du chef Sima Ting, ils composaient sa suite et sa garde d'honneur lorsqu'il accomplissait ses tâches officielles : son prestige et sa puissance s'exprimaient à travers eux. Yao le Quatrième tenait fermement en main un carnet de feuilles de papier de riz cousues et il avait un crayon décoré de motifs posé sur l'oreille. Gou le Troisième retourna avec peine Shangguan Fulu, exposant son visage gonflé et noirci vers les cieux chargés de nuages noirs. D'une voix traînante, il se mit à déclamer : « Shangguan Fulu… mort égorgé… chef de famille. » Yao le Quatrième, le doigt mouillé de salive, feuilleta longuement son carnet avant de trouver la page qui concernait la famille Shangguan ; il prit son crayon et, un genou à terre, l'autre à angle droit pour soutenir son registre des foyers, passa la pointe du crayon sur sa langue et biffa le nom de Shangguan Fulu. « Shangguan Shouxi – la voix de Gou le Troisième perdit soudain de son assurance –, mort par décapitation ». Ma mère se mit à sangloter bruyamment. Sima Ting dit à Yao le Quatrième : « Écris, écris, tu entends ? » Mais Yao le Quatrième se contenta de tracer un cercle sur le nom de Shangguan Shouxi sans noter la cause de la mort. Sima Ting leva le maillet du gong et le frappa sur la tête en l'injuriant : « Putain de ta mère, devant un mort tu te permets encore de resquiller au travail, tu crois que je ne sais pas lire ?

– Seigneur, ne me tapez pas, dit Yao le Quatrième, le visage ravagé. Je note tout dans ma tête, même au bout de mille ans je m'en souviendrai encore. » Sima Ting écarquilla les yeux. « Parce que tu crois que tu vivras aussi longtemps ! Ceux qui vivent aussi longtemps, ce sont les tortues ou les cocus ?

– Seigneur, c'était juste pour dire, répondit Yao le Quatrième. Là, vous chipotez !

– Qui chipote ? demanda Sima Ting en lui assénant un nouveau coup de maillet sur la tête. Shangguan… » Gou le Troisième était debout devant Shangguan Lushi et l'interrogeait, le visage penché vers elle : « Quel est le nom de ta belle-mère ? » Ma mère secoua la tête. Yao le Quatrième frappa sur son registre avec son crayon : « Elle s'appelle Lü !

– C'est Shangguan Lüshi ! cria Gou le Troisième qui s'était incliné et examinait le corps de la femme. C'est étrange, il n'y a pas de blessures », grommela-t-il en tâtant la tête aux cheveux blancs de Shangguan Lüshi. De la bouche de celle-ci sortit un gémissement presque imperceptible. Gou le Troisième se releva brusquement, les yeux écarquillés, recula de quelques pas, puis dit d'un air hébété : « Qu'est-ce… qu'est-ce que c'est que ce cadavre ?… » Shangguan Lüshi ouvrit lentement les yeux, comme un nouveau-né, le regard vague, fixé sur nulle part. Ma mère cria : « Mère ! » Elle nous fourra, ma sœur et moi, dans les bras de deux grandes sœurs et fit précipitamment deux pas vers ma grand-mère, mais soudain s'arrêta. Elle venait de remarquer que le regard de celle-ci était fixé sur quelque chose. Et ce point de focalisation, c'était moi. J'étais dans les bras de ma sœur aînée. « Belle-sœur, dit Sima Ting, la vieille tante vit ses derniers instants, manifestement, elle veut voir un des nourrissons, c'est un garçon ? » Le regard de ma grand-mère m'avait mis mal à l'aise et je commençai à pleurer. « Faites-lui voir son petit-fils, dit Sima Ting, pour qu'elle puisse partir tranquillement. » Ma mère me prit dans les bras de ma grande sœur, s'agenouilla et s'approcha à genoux du corps de ma grand-mère. Elle me plaça devant ses yeux et lui dit en pleurant : « Mère ! J'en suis arrivée là parce que je n'avais pas d'autre solution. » Au-dessous de mes fesses, dans les yeux de Shangguan Lüshi jaillit un éclair lumineux, des bruits sourds s'échappèrent de son ventre, puis se répandit une odeur pestilentielle. « C'est fini, elle s'est vidée de son souffle, cette fois, c'est bien fini », déclara Sima Ting. Ma mère se releva en me serrant dans ses bras et, devant tous ces hommes, elle ouvrit un pan de sa chemise, sortit un sein et m'en fourra le bout dans la bouche. Sa lourde poitrine me couvrit le visage et je cessai de pleurer. Le chef du bourg Sima Ting proclama : « Shangguan Lüshi, épouse de Shangguan Fulu, mère de Shangguan Shouxi, morte de douleur, suite au décès de son mari et de son fils. Ça va comme ça ! Emportez-la ! »

Des membres de l'équipe de ramassage des cadavres, munis de crochets en fer, s'approchèrent. Ils allaient accrocher le corps de Shangguan Lüshi quand elle se redressa lentement, telle une vieille tortue. Le soleil éclairait son gros visage enflé qui ressemblait à la fois à un citron et à un gâteau de Nouvel An. Elle sourit froidement, puis s'assit en appuyant son dos contre le mur. On eût dit une petite colline pleine d'aplomb.

« Vieille tante, dit Sima Ting, vous êtes vraiment protégée par le destin. »

Dans l'escorte du chef du bourg, chacun tenait devant son visage une serviette éponge imprégnée d'alcool chaud afin de résister à la puanteur des cadavres. Ils apportèrent un battant de porte sur lequel on distinguait des traces de sentences parallèles presque effacées. Quatre bons à rien – à présent membres de l'équipe de ramassage des cadavres du service public du bourg – agrippèrent prestement avec leur crochet les membres de Shangguan Fulu et le jetèrent sur la porte. Deux autres portaient le montant, un devant, l'autre derrière, et ils se dirigèrent vers la sortie. Un bras de Shangguan Fulu pendait comme le balancier d'une horloge. « Écartez un peu la vieille dame de l'entrée ! » cria un des hommes. Deux d'entre eux s'élancèrent. « C'est la grand-tante Sun ! Comment est-elle venue mourir ici ? »

Dans la ruelle, on discutait bruyamment. « Portez-la en premier sur la charrette. » Un grand brouhaha régnait dehors.

Le montant de porte fut posé à côté du corps de Shangguan Shouxi qui avait conservé la posture qu'il avait au moment de sa mort. De la bouche qui semblait implorer le ciel sortaient des chapelets de bulles transparentes, comme si un crabe se cachait à l'intérieur. L'équipe des ramasseurs hésitait, ne sachant comment s'y prendre. « Hé, dit l'un d'eux, il n'y a qu'à le mettre dessus comme ça. » Et il leva son crochet en fer. « Pas avec le crochet ! » cria ma mère. Elle me mit dans les bras d'une de mes sœurs et se précipita en pleurs vers le cadavre décapité de son mari. Elle voulut ramasser la tête, mais à peine ses doigts eurent-ils touché la chose qu'elle retira aussitôt sa main. « Belle-sœur, laisse tomber, est-ce que tu veux la lui remettre ? Va plutôt voir sur la charrette, il y en a qui ont été dévorés par les chiens, il n'en reste plus qu'une jambe, lui, il s'en tire plutôt bien ! » Comme il avait le visage couvert par sa serviette, sa voix était étouffée. « Écartez-vous, retournez-vous et ne regardez pas ! » Il fit brutalement se relever ma mère et la repoussa ainsi que mes sœurs. Puis il nous mit une nouvelle fois en garde : « Fermez les yeux ! »

Lorsque ma mère et mes sœurs rouvrirent les yeux, les cadavres qui jonchaient la cour avaient tous été emportés.

Nous remontâmes la grande rue où la poussière volait derrière la charrette où s'entassaient les cadavres. Il y avait trois chevaux, comme ceux que ma grande sœur avait vus le premier jour : couleur d'ambre, bai, jaune-vert. À présent, ils avaient l'air abattu et la couleur de leur pelage était passée. Celui qui était en tête de l'attelage tendait le cou en avant à chaque pas. Le charretier laissait traîner son fouet et se tenait de la main au limon. De chaque côté de sa tête dépassait une touffe de cheveux noirs et au milieu se dessinait une ligne de cheveux tout blancs, comme sur une vieille mésange. Au bord de la rue, une dizaine de chiens lorgnaient avidement les cadavres sur la charrette. Les familles des morts venaient derrière, dans la poussière. Le chef du bourg Sima Ting et son escorte suivaient. Certains portaient des houes, d'autres des crochets, l'un tenait une grande perche au bout de laquelle était attaché un morceau de tissu rouge. Son gong à la main, Sima Ting frappait un coup tous les dix pas. Au son du gong, les proches des victimes poussaient des sanglots à l'unisson. Ils n'avaient pas l'air de pleurer spontanément, car dès que le son de l'instrument déclinait, les pleurs s'arrêtaient. Ils ne semblaient pas pleurer leurs morts, mais accomplir une tâche fixée par le chef du bourg.

Nous suivîmes ainsi la charrette en pleurant par intermittence ; la route passait devant l'église au clocher détruit, puis devant le grand moulin que, cinq ans auparavant, Sima Ting et son cadet Sima Ku avaient expérimenté pour moudre le grain grâce à la force éolienne. Une dizaine d'ailes délabrées se dressaient encore à son sommet et claquaient dans le ciel. Nous laissâmes sur le côté droit de la grande rue l'ancien emplacement de la société expérimentale pour l'introduction de nouvelles espèces de coton fondée vingt ans plus tôt par le marchand japonais Mifune Toshiro, puis l'estrade qui datait du temps où le chef de district de Gaomi, Niu Tengxiao, avait exhorté les femmes à ne plus bander leurs pieds, sur l'aire de battage de la famille Sima. Finalement, la charrette tourna à gauche en suivant le chemin qui longeait la rivière d'Encre et pénétra sur une terre qui allait jusqu'aux marécages. Des bouffées humides de vent du sud apportaient des relents de pourriture. Dans les canaux qui longeaient le chemin et dans les eaux peu profondes du bord de la rivière, les crapauds coassaient en chœur et des bandes de gros têtards altéraient la couleur de l'eau.

Une fois sur cette terre, la charrette accéléra soudain l'allure. De son fouet, Vieille Mésange frappait le cheval de tête, sans laisser le moindre répit à l'animal qui boitait. Le chemin n'était que trous et bosses, et la charrette cahotait de façon effrayante ; les cadavres exhalaient leur mauvaise odeur et du liquide coulait par les interstices des planches. Les pleurs s'étaient tus et, de leur manche, les proches des victimes masquaient leur nez et leur bouche. Encadré de son escorte, Sima Ting nous dépassa et alla se placer devant la charrette. Ils couraient frénétiquement, courbés en deux, nous laissant derrière, nous et la charrette, et laissant derrière eux la puanteur des morts. Une dizaine de chiens furieux aboyaient, bondissant dans les champs de blé de chaque côté du chemin. Leurs corps ondulaient dans les vagues des blés, apparaissant et disparaissant comme des léopards dans les vagues de l'océan. Ce jour-là, ce fut fête chez les corbeaux et les aigles. Les corbeaux du canton du Nord-Est de Gaomi étaient au complet dans la campagne, formant un nuage noir au-dessus de la charrette, tantôt haut tantôt bas, poussant des cris d'excitation perçants, puis se rassemblant en toutes sortes de formations pour descendre en piqué. Les vieux corbeaux, les plus expérimentés, piquaient de leur bec solide les yeux des morts ; les jeunes, plus novices, s'attaquaient aux crânes, émettant de sonores toc toc. Vieille Mésange les chassait de son fouet, sans jamais rater sa cible. Plusieurs corbeaux tombèrent et furent réduits en bouillie sous les roues. Il y avait bien sept ou huit vautours qui planaient très haut dans le ciel. Les courants d'air complexes les obligeaient parfois à voler plus bas que les corbeaux. Ils s'intéressaient aussi aux cadavres, c'étaient aussi des charognards, mais ils ne se mêlaient pas aux corbeaux, arborant une attitude arrogante et hypocrite.

Le soleil montra son visage au milieu des nuages, faisant étinceler les champs de blé presque mûr. Dès qu'il fit son apparition, le vent changea de direction. Et durant ce processus, se produisit une accalmie. Les vagues qui agitaient les champs de blé s'apaisèrent ou peut-être moururent-elles. Sous le soleil apparut une étendue d'or si vaste qu'elle paraissait s'étirer presque jusqu'à l'horizon. Il y avait tellement d'épis de blé, drus comme de courtes aiguilles dorées, scintillant un à un, qu'ils finissaient par ne former qu'une unique surface scintillante infinie. À cet instant, la charrette vira dans un champ en empruntant un étroit passage. Le conducteur fut obligé de marcher dans le blé. Les deux chevaux au timon, le bai et le jaune-vert, ne pouvaient avancer de front, l'un ou l'autre était contraint d'y passer. Ils ressemblaient à deux enfants qui se chamaillent, tantôt je te pousse dans le champ, tantôt c'est toi qui me pousses. La charrette ralentit son allure et les corbeaux devinrent plus frénétiques encore. Des dizaines d'oiseaux finirent par se poser sur les cadavres et se mirent à les becqueter en étalant leurs ailes. Vieille Mésange ne cherchait même plus à les déloger. Cette année-là, le blé était magnifique, les tiges robustes, les épis bien gros et les grains bien pleins. Les barbes des épis frottaient la panse des chevaux et raclaient les roues et les planches de la charrette, émettant un crissement qui donnait à tous l'envie de se gratter. Au milieu du champ apparaissaient par intermittence les têtes des chiens, leurs yeux clos, comme s'ils n'osaient les ouvrir, de crainte que les barbes des épis ne les aveuglent. Ils ne se fiaient qu'à leur odorat pour garder le cap.

Une fois dans le champ, l'étroitesse du chemin nous contraignit à allonger notre file. Depuis longtemps, tout le monde avait arrêté de pleurer, même les sanglots étouffés s'étaient tus. Parfois, un enfant trébuchait et les adultes qui marchaient à côté, qu'ils fussent de la famille ou non, lui tendaient aussitôt une main secourable. Dans cette atmosphère solennelle de communion, même si l'enfant se coupait la lèvre en tombant, il ne pleurait pas. Le champ de blé était plongé dans un profond silence. Un silence chargé de tension et d'inquiétude. Par moments, une perdrix effrayée par la charrette et les chiens furieux s'envolait lourdement, bas dans les airs, avant de sombrer de nouveau au loin dans la mer dorée. Les serpents des épis – un petit reptile extrêmement venimeux de couleur rouge feu, une spécialité du canton du Nord-Est de Gaomi – se déplaçaient comme l'éclair sur les barbes des épis. À leur vue, les chevaux tremblaient de tout leur corps, les chiens, eux, rampaient entre les rangs sans oser lever la tête. Une moitié du soleil était passée derrière les nuages noirs, tandis que les rayons de l'autre moitié se montraient particulièrement violents. Au-dessus du champ passait avec rapidité l'immense ombre noire des nuages ; la partie du champ éclairée par le soleil était jaune vif, comme si elle était la proie des flammes. Au moment où le vent changea de direction, les myriades d'épis de blé s'agitèrent. Ils se parlaient en aparté, marmonnaient à voix basse, échangeant quelque nouvelle effrayante.

D'abord, ce fut un vent doux qui souffla du nord-est en frôlant les tiges. Sa force se manifesta dans le tremblement de milliers et de milliers d'épis. Dans la calme mer de blé apparurent des ruisselets qui s'écoulaient en gazouillant. Des coups de vent lestes ouvraient des séparations dans cette mer. Le tissu rouge accroché à la perche que tenait l'homme de tête se mit à flotter dans le vent tandis que les nuages grondaient à l'horizon. À l'est, un dragon doré serpentait dans le lointain, les nuages étaient couleur de sang, et des coups de tonnerre sourds retentissaient. L'accalmie dura encore un court instant avant que les vautours s'abattent en tourbillonnant et disparaissent dans les rangs de blé. Comme s'ils avaient explosé, les corbeaux s'envolèrent très haut en poussant des croassements effrayés. Puis un vent violent se leva, créant des ondulations dans les blés. Certaines roulaient du nord vers l'ouest, d'autres de l'est vers le sud. Il en était de longues, de courtes, de serrées, qui se bousculaient et formaient des tourbillons jaunes. On eût dit que la mer de blé était en train de bouillir. Les corbeaux s'étaient égaillés. De grosses gouttes de pluie éparses et livides tombèrent, résonnant en de bruyants floc floc. À la pluie se mêlaient des grêlons gros comme des noyaux d'abricot. En un instant le froid nous pénétra jusqu'aux os. Les grêlons espacés frappaient les épis et les barbes des blés, frappaient les croupes et les oreilles des chevaux, frappaient le ventre des morts et la tête des vivants. Des corbeaux touchés à la tête s'abattirent devant nous comme des pierres.

Ma mère me tenait serré dans ses bras et abritait mon crâne fragile dans le doux sillon de ses seins. Elle avait laissé sur le *kang* ma huitième sœur, celle qui, dès sa naissance, était de trop, pour tenir compagnie à Shangguan Lüshi devenue folle. Shangguan Lüshi qui avait rampé toute seule vers l'aile ouest de la maison et avait mangé à pleines bouchées le crottin de l'ânesse. Mes grandes sœurs se protégeaient la tête de la pluie et des grêlons avec leur veste qu'elles avaient ôtée. Les seins durs de Laidi, deux pommes vertes, dévoilèrent pour la première fois ostensiblement leur joli contour. Elle était la seule à ne pas avoir ôté sa veste. Elle se protégeait la tête des mains, la pluie la trempait et le vent qui arrivait face à elle lui avait plaqué ses vêtements contre le corps.

Après une marche pénible, nous finîmes par arriver au cimetière. C'était un espace d'une superficie de dix *mu*[1], cerné par les champs de blé. Il s'y trouvait plusieurs dizaines de tombes envahies par les herbes et, devant chacune d'elles, se dressait une stèle en bois pourri.

L'averse passa, les nuages déchirés fuirent dans le ciel. Les lambeaux de bleu étaient éblouissants, et les rayons du soleil brûlants. Les restes des grêlons se muèrent rapidement en une vapeur qui remonta dans les cieux. Les tiges de blé étaient blessées, certaines se redressaient, d'autres étaient couchées pour toujours. Le vent froid se transforma très vite en vent chaud, le blé mûrissait à vue d'œil, devenant plus jaune de minute en minute.

Nous nous rassemblâmes en bordure du cimetière, regardant le chef du bourg Sima Ting arpenter le terrain à pas comptés. Les sauterelles s'envolaient sous ses pieds, faisant scintiller leurs ailes intérieures roses sous les élytres vert tendre. Sima Ting se plaça à côté

1. Un *mu* équivaut à un quinzième d'hectare.

d'une touffe de chrysanthèmes sauvages piquée de petites fleurs jaunes, frappa le sol du talon et déclara d'une voix forte : « Ici, on va creuser ici ! »

Sept hommes au teint sombre arrivèrent d'un pas traînant et, appuyés sur leur bêche, s'observèrent mutuellement, comme s'ils voulaient graver à jamais dans leur mémoire le visage de leur vis-à-vis. Ensuite, leurs regards convergèrent vers le visage de Sima Ting. « Qu'est-ce que vous avez à me regarder ? hurla celui-ci. Creusez ! » Il jeta derrière lui le gong et le maillet. Le gong tomba dans une touffe de roseaux d'où s'envolèrent des pompons blancs et effraya un lézard ; le maillet tomba dans des feuilles de sétaire. Il s'empara d'une bêche, la planta dans le sol et, balançant le corps en avant, appuyant du pied sur le rebord, l'enfonça dans la terre. Avec peine, il souleva une pelletée de boue mêlée à des racines serrées, puis, tenant le manche à l'horizontale, il décrivit avec son corps un angle à quatre-vingt-dix degrés vers la gauche brusquement suivi d'un angle à cent quatre-vingts degrés vers la droite ; la masse de terre vola en l'air comme un coq mort dans un grand fracas avant de retomber sur un parterre de pissenlits aux petites fleurs jaune pâle. Il passa la pelle à un homme : « Creusez en vitesse, dit-il, vous ne sentez pas l'odeur ? »

Les hommes se mirent au travail, des pelletées de terre volèrent en tous sens, et peu à peu se creusa la fosse, de plus en plus profonde.

Il était déjà midi, l'air était brûlant, une lumière blanche aveuglante brillait, personne n'osait lever la tête vers le soleil. L'odeur qui se dégageait de la charrette était toujours plus forte, et bien qu'on évitât de se mettre face au vent, la puanteur revenait quand même à contre-courant et, chaque fois, faisait remonter les tripes, donnant une violente envie de vomir. Les corbeaux étaient revenus. On eût dit qu'ils étaient allés se laver, leurs plumes étaient toutes fraîches et lançaient des éclairs bleu foncé. Sima Ting ramassa le gong et le maillet et, sans se soucier de la puanteur, courut devant la charrette. « Hé, la volaille, on va voir qui va oser descendre ! Le premier qui a le courage, je le réduis en bouillie ! » Il frappa le gong, bondissant et poussant des insultes en direction des cieux. Les corbeaux volaient à une dizaine de mètres de l'attelage en poussant des cris assourdissants, lâchant leurs fientes et leurs vieilles plumes. Vieille Mésange prit la longue perche au tissu rouge et l'agita vers eux. Les trois chevaux fermaient leurs naseaux, leur lourde tête semblait plus lourde encore, car ils la baissaient sous l'effort. Les corbeaux piquaient par groupes séparés avec des croassements stridents. Des dizaines d'entre eux entouraient les têtes de Sima Ting et de Vieille Mésange. Cette image des corbeaux, avec leurs petits yeux ronds, leurs ailes solides et vigoureuses, leurs griffes répugnantes de saleté, resterait dans leur mémoire. Ils se battaient contre eux en agitant les bras. Les oiseaux leur piquaient le crâne de leur bec dur. Eux les attaquaient avec le gong, le maillet et la perche au tissu rouge, faisant résonner de grands coups sourds. Les corbeaux blessés, ailes brisées, tombaient sur le pré vert tendre enchâssé de petites fleurs blanches, puis fuyaient clopin-clopant en direction des champs de blé en traînant leurs ailes. Les chiens furieux qui s'y cachaient bondissaient comme des flèches et les déchiquetaient aussitôt. En un clin d'œil, il ne resta plus sur le pré que des boules de plumes collées. Les chiens s'assirent à la limite des champs et du cimetière, leur langue rouge vif pendante, poussant des halètements sonores. Les corbeaux divisèrent leurs forces, les uns importunant Sima Ting et Vieille Mésange, tandis que le gros des troupes se rassemblait sur la charrette où, dans un état de grande excitation, de façon répugnante, sans cesse croassant, le cou flexible comme un ressort et le bec comme une vrille, il s'employait à dévorer les cadavres au goût exquis – un vrai banquet de démons. Épuisés, Sima Ting et Vieille Mésange s'écroulèrent. Allongés à terre, ils avaient le visage couvert d'une épaisse couche de poussière où la transpiration traçait des chemins, déformant totalement leurs traits.

La fosse était déjà profonde de la hauteur d'un homme. Nous n'apercevions plus que le sommet des têtes qui s'agitaient indistinctement et des pelletées de boue blanche et humide qui jaillissaient ; nous pouvions aussi sentir l'odeur de la boue fraîche.

Un homme grimpa de la fosse et s'approcha de Sima Ting. « Chef, on est arrivés à l'eau », dit-il. Sima Ting le regarda perplexe et leva lentement le bras. « Regardez, chef, reprit l'homme, on y est à peu près pour la hauteur. » Sima Ting lui fit encore un signe du doigt, mais l'homme ne comprenait pas ce qu'il voulait dire. « Crétin ! s'écria Sima Ting. Tire-moi ! » L'homme se baissa en hâte et l'aida à se relever. Geignant, Sima Ting se frappa les reins de ses poings, puis, s'appuyant sur l'homme, grimpa sur le monticule de terre fraîche. « Par ma mère, s'écria-t-il, dépêchez-vous de sortir, si vous creusez encore, vous allez arriver en enfer ! »

Les hommes dans la fosse remontèrent aussitôt. À peine parvenus sur le bord, leur nez et leurs yeux furent agressés par la puanteur des cadavres. Décochant un coup de pied au charretier, Sima Ting s'écria : « Debout, fais avancer la charrette ! » Le conducteur restait allongé immobile et Sima Ting cria : « Gou le Troisième et Yao le Quatrième, jetez ce type dans le trou ! »

Gou le Troisième se manifesta parmi les hommes de la fosse.

« Où est Yao le Quatrième ? demanda Sima Ting.

– Ça fait longtemps que ce fils de pute a filé, jura Gou le Troisième hors de lui.

– Quand on rentrera, je le ficherai dehors, dit Sima Ting en envoyant un nouveau coup de pied au conducteur de la charrette, tu es vraiment mort ? »

Le charretier se remit debout. Visage défait, il regardait tristement sa charrette arrêtée en bordure du cimetière. Les corbeaux s'y tenaient serrés les uns contre les autres, voletant de-ci de-là, dans un vacarme épouvantable. Les trois chevaux étaient couchés et cachaient leur museau dans l'herbe. Ils avaient le dos couvert d'oiseaux. Sur l'herbe, tout autour de la charrette, des corbeaux tendaient le cou pour avaler leur butin. Deux d'entre eux se disputaient une chose brillante, comme si elle sortait de la rivière ; quand l'un reculait, l'autre avançait à contrecœur, et quand l'un avançait, l'autre reculait tout excité. Parfois, comme ils étaient de force égale, ils refusaient l'un et l'autre un court moment de céder, piétinaient le pré, leurs ailes traînant, leur cou aux plumes hérissées allongé démesurément découvrant une peau violacée ; les cous semblaient près de se détacher de la poitrine à tout instant. Un chien arriva de côté et emporta un boyau, les corbeaux ne voulurent pas lâcher et roulèrent dans l'herbe.

« Chef, épargnez-moi ! » Le conducteur s'agenouilla aux pieds de Sima Ting.

Sima Ting prit une poignée de boue et l'envoya en direction des corbeaux. Ceux-ci n'y prêtèrent pas la moindre attention. Il se dirigea vers les familles des victimes et nous regarda comme pour nous demander une faveur : « Allez, allez, grommela-t-il, vous devriez tous rentrer chez vous. »

Les familles prirent peur, ma mère s'agenouilla la première, imitée par les autres, tandis que s'élevait un concert de lamentations.

« Seigneur Sima, dit ma mère, donnez-leur le repos en les mettant en terre !

– Nous vous supplions, mettez-les en terre ! dirent-ils tous en chœur. Notre mère ! Notre père ! Notre enfant… »

Sima Ting se tenait tête baissée et la transpiration lui coulait sur le cou comme un ruisseau. À contrecœur, il agita la main vers nous, puis se tourna vers ses domestiques et leur dit à voix basse : « Hommes, jeunes et vieux, frères, vous me suivez, moi, Sima Ting, comme les renards qui profitent du prestige du tigre, vous commettez des larcins, vous ne cessez de vous battre, vous vous en prenez aux veuves, vous profanez les tombes, combien d'actions offensant le ciel et la raison avez-vous commises ? On entretient ses troupes mille jours pour s'en servir une fois : aujourd'hui, même si les corbeaux nous crèvent les yeux et nous picorent la cervelle, nous devons mener à bien notre mission. Moi, le chef de ce bourg prestigieux, j'ai le premier donné l'assaut, et je baiserai jusqu'à la dix-huitième génération les ancêtres de ceux qui chercheront à tirer au flanc ! Quand on aura fini, je vous offrirai un coup à boire. Debout ! »

Puis il attrapa le conducteur par l'oreille : « Amène la charrette, lui dit-il. Allez, les gars, prenez vos outils et allez-y ! »

À cet instant, trois petits gars tout noirs sortirent d'un champ de blé. On ne découvrit qu'il s'agissait de trois petits-enfants muets de la grand-tante Sun que lorsqu'ils furent tout près. Torse nu, ils portaient tous un caleçon de la même couleur. Dans la main du plus grand il y avait un sabre à la lame souple qui vibrait dans l'air, dans celle du deuxième un couteau à manche de bois, et dans celle du plus petit un coutelas à long manche. Les yeux écarquillés, ils faisaient des signes et poussaient des ah ah ! témoignant de leur indignation. Les yeux de Sima Ting brillèrent et il leur tapota la tête l'un après l'autre : « Mes bons petits, votre grand-mère, vos frères sont tous sur la charrette, nous allons les enterrer, mais les corbeaux nous dominent et nous outragent, les corbeaux, ce sont comme des petits Japonais, mes chers petits, nous devons les vaincre ! Vous avez compris ? » Yao le Quatrième sortit d'on ne sait où et leur traduisit en langage des sourds. Des larmes et des éclairs de colère jaillirent de leurs yeux, et ils se précipitèrent sur les corbeaux en faisant voler leurs armes.

« Espèce de diable malin, s'écria Sima Ting en secouant Yao le Quatrième par l'épaule, où étais-tu allé te fourrer ?

– Je n'ai rien fait de mal, chef, dit Yao le Quatrième, je suis allé chercher ces trois frères. »

Les muets sautèrent sur la charrette où ils se mirent debout sur le timon. À peine l'éclat des sabres eut-il brillé que des corbeaux morts s'abattaient sur le sol. « À l'assaut ! » cria Sima Ting. Tout le monde se pressa vers la charrette, et commença une lutte à mort contre les corbeaux. Ce ne fut plus qu'un fracas où se mêlaient injures, coups, croassements et froissements d'ailes. S'y ajoutaient la puanteur des cadavres, la puanteur de la transpiration, l'odeur fétide du sang, l'odeur de la boue, celle des blés et des fleurs sauvages.

Les cadavres déchiquetés furent entassés pêle-mêle dans la fosse. Debout sur le haut tertre formé par la terre fraîche, le pasteur Maroya récitait : « Seigneur, sauve l'âme de ces damnés de la terre… »

Des larmes coulaient des yeux bleus du pasteur et ruisselaient sur les marques couvertes de croûtes violacées que lui avait laissées le fouet, puis sur sa robe noire déchirée et enfin sur la lourde croix en bronze pendue sur sa poitrine.

Le chef du bourg Sima Ting fit descendre le pasteur du tas de terre : « Hé, Maroya, dit-il, allez vous reposer un peu, vous êtes aussi un rescapé de la mort. »

Les hommes commencèrent à remplir la fosse de terre. Le pasteur Maroya s'approcha de nous d'une démarche mal assurée ; le soleil déclinait à l'ouest et son ombre s'étirait sur le sol. Sous son lourd sein gauche, le cœur de ma mère se mit à battre de manière inhabituelle en voyant le pasteur.

Lorsque le soleil rougit, un grand tertre funéraire se dressait au centre du cimetière. Sur l'ordre du chef Sima Ting, les familles des victimes se prosternèrent devant, puis, comme si elles accomplissaient un devoir, se mirent à pousser de faibles gémissements. Ma mère proposa que les familles se prosternent aussi devant Sima Ting et son équipe de ramasseurs de cadavres pour témoigner leur gratitude. Sima Ting répéta plusieurs fois : « Non, c'est inutile, inutile. »

La troupe qui avait procédé à l'enterrement prit le chemin du retour face au soleil rouge sang. Ma mère et mes sœurs restaient en arrière, et l'immense corps de Maroya se balançait encore plus loin. La longue file s'étirait sur un li. L'ombre épaisse des hommes se projetait jusque dans le champ de blé d'un rouge doré. Dans l'immense silence du crépuscule couleur de sang retentissaient le bruit lourd des pas, le souffle du vent du soir qui effleurait les épis, le son de mes pleurs rauques, le premier long ululement aigu et triste d'une grosse chouette qui se réveillait après une journée de sommeil, perchée sur un gros mûrier formant une sorte de dais au beau milieu du cimetière. Son ululement fit frissonner la foule. Ma mère s'arrêta et tourna son regard vers la fosse ; elle ne vit qu'une brume violette s'élevant dans les airs. Le pasteur Maroya se pencha et prit ma septième sœur Shangguan Qiudi dans ses bras. « Mes pauvres enfants… » dit-il.

À peine eut-il prononcé ces mots que le concert nocturne du chœur de millions d'insectes s'éleva de toutes parts.

Chapitre 11

Lorsque ma mère alla voir le pasteur Maroya, ma sœur et moi âgés de cent jours dans les bras, il était midi, le jour de la fête de la Mi-Automne. La porte principale de l'église qui donnait sur la rue était close et elle était barbouillée de mots orduriers blasphémant contre Dieu. Empruntant une ruelle latérale, nous gagnâmes la cour arrière de l'église et frappâmes à une petite porte faisant face à la campagne. À une cheville en bois à côté de la porte était attachée une chèvre efflanquée. Elle avait une face très longue dont on ne pouvait s'empêcher de penser qu'elle ne ressemblait pas à celle d'une chèvre, mais plutôt à celle d'un âne, d'un chameau ou d'une vieille femme. Elle leva la tête et observa ma mère de son regard sombre. Celle-ci, de la pointe du pied, lui caressa un peu le menton. La chèvre poussa un doux bêlement, baissa la tête et se remit à brouter. Dans la cour résonnaient des explosions et la toux sonore du pasteur Maroya. Ma mère souleva la chaîne de la porte qui s'entrouvrit en grinçant. Avec moi dans ses bras, elle se pencha et se glissa dans la cour. Maroya referma la porte, se retourna, tendit les bras, me prit contre sa poitrine et dit en véritable dialecte local : « Voici la chair chérie de ma chair… »

Au même instant, Sha Yueliang arrivait devant le village par le chemin que nous avions suivi pour l'enterrement, débordant d'entrain et d'enthousiasme, à la tête de sa troupe aux carabines et aux ânes noirs tout juste formée. D'un côté du chemin se dressait le sorgho d'automne qui avait poussé dans les chaumes de blé ; de l'autre c'étaient des roseaux qui s'étendaient au bord de la rivière d'Encre. Le soleil brûlant de l'été et la douce pluie avaient frénétiquement fait pousser la végétation. Les feuilles du sorgho d'automne étaient grasses, les tiges robustes, plus hautes qu'un homme, elles n'étaient pas encore en épi ; les roseaux étaient d'un noir brillant, leurs tiges et leurs feuilles couvertes de duvet blanc. On était déjà à la mi-automne, et même si dans l'air on ne sentait pas le moindre parfum automnal, le ciel était déjà du bleu profond particulier à cette saison, et la lumière avait cette belle et claire teinte du soleil d'automne.

Sha Yueliang était à la tête de vingt-huit hommes montés sur des ânes noirs tous identiques. Des bêtes d'une race particulière à la région de collines au sud du district de Wulian. De haute taille, avec des pattes robustes, leur vitesse était inférieure à celle d'un cheval, mais leur endurance excellente, aussi étaient-ils capables de parcourir de longues distances. Parmi plus de huit cents ânes, Sha Yueliang en avait choisi vingt-huit, non châtrés, à la voix puissante et en pleine jeunesse, comme montures pour sa troupe aux carabines. Sur le chemin, les vingt-huit ânes noirs formaient une sorte de flot sombre qui s'écoulait comme de l'eau. Le chemin était noyé dans une brume d'un blanc laiteux et les corps des ânes renvoyaient la lumière du soleil. Lorsque Sha Yueliang, juché sur l'âne de tête, aperçut le clocher et la tour de guet en ruine, il tira sur les rênes, et l'âne qui le suivait vint cogner contre lui, obstinément. Sha Yueliang se retourna pour jeter un coup d'œil à sa troupe et commanda de mettre pied à terre, puis donna l'ordre de se laver la figure et le cou et de bouchonner les montures. Sur son visage noir et émacié se lisait une expression de grand sérieux tandis qu'il chapitrait sévèrement les membres de sa troupe qui paressaient après être descendus de leur âne. Il insista avec la plus grande solennité sur le fait de se laver la figure et le cou et de bouchonner les montures. « Aujourd'hui, dit-il, les maquisards qui résistent au Japon poussent partout comme des champignons, notre troupe aux carabines et aux ânes noirs doit s'imposer sur les autres par son style, afin d'occuper le territoire du canton du Nord-Est de Gaomi. Et pour enraciner dans le cœur des populations un sentiment d'autorité, nous devons être vigilants sur nos paroles et nos actes. » Ainsi mobilisée, la conscience de sa troupe s'accrut rapidement ; torse nu, ils étendirent leurs vêtements sur les roseaux, et debout dans l'eau peu profonde du bord du lac, se lavèrent à grande eau la tête, le visage et le cou. Les crânes rasés de frais luisaient d'une lueur bleutée. Sha Yueliang sortit de sa sacoche un savon qu'il coupa avec son couteau en plusieurs petits morceaux pour les distribuer aux hommes de sa troupe, les engageant à se nettoyer consciencieusement. Lui-même, debout dans l'eau, ôta les traces de crasse sur son cou et son épaule penchée de biais, marquée d'une grande balafre violacée. Pendant que les hommes prenaient leur bain, des ânes noirs étaient plus intéressés à manger les feuilles des roseaux, d'autres des feuilles de sorgho, d'autres se léchaient mutuellement la croupe, tandis que certains, silencieux et pensifs, laissaient leur battoir saillir de leurs bourses et leur frapper sans répit la peau du ventre. Pendant que chaque animal cherchait son plaisir à sa manière, ma mère se débattait pour se dégager des bras de Maroya : « Espèce d'âne, se plaignit-elle, tu étouffes le petit ! »

Maroya rit pour s'excuser, découvrant des dents blanches bien plantées. Il tendit vers nous une grosse main toute rouge, marqua un temps, puis avança aussi l'autre main. Un doigt dans la bouche, je me laissai aller à pousser quelques vagissements. Ma huitième sœur, en revanche, était une vraie poupée de bois, elle ne bougeait ni ne poussait le moindre cri. Elle était aveugle de naissance. Ma mère me confia à Maroya. « Regarde, il te sourit », dit-elle. Puis je tombai dans les deux grandes mains humides du pasteur. Son visage se pencha sur le mien et je regardai ses cheveux roux sur son crâne, ses poils blonds au menton, son long nez d'aigle et ses yeux bleus brillants remplis de compassion. Une piqûre insupportable me transperça le dos, je recrachai mon doigt et me mis à hurler en ouvrant grand la bouche. La douleur me vrillait jusqu'à la moelle et mes yeux se remplirent de larmes. Les lèvres humides de Maroya rencontrèrent mon front, je perçus qu'elles tremblaient et sentis, exhalée par sa bouche, l'odeur piquante de l'oignon mêlée à l'odeur rance du lait de chèvre.

Confus, il me rendit à ma mère. « Je lui ai fait peur ? Oui, je lui ai fait peur », dit-il.

Ma mère passa ma sœur à Maroya et me reprit. Elle me tapota, me berça et murmura : « Ne pleure pas, ne pleure pas. Qui est-ce ? Tu ne le connais pas ? Hé, n'aie pas peur, il est gentil, c'est ton cher pa… ton très cher parrain… »

La piqûre dans mon dos se faisait toujours sentir, et je pleurai de plus belle. Ma mère ouvrit un pan de son vêtement et fourra son sein dans ma bouche. Comme la fourmi qui se raccroche à une paille, j'enfournai ce sein et le suçai de toutes mes forces : un jet de lait impétueux au goût d'herbe verte inonda ma gorge. Pourtant, la douleur persistait, me contraignant à délaisser le téton et à reprendre mes hurlements. Inquiet, Maroya se frottait les mains. Il courut jusqu'au mur, arracha une herbe qu'il fit balancer devant mes yeux, sans résultat. Je continuais à pleurer : il alla dans l'angle du mur et coupa à grand-peine une fleur de tournesol large comme le disque de la lune couronnée par une rangée de pétales dorés, qu'il agita au-dessus de ma tête. Son odeur m'attira. Pendant qu'il se démenait, ma huitième sœur dormait tranquillement au creux de son bras. « Regarde, mon trésor, dit ma mère, ton parrain t'a décroché la lune. » Je tendis la main vers la lune, mais la douleur étrange reprit dans mon dos et je me remis à pleurer. « Qu'est-ce qui se passe ? demanda ma mère, les lèvres livides et le visage trempé de sueur.

– Regardons si quelque chose l'a piqué », dit Maroya.

Aidée par Maroya, ma mère m'ôta le petit costume en tissu rouge confectionné spécialement pour fêter l'anniversaire de mes cent jours et découvrit une épingle oubliée dans l'ourlet, dont la piqûre avait fait couler un peu de sang. Ma mère ôta l'épingle et la jeta de l'autre côté du mur. « Mon pauvre petit… pleurait-elle. Je mérite d'être battue, je mérite vraiment d'être battue ! » Levant la main, elle se donna une violente gifle, puis une autre. Un son incroyablement clair. Maroya lui prit la main, puis, se tenant derrière elle, nous entoura de ses bras. Ses lèvres humides baisèrent la joue de ma mère, ses oreilles, ses cheveux, et il murmura à voix basse : « Ne t'en prends pas à toi, prends-t'en à moi, à moi… » Grâce à son affectueux réconfort, ma mère se calma, elle s'assit sur le seuil de la maison de Maroya et me fourra son sein dans la bouche. Le lait sucré inonda ma gorge et la douleur dans mon dos s'estompa. Ma bouche avait engouffré son téton et ma main agrippait son sein, tandis que, de mon pied levé, je donnais des coups dans le vide comme pour protéger l'autre sein. Ma mère bloqua ma jambe, mais dès que sa main la lâcha, elle se releva aussitôt.

Elle s'interrogeait : « Quand je l'ai habillé, j'ai vérifié plusieurs fois, comment pouvait-il rester une épingle ? C'est sûrement la vieille qui a fait ça ! Elle nous hait !

– Elle sait pour nous ? demanda Maroya.

– Je le lui ai dit, répondit ma mère, elle m'y a obligée, j'ai assez subi ses vexations ! Ce vieux machin a offensé la justice céleste !

– Nourris-la, dit Maroya en lui tendant ma sœur, c'est le Seigneur qui te l'a donnée, il ne faut pas être trop dure. »

Le visage rouge, ma mère prit ma huitième sœur. Elle allait lui donner le sein, quand ma jambe frappa le bébé au ventre. Il se mit à pleurer.

« Tu as vu ? s'exclama ma mère. Ce petit est vraiment tyrannique. Tire un peu de lait de chèvre pour la nourrir. »

Après avoir rassasié la petite fille de lait de chèvre, le pasteur la posa sur le *kang*. Parfaitement sage, elle restait sans bouger ni pleurer.

Maroya considérait mes cheveux souples et blonds, et un éclair de frayeur passa dans ses yeux. Ma mère surprit son regard et releva la tête. « Qu'est-ce que tu regardes ? demanda-t-elle. Est-ce que tu ne nous reconnais pas ?

– Non, dit-il en agitant la tête, un sourire stupide sur le visage, ce petit, quand il boit son lait, il est comme un loup. » Ma mère lui jeta un coup d'œil enjôleur. « Et il ressemble à qui… ? » Maroya rit bêtement. « À moi peut-être ? Mais à quoi est-ce que je ressemblais quand j'étais petit ? » Son regard se troubla, comme celui d'un lapin ; dans son cerveau s'éclairaient les souvenirs d'une enfance laissée à des dizaines de milliers de lis. Deux larmes jaillirent de ses yeux. « Qu'as-tu ? » demanda ma mère effrayée. Il eut un rire un peu gêné et essuya ses larmes avec les grosses articulations de ses doigts. « Rien, dit-il, je suis arrivé en Chine… depuis combien d'années ?

– Du jour où j'ai commencé à comprendre les choses, dit lentement ma mère, tu étais déjà là, tu es un cul-terreux, comme moi.

– Non, dit-il, j'ai ma nationalité, je suis un envoyé du Seigneur, j'ai conservé les documents par lesquels l'archevêque m'a envoyé ici propager la foi.

– Maroya, dit ma mère en riant, mon oncle dit que tu es un faux diable étranger, tous ces documents, il dit que tu as demandé au peintre du canton de Pingdu de les faire.

– Foutaises ! jura Maroya en sursautant comme s'il venait de subir une gigantesque offense, quel fils de pute ce Yu les Grandes Paumes !

– Tu ne dois pas l'injurier comme ça, c'est mon oncle, c'est mon bienfaiteur ! rétorqua ma mère, mécontente.

– S'il n'était pas ton oncle, je lui arracherais la queue !

– Mon oncle peut assommer une mule d'un seul coup de poing », répliqua ma mère en riant. Maroya reprit tristement : « Si même toi, tu ne crois pas que je suis suédois, comment espérer que les autres le croient ? » Il s'accroupit, sortit sa pipe, la bourra de tabac tiré de sa blague et se mit à fumer silencieusement. Ma mère soupira. « Regarde-toi, si je te dis que je crois que tu es un vrai Occidental, ça ne te suffit pas ? À quoi bon te buter ? Où as-tu déjà vu des Chinois qui te ressemblent ? Avec un corps couvert de poils... » Sur le visage de Maroya apparut un sourire d'enfant. « Je finirai par rentrer dans mon pays, dit-il gravement, mais même s'il fallait vraiment que je rentre, ce ne serait pas sûr que je le fasse, sauf si tu venais avec moi. » Il regardait le visage de ma mère. « Tu ne pourras pas partir, dit-elle, et moi non plus. Reste donc tranquillement ici. Est-ce que tu n'as pas dit toi-même que tous les hommes, qu'ils aient les cheveux blonds, rouges ou noirs, sont les brebis du Seigneur ? Pour peu qu'il y ait de l'herbe, on peut toujours avoir un mouton, avec toute l'herbe qu'il y a dans le canton du Nord-Est de Gaomi, est-ce que je n'arriverai pas à te retenir ?

– Si, si, maintenant que je t'ai, toi, comme herbe magique, où pourrais-je encore aller ? » dit Maroya au comble de l'émotion.

Profitant de ce que ma mère et Maroya bavardaient, l'ânesse se mit à dévorer la farine qui recouvrait la meule qu'elle était chargée de faire tourner. Maroya se précipita et de la main frappa l'animal qui reprit sa marche en faisant ronfler la meule. « Les enfants se sont endormis, dit ma mère, je vais t'aider à tamiser la farine. Trouve-moi un bout de natte pour que je les pose à l'ombre de l'arbre. » Maroya étendit une natte de paille sous le sterculier, mais quand ma mère voulut m'y poser, ma bouche serra fortement son téton et refusa de lâcher prise. « Cet enfant, dit-elle, on dirait un gouffre sans fond, il va me sucer jusqu'à la moelle. »

Menée par Maroya, l'ânesse tirait la meule, la meule réduisait le grain en poudre, le grain se transformait en farine, la farine coulait doucement sur le plateau. Assise sous le sterculier, ma mère disposa un panier plat en osier tressé, posa au centre un support et dessus un tamis très fin au milieu duquel elle versa la farine, puis, sans se presser, en rythme, tira et poussa, faisant tomber dans le panier la farine fraîche, blanche comme la neige, tout en retenant la balle dans le tamis… La lumière du soleil, filtrée par les grosses feuilles de l'arbre, tombait sur mon visage et sur les épaules de ma mère. Maroya frappait avec une branche la croupe de l'ânesse pour l'empêcher de paresser. C'était notre ânesse, qu'il était venu chercher dès le petit matin pour actionner la meule. Sous les coups, elle trottait en rond et la transpiration qui l'inondait assombrissait la teinte de son pelage. Un bêlement de la chèvre parvint de l'extérieur, puis la porte s'entrebâilla sous un choc. Le mulet né à la maison le même jour que moi passa sa petite tête fine par la fente. L'ânesse s'impatienta et lança une ruade. « Fais vite entrer le mulet », dit ma mère. Maroya se précipita, força le mulet à reculer en lui appuyant sur la tête, détacha la chaîne qui retenait la porte, ôta le crochet et l'animal fit irruption, vif comme l'éclair ; il se glissa entre les pattes arrière de l'ânesse et saisit une des mamelles dans sa bouche. Celle-ci se calma. « Les hommes et les animaux, c'est la même chose ! » s'exclama ma mère. Maroya hocha la tête pour montrer qu'il l'approuvait.

Tandis que notre ânesse nourrissait son petit près de la meule chez Maroya, Sha Yueliang et sa troupe nettoyaient consciencieusement leurs montures. Avec un peigne métallique spécial, ils démêlèrent crinières et queues aux poils clairsemés. Puis ils frottèrent le pelage à l'aide de bourre de soie avant de l'enduire de cire d'abeille. Les vingt-huit ânes étaient resplendissants, les vingt-huit hommes pleins d'énergie, les vingt-huit carabines luisaient de mille éclats noirs. À la taille de chaque homme étaient attachées deux gourdes en calebasse, une grande et une petite. La grande contenait de la poudre, la petite, des plombs de chasse. Chaque gourde était enduite de trois couches d'huile d'aleurite. Les cinquante-six gourdes étincelaient. Les membres de la troupe portaient un pantalon de toile jaune et une veste noire, ils étaient coiffés de chapeaux pointus à huit pans faits de tiges de sorgho tressées. Au chapeau de Sha Yueliang pendait un gland rouge, pour le distinguer de ses hommes et indiquer son grade. Balayant hommes et montures d'un regard satisfait, il déclara : « Frères, un peu d'énergie pour leur montrer l'allure qu'a notre troupe ! » Puis il grimpa sur son âne, lui frappa la croupe, et celui-ci partit à la vitesse du vent. Si le cheval est le champion du galop, l'âne est le modèle de la marche. Sur la croupe d'un cheval, le cavalier a de la prestance, sur le dos d'un âne, il a l'air satisfait. En un instant, ils firent leur apparition dans la grande rue du bourg de Dalan. Ce jour-là, elle n'était pas telle qu'à la saison de la récolte du blé, où la poussière vole de partout, où il suffit qu'un cheval la parcoure pour qu'elle envahisse tout ; la grande rue avait été lissée et tassée par les fortes pluies de l'été, et la troupe aux ânes de Sha Yueliang ne laissait derrière elle que quelques empreintes blanches, et évidemment aussi le son cristallin des sabots sur la chaussée. Les ânes noirs de Sha Yueliang étaient ferrés comme des chevaux, c'était son idée. Ce son attira d'abord les enfants, puis le maître comptable de l'administration du bourg, Yao le Quatrième. Vêtu d'une robe longue qui n'était pas de saison, son crayon décoré de motifs sur l'oreille, il sortit en courant et s'inclina devant l'âne de Sha Yueliang, tout sourire. « Monsieur le haut fonctionnaire, demanda-t-il, à quelle juridiction appartenez-vous, s'il vous plaît ? Voulez-vous résider ici pour une longue ou une courte durée ? Que puis-je pour votre service ? »

Sha Yueliang descendit de son âne et répondit : « Nous sommes la troupe aux ânes noirs et aux carabines, un détachement des troupes de résistance contre le Japon de la région de Jiaodong ; nous avons reçu de nos supérieurs l'ordre de nous installer au bourg de Dalan pour organiser la résistance, vous devez nous trouver un endroit où loger, préparer du fourrage pour nos ânes et nous fournir de la nourriture. Nous ne sommes pas difficiles, des galettes aux œufs suffiront. Ces ânes sont des montures pour la résistance contre le Japon, il faut bien les nourrir, le foin doit être haché et tamisé, il faudra y mélanger du son et des tourteaux de soja, et pour les abreuver, de l'eau fraîche du puits, surtout pas de l'eau trouble de la rivière du Dragon.

– Monsieur le haut fonctionnaire, dit Yao le Quatrième, pour une affaire aussi importante, je ne peux pas décider tout seul, je dois en référer au chef du bourg, non, en fait, il vient d'être nommé chef du comité de maintien de l'ordre par l'Armée impériale.

– Ah, le fils de pute ! jura Sha Yueliang, le visage fermé, travailler pour les Japonais, c'est devenir un chien courant de traître !

– Monsieur le haut fonctionnaire, dit Yao le Quatrième, notre chef du bourg n'avait aucune intention de devenir chef de ce comité de maintien de l'ordre, sa famille possède cent *qing*[1] de bonne terre, tout un troupeau de mulets et de chevaux, il ne manque de rien, et s'il assume cette tâche, c'est parce qu'il y est contraint et forcé. De toute façon, ce poste, il y aura toujours quelqu'un pour le prendre, alors plutôt que de laisser faire, mieux vaut que ce soit notre grand patron qui l'occupe…

– Conduis-moi auprès de lui », dit Sha Yueliang. Tandis que la troupe se reposait devant le bureau de l'administration du bourg, Yao le Quatrième conduisit Sha Yueliang à la résidence de la Vie Heureuse. La maison se composait de sept suites de quinze pièces, entre lesquelles des cours se succédaient, un vrai labyrinthe. Lorsque Sha Yueliang vit Sima Ting, celui-ci était en train de se disputer avec Sima Ku, alité à cause de ses blessures. Le cinquième jour du cinquième mois, lorsque Sima Ku avait mis le feu au pont sans arriver à mettre le feu aux Japonais, il avait lui-même pris feu aux fesses, et ses blessures étaient restées longtemps sans guérir, se transformant en abcès. Il ne pouvait plus se tenir qu'allongé sur un lit, le derrière haut levé.

« Frère, disait-il, les mains appuyées sur le lit, la tête dressée, le regard brillant, tu n'es qu'un salaud, un vrai salaud, le chef du comité de maintien de l'ordre, c'est le chien des Japonais, l'âne des maquisards. C'est comme le rat qui entre dans un soufflet, c'est une mission où on est persécuté des deux côtés. Personne ne voulait s'en charger, il a fallu que ce soit toi !

– Foutaises ! Tu racontes des foutaises ! s'exclama Sima Ting outré, seul un fils de pute attache de l'importance à cette mission. Les soldats japonais m'ont appuyé leur baïonnette sur le ventre, les officiers m'ont fait dire par leur interprète Umakane Tatsuma : "Ton petit frère Sima Ku est de mèche avec le bandit Sha Yueliang, ils ont tendu une embuscade et mis le feu au pont, ce qui a occasionné de graves pertes à l'Armée impériale. L'Armée avait d'abord l'intention d'incendier la résidence de la Vie Heureuse, mais pensant que tu es quelqu'un de sage, nous te laissons une chance." Ce poste au comité, j'ai dû le prendre pour moitié à cause de toi. »

Injustement injurié par son frère aîné, Sima Ku se mit à pester : « Ce maudit derrière, quand va-t-il se décider à guérir ?

1. Le *qing* équivaut à cent *mu*.

– Le mieux serait qu'il ne guérisse jamais, pour éviter que tu m'amènes encore des catastrophes ! » hurla Sima Ting hors de lui. Il pivota sur les talons et s'apprêtait à sortir quand il remarqua Sha Yueliang à la porte, un petit sourire aux lèvres. Yao le Quatrième s'avança, il allait dire quelque chose, mais Sha Yueliang annonça : « Chef Sima, Sha Yueliang, c'est moi. »

Avant que Sima Ting réagisse, Sima Ku s'était retourné sur son lit : « Tu es ce putain de Sha Yueliang, et ton surnom, c'est Sha le Moine ?

– Aujourd'hui, mon humble personne n'est que le commandant de la troupe de maquisards aux carabines et aux ânes noirs, dit Sha Yueliang, merci au patron en second de la famille Sima d'avoir mis le feu, nous étions parfaitement coordonnés.

– Putain, dit Sima Ku, tu es encore en vie ? Quel genre de guerre de merde tu mènes ?

– Guerre d'embuscade ! dit Sha Yueliang.

– Guerre d'embuscade, guerre d'embuscade ! Tu as failli te retrouver en bouillie ! Si je n'avais pas mis le feu ! s'exclama Sima Ku.

– J'ai un remède pour guérir les brûlures, je vais vous le faire porter tout à l'heure », ricana Sha Yueliang.

Sima Ting ordonna à Yao le Quatrième : « Prépare un repas pour accueillir le commandant Sha.

– Le comité de maintien de l'ordre vient juste d'être créé, il n'y a pas un sou, répondit embarrassé Yao le Quatrième.

– Comment peux-tu être aussi stupide ! s'exclama Sima Ting. L'Armée impériale, ce n'est pas l'affaire de notre seule famille, c'est l'Armée impériale des huit cents âmes de notre bourg ; la troupe aux carabines, ce n'est pas non plus notre troupe personnelle, c'est la troupe de tous les habitants du bourg. Va dans chaque famille réunir des vivres, de la farine et de l'argent : l'hôte de tous doit être reçu par tous. Nous, nous fournirons l'alcool.

– Chef du comité Sima, tu sais vraiment jouer sur tous les tableaux, tu es un homme plein de ressources ! dit Sha Yueliang en riant.

– On ne peut faire autrement, dit Sima Ting. Comme dit le pasteur Maroya : "Si je ne vais pas en enfer, qui ira ?" »

Ledit pasteur Maroya souleva le couvercle de la marmite et plongea dans l'eau bouillante des nouilles préparées avec la farine de blé fraîche. Il remua un peu avec ses baguettes, recouvrit la marmite et dit à haute voix à ma mère qui se tenait devant le fourneau : « Ranime un peu le feu. » Ma mère acquiesça et bourra à l'intérieur une grosse poignée de paille de blé souple et odorante. Tétant son sein, je regardais de biais les flammes qui bondissaient dans le fourneau et, tendant l'oreille, j'entendais les crépitements de la paille qui brûlait, tout en me remémorant ce qui venait de se passer : ils m'avaient posé dans le panier pour tamiser la farine, allongé sur le dos, mais je m'étais retourné et redressé pour fixer mon regard sur ma mère qui pétrissait la pâte devant la table. Son corps ondulait, ses deux précieuses calebasses bien remplies sautaient devant son torse, elles m'appelaient, échangeant avec moi de mystérieux messages. Parfois elles rapprochaient leurs têtes tels des jujubes, comme si elles se donnaient un baiser ou se chuchotaient à l'oreille. La plupart du temps, elles sautaient de haut en bas et roucoulaient comme deux colombes joyeuses. Je tendis la main vers elles, ma bouche se remplit de salive. Soudain prises de timidité, inquiètes, le rouge leur monta au visage et de fines gouttes de sueur formèrent un ruisseau dans le ravin creusé entre elles. Je vis que sur elles dansaient deux points lumineux bleus : c'était le regard de Maroya. De ses orbites bleu foncé sortaient deux petites mains couvertes de duvet blond qui étaient en train de s'emparer de ma nourriture, et dans mon cœur s'élevèrent des flammèches jaunes. J'ouvris la bouche et m'apprêtai à pleurer quand se produisit quelque chose de plus irritant encore. Les petites mains qui sortaient des yeux de Maroya se retirèrent, mais ses grandes mains, celles au bout de ses bras, se tendirent jusqu'à la poitrine de ma mère, son grand corps se plaça derrière elle et les deux horribles mains recouvrirent les deux blanches colombes sur le torse de ma mère. Les doigts caressaient brutalement leur plumage et les pinçaient sauvagement en les saisissant par la tête. Mes pauvres calebasses ! Mes tendres colombes ! Elles se débattaient en agitant leurs ailes, se recroquevillaient tant qu'elles pouvaient, se recroquevillaient encore et encore, jusqu'à ne pouvoir être plus petites, puis soudain elles déployèrent à nouveau leurs ailes, les agitèrent, ardemment désireuses de s'envoler, de voler vers d'immenses étendues infinies, de voler dans le ciel bleu et, avec pour compagnons les nuages tourbillonnant lentement, d'être baignées par le zéphyr, caressées par le soleil, de fredonner dans le zéphyr et de chanter dans le soleil, puis de redescendre paisiblement et de s'enfoncer dans un abîme sans fond. Je me mis à hurler, les larmes inondaient mes yeux. Les corps de Maroya et de ma mère bougeaient, et elle gémissait. « Laisse-moi, espèce d'âne, le bébé pleure !

– Ah, le petit bâtard ! » dit Maroya avec colère.

Ma mère me prit dans ses bras, me berça et me dit pour s'excuser : « Mon chéri, mon enfant, on a fait du mal à un morceau de ma chair. » En parlant, elle offrit à mon visage ses deux blanches colombes et je me mis à les téter sauvagement, goulûment, pesamment. Ma bouche avait beau être très grande, je la trouvais quand même trop petite, elle était comme celle d'un cobra, enrageant de ne pas pouvoir y faire entrer entièrement mes blanches colombes que j'interdisais à autrui de violer. « Moins vite, mon fils. » Ma mère me tapota doucement le derrière. J'en tétai d'abord une, puis j'agrippai l'autre. C'était un petit lapin avec un œil rouge, je pinçais ses grandes oreilles, je sentais les battements de son cœur. « Petit bâtard, soupira Maroya.

– Il ne faut pas l'appeler “petit bâtard”, dit ma mère.

– C'en est pourtant bien un, rétorqua Maroya.

– J'ai l'intention de te demander de le baptiser, reprit ma mère, et ensuite il te faudra lui trouver un nom. Aujourd'hui, il vient juste d'avoir cent jours. »

Pétrissant la pâte d'une main experte, Maroya dit : « Le baptiser ? J'ai oublié comment on fait. Je vais te faire des nouilles étirées, j'ai appris à les faire avec cette femme hui.

– Jusqu'où sont allées tes relations avec elle ? demanda ma mère.

– Nulle part, c'était absolument pur !

– Va raconter ça à d'autres ! »

Ricanant doucement, Maroya étirait et lançait en l'air la pâte moelleuse, puis il la frappa sur la table. « Raconte-moi ! » insista ma mère. Après avoir travaillé la pâte un moment, il la souleva et recommença à l'étirer et à la lancer en l'air, tantôt comme s'il bandait un arc pour décocher une flèche, tantôt comme s'il tirait un serpent hors de son trou. Que ses deux grandes mains gourdes d'Occidental fussent capables d'effectuer ces gestes chinois aériens et experts, étonnait quelque peu ma mère. « Peut-être, dit-il, ne suis-je pas le moins du monde un quelconque Suédois, et tout ce qui s'est passé autrefois n'était peut-être qu'un rêve, non ?

– N'essaie pas de faire diversion, répondit ma mère en riant froidement, je t'interroge sur ce que tu as fait avec cette femme aux yeux noirs. » Le pasteur aplatit la pâte des deux mains comme si c'était un jeu d'enfant, la pétrit, la pétrit encore, l'étira puis la relâcha. Quand il l'eut relâchée, des nouilles aussi fines que des brins de paille formèrent une gerbe en hélice, et quand il les secoua, elles s'éparpillèrent comme une queue de cheval ébouriffée. Maroya faisait montre de son habileté et ma mère exprima son admiration : « Une femme capable d'étendre la pâte de cette manière ne peut pas être une mauvaise femme.

– Bon, dit Maroya, mère de mon enfant, n'aie pas de mauvaises pensées et allume le feu, je vais te faire cuire ces pâtes.

– Et après le repas ? demanda ma mère.

– Après le repas, on baptisera ce petit bâtard, on lui donnera un nom. »

Ma mère feignit la colère : « Il n'y a que les enfants que tu as faits avec cette femme hui que tu peux appeler bâtards. »

Au moment où elle achevait sa phrase, Sha Yueliang et Sima Ting entrechoquaient leurs verres remplis d'alcool. Durant le banquet, ils avaient décidé ceci : les ânes de la troupe aux carabines seraient rassemblés dans l'église pour être nourris, les membres de la troupe seraient répartis dans les foyers pour être logés, le lieu du quartier général de la troupe serait fixé par Sha Yueliang en personne après le repas.

Sous la direction de Yao le Quatrième, protégé par quatre membres de la troupe, Sha Yueliang pénétra dans notre cour et repéra au premier coup d'œil ma grande sœur Shangguan Laidi, qui se tenait à côté de la jarre ; sa jolie silhouette se reflétait dans l'eau où se déplaçait lentement un ciel bleu avec des nuages blancs, elle peignait ses cheveux. Après avoir passé un été relativement calme où elle n'avait manqué de rien, le corps de ma sœur aînée avait subi de grandes transformations. Sa poitrine se dressait déjà haut, ses cheveux tout secs étaient devenus d'un noir brillant, sa taille avait pris une souplesse pleine de grâce tandis que ses fesses plantureuses se bombaient. En cent jours, elle avait quitté sa peau de jeune fille maigrichonne et sèche pour devenir aussi belle qu'un papillon multicolore. Le long nez blanc de ma grande sœur, c'était celui de ma mère, sa poitrine généreuse et ses fesses bombées étaient aussi celles de ma mère. Vierge timide reflétée par la jarre, ses yeux laissaient percer un regard triste. Ses mains maniant le peigne tiraient ses cheveux noirs, image d'une femme charmante toute à son désœuvrement. Quand il la vit, Sha Yueliang fut aussitôt envoûté. Sur un ton ferme, il dit à Yao le Quatrième : « Ici sera installé le quartier général de la troupe aux carabines et aux ânes noirs.

– Où est ta mère, Shangguan Laidi ? » demanda Yao le Quatrième.

Sans attendre la réponse, Sha Yueliang agita la main pour le congédier. Il avança jusqu'à la jarre en fixant ma grande sœur, qui ne le quittait pas non plus des yeux.

« Tu me reconnais, petite sœur ? » demanda-t-il.

Elle fit oui de la tête ; deux nuages rouges passèrent sur ses joues.

Puis elle fit volte-face pour entrer dans la maison. Depuis le cinquième jour du cinquième mois, elles s'étaient installées dans les pièces occupées auparavant par Shangguan Lüshi et Shangguan Fulu. L'aile est qui avait été celle des sept sœurs avait été transformée en un grenier capable de contenir six *shi* [1] de blé. Sha Yueliang suivit ma sœur aînée dans la maison et découvrit mes six autres sœurs qui faisaient la sieste sur le *kang*. « N'aie pas peur, dit-il gentiment, nous sommes une troupe de résistance contre le Japon, nous ne faisons pas de mal à la population, tu as vu comment j'ai dirigé le combat. C'était un combat héroïque et sublime, audacieux et violent, un combat qui traversera les siècles, un jour viendra où je serai un personnage d'opéra dont on chantera les exploits. »

Ma grande sœur baissa la tête, jouant avec le bout de ses tresses ; elle se souvenait comment ce matin si peu ordinaire du cinquième jour du cinquième mois, cet homme avait surgi sous ses yeux dans le sang et le feu et s'était débarrassé un à un de ses vêtements déchirés.

« Petite sœur, non, grande sœur, notre rencontre était prédestinée ! » dit-il sur un ton plein de sous-entendus avant de retourner dans la cour.

Ma sœur aînée le suivit jusqu'à la porte et le vit entrer dans l'aile est, puis dans l'aile ouest. Là, il sursauta de frayeur devant les yeux verdâtres de Shangguan Lüshi, puis recula en se bouchant le nez. Il ordonna aux membres de sa troupe : « Faites un tas avec le blé pour libérer de la place et nettoyez le sol. »

1. Un *shi* égale dix boisseaux, soit un hectolitre.

Ma grande sœur se tenait près de la porte, examinant cet homme maigre au teint sombre, l'épaule penchée de biais, comme un sophora calciné par la foudre. « Et ton père ? » demanda-t-il. Réfugié dans un angle de mur, Yao le Quatrième dit avec empressement : « Son père a été tué le cinquième jour du cinquième mois par les diables japonais… non, par l'Armée impériale, et son grand-père Shangguan Fulu a subi le même sort.

– Quelle Armée impériale ? Des diables, des petits diables japonais ! Des petits diables japonais coupables de tous les crimes et indignes de pardon ! » rugit Sha Yueliang hors de lui. Puis, tout en jurant, il frappa le sol du pied, avec emphase, pour bien exprimer sa haine des soldats japonais. Continuant à marteler le sol, il dit : « Sœur, ta haine, c'est ma haine, et cette haine profonde comme une mer de sang, il nous faut la venger ! Qui est le chef de ta famille ?

– Shangguan Lushi », répondit à sa place Yao le Quatrième.

Mon baptême et celui de ma huitième sœur eurent lieu dans l'église. Par la porte de derrière de la maison du pasteur, on entrait directement dans l'église. Aux murs étaient accrochées des peintures à l'huile décolorées par le temps sur lesquelles figuraient des enfants aux fesses nues, tous avec des ailes et gras comme des patates douces à la peau rouge – j'appris plus tard qu'on les appelait des anges. Au fond de l'église se trouvait une estrade faite de briques empilées, au-dessus de laquelle était accrochée la statue d'un homme taillée dans du bois lourd et dur de jujubier. Comme la technique de sculpture était maladroite ou parce que le bois était trop dur, cet homme n'avait pas grand-chose à voir avec un être humain. Par la suite, j'appris que c'était Notre-Seigneur Jésus-Christ, un grand héros extraordinaire, un homme bon. Hormis cela, étaient disposés en désordre dans l'église une dizaine de bancs couverts de poussière et de crottes d'oiseaux. Ma mère pénétra dans l'édifice en nous tenant dans ses bras, moi et ma sœur. Une nuée de moineaux effrayés s'envolèrent et allèrent se cogner contre les fenêtres. La porte principale de l'église faisait face à la grande rue et, par la fente, ma mère aperçut des ânes qui allaient et venaient comme des navettes.

Le pasteur Maroya tenait à deux mains un grand baquet en bois à demi rempli d'eau chaude où flottait un morceau de courge luffa en forme d'éponge. De la vapeur montait du baquet, l'obligeant presque à fermer les yeux. Le lourd récipient lui faisait courber la taille. Il tirait péniblement la tête vers le haut et avançait d'un pas hésitant. Il faillit même perdre l'équilibre et de l'eau gicla sur son visage. D'un pas très lent, il finit par porter le baquet jusqu'à l'estrade.

Ma mère s'avança en nous tenant dans les bras. Maroya me prit pour me plonger dans le baquet, mais lorsque l'eau chaude toucha mes pieds, je les retirai aussitôt. Mes pleurs résonnèrent dans la vaste église déserte. Sur une poutre se trouvait un nid d'hirondelles. Les bébés hirondelles qui y étaient perchés tendaient la tête et m'observaient de leurs yeux d'un noir de laque. Leurs parents entrèrent en passant par un carreau cassé, un ver dans le bec. Maroya me tendit à ma mère, puis il se mit à genoux pour remuer l'eau de sa grande main. Le Jésus en jujubier accroché à la poutre nous contemplait avec commisération tandis que, sur les murs, les anges poursuivaient les moineaux, des traverses aux piliers, du mur de l'est au mur de l'ouest, des marches en bois jusqu'au vieux clocher, d'où ils redescendaient ensuite. Puis ils retournaient se reposer sur les murs. Des gouttes de sueur transparentes perlaient sur leurs petites fesses nues. L'eau dans le baquet tournoyait, formant en son centre un tourbillon. Maroya tendit la main pour tester la chaleur de l'eau : « Ça va, dit-il, ce n'est pas trop chaud, mets-le dedans. »

Ils m'avaient complètement déshabillé. Le lait de ma mère, abondant, d'excellente qualité, m'avait rendu grassouillet et avait blanchi ma peau. Si sur mon visage un sourire grave ou coléreux avait remplacé les pleurs, si sur mon dos avaient poussé deux ailes, j'aurais pu être un ange, et ces enfants grassouillets peints sur les murs auraient été mes frères. Ma mère me déposa dans le baquet et je m'arrêtai aussitôt de pleurer parce que je sentis que l'eau tiède me faisait du bien. Assis en plein milieu, je frappai l'eau en poussant des gloussements de joie. Maroya sortit du baquet sa croix de bronze et l'appuya sur ma tête : « À partir de maintenant, dit-il, tu seras le fils le plus proche du Seigneur. Alléluia ! » En recevant l'eau bénite, ma tête riait de bonheur.

Ma mère arborait une expression d'intense satisfaction. Elle plongea aussi ma huitième sœur dans le baquet, prit la courge luffa et nous frictionna doucement le corps, tandis que Maroya nous versait louche après louche sur la tête. Chaque fois, je riais à gorge déployée tandis que ma sœur pleurait. Des deux mains, j'agrippai cette petite grande sœur noiraude et maigrichonne.

« Ils n'ont toujours pas de nom, dit ma mère, donne-leur un nom. »

Le pasteur posa la louche. « C'est une affaire importante, dit-il, laisse-moi réfléchir.

– Ma belle-mère disait que si j'accouchais d'un garçon, il faudrait l'appeler Shangguan le Chien, dit ma mère, elle disait que si on donnait un nom vil à un garçon, c'était plus facile de l'élever. »

Maroya refusa de la tête. « Non, ce n'est pas bien, les noms comme Chien ou Chat vont à l'encontre des volontés du Seigneur, et en même temps ils ne respectent pas les enseignements de Confucius, car le Maître a dit : "Si l'appellation n'est pas correcte, la parole ne suit pas."

– J'ai trouvé ! dit ma mère, dis-moi si ça va, et si on l'appelait Shangguan Amen ?

– C'est encore pire ! dit Maroya en riant, ne dis plus rien et laisse-moi réfléchir. »

Maroya se leva, mit les mains derrière son dos et arpenta d'un pas nerveux l'église qui exhalait une odeur de ruine ; la rapidité de ses pas montrait qu'il faisait travailler son cerveau, des noms et des signes, anciens ou actuels, chinois ou étrangers, célestes ou humains, tourbillonnaient dans sa tête. Ma mère rit en l'observant. « Regarde un peu ton parrain, où vois-tu qu'il est en train de vous choisir un nom ? Il est plutôt en train d'annoncer un décès ! Il a le bec d'étourneau de l'entremetteuse, et la patte de lapin qui annonce le deuil ! » Tout en fredonnant, ma mère ramassa la louche que Maroya avait abandonnée, puisa de l'eau et me la versa sur la tête.

« Ça y est, j'ai trouvé ! » s'écria le pasteur alors qu'il passait pour la vingt-neuvième fois devant la grande porte close de l'église. « Comment s'appellent-ils ? » demanda ma mère, très excitée. Maroya allait répondre quand la porte se mit à résonner bruyamment. On entendait dehors un brouhaha, la porte tremblait, et à l'extérieur on criait et discutait. Effrayée, ma mère se releva, la louche à la main. Maroya colla son œil à la fente. Nous ignorions ce qu'il voyait, nous pouvions seulement voir sa face toute rouge, sans distinguer si c'était la colère ou la crainte qui lui faisait monter le sang au visage. Avec inquiétude, il dit à ma mère : « Filons vite, allons dans la cour de devant. »

Ma mère se pencha pour me prendre dans ses bras, mais avant de me soulever, elle jeta la louche qu'elle tenait à la main. Celle-ci rebondit sur le sol en résonnant, comme un crapaud qui appelle sa partenaire. Ma huitième sœur abandonnée dans le baquet poussa des vagissements. La barre en bois de la grande porte se brisa en deux et tomba à terre. Les battants s'ouvrirent brutalement et un membre de la troupe, crâne rasé, fit irruption comme une balle de fusil et alla heurter la poitrine de Maroya qui recula jusqu'au mur opposé. Au-dessus de sa tête se tenaient les anges aux fesses nues. Au moment où la barre de la porte sautait, je glissai des mains de ma mère et retombai lourdement dans le baquet, faisant jaillir une gerbe de gouttelettes, assommant presque ma sœur.

Cinq hommes de la troupe étaient entrés en force. Découvrant l'intérieur de l'église, leur air terrible s'adoucit un peu. Celui qui avait presque assommé Maroya en le heurtant dit en se frottant le crâne : « Qu'est-ce que c'est que ça ? Il y a encore des gens ici ? » Et il interrogea les quatre autres du regard : « Vous n'aviez pas dit que c'était une église désaffectée depuis longtemps ? Comment se fait-il qu'il y ait encore des gens ? »

Maroya marcha vers les membres de la troupe en se tenant la poitrine. Les traits de son visage lui donnaient une certaine solennité, et les hommes avaient l'air embarrassé et effrayé. Si Maroya avait eu l'idée de débiter des phrases en langue occidentale et d'agiter un peu les bras, ils auraient sans doute immédiatement déguerpi, et même s'il avait proféré quelques mots chinois avec un accent occidental, ils n'auraient pas osé se montrer insolents, mais le pauvre Maroya ne sut que dire avec le plus pur accent du canton du Nord-Est de Gaomi : « Que voulez-vous, mes frères ? » avant de s'incliner devant eux.

Au milieu de mes pleurs – ma huitième sœur, en revanche, ne pleurait plus –, ils partirent d'un grand éclat de rire, détaillant Maroya de la tête aux pieds comme s'ils contemplaient un singe. L'un d'eux, qui avait la bouche tordue, avança les doigts pour tirer sur les longs poils qui sortaient des oreilles du pasteur.

« C'est un singe, ah, ah, c'est un singe ! » dit l'un des hommes.

Les autres reprirent : « Regardez-moi ce singe qui se cache avec une belle femme !

– Je proteste ! s'exclama Maroya, je proteste ! Je suis un étranger !

– Un étranger, vous avez entendu ? dit l'homme à la bouche tordue, est-ce que les étrangers savent parler le dialecte du canton du Nord-Est de Gaomi ? À mon avis, tu es un bâtard issu d'un singe et d'un homme, allez les gars, amenez les ânes ! »

Ma mère nous tenait serrés contre sa poitrine, ma sœur et moi. Elle alla tirer Maroya par le bras. « Allons-nous-en, dit-elle, ne les énervons pas ! »

Obstiné, Maroya se dégagea et se précipita pour repousser les ânes hors de l'église. Comme des chiens, ceux-ci lui montraient les dents en mugissant.

« Pousse-toi ! hurla un des hommes en heurtant Maroya à l'épaule.

– L'église est un lieu sacré, la terre pure du Seigneur, comment pourrais-je la laisser à des ânes ? protesta Maroya.

– C'est un faux diable étranger ! dit un homme au visage blanc et aux lèvres violacées, ma vieille grand-mère m'a parlé de celui-ci – et il désigna le Jésus en jujubier accroché à la poutre. Il est né dans une écurie, alors comme l'âne est un proche parent du cheval, et que votre Seigneur a une dette envers le cheval, il a donc une dette envers les ânes. Si on peut faire d'une écurie une pièce d'accouchement, pourquoi une église ferait pas un enclos pour les ânes ? »

Fier de son raisonnement, il riait en regardant le pasteur.

Maroya se signa et dit en pleurant : « Seigneur ! Châtie ces scélérats, foudroie-les, fais-les mordre par un serpent venimeux, fais-les mourir sous les balles japonaises !...

– Sale traître ! » L'homme à la bouche tordue frappa Maroya. Il avait voulu le frapper sur les lèvres, mais il atteignit son nez d'aigle qui se mit à saigner à grosses gouttes. Maroya poussa un gémissement, leva les deux mains et lança à l'adresse du Jésus en jujubier cloué sur sa croix : « Seigneur, Seigneur tout-puissant... »

Les hommes levèrent d'abord la tête vers le corps couvert de poussière et de crottes d'oiseaux du Jésus en jujubier, puis regardèrent le visage de Maroya maculé du sang qui coulait de son nez. Enfin leurs regards coururent sur ma mère du haut en bas. C'était comme si une troupe d'escargots passait sur son corps en laissant leurs traces gluantes. L'homme qui savait où était né Jésus tirait une langue comme un pied de mollusque qu'il passait sur ses lèvres violacées. Les vingt-huit ânes étaient entrés dans l'église, les uns se promenaient nonchalamment, les autres se frottaient contre les parois, d'autres faisaient leurs besoins, d'autres encore se comportaient en voyous, et pour finir, certains léchaient la chaux sur les murs. « Seigneur ! » gémit Maroya, mais son Seigneur demeura impassible.

Un membre de la troupe nous arracha, ma sœur et moi, aux bras de ma mère et nous jeta au milieu des ânes. Telle une louve, elle se précipita, mais un des hommes lui barra le passage. Ils commencèrent à s'agiter autour d'elle, et celui qui avait la bouche tordue fut le premier à lui toucher les seins. Celui qui avait les lèvres violacées, pris de jalousie, le repoussa et empoigna à pleines mains mes deux colombes, mes précieuses calebasses. Ma mère pleurait et griffa au visage l'homme aux lèvres violacées ; il ricana et lui ouvrit sa veste.

La scène qui suivit a constitué une source de chagrin qui m'a poursuivi toute ma vie : tandis que Sha Yueliang faisait des avances à ma sœur aînée dans la cour de notre maison, Gou le troisième et sa bande de bons à rien installaient par terre un lit de fortune en paille et cinq membres de la troupe – ceux qui étaient chargés de s'occuper des bêtes – y couchaient ma mère. Ma sœur et moi nous égosillions au milieu des ânes. Maroya se releva, s'empara de la barre cassée de la porte et en asséna un coup sur l'un des hommes. Un des leurs épaula et visa les jambes du pasteur. Il ouvrit le feu. Une énorme détonation retentit, les plombs criblèrent les jambes de Maroya et des gouttes de sang giclèrent. La barre lui échappa des mains, il tomba lentement à genoux et, regardant le Jésus en jujubier à la tête couverte de crottes d'oiseaux, il se mit à réciter à voix basse des mots en suédois depuis longtemps oubliés, qui s'envolèrent de sa bouche comme un nuage de papillons. Les membres de la troupe violèrent ma mère l'un après l'autre. Et les ânes noirs vinrent l'un après l'autre nous renifler, ma sœur et moi. Leurs braiments sonores allaient frapper le toit de l'église et s'élevaient dans les cieux glacés. Sur le visage du Jésus en jujubier perlaient des gouttes de sueur. Une fois satisfaits, les hommes nous jetèrent, ma mère, ma sœur et moi, dans la grande rue. Les ânes les suivirent et, reniflant l'odeur de l'ânesse, s'échappèrent. Alors que les maquisards se lançaient à leur poursuite, le pasteur Maroya se traînait, les jambes transformées en deux essaims d'abeilles, pour grimper au clocher par ces marches qu'il avait foulées un nombre immémorable de fois et qui étaient devenues si usées sous ses pas. Il se redressa en prenant appui sur le rebord d'une fenêtre et, par la vitre brisée, contempla toute l'étendue du bourg de Dalan, chef-lieu du canton du Nord-Est de Gaomi, où il avait vécu plusieurs dizaines d'années et où partout ses pas avaient laissé leur trace : les alignements de chaumières bien rangées, les larges ruelles grisâtres, les arbres verts s'élevant comme autant de fumées sombres, la rivière brillante qui contournait le village, le lac lisse comme un miroir, les étangs envahis de roseaux serrés, les étendues d'herbes folles enchâssant les mares rondes, les marécages rouges, paradis des oiseaux, la vaste plaine à perte de vue jusqu'à l'horizon comme une peinture, le mont du Bœuf-Couché jaune d'or, les grandes dunes où éclosaient les fleurs de sophora... Puis il baissa la tête et vit Shangguan Lushi allongée dans la rue, exposant son ventre nu comme un poisson mort, avec à ses côtés les deux nouveau-nés vagissants. Une immense tristesse lui serra le cœur, les larmes troublèrent sa vue, il passa son doigt dans le sang qui coulait le long de ses jambes et, sur le mur blanc du clocher, traça quatre gros caractères : *jin tong yu nü.* Enfant d'Or, Fille de Jade [1].

Puis il poussa un grand cri : « Seigneur ! Pardonne-moi ! »

Le pasteur Maroya se jeta du haut du clocher et s'écrasa dans la rue, tel un immense oiseau aux ailes coupées. Sa cervelle s'étala sur le sol comme une crotte d'oiseau fraîche.

1. Selon la tradition populaire, Enfant d'Or et Fille de Jade sont les jeunes serviteur et servante des Immortels.

Chapitre 12

Quand l'hiver arriva, ma mère passa la veste ouatée bleue de sa belle-mère, Shangguan Lüshi. Ce cadeau d'anniversaire que des vieilles dames du bourg avaient cousu à l'intention de celle-ci pour ses soixante ans devint désormais la veste d'hiver de ma mère. Dans les deux pans de devant, elle avait ménagé deux ouvertures à la hauteur des seins, afin de les sortir commodément pour que j'en profite à ma guise. Durant cet automne qui m'avait mis en rage, les seins de ma mère avaient été cruellement profanés et le pasteur Maroya s'était suicidé en se jetant du clocher ; mais les catastrophes ont toujours une fin, et des seins aussi merveilleux ne pouvaient être perdus à jamais : ils seraient éternellement jeunes comme certains individus, verts et luxuriants comme les grands pins. Pour les cacher à la vue des autres et plus encore pour empêcher le vent froid de pénétrer et conserver au lait sa chaleur, ma mère avait cousu devant les orifices ronds de la veste deux morceaux de tissu rouge : elle avait artistiquement accroché des rideaux rouges à ses seins. La création de ma mère devint une tradition et ce genre de costume pour l'allaitement est toujours à la mode au bourg de Dalan ; simplement, le trou est plus rond, la matière dont sont faits les rideaux plus souple, et ils sont ornés de riches broderies.

Mon vêtement d'hiver était constitué d'un sac en ouate épaisse cousu dans de la toile résistante. Le sac pouvait être fermé grâce à un cordon, et deux bretelles cousues au milieu permettaient à ma mère de le nouer juste sous sa poitrine. Lorsqu'elle voulait m'allaiter, il lui suffisait de rentrer le ventre, de faire tourner le sac autour de sa taille, et je me retrouvais juste à la hauteur de ses seins. Je me mettais alors à genoux dans le sac et ma tête se pressait contre sa poitrine. Si je penchais la tête vers la droite, je tétais son sein gauche ; et si je penchais la tête vers la gauche, je tétais son sein droit. C'était le cas de dire que je trouvais mon bonheur autant à gauche qu'à droite. Cependant, le sac avait un défaut : il emprisonnait mes mains, ce qui m'empêchait, comme j'avais pris l'habitude de le faire, pendant que je tétais un sein, de protéger l'autre de la main. J'avais totalement ravi à ma huitième sœur le droit de téter et dès qu'elle s'approchait des seins de ma mère, je la griffai et la rouai de coups de pied, ne cessant de provoquer les pleurs de la petite aveugle. Désormais, elle vivait de bouillie de riz. Ce qui rendait furieuses mes grandes sœurs.

Au cours de cet hiver long et rigoureux, les moments de tétée furent entachés d'un sentiment d'insécurité permanente, car chaque fois que ma bouche prenait le téton gauche, mon esprit se préoccupait du téton droit, et j'avais toujours l'impression qu'une main couverte de duvet allait soudain pénétrer dans l'orifice rond et en extraire le sein provisoirement au repos. Tourmenté par cette pensée, je changeais sans cesse de téton : à peine avais-je asséché le sein gauche qu'aussitôt je me tournais vers le droit, mais dès que les vannes de celui-ci étaient ouvertes, je déplaçais rapidement ma bouche vers le gauche. Surprise, ma mère m'observa et, remarquant que pendant que je tétais le sein gauche, mes yeux guettaient à droite, elle devina mes pensées. Elle baisa mon visage de ses lèvres glacées et me chuchota à l'oreille : « Jintong, mon trésor, le lait de maman est pour toi tout seul, personne d'autre ne peut le prendre. » Ses paroles apaisèrent mon inquiétude, mais je n'étais pas encore entièrement rassuré, parce que j'avais le sentiment que la main couverte de duvet attendait son heure tapie près de ma mère.

Le matin où une petite neige se mit à tomber, ma mère enfila son costume d'allaitement et, me portant sur son dos, tout recroquevillé dans le sac bien chaud, emmena mes grandes sœurs transporter à la cave de gros radis rouges. Je ne me souciais nullement d'où venaient ces radis, j'étais seulement préoccupé par leur forme : leur extrémité pointue et leur base subitement renflée me rappelaient des seins. De ce moment, aux précieuses calebasses et aux petites colombes blanches et lisses s'ajoutèrent les gros radis rouges ; par leur teinte, leur aspect, leur température, tous avaient un point commun avec les seins, et ils devinrent un symbole du sein à diverses saisons et sous divers états d'esprit.

Le temps était changeant et de petits flocons de neige tombaient par intermittence. Mes grandes sœurs, vêtues d'habits légers, rentraient le cou sous les assauts d'un petit vent du nord frisquet. Ma sœur aînée était chargée de mettre les radis dans des paniers, la deuxième et la troisième de les descendre, la quatrième et la cinquième, accroupies au fond de la cave, de les ranger. La sixième et la septième s'occupaient de leur côté. Ne représentant pas une force de travail, ma huitième sœur restait seule sur le *kang*, plongée dans ses pensées. Chaque fois, ma sixième sœur prenait quatre radis qu'elle entassait à l'entrée de la cave. Ma septième sœur faisait de même avec deux radis. Moi sur son dos, ma mère surveillait les opérations, faisant des allers et retours entre l'entrée de la cave et le tas de radis. Tous ses ordres visaient à accélérer le rythme. Toutes ses remarques, à améliorer les méthodes de travail et à protéger la bonne santé des radis. Pour qu'ils passent l'hiver en paix. Tous ses soupirs exprimaient la même idée : la vie est dure, il faut travailler fort, et ainsi seulement viendra-t-on à bout des rigueurs de l'hiver. Face à tous les ordres de ma mère, mes grandes sœurs adoptaient une attitude négative. Face à toutes ses remarques, une attitude mécontente. Face à ses soupirs, une attitude indifférente. Jusque-là, je n'avais toujours pas compris pourquoi étaient apparus dans la cour de notre maison autant de radis ; plus tard seulement, je compris pourquoi, cet hiver-là, ma mère voulut les conserver.

Le transport des radis allait être terminé, il en restait encore sur le sol une dizaine, de forme irrégulière, comme des seins difformes. Ma mère s'agenouilla à l'entrée de la cave, se pencha et tendit les bras. Elle hissa vers elle Xiangdi puis Pandi. Durant ce mouvement, je me retrouvai deux fois la tête en bas et, par l'échancrure formée par l'aisselle de ma mère, je vis les petits flocons de neige flotter dans la pâle lueur du soleil. Enfin, ma mère obstrua l'ouverture ronde de la cave avec une vieille jarre fendue remplie de balle de millet et de morceaux de cotonnades déchirées. Mes grandes sœurs s'étaient placées en file indienne sous l'auvent du toit, collées au mur, comme si elles attendaient un nouvel ordre. Ma mère poussa encore un soupir : « Avec quoi vais-je pouvoir vous faire des habits doublés ?

– Avec du coton et avec du tissu, déclara la troisième sœur, Lingdi.

– Tu crois que j'ai besoin que tu me le dises, répliqua ma mère, je parle de l'argent, où irai-je trouver autant d'argent ? » Mécontente, la deuxième sœur, Zhaodi, conseilla : « Vendons l'ânesse noire et le petit mulet !

– Si on les vend, je ferai comment pour travailler la terre au printemps ? »

Laidi, l'aînée de mes sœurs, gardait le silence. Ma mère la toisa du regard et elle baissa la tête. Soucieuse, ma mère déclara : « Demain, Zhaodi et toi, vous irez au marché aux chevaux et aux ânes pour vendre le petit mulet. » D'une voix perçante, Pandi, la cinquième sœur, s'écria : « Il tète encore. Pourquoi ne vend-on pas notre blé ? On en a tant ! » Ma mère jeta un coup d'œil vers l'aile est de la maison, la porte était entrebâillée et, à un fil tendu devant la fenêtre, séchait la paire de chaussettes en toile du commandant de la troupe aux carabines, Sha Yueliang.

Le petit mulet entra dans la cour en trottinant ; il était né la même année, le même mois et le même jour que moi et, comme moi, c'était un mâle. Moi, je n'avais qu'à rester dans le sac de toile de coton sur le dos de ma mère, alors que lui était déjà aussi grand que la sienne. « On fera comme ça, demain nous le vendrons. » En disant ces mots, ma mère se dirigea vers la maison. Derrière nous retentit un appel sonore : « Marraine ! »

Sha Yueliang, qui avait disparu trois jours, revenait en tirant son âne noir. Sur le dos de l'animal étaient posés deux gros ballots de cotonnade gonflés dont les fentes laissaient deviner toutes sortes de couleurs. « Marraine ! » Il l'interpella une nouvelle fois sur le ton de la confidence. Ma mère se retourna et, considérant le sourire embarrassé qui s'affichait sur le visage noir et émacié de l'homme à l'épaule penchée, elle dit sur un ton ferme : « Commandant Sha, je vous ai déjà dit plusieurs fois que je ne suis pas votre marraine. » Sans se troubler, Sha Yueliang répondit en riant : « Vous n'êtes pas une marraine, vous êtes mieux qu'une marraine, vous ne me prenez pas en considération, mais moi j'éprouve pour vous une grande piété filiale. » Ayant prononcé ces mots, il appela deux membres de sa troupe et leur ordonna de décharger l'âne, puis de le conduire à l'église pour le faire manger. Ma mère considéra l'âne noir avec haine ; moi aussi, je le regardai avec haine. Remuant ses naseaux, il renifla l'odeur de notre ânesse qui sortait de l'aile ouest.

Sha Yueliang ouvrit l'un des ballots et en sortit un manteau en renard qu'il souleva, le faisant briller sous les petits flocons de neige. La chaleur que dégageait le manteau faisait fondre les flocons à un mètre alentour. Il s'approcha de ma mère en le brandissant. « Marraine, dit-il, marraine, voici une marque de ma piété filiale. » Elle tenta d'esquiver mais ne put éviter de se voir enveloppée par le vêtement. Ce fut le noir devant mes yeux ; l'odeur de la peau de renard et la puanteur du camphre qui piquait le nez faillirent m'asphyxier.

Lorsque je revis la lumière, je découvris que la cour était livrée au monde animal : Laidi, ma sœur aînée, portait sur ses épaules un manteau de zibeline et à son cou s'enroulait un renard aux yeux brillants. Zhaodi, la deuxième sœur, portait un manteau en peau de belette. La troisième sœur, Lingdi, un manteau en peau d'ours noir. La quatrième, Xiangdi, un manteau en peau de chevreuil. La cinquième, Pandi, un manteau en chien taché. La sixième, Niandi, un manteau en laine de mouton. La septième, Qiudi, un manteau en lapin blanc. Le manteau en renard de ma mère gisait par terre. « Enlevez toutes ça, criait-elle, enlevez ça ! » Comme si elles n'avaient pas entendu ses ordres, mes sœurs tournaient la tête dans le col de leur manteau, tandis que leurs mains caressaient la fourrure qui les couvrait, et l'on pouvait lire sur leur visage la surprise de plonger dans cette douceur, et dans la surprise, la douceur qu'elles ressentaient. Tremblant de tout son corps, ma mère dit d'une voix sans force : « Vous êtes toutes devenues sourdes ? »

De son ballot, Sha Yueliang sortit enfin deux petites vestes de peau et en caressa la fourrure rouge-brun rayée de noir qui semblait aussi lisse qu'une soie. Puis il dit avec émotion : « Marraine, ce sont des lynx, à cent lis à la ronde autour du canton du Nord-Est de Gaomi, il n'y en avait que deux. Le père et le fils Geng ont mis trois ans pour les capturer, voilà la fourrure du mâle et voici celle de la femelle. Vous avez déjà vu des lynx ? » demanda-t-il en balayant du regard le cercle de mes sœurs rayonnantes dans leur fourrure. N'obtenant aucune réponse, il se répondit à lui-même, comme un instituteur qui enseigne à ses élèves : « Le lynx ressemble au chat en plus grand, au léopard en plus petit, il grimpe aux arbres, sait nager, peut sauter jusqu'à trois pieds de haut, attraper des petits oiseaux en vol depuis une branche. Cet animal est un démon. Les deux lynx du canton du Nord-Est de Gaomi vivaient dans des cimetières abandonnés, les attraper a été plus difficile que de toucher le ciel. Mais ils ont fini par y arriver. Marraine, ces deux vestes en lynx sont des cadeaux que j'offre à mon petit frère Jintong et à ma petite sœur Yunü. » Disant ces mots, il fourra dans les mains de ma mère les petites vestes en lynx, de ces lynx qui savaient grimper aux arbres, nager et sauter jusqu'à trois pieds de haut. Puis il se pencha pour ramasser le manteau en renard d'un roux flamboyant, le secoua et le posa aussi entre les bras de ma mère, déclarant de façon émouvante : « Marraine, ne me faites pas perdre la face ! »

Ce soir-là, après avoir fixé la barre de la porte de la partie principale de la maison, ma mère dit à la sœur aînée Laidi de venir dans notre chambre. Elle me posa à la tête du *kang*, à côté de Yunü. Je tendis la main pour griffer le visage de celle-ci et elle se recroquevilla dans un coin du *kang* en pleurant. Sans s'occuper de nous, ma mère alla mettre la barre à la porte. Vêtue de son manteau de zibeline, le cou enroulé dans son renard, la grande sœur se tenait debout devant le *kang ;* elle avait un air embarrassé mêlé d'un peu d'orgueil. Ma mère se hissa sur le *kang,* retira la barrette qui retenait ses cheveux, moucha le lumignon de la lampe pour augmenter la lumière. Assise dans une posture solennelle, elle lança avec ironie : « Jeune demoiselle, assieds-toi, n'aie pas peur de salir ton manteau de fourrure. » La grande sœur piqua un fard, fit la grimace et s'assit en boudant sur un tabouret devant le *kang*. Le renard lové autour de son cou levait son museau rusé, ses yeux lançaient des éclairs verdâtres.

Dans la cour, c'était l'univers de Sha Yueliang. Depuis qu'il avait établi son cantonnement dans l'aile est, la grande porte de notre maison n'avait plus jamais été fermée. Ce soir-là, dans l'aile est régnait une atmosphère animée, les lumières blanches et brillantes des lampes à gaz filtraient à travers le papier des fenêtres et illuminaient toute la cour, et les flocons de neige dansaient dans le halo des lampes. Des bruits de pas confus résonnaient dans la cour, la grande porte ne cessait de claquer, les sabots des chevaux frappaient sans discontinuer dans la ruelle, et on jouait à la mourre. Les fumets de poisson et de viande mettaient l'eau à la bouche de mes six sœurs qui se pressaient à la fenêtre des chambres de l'aile est.

« Qu'as-tu en tête ? » demanda sévèrement ma mère.

Caressant la queue touffue du renard, ma grande sœur rétorqua : « Qu'est-ce que tu veux dire ?

– Ne fais pas l'innocente.

– Maman, je ne comprends pas ce que tu veux dire », insista ma grande sœur.

Ma mère reprit sur un ton plein de tristesse : « Laidi, vous êtes neuf enfants en tout et tu es la plus grande. S'il t'arrivait quelque chose, ta mère n'aurait plus personne sur qui compter. »

Ma sœur aînée se releva brusquement et lança avec une violence qu'elle n'avait jamais manifestée auparavant : « Maman, qu'attends-tu encore de moi ? Dans ton cœur, il n'y a que Jintong, nous les filles, nous ne comptons pas plus que des crottes de chien !

– Laidi, ne détourne pas la conversation. Si Jintong, c'est de l'or, vous, vous êtes au moins de l'argent, comment ne vaudriez-vous pas plus que des crottes de chien ? Aujourd'hui, parlons clair, de mère à fille. Ce dénommé Sha, c'est comme la belette qui vient souhaiter la bonne année au coq, il n'est pas innocent : à mon avis, il cherche à attirer ton attention. »

Ma grande sœur baissa la tête, continuant à caresser la queue du renard, et deux larmes scintillant comme du cristal coulèrent de ses yeux. « Maman, si je pouvais me marier avec un homme comme lui, je serais comblée. »

Comme si elle avait reçu une décharge électrique, ma mère déclara : « Laidi, ta mère serait d'accord pour que tu te maries avec qui tu veux, mais pas avec ce dénommé Sha.

– Pourquoi ?

– Parce que. »

Ma grande sœur dit alors sur un ton hargneux qui ne correspondait pas à son âge : « J'en ai marre de faire le bœuf et le cheval pour la famille Shangguan ! »

Sa voix aiguë fit sursauter ma mère. D'un regard circonspect, elle considéra le visage empourpré de colère de sa fille, puis sa main qui tenait fermement la queue du renard. Elle chercha quelque chose à côté de moi et finit par trouver la balayette pour nettoyer le *kang* qu'elle agita en criant hors d'elle : « Retire ce que tu viens de dire avant que je te tue ! »

Brandissant la balayette, ma mère sauta du *kang* et se précipita vers la grande sœur pour lui en donner un coup. Celle-ci tendit la tête, sans opposer de résistance. La main de ma mère s'arrêta en l'air et lorsqu'elle retomba, elle avait perdu toute force. Jetant la balayette, elle prit la grande sœur par le cou en pleurant : « Laidi, nous ne suivons pas la même voie que ce Sha, je ne peux pas regarder ma fille chérie se précipiter dans la fournaise… »

Ma grande sœur se mit aussi à sangloter.

Elles finirent par s'arrêter et ma mère essuya de sa main les larmes qui baignaient le visage de ma sœur aînée. « Laidi, dit-elle sur un ton suppliant, fais ce que te dit ta maman, cesse tes relations avec ce Sha.

– Maman, reprit fermement ma sœur, accède plutôt à mes désirs ! Ce serait un bien aussi pour notre famille. » Son regard alla se poser sur le manteau en renard jeté sur le *kang* et sur les deux petites vestes en lynx.

« Demain, annonça ma mère, tout aussi résolue, il vous faudra enlever ces choses-là.

– Est-ce que tu aurais vraiment le cœur de nous laisser mourir de froid ? dit ma sœur.

– Maudit trafiquant de fourrures ! »

La grande sœur ôta la barre de la porte et partit dans sa chambre sans se retourner.

Épuisée de colère, ma mère s'assit sur le bord du *kang*. De sa poitrine s'échappa un profond soupir.

À cet instant, le claquement des pas de Sha Yueliang retentit sous la fenêtre. Sa langue était pâteuse, ses lèvres engourdies. Sans doute voulait-il frapper doucement au cadre pour parler mariage avec ma mère sur un ton plein de délicatesse, mais l'alcool avait endormi son système nerveux, empêchant ses gestes de répondre à sa volonté. Il cogna à toute volée contre notre fenêtre, déchirant le papier qui laissa entrer l'air froid de la cour et son haleine puant l'alcool. Avec l'intonation de l'ivrogne, mi-répugnante, mi-amusante, il rugit : « Mère… ! »

Ma mère bondit du *kang* et resta un instant interdite, puis elle remonta sur le *kang* et m'enleva de l'angle où j'étais, près de la fenêtre. « Mère, reprit Sha Yueliang, mon mariage avec Laidi… quand est-ce qu'on le fait ?… Moi, je suis un peu impatient… »

Grinçant des dents, ma mère répondit : « Monsieur Sha, vous êtes comme le crapaud qui voudrait goûter la chair du cygne, vous pouvez toujours rêver !

– Qu'est-ce que tu as dit ? » demanda Sha Yueliang.

Ma mère répéta d'une voix forte : « Vous rêvez ! »

Comme soudain dégrisé, il dit en séparant distinctement les mots : « Mère, moi, Sha, je n'ai encore jamais sollicité personne en courbant l'échine.

– Personne ne vous a dit de venir me solliciter, répondit-elle.

– Mère, reprit Sha Yueliang avec un rire froid, ce que Sha Yueliang entreprend, il le réussit toujours.

– Eh bien, vous devrez d'abord me tuer.

– Puisque je veux épouser ta fille, rit Sha Yueliang, comment pourrais-je tuer ma belle-mère ?

– Dans ce cas, jamais vous ne pourrez la prendre pour femme, dit ma mère.

– Quand leurs filles ont grandi, répliqua Sha Yueliang riant encore, les mères ne peuvent décider à leur place, ma chère belle-mère, on verra bien… »

Continuant à rire, il se dirigea vers la fenêtre à l'est, en arracha le papier, jeta une grosse poignée de bonbons à l'intérieur et cria d'une voix forte : « Petites sœurs, mangez des bonbons, tant que moi, votre beau-frère, je serai là, vous mangerez et vous boirez des bonnes choses… »

Cette nuit-là, Sha Yueliang ne dormit pas, il arpenta la cour, toussant bruyamment par moments, sifflant à d'autres. Capable d'imiter une dizaine de chants d'oiseaux différents, il sifflait de façon remarquable. Lorsqu'il ne toussait pas ni ne sifflait, poussant la voix au maximum de sa puissance, il entonnait de vieux airs d'opéra ou des chants de résistance contre le Japon en vogue à cette époque. Tantôt il frappait sous le coup de la colère Chen Shimei au palais de Kaifeng[1], tantôt il abattait sur la tête des diables le grand sabre qu'il brandissait. Pour se défendre de ce héros de la résistance au Japon complètement ivre et contrarié en amour, ma mère mit la barre à sa porte, mais toujours pas rassurée, elle continua à amasser

1. Personnage de la dynastie des Ming (1368-1644) célèbre pour la cruauté avec laquelle, après s'être enrichi, il abandonna son épouse laide. Jugé, il fut décapité. Il est entré dans le répertoire de l'opéra.

derrière tout ce qu'elle pouvait déplacer : soufflet, armoire à vêtements, briques cassées, et autres. Elle me mit sur son dos dans mon sac et, armée d'un hachoir, marcha en long et en large, surveillant les deux côtés, faisant des allers et retours de la pièce de l'est vers la pièce de l'ouest et le contraire. Aucune de mes sœurs n'avait quitté son manteau ; serrées les unes contre les autres, des gouttes de sueur leur pendant au bout du nez, elles ronflaient à qui mieux mieux au milieu du vacarme que faisait Sha Yueliang. La salive de la septième sœur Qiudi trempait le manteau de belette de la deuxième sœur Zhaodi, tandis que Niandi, la sixième sœur, était blottie comme un agneau contre la poitrine en ours noir de la troisième sœur Lingdi. Quand j'y repense aujourd'hui, le combat entre ma mère et Sha Yueliang était perdu d'avance. Ayant apprivoisé mes sœurs avec des fourrures, Sha Yueliang avait établi dans ma famille un large front uni, tandis que, perdant le contact avec les masses, ma mère était devenue une combattante isolée.

Le lendemain, ma mère, me portant sur son dos, fila comme le vent chez le troisième oncle Fan et lui expliqua simplement : en gage de reconnaissance envers la grand-tante Sun qui l'avait aidée à accoucher, elle voulait donner sa fille Shangguan Laidi en mariage à l'aîné des muets – le héros qui avait combattu les corbeaux au sabre. Elle dit que les fiançailles étaient fixées le jour même, que le lendemain on ferait passer le trousseau, et le surlendemain aurait lieu la cérémonie. Le troisième oncle Fan regardait ma mère stupéfait. « Oncle, inutile de demander plus de précisions, déclara-t-elle, je vous ai déjà préparé l'alcool pour remercier l'entremetteur.

– Ça, c'est vraiment renverser les règles de l'entremise !

– En effet, dit ma mère, c'est cela.

– Mais pourquoi ? demanda encore l'oncle.

– Oncle, ne posez pas de question. Dites au muet de venir à midi offrir le cadeau pour arrêter le mariage.

– Mais que voulez-vous qu'il trouve chez lui à offrir ? dit l'oncle.

– N'importe quoi fera l'affaire. »

Nous rentrâmes à la maison. Tout au long du chemin, ma mère ne cessa de trembler de peur. Ses pressentiments étaient fondés. Lorsque nous pénétrâmes dans la cour, nous vîmes un groupe d'animaux en train de chanter et de danser. Il y avait là une belette, un ours, un chevreuil, un chien, un mouton, un lapin, seule manquait la zibeline. Un renard attaché à son cou, elle était assise sur le tas de blé de l'aile est et observait avec attention le commandant de la troupe aux carabines. Celui-ci, sur son lit de fortune, était en train d'astiquer ses calebasses et son arme.

Ma mère fit descendre Laidi du tas de blé et dit froidement à Sha Yueliang : « Commandant, elle est déjà prise. Vous autres, la troupe de résistance contre le Japon, vous n'avez pas le droit de séduire les femmes mariées, n'est-ce pas ?

– Est-ce la peine que vous me le rappeliez ? » demanda calmement Sha Yueliang.

Ma mère fit sortir ma grande sœur de l'aile est.

À midi, l'aîné des muets de la famille Sun arriva chez nous, un lièvre à la main. Il était vêtu d'une veste trop courte qui laissait voir la peau de son ventre et en haut son cou, ses gros bras dépassaient aussi à moitié. Tous les boutons étant tombés, la veste était serrée à la taille par une ficelle. Il hocha la tête et s'inclina devant ma mère, un sourire stupide aux lèvres. Levant son lièvre à deux mains, il le lui présenta. Le troisième oncle Fan qui l'accompagnait déclara : « Épouse de Shangguan Shouxi, j'ai fait ce que tu m'avais demandé. »

Ma mère resta un long moment effrayée à la vue de ce lièvre, dont le museau dégouttait de sang frais.

« Oncle, ne partez pas ce midi, et lui non plus, dit-elle en montrant l'aîné des muets, du lièvre à l'étouffée avec des radis rouges, cela ira pour célébrer les fiançailles des enfants. »

Les sanglots de Laidi retentirent soudain dans la pièce de l'est. Au début, ses pleurs ressemblaient à ceux d'une fillette, perçants et infantiles, mais bientôt, ils se firent rauques et violents, et furent entrecoupés de jurons effrayants et terriblement grossiers. Au bout d'une dizaine de minutes, ils étaient devenus une plainte sèche.

Laidi était assise dans la terre devant le *kang*, sans se soucier de la précieuse fourrure qu'elle chérissait tant. Les yeux écarquillés, sans trace de larmes sur le visage, la bouche grande ouverte, comme un puits à sec d'où seraient sortis sans interruption des pleurs secs. Mes six sœurs sanglotaient doucement et leurs larmes roulaient sur la peau de l'ours, sautaient sur la peau du chevreuil, luisaient sur la peau de la belette, mouillaient la peau du mouton et salissaient la peau du lapin.

Quand le troisième oncle Fan passa la tête dans la pièce de l'est, son regard se figea soudain comme s'il avait vu un fantôme, ses lèvres se mirent à trembler et il sortit à reculons pour s'enfuir en titubant.

L'aîné des muets de la famille Sun était debout au milieu de la grande salle de notre maison, tournant la tête dans tous les sens pour regarder avec curiosité. Hormis le sourire stupide qu'il arborait, il était aussi capable d'exprimer une réflexion d'une profondeur insondable, une désolation comme fossilisée, une douleur apathique. Plus tard, j'aurais encore l'occasion de voir l'expression effrayante de son visage lorsqu'il affichait sa colère.

Ma mère passa un fil de fer dans la gueule du lièvre et le suspendit au chambranle de la porte. Elle ne prêtait aucune attention aux cris d'horreur de ma grande sœur; elle faisait aussi comme si elle ne remarquait pas l'étrangeté du visage du muet. Se saisissant du hachoir de cuisine souillé de taches de rouille, elle dépeça maladroitement l'animal. Sha Yueliang sortit de l'aile est, sa carabine à l'épaule. Sans tourner la tête, ma mère l'interpella : « Commandant Sha, ma fille aînée se fiance aujourd'hui, ce lièvre, c'est son cadeau de fiançailles.

– Quel magnifique cadeau ! dit Sha Yueliang en riant.

– Aujourd'hui elle se fiance, demain on fera passer le trousseau, et après-demain ce sera le mariage », dit ma mère qui trancha d'un coup de hachoir la tête du lièvre.

Se retournant et fixant Sha Yueliang, elle ajouta : « N'oubliez pas de venir trinquer pour le mariage.

– Je n'oublierai pas, dit Sha Yueliang, je ne risque pas d'oublier. » Puis il sortit de chez nous en sifflant avec force, emportant sa carabine.

Ma mère continua à dépecer le lièvre, mais manifestement elle n'y prêtait plus aucun intérêt. Elle laissa l'animal accroché au chambranle et me porta à l'intérieur de la pièce. « Laidi, dit-elle d'une voix forte, sans haine ni amour, pas de relation entre mère et fille ! Tu peux me haïr ! » Après avoir prononcé ces paroles cruelles, elle se mit à pleurer en silence. Puis, les yeux pleins de larmes, elle haussa les épaules et commença à préparer les radis. Crac, un craquement sec retentissait chaque fois que le hachoir s'abattait, tranchant le radis en deux, découvrant deux lobes blancs, presque bleutés. Crac, nouveau craquement, et le radis était en quatre morceaux. Crac crac crac, les gestes de ma mère se faisaient de plus en plus rapides, de plus en plus exagérés. Les radis sur la table étaient en mille morceaux. Elle leva encore une fois très haut le hachoir, mais il s'abattit cette fois en douceur. Il s'échappa de ses mains et tomba dans les radis. Dans la pièce flottait leur odeur âcre.

L'aîné des muets leva le pouce pour exprimer son admiration à ma mère. De sa bouche sortirent quelques sons brefs pour appuyer sa démonstration. Ma mère s'essuya les yeux de la manche de sa veste et lui dit : « Va-t'en. » Le muet gesticula et donna des coups de pied dans le vide. Haussant la voix et lui montrant la direction de sa maison, ma mère cria : « Va-t'en, fiche le camp ! »

Le muet comprit ce qu'elle voulait dire.

Il me fit une grimace d'enfant espiègle, la petite moustache au-dessus de sa grosse lèvre supérieure semblait tracée avec un fard vert. Il imita à la perfection le mouvement de grimper à un arbre, puis celui d'un oiseau qui vole, enfin, d'une main qui attraperait un petit oiseau en plein vol, se mit à rire, me montra du doigt et désigna sa propre poitrine.

Une nouvelle fois, ma mère lui indiqua la direction de sa maison. Il resta interdit, puis hocha la tête d'un air entendu, s'agenouilla devant elle – elle s'esquiva aussitôt –, alors il s'agenouilla devant les morceaux de radis posés sur la table, se cogna le crâne contre le sol, se releva et s'en alla content de lui.

Au milieu de la nuit, ma mère exténuée finit par s'endormir ; lorsqu'elle se réveilla, elle découvrit qu'au sterculier, au cédrèle, à l'abricotier, étaient accrochés d'énormes lièvres, comme autant d'étranges fruits.

S'appuyant au chambranle de la porte, elle se laissa lentement glisser sur le seuil.

Shangguan Laidi, dix-huit ans, un manteau de zibeline, un renard roux autour du cou, était partie avec le commandant de la troupe aux carabines, Sha Yueliang. Les dizaines de lièvres, c'était son cadeau de fiançailles, c'était aussi une démonstration de force, une fanfaronnade à l'intention de ma mère. Ma sœur aînée s'était enfuie avec la complicité de mes deuxième, troisième et quatrième sœurs. Tout s'était passé dans la deuxième partie de la nuit. Exténuée, ma mère s'était mise à ronfler, tandis que mes cinquième, sixième et septième sœurs étaient déjà entrées au royaume des songes. Ma deuxième sœur s'était levée et, pieds nus, avait déplacé la forteresse que ma mère avait dressée derrière la porte, puis la troisième et la quatrième sœur avaient ouvert les battants. La veille, Sha Yueliang avait versé de l'huile à fusil dans la crapaudine pour éviter tout grincement. Sous la lumière de la froide lune de la fin de la nuit, les sœurs s'étaient étreintes avant de se séparer. Sha Yueliang avait ricané en regardant les lièvres accrochés aux branches.

Le surlendemain était le jour fixé pour le mariage du muet avec la grande sœur. Assise sur le *kang*, ma mère reprisait des vêtements en silence. Vers midi, le muet, qui n'y tenait plus, arriva. Il réclama sa femme avec force gestes et mimiques. Ma mère descendit du *kang*, se dirigea vers la cour et montra au muet l'aile est de la maison, puis les lièvres qui étaient restés accrochés dans les arbres, à présent raidis par le gel. Elle ne prononça pas un mot, mais le muet comprit.

Au crépuscule, nous étions tous installés sur le *kang*, en train de manger une soupe à la farine de blé avec des morceaux de radis, quand soudain on entendit frapper à la grande porte dans un immense vacarme. La deuxième sœur qui était allée donner à manger à Shangguan Lüshi dans l'aile ouest revint tout essoufflée : « Maman, dit-elle, c'est la catastrophe, les muets sont là, avec leur bande de chiens. » Mes sœurs étaient terrorisées. Ma mère resta aussi paisible qu'une meule. Après avoir nourri à la cuillère ma huitième sœur, Yunü, elle mastiquait à grand bruit des morceaux de radis. Son air serein la faisait ressembler à une lapine en gestation. Le bruit à l'extérieur cessa net. En moins de temps qu'il n'en faut pour fumer une pipe, trois ombres noires lançant des reflets rouges escaladaient le sommet du mur sud, plus bas que les autres. Les frères muets de la famille Sun étaient là. À leur suite pénétrèrent dans la cour trois chiens noirs au pelage brillant et lisse comme s'ils avaient été oints de saindoux. Tels trois arcs-en-ciel sombres, ceux-ci se laissèrent glisser depuis le sommet du mur et atterrirent sans un bruit. Dans le crépuscule rouge foncé, les muets et leurs chiens restèrent immobiles un long moment, comme des statues. L'aîné tenait à la main son sabre birman à lame souple qui jetait des éclairs glacés, le deuxième avait son couteau bleuté à la ceinture, le troisième traînait son grand coutelas zébré de rouille. Ils portaient tous accroché à l'épaule un petit baluchon en tissu bleu à fleurs blanches, comme s'ils partaient en voyage pour longtemps. Mes sœurs retenaient leur souffle tant elles avaient peur, tandis que ma mère, imperturbable, buvait bruyamment sa bouillie. Soudain, l'aîné des muets poussa un rugissement, suivi par le deuxième et le troisième, imités ensuite par leurs chiens. De la bouche des hommes comme de la gueule des chiens jaillissaient des gouttes de salive, minuscules insectes luisants qui dansaient dans le crépuscule. Ensuite, les muets se livrèrent à une démonstration de leur art, comme ils l'avaient fait contre les corbeaux le jour des funérailles dans le champ de blé. Dans la lueur crépusculaire du début de l'hiver, l'éclat des sabres illuminait notre cour ; les trois hommes, pleins de vigueur comme des chiens de chasse, sautaient en l'air sans discontinuer, déployant de toute leur énergie leur corps flexible comme une tôle d'acier, et frappaient à toute volée les dizaines de lièvres pendus aux branches. Leurs chiens reniflaient, au comble de l'excitation, remuant leur tête gigantesque, et saisissant dans leur gueule les cadavres mutilés, filaient aussitôt comme des soucoupes volantes. Quand ils en eurent assez, se lut sur leurs visages une expression de satisfaction intense. La cour de notre maison s'était transformée en une aire de dépeçage où gisaient des cadavres en mille morceaux. Quelques têtes de lièvres étaient restées accrochées aux branches, toutes seules, comme des fruits desséchés. Accompagnés de leurs chiens, les trois muets firent quelques tours de la cour pour parader, puis comme ils étaient venus, escaladèrent le mur, aussi vifs que des hirondelles, et s'évanouirent dans l'air humide du soir.

Tenant son bol à deux mains, ma mère riait doucement. Ce rire très particulier est resté profondément gravé dans nos mémoires.

Chapitre 13

Chez une femme, la décrépitude commence par les seins, et pour les seins la décrépitude commence par le mamelon. Conséquence de la fuite de ma sœur aînée, les jolis mamelons de ma mère qui se tenaient toujours dressés baissèrent soudain leur tête, comme des épis trop mûrs. En même temps, leur couleur rouge vif vira au rouge jujube. Au cours de ces journées, la quantité de son lait diminua et il perdit le parfum frais et le goût sucré qu'il possédait auparavant; je sentais dans ce liquide qui se raréfiait des relents de bois pourri. Heureusement, le temps passa et l'humeur de ma mère s'améliora progressivement, surtout après qu'elle eut mangé la grosse anguille; ses tétons qui pendaient se redressèrent peu à peu, leur couleur foncée s'éclaircit et la quantité de lait retrouva son niveau de l'automne. Mais ce qui était inquiétant, c'était que cette décrépitude avait quand même laissé une ride à l'endroit où le mamelon et le sein se rejoignaient, comme lorsque la page d'un livre a été pliée : il est bien difficile de faire disparaître la trace de pliure, même si on la maintient longtemps à plat. Cet accident sonna pour moi le tocsin; grâce à mon instinct ou peut-être à une inspiration divine, mon attitude sans scrupule à l'égard de ces seins changea : il me fallait les chérir, les entretenir, les considérer comme des objets délicats que l'on doit prendre et reposer avec douceur.

Cet hiver-là fut incroyablement froid, mais grâce au blé qui remplissait à moitié l'aile est de la maison et à notre cave pleine de radis, nous pûmes survivre jusqu'au printemps. Lors des trente-neuf jours les plus froids, la neige recouvrit tout, obstruant les portes, faisant casser sous son poids les branches des arbres de la cour. Vêtus des vestes de fourrure données par Sha Yueliang, assis en rond autour de ma mère, nous entrâmes en hibernation. Un jour, le soleil reparut, la neige fondit et de gros glaçons pendirent à l'avant-toit. Les moineaux que l'on n'avait plus vus depuis longtemps pépiaient sur les branches enneigées et nous tirèrent de notre léthargie. Nous étions enfin sortis des jours où il fallait boire de la neige fondue. Mes sœurs étaient on ne peut plus écœurées par les plats de radis cuits dans cette eau de neige qu'elles avaient dû ingurgiter des centaines de fois. C'est ma deuxième sœur, Shangguan Zhaodi, qui déclara la première que l'eau obtenue à partir de la neige avait cette année-là un goût fétide et qu'il fallait sur-le-champ aller en puiser à la rivière, sinon on risquait d'attraper quelque maladie extraordinaire, et même Shangguan Jintong, nourri seulement au lait, n'y échapperait pas. Zhaodi avait pris la place de chef de sa sœur Laidi. Elle avait des lèvres charnues et parlait d'une voix rauque qui lui donnait beaucoup de charme. Ses paroles possédaient un pouvoir certain, car depuis le début de l'hiver, elle assumait totalement la cuisine, alors que ma mère ressemblait à une vache blessée, toute timide ; à d'autres moments, reprenant de l'assurance, elle revêtait son luxueux manteau en renard, prenait place sur le *kang*, s'arrangeait un peu et se préoccupait de la quantité et de la qualité de son lait. « À partir d'aujourd'hui, on ira puiser de l'eau à la rivière », dit ma deuxième sœur en regardant si ma mère allait exprimer son désaccord. Mais celle-ci ne s'y opposa pas. Fronçant les sourcils, la troisième sœur, Shangguan Lingdi, critiqua le goût écœurant des radis bouillis dans la neige fondue et proposa une nouvelle fois de vendre le mulet pour acheter de la viande. Ma mère remarqua sur un ton sarcastique : « La terre est gelée et la neige recouvre tout, où veux-tu que nous allions vendre le mulet ?

– Eh bien, proposa ma troisième sœur, allons capturer des lièvres ! Par ce temps, les lièvres sont paralysés par le froid et n'arrivent pas à s'enfuir. » Ma mère changea subitement de couleur. « Rappelez-vous bien une chose, les filles, de toute ma vie, il ne faudra plus me faire voir un lièvre. »

De fait, au cours de cet hiver rigoureux, nombreuses furent les familles du bourg qui mangèrent à en être dégoûtées de la viande de lièvre. Les lièvres bien en chair rampaient comme de longs vers et même les femmes aux pieds bandés arrivaient à les capturer vivants. Cet hiver-là, ce fut aussi l'âge d'or des renards roux et des renards des prés. Du fait de la guerre, les fusils de chasse avaient été pillés par les maquisards de tout acabit, privant d'armes les villageois ; et encore du fait de la guerre, ceux-ci avaient le moral au plus bas. Aussi, à l'arrivée de la saison favorable pour la chasse et la récolte des peaux de renard, ces animaux n'avaient plus à craindre de se faire tuer comme autrefois. Au cours de ces nuits interminables, ils s'en donnaient à cœur joie dans les marais et les renards mâles provoquèrent chez les femelles un nombre inhabituel de mises bas. Leurs cris lugubres et véhéments glaçaient d'effroi le cœur des hommes.

Munies d'une palanche, la troisième et la quatrième sœur emportèrent un gros seau, la deuxième sœur une lourde masse, et elles se dirigèrent vers la rivière du Dragon. En passant devant la maison de la grand-tante Sun, elles ne purent s'empêcher de jeter un coup d'œil. La cour était déserte, pas la moindre trace humaine. Une volée de corbeaux posés sur le mur leur rappela le spectacle d'autrefois. L'animation de cette époque avait disparu, les muets étaient partis on ne savait où. Elles descendirent jusqu'à la rivière avec de la neige jusqu'au sommet des cuisses ; des chiens sauvages les regardaient passer depuis les buissons. Au sud-est, le soleil lançait ses rayons obliques sur la rive, produisant une lumière éblouissante. La glace près du bord était blanche et, quand on marchait dessus, elle craquait comme si on avançait sur des galettes croustillantes. Au milieu, elle était bleu pâle, lisse et solide. Les sœurs glissaient, la quatrième tomba, et quand la troisième voulut l'aider à se relever, elle glissa à son tour. La palanche, le seau et la masse résonnèrent sur la glace et les sœurs rirent à gorge déployée.

La deuxième sœur choisit l'endroit le plus propre et commença à creuser. Ses bras frêles hissèrent la grosse masse léguée par les ancêtres de la famille Shangguan et l'abattirent à la surface de la glace. Le son qu'elle émit, aussi affilé et ténu qu'une lame de couteau, se propagea jusqu'à la fenêtre de notre maison, faisant légèrement vibrer le papier. Caressant mes cheveux blonds et les poils de lynx qui couvraient mon corps, ma mère me dit : « Jintong, Jintong, ta grande sœur est partie casser la glace, elle va creuser un gros trou, elle va rapporter un seau plein d'eau, et dedans plein de poissons. » Ma huitième sœur, couverte de sa petite veste en lynx, était recroquevillée dans un coin du *kang* et riait timidement. Elle ressemblait à une petite Guanyin velue. Lorsque ma deuxième sœur abattit la masse sur la glace, une trace blanche grosse comme une noix apparut à la surface et des éclats minuscules collèrent à l'outil. Elle la souleva à nouveau à grand-peine et la fit retomber sans contrôler sa chute. Une autre trace apparut à la surface, presque à un mètre de la première. Lorsqu'il y en eut une vingtaine, Shangguan Zhaodi était complètement essoufflée, et une épaisse et abondante vapeur blanche s'échappait de sa bouche. Elle s'efforça une nouvelle fois de lever la masse, mais quand celle-ci s'abattit, Zhaodi, à bout de forces, s'écroula. Son petit visage était tout pâle, ses lèvres charnues rouge vif, ses yeux voilés, et au bout de son nez perlaient des gouttes de sueur brillantes.

La troisième et la quatrième sœur marmonnaient, exprimant un début de mécontentement contre la deuxième sœur ; un petit vent du nord s'était levé et leur fendait le visage comme une lame de couteau. La deuxième sœur se releva, cracha dans ses paumes et souleva de nouveau la masse. Mais, après l'avoir abattue deux fois, elle s'écroula une fois encore.

Au moment où les sœurs désespérées rangeaient le seau et la palanche et s'apprêtaient à rentrer à la maison faire fondre de la neige ou des glaçons pour préparer le repas de midi, une dizaine de traîneaux tirés par des chevaux arrivèrent à toute allure dans un nuage de givre sur la rivière gelée. Comme la surface glacée renvoyait le prisme des rayons du soleil et que les traîneaux arrivaient du sud-est, la deuxième sœur pensa qu'ils descendaient carrément de l'astre le long des rayons. Ils brillaient comme l'or et filaient comme l'éclair. Les sabots des chevaux tournoyaient, des éclats argentés scintillaient, les clous des fers mordaient la glace en la faisant résonner, des étincelles de glace volaient, allant frapper les joues des grandes sœurs. Elles étaient ébahies, les yeux écarquillés, sans même songer à fuir. Les chevaux firent un écart pour les éviter, puis s'arrêtèrent en se heurtant les uns aux autres. À cet instant, les sœurs virent que les traîneaux étaient tous couleur abricot, laqués d'une épaisse couche d'huile d'aleurite semblable à du verre coloré. Sur chacun avaient pris place quatre hommes coiffés de chapeaux en renard, ébouriffés. Leur barbe, leurs cils, leurs sourcils et la visière de leur chapeau étaient couverts d'une couche de givre blanc. De leur bouche et de leurs narines sortait une énorme colonne de buée. Les chevaux étaient petits et agiles, pleins de finesse, et leurs pattes couvertes d'un pelage abondant. À leur attitude sereine, ma deuxième sœur devina qu'il s'agissait des légendaires chevaux mongols. Un homme de haute taille descendit du deuxième traîneau. Il portait une veste en peau de mouton élimée sous laquelle apparaissait un gilet en léopard. Sur le gilet était attachée une large ceinture de cuir où pendaient un revolver ainsi qu'une hachette à manche court. Il était le seul à ne pas porter de coiffure de peau, mais un chapeau de feutre. Chacune de ses oreilles proéminentes était protégée par un cache-oreilles en lièvre. « Vous êtes les filles de la famille Shangguan ? » demanda-t-il.

Cet homme devant elles était le patron en second de la résidence de la Vie Heureuse, Sima Ku. « Qu'est-ce que vous faites ? » demanda-t-il encore. Mais sans attendre la réponse de mes grandes sœurs, il comprit. « Ah oui ! vous creusez un trou dans la glace, mais ce n'est pas un travail pour des petites filles comme vous ! » Et il cria en direction des hommes sur le traîneau : « Allez, descendez tous, aidez nos voisines à creuser un trou, et profitez-en pour faire boire nos chevaux mongols. » Plusieurs hommes corpulents descendirent des traîneaux, toussant et crachant bruyamment. Quelques-uns s'agenouillèrent et, tirant leur hachette de leur ceinture, commencèrent à frapper la glace. Des éclats volaient en tous sens et des zébrures blanches apparurent à la surface. Un homme aux joues envahies par la barbe tâta la lame de sa hachette et dit en parlant du nez : « Frère Sima, avec cette hache, on peut bien frapper jusqu'à ce soir, ça ne donnera rien ! » Sima Ku s'accroupit, sortit sa propre hachette, frappa quelques coups et jura : « Merde alors, c'est tellement gelé qu'on dirait de l'acier ! » Le barbu dit : « Frère, si chacun de nous pisse un coup, on pourra percer un trou. » Sima Ku jura encore : « Ne dis pas de conneries ! » Mais soudain, il eut l'air très excité, s'épousseta les fesses – il fit la grimace, car ses brûlures n'étaient pas encore totalement guéries – et s'exclama : « J'ai trouvé ! Technicien Jiang, amène-toi, amène-toi ! » Celui qui répondait à cette appellation – un homme maigre – s'approcha de Sima Ku et resta silencieux, mais son attitude montrait qu'il attendait des ordres. « Est-ce que ton engin peut percer cette glace ? » Le technicien Jiang rit doucement et dit d'une voix aiguë comme celle d'une femme : « C'est comme de briser des œufs avec une masse. »

Satisfait, Sima Ku ordonna : « Vite, vite, fais-moi vite… huit fois huit, soixante-quatre trous, pour que mes concitoyens puissent bénéficier de mon aide, moi, Sima Ku. Et vous, ne partez pas ! » ajouta-t-il à l'intention de mes sœurs.

Le technicien Jiang souleva la toile qui recouvrait le troisième traîneau et découvrit deux ustensiles en métal peint en vert qui avaient la forme d'énormes obus. Avec une grande dextérité, il déplia un long tuyau de caoutchouc rouge et le vissa sur la tête d'un des objets. Ensuite, il jeta un coup d'œil au compteur cylindrique situé sur la tête, dans lequel remuait une aiguille rouge. Enfin, après avoir enfilé des gants en toile, il relia fermement aux deux tuyaux de caoutchouc une chose en forme de grande pipe à opium. Tournant un robinet, il fit jaillir un jet de vapeur. Son aide, un garçon malingre âgé au plus de quinze ans, frotta une allumette et l'approcha de cette vapeur, allumant une flamme bleue crépitante de la dimension et de la forme d'une chrysalide de ver à soie. Le technicien donna un ordre au jeune garçon qui grimpa sur le traîneau, tourna la tête des deux objets métalliques et la flamme bleue devint d'un blanc aveuglant, plus aveuglant encore que le soleil. Se saisissant de ce machin effrayant, le technicien Jiang regarda Sima Ku.

Les yeux mi-clos, celui-ci fit le geste de trancher l'air de la paume de sa main et cria : « Vas-y, découpe ! »

Le technicien Jiang se pencha et appliqua la flamme blanche à la surface de la glace, soulevant une vapeur d'un blanc laiteux à plusieurs pieds de hauteur, dans un grand bruit de bouillonnement. Ses bras entraînaient ses poignets, ses poignets guidaient la grande « pipe à opium », la grande « pipe à opium » crachait une flamme blanche qui découpa un grand cercle. Il releva la tête. « C'est fait », dit-il.

Sceptique, Sima Ku baissa le visage pour regarder la glace. Effectivement, un morceau gros comme une meule s'était séparé de la masse. L'eau de la rivière montait dans ce cercle et le remplissait. Le technicien Jiang traça avec la flamme blanche une croix sur le morceau de glace rond qui se divisa aussitôt en quatre. Il repoussa les morceaux avec le pied et ils furent emportés par le courant. Un trou était apparu dans la glace d'où jaillissait une eau bleue.

« Un bel instrument ! s'exclama Sima Ku, tandis que ses hommes lançaient des regards d'admiration au technicien Jiang. Continue à couper ! »

Déployant tout son savoir-faire, le technicien Jiang découpa plusieurs dizaines de trous dans la glace épaisse d'un demi-mètre de la rivière du Dragon. Des trous ronds, carrés, rectangulaires, triangulaires, trapézoïdaux, octogonaux, en forme de trèfle... une véritable page de cours de géométrie.

« Technicien Jiang, voilà ton tout premier succès ! Remontez sur les traîneaux, les gars, nous devons arriver au pont de fer avant la nuit. Ah oui ! faites boire les chevaux, faites-les boire à la rivière du Dragon ! »

Tirant les bêtes, les hommes les firent s'abreuver dans les trous. Sima Ku en profita pour s'adresser à la deuxième sœur : « Tu es la deuxième sœur ? Tu diras à ta mère qu'un jour viendra où j'écraserai ce fils de pute de Sha Yueliang et je rendrai ta grande sœur à l'aîné des muets de la famille Sun.

– Est-ce que vous savez où elle est partie ? s'enhardit la deuxième sœur.

– Elle est partie avec Sha Yueliang faire du trafic d'opium. Merde alors, avec ces salopards de la troupe aux carabines ! »

La deuxième sœur n'osa pas poser davantage de questions et regarda Sima Ku remonter sur son traîneau. Les douze traîneaux partirent comme des flèches en direction de l'ouest, puis tournèrent au niveau du pont de pierre et disparurent.

Tout à l'excitation procurée par la contemplation de l'exploit de ces hommes, les sœurs avaient oublié le froid. Elles inspectaient les trous creusés dans la glace, leurs regards passant des trous triangulaires aux trous ovales, des trous ovales aux trous carrés... Et l'eau qui jaillissait mouillait leurs chaussures en gelant instantanément. La vapeur fraîche et pure qui s'échappait des trous les remplissait d'émotion. Mes deuxième, troisième et quatrième sœurs étaient pleines d'admiration pour Sima Ku. La sœur aînée ayant constitué un exemple glorieux, dans l'esprit naïf de ma deuxième sœur se dessina une pensée encore floue : elle deviendrait la femme de Sima Ku ! Mais ce fut comme si quelqu'un l'avertissait froidement : Sima Ku en a déjà trois ! Dans ce cas, je serai la quatrième ! Xiangdi, la quatrième sœur, poussa un cri de surprise : « Grande sœur, regarde, un grand bâton de viande ! »

La grosse anguille que la quatrième sœur avait prise pour un bâton de viande agitait maladroitement son corps argenté pour remonter du fond des eaux sombres. Sa tête de serpent était grosse comme le poing, ses yeux noirs faisaient penser à un reptile féroce. Sa tête approcha de la surface de l'eau, lâchant des bulles d'air. « Une grosse anguille ! » s'écria la deuxième sœur au comble de l'excitation. Soulevant la palanche, elle l'abattit sur le front de l'animal. Le bout de la palanche résonna et l'écume jaillit. La tête de l'anguille s'enfonça sous l'eau, mais elle remonta aussitôt à la surface. Ses yeux étaient crevés. La deuxième sœur lança une nouvelle fois la palanche. Les mouvements de l'anguille se firent de plus en plus lents et engourdis, et elle devint enfin un bâton de viande gelée. La deuxième sœur fit porter l'eau par la troisième et la quatrième sœur, elle-même prit d'une main l'anguille et de l'autre la masse pour rentrer péniblement à la maison.

Ma mère trancha la tête et la queue de l'anguille avec une scie et divisa son corps en dix-huit morceaux qui tombèrent par terre dans un bruit sourd. L'anguille de la rivière du Dragon cuite dans l'eau de la même rivière donna une soupe à la saveur incomparable. De ce jour, les seins de ma mère retrouvèrent leur jeunesse, bien que la ride comme une pliure de feuille dont j'ai parlé plus haut n'eût pas disparu.

Et ce soir-là, repus de cette délicieuse soupe à l'anguille, ma mère se sentant plus détendue, le visage empreint d'une bienveillance digne de la Sainte Vierge et de la déesse Guanyin, mes sœurs entourant son lotus, nous l'écoutâmes raconter des histoires du canton du Nord-Est de Gaomi. Douce soirée, amour partagé. Le vent du nord mugissait sur la rivière du Dragon, transformant les cheminées en sifflets. Dans la cour, les branches des arbres faisaient craquer leur carapace de glace ; un glaçon se détacha de l'avant-toit et vint s'écraser sur la pierre à battre le linge avec un son cristallin.

Ma mère raconta qu'au cours du règne de Xianfeng de la dynastie des Qing[1], personne n'habitait encore ce lieu ; l'été et l'automne, des gens venaient y pêcher, récolter des herbes médicinales, installer leurs ruches, faire paître vaches et moutons, mais pourquoi appelait-on cet endroit Dalan, le « grand enclos » ? Parce que, à l'origine, c'était là que les bergers enfermaient les moutons derrière une palissade faite de branches tressées. L'hiver, des hommes s'aventuraient

1. 1851-1862.

là pour chasser le renard, mais on racontait qu'aucun d'eux n'avait connu une fin heureuse. Soit ils s'étaient retrouvés gelés dans les bourrasques de neige, soit ils avaient attrapé quelque maladie bizarre. Plus tard, sans que l'on sache exactement en quel mois ni quelle année, un homme en pleine santé, en pleine possession de ses moyens physiques et particulièrement courageux, était venu s'installer là. C'était le grand-père des frères Sima Ting et Sima Ku, Sima les Grandes Dents. Grandes Dents, c'était un surnom, mais personne ne connaissait son vrai nom. Il avait beau s'appeler Grandes Dents, il n'avait aucune incisive, ce qui le faisait bafouiller quand il voulait parler. Sima les Grandes Dents avait construit au bord de la rivière une cabane en chaume où il vivait grâce à un harpon et à un fusil de chasse. À cette époque, les poissons abondaient dans la rivière, les fossés et les mares : on y trouvait moitié eau moitié poissons. Un été, alors que Sima les Grandes Dents était occupé à harponner les poissons à genoux au bord de la rivière, il vit une jarre vernissée arriver en flottant. Sima les Grandes Dents était bon nageur, capable de rester sous l'eau le temps de fumer une pipe. Il plongea sans hésiter et rapporta la jarre sur le bord. À l'intérieur était assise toute droite une jeune aveugle vêtue de blanc. Nos regards se tournèrent vers l'aveugle de notre famille, Shangguan Yunü. Tête penchée, elle écoutait en tendant l'oreille ; les vaisseaux sanguins sur ses grandes oreilles se dessinaient nettement. L'aveugle de la jarre était étonnamment belle ; si elle n'avait pas eu ce handicap, elle aurait pu être donnée comme concubine à l'empereur. Bientôt, elle mit au monde un enfant et mourut. Sima les Grandes Dents nourrit cet enfant à la soupe de poisson. Il s'appelait Sima la Jarre, c'était le père de Sima Ku et Sima Ting.

Aussitôt après, ma mère nous raconta comment les instances officielles avaient fait migrer la population vers le canton du Nord-Est de Gaomi, elle nous parla du vieux forgeron Shangguan, de l'amitié entre notre grand-père paternel et Sima les Grandes Dents, elle nous raconta l'immense vague soulevée dans le canton par les Boxeurs, elle nous raconta encore la lutte acharnée, dont personne ne savait s'il fallait en rire ou en pleurer, qu'avaient livrée Sima les Grandes Dents et notre grand-père paternel contre les Allemands qui construisaient le chemin de fer sur les grandes dunes à l'ouest du village. D'on ne sait où, ils avaient recueilli l'information que les Allemands n'avaient pas de genoux, qu'ils pouvaient seulement se tenir droit, sans plier les jambes ; on disait aussi qu'ils étaient tous des maniaques de la propreté et craignaient particulièrement de toucher les excréments. Dès que des excréments entraient en contact avec leur corps, les diables allemands vomissaient jusqu'à la mort. On disait aussi que les diables étrangers étaient comme des agneaux [1], qui craignaient par-dessus tout le tigre et le loup, donc les deux pionniers qui avaient les premiers exploité le canton du Nord-Est de Gaomi avaient rassemblé une bande d'ivrognes, de joueurs et de paresseux – bien entendu, c'étaient aussi de solides gaillards qui ne craignaient pas la mort et dont le niveau en arts martiaux dépassait celui du commun des mortels – pour fonder la troupe des Tigres et des Loups. Sima les Grandes Dents et notre grand-père Shangguan le Boisseau, à la tête de leur troupe, devaient entraîner les soldats allemands jusqu'aux dunes où, incapables de les plier, ils planteraient leurs jambes dans le sable comme des bâtons. Ensuite, les membres des Tigres et des Loups surgiraient pour agiter les branches des arbres des dunes afin de faire descendre les sacs de merde et les pots d'urine qui y auraient été accrochés, ce qui ferait mourir de dégoût les soldats allemands maniaques de la propreté. Pour préparer ce combat, Sima les Grandes Dents et Shangguan le Boisseau, et toute leur troupe des Tigres et des Loups, passèrent un mois à récolter des excréments humains dans des corbeilles pour les transporter jusqu'aux dunes. Ils firent si bien que ce lieu où embaumaient les fleurs de sophora fut envahi d'une odeur pestilentielle qui fit mourir par milliers les abeilles venues récolter le pollen.

Ce fut aussi ce soir merveilleux, alors que nous plongions avec ravissement au plus profond de l'histoire du canton du Nord-Est de Gaomi, imaginant le spectacle merveilleux de Sima les Grandes Dents et Shangguan le Boisseau disposant la merde et l'urine, ce fut ce soir merveilleux que le petit-fils naturel de Sima les Grandes Dents, Sima Ku, écrivit une nouvelle page de l'histoire du canton, à trente lis de là, sous le pont de chemin de fer sur la rivière du Dragon. Cette voie était la ligne Jiaozhou-Ji'nan construite par les

1. Le mot *yang guizi*, « diable étranger », est presque homophone de *yang gaozi*, « agneau ».

Allemands. Les valeureux héros de la troupe des Tigres et des Loups avaient versé leur sang dans la bataille ; luttant valeureusement et recourant à des techniques de combat dont on n'avait jamais entendu parler depuis l'Antiquité, ils avaient retardé la date de mise en exploitation de la ligne, mais n'avaient finalement pas pu empêcher que la solide voie ferrée ne coupe en deux le ventre mou du canton du Nord-Est de Gaomi, comme si, selon les propres mots de Sima la Jarre : Merde alors, c'est comme s'ils avaient ouvert le ventre de nos femmes avec un couteau ! Ce grand dragon de métal qui crache son épaisse fumée a piétiné notre canton du Nord-Est de Gaomi, comme s'il piétinait nos propres poitrines ! À présent, la ligne était exploitée par les Japonais, qui emportaient notre charbon et notre coton, et apportaient les armes et les munitions qui seraient utilisées contre nos têtes. On peut dire que le sabotage de la voie par Sima Ku était la perpétuation de la volonté de son grand-père ; il accroissait la gloire de notre bourg, mais simplement, son style était d'un niveau bien plus élevé que celui de ses ancêtres.

Les trois étoiles à l'intérieur d'Orion penchaient vers l'occident et le croissant de lune était accroché entre les branches des arbres. Le vent d'ouest soufflait en rafales sur la rivière, faisant gémir la structure d'acier du pont de métal. Un froid étrange régnait ce soir-là, la glace de la rivière se fendait sous l'effet du gel, formant de larges rides qui craquaient en provoquant des détonations plus fortes que des coups de pistolet. Parvenus au pont, les traîneaux de Sima Ku s'abritèrent au bord de la rivière. Il descendit le premier de traîneau, ses fesses aussi douloureuses que si elles avaient été mordues par un chat. Dans le ciel brillait la faible lueur des étoiles, dessous scintillait la lumière blanche de la glace sur la rivière, et entre les deux s'étalait l'obscurité dans laquelle on ne distinguait pas ses propres doigts. Il frappa un peu dans ses mains et autour de lui se répercutèrent des claquements. Cette obscurité mystérieuse l'émut et l'excita ; plus tard, quand on lui demanderait quel avait été son état d'esprit avant la bataille pour la destruction du pont, il dirait : « Très bon, comme pour un réveillon de Nouvel An. »

Se tenant par la main, ses hommes allèrent sous le pont. Sima Ku grimpa à tâtons sur une pile et sortit de sa ceinture une hachette avec laquelle il frappa une poutre transversale, faisant fuser des étincelles et résonner un son clair. « Putain de ta grand-mère, jura Sima Ku, c'est tout du métal ! » Une énorme étoile filante déchira la nuit ; traînant une longue queue et sifflant dans l'air, elle lança de magnifiques étincelles bleutées qui illuminèrent un court instant l'espace entre ciel et terre. Profitant de l'étoile filante, il distingua nettement la haute pile en ciment et sa structure métallique. « Technicien Jiang ! cria-t-il. Technicien Jiang, amène-toi ! » Poussé et soutenu par les autres, le technicien Jiang, suivi de près par le jeune garçon, monta sur la pile. Il s'y était formé de petites protubérances gelées, comme des champignons, et lorsque Sima Ku tendit la main pour tirer le garçon, il glissa. Le jeune garçon resta en équilibre sur la pile, mais Sima Ku tomba tout en bas. Et il tomba juste sur son derrière brûlé où, de l'épaisse cicatrice, coulait un sang purulent. Il cria lamentablement : « Maman », puis poussa un nouveau cri : « Maman chérie, j'ai trop mal… » Les hommes de sa troupe se précipitèrent et le relevèrent de la surface glacée. Il continuait à gémir d'une voix sonore qui montait jusqu'au ciel. « Frère, lui dit l'un de ses hommes, essaie de résister, ne nous fais pas découvrir ! » Sima Ku s'arrêta de gémir et se recroquevilla sur lui-même. Puis il lança un ordre d'une voix forte : « Technicien Jiang, coupe vite ça ! Quand tu auras coupé quelques morceaux, ça tombera. Le remède que m'a donné ce salopard de Sha Yueliang, plus je le prends, plus j'ai mal.

– Frère, dit un homme, tu t'es fait avoir.

– Est-ce que tu ne connaîtrais pas le proverbe : “Quand on est gravement malade, le premier médecin fait l'affaire” ? rétorqua Sima Ku.

– Patiente un peu, frère, reprit le même homme, au retour je te soignerai. Avec de la graisse de blaireau, ça marche à tous les coups, pour toutes les brûlures. Là où il y a de la graisse, les blessures disparaissent. » Pchitt, un jet puissant d'étincelles bleues jaillit. Dans le bleu perçait du blanc, et le blanc était serti de bleu ; ce feu qui illumina soudain les structures métalliques du pont de chemin de fer était si éblouissant qu'il faisait monter des larmes aux yeux. Les arches du pont, la pile, les poutres d'acier, les structures métalliques, les manteaux en peaux de chien et les chapeaux en renard, les traîneaux abricot et les chevaux mongols, tout ce qui se trouvait alentour du pont de chemin de fer était visible dans ses moindres détails, on aurait même pu distinguer un cheveu qui serait tombé sur la glace. Les deux hommes montés sur la pile, le technicien Jiang et son aide, étaient accroupis sur les structures métalliques comme des singes ; ils brandissaient la grande « pipe à opium » qui crachait sa flamme diabolique pour couper les longerons. De ceux-ci montait une fumée blanche et sur la rivière se répandait l'odeur étrange du métal en fusion. Oubliant sa douleur aux fesses, Sima Ku regardait fasciné ces étincelles et cette lumière qui ressemblaient à un éclair. La flamme, comme le ver à soie qui mange la feuille de mûrier, dévorait le métal. Très vite, une poutre tomba lourdement et alla se ficher de biais dans l'épaisse couche de glace. « Coupe, coupe, coupe toutes ces saloperies ! » hurlait Sima Ku.

On disait ouvertement que votre ancêtre et Sima les Grandes Dents auraient gagné la bataille de la merde et de l'urine si seulement ils avaient auparavant vérifié la véracité de leurs informations secrètes, dit ma mère. Après la défaite, un homme de la troupe des Tigres et des Loups qui avait échappé aux mailles du filet se livra à une enquête mi-publique mi-secrète. Six mois durant, il rendit visite à une quantité innombrable de personnes et finit par établir que le premier à avoir recueilli l'information erronée voulant que les Allemands n'aient pas de genoux et meurent au contact des excréments n'était autre que le chef de la troupe des Tigres et des Loups, Sima les Grandes Dents en personne, et que celui qui lui avait fourni l'information, c'était Sima la Jarre, le fils aux mœurs légères qu'il avait eu de l'aveugle. Celui qui avait mené l'enquête avait tiré Sima la Jarre de la couche d'une prostituée pour qu'il lui dise d'où venait l'information, et celui-ci avait répondu qu'il la tenait de Poinsettia, une prostituée du « Pavillon où l'on oublie ses peines ». L'enquêteur rechercha Poinsettia, mais elle nia obstinément avoir prononcé ces mots. Elle dit qu'elle avait vu passer tous les techniciens de l'équipe allemande qui faisait l'étude de la ligne de chemin de fer, ainsi que tous leurs soldats, et que ceux-ci lui avaient copieusement labouré les cuisses avec leurs gros genoux solides, alors comment aurait-elle pu colporter ce genre de rumeur ? La piste s'arrêta là, les rescapés de la troupe des Tigres et des Loups reprirent leur activité d'origine : les pêcheurs pêchèrent leurs poissons, les cultivateurs retournèrent à la terre. Ma mère nous dit qu'à l'époque, le mari de sa tante, Yu les Grandes Paumes, était un jeune homme plein d'énergie ; bien que n'ayant pas intégré la troupe des Tigres et des

Loups, il avait participé à la guerre de la merde et de l'urine armé d'une fourche à fumier. Il racontait que, à peine les Allemands eurent-ils traversé le pont, Sima les Grandes Dents jeta contre eux une bombe rustique, Shangguan le Boisseau tira un coup de carabine, puis ils firent se replier leur troupe vers les dunes. Les Allemands portaient sur la tête un chapeau noir orné de plumes colorées qui se balançaient dans les airs, une veste verte à boutons de cuivre, un pantalon serré d'un blanc immaculé. Ils avaient des jambes longues et fines qu'ils ne pliaient pas quand ils couraient, ce qui donnait effectivement l'impression qu'ils n'avaient pas de genoux. Arrivés sous les dunes, les hommes de la troupe des Tigres et des Loups se mirent en rang et commencèrent à lancer des injures et des rafales de gros mots bien balancés. Ils avaient été mis au point par le précepteur du bourg, Chen Tengjiao. Pendant que la troupe des Tigres et des Loups lâchait ses bordées d'injures, les diables allemands, parfaitement alignés, mirent un genou à terre. N'avait-on pas dit que les Allemands n'avaient pas de genou et ne pouvaient pas plier les jambes ? se demandait perplexe le mari de notre tante. Mais, continua ma mère, avant même qu'il ait eu la réponse à sa question, une fumée blanche sortait du canon des fusils des Allemands, puis il entendit les détonations des fusils alignés et, dans la troupe des Tigres et des Loups, plusieurs hommes occupés à proférer des injures s'écroulèrent, le corps couvert de sang frais. Voyant que la situation tournait mal, Sima les Grandes Dents ordonna en hâte d'emporter les cadavres et de se replier vers les dunes. Le sable y était mou, les Allemands s'y enfonceraient, ils gardaient tous en tête cette histoire des genoux des Allemands. Ceux-ci se lancèrent à leur poursuite, mais leurs mouvements, une fois parvenus sur les sables mouvants, ne furent pas plus maladroits que ceux de la troupe des Tigres et des Loups, et du reste, on pouvait voir très nettement leurs genoux bouger dans leurs pantalons serrés. Les hommes de la troupe furent pris de panique ; Sima les Grandes Dents était lui aussi inquiet, mais il dit avec fermeté : « Frères, ne vous inquiétez pas, s'ils ne meurent pas en s'enfonçant, nous avons notre deuxième stratagème. » À cet instant précis, les Allemands sortirent des sables mouvants et entrèrent dans le bois de sophoras. Votre ancêtre hurla : « Tirez ! » Lorsqu'une dizaine de membres de la troupe tirèrent sur les cordes cachées dans le sable, les pots de merde et d'urine accrochés dans les branches et cachés par les fleurs de sophora rouge et blanc basculèrent les uns après les autres, déversant une pluie d'excréments qui atteignit les diables allemands en pleine figure. Certains pots mal attachés tombèrent des arbres et se brisèrent sur la tête des Allemands, tuant l'un d'eux sur le coup. Les Allemands grimaçaient et grinçaient des dents et, dans des hurlements, battirent en retraite en traînant leurs fusils. Le mari de notre tante dit que si la troupe des Tigres et des Loups avait profité de cet instant pour attaquer, à la manière du tigre féroce qui pénètre dans une harde de loups, aucun des quatre-vingts diables allemands n'en aurait réchappé. Mais les hommes de la troupe ne pensaient qu'à battre des mains et à se réjouir en riant aux éclats, et ils laissèrent les diables allemands filer jusqu'au bord de la rivière où ils sautèrent dans l'eau pour se débarrasser de la merde. Les hommes de la troupe s'attendaient à ce qu'ils vomissent et meurent, mais une fois nettoyés, les Allemands armèrent leur fusil et, parfaitement alignés, firent feu. Une balle entra droit dans la bouche de Sima les Grandes Dents et ressortit au sommet de son crâne, le tuant sans qu'il ait eu le temps de dire ouf. Les Allemands réduisirent en cendres le canton du Nord-Est de Gaomi. Puis Yuan Shikai[1] envoya encore des soldats pour capturer vivant votre ancêtre Shangguan le Boisseau. Afin que la mort d'un seul serve d'exemple à cent, ils infligèrent à votre ancêtre le plus cruel des supplices sous le grand saule au milieu du bourg : marcher pieds nus sur des tôles brûlantes. Le jour du châtiment, tout le bourg était en émoi et plus de mille personnes vinrent assister au spectacle. Notre tante a vu la scène de ses propres yeux. Elle a raconté que les fonctionnaires du gouvernement avaient d'abord dressé sur des pierres dix-huit tôles sous lesquelles on alluma du petit bois qui les chauffa tellement qu'elles devinrent rouge vif. Ensuite, le bourreau avait fait grimper votre ancêtre et l'avait obligé à marcher dessus. Une fumée jaunâtre montait de ses pieds ; la puanteur qui se répandait plongea plusieurs jours durant la tante dans le coma. Elle a raconté que Shangguan le Boisseau méritait vraiment sa réputation de forgeron : muscles d'acier, os de fer et mâchoires d'or ; il avait supporté le supplice, avait pleuré, hurlé,

1. Général et homme d'État (1859-1916) qui devint président de la République en 1912.

mais n'avait prononcé aucune parole pour demander grâce. Il avait fait deux allers et retours sur les tôles et ses pieds n'avaient déjà plus du tout la forme de pieds… Ensuite, les fonctionnaires l'avaient achevé en lui coupant la tête, puis l'avaient transporté à la préfecture de Ji'nan pour l'exposer.

« Frère, on y est presque, dit à Sima Ku l'homme de sa troupe qui voulait soigner ses blessures avec de la graisse de blaireau. Le train qui passe avant l'aube va arriver. » Sous le pont gisaient sur la glace une bonne dizaine de poutres métalliques, et la flamme bleu et blanc continuait à scintiller. « Merde alors ! dit Sima Ku, ils s'en tirent à bon compte ! Tu me garantis que le train va faire s'écrouler le pont ?

– Frère, si on en coupe encore, je crains que le pont ne s'écroule avant l'arrivée du train !

– Bon, d'accord. Technicien Jiang, technicien Jiang, descends ! cria Sima Ku, puis faisant signe aux hommes de la troupe : Aidez à descendre ces deux braves et donnez-leur à chacun une bouteille d'alcool ! » La flamme bleue s'éteignit, le vent de plus en plus froid transperçait les os jusqu'à la moelle. Tirant les traîneaux sur la glace, les chevaux mongols partirent à l'aveuglette dans l'obscurité. Quand ils furent à environ deux lis, Sima Ku ordonna de s'arrêter : « Nous avons travaillé une bonne partie de la nuit, attendons ici pour profiter du spectacle. »

Lorsque le train de marchandises passa, le soleil venait juste de rougir à l'horizon, illuminant la surface de la rivière. Sur les arbres de la rive avaient poussé des pierres précieuses dorées et argentées, le grand pont de métal s'étirait silencieusement. Sima Ku se frottait nerveusement les mains. Dans sa bouche gargouillaient des gros mots. Le train arriva dans un grand tintamarre, avec un air imposant. Quand il s'approcha du pont, son sifflet perçant retentit. De la locomotive s'éleva un panache de fumée noire, entre les roues fusait une brume blanche, le fracas produit par celles-ci était effrayant et la glace solide du fleuve en tremblait légèrement. Tétanisés, les membres de la troupe fixaient le train, les chevaux mongols avaient les oreilles rabattues en arrière, collées à leur crinière étalée. Le train, brutal et sauvage, s'élança sans se méfier sur le grand pont qui semblait presque inébranlable. L'espace d'une seconde, les visages de Sima Ku et de ses compagnons virèrent au gris, mais à la seconde suivante, ils hurlaient de joie et sautaient sur la glace. Les hurlements les plus sonores étaient ceux de Sima Ku, et celui qui sautait le plus haut, c'était encore lui, malgré l'état critique de ses blessures aux fesses. En un clin d'œil, le pont s'était effondré, les traverses, les rails, le ballast, le ciment étaient tombés en même temps que la locomotive. Celle-ci avait heurté une des piles qui s'était écroulée. Ensuite ce fut un fracas assourdissant ; volèrent dans les airs à plusieurs dizaines de mètres de hauteur des pierres, des morceaux de glace, des structures métalliques tordues et des traverses de bois cassées. Puis ce furent les nombreux wagons chargés de marchandises qui vinrent violemment se tamponner les uns après les autres, certains allant se planter dans la rivière, d'autres versant sur le bord de la voie ferrée. Des détonations ne cessaient de retentir. Elles partaient d'un wagon chargé d'explosifs puissants d'où jaillirent des projectiles et des balles. La glace, à la surface de la rivière, s'était crevassée, et l'eau jaillissait avec violence. Il y avait des poissons, des crevettes, et aussi des tortues à carapace noire. Une jambe humaine portant une grande botte en cuir retomba sur la tête d'un cheval mongol, le heurtant avec une telle force qu'il perdit connaissance, s'écroula à genoux sur la glace, s'arrachant des poils au passage. Une roue du train, lourde de mille livres au moins, s'écrasa sur la glace, faisant monter vers le ciel une colonne d'eau qui retomba en boue claire. L'énorme souffle avait privé Sima Ku de son ouïe, il voyait seulement les chevaux mongols tirant leurs traîneaux sur la rivière gelée se heurter les uns contre les autres comme des mouches sans tête, les membres de sa troupe restaient debout ou assis, hébétés, certains avec du sang noir qui leur coulait des oreilles. Il cria à tue-tête, mais n'entendit pas le son de sa propre voix, ses hommes semblaient aussi crier, bouche ouverte, mais il ne les entendait pas…

Rassemblant ses forces, Sima Ku finit par conduire sa troupe vers l'endroit où ils avaient découpé la glace à l'aide de la flamme bleu et blanc. Ma deuxième sœur, emmenant avec elle mes troisième et quatrième sœurs, y était revenue puiser de l'eau et pêcher des poissons, mais les cavités ouvertes la veille dans la glace avaient déjà gelé sur l'épaisseur d'un pouce. Ma deuxième sœur dut briser la glace avec un burin et un marteau. Lorsque Sima Ku arriva avec ses hommes, les chevaux mongols burent tant qu'ils purent, puis, quelques minutes après, s'écroulèrent sur la glace, évanouis, tremblant de leurs quatre pattes, avant de mourir. L'eau froide avait fait éclater leurs poumons dilatés.

Ce matin-là, à l'aube, toutes les âmes du canton du Nord-Est de Gaomi, hommes, chevaux, ânes, bœufs, poules, chiens, oies, canards... même les serpents qui hibernaient dans leur trou, tous perçurent l'énorme explosion qui venait du sud-ouest et, croyant qu'il s'agissait du tonnerre printanier annonçant le réveil des insectes, sortirent pêle-mêle de leur trou et moururent gelés dans les champs.

Sima Ku conduisit sa troupe au bourg pour qu'elle se remette ; Sima Ting épuisa tout le répertoire des gros mots chinois pour les injurier, mais leurs oreilles avaient perdu leur fonction et ils étaient persuadés que Sima Ting les félicitait, car celui-ci arborait un visage très satisfait en les abreuvant d'injures. Les trois épouses de Sima Ku sortirent chacune la recette secrète que leurs familles leur avaient léguée afin de soigner leur mari commun qui souffrait de ses brûlures aux fesses et maintenant d'engelures. À peine la première épouse avait-elle fini de lui enduire le derrière avec son onguent que la deuxième arrivait avec son pot de lotion faite à partir d'une dizaine de plantes médicinales précieuses dont elle le frictionnait après avoir ôté l'onguent, aussitôt suivie par la troisième épouse qui venait avec une poudre faite d'un mélange d'épines de pin, de racines de chêne vert, de blanc d'œuf, de moustaches de souris pilées... et ce, sans trêve, si bien que ses fesses, une fois sèches, étaient de nouveau humidifiées, puis une fois humidifiées, à nouveau séchées, et que sur l'ancienne cicatrice en apparaissait une nouvelle. Sima Ku finit par enfiler un pantalon de coton qu'il ferma avec deux ceintures en cuir et, aussitôt qu'il apercevait l'ombre d'une de ses trois femmes, il se saisissait aussitôt de la hache ou actionnait la culasse de son fusil. Si ses blessures ne guérissaient pas, en revanche, ses oreilles avaient retrouvé leur capacité.

La première chose qu'entendit Sima Ku, après avoir recouvré l'ouïe, ce furent les insultes de son grand frère : « Espèce d'enfoiré, tout le bourg va subir un désastre par ta faute, tu vas voir ! » Sima Ku tendit sa petite main aussi souple, rose et potelée que celle de son frère, et le prit par le menton. Considérant les rares poils sinueux jaunâtres de moustache qui pointaient au-dessus de sa lèvre et les gerçures de celle-ci, il lui dit en secouant tristement la tête :

« Toi et moi venons du même père, m'insulter, c'est t'insulter, vas-y ! Insulte-moi bien ! » Ayant dit ces mots, il le relâcha.

Sima Ting resta interdit, regardant la silhouette imposante de son cadet, il fit instinctivement non de la tête, prit le gong, sortit de la maison et grimpa lourdement sur sa tour de guet pour observer en direction du nord-ouest.

À la tête de sa troupe, Sima Ku retourna au pont de fer et récupéra des rails tordus comme des tortillons frits. Il y avait aussi une roue du train peinte en rouge et encore un tas de pièces métalliques en mille morceaux à qui personne n'aurait été capable de donner un nom. Il les étala dans la rue qui passait devant l'entrée principale de l'église pour montrer à ses concitoyens les brillants résultats de son combat. La salive au coin de la bouche à force de raconter sans fin à la foule le déroulement du sabotage du pont et du renversement du convoi militaire japonais. À chaque nouvelle version de son récit, il ajoutait des détails pleins de vie, et celui-ci devenait de plus en plus riche, de plus en plus savoureux, au point d'égaler à peu près le *Roman de l'investiture des dieux*[1]. La deuxième sœur, Shangguan Zhaodi, était un fidèle public de Sima Ku. Au début simple auditrice, elle devint ensuite le témoin de l'utilisation de son arme de style nouveau, et à la fin, de témoin oculaire, elle devint même une participante active du sabotage du pont, comme si elle avait toujours suivi Sima Ku, comme si elle était montée avec lui sur une des piles, puis avec lui en avait sauté, et lorsque Sima Ku souffrait des fesses, elle grimaçait avec lui, comme si tous deux étaient blessés au même endroit.

Comme le disait ma mère, les hommes de la famille Sima avaient tous l'esprit dérangé : cette aveugle qui était arrivée dans une jarre sur l'eau, d'une beauté extraordinaire mais avec des yeux éteints, dont personne ne comprenait les paroles, pas tant à cause de la manière dont elle prononçait les mots, mais parce que l'on ne comprenait pas le sens de ses propos, s'il ne s'agissait pas d'une renarde, c'était assurément une malade mentale. Pensez un peu, comment la descendance de cette femme pouvait-elle être normale ? Ma mère avait déjà découvert ce qui se passait dans le cœur de Zhaodi et pressentait que l'histoire de Laidi risquait de se reproduire.

1. Roman historique et fantastique écrit sous la dynastie des Ming.

Elle voyait avec une infinie tristesse les sentiments effrayants qui brûlaient dans les yeux noirs de sa fille, elle voyait aussi ses lèvres rouges épaisses et gonflées sans pudeur. Était-ce là une jeune fille de dix-sept ans ? Manifestement, c'était plutôt une génisse qui a ses premières chaleurs. « Zhaodi, ma fille, dit-elle, tu sais quel âge tu as ? » Les yeux écarquillés, Zhaodi rétorqua : « Quand tu avais le même âge que moi, est-ce que tu ne t'es pas mariée avec mon père ? Tu m'as même dit que ta tante avait mis au monde des jumeaux à l'âge de seize ans, deux bébés gras comme des petits cochons ! » À ce point, ma mère ne put que soupirer. Mais ma deuxième sœur reprit : « Je sais ce que tu veux me dire, il a déjà trois épouses, et moi, je serais la quatrième. Je sais que tu veux aussi me dire qu'il occupe une place plus élevée que toi dans l'ordre des générations. Mais je n'ai pas le même patronyme que lui et nous ne sommes pas du même clan, rien ne va à l'encontre des règles. »

Ma mère renonça à son droit de contrôle sur ma deuxième sœur et la laissa agir à sa guise. En apparence, elle semblait parfaitement calme, mais je sentais au goût de son lait qu'une tempête intérieure l'agitait. Pendant ces jours où ma deuxième sœur faisait ses bêtises en poursuivant Sima Ku de ses assiduités, ma mère nous emmena, mes six sœurs et moi, dans la cave aux radis creuser un passage secret débouchant au-delà du mur du sud dans une meule de paille de sorgho. La terre que l'on retira fut mise en partie dans la fosse d'aisance, en partie dans l'enclos aux ânes, mais la plus grande part fut jetée dans le puits sec, à côté de la meule.

La fête du Printemps se déroula tranquillement. Le soir de la fête des Lanternes (le quinzième jour du premier mois de l'année), ma mère nous emmena, mes six sœurs, et moi sur son dos, voir les lumières dans la grande rue. Dans le village, chaque famille avait accroché une petite lanterne, mais celles qui étaient suspendues à l'entrée de la résidence de la Vie Heureuse étaient aussi grosses que des jarres. Dans chacune était fixée une bougie en suif plus épaisse que mon bras dont la lumière scintillait de manière aveuglante. Où était passée Zhaodi ? Ma mère ne s'en occupait pas. Elle était à présent le maquisard de notre famille et pouvait rester trois jours sans rentrer ou réapparaître soudainement. La nuit du Nouvel An, alors que nous nous apprêtions à faire partir des pétards pour accueillir le dieu de la richesse, elle revint, une cape noire sur les épaules. Elle fit exprès de faire luire la ceinture de cuir qui serrait fermement sa taille fine, ainsi que le lourd revolver qui y pendait en lançant des éclats métalliques. Sur un ton frisant la moquerie, ma mère déclara : « Jamais je n'aurais cru que dans la famille Shangguan on verrait une femme brigand ! » À ces mots, on eût dit qu'elle allait pleurer, tandis que ma deuxième sœur avait un large sourire. Le sourire d'une jeune femme aux sentiments purs, un sourire qui laissa entrevoir à ma mère qu'il y avait encore une possibilité de l'aider à ne pas faire fausse route. « Zhaodi, je ne peux pas te laisser devenir la concubine de Sima Ku », dit-elle. Alors Zhaodi rit froidement – le rire d'une femme diabolique – et, dans le cœur de ma mère, l'espoir qui venait de se rallumer s'éteignit aussitôt.

Le jour du Nouvel An, elle alla souhaiter la bonne année à sa tante et lui raconta ce qui était arrivé à Laidi et à Zhaodi. « Dans les affaires de cœur des enfants, on ne peut que suivre la nature, déclara la vieille femme aguerrie par les ans. Sans compter qu'avec des gendres comme Sha Yueliang et Sima Ku, tu ne manqueras plus de rien. Ces deux hommes, ce sont des éperviers qui montent jusqu'au ciel !

– J'ai seulement peur qu'ils ne meurent pas dans leur lit ! répliqua ma mère.

– Ceux qui meurent dans leur lit, dit la vieille femme, sont pour la plupart des bons à rien ! » Ma mère aurait voulu poursuivre la discussion, mais sa tante agita la main avec impatience, balayant ses paroles comme si elle chassait des mouches. « Fais-moi voir ton fils », dit-elle. Ma mère me tira hors de mon sac en coton et me posa sur le *kang*. Je regardai avec frayeur le minuscule visage aux rides profondes de la tante, ainsi que ses yeux verts brillants enfoncés dans leur orbite. Sur l'arcade sourcilière, il n'y avait pas un poil ; en revanche, autour de ses yeux poussaient d'épais cils jaunes. Elle tendit sa main osseuse et caressa mes cheveux, tira un peu mes oreilles, me pinçota le nez et alla même jusqu'à glisser sa main entre mes cuisses pour tâter mon zizi et mes boules. Je détestais au plus haut point ces attouchements humiliants et rampai de toutes mes forces vers le coin du *kang*. Elle m'arrêta d'une main et dit d'une voix forte : « Debout, petit bâtard !

– Tante, dit ma mère, il n'a que sept mois, comment pourrait-il se mettre debout ?

– À l'âge de sept mois, répondit la vieille femme, j'allais dans les nids de poule chercher des œufs pour ta grand-mère…

– Oui, ma tante, dit ma mère, mais vous, vous n'êtes pas quelqu'un d'ordinaire.

– Ce petit garçon non plus, à mon avis ! dit la vieille femme. Quel dommage pour Maroya ! » Le visage de ma mère s'empourpra, puis pâlit. Ayant rampé jusqu'au bord du *kang*, je m'appuyai sur le rebord de la fenêtre, raidis mes jambes et me mis debout. Applaudissant, la vieille femme s'exclama : « Regarde, j'ai dit qu'il était capable de se mettre debout et il l'a fait ! Retourne-toi, petit bâtard !

– Tante, il s'appelle Jintong, pourquoi l'appelez-vous toujours petit bâtard ?

– Bâtard ou pas, seule la mère le sait, n'est-ce pas, ma nièce ? D'ailleurs, c'est un terme d'affection, petit bâtard, œuf de tortue, petit coquin, petite bestiole, ce sont tous des petits noms affectueux, allez, viens, mon petit bâtard ! » gronda la tante.

Je me retournai et, les jambes flageolantes, regardai le visage baigné de larmes de ma mère. « Jintong, mon enfant sage ! » appela-t-elle en tendant les bras vers moi. Je m'y jetai. Je savais marcher. Ma mère me serra fort contre elle et murmura : « Mon fils sait marcher, mon fils sait marcher.

– Les enfants, dit la tante solennellement, c'est comme une nichée d'oiseaux, quand ils doivent s'envoler, on ne peut pas les retenir. Et toi ? Comment tu t'en tires depuis qu'ils sont tous morts ?

– Très bien, dit ma mère.

– Alors, c'est bien, dit la vieille femme d'une voix forte, toute chose doit être considérée en regard de la hauteur du ciel et de la profondeur de la mer, et les plus inutiles, il suffit de les comparer à la cime de la montagne ; mais il ne faut pas se faire du mal à soi-même. Tu comprends ce que je veux dire ?

– Oui », répondit ma mère.

Au moment de se séparer, la vieille femme demanda : « Est-ce que ta belle-mère est toujours vivante ?

– Oui, répondit ma mère, elle se traîne dans le crottin des ânes.

– Ah, ce vieux débris ! dit la vieille femme. Elle a agi en tyran toute sa vie, je ne pensais pas qu'elle finirait comme ça ! »

Sans cette conversation confidentielle entre ma mère et sa tante, jamais je n'aurais su marcher dès l'âge de sept mois, et jamais ma mère aurait eu assez d'enthousiasme pour nous emmener dans la grande rue voir les lanternes ; nous aurions passé une soirée de fête des Lanternes insipide et triste, et l'histoire de notre famille n'aurait sans doute pas été ce qu'elle est. Dans la rue, la foule se pressait, mais presque tous les visages étaient inconnus. Entre les gens régnait une atmosphère de calme et d'union. Beaucoup d'enfants, avec à la main des « crottes de souris en or » qui crépitaient dans une gerbe d'étincelles, se faufilaient entre les badauds. Nous nous arrêtâmes devant la grande porte de la résidence de la Vie Heureuse pour admirer les deux énormes lanternes suspendues de part et d'autre. Leur lumière jaune éclairait la plaque couverte de caractères dorés accrochée au linteau. La porte de la résidence était ouverte et les lanternes illuminaient les enfilades de cours d'où parvenait du brouhaha. Les gens s'étaient assemblés à l'extérieur, mains dans les manches, restant paisiblement debout, comme s'ils attendaient quelque chose. La troisième sœur, Shangguan Lingdi, bavarde comme une pie, demanda à quelqu'un à côté d'elle : « Oncle, est-ce qu'on va distribuer de la soupe ici ? » L'homme se contenta de secouer la tête. Derrière, un autre intervint : « Mademoiselle, c'est seulement pour la fête du sacrifice d'hiver qu'on distribue de la soupe.

– Dans ce cas-là, que fait-on ici ?

– On va jouer une pièce de théâtre moderne, répondit l'homme. Il paraît que ce sont des acteurs célèbres qui sont venus de Ji'nan. » La troisième sœur allait continuer à bavarder, mais ma mère l'en empêcha.

Quatre hommes finirent par sortir de la grande cour de la résidence de la Vie Heureuse, chacun tenant à la main une longue perche à l'extrémité de laquelle quatre instruments de fer noir crachaient une flamme aveuglante qui éclairait tellement devant la porte qu'on se serait cru en plein jour, non, c'était encore plus lumineux qu'en plein jour. Non loin de la cour de la résidence, les pigeons sauvages qui logeaient dans le clocher en ruine de l'église s'envolèrent dans la lumière blanche, effrayés, et poussèrent des roucoulements retentissants avant de disparaître dans l'obscurité. Dans la foule, quelqu'un cria : « Des lampes à gaz ! » Et c'est de ce jour que nous apprîmes que dans le monde, hormis les lampes à huile de soja, les lampes à pétrole, les lampes fluorescentes, il existait aussi les lampes à gaz qui aveuglaient les yeux. Les quatre gaillards noirs qui portaient les lampes formèrent un quadrilatère devant l'entrée de la résidence, tels quatre piliers noirs. Par la grande porte sortirent encore des hommes portant une natte de roseaux roulée, qui se placèrent en paradant au centre de l'espace délimité par les porteurs de lanternes. Ils jetèrent avec force la natte sur le sol, défirent la ficelle qui la retenait pour la dérouler. Courbant la taille, tirant les coins de la natte, ils se mirent à agiter à toute vitesse leurs petites jambes noires et velues. Comme leurs pas étaient très rapides, et aussi parce que la lumière du gaz était trop violente, se forma devant nos yeux une illusion d'optique. Les hommes qui dépliaient la natte semblaient avoir quatre jambes ou plus, entre lesquelles s'étirait une sorte de toile d'araignée lumineuse et transparente. Tout cela s'emmêlait si bien que leur course ressemblait à celle d'insectes se débattant entre les fils d'une toile d'araignée. Une fois la natte bien étalée, ils se redressèrent et saluèrent l'assistance. Leur visage était recouvert de maquillages multicolores telles des peaux de bêtes sauvages aux zébrures toutes fraîches. L'un avait une peau de léopard, un autre une peau de cerf, un autre encore une peau de lynx, et le dernier une peau de blaireau, de ceux qui venaient voler les offrandes dans le temple. Ensuite, faisant deux pas en avant et un en arrière, ils repartirent par la grande porte de la résidence.

Dans le sifflement des lampes à gaz, nous attendîmes patiemment, la natte de roseaux flambant neuve attendait aussi. Les quatre gaillards noirs qui portaient les lampes haut levées au sommet des perches s'étaient mués en quatre rocs noirs. Des coups de gong ranimèrent notre attention et les regards convergèrent, au-delà de la grande porte, vers l'intérieur qui était caché par le mur-écran blanc gravé d'un grand caractère « bonheur ». Après avoir attendu ce qui nous sembla la moitié d'une vie, Sima Ting, le grand patron de la résidence de la Vie Heureuse, l'ancien chef du bourg de Dalan, l'actuel chef du comité de maintien de l'ordre, vint se placer devant le public, la mine déconfite. Soulevant le gong usé à force d'être frappé, il décrivit un cercle comme à contrecœur en tapant sur l'instrument. Enfin, se plaçant au centre de la natte, il nous déclara : « Chers compatriotes, grands-pères, grands-mères, grands-oncles, grands-tantes, grands frères, belles-sœurs, petits frères, grandes sœurs, petites sœurs, mon frère a remporté une grande victoire en détruisant le pont de chemin de fer, la bonne nouvelle s'est répandue aux quatre coins du canton, tous sont venus le complimenter et on lui a adressé plus de vingt citations à l'honneur pour le féliciter. Afin de célébrer cette immense victoire, mon frère a invité une troupe de théâtre. Lui-même va se costumer pour entrer en scène et jouer une nouvelle pièce destinée à éduquer nos compatriotes. En ce soir de fête des Lanternes, nous ne pouvons oublier l'héroïque lutte de résistance et nous ne laisserons pas les petits diables occuper notre bourg. Moi, Sima Ting, fils de la Chine, ne serai jamais plus le chef de ce comité de maintien de l'ordre ! Compatriotes, nous sommes chinois, nous ne servirons pas ces fils de chienne de Japonais ! »

Quand il eut prononcé ce discours bien tourné, il s'inclina vers l'assistance puis fit demi-tour, le gong à la main, se heurtant aux joueurs de *erhu*, de flûte traversière et de *pipa*[1] qui sortaient par la grande porte. Les musiciens entrèrent en scène, leur tabouret et leur instrument sous le bras.

Ils prirent place en bordure de la natte, accordèrent leurs instruments dans un concert de grincements, se basant sur deux notes jouées par le flûtiste. Ceux qui étaient trop haut baissaient la note, ceux qui étaient trop bas la montaient. Le *erhu*, le *pipa* et la flûte traversière s'unirent pour ne plus former qu'une seule corde à trois brins bien équilibrée. Ils s'arrêtèrent de jouer et attendirent. Ensuite arrivèrent les joueurs de tambour, de gong, de grosses et petites cymbales, leur tabouret et leur instrument sous le bras. Ils prirent place face aux autres musiciens et se mirent à frapper dans un joyeux tintamarre sur leurs instruments. Le petit gong résonna plusieurs fois d'un son clair et monotone, suivi de quelques coups du petit tambour, puis le *erhu*, le *pipa* et la flûte traversière jouèrent à l'unisson, formant une corde qui vint s'enrouler autour de nos jambes, nous empêchant de nous en aller, interdisant à nos esprits de réfléchir. L'air était mélodieux et entraînant, triste et mélancolique, parfois aussi il n'était qu'une sorte de fredonnement, de murmure, quel genre de théâtre était-ce donc ? C'était le genre de théâtre chanté dit *maoqiang*, caractéristique du canton du Nord-Est de Gaomi, vulgairement appelé « le pieu pour attacher sa femme » : dès qu'on le chante, les trois relations cardinales et les cinq vertus fondamentales

1. Le *erhu* est un violon chinois à deux cordes. Le *pipa* est une sorte de luth à quatre cordes.

sont perturbées ; dès qu'on l'entend, on oublie père et mère. Voilà pourquoi la foule frappait le sol du pied en suivant le rythme, elle agitait les lèvres tandis que les cœurs battaient la chamade. Notre attente ressemblait à la flèche bandée sur la corde, à l'instant où elle va être décochée... cinq, quatre, trois, deux, une note aiguë, le son s'élève, franchissant tous les degrés de la gamme, de plus en plus haut, et arrivé au point suprême, il repart encore plus haut, toujours plus haut, jusqu'à percer les nuages.

Je suis une jeune fille belle et gracieuse – aaaah –, dans les échos virevoltants de la mélodie, ma deuxième sœur, Zhaodi, une fleur rouge en velours piquée dans les cheveux, vêtue d'une veste croisée bleue de lettré, d'un pantalon tombant sur les pieds et de chaussures bleues brodées, un panier de bambou dans la main gauche, un battoir dans la droite, se déplaça à tout petits pas, glissant tel un filet d'eau depuis la résidence des Sima jusque sous les aveuglantes lampes à gaz, puis s'arrêta sur la natte, telle une vague retenue, et salua. Ses sourcils ne ressemblaient plus à des sourcils, mais à un croissant de lune dans le ciel, son regard ruisselait sur nos têtes, son nez était fin et effilé, ses lèvres charnues couvertes d'un rouge plus rouge que les cerises de mai. Ensuite, ce fut le silence total, dix mille paires d'yeux avaient cessé de cligner, dix mille cœurs avaient cessé de battre, puis dans un immense élan, les acclamations fusèrent à l'unisson. Ma deuxième sœur tendit ses jambes, courba le buste en arrière et courut en rond sur la natte, sa taille était souple comme une tige d'osier du bord de l'étang, ses pas aussi légers que le serpent qui glisse sur les épis de blé. Ce soir-là, malgré l'absence de vent, il faisait encore très froid, mais ma sœur n'était vêtue que d'habits non doublés. Ma mère s'aperçut avec étonnement que depuis qu'elle avait mangé l'anguille, le corps de ma deuxième sœur s'était développé, les deux boules de chair sur sa poitrine n'étaient pas loin de ressembler à deux poires juteuses bien mûres, tandis que leur port dressé, magnifique, perpétuait la glorieuse tradition des beaux seins et des belles fesses des femmes de la famille Shangguan. Ma sœur décrivit un cercle sur la natte en chantant, le souffle sûr et l'esprit serein, une deuxième phrase : *Après avoir été mariée au héros Sima Ku...* Cette phrase absolument paisible, dont la fin ne fut pas audible, entraîna des réactions extraordinaires. Dans la foule, on chuchotait : « C'est une fille de quelle famille ?

– Une fille Shangguan.

– Mais la fille Shangguan ne s'est pas enfuie avec la troupe aux carabines ?

– Si, mais c'est la deuxième fille.

– Depuis quand est-elle la concubine de Sima Ku ?

– Vos gueules, putain, c'est du théâtre, fermez-la ! » crièrent dans la foule ma troisième sœur Lingdi et quelques-unes des autres sœurs, pour prendre la défense de Zhaodi. En un instant, le calme revint. *Pour détruire les ponts mon époux est expert, de l'alcool il a répandu sur le pont de la rivière. Pour la fête des Dragons, le cinq du cinquième mois, les flammes bleues dix mille toises ont atteint, les petits diables n'ont pu que pleurer et appeler père et mère. Aux fesses, mon époux cruellement a été blessé. La nuit dernière, quand la tempête de neige la terre a blanchi, mon époux à la tête de sa troupe le pont de métal a détruit*... Puis ma sœur mima l'action de briser la glace et de laver ses vêtements dans l'eau glacée. Elle tremblait de froid, comme une feuille sèche restée pendue à une branche en hiver. Les spectateurs étaient entrés dans le jeu, certains se lamentaient, d'autres essuyaient leurs larmes avec leur manche. Soudain, le gong et le tambour retentirent, et ma deuxième sœur se redressa pour regarder au loin. *J'entends venant du sud-ouest un immense vacarme, et je vois dans la nuit briller d'immenses flammes, c'est sûrement lui qui a réussi à détruire le pont, le convoi militaire des petits Japonais le dieu des enfers a rejoint, vite je rentre à la maison mettre à chauffer le vin et tuer deux poulets pour préparer une soupe bien chaude*. Ensuite ma sœur fit semblant de ramasser les vêtements, de remonter sur la berge, et elle reprit son chant : *Levant la tête je découvre quatre chacals*... Les quatre gaillards au visage peinturluré qui avaient précédemment apporté la natte dans un jeu de jambes étonnant venaient de faire irruption par la grande porte en décrivant roulade sur roulade. Ils entourèrent ma deuxième sœur, imitant les chats qui encerclent une souris. Celui qui était grimé en blaireau chanta d'une voix et sur un ton étranges : *Je suis le commandant japonais Kameda, à la recherche d'une belle jeune fille nous sommes sortis, j'entends depuis longtemps dire qu'elles sont légion au canton du Nord-Est de Gaomi, je lève la tête et je vois cette beauté... Jeune fille, allons, allons, suis ton seigneur pour connaître le bonheur*. Prestement, ils s'emparèrent de ma deuxième sœur. Celle-ci, toute droite, se raidit comme un bâton et fut soulevée haut dans les airs par les quatre « diables japonais ». Ils décrivirent un cercle sur la natte. Les coups de gong et de tambour s'accélérèrent comme si s'était levée une tempête. La foule eut un mouvement en avant pour s'approcher de la natte. Ma mère hurla : « Laissez ma fille ! » Et elle se précipita en gémissant. Je me tendis sur mes jambes dans le sac en coton. J'éprouvais la même sensation que plus tard j'éprouverais en montant à cheval. Ma mère tendit les doigts et, à la manière de l'aigle qui agrippe un lièvre, les planta dans les yeux du « commandant Kameda ». Celui-ci lâcha prise en criant de douleur, les trois autres firent de même et ma deuxième sœur retomba sur la natte. Les trois acteurs s'enfuirent, ma mère montée sur le dos du « commandant Kameda » lui tirait les cheveux. Ma deuxième sœur tirait ma mère en poussant de grands cris : « Maman, maman, c'est du théâtre, ce n'est pas vrai ! »

Puis quelques personnes vinrent séparer ma mère et le « commandant Kameda ». Celui-ci, le visage en sang, s'éclipsa par la grande porte comme s'il cherchait à sauver sa vie. Ma mère grondait, sa haine toujours inassouvie : « Tu oses humilier ma fille, tu oses humilier ma fille ?!

– Maman, s'écria celle-ci hors d'elle, tu as complètement gâché notre belle représentation !

– Zhaodi, dit ma mère, obéis-moi, rentrons à la maison. Ce genre de théâtre, ce n'est pas pour nous. » Elle avança la main pour attraper ma sœur, mais celle-ci se dégagea et dit furieuse : « Maman, ne me fais pas perdre la face !

– C'est toi qui m'as fait perdre la face ! répliqua ma mère. Rentre avec moi !

– Non, je ne veux pas. » À cet instant arriva Sima Ku, chantant d'une voix forte : *Après avoir détruit le pont, je reviens à cheval.* Il portait des bottes de cavalier, était coiffé d'une casquette militaire, tenait à la main une véritable cravache et chevauchait un superbe cheval imaginaire ; martelant le sol de ses pieds, il avançait, le buste montant et s'abaissant, les mains fermées sur des rênes inexistantes, mimant un galop effréné, gong et tambour ébranlant le ciel, les instruments à cordes et à vent jouant à l'unisson, la flûte traversière, en particulier, émettant un son à déchirer les nuages, qui faisait perdre la tête aux hommes, non de frayeur, mais d'envoûtement.

Sima Ku arborait un visage de fer, froid et dur, terriblement sévère, sans la moindre faiblesse ni douceur. *Soudain, j'entends qu'on s'agite sur le bord du fleuve, je presse mon cheval* – le *erhu* imita le hennissement des chevaux, hihihihi… *Le cœur brûlant, le cheval file comme le vent, pour lui, un demi-pas vaut un pas, et deux pas en valent trois* – tambour et gong se firent pressants, les pieds frappaient le sol. L'épervier plane dans les airs, le vieux bœuf suffoque de colère, le tigre fait tourner sa balle brodée – sur la natte, Sima Ku montrait l'étendue de son extraordinaire talent, on avait peine à imaginer qu'il avait encore une demi-livre d'emplâtre collée sur les fesses. Ma deuxième grande sœur repoussa en hâte ma mère qui continuait à tempêter mais qui finit par retourner à contrecœur à sa place. Les trois hommes qui jouaient les soldats japonais revinrent, courbés, au centre de la natte et tentèrent à nouveau de soulever la deuxième sœur. Le « commandant Kameda » ayant disparu, ils devaient se contenter de jouer à trois : deux portaient le haut du corps, le troisième les jambes. Sa tête bariolée apparaissait entre les jambes de ma sœur, créant un effet très comique, les spectateurs riaient à gorge déployée, la tête ne cessait de grimacer entre les jambes, et plus la foule riait, plus il en rajoutait, ce qui finit par provoquer un éclat de rire général, suscitant chez Sima Ku un mécontentement manifeste. Pourtant, il continua à chanter : *Soudain j'entends la foule s'agiter, les soldats japonais ont voulu encore faire montre de leur cruauté, je me lance à corps perdu en avant, tendant la main, j'agrippe l'échine d'un de ces chiens – halte !* Avançant la main, Sima Ku se saisit du « soldat » japonais dont la tête était coincée entre les jambes de ma deuxième sœur et poussa un grand cri. S'ensuivit une scène de combat qui, à l'origine, devait être une lutte à quatre contre un, mais était seulement à trois contre un. Au terme des échanges, Sima Ku soumit les « Japonais » et sauva son « épouse ». Laissant les « Japonais » agenouillés sur la natte, il partit par la grande porte en soutenant ma deuxième sœur, accompagné par une musique joyeuse. Ensuite, les quatre gaillards noirs qui portaient les lampes à gaz reprirent vie d'un coup et s'éloignèrent aussi vers la grande porte. La lumière déclina et nous fûmes de nouveau plongés dans l'obscurité…

Le lendemain matin à l'aube, les Japonais, les vrais, encerclèrent le village. Nous fûmes tirés de nos rêves par les coups de fusil et de canon et les hennissements des chevaux. Ma mère me prit dans ses bras et nous emmena, avec mes sept sœurs, nous réfugier dans la cave aux radis. Nous rampâmes un moment dans le noir, le froid et l'humidité, puis arrivâmes dans un endroit spacieux où ma mère alluma une lampe à huile. Dans la lumière blanche, nous nous assîmes sur de la paille sèche, tendant l'oreille aux mouvements qui nous arrivaient du dessus de manière indistincte.

Je ne sais au bout de combien de temps nous parvint le bruit d'une respiration dans le souterrain obscur. Ma mère s'empara d'une pince de forgeron et souffla la lampe posée dans une cavité du mur, nous plongeant dans l'obscurité totale. Je me mis à pleurer. Elle me fourra un téton dans la bouche. Il était glacé et dur, il avait perdu son élasticité et son goût était salé et amer.

Le souffle se rapprochait de plus en plus, ma mère leva la pince. À cet instant j'entendis la voix de ma deuxième sœur Zhaodi, qui avait un ton inhabituel : « Maman, ne me frappe pas, c'est moi… » Ma mère poussa un soupir de soulagement et ses mains haut levées qui brandissaient la pince retombèrent sans force. « Tu m'as vraiment fait peur, Zhaodi.

– Maman, allume la lampe, dit ma sœur, je ne suis pas seule. »

Ma mère eut beaucoup de peine à rallumer la lampe. La lumière blanche éclaira de nouveau le trou. La deuxième sœur était couverte de boue de la tête aux pieds, elle avait des traces de sang sur les joues et tenait un sac sur sa poitrine. « Qu'est-ce que c'est ? » lui demanda ma mère. Ma sœur fit une grimace et des larmes brillantes coulèrent sur son visage sale. « Maman, dit-elle suffoquée par les sanglots, c'est le fils de sa troisième épouse. » Ma mère sursauta et lui intima avec colère : « Rapporte-le où tu l'as pris ! » La deuxième sœur avança un peu sur les genoux et leva son visage vers elle : « Aie pitié, maman, toute sa famille a été tuée, c'est le seul descendant des Sima… »

Ma mère souleva un coin du sac et apparut alors le long visage maigre et sombre du petit garçon de la famille Sima. Il dormait d'un doux sommeil, respirant régulièrement, sa petite bouche vermeille fermée, comme s'il tétait dans ses rêves. Mon cœur se remplit de haine pour cet enfant. Je recrachai le téton et poussai des hurlements. Ma mère me mit dans la bouche son autre téton, encore plus froid et plus amer.

« Tu es d'accord pour le garder, maman ? » demanda ma deuxième sœur.

Ma mère ferma les yeux sans dire un mot.

La deuxième sœur fourra l'enfant dans les bras de la troisième sœur Lingdi et se prosterna devant ma mère : « Maman… dit-elle en pleurant, vivante, je suis à lui, morte, je serai son âme errante, sauve cet enfant et je me souviendrai à jamais de ta grande bonté ! »

La deuxième sœur se releva et allait se faufiler vers l'extérieur quand ma mère la retint par le bras en lui demandant d'une voix rauque : « Où vas-tu ?

– Maman, dit-elle, il est blessé à la jambe, il s'est caché au pied du rouleau à grain, je dois aller le chercher. »

À cet instant parvinrent de l'extérieur des bruits de sabots de chevaux et des coups de fusil stridents. Ma mère se retourna pour boucher l'ouverture qui menait à la cave à radis : « Ta mère peut consentir à tout pour toi, déclara-t-elle, mais pas à t'envoyer à la mort.

– Maman, il perd tout son sang à la jambe, dit la deuxième sœur, si je n'y vais pas, il va mourir, et s'il meurt, à quoi bon vivre ? Laisse-moi y aller, maman… »

Ma mère poussa un gémissement, puis elle referma la bouche.

« Maman, je me prosterne devant toi. »

La deuxième sœur s'agenouilla, front contre terre, puis enfouit un instant son visage entre les cuisses de ma mère. Alors, se glissant entre les jambes de celle-ci, elle s'enfuit en rampant.

Chapitre 14

Jusqu'à la fête de la Pure Clarté (le cinquième jour du quatrième mois), marquant le retour du printemps et l'éclosion des fleurs, les dix-neuf têtes des membres de la famille Sima restèrent suspendues à un portique de bois dressé devant la grande porte de la résidence de la Vie Heureuse. Le portique était fait de cinq gros pieux bien droits en sapin de Chine qui formaient une sorte d'escarpolette. Attachées avec du fil de fer, les têtes pendaient à la barre transversale. Bien que la chair des visages eût été en grande partie dévorée par les corbeaux, les moineaux et les chouettes, on pouvait sans grande difficulté reconnaître l'épouse de Sima Ting, ses deux fils stupides, la première épouse de Sima Ku, sa deuxième et sa troisième épouse, les neuf garçons et filles que les trois femmes avaient mis au monde, ainsi que les parents de la troisième épouse en visite chez les Sima et ses deux petits frères. Depuis que le village avait sombré dans la catastrophe, les survivants, tels des fantômes, se terraient dans l'obscurité pendant la journée et ne sortaient vaquer à leurs occupations que la nuit venue.

La deuxième sœur était partie et il n'y eut plus la moindre nouvelle d'elle. Le garçon qu'elle nous avait laissé fut pour nous une source d'ennuis innombrables. Pendant ces journées où nous nous cachâmes dans la cave, pour éviter que l'enfant ne meure de faim, ma mère ne put faire autrement que de le nourrir de son lait. Ouvrant une large bouche, les yeux écarquillés, il tétait ces seins qui m'appartenaient. Il avait une effrayante capacité à ingurgiter, qui transformait les deux seins en bourses de cuir desséchées, tandis que lui se mettait à hurler en grimaçant. Ses pleurs ressemblaient au cri du corbeau, du crapaud, de la chouette. Son âme était celle du loup, du chien sauvage, du lièvre. C'était mon ennemi mortel. Quand il usurpait les seins de ma mère, je ne cessais de pleurer ; lorsque j'en reprenais possession, c'était lui qui pleurait sans fin en gardant ses yeux écarquillés. Des yeux de lézard. Cette satanée Shangguan Zhaodi nous avait ramené un démon enfanté par un lézard.

Comme elle était accablée par ces deux charges, le visage de ma mère se mit à enfler, il pâlit, et je m'aperçus avec effroi que sur son corps poussaient des boutons jaunâtres comme les radis qui ont séjourné en cave tout l'hiver. Ils apparurent d'abord sur ses seins, et à son lait dont la quantité diminuait de plus en plus, je trouvais déjà un goût de radis spongieux ; petite canaille de la famille Sima, n'avais-tu pas toi aussi découvert ce goût effroyable ? On chérit ce qui est à soi, mais là je ne pouvais plus. Ce que je ne tétais pas, c'était lui qui le tétait. Mes précieuses calebasses, mes colombes, mes vases de porcelaine, votre épiderme était sec, vous vous déshydratiez, vos veines étaient violacées, vos tétons noircissaient, vous pendiez sans force.

Pour la vie de ce petit salaud et la mienne, ma mère s'enhardit à sortir de la cave, retournant avec mes sœurs parmi les hommes éclairés par le soleil. Le blé qui se trouvait dans l'aile est de notre maison avait disparu, l'ânesse et le petit mulet aussi, les ustensiles de cuisine étaient en mille morceaux, et dans sa niche, la Guanyin de porcelaine n'était plus qu'un corps sans tête. Le manteau en renard que ma mère avait oublié d'emporter dans la cave, les vestes en lynx de ma huitième sœur et moi avaient eux aussi disparu. Les manteaux de fourrure que mes grandes sœurs ne quittaient jamais, ne fût-ce qu'un instant, étaient toujours là, mais leurs poils avaient pourri et tombaient par plaques. Ces vêtements les faisaient ressembler à des bêtes sauvages couvertes de gale. Shangguan Lüshi était étendue sous la meule dans l'aile ouest, elle avait rongé jusqu'au bout les vingt radis que ma mère lui avait jetés juste avant de descendre dans la cave et avait évacué un gros tas de crottes dures comme des galets. Lorsque ma mère s'approcha pour la regarder, elle en ramassa pour les lui jeter. Son visage ressemblait à un radis gelé, ses cheveux blancs étaient enchevêtrés comme une corde, certains dressés sur la tête, d'autres pendant dans son dos. Ses yeux lançaient des éclats verts. Avec réticence, ma mère posa quelques radis devant elle. Les Japonais – ou peut-être les Chinois – ne nous avaient laissé qu'une demi-cave de radis mous qui avaient germé. Ma mère était désespérée, mais elle finit par trouver un pot qui n'avait pas été brisé. Il contenait de l'arsenic que Shangguan Lüshi conservait précieusement. Elle versa de cette poudre rouge dans la soupe de radis. Quand la poudre fut dissoute, à la surface apparurent des yeux colorés, et une odeur pestilentielle s'en éleva. Elle remua la soupe avec une cuillère en bois et, quand elle eut bien mélangé, remplit la cuillère et fit lentement retomber le liquide trouble dans la casserole. Les coins de sa bouche s'étiraient de manière étrange. Elle versa une cuillère de soupe dans un bol cassé. « Lingdi, dit-elle, va porter ce bol à ta grand-mère.

– Maman, tu y as mis du poison ? » demanda ma troisième sœur. Ma mère fit oui de la tête. « Tu veux empoisonner grand-mère ?

– Nous allons tous mourir ensemble », dit ma mère. Mes sœurs éclatèrent en sanglots à l'unisson, même ma huitième sœur aveugle. Ses pleurs étaient ténus, comme le bourdonnement d'une petite abeille, et ses grands yeux noirs qui ne voyaient rien étaient baignés de larmes. Ma huitième sœur était la plus malheureuse parmi les malheureux, la plus pitoyable parmi les pitoyables. « Maman, nous ne voulons pas mourir… » gémissaient mes sœurs. Je me mis aussi à balbutier : « Maman, maman…

– Mes pauvres enfants », dit ma mère. Et elle pleura très fort pendant un long moment, accompagnant nos larmes. Puis elle se moucha bruyamment et versa dans la cour le bol et la casserole de soupe à l'arsenic. « On ne meurt plus ! dit-elle, si nous n'avons même pas peur de la mort, de quoi aura-t-on peur ? » Après ces bonnes paroles, elle se redressa et nous emmena dans la rue à la recherche de quelque nourriture. Ainsi notre famille fut-elle la première à reparaître dans la grande rue. Lorsque mes sœurs découvrirent les têtes coupées de la famille Sima, elles eurent un peu peur, mais en quelques jours elles s'y habituèrent. Le petit salaud de la famille Sima se trouvait contre la poitrine de ma mère d'où nous nous répondions en écho. Ma mère lui dit à l'oreille en montrant les têtes : « Pauvre enfant, souviens-toi bien. »

Ma mère et mes sœurs sortirent du village et arrachèrent dans les champs qui reprenaient vie des racines dont, une fois lavées, on fit une soupe. Mon intelligente troisième sœur déterra des nids de campagnols, ce qui non seulement permit d'attraper ces animaux à la chair délicieuse, mais aussi de mettre la main sur les vivres qu'ils conservaient. Mes sœurs confectionnèrent encore un filet avec de la ficelle de chanvre et tirèrent des étangs des poissons et des crevettes qui étaient maigres et noirâtres après avoir péniblement résisté à l'hiver. Un jour, ma mère essaya de me verser dans la bouche une cuillère de soupe de poisson, mais je la recrachai aussitôt sans la moindre hésitation et me mis de plus à pousser des hurlements. Elle versa une cuillère dans la bouche du petit salaud de la famille Sima, mais lui l'avala avec une satisfaction évidente. Elle lui en donna une autre et il l'avala encore. « C'est bien, dit ma mère très excitée, ce pauvre malheureux peut finalement manger tout seul. Et toi ? me demanda-t-elle en me regardant. Il faut aussi te sevrer. » Terrorisé, je me cramponnai à ses seins.

Les gens du village, entraînés par notre exemple, se mirent à la tâche. Les campagnols subirent une catastrophe sans précédent, puis ce fut le tour des lièvres, des poissons, des tortues, des crevettes, des crabes, des serpents et des grenouilles. Sur les vastes terres ne survécurent que les crapauds venimeux et les oiseaux qui possédaient de longues ailes. Si une grande quantité de légumes sauvages n'avaient pas poussé à temps, les villageois seraient pour la plupart morts de faim. Après la fête de la Pure Clarté, quand les fleurs de pêchers aux couleurs éclatantes tombèrent, des volutes de vapeur s'élevèrent au-dessus des champs ; les terres, dans l'attente des semailles, s'animaient de mille bruissements, mais nous n'avions ni animal de trait ni semences. Lorsque dans les eaux des marécages, dans les mares rondes et dans les eaux peu profondes du bord du lac, commencèrent à nager de gros têtards, les gens du village prirent peu à peu le chemin de l'exil. Au quatrième mois, presque tous étaient partis, mais quand le cinquième mois arriva, ils étaient presque tous revenus. Le troisième oncle Fan disait qu'ici au moins il y avait des herbes et des légumes sauvages pour apaiser la faim, on ne pouvait pas en dire autant ailleurs. Au sixième mois arrivèrent même des gens étrangers au canton. Ils dormaient dans l'église, dans la belle demeure aux cours spacieuses de la famille Sima, dans le moulin abandonné. Ils avaient l'air de chiens affamés, qui pillaient notre nourriture. Bientôt, le troisième oncle Fan rassembla les hommes du village pour chasser les étrangers. Il était notre chef, et les étrangers s'en choisirent aussi un, un jeune homme aux grands yeux et aux épais sourcils. Expert en capture d'oiseaux, il avait deux frondes à la ceinture et une sacoche à l'épaule, qui contenait des boulettes de glaise sèche. La troisième sœur eut un aperçu de sa technique : deux perdrix se poursuivaient dans les airs pour s'accoupler, il saisit sa fronde, sans viser, tira une boulette, presque au hasard, et l'une des deux perdrix tomba juste aux pieds de ma sœur. La tête de l'oiseau était en bouillie. La deuxième s'envola à tire-d'aile en poussant des cris d'effroi, mais l'homme tira une nouvelle fois et la perdrix s'abattit aussi sur le sol. L'homme s'avança jusque devant ma sœur pour ramasser l'oiseau. Il la regarda. Elle le dévisagea, pleine de haine. Le troisième oncle était déjà passé chez nous faire sa propagande pour la chasse aux étrangers et avait attisé notre hostilité à leur égard. Non seulement l'homme ne ramassa pas la perdrix qui gisait devant ma sœur, mais il lui jeta celle qu'il tenait à la main. Puis il s'éloigna sans dire un mot.

La troisième sœur rapporta les perdrix et en fit manger la chair à notre mère, en confectionna une soupe pour mes sœurs et ce petit salaud de la famille Sima, et enfin donna les os à Shangguan Lüshi. Le bruit qu'elle faisait en les mastiquant résonnait : crac ! crac ! La troisième sœur garda le secret sur l'homme qui lui avait offert les perdrix. Très vite, ce gibier se transforma en un lait au parfum délicieux qui coula dans mon estomac. Une fois, ma mère essaya de profiter d'un moment où je dormais pour fourrer son téton dans la bouche du petit garçon de la famille Sima, mais il n'en voulut pas. Il grandissait en mangeant herbes sauvages et écorces, en quantités impressionnantes : il suffisait qu'on lui mît quelque chose dans la bouche pour qu'il l'avalât aussitôt. « On dirait vraiment un âne, disait ma mère, son destin, c'est d'être herbivore. » Même les crottes qu'il faisait avaient la forme de crottin d'âne ou de cheval. Du reste, ma mère pensait qu'il avait deux estomacs, et donc la capacité de ruminer. Souvent, on pouvait remarquer qu'une boule d'herbe remontait de son ventre jusque dans sa bouche et qu'il se mettait à la mâchouiller, les yeux mi-clos, avec un air de grande satisfaction, une bave blanche coulant à la commissure des lèvres, puis, lorsqu'il en avait assez, il tendait le cou et avalait le tout.

Une bataille s'engagea entre les habitants du village et les étrangers. Dans un premier temps, le troisième oncle Fan tenta de leur faire entendre raison et leur demanda poliment de partir. Le représentant choisi par les étrangers était l'homme qui avait offert les perdrix à la troisième sœur, le spécialiste en capture d'oiseaux, il s'appelait Han l'Oiseau. Les mains posées sur les deux frondes accrochées à sa ceinture, sûr de son bon droit, il refusa de céder. Il expliqua qu'à l'origine, le canton du Nord-Est de Gaomi était une terre en friche qui n'appartenait à personne, tout le monde était étranger au canton, et si vous, vous aviez pu vous y établir, pourquoi pas nous ? Ses arguments ne portèrent pas, très vite le ton monta, et lorsqu'il arriva à son paroxysme, on commença à se bousculer. Une tête brûlée du village, affublée du surnom de Tuberculeux le Sixième, surgit de derrière le troisième oncle Fan en brandissant une barre de fer avec laquelle elle visa la tête de la vieille mère de Han l'Oiseau, lui ôtant la vie et faisant gicler sa cervelle. Han l'Oiseau poussa une plainte, tel un loup blessé. Il tira une des frondes de sa ceinture et envoya deux boulettes qui crevèrent d'un coup les deux yeux de Tuberculeux le Sixième. S'ensuivit une bagarre générale. Bientôt, les étrangers furent en difficulté, et Han l'Oiseau, portant le cadavre de sa mère, recula tout en combattant vers les dunes à l'ouest du village. Là, il posa sa mère, sortit sa fronde, chargea une boulette de glaise et dit en visant le troisième oncle Fan : « Toi qui es le chef, est-ce qu'on ne doit pas arrêter ce massacre ? Quand le lièvre est en danger, il peut aussi mordre ! » Avant même qu'il eût fini de parler, la boulette atteignait dans un sifflement l'oreille gauche du troisième oncle. « Nous sommes tous Chinois, dit Han l'Oiseau, je te laisse la vie sauve ! » Tenant son oreille sectionnée, le troisième oncle se retira sans un mot.

Les étrangers construisirent une dizaine de cabanes sous les grandes dunes et conquirent ainsi un endroit où s'installer. Une dizaine d'années plus tard, c'était devenu un village. Après quelques années encore, c'était un bourg prospère, dont les habitations ne formèrent plus qu'un avec le bourg de Dalan, séparé seulement par un grand étang et une petite route. Dans les années 1990, quand Dalan est devenu une municipalité, ce bourg a formé le quartier Wanxi de la ville. Il s'y trouvait à ce moment-là sans doute le plus grand centre d'Asie consacré aux oiseaux d'Orient, où l'on pouvait acheter des espèces rares dont on ne trouvait que difficilement l'équivalent dans les zoos nationaux. Bien sûr, le commerce des oiseaux rares était semi-clandestin. Le fondateur de ce centre consacré aux oiseaux n'était autre que le fils de Han l'Oiseau, Han Perroquet. Il fit fortune grâce à l'élevage, à la reproduction et au dressage de nouvelles espèces de perroquets, puis, avec l'aide de sa femme Geng Lianlian, devint une célébrité avant d'être jeté en prison.

Quand il eut enterré sa mère dans les dunes, Han l'Oiseau, toujours muni de ses frondes, arpenta la grande rue en jurant avec son accent étranger. Voici ce qu'il voulait faire comprendre aux villageois : À présent que je suis seul, si je tue un ennemi, je rentre dans mes frais, et si j'en tue deux, j'ai un point d'avance. Je souhaite que tout le monde vive en paix. Avec l'exemple des yeux crevés de Tuberculeux le Sixième et de l'oreille abîmée du troisième oncle Fan, qui dans le village aurait voulu relever la tête ? Et en plus, disait ma troisième sœur, il faut ajouter à ça la vie de sa mère.

Dès lors, étrangers et villageois vécurent en bonne intelligence malgré les rancunes qu'ils gardaient en eux. Ma troisième sœur et Han l'Oiseau se rencontraient presque tous les jours à l'endroit où il lui avait offert les perdrix ; au début, ce furent des rencontres fortuites, puis des rendez-vous à ne pas manquer ! Ma troisième sœur foula tellement cet endroit de ses pieds qu'aucune herbe n'y poussait plus. Chaque fois, sans prononcer le moindre mot, Han l'Oiseau jetait un oiseau par terre et s'en allait. Tantôt deux tourterelles, tantôt un faisan, une fois même, ce fut un oiseau de très grande taille qui pesait plus de trente livres. Ma troisième sœur le rapporta à grand-peine à la maison sur son dos, et même le troisième oncle Fan au vaste savoir fut incapable de lui donner un nom. Je sais seulement que le goût de cet oiseau était incomparable ; c'était bien sûr à travers le lait de ma mère que je pus m'en rendre compte.

Fort des liens intimes qu'il entretenait avec notre famille, le troisième oncle Fan attira l'attention de ma mère sur les relations entre Han l'Oiseau et ma troisième sœur. Ses paroles étaient puantes : « Ma nièce, dit-il, la troisième jeune fille de votre famille avec ce chasseur d'oiseaux... Ah, là là, quelle dépravation, les villageois ne voient pas ça d'un bon œil !

– Elle est encore jeune ! dit ma mère.

– Les filles de votre famille, reprit le troisième oncle, ne sont pas comme les autres.

– Les mauvaises langues n'ont qu'à aller au diable ! » lui asséna ma mère en dernier recours.

Bien qu'elle eût tenu tête au troisième oncle, lorsque la troisième sœur rentra avec, à la main, une grue du Japon à demi morte, ma mère eut quand même une conversation sérieuse avec elle : « Lingdi, dit-elle, nous ne pouvons plus continuer à manger ses oiseaux.

– Pourquoi ? demanda la troisième sœur en la regardant droit dans les yeux, il attrape les oiseaux plus facilement que les poux.

– Peut-être bien, mais c'est lui qui les attrape, dit ma mère, tu ne sais pas que celui qui mange le riz d'autrui a la bouche cousue, celui qui prend le bien d'autrui a les mains liées ?

– Je le lui rendrai plus tard.

– Avec quoi ? demanda ma mère.

– Je l'épouserai, dit ma sœur.

– Lingdi, dit ma mère sur un ton sévère, tes deux grandes sœurs ont déjà fait perdre la face à la famille Shangguan, cette fois, je ne te suivrai pas.

– Maman, dit ma sœur hors d'elle, tu ne parles pas sérieusement, sans Han l'Oiseau, serait-il dans cet état, lui ? » Et ma troisième sœur me montra du doigt, puis le petit garçon de la famille Sima : « Et lui aussi. » Devant mon visage joufflu et les joues toutes rouges du fils Sima, ma mère ne trouva rien à répondre. Au bout d'un instant, elle reprit : « À partir d'aujourd'hui, Lingdi, quoi qu'il en soit, nous ne pourrons plus manger ses oiseaux. »

Le lendemain, ma troisième sœur rapporta un chapelet de pigeons sauvages et les jeta avec obstination aux pieds de ma mère.

En un clin d'œil, le huitième mois fut là, les vols d'oies sauvages arrivèrent du nord lointain et se posèrent dans les marais au sud-ouest du village. Les villageois et les étrangers utilisaient de vieux procédés comme les hameçons ou les filets pour capturer les oies. Au début, la chasse fut assez bonne, au point que dans toutes les rues du village flottaient des plumes d'oies, mais celles-ci acquirent vite de l'expérience et allèrent nicher, au milieu des marécages, dans des endroits que même les renards ne pouvaient atteindre en raison de la profondeur de la couche de boue, si bien que tous les stratagèmes déployés par les chasseurs furent inefficaces. Seule la troisième sœur rapportait chaque jour une oie, morte ou vive, et le diable sait par quel moyen Han l'Oiseau parvenait à les capturer.

Confrontée à la dure réalité, ma mère ne put que recourir à un compromis. Si nous n'avions pas mangé les oiseaux que nous donnait Han l'Oiseau, nous aurions manqué d'éléments nutritifs et aurions été comme la plupart des habitants du village : enflés, haletants, les yeux brillants de flammes diaboliques. Mais si nous mangions les oiseaux de Han, il était certain qu'un expert en capture d'oiseaux allait devenir son gendre, prenant la suite d'un commandant de troupe aux carabines et d'un spécialiste du sabotage des ponts.

Le matin du seizième jour du huitième mois, la troisième sœur retourna au même endroit chercher des oiseaux. Nous l'attendions à la maison. Tous lassés par la chair des oies au goût d'herbe fraîche, nous espérions que Han l'Oiseau allait changer un peu notre ordinaire, et sans aller jusqu'à imaginer que notre sœur rapporte un gros volatile à la chair délicieuse, au moins quelque pigeon sauvage, caille, tourterelle ou faisan, était-ce là impossible ?

La troisième sœur revint les mains vides, les yeux gonflés à force d'avoir pleuré. Ma mère lui demanda pourquoi et elle répondit : « Han l'Oiseau a été capturé par une bande d'hommes à bicyclette, vêtus de noir et armés de fusils… »

Une dizaine d'hommes robustes avaient été enlevés en même temps que lui. On les avait attachés entre eux comme une brochette de criquets. Han l'Oiseau s'était débattu de toute la force de ses bras aux muscles gonflés comme des ballons. Les soldats lui avaient frappé sur les fesses et les reins avec la crosse de leur fusil et envoyé des coups de pied dans les jambes. De ses yeux rouges, il semblait qu'allait jaillir du sang ou du feu. « Pourquoi voulez-vous m'arrêter ? » criait Han l'Oiseau. Le meneur avait pris une poignée de boue et la lui avait jetée au visage, lui aveuglant les yeux. Il rugissait comme une bête sauvage entravée. La troisième sœur s'était lancée à sa poursuite, s'arrêtant pour crier : « Han l'Oiseau… » Elle était restée là debout et, quand la troupe s'était suffisamment éloignée, elle avait recommencé à les poursuivre, s'arrêtant de nouveau pour crier : « Han l'Oiseau… » Les soldats l'avaient regardée et étaient partis d'un rire mauvais. « Han l'Oiseau, avait-elle fini par dire, je t'attendrai.

– Va te faire voir, qui te dit d'attendre ? ! » avait crié Han l'Oiseau.

À midi, c'est face à une marmite de soupe aux légumes sauvages si claire qu'on se voyait dedans, que nous réalisâmes – ma mère aussi, bien sûr – l'importance qu'avait pour nous Han l'Oiseau.

Ma troisième sœur grimpa sur le *kang* et pleura deux jours et deux nuits. Ma mère usa de tous les procédés pour tenter de faire cesser ses pleurs, mais rien n'y fit.

Trois jours après la capture de Han l'Oiseau, la troisième sœur descendit pieds nus du *kang* et sortit dans la cour, la poitrine nue, sans la moindre pudeur. Elle grimpa dans le grenadier, faisant ployer la branche flexible comme un arc. Ma mère s'empressa d'aller la faire descendre, mais d'un bond, ma sœur sauta lestement sur le sterculier, du sterculier sur le grand catalpa de Mandchourie, et du catalpa, atterrit sur le toit en chaume de la maison. Ses gestes étaient d'une incroyable légèreté, comme si son corps avait été tout entier paré de plumes. Elle était à califourchon sur le toit, le regard fixe, le visage baigné d'un sourire comme de l'or. Debout dans la cour, ma mère levait la tête et suppliait sur un ton pitoyable : « Lingdi, ma fille chérie, descends, à partir d'aujourd'hui, je ne te surveillerai plus, tu feras ce que tu voudras… » La troisième sœur ne manifesta aucune réaction, comme si elle était devenue un oiseau qui ne comprenait pas le langage des humains. Ma mère appela mes quatrième, cinquième, sixième, septième et huitième sœurs, et même le petit gars de la famille Sima, pour qu'ils viennent aussi dans la cour exhorter ma troisième sœur assise sur le toit. Des larmes dans la voix, mes sœurs s'égosillèrent, mais ma troisième sœur continua à les ignorer. Inclinant la tête, elle se mordillait l'épaule comme un oiseau occupé à se lisser les plumes. Sa tête pouvait décrire un large arc de cercle et son cou pivotait avec aisance ; non seulement elle parvenait facilement à se mordre l'épaule, mais réussissait même à baisser la tête jusqu'à becqueter ses deux petits tétons. Je ne doutai plus un instant que ma sœur, si elle le désirait, fût capable de se mordiller les fesses et même les talons, car sa bouche pouvait atteindre n'importe quel point de son corps. En fait, je pense que ma troisième sœur, quand elle était montée sur le toit, était entrée dans le monde des oiseaux : ses pensées, ses actes, son expression étaient ceux d'un oiseau. Si ma mère n'avait pas fait venir le troisième oncle Fan et une bande d'hommes costauds, si elle n'avait pas fait verser du sang de chien sur le toit pour la faire descendre, sur son corps seraient apparues de jolies plumes et elle serait devenue un bel oiseau, un phénix, à moins que ce ne fût un paon, et si ce n'était pas un paon, un faisan doré. Quel que fût l'oiseau en lequel elle se fût transformée, elle aurait pu déployer ses ailes pour voler haut à la recherche de son Han l'Oiseau. Mais le résultat de tout cela, le plus haïssable, le plus odieux, fut celui-ci : le troisième oncle Fan ordonna à Zhang Maolin, surnommé le Singe, un petit homme plein d'agilité, de monter en cachette sur le toit avec un seau rempli de sang de chien noir et de s'approcher de ma sœur par-derrière pour le lui verser sur la tête. Ma troisième sœur bondit vivement du toit, déploya ses deux bras, pleine de l'envie de voler, mais son corps roula bruyamment depuis le sommet jusqu'à l'encorbellement de l'avant-toit avant de s'écraser lourdement sur le passage dallé. Dans sa tête s'ouvrit un trou gros comme un abricot d'où le sang s'écoula à flots et elle perdit connaissance.

Pleurant à chaudes larmes, ma mère boucha le trou sanglant de la tête de ma troisième sœur à l'aide d'une poignée de cendres végétales, puis, aidée par la quatrième et la cinquième sœur, nettoya le sang de chien qui maculait son corps et la porta sur le *kang*.

Le soir, la troisième sœur revint à elle. Ma mère lui demanda, les yeux pleins de larmes : « Ça va mieux, Lingdi ? » Elle sembla vaguement faire oui de la tête en regardant ma mère. Des larmes coulaient sans cesse de ses yeux. « C'est trop injuste pour ma fille… dit ma mère.

– Il a été capturé et emmené au Japon, dit froidement la troisième sœur, il ne reviendra que dans dix-huit ans. Maman, installe-moi un autel, je suis une immortelle oiseau. »

À ces mots, ce fut comme si les cinq tonnerres avaient roulé sur la tête de ma mère, des centaines de sentiments s'amassèrent dans son cœur et elle considéra avec effroi le visage où se lisait une étrange expression. Un flot de paroles se bousculait dans sa bouche, mais elle ne put prononcer le moindre mot.

Dans la courte histoire du canton du Nord-Est de Gaomi, six femmes étaient devenues des immortelles – renarde, hérisson, belette, serpent blanc, blaireau et chauve-souris – à cause d'amours empêchées ou de fiançailles qui avaient mal tourné, et elles avaient vécu une existence mystérieuse forçant le respect. Voici qu'à présent, une immortelle oiseau apparaissait dans notre famille ; ma mère était remplie d'effroi et d'aversion, mais elle n'osait pas dire la moitié d'une parole parce qu'il y avait eu un précédent sanglant : une dizaine d'années plus tôt, Fang Jinzhi, la jeune épouse de Yuan Jinbiao, le marchand d'ânes, avait été surprise au cimetière en plein adultère avec un jeune homme qui avait été battu à mort par les membres de la famille Yuan. Fang Jinzhi avait elle aussi été copieusement rossée et, poussée par la honte et la haine, elle avait bu de l'arsenic, mais, découverte à temps, elle avait été sauvée après qu'on lui eut fait ingurgiter de force des excréments humains comme vomitif. À son réveil, Fang Jinzhi s'était elle-même désignée comme immortelle renarde et avait demandé qu'un autel fût dressé pour elle. La famille Yuan ne l'avait pas autorisé. À partir de ce jour, le combustible avait souvent spontanément pris feu dans cette maison, les ustensiles de cuisine et la vaisselle se cassaient sans raison, un gecko était sorti du pot de vin du vieux grand-père, la vieille grand-mère avait craché deux incisives par le nez en éternuant, et un jour que l'on faisait bouillir une marmite de raviolis, on y avait repêché un crapaud mort. La famille Yuan avait dû se soumettre et accorder une place d'immortelle à cette renarde, lui réservant une pièce de silence.

La pièce de silence de l'immortelle oiseau fut établie dans l'aile est. Accompagnée des quatrième et cinquième sœurs, ma mère nettoya les restes abandonnés par Sha Yueliang, balaya les toiles d'araignée au mur ainsi que la poussière sur les poutres et remit du papier aux fenêtres. Dans un angle du mur nord, elle installa une table pour l'encens et fit brûler trois cierges de santal laissés par Shangguan Lüshi lorsqu'elle avait offert un sacrifice à la déesse Guanyin. Devant la table à encens, il fallait que soit suspendue une peinture représentant une immortelle oiseau. Mais comment donc était une immortelle oiseau ? Ma mère dut interroger ma troisième sœur. Elle s'agenouilla devant elle et lui demanda avec ferveur : « Immortelle, l'image que nous devons présenter devant l'autel, où faut-il aller la chercher ? » Ma troisième sœur se tenait assise gravement, les yeux clos, ses joues toutes roses comme si elle était plongée dans un beau rêve printanier. Ma mère n'osait pas la presser et reposa la question avec davantage de ferveur. La troisième sœur bâilla longuement, garda les yeux fermés et dit d'une voix difficile à comprendre, sur un ton à mi-chemin entre le langage humain et le babillage des oiseaux : « Demain, elle sera là. »

Le lendemain matin arriva un mendiant au nez d'aigle et aux yeux d'épervier. Dans la main gauche, il tenait un bâton pour se défendre des chiens – une tige de bambou –, et dans la droite, un grand bol céladon ébréché en deux endroits. Il était couvert de poussière, comme s'il venait de se rouler par terre, et comme s'il venait de faire un voyage de dix mille lis, même ses yeux et ses oreilles étaient remplis de la poussière du chemin. Sans un mot, il entra dans la grande salle de notre maison avec autant d'aisance et de liberté que s'il rentrait chez lui. Il souleva le couvercle de la marmite et puisa un bol de soupe de légumes sauvages qu'il but bruyamment. Puis il s'assit sur le rebord du fourneau et resta sans mot dire, scrutant le visage de ma mère de ses yeux aussi tranchants que des couteaux. Ma mère était effrayée, mais elle feignit la sérénité : « Hôte, dit-elle, mon pauvre foyer ne possède pas grand-chose pour vous recevoir, si vous ne le dédaignez pas, veuillez accepter ceci à manger. » Et elle lui tendit une boulette de légumes sauvages. Il la refusa et dit en passant sa langue sur ses lèvres gercées : « Votre gendre m'a demandé de vous apporter deux choses. » Mais il ne nous montra rien. À la vue de ses vêtements en haillons au travers desquels apparaissait par endroits sa peau rugueuse et sale qui semblait couverte d'écailles grises, nous n'arrivions vraiment pas à imaginer où il pouvait cacher les choses qu'il nous avait apportées. « Quel gendre ? » demanda ma mère perplexe. L'homme au nez d'aigle et aux yeux d'épervier répondit : « Je ne sais pas de quel gendre il s'agit, je sais seulement qu'il est muet, mais qu'il sait écrire et manier le sabre birman. Un jour il m'a sauvé la vie, et à mon tour j'ai sauvé la sienne. Nous sommes quittes. C'est pourquoi, il y a deux minutes, j'hésitais encore à vous donner ces deux choses précieuses. Si tout à l'heure, quand je me suis servi de la soupe, vous m'aviez manqué de politesse, je les aurais gardées pour moi. Et non seulement vous ne m'avez pas manqué de politesse, mais vous m'avez offert la seule boulette aux légumes que vous possédiez, je suis obligé de vous les donner. » À ces mots il se leva et posa le bol ébréché sur le fourneau : « C'est un bol céladon "couleur secrète [1]", dit-il, la licorne et le phénix de la porcelaine, il n'en existe sans doute que cet exemplaire au monde, votre gendre muet n'avait

1. Les céramiques *mise*, « couleur secrète », des grès sans décor à la couverte lisse et lustrée évoquant le jade, étaient parmi les plus précieuses à l'époque des Cinq Dynasties (907-960). Réservées à l'usage de la cour, on n'en conserve aujourd'hui que quelques spécimens au monde.

aucune idée de sa valeur, il lui a été donné lors d'un partage après un pillage, et s'il voulait vous le remettre, c'était seulement en raison de sa grande taille. Et puis il y a aussi ceci. » Il donna sur le sol quelques coups de son bambou qui résonna d'un son creux. « Avez-vous un couteau ? » Ma mère lui tendit le couteau à légumes. Il le prit et coupa une ficelle presque invisible à chaque extrémité du bambou qui s'ouvrit en deux. Un rouleau tomba par terre. L'homme déroula la peinture qui dégagea une odeur de moisi. Nous vîmes qu'au centre du papier de soie jauni était peint un grand oiseau. Nous restâmes stupéfaits : il était en tout point identique à celui que la troisième sœur avait rapporté sur son dos. Sur la peinture, il se tenait droit, tête dressée, et nous regardait de biais d'un air méprisant, de ses grands yeux sans expression. Quant à cette peinture et à l'oiseau qui y figurait, l'homme au nez d'aigle et aux yeux d'épervier ne donna aucune explication. Il roula la peinture, la posa sur le bol et, sans se retourner, sortit de la grande salle. Ses deux bras libérés pendaient avec aisance et se balançaient le long de son corps au rythme des grands pas qu'il décrivait dans le soleil.

Ma mère avait tout du pin, et moi tout d'une excroissance sur ce pin. Les cinq sœurs étaient comme cinq saules blancs. Le petit garçon de la famille Sima tel un petit chêne. Devenus cette forêt aux essences mélangées, nous restions plantés, silencieux, devant le bol de porcelaine « couleur secrète » et la peinture à l'oiseau mystérieux. Sans le rire glacial que ma troisième sœur poussa depuis le *kang*, nous nous serions peut-être vraiment transformés en arbres.

Sa prophétie s'était réalisée. Nous introduisîmes avec le plus grand respect la peinture d'oiseau dans la pièce de silence et l'accrochâmes devant la table à encens. Le bol ébréché, avec une histoire aussi extraordinaire, qui aurait pu s'en servir ? Ma mère, le cœur empli de bonheur, l'exposa sur la table à encens et le remplit d'eau pure pour que l'immortelle oiseau pût boire.

La nouvelle qu'une immortelle oiseau était apparue dans notre famille se répandit comme une traînée de poudre dans tout le canton du Nord-Est de Gaomi et même très vite au-delà. Des gens affluèrent pour quérir un remède ou une prophétie, mais l'immortelle oiseau ne recevait chaque jour que dix solliciteurs. Elle s'enfermait dans la pièce de silence et les visiteurs s'agenouillaient à l'extérieur sous la fenêtre. Sa voix qui ressemblait autant au chant d'un oiseau qu'à une voix humaine sortait par un trou qui y avait été ménagé. À ceux qui venaient consulter les sorts, elle indiquait la marche de l'existence, et à ceux qui cherchaient un remède, elle établissait un diagnostic et prescrivait une médication. La troisième sœur, non, l'immortelle oiseau, dressait des ordonnances extrêmement bizarres qui pouvaient passer pour de mauvaises plaisanteries. À un malade de l'estomac, elle avait prescrit : sept abeilles, deux boules d'excréments de bousier, une ou deux feuilles de pêcher, une demi-livre de coquilles d'œuf à réduire en poudre et à délayer dans l'eau. À un homme qui souffrait des yeux et portait un chapeau en peau de lapin, elle prescrivit : sept criquets, un couple de grillons, cinq mantes religieuses, quatre vers de terre, à mélanger et à appliquer au creux de la main. L'homme qui avait une maladie des yeux recueillit l'ordonnance passée par le trou de la fenêtre, y jeta un coup d'œil et sur son visage apparut une expression irrespectueuse ; nous l'entendîmes maugréer à voix basse : « C'est sûr que c'est une immortelle oiseau, tout ce qu'elle prescrit est à base de nourriture pour oiseaux. » Il partit en bougonnant tandis que nous éprouvions de la gêne pour la troisième sœur. Sauterelles et grillons sont des nourritures pour les oiseaux, comment auraient-ils pu guérir les maladies des yeux ? Alors que nous étions en train d'y réfléchir, l'homme qui souffrait des yeux revint en courant ventre à terre, s'agenouilla brutalement sous la fenêtre et frappa son front contre le sol comme s'il pilait de l'ail, en répétant sans discontinuer : « Grande immortelle, pardonne-moi, grande immortelle, pardonne-moi… » Il ne cessait de demander grâce tandis que la troisième sœur ricanait dans la pièce. Plus tard, nous apprîmes qu'à peine l'homme trop bavard avait-il passé la porte qu'un aigle s'était abattu sur lui et lui avait planté ses griffes dans le crâne avant d'emporter son chapeau dans les airs. Un homme qui lui aussi nourrissait de mauvaises intentions fit semblant d'avoir contracté une infection des voies urinaires et s'agenouilla pour solliciter des soins. L'immortelle oiseau l'interrogea par la fenêtre : « Quelle maladie as-tu ?

– J'ai de la peine à uriner, répondit-il, je suis bloqué. » Dans la pièce, ce fut soudain le silence, comme si l'immortelle oiseau s'était retirée, saisie de honte. L'homme, pris d'une audace insensée, colla son œil au trou pour regarder à l'intérieur. Mais il poussa aussitôt une plainte. Un énorme scorpion lui était tombé dans le cou depuis le sommet de la fenêtre et, sans y mettre les moindres formes, l'avait piqué. Son cou se mit rapidement à enfler, puis son visage, au point que ses yeux ne furent plus que deux petites fentes, presque comme chez une salamandre.

L'immortelle oiseau avait fait montre de ses talents magiques pour punir les salauds, tout en contentant parfaitement les braves gens, et de ce fait, sa réputation s'étendit très loin. Dans les jours qui suivirent, les personnes qui venaient quérir un remède et consulter sa prophétie avaient tous l'accent d'autres provinces. Ma mère se renseigna et apprit que certains venaient de la mer située à l'est, d'autres de la mer située au nord. Elle leur demanda comment ils avaient su que l'immortelle oiseau manifestait son pouvoir surnaturel, mais ils ouvrirent de grands yeux, incapables de répondre. De leur corps se dégageait une odeur fétide et salée, et ma mère nous apprit qu'il s'agissait de l'odeur de la mer. Les étrangers au canton dormaient à la belle étoile dans notre cour. Ils attendaient patiemment. Imperturbable, l'immortelle oiseau se retirait aussitôt qu'elle avait entendu dix personnes. Une fois qu'elle s'était retirée, un silence de mort régnait dans l'aile est. Ma mère envoyait ma quatrième sœur lui porter de l'eau et celle-ci prenait la place de ma troisième sœur, qui sortait, puis elle envoyait la cinquième sœur porter de la nourriture et celle-ci prenait le relais, et ainsi de suite : de cette façon, les visiteurs étaient abusés et n'avaient aucun moyen de savoir quelle était la jeune fille qui était devenue immortelle.

Une fois que la troisième sœur avait quitté sa posture d'immortelle oiseau, elle était presque un être humain comme les autres ; pourtant, bon nombre de ses attitudes et de ses mouvements demeuraient étranges. Elle parlait peu, plissait les yeux, aimait rester accroupie, buvait de l'eau claire et fraîche, et à chaque gorgée, levait le cou, de cette façon typique qu'ont les oiseaux de boire. Elle ne mangeait pas de céréales, en réalité nous non plus, car à la maison il n'y en avait pas la moindre graine. Les gens qui venaient quérir un remède ou une prophétie, se conformant aux mœurs des oiseaux, nous offraient, comme aliments d'origine animale : sauterelles, chrysalides de ver à soie, vers, gyrins, scarabées, vers luisants et autres, et comme aliments d'origine végétale : graines de lin, pignons, graines de tournesol, etc. Nous utilisions bien sûr en priorité ces aliments pour nourrir la troisième sœur, mais ce qu'elle laissait était partagé entre ma mère, mes sœurs et le petit de la famille Sima. Mes sœurs avaient un très grand sens de la piété filiale et, lorsqu'il fallait refuser une chrysalide ou un ver, elles devenaient souvent toutes rouges. La quantité de lait de ma mère était tombée à son niveau le plus bas, mais sa qualité était encore bonne. Au cours de ces journées « oiseau », ma mère tenta de me sevrer, mais elle y renonça en raison de mes protestations qui se traduisaient par des pleurs incessants.

Pour nous remercier de leur fournir de l'eau chaude et d'autres commodités, et évidemment surtout pour remercier l'immortelle oiseau de les avoir débarrassés de leurs tourments, des hommes qui venaient du bord de la mer nous laissèrent un sac plein de poissons séchés. Remplis de gratitude, nous les accompagnâmes jusqu'à la rivière. C'est alors que nous découvrîmes que sur les eaux calmes de la rivière du Dragon mouillaient des dizaines de bateaux de pêche armés de hauts mâts. Dans toute son histoire, cette rivière n'avait connu que quelques esquifs de bois utilisés les jours de crue et d'inondation. Grâce à la présence de l'immortelle oiseau dans notre maison, la rivière du Dragon et les vastes mers avaient établi un lien direct. On était au début du dixième mois, sur la rivière soufflait un petit vent vif du nord-ouest ; une fois que les gens venus de la mer furent montés sur leurs bateaux, ils hissèrent en les faisant claquer leurs voiles grises réparées à l'aide d'énormes pièces, puis gagnèrent lentement le milieu de la rivière. Les longues rames à la poupe brassaient la vase en troublant l'eau. Des mouettes argentées ne mirent guère de temps à arriver et repartaient à présent en suivant les bateaux. Elles poussaient des cris stridents, piquant vers le bas ou montant vers le ciel, certaines faisaient démonstration de leurs talents en vol sur le dos et en vol bloqué dans les airs. De nombreux habitants du bourg se tenaient sur la rive pour voir ce qui se passait, et sans le vouloir, donnaient le spectacle animé d'hommes venus dire adieu à des hôtes lointains. Les bateaux de pêcheurs s'éloignaient peu à peu, voiles gonflées, dans le grincement des avirons. De la rivière du Dragon, ils passeraient dans le canal de transport du grain, puis de là dans la rivière Baima et enfin pénétreraient dans le golfe de Bohai. La navigation durerait vingt et un jours. Ces connaissances géographiques m'ont été fournies dix-huit ans plus tard par Han l'Oiseau. Que des hôtes aussi lointains fussent venus en visite au canton du Nord-Est de Gaomi, c'était purement et simplement la répétition de l'aventure de Zheng He ou de Xu Fu[1], c'était un glorieux épisode de l'histoire du canton. Et tout cela, on le devait à notre immortelle oiseau. Cette gloire dissipa quelque peu les nuages de tristesse qui pesaient sur le cœur de ma mère, peut-être espérait-elle qu'apparaissent dans notre famille d'autres bêtes immortelles, immortelle poisson ou autre, ou peut-être au contraire ne pensait-elle à rien de tout cela.

Après le départ des pêcheurs, arriva encore une visiteuse de marque. Assise dans une voiture américaine Chevrolet d'un noir étincelant. Sur les marchepieds de chaque côté se tenaient deux grands gaillards, revolver au poing. L'épaisse poussière qui s'élevait des chemins de terre battue du bourg souhaita la bienvenue à la noble visiteuse, mais indisposa les deux gaillards, les faisant ressembler à des ânes gris qui se seraient roulés dans la poussière. Le véhicule s'arrêta devant l'entrée principale de notre maison. Un garde du corps ouvrit une portière de la voiture d'où s'extirpèrent d'abord une tête couverte de pierres précieuses, puis un cou, et enfin un corps replet. La femme, de par son physique et son attitude, ressemblait en tout point à une oie proprette.

À strictement parler, l'oie est aussi une espèce d'oiseau. Pourtant, bien que sa vie ne fût pas ordinaire, au moment de saluer une immortelle oiseau, la femme se devait de témoigner le plus grand respect. L'immortelle oiseau était clairvoyante et perspicace, aussi, face à elle, la femme ne témoigna ni hypocrisie ni arrogance. Agenouillée devant la fenêtre, elle garda les yeux fermés et pria à voix basse. Elle avait le teint rose : elle ne pouvait prier pour qu'on la délivrât de quelque maladie ; tout son corps brillait de perles et de pierres précieuses : elle ne pouvait prier pour obtenir la richesse. Que pouvait bien implorer une femme comme elle auprès de l'immortelle oiseau ? Au bout d'un moment, un papier blanc vola depuis la fenêtre. Quand la femme l'ouvrit et le lut, le rouge de son visage prit l'intensité de la couleur d'une crête de coq. Elle lança quelques

1. Zheng He (1371-1435) est un célèbre navigateur de la dynastie des Ming. Selon la légende, Xu Fu a été chargé par l'empereur Qin Shihuangdi au IIIe siècle avant J.-C. d'aller chercher l'élixir d'immortalité au Japon.

pièces, se retourna et s'en alla. Qu'avait donc écrit l'immortelle oiseau sur le papier ? Seules la femme et elle le savaient.

Ces jours de trafic incessant s'achevèrent. Tous les poissons séchés furent épuisés. L'hiver rigoureux commença. Le lait de ma mère n'avait plus que le goût des racines et de l'écorce. Le septième jour du dernier mois de l'année, on entendit dire que le groupe chrétien le plus important du district, l'Église pentecôtiste, allait faire œuvre de charité en distribuant de la bouillie à la cathédrale de Beiguan le matin du huitième jour. Le soir même, notre mère se mettait en route pour nous y emmener, suivant la cohorte des gens affamés, en emportant bols et baguettes. On ne laissa à la maison que la troisième sœur et Shangguan Lüshi : du fait que l'une était mi-humaine mi-immortelle, et l'autre mi-humaine mi-diable, elles supportaient la faim beaucoup mieux que nous. Ma mère jeta une brassée d'herbes sèches à Shangguan Lüshi : « Allez, belle-mère, dit-elle, tu peux mourir, dépêche-toi, à quoi ça te sert de continuer à souffrir avec nous ? »

C'était la première fois que nous empruntions la route qui menait au chef-lieu de district. En fait de route, c'était un simple petit chemin que les pieds des hommes et les sabots des bêtes avaient tracé. Impossible de savoir comment la voiture de la femme distinguée avait bien pu passer par là. Nous avancions péniblement sous le glacial ciel étoilé, j'étais sur le dos de ma mère et le petit machin de la famille Sima sur le dos de ma quatrième sœur. La cinquième portait la huitième, tandis que la sixième et la septième avançaient toutes seules. Il était minuit. Dans la campagne déserte retentissaient les pleurs des enfants. Les septième et huitième sœurs fondirent aussi en larmes, imitées par le petit gars de chez les Sima. Ma mère les réprimanda d'une voix forte, mais elle-même se mit à pleurer, suivie par la quatrième, la cinquième et la sixième sœur. Celles-ci vacillèrent puis s'écroulèrent à terre. Quand ma mère en relevait une, l'autre tombait, quand elle en agrippait une autre, la première se laissait tomber à nouveau. Elle finit par s'asseoir aussi sur le sol gelé. Serrés les uns contre les autres, nous tâchions de nous réchauffer mutuellement. Ma mère me fit passer de son dos à sa poitrine, contrôlant ma respiration de ses doigts glacés. Elle était persuadée que j'étais déjà mort de froid. De mon faible souffle, je l'informai que j'étais encore en vie. Elle souleva le rideau devant son sein et me fourra son téton gelé dans la bouche, c'était comme si des glaçons fondaient dans ma gorge, anéantissant toute sensation. Dans les seins de ma mère, il n'y avait rien, je tétai et n'arrivai à en faire sortir que quelques filets de sang aussi fins que des fils à enfiler les perles. Quel froid, quel froid ! Dans ce froid, devant les yeux des gens affamés passaient des images merveilleuses : un poêle au feu ardent, des marmites fumantes de poules et de canards bouillis, des assiettes couvertes de gros raviolis farcis de viande, et aussi des fleurs fraîches, des herbes vertes. Devant mes yeux, il n'y avait que des seins, aussi pleins et lisses que deux calebasses, aussi vivants et bien en chair que deux petites colombes, aussi brillants et lustrés que deux vases en porcelaine. Ils étaient si parfumés, si beaux, ils projetaient un liquide sucré couleur d'azur, remplissant mon ventre puis inondant mon corps tout entier. Serrant ces seins dans mes bras, je nageais dans le liquide… Au-dessus de ma tête, des millions, des centaines de millions, des milliards et des milliards d'étoiles tourbillonnaient à toute vitesse, tournaient, tournaient jusqu'à se transformer en seins. Seins de Sirius, seins de la Grande Ourse, d'Orion, de la Tisserande, du Bouvier, de la Lune, seins de ma mère… Je recrachai son téton et vis non loin de moi arriver en caracolant comme un poulain un homme qui brandissait une torche confectionnée à partir d'une peau de mouton en loques. C'était le troisième oncle Fan, torse nu, et dans l'odeur de la peau de mouton brûlée qui piquait le nez, dans la lumière qui l'aveuglait, il criait de toutes ses forces : « Villageois, surtout ne vous asseyez pas, ne vous asseyez pas, si vous vous asseyez, vous mourrez de froid, villageois, levez-vous ! Avancez, si vous avancez, vous vivrez, si vous vous asseyez, vous mourrez… »

Aux cris bouleversants du troisième oncle Fan, nombreux furent ceux qui sortirent de la fausse torpeur qui les conduisait à la mort et reprirent leur marche dans le froid bien réel de la vie. Ma mère se releva, me remit sur son dos, prit contre sa poitrine le petit vermisseau pitoyable de la famille Sima, tira par le bras ma huitième sœur, puis, comme un cheval pris de folie, laboura de coups de pied les quatrième, cinquième, sixième et septième sœurs pour les obliger à se relever. Nous suivîmes le troisième oncle Fan qui avait enflammé sa propre peau de mouton afin de nous éclairer le chemin, avançant non pas avec nos pieds, mais avec notre conscience et notre cœur vers le chef-lieu de district, vers la cathédrale de Beiguan, vers la miséricorde de Dieu, vers ce bol de bouillie du huitième jour du douzième mois.

Au cours de cette marche tragique, des dizaines de cadavres restèrent au bord du chemin, certains avaient un pan de leur vêtement remonté, comme s'ils se réchauffaient la poitrine devant un bon feu, et portaient sur leur visage une expression de bonheur.

Le troisième oncle Fan mourut dans le soleil rouge de l'aube.

Nous mangeâmes la bouillie du huitième jour du douzième mois du Seigneur, moi, je l'ai bue dans les seins de ma mère. La scène de la distribution de bouillie, je ne pourrai l'oublier de toute ma vie. La cathédrale se dressait, majestueuse. Des pies étaient perchées sur la croix. Les trains rugissaient sur la voie ferrée. De la fumée montait de deux grosses marmites de bœuf bouilli. Le pasteur, vêtu d'une soutane noire, disait des prières à côté d'elles. Des centaines d'affamés formaient une queue. Les membres de l'Église pentecôtiste distribuaient la bouillie à l'aide d'une louche à long manche, une louche par personne, que le bol fût grand ou petit. La bouillie odorante était dégustée à grand bruit. Je ne sais combien de larmes coulèrent dans les bols. Des centaines de langues rouges en léchaient le fond. Le bol fini, on retournait faire la queue. On versait de nouveau dans la marmite des sacs de riz émietté et des seaux d'eau. Je m'aperçus alors, à travers le goût du lait, que cette bouillie charitable était faite avec des débris de riz, du sorgho moisi, du soja avarié et de l'orge non décortiquée.

Chapitre 15

Quand nous revînmes après avoir mangé la bouillie du huitième jour du douzième mois, la faim se fit sentir plus cruellement encore ; les gens n'eurent pas la force d'enterrer les cadavres le long du chemin, ils n'eurent pas même l'énergie suffisante pour leur jeter un regard. Seul le corps du troisième oncle Fan fit exception. Au plus fort du danger, cet homme, qui d'ordinaire ne faisait qu'attirer des ennuis aux autres, avait mis le feu à sa propre veste et rallumé notre conscience par ses cris et sa lumière. On ne peut oublier les bienfaits de qui vous a sauvé. Sous la direction de ma mère, les gens traînèrent sur le bord de la route le vieillard maigre et sec comme une brindille pour le recouvrir de terre.

À la maison, notre premier regard fut pour l'immortelle oiseau qui arpentait la cour en long et en large, avec dans ses bras un paquet confectionné dans le grand manteau de zibeline. Ma mère faillit perdre l'équilibre en franchissant la porte et se retint au montant. La troisième sœur s'approcha et lui tendit le paquet. « Qu'est-ce que c'est ? demanda-t-elle.

– Un enfant », répondit la troisième sœur d'une voix humaine assez claire. Ma mère posa une question dont elle connaissait parfaitement la réponse : « À qui est-il ?

– À qui veux-tu qu'il soit ? » répliqua ma sœur.

Le manteau de zibeline de Shangguan Laidi ne pouvait évidemment envelopper que l'enfant de Shangguan Laidi.

Une fille noire comme du charbon. Avec des yeux aussi sombres que ceux d'un coq de combat, des lèvres fines, des oreilles blanches qui contrastaient avec la couleur de son visage, autant de traits qui étaient pour nous la preuve de son identité : elle était la première nièce qu'avaient fabriquée pour la famille Shangguan notre sœur aînée et Sha Yueliang.

Ma mère exprima la plus grande aversion, mais l'immortelle répondit par un petit sourire de chatte. Oubliant les pouvoirs extraordinaires de l'immortelle oiseau, ma mère, plongée dans une colère noire, fit voler sa jambe pour lui envoyer un coup dans la cuisse.

Ma troisième sœur poussa un cri, fit quelques pas en avant et, lorsqu'elle se retourna, ce qui se lisait sur son visage était à cent pour cent la colère d'un oiseau. Elle leva haut son bec dur, comme si elle voulait piquer, et étendit les bras comme pour s'envoler. Sans se préoccuper de son état d'humain ou d'oiseau, ma mère l'injuria : « Imbécile ! Qui t'a dit d'accepter son enfant ? » La tête de la troisième sœur pivota comme si elle cherchait un ver dans le trou d'un arbre. Face à elle, ma mère continuait : « Quelle marchandise puante éhontée, cette Laidi ! Quel bandit au cœur noir, ce Sha le Moine ! Vous ne vous préoccupez que de mettre au monde, mais pas d'élever, vous croyez qu'en me le refilant, c'est moi qui vais l'élever ? Vous rêvez ! Je vais jeter votre bâtarde dans la rivière pour nourrir les tortues, ou dans la rue pour les chiens, ou dans les marais pour les corbeaux, attendez un peu ! »

Le bébé dans les bras, ma mère courut par les ruelles, répétant qu'elle allait nourrir tortues, chiens et corbeaux. Une fois sur la digue, elle fit demi-tour et courut vers la grande rue, puis elle se précipita de nouveau vers la digue… Elle courait de moins en moins vite et sa voix qui proférait des injures s'amenuisait aussi, un peu comme un moteur en panne d'essence. Elle s'assit lourdement à l'endroit où Maroya s'était tué en sautant et leva le visage vers le clocher en ruine, marmonnant entre ses dents : « Les uns sont morts, les autres ont fui, mais tous vous m'avez laissée seule, comment voulez-vous que je survive avec ma nichée qui attend la becquée bouche grande ouverte ? Seigneur, mon Dieu, dis-moi un peu, comment faire pour survivre ? »

Je me mis à pleurer et mes larmes ruisselèrent dans le cou de ma mère. La petite fille aussi se mit à pleurer et les larmes coulèrent dans ses oreilles. Ma mère me consola : « Jintong, tu es la chair adorée de ta maman, ne pleure pas. » Puis elle consola la petite fille : « Pauvre enfant, tu n'aurais pas dû venir, mon lait est déjà insuffisant pour ton petit oncle, avec toi en plus, vous allez mourir tous les deux, ce n'est pas que je sois méchante, je ne peux pas faire autrement... »

Ma mère déposa le bébé empaqueté dans le manteau de zibeline à l'entrée de l'église et s'élança à perdre haleine vers la maison, mais à peine eut-elle fait quelques dizaines de pas qu'il lui fut impossible d'aller plus loin. Telle une corde invisible, les cris de goret qu'on égorge du bébé l'avaient stoppée net...

Trois jours plus tard, les neuf membres de notre famille firent leur entrée au grand marché humain du chef-lieu de district. Ma mère me portait sur son dos et elle tenait dans ses bras la petite créature dont le patronyme était Sha. La quatrième sœur portait sur son dos le petit voyou nommé Sima. La cinquième sœur portait la huitième, la sixième et la septième allaient toutes seules.

Après avoir mangé des feuilles de légumes pourris ramassés dans les tas d'ordures, nous nous dirigeâmes résolument vers le marché. Là, ma mère planta une paille dans l'encolure des cinquième, sixième et septième sœurs, dans l'attente d'un acheteur[1].

Devant nous s'étendait une rangée de simples baraques en planches. Les murs et les toits étaient recouverts d'une chaux blanche qui réfléchissait une lumière aveuglante. Des cheminées en tôle qui sortaient des murs montaient des volutes de fumée noire jusqu'au ciel où elles changeaient de forme au fil du vent qui soufflait dans notre direction. De temps en temps, des prostituées, les cheveux défaits, la poitrine dénudée d'une blancheur de neige, les lèvres écarlates, les yeux encore engourdis de sommeil, sortaient en hâte des baraques en planches et allaient tirer de l'eau au puits, armées de cuvettes ou de seaux. Au-dessus du puits étaient accrochées une poulie et une chaîne, et il s'en échappait une petite vapeur. Elles actionnaient la lourde poulie avec leurs faibles mains blanches et la chaîne émettait un grincement plaintif. Lorsque le lourd seau sortait du puits, de leurs pieds chaussés de sandales en bois, elles le poussaient doucement pour le poser en équilibre sur la margelle recouverte de gros glaçons en forme de petits pains, ou de seins. Les femmes allaient et venaient pour transporter l'eau. Leurs sandales de bois sonnaient clair sur le sol, de leurs seins gelés émanait une odeur de soufre. Passant par-dessus l'épaule de ma

1. Autrefois, en Chine, les enfants à vendre étaient ainsi signalés.

mère, mon regard se posait au loin sur ces femmes étranges, mais il ne voyait que des seins, qui dansaient dans tous les sens, comme des boutons de fleurs de pavot, des vallées de papillons. Elles attiraient aussi le regard de mes sœurs. Je n'entendis que la quatrième interroger ma mère à l'oreille, mais celle-ci ne répondit pas.

Nous étions debout devant un haut mur, large et épais, qui nous protégeait du vent du nord-ouest, un environnement relativement clément. De chaque côté étaient recroquevillés des gens émaciés, la face jaune comme nous, tremblant comme nous, tout aussi affamés que nous. Des hommes, des femmes, des mères et des enfants. Les hommes étaient tous des vieillards décrépits, secs comme de vieux morceaux de bois, la plupart aveugles, ou les yeux rouges et gonflés. À côté d'eux, un enfant se tenait debout ou accroupi, garçon ou fille. En fait, on avait du mal à distinguer filles et garçons, tous semblaient sortis d'une cheminée, c'étaient des enfants en charbon. Tous avaient une paille derrière la nuque, généralement une paille de riz qui portait encore des feuilles jaunes desséchées et rappelait l'automne, le parfum de la paille lorsque les chevaux ruminent la nuit, un son qui réjouit autant le cœur des hommes que des bêtes. Il y avait aussi des pailles ramassées on ne sait où, de sétaire ou de queue-d'âne. Les femmes étaient, comme ma mère, entourées d'une nuée d'enfants, mais aucune n'en avait autant. Ces enfants-là aussi avaient une paille dans le dos. Eux aussi, une paille de riz avec ses feuilles jaunies exhalant le parfum de l'automne et du riz. Au-dessus des têtes des enfants marqués par une paille se balançaient les lourdes têtes des chevaux, des mulets et des ânes, leurs grands yeux comme des clochettes de bronze, leurs dents blanches bien rangées et solides, leurs grosses lèvres tremblantes couvertes de poils durs et piquants, les dents scintillant entre ces lèvres. Seule une femme vêtue de blanc, une ficelle blanche autour de la tête, le visage pâle, les orbites et les lèvres violacées, n'avait pas d'enfant avec elle. Elle se tenait solitaire au pied du mur, avec à la main – et non plantée derrière la nuque – une tige entière de sétaire avec ses branches et ses feuilles, qui, bien que sèche, avait conservé sa beauté originelle et sa vigueur. Les feuilles avaient gardé leur couleur verte, et même si le vert était un peu passé, il demeurait plein de vie. La tige de cet épi couverte d'un léger duvet était souple et élastique. Il tremblait dans la lumière du soleil, ses poils dorés scintillaient telle la queue d'un chien en or. Mon regard fut longtemps attiré par cette sétaire, mon cœur s'immergea longuement dans sa contemplation solitaire et merveilleuse, et je vis même que dans les interstices entre les feuilles de la tige sèche poussaient des petits tétons pleins de finesse et de beauté.

Une certaine agitation monta du côté des baraques blanches en planches, des cris et des injures stridents de femmes tranchèrent l'espace et le soleil comme une lame de couteau. Deux femmes se disputaient sur la margelle. L'une portait un pantalon rouge, l'autre un vert. La femme en rouge avait griffé le visage de la femme en vert. Celle-ci envoya un coup de poing dans la poitrine de la femme en rouge. Puis toutes deux reculèrent de quelques pas et se toisèrent une minute. Bien que je ne pusse voir l'expression de leurs yeux, je la devinais presque. Et je découvris avec stupéfaction que leurs regards ressemblaient à ceux de ma sœur aînée Shangguan Laidi et de ma deuxième sœur Shangguan Zhaodi. Soudain, tels deux coqs de combat, elles se lancèrent à l'assaut l'une de l'autre. Leurs corps ondulaient comme des chiens courant dans un champ de blé mûr. Leurs bras dansaient, leurs seins volaient, leurs postillons étaient autant de petits scarabées. La femme en rouge tira les cheveux de la femme en vert, celle-ci en fit autant à la femme en rouge. Profitant de la situation, elle baissa la tête et mordit l'épaule gauche de son adversaire qui, presque au même moment, lui mordait à son tour l'épaule gauche. De force égale, elles tournaient autour de la margelle. Parmi les autres femmes, certaines restaient sans bouger, fumant une cigarette, appuyées au chambranle de la porte, d'autres, accroupies sur une pierre, se lavaient les dents et crachaient une mousse blanche, certaines riaient aux éclats en applaudissant, d'autres encore mettaient à sécher leurs bas transparents à un fil de fer. Sur une grande pierre ronde devant les baraques en planches se dressait un homme, le corps tout droit, avec des bottes de cavalier d'un noir éclatant, une badine à la main qu'il abattait alternativement sur sa gauche puis sur sa droite dans un sifflement. Il en usait comme d'un sabre qu'il s'exerçait à manier. Un groupe d'hommes, quelques-uns petits et bedonnants, entourés par une dizaine d'autres, grands et maigres, sans bedon, arrivaient du sud-ouest sous une bannière ; les rires des hommes bedonnants ressemblaient à des caquètements de poule : cot cot cot codec ! cot cot codec ! – ce rire étrange résonne fréquemment à mes oreilles, me rappelant la scène au bord du puits. Les hommes bedonnants et leur escorte se dirigeaient vers les baraques en planches et leurs cot cot cot devenaient de plus en plus sonores. L'homme qui s'entraînait au maniement du sabre debout sur la pierre en descendit et s'esquiva en hâte dans une baraque. Une femme petite et grosse se précipita vers le puits en se dandinant. Ses pieds étaient si petits qu'ils semblaient inexistants, comme si ses mollets étaient en contact direct avec le sol. Au mouvement de ses bras gros comme des racines de lotus qui se balançaient à grande vitesse, on pouvait estimer qu'elle avançait en courant. Mais son rythme de progression était en réalité très lent. La force dégagée par son corps était en grande partie absorbée par le balancement de ses membres et les tremblements de sa chair. À plus de cent mètres – peut-être un peu moins –, nous entendions très nettement sa respiration. La vapeur qu'elle soufflait s'enroulait autour de son corps, on eût dit qu'elle était aux bains. Elle finit par atteindre la margelle. Les jurons qu'elle poussait étaient entrecoupés par ses halètements et sa toux, dans un incompréhensible embrouillamini. Nous devinâmes qu'il s'agissait de la chef des deux femmes qui se disputaient et que son intention était de les séparer. Mais celles-ci ne formaient plus qu'un amas de chairs entremêlées, tels l'aigle et le pigeon qui se battent, et il était impossible de les séparer. Elles avaient déjà failli à plusieurs reprises tomber dans le puits à force de se pousser et de reculer, de reculer et de se pousser, et si elles ne tombèrent pas, ce fut uniquement grâce à la présence de la poulie. La grosse femme se précipita pour les séparer, mais elle faillit tomber à son tour et là encore ce fut la poulie qui la sauva. Elle s'étala sur l'objet qui tourna en grinçant. Lorsqu'elle s'en fut dégagée en boitant, elle retomba de toutes ses fesses sur les petits pains et les seins en glace. Nous entendîmes des plaintes sortir de sa bouche, pleurait-elle ? Elle se releva, souleva une cuvette d'eau glacée et la déversa sur les deux femmes. Poussant un cri d'effroi, celles-ci se séparèrent en un éclair. Cheveux en bataille, visage griffé, veste déchirée dévoilant leurs seins zébrés d'égratignures. Elles crachotaient chacune le sang de l'autre, sans avoir assouvi leur haine mutuelle. La grosse femme souleva une deuxième cuvette et la jeta de toutes ses forces. L'eau claire déploya ses ailes transparentes. Avant qu'elle fût retombée, la femme trébucha de nouveau sur la margelle et la cuvette en tôle émaillée vola, manquant s'abattre sur la tête des hommes bedonnants. Très familiers avec les femmes au bord du puits, ils plaisantaient et juraient, leur faisaient des avances et les tripotaient, avant d'entrer dans les baraques.

Je m'aperçus que tout le monde contemplait la comédie qui se jouait sur la margelle du puits quand j'entendis le long soupir qui fut poussé autour de moi.

À midi, une voiture à cheval arriva du sud-est sur la grande route. Le cheval blanc dressait la tête ; entre ses oreilles, une touffe de poils argentés recouvrait son front. Il avait des yeux doux, des naseaux roses et des lèvres violettes. Sous son cou pendait un pompon rouge auquel était attachée une clochette de cuivre. Tirant sa voiture, il dévala la grande route au son clair de sa clochette et passa devant nous. Nous vîmes le harnachement placé haut sur le dos de l'animal ainsi que l'attelage couvert de plaques de cuivre étincelant. Les roues étaient hautes, avec des rayons blancs. La capote était faite d'une toile blanche qui avait été enduite un grand nombre de fois d'huile d'aleurite pour la protéger de la pluie et du soleil. Jamais nous n'avions vu de voiture aussi luxueuse et nous pensions que les gens qui l'occupaient devaient être plus nobles encore que la femme qui était venue au canton du Nord-Est de Gaomi en Chevrolet consulter l'immortelle oiseau. Le cocher ne devait pas être un personnage ordinaire, assis à l'extérieur de la capote, coiffé d'un haut-de-forme, avec une moustache aux bords relevés. Il avait un visage sévère et ses yeux lançaient des éclairs ; il était plus sombre que Sha Yueliang, plus grave que Sima Ku : si Han l'Oiseau avait porté des habits du même style, peut-être aurait-il pu soutenir la comparaison.

La voiture ralentit et s'arrêta, le magnifique cheval blanc leva un sabot et frappa le sol comme pour accompagner en rythme la clochette qui tintait sous son cou. Le cocher tira le rideau de la fenêtre, la personne que nous devinions à l'intérieur s'apprêtait à descendre.

Elle sortit. Elle portait un manteau de zibeline et autour du cou un renard roux. J'espérais tellement que ce fût ma grande sœur Shangguan Laidi, mais ce n'était pas elle ! C'était une Occidentale au grand nez, aux yeux bleus et aux cheveux blonds. Quant à son âge… seuls ses parents devaient le connaître. De la voiture descendit à sa suite un beau jeune homme aux cheveux noirs, vêtu d'un uniforme bleu d'étudiant, enveloppé dans un manteau de drap bleu. Il avait tout l'air d'être le fils de l'Occidentale. Mais son visage n'avait rien de commun avec le sien.

Les gens autour de nous s'attroupèrent, presque comme s'ils avaient voulu dépouiller la femme, mais, arrivés près d'elle, ils s'arrêtaient, pris de timidité, et disaient : « Madame, riche madame, achetez notre petite-fille, madame, grande madame, regardez un peu notre fils, il est plus robuste qu'un chien, il peut faire tous les travaux… » Hommes et femmes présentaient timidement leurs enfants à l'Occidentale. Seule ma mère resta calmement à sa place. Son regard était fixé sur le manteau de zibeline et le renard roux : sans aucun doute pensait-elle à Shangguan Laidi. Comme elle tenait dans ses bras l'enfant de Laidi, dans son cœur les roues de la voiture se mirent à tourner et dans ses yeux jaillirent des larmes.

La noble Occidentale, la bouche couverte d'un mouchoir, fit un tour du marché humain ; son corps dégageait un parfum capiteux qui me fit éternuer ainsi que le petit avorton de la famille Sima. Elle s'accroupit près d'un vieillard aveugle pour regarder sa petite-fille. Terrorisée par le renard roux enroulé autour du cou de la femme, celle-ci agrippa des deux mains la jambe de son grand-père avant de se cacher derrière lui. Le regard plein de terreur de la fillette se grava profondément en moi. Fronçant le nez, le vieillard aveugle avait reniflé l'arrivée d'une personne riche. Il tendit une main : « Madame, madame, sauvez la vie de cette enfant, si elle reste avec moi, elle mourra, madame, je ne vous réclame pas d'argent… » L'Occidentale se releva et glouglouta quelques phrases à l'adresse du jeune homme vêtu de l'uniforme d'étudiant, qui demanda d'une voix forte au vieillard aveugle : « Qui es-tu par rapport à elle ?

– Son grand-père, dit le vieillard, son grand-père inutile, son grand-père qui ferait mieux de mourir…

– Et ses parents ? demanda le jeune homme.

– Ils sont morts de faim, répondit le vieillard, tous morts, ceux qui devraient ne meurent pas et ceux qui ne devraient pas partent les premiers, monsieur, faites une bonne action, emmenez-la, je ne veux pas un sou, je vous supplie seulement de lui donner une chance de vivre… » Le jeune homme glouglouta à son tour quelques phrases à l'Occidentale qui fit oui de la tête. Il se pencha et essaya de tirer à lui la petite fille, mais à peine sa main eut-elle touché l'épaule de l'enfant que celle-ci le mordit au poignet. Le jeune homme poussa un cri et fit un saut de côté. L'Occidentale leva les épaules, fronça les sourcils et grimaça de manière exagérée, puis elle enroula autour du poignet du jeune homme le mouchoir qui lui servait à se protéger la bouche. Le cœur rempli à la fois de terreur et de joie, il nous sembla attendre mille ans avant que l'Occidentale somptueusement vêtue au parfum capiteux et le jeune homme au poignet blessé entouré d'un mouchoir finissent par s'arrêter devant nous. À notre droite, le vieillard aveugle agitait une canne de bambou pour battre cette petite fille qui mordait les gens. Prudente, elle jouait à cache-cache avec son grand-père, de telle sorte que la canne de bambou atteignait chaque fois le sol ou le mur. « Misérable petit diable ! » criait le vieillard. Je respirai avec avidité le parfum de l'Occidentale ; dans le parfum du cannelier, je distinguai l'odeur de la rose, et dans l'odeur de la rose, l'arôme subtil du chrysanthème. Ce qui m'enivra le plus, ce fut l'odeur de ses seins, une odeur un peu rance, écœurante, mais que je continuai à inhaler en ouvrant grand les narines. Sans la protection de son mouchoir, sa bouche était totalement découverte, une bouche large à la Shangguan Laidi, avec des lèvres épaisses comme les siennes. Des lèvres couvertes de rouge à lèvres. Son nez avait un point commun avec le nez des filles de notre famille, puisqu'il était très haut. La différence, c'était que le bout du nez des filles Shangguan était en forme de petite gousse d'ail et leur donnait un air adorable et stupide, tandis que celui de cette femme faisait un crochet conférant à son visage l'expression d'un féroce carnassier. Elle avait un front court qui se couvrait de plis profonds lorsqu'elle écarquillait les yeux. Je savais que tout le monde observait l'Occidentale, mais je peux déclarer avec fierté que personne ne l'a examinée plus en détail que moi, personne n'a récolté plus d'informations : mon regard a traversé le duvet épais de son corps, contemplé ses seins d'un volume à peu près égal à ceux de ma mère, et leur beauté m'a presque fait oublier la faim et le froid.

« Pourquoi voulez-vous vendre ces enfants ? » demanda le jeune homme en levant sa main bandée pour désigner mes sœurs avec leur paille piquée derrière la nuque. Ma mère ne répondit pas. Était-il encore nécessaire de répondre à ce genre de question stupide ? Le jeune homme se tourna pour glouglouter avec l'Occidentale. Celle-ci remarqua le grand manteau de zibeline qui enveloppait le bébé de Laidi sur la poitrine de ma mère. Elle tendit une main et caressa la fourrure, puis elle remarqua le regard sournois de panthère du bébé. Elle l'évita.

J'espérais que ma mère donnerait l'enfant de Shangguan Laidi à l'Occidentale, sans demander le moindre argent. Nous pourrions même lui offrir le manteau de zibeline. Je détestais ce bébé, il partageait avec moi mon lait sans aucune raison. Même ma huitième sœur, Yunü, n'avait pas ce droit, alors, elle, encore moins ! Pourquoi les seins de Shangguan Laidi resteraient-ils inactifs ?

Sha Yueliang recracha le sein de Shangguan Laidi et cracha bruyamment un sang purulent, puis il dit en se rinçant la bouche avec de l'eau : « Bon, ça va aller, tu as un abcès à cause de l'excès de lait. » Le visage baigné de larmes, Laidi dit : « Sha, nous sommes comme des lièvres traqués par les chiens, quand tout cela finira-t-il ? » Sha Yueliang réfléchit tout en fumant, le visage farouche, puis il dit : « Et merde, qui trouve son lait trouve sa mère ! On va d'abord se rallier aux Japonais, et si ça ne va pas, on se ralliera à quelqu'un d'autre ! »

L'Occidentale regarda mes grandes sœurs l'une après l'autre. D'abord elle examina ma cinquième et ma sixième sœur, avec leur paille piquée derrière le cou, puis mes quatrième, septième et huitième sœurs, qui n'en avaient pas. Au petit bâtard de la famille Sima, elle ne jeta qu'un coup d'œil dédaigneux, mais à mon égard, elle manifesta un intérêt certain. Je pensais que ma supériorité venait des cheveux blonds et souples qui recouvraient ma tête. Leur façon d'examiner mes grandes sœurs était étrange. Le jeune homme leur donnait des ordres de la manière suivante : Baisse la tête. Plie la taille. Lève le pied. Lève les mains en l'air. Agite les bras l'un après l'autre. Ouvre grand la bouche et fais : Ah ah. Ris un peu. Marche. Cours. Et mes sœurs s'exécutaient docilement. Pendant ce temps, l'Occidentale les regardait attentivement. Elle faisait oui de la tête par intermittence, parfois non. Finalement, elle désigna ma septième sœur et glouglouta quelques mots au jeune homme.

Celui-ci dit à ma mère en montrant du doigt l'Occidentale : « C'est la comtesse Rostov, une personne charitable, elle veut adopter une belle enfant chinoise. Elle a jeté son dévolu sur cette fille de votre famille. C'est une chance pour vous. »

Des larmes jaillirent soudain dans les yeux de ma mère. Elle passa à ma quatrième sœur le bébé de Shangguan Laidi pour libérer sa poitrine et serrer contre elle la tête de ma septième sœur. « Qiudi, ma gentille petite fille, ta chance est venue… » Les larmes de ma mère coulaient à flots sur la tête de ma septième sœur. Celle-ci se mit à gémir : « Maman, je ne veux pas aller avec elle, elle ne sent pas bon…

– Stupide enfant, dit ma mère, c'est elle qui sent bon.

– Allez, madame, dites un prix, s'impatienta le jeune homme.

– Monsieur, dit ma mère, puisqu'il s'agit de la donner comme fille adoptive à cette… dame, on peut estimer que notre enfant est tombée dans la corbeille du bonheur, je ne veux pas d'argent… Je vous supplie seulement de bien la traiter… »

Le jeune homme traduisit les paroles de ma mère à l'Occidentale qui affirma dans un chinois maladroit : « Si, argent il faut quand même donner.

– Monsieur, dit ma mère, demandez à cette dame si elle ne peut pas en prendre une autre, comme cela elles se tiendront compagnie. »

Le jeune homme traduisit, mais la comtesse Rostov fit violemment non de la tête.

Il força ma mère à accepter une dizaine de billets roses. Puis il fit un signe en direction du cocher qui se tenait près des chevaux. Celui-ci arriva au petit trot et s'inclina devant le jeune homme.

Le cocher se saisit de ma septième sœur et l'emmena vers la voiture. À cet instant, elle se mit à pleurer à tue-tête et tendit vers nous sa petite main fine. Mes sœurs éclatèrent en sanglots toutes au même moment, et même le pitoyable vermisseau de la famille Sima ouvrit la bouche et poussa un vagissement, puis il s'arrêta, reprit, s'arrêta de nouveau. Le cocher fourra ma septième sœur dans la voiture. L'Occidentale y monta à sa suite et au moment où le jeune homme allait monter à son tour, ma mère le suivit, le prit par le bras et lui demanda avec angoisse : « Monsieur, où habite cette dame ?

– Harbin », répondit celui-ci froidement.

La voiture à cheval reprit la grande route et disparut rapidement derrière la forêt. Mais les pleurs de la septième sœur, le tintement de la clochette du cheval, le parfum des seins de la comtesse restèrent pour toujours vivants dans ma mémoire.

Ma mère, qui brandissait les billets roses, semblait s'être transformée en une statue et moi, j'étais une partie de cette statue.

Ce soir-là, nous n'avons pas dormi à la belle étoile dans la rue, mais dans une petite auberge. Ma mère envoya la quatrième sœur acheter dix galettes. Mais celle-ci rapporta quarante petits pains farcis cuits à la vapeur ainsi qu'un grand paquet de viande bouillie. Ma mère se mit en colère : « Quatrième, tu as dépensé tout l'argent gagné grâce à ta petite sœur !

– Maman, laisse manger mes sœurs tout leur saoul, et toi aussi… dit la quatrième sœur en pleurant.

– Xiangdi, comment veux-tu que ta mère puisse avaler ces petits pains et cette viande ?

– Si tu ne manges pas, rétorqua ma quatrième sœur, tu vas faire mourir Jintong de faim. » Le conseil fut efficace. Ma mère mangea les petits pains et la viande en ravalant ses larmes, afin de secréter du lait pour me nourrir, et pour nourrir la petite fille de Shangguan Laidi et de Sha Yueliang.

Elle tomba malade.

Son corps était aussi brûlant que la pièce de fer qui sort du seau où elle a été trempée en dégageant une vapeur âcre et chaude. Assis autour d'elle, nous ne la quittions pas du regard. Elle gardait les yeux fermés, sur ses lèvres apparaissait une écume transparente, et des paroles effrayantes sortaient de sa bouche. Parfois elle poussait de grands cris, parfois elle chuchotait. Tantôt elle parlait sur un ton joyeux, tantôt sur un ton triste et désespéré. Seigneur, Sainte Mère, anges, démons, Shangguan Shouxi, pasteur Maroya, oncle Fan, Yu les Grandes Paumes, tante, deuxième oncle, grand-père, grand-mère… Démons chinois et dieux étrangers, vivants et défunts, histoires connues ou ignorées de nous, sortaient de sa bouche à jet continu et, devant nos yeux, se déroulaient, se devinaient, se jouaient, se métamorphosaient… Comprendre les délires de ma mère dans sa maladie revenait à comprendre l'univers entier, recueillir ses délires revenait à noter toute l'histoire du canton du Nord-Est de Gaomi.

Effrayé par ses cris, l'aubergiste, un homme à la peau flasque et au visage couvert de grains de beauté, arriva en hâte dans notre chambre, traînant son corps négligé. Il tendit la main pour tâter le front de ma mère, puis la retira aussitôt avec inquiétude : « Allez vite chercher le médecin, elle va mourir ! » Il nous regarda et demanda à ma quatrième sœur : « C'est toi la plus grande ? » Elle fit oui de la tête. « Pourquoi ne vas-tu pas chercher le médecin ? Jeune fille, pourquoi ne dis-tu rien ? » Ma quatrième sœur éclata en sanglots et se jeta aux pieds de l'aubergiste : « Oncle, de grâce, sauvez notre mère !

– Jeune fille, répondit l'aubergiste, combien vous reste-t-il d'argent ? » La quatrième sœur sortit des vêtements de ma mère les billets de banque et les tendit à l'homme. « Oncle, c'est l'argent qui vient de la vente de notre septième sœur. »

L'aubergiste les prit. « Jeune fille, viens avec moi, allons chercher le médecin. »

Quand les billets roses que nous avait rapportés la vente de la septième sœur furent dépensés, ma mère ouvrit les yeux.

« Maman a ouvert les yeux, maman a ouvert les yeux ! » hurlions-nous en chœur, les yeux pleins de larmes. Elle souleva une main et nous caressa le visage les uns après les autres. « Maman… maman… maman… maman… maman… » disions-nous. « Tante, tante », balbutia à son tour le pitoyable vermisseau de la famille Sima. « Et elle ? Elle… » demanda ma mère en tendant la main. La quatrième sœur prit dans ses bras le bébé enveloppé dans le manteau de zibeline pour que ma mère le caresse. Alors celle-ci ferma les yeux et deux larmes en coulèrent.

Entendant du bruit, l'aubergiste entra dans la pièce et dit à la quatrième sœur, l'air navré : « Jeune fille, ce n'est pas que mon cœur soit mauvais, mais j'ai aussi des bouches à nourrir, cela fait plus de dix jours que vous êtes hébergés ici, l'argent de votre nourriture, de votre éclairage…

– Oncle, dit ma quatrième sœur, vous êtes le grand bienfaiteur de notre famille, l'argent que nous vous devons, nous vous le rendrons, je vous supplie de ne pas nous chasser pour l'instant, notre mère n'est pas encore rétablie… »

Le matin du 18 février 1941, Shangguan Xiangdi tendit une liasse de billets à ma mère qui commençait à se rétablir : « Maman, j'ai déjà rendu tout ce que nous devions à l'aubergiste, voici le reste…

– Xiangdi, demanda ma mère surprise, d'où vient cet argent ?

– Maman, sourit tristement la quatrième sœur, emmène mon petit frère et mes petites sœurs, nous ne sommes pas chez nous ici… »

Ma mère pâlit et, prenant la main de ma sœur, lui dit : « Xiangdi, dis à ta mère…

– Maman, dit celle-ci, je me suis vendue… le prix était raisonnable, et l'aubergiste a négocié un long moment… »

La mère maquerelle du bordel avait examiné le corps de la quatrième sœur comme si elle avait inspecté un animal : « Trop maigre. » L'aubergiste avait répondu : « Patronne, un sac de riz la fera grossir ! » La maquerelle avait montré deux doigts : « Va pour deux cents yuans, je veux me comporter en bienfaitrice pour accumuler des vertus !

– Patronne, la mère de cette jeune fille est malade et elle a encore toute une bande de petites sœurs, donne-lui un peu plus… avait dit l'aubergiste.

– Hé, s'était exclamée la mère maquerelle, par les temps qui courent, la porte de la bonté est difficile à ouvrir ! » L'aubergiste avait supplié. La quatrième sœur s'était agenouillée. La mère maquerelle avait fini par dire : « Bon, j'ai le cœur trop tendre. Je rajoute vingt yuans. Je ne peux pas aller plus haut ! »

Le corps de ma mère vacilla et elle tomba lentement à terre.

À cet instant, nous entendîmes une femme à la voix éraillée qui appelait du dehors : « Jeune fille, viens, je n'ai pas le temps d'attendre davantage ! »

Ma quatrième sœur s'agenouilla et se prosterna devant ma mère. Puis elle se releva, caressa la tête de la cinquième sœur, tapota le visage de la sixième, tira un peu l'oreille de la huitième et, tout agitée, souleva mon visage pour y déposer un baiser. Elle serra mes épaules dans ses deux mains et me secoua avec fermeté, son visage bouleversé ressemblait à une fleur de prunus dans une tempête de neige.

« Jintong, Jintong ! dit-elle, grandis bien, grandis vite, notre famille Shangguan repose entièrement sur toi ! » Puis elle balaya la pièce du regard, et une plainte, tel le caquètement d'une poule, sortit de sa gorge. Elle mit sa main devant sa bouche et, comme si elle sortait en courant pour vomir, disparut de notre vue.

Chapitre 16

Nous pensions découvrir les cadavres de Shangguan Lingdi et de Shangguan Lüshi dès que nous aurions franchi le seuil de notre maison, mais le spectacle qui s'offrit à nos yeux était fort différent. Une grande animation régnait dans la cour, deux hommes au crâne rasé de frais étaient assis adossés au mur du bâtiment principal, tête baissée, en train de repriser des vêtements avec application. Ils poussaient l'aiguille et tiraient le fil avec une grande dextérité. Deux autres, assis tout près d'eux, le crâne tout aussi luisant, avec la même application astiquaient de grands fusils noirs. Sous le sterculier, il y avait deux autres hommes : l'un, debout, avec à la main une baïonnette étincelante, l'autre, assis sur un tabouret, tête baissée, une serviette blanche autour du cou et, sur son crâne mouillé, des bulles de savon qui éclataient. L'homme debout replia une jambe, essuya plusieurs fois la baïonnette sur son pantalon, puis, tenant d'une main la tête couverte de bulles, et levant sa baïonnette de l'autre, il sembla jauger du regard le meilleur endroit où la poser. Il l'abaissa juste au milieu de la tête, et dressant le derrière, les bras glissant vers le bas et poussant la baïonnette à fond, il rasa d'un coup net une partie des cheveux mouillés, faisant luire une portion de peau bleutée. Il y avait encore un homme à l'endroit où l'on stockait auparavant les arachides, qui maniait à deux mains une cognée à long manche, jambes écartées, bien campé devant la souche d'un vieil orme. Derrière lui s'élevait un gros tas de bois refendu. Il leva haut la cognée, arrêta légèrement en l'air l'outil brillant, puis l'abattit d'un coup en poussant un « han » sonore ; la lame s'enfonça profondément dans la souche. Posant le pied dessus, il fit osciller des deux mains le manche de la cognée et ressortit la lame à grand-peine. Il recula de deux pas, se remit en position, cracha dans ses mains, leva de nouveau l'instrument, la souche se fendit en deux, un morceau de bois vola dans l'air comme un éclat de pétard pour aller frapper en pleine poitrine Shangguan Pandi qui poussa un cri strident. Les hommes qui reprisaient leurs vêtements et ceux qui nettoyaient leur fusil relevèrent la tête. L'homme qui tondait et celui qui fendait le bois se retournèrent. Celui qui était en train de se faire tondre la tête tentait de la lever avec obstination, mais aussitôt l'autre lui appuyait dessus pour qu'il la baisse. « Ne bouge pas ! » dit-il. L'homme qui fendait le bois s'écria : « Chef Zhang, ce sont des mendiants, des mendiants, chef Zhang ! » Un homme avec un tablier blanc noué à la taille, coiffé d'une casquette grise, le visage tout ridé, sortit penché en avant de la grande salle de notre maison. Il avait relevé haut ses manches et ses bras étaient couverts de farine. « Belle-sœur, passe ton chemin, nous sommes des soldats, nous avons des rations fixes, il n'y a rien pour vous, dit-il gentiment.

– C'est ma maison », dit ma mère sur un ton glacial.

Les hommes dans la cour restèrent un instant interdits. L'homme au crâne couvert de bulles de savon se redressa brusquement, remonta ses manches, rinça son visage couvert d'eau sale et s'approcha en poussant des cris étranges. C'était l'aîné des muets de la famille Sun.

Il vint en courant se planter devant nous, des cris sortaient de sa bouche et il faisait de grands gestes pour exprimer des choses dont nous ne comprenions pas le sens. Contemplant embarrassés ce visage aux traits grossiers, commençaient à germer en nous toutes sortes de pensées embrouillées. Le muet clignait ses yeux d'un jaune terreux, et son énorme mâchoire inférieure ne cessait de trembler. Il se retourna, courut vers l'aile est, en ressortit avec le grand bol de porcelaine bleu ébréché et la peinture d'oiseau, et se pavana devant nous. L'homme qui tondait, sa baïonnette à la main, s'avança et tapota l'épaule du muet en demandant : « Sun Pas-un-mot, tu les connais ? »

Le muet posa le bol, ramassa un morceau de bois et s'accroupit pour tracer sur le sol une ligne de grands caractères tordus auxquels il manquait des bras et des jambes : « C'est ma belle-mère. »

« Ah bon, notre tante est revenue ! dit chaleureusement l'homme qui tondait, nous sommes la cinquième escouade du premier peloton du bataillon de sabotage du chemin de fer, je suis le chef d'escouade, je m'appelle Wang. Nous sommes ici pour nous reposer et nous réorganiser, pardonnez-nous d'occuper votre maison. Notre commissaire politique a attribué un nom à votre gendre : c'est Sun Pas-un-mot. C'est un bon soldat, héroïque au combat, qui ne craint pas la mort, il est pour nous un exemple à suivre. Tante, nous allons immédiatement évacuer le bâtiment principal. Vieux Lü [1], Petit Du, Zhao Gros Bœuf, Sun Pas-un-mot, Qin le Septième, débarrassez vite vos affaires, et dégagez le *kang* de la tante. »

Les soldats abandonnèrent leurs occupations et pénétrèrent dans le bâtiment. Bientôt, leur couverture bien pliée et solidement attachée sur le dos, équipés de leurs bandes molletières, chaussés de chaussures de toile aux semelles rembourrées, un grand fusil au bras, une mine accrochée au cou, ils se placèrent en ordre parfait au milieu de la cour. Le chef d'escouade dit à ma mère : « Entrez, tante. Ils attendront dehors, moi, je vais aller demander des instructions au commissaire politique. » Parfaitement disciplinés, les soldats restaient droits comme des *i*, même l'aîné des muets rebaptisé Sun Pas-un-mot était aussi droit qu'un if.

Le chef d'escouade partit en courant, son fusil à l'épaule. Nous entrâmes dans la grande salle. Sur la marmite avaient été posés deux paniers en roseau et en bambou ; du bois brûlait d'un feu vif dans le fourneau, faisant bouillonner l'eau d'où s'élevait une vapeur brûlante qui passait à travers les fentes des paniers. Nous sentîmes le parfum de petits pains farcis. Le vieux cuisinier hochait la tête en direction de ma mère, comme pour s'excuser. Il était affable. Il alla rajouter du bois. « Pardonnez-moi d'avoir un peu transformé sans votre permission le fourneau de votre maison, dit-il en désignant un profond sillon qui allait jusque sous le fourneau. Une dizaine de soufflets ne valent pas ça ! » Les flammes grondaient, faisant craindre que le fond des casseroles ne fonde. Le visage tout rouge, Shangguan Lingdi était assise sur le seuil, yeux mi-clos, fixant la vapeur brûlante qui s'échappait des fentes des paniers, dessinant des volutes aux formes changeantes, toutes plus belles les unes que les autres.

1. Dans la vie quotidienne, les Chinois font précéder le patronyme de *lao*, « vieux », ou *xiao*, « petit », comme terme d'adresse.

« Lingdi… se hasarda ma mère.

– Grande sœur, troisième sœur ! » crièrent les cinquième et sixième sœurs.

Elle nous lança un regard indifférent, comme si elle ne nous connaissait pas, mais aussi comme si jamais nous ne l'avions quittée.

Notre mère nous emmena jeter un coup d'œil aux pièces qui étaient impeccablement rangées et propres ; nous étions agités, mal à l'aise, et finîmes par retourner dans la cour.

Dans le rang, le muet nous fit une grimace. Le petit de la famille Sima s'enhardit à aller toucher ses jambes fermement emmaillotées dans les bandes molletières.

Le chef d'escouade revint avec un homme d'âge moyen qui portait des lunettes. « Voici Jiang, notre commissaire politique. »

De taille moyenne, celui-ci avait la peau blanche et pas de moustache. La taille serrée par un large ceinturon en cuir. Un stylo en or piqué dans la poche de poitrine de sa veste. Il hocha poliment la tête vers nous, puis sortit de la sacoche en cuir qui pendait à sa taille une poignée de petites choses de toutes les couleurs. « Mes petits amis, prenez des bonbons. » Il nous les distribua, et même le bébé enveloppé dans la fourrure de zibeline en reçut deux que ma mère prit pour lui. C'était la première fois que je savourais des bonbons. Le commissaire politique déclara : « Tante, j'espère que vous accepterez que cette escouade vous emprunte les deux ailes de votre maison ? »

Avec indifférence, ma mère fit oui de la tête.

Relevant sa manche, le commissaire politique regarda sa montre et demanda d'une voix forte : « Vieux Zhang, les petits pains sont prêts ? »

Le cuisinier sortit en courant et cria : « Ils sont prêts !

– Sers un repas aux enfants, dit le commissaire, qu'ils mangent à leur faim ! Je demanderai tout à l'heure à l'intendant de compléter ce qui manquera. »

Vieux Zhang acquiesça.

« Belle-sœur, dit le commissaire, le commandant de notre bataillon désire vous voir, veuillez me suivre. »

Ma mère voulut confier à la cinquième sœur le bébé qu'elle tenait contre sa poitrine, mais le commissaire l'interrompit d'un geste : « Non, non, emmenez-le avec vous. »

Nous suivîmes le commissaire – en fait, c'était ma mère qui suivit le commissaire, moi, j'étais sur son dos, le bébé contre sa poitrine – et sortîmes de la ruelle. Nous traversâmes la grande rue et arrivâmes à l'entrée principale de la résidence de la Vie Heureuse. Deux soldats armés se tenaient au garde-à-vous, main gauche au fusil, main droite devant la poitrine, posée sur la lame de la baïonnette étincelante, nous adressant un salut martial. Après avoir parcouru toute une suite de couloirs et de salles, nous arrivâmes dans un grand hall. Au milieu était dressée une grande table carrée pourpre sur laquelle fumaient deux plats gigantesques. L'un contenait du faisan, l'autre du lièvre. Il y avait aussi une corbeille pleine de petits pains farcis d'une blancheur presque bleutée. Un homme aux joues mangées par la barbe vint à notre rencontre en souriant et nous dit : « Bienvenue, bienvenue !

– Belle-sœur, dit le commissaire politique, voici notre commandant de bataillon Lu.

– J'ai entendu dire que vous-même vous appeliez Lu, dit le commandant, il y a cinq cents ans, nous étions de la même famille !

– Quel crime avons-nous commis, monsieur le commandant ? » demanda ma mère.

Le commandant Lu tressaillit, puis rit franchement. « Vous vous trompez, belle-sœur. Si je vous ai priée de venir, ce n'est pour aucune autre raison que je suis depuis une dizaine d'années un ami très proche de votre gendre Sha Yueliang, et quand j'ai su que vous étiez de retour, j'ai décidé de faire préparer un repas en votre honneur.

– Ce n'est pas mon gendre, dit ma mère.

– Pourquoi le cacher, belle-sœur ? Ce que vous tenez là contre votre poitrine, n'est-ce pas la fille de Sha Yueliang ?

– C'est ma petite-fille.

– Commençons par manger, commençons par manger, dit le commandant Lu, je suis sûr que vous mourez de faim.

– Monsieur le commandant, nous devons rentrer, répliqua ma mère.

– Non, non, dit le commandant Lu, Sha Yueliang m'a fait passer une lettre dans laquelle il me demande de l'aider à élever sa fille, il sait que vous avez des difficultés pour vivre. Petite Tang ! »

Une jolie soldate entra.

Le commandant Lu lui dit : « Déchargez cette belle-sœur de son enfant pour qu'elle puisse manger. »

La soldate s'avança vers ma mère et tendit les bras en souriant.

« Ce n'est pas la fille de Sha Yueliang, dit fermement ma mère, c'est ma petite-fille. »

Après avoir emprunté dans l'autre sens couloirs et cours, grande rue et ruelle, nous rentrâmes à la maison.

Dans les jours qui suivirent, la jolie soldate du nom de Petite Tang ne cessa de nous apporter vivres et vêtements. Parmi les vivres, il y eut des biscuits dans un tube métallique, en forme de petit chien, de petit chat ou de petit tigre, de la poudre de lait blanche dans des bouteilles de verre, et aussi du miel transparent dans des pots de terre. Les vêtements qu'elle apporta étaient en soie : une veste et un pantalon doublés avec une bordure brodée, et aussi un chapeau en coton où se dressaient les grandes oreilles du lièvre de jade[1]. « Toutes ces choses, dit-elle, sont des cadeaux du commandant Lu et du commissaire politique Jiang, pour elle. » Et elle montra le bébé que ma mère tenait contre elle en ajoutant : « Bien sûr, son petit frère peut aussi en profiter. » Et elle me désigna du doigt.

Ma mère considéra avec froideur la jeune Tang, débordante d'enthousiasme, avec ses yeux en amande et son visage comme une pomme rouge. « Remportez ça, jeune Tang, les enfants des familles pauvres ne peuvent jouir de ces bonnes choses. » Ma mère fourra un de ses seins dans ma bouche, l'autre dans celle de la petite Sha. Celle-ci marmonna de satisfaction, moi je grognai de colère. Sa main heurta ma tête, mon pied frappa son derrière et elle se mit à pleurer. J'entendais aussi vaguement les incessants gazouillis de ma huitième sœur, Yunü, ses pleurs légers et doux, des pleurs que même le soleil et la lune se devaient d'écouter avec respect.

« Le commissaire politique Jiang a choisi un prénom pour cette fillette, dit la jeune Tang, c'est un grand intellectuel, il est diplômé de l'université Chaoyang de Beiping[2], il écrit merveilleusement et connaît même l'anglais. Ce sera Zaohua, Fleur de Jujube : comment trouvez-vous ce prénom ? Tante, ne voyez pas le mal partout, le

1. Lièvre mythique qui vit sur la lune.

2. Ancien nom de Pékin, de 1927 à 1949, lorsque Tchang Kaï-chek installa la capitale à Nankin.

commandant Lu n'a que de bonnes intentions. Si nous avions voulu prendre cette enfant, il n'y avait rien de plus facile. » Elle sortit de son vêtement un biberon en verre équipé à son extrémité d'une tétine en caoutchouc jaune pâle. Puis elle prit le miel et la poudre blanche – me rappelant l'odeur que j'avais sentie, qu'exhalait l'Occidentale qui avait emmené Qiudi, je sus que c'était de la poudre de lait de seins de femmes occidentales –, elle en mit dans un bol où elle ajouta de l'eau chaude, remua le tout et versa le liquide dans le biberon : « Tante, ne la laissez pas boire votre lait avec le petit frère, sinon elle va très vite vous assécher, laissez-moi la nourrir avec ça. » Tout en parlant, elle prit Zaohua dans ses bras. La bouche de la fillette retint le téton de ma mère qui se tendit comme la lanière de cuir de la fronde de Han l'Oiseau, et lorsqu'elle finit par lâcher, le bout du sein se rétracta lentement comme une sangsue aspergée d'urine chaude, puis reprit doucement sa forme initiale. Je souffrais en moi-même pour ces seins, et si je haïssais Zaohua, c'était aussi à cause d'eux. Cependant, dans les bras de la jeune Tang, ce petit démon détestable tétait déjà frénétiquement le faux lait qui coulait du faux sein. Je n'enviais nullement le plaisir qu'elle y prenait. Les seins de ma mère me revenaient enfin entièrement, cela faisait longtemps que je ne m'étais pas endormi aussi rassuré et tranquille, mes rêves se substituaient à ma bouche, je jouissais en songe de ma griserie et de mon bonheur, mes rêves n'étaient que parfum de lait !

Pour cette raison, j'étais rempli de gratitude envers la jeune Tang. Ses seins qui pointaient drus sous son uniforme gris en toile grossière me la faisaient trouver belle et gentille. Même s'ils pendaient quelque peu, leur forme était de tout premier ordre. Après avoir fini de nourrir Zaohua, elle posa le biberon, ouvrit le manteau de fourrure de zibeline et l'odeur de renard puant de Zaohua se dégagea. Sa peau était blanche comme du lait. Je n'aurais pas imaginé qu'avec un visage noir comme du charbon, son corps pût être aussi blanc. La jeune Tang l'habilla de la veste doublée en soie et la coiffa du chapeau à oreilles de lièvre de jade. Elle en fit un très joli bébé. Elle écarta le manteau en fourrure, prit Zaohua dans ses bras, et la lançant en l'air et la rattrapant, déclencha des hoquets de rire chez l'enfant.

Inquiète, ma mère se préparait à rattraper à tout instant la petite fille. La jeune Tang la lui rendit : « Tante, si le commandant en chef Sha voyait cela, il serait content.

– Le commandant en chef Sha ? demanda ma mère étonnée en regardant la soldate.

– Vous n'êtes pas au courant, tante ? Votre gendre est à présent le commandant de la garnison de la ville de Bohai, il a plus de trois cents hommes sous ses ordres et il a aussi une jeep américaine. »

Sha Yueliang déchira la lettre en mille morceaux et jura, hors de lui : « Lu le Canon et Jiang les Quatre Yeux, vous rêvez ! »

Le messager du bataillon de sabotage dit sans servilité ni arrogance : « Commandant en chef Sha, nous chérissons mademoiselle votre fille de tout notre cœur !

– Quel talent y a-t-il à prendre un otage ? dit Sha Yueliang. Retourne dire à Lu et à Jiang qu'ils viennent attaquer Bohai !

– Commandant en chef Sha, dit le messager, n'oubliez pas votre gloire passée !

– Si je veux résister aux Japonais, je leur résiste, rétorqua Sha Yueliang, et si je veux me rendre à eux, je me rends, ça ne regarde personne ! Je t'en prie, si tu continues, ne t'étonne pas si je te manque de politesse ! »

La jeune Tang sortit un peigne de plastique rouge et coiffa mes cinquième et sixième sœurs. Tandis qu'elle peignait ma sixième sœur, la cinquième la regardait, fascinée. Son regard était comme un peigne qui lissait la jeune Tang de la tête aux pieds, des pieds à la tête. Lorsque la soldate peigna la cinquième sœur, celle-ci, comme sous l'effet du froid, eut la chair de poule. Et quand la jeune Tang fut partie, ma cinquième sœur dit à ma mère : « Maman, je veux être soldate. »

Deux jours plus tard, Shangguan Pandi revêtait l'uniforme gris. Sa principale tâche consistait à assister la jeune Tang quand elle changeait les couches de Sha Zaohua et lui donnait le biberon.

Notre vie entra dans sa meilleure période, comme dans la chanson en vogue à l'époque : « Jeune fille, jeune fille, ne t'en fais pas, si un jeune tu ne trouves, un vieux tu trouveras. Avec un camarade, porc rôti au chou tu auras, et dans la marmite, petits pains blancs fumants… »

Il n'y avait pas souvent du porc rôti au chou, de petits pains blancs non plus, mais plutôt du poisson salé aux radis et d'énormes pains au maïs.

« Telle la ciboule qui résiste à la sécheresse, le grand soldat jamais la faim n'agresse, dit ma mère sous le coup de l'émotion. Grâce à notre grande soldate, nous avons des avantages, et si je l'avais su plus tôt, je n'aurais pas eu besoin de vendre mes enfants. Xiangdi, Qiudi, mes pauvres petites… »

Au cours de cette période, le lait de ma mère fut abondant et de bonne qualité ; Shangguan Jintong avait fini par sauter de son sac en toile de coton et pouvait faire une vingtaine de pas, bientôt une cinquantaine et même une centaine, pour finalement ne plus marcher à quatre pattes du tout. Ma bouche stupide s'anima aussi et j'étais souvent capable d'injurier les gens. Lorsque l'aîné des muets de la famille Sun me pinçait le zizi, je jurais, furieux : « Je baise ta mère ! »

La sixième sœur alla au cours d'alphabétisation et apprit à chanter, par exemple : « Dix-huit grandes sœurs s'engagent dans l'armée, quelle gloire ! Tchac, elles se coupent la natte “ras les oreilles”. Elles montent la garde et examinent les laissez-passer, les traîtres ne peuvent leur échapper. »

Le cours d'alphabétisation avait lieu dans l'église. Le crottin qu'avait laissé la troupe aux ânes noirs avait été balayé ; les bancs réparés et remis en ordre. Les anges avec leurs ailes avaient disparu, envolés sans doute. Le christ sculpté en jujubier aussi, certainement parti au paradis, ou peut-être volé pour servir de bois de chauffage. Au mur était accroché un tableau noir où était tracée une ligne de gros caractères blancs. La jeune Tang, telle une beauté céleste, pointait les caractères à l'aide d'un bâton qui faisait toc toc.

« Résister… au Japon… résister… au Japon… » Les femmes allaitaient leurs enfants, piquaient des semelles, on entendait couiner les fils de chanvre, et elles épelaient en suivant la demoiselle Tang : « Résister au Japon… résister au Japon… »

Je déambulais au milieu d'elles, parmi les poitrines de tous styles. Ma cinquième sœur sauta sur l'estrade et dit aux femmes qui se trouvaient au-dessous d'elle : « Les paysans sont de l'eau, nos frères soldats sont des poissons, c'est exact ?

– Exact.

– De quoi les poissons ont-ils le plus peur ?

– De quoi les poissons ont peur ? Des hameçons ? Des cormorans ? Des couleuvres d'eau ?

– Les poissons ont le plus peur des filets !

– Exact. Les poissons ont peur des filets ! Et vous, qu'avez-vous derrière la tête ?

– Un chignon.

– Et quoi sur le chignon ?

– Un filet. » Au comble de la stupéfaction, les femmes rougissaient, blêmissaient, se murmuraient à l'oreille, papotaient tant et plus. « Coupez vos cheveux, arrachez vos filets pour protéger le commandant Lu et le commissaire politique Jiang, pour protéger leur bataillon de sabotage du chemin de fer. Qui va donner l'exemple ? » Shangguan Pandi brandissait de grands ciseaux qu'elle ouvrait de ses doigts fins et qui évoquaient un crocodile affamé. La jeune Tang déclara : « Réfléchissez, tantes paternelles et tantes maternelles qui avez tant souffert, grands-tantes, belles-sœurs, grandes sœurs, nous les femmes, qui avons subi trois mille ans d'oppression, à présent, enfin, nous relevons la tête. Hu Qinlian, dis-nous un peu, est-ce que ton ivrogne de mari Nie la Demi-Bouteille ose encore te battre ? » La jeune femme qui répondait à ce nom, visage couleur de terre, se leva, un enfant dans les bras, et jeta un coup d'œil à la soldate Tang et à la soldate Shangguan fièrement campées sur l'estrade, puis elle baissa la tête pour dire : « Non, il ne me bat plus. » Tang frappa dans ses mains : « Vous avez entendu ? Femmes, même Nie la Demi-Bouteille n'ose plus battre sa femme. Notre association de secours aux femmes, c'est la grande famille des femmes qui redressent les torts qu'elles subissent. Femmes, d'où nous vient la vie de bonheur et d'égalité que nous connaissons maintenant ? Est-elle tombée du ciel ? Sortie de terre ? Non, non, ni l'un ni l'autre. Il n'y a qu'une seule raison : le bataillon de sabotage est arrivé parmi nous ; au bourg de Dalan, dans le canton du Nord-Est de Gaomi, il a édifié sur les arrières de l'ennemi une base solide comme le fer forgé. En comptant sur nos propres forces, en luttant avec acharnement, nous avons amélioré la vie du peuple, et surtout la vie des femmes, nous ne nous livrons pas aux superstitions féodales, mais nous devons arracher tous les filets, non seulement pour le bataillon de sabotage, mais encore plus pour nous-mêmes, les femmes. Coupons notre chignon, arrachons nos filets, et devenons toutes des "ras les oreilles" !

– Maman, donne l'exemple ! dit Shangguan Pandi en s'approchant de ma mère, les ciseaux à la main.

– Oui, si la belle-sœur de la famille Shangguan devient une “ras les oreilles”, nous ferons comme elle ! crièrent les autres femmes en chœur.

– Donne l’exemple, maman, ne fais pas perdre la face à tes filles », insista la cinquième sœur.

Le visage tout rouge, ma mère tendit la tête en avant : « Vas-y, Pandi, si c’est pour le bien du bataillon de sabotage, je ne me couperai pas seulement le chignon, mais même deux doigts de la main, je ne ferai pas les choses à moitié ! »

La soldate Tang applaudit la première, bientôt suivie par l’assistance.

La cinquième sœur défit le chignon de ma mère, un flot de cheveux noirs ondulés se déversa sur ses épaules, telle une glycine, telle une cascade noire. Ma mère avait la même expression que la Sainte Vierge Marie, presque nue, que l’on voyait sur les murs. Grave, mélancolique, sereine, offerte avec résignation, mais consentante. Dans l’église où j’avais été baptisé flottait l’odeur du vieux crottin pourri. Le souvenir de Maroya nous baptisant dans le grand baquet en bois, la huitième sœur et moi, flottait devant mes yeux. La Sainte Mère ne cachait jamais ses seins. Ceux de ma mère, en revanche, étaient à moitié masqués par une sorte de rideau. « Allez, Pandi, coupe, qu’attends-tu ? » dit ma mère. Alors, les grands ciseaux de Shangguan Pandi ouvrirent une large bouche, mordirent dans les cheveux de ma mère et les firent tomber, tchic tchac, tchic tchac. Quand ma mère releva la tête, elle était devenue une « ras les oreilles ». La pointe de ses cheveux atteignait le lobe de son oreille, plus rien n’entravait la vue sur sa nuque longue et fine. Le lourd fardeau du chignon soudain ôté, sa tête parut légère et agile ; ayant perdu son poids, elle avait quelque chose de la tête d’un singe, pleine de légèreté et de beauté au moindre mouvement, d’une immortelle oiseau aussi. Son visage était écarlate. La soldate Tang sortit de sa ceinture un miroir rond et le lui tendit. Gênée, ma mère se tourna, mais le miroir chercha son visage et, tout intimidée, elle y découvrit une tête de « ras les oreilles » qui semblait avoir réduit plusieurs fois de volume. Elle détourna le regard en hâte.

« Alors, c’est beau ? demanda la soldate Tang.

– Horrible… répondit ma mère à voix basse.

– Même la tante de la famille Shangguan s’est coupé les cheveux, qu’attendez-vous ? » s’écria la soldate Tang.

Eh bien, allons-y. Allons-y. Il faut faire comme tout le monde. À chaque changement de dynastie, il faut de la nouveauté dans la coiffure. Vas-y, coupe-les-moi. À mon tour. Tchic tchac. Exclamations. Je me penchai pour ramasser une mèche de cheveux. Le sol en était jonché, des noirs, des blonds, des épais, des fins. Les épais, durs et noirs. Les fins, souples et blonds. Parmi tous ceux qui se trouvaient par terre, les plus beaux étaient ceux de ma mère. De leur extrémité aurait pu perler de l'huile.

Ce furent des jours de liesse générale. Plus encore que lorsque Sima Ku avait organisé l'exposition des restes du pont. Le bataillon de sabotage était riche de nombreux talents, et des plus variés : chanteurs, danseurs, joueurs de flûte traversière ou de flûte droite, de cithare ou de luth… Sur les murs lisses du village, on avait tracé à la chaux des slogans en grands caractères. Chaque matin, quatre jeunes soldats grimpaient sur la tour de guet de la demeure des Sima et s'entraînaient à jouer du clairon face au soleil. Au début, ils produisaient une sorte de beuglement qui se transformait bientôt en une sorte d'aboiement avant de devenir plus complexe, plus ondoyant, inégal, se métamorphosant enfin en une mélodie agréable à l'oreille. Poitrine bombée, tête levée, cou tendu et joues gonflées, les petits soldats soufflaient dans leur clairon doré paré d'un fanion en soie rouge. Ils étaient d'une martiale beauté. Le plus beau des quatre était celui qui répondait au nom de Ma Tong, Enfant Cheval. Une petite bouche, deux fossettes sur les joues et de grandes oreilles qui battaient au vent. Il était plein d'entrain, et ses paroles aussi sucrées que le miel. Au village, il se reconnaissait tambour battant plus de vingt marraines. Dès qu'elles le voyaient, celles-ci sentaient leurs seins frémir et brûlaient de l'envie de lui fourrer leur téton dans la bouche. Ma Tong vint chez nous pour transmettre un ordre au chef d'escouade. Ce jour-là, j'étais accroupi au pied du grenadier, occupé à regarder les fourmis qui grimpaient contre l'arbre ; il s'accroupit aussi, piqué par la curiosité et observa avec moi. Il était encore plus concentré que moi, plus expert dans l'art d'écraser les fourmis entre les doigts, et du reste, c'est lui qui me recommanda de pisser sur la fourmilière. Au-dessus de nos têtes, les fleurs de grenadier flamboyaient, on était au quatrième mois, il faisait un temps printanier, dans le ciel bleu se découpaient des nuages blancs, des familles d'hirondelles volaient en tous sens dans le paresseux vent du sud.

Ma mère prédit : « En général, les enfants aussi beaux et vifs que Ma Tong ne connaissent pas une longue existence, le Seigneur d'en haut lui a trop donné, il a déjà épuisé tous ses bénéfices en tant qu'homme, il ne peut pas en plus connaître une longévité plus grande que la montagne du Sud et une maison remplie d'enfants et de petits-enfants. » En effet, au cœur d'une nuit étoilée, les cris perçants du jeune homme retentirent dans la rue : « Commandant Lu, commissaire politique Jiang, je vous supplie de me laisser la vie sauve pour cette fois… Je suis fils unique au bout de trois générations, mon grand-père et ma grand-mère n'ont que moi comme petit-fils, mon père et ma mère comme fils… si vous me fusillez, la descendance de notre famille sera interrompue… marraine Sun, marraine Li, marraine Cui, mes chères marraines, protégez-moi… Marraine Cui, vous qui êtes amie avec le commandant de bataillon, sauvez-moi… » Ma Tong sortit du village en criant tout le long du chemin, puis le son clair de coups de fusil retentit, suivi d'un silence total. Le jeune clairon, beau comme un immortel, disparut à jamais. Toutes ses marraines avaient été incapables de lui sauver la vie ; son crime était : vente illicite de munitions.

Le lendemain, on installa dans la grande rue un cercueil écarlate. Une voiture à cheval s'arrêta. Un groupe de soldats porta sur la voiture le cercueil fait dans du bois de cyprès d'une épaisseur de quatre pouces, recouvert de neuf couches de laque et garni intérieurement de neuf épaisseurs de tissu. Rempli d'eau pendant dix ans, il ne laisserait pas passer une goutte. Les balles des fusils d'infanterie japonais ne réussiraient pas à le traverser, et enterré pendant mille ans, il ne pourrirait pas. Ce cercueil était d'un poids considérable, une dizaine de soldats au moins se penchèrent pour le prendre par-dessous et ne se relevèrent qu'à grand-peine lorsque le chef d'escouade sonna du clairon.

Une fois le cercueil posé sur la voiture, une grande tension monta au quartier général du bataillon. Les soldats entraient et sortaient au petit trot comme des navettes, visage fermé. Ensuite arriva un vieillard à barbe blanche chevauchant un âne. Il descendit de sa monture à côté du cercueil. Frappant sur celui-ci, il se mit à sangloter bruyamment, son visage était inondé de larmes et des gouttes roulaient aussi sur sa barbe. C'était le grand-père de Ma Tong, un homme cultivé, titulaire des examens du niveau provincial sous la dynastie des Qing. Le commandant Lu et le commissaire politique Jiang sortirent et, très gênés, vinrent se placer derrière le vieillard. Lorsque celui-ci eut pleuré tout son saoul, il se retourna et fixa les deux hommes. « Monsieur Ma, dit Jiang, vous avez étudié les Classiques en profondeur et vous avez un grand sens de la justice. Nous pleurons d'avoir dû exécuter Ma Tong. » Lu renchérit : « Nous pleurons d'avoir dû exécuter Ma Tong. » Le vieil homme cracha au visage de Lu et s'exclama : « Celui qui vole un hameçon est un bandit, celui qui usurpe l'État est un marquis ! Résistance au Japon, résistance au Japon… un haut lieu de débauche, oui ! » Le commissaire politique Jiang dit avec gravité : « Monsieur, nous sommes un véritable bataillon de résistance au Japon, nous administrons notre armée avec sévérité, il est vrai qu'il existe des armées où règne la plus grande débauche, mais pas chez nous ! » Le vieillard passa à côté des deux hommes en riant aux éclats, le visage tourné vers le ciel ; son petit âne le suivait, tête baissée. La voiture à cheval qui tirait le cercueil se mit en route doucement derrière le petit âne. La voix du cocher qui donnait ses ordres au cheval ressemblait au crissement étouffé d'une cigale.

Tel un tremblement de terre, l'affaire Ma Tong ébranla les bases du bataillon de sabotage. Le sentiment illusoire de bonheur fut anéanti, le son des fusils qui avaient abattu Ma Tong nous avertit que, pendant les troubles, la vie humaine ne valait guère plus que celle de fourmis. L'affaire Ma Tong, dont l'objectif était de montrer un commandement exemplaire et une application rigoureuse de la loi, produisit un effet négatif, même au sein du bataillon. Dans les jours qui suivirent se produisirent plusieurs affaires de saoulerie ou de bagarre entre soldats et l'escouade qui habitait chez nous montra peu à peu son sentiment d'insatisfaction. Le chef d'escouade nommé Wang déclara publiquement : « Ma Tong n'était rien d'autre qu'un bouc émissaire ! Un enfant comme lui pouvait-il vraiment faire du trafic de munitions ? Son grand-père était diplômé, sa famille possédait de très grandes superficies de bonne terre, des chevaux et des ânes par troupeaux entiers, comment aurait-il manqué d'argent ? D'après moi, ce petit gars est mort victime de ses marraines débauchées. Pas étonnant que le vieux diplômé ait dit : "Résistance au Japon… un haut lieu de débauche !" » Les récriminations du chef d'escouade furent formulées un matin ; l'après-midi même, le commissaire politique Jiang venait chez nous, accompagné de deux soldats. « Wang Mugen, déclara-t-il d'un air grave, suis-moi au quartier général ! » Les yeux écarquillés, Wang Mugen considéra ses soldats et jura : « Quel est l'enculé qui m'a vendu ? » Les soldats se regardèrent les uns les autres, le visage terreux. Seul le muet Sun Pas-un-mot riait stupidement ; puis il s'avança devant le commissaire politique et lui expliqua par gestes comment Sha Yueliang s'était emparé de sa femme par la force. « Sun Pas-un-mot, dit le commissaire politique, je te donne l'ordre de remplacer le chef d'escouade. » Sun Pas-un-mot regardait les lèvres du commissaire politique en penchant la tête. Celui-ci saisit la main du muet, sortit un stylo et traça quelques caractères dans sa paume. Le muet retourna sa main et la contempla, l'air stupide. Puis, au comble de l'excitation, il se mit à danser en tous sens et ses yeux jaunes jetaient des éclairs. « Si ça continue, ricana froidement Wang Mugen, le muet va se remettre à parler. » Le commissaire politique fit un geste aux hommes de son escorte. Ceux-ci s'approchèrent vivement et encadrèrent Wang Mugen qui s'écria : « Vous abattez l'âne pour le manger quand il a fini de pousser la meule ! Vous avez oublié le moment où j'ai fait sauter le train. » Sans se soucier de ses cris, le commissaire politique s'approcha du muet pour lui tapoter l'épaule. Surpris d'être l'objet de tant de faveurs, celui-ci fit le salut militaire. Dans la ruelle se propagèrent les hurlements de Wang Mugen : « Si vous m'emmerdez, j'irai poser des mines à la tête de votre *kang* ! »

La première chose que fit le muet après sa promotion comme chef d'escouade fut d'aller chercher ma mère. Elle se trouvait près du rouleau à grain où s'était caché Sima Ku quand il avait été blessé ; elle réduisait du soufre en poudre pour le bataillon de sabotage. À une centaine de mètres de là, Shangguan Pandi surveillait des femmes qui, munies d'un petit marteau, cassaient des débris de fer et d'acier. À une centaine de mètres encore, l'ingénieur du bataillon, à la tête d'apprentis, activait un énorme soufflet, que seuls quatre forts gaillards étaient capables d'actionner, pour projeter un souffle violent dans le four. Dans une étendue de sable à côté d'eux il y avait tout un champ de moules pour fabriquer des mines à demi enterrées. Ma mère avait une serviette nouée sur la bouche et suivait le petit âne qui tournait en tirant le rouleau. L'odeur du soufre qui piquait le nez lui faisait monter des larmes aux yeux et faisait sans cesse éternuer l'âne criquet. Moi et le fils de Sima Ku étions accroupis sur une touffe de gainier, et Niandi nous surveillait avec attention, comme notre mère le lui avait ordonné, nous interdisant d'approcher. Le muet arriva près du rouleau, paradant avec son grand fusil fabriqué à Hanyang [1] sur son dos et, à la main, son grand sabre birman légué par ses ancêtres. Nous vîmes qu'il barrait la route à l'âne, levait son sabre devant ma mère et l'agitait pour le faire siffler dans les airs. Derrière l'âne, ma mère, un balai usé à la main, le regardait calmement. Il lui présenta sa paume où étaient inscrits les caractères et partit d'un grand rire. Ma mère hocha la tête, comme pour le féliciter. Ensuite, sur le visage du muet se succédèrent plusieurs expressions. Ma mère ne cessait de hocher la tête, comme si elle refusait de céder à une requête de sa part. Alors le muet leva le bras et envoya un coup de poing à l'âne dont les pattes fléchirent, le faisant tomber à genoux devant le rouleau. « Salopard ! cria ma mère, tu ne feras pas une belle mort ! » Le muet riait, la bouche de travers, puis il partit en paradant comme il était venu.

De l'autre côté, on ouvrit la gueule du four à l'aide d'un long crochet et la coulée incandescente tomba dans le creuset en faisant jaillir des nuées d'étincelles. Ma mère tira l'âne par les oreilles pour le contraindre à se relever, puis se dirigea vers les gainiers, ôta la serviette blanche à présent toute jaunie qui lui couvrait la figure, écarta un pan de sa veste et fourra dans ma bouche son téton blanchi par le soufre. Comme je me demandais si j'allais recracher ce téton puant au goût piquant, ma mère me repoussa violemment, manquant de m'arracher ma première dent. Je me dis qu'elle avait dû ressentir une douleur insupportable au sein, mais manifestement ce n'était absolument pas cela qui la préoccupait. Elle courait à grandes enjambées vers la maison, sa serviette dans la main droite se balançant au rythme de ses pas. Je voyais presque ses seins imprégnés de soufre qui frottaient avec force contre le tissu en toile grossière et son lait empoisonné qui s'écoulait en humectant ses vêtements. Une décharge électrique avait traversé le corps de ma mère, la plongeant dans une sensation étrange, et si c'était du bonheur, c'était certainement un bonheur extrêmement douloureux. Pourquoi ma mère

1. Fusils produits par la première grande usine métallurgique de Chine.

courait-elle à une telle vitesse vers notre maison ? Nous eûmes sur-le-champ la réponse.

« Lingdi, hé, Lingdi, où es-tu ? » criait ma mère vers le bâtiment principal et vers les ailes.

Shangguan Lüshi sortit en rampant de la grande salle et avança dans le passage dallé, tête levée, comme une grosse grenouille. L'aile ouest où elle vivait était occupée par les soldats. Dans celle-ci, cinq soldats étaient penchés, tête contre tête au-dessus de la meule, en train d'étudier un livre aux feuilles en fibre de bambou. Ils levèrent le visage et nous regardèrent avec étonnement. Leurs fusils étaient accrochés au mur, leurs mines à une poutre, toutes rondes et d'un noir luisant, comme les œufs pondus par des araignées, plus grosses encore que des bosses de chameaux. « Et le muet ? » demanda ma mère. Les soldats secouèrent la tête. Ma mère se précipita vers l'aile est. La peinture de l'immortelle oiseau avait été disposée n'importe comment sur une table aux pieds cassés et dessus étaient posés un petit pain de maïs à moitié mangé et une tige de ciboule aux feuilles vert émeraude ; le grand bol en porcelaine bleue était aussi sur la table, rempli d'un tas de petits os blancs dont il était impossible de distinguer s'ils venaient d'oiseaux ou d'animaux. Le fusil du muet était accroché au mur, ses mines pendues à la poutre.

Nous restâmes plantés dans la cour. Criant désespérément. Les soldats sortirent et nous demandèrent les uns après les autres ce qui arrivait.

Le muet remonta en rampant de la cave à radis. Couvert de terre jaune et de traces de moisissure blanches. Sur son visage se lisait une expression lasse de profonde satisfaction.

« Quelle idiote je suis ! » gronda ma mère en trépignant.

Au fond du passage souterrain, au pied de la meule de paille qui se dressait là depuis longtemps, le muet avait violé ma troisième sœur Shangguan Lingdi.

Nous la tirâmes hors du passage et la portâmes sur le *kang*. Tout en pleurant, ma mère essuyait minutieusement chaque parcelle de son corps avec la serviette couverte de soufre qu'elle avait trempée dans l'eau. Ses larmes tombaient sur le corps de Lingdi et aussi sur ses seins qui gardaient la trace de morsures ; mais sur le visage de celle-ci flottait un petit sourire émouvant. Une lumière merveilleuse, envoûtante, scintillait dans ses yeux.

Quand ma cinquième sœur apprit la nouvelle, elle revint en hâte et regarda la troisième sœur droit dans les yeux. Elle ne dit pas un mot, mais courut dans la cour, sortit de sa ceinture une grenade avec un manche en bois, la dégoupilla et la lança dans l'aile est. La grenade fit long feu et il n'y eut pas de détonation.

Le lieu où devait être exécuté le muet était le même que celui où Ma Tong avait été tué : au sud du village, près d'une fosse d'eau croupie où poussaient des joncs puants, ses bords recouverts d'immondices. Solidement ligoté, le muet fut poussé jusqu'au bord de la fosse et plusieurs dizaines de soldats se mirent en ligne, fusil à la main. Le commissaire politique prononça un discours plein de véhémence à l'intention de la population qui s'était attroupée. Quand le discours fut fini, les soldats ouvrirent leurs fusils et les chargèrent. Le commissaire politique donna lui-même l'ordre de tirer. Comme les balles allaient jaillir des canons, Shangguan Lingdi, toute de blanc vêtue, arriva avec grâce. Ses pas légers flottaient au gré du vent comme ceux d'une immortelle. « L'immortelle oiseau ! » s'écria quelqu'un. Les exploits extraordinaires et les faits merveilleux de l'immortelle oiseau revinrent aussitôt dans les mémoires et tous oublièrent le muet. Ce fut le plus bel instant de la vie de l'immortelle oiseau, elle dansait devant la foule, comme une immortelle grue dans un marécage. Son visage était frais, telle une fleur de nénuphar rouge ou de nénuphar blanc. Son corps bien proportionné, ses lèvres épaisses et séduisantes. En dansant, elle s'approcha du muet, s'arrêta soudain, pencha la tête, observa son visage ; celui-ci grimaçait un sourire stupide. Elle tendit la main, caressa ses cheveux doux comme un tissu de feutre et pinça son nez qui ressemblait à une gousse d'ail. Finalement, elle tendit encore la main et s'empara entre les jambes du muet de l'outil qui avait causé son malheur, et tournant la tête, elle se mit à rire en direction de la foule. Les femmes s'écartèrent en hâte en baissant le visage, mais les hommes continuaient à contempler la scène, fascinés, avec une expression sournoise.

Le commissaire politique toussa un peu et dit sans le moindre naturel : « Écartez-la et exécutez la sentence ! »

Levant la tête, le muet poussa un cri étrange, peut-être pour manifester sa désapprobation.

La main de l'immortelle oiseau continuait à toucher son outil, et sur ses lèvres épaisses flottait l'expression d'un désir avide, mais parfaitement naturel et sain. Personne ne voulut exécuter l'ordre du commissaire politique.

Celui-ci demanda d'une voix forte : « Jeune fille, il t'a violée ou tu étais consentante ? »

L'immortelle oiseau ne répondit pas.

« Tu l'aimes ? »

Toujours pas de réponse.

Le commissaire politique s'approcha de ma mère dans la foule et lui dit, embarrassé : « Tante, regardez ce qui se passe… D'après moi, autant carrément les fiancer… Sun Pas-un-mot a commis une faute, mais ce n'est pas un crime passible de mort. »

Sans un mot, ma mère se retourna et s'éloigna. Elle marchait lentement, péniblement, comme si elle portait une lourde stèle. Les gens se retournèrent pour la suivre des yeux jusqu'à ce qu'ils entendent soudain un hurlement de douleur. Alors ils détournèrent le regard.

« Libérez-le ! » ordonna le commissaire d'une voix éteinte avant de quitter les lieux.

Chapitre 17

C'était le septième jour du septième mois lunaire, le jour du rendez-vous secret du Bouvier et de la Tisserande[1]. Dans la maison, il faisait une chaleur étouffante et les moustiques se bousculaient. Ma mère avait installé une natte en paille sous le grenadier. D'abord assis, puis couchés sur la natte, nous écoutions ses histoires intarissables. Le soir, se mit à tomber une petite pluie fine et ma mère nous dit que c'étaient les larmes de la Tisserande. L'atmosphère était humide, mais un air frais soufflait par moments. Sous le grenadier, les feuilles brillaient. Dans les ailes est et ouest de la maison, les soldats avaient allumé des bougies blanches qu'ils avaient fabriquées eux-mêmes. Les moustiques nous piquaient et ma mère les chassait avec son éventail en jonc. Ce jour-là, toutes les pies qui vivaient parmi les humains montaient dans le ciel bleu, se superposant l'une à l'autre, tête contre queue, pour jeter un pont d'oiseaux au-dessus des vagues tumultueuses de la Voie lactée. La Tisserande et le Bouvier se rencontraient sur ce pont : la pluie et la rosée étaient les larmes qu'ils versaient en pensant l'un à l'autre. Dans le murmure de ma mère, moi, Niandi et aussi le fils de Sima Ku, contemplions les cieux où scintillaient les étoiles, à la recherche de ces constellations. Bien qu'elle fût aveugle, Yunü, ma huitième sœur, levait aussi le visage, et ses yeux étaient encore plus brillants que les étoiles. Dans la ruelle, c'était le bruit des pas lourds des soldats qui venaient relever la garde. Au loin, dans les champs, une marée de coassements de grenouilles. Sur les rames de haricots, près du mur,

1. Selon la légende, le Bouvier et la Tisserande, deux étoiles séparées par la Voie lactée, se rencontrent chaque année le septième jour de la septième lune grâce à un petit pont formé par des pies. Elles sont le symbole des amants désunis.

une sauterelle poussait ses stridulations – tire ta navette, tchic tchac, tire ta navette, tchic tchac – dans la nuit noire tandis que de grands oiseaux effectuaient des vols pleins d'audace ; nous distinguions leurs ombres vagues et entendions le frôlement de leurs ailes. Les chauves-souris couinaient, excitées. Les gouttes d'eau dégoulinaient des feuilles des arbres. Sha Zaohua s'était endormie contre la poitrine de ma mère, émettant un petit ronflement régulier. Dans l'aile est, Lingdi poussait des cris semblables à des miaulements et la grande ombre du muet vacillait dans la lumière de la lampe. Ils s'étaient mariés. Le commissaire Jiang avait été leur témoin. La pièce de silence dédiée à l'immortelle oiseau était devenue la chambre nuptiale où Lingdi et le muet se livraient à leurs fougueux ébats amoureux. Souvent, l'immortelle oiseau sortait dans la cour à demi nue ; un soldat qui avait furtivement jeté un coup d'œil sur ses seins avait failli se faire tordre le cou par le muet. « Il est tard, il faut aller dormir, dit ma mère.

– Dans la maison, il fait trop chaud, il y a des moustiques, laisse-nous dormir ici, dit la sixième sœur.

– Impossible, si vous dormez dehors, la rosée risque de vous faire du mal. Et en plus, dans l'air il y a l'esprit qui cueille la fleur[1]… »

J'avais l'impression d'entendre discuter : C'est une belle fleur, cueille-la donc ! Je la cueillerai à mon retour. Celui qui parlait, c'était l'esprit araignée qui lutinait une vierge.

Allongés sur le *kang*, nous n'arrivions pas à dormir. Curieusement, ma huitième sœur, Yunü, avait tranquillement sombré dans le sommeil et un filet de salive coulait au coin de sa bouche. L'armoise antimoustiques brûlait en dégageant des volutes de fumée qui piquait le nez. La lumière des bougies filtrant par les fenêtres des soldats venait jusqu'à nous et nous permettait de vaguement discerner ce qui se passait dans la cour. Le poisson de mer, que Laidi avait chargé quelqu'un de nous rapporter, puait ; il fermentait dans les cabinets, répandant une odeur insupportable. Elle avait en plus envoyé une grande quantité de biens : des pièces de soie, des meubles et des bibelots anciens, qui avaient été mis sous séquestre par le bataillon de sabotage. La barre de la porte de la grande salle résonna

1. L'expression *caihua* signifie aussi bien « cueillir une fleur » que « violer une femme ».

doucement. « Qui est-ce ? » s'écria ma mère sur un ton dur tout en se saisissant du hachoir posé à la tête du *kang*. Plus un bruit. Peut-être nous étions-nous trompés. Elle reposa le hachoir. Les flammèches du tortillon en armoise, posé par terre devant le *kang,* luisaient d'une couleur rouge sombre.

Une longue ombre noire se dressa soudain devant le *kang*. Ma mère poussa un cri d'effroi. Ma sixième sœur aussi. L'ombre sauta sur le *kang* et plaqua sa main sur la bouche de ma mère. Se débattant, celle-ci parvint à s'emparer du hachoir qu'elle allait asséner sur l'ombre quand elle entendit une voix : « Maman, c'est moi, Laidi... Laidi !... »

Le hachoir retomba sur la natte, la grande sœur était de retour ! Elle était à genoux sur le *kang*, suffoquée par les sanglots. Nous regardions avec effarement son visage indistinct dans l'obscurité. Des choses y brillaient. « Laidi, ma grande fille, c'est vraiment toi ? Ce n'est pas un fantôme ? Même si tu es un fantôme, je n'ai pas peur, laisse-moi te regarder... » Ma mère chercha à tâtons des allumettes à la tête du *kang*.

Ma sœur aînée arrêta sa main et lui dit à voix basse : « Maman, n'allume pas la lampe.

– Laidi, espèce d'ingrate, où étais-tu partie toutes ces années avec ce dénommé Sha ? Tu m'as trop fait souffrir.

– Maman, je ne pourrai pas te le dire en une phrase, où est ma fille ?

– Toi, une mère ? dit ma mère en lui montrant Sha Zaohua qui dormait tranquillement. Tu t'es occupée d'enfanter, mais pas d'élever ton enfant, tu ne vaux même pas un animal... Pour elle, ta quatrième et ta septième sœur...

– Maman, un jour viendra où je paierai pour la bienveillance que tu m'as témoignée, et aussi pour mes sœurs... je leur revaudrai ça... »

À cet instant, ma sixième sœur s'approcha et s'exclama : « Grande sœur ! »

Celle-ci, penchée au-dessus de Sha Zaohua, se releva et dit en caressant sa sœur : « Sixième sœur ! Et Jintong et Yunü ! Jintong, Yunü, vous vous souvenez de votre grande sœur ?

– Si le bataillon de sabotage n'était pas arrivé, dit ma mère, notre famille tout entière serait morte de faim depuis longtemps...

– Maman, les dénommés Jiang et Lu sont des vauriens.

– Ils nous ont traités avec beaucoup d'égards, dit ma mère, nous ne pouvons pas dire des choses contre notre conscience.

– Maman, c'est un complot, dit ma grande sœur, ils ont écrit à Sha Yueliang pour l'obliger à se rendre, et s'il ne se rend pas, ils garderont ma fille.

– Ah bon ? Qu'est-ce que la guerre a à voir avec une enfant ?

– Maman, si je suis revenue aujourd'hui, c'est pour sauver ma fille. J'ai avec moi une dizaine d'hommes, nous allons repartir tout de suite et nous causerons ainsi une grosse déception aux dénommés Jiang et Lu. Tu t'es tellement rongé les sangs pour moi, permets-moi de rembourser ma dette plus tard. Plus la nuit est longue, plus on fait de rêves, ta fille va partir… »

Avant même que ma grande sœur eût fini de parler, ma mère avait repris Sha Zaohua. « Laidi, dit-elle avec colère, ne viens pas me raconter des histoires pour me jouer des tours. Rappelle-toi qu'au début, tu me l'as laissée comme on jetterait un chien, je me suis sacrifiée pour l'élever jusqu'aujourd'hui et toi, tu viens maintenant en profiter ? Tes histoires à propos du commandant Lu et du commissaire Jiang, ce sont des mensonges. Tu veux te comporter en mère ? Tu en as assez de faire la folle avec Sha le Moine ?

– Maman, il est à présent commandant de brigade des troupes chinoises collaborant avec l'Armée impériale, il a plus de mille hommes sous ses ordres.

– Je me fiche de savoir combien il a d'hommes et de savoir s'il est commandant, dit ma mère, dis-lui de venir lui-même, dis-lui que les lièvres qu'il a accrochés aux arbres, je les lui ai gardés.

– Maman, cela touche les affaires d'une puissante armée, ne sois pas stupide.

– Toute ma vie j'ai été stupide, les affaires de l'armée, je m'en fiche complètement, tout ce que je sais, c'est que c'est moi qui ai élevé Zaohua et que je ne m'en séparerai pour personne au monde. »

Ma grande sœur s'empara de l'enfant. Elle sauta du *kang* et se précipita vers l'extérieur de la maison. Ma mère lui lança des injures : « Saleté, attrapez-la ! »

Sha Zaohua se mit à pleurer.

Ma mère sauta du *kang* et se lança à leur poursuite.

Dans la cour claquèrent des coups de fusil. On entendit du bruit sur le toit, puis quelqu'un tomba en hurlant.

Un pied traversa la toiture, faisant chuter un morceau de terre et filtrer la lumière des étoiles.

L'agitation régnait dans la cour : coups de fusil, combats à la baïonnette, cris de soldats : « Ne les laissez pas s'échapper ! »

Des soldats du bataillon de sabotage, brandissant une dizaine de torches imbibées de pétrole, arrivèrent en courant, illuminant la cour comme en plein jour. Dans la ruelle, derrière la maison, retentissaient des voix d'hommes qui parlaient fort. Quelqu'un cria : « Ligotez-le, petit oncle, on verra si tu arrives à t'enfuir. »

Le commandant Lu apparut dans la cour et dit à Laidi blottie dans un coin de mur, qui tenait serrée contre elle Zaohua : « Madame Sha, ce que vous faites là n'est pas très malin, n'est-ce pas ? »

Sha Zaohua sanglotait contre la poitrine de sa mère.

Ma mère sortit dans la cour.

Nous allâmes à la fenêtre pour regarder dehors.

Au bord du passage était étendu un homme criblé de trous, qui perdait beaucoup de sang, formant une flaque qui s'écoulait comme de petits serpents. L'odeur fétide du sang montait dans la chaleur. L'odeur du pétrole piquait aussi le nez. Le sang continuait à s'écouler par les trous en faisant des bulles. Il n'était pas encore mort puisque l'une de ses jambes bougeait. Sa bouche mordait la poussière, son cou était tordu, on ne pouvait voir son visage. Les feuilles des arbres ressemblaient à du papier doré ou argenté pour les morts. Le muet, son sabre birman à la main, expliquait à grands gestes quelque chose au commandant Lu. L'immortelle oiseau sortit en courant, heureusement elle avait passé une veste militaire qui appartenait à coup sûr au muet et lui arrivait aux genoux. Seins et ventre à demi découverts. Ses longues jambes blanches comme la neige, ses mollets à la chair ferme et à la peau brillante. La bouche ouverte. Des yeux effarés, regardant les torches l'une après l'autre. Un groupe de soldats amena sous escorte trois hommes en costume vert. L'un était blessé au bras et saignait, le visage livide. Un autre boitait. Le dernier avait la tête maintenue baissée par une corde, il se débattait de toutes ses forces pour la relever, mais plusieurs grandes mains pleines de force l'en empêchaient. Le commissaire politique Jiang venait derrière eux. Il tenait une lampe électrique couverte d'un morceau de soie rouge, qui émettait une lumière de la même couleur. Ma mère, pieds nus, arriva à pas pressés. Le sol était couvert de monticules formés par les déjections des vers de terre. Sans la moindre crainte, elle demanda au commandant de bataillon Lu : « Que signifie tout cela ?

– Tante, répondit-il, cela ne vous concerne pas. »

Le commissaire Jiang brandit sans raison devant le visage de Shangguan Laidi sa lampe recouverte d'une soie rouge. Laidi était svelte et élancée, tel un peuplier blanc.

Ma mère s'approcha de ma grande sœur et reprit d'un geste vif Sha Zaohua, qui s'enfouit dans sa poitrine. « Mon enfant, n'aie pas peur, ta grand-mère est là. »

Les pleurs de Sha Zaohua faiblirent, se transformant en sanglots.

Les bras de ma sœur restaient dans la position qu'elle avait en tenant son enfant. Une position rigide, disgracieuse. Son visage était tout blanc, ses yeux fixes. Elle portait un uniforme vert, un costume d'homme, ses seins épanouis bombaient très haut.

« Madame Sha, dit le commandant de bataillon Lu, on peut dire que nous avons été à votre égard aussi généreux que possible ; nous ne vous forcerons pas à accepter notre arrangement, mais vous ne devez pas capituler devant les envahisseurs japonais.

– C'est une affaire d'hommes, ricana ma grande sœur, n'en parlez pas avec moi qui viens d'une famille composée uniquement de femmes.

– Ne dit-on pas que madame Sha est le haut conseiller du commandant de brigade Sha ?

– Tout ce que je sais, c'est que je veux ma fille, répliqua ma grande sœur. Si vous avez du cran, allez vous battre avec lui avec des armes véritables, mais faire du chantage avec un petit enfant, ce n'est pas l'acte d'un homme de cœur.

– Madame Sha se trompe, dit le commissaire politique, on peut dire que nous avons porté la plus grande sollicitude à mademoiselle Sha, votre mère en est témoin, vos sœurs aussi, la terre peut en témoigner, ainsi que le ciel. Notre unique intention est de prendre soin des enfants, toutes nos actions leur sont destinées, toutes tendent vers ce but, et nous ne souhaitons pas que cette belle enfant ait pour père et mère des traîtres à la nation.

– Je ne comprends pas un mot de ce que vous dites, rétorqua ma grande sœur, ne gaspillez pas votre salive pour rien. Puisque je suis tombée entre vos mains, faites de moi ce que vous voulez. »

Le muet fit soudain irruption au milieu des torches, il paraissait particulièrement puissant et prestigieux, sa peau noire semblait vernie à la graisse de blaireau tellement elle luisait. Ah oh… ah oh ah oh… cria-t-il, arborant des yeux de loup, un nez de cochon, des oreilles de singe, un visage de tigre. Levant ses bras robustes et serrant les poings, il décrivit un grand cercle devant les gens qui l'entouraient. Il envoya un coup de pied au mort qui gisait dans le passage, puis à chacun des prisonniers. À chaque coup, il poussait un ah oh. Arrivé au bout, il se retourna et poussa un nouveau : Ah oh ! ah oh ! ! ah oh ! ! ! tandis que les coups pleuvaient de plus en plus fort. Le dernier projeta à terre le prisonnier qui résistait et tentait de relever la tête. Le commissaire Jiang l'arrêta avec sévérité : « Sun Pas-un-mot, il est interdit de frapper les prisonniers ! » Le muet fit une grimace et sourit en désignant Shangguan Laidi, puis sa propre poitrine. Il s'avança devant elle, de la main gauche la prit par une épaule, et de la main droite gesticula en direction de la foule. L'immortelle oiseau regardait comme ensorcelée les flammes des torches aux formes changeantes. Levant le bras gauche, ma sœur aînée asséna une gifle sonore sur la joue droite du muet. Celui-ci retira sa main et se frotta le visage, incrédule, comme s'il ne comprenait pas d'où était parti le coup. Alors ma grande sœur leva le bras droit et lui asséna une gifle sur la joue gauche. Une gifle rapide et pleine de force, qui claqua d'un son clair et net. Le muet vacilla. La puissance de son geste avait fait reculer ma sœur aînée d'un pas. Ses sourcils en feuille de saule relevés, ses yeux de phénix écarquillés, elle jura en grinçant des dents : « Sale porc, tu as détruit ma sœur !

– Emmenez-la, dit le commandant Lu, quelle sauvagerie chez cette traîtresse ! »

Une dizaine de soldats s'avancèrent et emprisonnèrent les bras de ma sœur. Celle-ci se mit à hurler : « Maman, tu es vraiment stupide, la troisième sœur était un phénix, et toi, tu l'as mariée au muet ! »

Un soldat arriva en courant et fit son rapport tout essoufflé : « Commandant, commissaire, les hommes et les chevaux du bataillon de la brigade de Sha sont au bourg de Shalingzi !

– Pas de panique, dit le commandant Lu, que les chefs de compagnie soient vigilants et appliquent le plan établi en enfouissant bien les mines.

– Belle-sœur, dit le commissaire Jiang, pour votre sécurité et celle des enfants, venez avec nous au quartier général.

– Non, répondit ma mère en secouant la tête, si je dois mourir, je préfère que ce soit chez moi. »

Le commissaire Jiang fit un geste : un groupe de soldats entourèrent ma mère tandis qu'un autre pénétrait dans la maison. « Seigneur, ouvre tes yeux et regarde ce qui se passe ! » s'écria ma mère.

Toute la famille fut enfermée dans une pièce latérale chez les Sima. Un garde surveillait l'entrée. Dans le grand salon d'à côté, éclairé à la lampe à gaz, on s'interpellait et on criait. De l'extérieur du village nous parvenaient des coups de feu comme des détonations de pétards.

Le commissaire Jiang entra sans se presser, il tenait une lampe équipée d'un tube en verre d'où s'élevait une fumée noire qui l'obligeait à cligner les yeux. Il la posa sur la table en palissandre et dit en nous regardant : « Pourquoi restez-vous debout ? Asseyez-vous, asseyez-vous ! » Puis il montra les chaises en bois de poirier ajouré alignées le long des murs. « Belle-sœur, la famille de votre deuxième gendre vit vraiment dans le luxe ! » remarqua-t-il. Puis il s'assit sur une chaise, les mains sur les genoux et nous observa d'un air un peu moqueur. Ma grande sœur s'assit lourdement et fit face au commissaire de l'autre côté de la table. Comme piquée au vif, elle fit la grimace : « Commissaire Jiang, il est plus facile d'inviter un esprit que de le congédier !

– Inviter un esprit est déjà difficile, pourquoi vouloir le congédier ? demanda le commissaire en riant.

– Maman, dit ma sœur, assieds-toi donc et pense bien qu'ils ne savent pas quoi faire de nous.

– Nous n'avons absolument pas réfléchi à ce que nous allions faire de vous, dit le commissaire en souriant. Belle-sœur, asseyez-vous. »

Zaohua dans ses bras, ma mère s'assit sur une chaise dans un angle. Ma huitième sœur et moi nous cramponnions au coin de sa veste, debout contre son siège. La tête du digne fils de la famille Sima pendait sur l'épaule de la sixième sœur et un filet de bave coulait de sa bouche. Dévorée par le sommeil, ma sixième sœur vacillait. Ma mère la tira vers elle pour la faire asseoir. Elle ouvrit grand les yeux, puis poussa un bâillement. Le commissaire politique sortit une cigarette dont il tapota l'extrémité sur l'ongle de son pouce. Il tâta les poches de sa veste, manifestement à la recherche de feu. Il n'en trouva pas et ma grande sœur ricana, satisfaite de son désagrément. Il se pencha vers la lampe, sa cigarette à la bouche, l'approcha du sommet du tube en clignant les yeux, puis aspira une longue bouffée qui fit sautiller la flamme tirée vers le haut. Le bout de la cigarette rougit et s'enflamma. Il releva la tête, sortit la cigarette de sa bouche, serra fortement les lèvres et fit jaillir de ses narines deux jets de fumée épaisse. De l'extérieur du village parvenait le bruit sourd d'explosions qui faisaient vibrer le treillis de bois des fenêtres. Des lumières rouges scintillaient dans la nuit. On entendait indistinctement des pleurs, des appels et des plaintes, parfois très diffus, parfois très clairs. Le commissaire politique fixait Laidi avec un petit sourire plein de défi.

Comme si elle avait été piquée aux fesses, celle-ci ne cessait de se trémousser sur sa chaise dont elle faisait craquer les pieds. Le visage livide, ses mains agrippées aux accoudoirs agitées de tremblements.

« Le corps de cavalerie du commandant de brigade Sha a pénétré dans notre champ de mines, dit le commissaire Jiang comme avec regret. Dommage pour ces dizaines de si bons chevaux…

– Vous… vous rêvez… » dit ma grande sœur qui se releva en prenant appui sur les accoudoirs du fauteuil. Mais des explosions encore plus fortes la forcèrent à se rasseoir.

Le commissaire se leva et alla pianoter d'un air désœuvré contre la cloison en bois ouvragé séparant la pièce latérale du salon, puis il dit comme s'il se parlait à lui-même : « Tout est en pin de Corée, combien les Sima ont-ils consommé de bois pour leur grande résidence ? » Il se tourna vers ma grande sœur. « D'après vous, combien a-t-il fallu utiliser de bois pour ces poutres, ces pannes, ces portes et ces fenêtres, ces planchers, ces cloisons, ces tables, ces chaises, ces bancs ?… » Très gênée, ma grande sœur se tortillait sur ses fesses. « Le bois d'une forêt entière ! » renchérit avec amertume le commissaire politique Jiang, comme si le triste spectacle de la forêt dévastée s'étalait devant ses yeux. « Tôt ou tard, il faudra bien faire les comptes », dit-il découragé, puis, reléguant loin dans son esprit la grande forêt abattue, il alla se planter solidement devant ma grande sœur, ses jambes écartées formant un A, la main droite sur la hanche, le coude dessinant un angle aigu. « Bien sûr, nous estimons qu'il y a une différence entre Sha Yueliang et les traîtres irréductibles, Sha a un glorieux passé de résistance au Japon, s'il revient radicalement sur ses erreurs, nous accepterons de l'appeler de nouveau "camarade". Madame Sha, dans un moment, lorsque nous l'aurons arrêté, vous pourrez le conseiller utilement, n'est-ce pas ?

– Vous ne réussirez pas à l'attraper ! s'écria d'une voix suraiguë ma grande sœur, nonchalamment appuyée contre le dossier du fauteuil. N'y comptez pas ! Sa jeep américaine est plus rapide que vos chevaux !

– Pourvu pour lui qu'il en soit ainsi ! » dit le commissaire politique en abaissant le bras et en changeant de position. Il sortit une cigarette qu'il tendit à Shangguan Laidi. Celle-ci recula instinctivement de tout son corps, mais il continuait à la lui offrir. Elle leva la tête et considéra le petit sourire insondable qui se dessinait sur le visage du commissaire. Elle avança une main hésitante, tendit deux doigts jaunis par la fumée et prit la cigarette. Le commissaire aspira une bouffée à la sienne qui était à moitié consumée, souffla sur la cendre pour la faire tomber et ranimer la braise. Puis il présenta ce bout incandescent à Laidi. Celle-ci leva à nouveau le visage pour presser sa cigarette contre le bout de celle du commissaire. Nous l'entendîmes inspirer, ma mère fixait obstinément le mur, ma sixième sœur et le jeune seigneur des Sima étaient à demi endormis, Zaohua ne faisait aucun bruit. La fumée monta le long du visage de ma sœur aînée. Elle leva la tête, tendit son corps en arrière, rentrant sa poitrine avec lassitude. Ses doigts qui pinçaient la cigarette étaient humides, on eût dit deux loches d'étang jaunes juste sorties de l'eau, le feu à l'extrémité de la cigarette gagnait rapidement vers ses lèvres, ses cheveux étaient en désordre, sa bouche marquée de profondes rides, et ses yeux entourés de cernes violet sombre. Le sourire qui se dessinait sur le visage du commissaire s'effaça lentement, comme une goutte d'eau qui tombe sur un fer chaud, se rétracte des bords vers le centre jusqu'à ne plus devenir qu'un point brillant gros comme une tête d'épingle avant de disparaître définitivement dans un grésillement. Son petit sourire se rétracta lentement jusque sur le bout de son nez et disparut dans un grésillement sans laisser de trace. Il jeta le mégot qui allait lui brûler les doigts, l'écrasa de la pointe du pied et partit à grandes enjambées.

De la pièce voisine parvinrent ses hurlements : « Il faut absolument capturer Sha Yueliang, même s'il s'est réfugié dans un trou de rat, il faut le faire sortir. » Puis ce fut le claquement sec d'un écouteur reposé sur un poste téléphonique.

Ma mère contemplait avec pitié ma grande sœur avachie sur son fauteuil : on eût dit que tous ses os lui avaient été retirés. Elle s'approcha d'elle, lui prit la main ternie par la fumée des cigarettes, l'examina avec attention et branla la tête. Ma sœur aînée se laissa glisser du fauteuil et se mit à genoux, enserrant de ses bras les jambes de ma mère. Puis elle leva le visage, remuant les lèvres comme si elle tétait, et un son étrange sortit de sa bouche. Au début, je crus qu'elle riait, mais je compris aussitôt qu'elle pleurait. Elle essuyait ses larmes et sa morve sur les jambes de ma mère.

« Maman, dit-elle, en fait je n'ai jamais cessé de penser à toi, à mes sœurs, à mon petit frère…

– Tu regrettes ? » demanda ma mère.

Ma grande sœur hésita un instant et fit non de la tête.

« C'est bien, dit ma mère, quoi qu'on fasse, c'est le Seigneur qui l'a voulu, quand on regrette ce que l'on a fait, on risque de déclencher sa colère. »

Ma mère passa Zaohua à ma grande sœur. « Occupe-toi d'elle, va.

– Maman, dit ma grande sœur en caressant doucement les cheveux tout noirs de Zaohua, s'ils me fusillent, il faudra que tu élèves cette enfant.

– Et s'ils ne te fusillent pas, cette enfant, il faudra quand même que je l'élève ! »

Ma grande sœur voulut lui rendre la petite fille, mais ma mère l'arrêta. « Garde-la encore un moment, je vais nourrir Jintong. »

Elle s'approcha d'un fauteuil et défit le pan de sa veste. Je tétai, accroupi. Puis ma mère se releva tout en se rhabillant : « Parlons calmement, dit-elle, le dénommé Sha n'est pas un lâche. Je dois le reconnaître comme gendre, ne serait-ce que pour les lièvres qu'il a accrochés partout dans mes arbres. Pourtant, il n'arrivera pas à maîtriser la situation, je le sais, justement à cause de cette histoire de lièvres. Même à tous les deux, vous ne vaincrez pas ce Jiang, cet homme, c'est une aiguille nichée dans le coton, il cache un poignard dans son sein. »

Au début, ces lièvres accrochés aux branches comme des fruits avaient plongé ma mère dans une colère noire ; mais, en un rien de temps, ils étaient devenus la raison pour laquelle elle avait accepté Sha Yueliang comme gendre ; et c'étaient encore ces lièvres qui lui servaient de base de jugement pour estimer que Sha Yueliang était voué à l'échec face au commissaire politique Jiang.

Dans la pénombre, juste avant l'aube, un vol de pies revenant du pont jeté sur la Voie lactée se posa sur le toit et, exténuées, elles se mirent à jacasser sans fin. Elles me réveillèrent. Ma mère était assise sur une chaise, Zaohua dans les bras, moi j'étais sur les genoux glacés de Shangguan Laidi qui me serrait fort contre elle. La sixième sœur et le fils Sima dormaient toujours comme deux amoureux. Ma huitième sœur se serrait contre les pieds de ma mère. Aucune lueur ne luisait dans les yeux de celle-ci, les coins de sa bouche étaient relâchés, elle semblait au comble de la fatigue.

Le commissaire Jiang entra et dit en nous regardant : « Madame Sha, voulez-vous voir le commandant de brigade Sha ?

– Vous mentez ! cria ma grande sœur d'une voix rauque en me repoussant et en se levant brutalement.

– Je mens ? demanda le commissaire Jiang en fronçant les sourcils. Pourquoi mentirais-je ? »

Il s'avança devant la table, baissa la tête et souffla la lampe pour l'éteindre. Aussitôt, les rayons du soleil pénétrèrent par les croisillons de la fenêtre. Il tendit une main et dit avec déférence – mais peut-être n'en était-ce pas : « Je vous en prie, madame, je maintiens ce que j'ai dit, nous ne voulons pas le priver d'une échappatoire, s'il revient dans le droit chemin, il pourra être nommé vice-commandant du bataillon de sabotage. »

Ma sœur aînée se dirigea mécaniquement vers l'extérieur, mais au moment de passer la porte, elle se retourna vers ma mère. « La belle-sœur vient aussi, dit le commissaire Jiang, le petit frère et les petites sœurs également. »

Nous franchîmes l'une après l'autre les multiples portes de la résidence des Sima, passâmes d'une cour à une autre cour, toutes identiques. Au moment de traverser la cinquième cour, nous vîmes qu'y gisaient une dizaine de soldats blessés. La soldate nommée Tang était occupée à bander le pied de l'un d'eux. Shangguan Pandi, ma cinquième sœur, lui servait d'assistante. Complètement absorbée par son travail, elle ne nous remarqua pas. « C'est ta cinquième sœur », dit ma mère à voix basse à ma grande sœur qui lui jeta un coup d'œil. « Nous avons payé un lourd tribut », déclara le commissaire Jiang. Dans la sixième cour, on avait dressé un montant de porte sur lequel étaient étendus des cadavres au visage recouvert d'un tissu blanc. « Notre commandant Lu s'est héroïquement sacrifié, dit le commissaire Jiang, c'est une perte inestimable. » Il se pencha et souleva le tissu pour nous dévoiler un visage maculé de sang où poussaient barbe et moustache. « Nos combattants veulent à tout prix faire la peau au commandant de brigade Sha, mais notre politique envers les prisonniers nous l'interdit. Madame Sha, notre bonne foi pourrait presque émouvoir le ciel et la terre, les dieux et les démons, n'est-ce pas ? » Sortant de la septième cour, nous contournâmes l'imposant mur-écran et restâmes debout sur le haut perron de l'entrée principale de la résidence de la Vie Heureuse.

Dans la rue, des soldats du bataillon de sabotage allaient et venaient, le visage couvert de cendre. Certains se dirigeaient vers l'ouest en tenant des chevaux par la bride, tandis que d'autres commandaient quelques dizaines de villageois qui tiraient avec une corde une jeep en direction de l'est. Les deux groupes se croisèrent devant l'entrée principale de la résidence de la Vie Heureuse et s'arrêtèrent. Deux hommes qui semblaient être des sous-officiers arrivèrent en courant, se mirent au garde-à-vous, saluèrent, puis, comme s'ils se disputaient, firent simultanément leur rapport au commissaire politique Jiang. L'un rapporta qu'ils avaient capturé treize chevaux de combat, l'autre une jeep américaine. Malheureusement, le radiateur avait explosé et on avait seulement pu la remorquer avec l'aide d'un bœuf. Le commissaire Jiang les félicita avec force. Pendant qu'ils recevaient ces louanges, les soldats se tenaient tête levée et poitrine bombée, leur regard lançant des éclairs.

Le commissaire Jiang nous conduisit jusqu'à la porte de l'église. De chaque côté se tenaient seize sentinelles, fusil chargé à l'épaule. Dès qu'il leva la main, les soldats claquèrent des talons, firent sonner leur fusil sur le sol et nous saluèrent du regard : notre file de femmes et d'enfants était tel un général qui passe le champ de bataille en revue.

Plus d'une soixantaine de prisonniers en uniforme vert étaient serrés dans l'angle sud-est de l'église ; au-dessus de leur tête, sur les treillis de bambou que des infiltrations de pluie avaient fait moisir, poussaient des touffes de champignons blancs. Devant eux se tenaient alignés quatre soldats serrant contre leur poitrine un fusil-mitrailleur, leur main gauche caressant le chargeur recourbé comme une longue corne de vache, quatre doigts de la main droite fermés sur le cou de la crosse du fusil, telle une jambe de femme, l'index posé sur la détente en langue de canard. Ils nous tournaient le dos. Derrière eux, tel un tas de serpents morts, étaient posées des ceintures de cuir. Si les prisonniers avaient voulu s'enfuir, il leur aurait fallu tenir leur pantalon à deux mains.

Aux coins de la bouche du commissaire politique Jiang glissa un sourire imperceptible, il toussa légèrement, peut-être voulait-il attirer l'attention ? Les prisonniers levèrent la tête paresseusement et nous regardèrent. Leurs yeux papillotèrent soudain plusieurs fois, deux fois pour les uns, trois fois pour les autres, six ou sept fois pour certains, sans dépasser neuf fois. Ces regards qui lançaient des feux follets étaient sans nul doute provoqués par Shangguan Laidi, puisqu'elle était vraiment, comme le disait le commissaire politique Jiang, la demi-patronne du bataillon de Sha Yueliang. Par on ne sait quel sentiment complexe, Shangguan Laidi sentit ses yeux rougir et elle baissa la tête sur sa poitrine.

Ces prisonniers me rappelaient vaguement les ânes noirs de la troupe aux carabines : lorsqu'ils étaient rassemblés dans l'église, ils aimaient aussi s'attrouper dans ce coin, vingt-huit ânes qui formaient quatorze couples, tu me mords doucement les fesses, je te mordille gentiment la croupe, s'occupant mutuellement l'un de l'autre, se protégeant, s'aidant. Finalement, cette troupe si unie d'ânes, où donc avait-elle été exterminée ? Qui l'avait exterminée ? Était-ce au mont de l'Oreille-du-Cheval, par les maquisards de Sima Ku, ou bien dans la chaîne du Bras, par les troupes japonaises en civil ? Le jour sacré de mon baptême, ma mère avait été violée. Tous ceux-ci étaient des soldats en uniforme vert engendrés par la troupe aux carabines, ils étaient mes ennemis. À présent, au nom du Père, du Fils et du Saint-Esprit, il faut vous châtier, amen.

Le commissaire politique s'éclaircit la voix et déclara : « Frères de la brigade de Sha, avez-vous faim ? »

Les prisonniers levèrent de nouveau la tête, certains avaient envie de répondre sans oser le faire, d'autres s'y refusaient.

« Mes petits beaux-frères, dit un garde posté près du commissaire, vous êtes devenus muets ? C'est le commissaire politique de notre bataillon qui vous pose la question !

– Interdiction d'insulter ! réprimanda sévèrement le commissaire Jiang à l'attention du garde qui baissa la tête, le visage écarlate. Frères, reprit Jiang, je sais que vous avez faim et soif, ceux qui souffrent de l'estomac ont peut-être mal au ventre, vous avez certainement des papillons devant les yeux et de la sueur froide dans le dos, tenez le coup, dans un instant, la nourriture sera prête. Nous n'avons pas de bonnes conditions ici, nous n'avons pas grand-chose de bon, mais nous vous avons préparé d'abord une soupe de haricots pour vous désaltérer, puis, à midi, vous aurez des gros pains de farine de blé cuits à la vapeur et de la viande de cheval sautée aux ciboules. »

Sur le visage des prisonniers se lut une certaine satisfaction et quelques-uns s'enhardirent même à commenter à voix basse.

« Nombreux sont les chevaux qui sont morts, dit le commissaire, c'étaient tous de bonnes bêtes, il est vraiment dommage que vous soyez entrés dans notre champ de mines. Dans un instant, la viande de cheval que vous allez manger sera peut-être celle de votre propre monture. Bien que l'on dise que cheval et mulet sont comparables à l'homme de bien, ce ne sont quand même que des chevaux, mangez sans vous préoccuper du reste, l'homme est le maître de la création ! »

Pendant qu'il parlait des chevaux, deux vieux soldats portant un grand seau passèrent la porte en soufflant. Deux jeunes soldats portant à deux bras une pile de gros bols en grès qui montait de leur nombril jusqu'à leur menton suivaient en chancelant. « Voilà la soupe ! Voilà la soupe ! » criaient les vieux soldats, comme si on leur barrait le passage. Les jeunes regardaient le sol en tenant bien droit leur pile de bols, à la recherche d'un endroit pour les déposer. Les vieux se baissèrent ensemble pour poser le seau : lorsqu'il toucha le sol, ils faillirent se retrouver assis par terre. Les jeunes, s'efforçant de garder le buste droit, plièrent les jambes pour s'accroupir, baisser les bras et retirer leurs mains de sous la pile. Vacillantes, les deux piles de bols restèrent debout. Libérés de leur fardeau, les deux jeunes soldats se redressèrent et essuyèrent la transpiration de leur visage avec leur manche.

Le commissaire prit une grande louche en bois et, tout en remuant la soupe de haricots, demanda aux vieux soldats : « Vous avez mis du sucre roux ?

– Rapport au commissaire ! dit l'un d'eux, on n'a pas trouvé de sucre roux, mais on a mis un pot de sucre blanc, on l'a déniché chez la famille Cao, la vieille dame de la famille Cao ne voulait pas le laisser, elle tenait son pot et refusait de le lâcher…

– Très bien, répartissez cette soupe entre nos frères ! » dit le commissaire en reposant la louche. Puis, comme si soudain il s'était souvenu de nous, il se retourna et demanda avec chaleur : « Vous en prendrez aussi un bol ?

– Si le commissaire nous a fait venir ici, répondit froidement Shangguan Laidi, ce n'est pas pour manger de la soupe de haricots, n'est-ce pas ?

– Pourquoi ne pas en prendre ? dit ma mère, Vieux Zhang, donne-nous quelques bols.

– Maman, attention qu'il n'y ait pas de poison dans cette soupe !

– Vous avez une imagination trop féconde, madame Sha ! » dit le commissaire Jiang en riant.

Il puisa une louche de soupe, la leva très haut puis la fit couler, répandant son odeur alentour. La reposant, il déclara : « On a mis dans cette soupe un sachet d'arsenic et deux sachets de mort-aux-rats, à la première gorgée, vous n'aurez pas fait cinq pas que vos viscères se rompront, vous vous écroulerez au sixième pas et verserez du sang au septième, qui a le courage d'en boire ? »

Ma mère s'avança, prit un bol, en essuya la poussière avec sa manche, se saisit de la louche et le remplit pour le tendre à ma grande sœur qui ne fit pas un geste. « Alors, c'est pour moi », dit ma mère. Elle souffla dessus à plusieurs reprises, en goûta une gorgée, puis une autre. Elle remplit encore trois bols qu'elle donna à la sixième et à la huitième sœur, et aussi au jeune seigneur Sima. « À nous, à nous, qu'il y ait du poison ou non, on en veut trois ! » dirent les prisonniers.

Les deux vieux soldats remplissaient les bols que les deux jeunes leur passaient. Les soldats armés de fusils se rangèrent de chaque côté, le visage tourné vers nous ; nous pouvions voir leurs yeux fixés sur les prisonniers. Ceux-ci se levèrent et se mirent d'eux-mêmes en file, tenant d'une main leur pantalon, l'autre main inoccupée pendant dans le vide dans l'attente du bol. Ceux qui avaient réussi à avoir de la soupe baissaient soigneusement la tête, pour éviter que le liquide brûlant ne coule et ne leur brûle les doigts. L'un après l'autre, les prisonniers faisaient lentement demi-tour, tenant d'une main leur pantalon et portant de l'autre leur bol de soupe de haricots, puis s'accroupissant, ils étaient alors libres de lever leurs deux mains pour porter le bol à leur bouche, souffler dessus et boire. Fuiit, fuiit, fuiit, faisaient leurs souffles, slurp, slurp, faisaient-ils à petites bouchées expérimentées, pour éviter de se brûler. Le jeune seigneur des Sima n'ayant aucune expérience prit une grande gorgée, mais ne réussit ni à la recracher ni à l'avaler et se brûla au point d'avoir le palais tout blanc. Alors qu'il tendait la main pour prendre son bol, un prisonnier demanda discrètement : « Deuxième oncle, vous ne me reconnaissez pas ? Je suis Petit Chang ! » Le vieux soldat frappa de sa louche la main de Petit Chang et jura : « Qui est ton deuxième oncle ? Tu te trompes, je n'ai pas de neveu qui porte un costume vert de traître comme toi ! » Petit Chang poussa un « aïe ! » et le bol lui tomba sur le pied en le brûlant. Il poussa un nouveau cri. Comme il voulait se toucher le pied avec la main qui tenait le pantalon, celui-ci tomba au-dessous de ses genoux, dévoilant sa culotte sale et en haillons. Il poussa encore un cri et remonta son pantalon des deux mains. Lorsqu'il se redressa, ses yeux étaient remplis de larmes.

« Observe la discipline, Vieux Zhang, dit le commissaire politique en colère, qui t'a permis de frapper qui tu veux ? Je préviendrai le bureau de la justice militaire, et tu seras mis trois jours aux arrêts !

– Il a eu le culot de me reconnaître comme son deuxième oncle… hasarda Vieux Zhang.

– Selon moi, tu l'es, dit le commissaire, à quoi bon le cacher ? Pour qu'il participe à notre bataillon de sabotage, il faut bien l'éduquer. Hé, petit gars, comment va ta brûlure ? Tout à l'heure, on dira à l'infirmier de te passer de la pommade 202. Ta soupe s'est renversée, qu'on lui remplisse un autre bol et qu'on lui mette un peu de haricots en plus ! »

Le neveu malchanceux fit demi-tour et partit clopin-clopant vers l'arrière, tenant précautionneusement son précieux bol de soupe épaisse, et les prisonniers continuèrent à recevoir leur ration.

À présent, tous buvaient leur soupe, et l'église résonnait de bruits de bouche. Les deux vieux soldats et les deux jeunes n'avaient plus rien à faire, l'un des jeunes se léchait les lèvres, l'autre ne cessait de me fixer. Désœuvré, l'un des vieux s'employa à racler le fond du seau avec la louche, l'autre sortit sa pipe et sa blague à tabac pour fumer. Ma mère approcha le bol de mes lèvres, mais je repoussai avec dégoût ce rebord grossier, ma bouche ne s'accordait avec rien d'autre que le sein.

Du nez de ma grande sœur sortit une sorte de grognement dédaigneux qui attira le regard du commissaire politique. Tout son visage exprimait le mépris. « Moi aussi, dit-elle, je dois prendre un bol de soupe de haricots.

– Bien sûr, dit le commissaire, regardez votre visage, il va bientôt ressembler à une aubergine séchée ! Vieux Zhang, remplis vite un bol pour madame Sha, de l'épais.

– Je veux du clair, dit ma sœur.

– Donne-lui du clair, dit le commissaire.

– C'est vrai qu'il y a du sucre, dit ma sœur aînée après avoir avalé une gorgée, commissaire, je vous le conseille, vous avez tellement parlé, vous devez avoir la bouche sèche.

– C'est vrai que j'ai soif, dit le commissaire en se pinçant la gorge, Vieux Zhang, donne-moi un bol, du clair aussi. »

Le commissaire prit le bol et engagea avec ma sœur une conversation sur les différentes espèces de haricots. Il expliqua que dans son pays natal, il y avait une sorte de haricot des sables qui cuisait à toute vitesse, pas comme ceux d'ici qui au bout de deux heures ne sont toujours pas cuits. Quand ils eurent fini de parler des haricots mungos, ils passèrent aux haricots de soja. On eût dit des spécialistes des légumineuses. Quand ils eurent épuisé le sujet de toutes les catégories de haricots, lorsque le commissaire politique eut envie de dériver sur les différentes espèces d'arachides, ma grande sœur jeta son bol à terre et dit avec violence : « Quel piège êtes-vous encore en train de me tendre ?

– Vous vous faites trop de souci, madame Sha, dit le commissaire Jiang en souriant, allons-y, le commandant de brigade Sha doit être impatient.

– Et il est où ? demanda ma grande sœur sur un ton sarcastique.

– Naturellement, dans un endroit que vous ne pouvez pas avoir oublié. »

Devant l'entrée principale de notre maison, les soldats en faction étaient plus nombreux encore que devant l'église.

À la porte de l'aile est se trouvait aussi un poste de garde. C'était

Sun Pas-un-mot qui en avait la charge. Assis sur un billot de bois, à l'angle du mur, il jouait avec son sabre birman. L'immortelle oiseau était juchée sur la fourche d'un arbre, jambes pendantes, croquant de ses incisives un concombre, petit morceau par petit morceau.

« Entrez, dit le commissaire à ma sœur aînée, et dites-lui bien que nous espérons qu'il quittera les ténèbres pour rejoindre la lumière. »

À peine eut-elle pénétré dans l'aile est que ma grande sœur poussa un cri strident.

Nous nous précipitâmes et découvrîmes Sha Yueliang pendu à la poutre. Vêtu d'un uniforme vert en laine, chaussé de bottes de cheval en cuir reluisantes, montant très haut. Je garderais l'impression que cet homme qui n'était pas grand semblait, ainsi pendu à la poutre, extrêmement élancé.

Chapitre 18

Les yeux pas encore complètement ouverts, je descendis du *kang* et me précipitai sur la poitrine de ma mère. Je soulevai violemment son vêtement, agrippai des deux mains la base de son sein en forme de petit pain, ouvris la bouche et enfournai son téton. Une sensation de brûlure se répandit dans ma bouche, des larmes jaillirent de mes yeux. Je recrachai le téton et levai le visage, dubitatif, envahi d'un sentiment d'injustice. Ma mère me tapota la tête et me dit en riant, comme pour s'excuser : « Jintong, tu as maintenant sept ans, tu es un grand garçon, il faut te sevrer ! » Avant même que sa mère eût fini de parler, Jintong entendit le doux rire clair comme une clochette de la huitième sœur, Shangguan Yunü.

Devant les yeux de Jintong, ce fut le noir, il tomba sur le sol, visage tourné vers le ciel. Avec désespoir, il considéra ces seins dont les tétons avaient été badigeonnés de piment, pareils à deux colombes aux yeux rouges s'envolant vers le ciel. Pour le sevrer, sa mère avait déjà enduit ses tétons de jus de gingembre frais, d'ail écrasé, de jus de poisson cru, et même de fiente d'oiseau puante. Cette fois, c'était de la purée de piments. Chaque tentative avait échoué parce qu'il se jetait sur le sol, comme mort. Je restai étendu, attendant que, comme d'habitude, ma mère aille laver ses seins. Le cauchemar que j'avais fait la nuit repassa très nettement devant mes yeux : ma mère s'était coupé les seins et les avait jetés par terre en disant : « Tète, tète, je te laisse les téter ! » Et un chat noir s'était enfui, les seins dans la gueule.

Ma mère me prit dans ses bras et s'assit lourdement devant la table. Son visage était grave. « Tu peux dire ce que tu veux, de toute façon il faudra te sevrer, dit-elle résolument, est-ce que tu aurais le cœur de m'assécher jusqu'à ce que je me transforme en une brindille sèche ? Hein, Jintong ? »

Le jeune seigneur Sima, Sha Zaohua et ma huitième sœur Yunü étaient à table en train de manger des nouilles. Ils me regardaient d'un air méprisant. Shangguan Lüshi ricanait sur le tas de cendres à côté du fourneau, son corps était complètement desséché et sa peau se détachait morceau par morceau, tel du papier de paille. De ses baguettes, le jeune seigneur Sima leva très haut une nouille toute vibrante et l'agita devant mes yeux. Comme un ver, la nouille pénétra dans sa bouche. J'étais écœuré.

Ma mère posa sur la table un bol de nouilles fumantes et me tendit une paire de baguettes : « Mange, dit-elle, goûte un peu les nouilles que ta sixième sœur a préparées. »

Celle-ci, qui était en train de nourrir Shangguan Lüshi, tourna la tête et me fixa d'un regard haineux : « Tu es grand maintenant. Continuer à téter, ça ne rime à rien ! »

Je lui jetai le bol dessus.

Elle se redressa, le corps couvert de nouilles qui pendaient comme des vers. « Maman, cria-t-elle furieuse, tu l'as trop gâté ! »

Ma mère m'envoya une tape sur la nuque.

Je me précipitai sur ma sixième sœur et des deux mains lui empoignai les seins. Je les entendis pépier, comme des poussins dont le chat a mordu les ailes. Elle se mit brutalement debout, pliée en deux par la douleur. Je la tenais fermement, sans lâcher prise. Son visage allongé jaunit et elle se mit à crier en pleurant : « Maman, maman, regarde ce qu'il fait… »

Me frappant sur la tête, ma mère jura contre moi : « Sale bête ! Espèce de sale bête ! »

Je m'évanouis.

Quand je revins à moi, ma tête me faisait terriblement souffrir. Impassible, le jeune seigneur Sima poursuivait son jeu qui consistait à aspirer les nouilles en les tenant en l'air. Zaohua leva son visage collé au rebord du bol et me regarda craintivement, mais en même temps elle me fit sentir qu'elle était remplie d'admiration et de respect pour moi. Ma sixième sœur, les seins meurtris, pleurait sur le seuil de la porte. Shangguan Lüshi me fixait d'un regard féroce. Shangguan Lushi avait l'air furieux et, courbée en deux, examinait les nouilles tombées par terre. « Espèce de salopard ! Tu crois que c'est facile de se procurer ces nouilles ? ! » Elle en prit une poignée à pleines mains, non, elle s'empara d'une poignée de ces vers grouillants, me pinça le nez pour me faire ouvrir la bouche de force et y fourra les vers. « Mange ça, mange ! Tu me suces la moelle jusqu'à l'os, espèce de sale engeance ! » Je me dégageai de son emprise en vomissant bruyamment et me précipitai dans la cour.

Là, Shangguan Laidi, toujours vêtue de l'ample robe noire qu'elle n'avait plus quittée depuis quatre ans, penchée en avant, aiguisait un couteau pointu sur une meule.

Elle me sourit amicalement, puis son expression changea soudain et elle me dit en serrant les dents : « Cette fois-ci, je suis obligée de l'égorger. Le moment est venu, le couteau que j'ai entre les mains est encore plus froid et coupant que le vent du nord. Je veux lui faire comprendre que l'assassin doit payer de sa vie. »

Je ne me sentais pas bien et ne lui prêtai pas attention. Tout le monde pensait qu'elle avait perdu la raison. Je savais qu'elle faisait semblant d'être folle, mais j'ignorais pourquoi. Le jour où elle s'était réfugiée dans l'aile ouest de la maison, assise tout au sommet de la meule de pierre, ses longues jambes cachées par sa robe qui pendaient dans le vide, elle m'avait raconté la gloire et la richesse dont elle avait goûté lorsqu'elle s'était enfuie avec Sha Yueliang, ainsi que toutes les choses étranges et captivantes qu'elle avait vues. Elle avait possédé une boîte capable de chanter, et des lunettes capables de rapprocher devant ses yeux des choses lointaines. À l'époque, je pensais qu'elle prononçait des paroles folles. Mais, très vite, je la vis, cette boîte capable de chanter : c'est Shangguan Pandi, ma cinquième sœur, qui la rapporta. Au sein du bataillon de sabotage, elle vivait comme un coq en pâte. Elle était devenue grosse comme une jument gravide. Elle avait précautionneusement posé sur le *kang* l'objet équipé d'un pavillon en cuivre jaune et nous avait appelés, contente d'elle : « Venez, venez, venez ! Venez élargir un peu votre horizon ! » Soulevant un tissu rouge, elle avait révélé le secret de la boîte. Elle s'était mise à tourner une manivelle qui grinçait. Enfin, elle avait ri d'un air mystérieux. « Écoutez, des rires d'Occidentaux ! » Les voix qui étaient soudain sorties de la boîte nous avaient fait sursauter. Les rires des Occidentaux ressemblaient aux gémissements des fantômes dans les contes. « Emporte ça, emporte-le vite ! avait crié ma mère. Emporte vite cette boîte à fantômes !

– Maman, avait dit Shangguan Pandi, ce que tu peux être vieux jeu, c'est un phonographe, ce n'est pas une boîte à fantômes ! »

De l'extérieur, Shangguan Laidi avait froidement fait remarquer : « L'aiguille est usée, il faut la changer !

– Madame Sha, avait dit la cinquième sœur sur un ton ironique, tu veux nous montrer ton savoir ?

– Ce truc ne m'intéresse plus, avait riposté avec mépris la grande sœur, j'ai pissé contre ce pavillon de cuivre, si tu ne me crois pas, sens-le donc. »

Ma cinquième sœur était allée coller son nez sur le pavillon et avait reniflé en fronçant les sourcils. Elle ne nous avait pas dit quelle odeur elle avait sentie. Par curiosité, j'approchai aussi mon nez et à peine eus-je senti une odeur fétide de poisson salé qu'elle m'écarta.

« Renarde puante ! avait-elle dit haineusement, on aurait dû te fusiller et c'est moi qui t'ai sauvé la vie !

– À l'origine, j'aurais pu le tuer, mais c'est toi qui m'en as empêchée ! avait dit ma grande sœur. Regardez, est-ce qu'elle a encore l'air d'une vierge ? Le dénommé Jiang lui a tellement rongé les seins qu'ils sont comme des radis mous.

– Chienne de traître ! Traîtresse ! avait juré ma cinquième sœur en protégeant inconsciemment de ses bras ses seins pendants. Femme puante d'un chien de traître !

– Fichez tous le camp, avait crié Shangguan Lushi hors d'elle, fichez le camp, je ne veux plus jamais vous voir. »

J'éprouvais du respect pour Shangguan Laidi. Elle avait effectivement pissé dans ce pavillon précieux et rarissime. Pour ce qui était de ces lunettes capables de rapprocher devant ses yeux des choses lointaines, c'était sûrement vrai. « Ce sont des lunettes d'approche, tous les commandants en ont une paire accrochée au cou. » Shangguan Laidi, confortablement assise dans la mangeoire des ânes garnie de foin, me dit gentiment : « Petit niais !

– Je ne suis pas niais, pas niais du tout ! me défendis-je.

– Je pense que tu l'es vraiment. » Brusquement, elle releva sa robe noire, découvrant haut ses jambes, et me dit d'une voix sourde : « Regarde là-dedans ! »

Le soleil illuminait ses cuisses et son ventre, et aussi ses seins tels deux petits cochons.

« Faufile-toi là-dessous, dit-elle en souriant de tout son visage au bout de la mangeoire des ânes, viens téter mon lait, notre mère a donné son lait à ma fille, je vais te donner le mien. Comme ça, personne ne devra rien à personne. »

Je m'approchai de la mangeoire en tremblant de tous mes membres. Elle se releva comme une carpe qui saute hors de l'eau, m'agrippa par les épaules et me couvrit la tête avec le bas de sa robe noire. Devant mes yeux, ce fut une obscurité totale. Curieux et inquiet, j'explorai à tâtons : c'était à la fois mystérieux et envoûtant. Je sentis la même odeur que celle du pavillon du phonographe. Ici, sa voix me parvenait de très loin. Imbécile. Elle me fourra un téton dans la bouche. Tète, petit bâtard. Tu n'es pas un rejeton des Shangguan, tu es un petit bâtard. La crasse au goût âcre de ses seins fondit dans ma bouche. De ses aisselles se dégageait une odeur fétide suffocante, je sentis que j'étais au bord de l'évanouissement, mais elle me prit la tête à deux mains, son corps se redressa avec force comme si elle s'apprêtait à introduire dans ma bouche son gros sein. Je n'eus d'autre recours que de la mordre. Elle se leva brusquement et je me coulai hors de sa robe, puis restai recroquevillé à ses pieds, attendant un coup ou davantage de sa part. Les larmes coulaient sur son visage noir et maigre. Ses seins dans sa longue robe noire se balançaient violemment, ouvrant leurs ailes magnifiques comme des oiseaux femelles après l'accouplement.

Je me sentais en faute, je tendis un doigt pour lui picoter le dos de la main. Elle la leva pour me caresser la nuque et dit à voix basse : « Gentil petit frère, ne raconte à personne ce qui s'est passé aujourd'hui. »

Je fis sagement oui de la tête.

« Je te le dis à toi seul, ajouta-t-elle, mon mari m'est apparu en rêve pour me dire qu'il n'était pas mort, son âme s'est logée dans le corps d'un homme aux cheveux blonds et à la peau blanche. »

La tête remplie de ma relation secrète avec Shangguan Laidi, je me dirigeai vers la ruelle. Cinq membres du bataillon de sabotage couraient comme des fous en direction de la grande rue. Une joie frénétique animait leur visage. Un gros soldat me heurta dans sa course : « Petit, cria-t-il, les diables japonais ont capitulé ! Rentre vite chez toi prévenir ta mère que le Japon a capitulé et que la guerre de résistance a triomphé ! »

Dans la grande rue, une foule de soldats criaient et sautaient, à laquelle se mêlait la population hébétée. Les diables japonais avaient capitulé et Jintong avait perdu ses seins. Shangguan Laidi avait voulu m'offrir les siens, mais il n'y avait pas de lait dedans, et dessus il y avait de la crasse au goût fétide ; penser à cela me plongeait dans un profond désespoir. Le muet, le mari de la troisième sœur, arrivait en courant à grandes foulées depuis le nord de la ruelle, portant l'immortelle oiseau. Ma mère les avait chassés de la maison, lui et son escouade, à la mort de Sha Yueliang. Il était retourné habiter dans son ancienne maison avec ses soldats, et l'immortelle oiseau l'avait suivi. Bien qu'ils eussent déménagé, les cris que poussait sans la moindre honte l'immortelle oiseau parvenaient souvent depuis leur maison jusqu'à nous, en pleine nuit, s'introduisant en zigzaguant dans mes oreilles. À présent, le voilà qui la portait. Bombant son gros ventre, elle était assise sur ses deux bras repliés. Elle portait une robe blanche qui avait dû être confectionnée par le même tailleur, selon les mêmes mesures et le même modèle que la robe de Shangguan Laidi : seule la couleur différait. Alors, de la robe de l'immortelle oiseau passant à la robe de Shangguan Laidi, et de la robe de Shangguan Laidi à ses seins, je pensai à ceux de l'immortelle oiseau. Dans la série des seins de la famille Shangguan, ils constituaient un produit de première qualité, fins et délicats, avec des tétons aussi animés qu'un museau de hérisson, légèrement redressés. Considérer que les seins de l'immortelle oiseau étaient de première qualité signifiait-il que ceux de Shangguan Laidi ne l'étaient pas ? Ma réponse reste réservée, car depuis que j'ai une activité consciente, j'ai découvert que la beauté des seins est un vaste domaine : s'il est difficile d'affirmer qu'un sein est laid, on peut facilement dire lequel est beau. Un hérisson peut être beau, un cochon aussi. Le muet posa l'immortelle oiseau devant moi : « Ah oh, ah oh ! » Il agitait gentiment dans ma direction son poing gros comme un sabot de cheval. Je compris que son « ah oh, ah oh ! » signifiait : « Les diables japonais ont capitulé. » Tel un bœuf, il fonça vers la grande rue.

L'immortelle oiseau me regarda en inclinant la tête de côté. Son ventre était d'une grosseur effrayante, on eût dit une énorme araignée. « Tu es une tourterelle ou une oie sauvage ? » me demanda-t-elle comme si elle gazouillait – en fait il était difficile de dire qu'elle s'adressait à moi. « Mon oiseau s'est envolé, mon oiseau s'est envolé ! » Son visage arborait une expression de trouble intense. Je lui montrai la grande rue ; elle mit alors ses deux bras à l'horizontale, frappa de ses pieds nus la poussière du sol et, pépiant sans cesse, s'y dirigea en courant. Elle courait vite, mais son énorme ventre n'était-il pas un fardeau qui l'entravait dans sa course ? Sans lui, aurait-elle fini par s'envoler à force de courir ? Que l'état de femme enceinte eût une influence sur la vitesse de course n'était en fait qu'une supposition subjective ; dans une horde de loups qui courent, ce ne sont pas forcément les louves gravides qui abandonnent la meute ; et dans un vol d'oiseaux qui se déplacent à tire-d'aile se trouvent certainement des femelles fécondées. L'immortelle oiseau, telle une autruche pleine de vigueur, courut vers la foule qui avait envahi la grande rue.

Ma cinquième sœur accourut ensuite à la porte de notre maison ; elle bombait aussi son gros ventre, les gouttes de sueur qui coulaient sur sa poitrine mouillaient son uniforme militaire gris. Comparée à celle de l'immortelle oiseau, sa course paraissait extrêmement maladroite. Tandis que celle-ci courait en agitant les bras, ma cinquième sœur soutenait son ventre de ses mains. Elle haletait comme une jument qui tire une charrette dans une côte. Des sœurs de la famille Shangguan, c'était Pandi qui avait le corps le plus plein et la plus grande taille. Ses seins avaient quelque chose de violent et de sauvage, comme s'ils étaient remplis de gaz, ils résonnaient quand on les tapotait.

À la faveur d'une nuit si sombre qu'on ne distinguait pas les doigts de sa main, ma sœur aînée, le visage couvert d'une gaze noire, vêtue de sa longue robe noire, s'était glissée dans la cour de la famille Sima par les égouts. Suivant une odeur aigre de transpiration, elle s'était approchée d'une chambre aux fenêtres éclairées. Le sol empierré de la cour couvert de mousse verte était glissant. Le cœur de ma grande sœur battait à tout rompre comme s'il lui remontait dans la gorge et s'apprêtait à en jaillir. Elle avait une crampe à la main qui tenait fermement le couteau et sentait dans sa bouche un goût de loche d'étang. À travers les fentes du treillis de la fenêtre, elle avait vu une scène qui la laissa à la fois perplexe et bouleversée : une grosse bougie blanche versait des larmes épaisses et sa lumière vacillante faisait danser des ombres charnues. Sur le sol en briques noires gisaient épars les costumes militaires gris de Shangguan Pandi et du commissaire politique Jiang, des chaussettes épaisses étaient posées sur le rebord du seau d'aisance en bois couleur abricot. Shangguan Pandi était allongée, nue, sur le corps noir et maigre de Jiang Liren. Ouvrant grand la porte, ma sœur aînée avait fait irruption dans la pièce. Mais, devant les fesses dressées de sa petite sœur et les gouttes de sueur qui coulaient le long de son dos, elle avait hésité. L'ennemi qu'elle voulait tuer, Jiang Liren, était bien protégé. Levant haut son couteau, elle avait hurlé : « Je vais vous tuer ! Je vais vous tuer ! » Pandi s'était retournée et avait roulé du lit. Jiang Liren avait pris une couverture qu'il avait jetée sur ma grande sœur avant de la renverser par terre. Arrachant la gaze noire qui cachait son visage, il avait ricané : « J'avais deviné que c'était toi. »

Debout à la grande porte, ma cinquième sœur cria : « Le Japon a capitulé ! »

Lorsqu'elle retourna en courant dans la grande rue, elle m'entraîna au passage. Ses mains étaient couvertes d'une sueur aigrelette ; dans leur odeur, je discernais aussi celle du tabac. Une odeur qui appartenait au mari de ma cinquième sœur, Lu Liren – en hommage au sacrifice du commandant de bataillon lors du combat où avait été éliminée l'escouade de Sha, Jiang Liren avait changé son nom en Lu. L'odeur de Lu Liren se répandait dans la grande rue grâce à ma cinquième sœur.

Les hommes du bataillon de sabotage sautaient et criaient de joie, beaucoup pleuraient. Les gens se heurtaient et se bousculaient volontairement. Un homme grimpa au clocher branlant et frappa sur la vieille cloche de bronze. La foule grossissait, certains portaient un gong, d'autres tiraient leur chèvre, d'autres portaient à deux mains un morceau de viande encore palpitante sur une feuille de lotus. Une femme avec une clochette attachée sur la poitrine attira particulièrement mon attention. Elle exécutait une danse étrange, qui faisait tressauter ses seins en même temps que résonnait le tintement clair de la clochette en cuivre. La poussière s'élevait en nuages sous les pieds des gens qui avaient la gorge rauque à force de crier. Parmi la foule, l'immortelle oiseau regardait dans tous les sens, le muet levait le poing et frappait toute personne qui s'approchait de lui. Ensuite, comme s'ils avaient soulevé une poutre, un groupe de soldats sortirent de la cour de la famille Sima en portant Lu Liren. Les soldats le projetèrent en l'air, à la hauteur des branches des arbres, le rattrapèrent, le relancèrent… Aïe ya ! Aïe ya ! Aïe ya ! Soutenant son ventre, ma cinquième sœur hurlait en pleurant : « Liren, Liren ! », puis elle tenta de s'insérer parmi les soldats, mais chaque fois fut repoussée par leurs fesses endurcies…

La frénésie atteignit un point tel que le soleil préféra rapidement s'enfuir. Très vite, il toucha le sol en prenant appui sur les arbres des dunes où il se reposa un peu. Son corps se couvrit de sang et de bulles d'eau, il transpirait, exhalant de la vapeur, tel un vieux grand-père qui aurait regardé en haletant la foule dans la rue.

Tout d'abord, un homme tomba dans la poussière, suivi de toute une série d'autres. La poussière qui s'était élevée dans les airs retomba peu à peu, elle se déposa sur les visages, sur les mains, sur les vêtements trempés de sueur. Dans la lumière du soleil rouge sang, des hommes gisaient dans la grande rue, tels des cadavres. Le vent frais du soir soufflait depuis les marais et les roselières, le sifflet du train qui passait sur le pont de fer était particulièrement distinct. Tous prêtèrent l'oreille avec attention. Ou peut-être n'y eut-il que moi. La guerre de résistance était victorieuse, mais Shangguan Jintong était abandonné par les seins. Je souhaitais mourir. Je voulais me jeter dans un puits ou dans la rivière.

Dans la foule, une femme vêtue d'une longue robe brun-jaune se releva lentement. Elle s'accroupit et du tas de terre devant elle sortit une chose qui était de la même couleur que sa robe et de tout ce qui se trouvait dans la grande rue. Elle en sortit une, puis une autre. Ces choses émettaient un cri semblable à ceux de la salamandre géante. Dans la frénésie de la célébration de la victoire de la guerre de résistance contre le Japon, l'immortelle oiseau avait mis au monde deux garçons.

L'immortelle oiseau et ses deux enfants firent oublier aux gens leurs tracas, et moi, je me dirigeai discrètement vers eux pour voir à quoi ressemblaient ces deux neveux. Je franchis une à une les jambes des hommes, puis leurs têtes, et finis par apercevoir ces deux petits gars tout jaunes, au visage et au corps tout ridés. Ils avaient la tête chauve, comme une petite calebasse brillante. Ils pleuraient en grimaçant et avaient l'air effrayant : je sentis avec effarement que le corps de ces deux petites choses se couvrirait rapidement d'écailles aussi grosses que celles d'une carpe. Je reculai lentement et marchai par mégarde sur la main d'un homme. Celui-ci grommela, mais ni ne me frappa ni ne m'injuria. Il se remit lentement sur son séant, puis se leva. Il essuya la poussière sur son visage, me permettant de voir qui il était. C'était le mari de ma cinquième sœur, Lu Liren. Que cherchait-il ? Ma cinquième sœur. Celle-ci émergea avec difficulté d'un tas d'herbe sèche près d'un mur, puis se précipita sur lui, prenant sa tête dans ses bras et le caressant frénétiquement. « C'est la victoire, la victoire, enfin la victoire ! » Ils se parlaient à voix basse, se caressant l'un l'autre. « Notre enfant, nous l'appellerons Shengli, Victoire ! » déclara ma cinquième sœur.

À ce moment-là, grand-père soleil, fatigué, eut envie d'aller se coucher, et la lune fit jaillir sa lumière, comme une belle veuve exsangue. Au moment précis où Lu Liren allait s'éloigner en soutenant la cinquième sœur, le mari de ma deuxième sœur, Sima Ku, faisait son entrée dans le village à la tête de son bataillon de résistance au Japon.

Sous le commandement de Sima Ku étaient placées trois compagnies. La première, montée à cheval, comprenait soixante-six chevaux de race hybride, venant de l'Ili et de Mongolie ; ses soldats étaient tous équipés de fusils américains Tommy, un fusil aux lignes très belles, qui pouvait tirer à répétition. La deuxième compagnie, montée à bicyclette, était équipée de soixante-six bicyclettes de la marque Chameau ; les soldats portaient tous en bandoulière un Mauser de fabrication allemande avec lunette de visée, tirant vingt coups consécutifs. La troisième compagnie, montée sur des mulets, possédait soixante-six mulets robustes qui filaient comme le vent ; ses soldats étaient équipés de fusils d'infanterie de type japonais Arisaka. Il y avait encore une petite compagnie spéciale, avec treize chameaux qui transportaient les outils et les pièces de rechange pour réparer les bicyclettes, ainsi que les outils et pièces de rechange pour les fusils et les munitions. Ils portaient aussi Sima Ku et Shangguan Zhaodi. Et également les deux filles mises au monde par Shangguan Zhaodi et Sima Ku : Sima Feng et Sima Huang [1]. Il y

1. Feng signifie « phénix mâle », et Huang, « phénix femelle ».

avait de plus un Américain : Babbitt. Et sur le dernier chameau venait Sima Ting, pareil à un singe noir, vêtu d'un pantalon militaire, d'une chemise en soie rose cendré, le visage empreint de douleur, comme s'il était victime d'une injustice.

Babbitt avait de doux yeux bleus, des cheveux blonds souples et des lèvres rouges pleines de fraîcheur. En haut, il portait une veste de cuir rouge, et en bas un pantalon de grosse toile équipé d'une dizaine de poches de toutes tailles. Il était chaussé de bottes en daim souple. C'est vêtu de ce costume qui tranchait avec ceux de la foule et monté sur un chameau, qu'il fit son entrée dans le village derrière Sima Ku et Sima Ting.

La compagnie à cheval de Sima Ku passa dans un tourbillon étincelant. Les six chevaux du premier rang étaient noirs, les soldats qui les montaient de fringants jeunes gens vêtus d'uniforme en laine orange. Les boutons de cuivre sur leur poitrine et sur leurs manches jetaient mille feux, de même que leurs hautes bottes de cuir, leurs fusils Tommy en travers de la poitrine brillaient aussi, le casque en acier qu'ils portaient sur la tête étincelait, tout comme les croupes des chevaux noirs. Lorsqu'elle approcha de l'espace envahi d'hommes couchés, la compagnie à cheval ralentit un peu son allure, les chevaux du premier rang dressèrent la tête et se mirent à effectuer de mignons petits pas, les six cavaliers levèrent leurs fusils et tirèrent ensemble en direction des cieux sombres du crépuscule. Les balles scintillantes partirent en tous sens dans un vacarme assourdissant, faisant tomber les feuilles des arbres. Surpris par les détonations, Lu Liren et Shangguan Pandi se séparèrent brusquement. Lu Liren cria d'une voix forte : « De quelle unité êtes-vous ?

– De celle de ton grand-papa », répondit un soldat. Avant qu'il ait fini de parler, une nouvelle rafale de balles frôlait le crâne de Lu Liren. Pris de panique, celui-ci se jeta à terre, mais se releva aussitôt. « Je suis le commandant du bataillon de sabotage et le commissaire politique, hurla-t-il, je veux voir votre commandant en chef ! » Ses cris furent couverts par une nouvelle rafale tirée en l'air. Les hommes du bataillon de sabotage se relevèrent en désordre en se bousculant les uns les autres. La compagnie à cheval s'élança en avant, mais en raison du désordre qui régnait dans la rue, ce fut la débandade dans la formation. Ces chevaux de race hybride étaient petits, leurs pattes agiles les faisaient ressembler à des matous vifs et cruels ; ils bousculèrent les hommes à terre qui n'eurent pas le temps de les éviter et renversèrent ceux qui venaient de se relever. Le rang de chevaux passa, et derrière eux surgirent les autres chevaux regroupés comme un essaim ; les gens dans la rue tourbillonnaient parmi eux, se heurtaient, criaient, telles des plantes enracinées sur place qui ne pouvaient s'enfuir et faisaient contre mauvaise fortune bon cœur. Les chevaux s'étaient déjà éloignés que dans la rue on n'avait pas encore réalisé ce qui venait de se produire. À cet instant, la compagnie des mulets se fraya aussi un passage. Elle marchait d'un pas régulier, eux aussi étaient rutilants, les soldats arborant leurs fusils, aussi fiers que leurs montures. Au bout de la rue, la compagnie à cheval reforma ses rangs et força le passage à petits pas ; pris en tenaille entre les deux compagnies, les gens furent rassemblés en désordre au milieu de la chaussée. Certains voulurent s'échapper par les ruelles adjacentes, mais ils en furent aussitôt empêchés par la troisième compagnie montée sur les bicyclettes Chameau, avec ses hommes en civil vêtus d'habits en cotonnade et équipés de leur Mauser. Ils tirèrent leurs balles juste sous les pieds de ces petits malins, faisant jaillir des nuages de poussière et les effrayant au point qu'ils retournèrent en hâte dans la grande rue. Finalement, l'ensemble des officiers et des soldats du bataillon de sabotage se retrouvèrent acculés dans la rue qui passait devant l'entrée principale de la résidence de la Vie Heureuse. Pourquoi n'y entrèrent-ils pas pour résister depuis les grandes cours reculées et les fortins camouflés ? Parce que les espions de Sima Ku avaient depuis longtemps infiltré les rangs du bataillon de sabotage et, profitant du désordre, avaient fermé la porte d'entrée principale et accroché des chapelets de mines devant et derrière.

Les soldats sur les mulets reçurent l'ordre de descendre de leurs montures et de les faire ranger de chaque côté en ménageant un passage central. Cela annonçait l'arrivée d'une haute personnalité. Les soldats du bataillon de sabotage regardaient en direction de ce passage, tout comme la population malchanceuse prise au milieu de la foule des soldats. Je pressentis que l'arrivant avait certainement quelque chose à voir avec la famille Shangguan.

Le soleil avait presque entièrement disparu derrière les dunes, il ne régnait plus qu'une atmosphère mélancolique, avec le sommet des arbres encore bordé de rose. Les corbeaux rouge doré volaient en tous sens au-dessus des maisons en chaume des étrangers au pays. Des chauves-souris se livraient avec grâce à une démonstration de leur technique de vol dans le ciel brillant. Le silence était annonciateur de l'arrivée d'une haute personnalité.

Victoire ! Victoire ! Ces cris pleins de solennité jaillirent ensemble de la bouche des soldats à cheval et des soldats à dos de mulet. À cet instant, le grand personnage arriva enfin. Il venait de l'ouest, chevauchant un chameau couvert d'une pièce de soie rouge.

Sima Ku était vêtu de la tête aux pieds d'un uniforme militaire vert olive taillé dans un drap de laine de belle qualité et coiffé d'un calot en forme de bateau que nous appelions par plaisanterie « cul d'ânesse ». Il arborait fièrement sur la poitrine deux décorations aussi grosses qu'un sabot de cheval, portait à la taille une ceinture de balles argentées, tandis qu'à droite de son ventre était accroché un revolver. Dressant son long cou, retroussant ses lèvres chevalines de débauché, levant ses oreilles pointues de chien, clignant ses yeux de tigre aux sourcils fournis, balançant ses grosses pattes de bœuf avec ses sabots à deux lobes ferrés, faisant onduler sa queue de serpent fine et longue, serrant ses fesses de mouton décharnées et maigres, le chameau progressait à grandes enjambées dans le passage ménagé par les soldats entre les mulets. Il était pareil à un bateau ondulant au gré des flots, et Sima Ku en était le fier marin. Ses jambes chaussées de bottes en cuir de qualité spéciale raides comme des manches de pioche, sa poitrine bombée, son corps légèrement renversé en arrière, il levait une main gantée de blanc au niveau de son « cul d'ânesse », son visage cuivré était d'une grande fermeté et la tache rouge sur sa joue ressemblait à une feuille d'érable givrée. Son visage semblait presque avoir été sculpté dans du bois de santal rouge sur lequel auraient été passées trois couches d'huile d'aleurite anticorrosion et antihumidité. Brandissant leurs fusils, les soldats à cheval et à dos de mulet l'acclamaient.

Derrière le chameau de Sima Ku suivait celui de son épouse, Shangguan Zhaodi. Nous ne l'avions plus revue depuis des années, mais son visage n'avait pas changé, il était toujours aussi doux et pur. Elle était vêtue d'une cape en soie blanche brillante et, sous cette cape, d'une veste doublée croisée en biais en brocart jaune, d'un pantalon de soie rouge et d'une paire de petites chaussures de cuir jaune très raffinées. À chacun de ses poignets, elle portait un bracelet de jade vert émeraude, et à chacun de ses doigts, hormis le pouce, une bague en or. À ses oreilles pendaient deux grains de raisin d'un vert brillant – plus tard seulement j'appris qu'il s'agissait de jadéite.

Il ne faudrait pas oublier mes deux honorables nièces : leur chameau suivait de près celui de Zhaodi ; entre les deux bosses étaient tendues deux grosses cordes qui tenaient deux corbeilles de bât en forme de fauteuil fabriquées avec des tiges de frêne tressées. Dans celle de gauche, la petite fille à la tête toute décorée de fleurs fraîches, c'était Sima Feng ; dans celle de droite, la petite fille à la tête tout aussi décorée de fleurs fraîches, c'était Sima Huang.

Ensuite apparut devant mes yeux l'Américain, Babbitt. Aussi difficile à déterminer que celui d'une hirondelle, je ne pouvais dire son âge, mais à ses yeux de chat qui brillaient vivement d'un éclat vert, je déduisis qu'il devait être très jeune, il avait tout d'un jeune coq qui vient juste d'avoir l'âge de sauter sur le dos d'une poule et de lui féconder son œuf. Que les plumes sur sa tête étaient éclatantes ! Juché sur son chameau, son corps suivait les oscillations de l'animal, mais il gardait toujours la même posture, comme un pantin de bois attaché sur un objet flottant lancé dans la rivière. Cette faculté m'a laissé une profonde impression et je n'ai jamais réussi à comprendre comment il faisait. Plus tard, lorsque nous apprîmes que Babbitt était un pilote de l'armée de l'air américaine, je compris que sur un chameau, il éprouvait les mêmes sensations que dans sa cabine de pilotage : il ne chevauchait pas un chameau, il pilotait un bombardier de marque Chameau, en train d'atterrir dans la grande rue plongée dans l'obscurité du canton du Nord-Est de Gaomi.

Fermant la marche, Sima Ting, bien qu'il fût membre du clan glorieux des Sima, avançait tête basse et l'air maussade, sans la moindre énergie, monté sur un chameau grisâtre qui claudiquait.

Lu Liren s'ébroua pour reprendre ses esprits et s'avança devant le chameau de Sima Ku, effectuant avec arrogance un salut qui fit voler la poussière : « Commandant Sima, dit-il d'une voix forte, bienvenue à votre armée invitée à notre base d'appui en ce jour de fête nationale. »

Sima Ku partit d'un grand rire, manquant tomber du chameau. Il frappa sur la touffe de poils de la bosse de l'animal et, s'adressant aux soldats à dos de mulet placés de chaque côté et à la foule qui l'entourait, déclara : « Vous entendez les conneries de ce type ? Base d'appui ? Invité ? Chameau terreux, c'est chez ton maître ici, c'est la terre de mon sang, le sang que ma mère a versé à ma naissance, c'est ici, dans cette rue ! Vous autres, espèces de punaises, vous avez sucé le sang de notre canton du Nord-Est de Gaomi, le moment est venu où vous devez foutre le camp ! Retournez dans vos terriers, évacuez vite ma maison ! »

Il parlait fort avec exubérance, détachant ses mots, et il ponctuait chacune de ses phrases d'une claque sur la bosse du chameau. À chaque claque, le cou de l'animal s'agitait. À chaque claque, les soldats poussaient un hurlement. Et à chaque claque, Lu Liren pâlissait d'un cran. Finalement, le corps du chameau soumis à cette excitation se tendit, il montra les dents en grimaçant et souffla par les narines une matière ressemblant à de la bouillie puante qui alla se coller sur le visage grisâtre de Lu Liren.

Ôtant la saleté qui le couvrait, Lu Liren s'écria, hors de lui : « Je proteste ! Je proteste vigoureusement, je porterai plainte contre vous auprès du commandement suprême !

– Ici, dit Sima Ku, c'est moi le commandement suprême. Je décrète à l'instant que vous avez une demi-heure pour évacuer le bourg de Dalan, passé ce délai, je ne répondrai plus de rien !

– Le jour viendra où tu devras ravaler le vin amer que tu as fabriqué », dit froidement Lu Liren.

Sans se préoccuper de lui, Sima Ku ordonna à ses subordonnés : « Raccompagnez avec les honneurs l'armée amie. »

La troupe à cheval et la troupe à dos de mulet, chacune venant de son côté, se remirent en ordre de marche. Les soldats du bataillon de sabotage furent poussés dans la ruelle où se trouvait notre maison. De chaque côté, à quelques mètres les uns des autres, se tenaient des agents en civil, revolver au poing. Certains étaient même sur le toit des maisons.

Une demi-heure plus tard, la plupart des hommes du bataillon de sabotage avaient rejoint, tout trempés, la rive opposée de la rivière du Dragon. La lumière froide de la lune illuminait leurs visages, une petite partie d'entre eux, profitant du désordre pendant la traversée de la rivière, s'étaient glissés dans les buissons au bord de l'eau ou bien s'étaient laissés aller au fil du courant, et avaient regagné le bord à un endroit désert où ils avaient tordu leurs vêtements avant de se mettre en route vers leur pays natal.

Plusieurs centaines d'hommes se tenaient sur la digue, trempés comme des soupes, se regardant les uns les autres, qui pleurant, qui se réjouissant secrètement. Voyant ses troupes totalement désarmées, Lu Liren se retourna et se précipita vers la rivière dans l'intention de se suicider, mais il fut retenu par ses subordonnés. Debout sur la digue, il réfléchit en silence un moment, releva soudain la tête et hurla en direction du bourg de Dalan où une foule bruyante se pressait sur la rive opposée : « Sima Ku, Sima Ku, attends un peu, tôt ou tard, tes maîtres reviendront ! Le canton du Nord-Est de Gaomi est à nous, pas à vous ! Il est peut-être provisoirement à toi, mais un jour prochain, il est sûr et certain qu'il nous reviendra ! »

Laissons à présent Lu Liren et ses troupes panser leurs blessures. Il me faut revenir à la résolution de mes propres problèmes. Entre me jeter à la rivière ou dans un puits, je finis par choisir la première solution. Parce que l'année où l'immortelle oiseau avait montré toute la mesure de son talent et que sur la rivière étaient arrivés plusieurs dizaines de grands trois-mâts, j'avais entendu dire que si l'on flottait le long de la rivière, on pouvait arriver à la mer.

Je contemplai le spectacle des soldats du bataillon de sabotage se battant pour arriver sur l'autre rive de la rivière du Dragon illuminée par la froide lumière de la lune. Ce n'étaient que hurlements, agitation, désordre au beau milieu de l'eau d'où jaillissaient des gerbes d'écume. Les hommes de la troupe de Sima n'étaient guère avares sur les balles, leurs fusils et revolvers criblaient la rivière dont l'eau bouillonnait comme une marmite. S'ils avaient voulu exterminer le bataillon, ils auraient pu le faire jusqu'au dernier homme. Mais ils voulaient seulement les terroriser et n'en tuèrent ou blessèrent qu'une dizaine. Plusieurs années plus tard, quand le bataillon revint après être devenu une compagnie indépendante, les soldats et officiers de la troupe de Sima qui furent fusillés en éprouvèrent un sentiment d'injustice.

Je m'enfonçai lentement vers les profondeurs de l'eau ; à la surface qui avait recouvré son calme sautaient des milliers de points lumineux. Les algues s'enroulaient autour de mes jambes, les petits poissons venaient appuyer leur bouche tendre contre mes genoux.

Je me hasardai encore à faire quelques pas, le niveau de l'eau dépassait déjà celui de mon nombril. Je sentis une douleur jaillir dans mon ventre : une faim insupportable m'assaillait. Les seins de ma mère, si adorables, si respectables, si beaux, apparurent soudain dans ma tête. Mais elle les avait enduits de purée de piments et m'avait prévenu à maintes reprises : « Tu as sept ans, il faut te sevrer. » Pourquoi vouloir vivre jusqu'à sept ans ? Pourquoi ne pas être mort avant ? Je sentis que des larmes coulaient jusque dans ma bouche. Autant mourir ! Je n'avais pas envie que ces aliments sales viennent polluer ma bouche et mon ventre. Je m'enhardis à avancer encore de quelques pas. L'eau monta brutalement jusqu'à mes épaules. Mon corps perçut la puissance des courants au fond de la rivière et je m'efforçai de stabiliser mes talons pour lutter contre la force de l'eau. Un tourbillon s'était formé devant moi, me poussant à aller de l'avant, je pris peur. Je sentis que la vase du fond se creusait sans cesse sous la force des courants, mon corps s'enfonçait et se déplaçait malgré moi, happé par le cœur du tourbillon. Je m'efforçai de reculer et me mis à pousser des hurlements.

À cet instant, j'entendis les appels désespérés de Shangguan Lushi : « Jintong... Jintong... mon chéri, où es-tu ?... »

Accompagnant les appels de ma mère, il y avait ceux de ma sixième sœur Niandi, de ma grande sœur Laidi, et aussi une voix perçante à la fois familière et étrangère : je devinai qu'il s'agissait de ma deuxième sœur aux mains pleines de bagues, Shangguan Zhaodi.

Je poussai un cri, mon corps fut précipité en avant, le tourbillon me happa.

Lorsque je revins à moi, mon premier coup d'œil fut pour le magnifique sein dressé de ma mère, dont le téton, tel un œil bienveillant, me regardait avec tendresse. L'autre téton était dans ma bouche, il s'employait à taquiner ma langue, frottait sur mes dents tandis que le doux lait m'envahissait comme un petit ruisseau. Sur les seins de ma mère flottait un lourd parfum et j'appris par la suite qu'elle avait utilisé, pour ôter l'odeur de la purée de piments, un savon à la rose que ma deuxième sœur Zhaodi lui avait offert et qu'elle s'était aussi mis entre les seins du parfum français produit à Paris.

Dans la pièce, la lumière était forte ; sur le haut chandelier en argent étaient piquées une dizaine de bougies rouges. Ma mère était entourée de gens assis ou debout. Le mari de ma deuxième sœur, Sima Ku, lui montrait son trésor : un briquet qui crachait du feu dès que l'on appuyait dessus. Le jeune seigneur Sima regardait son père de loin, imperturbable, sans la moindre envie de s'en rapprocher.

« Je dois vous le rendre, soupira ma mère, pauvre enfant, à ce jour, il n'a toujours pas de prénom.

– Le fils de Sima Ku ne peut s'appeler que Sima Liang [1]. »

Sima Liang jeta un regard glacial à son père.

« Mon cher fils, reprit celui-ci, tu me ressembles en tout point quand j'étais petit. Chère vieille tante, merci d'avoir préservé cette racine de la famille Sima, désormais, vous allez jouir du bonheur, le canton du Nord-Est de Gaomi, c'est notre monde. »

Ma mère resta sur sa réserve et hocha la tête, puis elle dit à ma deuxième sœur Zhaodi : « Si vraiment tu nourris des sentiments de piété filiale à mon égard, donne-moi à manger, je meurs de faim. »

Le soir du deuxième jour, Sima Ku organisa un grand festin, d'abord pour célébrer la victoire de la guerre de résistance, ensuite pour fêter son retour dans sa maison natale. Ses hommes enroulèrent autour des huit sophoras une pleine charrette de pétards, et brisant plus de vingt marmites en fonte et déterrant la poudre que le bataillon de sabotage avait enterrée, ils fabriquèrent un énorme feu d'artifice. Les pétards explosèrent une bonne moitié de la nuit, nettoyant totalement les sophoras de leurs feuilles vertes et de leurs rameaux. Les étincelles scintillantes que cracha le gros feu d'artifice illuminèrent tout le ciel. Ils tuèrent plusieurs dizaines de porcs, abattirent une dizaine de bœufs et déterrèrent une dizaine de jarres de vieil alcool. Lorsque les viandes furent cuites, on en remplit de grands plats qui furent disposés sur de vastes tables au milieu de la rue. Dans les viandes étaient piqués des couteaux effilés : tout le monde pouvait venir se découper un morceau ; et même si vous aviez découpé une oreille de cochon pour la lancer à un chien qui passait par là, personne ne vous aurait rien dit. Les jarres d'alcool étaient installées à côté des tables de viandes et à leur rebord

1. *Ku* signifie « silo à grain », et *liang* « grain », « céréales ».

pendaient des louches : tout le monde pouvait se servir à boire ; et si vous aviez voulu vous laver avec l'alcool, personne ne s'y serait opposé. Ce fut un jour faste pour les gloutons du village ; le fils aîné de la famille Zhang, Zhang Qian'er, but et mangea trop, il en mourut au beau milieu de la rue, et quand on vint ramasser son cadavre, l'alcool et la viande lui sortaient par la bouche et les narines.

Troisième partie

Chapitre 19

Un soir, une dizaine de jours après que le bataillon de sabotage eut été chassé des lieux, ma cinquième sœur, Shangguan Pandi, fourra sur la poitrine de ma mère son bébé enveloppé dans une vieille veste militaire. « Maman, je te le donne », dit-elle.

Elle était trempée de la tête aux pieds, ses vêtements sans doublure lui collaient au corps, mettant en valeur son ample poitrine qui attirait mon regard. Ses cheveux exhalaient une odeur chaude de lie de vin. Les pointes de ses seins, tels des jujubes, remuaient sous sa chemise de toile. J'avais tellement envie de me jeter dessus, de les mordre et de les toucher, mais je n'osais pas. Pandi était d'un caractère irascible et distribuait des gifles à la première occasion. Elle n'était vraiment pas aussi gentille que ma sœur aînée. Plutôt que de recevoir une gifle, je voudrais te caresser ! Je me réfugiai sous un poirier, me mordant la lèvre inférieure, bien décidé à agir.

« Arrête ! lui cria ma mère. Reviens ici ! »

Ouvrant de grands yeux, Pandi la regarda et dit en colère : « Maman, c'est une fille comme les autres, si tu peux les élever, tu peux le faire aussi pour la mienne !

– Ai-je une dette envers vous ? cria ma mère furieuse, vous les mettez au monde, puis vous venez me les donner, vous valez moins que des chiennes !

– Maman, quand la chance était avec nous, tu en as bien profité. Maintenant que nous jouons de malchance, même notre enfant n'est pas bien vue, n'est-ce pas ? Maman, il faut rétablir la balance. »

Le rire de ma sœur aînée résonna dans l'obscurité, faisant froid dans le dos. Elle lança sur un ton glacial : « Cinquième sœur, dis au dénommé Jiang qu'un jour où l'autre, je le tuerai !

– Grande sœur, dit Pandi, ne te réjouis pas trop tôt ! Ton traître de mari Sha Yueliang méritait plus que la mort, je te conseille de ne pas faire la maligne, ne sois pas arrogante, sinon, plus personne ne te viendra en aide !

– Cessez de vous disputer ! » cria ma mère en s'asseyant lourdement par terre.

Une grosse lune rouge grimpait sur le toit, éclairant les femmes dans la cour de la famille Shangguan. Leur visage paraissait badigeonné de sang. Ma mère remua tristement la tête. « J'ai dû faire le mal dans ma vie, dit-elle se mettant à pleurer, pour avoir à élever toute cette engeance… Foutez le camp, le plus loin possible, je ne veux plus jamais vous revoir ! »

Laidi s'esquiva, fantôme bleu, dans l'aile ouest. Là, elle se mit à parler sans fin, comme si elle avait Sha Yueliang en face d'elle. Lingdi revenait d'une promenade extatique dans les terres marécageuses, tenant à la main une brochette de grenouilles vivantes qui coassaient. Elle pénétra dans la cour en escaladant avec agilité le mur sud.

« Regardez ça, regardez ça ! grommela ma mère, il y en a qui sont folles, d'autres stupides, qu'est-ce qui va encore m'arriver aujourd'hui ? »

Elle posa l'enfant de ma cinquième sœur par terre, puis, prenant appui sur ses deux mains, se releva avec difficulté et se dirigea vers la maison. Le bébé poussait des vagissements, mais elle ne tourna pas la tête pour lui jeter un regard. Elle envoya un coup de pied dans les fesses de Sima Liang qui observait ce qui se passait depuis la porte, puis donna une tape sur la tête de Zaohua. « Quelle engeance ! Pourquoi ne mourez-vous pas ? Vous feriez mieux de mourir ! » Quand elle les eut bien injuriés, elle pénétra dans la maison et claqua bruyamment la porte. Nous entendîmes des chocs à l'intérieur. Le dernier produisit un bruit sourd, comme si l'on avait renversé un sac de grains. Je devinai que Shangguan Lushi, après avoir donné libre cours à sa colère, s'était laissée tomber sur le *kang*, visage tourné vers le ciel. Je ne pouvais pas la voir, mais je l'imaginais très bien. Bras étendus, avec ses mains gonflées aux articulations saillantes et à la peau crevassée, la gauche posée sur les deux fils de Shangguan Lingdi, qui étaient très certainement muets, la droite sur les deux jolies fillettes de Zhaodi, qui étaient turbulentes. La lumière de la lune éclairait ses lèvres livides. Ses seins étaient affaissés sur ses côtes. À cet endroit, tout près de la fille des Sima, c'était en fait ma place, qui était occupée par le corps de Shangguan Lushi, les bras en croix.

Dans la cour, au milieu du passage creusé en son centre à force d'avoir été piétiné, gisait le bébé de Pandi enveloppé dans sa vieille veste militaire ; plus ses cris étaient sonores, moins on s'occupait de lui. Pandi qui l'avait mis au monde passa à côté pour aller crier violemment devant la fenêtre de Shangguan Lushi : « Tu dois l'élever pour moi, je reviendrai tôt ou tard avec Lu Liren pour me battre. »

Shangguan Lushi, frappant sur la natte du *kang,* hurla : « Te l'élever ? Je vais plutôt la jeter dans la rivière pour nourrir les tortues, ou dans le puits pour les crapauds, ou dans la fosse à merde pour les mouches !

– Comme tu veux, dit Pandi, de toute façon, comme c'est moi qui l'ai mise au monde et que c'est toi qui m'as mise au monde, si on remonte à l'origine, c'est bien à toi qu'on arrive ! »

Après ces paroles, Pandi, tremblant de tout son corps, se pencha vers son enfant étendue dans le passage, puis s'élança en titubant vers la sortie. Lorsqu'elle passa la porte qui menait de l'aile ouest à la grande salle, elle trébucha et tomba lourdement. Elle se releva en gémissant, tenant à deux mains sa poitrine endolorie, puis poussa des jurons en direction de l'aile ouest : « Salope ! Attends un peu ! » Laidi ricanait à l'intérieur. Pandi cracha et sortit, la tête haute.

Le lendemain matin, nous découvrîmes que ma mère apprenait à une chèvre blanche à nourrir la fille de Pandi allongée dans une corbeille.

La vie de la famille de Shangguan Lushi était agitée et haute en couleur les petits matins du printemps 1946. Avant que le soleil ne fût sorti de derrière les montagnes, les premières lueurs de l'aube, fines et transparentes, flottaient dans la cour. Le village dormait encore, les hirondelles racontaient dans leurs nids des histoires de rêves, les criquets jouaient du luth dans la terre chaude derrière le fourneau, le bœuf ruminait à côté de sa mangeoire… Ma mère s'asseyait sur le *kang*, poussait des soupirs de souffrance, remuait ses doigts endoloris, arrangeait à tâtons la veste jetée sur ses épaules, levait avec difficulté ses bras raidis pour la boutonner sous les aisselles, puis poussait un bâillement, se frottait le visage, ouvrait les yeux et s'asseyait sur le rebord. Elle cherchait ses chaussures du pied, les trouvait, puis descendait ; chancelante, elle se penchait pour rajuster le talon d'une chaussure, s'asseyait sur le banc et passait du regard en revue toute la nichée d'enfants couchés sur le *kang* ; elle sortait et, dans la cour, puisait de l'eau à la jarre pour remplir la cuvette. Splatch, une louche, splatch, deux louches, elle puisait chaque fois quatre louches, rarement cinq. Puis elle portait la cuvette dans l'enclos des chèvres pour leur donner à boire.

Il y en avait cinq, trois noires et deux blanches, toutes avec une tête allongée et étroite, des cornes en forme de faucille, une longue barbe au menton. Elles se tenaient têtes serrées, aspirant en chœur l'eau de la cuvette. Ma mère prenait un balai et rassemblait leurs crottes. Puis elle ramassait dans la ruelle de la terre qu'elle étalait dans l'enclos et démêlait ensuite les poils des chèvres avec un peigne. Elle retournait à la jarre prendre de l'eau et nettoyait les pis l'un après l'autre à l'aide d'un chiffon blanc. Les chèvres marmonnaient de plaisir. À cet instant, le soleil sortait de la montagne, une lumière rouge et une lumière pourpre chassaient les premières lueurs de l'aube. Ma mère rentrait dans la maison, lavait la marmite, y versait de l'eau et criait : « Niandi, Niandi, il faut te lever ! » Elle mettait dans la marmite du millet, des haricots mungos et une poignée de soja, puis posait dessus un couvercle. Se penchant, elle fourrait de l'herbe dans le foyer. Elle craquait une allumette qui dégageait une odeur de soufre et Shangguan Lüshi sur un tas de paille roulait des yeux blancs. « Comment ça se fait que tu ne sois pas morte, vieux machin ? À quoi ça te sert de vivre ? » soupirait ma mère. La paille de haricots brûlait en pétaradant et son odeur montait au nez, paf ! une graine oubliée avait pété dans le feu. « Niandi, tu es levée ? » Sima Liang sortait tout ensommeillé de l'aile est et allait aux cabinets dans la cour. La cheminée crachait une fumée noire. Dehors, Niandi faisait tinter le seau, elle allait chercher de l'eau à la rivière. Mêêê, faisaient les chèvres. Ouaaah, pleurait Lu Shengli. Sima Feng et Sima Huang grognaient. Les deux fils de l'immortelle oiseau babillaient. Celle-ci sortait paresseusement de la maison. Laidi se tenait devant la fenêtre, elle peignait ses cheveux. Dans la ruelle, des chevaux hennissaient, c'était la compagnie à cheval de Sima Ku qui partait abreuver les bêtes à la rivière.

Des mulets passaient, c'était la compagnie des mulets qui revenait de la rivière où les bêtes s'étaient abreuvées. Des sonnettes de bicyclettes tintaient, c'était la compagnie à bicyclette qui s'entraînait. « Viens allumer le feu, ordonnait ma mère à Sima Liang. Jintong ! Debout ! Lève-toi et va faire ta toilette à la rivière. » Ma mère transportait alors dans la cour cinq corbeilles en osier tressées en forme de petites chaises longues. Dans ces corbeilles, elle transportait les cinq enfants allongés sur le dos. Elle ordonnait à Zaohua : « Fais sortir les chèvres. » Zaohua activait ses fines jambes et, les cheveux en désordre et les yeux encore pleins de sommeil, pénétrait dans l'enclos. Les chèvres agitaient amicalement leurs cornes dans sa direction et tiraient la langue pour lécher la poussière sur ses genoux. Elles la chatouillaient. De ses petits poings, elle frappait sur leur tête et les injuriait avec candeur : « Espèces de fantômes à la queue courte ! » Elle détachait la corde qui tenait une chèvre par son collier, lui donnait une tape et disait : « Vas-y, toi, tu es celle de Lu Shengli. » Remuant joyeusement la queue, la chèvre en question s'approchait d'un pas preste de la corbeille de l'enfant. Bras et jambes tendus vers le ciel, le bébé vagissait d'impatience. La chèvre écartait ses pattes arrière, reculait de quelques pas de façon qu'une mamelle ballante soit suspendue juste au-dessus du visage de Lu Shengli. Son pis cherchait la bouche de la fillette et la bouche de la fillette cherchait le pis. Leurs gestes étaient précis et parfaitement coordonnés, répondant à une sorte d'entente tacite. Le pis de la chèvre était gros et long, et Lu Shengli, telle une féroce salamandre noire, l'engloutissait tout entier. Les chèvres des deux muets et les chèvres de Sima Feng et Sima Huang arrivaient à la queue leu leu pour se placer chacune à côté de son maître. Elles s'approchaient des enfants avec les mêmes gestes, montrant le même entraînement et la même entente. La lumière dorée du soleil baignait cette émouvante scène d'allaitement. Les chèvres se tenaient penchées, yeux mi-clos, barbiche tremblotante. « La marmite bout, grand-mère, disait Sima Liang.

– Laisse-la chauffer encore un moment », répondait ma mère qui faisait sa toilette dans la cour. Le feu léchait avec ardeur le fond de la marmite : c'était celui du fourneau que Vieux Zhang, le cuisinier de la cinquième escouade du premier peloton du bataillon de sabotage, avait transformé. Sima Liang, torse nu, ne portait qu'un pantalon.

Il était maigre et avait le regard triste. Niandi revenait d'avoir puisé de l'eau, les seaux vibrant au rythme de sa palanche ; sa natte lui arrivait déjà à la taille et son extrémité était nouée avec un ruban de plastique à la mode. Les chèvres changeaient de pis au même moment, chacune pour son enfant. « Venez manger », disait ma mère. Zaohua installait la table, Sima Liang y posait bols et baguettes. Ma mère servait la bouillie, un, deux, trois, quatre, cinq, six, sept bols. Zaohua et Yunü approchaient des petits tabourets. Niandi faisait manger sa bouillie à Shangguan Lüshi. Lampées sonores. Laidi et Lingdi entraient, avec leur bol. Chacune remplissait le sien. Sans vraiment les regarder, ma mère maugréait : « Quand il s'agit de manger, elles ne sont plus folles du tout. » Elles allaient manger dans la cour. « J'ai entendu dire que la colonne indépendante va livrer combat pour revenir », disait Niandi. « Mange donc ! » l'interrompait ma mère. J'étais à genoux devant sa poitrine en train de téter. Elle mangeait sa bouillie avec difficulté, le visage tourné de côté. « Maman, tu le gâtes trop, disait Niandi, est-ce qu'il va téter jusqu'au jour de son mariage ?

– Il y a des gens qui tètent jusqu'à leur mariage, disait ma mère, c'est ce qu'a fait le père de Petit Trésor de la ruelle de l'Ouest. » Je changeai de sein. « Jintong, advienne que pourra, j'attendrai le jour où tu en auras assez. » Ma mère avait connu toutes sortes d'adversités, mais son lait était toujours aussi abondant. « Si ça devient impossible, il faudra aussi lui attribuer une chèvre ! » disait Niandi. Niandi, je te hais. « Quand vous aurez fini de manger, vous irez tous garder les chèvres et ramasser de l'ail sauvage pour accompagner le plat de midi. »

Une fois que ma mère avait donné ses ordres, la matinée était considérée comme terminée.

Lu Shengli se traînait, frottant son derrière sur l'herbe verte feutrée. Son objectif était sa chèvre. Celle-ci choisissait soigneusement les pointes les plus tendres et sur sa tête allongée lavée par la rosée se lisait l'expression hautaine d'une jeune aristocrate. L'époque était tumultueuse, mais le pré paisible. De petites fleurs multicolores décoraient la prairie. Leur parfum était enivrant. Las d'avoir couru, nous étions à présent couchés à plat ventre autour de Niandi. Sima Liang mâchonnait un brin d'herbe dont il faisait sortir un jus vert qui coulait sur sa joue. Dans ses yeux jaunâtres brillait une lumière trouble. Son expression et sa façon de mâcher l'herbe faisaient de lui une gigantesque sauterelle – elles aussi mangent de l'herbe et un liquide vert coule au coin de leur bouche. Zaohua observait une grosse fourmi qui se tenait sur l'extrémité d'une feuille de roseau et hésitait sur l'issue à prendre. Mon nez frôla une touffe de petites fleurs dorées dont le parfum me piqua les narines, me donnant envie d'éternuer, ce que je fis bruyamment. Ma sixième sœur, Niandi, allongée sur le dos au milieu de nous, sursauta. Elle ouvrit les yeux, me regarda de travers, mécontente, fit une petite grimace en fronçant son nez, puis referma les yeux. Elle avait l'air de prendre grand plaisir à se chauffer au soleil, elle devait se sentir bien. Son front un peu bombé brillait, sans la moindre ride. Ses sourcils étaient drus et un fin duvet poussait au-dessus de sa lèvre supérieure. Son menton pointait avec grâce. Ses oreilles avaient les mêmes caractéristiques que celles de toutes les femmes de la famille Shangguan : grandes, mais non sans charme. Elle portait une veste de soie blanche que la deuxième sœur, Zhaodi, lui avait offerte. Une veste très à la mode, à pans boutonnés droits. Sa natte unique, telle une anguille, reposait sur sa poitrine. Et puis, bien sûr, il faut parler de ses seins. Leur volume n'était pas important, à les voir ils semblaient durs, et comme ils n'avaient ni levé ni gonflé, ils conservaient leur forme proéminente lorsque leur propriétaire était allongée sur le dos. Par la fente de la veste à pans droits brillait leur lumière d'un blanc immaculé ; j'avais envie d'aller les taquiner avec un brin d'herbe, mais n'osais pas. Shangguan Niandi était mon ennemie, elle avait en horreur le fait que je continue à téter, et si j'allais la houspiller, c'était comme de toucher le derrière du tigre. La lutte idéologique que je menais en moi-même était violente. Et celui qui mangeait l'herbe continuait à en manger, celle qui regardait les fourmis continuait à les regarder, celle qui se traînait continuait à se traîner, la chèvre blanche ressemblait à une aristocrate, la chèvre noire à une veuve, elles n'avaient pas bon appétit, quand la nourriture est trop abondante, les gens ne savent plus quoi manger, et quand les herbes sont trop abondantes, les chèvres ne savent plus lesquelles choisir ! Atchoum ! En fait, les chèvres savent aussi éternuer, et de façon très sonore. Leurs mamelles étaient déjà très lourdes. Il était presque midi. J'arrachai un brin de sétaire : j'avais pris la décision d'aller agacer le derrière du tigre. Personne ne me prêtait attention. J'avançai discrètement l'herbe et l'approchai de la fente de la veste entrebâillée par les seins. Un bourdonnement résonnait dans mes oreilles et mon cœur sautait dans ma poitrine comme un lapin. Le brin d'herbe toucha la peau blanche. Pas de réaction. Dormait-elle ? Alors pourquoi ne ronflait-elle pas ? J'agitai le brin pour en faire tourner vivement l'extrémité. Je le fis entrer et remuai. Elle se donna une claque sur les seins. Sa main attrapa l'herbe, puis la tira. Elle la regarda, se retourna, s'assit, me jeta un regard en rougissant, je lui adressai un sourire. « Petit salaud, jura-t-elle, tu as été trop gâté par maman ! » Elle me coucha dans l'herbe et me donna deux claques sur les fesses. « Elle te gâte, mais pas moi ! dit-elle en m'adressant un regard sévère, tu vas rester toute ta vie pendu à ses seins ? »

Effrayé, Sima Liang recracha l'herbe qu'il avait réduite en bouillie. Zaohua abandonna l'observation de sa fourmi. Ils me regardèrent, étonnés, puis jetèrent le même regard à Niandi. Je poussai deux sanglots, uniquement pour la forme, parce que je trouvais que j'en avais bien profité. Elle se leva, redressa fièrement la tête et fit passer sa natte derrière son dos. Lu Shengli était enfin parvenue près de sa chèvre, mais celle-ci l'évitait. À un moment, elle lui attrapa presque un pis et la chèvre importunée se retourna et lui lança un coup de corne. La fillette tomba par terre et poussa des cris, comme des bêlements, peut-être étaient-ce des pleurs. Sima Liang se leva d'un bond en criant et courut droit devant lui de toutes ses jambes, effrayant une dizaine de sauterelles et quelques petits oiseaux jaunes. Zaohua partit à longues enjambées ramasser des fleurs violettes semblables à des boules de velours qui dépassaient de l'herbe. Elle en cueillit plusieurs. Je me levai à mon tour, embarrassé, et me mis derrière Niandi, frappant ses fesses de mes poings en feignant de me plaindre : « Hé, tu m'as frappé, tu as osé me frapper… » Ses fesses étaient fermes, à tel point que je me faisais mal aux doigts. À bout de patience, elle se retourna, se pencha, me montra les dents, grimaça, écarquilla les yeux et poussa un hurlement digne d'une louve. Je sursautai, prenant soudain conscience que le visage d'un homme et celui d'un chien sont comme les deux faces d'une pièce de monnaie. M'appuyant sur le front, elle me poussa en arrière et me fit tomber sur l'herbe.

Niandi empoigna par les cornes la chèvre blanche qui résistait violemment. Lu Shengli se hâta d'aller se coucher sous le ventre de la bête, leva la tête à grand-peine et prit le pis dans sa bouche. En même temps, elle levait ses deux jambes, pressant le ventre de l'animal. Niandi caressa les oreilles de la chèvre qui se mit à agiter doucement la queue. J'avais faim. La tristesse m'envahissait. Je savais parfaitement que les jours où je dépendrais uniquement du lait de ma mère pour vivre étaient comptés. Il me fallait trouver un autre aliment. Aussitôt, ces nouilles toutes tordues qui ressemblaient à des vers me revinrent à l'esprit et une nausée irrépressible monta du fond de ma gorge. Je toussai deux fois, comme si je vomissais. Niandi leva la tête et me lança un regard surpris. « Qu'est-ce qui t'arrive ? » demanda-t-elle sur un ton énervé. Je fis un signe de la main pour lui indiquer que je ne pouvais pas répondre. Je recommençai à hoqueter plusieurs fois. Elle lâcha la tête de la chèvre. « Jintong, me dit-elle, que vas-tu devenir quand tu seras grand ? »

Sur le coup, je ne compris pas le sens de ses paroles. « Tu devrais essayer de boire un peu de lait de chèvre. » Je regardai Lu Shengli qui tétait goulûment et me sentis un peu ébranlé. « Tu veux vraiment détruire maman ? dit Niandi en me secouant par les épaules. Sais-tu à partir de quoi se forme le lait ? Le sang, tu suces le sang de maman ! Obéis à ta grande sœur, bois du lait de chèvre ! »

Je la fixai, puis, à contrecœur, fis oui de la tête.

Elle attrapa la chèvre noire de l'aîné des muets. « Viens, viens vite », me dit-elle. Puis elle caressa le dos de la bête pour la faire se baisser doucement. « Allez, viens. » Ses yeux m'encourageaient gentiment. Hésitant, je fis un pas en avant, puis un autre. « Viens, glisse-toi sous son ventre, fais comme elle. »

Je m'allongeai dans l'herbe et, m'aidant des talons, glissai sur le dos. « Muette, Muette, recule un peu », dit Niandi, tout en poussant la chèvre noire en arrière. Je regardais le ciel du canton du Nord-Est de Gaomi d'un bleu éblouissant ; poussant des cris stridents, de petits oiseaux glissaient comme de l'or dans l'air argenté qui scintillait. Mais très vite, mon horizon fut bouché, les mamelles roses de la chèvre noire pendaient au-dessus de ma tête. Ses pis, comme deux gros vers, cherchaient ma bouche en tremblant, ils rencontrèrent mes lèvres, puis se mirent à trembler encore plus fort, comme s'ils voulaient les entrouvrir. À force d'être frottées, mes lèvres finirent par s'engourdir, comme si un très faible courant électrique me stimulait, et je sombrai dans une sensation proche du bonheur. Je pensais que les mamelles d'une chèvre étaient molles, sans élasticité, comme de la ouate. Et que lorsque je les sucerais, je n'obtiendrais qu'une infâme bouillie ; mais à présent je découvrais qu'elles étaient fermes et souples à la fois et possédaient une excellente élasticité, qui ne le cédait en rien aux tétons de ma mère. En même temps que je ressentais ce frottement, quelque chose de doux et chaud mouillait mes lèvres, un liquide un peu rance, mais dans ce rance émergeait un parfum, c'était l'odeur des herbes grasses de la prairie mêlée à la saveur des petites fleurs jaunes. Ma volonté fléchit, mes dents serrées se relâchèrent et lorsque mes lèvres s'entrouvrirent, le pis de la chèvre s'enfonça d'un coup dans ma bouche. Il tremblait avec excitation, projetant avec force des giclées de lait, certaines venant taper les parois, d'autres allant directement au fond de ma gorge… Près de m'étouffer, je recrachai le pis, mais un autre vint se glisser dans ma bouche, plus violent encore que le précédent…

Agitant la queue, la chèvre s'écarta de moi doucement. Mes yeux étaient remplis de larmes, ma bouche pleine d'un goût rance qui me donnait envie de vomir ; et pourtant, ce goût d'herbe et de fleurs que j'avais dans la bouche, je ne voulais pas le vomir. Ma sixième sœur me releva, et me prit dans ses bras pour me serrer contre elle. Je vis que l'excitation avait fait naître des taches sur son visage, ses yeux étaient comme des cailloux noirs ramassés au fond de l'eau, extraordinairement propres et brillants. « Stupide petit frère, tu es sauvé… » dit-elle, émue.

« Maman, maman, criait ma sixième sœur tout excitée, Jintong peut boire le lait de chèvre ! Il peut boire le lait de chèvre ! »

De la maison nous parvenaient des bruits de coups.

Ma mère jeta sur le rebord du fourneau le rouleau de cuisine maculé de traces de sang luisantes. Bouche ouverte, elle respirait lourdement, sa poitrine se soulevait et s'abaissait violemment.

Shangguan Lüshi était allongée sur le tas de paille à côté du fourneau, le crâne fendu, comme une noix cassée.

Ma huitième sœur, Yunü, était recroquevillée devant la bouche du fourneau, une de ses oreilles semblait avoir été mordue par une belette, avec des entailles irrégulières où perlaient des gouttes de sang qui marquaient de rouge ses joues et son cou. Elle pleurait bruyamment et ses yeux aveugles versaient des larmes abondantes.

« Maman, tu as tué grand-mère ! » s'écria ma sixième sœur.

Ma mère tendit les doigts pour toucher la blessure à la tête de Shangguan Lüshi, puis comme si elle avait été frappée par une décharge électrique, se laissa lourdement tomber à terre.

Chapitre 20

En tant qu'invités spéciaux, nous montâmes sur le mont du Bœuf-Couché qui s'élevait au sud-est de la prairie, pour assister à une démonstration de vol du commandant de détachement Sima Ku et du jeune Américain Babbitt. Ce jour-là soufflait un vent du sud-est et brillait un beau soleil. Pour gravir le mont, je montais le même mulet que Laidi. Zhaodi et Sima Liang étaient sur un autre. J'étais assis devant la poitrine de Laidi, elle enserrait mon torse de ses deux mains. Zhaodi était assise devant Sima Liang qui ne pouvait que la tenir sous les aisselles par ses vêtements, incapable d'entourer son ventre proéminent qui couvait un descendant de la famille Sima. Notre troupe longea la queue du bœuf avant de gravir peu à peu son épine dorsale sur laquelle poussaient de hautes herbes de *Themada* aux feuilles pointues ainsi que des pissenlits aux fleurs jaunes. Les mulets qui nous portaient marchaient avec entrain.

Montés sur des chevaux, Sima Ku et Babbitt nous dépassèrent. Ils avaient tous deux l'air très excité. Sima Ku agita son poing serré dans notre direction. Sur le mont, un groupe d'hommes en jaune criaient vers le bas de la montagne. Sima Ku brandit un fouet très court et en donna deux coups sur la croupe de son cheval bâtard qui se mit à galoper vers le sommet. Le cheval de Babbitt le suivait de près. Babbitt montait son cheval comme un chameau, le torse toujours parfaitement droit, quelles que fussent les oscillations de la monture. Ses jambes étaient trop longues et ses étriers touchaient presque terre. Sous ses cuisses, le cheval avait l'air à la fois pitoyable et ridicule, mais il galopait très vite.

« Dépêchons-nous aussi », dit ma deuxième sœur. Et elle donna un coup de talon dans le ventre du mulet. Elle était la chef de la délégation invitée à la cérémonie, la femme de l'imposant commandant, et personne n'aurait osé lui manquer de respect. Les représentants des masses et les notabilités locales qui suivaient derrière nos mulets ne proféraient pas la moindre plainte, bien qu'ils fussent tout essoufflés. Notre mulet, à Laidi et à moi, suivait de près celui de Zhaodi et Sima Liang ; les pointes des seins de Laidi cachés sous sa robe noire frottaient mon dos, me faisant revivre le jeu qui s'était déroulé dans la mangeoire des ânes, et je me sentais heureux.

Une fois au sommet, le vent souffla plus fort, faisant claquer le drapeau blanc qui servait à le tester, et danser comme la longue queue d'un faisan doré ses rubans de soie rouge et vert. Une dizaine de soldats déchargeaient des affaires du dos de deux chameaux. Les bêtes arboraient une expression de souffrance. Sur leur queue emmêlée et sur les articulations de leurs pattes arrière se discernaient des traces de diarrhée. L'herbe grasse et tendre des prairies du canton du Nord-Est de Gaomi, si elle engraissait les mulets du commandant de détachement Sima Ku et les bœufs et les chèvres des paysans, faisait souffrir la dizaine de chameaux qui n'y étaient pas acclimatés et maigrissaient au point que leurs fesses étaient pointues comme des poinçons et que leurs bosses solides et saillantes ressemblaient à des poches ratatinées qui ballottaient sur leur dos, près de tomber.

Les soldats étalèrent sur le sol un immense tapis. « Faites descendre madame », ordonna Sima Ku. Les soldats accoururent et aidèrent Zhaodi et son gros ventre à descendre, puis ils prirent dans leurs bras son digne fils Sima Liang ; ce fut ensuite le tour de sa respectée tante Laidi, puis de son jeune oncle Jintong et de sa jeune tante Yunü. Nous étions des hôtes de marque et on nous installa sur le tapis. Les autres se tenaient debout derrière nous. L'immortelle oiseau apparaissait et disparaissait dans la foule ; ma deuxième sœur lui fit un signe, mais elle cacha son visage derrière le dos de Sima Ting. Celui-ci, qui souffrait d'une rage de dents, tenait sa joue enflée dans sa main.

L'endroit où nous étions assis correspondait au front du bœuf, et devant nous s'étendait son visage. Ce bœuf baissait la tête contre sa poitrine et sa face formait une falaise escarpée de cinq cents mètres d'altitude. Le vent passait sur sa tête avant de souffler en direction du village. De fins nuages, mi-fumée mi-brume, recouvraient celui-ci. Cherchant l'emplacement de notre maison, je ne distinguai que la grande demeure carrée à sept cours bien régulières de la famille Sima. Le clocher de l'église et la tour de guet en bois étaient devenus de jolis petits objets délicats. On voyait la plaine, la rivière, le lac, la prairie constellée d'étangs et de mares, tels des miroirs. Il y avait un troupeau de chevaux gros comme des moutons et un troupeau de mulets gros comme des chiens : c'étaient les bêtes du commandant de détachement Sima Ku. Les six chèvres grosses comme des lapins, c'étaient les nôtres. Et la plus grosse, la plus blanche, la mienne ; ma mère l'avait réclamée à ma deuxième sœur. Celle-ci s'était adressée à l'aide de camp chargé de l'intendance de son mari, qui avait envoyé quelqu'un en acheter une dans la région des monts Yimeng. À côté de ma chèvre se tenait une fillette dont la tête ressemblait à une petite boule de chiffons. Je savais bien que ce n'était pas une fillette, mais une jeune fille, et que sa tête était en fait beaucoup plus grosse. C'était Niandi. Aujourd'hui, elle gardait les chèvres vraiment loin de la maison, et si elle les avait menées paître aussi loin, ce n'était pas pour elles, mais pour pouvoir assister aussi à la démonstration de vol.

Sima Ku et Babbitt avaient depuis longtemps sauté de leur monture. Les deux petits chevaux se promenaient en toute liberté sur la tête du bœuf, à la recherche de trèfle sauvage aux fleurs violettes. Babbitt marcha jusqu'au bord de la falaise et se pencha pour regarder en bas, comme s'il en estimait la hauteur. Son visage poupin arborait une expression solennelle. Quand il eut fini d'observer vers le bas, il leva le visage vers le ciel. L'immensité azurée, rien à dire. Il cligna des yeux, leva la main, comme pour estimer la force du vent. Je trouvais ses gestes exagérés, le vent faisait claquer le drapeau avec une telle force, il gonflait nos vêtements et obligeait l'aigle à voler en se penchant sur le côté comme la feuille tourbillonnante d'un arbre, à quoi bon lever la main ? Pendant qu'il effectuait les gestes que je viens de décrire, Sima Ku le suivait aveuglément et imitait chacun de ses mouvements avec le plus grand sérieux. Son visage était tendu et je trouvais qu'il faisait aussi des simagrées.

« C'est bon, dit Babbitt sur un ton cassant, on peut commencer.

– C'est bon, répéta Sima Ku sur le même ton cassant, on peut commencer. »

Les soldats apportèrent deux gros paquets et en ouvrirent un.

C'était un morceau de soie tellement immense qu'il paraissait sans extrémités et sans plis. Sous la soie pendaient des lanières blanches.

Des soldats, dirigés par Babbitt, les attachèrent aux fesses et à la poitrine de Sima Ku. Quand ce fut fini, Babbitt tira dessus comme pour en éprouver la solidité. Ensuite, il les déploya et les fit tirer par les soldats. Le vent soufflait violemment et la soie rectangulaire se gonfla en claquant. Les soldats relâchèrent un peu leur tension et le tissu blanc se gonfla en une voile en forme d'arc, faisant tendre les cordes et entraînant Sima Ku. Celui-ci voulut se relever, mais n'y parvint pas. Il ressemblait à un petit âne qui aurait roulé sur le sol. Babbitt courut derrière lui et attrapa la lanière qu'il avait dans le dos en criant sur un ton autoritaire : « Attrape, attrape la lanière de contrôle. » Comme s'il comprenait soudain ce qui lui arrivait, Sima Ku se mit à jurer : « Enculé de tes ancêtres… Babbitt… c'est un assassinat… »

Ma deuxième sœur se leva du tapis et se lança à la poursuite de Sima Ku. À peine avait-elle fait deux ou trois pas que celui-ci roulait du bord de la falaise. Ses cris et ses jurons cessèrent. « Tire la lanière à main gauche, hurla Babbitt, tire, crétin ! »

Nous nous précipitâmes tous au bord de la falaise, même ma huitième sœur nous suivit, clopin-clopant, tenant la main de ma sœur aînée. Le morceau de soie blanche s'était vraiment transformé en un nuage d'un blanc immaculé qui s'éloignait dans le ciel en dansant, penchant d'un côté puis de l'autre. Sous le nuage, Sima Ku gigotait comme un poisson accroché à l'hameçon.

Babbitt hurlait dans sa direction : « Stabilise-toi, stabilise-toi, crétin, attention à tes mouvements ! »

Le nuage blanc flotta au gré des vents en perdant de la hauteur, puis alla se poser dans une prairie lointaine, se transformant en une surface d'un blanc étincelant qui recouvrit l'herbe verte.

Nous étions tous bouche bée, le souffle coupé, nos yeux fixés sur cette étendue blanche. Nous ne fermâmes la bouche et reprîmes notre respiration qu'après son atterrissage. Mais les pleurs de ma deuxième sœur ravivèrent notre inquiétude. Pourquoi pleurait-elle ? Ce n'était pas de joie, mais bien de douleur, et je compris aussitôt : le commandant de détachement s'était tué en tombant. Alors les regards de la foule se concentrèrent sur l'étendue blanche, espérant assister à un miracle. Et, en effet, il se produisit : l'étendue blanche bougea et se souleva. Une chose noire sortit du blanc et se redressa. Elle agita les bras dans notre direction et sa voix surexcitée monta le long de la falaise. Nous l'acclamâmes à l'unisson.

Babbitt était tout rouge, son bout du nez brillait comme s'il était enduit d'une couche d'huile. Il s'attacha lui-même, installa sur son dos le paquet de tissu blanc, puis se mit debout, fit bouger un peu ses bras et ses jambes, recula lentement, recula encore ; nous avions tous les yeux fixés sur lui, mais lui ne voyait plus personne, son regard était rivé droit devant lui. Après avoir reculé d'une dizaine de mètres, il s'arrêta. Yeux fermés, lèvres tremblantes. Récitait-il des incantations ? Quand il eut fini, il rouvrit les yeux, mit en marche ses longues jambes et courut à toute vitesse jusque devant nous ; là, son corps se tendit brutalement, devenant tout raide, et il se jeta dans le vide comme une flèche. L'espace d'un instant, j'eus cette illusion : ce n'était pas lui qui avait plongé, mais la falaise qui était montée, la prairie qui s'était soulevée. Soudain, une fleur d'un blanc immaculé – c'était la première fois que l'on en voyait une d'une telle taille – s'ouvrit entre le ciel et la prairie. Des cris fusèrent pour acclamer cette fleur. Elle flotta tout droit, avec Babbitt pendu sous elle, très stable, comme le poids d'une balance. Très rapidement, le poids de balance se posa sur le sol, juste au milieu de notre troupeau de chèvres, les faisant détaler comme des lapins, le poids se déplaça sur une très courte distance et la grosse fleur blanche creva comme une gigantesque bulle de poisson, recouvrant le poids de la balance en même temps que Niandi qui gardait les chèvres.

Ma sixième sœur avait poussé un cri d'effroi, devant ses yeux, ce n'était plus qu'une étendue blanche. Lorsque les chèvres s'étaient enfuies en tous sens, elle avait vu que le visage rose de Babbitt pendu sous le nuage blanc n'était que sourire. Un immortel descend sur terre ! avait-elle pensé. Levant la tête pour observer bouche bée Babbitt qui descendait à toute allure, elle avait senti son cœur se remplir d'admiration et d'un amour brûlant pour lui.

La foule se précipita vers le bord de la falaise et se pencha pour regarder en bas. « Aujourd'hui, on a vraiment vu du nouveau », dit Huang le Bonheur céleste, le patron de la boutique de cercueils. « C'est un immortel, dit à son tour le maître Qin le Deuxième, qui avait été précepteur privé, lissant la barbiche de chèvre qui ornait son menton. Moi, à soixante-dix ans, j'aurai vu un immortel descendre sur terre ! » Puis, ne cessant de soupirer, il ajouta : « Depuis son plus jeune âge, le commandant Sima n'est pas comme les autres, je savais, quand il étudiait avec moi, qu'il deviendrait à coup sûr un homme de grand talent. » Autour du maître Qin le Deuxième et du patron Huang, les notables du bourg ne tarissaient pas d'éloges à l'égard de Sima Ku, chacun avec un vocabulaire et une intonation différents, mais tous s'exclamant sans fin sur le miracle dont ils venaient d'être témoins. « Vous ne pouvez pas imaginer à quel point il n'était pas comme les autres », renchérit le maître Qin le Deuxième d'une voix forte qui domina les discussions, affirmant la nature particulière des relations qu'il entretenait avec le spécialiste du vol Sima Ku. « Il avait mis deux crapauds dans mon pot de chambre ! Et aussi, il était capable de transformer les paroles des grands maîtres. Quand le Maître dit : "L'homme est bon de nature, naturellement les hommes se rapprochent, l'habitude les éloigne ; sans éducation, la nature de l'homme change[1]", eh bien, lui, qu'est-ce qu'il disait, vous ne le devinerez jamais ! Il disait : "L'homme baratine de nature, les chiens et les chats n'apprennent rien, les œufs cuisent dans le fourneau de la pipe, le professeur les mange, les élèves le regardent." » Le maître Qin le Deuxième rit à gorge déployée en considérant avec un sourire plein de fierté la foule qui l'entourait.

À cet instant, des cris perçants retentirent au loin. Ils ressemblaient un peu aux jappements du chiot qui cherche la tétine de sa mère, ou davantage encore au cri de ces mouettes qui suivaient les bateaux à voiles que nous avions admirés sur la rivière, de nombreuses années auparavant. Le maître Qin le Deuxième ravala son rire et effaça de son visage son sourire plein de fierté. Nos regards furent attirés par le corps étrange qui émettait ces sons. C'était ma troisième sœur, Lingdi, chez qui, à cet instant, tout ce qui la caractérisait en tant que troisième sœur s'était entièrement effacé. Lorsqu'elle poussa ces cris étranges qui firent frissonner la foule, elle était totalement entrée dans l'état d'immortelle oiseau. Son nez se tordit, ses pupilles jaunirent, son cou se rétracta dans sa poitrine, ses cheveux devinrent des plumes, et ses bras des ailes. Elle les agita

1. Première phrase du *Sanzijing*, le *Classique des trois caractères*, livre d'instruction traditionnel.

en suivant la pente douce de la montagne, poussa son cri d'oiseau, et sans tenir compte de personne, s'élança vers le vide. Sima Ting tendit la main pour la retenir, mais n'y parvint pas, déchirant un morceau de sa veste. Le temps que nous comprenions ce qui se passait, elle planait déjà – je préfère dire qu'elle planait, pour ne pas dire qu'elle tombait. Au pied de la falaise, dans la prairie, s'éleva une minuscule fumée verte.

Ma deuxième sœur fut la première à pleurer. Ses pleurs me mirent mal à l'aise : que l'immortelle oiseau volât jusqu'au bas de la montagne était chose parfaitement normale, pourquoi pleurer ? Ensuite, ce fut au tour de ma sœur aînée, que j'avais toujours trouvée si machiavélique et cynique. Même ma huitième sœur qui n'y voyait rien du tout se mit à pleurer sans savoir pourquoi, mais avec beaucoup de sensibilité et de complaisance. Ses pleurs étaient des balbutiements, comme des paroles dites en rêve, mais avaient aussi la chaleur d'une prière. Après coup, ma huitième sœur me dit que, quand la troisième sœur était tombée, elle avait entendu un son clair, comme si une vitre s'était brisée. La foule, au comble de l'excitation, resta muette : les visages se couvrirent d'une couche de givre, les yeux se remplirent de brouillard. La deuxième sœur demanda aux soldats d'amener un mulet, elle n'avait besoin de personne pour l'aider, et, agrippant de ses bras le cou trapu de l'animal, monta vivement sur son dos. Elle lui donna un coup du bout du pied dans le ventre et il partit au galop en se dandinant. Sima Liang fit deux pas pour suivre le mulet, mais un soldat le retint, le souleva par les bras et le posa sur le dos du cheval que son père Sima Ku avait monté peu avant.

Telle une troupe de soldats en pleine débandade, nous descendîmes en cahotant du mont du Bœuf-Couché. Au même moment, que faisaient Babbitt et Niandi, cachés sous le grand nuage blanc ? Tout en cheminant, je me creusais la cervelle pour imaginer la scène. C'était comme si je le voyais, à genoux à côté d'elle, une tige de sétaire à la main, lui taquinant les seins avec l'épi duveteux, comme je l'avais fait peu auparavant. Et elle, étendue, les yeux fermés, poussant des gémissements de plaisir, comme une petite chienne qu'un homme gratterait, regardez-moi ça, ses jambes se lèvent, sa queue balaie la prairie, elle se montre pleine d'attention pour cet écervelé de Babbitt ! Alors qu'il n'y a pas si longtemps, parce que, moi, je l'avais taquinée avec un brin d'herbe elle avait failli me mettre les fesses en bouillie. Repensant à cela, je fus pris d'une rage folle, mais ce n'était pas que de la rage, il s'y mêlait un sentiment érotique, comme si des langues de feu me brûlaient le cœur. Je poussai un juron : « Chienne ! », puis je joignis brusquement mes mains comme si je lui serrais le cou. « Qu'est-ce qui t'arrive ? » demanda Laidi en se retournant sur le mulet. Dans la hâte pour descendre de la montagne, les soldats m'avaient installé derrière elle. J'entourai fermement sa taille glacée et collai mon visage contre son dos maigre en marmonnant : « Babbitt, Babbitt, ce diable américain, il s'est couché sur la sixième sœur. »

Après avoir décrit une large boucle, nous finîmes par arriver au pied de la falaise. Sima Ku et Babbitt avaient depuis longtemps détaché les lanières qu'ils avaient sur eux, ils étaient debout, tête baissée, et devant eux s'étendait l'herbe verte qui poussait avec une abondance particulière à cet endroit. Dans les touffes de cette herbe était incrustée ma troisième sœur, allongée sur le dos, le corps enfoncé dans la terre ; tout autour d'elle avaient giclé de la boue noire ainsi que des plants d'herbes arrachés. L'expression d'oiseau avait complètement disparu de son visage. Ses yeux étaient entrouverts et elle dégageait un grand calme, comme si elle souriait doucement. Les regards glacés qui sortaient de ses yeux transpercèrent ma poitrine et s'enfoncèrent dans mon cœur. Elle était toute pâle, on eût dit que son front et ses lèvres avaient été passés à la craie. Du sang sortait en fins filets de son nez, de ses oreilles et du coin de ses yeux. Quelques grosses fourmis rouges affolées grimpaient sur son visage. C'était un endroit que fréquentaient peu de bergers, les herbes étaient folles et les fleurs abondantes, abeilles et papillons se déchaînaient, un parfum sucré de débauche emplissait nos poitrines. À une dizaine de mètres plus loin se dressait la falaise escarpée de couleur ocre. Sa base était concave et il s'y étalait un étang aux eaux noires où tombaient les gouttes d'eau des parois dans un clapotis incessant.

Ma deuxième sœur se précipita en clopinant et s'agenouilla à côté du corps : « Troisième sœur, troisième sœur, troisième sœur !... » Elle glissa la main sous la nuque de celle-ci comme si elle voulait l'aider à se relever, mais le cou de ma troisième sœur était mou et distendu comme du caoutchouc. Sa tête pendait dans le creux du bras de ma deuxième sœur, telle une tête d'oie morte. Zhaodi remit aussitôt la tête dans sa position initiale puis serra la main, tout aussi molle. Elle se mit à pousser des vagissements. « Troisième sœur, troisième sœur, criait-elle en pleurant, tu es partie comme ça... »

Ma sœur aînée ne pleura pas ni ne cria, elle s'agenouilla près de la troisième sœur, leva la tête et regarda la foule tout autour. Son regard semblait perdu dans le vague. J'entendis qu'elle poussait un soupir, vis qu'elle tendait la main derrière elle pour cueillir une fleur à pompons violets gros comme des œufs de poule. Avec cette fleur lourde et douce, elle essuya le sang qui coulait des narines de ma troisième sœur, puis le bord de ses yeux, puis ses oreilles. Quand elle eut essuyé ces orifices, elle leva devant elle la fleur aux pompons violets et se mit à la renifler de son nez pointu, elle la sentait, la sentait, et je vis naître sur son visage un sourire étrange qui n'avait pas lieu d'être, et dans ses yeux étinceler une lumière que seuls des gens arrivés à un certain état d'ivresse peuvent avoir. Je sentis confusément que l'esprit paranormal de l'immortelle oiseau venait de se communiquer à Shangguan Laidi par l'intermédiaire de la fleur violette à pompons duveteux.

Ma sixième sœur, celle dont je me souciais le plus, se fraya un passage dans la foule et s'approcha lentement du corps sans vie de ma troisième sœur, elle ne s'agenouilla pas, ne pleura pas, mais resta silencieuse, tête baissée, triturant dans ses mains le bout de sa natte, son visage passant du rouge au blanc, un peu comme une fillette qui a fait une bêtise. Pourtant, elle était déjà une grande jeune fille au physique accompli, avec ses cheveux d'un noir de jais, son derrière saillant très haut comme si sur son coccyx s'était dressée une splendide queue rousse. Elle portait un *qipao*[1] de soie blanche que ma deuxième sœur, Zhaodi, lui avait donné, fendu très haut sur les côtés, laissant apercevoir de manière fugace la ligne de ses longues cuisses. Elle marchait pieds nus, et ses petits pieds étaient zébrés des marques rouges que lui avaient faites les feuilles pointues des roseaux. Dans le dos de sa robe, il y avait des traces d'herbes vertes écrasées et des taches de fleurs sauvages, mouchetures violettes dans un dégradé de vert... Mes pensées bondirent et se faufilèrent sous le nuage qui les avait mollement recouverts,

1. Robe traditionnelle à col montant et fendue sur les côtés.

Babbitt et elle, la sétaire… la queue duveteuse… mes yeux, comme des taons suceurs de sang, vinrent piquer ses seins. La haute poitrine de Niandi et ses mamelons en forme de cerise étaient mis en valeur par la robe de soie blanche. Une salive aigrelette emplit ma bouche. Depuis cet instant précis, il suffit que je voie de beaux seins pour que ma bouche se remplisse de salive, que je souhaite ardemment les prendre à deux mains, les sucer, que je souhaite ardemment m'agenouiller devant les beaux seins de l'univers entier, me comporter comme leur fils le plus fidèle… Et juste à cet endroit proéminent, la soie blanche était marquée d'une tache qui ressemblait à de la bave de chien. Au fond de moi, je ressentis comme un coup de poignard, c'était comme si j'avais devant les yeux une peinture représentant, comme si j'y étais, la scène pleine de vie du petit père Babbitt, l'Américain, en train de mordiller les seins de ma sixième sœur. Les yeux d'un bleu profond de ce bâtard fixaient le menton de ma sixième sœur, tandis que les mains de celle-ci caressaient tendrement sa chevelure dorée. C'étaient précisément ces mains qui m'avaient frappé les fesses avec tant de cruauté ; pourtant, je n'avais fait que la taquiner doucement, alors que lui, il l'avait mordue. Cette douleur pernicieuse me rendit presque insensible à la mort de ma troisième sœur. Les pleurs de Zhaodi m'avaient plongé dans le désarroi. Mais les pleurs de Niandi ressemblèrent à une voix céleste naturelle qui ranima la vivante beauté de la morte, ainsi que son itinéraire exceptionnel, fit ployer les arbres et tomber les feuilles, ébranla le ciel et la terre, fit pleurer les diables et les démons.

Babbitt avança encore de quelques pas et je vis de plus près encore ses lèvres rouges fraîches et tendres qui me déplaisaient au plus haut point, ainsi que son visage couvert de duvet blanc. Ses sourcils blancs, son grand nez, son long cou me chagrinaient. Il tendit les bras, comme s'il voulait nous offrir quelque chose : « Quel malheur, dit-il, quel malheur, jamais je n'aurais pu imaginer… » Il prononça avec un accent bizarre quelques mots dans une langue étrangère que nous ne comprenions pas, puis ajouta quelques mots en chinois, que nous comprîmes : « Elle était mythomane, elle se prenait pour un oiseau, mais ce n'était pas un oiseau… »

Les gens commençaient à discuter, je devinais que leurs discussions avaient certainement à voir avec l'immortelle oiseau et Han l'Oiseau, peut-être même certaines phrases concernaient-elles Sun Pas-un-mot, ou bien les deux enfants, je n'avais pas envie de les écouter et n'aurais pas pu. À mes oreilles résonnait un bourdonnement, des guêpes passaient, sur la falaise on distinguait leurs nids énormes sous lesquels était assis un chat sauvage ; et devant ce chat sauvage était étendue une marmotte. Les pattes avant de la marmotte étaient particulièrement développées, son corps gras, ses yeux petits et rapprochés. Guo Fuzi, le sorcier du village, qui savait pratiquer la divination et s'emparer des fantômes, avait de petits yeux vifs très rapprochés qui tournaient sans cesse. Son surnom était « la Marmotte ». « Vieil oncle, dit-il en sortant de la foule, elle est morte, la pleurer ne la ramènera pas à la vie, il fait très chaud en ce moment, il faut vite la ramener et organiser sa sépulture pour qu'elle repose en terre ! » En vertu de quelle relation particulière appelait-il Sima Ku « vieil oncle » ? Je l'ignorais, je ne savais pas non plus qui le savait. Sima Ku approuva de la tête et dit en se tordant encore les mains : « Merde alors, quelle tuile ! »

La Marmotte se plaça derrière ma deuxième sœur, faisant tourner ses petits yeux, et il dit comme s'il était rempli de douleur : « Épouse du vieil oncle, elle est morte, mieux vaut se soucier des vivants, vous êtes enceinte, si vous nuisez à votre santé en pleurant, quelle catastrophe ! Et de plus, madame la jeune tante était-elle un être humain ? Absolument pas, c'était une immortelle des cent oiseaux, comme elle avait goûté aux pêches d'immortalité de la reine mère d'Occident, elle avait été envoyée chez les humains en punition, aujourd'hui, son temps était venu, elle devait tout naturellement reprendre sa place parmi les immortelles. Dites-moi, chacun a bien vu de ses propres yeux qu'elle était en parfaite symbiose avec l'univers quand elle s'est jetée du haut de la falaise, touchant le sol avec légèreté, comment un corps ordinaire aurait-il pu être animé d'une telle aisance ? » Tout en parlant du ciel et des hommes, la Marmotte tirait ma deuxième sœur qui ne cessait de répéter : « Quel malheur que tu sois morte, troisième sœur…

– Bon, ça suffit, ça suffit, dit avec impatience Sima Ku en agitant la main vers ma deuxième sœur, ne pleure plus, pour elle, vivre c'était souffrir, alors que mourir, c'est devenir immortelle.

– Tout est de ta faute, c'est toi qui as eu l'idée de faire cet essai de vol humain ! dit ma deuxième sœur.

– Est-ce que je n'ai pas moi-même volé ? répondit Sima Ku. Ce genre de chose, vous autres les femmes, vous n'y comprenez rien. Officier Ma, prenez quelques hommes et ramenez-la, achetez un cercueil et organisez sa sépulture. Aide de camp Liu, rangez les parachutes et remontez sur la montagne, le conseiller Babbitt et moi-même allons voler une nouvelle fois. »

La Marmotte soutint ma deuxième sœur et s'adressa à la foule sur un ton solennel : « Que tout le monde prête main-forte ! »

Ma grande sœur continuait à humer sa fleur, la fleur humectée du sang de la troisième sœur. « Madame la tante, dit la Marmotte, ne soyez pas triste, madame la troisième tante a retrouvé sa place, tout le monde devrait s'en réjouir… »

Avant même que la Marmotte eût fini de parler, ma grande sœur avait redressé la tête et le fixait avec un sourire mystérieux. Il balbutia quelques mots, mais n'osa continuer et se mêla en hâte à la foule.

Tenant sa fleur aux pompons violets, Shangguan Laidi se releva en riant, enjamba le cadavre de l'immortelle oiseau, fixa Babbitt et se mit à se trémousser de tout son corps dans son ample robe noire. Ses gestes étaient terriblement agités, comme si elle était prise d'une envie d'uriner. Elle fit quelques pas en se tortillant, jeta la fleur, se précipita sur Babbitt, lui serra le cou, se collant à lui et marmonnant comme dans un délire fiévreux : « … Tu me tues… je suis morte… »

Babbitt se dégagea à grand-peine de son étreinte. Le visage couvert de sueur, il se hasarda à prononcer quelques mots où se mêlaient une langue étrangère et le dialecte local : « … Non, je ne veux pas… celle que j'aime, ce n'est pas toi… »

Comme une chienne jalouse, ma grande sœur se précipita sur Babbitt en bombant la poitrine, la bouche remplie d'obscénités. Babbitt esquiva maladroitement son attaque plusieurs fois de suite, avant d'aller se réfugier derrière ma sixième sœur qui lui servit de paravent. Celle-ci ne voulait absolument pas tenir ce rôle. Elle ressemblait à un petit chien qui cherche à se débarrasser de la clochette qu'un mauvais farceur lui a attachée à la queue et qui tourne sur lui-même. Ma grande sœur tournait en suivant ma sixième sœur. Babbitt, penché en avant, tournait en suivant les fesses de celle-ci. Ils tournèrent, tournèrent, jusqu'à me donner le tournis. Devant mes yeux passaient des fesses dressées, des poitrines offensives, des nuques luisantes, des visages transpirants, des jambes maladroites… Mes yeux en étaient éblouis, en moi tout se mélangeait. Les cris de ma grande sœur, les hurlements de ma sixième sœur, les gémissements de Babbitt, les regards surpris de la foule. Sur le visage des soldats, c'étaient des sourires narquois, des bouches fendues, des mentons tremblants. Le troupeau de chèvres se préparait à rentrer paresseusement de lui-même, formant une longue file conduite par ma chèvre, avec ses mamelles gonflées de lait. Les troupeaux de chevaux et de mulets étincelaient. Les oiseaux, poussant des cris d'effroi, décrivaient de grands cercles au-dessus de nos têtes, car dans l'herbe sauvage devaient être cachés leurs œufs ou leurs petits. Cette herbe malchanceuse. Ces fleurs sauvages au cou cassé. Saison dissolue. Ma deuxième sœur finit par attraper ma sœur aînée par la robe. Celle-ci se débattait de toutes ses forces, les mains tendues vers Babbitt. De sa bouche sortaient des paroles du plus bas étage, qui faisaient monter le rouge aux joues. Sa robe noire se déchira, laissant apparaître ses épaules et son dos. Ma deuxième sœur se précipita sur elle et lui envoya une gifle. Ma grande sœur cessa de se débattre, les yeux hagards, de l'écume blanche à la commissure des lèvres. La deuxième sœur giflait son visage avec de plus en plus de force. Du sang noir gicla du nez de Laidi, sa tête pendit sur sa poitrine comme une fleur de tournesol, puis elle s'effondra à terre.

Épuisée, ma deuxième sœur s'assit dans l'herbe, le regard figé pendant un long moment, haletant bruyamment. Puis son halètement se transforma en pleurs. Ses mains frappaient en rythme ses genoux, comme si elle battait la mesure.

Sur le visage de Sima Ku se lisait une excitation qu'il ne parvenait pas à dissimuler. Les yeux rivés sur le dos nu de ma sœur aînée, il respirait avec force. Ses mains ne cessaient de pétrir son pantalon, comme si elles étaient enduites d'une chose dont il ne pouvait se débarrasser.

Chapitre 21

Le banquet de mariage commença au crépuscule dans l'église repeinte à neuf. Une dizaine d'ampoules éblouissantes pendaient aux poutres, éclairant la vaste salle comme en plein jour. Dans la petite cour devant l'église grondait une machine, et le mystérieux courant électrique passait grâce à des fils depuis celle-ci jusque dans les ampoules qui diffusaient la lumière, illuminant les ténèbres et attirant les papillons de nuit qui mouraient brûlés à son contact et tombaient sur les têtes des officiers du détachement de Sima et les notables du bourg de Dalan. Sima Ku, revêtu de son uniforme, le visage rayonnant, se leva de la place d'honneur. Il s'éclaircit un peu la voix et déclara avec force : « Mes chers frères, messieurs les notables, le banquet auquel vous avez été conviés aujourd'hui célèbre le mariage de notre respecté ami Babbitt avec notre jeune tante Shangguan Niandi, c'est une source de bonheur considérable que je vous prie de bien vouloir applaudir. » Applaudissements nourris de l'assistance. À côté de Sima Ku était assis le jeune Américain Babbitt, vêtu d'un uniforme blanc, une fleur rouge piquée dans la poche de poitrine, le visage souriant. Il avait passé sur ses cheveux blonds une couche d'huile d'arachide qui les faisait briller, comme si un chien les avait léchés. À côté de Babbitt était assise Shangguan Niandi, vêtue d'une robe blanche dont le décolleté dévoilait le haut de ses seins. Ma bouche était remplie de salive, alors que les lèvres de ma huitième sœur étaient aussi sèches que des pelures d'oignon. Dans la journée, durant la cérémonie de mariage, j'avais tenu avec Sima Liang la longue traîne de la robe, telle la queue d'un faisan. Dans les cheveux de Niandi étaient piquées deux lourdes roses, son visage était fardé et poudré, mais ni le fard ni la poudre ne parvenaient à masquer son bonheur. Heureuse Shangguan

Niandi, tu exagères vraiment, le cadavre de l'immortelle oiseau n'est pas encore refroidi que tu célèbres tes noces avec un Américain ! En moi-même, je n'étais pas content, Babbitt avait eu beau m'offrir un petit couteau pointu au manche en plastique, je n'étais toujours pas content. Ces lampes électriques, c'était vraiment une saleté, elles illuminaient la robe blanche et rendaient parfaitement visibles les seins aux mamelons rouges qui devenaient un objectif public. Je savais que les hommes avaient tous les yeux fixés sur eux. Même Sima Ku louchait dans leur direction. Mais eux, ils ne s'apercevaient de rien, ils continuaient à se pavaner. J'aurais voulu injurier les gens, mais qui en fait ? D'abord, toi, salaud de Babbitt, car ce soir, ces seins seraient à toi tout seul. Ma main moite serrait fort dans ma poche le petit couteau pointu. Si je me précipitais sur elle, je déchirerais sa robe avec mon petit couteau, puis en suivant leur contour, je détacherais prestement ses seins. Que se passerait-il ? Sima Ku se soucierait-il encore de faire son discours ? Babbitt, d'être ému ? Shangguan Niandi, d'être heureuse ? Je les cacherais, mais où ? Dans la meule de foin ? Non, la belette risquerait de les manger. Dans un trou du mur ? Le rat risquerait de les emporter. Dans le creux d'un arbre ? La chouette risquerait de les prendre… Quelqu'un me piqua légèrement à la taille. C'était Sima Liang. Il portait un habit de cérémonie blanc et un nœud papillon noir autour du cou. Exactement la même tenue que la mienne. « Petit oncle, me dit-il, assieds-toi, tu es le seul à rester debout. » Je me rassis lourdement sur le banc, cherchant à me rappeler quand et pourquoi je m'étais levé. Sha Zaohua était aussi magnifiquement habillée ; pendant la cérémonie, elle avait apporté à Shangguan Niandi un grand bouquet de fleurs sauvages. À cet instant, profitant que les oreilles des gens étaient occupées à écouter le discours de Sima Ku, leurs yeux à regarder les seins de Niandi, leurs narines à humer les odeurs de viande et d'alcool, leurs pensées à voguer à la dérive, elle allongea ses petites griffes, comme un chaton qui vole de la nourriture, vers un plat où elle attrapa un morceau de viande, puis faisant semblant de se moucher, le fourra dans sa bouche.

Le discours de Sima Ku se poursuivait, il porta un toast, avec une liqueur de vin de raisin achetée spécialement aux monts du Grand-Étang, qui lançait des éclats rouges dans les verres ; il ne cessait de lever son verre, sans craindre de se fatiguer le bras. « M. Babbitt est descendu du ciel, disait-il, du ciel nous est tombé Babbitt. Sa démonstration de vol, vous en avez tous été témoins, et les lampes qu'il a allumées, elles sont juste au-dessus de ma tête... » Il désigna les ampoules électriques accrochées à la poutre et les yeux de l'assistance quittèrent pour un temps les seins de Niandi qui leur faisaient perdre toute volonté, les faisaient s'extasier et leur lançaient une sorte d'appel ; suivant le doigt, ils observèrent la lumière aveuglante. « Voici donc l'électricité, elle a été volée au dieu du tonnerre. Depuis que nous, le détachement de maquisards, avons Babbitt, nous pouvons dire que tout va pour le mieux pour nous, Babbitt est un général béni du ciel, il est d'une extraordinaire ingéniosité, et dans un instant, il va encore une fois vous faire écarquiller les yeux. » Il se retourna et montra derrière lui ce qui était à l'origine la chaire où prêchait le pasteur Maroya et ensuite l'estrade où la soldate Tang du bataillon de sabotage faisait ses discours sur la résistance au Japon. Sur le mur derrière l'estrade était tendu un morceau de tissu blanc. J'eus la sensation que du noir passait devant mes yeux, la lumière des lampes m'aveuglait et je n'osais plus les regarder trop longtemps. « Un homme qui possède un tel talent, jamais nous ne le laisserons repartir, quoi qu'il en dise. Maintenant que la guerre de résistance a triomphé, M. Babbitt voudrait rentrer dans son pays, mais ce n'est absolument pas possible, nous devions user de toute notre chaleur pour le retenir, c'est la raison pour laquelle j'ai été partisan de lui donner en mariage notre jeune tante qui est plus belle encore qu'une immortelle. Et maintenant, je propose que tout le monde lève son verre pour le bonheur de M. Babbitt et de Mlle Shangguan Niandi, cul... »

L'assistance se leva dans un immense vacarme et, entrechoquant les verres, tous jetèrent la tête en arrière en clamant : « ... sec ! »

Shangguan Niandi tendit sa main parée d'un anneau en or et leva son verre pour le choquer contre celui de Babbitt, puis elle fit de même avec ceux de Sima Ku et de Shangguan Zhaodi. Celle-ci venait juste d'accoucher et son corps n'avait pas encore repris son aspect normal, elle avait le teint pâle, ses joues étaient marquées de plaques rouges. « Le nouveau marié et la nouvelle mariée doivent boire d'une façon particulière, en croisant leurs verres », expliqua Sima Ku. Sous sa direction, Babbitt et Niandi entrecroisèrent leurs bras et burent tant bien que mal, sous les acclamations de la foule.

Puis s'ensuivirent des cris, des chocs, l'envol des baguettes, les déglutitions de dizaines de bouches, des bruits grossiers et, sur les lèvres et les joues, une couche de graisse bien luisante.

À ma table se trouvaient Sima Liang, Zaohua, ma huitième sœur, ainsi que des petits démons venant d'on ne sait où. Tous mangeaient, sauf moi. Je les observais. Zaohua fut la première à jeter ses baguettes et à manger avec les doigts, saisissant une cuisse de poulet de la main gauche et un pied de cochon de la droite, qu'elle rongea à tour de rôle. Je découvris que, pour mieux concentrer leur énergie, les enfants à ma table fermaient les yeux en mangeant, comme s'ils imitaient ma huitième sœur qui, les joues en feu et les lèvres comme des nuages empourprés, était encore plus belle que la mariée. Mais quand les petits enfants approchaient des plats pour se servir, eux, ils ouvraient grand les yeux. Les voyant ainsi s'agiter pour des cadavres d'animaux, je ressentis de la tristesse pour eux.

Ma mère était opposée au mariage de ma sixième sœur avec Babbitt. « Maman, lui avait dit celle-ci, j'ai toujours gardé le secret sur le meurtre de grand-mère. » D'un seul coup, ma mère s'était adoucie et n'avait plus rien dit. Son silence avait transformé son expression, on eût dit une feuille sèche d'automne. Elle ne s'était plus occupée du tout de ce mariage qui avait en revanche préoccupé ma sœur plusieurs jours. À cet instant, le banquet entra dans son état naturel ; d'une table à l'autre, personne ne s'occupait plus des autres, chaque table constituait un centre autonome où l'on se provoquait pour boire, en jouant à la mourre. L'alcool ne tarissait pas, les plats se succédaient, les garçons vêtus de blanc portaient sur les bras des empilements d'assiettes et couraient en criant le nom de chaque plat : Voici... les boulettes de viande en sauce rouge... et voici... les cailles en ragoût... et voilà les poussins mijotés aux champignons...

Notre tablée était composée d'une troupe de généraux nettoyeurs de plats. Et voici... le jambonneau de verre... Un jambon luisant atterrit au milieu de la table et plusieurs mains brillantes de graisse se tendirent ensemble. C'était brûlant, des bruits d'aspiration sifflaient, tels des serpents venimeux. Mais personne ne voulait attendre, les mains se tendaient de nouveau pour détacher un morceau de peau que l'on faisait tomber sur la table puis que l'on récupérait pour se le jeter dans la bouche, il n'y avait pas un instant à perdre, on allongeait le cou et on avalait à grand bruit en faisant la grimace et en fronçant les sourcils avec de petites larmes dans les yeux. En un instant, la peau et la chair furent nettoyées, il ne resta dans le plat que quelques os blancs luisants. Ceux qui arrivèrent à s'en emparer rongeaient avec acharnement, tête baissée, le tissu conjonctif sur les articulations. Le regard de ceux qui n'avaient pas réussi à se saisir d'un os virait au vert, et ils se léchaient les doigts. Leur abdomen était gonflé comme un ballon, leurs longues jambes maigres pendaient de manière pitoyable sous le banc. De leur ventre montaient des bulles vertes et ils émettaient comme le ronronnement d'un chat sauvage. Et voici… la carpe écureuil… Un serveur court sur pattes, au ventre rebondi, le visage sévère, vêtu d'une queue-de-pie d'un blanc immaculé, apportait un plateau en bois sur lequel reposait un plat en porcelaine où gisait un gros poisson jaunâtre. Une dizaine de serveurs, tous de la même taille, vêtus de la même queue-de-pie blanche, apportèrent le même plateau de bois avec le même plat en porcelaine et le même poisson jaunâtre. Le serveur qui arrivait en dernier ressemblait à un poteau électrique. Il posa le plat rempli de poisson sur notre table et me fit une grimace. Le visage de cet homme m'était familier. Une bouche tordue, un œil ouvert, un œil clos, le nez couvert de rides, où avais-je déjà vu cette tête de diable ? Était-ce au banquet donné par le bataillon de sabotage en l'honneur du mariage de Shangguan Pandi et Lu Liren ?

La carpe écureuil était striée d'incisions dorées dans lesquelles s'étalait une couche de sirop au goût acide. Ses yeux grisâtres se cachaient sous des tiges vertes de ciboule, sa queue triangulaire pendait tristement hors du plat, semblant remuer encore légèrement. Les petites griffes tentèrent un nouvel assaut ; je ne supportai plus d'assister au dépècement de ce poisson écureuil et tournai la tête. Babbitt et Niandi s'étaient levés à la table d'honneur. Bras dessus bras dessous, chacun tenant un verre à pied rempli de vin rouge. Faisant mille manières, pleins de prévenance, ils s'avancèrent tous deux devant notre table. Les regards de ma tablée étaient rivés sur la carpe écureuil, le pauvre poisson avait déjà perdu la moitié de son corps, laissant apparaître sa grande arête bleutée. Des petites griffes la soulevèrent d'un coup et en un clin d'œil le dessous du poisson fut anéanti. Devant chaque enfant était posé un morceau informe d'où s'élevait une chaude vapeur. Ils ressemblaient à des petites bêtes sauvages avides, amassant une grande quantité de nourriture dans un coin de leur grotte pour la manger ensuite tranquillement. Dans le plat ne restaient que l'énorme tête du poisson et sa fine queue reliées par l'arête centrale. La nappe blanche était maculée, sauf devant ma place où elle avait conservé sa blancheur bleutée. Un verre rempli de vin rouge fut posé bien droit au milieu de cette blancheur.

« Mes chers petits amis, dit Babbitt chaleureusement en levant son verre dans notre direction, trinquons ensemble ! »

Son épouse aussi leva son verre, ses doigts étaient les uns repliés les autres tendus, telle une fleur d'orchidée, et l'anneau d'or scintillait sur les pétales. Sur le bord de ses seins bien saillants flottait une lumière froide de porcelaine. Mon cœur se mit à battre la chamade.

Mes compagnons de table, la bouche pleine de chair de poisson, les jambes et les mains empêtrées, se levèrent en désordre ; leurs joues, leur nez et même leur front étaient maculés de graisse brillante. Sima Liang, à côté de moi, se hâta d'avaler ce qu'il avait dans la bouche, puis il releva le morceau de nappe qui pendait sous la table et s'essuya rapidement les lèvres et les mains. Mes mains étaient toujours aussi blanches et fines, et mon habit de cérémonie immaculé, mes cheveux blonds brillaient. Mon estomac n'avait jamais digéré de cadavres d'animaux, mes dents n'avaient jamais mordu de fibres végétales. Les griffes pleines de graisse levèrent maladroitement leurs verres de vin pour les choquer contre ceux des époux Babbitt. Tandis que moi, debout devant ma chaise, j'étais le seul à lorgner, éperdu, les seins de Niandi. Je me cramponnais au bord de la table, m'efforçant de surmonter mon envie de me précipiter sur ces seins pour téter.

Étonné, Babbitt me regarda : « Et toi, demanda-t-il, pourquoi ne manges-tu pas et ne bois-tu pas ? Tu n'as rien mangé ? Rien du tout ? »

Shangguan Niandi cessa un instant de prendre ses grands airs et recouvra son allure originelle, celle de ma sixième sœur ; de sa main libre, elle me caressa le cou et dit à son tout nouveau mari : « Mon petit frère est un demi-immortel, il ne mange pas les aliments des hommes. »

Le parfum capiteux que dégageait le corps de ma sixième sœur m'affolait complètement, ma main trahit ma volonté et j'agrippai ses seins. Son vêtement de soie était si lisse. Elle poussa un cri de surprise et me lança son vin au visage.

Elle devint toute rouge. Rajustant son décolleté que j'avais mis en désordre, ma sœur m'injuria à voix basse : « Salaud ! »

Le vin coulait sur mon visage, devant mes yeux tombait un rideau rouge translucide. Les seins de Shangguan Niandi ressemblaient à deux ballons rouges gonflés au gaz qui ballottaient non pas devant mes yeux, mais plutôt à l'intérieur de mon crâne.

De sa grande main, Babbitt me tapota la tête et me dit avec un clin d'œil : « Mon petit gars, les seins de ta mère t'appartiennent, mais ceux de ta sœur sont à moi. J'espère que nous resterons bons amis. »

J'esquivai sa grande main et considérai avec haine son horrible visage ridicule. La douleur que je portais en moi était difficile à exprimer par des mots. Les seins de ma sixième sœur, tendres et délicats, sculptés dans le jade, ces trésors sans pareil, allaient tomber cette nuit entre les mains de cet Américain au visage rose couvert d'un fin duvet, il pourrait les prendre, les toucher à sa guise, les pétrir. Les seins de ma sixième sœur, blancs comme des gâteaux de riz, gorgés de miel, somme des meilleurs mets rares du bout du monde, allaient finir cette nuit dans la bouche aux dents blanches d'un Américain, ils se laisseraient mordiller, sucer, et il les assécherait jusqu'à ne laisser que leur peau livide. Et ce qui m'affligeait le plus, c'était que ma sixième sœur serait consentante. Shangguan Niandi, je t'ai taquinée une fois avec une herbe et tu m'as donné deux tapes ; je t'ai touchée une fois de la main et tu m'as couvert le visage de vin. Mais quand Babbitt te caressera et te mordra, tu le supporteras joyeusement. Que le monde est injuste ! Vous autres, marchandises de bas étage, pourquoi ne comprenez-vous pas mes tourments ? Dans ce monde, personne ne comprend mieux que moi les seins, ne les aime mieux que moi, ne sait les protéger mieux que moi, mais mes bonnes intentions sont prises pour de la malveillance. Je pleurais de rage.

Babbitt haussa les épaules à mon intention et me fit la grimace, puis il prit le bras de Shangguan Niandi et se dirigea vers une autre table pour trinquer. Un serveur apporta une soupe où flottaient des filaments de jaune d'œuf qui ressemblaient aux cheveux d'un cadavre. Mes compagnons de table, imitant les autres, puisaient de la soupe avec leurs cuillères blanches, s'efforçant bien sûr de prendre de l'épais et faisant gicler le liquide partout. Ils approchaient ensuite la cuillère de leur bouche et soufflaient dessus, pour boire à petites gorgées. Sima Liang me poussa un peu. « Petit oncle, prends-en, il n'y a que de bonnes choses dedans, c'est aussi bon que le lait de chèvre.

– Non, je n'en veux pas.

– Eh bien, assieds-toi, tout le monde te regarde. »

Comme par défi, j'observai autour de moi, mais personne ne me regardait, Sima Liang avait fait un faux rapport sur la situation militaire. Au centre de chaque table, une vapeur chaude s'élevait jusqu'aux lampes où, sous l'effet de la chaleur, elle se transformait en brume avant de s'évaporer. Les tables étaient jonchées de verres et d'assiettes, le visage des convives devenait flou, les vapeurs d'alcool dans l'église étaient enivrantes. Le couple Babbitt était retourné à la table d'honneur et s'était rassis. Je vis que Niandi approchait sa bouche de l'oreille de Zhaodi pour lui murmurer quelque chose. Que disaient-elles ? Était-ce à mon sujet ? Zhaodi fit oui de la tête et Niandi recula sa bouche de son oreille, reprenant sa posture solennelle. Elle prit une cuillère et puisa un peu de soupe qu'elle porta à sa bouche pour en humecter ses lèvres, puis elle but avec élégance. Niandi ne connaissait Babbitt que depuis un peu plus d'un mois, mais elle semblait ne plus être du tout la même, dis donc, toi qui fais tant de manières, il y a un mois est-ce que tu ne buvais pas ta bouillie à grand bruit ? Est-ce que, un mois plus tôt, tu ne crachais pas et ne te mouchais pas avec fracas ? J'éprouvais de la répulsion pour elle, mais aussi de l'admiration, comment avait-elle pu changer aussi vite ? Je réfléchis, sans trouver de réponse. Les serveurs apportèrent ensuite les plats de base : des raviolis, des nouilles qui ressemblaient aux vers qui m'avaient fait passer l'envie de manger, et aussi des gâteaux de toutes les couleurs. Je suis vraiment las de décrire toute cette foule qui mange, je m'ennuyais, j'avais faim, ma mère et aussi ma chèvre ne s'impatientaient-elles pas ? N'allaient-elles pas me demander pourquoi je ne revenais pas ? C'était en fait parce que Sima Ku avait annoncé qu'après le repas, Babbitt allait faire une démonstration pour présenter la civilisation culturelle et matérielle de l'Occident. Je savais qu'il allait projeter un film dont on disait que des figures humaines vivantes en sortiraient, produites par l'électricité. C'était ce qu'avait annoncé ma deuxième sœur en invitant ma mère à participer au banquet. Mais celle-ci avait répliqué que, vingt ans plus tôt, elle avait déjà vu ça : un Allemand était venu projeter un film pour promouvoir la vente d'engrais chimiques, une espèce de poudre blanche qui, d'après ce qu'il disait, pouvait accroître la production des céréales quand on en mettait dans la terre, mais personne n'y avait cru. Toute plante de la récolte se nourrit de fumier. Les Allemands avaient donné gratuitement de l'engrais que les paysans avaient versé dans les étangs et, cet été-là, les nénuphars avaient poussé de façon frénétique, leurs feuilles étaient grosses comme des meules, grasses et épaisses, mais les fleurs en revanche très rares. Les paysans s'étaient félicités de ne pas être tombés dans le piège : les Allemands avaient voulu nous nuire, leurs engrais étaient des poisons qui ne faisaient pousser que les feuilles, pas les fleurs, et encore moins les fruits !

Le banquet finit par s'achever, les serveurs arrivèrent en courant avec de grands paniers pour débarrasser en un tournemain la vaisselle qu'ils y jetaient avec fracas. Ce qu'ils jetaient, c'étaient encore des verres et des assiettes, mais ce qu'ils emportaient, ce n'étaient plus que des débris. Une dizaine de soldats efficaces vinrent en hâte prêter main-forte, chacun s'emparant d'une nappe pour l'emporter. Les serveurs revinrent en courant, disposèrent à toute vitesse de nouvelles nappes et apportèrent du raisin, des concombres, des pastèques et des poires ; il y avait aussi du café brésilien qui avait la couleur de l'huile de patate douce et dégageait une odeur étrange, et les pots de café se succédaient en nombre infini. Les hôtes, qui rotaient, se rassirent, avec l'envie d'y goûter, et burent ce café brésilien en hésitant, comme s'ils prenaient un remède.

Les soldats apportèrent une table carrée sur laquelle ils posèrent une machine recouverte d'un tissu rouge.

Frappant dans ses mains, Sima Ku annonça d'une voix forte : « La séance de cinéma va commencer, frères, souhaitons la bienvenue à M. Babbitt qui nous offre cette représentation. »

Babbitt se leva au milieu des applaudissements enthousiastes et s'inclina devant la foule. Ensuite, il marcha jusqu'à la table carrée, ôta le tissu rouge, dévoilant le visage hideux de la mystérieuse machine.

Les doigts de Babbitt s'affairèrent sur les grandes et les petites roues brillantes, et du ventre de l'appareil monta un grondement. Un halo de lumière blanche jaillit soudain, telle une épée acérée, sur le pignon ouest de l'église. La foule poussa une acclamation, puis ce fut le vacarme des bancs que l'on tire. Tous se tournèrent vers la lumière blanche. Au début, elle alla éclairer le visage du Jésus en jujubier qui venait juste d'être déterré et recloué sur sa croix. Cette idole sainte était méconnaissable ; à l'emplacement de ses yeux poussait un petit amadouvier jaune. Babbitt était un chrétien fervent et il avait insisté pour que la cérémonie de mariage eût lieu dans l'église. Dans la journée, Jésus, de ses yeux où poussait l'amadouvier, avait attentivement observé son heureuse union avec Shangguan Niandi, et ce soir, Babbitt envoyait sur les yeux du Christ une lumière électrique qui faisait monter de l'amadouvier une fumée blanche. La lumière se déplaça vers le bas, passant du visage de Jésus à sa poitrine, de sa poitrine à son ventre, de son ventre à son bas-ventre où les sculpteurs chinois avaient représenté une feuille de lotus, puis à ses pieds. Elle finit par atteindre le rectangle de tissu blanc bordé d'une large bande noire accroché au pignon gris de l'église. Elle s'inséra en tremblant dans le cadre noir, trembla encore, dépassa un peu du bord, puis se stabilisa complètement. À cet instant, j'entendis dans la machine des crépitements rapides qui ressemblaient au bruit de la pluie tombant de l'avant-toit.

« Éteignez les lumières ! » cria Babbitt.

Clic ! les lampes électriques accrochées à la poutre s'éteignirent. Nous fûmes subitement plongés dans l'obscurité. Mais la lumière envoyée par la machine diabolique de Babbitt devint encore plus blanche, plus lumineuse. Des nuées de petits insectes y volaient, un papillon de nuit blanc avança imprudemment dans la lumière blanche et sur le tissu apparut aussitôt sa grande ombre claire agrandie plusieurs fois. J'entendis dans l'obscurité une acclamation générale et me mis aussi instinctivement à crier. Et enfin, je vis les ombres électriques. La tête d'un homme apparut soudain dans le faisceau de lumière blanche. C'était celle de Sima Ku. Le pavillon de ses oreilles était traversé par la lumière et l'on pouvait y voir circuler le sang. Sa tête tourna et son visage fit face à la source de lumière qui l'aplatit complètement. Sa face était tellement blanche qu'elle ressemblait à un papier transparent. Sur le tissu se projetait sa tête chétive agrandie de façon démesurée. Une nouvelle clameur s'éleva dans l'obscurité, à laquelle je pris part.

« Assis, assis ! » criait Babbitt, furieux. À cet instant, une fine main blanche s'agita dans la lumière et la grosse tête de Sima Ku disparut. Sur le pignon résonnèrent des crépitements et sur le tissu se mirent à sautiller des zébrures noires, comme si on tirait des coups de fusil. De la musique sortit d'une boîte noire suspendue à côté du tissu, un peu comme du *erhu*, ou du *suona*[1], mais il ne s'agissait ni de l'un ni de l'autre, les sons étaient étouffés, comme des nouilles de haricots mungos sortant à travers les trous de la passoire.

Des signes blancs tout sinueux apparurent sur le tissu blanc, ligne après ligne, parfois grands, parfois petits, s'écoulant du bas vers le haut. Nous poussâmes des acclamations. Le dicton le dit bien : « L'eau coule toujours vers le bas. » Mais ces signes étrangers possédaient manifestement des vertus contraires, ils allaient du bas vers le haut. Ils s'écoulaient hors de l'écran et disparaissaient dans le mur du pignon noyé dans l'obscurité ; si on le démolissait demain, pourrait-on extraire ces caractères étrangers qui s'y étaient incrustés ? Alors que mon esprit vagabondait de la sorte, apparut sur le tissu une rivière dont l'eau coulait bruyamment ; au bord de la rivière se trouvait un arbre, et sur l'arbre, des oiseaux sautillaient et chantaient. Bouche ouverte, nous restions cois. Oubliant d'acclamer. Puis apparut un homme, fusil à l'épaule, bombant un large torse couvert de poils. Il avait aux lèvres une cigarette dont le bout fumait, et de ses narines jaillissait de la fumée. Seigneur, comme c'était étrange ! Un ours brun sortit de la forêt et se précipita vers l'homme. Dans l'église retentirent les cris des femmes et le bruit des bandoulières des fusils que l'on soulève. Soudain un homme réapparut dans le faisceau de lumière, c'était encore Sima Ku, qui brandissait son revolver pour tuer l'ours, mais celui-ci avait déjà été abattu dans son dos.

« Assis, assis, criait Babbitt, espèce d'imbécile, c'est du cinéma ! »

Quand Sima Ku se rassit, l'ours gisait mort sur le tissu blanc. De sa poitrine coulait un sang visqueux, et le chasseur, assis près de lui, rechargeait son fusil.

1. Le *erhu* est un violon à deux cordes, le *suona*, une sorte de hautbois au son strident.

« Ah ! le fils de pute ! Quel coup de fusil ! » s'écria Sima Ku.

Sur l'écran, le chasseur leva la tête et glouglouta une phrase incompréhensible, puis il se mit à rire doucement. Il remit son fusil à l'épaule, glissa ses doigts dans sa bouche et poussa un sifflement strident. Le sifflement résonna dans l'église. Une voiture à cheval arriva sur le chemin de terre qui longeait la rivière. Le cheval qui tirait la voiture avait un air fier et sauvage, mais aussi un peu stupide. L'attelage m'était familier, comme si je l'avais déjà vu quelque part. Sur le timon se tenait debout une femme aux longs cheveux flottant au vent, dont on ne distinguait pas la couleur. Un visage immense, un front proéminent, des yeux magnifiques, des sourcils courbés, aussi noirs et durs que des moustaches de chat. Sa bouche était grande, ses lèvres d'un noir brillant. Je la trouvai particulièrement attirante. Ses seins s'agitaient frénétiquement comme deux lapins blancs que l'on tient par la queue. Ils étaient gros et pleins, surpassant tous les seins de la famille Shangguan. La femme conduisait la charrette qui fonça vers moi, me plongeant dans l'affolement, me provoquant des picotements aux lèvres et me faisant transpirer les mains. Je me levai brutalement, mais des mains puissantes m'appuyèrent aussitôt sur la tête pour m'obliger à me rasseoir. Je me retournai et vis un homme bouche grande ouverte qui m'était inconnu. Derrière lui on se pressait et il y avait aussi beaucoup de gens qui bouchaient l'entrée principale de l'église. Certains étaient presque accrochés au linteau de la porte. Dans la rue, à l'extérieur, régnait un grand brouhaha et on continuait à pousser pour entrer.

La femme arrêta la charrette et sauta du timon. Elle releva sa robe, faisant étinceler des cuisses d'un blanc de neige, balbutia, sans doute appelait-elle l'homme, cria et se précipita. Effectivement, elle l'appelait. Il ne prêta plus attention à l'ours mort, jeta son fusil et courut à sa rencontre. Visage de la femme, sa bouche, ses dents blanches, sa poitrine qui se lève et s'abaisse. Visage de l'homme, sourcils épais, regard d'aigle, barbe luisante qui lui mange le visage, balafre brillante qui va du sourcil à la tempe. De nouveau, visage de la femme. De nouveau, visage de l'homme. Pieds de la femme, qui se sont débarrassés de leurs chaussures. Pieds lourds de l'homme. Puis la femme se jette dans les bras de l'homme. Ses seins sont écrasés. Sa grande bouche ne cesse de becqueter le visage de l'autre. La bouche de l'homme obstrue celle de la femme. Ensuite, ta bouche dehors, ma bouche dedans, ma bouche dedans, ta bouche dehors. Ils se mangent mutuellement. Gémissements. C'est la femme qui les pousse. Il y a encore leurs mains. Elles serrent non seulement le cou ou la taille, mais encore, va que je te caresse, va que tu me caresses, et pour finir, les deux roulent sur la prairie duveteuse, parfois l'homme dessus, parfois la femme. Ils roulent dans tous les sens, sur au moins un li, puis s'arrêtent. La grande main duvetée de l'homme se glisse dans la robe de la femme et lui prend un sein. Mon cœur se mit à souffrir de façon insupportable, des larmes amères jaillirent de mes yeux.

Lumière blanche, plus rien sur le tissu blanc, lumière brutale d'une lampe électrique, à côté de la machine diabolique. La foule poussa un soupir rauque. L'église était pleine à craquer, même sur les chaises devant nous étaient assis des petits enfants cul nu. Dans la lumière, à côté de la machine, Babbitt, tel un dieu. Les roues de la machine tournèrent, tournèrent, puis s'arrêtèrent dans un grand bruit.

Sima Ku bondit et cria en riant à gorge déployée : « Putain de ta mère, repasse-le, on en veut encore, encore ! »

Chapitre 22

Quatre jours plus tard, la projection eut lieu le soir sur la vaste aire de battage des Sima. Les soldats et les officiers du détachement de Sima ainsi que la famille du commandant occupaient les places en or, les notabilités du bourg les places en argent, et les gens ordinaires étaient assis aux places en bronze et en fer. Derrière le tissu blanc accroché très haut s'étendait l'étang couvert de lotus et de lentilles d'eau, et derrière l'étang se tenaient debout ou assis des vieillards et des impotents qui profitaient à la fois du film à l'envers et du spectacle des gens qui regardaient le film.

Ce fut un jour qui entra dans les annales historiques du canton du Nord-Est de Gaomi ; quand on y repense, on s'aperçoit que ce jour-là tout fut inhabituel. À midi, le temps était lourd et chaud, le soleil s'était assombri ; dans la rivière, des poissons flottaient sur le ventre, et dans le ciel, les oiseaux piquaient la tête la première. Sur l'aire de battage, le jeune et vigoureux soldat occupé à enfoncer dans le sol un poteau de bois pour y accrocher l'écran fut pris de violentes coliques qui le firent se rouler par terre de douleur et vomir un liquide vert. Voilà qui n'était pas normal. Des dizaines de serpents à la peau violette mouchetée de jaune passèrent dans la grande rue à la queue leu leu. Voilà encore qui n'était pas normal. Les cigognes blanches des terres marécageuses se posèrent sur les féviers à l'entrée du bourg, un groupe après l'autre, brisant sous leur poids les fines branchettes, laissant des plumes plein les arbres, agitant leurs ailes, tendant leur cou de serpent et tenant toutes raides leurs longues pattes. Voilà qui n'était pas normal. Au village, Zhang le Courageux, célèbre pour sa force, jeta dans l'étang une dizaine de rouleaux de pierre. Voilà qui n'était pas normal. Au milieu de l'après-midi, des voyageurs étrangers au pays arrivèrent au bourg.

Assis sur la digue de la rivière du Dragon, ils mangeaient des crêpes aussi fines que du papier. Et croquaient des radis. Quand on leur demanda d'où ils venaient, ils répondirent qu'ils venaient d'Anyang ; quand on leur demanda ce qu'ils venaient faire, ils dirent qu'ils venaient au cinéma ; et quand on leur demanda d'où ils tenaient qu'on projetait un film ici, ils dirent que les bonnes nouvelles franchissent mille lis plus vite que le vent : cela non plus n'était pas normal. Contrairement à ses habitudes, ma mère plaisanta avec nous au sujet de ses gendres stupides, ce qui n'était pas normal. Le soir venu, les nuages de feu multicolores se mirent à changer constamment de forme : cela non plus n'était pas normal. Les eaux de la rivière du Dragon ressemblaient à du sang, chose qui n'était pas normale non plus. Au crépuscule, moustiques et insectes se regroupèrent et se mirent à voler au-dessus de l'aire de battage comme un gros nuage noir, anormal lui aussi. Les fleurs de lotus blanches tardivement écloses sur les étangs ressemblaient, sous l'éclat de la brume du soir rouge sang, à des esprits célestes, voilà encore qui n'était pas normal. Et le lait de ma chèvre avait un goût fétide, ce qui était encore moins normal.

Après ma tétée du soir, je me précipitai avec Sima Liang vers l'aire de battage : le cinéma nous avait envoûtés. Nous courions face au soleil couchant, la brume s'étalait sur nos visages. Les femmes portant leur banc et tirant leurs enfants et les vieillards appuyés sur leur canne étaient autant d'objectifs que nous devions traverser et dépasser. L'aveugle Xu l'Immortel, qui avait une voix rauque émouvante et gagnait sa vie en mendiant et en chantant, s'aidait d'une longue canne de bambou pour repérer son chemin et marchait devant nous rapidement, les épaules penchées. La tenancière de la boutique d'huile de sésame, Jin Sein unique, lui demanda : « Hé, l'aveugle, tu as l'air plus pressé que le vent, qu'est-ce que tu vas faire ?

– Je suis aveugle, toi aussi ? » Un tabouret tressé en ajonc à la main, le vieux Du Visage blanc, qui portait toute l'année un vêtement en feuilles de palmes et vivait de sa pêche, les interrompit : « Hé, l'aveugle, quel film tu vas réussir à voir ? » L'aveugle, hors de lui, l'injuria : « Visage blanc, c'est cul blanc qu'on devrait t'appeler ! Tu oses dire que je suis aveugle ? Dès que j'ai les yeux fermés, je perce le secret des amours des gens. » Il leva brusquement sa canne de bambou qui siffla dans l'air et faillit faucher les jambes d'aigrette de Du Visage blanc. Le vieux Du s'avança, avec l'intention de brandir son tabouret contre l'aveugle, mais Fang la Demi-Boule, qui était allé dans les monts Changbai déterrer du ginseng et avait eu la moitié du visage arrachée par un ours, le calma : « Vieux Du, te battre contre un aveugle, est-ce bien digne de toi ? Laisse tomber, nous sommes tous du même pays, celui qui a le dessous en tire avantage, mais celui qui en tire avantage a le dessus, c'est comme toutes ces histoires de bol contre l'assiette et d'assiette contre le bol. Dans les monts Changbai, que l'on rencontre quelqu'un du même village ou du même district, on est toujours du même pays ! » Des gens de tous acabits se dirigeaient en groupes vers l'aire de battage de la famille Sima, et si l'on avait bien écouté, à la tablée de chaque maison, à l'heure du repas, on discutait des exploits de Sima Ku ; et dans les papotages des femmes, les filles de la famille Shangguan étaient bien le sujet principal. Nous étions légers comme des hirondelles, l'esprit joyeux, et souhaitions que ce film continue éternellement à être joué.

Ma place et celle de Sima Liang se trouvaient devant la machine de Babbitt. Quand nous nous assîmes, les feux du couchant n'étaient pas complètement éteints, le vent frais du soir apportait des odeurs fétides et salées. Devant nous s'étendait un espace vide délimité à la chaux blanche. Homme de main du village, Hanguo le Sourd, armé d'une perche de sterculier, écartait les villageois qui se retrouvaient poussés dans cet espace. Sa bouche répandait des relents d'alcool, sur ses dents étaient collées des feuilles de ciboule ; il scrutait tout de ses yeux de mante religieuse et fit tomber sans le moindre égard la fleur de velours rouge que portait sur la tête la Bigleuse, la petite sœur du Bousier. Celle-ci avait eu des relations sexuelles avec chaque aide de camp chargé de l'intendance de chaque détachement qui avait cantonné au bourg, et aujourd'hui, elle portait sur elle les sous-vêtements en soie que lui avait offerts Wang Baihe, l'aide de camp du détachement de Sima Ku. De sa bouche s'exhalait l'odeur de fumée de l'aide de camp. Poussant des jurons, elle se pencha pour récupérer sa fleur de velours rouge, au passage ramassa une poignée de terre, visa les yeux de mante religieuse de Hanguo le Sourd et la lança. Aveuglé, Hanguo jeta sa perche et cracha la terre qu'il avait dans la bouche ; il se frottait les yeux et jurait : « Hé, la Bigleuse, espèce de chaussure percée qui vend son…, je baise la jolie fille de ta mère, je baise la petite sœur du Bousier ! » Zhao le Sixième, le marchand de petits pains, incapable de tenir sa langue, lui dit à voix basse : « Hanguo le Sourd, pourquoi faire tant de détours ? Baise la Bigleuse ici et maintenant, et qu'on n'en parle plus ! » Avant même qu'il ait fini de parler, un petit banc en bois de sophora vint frapper son épaule. Il poussa un cri et se retourna vivement. L'homme qui l'avait jeté était le Bousier, le grand frère de la Bigleuse. Il avait le teint cireux et le corps décharné ; il portait une raie droite au milieu de la tête et ses cheveux tombaient épars de chaque côté : cette fente au milieu de son crâne ressemblait à une longue estafilade. Vêtu d'une veste en soie couleur tabac, il tremblait de colère. Sa tête était enduite d'huile capillaire, ses yeux mi-clos. Il avait des relations avec sa propre sœur, la Bigleuse, c'était Sima Liang qui me l'avait dit en cachette. D'où le tenait-il ? « Petit oncle, mon père m'a dit que demain on va fusiller l'aide de camp Wang, me dit Sima Liang à voix basse.

– Et le Bousier ? On le fusillera aussi ? » lui demandai-je tout bas. Le Bousier m'avait traité une fois de bâtard et je lui en voulais. « Je dirai à mon père de fusiller ce raté, dit Sima Liang.

– D'accord, il faut fusiller ce raté ! » insistai-je pour assouvir ma haine. Hanguo le Sourd, les yeux pleins de larmes, agitait les bras dans tous les sens. Zhao le Sixième s'empara du petit banc que le Bousier allait briser une seconde fois et le lança dans les airs. « Je baise ta petite sœur ! » Et cela, il le dit ici et maintenant. Les doigts crochus comme les serres d'un aigle du Bousier saisirent Zhao le Sixième à la gorge et celui-ci l'attrapa par les cheveux. Les deux hommes se tirèrent ainsi jusque sur l'espace libre aménagé par le détachement de Sima, impossible de les séparer. La Bigleuse accourut pour venir en aide à son grand frère, mais à plusieurs reprises, elle frappa par erreur de ses poings contre le dos du Bousier. Elle finit quand même par trouver une opportunité et, telle une chauve-souris bariolée, vola sur le dos de Zhao le Sixième ; puis elle tendit la main vers son entrejambe pour lui agripper les testicules. Guan l'Étoile filante, qui connaissait l'art de la boxe chinoise, l'acclama : « Bravo, quelle belle cueillette de pêches sous la feuille ! » Zhao le Sixième lâcha prise en gémissant, courba la taille comme une crevette, se recroquevilla, son visage vira du jaune au doré dans les couleurs du crépuscule qui tombait lentement. La Bigleuse tirait avec force : « Tu voulais pas me baiser ? dit-elle férocement. Je t'attends ! » Totalement inerte sur le sol, Zhao le Sixième n'était plus qu'une boule de chair parcourue de spasmes. Hanguo le Sourd, le regard brouillé par les larmes, brandit sa perche – comme l'esprit qui montre la voie en avant-garde dans les grands cortèges de funérailles – et, sans aucune retenue, sans distinguer parents de l'empereur ou non, se mit à frapper à tort et à travers. Les coups pleuvaient, vieilles femmes et enfants criaient et pleuraient, les étrangers au bourg cherchaient à voir ce qui se passait et poussaient la foule, tandis qu'à l'intérieur de l'espace les gens faisaient tout pour s'échapper et sauver leur peau. Le vacarme enfla en un instant, les gens ne formèrent plus qu'une masse compacte, un tas, tu me piétines, je te pousse. Je notai entre autres que la Bigleuse prit un coup de perche sur les fesses, qui la propulsa comme une flèche dans la foule et que des mains redresseuses de torts, ainsi que des mains qui pêchaient en eau trouble, tripotèrent son corps de partout, lui faisant pousser de petits cris…

Pan ! Un coup de fusil. Tiré par Sima Ku. Il arrivait, fou de rage, une cape noire sur les épaules, suivi par ses gardes, par Babbitt, Shangguan Zhaodi et Shangguan Niandi. « Du calme ! cria un garde, si vous refaites un tel tapage, pas de représentation. »

La foule se calma peu à peu. Sima Ku et sa suite s'assirent. Le ciel avait viré au pourpre, la nuit allait tomber. Un maigre croissant de lune luisait délicieusement au sud-ouest ; et dans la maigre poitrine de la lune était blottie une étoile rayonnante.

La compagnie à cheval, la compagnie de mulets et celle des civils arrivèrent en rangs par deux, fusil au bras ou sur le dos, lorgnant sur les filles de chaque côté. Une horde de chiens-loups défilant sans discontinuer. Des nuages noirs avalèrent la lune et les étoiles, l'obscurité recouvrit tout. Sur les arbres, les insectes crissaient ; dans la rivière, les eaux tumultueuses grondaient.

« Lancez l'électricité ! » Sima Ku cria cet ordre devant moi, à gauche. Il alluma une cigarette à son briquet. Puis il éteignit celui-ci d'un ample geste.

Le générateur d'électricité se trouvait sur les ruines de la maison de la femme hui. Des ombres bougèrent, une lampe torche s'alluma. Finalement, le générateur se mit en marche en hoquetant, puis prit très vite un rythme régulier. Une lampe s'alluma derrière nous. « Oh, oh ! » cria la foule excitée. Les gens assis devant se retournaient pour voir la lampe. Une foule d'yeux brillaient de lueurs vertes.

Comme le premier soir, un faisceau de lumière blanche chercha le tissu blanc, les papillons de nuit et les moucherons volaient imprudemment en tous sens et l'écran montrait leurs ombres gigantesques qui faisaient pousser des cris de surprise aux soldats et à la foule. Mais plusieurs choses différaient par rapport à la première fois : Sima Ku ne se leva pas en se faisant transpercer les oreilles par la lumière. L'obscurité tout autour était plus profonde et rendait la lumière blanche plus lumineuse encore. L'atmosphère était humide, la vapeur montait des champs. Le bruit du vent chuintait dans les arbres. Le chant des oiseaux de nuit grimpait dans le ciel. La voix des poissons se brisait dans l'eau de la rivière. Il y avait aussi les éternuements des ânes au pied de la digue, c'étaient les montures habituelles des hommes venus de loin. Les aboiements des chiens arrivaient du fond du village. Des éclairs vert émeraude zébraient le rideau du ciel baissé vers le sud-ouest. On entendait des grondements sourds de tonnerre là où les éclairs venaient mourir. Des trains remplis de munitions passaient à vive allure sur la voie ferrée Jiaozhou-Ji'nan. Le grondement clair des énormes roues métalliques écrasant les rails s'accordait parfaitement avec le vrombissement du projecteur rappelant un bruit d'eau courante. Ce qui était encore plus différent, c'était que mon intérêt pour les images diffusées sur l'écran avait beaucoup diminué. L'après-midi, Sima Liang m'avait mystérieusement averti : « Petit oncle, mon père a fait acheter à Qingdao un nouveau film, dedans, c'est plein de femmes qui se baignent les fesses nues.

– Tu mens, avais-je dit.

– Non, c'est vrai, Petit Du a dit que Chen, le chef de la compagnie de civils, est allé le chercher à moto, il va bientôt arriver. » Résultat : ce fut encore le même film. Sima Liang m'avait menti. Je lui pinçai la cuisse. « Je ne t'ai pas menti, peut-être qu'on passe d'abord ce vieux film, et ensuite le nouveau. Attends. » Je connaissais la scène une fois que l'ours avait été touché, je connaissais aussi la scène où l'homme et la femme roulaient par terre, je n'avais qu'à fermer les paupières pour que ces images passent devant elles. J'eus donc encore plus l'opportunité de scruter dans l'obscurité les gens devant et autour de moi.

Comme Shangguan Zhaodi était affaiblie suite à son accouchement, elle était assise, vêtue d'un manteau de drap blanc comme neige, dans un grand fauteuil brun que l'on avait tout spécialement apporté pour elle. À sa gauche, le commandant Sima Ku. Lui aussi dans un grand fauteuil. Sa cape étalée sur le dossier. À sa gauche, Shangguan Niandi, dans un léger fauteuil en rotin, vêtue d'une robe blanche, non pas celle qui avait une longue traîne, mais une robe moulante à col montant. Au début, ils se tenaient le buste bien droit, le cou raide ; par moments, la grosse tête de Sima Ku se penchait vers la droite pour murmurer quelques mots à Zhaodi. Alors que le chasseur fumait sur le tissu blanc, le cou de Zhaodi se fatigua, son corps s'affaissa et sa tête alla reposer contre le dossier du fauteuil. Je voyais vaguement l'éclat blanc des bijoux qu'elle portait sur la tête, sentais vaguement l'odeur de camphre de ses vêtements et entendais très nettement le bruit de sa respiration irrégulière. Lorsque la femme aux gros seins sauta de la voiture et se mit à courir, Sima Ku se tortilla, Zhaodi avait sombré dans le sommeil. Niandi était toujours aussi raide. Le bras gauche de Sima Ku bougea lentement dans l'obscurité, comme la queue d'un chien. Sa main, je la vis, se posa discrètement sur la cuisse de Niandi. Celle-ci se tenait toujours aussi raide, comme si ce n'était pas elle qu'on touchait. Au fond de moi, je n'étais pas très content, mais ce n'était pas vraiment de la colère ni de la peur. Ma gorge était sèche, j'avais envie de tousser. Un éclair vert, telle la fourche d'un arbre, déchira brusquement les nuages de coton sale au-dessus des marais. Aussi rapidement que l'éclair, la main de Sima Ku se retira. Il toussota, comme une chèvre, bougea un peu, tourna la tête et jeta un coup d'œil en direction du projecteur. Je tournai aussi la tête : ce stupide Babbitt regardait à l'intérieur de la machine par le petit trou sur le côté d'où sortait la lumière blanche.

La femme et l'homme commencèrent à s'étreindre et à s'embrasser sur le tissu blanc, les soldats de Sima Ku se mirent à respirer bruyamment et à grogner, et la main de Sima Ku s'avança brutalement entre les cuisses de Niandi. La main gauche de celle-ci se leva lentement vers l'arrière de sa tête, comme si elle se caressait les cheveux, mais elle ne les caressait pas, elle en ôta une épingle.

Puis sa main redescendit. Elle avait le buste toujours aussi raide, comme si elle était totalement absorbée par le film. L'épaule de Sima Ku frémit légèrement, il respira un coup, d'air frais ou d'air chaud, on ne sait. Sa main gauche se retira lentement. Il toussota une nouvelle fois comme une chèvre, une toux forcée.

Je poussai un soupir, tournai les yeux vers le tissu blanc, mais je ne pouvais voir distinctement les images qui passaient dessus. J'avais les mains moites, couvertes de transpiration. Cette scène secrète qui se déroulait dans l'obscurité, fallait-il en parler à ma mère ? Non, je ne le pouvais pas. Même le secret de la veille, je ne le lui avais pas dit, mais elle l'avait deviné.

Les éclairs vert émeraude, comme des coulées de fonte en fusion, ne cessaient d'illuminer les grandes dunes, occupées par les compagnons de Han l'Oiseau, leurs arbres et leurs chaumières en pisé. Les éclairs ruisselaient, inondant de leur lumière les arbres noirs et les maisons jaunes. Le tonnerre grondait comme une grande tôle rouillée qui vibre. La femme et l'homme roulaient dans la prairie au bord de la rivière, et moi, je repensais à la scène de la veille.

Ma mère s'était laissé convaincre par Sima Ku et ma deuxième sœur d'aller voir le film dans l'église. Et c'était au moment de la scène où la femme et l'homme roulaient sur la prairie que Sima Ku s'était discrètement éclipsé. Je l'avais suivi. Il n'avait plus l'air d'un commandant, mais d'un vrai voleur, ce qu'il devait être à l'origine. Il sauta dans la cour de notre maison par le mur sud qui était plus bas, le chemin qu'empruntait Sun Pas-un-mot, le mari de ma troisième sœur, un chemin que l'immortelle oiseau connaissait bien aussi. Moi, je ne sautai pas par-dessus le mur, j'avais mon propre passage. À la grande entrée, ma mère avait mis un cadenas dont la clef était cachée à côté de la porte, dans une fente entre deux briques. J'étais capable de la trouver les yeux fermés, mais n'en avais pas besoin. Sous la grande porte, il y avait un trou qui avait été ménagé longtemps auparavant pour les chiens, à l'époque de Shangguan Lüshi. Les chiens avaient disparu, le trou était resté. Je passais par là, Sima Liang et Zaohua aussi. Et voilà, j'étais à l'intérieur, contre la grande porte, puis c'était le hall, une partie de l'aile ouest. En avançant de deux pas, c'était la porte menant aux pièces latérales. À l'intérieur rien n'avait changé : la meule, la mangeoire des ânes, la couche en paille de Shangguan Laidi. Elle avait fait la folle sur la prairie et était devenue nymphomane. Pour l'empêcher d'aller saboter le mariage de Babbitt, Sima Ku l'avait attachée avec une corde par une main au rebord de la fenêtre. Au bout de trois jours, il ne l'avait toujours pas détachée. Je me dis que le mari de ma deuxième sœur voulait sans doute libérer ma sœur aînée et peut-être la laisser aller voir le film. Et ensuite ?

La haute silhouette de Sima Ku semblait encore plus gigantesque dans la lumière vague des étoiles. Il entra à tâtons, il ne m'avait pas vu, j'étais caché dans un coin de la grande porte. Une fois qu'il fut entré dans la pièce latérale, j'entendis un grand vacarme : il avait heurté un seau métallique, le seau d'aisances que nous avions installé pour Laidi. Dans l'obscurité, Laidi pouffa de rire. Une faible lumière s'éleva, une lumière particulière, qui l'éclaira, allongée sur sa paillasse, les cheveux épars, les dents blanches, sa robe noire ne parvenant pas à cacher sa chair. Elle était effrayante, un vrai fantôme. Sima Ku tendit la main pour lui caresser le visage et elle ne manifesta pas la moindre crainte. Le briquet s'éteignit. Ruades des chèvres dans la bergerie. Rires de Sima Ku. Sima Ku qui dit : « Tu es ma grande belle-sœur, la moitié de tes fesses me revient, tu n'es pas morte de débauche ! Me voilà… » Laidi qui pousse un cri strident, frénétique, qui traverse le toit de la maison, et c'est encore le genre de mots qu'elle prononçait dans la prairie : « … Tu me tues… je suis morte… » Sima Ku qui dit : « Belle-sœur, tu es la vague et je suis le bateau, tu es la sécheresse et je suis la pluie, je suis ton sauveur. » Ils roulent ensemble comme s'ils étaient dans l'eau, comme s'ils fouillaient des trous d'anguilles. Les cris de Laidi sont plus perçants encore que ceux de l'immortelle oiseau à l'époque… Couvert d'une sueur froide, je regagnai furtivement la ruelle par le trou des chiens…

Sima Ku revint discrètement au moment où la séance de cinéma allait prendre fin dans l'église. Reconnaissant le commandant, les gens le laissaient passer. Lorsqu'il passa près de moi, il me caressa la tête et je sentis sur ses doigts l'odeur des seins de Laidi. Il reprit sa place et dit quelques mots à voix basse à ma deuxième sœur, qui semblèrent la faire rire. À cet instant, les lampes se rallumèrent. L'assistance resta un instant interdite, comme désemparée. Sima Ku se leva et annonça d'une voix forte : « Demain, nouvelle séance sur l'aire de battage, moi, votre commandant, je vais apporter le bonheur dans ce lieu en introduisant la civilisation occidentale. » Les gens se réveillèrent et le brouhaha noya le bruit des machines. Ensuite, lorsque tout le monde fut parti, Sima Ku dit à ma mère : « Alors, madame, qu'en pensez-vous ? Vous n'êtes pas venue pour rien, n'est-ce pas ? Plus tard, je voudrais construire un cinéma dans le canton du Nord-Est de Gaomi. Babbitt est un petit gars qui sait tout faire, vous devriez me remercier d'avoir un gendre comme lui.

– Tais-toi donc et ramène ma mère à la maison, dit ma deuxième sœur.

– Gardez la queue basse, mon vertueux gendre, dit ma mère. "L'homme se réjouit pour un rien, le chien se réjouit quand il a volé de la merde pour la manger !" »

Je n'ai pas réussi à comprendre ce qui chez Laidi avait pu faire deviner à ma mère ce qui s'était passé la veille au soir. Le lendemain matin, Sima Ku et ma deuxième sœur vinrent apporter des céréales, et alors qu'ils s'apprêtaient à repartir après avoir posé les sacs, ma mère dit : « Restez un peu, mon gendre, j'ai quelques mots à vous dire.

– Qu'est-ce que tu veux lui dire seul à seul ? demanda ma deuxième sœur.

– Toi, va-t'en », dit ma mère. Accompagnant Sima Ku à l'intérieur de la maison, elle lui demanda : « Qu'est-ce que vous allez faire pour elle ?

– Faire quoi pour qui ? demanda Sima Ku.

– Ne jouez pas les idiots !

– Je ne fais pas l'idiot.

– Vous devez choisir entre les deux voies, dit ma mère.

– Quelles voies ? demanda Sima Ku.

– Écoutez bien, la première voie, c'est de l'épouser, comme première épouse ou comme deuxième, ou sans faire de distinction, vous n'avez qu'à en discuter avec la deuxième sœur ; la deuxième voie, c'est de la tuer ! » Sima Ku pétrissait son pantalon des deux mains, mais pas du tout avec les mêmes sentiments que l'autre fois, quand il était dans la prairie. « Je vous donne trois jours, ajouta ma mère, pour choisir une de ces deux voies. Allez-vous-en ! »

Ma sixième sœur restait tranquillement assise, comme si rien ne s'était passé. En entendant Sima Ku toussoter comme une chèvre, j'étais au fond de moi à la fois excité et un peu triste. Sur le tissu blanc, face à nous, l'homme et la femme étaient allongés sous un arbre, serrés l'un contre l'autre, la femme avait la tête sur le bras de l'homme. Elle contemplait les fruits sur l'arbre, tandis que l'homme, absorbé dans ses pensées, mâchonnait une herbe. La femme s'assit en prenant appui sur ses mains, se tourna vers le visage de l'homme, le demi-lobe supérieur de ses seins sortait par l'échancrure de sa robe, et entre les seins se creusait un sillon violacé qui évoquait un trou d'anguilles dans la boue au bord de la rivière. C'était la quatrième fois déjà que je voyais ce trou. Je souhaitais ardemment m'y faufiler. Mais elle changea de position et le trou disparut. Elle secouait l'homme en criant fort. Celui-ci gardait les yeux fermés et continuait à mâcher son herbe. Ensuite, la femme le gifla deux fois et se mit à pleurer bruyamment en grimaçant. Ses pleurs étaient à peu près les mêmes que ceux des femmes chinoises. L'homme ouvrit les yeux et cracha l'herbe mâchonnée à la figure de la femme. Un vent violent agita l'arbre sur l'écran et les fruits s'entrechoquèrent. Les feuilles se mirent à bruire sur la digue de la rivière. On ne savait si c'était le vent sur l'écran qui faisait bruire les arbres de la digue, ou si c'était le vent de la rivière qui faisait bruire l'arbre de l'écran. Un nouvel éclair lança sa lumière verte, suivi d'un coup de tonnerre sourd. Le bruit du vent devenait de plus en plus fort, la foule commençait à s'agiter. Dans le faisceau de lumière blanche passaient des points blancs brillants. « Il pleut ! » cria quelqu'un. L'homme marchait vers la charrette et la femme, pieds nus, la robe en désordre, le tirait par le bras. « Arrêtez tout, dit soudain Sima Ku en se levant, arrêtez tout, il ne faut pas mouiller la machine ! » Il masqua la lumière. La foule poussa des cris. Il se rassit. Sur le tissu blanc s'écrasaient des gouttes d'eau. L'homme et la femme avaient sauté dans la rivière. Un nouvel éclair, qui dura, dura, dura tellement qu'il fit pâlir la lumière blanche du projecteur jusqu'à presque l'effacer. Une dizaine d'objets noirs arrivèrent en volant, comme des excréments qui auraient été évacués par l'éclair. Une violente explosion se produisit au milieu des troupes du détachement de Sima. Presque au même moment, un bruit immense s'élevait, des lumières vertes et jaunes étincelaient, une odeur de poudre piquait le nez. J'ignore quand et comment je me retrouvai assis sur le ventre de quelqu'un, quelque chose de chaud coulant sur ma tête. Je touchai mon visage, il était tout collant et je sentis la forte odeur du sang. Puis ce furent toutes sortes de cris étranges poussés par une foule qui avait perdu la raison et la vue. Dans le faisceau de lumière blanche, il y avait des dos chancelants, des têtes zébrées de sang, des visages terrorisés. L'homme et la femme qui s'ébattaient dans la rivière américaine étaient déchiquetés en mille morceaux. Éclairs. Grondements de tonnerre. Morceaux de chair et de peau qui voltigent. Film américain. Grenades. Serpents de feu dorés crachés par les canons des fusils. Frères, pas de panique. Une nouvelle explosion. Mère ! Fils ! Un bras mort qui bouge encore. Des pieds empêtrés dans des tripes. Des gouttes d'eau plus grosses que des pièces d'argent. Lumières aveuglantes. Nuit mystérieuse. Villageois, couchez-vous ! Plus un geste ! Soldats du détachement de Sima, plus un geste, ceux qui se rendront auront la vie sauve ! Ceux qui se rendront auront la vie sauve ! Les cris arrivaient de toutes parts. Arrivaient…

Chapitre 23

Avant même que les vagues d'explosions se fussent achevées, une multitude de torches brillantes approchaient. Vêtus d'une cape en feuilles de palmier, armés de fusils à baïonnette, poussant des slogans à l'unisson, les soldats du 16e régiment de la colonne indépendante progressaient inexorablement. Ceux qui brandissaient les torches étaient des civils, la tête ceinte d'une serviette blanche, dont plus de la moitié étaient des femmes aux cheveux « ras les oreilles ». Ils tenaient leurs torches haut levées pour éclairer les soldats du 16e régiment. Ces torches aux flammes violentes étaient confectionnées avec de vieilles pièces de coton et des chiffons imbibés de pétrole. Des coups de fusil partirent du bataillon de Sima Ku, et une dizaine de soldats du 16e régiment furent fauchés comme un rang de céréales ; mais aussitôt, un nombre de soldats encore plus grand vinrent combler la brèche. Une dizaine de grenades volèrent ensuite et explosèrent en ébranlant le ciel et la terre. « Frères, rendez-vous ! » hurla Sima Ku. Alors, les fusils furent jetés pêle-mêle dans l'espace éclairé par la lumière des torches.

Les mains couvertes de sang frais, Sima Ku tenait entre ses bras Shangguan Zhaodi et l'appelait à grands cris : « Zhaodi, Zhaodi, ma chère épouse, réveille-toi… »

Une main tremblante m'agrippa à l'épaule, je levai la tête et vis, à la faveur de la lumière des torches, le visage livide de Niandi. Elle aussi était étendue à terre, son corps écrasé par plusieurs cadavres déchiquetés. « Jintong… Jintong… dit-elle avec difficulté, tu es en vie ? » Je sentis mon nez me piquer, les larmes me montaient aux yeux. « Sixième sœur, je suis vivant, dis-je sur un ton plaintif. Et toi ? Tu es vivante ? » Elle tendit ses deux mains vers moi et me supplia : « Aide-moi, gentil petit frère, tire sur mes mains. » Mes mains étaient verdâtres, les siennes aussi. J'en agrippai une – c'était comme de saisir une loche d'étang –, mais elle glissa dès que je tirai un peu. À ce moment-là, tout le monde était couché par terre et personne n'osait se relever ; le faisceau de lumière blanche éclairait l'écran où le différend entre l'homme et la femme américains atteignait son paroxysme, la femme levant un couteau au-dessus de l'homme profondément endormi. À côté du projecteur, dévoré d'anxiété, le jeune Américain Babbitt appelait : « Niandi, Niandi, où es-tu ?

– Je suis là, Babbitt, aide-moi, Babbitt… » Ma sixième sœur leva un bras en direction de son Babbitt. Un souffle fort sortait de sa bouche, son visage était couvert de morve et de larmes. Son grand corps maigre vacillant, Babbitt se dirigea vers Niandi avec la plus extrême difficulté, comme un cheval qui marche dans la boue.

« Halte ! cria quelqu'un en tirant un coup de fusil en l'air, interdiction de bouger. »

Babbitt se coucha comme si un couteau l'avait coupé en deux.

Sima Liang sortit d'on ne sait où, il avait un trou à l'oreille gauche et du sang s'était collé sur sa joue, ses cheveux et son cou. Il me releva et passa ses mains engourdies sur tout mon corps. « Ça va, petit oncle, tes bras y sont, les jambes aussi », dit-il. Il se pencha, dégagea le cadavre étalé sur ma sixième sœur et la releva aussi. Sa robe blanche à col montant était maculée de sang.

Sous la pluie violente qui tombait comme des flèches, on nous fit refluer jusqu'au moulin. C'était la construction la plus élevée du bourg, à présent transformée en prison provisoire. En y repensant maintenant, nous aurions eu mille occasions de nous enfuir, parce que la pluie avait très vite éteint les torches que tenait la troupe des civils du 16e régiment. Les soldats eux aussi étaient fouettés par cette pluie glaciale qui les empêchait d'ouvrir les yeux, et incapables d'avancer, ils trébuchaient. Devant la troupe, il n'y avait que deux faisceaux jaunes de lampes torches pour nous guider. Pourtant, personne ne s'enfuit. Les prisonniers et leurs gardiens étaient tout aussi décontenancés. Lorsque l'on approcha de la grande porte vermoulue du moulin, les soldats du 16e régiment se précipitèrent en se bousculant davantage encore que nous.

Le moulin grelottait sous la violence de la pluie ; à la faveur de la lumière bleue d'un éclair, je vis que l'eau coulait en cascade par une tôle fendue du toit. Sur la pente de l'avant-toit se déversait un flot violent qui scintillait et, devant la porte, par la rigole destinée aux eaux usées, une eau grisâtre se répandait dans la rue. Tout au long de ce difficile parcours, depuis l'aire de battage jusqu'au moulin, je fus séparé de ma sixième sœur et de Sima Liang. Devant moi se tenait un soldat du 16e régiment qui portait un imperméable noir, ses lèvres étaient si étroites qu'elles laissaient voir dans leur totalité ses dents jaunes et ses gencives violettes. Ses yeux grisâtres étaient noyés dans une couche de brume. Quand l'éclair se fut éteint, il poussa un éternuement sonore dans le noir, et des effluves de tabac mêlés à une odeur de navet me frappèrent au visage. Mon nez me démangeait. Dans l'obscurité, les éternuements succédaient aux éternuements. Je voulais retrouver ma sixième sœur et Sima Liang, mais n'osais pas les appeler, aussi, profitant d'un court éclair, je me lançai à leur recherche, dans les grondements du tonnerre qui ébranlaient les esprits et dans l'odeur de soufre des éclairs. Derrière un soldat de petite taille, j'aperçus le visage cireux et émacié du Bousier. Il ressemblait à un spectre vivant sortant de sa tombe. Son visage jaune avait viré au violet, ses cheveux étaient comme deux morceaux de feutre, sa veste en soie lui collait au corps et son cou paraissait encore plus long, sa pomme d'Adam était comme un œuf de poule et sur son buste saillaient ses côtes. Ses yeux étaient tels les feux follets du cimetière.

À l'approche de l'aube, la pluie diminua un peu d'intensité, le grondement désordonné sur le toit de tôle fut remplacé par des crépitements espacés, les éclairs se firent plus rares, leur couleur passa d'un bleu et d'un vert effrayants à un jaune et à un blanc plus doux. Le tonnerre s'éloigna, le vent commença à souffler du nord-est, faisant vibrer les tôles du toit ; l'eau accumulée se déversait bruyamment par les interstices. Le vent glaçait les os et engourdissait les corps, les gens se serraient les uns contre les autres sans faire de distinction entre amis et ennemis. Les femmes et les enfants sanglotaient dans l'obscurité. Entre mes cuisses, je sentis mes testicules qui remontaient, tirant sur mon ventre jusqu'à me faire mal à l'intestin grêle. Celui-ci tirait sur mon estomac, mon ventre était glacé, il ne formait plus qu'une boule gelée. Si à cet instant quelqu'un avait voulu quitter le moulin, personne n'aurait pu l'en empêcher, et pourtant, personne ne partit.

Quelqu'un arriva ensuite par la grande porte. Complètement engourdi, mon dos s'appuyait contre le derrière de je ne sais qui, et celui-ci s'appuyait aussi contre moi. Des bruits lourds de pas dans l'eau se firent entendre derrière la porte, puis apparurent des halos de lumière jaune vacillante. Plusieurs personnes enveloppées dans des imperméables qui ne laissaient apparaître que leur visage se tenaient à l'entrée et on cria vers l'intérieur : « Les hommes du 16e régiment, sortez tous en rang et retournez à votre organisation. » La voix était rauque, ce n'était pas du tout sa voix d'origine, éclatante et envoûtante, car, au premier coup d'œil, j'avais reconnu ce visage caché sous la capuche de l'imperméable : c'était celui de Lu Liren, commandant du bataillon de sabotage et commissaire politique. La nouvelle de sa montée en grade et de son entrée dans la colonne indépendante était parvenue à mes oreilles au printemps et, à présent, il était là devant mes yeux.

« Vite, dit Lu Liren, un logement a été attribué à chaque compagnie, que les camarades aillent se réchauffer les pieds et boire une soupe au gingembre. »

Les soldats du 16e régiment se pressèrent pour sortir du moulin. Ils se rangèrent en plusieurs files dans la rue inondée, et quelques hommes qui ressemblaient à des cadres, levant leur lampe-tempête, se mirent à crier dans le plus parfait désordre : « La troisième compagnie avec moi ! – La septième avec moi ! – En route ! »

Les soldats se mirent en marche derrière les lampes. Une dizaine d'autres arrivèrent, vêtus de grands imperméables, fusil Tommy à l'épaule. Leur chef leva la main pour saluer et annonça : « Rapport au commandant, le premier peloton de la compagnie de surveillance vient assurer la garde des prisonniers. » Lu Liren lui rendit son salut. « Gardez-les rigoureusement, dit-il, n'en laissez échapper aucun, et quand le jour viendra, faites le recensement des prisonniers. Si je ne me suis pas trompé – et il rit en direction de l'intérieur du moulin plongé dans l'obscurité –, mon vieil ami Sima Ku doit se trouver là lui aussi.

– J'encule tes ancêtres ! cria Sima Ku en se dressant derrière une grosse meule. Jiang Liren, pauvre type, je suis là !

– Nous nous reverrons quand le jour sera levé », dit Lu Liren en riant.

Puis il partit en hâte. Le chef de la compagnie de surveillance, un grand gaillard, était debout dans la lumière de la lampe : « Je sais que parmi vous certains cachent des pistolets, dit-il en direction du moulin, je suis dans la lumière, et vous dans l'obscurité, d'un coup de pistolet vous pouvez m'abattre. Mais je vous conseille de ne pas en avoir l'idée, parce que si vous le faites, vous ne pourrez n'abattre que moi, mais si eux se mettent à tirer – et il désigna la dizaine de soldats qui se tenaient derrière lui avec leur fusil Tommy –, il n'y aura pas qu'un des vôtres qui tombera. Nous traiterons correctement les prisonniers, on examinera le cas de chacun d'entre vous quand le jour sera venu, ceux qui voudront s'enrôler dans nos troupes seront les bienvenus, ceux qui refuseront pourront rentrer chez eux à leurs frais. »

Dans le moulin, personne ne soufflait mot, on n'entendait que la pluie tomber. Le chef de compagnie ordonna aux soldats de refermer la grande porte vermoulue. La lumière des lampes-tempêtes passait par les trous et venait éclairer des visages tuméfiés.

Une fois les soldats du 16e régiment sortis, il y eut un peu plus d'espace. À tâtons, je me dirigeai vers l'endroit d'où était partie la voix de Sima Ku. Je rencontrai des jambes brûlantes de fièvre, j'entendis quantité de plaintes aux mille inflexions différentes. Cet immense moulin était l'œuvre de Sima Ku et de son frère Sima Ting. Après sa construction, il n'avait jamais produit un seul sac de farine, car ses ailes s'étaient brisées une nuit de violente tempête : il n'en avait subsisté que les gros poteaux de bois portant les ailes délabrées qui bruissaient dans le vent à longueur d'année. Le moulin était si large que l'on aurait pu y organiser un spectacle de cirque ; douze meules grosses comme des collines restaient obstinément allongées sur le sol en brique. J'étais venu le visiter deux jours plus tôt avec Sima Liang qui m'avait dit qu'il voulait suggérer à son père de le transformer en salle de cinéma. Lorsque nous y étions entrés, je n'avais pu retenir un frisson. Une horde de rats féroces s'étaient précipités sur nous en couinant. Arrivés à deux pas, ils s'étaient arrêtés. Un gros rat blanc aux yeux rouges se tenait en avant des autres, il avait levé ses fines pattes antérieures, qui semblaient sculptées dans le jade, et avait lissé ses moustaches d'un blanc de neige. Ses petits yeux luisaient comme des étoiles, derrière lui des dizaines de rats noirs formaient un arc de cercle, le regard sévère, prêts à foncer à tout instant. Je reculai, effrayé, mon cuir chevelu sur le point d'exploser, des frissons courant le long de mon dos. Sima Liang, qui faisait écran devant moi, lui barrait la route – en réalité, sa tête m'arrivait au menton ; il se pencha, puis s'accroupit sans cesser de fixer le gros rat blanc. Celui-ci ne montra aucun signe de faiblesse, il reposa ses pattes qui lissaient ses moustaches et s'assit à la manière d'un chien, son petit museau et ses petites moustaches tremblant légèrement. Sima Liang et le rat restèrent immobiles. Que pensaient les rats, et surtout le rat blanc ? Et que pensait Sima Liang, cet enfant qui m'avait toujours déplu, mais qui avait fini par se rapprocher peu à peu de moi ? Les rats et lui ne se livraient-ils finalement qu'un combat avec les yeux ? N'étaient-ils pas en train de se livrer à une confrontation purement spirituelle, comme celle de la pointe de l'aiguille contre la barbe de blé, mais lequel était l'aiguille, lequel la barbe de blé ? Il me semblait entendre le rat dire : « C'est notre territoire ici, vous ne devez pas y pénétrer ! » Et j'entendais Sima Liang répondre : « C'est le moulin de la famille Sima, il a été construit par mon oncle et mon père, quand je viens ici, je suis chez moi, je suis le maître ici. » Et le rat blanc : « C'est celui qui est le plus fort qui est le roi, et le plus faible est l'ennemi. » Et Sima Liang rétorquer : « Le rat de mille livres ne vient pas à bout du chat de huit livres.

– Mais toi tu es un homme, pas un chat.

– Dans ma vie antérieure, j'ai été chat, un vieux mâle de huit livres.

– Comment pourras-tu me faire croire ça ? » Appuyant ses mains sur le sol, Sima Liang se mit à pousser des miaou stridents, à jeter des regards furibonds et à montrer les dents – les miaulements effrayants d'un vieux chat mâle résonnaient dans le moulin. Miaou… miaou… miaou… Le rat blanc, pris de panique, se remit à quatre pattes et, à l'instant où il s'apprêtait à fuir, Sima Liang s'élança aussi lestement qu'un chat et s'empara de lui. Avant que le rat ait eu le temps de le mordre, il l'avait étranglé. Les autres prirent aussitôt la poudre d'escampette. Comme Sima Liang, je me mis à imiter les miaulements du chat et me lançai à la poursuite des rats, mais ceux-ci avaient disparu en un clin d'œil. Sima Liang se retourna vers moi en riant, ciel ! ses yeux ressemblaient vraiment à ceux d'un chat, ils lançaient dans l'obscurité des éclats rusés vert sombre. Il jeta le rat blanc dans le trou d'une meule. Nous saisîmes la poignée de la meule et essayâmes de la pousser en avant de toutes nos forces, mais la meule resta inébranlable. Nous dûmes renoncer. Nous contemplâmes le grand moulin. Nos regards allaient d'une meule à l'autre, comme s'ils suivaient leur mouvement, meule après meule. C'étaient de bonnes meules. « Petit oncle, déclara Sima Liang, et si nous nous associions pour rouvrir le moulin ? » Je ne sus quoi lui répondre. À part les seins et le lait, à quoi me servait tout le reste ? L'après-midi était splendide, la lumière du soleil filtrait à travers les fentes des tôles du toit et les persiennes de bois, venant réchauffer le sol de brique noire. Par terre, il y avait des crottes de rats certainement mélangées à des crottes de chauves-souris, car aux poutres il en était suspendu à l'envers toute une brochette aux ailes rouges ; une vieille chauve-souris, grosse comme un chapeau conique en paille, se laissa glisser vers le sol. Ses cris correspondaient bien à son aspect physique : longs et stridents, ils me glacèrent d'effroi. Au centre de chaque meule était creusé un trou rond dans lequel était planté un tronc de sapin de Chine tout droit, du diamètre d'un bol, qui traversait les tôles du toit. Au sommet de ces sapins se trouvaient les immenses roues équipées d'ailes. Selon les plans de Sima Ku et Sima Ting, au moindre coup de vent, les ailes devaient tourner en entraînant les roues, qui elles-mêmes auraient fait tourner les sapins, qui eux-mêmes auraient fait tourner les meules. Mais la réalité avait anéanti le merveilleux projet des deux frères.

Je contournai la meule à la recherche de Sima Liang et vis que des rats montaient et descendaient à toute vitesse sur le tronc ; au sommet de la meule, il y avait quelqu'un, accroupi, ses yeux lançant des éclairs : je savais que c'était lui. Tendant ses petites griffes glaciales, il me tira par la main. Avec son aide, je pris appui sur la poignée en bois située sur le côté de la meule et grimpai dessus. La surface était tout humide et au centre s'était accumulée une eau grisâtre.

« Petit oncle, tu te souviens du rat blanc ? » me demanda Sima Liang d'un air mystérieux. Dans l'obscurité, je fis oui de la tête. « Il est ici, murmura-t-il, je voudrais l'écorcher pour que grand-mère me fasse un cache-oreilles avec sa peau. » Un faible éclair, comme fatigué, vibra au loin, vers le sud, projetant dans le moulin une vague lueur. Je vis que Sima Liang tenait dans sa main le rat mort, tout mouillé, avec sa longue queue fine écœurante qui pendait. « Jette-le, dis-je avec dégoût.

– Pourquoi ? Pourquoi veux-tu que je le jette ? demanda-t-il mécontent.

– C'est dégoûtant, ça ne te dégoûte pas, toi ? » Il garda le silence. Puis j'entendis le bruit que fit le rat mort en retombant dans le trou de la meule. « Petit oncle, dis-moi, qu'est-ce qu'ils vont nous faire ? » demanda-t-il avec inquiétude. C'est vrai, qu'allaient-ils nous faire ? Dehors, les sentinelles prenaient leur tour de garde et dans la rue retentissaient de grands bruits d'eau. Les soldats qui relevaient la garde éternuaient comme des chevaux. « Il fait vraiment froid, dit l'un d'eux, on ne se croirait vraiment pas en août ! Est-ce qu'il va carrément geler ?

– Arrête tes bêtises ! » dit un autre.

« Petit oncle, tu penses à ta maison ? » demanda Sima Liang. Mon nez se mit à me piquer de façon insupportable. Le *kang* tout chaud, la douce et tiède étreinte de ma mère, les deux muets somnambules, le grillon sur le fourneau, le bon lait doux de la chèvre, le craquement des articulations de ma mère et sa toux forte, le rire de folle de ma sœur aînée dans la cour, les plumes si douces du hibou, la couleuvre familière qui attrape les rats derrière l'enclos… Ma maison, comment ne pas penser à toi ? Je mouchai avec force mes narines bouchées. « Petit oncle, enfuyons-nous tous les deux, dit-il.

– Il y a des soldats à la porte, comment faire ? demandai-je à voix basse.

– Tu vois ce tronc », dit-il en me prenant par le bras. Il tira ma main vers le poteau qui montait jusqu'au toit. Il était trempé. « On va y grimper, puis on soulèvera la tôle du toit pour nous glisser dehors.

– Mais comment fera-t-on quand on sera là-haut ? demandai-je inquiet.

– On sautera ! dit-il. Et quand on aura sauté, on pourra rentrer chez nous. » J'imaginais la scène : nous deux sur le toit de tôle rouillée, vibrant sous nos pieds, les mollets flageolants. « C'est tellement haut… balbutiai-je, on risque de se casser la jambe.

– Mais non, petit oncle, je te garantis qu'il n'arrivera rien. Au printemps, j'ai déjà sauté de ce toit, à l'aplomb du rebord il y a des girofliers dont les branches sont si souples qu'on dirait des ressorts. » Je regardai le point de contact du poteau en sapin avec la tôle. Un cercle de lumière grisâtre filtrait là et une eau brillante s'écoulait le long du bois. « Petit oncle, le jour va bientôt se lever, allez, on grimpe ! » Il me pressait de toutes ses forces. Je finis par faire oui de la tête.

« Je passe le premier pour ouvrir la tôle, dit-il en me tapotant l'épaule d'un air expérimenté, fais-moi la courte échelle. » Il agrippa de ses mains le poteau glissant, étira son corps vers le haut puis posa ses pieds sur mes épaules. « Lève-toi, me pressa-t-il, allez, lève-toi ! » Me tenant des deux mains au poteau, je me mis debout, tout tremblant. Des rats couchés au sommet sautèrent en couinant. Dès que ses pieds eurent pris appui avec force sur mes épaules, son corps se retrouva complètement collé au poteau, tel un lézard. Profitant de la faible lumière, je vis ses jambes s'allonger puis se replier ; tant bien que mal, il s'éleva peu à peu en glissant jusqu'au sommet.

Il frappa du poing sur la tôle qui émit un terrible grondement et l'eau qui s'était accumulée dessus s'écoula par l'ouverture, m'inondant le visage, pénétrant dans ma bouche : elle avait un goût âcre de rouille et contenait des débris de ferraille. Il respirait lourdement dans l'obscurité, émettant des sons montrant bien qu'il dépensait toutes ses forces. La tôle grinça, puis une véritable cascade s'abattit. Ce n'est qu'en enserrant fortement des deux mains le poteau que j'évitai d'être éjecté de la meule. Avec sa tête, Sima Liang élargit l'ouverture. Dans l'obscurité, la tôle se tordit et finit par casser. Une fenêtre en forme de triangle irrégulier s'ouvrit et apparut la lumière grisâtre du ciel. Quelques étoiles luisaient encore faiblement. « Petit oncle, me lança-t-il du sommet du toit, je vais d'abord jeter un coup d'œil, puis je redescendrai pour t'aider. » Il tendit le corps et passa la tête par l'ouverture qu'il venait de ménager. « Quelqu'un sur le toit ! » cria un soldat au-dehors. Puis des langues de feu trouèrent l'obscurité et les balles crépitèrent sur la tôle. Tenant ferme le poteau entre ses bras, Sima Liang se laissa glisser vers le bas, manquant me fracasser le crâne. Il essuya l'eau de pluie qui couvrait son visage, cracha les débris de ferraille qu'il avait dans la bouche et dit en claquant des dents : « Gelé, je suis gelé. »

Une fois passé le moment le plus sombre avant l'aube, l'intérieur du moulin s'éclaircit peu à peu. Sima Liang et moi étions étroitement serrés l'un contre l'autre, je sentais son cœur collé contre mes côtes, qui battait aussi vite que celui d'un moineau fiévreux. Je pleurais de désespoir. Appuyant doucement son front bombé et lisse contre mon menton, il me dit : « Petit oncle, ne pleure pas, ils n'oseront pas te faire du mal, le mari de ta cinquième sœur est leur chef. »

À présent, on pouvait voir l'intérieur du moulin. Les douze grosses meules émettaient des rayons bleutés majestueux. Sima Liang et moi en occupions une. L'oncle de Sima Liang, Sima Ting, en occupait une autre, une goutte lui pendait au bout du nez et, face à nous, il fronçait les sourcils et faisait les gros yeux. Sur le sommet des autres meules étaient assis des rats mouillés. Serrés les uns contre les autres, leurs petits yeux noirs brillants, leurs queues comme de gros vers. À la fois haïssables et pitoyables. La surface du sol était inondée d'eau. Du sommet du toit, il en coulait encore. La plupart des soldats et officiers du détachement de Sima se tenaient debout les uns contre les autres, leurs uniformes verts qui leur collaient à la peau virant au noir. L'expression de leurs yeux et de leur visage se rapprochait de façon effrayante de celle des rats sur les meules. Les paysans qui avaient été entraînés là de force s'étaient pour la plupart regroupés, serrés ensemble, mais une minorité d'entre eux s'étaient joints à la troupe du détachement de Sima, telles des tiges de millet dans un champ de maïs. Parmi les paysans, hommes et femmes étaient mélangés, mais les hommes étaient supérieurs en nombre ; on trouvait aussi quelques enfants, serrés contre la poitrine de leur mère, geignant comme des chatons malades. Les femmes étaient assises par terre. Parmi les hommes, certains étaient accroupis, d'autres debout, adossés au mur. La chaux humide qui couvrait les parois à l'intérieur du moulin leur collait au dos, les faisant changer de couleur. Dans la foule, je découvris la Bigleuse. Elle était assise dans la boue, jambes écartées. Adossée contre une autre femme. Sa tête penchait sur son épaule, comme si son cou était brisé. Jin Sein unique était assise sur les fesses d'un homme, qui était-ce ? Allongé, la face dans l'eau, sa barbe grisonnante flottant autour de sa tête, avec, tout autour, des caillots de sang noir semblables à des têtards remuant dans l'eau trouble. Seul le sein droit de Jin avait poussé, à gauche, sa poitrine était aussi plate qu'une pierre à aiguiser, ce qui rendait son sein unique plus proéminent encore, comme un pic montagneux sur une plaine. Son téton était dur et gros, et saillait haut à travers sa chemise de tissu fin. Son surnom était « Pot à huile de sésame », car on disait que lorsque son sein était excité, on pouvait y accrocher un tel pot. Plusieurs dizaines d'années plus tard, lorsque j'eus l'occasion d'être allongé sur son corps nu comme un ver, j'ai découvert que son sein gauche était rétracté au point de ne presque pas laisser de trace : seul un téton gros comme un pois, qui ressemblait à un simple grain de beauté, en marquait l'existence. Elle était donc assise sur les fesses d'un mort et se frottait nerveusement le visage de ses mains, puis elle se frottait les genoux, comme si elle venait de s'échapper d'une toile d'araignée et que son visage fût encore couvert de fils transparents. Parmi les autres, chacun avait une posture différente : certains pleuraient, certains riaient, d'autres avaient les yeux fermés, d'autres encore parlaient tout seuls. L'une balançait son cou sans interruption, comme un serpent dans l'eau, ou une grue sur la berge. C'était une femme assez belle, l'épouse de Geng Dale, le marchand de pâte de crevettes, dont la famille était originaire de Beihai. Elle avait un long cou et une petite tête, si petite qu'elle était disproportionnée par rapport au corps. Certains disaient que c'était une métamorphose de serpent et il était vrai que son cou et sa tête ressemblaient beaucoup à ceux de cet animal. Ils se dressaient au milieu des visages baissés des femmes et, dans ce grand moulin humide et froid où ne pénétrait qu'une pâle lumière, la façon qu'avait cette femme de bouger en ondulant prouvait qu'elle avait vraiment été serpent et était en train de reprendre sa forme initiale ; je n'osai regarder comment était son corps et détournai le regard, terrorisé, mais son ombre continua à danser dans mon esprit.

Un gros serpent jaune citron descendait le long d'un poteau en sapin de Chine. Sa tête aplatie ressemblait à une pelle à riz ; de sa bouche sortait une langue violette pleine d'agilité. Lorsque sa tête entra en contact avec le sommet de la meule, son corps dessina avec souplesse un angle droit, puis il continua à avancer avec fluidité. Quand il approcha des rats au milieu de la meule, ceux-ci levèrent leurs pattes antérieures et émirent des crachotements sonores. Tandis que la tête du serpent avançait, son corps, aussi gros qu'un manche de pioche, enroulé autour du pilier, glissait en spirale comme si ce n'était pas son corps qui tournait, mais le pilier lui-même. Parvenue au centre de la meule, sa tête se dressa avec vigueur à au moins un pied de hauteur, se renversa en arrière comme une main retournée, son cou se rétracta et devint plat et large, faisant apparaître un réseau de rayures comme un filet. Sa langue violette, plus effrayante encore, accéléra sa cadence et le sommet de sa tête émit une sorte de sifflement terrifiant. Tchac tchac tchac tchac tchac, les rats semblaient compter leurs sous, leur corps rétracté de moitié. Un rat se mit sur ses pattes arrière en dressant ses griffes, comme s'il portait un livre à deux mains, et, déployant ses pattes, sauta violemment. C'est le rat lui-même qui se jeta dans la bouche du serpent grande ouverte en un angle obtus. La bouche se referma, une partie du corps du rat dépassant sur le côté tandis que sa queue toute raide continuait à remuer de façon comique.

Sima Ku était assis sur un sapin de Chine abandonné, sa tête aux cheveux hirsutes inclinée. Ma deuxième sœur était étendue sur ses genoux. Sa tête renversée dans le creux du bras de Sima Ku, la peau de son cou très tendue. Son visage était blanc comme neige, sa bouche grande ouverte formait un trou noir. Elle était morte. Babbitt était assis serré contre Sima Ku. Sur son visage poupin se lisait une expression de grande lassitude. Le buste de ma sixième sœur reposait de travers sur les genoux de Babbitt, son corps était secoué de tremblements incessants, et Babbitt caressait ses épaules de ses grosses mains gonflées par l'eau de pluie. Juste derrière la grande porte vermoulue, un homme maigre tentait de mettre fin à ses jours. Son pantalon lui tombait au bas des fesses, dévoilant son caleçon grisâtre maculé de boue. Il essayait d'accrocher sa ceinture de toile au chambranle de la porte, mais comme il n'arrivait pas à l'atteindre, il s'escrima à plusieurs reprises, jusqu'à épuisement de ses forces. À sa nuque très forte, je devinai de qui il s'agissait. C'était l'oncle de Sima Liang, Sima Ting. Finalement il se lassa, remonta son pantalon, rattacha sa ceinture, tourna la tête et sourit timidement à la foule, avant de s'asseoir sans prendre garde à la boue et de se mettre à sangloter. Doucement.

Le vent du matin arriva des champs comme un chat noir trempé. Ce chat noir tenait dans sa bouche un poisson rouge qui lançait des rayons argentés, et il allait et venait fièrement sur le toit de tôle. Le soleil rouge sang s'éleva au-dessus des flaques, tout mouillé, comme harassé. La crue commençait, la rivière du Dragon roulait de grosses vagues, le grondement de ses eaux gonflées paraissait plus sonore dans le calme du matin. Nous étions assis sur le sommet de la meule, et nos regards allaient à la rencontre de la lumière rouge qui ressemblait à un gros nuage de brume qui enflait ; les vitres des fenêtres lavées toute la nuit par la pluie ne comportaient plus la moindre trace de poussière, laissant la campagne du huitième mois s'offrir entièrement à mon regard qui n'était plus masqué par les maisons et les arbres. Dans la grande rue qui passait devant le moulin, la pluie avait chassé toute la poussière, découvrant une couche de terre dure de couleur marron. La chaussée brillait comme si elle avait été vernie ; deux grosses carpes au dos noir pas tout à fait mortes y avaient échoué, et leur queue tremblait encore dans leur agonie. Deux hommes vêtus de costumes militaires gris, l'un grand, l'autre petit, le grand tout maigre et le petit très gros, portant une corbeille en bambou, suivaient le bord de la rue en claudiquant ; leur panier était rempli d'une dizaine de gros poissons : des carpes, des carpes des herbes, et aussi une anguille argentée. Ils découvrirent avec excitation les poissons qui gisaient là et accoururent avec leur panier, de façon très maladroite, comme une grue et un canard attachés ensemble. « Une grosse carpe ! » s'écria le petit gros. « Deux ! » renchérit le grand maigre. Lorsqu'ils les ramassèrent, je distinguai vaguement les contours de leur visage. Il me semblait bien que c'étaient deux serveurs qui avaient officié au banquet de mariage de ma sixième sœur avec Babbitt, à présent des informateurs de la colonne indépendante. Les soldats montant la garde à l'extérieur du moulin surveillaient du coin de l'œil ces ramasseurs de poissons. Le chef de peloton, qui portait un sifflet, bâilla et traversa la rue pour leur dire : « Liu le Gros et Hou le Maigre, ce que vous faites s'appelle tâter les couilles dans le fond du pantalon, vous ramassez des poissons sur la terre ferme.

– Chef de peloton Ma, rétorqua Hou le Maigre, vous vous donnez beaucoup de peine.

– La fatigue, ça passe, mais la faim ça lasse, répondit le chef.

– On va rentrer préparer une soupe de poissons, dit Liu le Gros, après une telle victoire, il faut bien régaler les trois armées.

– Ce n'est pas avec ces quelques poissons que vous pensez régaler trois armées, dit le chef Ma, ça sera déjà pas mal si vous arrivez à vous rassasier vous, les chefs cuisiniers.

– Vous êtes quand même un cadre, grand ou petit, dit Hou le Maigre, et un cadre, quand il parle, doit s'appuyer sur des preuves.

Quand on fait une critique, il faut penser à la politique, il ne faut pas parler à tort et à travers.

– C'est une plaisanterie, il ne faut pas le prendre au sérieux ! dit le chef Ma. Hou le Maigre, ça fait plusieurs mois qu'on ne s'est pas vus, mais tu n'as pas perdu ta langue ! »

Au milieu de leurs éclats de voix, ma mère, enveloppée dans la lumière rougeâtre du soleil levant, remontait la grande rue d'un pas lent et pesant, mais extraordinairement décidé. « Maman… » criai-je en pleurs, en sautant du sommet de la meule. Je voulais courir me réfugier contre sa poitrine, mais tombai lourdement dans la boue.

Lorsque je revins à moi, je vis le visage ému de ma sixième sœur. Sima Ku, Sima Ting, Babbitt et Sima Liang étaient tous debout à côté de moi. « Maman arrivait, dis-je à ma sixième sœur, je l'ai vue, de mes yeux vue. » Je me dégageai des bras de ma sœur et courus vers la porte, ma tête heurta l'épaule de quelqu'un, je vacillai mais continuai à courir en me faufilant dans la dense forêt humaine. La grande porte vermoulue freina mon élan et je me mis à crier en frappant sur le battant : « Maman… maman… !

– Pas de chahut, dit sur un ton sévère un garde en passant par une fente de la porte la bouche noirâtre de son fusil-mitrailleur, on vous fera sortir après le petit déjeuner. »

Ma mère qui avait entendu mon appel accéléra le pas. Elle traversa le fossé rempli d'eau au bord de la rue et s'approcha de la grande porte du moulin. Le chef de peloton Ma lui barra le passage : « Belle-sœur, dit-il, veuillez vous arrêter ! »

Ma mère écarta du bras le chef Ma et continua à avancer sans un mot. Son visage était baigné par la lumière rouge, comme s'il avait été enduit d'une couche de sang, sa bouche tordue par la colère.

Les sentinelles s'approchèrent en hâte et se mirent en ligne, formant une muraille noire.

« Halte, vieille femme ! » Le chef Ma empêcha ma mère d'avancer en l'attrapant par le bras. Celle-ci se pencha en avant et tenta de se dérober à la main qui retenait son épaule. « Qui es-tu ? Que veux-tu faire ? » demanda le chef Ma furieux. Sous la force de sa pression, ma mère dut reculer de quelques pas et manqua même de tomber.

« Maman ! » criai-je en sanglotant derrière la porte vermoulue.

Un éclair bleu passa dans ses yeux, sa bouche tordue s'ouvrit soudain, une sorte de hoquet sortit de sa gorge. Elle se précipita sur la porte sans plus se soucier de rien.

Le chef de peloton Ma la repoussa de toutes ses forces et elle tomba dans le fossé au bord de la rue en soulevant une gerbe d'eau. Après sa culbute, elle se releva précipitamment. L'eau lui arrivait au ventre. Elle avança dans l'eau en soufflant puis grimpa sur le bord du fossé. Elle était trempée de la tête aux pieds, sur ses cheveux s'était collée de l'écume sale. Elle avait perdu une chaussure et marchait en claudiquant sur ses petits pieds nus atrophiés.

« Halte ! » Le chef de peloton Ma tira sur la culasse, et le canon du fusil-mitrailleur qu'il portait sur la poitrine fut pointé sur celle de ma mère. Hors de lui, il cria : « Tu veux délivrer un prisonnier ?

– Écarte-toi ! dit ma mère en le fixant haineusement.

– Mais que veux-tu faire en fin de compte ? demanda le chef de peloton.

– Je viens chercher mon enfant ! » hurla ma mère.

Je me mis à sangloter. À côté de moi, Sima Liang cria : « Tante ! » Puis ma sixième sœur hurla à son tour : « Maman… ! »

Contaminées par nos pleurs, les femmes du moulin se mirent elles aussi à sangloter bruyamment. Aux pleurs des femmes se mêlaient les reniflements des hommes qui se mouchaient et les jurons des soldats.

Les gardes tournèrent vivement le dos et braquèrent leurs fusils en direction de la porte vermoulue.

« Silence ! cria le chef de peloton Ma, on va vous libérer dans un moment. Belle-sœur, dit-il en prenant une attitude compréhensive, retourne chez toi pour le moment, si ton enfant n'a rien fait de mal, nous le libérerons à coup sûr.

– Mon enfant… » geignit ma mère. Puis elle contourna le chef de peloton et courut vers la grande porte.

D'un bond, il lui barra le passage. « Belle-sœur, dit-il sur un ton sévère, je te préviens : si tu fais un pas de plus, il ne faudra t'en prendre qu'à toi-même si je te manque de respect. »

Ma mère le regarda fixement et demanda avec douceur : « As-tu une mère ? As-tu été élevé par des êtres humains ? » Et, lui ayant allongé une gifle, elle avança en clopinant. Les gardes de l'entrée s'écartèrent pour lui ouvrir le passage.

Se tenant le visage, le chef de peloton ordonna : « Arrêtez-la ! »

Les gardes restèrent immobiles, comme s'ils n'avaient pas entendu.

Ma mère était debout à la porte. Je glissai ma main par une fente et l'agitai en criant.

Elle tirait le verrou, j'entendais son souffle rauque.

Le verrou grinça. Les balles d'un chargeur complet frappèrent la porte avec des claquements secs assourdissants, et des éclats de bois vermoulu volèrent au-dessus de nos têtes.

« Pas un geste, la vieille ! Sinon je t'abats ! » hurla le chef Ma, qui tira vers le ciel un nouveau chapelet de balles.

Ma mère ouvrit le verrou et fit irruption. Je me précipitai vers elle et enfouis ma tête dans sa poitrine. Sima Liang et ma sixième sœur se précipitèrent aussi.

À cet instant, dans le moulin, quelqu'un cria : « Allez, frères, sortons, si on attend, on sera tous fichus ! »

Les hommes du détachement de Sima déferlèrent comme une vague. Nous fûmes bousculés par les corps robustes des hommes qui nous jetèrent sur le sol, tandis que ma mère se couchait sur moi.

Un désordre absolu régnait dans le moulin où se mêlaient pleurs, hurlements et plaintes. Les gardes du 16e régiment furent éjectés à gauche et à droite. Les soldats de Sima s'emparèrent de leurs fusils et des balles claquèrent, faisant vibrer les vitres. Le chef Ma tomba dans le fossé d'où il vida son chargeur, abattant plus d'une dizaine de soldats du détachement de Sima qui tombèrent aussi raides que des statues de bois. D'autres se précipitèrent sur le chef Ma et le plongèrent sous l'eau. Le fossé n'était plus qu'un grand remue-ménage de jambes et de poings qui s'agitaient dans un fracas de gerbes d'eau.

Les troupes du bataillon du 16e régiment arrivèrent au galop le long de la grande rue en criant et en tirant. Les soldats du détachement de Sima s'enfuirent dans toutes les directions, mais les balles impitoyables continuaient de les poursuivre.

Dans la confusion, nous nous approchâmes du mur du moulin et nous nous y adossâmes pour tenter de repousser les hommes qui se pressaient contre nous.

Un vieux soldat du 16e régiment mit un genou à terre sous un peuplier, épaula, ferma un œil pour viser, son fusil tressauta et un soldat du détachement de Sima tomba à terre. Les coups de fusil claquaient sans répit et les douilles brûlantes tombaient dans l'eau en faisant monter de la vapeur. Le vieux soldat visa encore un homme, un grand type au teint sombre du détachement de Sima : il avait déjà parcouru plusieurs centaines de mètres en direction du sud et, sautant comme un kangourou dans un champ de soja, se précipitait vers le champ de sorgho limitrophe. Sans hâte, le vieux soldat pressa la détente, un claquement, et l'homme qui fuyait plongea vers le sol. Le vieux soldat tira sur le chargeur pour expulser la douille.

Dans la foule en désordre, Babbitt attirait le regard. Il ressemblait à un âne stupide perdu au milieu d'un troupeau de moutons. Les moutons bêlaient et se serraient les uns contre les autres. Lui, les yeux écarquillés, levant ses grandes jambes, foulant la boue de ses lourds sabots, courait en suivant le troupeau. Arrivé à la tête d'un commando suicide d'une dizaine de membres armés de grands sabres, le farouche Sun Pas-un-mot, tel un tigre noir, brandissant son sabre birman qui sifflait dans les airs, lança un cri et tous barrèrent le passage au troupeau de moutons. Inévitablement, des têtes tombèrent. Les plaintes remplissaient le paysage. Les moutons tournèrent la tête, ils avaient perdu le sens de l'orientation et cherchaient à se réfugier là où ils pourraient. Babbitt restait stupide, et il y eut un court instant où il regarda dans toutes les directions. Le muet se précipita, Babbitt se reprit d'un coup et s'élança en levant ses sabots. Une écume blanche pendait à sa bouche, il respirait bruyamment. Le vieux soldat sous l'arbre le mit en joue.

« Vieux Cao, ne tire pas ! » De la foule jaillit Lu Liren. « Camarades, cria-t-il, il ne faut pas tirer sur l'Américain. »

Les soldats du 16e régiment se rabattirent vers le centre comme lorsqu'on tire un filet. Les prisonniers qui étaient encore en train de piquer un cent mètres, tels des poissons qui sautent dans le filet, furent peu à peu réunis dans la rue qui passait devant le moulin.

Le muet se précipita vers la foule des prisonniers et décocha un coup de poing à l'épaule de Babbitt. Celui-ci fit involontairement un tour complet sur lui-même et se retrouva de nouveau face au muet. Il se mit à hurler, des mots dans une langue étrangère, et il était impossible de savoir si c'étaient des jurons ou des protestations. Le muet leva son sabre birman qui jeta des éclairs.

Babbitt leva un bras, comme s'il voulait éviter le froid éclat du sabre.

« Babbitt... » Ma sixième sœur sauta à côté de ma mère et se précipita en boitant. Mais au bout de quelques pas, elle s'écroula. Son pied gauche pointait sous sa jambe droite, son corps était tordu dans la boue.

« Arrêtez Sun Pas-un-mot ! » ordonna Lu Liren d'une voix forte. Les hommes du commando suicide arrivèrent derrière lui et on lui bloqua les bras. Il criait, hors de lui, balançant comme des épouvantails les membres du commando qui tentaient de le contenir. Lu Liren sauta par-dessus le fossé et se plaça au bord de la rue ; il agita très haut la main : « Sun Pas-un-mot, s'écria-t-il, n'oublie pas la politique envers les prisonniers ! » Lorsqu'il le vit, Sun Pas-un-mot cessa de se débattre. Les membres du commando lui lâchèrent les bras. Il rattacha son sabre à sa ceinture, tendit ses doigts telles des pinces et saisit la veste de Babbitt pour le tirer hors de la troupe des prisonniers et le traîner devant son chef. Babbitt s'adressa dans une langue étrangère à Lu Liren. Celui-ci prononça quelques mots dans la même langue et agita la main dans le vide plusieurs fois. Babbitt se calma. Ma sixième sœur tendit vers lui une main suppliante et gémit : « Babbitt... »

Il sauta dans le fossé pour la tirer. La tenant par la taille, il la sortit de l'eau, sa robe d'une saleté inouïe était remontée comme une pelure d'oignon toute ridée. Ses reins et ses fesses d'un blanc bleuté semblaient en revanche aussi glissants qu'une anguille. Elle prit Babbitt par le cou, Babbitt la soutint par les aisselles : le couple était enfin debout. De ses yeux bleus remplis de tristesse, Babbitt regarda ma mère et il se dirigea vers elle en soutenant ma sixième sœur blessée au pied. « Mère... » dit-il en chinois. Ses lèvres tremblaient et de grosses larmes jaillirent de ses yeux.

Une gerbe d'écume s'éleva du fossé : le chef Ma s'était libéré du cadavre d'un soldat du détachement de Sima qui le recouvrait, puis, tel un énorme crapaud, était grimpé sur le bord. Son imperméable maculé d'eau, de sang, de boue comme autant de pustules sur un crapaud. Les jambes arquées, il se remit debout, tremblant d'une façon à la fois effrayante et pitoyable : il ressemblait un peu à un ours, mais, observé de plus près, il avait plutôt l'air d'un héros. Un œil arraché, comme une bille brillante, pendait le long de son nez, dans sa bouche manquaient deux incisives, et de sa mâchoire inférieure dure comme du métal coulait du sang.

Une soldate se précipita, munie de la trousse de secours, et soutint le chef Ma qui se balançait d'avant en arrière. « Commandant Shangguan, il y a un blessé grave par ici ! » cria la femme dont le corps frêle écrasé par le poids du chef Ma ressemblait à un jeune saule ployé.

À cet instant, la grosse Shangguan Pandi, accompagnée de deux civils équipés d'un brancard, accourut de la grande rue. Une toute petite casquette était vissée sur sa tête, et sous sa visière, son visage était large et épais ; seules ses oreilles que sa coupe de cheveux dégageait n'avaient pas perdu le style distingué de la famille Shangguan.

Sans la moindre hésitation, elle ôta l'œil du chef Ma et le jeta. Il roula, roula, roula dans la terre et finit par s'arrêter, nous fixant avec haine. « Commandant de détachement Shangguan, prévenez le commandant de régiment Lu… dit le chef Ma qui se redressa sur le brancard et désigna ma mère… que cette vieille femme a ouvert la porte… »

Shangguan Pandi enveloppa la tête du chef Ma de plusieurs tours de gaze, jusqu'à ce qu'il ne puisse plus ouvrir la bouche.

Debout devant nous, elle prononça vaguement le mot « maman ».

« Je ne suis pas ta mère, dit celle-ci.

– Comme je l'ai déjà dit, dit Pandi, en dix ans l'est du fleuve passe à l'ouest, mais c'est toujours de la boue qu'on a sur les pieds quand on sort de l'eau.

– J'ai vu, dit ma mère, j'ai tout vu.

– Je sais tout ce qui s'est passé à la maison, dit Pandi, maman, tu n'as pas maltraité ma fille, je peux t'innocenter.

– Tu n'as pas besoin de m'innocenter, ça fait longtemps que j'ai assez vécu.

– Nous allons nous emparer du monde !

– Seigneur, bredouilla ma mère, le visage tourné vers le ciel encombré de nuages, ouvre les yeux pour regarder un peu, regarde ce monde… »

Shangguan Pandi s'avança et me caressa froidement la tête. Je sentis une odeur désagréable de médicament sur ses doigts. Elle ne caressa pas la tête de Sima Liang ; je devinai que celui-ci ne l'aurait jamais laissée faire. Ses dents de petit animal sauvage grinçaient et si elle avait eu l'audace de lui frôler la tête, il lui aurait certainement sectionné un doigt. D'un air moqueur, elle dit à ma sixième sœur : « Quel bel exemple, les impérialistes américains sont en train de fournir des avions et des canons à nos ennemis pour les aider à massacrer le peuple des zones libérées !

– Cinquième sœur, dit Niandi en serrant Babbitt dans ses bras, laisse-nous partir, vous avez déjà tué Zhaodi, est-ce qu'en plus tu veux nous tuer ? »

À cet instant, Sima Ku jaillit du moulin en poussant un rire hystérique, portant le cadavre de Shangguan Zhaodi. Lorsque ses soldats étaient sortis en se pressant comme un essaim d'abeilles, il était resté sans réaction. Sima Ku, qui était toujours tiré à quatre épingles, dont chaque bouton était briqué pour étinceler, avait changé du tout au tout en l'espace d'une nuit. Son visage ressemblait à un pois de soja gonflé par l'eau de pluie et desséché, il était couvert de rides blanches, ses yeux gris et éteints, sa grosse tête zébrée de cheveux déjà tout blancs. Ma deuxième sœur couverte de sang séché dans les bras, il s'agenouilla devant ma mère.

La bouche de ma mère se tordait de façon encore plus terrible, sa mâchoire inférieure tremblait violemment, la rendant incapable de prononcer la moindre phrase intelligible. Les larmes inondaient ses yeux. Elle tendit la main et caressa le front de ma deuxième sœur. Se tenant le menton de l'autre main, elle dit avec difficulté : « Zhaodi, ma fille, vos hommes, c'est vous qui les avez choisis, votre chemin, c'est vous-mêmes qui l'avez tracé, ta mère n'a pas pu s'occuper de toi et n'a pas pu vous sauver. Vous tous… devez vous en remettre au destin fixé par le ciel… »

Sima Ku posa le cadavre de ma deuxième sœur, puis se dirigea à la rencontre de Lu Liren qui marchait vers le moulin, escorté par une dizaine de gardes. Les deux hommes s'arrêtèrent lorsqu'ils ne furent plus qu'à deux pas l'un de l'autre, leurs quatre yeux se fixaient mutuellement comme s'ils se lançaient des couteaux acérés ou des épées de combat d'où auraient jailli des étincelles. Après quelques assauts, impossible de les départager. Lu Liren poussa trois rires secs : « Ha ha ! Ha ha ! Ha ha ha ! » Sima Ku poussa trois éclats de rire glacials : « Hé hé ! Hé hé ! Hé hé hé ! »

« Mon cher frère Sima, comment va votre santé depuis que nous

nous sommes quittés ? demanda Lu Liren. Il y a moins d'un an, lorsque vous m'avez chassé du pays, je n'aurais pas imaginé qu'un même destin vous tomberait sur la tête.

– Dette de juin n'attend point, dit Sima Ku. Mais les intérêts de frère Lu sont beaucoup trop élevés.

– Pour ce qui est du malheur que votre femme respectée a subi, vous m'en voyez profondément peiné, dit Lu Liren, mais on n'y peut rien, la révolution, c'est comme extraire un abcès, on doit toujours endommager un peu la chair et les peaux qui sont saines. Mais nous ne pouvons nous abstenir d'extraire cet abcès sous prétexte que l'on risque d'endommager la partie saine, j'espère que vous comprendrez cette vérité.

– Inutile de gaspiller votre salive, rétorqua Sima Ku, allez-y franchement !

– Nous n'avons pas l'intention de vous exécuter aussi simplement que cela, dit Lu Liren.

– Bon, dans ce cas, excusez-moi, le mieux est que je m'en occupe moi-même », dit Sima Ku.

Il sortit de la poche de sa veste un petit pistolet argenté finement travaillé et enclencha le chargeur. Puis il se tourna vers ma mère : « Ma chère belle-mère, je vais vous venger. »

Levant son pistolet, il visa sur sa tempe le point d'acupuncture Taiyang.

Lu Liren éclata de rire : « En fin de compte, vous n'êtes qu'un lâche ! Suicidez-vous, pauvre type ! »

La main de Sima Ku qui tenait le pistolet trembla.

« Papa ! » s'écria Sima Liang.

Sima Ku se retourna pour lui jeter un coup d'œil et sa main s'abaissa lentement. Il ricana comme pour s'excuser et lança le pistolet à Lu Liren. « Tenez », dit-il.

Lu Liren le prit et l'agita un peu dans la main : « C'est un jouet de femme. » Il le lança dédaigneusement à quelqu'un derrière lui, puis avança dans ses chaussures de cuir abîmées, pleines d'eau et couvertes de boue : « En fait, comme j'ai saisi votre pistolet, je n'ai pas le droit de vous régler votre compte, nos organismes supérieurs choisiront ce que vous deviendrez : ou le paradis, ou l'enfer.

– Commandant Lu, vous vous trompez, dit Sima Ku en agitant la tête, il n'y a de place pour moi ni au paradis ni en enfer, ma place est entre les deux, et le moment venu, ce sera la même chose pour vous.

– Emmenez-les », ordonna Lu Liren aux hommes près de lui.

Les gardes s'approchèrent et pointèrent leurs fusils sur Sima Ku et Babbitt : « En route !

– En route ! dit Sima Ku en adressant un signe à Babbitt, ils peuvent bien me tuer cent fois, mais ils ne toucheront pas à un seul de tes cheveux. »

Toujours soutenant ma sixième sœur, Babbitt alla se placer à côté de Sima Ku.

« Mme Babbitt peut rester, dit Lu Liren.

– Commandant Lu, dit ma sixième sœur, comme j'ai aidé ma mère à élever Lu Shengli, il faut que vous nous aidiez, mon mari et moi ! »

Redressant ses lunettes dont une branche était cassée, Lu Liren s'adressa à ma mère : « Il faudrait que vous la persuadiez. »

Ma mère fit résolument non de la tête, s'accroupit et nous dit, à Sima Liang et à moi : « Aidez-moi, les enfants. »

Sima Liang et moi soulevâmes le corps de Shangguan Zhaodi et le chargeâmes sur le dos de ma mère.

Sous le poids de ma deuxième sœur, pieds nus, elle s'engagea sur la rue boueuse qui menait à la maison. De chaque côté, Sima Liang et moi soutenions de toutes nos forces les longues jambes raides de Zhaodi pour alléger la charge. Les profondes traces de pas que les pieds atrophiés de ma mère laissèrent dans le sol mouillé étaient encore visibles plusieurs mois plus tard.

Chapitre 24

La rivière du Dragon était en crue. Depuis le *kang* de notre maison, on pouvait voir par la fenêtre de derrière les eaux jaunes rouler vers l'est en atteignant le sommet de la digue. Face à la rivière se tenait un groupe de soldats qui discutaient d'une voix forte.

Ma mère avait installé dans la cour un poêle à trois pieds pour y faire frire des crêpes, et Zaohua l'aidait à alimenter le feu. Le bois avait pris l'humidité, il dégageait des flammes jaunes et une épaisse fumée noire. Le soleil était chaud.

Sima Liang entra, traînant avec lui une odeur âcre de sophora, et me dit à voix basse : « Ils veulent emmener mon père, le mari de ma sixième tante et ma tante à la région militaire. Le mari de la troisième tante et ses hommes sont déjà en train de fabriquer un radeau pour traverser la rivière.

– Liang, dit ma mère dans la cour, va avec ton petit oncle et ta petite tante sur la digue. Empêche-les de partir, dis-leur que je veux leur dire au revoir. »

Les eaux de la rivière étaient troubles et impétueuses, à la surface flottaient de la paille, des tiges de patates douces, des cadavres d'animaux, ainsi que de gros arbres qui roulaient dans le courant. Les trois piles du pont auxquelles Sima Ku avait mis le feu étaient depuis longtemps recouvertes par les eaux, seuls les flots tourbillonnants et le vacarme assourdissant en attestaient l'existence ; les buissons des rives de la digue étaient noyés et ne laissaient apparaître de temps à autre que quelques branches aux feuilles vertes. La surface de l'eau s'étalait au loin et des mouettes gris-bleu volaient en poursuivant les vagues, attrapant çà et là des petits poissons. La rive opposée ressemblait à une ficelle noire indistincte ondulant au loin dans les vagues étincelantes. Quelques pouces seulement séparaient la surface de l'eau du sommet de la digue et, par endroits, des langues jaunes allaient jusqu'à lécher le sommet, formant de minuscules ruisseaux qui s'écoulaient en murmurant sur la pente.

Lorsque nous montâmes sur la digue, Sun Pas-un-mot était en train de pisser, son sexe dressé face à la rivière, le liquide doré comme un alcool frappant bruyamment la surface. Quand il nous vit arriver, il rit amicalement et sortit de la poche de son pantalon un sifflet confectionné dans une douille de balle, avec lequel il se mit à siffler de mélodieux chants d'oiseaux : on reconnaissait le chant grave de la grive, le doux gazouillis du loriot et le cri plaintif de l'alouette. Ces chants étaient envoûtants ; le visage du muet où poussaient des verrues s'était beaucoup adouci. Quand il eut fini, il secoua le sifflet pour en faire tomber la salive, le porta devant mon visage en poussant des « ah, oh » qui manifestement voulaient dire qu'il me l'offrait. Je reculai d'un pas en le regardant intimidé. Sun Pas-un-mot, le visage que tu avais lorsque tu tuais en agitant ton sabre birman, jamais je ne pourrai l'oublier, espèce de diable ! Il tendit de nouveau la main pour m'offrir le sifflet, refit des « ah oh, ah oh » avec sa bouche, une expression inquiète sur le visage. Je reculai, il avança. Derrière moi, Sima Liang dit discrètement : « Petit oncle, ne le prends pas. Quand le muet joue du sifflet, sûr que les diables sont tout près. C'est l'instrument qui lui sert à appeler les fantômes au cimetière. » « Ah oh ! » cria avec colère Sun Pas-un-mot, me mettant de force dans la main son sifflet en cuivre. Puis, sans plus s'occuper de moi, il se dirigea vers le groupe en train d'assembler le radeau. Sima Liang me prit le sifflet des mains, le souleva et l'examina attentivement dans le soleil, comme s'il voulait en découvrir le secret. « Petit oncle, dit-il, je suis du signe du chat, je n'appartiens à aucun des douze signes de l'horoscope chinois, aucun fantôme ne peut me nuire, ce sifflet, je vais le garder à ta place. » Et il le mit dans sa poche. Il portait un pantalon vert qui lui arrivait sous le genou, sur lequel il avait lui-même cousu avec un fil grossier de nombreuses poches bariolées, certaines claires, d'autres sombres. Il y conservait toutes sortes d'objets hétéroclites et bizarres, des pierres qui changeaient de couleur à la lumière de la lune, une petite scie capable de couper la brique, des noyaux d'abricot de toutes les formes, une patte de moineau et deux crânes de grenouille. Il y avait encore des dents, certaines qu'il avait lui-même perdues, d'autres qui appartenaient à la huitième sœur ou à moi. Ma mère jetait toujours derrière la maison, depuis la cour, les dents que je perdais, mais il les avait toutes récupérées. Comme il devait être difficile de retrouver des dents d'enfant dans les herbes folles derrière notre maison, sur le terrain couvert de crottes de chien ! Mais Sima Liang m'avait averti : « Si tu te concentres bien pour trouver un objet, il réapparaît de lui-même. » Aujourd'hui, son trésor s'était enrichi d'un sifflet de diable qu'il cacha dans son pantalon, ni vu ni connu.

Telles des fourmis, une dizaine de soldats du 16e régiment avaient transporté le long de la ruelle de lourds troncs de pin vers la digue. La grande rue avait retenti de craquements sonores, tandis qu'une véritable catastrophe s'était abattue sur la tour de guet de Sima Ting. Sun Pas-un-mot était à la tête de ces soldats, il dirigeait l'assemblage des troncs à l'aide de grosses agrafes métalliques. L'oncle Zunlong, le menuisier le plus expérimenté du village, leur servait d'instructeur technique. Le muet était en train de déverser sa colère contre lui : il ressemblait à un gorille furieux, hurlant frénétiquement en crachant des postillons. L'oncle Zunlong se tenait droit comme un I, les mains docilement baissées, une agrafe métallique dans la droite, une hache dans la gauche. Ses genoux couverts de cicatrices étaient bien serrés, ses jambes aux veines bleues saillantes droites comme des bâtons, ses grands pieds chaussés de sabots de bois.

À cet instant, un garde monté sur une bicyclette et muni d'un pistolet automatique arriva de la ruelle. Il rangea son vélo et escalada la digue, penché en avant. À mi-pente, son pied s'enfonça dans un trou de rat et quand il le retira, une eau trouble jaillit de la cavité. « Regarde, m'avertit Sima Liang, il va y avoir une brèche. » Et le garde se mit aussi à crier : « Attention, il y a un trou ici ! » Affolés, les soldats du 16e régiment interrompirent leur activité et allèrent regarder avec inquiétude ce trou d'où coulait l'eau. Une expression de panique extrême apparut sur le visage du muet. Il jeta un coup d'œil à la rivière aux eaux impétueuses, dont le niveau dépassait le toit de la plus haute maison du village. Il tira le sabre birman de sa ceinture, le jeta sur la digue, puis ôta en hâte sa veste et son pantalon, ne restant vêtu que d'un caleçon court tout raide comme s'il avait été découpé dans de la tôle. Ensuite, il se mit à pousser des cris face aux soldats. Ceux-ci ressemblaient à une volée de poules en bois qui le regardaient stupidement. Un soldat aux sourcils épais demanda en élevant la voix : « Que voulez-vous que nous fassions ? Vous voulez que nous descendions dans la rivière ? » Le muet se précipita vers lui, l'agrippa par le col et le tira vers le bas, arrachant ses boutons en plastique noir. Dans son affolement, il finit par s'écrier très distinctement : « Ôte ! »

Considérant le trou dans la digue et les tourbillons dans l'eau, l'oncle Zunlong expliqua : « Chefs, c'est un trou creusé par un rat des champs, à l'intérieur, la cavité doit être plus grande qu'une jarre. Votre chef veut que tout le monde se déshabille et descende pour colmater la brèche. Faites vite, si vous attendez encore, il n'y aura plus rien à faire. »

Lui-même retira sa veste rapiécée et la jeta aux pieds du muet. Les soldats se déshabillèrent en hâte, seul un jeune ne quitta que sa veste, gardant son pantalon. Le muet, hors de lui, cria une nouvelle fois très distinctement le mot « Ôte ! ». Quand le chien est affolé, il grimpe aux murs ; quand le chat est affolé, il grimpe aux arbres ; quand le lièvre est affolé, il mord ; quand le muet est affolé, il parle. « Ôte ! Ôte ! Ôte ! » Il n'en finissait pas de hurler, comme le membre d'un commando suicide qui veut renforcer les acquis de la bataille. Le petit soldat dit sur un ton pitoyable : « Chef, j'ai pas de culotte ! » Le muet s'empara de son sabre et le posa sur le cou du petit soldat, l'éraflant deux fois avec le dos de la lame. Le visage couleur de terre, le petit soldat se mit à pleurnicher : « Oncle muet, je l'enlève ! Si je l'enlève, ça ira ? » Il se pencha, se hâta de défaire ses bandes molletières, puis retira son pantalon, découvrant ses fesses blanches et son petit zizi qui commençait à se couvrir de poils ; gêné, il le cacha de la main. Le muet s'apprêtait à contraindre le garde à se déshabiller, mais celui-ci courut en bas de la digue, sauta sur son vélo, vacilla de gauche à droite à plusieurs reprises, puis partit comme une flèche en hurlant : « Une brèche… une brèche… »

Le muet rassembla ses vêtements en tas et les attacha ensemble à l'aide des bandes molletières. L'oncle Zunlong renversa des rames de haricots qu'il piétina pour confectionner une boule avec les tiges et les claies. Les soldats l'aidèrent à la tirer sur la digue. Le muet souleva son tas de vêtements et se préparait à se jeter dans l'eau. L'oncle Zunlong montra du doigt les tourbillons à la surface, puis sortit d'une mallette une bouteille verte et plate dont il ôta le bouchon ; une odeur d'alcool m'emplit les narines. Le muet se saisit de la bouteille et la vida d'un trait, le cou levé. Il tendit son gros pouce et l'agita en direction de l'oncle Zunlong. « Ôte ! » cria-t-il. Ce qui signifiait : « C'est bon. » Les hommes sur la digue l'avaient bien compris. Tenant dans ses bras le paquet de vêtements, le muet prit son élan et sauta dans la rivière. L'eau atteignait presque le sommet et débordait par endroits le long de la digue. Le trou était déjà de l'épaisseur de l'encolure d'un cheval et l'eau jaillissait impétueusement avant de se répandre dans la ruelle transformée en ruisseau. La ligne de ces eaux troubles atteignait déjà la porte de notre maison. En regard de la rivière du Dragon qui passait très haut derrière le village, les maisons ressemblaient à des jouets façonnés dans l'argile. À peine entré dans l'eau, le muet disparut. Là où il avait plongé, jaillirent de l'écume et des herbes ; malignes, les mouettes volaient près du bord et leurs yeux comme des petits pois noirs fixaient avec attention l'endroit où il avait plongé, comme si elles espéraient quelque chose. Je distinguais nettement leur bec rouge vif et leurs pattes noires recroquevillées sous leur ventre blanc. Inquiets, nous scrutions tous la rivière : une pastèque d'un noir brillant tourbillonna à la surface avant de disparaître puis de réapparaître très vite un peu plus loin. Un crapaud noir tout maigre émergea des vagues au milieu de la rivière et nagea en biais vers la berge, progressant à la manière typique des crapauds. Près de la digue, où la surface de l'eau était plus calme, ses pattes décrivirent de gracieuses ondulations. Les soldats du 16e régiment penchaient la tête en avant, la peau du visage tendue. Comme ils étaient tous torse nu, leur cou semblait très long, on eût dit une rangée de prisonniers attendant qu'on leur tranche la tête. Leurs culottes étaient comme celle du muet : elles semblaient avoir été taillées dans de la tôle. Le petit soldat aux fesses nues comme un singe, cachant ses parties des deux mains, regardait aussi la rivière. L'oncle Zunlong, quant à lui, fixait le trou d'où sortait l'eau. Profitant de l'occasion, Sima Liang ramassa le sabre birman du muet, qui avait coupé aussi bien des têtes que des pastèques, et jaugea en cachette le tranchant de la lame avec son pouce.

« Ça y est ! Il l'a bouché ! » hurla l'oncle Zunlong.

L'eau qui coulait aussi impétueusement qu'une bête sauvage se calma et la quantité qui s'échappait diminua considérablement. Le bruit assourdissant se transforma en un simple murmure. Le muet surgit brutalement hors de l'eau comme un gros poisson noir, et les mouettes qui tournoyaient au-dessus de sa tête s'envolèrent haut dans le ciel. Il essuya avec ses grosses mains l'eau qui couvrait son visage et cracha du sable et de la boue. L'oncle Zunlong fit signe aux soldats de lancer dans la rivière la grosse boule de tiges de haricots. S'en emparant, le muet appuya dessus avec la main pour l'immerger prestement. Se redressant de tout son corps, il pesa dessus avec ses jambes. Puis il plongea une nouvelle fois. Cette fois-ci, un temps très court s'écoula avant qu'il sorte la tête pour reprendre son souffle. L'oncle Zunlong lui tendit une longue branche pour le hisser. Mais il fit non de la main et replongea.

Dans le village retentirent des coups de gong précipités. Suivis d'une sonnerie de clairon annonçant l'assaut. Des soldats armés de fusils firent irruption sur la digue depuis chaque ruelle. Lu Liren et ses gardes arrivèrent en hâte depuis la nôtre. À peine sur la digue, il cria : « Où est le danger ? »

Le muet sortit la tête de l'eau, mais la replongea aussitôt, manifestement à bout de forces. L'oncle Zunlong lui présenta la branche et le tira vers la digue. On lui tendit la main et on le hissa sur le bord. Les jambes molles, il s'assit.

« Commandant, heureusement qu'il y avait le chef Sun, sans lui, les villageois seraient en train de nourrir les tortues.

– Et après, dit Lu Liren, ç'aurait été notre tour. »

Il se plaça devant le muet et leva le pouce pour le féliciter. Celui-ci avait la chair de poule ; la bouche couverte de boue, il riait stupidement en direction de Lu Liren.

Le commandant donna l'ordre à ses troupes de renforcer la digue et de la surélever avec de la terre. Le travail de construction du radeau se poursuivit, car, à midi, il fallait absolument faire traverser la rivière aux prisonniers. C'était en effet à cette heure-là que la troupe de la région militaire chargée de la garde des prisonniers les réceptionnerait sur la rive opposée. Les soldats dévêtus allèrent se reposer. Plus ils faisaient l'objet d'éloges, plus ils recouvraient leurs forces, voulant même achever leur tâche complètement nus. Lu Liren ordonna à un soldat de l'intendance de courir à la compagnie y chercher une culotte pour venir en aide au petit soldat. « Le canard duveteux qui n'a pas encore tous ses poils, lui dit Lu Liren, pourquoi est-il aussi timide ? » Tout en bombardant ses hommes d'ordres, il profita d'un instant pour me demander : « Comment va ta mère ? La petite Shengli est gentille ou non ? » Sima Liang me tira par la main, je ne comprenais pas ce qu'il voulait me dire, et il répondit lui-même à Lu Liren : « Ma tante va venir dire au revoir à mon père, elle vous prie de l'attendre. »

Plein d'énergie, l'oncle Zunlong acheva en moins d'une demi-heure la construction d'un radeau carré d'une dizaine de mètres. En l'absence de rames, il suggéra à Lu Liren d'utiliser des bêches en fer, mais le mieux serait de prendre les pelles en bois qui servaient au vannage. Lu Liren lança alors un nouvel ordre.

« Rentre prévenir ta tante que je pourrai satisfaire sa demande », dit Lu Liren d'un air grave à Sima Liang. Puis il regarda sa montre en levant son poignet. « Vous pouvez y aller », ajouta-t-il. Mais nous n'y allâmes pas, car nous avions vu que ma mère était sortie de la maison, portant au bras un panier en bambou recouvert d'une toile blanche et à la main une théière en grès rouge. Derrière elle venait Zaohua, qui tenait à deux mains une botte de ciboules. Derrière les ciboules, c'étaient les jumelles de Sima Ku, Sima Feng et Sima Huang. Derrière Feng et Huang, les jumeaux du muet et de ma troisième sœur, le Grand Muet et le Second Muet. Derrière les muets, Lu Shengli, qui commençait juste à marcher, et derrière elle, Shangguan Laidi, le visage fardé. Toute cette troupe avançait lentement. Les yeux des jumelles étaient fixés sur le fouillis des tiges de haricots et de volubilis, elles y recherchaient les libellules, les papillons et les mues transparentes de cigales. Les yeux des jumeaux étaient fixés sur les troncs des arbres de chaque côté, troncs de sophora, de saule, troncs jaune pâle des mûriers, car dessus il pouvait y avoir un mets délicieux qui retenait leur attention : des escargots. Lu Shengli, elle, recherchait les flaques pour marcher dedans, et quand elle y barbotait vigoureusement, un rire innocent se répercutait dans toute la ruelle. La façon rigide qu'avait Shangguan Laidi de marcher me laissait penser qu'elle arborait une mine austère, car, depuis le sommet de la digue, nous ne pouvions voir que son visage coloré sans distinguer clairement ses traits.

Lu Liren prit au cou d'un garde une lunette d'approche avec laquelle il observa la rive opposée. Un jeune cadre debout à côté de lui demanda avec impatience : « Ils sont là ?

– Non, répondit Lu Liren en continuant à regarder, il n'y a qu'un corbeau qui picore du crottin.

– Y aurait-il un imprévu ? demanda le jeune cadre inquiet.

– Impossible, dit Lu, les membres de la troupe chargée de la surveillance des prisonniers de la région militaire sont tous des tireurs d'élite, personne n'oserait les empêcher de passer.

– C'est vrai, dit le jeune cadre, quand je suis allé m'entraîner à la région militaire, ils nous ont fait une démonstration, et ce qui m'a le plus convaincu, c'était l'exercice de force qui consistait à trouer une brique avec les doigts. Vous voyez, quelque chose d'aussi dur qu'une brique, eh bien, avec un seul doigt, ils font un trou dedans plus vite qu'avec un foret métallique. S'ils veulent tuer quelqu'un, ils n'ont besoin de rien, il leur suffit de piquer avec le doigt et ça fait un trou. Commandant, j'ai entendu dire qu'un groupe de cadres va former sur place un gouvernement de district…

– Les voilà, dit Lu Liren, préviens l'équipe de transmission d'envoyer un signal. »

Un petit soldat, plein d'entrain, leva un étrange fusil court au canon épais et tira en l'air au-dessus de la rivière : une boule de feu jaune vola très bas, s'arrêta un peu, puis décrivit un arc de cercle de fumée blanche en sifflant avant de tomber au milieu de l'eau. Quand elle toucha l'eau, plusieurs mouettes voulurent l'attaquer en piqué, mais après chaque tentative, elles s'écartaient en poussant des cris stridents.

Sur la rive opposée se tenait une foule de petits hommes noirs ; la lumière argentée de l'eau qui remuait en se réfractant donnait l'impression qu'ils étaient debout à la surface et non sur le bord.

« Changement de signal », dit Lu Liren.

Le petit soldat sortit de sa poitrine un drapeau rouge et l'attacha à la branche de saule que l'oncle Zunlong avait jetée. Il déploya le drapeau, déclenchant des acclamations de l'autre côté.

« Bien ! » Lu Liren accrocha la lunette d'approche à son cou et ordonna au jeune cadre qui s'était adressé à lui : « Officier Qian, cours dire au chef d'état-major Du d'amener rapidement les prisonniers. » L'officier Qian s'exécuta aussitôt et descendit de la digue.

Lu Liren sauta sur le radeau et le piétina avec force afin d'éprouver sa solidité, puis il demanda à l'oncle Zunlong : « Il ne risque pas de partir en morceaux au milieu de la rivière ?

– Ne vous inquiétez pas, commandant, répliqua l'oncle Zunlong, l'automne de la dixième année de la République [1], quand les habitants du village ont fait traverser la rivière au sénateur Zhao, c'était moi qui avais construit le radeau.

– Aujourd'hui, dit Lu Liren, ce sont des criminels importants qu'il faut faire traverser, nous ne pouvons nous permettre la moindre erreur.

– Rassurez-vous. Si le radeau venait à se disloquer au milieu de la rivière, vous pourrez m'arracher neuf doigts.

– Ce ne serait vraiment pas la peine, dit Lu Liren, si un tel accident devait se produire, même t'en arracher dix ne servirait à rien. »

À la tête de sa petite troupe, ma mère grimpa sur la digue. Lu Liren vint à sa rencontre. « Tante, dit-il poliment, mettez-vous sur le côté pour attendre, ils vont arriver dans un instant. » Il se pencha vers Lu Shengli, mais celle-ci, effrayée, se mit à pleurer. Gêné, il rajusta ses lunettes accrochées par une ficelle à ses oreilles : « Cette enfant ne reconnaît même pas son propre père.

– Vous alors, le mari de la cinquième sœur, soupira ma mère, vous ne cessez de vous démener dans tous les sens, quand est-ce que ce sera fini tout ça ?

– Tranquillisez-vous, vieille femme, répondit Lu Liren sûr de lui, d'ici deux à trois ans tout au plus, vous pourrez vivre en paix.

– Moi, une simple femme, je ne devrais pas trop parler, mais est-ce que vous pourriez les relâcher ? De toute façon, ce sont aussi vos deux beaux-frères et votre petite belle-sœur.

– Ma chère belle-mère, dit Lu Liren en riant, je n'ai pas ce pouvoir, qui vous a dit d'aller chercher des gendres à la vie aussi agitée ? »

Et il continua de rire. Son rire détendit l'atmosphère austère qui régnait sur la digue. « Allez dire à vos chefs qu'ils leur fassent grâce, dit ma mère.

– Qui sème le vent récolte la tempête. Qui plante des chardons ne doit pas craindre de se piquer les mains. Ma chère belle-mère, il ne faut pas vous tracasser pour rien. »

Les gardes arrivèrent par notre ruelle, escortant Sima Ku, Babbitt et Shangguan Niandi. Sima Ku avait les mains liées derrière le dos

1. Soit 1921.

par une ficelle, Babbitt les siennes liées devant sa poitrine à l'aide d'une bande molletière souple, seule Shangguan Niandi n'était pas attachée. Au moment où il passait devant chez nous, Sima Ku se dirigea droit vers la porte, mais un garde lui barra le passage ; il lui cracha au visage : « Écarte-toi, cria-t-il, je veux entrer dire adieu à ma famille. » Lu Liren mit ses mains en porte-voix et cria en direction de la ruelle : « Commandant Sima, inutile, ils sont ici. » Comme si Sima Ku n'avait pas entendu, il se précipita en avant, les épaules penchées, suivi de Babbitt et Shangguan Niandi. Ils traînèrent longtemps dans la cour de notre maison. Lu Liren ne cessait de regarder sa montre. Sur l'autre rive, les soldats chargés des prisonniers nous faisaient signe en agitant un petit drapeau rouge ; le soldat responsable des transmissions, lui, agitait en réponse son grand drapeau rouge. Il maniait le drapeau de mille façons, montrant combien il était entraîné.

La colonne avec Sima Ku finit par sortir de chez nous et très vite ils grimpèrent sur la digue. « Mettez le radeau à l'eau ! » ordonna Lu Liren. Une dizaine de soldats poussèrent la lourde embarcation jusque dans la rivière. L'eau était extrêmement agitée. Le radeau plongea et remonta lentement. Le courant plus faible près du bord le remit à l'horizontale. Plusieurs soldats tiraient fermement sur la corde en bandes molletières attachée au radeau pour l'empêcher d'être emporté par le courant.

« Commandant Sima, monsieur Babbitt, dit Lu Liren, notre armée fait preuve d'une grande générosité et elle respecte les sentiments humains, c'est pourquoi, exceptionnellement, elle autorise vos proches à vous offrir un repas d'adieu, je vous demande de faire vite. »

Sima Ku, Babbitt et Niandi s'approchèrent de nous. Sima Ku avait un large sourire. Babbitt, l'air tracassé. Niandi, l'air abattu, comme une martyre intrépide. « Sixième sœur, tu peux rester », lui dit Lu Liren à voix basse. Niandi fit non de la tête, manifestant sa résolution de suivre son mari.

Ma mère ôta la toile qui couvrait son panier de bambou, et Zaohua lui tendit une ciboule épluchée. Ma mère la coupa en deux, la roula dans une crêpe de farine de blé, puis sortit du panier un bol de sauce de soja qu'elle remit à Sima Liang : « Tiens, Liang, porte-le. » Celui-ci prit le bol et fixa ma mère, étonné. « Ne me regarde pas comme ça, dit-elle, regarde plutôt ton père ! » Le regard de Sima Liang vola vers le visage de Sima Ku. Celui-ci baissa la tête pour considérer son fils aussi robuste qu'un gros maquereau noir. Son visage rectangulaire qui semblait jamais ne pouvoir être triste se couvrit cependant d'un nuage de mélancolie. Instinctivement, il remua les épaules, peut-être voulut-il lever le bras pour caresser son enfant ? Sima Liang murmura en grimaçant : « Papa… » Les prunelles jaunes de Sima Ku roulèrent rapidement et il ravala ses larmes. Il leva le pied pour en tapoter les fesses de Sima Liang.

« Mon fils, dit-il, souviens-toi bien, de génération en génération, aucun des ancêtres de la famille Sima n'est mort sur le *kang*, il en sera de même pour toi.

– Papa, demanda Sima Liang, est-ce qu'ils vont te fusiller ?

– Ce que paie ton père, dit Sima Ku, le regard tourné vers les eaux troubles, c'est sa faiblesse. Souviens-toi bien, mon petit : pour devenir un méchant, il faut avoir le cœur dur comme la pierre, tuer les yeux grand ouverts, et pour se comporter en homme bon, il faut marcher en baissant la tête pour ne pas écraser les fourmis. Mais ce qu'il ne faut surtout pas faire, c'est se comporter en chauve-souris : elle n'est ni vraiment oiseau, ni vraiment bête sauvage. Tu t'en souviendras ? » Sima Liang hocha gravement la tête en se mordant les lèvres.

Ma mère tendit une crêpe roulée autour d'une ciboule à Shangguan Laidi, qui la regarda, interdite. « Donne-la-lui à manger ! » dit celle-ci. Laidi semblait un peu intimidée, elle n'avait certainement pas oublié les débordements de plaisir auxquels ils s'étaient livrés au cours de cette nuit d'encre, et la honte de ce bonheur en était une preuve manifeste. Ma mère jeta un coup d'œil à Laidi, puis à Sima Ku. Telle une navette en or tirant un fil, ses yeux unirent le regard de Laidi et celui de Sima Ku. Tous deux échangèrent des milliers et des milliers de paroles avec leurs yeux. Laidi avait abandonné sa robe noire ; elle portait une veste doublée pourpre, un pantalon de la même couleur agrémenté d'une bordure brodée et des chaussures assorties, sa taille était gracieuse, son visage délicat ; Sima Ku l'avait guérie de sa folie, mais il l'avait fait plonger dans le mal d'amour, et on pouvait encore la considérer comme une beauté experte en sentiments amoureux, une jeune veuve bien séduisante.

Sima Ku la regarda droit dans les yeux : « Tante de Liang, prends bien soin de lui. » Laidi prononça alors ces paroles mystérieuses : « Tu es un diamant, il est un morceau de bois pourri. » Elle alla se placer devant lui, trempa la galette dans le bol que Sima Liang tenait levé et l'enduisit d'une sauce jaune que d'un geste vif du poignet, elle empêcha de couler. Elle approcha la galette de la bouche de Sima Ku. Celui-ci, qui avait la tête dressée comme un cheval, la baissa, ouvrit la bouche et mordit férocement. Il mâcha péniblement, la ciboule crissait sous ses dents, la nourriture gonflait ses joues qui s'arrondissaient. Deux grosses larmes jaillirent de ses yeux. Tendant le cou, il avala une bouchée et renifla : « Une ciboule bien relevée ! »

Ma mère me donna une crêpe roulée autour d'une ciboule, puis une à ma huitième sœur : « Jintong, nourris le mari de ta sixième sœur. Yunü, nourris ta sixième sœur. » Imitant les gestes de Laidi, je trempai la crêpe dans la sauce jaune et la portai jusqu'aux lèvres de Babbitt. Celui-ci fit une grimace horrible, mordit du bout des dents une petite bouchée et des larmes abondantes se mirent à couler de ses yeux bleus. Il se pencha et colla ses lèvres pleines de sauce sur mon front pour me donner quelques baisers sonores. Puis il alla se placer devant ma mère, je devinai qu'il voulait l'embrasser, mais comme il ne pouvait ouvrir ses bras ligotés, il se redressa comme une chèvre qui broute les feuilles d'un arbre et toucha son front de ses lèvres : « Mère, dit-il, je ne vous oublierai jamais. »

Ma huitième sœur s'approcha à tâtons de Sima Liang et tendit la crêpe pour la tremper dans la sauce. Sima Liang l'aida. Elle leva la crêpe des deux mains, le visage tourné vers le haut, le front telle une carapace de crabe, les yeux comme un vieux puits aux eaux profondes, le nez droit et la bouche large, les lèvres tendres comme des pétales de rose. Ma huitième sœur, qui avait toujours subi mes vexations, était vraiment un pitoyable petit agneau. Elle pépia : « Sixième sœur, sixième sœur, mange… »

Ma sixième sœur, versant des torrents de larmes, l'embrassa et dit d'une voix plaintive : « Ma pauvre petite sœur… »

Sima Ku avait fini sa crêpe.

Lu Liren gardait le visage tourné vers l'autre rive. À ce moment-là, il fit volte-face : « Ça va, dit-il, je vous prie de monter sur le radeau !

– Non, dit Sima Ku, je n'ai pas fini de manger. Autrefois, quand les autorités exécutaient un condamné, il fallait le laisser manger jusqu'à ce qu'il soit rassasié, mais pour vous autres, le 16e régiment, qui prétendez être un exemple de justice et de vertu, une unique crêpe à la ciboule peut-elle m'avoir rassasié ? Et en plus, ces crêpes, c'est ma belle-mère qui les a faites.

– Bon, dit Lu Liren en regardant sa montre, mangez tout votre saoul, vieux frère, nous commencerons par faire traverser Babbitt. »

Le muet et six soldats, munis des pelles en bois, sautèrent précautionneusement sur l'embarcation qui tangua et pencha, sa ligne de flottaison s'enfonçant dans l'eau qui passa par-dessus bord. Deux soldats renversés en arrière tiraient sur les bandes molletières pour immobiliser le radeau rétif. Lu Liren, inquiet, demanda à l'oncle Zunlong : « Vieil homme, peut-on faire monter deux hommes de plus ?

– C'est risqué, dit l'oncle Zunlong, à mon avis, il vaudrait mieux en faire descendre deux.

– Han Ertu, Pan Yongwang, redescendez », ordonna Lu Liren.

Les deux hommes s'exécutèrent en s'appuyant sur leur pelle. Le radeau se remit à tanguer, les soldats vacillèrent, manquant tomber à l'eau. Le muet, vêtu d'une simple culotte, criait en colère : « Ôte ! Ôte ! Ôte ! » De ce jour, il ne prononça plus jamais ses « ah oh ».

« Comme ça, ça ira ? demanda Lu Liren à l'oncle Zunlong.

– Oui, répondit celui-ci en s'emparant de la pelle en bois que tenait un soldat. Votre armée est vertueuse et juste, moi le vieux, je l'admire. La dixième année de la République, c'est moi qui ai fait traverser le sénateur, si le commandant Lu n'y voit pas d'inconvénient, je me propose comme animal de peine.

– Vieil oncle, dit avec émotion Lu Liren, je voulais vous le demander, mais ça me gênait. Si c'est vous qui conduisez le radeau, je suis tranquille. Qui a de l'alcool ? »

Un soldat de l'intendance accourut et présenta à Lu Liren une gourde métallique toute cabossée. Celui-ci en dévissa le bouchon, colla son nez à l'orifice et renifla : « C'est du vrai alcool de sorgho, dit-il. Vieil oncle, je vous en offre un coup au nom du commandant de la région militaire ! » Puis à deux mains, il présenta la gourde à l'oncle Zunlong. Le vieil homme, très ému, essuya la boue de ses mains, se saisit de la gourde et en avala quelques gorgées, puis il la passa à Lu Liren. Il s'essuya la bouche du revers de la main, le visage rouge jusqu'au cou, le cou rouge jusqu'à la poitrine. « Commandant Lu, d'avoir bu à votre gourde, moi, le vieux, je sens que mon cœur est collé au vôtre !

– Pourquoi seulement le cœur ? dit Lu Liren en riant. Nos foies sont collés l'un à l'autre, nos poumons, nos tripes ! »

Flic floc, les larmes de l'oncle Zunlong coulèrent. D'un coup, il bondit sur le radeau et reprit son équilibre à l'arrière. Le radeau vibra légèrement. Lu Liren hocha la tête en signe d'approbation.

Il s'avança devant Babbitt et dit avec un sourire, comme pour s'excuser, en regardant ses mains entravées : « Je vous cause des désagréments, monsieur Babbitt, mais le commandant Yu de la région militaire et le commissaire Song tiennent particulièrement à vous, vous serez traité avec égards.

– Ce genre d'égards ? demanda Babbitt en levant les mains.

– C'en est aussi en quelque sorte, dit Lu Liren très à l'aise, j'espère que vous n'y attacherez pas d'importance. Je vous en prie, monsieur Babbitt. »

Babbitt nous lança un regard en guise d'adieu, puis, d'une grande enjambée, passa sur le radeau. L'embarcation tangua violemment et Babbitt tangua violemment dessus. L'oncle Zunlong le stabilisa en appuyant le bout de sa pelle contre ses fesses.

Imitant maladroitement Babbitt, Shangguan Niandi déposa un baiser sur mon front, puis sur le front de ma huitième sœur. Elle leva ses doigts fins comme des tiges de ciboule, les passa dans les cheveux souples et doux, couleur de lin, de ma huitième sœur, et soupira : « Ma bonne petite sœur, que le ciel te bénisse afin que tu connaisses un bon destin ! » Puis elle fit un signe de tête à l'attention de ma mère et des enfants qui se trouvaient derrière elle. Elle se retourna et se dirigea vers le radeau. Lu Liren l'exhorta une nouvelle fois : « Sixième sœur, tu n'es pas obligée d'aller avec lui.

– Le proverbe dit : “Comme le fléau ne quitte jamais le poids de la balance, le vieux ne quitte jamais sa vieille”, lui répondit Niandi sur un ton paisible. Ma cinquième sœur et toi, n'êtes-vous pas également inséparables ?

– Je ne pense qu'à ton bien, dit Lu Liren, je ne te force pas, je voulais seulement t'aider. Monte sur le radeau, je t'en prie ! »

Deux gardes prirent Niandi par les bras et la soutinrent pour monter sur le radeau. Babbitt tendit ses bras entravés afin qu'ils servent d'appui à sa femme pour se stabiliser.

Le radeau s'enfonçait profondément dans l'eau, certaines de ses planches irrégulières étaient totalement immergées tandis que d'autres ne dépassaient que d'un pouce. « Commandant, dit l'oncle Zunlong à Lu Liren, le mieux serait de faire asseoir nos passagers, et aussi les rameurs.

– Asseyez-vous, asseyez-vous, dit Lu Liren, monsieur Babbitt, pour votre sécurité, veuillez vous asseoir. »

Babbitt s'assit sur le radeau, mais en réalité, c'était comme s'il s'était assis dans l'eau. De même pour Shangguan Niandi, qui prit place en face de lui.

Le muet et les cinq soldats s'installèrent le long des bords, seul l'oncle Zunlong se tenait debout, bien stabilisé à l'arrière.

Sur la rive opposée, on continuait à agiter le petit drapeau rouge. « Envoie un signal, pour qu'ils se préparent à les réceptionner », dit Lu Liren au soldat des transmissions.

Le soldat prit le fusil à gros canon et tira trois fusées d'alarme au-dessus de la rivière. En face, le petit drapeau rouge cessa de remuer et des petits hommes noirs se déplacèrent à toute vitesse sur la ligne d'horizon argentée.

Lu Liren regarda sa montre : « Lâchez le radeau ! » ordonna-t-il.

Les deux soldats qui tenaient la corde en bandes molletières depuis le sommet de la digue commencèrent à la relâcher. L'oncle Zunlong poussa avec sa pelle en bois et les soldats sur les bords frappèrent maladroitement l'eau avec les leurs. Le radeau quitta lentement les eaux calmes de la berge et commença à descendre au gré du courant. Comme s'ils faisaient voler un cerf-volant, les deux soldats sur la rive donnaient rapidement du mou aux dizaines de bandes molletières nouées ensemble.

Depuis le bord, les gens fixaient le radeau avec inquiétude, Lu Liren ôta ses lunettes et les essuya rapidement avec le pan de sa veste. Sans ses lunettes, il avait un regard trouble qui lui donnait un air parfaitement stupide. Ses yeux étaient encerclés par deux ronds blancs, comme les oiseaux qui mangent des loches d'étang dans les terres marécageuses. Il raccrocha à ses lunettes la ficelle qui remplaçait l'une des branches. La base de son oreille était blessée par cette attache. Quand le radeau se fut mis en travers au milieu des eaux, les soldats dénués de toute expérience se mirent à frapper à qui mieux mieux la surface avec leur pelle, laissant les vagues envahir l'embarcation et tremper les vêtements de ses occupants. Effrayé, Babbitt, les mains liées, poussa un cri, et ma sixième sœur lui serra fortement la main. L'oncle Zunlong criait en tanguant à l'arrière : « Chefs, chefs, pas de désordre, faites les mouvements ensemble, le plus important c'est de coordonner vos gestes ! » Lu Liren prit son pistolet et tira deux coups en l'air, faisant dresser la tête aux soldats. « Obéissez aux ordres de l'oncle Zunlong, pas de désordre ! hurla-t-il.

– Chefs, du calme, écoutez mon signal, un, deux, un, deux, un, deux, ramez calmement, un, deux… » dit l'oncle Zunlong.

Quand le radeau arriva au milieu du courant, il fut emporté à toute vitesse vers l'aval ; Babbitt et ma sixième sœur se mirent à plat ventre, et l'écume des vagues leur passait sur le dos. Sur la rive, les deux soldats qui tenaient les bandes molletières crièrent : « Commandant, on est au bout de la corde ! » Le radeau avait déjà parcouru une centaine de mètres. La corde était tendue comme un fil d'acier et, quand les deux soldats l'enroulèrent à leur bras, elle leur pénétra dans la chair. Ils étaient si penchés en arrière qu'ils étaient presque couchés sur le sol, tandis que leurs talons glissaient vers l'avant : manifestement, ils allaient être emportés dans la rivière. Le radeau commença à pencher et les soldats se mirent à hurler. « Courez en avant, vite ! ordonna Lu Liren d'une voix forte aux soldats qui tenaient la corde. Courez, vite, crétins ! » Ils coururent en trébuchant vers l'avant, les soldats sur la berge s'écartant pour les laisser passer. La corde qui tenait le radeau se détendit et celui-ci descendit à toute vitesse le long des flots impétueux. L'oncle Zunlong criait des ordres aux soldats courbés sur le radeau, qui ramaient tous ensemble, et, tout en continuant à descendre, celui-ci commença à se rapprocher légèrement de la rive opposée.

Au moment où le radeau se trouvait dans cette situation périlleuse au milieu de la rivière et que tous les regards convergeaient vers lui, Sima Liang posa le bol de sauce et murmura : « Papa, tourne-toi ! » Sima Ku se retourna tout en mâchant une crêpe et observa ce qui se passait sur la rivière. Sima Liang alla rapidement se placer derrière lui, sortit un petit couteau au manche en plastique – le cadeau que m'avait fait Babbitt – et s'employa à couper la ficelle qui le retenait prisonnier. Il coupa la partie intérieure, mais pas entièrement. Pendant ce temps, ma mère priait à haute voix : « Seigneur, de grâce, faites en sorte que ma fille et mon gendre traversent sains et saufs, seigneur miséricordieux… » J'entendis Sima Liang dire : « Papa, dès que tu bougeras un peu, la ficelle cassera. » Puis il se retourna, fit disparaître en un clin d'œil le petit couteau dans sa poche et leva de nouveau le bol de sauce. Shangguan Laidi continua à nourrir Sima Ku. En aval, à quelques centaines de mètres, le radeau s'approchait peu à peu de la rive opposée.

Lu Liren vint près de Sima Ku qu'il balaya d'un regard ironique : « Quel appétit, frère Sima !

– Ce sont des crêpes faites de la main de ma belle-mère et c'est ma belle-sœur qui me les donne à manger, comment ne pas en profiter ? bredouilla Sima Ku. Un tel repas et cette façon de le prendre ne se représenteront pas une deuxième fois dans ma vie ! Belle-sœur, remets-moi de la sauce. »

Laidi repoussa un peu la ciboule à l'intérieur de la crêpe et la badigeonna de la sauce du bol tenu par Sima Liang, puis la porta au niveau de la bouche de Sima Ku. Celui-ci mordit dedans à belles dents et mâcha en se délectant.

Lu Liren secoua la tête avec dédain et vint se placer au milieu de nous, comme s'il cherchait quelque chose. Ma mère prit Lu Shengli et la lui fourra dans les bras. L'enfant se débattit en pleurant et Lu Liren recula, perplexe.

« Frère, dit Lu Liren à Sima Ku, en fait, je vous admire beaucoup, mais je serais incapable de vous imiter.

– Commandant Lu, vous m'injuriez, dit Sima Ku en avalant une bouchée. Quels que soient vos procédés, vous avez gagné, vous donc êtes le roi ; et moi, j'ai perdu, je suis le bandit. À présent, vous êtes le couteau et moi la viande, me découper ou me hacher, c'est selon votre bon vouloir, à quoi bon vous moquer encore de moi !

– Je ne me moque pas, dit Lu Liren, vous ne pouvez pas comprendre le sens de mes paroles, allez, ça suffit, parlons sérieusement, une fois à la région militaire, je pense que vous aurez l'occasion de vous racheter, mais si vous continuez à résister, ça risque de mal tourner pour vous.

– Toute ma vie, dit Sima Ku, quand il s'agissait de manger, j'ai mangé, quand il s'agissait de m'amuser, je me suis amusé, mon tour de mourir est venu. Mais le fils et les deux filles que je laisse, ils dépendent entièrement de vous, vieux frère.

– Pour ça, ne vous faites pas de souci, répondit Lu Liren, sans la guerre, nous serions tous deux de vrais parents !

– Commandant Lu, dit Sima Ku, vous êtes un grand intellectuel, quand vous dites "parents", ça me semble vraiment quelque chose de sacré, mais en y réfléchissant bien, ce qu'on appelle "parents" ne repose que sur ce qui se passe quand un homme et une femme couchent ensemble. »

Et il éclata de rire. Mais je vis que tout en riant, il prenait garde de ne pas remuer les bras.

Les soldats qui tiraient la corde en bandes molletières revinrent en courant. Sur l'autre rive, les rameurs et les hommes chargés des prisonniers tiraient le radeau vers l'amont. Quand ils furent suffisamment loin, ils recommencèrent à ramer vers nous. Leur retour fut très rapide, car leurs mouvements étaient de plus en plus synchronisés, tandis que, sur la rive, les soldats qui tiraient la corde accordaient parfaitement leurs efforts. Telle une flèche, le radeau franchit le milieu du courant et se rapprocha rapidement.

« Finissez vite de manger, frère, dit Lu Liren.

– J'ai assez, dit Sima Ku en lâchant un rot pour montrer qu'il était rassasié. Merci, belle-mère ! Grande belle-sœur, petite belle-sœur, merci à vous ! Fils, tu as porté un long moment le bol de sauce, merci ! Feng, Huang, obéissez bien à vos tantes, et si vous avez un problème, allez voir votre cinquième tante, aujourd'hui la chance lui sourit, tandis que pour votre père, ça va mal. Petit oncle, grandis bien, de son vivant, c'est toi que ta deuxième sœur préférait, elle me disait souvent que Jintong connaîtrait un grand avenir, surtout ne déçois pas ses espoirs ! »

Ses paroles me firent monter des picotements dans le nez.

Le radeau accosta. Au milieu était assis un sous-officier de la troupe en charge des prisonniers, débordant d'énergie. Il sauta lestement sur le bord et leva la main pour saluer Lu Liren qui lui rendit poliment son salut. Ensuite, les deux hommes se serrèrent chaleureusement la main, ils semblaient être de bons amis. « Lu, dit l'homme, le combat a été magnifiquement mené, le commandant en chef Yu est extrêmement content et le commissaire Song a aussi appris la nouvelle. » Il ouvrit la sacoche de cuir qu'il tenait à l'épaule et remit une lettre à Lu Liren. Celui-ci la prit et jeta au passage dans la sacoche le petit pistolet argenté : « Trophée de guerre, dit-il, rapporte ça à Petite Orchidée pour qu'elle joue avec.

– Merci pour elle », dit l'homme. Lu Liren tendit la main vers lui : « Donne !

– Quoi donc ? demanda l'homme effaré.

– Tu prends en charge mes prisonniers, ne faut-il pas que tu me délivres un reçu ? » L'homme sortit de sa sacoche papier et stylo et griffonna un mot qu'il tendit à Lu Liren : « Vieux frère, tu es vraiment méticuleux ! déclara-t-il.

– Tout méticuleux qu'est le singe Sun Wukong, il ne dépasse pas le Bouddha !

– Je suis donc Sun Wukong, c'est ça ?

– Non, c'est moi », dit Lu Liren.

Après s'être frappés dans la main, les deux hommes éclatèrent de rire. « Lu, reprit l'homme, j'ai entendu dire que tu t'étais emparé d'un projecteur de cinéma. On le sait à la région militaire.

– Vous avez vraiment de longues oreilles, dit Lu Liren, je te prie d'informer le commandant en chef de la région que lorsque la crue sera terminée, nous enverrons des hommes le lui apporter.

– Merde alors, maugréa Sima Ku à voix basse, le tigre attrape une proie pour nourrir l'ours !

– Que dites-vous ? demanda mécontent le sous-officier.

– Rien, rien.

– Si je ne me trompe, vous êtes le fameux Sima Ku ! dit l'homme.

– En personne, dit Sima Ku.

– Commandant Sima, nous allons bien veiller sur vous tout au long du chemin, j'espère que vous collaborerez, nous ne souhaitons pas avoir à transporter votre cadavre.

– Je n'oserais pas, rit Sima Ku, votre troupe, ce sont tous des hommes capables de transpercer une feuille de mûrier à cent pas, je n'ai pas envie de vous servir de cible vivante !

– Vous êtes au moins quelqu'un de franc, dit l'homme. Bon, commandant Lu, nous y allons. Commandant Sima, veuillez prendre place sur le radeau. »

Sima Ku monta précautionneusement sur le radeau et alla s'asseoir tout aussi précautionneusement au milieu.

Le sous-officier serra la main de Lu Liren, puis se retourna pour monter sur l'embarcation. Il s'assit à l'arrière, face à Sima Ku, la main posée sur le pistolet à sa ceinture. « Inutile de prendre tant de précautions, avec mes bras ligotés, si je saute dans l'eau, je me noie. Approchez-vous plutôt de moi pour me retenir si le radeau se met à tanguer. »

Sans prêter attention à Sima Ku, l'homme donna à voix basse un ordre aux soldats sur le radeau : « Ramez, vite ! »

Nous tous, les membres de la famille, serrés les uns contre les autres, gardions en nous un secret et attendions impatiemment le dénouement.

Le radeau quitta le bord et se mit à avancer avec aisance. Les deux soldats qui tenaient la corde couraient à toute vitesse le long de la berge, laissant partir le lien enroulé autour de leur bras.

Le radeau flotta jusqu'au milieu du courant qui filait comme une flèche, faisant gicler des nuages d'écume sur ses bords. L'oncle Zunlong donnait le rythme d'une voix éraillée et les soldats ramaient, penchés en avant, tandis que les mouettes les suivaient en volant bas. À l'endroit où le courant était le plus violent, le radeau se mit soudain à tanguer fortement et l'oncle Zunlong fut projeté en arrière dans la rivière. Le sous-officier fit mille efforts pour se mettre debout, mais au moment où il allait sortir son pistolet, Sima Ku, tel un tigre, se leva en tirant sur ses liens pour libérer ses bras et se jeta sur lui. Ils roulèrent tous les deux dans le courant aux eaux impétueuses. Dans la confusion, le muet et les soldats qui ramaient tombèrent à l'eau les uns après les autres. Sur la berge, les soldats qui tenaient la corde la lâchèrent et le radeau, tel un gros poisson noir, se dirigea à toute vitesse vers l'aval au gré des vagues, sans que plus rien ne le retienne.

Tous ces événements furent quasiment simultanés, et lorsque Lu Liren et les soldats sur la berge réagirent, le radeau était désert.

« Tirez-lui dessus ! » ordonna Lu Liren sans hésiter.

Dans le courant trouble, une tête dépassait par moments, mais les soldats, qui n'étaient pas sûrs que ce fût celle de Sima Ku, hésitaient. Neuf personnes en tout étaient tombées à l'eau et il n'y avait qu'une chance sur neuf que la tête qui dépassait fût celle de Sima Ku, d'autant que le courant, au milieu de la rivière, ressemblait à un impétueux cheval à la bride lâchée : même si une tête apparaissait et qu'on ouvrît le feu dessus, la probabilité de l'atteindre était très faible.

Sima Ku avait réussi à s'enfuir. Il avait grandi sur les bords de la rivière du Dragon. Il était bon nageur et pouvait tenir cinq minutes sous l'eau. De plus, il venait de se remplir le ventre de crêpes et de ciboules à la sauce de soja. Comme son ventre était plein, son corps était bourré de calories.

Le visage de Lu Liren avait viré au vert-de-gris, ses yeux noirs jetaient des regards sombres en se posant sur nous, les uns après les autres. Sima Liang était serré contre les jambes de ma mère, il tenait son bol de sauce avec un air de grande timidité.

Ma mère ne dit mot et, prenant dans ses bras Lu Shengli, descendit de la digue. Nous lui emboîtâmes immédiatement le pas.

Quelques jours plus tard, nous entendîmes dire que, de tous ceux qui étaient tombés à l'eau, seuls le muet et l'oncle Zunlong avaient réussi à rejoindre la rive, on ignorait ce qu'étaient devenus les autres, ils avaient disparu sans que leur cadavre ait été retrouvé ; mais presque tous avaient compris que Sima Ku s'était enfui, qu'il ne risquait pas de s'être noyé, et qu'il ne faisait aucun doute que les autres étaient morts, y compris le sous-officier de la troupe en charge des prisonniers, qui paradait tant.

En réalité, nous nous inquiétions davantage du sort de ma sixième sœur, Niandi, et de son mari, l'Américain Babbitt. Pendant ces jours de crue, toutes les nuits, ma mère tourna en rond en soupirant dans la cour. Ses longues plaintes allaient jusqu'à couvrir les rugissements de la rivière. Elle avait mis au monde huit filles. Laidi était devenue folle, Zhaodi et Lingdi étaient mortes. Xiangdi était entrée dans le monde de la prostitution en vendant son corps : c'était presque comme si elle était morte. Pandi avait suivi Lu Liren et se faufilait avec lui à travers des forêts de fusils dans le crépitement des balles : la mort pouvait la prendre à tout instant. Qiudi avait été vendue à une Russe blanche : la différence avec la mort n'était pas grande. Seule Yunü était toujours auprès de ma mère, mais le malheur avait voulu qu'elle fût aveugle : c'était peut-être justement à cause de cela qu'elle était restée à ses côtés. S'il devait arriver malheur à Niandi, les huit immortelles de la famille Shangguan seraient vraiment totalement décimées. Au milieu de ses soupirs, ma mère priait d'une voix forte : « Dieu du ciel, Seigneur, Sainte Vierge

Marie, Bodhisattva Guanyin, protégez ma Niandi, protégez mes enfants, faites tomber sur ma tête tous les malheurs et toutes les souffrances du ciel et de la terre, à condition que mes enfants aillent en paix et qu'il ne leur arrive rien… »

Cependant, au bout d'un mois, des nouvelles de ma sixième sœur et de Babbitt parvinrent de l'autre rive après la décrue : dans une grotte cachée au fin fond des monts du Grand-Étang avait eu lieu une violente explosion. Une fois la fumée dissipée, quand on avait pu pénétrer dans la grotte, on y avait découvert trois cadavres qui s'étreignaient. Un homme et deux femmes, l'homme était un jeune étranger aux cheveux blonds. Bien que personne n'eût osé affirmer que parmi ces morts figurait notre sixième sœur, ma mère, quand elle eut entendu cette nouvelle, eut un rire amer. « Tout cela vient du mal que j'ai fait… » Puis elle éclata bruyamment en sanglots.

Chapitre 25

Au cœur de l'automne, la plus belle des saisons dans le canton du Nord-Est de Gaomi, les eaux qui avaient débordé de façon catastrophique finirent par se retirer. Le sorgho qui envahissait les pentes vira du rouge au noir, les roseaux qui couvraient le sol jaunirent. Alors que le soleil du petit matin illuminait les vastes étendues désertes recouvertes d'une mince couche de givre, les hommes et les chevaux du 16e régiment se mirent paisiblement en route. Tirant leurs troupeaux de chevaux et de mulets, ils franchirent au petit trot le pont endommagé de la rivière du Dragon et disparurent définitivement au-delà de la grande digue du nord.

Après leur départ, celui qui était leur chef, Lu Liren, changea d'affectation : il resta sur place et devint à la fois le chef du district de Gaomi nouvellement créé et le commandant de bataillon du district. Shangguan Pandi fut nommée chef de la zone de Dalan, tandis que le muet devenait chef de la patrouille de la même zone. À peine nommé, le muet distribua aux familles du village le mobilier et les jarres de la demeure des Sima, mais tout ce qui avait été partagé dans la journée fut rapporté le soir même devant la grande entrée de la maison. Le muet ordonna à des hommes de porter dans notre cour un grand lit en bois sculpté. « Je n'en veux pas, dit ma mère. Je n'en veux pas, remportez-le !

– Ôte ! Ôte ! disait pourtant le muet.

– Pandi, fais remporter ce lit ! dit ma mère en s'adressant au chef de la zone qui était en train de raccommoder des chaussettes.

– Maman, c'est dans l'air du temps, ne refuse pas !

– Pandi, dit ma mère, Sima Ku est le mari de ta deuxième sœur, et son fils et ses filles, c'est moi qui les élève tous les trois ici, que pensera-t-il lorsqu'il rentrera ? »

Les paroles de ma mère plongèrent Pandi dans une longue réflexion. Elle reposa les chaussettes trouées et sortit en hâte, son petit fusil au dos. Sima Liang, qui l'avait suivie, revint nous dire : « La cinquième tante est partie au siège du gouvernement du district. » Puis il ajouta qu'une petite voiture à deux places avait amené un grand personnage que protégeaient dix-huit soldats armés de petits et de grands fusils. Lorsque le chef de district Lu l'avait vu, il lui avait manifesté autant de respect qu'un élève à son professeur. On disait que c'était le spécialiste le plus réputé de la réforme agraire, qui avait formulé dans la région du nord de la rivière Wei ce slogan : « Mieux vaut tuer un paysan riche qu'un lièvre. »

Le muet, aidé de ses hommes, remporta le grand lit.

Ma mère poussa un soupir de soulagement.

« Tante, dit Sima Liang, enfuyons-nous, je sens qu'il va se passer quelque chose.

– Tranquillise-toi, Liang, dit ma mère, le bonheur succède au malheur, et le malheur, on ne peut y échapper. Même si le dieu du ciel descendait sur terre à la tête des soldats et des généraux du ciel, il ne risquerait pas de nous faire du mal à nous autres, veuve et orphelins. »

Le grand personnage ne montra pas son visage ; devant la grande entrée de la résidence des Sima étaient postées deux sentinelles armées, et les cadres de la zone et du district, fusils-mitrailleurs au dos, ne cessaient d'entrer et de sortir. Ce jour-là, comme nous revenions de faire paître les chèvres, nous rencontrâmes la patrouille du muet, ainsi que des cadres qui conduisaient sous escorte Huang le Bonheur céleste, le patron de la boutique de cercueils, Zhao le Sixième, le marchand de petits pains, Xu Bao, qui avait ouvert une huilerie, Jin Sein unique, la patronne de la boutique d'huile de sésame, Qin le Deuxième, le précepteur. Épaules basses et dos courbé, les prisonniers avaient l'air inquiet. Zhao le Sixième dit en se tordant le cou : « Frères, pourquoi faites-vous ça ? Si j'efface l'ardoise de petits pains que vous avez chez moi, ça ira ? » Un cadre à l'accent des monts Wulian, aux dents en cuivre, lui envoya une gifle et l'injuria sur un ton terrible : « Espèce d'enculé ! Qui te devrait de l'argent ? Et ton argent, d'où vient-il ? » Plus aucun prisonnier n'osa dire un mot. Ils baissèrent tous la tête en faisant grise mine.

Dans la nuit, il tomba de la neige fondue. Une ombre escalada le mur de notre maison. « Qui est-ce ? » demanda ma mère à voix basse. L'homme fit quelques pas pressés et s'accroupit dans l'allée : « Belle-sœur, venez à mon secours !

– C'est vous, le grand patron ? demanda ma mère.

– Oui, c'est moi, fit Sima Ting. Belle-sœur, venez à mon secours ! Demain ils vont organiser un grand rassemblement pour me fusiller. Nous sommes du même pays depuis si longtemps, sauvez ma vie de chien ! »

Ma mère poussa un profond soupir et ouvrit la porte. Sima Ting se glissa à l'intérieur. Il grelottait dans l'obscurité. « Belle-sœur, donnez-moi quelque chose à manger, je meurs de faim. » Ma mère lui donna une galette qu'il engouffra avec voracité. Elle soupira. « Hélas, dit Sima Ting, tout est de la faute de mon frère. Lu Liren et lui se haïssent, alors que nous sommes proches parents.

– Taisez-vous, dit ma mère, ne dites plus rien, cachez-vous ici. Après tout, je suis aussi sa belle-mère. »

Le mystérieux grand personnage finit par se montrer. Assis sous un abri en nattes, il jouait de la main gauche avec une pierre à encre de couleur cramoisie et de la droite avec un pinceau. Sur la table devant lui était disposée une autre grande pierre à encre sculptée de motifs de dragons et de phénix. Ce grand personnage avait un menton pointu, un long nez mince et portait des lunettes à monture noire ; deux petits yeux noirs luisaient derrière les verres. Ses doigts qui jouaient avec le pinceau et la pierre à encre étaient longs et fins, très blancs, comme les tentacules d'une pieuvre.

Ce jour-là, les représentants des habitants les plus pauvres de dix-huit villages et bourgs du canton du Nord-Est de Gaomi remplirent la moitié de l'aire de battage de la famille Sima, formant une masse noire. Autour de la foule se tenaient tous les trois pas un garde et, tous les cinq pas, une sentinelle, tâche assumée par les membres du bataillon du district et ceux de la patrouille. Les dix-huit gardes du corps du grand personnage se tenaient debout sur la tribune, le visage sévère et farouche, tels les dix-huit Luohan [1] de la tradition.

1. Disciples de Bouddha fréquemment représentés sous forme de statues dans les temples.

Au pied de la tribune, on entendait voler les mouches. Les enfants en âge de comprendre un peu la situation n'osaient plus pleurer. Ceux qui ne comprenaient pas encore, s'ils se mettaient à pleurer, s'en retrouvaient aussitôt empêchés par un sein qu'on leur fourrait dans la bouche. Nous étions assis à côté de ma mère. Comparée aux villageois effrayés tout autour de nous, elle manifestait un calme étonnant. Elle concentrait toute son attention à former sur sa jambe nue une fine cordelette de lin destinée à piquer les semelles ; le fil de lin blanc tournoyait sur un côté de son mollet et, suivant le mouvement de sa paume, sortait très régulièrement de l'autre côté. Ce jour-là soufflait un vent du nord-est froid et humide, et de la rivière du Dragon s'élevait une vapeur glacée, qui rendait les lèvres des gens assis par terre toutes violacées.

Avant que le rassemblement commence officiellement, il y eut du brouhaha à l'extérieur de l'aire de battage. Le muet et quelques membres de la patrouille de la zone amenaient sous escorte une dizaine de personnes ligotées, parmi lesquelles Huang le Bonheur céleste et Zhao le Sixième, un carton planté derrière le cou sur lequel étaient tracés des caractères noirs barrés de rouge. Quand les gens les virent, ils baissèrent vite la tête et personne n'osa plus parler.

Le grand personnage était confortablement assis et ses yeux noirs ne cessaient de balayer la foule au pied de la tribune. Les gens gardaient la tête enfouie entre leurs jambes, craignant qu'il ne remarque leur visage. Face à ce regard sévère, ma mère continuait à corder son lin en y apportant la plus grande attention ; je vis bien que le regard féroce du grand personnage s'attardait plusieurs fois longuement sur son visage.

La tête ceinte d'un bandeau rouge, Lu Liren prononça un discours, en postillonnant. Accablé d'une migraine que les remèdes ne réussissaient pas à soulager, il ne parvenait à amoindrir sa souffrance qu'en se nouant ce bandeau autour de la tête. Quand il eut conclu, il alla prendre ses instructions auprès du grand personnage. Celui-ci se leva lentement. « Bienvenue au camarade Zhang Sheng qui va nous donner ses directives », dit Lu Liren. Il prit l'initiative d'applaudir, mais la foule interdite regarda la tribune sans comprendre pourquoi.

Le grand personnage s'éclaircit la voix et se mit à allonger chaque mot, sans se presser. Ses paroles ressemblaient à une interminable bande de papier dansant dans le vent glacé du nord-est. Des dizaines d'années durant, chaque fois que je verrais ces bannières en papier blanc couvertes d'incantations que l'on accroche devant un cercueil, destinées à rappeler l'âme des morts, je repenserais au discours de ce grand personnage.

Lorsqu'il eut terminé, Lu Liren donna un ordre : le muet et les membres de sa patrouille – quelques cadres sur les fesses desquels pendait un fusil-mitrailleur –, ainsi que la dizaine d'hommes ficelés comme des gâteaux de riz glutineux, montèrent sur l'estrade. Ils occupèrent tout l'espace, masquant la haute personnalité à la foule. « À genoux ! » ordonna Lu Liren. Ceux qui savaient à quoi s'en tenir s'agenouillèrent aussitôt, les autres y furent contraints à coups de pied dans les jambes.

Sous la tribune, les hommes baissaient la tête et lançaient des regards furtifs en direction de leurs voisins. L'un d'eux s'enhardit à lever le visage, mais dès qu'il aperçut les hommes à genoux, un long filet de morve leur coulant du nez, il replongea aussitôt.

À cet instant, un homme maigre se leva en tremblant dans la foule et dit d'une voix hésitante et étouffée : « Chef… je… j'ai été victime d'une injustice…

– Bien ! cria Shangguan Pandi, très excitée, si tu as été victime d'une injustice, n'aie pas peur, monte sur la tribune, nous te soutiendrons ! »

Tous les regards se portèrent en bloc sur l'homme maigre. C'était le Bousier. Sa veste en soie couleur tabac était en haillons, il lui manquait même une manche, et l'on voyait la moitié d'une épaule toute noire. Sa raie au milieu, autrefois parfaitement rectiligne, était en plein chaos et formait une sorte de nid de corbeau. Il grelottait dans le vent humide et son regard grisâtre tournait timidement en tous sens.

« Monte nous expliquer ! dit Lu Liren.

– Ce n'est pas très grave, dit le Bousier, je peux rester en bas pour parler.

– Monte ! intima Shangguan Pandi. Tu t'appelles Zhang Decheng, n'est-ce pas ? Je me souviens que ta mère mendiait sa nourriture un panier à la main, ta vie n'a été qu'amertume et haine, monte nous expliquer. »

Les jambes arquées, le Bousier s'avança plié en deux vers la tribune. Celle-ci faisait environ un mètre de haut. Il sauta pour grimper dessus, se salissant la poitrine de terre jaune. Sur la tribune, un soldat robuste comme un cheval se pencha pour l'attraper par le bras et le tirer vigoureusement. Le Bousier replia ses jambes et se hissa en poussant de petits cris. Le soldat le projeta en arrière et les jambes du Bousier donnèrent l'impression d'être montées sur un ressort de métal, car son corps ne cessait de rebondir et mit un long moment avant de se stabiliser. Il redressa la tête pour regarder au pied de la tribune et découvrit soudain des regards innombrables et énigmatiques. Ses jambes s'entrechoquant, faisant mille manières, bégayant, il parla un long moment sans parvenir à prononcer la moindre parole intelligible, puis se pencha et fit mine de s'esquiver. La grande et forte Shangguan Pandi, dont l'énergie n'avait rien à envier aux hommes, l'attrapa par l'épaule et le tira en arrière, le faisant tituber. Il eut une grimace pitoyable. « Chef, laissez-moi, je vaux pas plus qu'un pet, laissez-moi.

– Zhang Decheng, demanda violemment Pandi, de quoi as-tu peur en fin de compte ?

– Moi, je suis célibataire, je dors tout seul, je me lève tout seul, j'ai rien à craindre, dit-il.

– Si tu ne crains rien, dit Pandi, pourquoi ne veux-tu plus parler ?

– C'est pas important, laissons tomber, répondit Zhang Decheng.

– Tu crois que tout ça, c'est une plaisanterie ? demanda Shangguan Pandi.

– Vous fâchez pas, chef, ça suffit pas que j'aie déjà parlé ? Ça suffit pas que je me sois risqué ? »

Le Bousier alla se placer devant le maître Qin le Deuxième : « Deuxième Maître, vous qui êtes un homme cultivé, dites-moi un peu, quand j'allais en classe avec vous, est-ce qu'un jour je m'étais pas endormi ? Vous m'aviez tellement tapé sur les doigts avec la férule qu'on aurait dit des petits crapauds, et aussi vous m'aviez donné un surnom, vous vous souvenez de ce que vous aviez dit à l'époque ?

– Réponds à ses questions ! » cria Pandi.

Le maître Qin le Deuxième leva la tête, pointa la barbiche de chèvre qui envahissait son menton et pépia : « Cela fait si longtemps, je ne m'en souviens plus.

– Vous, bien sûr, vous vous en souvenez plus, mais moi je m'en souviens trop bien ! »

Le Bousier s'excitait peu à peu et il commençait à mieux enchaîner les mots : « Vieux Maître, à l'époque vous avez dit : "Je ne connais pas de Zhang Decheng, pour moi tu n'es qu'un bousier", voilà ce que vous avez dit, et toute ma vie on m'a appelé le Bousier, même les petits morveux m'ont appelé comme ça, et avec ce sale surnom qui m'a collé à la peau, moi qui ai déjà trente-huit ans, j'ai jamais réussi à me trouver une femme ! Réfléchissez un peu, quelle jeune fille aurait voulu se marier avec un bousier ? Je suis malheureux, et tous les ennuis que j'ai rencontrés dans ma vie viennent de ce surnom... » Sous le coup de l'émotion, deux rangs de morve et de larmes coulèrent sur son visage. Le cadre du gouvernement du district aux dents en cuivre attrapa le maître Qin le Deuxième par ses cheveux gris pour lui faire lever le visage. « Parle ! ordonna-t-il sur un ton sévère, Zhang Decheng dit-il la vérité ? !

– Oui, oui », acquiesça le maître dont la barbiche de chèvre tremblait comme la queue d'une chèvre. Le cadre lui poussa la tête en avant et sa bouche alla mordre la poussière. « Continue à dénoncer ! »

Le Bousier se frotta les yeux du dos de la main, puis se pinça le nez entre le pouce et l'index et fit voler, telle une fiente d'oiseau, une giclée de morve sur l'abri en nattes. Le grand personnage grimaça de dégoût et tira un mouchoir d'une blancheur immaculée pour essuyer ses lunettes. Il était aussi froid qu'un bloc de pierre. « Deuxième Maître, reprit le Bousier, vous êtes servile devant les puissants : quand Sima Ku est venu suivre vos cours et qu'il a mis des crapauds dans votre pot de chambre, qu'il a grimpé sur le toit pour composer un chant rythmé dans lequel il vous insultait, est-ce que vous l'avez frappé ? Vous l'avez grondé ? Vous lui avez inventé un surnom ? Non, non, au grand jamais !

– Parfait ! s'écria Shangguan Pandi, toujours très excitée, Zhang Decheng a révélé un point crucial : pourquoi le Deuxième Maître n'a-t-il pas puni Sima Ku ? Parce que la famille de Sima Ku avait de l'argent, et d'où venait l'argent de la famille Sima ? Ils ne cultivent pas le blé, mais mangent du pain blanc ; ils n'élèvent pas de vers, mais portent de la soie ; ils ne fabriquent pas de vin, mais s'enivrent tous les jours : mes chers amis, ce sont notre sang et notre sueur qui ont fait vivre ces riches propriétaires fonciers. En partageant leurs terres et leurs richesses, nous ne faisons que récupérer notre bien ! »

Le grand personnage applaudit un peu pour exprimer son approbation envers les paroles exaltées de Shangguan Pandi. Sur la tribune, les cadres du district et de la zone l'imitèrent, ainsi que les hommes en armes.

« Et ce Sima Ku, poursuivit le Bousier, à lui seul, il a épousé quatre femmes, tandis que moi j'en ai même pas une, est-ce que c'est juste ? »

Le grand personnage fronça les sourcils.

« Zhang Decheng, ne parle pas de ça, dit Lu Liren.

– Si, dit le Bousier, j'ai à peine commencé à parler de l'origine de toutes mes souffrances, moi, le Bousier, je suis un homme, non ? Entre mes jambes, il y a bien ce joujou, non ?... »

Lu Liren se plaça devant lui pour l'empêcher d'en faire la démonstration. D'une voix haut perchée, il couvrit ses balbutiements : « Mes amis, bien que les propos de Zhang Decheng soient un peu grossiers, ils révèlent cependant une vérité. Pourquoi certains peuvent-ils épouser quatre, cinq femmes, ou même plus, tandis que des gars comme lui n'arrivent pas à en épouser une seule ? »

Les commentaires fusèrent au pied de la tribune et plusieurs regards convergèrent vers ma mère. Son visage s'assombrit, mais aucune haine ne se lisait dans ses yeux qui restaient aussi calmes que les eaux automnales du lac.

Shangguan Pandi poussa un peu le Bousier : « Tu peux descendre maintenant. »

Il avança de deux pas et s'apprêtait à descendre quand il se retourna, comme s'il avait repensé à quelque chose. Il attrapa par l'oreille Zhao le Sixième et lui envoya une gifle en l'insultant : « Espèce d'enculé, c'est aussi ton jour, tu as oublié que tu as humilié les gens en t'appuyant sur le pouvoir de Sima Ku ! » Se tordant le cou, Zhao le Sixième envoya un coup de tête en plein dans le bas-ventre du Bousier. Celui-ci roula à terre en poussant une plainte et tomba de la tribune.

Le muet se précipita et renversa d'un coup de pied Zhao le Sixième avant de lui piétiner le cou. Le visage de Zhao le Sixième se tordit de façon effrayante. Il respirait bruyamment et criait comme un fou : « Je ne me soumettrai pas ! Je ne me soumettrai pas ! Vous êtes inhumains, vous êtes des sauvages… »

Lu Liren se pencha pour interroger le grand homme. Celui-ci abattit lourdement la pierre à encre de couleur cramoisie sur la table.

Lu Liren sortit une feuille de papier et lut à haute voix : « Il appert que le paysan riche Zhao le Sixième a toujours vécu en exploitant autrui. À l'époque du gouvernement fantoche des Japonais, il a fourni de grandes quantités de vivres à leur armée. À l'époque de la domination de Sima Ku, il a, à plusieurs reprises, fourni des petits pains aux bandits. Depuis la réforme agraire, il répand des propos mensongers et s'oppose ouvertement au pouvoir populaire : il s'agit donc bien d'un élément irréductible, et seule sa mort pourra apaiser la colère du peuple. Au nom du gouvernement populaire du district de Gaomi, je proclame la peine de mort à l'encontre de Zhao le Sixième, avec exécution immédiate ! »

Deux membres de la patrouille de la zone traînèrent Zhao le Sixième comme ils auraient fait d'un chien mort. Ils le tirèrent jusqu'en bordure de l'étang aux herbes flétries et aux nénuphars fanés. À peine s'étaient-ils écartés que le muet lui tirait un coup de feu dans la nuque. D'un mouvement extrêmement rapide, Zhao le Sixième piqua de la tête dans l'étang. Le muet remonta à la tribune, son pistolet fumant à la main.

Les hommes agenouillés sur la tribune se prosternaient en se frappant le front sur le sol comme s'ils broyaient de l'ail ; ils avaient tellement peur qu'ils en faisaient dans leur froc.

« Épargnez-moi, épargnez-moi… » La patronne de la boutique d'huile de sésame, Jin Sein unique, se traîna à genoux devant Lu Liren à qui elle enserra les jambes de ses deux bras en pleurant : « Chef de district Lu, épargnez-moi, je partagerai avec mes concitoyens toute mon huile de sésame, tout mon sésame, tous mes biens, je ne garderai même pas un bol pour nourrir les poulets, mais je vous supplie, épargnez ma vie minuscule, je ne me livrerai plus à ce commerce qui opprime les gens… » Lu Liren voulait dégager ses jambes de la poitrine de la femme, mais elle le tenait très serré. Des cadres du gouvernement du district montèrent sur la tribune et délivrèrent le chef en ouvrant un à un les doigts qui ne cessaient de se refermer. Elle se dirigea alors à genoux vers le grand personnage. « Arrêtez-la », ordonna énergiquement Lu Liren. Le muet leva son pistolet et la frappa sur le sommet de la tête. Elle roula des yeux blancs et tomba à la renverse, son sein unique pointé vers le ciel brumeux.

« Qui a encore quelque chose sur le cœur ? » cria Pandi vers l'assistance.

Au pied de la tribune, un homme éclata en sanglots. C'était l'aveugle, Xu l'Immortel. Il se leva en s'appuyant sur sa canne de bambou doré.

« Aidez-le à monter ! » ordonna Pandi.

Personne ne broncha. En pleurs, il chercha son chemin à l'aide de sa canne et tâtonna pour gagner la tribune. Les gens s'écartaient devant sa canne. Deux cadres sautèrent de la tribune et le hissèrent dessus.

Cramponné des deux mains à sa canne, Xu l'Immortel était si en colère qu'il en frappait sans cesse le sol meuble, finissant par le cribler de trous.

« Parle, oncle Xu, dit Shangguan Pandi.

– Chefs, dit Xu l'Immortel, est-ce que vous pourrez vraiment me venger ?

– Sois-en sûr, dit Shangguan Pandi, est-ce qu'à l'instant nous n'avons pas vengé Zhang Decheng ?

– Je vais parler, je vais parler, dit Xu l'Immortel. Ce bâtard de Sima Ku a poussé ma femme à la mort, et il a fait mourir ma mère de désespoir, il me doit deux vies… »

Les larmes jaillirent des yeux de l'aveugle.

« Prends ton temps, vieil oncle, dit Lu Liren.

– En l'an 15 de la République[1], ma mère a dépensé vingt yuans en argent pour me trouver une épouse, c'était la fille d'une mendiante du canton de l'Ouest, ma mère a vendu le bœuf et le cochon plus un quintal de grain, et n'en a tiré que trente yuans en argent. Tout le monde disait que cette femme était belle, mais c'est justement ce mot "belle" qui a attiré le malheur. À cette époque, Sima Ku n'avait que seize ou dix-sept ans, mais déjà il négligeait ses études, il avait de l'argent et du pouvoir grâce à sa famille, et sous le moindre prétexte il venait chez nous chanter l'opéra et jouer du *erhu* ; une fois, il a emmené ma femme écouter de l'opéra et sur le chemin du retour, il l'a prise… ensuite, ma femme s'est adonnée

1. Soit 1926.

à l'opium, et ma mère, désespérée, s'est pendue… Sima Ku me doit deux vies ! Je supplie le gouvernement de me soutenir… »

L'aveugle tomba à genoux.

Un cadre de la zone tenta de le relever. « Tant que vous ne m'aurez pas vengé, je ne me relèverai pas… dit l'aveugle.

– Oncle, dit Lu Liren, Sima Ku n'échappera pas à la loi, dès que nous l'aurons capturé, nous te ferons justice.

– Sima Ku est comme l'épervier qui vole dans le ciel, vous n'arriverez pas à l'attraper, je demande au gouvernement de fusiller son fils et ses filles. Une vie pour une autre. Chef de district, je sais que vous avez des liens de parenté avec Sima Ku, mais si vous êtes vraiment un juge intègre et éclairé, vous donnerez suite à ma plainte. Si au contraire vous favorisez vos proches, moi, Xu l'Aveugle, je rentrerai me pendre pour éviter que Sima Ku me cherche des noises à son retour. »

Saisi de stupeur, Lu Liren chercha à tergiverser : « Vieil oncle, c'est celui dont on se plaint qui doit payer ses dettes, à chacun sa responsabilité. Sima Ku a tué, il n'y a que lui qui puisse payer, ses enfants sont innocents.

– Les amis, s'écria l'aveugle en frappant le sol de sa canne, vous avez entendu ? Surtout ne tombez pas dans ce piège, Sima Ku s'est enfui, Sima Ting se cache, ses enfants vont grandir en un clin d'œil, le chef Lu et lui sont beaux-frères, mes amis, moi, Xu l'Aveugle, vivant je ne vaux guère plus qu'une canne en bambou, et mort, qu'un tas de merde de chien, mais vous, vous n'êtes pas comme moi, mes amis, je vous en conjure, ne tombez pas dans ce piège.

– L'aveugle, dit Shangguan Pandi furieuse, qu'est-ce que c'est que ces sornettes !

– Jeune Pandi, répliqua l'aveugle Xu, vous les Shangguan, vous savez vraiment vous débrouiller. À l'époque des diables japonais, vous avez profité du pouvoir du mari de votre sœur aînée, Sha Yueliang ; à l'époque du Guomindang, c'est le mari de votre deuxième sœur qui a dicté sa loi ; aujourd'hui, c'est toi et Lu Liren qui êtes les chefs. La famille Shangguan, c'est la hampe du drapeau qu'on ne peut jamais abattre, le bateau qui ne coule jamais. Et plus tard, si l'Amérique envahit la Chine, vous aurez aussi un gendre étranger… »

Le petit visage de Sima Liang était livide et il serrait de toutes ses forces la main de ma mère. Sima Feng et Sima Huang cachaient leur tête dans le creux des aisselles de celle-ci. Zaohua sanglotait. Et, en dernier, la huitième sœur, Yunü, se mit elle aussi à pleurer.

Leurs pleurs attirèrent tous les regards, sur la tribune et au pied de la tribune. Le grand personnage à la mine lugubre nous examinait aussi.

Bien qu'aveugle, Xu l'Immortel alla sans se tromper s'agenouiller devant lui. « Chef, gémit-il, soutenez-moi, moi un aveugle ! » Tout en gémissant, il se frappait le front sur le sol et son front était couvert de terre jaune.

Lu Liren jeta un regard implorant au grand personnage, mais celui-ci le fixa avec froideur d'un regard aussi acéré qu'un couteau à dépecer, et des gouttes de sueur coulèrent sur le visage de Lu Liren. Elles mouillèrent le bandeau rouge qui lui enserrait le front, donnant l'impression qu'il venait d'être grièvement blessé. Il perdit son calme et son air dégagé, baissant par moments la tête pour contempler la pointe de ses pieds, la relevant à d'autres pour regarder la foule, mais il n'avait plus le courage d'affronter le regard du grand personnage.

Shangguan Pandi avait aussi perdu son maintien de chef de la zone. Son visage était écarlate, son épaisse lèvre inférieure tremblait comme si elle avait une poussée de fièvre. Telle une femme du village se livrant à une scène de ménage, elle l'injuria : « Xu l'Aveugle, tu fais exprès de semer le désordre, en quoi notre famille est-elle coupable envers toi ? Ta salope de femme a séduit Sima Ku, avec qui elle est allée fricoter dans les champs de blé. Quand elle a été attrapée, comme elle avait perdu la face, elle a pris de l'opium. J'ai en plus entendu dire que tu la mordais toute la nuit, comme un chien, à combien de personnes ta femme a-t-elle montré sa poitrine toute mordue ? Tu le sais ça ? Celui qui a tué ta femme, c'est toi ! Sima Ku a commis un crime, mais le criminel numéro un, c'est bien toi ! Si on veut fusiller quelqu'un, c'est toi qu'il faut fusiller en premier !

– Grand chef, dit Xu l'Aveugle, vous avez entendu, quand on écarte les tiges de sorgho, le loup montre son museau. »

Lu Liren se hâta de s'interposer. Il tenta de tirer Xu l'Immortel pour l'obliger à se lever, mais celui-ci était comme une flaque de mélasse : tirez dessus, vous n'en obtenez qu'un fil, relâchez-la, elle se remet en boule. « Vieil oncle, dit Lu Liren, que vous demandiez de fusiller Sima Ku, c'est juste, mais vouloir fusiller ses enfants, non, les enfants sont innocents.

– Et Zhao le Sixième, quel crime avait-il commis ? rétorqua Xu l'Immortel. Il n'a fait que vendre quelques petits pains. Est-ce qu'il n'y avait pas des rancœurs personnelles entre lui et Zhang Decheng ? Et est-ce que vous ne l'avez pas fusillé séance tenante ? Chef de district, tant que vous n'aurez pas fusillé les héritiers de Sima Ku, je ne me résignerai pas ! »

Au pied de la tribune, on discutait : « La tante de Zhao le Sixième était la mère de Xu l'Immortel, ils sont cousins. »

Arborant un sourire rien moins que naturel, Lu Liren alla en hésitant près du grand personnage à qui il glissa quelques mots d'un air gêné. Celui-ci caressait sa pierre à encre brillante et sur son visage émacié se profila une expression féroce. Il fixa Lu Liren de ses yeux blancs : « Faut-il que je m'occupe à votre place de ce genre de vétille ? » dit-il sur un ton glacial.

Lu Liren sortit un mouchoir pour essuyer la sueur de son front, puis il passa les mains derrière sa tête pour resserrer son bandeau rouge ; le visage cireux, il s'approcha du devant de la tribune et ordonna d'une voix forte : « Notre gouvernement est le gouvernement des masses populaires, il exécute les volontés du peuple, alors je demande que tous ceux qui sont d'accord pour que les enfants de Sima Ku soient fusillés lèvent la main !

– Tu es devenu fou ? » demanda Shangguan Pandi hors d'elle.

Au pied de la tribune, tous gardaient la tête baissée, personne ne leva la main, personne ne dit mot.

Lu Liren jeta un regard implorant au grand personnage.

Celui-ci lui dit avec un sourire glacial : « Pose une nouvelle fois la question, demande qui est d'accord pour que les enfants de Sima Ku ne soient pas fusillés. »

Lu Liren demanda : « Que ceux qui sont d'accord pour que les enfants de Sima Ku ne soient pas fusillés lèvent la main ! »

Tous gardèrent encore la tête baissée, personne ne leva la main, personne ne dit mot.

Ma mère se leva lentement : « Xu l'Immortel, dit-elle, si vraiment tu veux échanger une vie contre une autre, tu n'as qu'à me faire fusiller. Mais ta mère n'est pas morte en se pendant, elle est morte d'hémorragie utérine, une maladie qu'elle a attrapée en s'envoyant en l'air avec les bandits. Ses funérailles, c'est ma belle-mère qui s'en est occupée. »

Le grand personnage se leva et se dirigea vers le fond de la tribune.

Lu Liren le suivit avec empressement.

Sur le terrain derrière la tribune, le grand personnage parlait rapidement à voix basse, levant par instants ses fines mains délicates et les abattant dans le geste de trancher, comme un couteau brillant coupant un objet invisible.

Ses gardes du corps l'entourèrent et ils partirent en grande pompe.

Lu Liren resta tête baissée, aussi inerte qu'un morceau de bois. Il ne reprit conscience qu'un long moment plus tard et, traînant ses pieds qui paraissaient très lourds, retourna sans entrain à la place que le chef de district se devait d'occuper. Il nous considérait d'un regard de fou, sa pupille demeurant fixe un long moment. Il faisait peine à voir. Il finit par ouvrir la bouche et dans ses yeux apparut l'éclat féroce du joueur qui tente le tout pour le tout.

« Je proclame la condamnation à mort du fils de Sima Ku, Sima Liang, dit-il. Exécution immédiate ! Condamnation à mort des filles de Sima Ku, Sima Feng et Sima Huang, exécution immédiate ! »

Ma mère vacilla un instant, mais reprit très vite son équilibre. « On va voir qui d'entre vous osera ! » dit-elle.

Elle tenait dans ses bras Sima Feng et Sima Huang. Sur ses gardes, Sima Liang se coucha sur le sol et rampa lentement à reculons. Les gens dans la foule oscillaient sans le vouloir, dissimulant ses mouvements.

« Sun Pas-un-mot ! hurla Lu Liren, pourquoi mes ordres ne sont-ils pas exécutés ?

– Tu as perdu la tête pour donner des ordres pareils ? ! s'exclama Pandi.

– Pas du tout, je suis parfaitement lucide », dit Lu Liren en se frappant la tête du poing.

Le muet descendit de la tribune en hésitant. Deux membres de la patrouille de la zone le suivirent.

Une fois sorti de la foule, Sima Liang se releva d'un coup, passa entre deux sentinelles et escalada la digue à toute vitesse.

« Il s'enfuit, il s'enfuit ! » cria un membre de la patrouille.

Les hommes qui montaient la garde mirent le fusil à l'épaule, actionnèrent la culasse, chargèrent, puis tirèrent quelques coups dans le vide. Sima Liang avait depuis longtemps disparu dans les buissons.

Conduisant ses troupes, le muet franchit les dos noirs courbés et arriva devant nous. Ses fils le Grand Muet et le Second Muet le contemplaient d'un regard insolent, plein d'orgueil. Lorsqu'il tendit ses griffes d'acier, ma mère lui cracha au visage. Il retira ses griffes pour s'essuyer, puis les tendit de nouveau, et ma mère cracha une nouvelle fois, mais sa force fut insuffisante et le crachat tomba sur sa poitrine. Il tourna le cou en direction de ceux qui se tenaient sur la tribune. Les mains dans le dos, Lu Liren l'arpentait en long et en large. Shangguan Pandi était accroupie, le visage enfoui dans les mains. Les cadres du district et de la zone ainsi que les membres des troupes armées avaient la face terreuse, on eût dit les statues d'un temple. Le muet remuait comme par habitude sa solide mâchoire en disant : « Ôte, ôte, ôte… »

Bombant la poitrine, ma mère hurla d'une voix stridente : « Tas de cochons ! Vous devrez me tuer d'abord… »

Et elle se précipita sur le muet qu'elle griffa au visage.

Il se passa la main sur la figure et la leva devant ses yeux. Il la regardait d'un air stupide, comme s'il se demandait ce qui coulait sur ses doigts. Au bout d'un moment, il les passa sous son nez épaté et renifla, comme s'il voulait en sentir l'odeur. Puis il sortit une grosse langue et se lécha, comme s'il voulait en connaître le goût. Ensuite, il se mit à pousser des cris et de la main bouscula ma mère qui tomba doucement devant nous. Nous nous précipitâmes sur elle en pleurant.

Le muet nous tira les uns après les autres et nous jeta sur le côté. Je tombai sur le dos d'une femme, Zaohua atterrit sur mon ventre. Lu Shengli tomba sur le dos d'un vieillard. Ma huitième sœur, sur les épaules d'une vieille. Le Grand Muet était pendu au bras de son père qui avait beau l'agiter avec force mais n'arrivait pas à s'en débarrasser. Il mordit son père au poignet. Le Second Muet enserrait ses jambes entre ses bras et mordait ses genoux durs. Le muet leva lestement le pied et le Second Muet culbuta, venant heurter la tête d'un homme d'âge moyen. Dès que le muet agitait le bras, son fils lui emportait un morceau de chair dans la bouche. L'un d'eux alla voler jusque sur la poitrine d'une vieille femme.

Tenant Sima Feng de la main gauche et Sima Huang de la droite, le muet avança en levant haut les pieds comme s'il marchait dans un bourbier. Arrivé devant la tribune, il leva le bras gauche et lança Sima Feng ; puis, levant le bras droit, il lança Sima Huang. Appelant sa tante à tue-tête, Sima Feng se précipita au bas de la tribune, Sima Huang, appelant aussi sa tante à tue-tête, se précipita à sa suite. Elles furent toutes deux récupérées par le muet qui les jeta de nouveau. Ma mère se releva et se précipita en trébuchant devant la tribune, mais à peine eut-elle fait deux pas qu'elle s'écroula.

Lu Liren s'arrêta de déambuler et dit tristement : « Mes pauvres amis, dites-moi un peu, moi, Lu Liren, suis-je encore un homme ? Est-ce qu'en moi-même j'aurais le cœur de fusiller ces deux enfants ? Je souffre au plus profond de moi, ce ne sont que des enfants, et de plus, elles sont parentes avec moi. Mais c'est justement parce que nous sommes parents que je n'ai pas pu faire autrement que décréter en pleurant leur sentence de mort. Mes pauvres amis, sortez de votre torpeur et reprenez conscience, quand nous aurons fusillé les enfants de Sima Ku, nous ne pourrons plus reculer. Nous avons l'impression de fusiller deux enfants, mais ce ne sont pas des enfants que nous fusillons, c'est un ordre social arriéré et réactionnaire, nous fusillons deux symboles ! Mes amis, debout, ceux qui ne sont pas révolutionnaires sont des contre-révolutionnaires, il n'y a pas de voie intermédiaire ! » Ses cris lui firent prendre une quinte de toux violente, son visage blanchit et des larmes lui vinrent aux yeux. Un cadre du gouvernement du district monta sur la tribune pour lui taper dans le dos, mais il refusa d'un geste. Il finit par reprendre son souffle, lança quelques crachats de salive blanche et haleta comme un tuberculeux : « Exécution !... »

Le muet sauta sur la tribune, prit une petite fille sous chaque bras et marcha à grandes enjambées vers le bord de l'étang. Il posa les fillettes et recula de quelques pas. Les deux enfants se serraient dans les bras l'une de l'autre, leur long visage étroit semblait couvert de poudre d'or. Quatre petits yeux terrorisés fixaient le muet. Celui-ci sortit son pistolet et le leva lourdement ; de son poignet dégoulinait du sang. Sa main tremblait, le pistolet semblait peser dix kilos, il devait faire des efforts inouïs pour le lever. Il finit par y arriver et tira. La main qui tenait l'arme partit vers le haut et une fumée bleue sortit du canon. Le bras retomba sans force le long du corps.

La balle était passée au-dessus de la tête des fillettes et était allée s'enfoncer dans la terre devant l'étang en faisant gicler de la boue.

Une femme, tel un bateau aux voiles inclinées, arriva à toute vitesse en glissant le long du sentier envahi par les herbes jaunes au pied de la digue. Elle courait en criant, comme une mère poule qui accourt pour protéger ses poussins. Dès qu'elle était apparue sur la berge, j'avais reconnu ma sœur aînée. En tant que personne mentalement dérangée, elle était dispensée de meeting de lutte. En tant que veuve du traître Sha Yueliang, elle aurait dû être fusillée ; et si l'on avait appris sa nuit de débauche avec Sima Ku, elle aurait dû être fusillée deux fois. J'étais extrêmement inquiet pour ma grande sœur qui venait se jeter d'elle-même dans la gueule du loup. Elle se précipita droit vers l'étang et s'interposa devant les deux fillettes. « Tue-moi, tue-moi ! criait-elle frénétiquement, j'ai couché avec Sima Ku, je suis leur mère ! »

Le muet bougeait sa mâchoire pour montrer les vagues qui l'agitaient intérieurement. Il leva son pistolet et dit gravement : « Ôte… ôte… »

Sans la moindre hésitation, ma grande sœur dégrafa sa veste et dévoila ses seins d'une finesse incomparable. Les yeux du muet s'immobilisèrent soudain. Sa mâchoire inférieure tremblait tant qu'elle semblait près de se décrocher et de se briser en mille morceaux, dont les plus gros auraient été comme des morceaux de tuile, et les plus petits comme des éclats, et le muet sans mâchoire aurait eu une allure monstrueuse. De peur de perdre son menton, il le soutenait de la main en répétant machinalement : « Ôte… ôte… ôte… » Ma grande sœur ôta alors docilement sa chemise, dévoilant son buste. Son visage était sombre, mais son corps tout blanc, blanc à lancer des lueurs de porcelaine. Dans le matin brumeux, ma grande sœur, torse nu, provoquait le muet. Celui-ci avança en zigzaguant jusque devant elle ; cet homme forgé dans le métal ressemblait à un bonhomme de neige en train de fondre au soleil, fissuré, crevassé de toutes parts, les bras d'un côté, les jambes de l'autre, les tripes pendant sur le sol comme des serpents gonflés, son cœur violacé palpitant sur ses mains. Toutes ces pièces détachées reprirent leur place à grand-peine. Le muet s'agenouilla devant ma grande sœur, ses mains entourant ses fesses, sa grosse tête enfouie dans son ventre.

Face à ce changement subit, Lu Liren et ses hommes se regardèrent interdits, comme s'ils avaient en bouche un gâteau brûlant et collant, ou dans la main un hérisson. La foule épiait la scène qui se déroulait au bord de l'étang, mais il était impossible de savoir quels sentiments elle éprouvait.

« Sun Pas-un-mot ! » cria Lu Liren sur un ton las, sans que celui-ci, impassible, lui prêtât la moindre attention.

Shangguan Pandi sauta de la tribune et courut vers l'étang, ramassa la veste pour en couvrir notre sœur aînée, et voulut la tirer à l'écart, mais le bas de son corps était encore noué à celui du muet : comment aurait-elle pu l'en détacher ? Pandi s'empara de son pistolet et frappa le muet à l'épaule. Celui-ci leva le visage, ses yeux étaient remplis de larmes.

Ce qui se passa par la suite reste encore aujourd'hui une énigme, pour laquelle il existe plus d'une dizaine de solutions, mais personne ne peut dire avec précision laquelle est exacte et lesquelles sont fausses… Juste au moment où Shangguan Pandi restait ébahie face aux yeux pleins de larmes du muet, où Sima Feng et Sima Huang se levaient en s'appuyant l'une à l'autre pour implorer leur tante de leurs yeux effrayés, où ma mère qui avait repris ses esprits se mettait à courir en direction de l'étang en poussant des gémissements, où l'aveugle Xu l'Immortel déclarait pour se donner bonne conscience : « Chef, ne les tuez pas, ma mère ne s'est pas pendue, et si ma femme est morte, ce n'est pas entièrement la faute de Sima Ku », où deux chiens sauvages se battaient dans les ruines de la maison de la femme hui, où je me remémorais avec douceur et tristesse mon jeu équivoque avec Laidi dans la mangeoire des ânes – lorsque ma bouche était remplie du goût de ses tétons souples et couverts de saleté –, juste au moment où chacun était en train de se perdre en conjectures sur la provenance et la destination du grand personnage… on vit deux cavaliers arriver du sud-est comme des tourbillons. L'un des chevaux était blanc comme la neige, l'autre noir comme le charbon. Le cavalier monté sur le cheval blanc était vêtu de noir, la partie inférieure de son visage couverte d'un tissu noir et la tête coiffée d'un chapeau noir. Le cavalier monté sur le cheval noir était vêtu de blanc, la partie inférieure de son visage couverte d'un tissu blanc et la tête coiffée d'un chapeau blanc. Ils avaient chacun deux fusils et ils montaient à la perfection, les jambes toutes droites sur la monture, le buste légèrement penché en avant. Tout en s'approchant de l'étang, ils tirèrent chacun une salve en l'air, effrayant tellement les cadres du district et de la zone ainsi que les membres de la patrouille armés de fusils qu'ils se couchèrent sur le sol. Ils tournèrent autour de l'étang en fouettant leurs chevaux, le corps de leur monture un peu penché pour décrire un cercle parfait. Et c'est en effectuant cette figure qu'ils tirèrent chacun un coup de fusil, avant de repartir en fouettant leur cheval dont la queue flottait au vent comme un panache de fumée. Ils disparurent en un clin d'œil, venus comme le vent de printemps, partis comme la brise d'automne, dans une sorte de rêve, mi-réel mi-fictif. Après leur départ, les gens recouvrèrent lentement leurs esprits. Ils virent alors que Sima Feng et Sima Huang gisaient au bord de l'étang, atteintes par une balle en pleine tête ; les balles étaient entrées par le front et ressorties par la nuque exactement au même endroit, au millimètre près, ce qui plongea tout le monde dans une immense stupéfaction.

Chapitre 26

Le premier jour de la retraite, tirant leurs ânes, portant leurs poules, soutenant les vieux et aidant les enfants, les habitants des dix-huit villages et bourgs du canton du Nord-Est de Gaomi se rassemblèrent inquiets dans un vacarme épouvantable sur les terres salines et alcalines désertes du nord de la rivière du Dragon. Le sol était couvert d'une couche de salpêtre blanc, comme du givre qui ne fondrait jamais. Grandes herbes, roseaux, ajoncs qui avaient résisté au salpêtre avaient des feuilles jaunes et desséchées, et les épis duveteux se balançaient en tremblant dans le vent froid. Les corbeaux, qui aiment l'agitation, tournoyaient au-dessus des têtes pour observer, et poussaient à la manière des poètes des « ô ! » et des « las ! » à percer les oreilles. Lu Liren, rétrogradé au poste de chef de district adjoint, se tenait debout sur l'autel de pierre devant le grand tombeau de Shan Tinggao, un ancien licencié des Qing [1]. Il avait prononcé en hurlant un discours appelant à la mobilisation en vue de l'évacuation des lieux. Le thème en était : au cours de l'hiver rigoureux qui avait déjà commencé, le canton du Nord-Est de Gaomi allait se transformer en un vaste champ de bataille, et ne pas évacuer équivalait à la mort ! Les corbeaux s'étaient posés sur les pins noirs et sur les statues de pierre d'hommes et de chevaux devant la tombe ; ils continuaient à pousser leurs « ô ! » et leurs « las ! » qui imprégnaient l'atmosphère du discours, faisant monter le sentiment de panique des habitants, renforçant grandement leur résolution de suivre dans la fuite le gouvernement du district et de la zone.

1. Homme qui a passé l'examen impérial au niveau provincial et a obtenu le grade de licencié. Il existait des « licenciés civils » et des « licenciés militaires ».

Un coup de fusil retentit, la retraite avait commencé. La foule noirâtre se dispersa en maugréant. En un clin d'œil, les ânes se mirent à braire et les bœufs à mugir, les poules à voler et les chiens à bondir, les femmes à crier et les enfants à pleurer. Un svelte jeune cadre monté sur un petit cheval blanc brandissait un drapeau rouge qui pendait lamentablement ; il allait et venait sur la route de terre cabossée qui s'étirait à l'infini vers le nord-est, agitant régulièrement son drapeau pour indiquer à la foule la direction à suivre. Les premiers à se mettre en marche furent la troupe des mulets qui transportaient les documents du gouvernement du district, quelques dizaines de bêtes conduites par de jeunes soldats qui avançaient sans le moindre entrain. À l'arrière de cette troupe, il y avait un chameau hérité de l'époque de Sima Ku, couvert de longs poils jaunes, poussiéreux et sales, chargé de deux coffres métalliques. Comme il avait longtemps séjourné au canton du Nord-Est de Gaomi, ce chameau était en train de se métamorphoser en bœuf. Suivant le chameau de près, c'était la troupe des employés qui transportaient le matériel d'imprimerie du gouvernement du district, ainsi que le matériel de réparation des machines. Ils étaient en tout une dizaine, des gaillards au teint sombre, vêtus d'habits non doublés, avec aux épaules des coussinets de tissu. À leur démarche chancelante et à leur expression grimaçante, on comprenait à quel point les machines devaient être lourdes. Derrière la troupe des employés suivait la foule bigarrée des habitants.

Lu Liren, Shangguan Pandi et les autres cadres du district et de la zone, montés sur des mulets ou des chevaux, allaient et venaient sur les terres salines et alcalines le long de la route, s'efforçant de donner un semblant d'ordre à cette retraite. Mais sur la route étroite, la foule était trop serrée, et comme les terres de chaque côté étaient plus faciles à emprunter, les gens s'égaillaient sur une large surface, piétinant la croûte de terre qui craquait sous leurs pas vers le nord-est. Dès le début, cette retraite se transforma en une fuite désordonnée.

Les membres de notre famille étaient noyés dans un flot humain déferlant, qui marchait tantôt sur la route, tantôt à côté, et plus tard, sans que l'on sache vraiment si c'était sur la route ou à côté. Une corde de chanvre passée au cou, ma mère poussait une charrette aux roues en bois, dont les brancards trop espacés la forçaient à faire de gros efforts pour écarter les bras. De chaque côté de la charrette étaient suspendus deux gros paniers rectangulaires : dans celui de gauche se trouvait Lu Shengli, ainsi que les vêtements et la literie de notre famille ; dans celui de droite, le Grand Muet et le Second Muet. Zaohua et moi cheminions de chaque côté, un panier à la main. Ma huitième sœur aveugle, accrochée à un pan du vêtement de ma mère, la suivait en trébuchant. Laidi, tantôt lucide, tantôt hagarde, marchait devant et tirait la charrette comme un bœuf opiniâtre, une corde passée à l'épaule, courbée en deux, tête tendue en avant. Les roues grinçaient de façon assourdissante. Les têtes des trois enfants installés sur la charrette pivotaient dans tous les sens pour contempler le spectacle de l'agitation alentour. Lorsque mes pieds foulaient la croûte de terre saline et alcaline, je l'entendais se craqueler sous mes pas et sentais l'odeur du salpêtre qui montait par bouffées. Au début, cela m'amusa, mais au bout de quelques lis, je sentis que mes jambes se fatiguaient et que ma tête devenait lourde, les forces commençaient à me manquer tandis que la sueur coulait sous mes aisselles. Ma chèvre blanche, robuste comme un petit âne, me suivait avec respect ; elle était raisonnable et n'avait pas besoin d'être attachée.

Ce jour-là soufflait un petit vent du nord vif et rapide, acéré comme une lame, qui nous vrillait les oreilles. Dans la plaine immense s'élevaient à perte de vue des nuages de poussière blanche. Composés d'un mélange de sel, d'alcali et de salpêtre, ils faisaient pleurer, démangeaient et laissaient un mauvais goût dans la bouche. Les gens avançaient en bravant le vent, yeux mi-clos. Les hommes qui portaient les machines avaient leurs vêtements trempés d'une sueur qui, mêlée à la poussière d'alcali, les transformait en hommes blancs. Ma mère aussi était devenue blanche, même ses sourcils et ses cheveux. Comme elles s'enfonçaient dans le sol humide, les roues de notre charrette avaient de la peine à tourner, et ma grande sœur se débattait avec difficulté à l'avant, la corde s'enfonçant profondément dans la chair de son épaule. Le bruit de sa respiration était aussi effrayant et insupportable que les halètements d'un malade à l'agonie. Et ma mère ? Plutôt que de dire qu'elle poussait la charrette, mieux vaut dire qu'elle était en train de subir un supplice aussi atroce que celui de Jésus. De ses yeux pleins de tristesse coulaient sans discontinuer des larmes qui, mélangées à la sueur, creusaient sur son visage de petites rigoles violettes. Ma huitième sœur était accrochée derrière elle, comme un lourd ballot roulant sur le sol ; derrière nous se creusait une profonde ornière, qui se confondait très vite avec celles des autres voitures, les empreintes de sabots du bétail et celles des hommes. Autour de nous, ce n'étaient que des réfugiés. Tous les visages, familiers ou non, se mélangeaient. Tous souffraient, hommes, chevaux, ânes. Les plus à l'aise, c'étaient les poules que les vieilles femmes tenaient contre elles, et aussi ma chèvre. Elle marchait d'un pas alerte et trouvait encore le temps de manger des feuilles sèches de roseau le long du chemin.

Le soleil faisait étinceler les terres alcalines d'une morne lumière blanche qui empêchait d'ouvrir les yeux. Cette lumière se déplaçait sur les vastes terres, formant comme une suite de flaques recouvertes d'argent pur. Cette étendue déserte à perte de vue donnait l'impression que devant nous s'étalait la mer du Nord dont parlent les légendes.

À midi, comme pris de contagion, sans en avoir reçu l'ordre, les gens s'assirent les uns après les autres. Privés d'eau, de la fumée montait de leur gorge, leur langue semblait baigner dans la saumure, et comme le sel durcissait, elle ne fonctionnait plus. Leurs narines soufflaient de l'air chaud, mais leur dos et leur ventre étaient glacés ; les vêtements imbibés de sueur, transpercés par le vent du nord, se transformaient en de la tôle. Ma mère s'assit sur un des brancards et sortit de son panier un petit pain craquelé par le vent dont elle fit plusieurs parts. Ma grande sœur n'en prit qu'une bouchée et ses lèvres gercées se mirent à saigner. Des gouttes de sang vinrent tacher le pain. Sur la charrette, les trois petits êtres aux mains et au visage couverts de poussière ressemblaient pour trois quarts à des démons, et pour un quart à des êtres humains. Tête baissée, ils refusaient d'approcher la nourriture. De ses fines dents blanches, ma huitième sœur grignotait ses bouchées de pain sec. Ma mère soupira : « Tout ça, c'est une bonne idée de votre bon père et de votre bonne mère.

– Tante, gémit Sha Zaohua, rentrons à la maison… » Ma mère leva les yeux vers les hommes sur les bas-côtés et soupira sans répondre. « Jintong, dit-elle en me fixant, à partir d'aujourd'hui, tu devras changer ta manière de manger. » De son baluchon, elle sortit un gobelet en fer-blanc décoré de cinq étoiles rouges, puis s'approcha du derrière de la chèvre, s'agenouilla et épousseta le pis avec la main. Comme l'animal ne se laissait pas faire, elle me fit prendre sa tête dans mes bras. Je tenais cette tête glacée en regardant ma mère presser les pis. Peu à peu, un mince filet de lait coula dans le gobelet. La chèvre ne devait pas se sentir bien, car elle avait l'habitude que je la tète directement, allongé sous elle. Sa tête s'agitait contre ma poitrine et son échine bombée ondulait comme un serpent. Ma mère répétait cette phrase effrayante : « Jintong, quand donc pourras-tu manger autre chose ? » – dans le passé, j'avais essayé de manger, mais si raffinés que pussent être les mets, ils avaient infligé à mon estomac des douleurs étranges et insupportables, et une fois ces douleurs passées, j'avais vomi, ne m'arrêtant qu'après avoir évacué toute ma bile. Confus, je regardais ma mère, entreprenant une sévère autocritique, car à cause de cette manie, je lui causais, ainsi qu'à moi-même, d'innombrables tourments. Sima Liang avait promis de trouver un moyen pour me faire passer cette habitude, mais depuis le jour où il avait pris la fuite, il n'avait plus reparu. Son adorable petit visage rusé ne cessait de passer devant mes yeux. Le trou d'un bleu acier de la balle en plein milieu du front de Sima Feng et de Sima Huang lançait un éclat effrayant. Je repensais à la scène où toutes deux reposaient bien rangées dans leur petit cercueil en bois de saule. Ma mère avait collé sur leur front un morceau de papier rouge, transformant ces trous en deux grains de beauté qui attiraient l'œil. Quand elle eut trait un demi-gobelet de lait, elle se releva, chercha le biberon avec lequel la soldate Tang avait nourri Sha Zaohua, en dévissa le couvercle et y versa le liquide. Puis elle me le tendit et me regarda avec empressement de ses yeux pleins de remords. Je pris le biberon avec hésitation, et pour ne pas être indigne des espoirs de ma mère, ainsi que pour ma propre liberté et mon bonheur, j'enfournai résolument dans ma bouche la tétine en caoutchouc jaune d'œuf. Bien sûr, il était impossible de comparer cette tétine sans vie avec les tétons de ma mère – qui étaient l'amour, la poésie, l'immensité céleste infinie et les grandes terres prospères où ondulent les vagues jaune d'or du blé –, impossible aussi de la comparer avec les pis de ma chèvre, énormes, gonflés et couverts de taches de son – qui étaient la vie trépidante, les enthousiasmes débordants. Cette tétine était une chose morte : toute glissante qu'elle fût, elle n'était pas humide, et le plus effrayant était qu'elle n'avait aucune saveur. Sur la membrane de ma cavité buccale se forma une sensation de froid et de dégoût. Pour ma mère et pour moi-même, je mordis un peu la tétine en m'efforçant de réprimer mon écœurement, et elle émit un petit son grave. Un jet de lait au goût putride de terre alcaline s'écoula avec difficulté et mouilla ma langue et les parois de ma bouche. J'aspirai une nouvelle fois, puis me récitai en silence : C'est pour ta mère, reprends une gorgée, c'est pour Shangguan Jintong. Continue à téter, avale, pour Laidi, pour Zhaodi, pour Niandi, pour Lingdi, pour Xiangdi, pour tous ceux de la famille Shangguan qui t'ont aimé, qui ont souffert pour toi, qui ont aidé tes proches, et aussi pour le petit diable espiègle Sima Liang, qui n'a aucun lien de sang avec notre famille Shangguan. Retenant ma respiration, à l'aide de cet instrument, je fis pénétrer dans mon corps le liquide qui devrait préserver ma vie. Quand je rendis le biberon à ma mère, celle-ci avait le visage couvert de larmes, et Laidi riait de contentement. « Le petit oncle est devenu grand », commenta Sha Zaohua. Je réfrénais les spasmes dans ma gorge et les douleurs dans mon estomac, faisant semblant de rien. Avançant de quelques pas, comme un vrai gaillard, je pissai face au vent ; saisi d'exaltation, je projetai le liquide doré le plus haut et le plus loin possible. J'aperçus non loin la grande digue de la rivière du Dragon ; le toit pointu de l'église du village ainsi que l'immense peuplier de la maison de Fan le Quatrième se profilaient aussi vaguement. Nous avions marché avec difficulté toute une matinée, mais n'avions en fait parcouru qu'une distance pitoyable.

Pandi, qui avait été rétrogradée au poste de présidente du comité d'aide aux femmes, arriva de l'ouest, montée sur un vieux cheval borgne de l'œil gauche et marqué de chiffres arabes sur la fesse droite. L'animal au cou bizarrement tordu s'approcha de nous en déplaçant lourdement ses sabots en mauvais état qui émettaient une sorte de chuintement. Ce cheval était noir. C'était un mâle, mais il avait été châtré et s'était transformé en un eunuque cheval à la voix aiguë et au caractère extravagant. La peau de son ventre et ses quatre pattes étaient couvertes d'une couche blanche de terre alcaline. Tout son harnachement trempé de sueur exhalait une odeur aigre. D'ordinaire, ce cheval était docile, au point de supporter que de petits enfants espiègles lui tirent les longs poils de la queue. Mais dès qu'il était contrarié, il était capable de faire des choses très inhabituelles. L'été précédent – c'était encore l'époque de Sima Ku –, il avait mordu à la tête Feng Lanzhi, la fille du maquignon Feng Gui, qui avait eu beaucoup de mal à s'en sortir et en avait gardé des cicatrices effrayantes sur le front et la nuque. Ce genre de cheval aurait dû être abattu, mais on disait que les prouesses qu'il avait accomplies au combat lui avaient valu d'être épargné. Il se tenait devant notre charrette, lorgnant de son œil unique ma chèvre qui s'écarta prudemment et recula jusqu'à un endroit où le sel et l'alcali étaient plus épais. Elle lécha la poudre blanche du sol. Ma sœur sauta du cheval avec une certaine agilité, malgré son ventre qui était de nouveau proéminent. Je fixai ce ventre, tentant de voir comment était le bébé qu'elle portait, mais la force de mes yeux ne suffit pas ; tout ce que je vis, ce ne furent que des traces rouge sombre maculant son uniforme gris. « Maman, il ne faut pas rester là, nous avons déjà mis de l'eau à bouillir au village plus loin, il faut aller là-bas prendre le repas de midi, dit Pandi.

– Écoute-moi, Pandi, répondit ma mère, nous ne voulons plus battre en retraite avec vous.

– C'est impossible, maman, dit Pandi inquiète, quand l'ennemi reviendra, cette fois-ci, ce ne sera pas pareil. Dans la région de Bohai, ils ont tué trois mille personnes en une seule journée, les "brigades pour le retour au foyer" sont devenues folles, jusqu'à tuer leur propre mère [1].

– Je ne crois pas qu'il existe des hommes capables de tuer leur propre mère.

– De toute façon, maman, je ne vous laisserai pas rentrer, dit Pandi. Rentrer, c'est se jeter dans leurs filets, c'est la mort assurée. Si tu ne penses pas à toi, pense aux enfants. » Puis elle extirpa de sa sacoche un flacon dont elle dévissa le bouchon et sortit de petits comprimés blancs qu'elle tendit à ma mère. « Ce sont des vitamines, un seul comprimé peut remplacer un gros chou et deux œufs,

1. En 1947, les propriétaires fonciers et les paysans riches ont repris les régions libérées du Shandong en suivant l'armée du Guomindang. Comme, au cours de la réforme agraire, les communistes avaient exécuté de nombreuses personnes, d'effroyables massacres furent commis en rétorsion par ces « brigades pour le retour au foyer ».

maman, tu dois être exténuée à force de marcher, tu devrais en prendre un et en donner un à chacun des enfants. Une fois que vous serez sortis des terres alcalines, le chemin sera meilleur, nos compatriotes de Beihai vont nous accueillir chaleureusement. Allez, maman, mets-toi vite en route, il ne faut pas rester assis ici. » S'agrippant à la crinière du cheval, elle mit le pied sur l'étrier et grimpa sur sa monture, puis partit au galop en criant : « Mes amis, debout et en avant ! Là-bas, devant vous, c'est le village de la Colline-de-la-Famille-Wang, il y a de l'eau chaude et de l'huile, on a déjà préparé pour vous des radis, des légumes salés et des têtes d'ail... »

Stimulés par ses encouragements, les gens se levèrent et se remirent en marche.

Ma mère plia dans son mouchoir les comprimés que ma cinquième sœur lui avait donnés et les rangea dans une poche intérieure de son vêtement. Puis, rattachant la corde de chanvre de la charrette, elle la souleva. « En route, les enfants », dit-elle.

La foule qui battait en retraite s'étirait sur une file de plus en plus longue, dont on ne voyait ni le début ni la fin. Nous arrivâmes au village de la Colline-de-la-Famille-Wang. Mais là, il n'y avait ni eau chaude ni huile, et encore moins de radis, de légumes salés et de têtes d'ail. La troupe à dos de mulet du gouvernement du district était repartie avant notre arrivée, la paille et le crottin éparpillés sur l'aire de battage étant les seules traces de son passage. Les gens allumèrent des feux sur l'aire pour faire cuire des aliments. Des garçons déterrèrent de l'ail sauvage à l'aide de branches pointues. Lorsque nous quittâmes le village de la Colline-de-la-Famille-Wang, nous vîmes arriver face à nous une dizaine de membres de la patrouille de la zone menés par le muet, qui revenaient sur les lieux. Sans descendre de cheval, il tira de sa poitrine deux patates douces à moitié cuites et un gros radis rouge qu'il fourra dans le panier de la charrette. Le gros radis faillit assommer son fils le Second Muet. Je remarquai que le muet grinça des dents en souriant à ma grande sœur avec un air de bête sauvage. En principe, ma sœur aînée s'était fiancée à lui. Le jour de l'exécution au bord de l'étang, la comédie effrayante qu'il avait jouée avec elle resterait gravée dans les mémoires de tous ceux qui y avaient assisté. Les membres de sa patrouille portaient tous un fusil sur le dos, le muet avait un pistolet à la ceinture et deux mines noires accrochées au cou.

Lorsque le soleil se coucha derrière les montagnes, nous arrivâmes dans un minuscule village, traînant nos ombres démesurées. Il y régnait une grande agitation, une fumée blanche épaisse montait de la cheminée de chaque maison. Les rues étaient encombrées de gens exténués, comme autant de billes de bois posées pêle-mêle. Des cadres vêtus de gris, plus alertes, sautillaient entre eux de tous côtés. Près du puits, au bout du village, on s'était attroupé pour puiser de l'eau. Les hommes s'y pressaient, mais aussi les animaux, le goût de l'eau fraîche du puits était excitant et ma chèvre retroussait bruyamment ses narines. Laidi se hâta vers le puits, un grand bol à la main – ce bol dont on disait que c'était un trésor rarissime, d'un bleu « couleur secrète ». Elle tenta à plusieurs reprises de se glisser à travers la foule, mais fut chaque fois repoussée. Le vieux cuisinier attaché au gouvernement du district nous reconnut et nous apporta un seau d'eau. Sha Zaohua et Laidi se précipitèrent les premières, s'agenouillèrent devant le seau et, dans leur hâte de plonger leurs lèvres dedans, se cognèrent la tête. Furieuse, ma mère gronda ma grande sœur : « Laisse les enfants boire en premier ! » Ma sœur aînée s'arrêta, tandis que la bouche de Zaohua était déjà dans l'eau. Elle aspirait le liquide comme un veau, ses mains sales agrippées au rebord du seau étant la seule chose qui la différenciait de l'animal. « Bon, ça va, ne bois pas trop, tu vas avoir mal au ventre », lui conseilla ma mère en la tirant par l'épaule pour la séparer du seau. Elle se léchait les lèvres, toujours assoiffée, tandis que l'eau du puits gargouillait violemment dans son ventre. Ma grande sœur but abondamment et quand elle se releva, son ventre avait pas mal gonflé. Ma mère puisa de l'eau avec le bol et donna à boire au Grand Muet et au Second Muet, ainsi qu'à Lu Shengli. Puis ma huitième sœur, fronçant son nez, trouva le seau en suivant l'odeur de l'eau, s'agenouilla et plongea sa tête dedans. « Tu bois un peu, Jintong ? » me demanda ma mère. Je fis non de la tête. Elle puisa un bol pour elle. Je lâchai ma chèvre qui avait envie depuis un long moment de s'avancer mais que je retenais par le cou. C'est elle qui but l'eau du seau le plus aisément et avec le plus de vigueur. Elle s'était rempli la panse toute la journée du sel de la terre et avait une soif inextinguible ; elle buvait sans relever la tête, et le niveau de l'eau baissait rapidement en même temps que son ventre enflait à vue d'œil. Le vieux cuisinier, sous le coup de l'émotion, poussait des soupirs sans dire un mot. Ma mère le remercia pour sa sollicitude. Il soupira encore plus fort.

« Comment se fait-il que vous arriviez si tard, maman ? » demanda sur un ton de reproche Pandi mécontente, mais ma mère ne fournit aucune explication. Nous suivîmes Pandi en poussant la charrette et en tirant la chèvre, décrivant maints tours et détours et nous faufilant entre les gens. Nous entendîmes d'innombrables injures et imprécations, avant de finir par entrer dans une petite cour aux murs de terre battue avec une porte en bois. Pandi aida ma mère à décharger les enfants. Elle voulait que nous laissions la charrette et la chèvre dehors. À un arbre à l'extérieur de la cour étaient attachés une dizaine de mulets et de chevaux, mais il n'y avait ni foin ni paniers à foin, et les bêtes rongeaient l'écorce. Nous laissâmes la charrette dans la ruelle, mais la chèvre me suivit à l'intérieur. Pandi me jeta un coup d'œil, mais ne dit mot, elle savait naturellement que cette chèvre, c'était ma vie.

Dans la partie principale de la maison brillaient des lumières sous lesquelles se balançait une grande ombre. Les cadres du gouvernement du district avaient une discussion animée. La voix rauque de Lu Liren dominait le brouhaha. Dans la cour, il y avait de jeunes soldats, fusil dans les bras, mais aucun ne se tenait droit tant ils avaient mal aux pieds. Le ciel était constellé d'étoiles, la nuit très sombre. Pandi nous conduisit dans une aile. Au mur était accrochée une lampe falote près de s'éteindre, dont la pâle lumière faisait danser des ombres fantomatiques. Une vieille dame vêtue d'habits funéraires était étendue dans un cercueil ouvert. Quand nous entrâmes, elle ouvrit les yeux : « Braves gens, dit-elle, aidez-moi à fermer le cercueil, je veux rester dans ma maison…

– Vieille tante, dit ma mère, que se passe-t-il ?

– Aujourd'hui est un bon jour pour moi, dit la vieille femme, braves gens, avancez et aidez-moi à mettre le couvercle.

– Maman, dit Pandi, il faut se contenter d'habiter ici, ce sera toujours mieux que de dormir dans la rue. »

Cette nuit-là, nous n'avons vraiment pas dormi tranquillement. La discussion dans le bâtiment principal ne cessa qu'au milieu de la nuit. À peine fut-elle terminée que des coups de feu claquèrent dans la rue ; quand l'agitation qu'ils avaient provoquée se fut calmée, un grand feu se déclara au centre du village. Telle une pièce de soie rouge ondulant comme une vague, il éclairait nos visages ainsi que la vieille femme qui reposait confortablement dans le cercueil. Lorsque le jour revint, elle resta immobile. Ma mère l'appela, mais, comme elle n'ouvrait pas les yeux, elle lui prit le pouls : manifestement, la vieille femme était morte. « C'est une demi-immortelle ! » dit ma mère. Ma grande sœur et elle refermèrent le couvercle.

Les jours qui suivirent furent encore plus durs. Lorsque nous arrivâmes en bordure des monts du Grand-Étang, ma mère et ma grande sœur avaient les pieds en sang. Le Grand Muet et le Second Muet souffraient de toux chronique. Lu Shengli avait la fièvre et la diarrhée. Ma mère se souvint du médicament miracle que lui avait donné ma cinquième sœur et lui en fourra un comprimé dans la bouche. Seule ma pauvre huitième sœur était en parfaite santé. Depuis deux jours, nous n'avions plus la moindre nouvelle de Pandi, tous les cadres du district et de la zone avaient disparu. Une fois, nous vîmes le muet qui revenait de l'arrière en portant sur son dos un membre de sa patrouille qui avait été blessé. Le sang frais de l'homme à la jambe arrachée coulait sur le sol en suivant la jambe vide du pantalon. Il pleurait sur le dos du muet : « Chef, faites une bonne action, donnez-moi quelque chose pour me faire du bien, je souffre trop, oh ! maman… »

Ce devait être le cinquième jour de notre repli lorsque nous aperçûmes au nord la grande montagne blanche, couverte de forêts, avec au sommet comme un petit temple. Depuis la digue de la rivière du Dragon, derrière notre maison, on pouvait par beau temps voir cette montagne, mais elle était alors de couleur vert sombre. Lorsqu'elle se trouva si proche de nous, sa forme et l'air vif qui y régnait nous firent sentir à quel point nous étions loin de chez nous. Nous marchions sur une large route empierrée quand, en face, arriva une troupe à cheval. Les soldats étaient vêtus comme ceux du 16e régiment. Ils allaient à contre-courant de nous, ce qui prouvait bien que notre village était devenu un champ de bataille. Derrière la troupe à cheval venaient des fantassins, et derrière eux, des mulets qui tiraient des canons dans la bouche desquels étaient piqués des bouquets de fleurs. Des soldats se tenaient à califourchon dessus, fiers comme des coqs. Derrière les canons suivaient les brancardiers, et à leur suite une troupe formée de deux rangées de petites charrettes transportant des sacs de farine et de riz et quelques sacs de fourrage. Les habitants en fuite du canton du Nord-Est de Gaomi se rangèrent craintivement sur le bord de la route pour laisser passer la grande armée.

Parmi les fantassins, quelques-uns, pistolet automatique à l'épaule, sortirent des rangs pour interroger les gens sur la situation. Le coiffeur Wang Chao, qui fuyait en poussant une petite charrette très à la mode avec ses roues caoutchoutées, arborait un air décontracté. Pourtant, au cours de ce périple, il rencontrerait des ennuis. Dans la file chargée des vivres et du fourrage, une charrette aux roues en bois avait cassé un essieu ; l'homme d'âge moyen qui la poussait l'avait renversée et en avait extrait la pièce cassée, qu'il examinait en tous sens, maculant ses mains de graisse noire. Celui qui tirait la charrette était un garçon d'une quinzaine d'années au crâne couvert de gale et aux commissures des lèvres purulentes, vêtu d'une chemise sans boutons, une ficelle en paille en guise de ceinture. « Papa, qu'est-ce qu'il y a ? demanda-t-il.

– Nous avons cassé un essieu, mon fils », répondit le père, le visage terriblement triste. Père et fils unirent leurs forces pour démonter la très lourde roue cerclée de fer. « Qu'allons-nous faire, papa ? » demanda le garçon. Le père avança jusqu'au bord de la route et essuya la graisse de ses mains sur l'écorce rugueuse d'un peuplier. « Il n'y a rien à faire », dit-il. À cet instant arriva un cadre manchot coiffé d'un chapeau en peau de chien et vêtu d'un vieil habit militaire non doublé, armé d'un pistolet, qui se précipita, le corps penché sur le côté, vers la troupe des petites charrettes.

« Wang Jin ! Wang Jin ! criait à tue-tête le manchot, pourquoi restes-tu en arrière ? Hein ? Pourquoi ? Est-ce que tu veux faire perdre la face à notre compagnie d'Acier ?

– Instructeur, dit Wang Jin, le visage toujours aussi triste, instructeur, l'essieu s'est cassé…

– Ça ne pouvait pas arriver à un autre moment ? Tu casses juste quand on part au combat ! Est-ce que je ne t'avais pas dit depuis longtemps de vérifier ta charrette ? »

Plus il parlait, plus sa colère montait. Il leva son unique bras, extrêmement développé, et l'abattit au beau milieu de la figure de Wang Jin.

Celui-ci poussa un grand « aïe ! » et quand il rabaissa la tête, son nez saignait.

« Pourquoi tu frappes mon père ? » demanda avec audace le jeune homme à l'instructeur.

Celui-ci sursauta : « Je l'ai heurté sans faire exprès, dit-il, au temps pour moi. Mais vous, vous prenez du retard dans l'acheminement des vivres et je vais vous faire fusiller tous les deux, ton père et toi !

– On n'a pas fait exprès de casser l'essieu, reprit le garçon. On est pauvres chez nous, cette charrette, on l'a empruntée à la famille de ma tante. »

Wang Jin arracha un peu de coton de la doublure de la manche de sa veste pour se boucher les narines et stopper l'écoulement du sang : « Instructeur, grommela-t-il, vous devriez être raisonnable.

– Comment ça raisonnable ? dit l'instructeur d'un air féroce. Être raisonnable, c'est transporter les vivres sur le front, et ne pas arriver à les transporter, ça, ce n'est pas raisonnable. Arrêtez de tergiverser, vous n'avez qu'à les porter à l'épaule. Aujourd'hui, vous devez acheminer jusqu'au bourg de Taoguan ces deux cent quarante livres de millet.

– Instructeur, dit Wang Jin, vous dites toujours qu'il faut rechercher la vérité dans les faits, mais deux cent quarante livres de millet... mon fils est jeune... je vous en supplie... »

L'instructeur leva la tête pour regarder le soleil, la baissa pour regarder sa montre de gousset, puis scruta les environs ; son regard tomba alors sur la charrette aux roues en bois de notre famille, puis il glissa sur celle de Wang Chao aux roues caoutchoutées.

Wang Chao était maître dans l'art de raser les têtes, il se faisait pas mal d'argent, et en plus il était célibataire : quand il avait gagné de l'argent, il s'achetait une tête de porc [1]. Il se portait bien : tête carrée et grandes oreilles, la peau humide, on voyait au premier coup d'œil que ce n'était pas un paysan. Sur un côté de sa charrette aux roues caoutchoutées était posée sa mallette de coiffeur, et de l'autre, une couverture ouatée brodée à laquelle était aussi attachée une peau de chien. Sa charrette était construite en bois d'acacia badigeonné d'huile d'aleurite qui brillait d'une couleur dorée agréable, mais était aussi doucement parfumée. Avant de partir, il avait bien gonflé les pneus et lorsqu'il avançait sur la route empierrée, la char-

1. Le plat le plus recherché à la campagne à l'époque.

rette rebondissait tranquillement ; le chargement n'était pas lourd, l'homme costaud, il avait une bouteille d'alcool glissée dans sa veste et, au bout de quelques lis, il lâchait les brancards, la lanière passée sur l'épaule, et dévissait le bouchon de sa bouteille pour siroter quelques gorgées. Le pied léger et rapide, il chantonnait, parfaitement détendu ; c'était vraiment l'aristocrate de la troupe des réfugiés.

Les pupilles noires de l'instructeur tourbillonnaient dans ses orbites. Il s'approcha du bord de la route, un petit sourire aux lèvres, et demanda avec amabilité : « D'où venez-vous ? »

Personne ne lui répondit. Parce que, pendant qu'il posait sa question, ses yeux fixaient le tronc d'un peuplier, le tronc de ce peuplier où restaient les traces noires de l'huile d'essieu que l'homme avait laissées. Les peupliers argentés alignés les uns à côté des autres semblaient tous vouloir monter jusqu'au ciel avec leurs branches dressées. Mais rapidement son regard se posa sur le visage de Wang Chao. Son petit sourire affable disparut soudain et sa figure devint aussi imposante qu'une montagne, aussi ténébreuse qu'un temple. « Quelle est ton appartenance de classe ? » demanda-t-il, les yeux rivés sur le large visage luisant de Wang Chao.

Hébété, celui-ci détourna le regard et resta muet.

« À te voir, dit l'instructeur sur un ton tranchant, si tu n'es pas propriétaire foncier, tu es un paysan riche, et si tu n'es pas un paysan riche, tu es un petit patron de boutique, de toute façon tu n'es absolument pas quelqu'un qui vit de sa force de travail, mais un parasite qui vit en opprimant les autres.

– Chef, dit Wang Chao, c'est injuste, je suis coiffeur, je me nourris grâce à mon art, pour toute maison, je n'ai que deux pièces délabrées, et je n'ai ni terre, ni femme, ni enfants. Si je suis rassasié, personne n'a faim chez moi ; quand j'ai eu à manger un jour, je ne me soucie pas du lendemain ; chez nous, on vient juste de fixer les appartenances de classe et on m'a classé comme petit artisan, ce qui équivaut à paysan moyen-pauvre, les forces de base[1] !

1. Dès les années 1920, les communistes chinois établirent une hiérarchie rigoureuse entre les différentes composantes de la société rurale. Les ouvriers agricoles et les paysans pauvres furent considérés comme les classes sur lesquelles le Parti communiste pouvait s'appuyer en priorité, suivis par les paysans moyen-pauvres.

– Sornettes ! dit le manchot, à mes yeux, toi, le perroquet à la langue habile, tu auras de la difficulté à franchir les passes ! Ta voiture, je la réquisitionne ! »

Il se retourna et appela le père et le fils : « Allez, vite, chargez le millet sur cette charrette.

– Chef, dit Wang Chao, j'ai dépensé les économies de la moitié de mon existence pour cette charrette, vous ne devez pas déposséder un pauvre.

– Pour la victoire, rétorqua le manchot furieux, moi, j'ai sacrifié mon bras, alors que ta charrette, elle vaut combien ? Sur le front, on attend les vivres, est-ce que par hasard tu oserais refuser ?

– Chef, répondit Wang Chao, vous n'êtes pas de la même zone que nous, ni du même district, au nom de quoi pourriez-vous réquisitionner ma charrette ?

– Qu'est-ce que tu me parles de zone et de district ? C'est pour aider le front !

– Ça ne va pas, je ne veux pas. »

Le manchot mit un genou à terre, prit son stylo dont il ôta le capuchon avec la bouche et sortit un morceau de papier grand comme la paume qu'il posa sur son genou. Il y traça maladroitement quelques caractères, puis demanda : « Comment t'appelles-tu ? Tu es de quel district et de quelle zone ? »

Wang Chao répondit à toutes ses questions.

Le manchot reprit : « Votre chef de district, Lu Liren, est mon vieux compagnon d'armes ; comme ça, ça ira, une fois le combat terminé, tu lui donneras ce papier et il te remboursera ta charrette.

– Chef, dit Wang Chao en nous montrant du doigt, cette femme, c'est justement la belle-mère de Lu Liren, ils sont de la même famille !

– Vous attesterez, madame, dit le manchot, que dans l'urgence, l'instructeur Guo Mofu, de la 8e compagnie du régiment des travailleurs du commandement et de l'assistance au front de la région de Bohai, a emprunté sa charrette à Wang Chao, originaire de votre village, et qu'il prie Lu Liren de prendre en charge la suite de

---

Les paysans riches et les propriétaires terriens furent considérés comme les classes exploitantes à abattre.

l'affaire. Parfait ! » Le manchot fourra le papier dans la main de Wang Chao, puis il s'emporta contre Wang Jin : « Qu'est-ce que tu attends ? Si vous n'apportez pas les vivres à temps, vous allez goûter du fouet, et moi, Guo Mofu, je vais goûter du pistolet ! »

Guo Mofu menaça Wang Chao du doigt. « Décharge vite tes affaires !

– Chef, dit Wang Chao, mais qu'est-ce que je vais faire ?

– Si tu n'es pas rassuré, tu peux venir avec nous, dans notre compagnie de travailleurs, il ne manque pas de nourriture pour un homme seul comme toi, dit l'instructeur, et quand les combats seront finis, tu pourras reprendre ta charrette.

– Chef, dit Wang Chao en pleurant à chaudes larmes, je viens juste de m'enfuir de là-bas…

– Je devrais vraiment sortir mon pistolet et t'abattre, n'est-ce pas ? dit l'instructeur hors de lui. Nous ne craignons pas de verser notre sang et de nous sacrifier pour la révolution, et pour utiliser ta petite charrette, il faut discuter aussi longtemps ! »

D'un air pitoyable, Wang Chao dit à ma mère : « Belle-sœur, surtout vous témoignerez pour moi ! »

Ma mère fit oui de la tête.

Wang Jin père et fils s'en allèrent tout contents en poussant la charrette à roues caoutchoutées de Wang Chao.

Le manchot adressa un signe de politesse à ma mère, puis partit à grandes enjambées rejoindre sa compagnie.

Wang Chao s'assit lourdement sur sa couverture, grimaçant tel un singe, et grommela comme pour lui-même : « Pourquoi j'ai toujours la poisse ? Pourquoi c'est toujours sur moi que ça tombe ? Jamais sur les autres. À qui j'ai fait du tort ? » Des larmes coulaient sur ses grosses joues.

Nous finîmes par arriver devant la grande montagne, la large route empierrée se divisa en une dizaine de sentiers étroits qui grimpaient en serpentant vers le sommet. Le soir, dans l'atmosphère froide et humide du crépuscule, les bandes de réfugiés, qui parlaient avec toutes sortes d'accents différents, échangèrent des nouvelles sur les affrontements. Ce soir-là, tout le monde se blottit dans les buissons au pied de la montagne. Du sud et du nord parvenaient des grondements sourds semblables à des tirs de mines. Le ciel noir était zébré par les traces brillantes des balles. Vers minuit, l'air devint frais et humide, un vent aussi glacé qu'un serpent descendit de la montagne, agitant les branches des buissons dénudés et soulevant en un chuintement continu les feuilles qui jonchaient le sol. Les renards jappaient dans les grottes. Les loups hurlaient dans les ravines. Les enfants malades gémissaient comme des chats. Les toux des vieillards résonnaient comme des gongs. Cette nuit fut vraiment difficile à endurer. Quand le jour revint, plusieurs dizaines de cadavres gisaient dans les ravines, des enfants, des vieillards, des hommes dans la force de l'âge aussi. Si, dans notre famille, nous n'étions pas morts de froid, c'était parce que nous occupions des buissons très particuliers, au feuillage doré, qui étaient les seuls à avoir gardé leurs feuilles. À leur pied s'étendait une épaisse couche d'herbes sèches. Nous nous étions tenus étroitement serrés les uns contre les autres, protégés par notre seule couverture étendue sur nos têtes. Ma chèvre était allongée, collée contre mon dos, son corps formant un mur qui me protégeait du vent. Le moment le plus difficile fut la seconde partie de la nuit ; au loin, vers le sud, le canon tonnait, faisant ressortir par contraste le calme qui régnait dans les buissons, une plainte humaine sciait la corde sensible et faisait trembler les corps, tandis qu'aux oreilles sonnait une sorte de mélodie comme un air familier de *maoqiang*. En fait, c'étaient les sanglots d'une femme. Dans le silence absolu, les bruits pénétraient les rochers froids et humides, les nuages sombres et la couverture glacée qui couvrait nos têtes ne faisaient plus qu'un. La pluie commença, une pluie froide dont les gouttes tombaient sur la couverture et sur les buissons au feuillage doré, sur les pentes de la montagne, sur la tête des réfugiés, sur l'épais pelage jaune des loups qui hurlaient. Dans sa chute, elle se solidifiait en particules de glace et même en grêlons.

Je repensai soudain à cette soirée, plusieurs années auparavant, où le troisième oncle Fan nous avait sauvés de la mort en nous guidant avec sa torche dressée, bondissant dans la nuit comme un poulain. Cette nuit-là, noyé dans l'océan tiède du lait et cramponné à un sein énorme, j'étais presque entré au royaume des cieux. À présent, cette hallucination effrayante reprenait, comme si un rayon doré traversait le ciel, semblable au faisceau du projecteur de films de Babbitt, une foule de petits points glacés, tels des scarabées argentés, volaient dans ce faisceau, ainsi qu'une femme aux longs cheveux flottant au vent, avec un manteau rouge couleur de brume jeté sur les épaules, un manteau brodé d'une multitude de perles, étincelantes, brillantes, éclatant de mille feux. Son visage était parfois celui de Laidi, parfois celui de l'immortelle oiseau, ou encore celui de Jin Sein unique, puis soudain c'était de nouveau la femme américaine. Elle riait doucement, son regard était si beau, si envoûtant, ensorcelant, aguichant, il faisait monter le sang au cœur, de petites larmes jaillissaient dans ses yeux, qui restaient accrochées à ses cils en arc de cercle. Ses dents d'une blancheur immaculée mordaient doucement ses lèvres écarlates, puis elles mordaient les doigts de mes mains et les doigts de mes pieds. Sa taille fine, son nombril en forme de cerise se distinguaient vaguement. Lorsque mon regard remonta depuis ce nombril, de chaudes larmes envahirent mes yeux et je poussai un gémissement sonore. Deux seins qui semblaient fondus dans l'or pur, sertis de deux pierres précieuses, apparaissaient imperceptiblement sous la gaze légère et rose. Sa voix descendit des hauteurs : « Adore-les, fils de la famille Shangguan, ils sont ton Seigneur ! Le Seigneur est en réalité deux seins. Le Seigneur peut se transformer, se transformer à l'infini, si tu t'enivres de quelque chose, il devient cela pour te le montrer, sinon comment pourrait-on l'appeler Seigneur ? » – « Je n'arrive pas jusqu'à toi, tu es trop haut. Alors elle descendit et, face à mon visage levé, ouvrit la gaze légère, légère comme l'eau qui coulait tout autour d'elle. Son corps flottait, ces deux seins, mon Seigneur, effleuraient parfois mon front, parfois mes joues, mais jamais ma bouche. Je sautai plusieurs fois, terriblement impatient, comme un poisson qui perce la surface de l'eau pour capturer une proie, bouche grande ouverte, mais chaque fois en vain, car chaque fois je manquai ma proie. J'étais terriblement contrarié, terriblement impatient, mais c'était une contrariété pleine de bonheur, une impatience pleine d'espoir. Sur son visage flottait un petit sourire rusé et séduisant, mais cette ruse ne me gênait pas, cette ruse, c'était du miel, c'était une bractée violette tel un sein, une fraise couverte de rosée en forme de bractée, un téton enduit de miel telle une fraise. Une seule de ses fossettes me plongeait dans une profonde ivresse, son rire m'émut au point que je tombai à genoux. Ne flotte pas ainsi dans les airs, je te prie, laisse-moi te mordre, je veux voler avec toi, flotter au-delà de la neuvième région des nuages pour aller voir le pont céleste construit par les pies, pour toi, je veux grimacer, prendre un visage repoussant, laisser pousser des plumes partout sur mon corps, laisser mes pieds se transformer en griffes, les enfants de notre famille Shangguan ont des sentiments particulièrement proches de ceux des oiseaux. » « Eh bien, laisse-toi pousser des plumes », dit-elle. Alors je fis l'expérience de la douleur étrange et de la forte fièvre que l'on ressent quand on se laisse pousser des plumes…

Jintong, Jintong ! Ma mère m'appelait. Elle me fit sortir de mon hallucination. Ma mère et ma sœur aînée, dans l'obscurité, me massaient les membres pour me tirer de l'état entre la vie et la mort où je me trouvais.

Lorsque revint le jour, des pleurs s'élevèrent dans les buissons. Devant les cadavres roides de leurs proches, les gens exprimaient leur détresse en pleurant. Grâce au feuillage doré des buissons et à la couverture usée, les cœurs des sept membres de notre famille battaient encore. Ma mère donna à chacun un des comprimés que Pandi lui avait remis. Comme je n'en voulais pas, elle le fourra dans le museau de ma chèvre. Une fois qu'elle l'eut avalé, celle-ci se mit à brouter les buissons. Aux feuilles et aux branches était accrochée une carapace de glace translucide. Dans les vallons de la montagne encombrés d'énormes galets, tout était couvert d'une carapace de glace. Il n'y avait pas de vent, la pluie glacée continuait à tomber, les branches vibraient en craquant, les sentiers reflétaient les passants.

Un réfugié qui tirait un âne – sur le dos de l'animal était chargé un cadavre de femme – tentait de gravir la montagne en suivant un sentier. Mais sa monture glissait des quatre fers, trébuchait et se relevait sans cesse pour trébucher à nouveau. Voulant aider son âne, il trébucha à son tour. L'homme et sa monture étaient dans une mauvaise posture, le cadavre de la femme tomba du dos de l'âne et glissa dans une ravine. Un léopard dans un vallon tenait dans sa gueule un petit enfant, il bondissait, tête lourde et pattes légères, passant de galet en galet, cherchant son équilibre dans ses bonds incessants. Une femme, les cheveux épars, le poursuivait. Elle grimpait sur les énormes galets glacés et tombait sans craindre pour sa vie, se relevait de chacune de ses chutes et recommençait, son menton était en sang, elle avait perdu ses dents, de sa nuque coulait un sang noir, elle s'était arraché les ongles en grimpant, sa cheville était tordue et son bras déboîté, ses viscères ne formaient plus qu'une boule, mais elle continuait à poursuivre le léopard, à le poursuivre au point qu'il était à bout de souffle. Elle finit par arriver à lui tirer la queue.

Les gens se trouvaient dans une situation critique : au moindre geste, ils tombaient, mais s'ils ne bougeaient pas, ils gelaient. Personne ne voulant geler sur place, ils entamèrent un repli au hasard en trébuchant. Le petit temple au sommet de la montagne avait déjà pris une couleur blanche qui scintillait d'une lumière glacée. Les arbres à flanc de montagne avaient blanchi eux aussi. À cette altitude, la pluie glacée s'était transformée en neige. N'osant pas gravir la montagne, les gens n'eurent d'autre choix que de redescendre. À un chêne, au bas de la pente, nous vîmes le cadavre du coiffeur Wang Chao : il s'était pendu à une branche basse avec la ceinture de son pantalon. La branche tendue comme un arc pouvait se rompre à tout moment. La pointe des pieds du coiffeur touchait le sol, son pantalon lui était tombé au-dessous des genoux. Sa veste épaisse cachait ses fesses, ce qui rendait le spectacle moins horrible. Je ne jetai qu'un coup d'œil à son visage violacé et à sa langue semblable à un papier déchiré qui pendait de sa bouche, puis tournai vite la tête. Plus tard, sa figure agonisante reviendrait souvent dans mes rêves. Personne n'alla s'occuper de lui. Des hommes au visage fruste étaient en train de se disputer sa couverture ouatée et sa peau de chien. Ils les tiraient chacun de son côté et se mordaient entre eux. Un grand gaillard se mit soudain à pleurer : une de ses oreilles décollées venait de lui être arrachée par les dents d'un gars qui ressemblait à un rat. Celui-ci recracha l'oreille dans le creux de sa main, l'observa un peu et la jeta au grand gaillard pour la lui rendre, puis il s'empara de la lourde couverture et de la peau de chien ; effleurant avec souplesse le sol de la pointe des pieds, il bondit rapidement en évitant les glissades. Il bondit jusqu'à un vieil homme, qui brandit un bâton fourchu utilisé pour soutenir les charrettes et l'abattit sur la tête du gars. Celui-ci s'écroula comme un sac de grain. Appuyé contre un arbre, le bâton à la main, le vieil homme défendait sa couverture. Quelques trompe-la-mort voulurent s'avancer pour s'en emparer, mais à chaque fois, à peine étaient-ils effleurés par le vieil homme qu'ils s'écroulaient. Vêtu d'une robe ouatée, une ceinture en toile grossière autour de la taille où pendait une longue pipe, le menton envahi d'une barbe blanche incrustée de petits glaçons. « Approchez, si vous ne craignez pas la mort ! » criait d'une voix perçante le vieil homme dont le visage s'allongeait et les yeux lançaient des éclats verdâtres. Les gens s'écartèrent, effrayés.

Ma mère prit une décision radicale. La tête tournée vers le sud-ouest, elle dit : « On rentre à la maison ! »

Elle souleva la charrette et se mit en route en zigzaguant. Les roues imbibées d'eau de pluie grinçaient de manière insupportable, cri, cri, cri... À chaque tour de roues, c'était un cri, cri, cri... de plus. Nous donnâmes l'exemple : nombreux furent les gens qui nous suivirent en silence – certains même nous dépassèrent rapidement – pour prendre le chemin du retour.

La croûte de glace se brisait et éclatait sous les roues en bois. Aussitôt, de la glace tombée du ciel venait la réparer. S'y mélangea ensuite une sorte de grésil qui frappait de manière très douloureuse les oreilles et la peau du visage. Dans l'immensité à perte de vue, ce n'étaient que clameurs confuses. Nous reprîmes la même formation qu'à l'aller : ma mère poussait la charrette, ma sœur aînée la tirait. L'arrière de ses chaussures était déchiré, laissant voir le triste spectacle de ses talons gercés, ses mouvements pour tirer la charrette étaient les mêmes que ceux d'une danseuse exécutant la danse du repiquage du riz. À un moment, elle fit presque culbuter la charrette et, inévitablement, ma sœur tomba. L'entraînant, la corde lui fit faire plusieurs cabrioles. Mais elle reprit sa marche, tirant en pleurant à chaudes larmes. Sha Zaohua et moi pleurions aussi. Ma mère ne pleurait pas, ses yeux jetaient des éclairs bleus, elle se mordait les lèvres, concentrait son énergie, à la fois prudente, courageuse et déterminée, faisant de ses pieds bandés deux petits pics qui cramponnaient le sol avec acharnement. Ma huitième sœur suivait ma mère en silence, et sa main, qui tenait le pan de sa veste, ressemblait à une aubergine pourrie dégoulinante d'eau.

Ma chèvre était vraiment une bonne chèvre, elle me suivait à quelques pas. Il lui arrivait aussi de trébucher, mais chaque fois, elle se relevait aussitôt. Pour protéger ses mamelles sans poils, ma mère avait eu l'idée originale de les envelopper dans un grand sac blanc attaché sur le dos de la bête par deux nœuds. Pour qu'elles restent au chaud, elle avait fourré dans le sac deux peaux de lièvre. Des peaux de lièvre qui rappelaient l'époque de l'amour fou de Sha

Yueliang. Les yeux de ma chèvre étaient remplis de larmes de reconnaissance. Ses reniflements, c'était son langage. Sur ses oreilles apparaissaient des traces de gelures, ses sabots étaient tout roses, comme sculptés dans la glace et le jade. Depuis que des mesures de conservation de la chaleur de ses mamelles avaient été prises, elle était une chèvre heureuse. Le sac et les peaux de lièvre, tout en préservant la chaleur, assuraient aussi la fonction de maintien d'un soutien-gorge. C'était une véritable création ; plus tard, lorsque je deviendrais un spécialiste du soutien-gorge, j'inventerais un modèle en peau de lièvre spécialement conçu pour les femmes des contrées froides, inspiré de celui-ci.

Nous nous hâtions de rentrer à la maison ; aux environs de midi, nous étions déjà sur la large route empierrée, bordée de deux rangées de peupliers. Bien que le soleil n'eût pas encore percé les nuages, il brillait quand même. La route sableuse n'était plus qu'un chemin de tuiles vernissées scintillantes. Ensuite, les glaçons furent remplacés par une couche de neige épaisse, et la route, les arbres et les larges étendues de chaque côté devinrent très vite tout blancs. On tombait fréquemment sur des cadavres, d'hommes, d'animaux, et aussi parfois sur des moineaux morts, des pies, des faisans, mais les corbeaux n'étaient jamais morts, les reflets de la neige faisaient ressortir leurs plumes noires qui semblaient presque indigo et extraordinairement luisantes. Ils becquetaient les cadavres et, quand la fatigue gagnait leur bec, se mettaient à croasser.

La chance commença à nous sourire. D'abord, nous ramassâmes près d'un cheval mort un demi-sac de paille de millet hachée, dans laquelle étaient mêlés des cosses de soja et du son. Ma chèvre s'en remplit la panse. Les herbes qui restaient furent posées sur les pieds du Grand Muet et du Second Muet pour les protéger du vent et de la neige. Une fois que ma chèvre eut avalé son herbe, elle mangea un peu de neige, puis hocha la tête vers moi et je compris ce qu'elle voulait me dire. Comme nous avancions toujours, Sha Zaohua dit qu'elle sentait un parfum de blé cuit. Ma mère l'encouragea à suivre son odorat ; dans une maisonnette destinée à garder les tombes, située à l'écart de la route, nous trouvâmes sur le corps d'un soldat mort deux sacs remplis de nouilles. Nous avions déjà vu de nombreux morts et toute peur nous avait abandonnés. Cette nuit-là, nous passâmes carrément la nuit dans la maisonnette.

Ma mère et ma grande sœur traînèrent dehors le jeune soldat mort. Il s'était suicidé. Il tenait son fusil dans ses bras, le canon dans sa bouche, il avait appuyé sur la détente avec son orteil qui sortait de sa chaussette trouée. La balle lui avait complètement arraché la voûte crânienne. Les rats avaient totalement dévoré ses oreilles, son nez, et ses doigts jusqu'aux os, qui ressemblaient à des branchettes de saule écorcées. Lorsque ma mère et ma grande sœur le tirèrent dehors, une troupe de rats aux yeux injectés de sang les suivirent. Pour le remercier de ses nouilles, ma mère, traînant son corps épuisé, s'agenouilla et avec la baïonnette qu'il portait à la ceinture creusa dans la terre glacée une fosse peu profonde pour enfouir sa tête. Ce n'était vraiment pas grand-chose face aux rois des cavernes, les rats, mais cela apaisa un peu son cœur.

La maisonnette pouvait tout juste contenir notre famille et ma chèvre. Nous bloquâmes l'entrée avec la charrette. Tenant dans ses bras le grand fusil du soldat, maculé de cervelle séchée, ma mère s'assit le plus près possible de l'ouverture. Avant que la nuit tombe, des gens, par petits groupes, voulurent entrer dans la maisonnette, parmi eux, des bandits et des voyous, mais ils reculèrent, effrayés par le fusil. Un homme à la grande gueule et au regard mauvais chercha à humilier ma mère : « Tu sais t'en servir ? » dit-il en essayant d'entrer. Ma mère le piqua avec le canon. Elle ne savait pas tirer. Shangguan Laidi attrapa l'arme, tira la culasse et enclencha une cartouche ; repoussant la culasse, le fusil chargé, elle tira en visant au-dessus de la tête de l'homme. Une strie rouge alla se perdre dans le ciel en sifflant. L'habileté au tir de Laidi me rappela aussitôt son glorieux passé lorsqu'elle était partie combattre en différents endroits avec Sha Yueliang. L'homme à la grande gueule s'enfuit à quatre pattes, comme un chien. Regardant Laidi avec émotion, ma mère se leva et s'installa à l'intérieur, lui cédant le poste de guet.

Cette nuit-là, je dormis très bien, je ne me réveillai que lorsqu'un soleil tout rouge illumina le monde blanc de neige. J'avais vraiment envie de me mettre à genoux pour supplier ma mère de ne pas quitter cette maison habitée par les fantômes, ces hautes tombes qui se trouvaient devant, cette forêt de pins noirs coiffés de chapeaux de neige glacée. Non, ne pas quitter ce paradis, ce lieu de bonheur, mais ma mère, poussant la charrette, se remit en route pour nous conduire. Le gros fusil noir était posé en travers de Lu Shengli, caché par une vieille couverture.

Une couche de neige d'un demi-pied recouvrait la route. Les roues de la charrette et nos pas crissaient. Nous trébuchions nettement moins et notre vitesse de progression s'était beaucoup accrue. Le soleil blanc était éblouissant sur la neige, et nous paraissions particulièrement noirs : quelle que fût la couleur de nos vêtements, ils semblaient tous sombres. Peut-être étaient-ce le grand fusil dans le panier ou l'habileté à le manier de Laidi qui renforcèrent l'audace de ma mère, mais ce jour-là elle commit quelques actes particulièrement violents. À midi, quand, venant du sud, un soldat en pleine débandade voulut examiner notre charrette, ma mère envoya à ce garçon qui faisait semblant d'être blessé au bras une gifle sonore, qui fit voler sa casquette. Le soldat déguerpit sans même la ramasser. Ma mère récupéra la casquette en toile grise presque neuve et la posa sur la tête de ma chèvre. Prenant de grands airs, ainsi coiffée, celle-ci caracolait avec aisance ; en la voyant, les réfugiés assaillis par le froid et la faim qui nous entouraient ouvrirent tous leur bouche noire et poussèrent avec les dernières forces qu'il leur restait des rires plus effroyables encore que des pleurs.

Au petit matin, je bus tout mon saoul le lait de ma chèvre et me sentis en pleine forme, l'esprit alerte, les sentiments en éveil. Je découvris sur le bord de la route le matériel d'imprimerie du gouvernement du district et les documents enfermés dans des boîtes en fer. Où étaient partis les employés ? Je l'ignorais. Où était partie la troupe de mulets ? Je l'ignorais aussi.

Très vite, la route s'anima considérablement. Des troupes de brancardiers portant des soldats blessés qui gémissaient se repliaient depuis le sud. Les porteurs avaient le visage couvert de sueur et soufflaient comme des bœufs, ils marchaient d'un pas mal assuré en chancelant dans la neige. Des femmes vêtues de blanc et coiffées de calots blancs couraient derrière eux en vacillant. L'un des jeunes brancardiers tomba de tout son long, faisant pencher le brancard qu'il portait et tomber par terre le blessé qui poussa une plainte. Celui-ci avait la tête entièrement bandée, ne laissant apparaître que des narines noires et une bouche noire. Une soldate au long visage avec sur son dos un sac de cuir accourut. Je la reconnus au premier coup d'œil : c'était la soldate Tang, la compagne d'armes de Pandi.

Elle abreuva d'injures le brancardier et réconforta tendrement le blessé. Les coins de ses yeux et son front étaient creusés de rides profondes, cette soldate si belle et fraîche était à présent une vieille fille toute desséchée. Elle ne nous jeta pas le moindre coup d'œil et ma mère ne parut pas la reconnaître.

Les troupes de brancardiers se succédaient à l'infini. Nous nous efforcions de nous tenir sur le bord de la route, craignant d'entraver leur progression. Plus tard, ils cessèrent de passer, la route blanche recouverte de neige gelée était toute piétinée, et la neige fondue s'était transformée en un mélange de boue et d'eau sale. Sur la neige qui n'avait pas fondu avait coulé du sang frais qui l'avait réchauffée, la transformant en une sorte de peau suppurante et répugnante. Une vision d'horreur. Nous avions le cœur serré, nos narines remplies de l'odeur de la neige fondue et du sang. Et aussi de l'aigreur et de la puanteur de la sueur. Nous reprîmes la route en tremblant, même ma chèvre, qui avait retrouvé un certain allant en portant sa casquette, se mit à trembler comme un jeune soldat pris de panique. Les réfugiés erraient, sans savoir s'ils devaient avancer ou reculer. Aucun doute : devant nous s'étendait un vaste champ de bataille, et se diriger vers le sud-ouest, c'était se jeter dans la mêlée et pénétrer dans une forêt de fusils sous une pluie de balles, alors que les balles sont aveugles, que les obus manquent de savoir-vivre et que les soldats sont comme les tigres qui descendent de la montagne, tout sauf végétariens. Chacun interrogeait les autres du regard, mais personne n'était en mesure de fournir de réponse à quiconque. Sans regarder personne, ma mère avançait résolument en poussant la charrette. En me retournant, je vis que, parmi les réfugiés, certains rebroussaient chemin et se dirigeaient vers le nord-est, d'autres au contraire nous emboîtaient le pas.

Chapitre 27

Le soir où nous vîmes de nos propres yeux la grande bataille, nous avions passé la nuit à l'endroit même où nous nous étions réfugiés le premier jour de notre retraite. C'était toujours la même cour, la même petite pièce dans une aile, toujours le même cercueil avec la vieille dame dedans. Ce qui avait changé, c'était que presque toutes les maisons du petit village s'étaient écroulées, la partie principale de trois pièces où Lu Liren et les cadres du district avaient logé n'était plus qu'un tas de briques et de tuiles brisées. Nous entrâmes dans le village le soir, sous un soleil crépusculaire rouge sang. Les rues étaient jonchées de cadavres mutilés. Une vingtaine d'entre eux, presque entiers, étaient étendus sur un espace libre, disposés dans un ordre parfait, comme s'ils étaient attachés ensemble. L'air sentait le brûlé, des arbres semblaient avoir été frappés par la foudre, leurs branches transformées en charbon de bois. Bang ! Ma grande sœur qui tirait la charrette donna un coup de pied dans un casque en métal. Je trébuchai sur les douilles en cuivre qui jonchaient le sol. Elles étaient encore chaudes. Il flottait une forte odeur de caoutchouc brûlé, ainsi qu'une odeur de poudre qui piquait le nez. Hautain et distant, le fût d'un canon noir sortait d'un tas de briques, pointé en direction du ciel crépusculaire où frissonnaient déjà des étoiles glacées. Un silence de mort régnait sur le village, notre famille semblait avancer dans les enfers dont on parle dans les légendes. Au fil des jours, les réfugiés qui nous suivaient pour rentrer au village s'étaient faits de moins en moins nombreux et avaient fini par disparaître complètement. Nous étions seuls. Ma mère s'était obstinée à nous faire revenir et, le lendemain, nous allions traverser les étendues de terres alcalines du nord de la rivière du Dragon. Après avoir franchi la rivière, nous rentrerions dans cet endroit nommé maison, nous rentrerions à la maison, la maison.

Dans les ruines qui nous entouraient, seule cette petite aile de deux pièces était debout, comme si elle était restée exprès pour nous. Nous enlevâmes les poutres et linteaux cassés qui en barraient l'entrée, poussâmes la porte, et c'est seulement à la vue du cercueil que nous découvrîmes qu'après une dizaine de jours, nous étions revenus à l'endroit où nous avions passé la première nuit.

« C'est la volonté du ciel ! » dit ma mère avec concision et précision.

Ce qui se passa au cours de cette nuit, comparé à ce qui se passa le lendemain, semble aussi léger qu'une plume, mais cette plume a la couleur du mystère et reste inoubliable pour moi. Inutile de parler des coups du canon qui gronda toute la nuit : les canons seraient encore plus nombreux le lendemain. Inutile aussi de parler de ces dirigeables à deux rangées d'ailes qui volaient dans la nuit et brillaient de mille feux : le lendemain, je les verrais encore plus distinctement. Je parlerai seulement du cercueil. À l'époque de la domination de Sima Ku sur le canton du Nord-Est de Gaomi, Sima Liang et moi, avec le statut de fils le plus illustre et de petit oncle le plus prestigieux du village, avions fait une visite à la boutique de cercueils de Huang le Bonheur céleste. La boutique était sur l'avant, et l'atelier de fabrication à l'arrière. Dans ces années de troubles, son commerce était particulièrement florissant. Une dizaine de menuisiers livraient bataille au bois à grands coups de hache dans de vastes ateliers situés dans la cour arrière. Toute l'année, un feu brûlait au centre des ateliers pour sécher les planches. L'odeur du bois de pin, de la colle de poisson fondue et du frottement violent des scies sur le bois montait au nez, puis du nez passait au cerveau, me plongeant dans un abîme de pensées. Les énormes billes de bois débitées en planches étaient façonnées par le feu, rabotées dans un chuintement incessant, au milieu des mille fleurs de copeaux qui s'épanouissaient sur le sol. Huang le Bonheur céleste nous avait diligemment accompagnés dans notre visite, en commençant par la fabrique où il nous avait expliqué toutes les étapes de la réalisation d'un cercueil. Puis il nous avait emmenés voir les produits finis. Cercueils en bois de saule peu épais pour les pauvres, cercueils allongés pour les vierges mortes avant le mariage, coffrets en planchettes pour les enfants, cercueils en bois de peuplier de deux pouces d'épaisseur pour les familles moyennement riches ; les plus précieux, les plus lourds, les plus solides étant les « cercueils à quatre planches » fabriqués avec quatre énormes morceaux de cyprès doublés de satin jaune. C'était ce type de cercueil que l'on avait utilisé pour ma troisième sœur, l'immortelle oiseau. Un objet monstrueux, de couleur pourpre, dont la tête dressée ressemblait à la poupe d'un navire fendant les flots sous le vent. Grâce à ces connaissances très riches que j'avais acquises sur les cercueils, je savais que celui de la vieille dame était en planches de peuplier de deux pouces, et qu'il était fort probable que ce fût un produit de la boutique de cercueils de Huang le Bonheur céleste. Le couvercle se nommait, dans le vocabulaire technique des menuisiers, le « ciel » du cercueil ; la jointure entre le cercueil et son « ciel » devait être parfaitement étanche, même une pointe d'aiguille ne devait y passer. Si l'habileté du forgeron se mesurait au trempage, celle du menuisier se mesurait à l'assemblage. Le cercueil de la vieille dame était très probablement l'œuvre d'un apprenti de la boutique de Huang, car entre le « ciel » et le cercueil s'ouvrait un grand espace, où non seulement une pointe d'aiguille, mais même une petite souris aurait pu passer.

Est-ce que la femme qui s'était installée d'elle-même dans son cercueil s'y trouvait encore ? Profitant des éclairs qui luisaient au loin quand les canons tiraient des obus, nous ne pûmes nous retenir de regarder par la fente, redoutant qu'un prodige ne se passe, tout en l'espérant. Moins on osait y penser et plus resurgissaient dans nos mémoires, avec vivacité et dans leurs moindres détails, des histoires de morts qui se relevaient pour se transformer en fantômes. « Dormez, dit ma mère, ne laissez pas divaguer votre esprit, ne pensez à rien. » Elle semblait deviner ce que nous imaginions. Elle posa le grand fusil sur le « ciel » du cercueil et ajouta : « Dans sa vie, votre mère a pris conscience de quelques vérités : le paradis est peut-être bien, mais rien ne vaut les trois pièces délabrées de sa maison ; les divinités solitaires et les fantômes sauvages ont surtout peur des gens honnêtes. Dormez, les enfants, demain soir à pareille heure, nous dormirons chez nous sur notre *kang*. »

Dans le noir, j'écarquillais les yeux, sans avoir la moindre envie de dormir. Serrant Lu Shengli dans ses bras, ma mère, adossée au mur, ronflait irrégulièrement et, à ses ronflements se mêlaient des gémissements. Tout en dormant, ma huitième sœur tenait encore ma mère par le pan de sa veste ; elle avait l'habitude de grincer des dents dans son sommeil, cri cri cri, comme une petite souris qui ronge le fond d'une malle. Ma sœur aînée était allongée sur un tas d'herbes, son oreiller composé de deux briques ; Sha Zaohua, le Grand Muet et le Second Muet avaient fourré leur tête sous ses aisselles, comme une nichée de petits chats. Ma tête était blottie contre le cou de ma chèvre et j'entendais le bruit de l'herbe qu'elle ruminait dans sa gorge. La porte de la pièce avait plusieurs fissures par lesquelles passait un vent chaud inhabituel pour la saison. Les murs cassés exhalaient une odeur de brique neuve qui sort du four. Une grosse chose toute noire, le corps couvert d'étoiles scintillantes, bougea dans les décombres en faisant crisser les débris de brique. Je n'osai réveiller ma mère, elle était vraiment trop fatiguée. Je ne voulus pas non plus réveiller ma grande sœur, car elle aussi était épuisée. Je ne pus que tirer la barbiche de ma chèvre pour la réveiller, espérant qu'elle me donnerait du courage, mais à peine eut-elle ouvert un œil qu'elle le referma aussitôt. Le monstre continuait à remuer dans les décombres en respirant bruyamment. Dans le village s'éleva soudain un cri étrange, ni tout à fait sanglot, ni tout à fait éclat de rire, puis ce furent un bruit de pas précipités, le bruit d'ustensiles métalliques entrechoqués, des claquements de fouet, le grésillement du fer rougi au feu sur la peau ; après ces bruits, ce furent des odeurs de pieds et de poussière, une odeur de rouille rouge, l'odeur fétide du sang, des odeurs de peau et de chair brûlées. Un petit rat aux yeux rouges passa sur le couvercle du cercueil. Comme un enfant espiègle, il courut le long du grand fusil. La chose effrayante se produisit juste après le passage de la queue du petit rat : un bruit léger sortit du cercueil, comme si la vieille dame morte cherchait à tâtons de sa main desséchée le bord de son vêtement funéraire, puis ce furent de longues plaintes et des balbutiements comme prononcés dans un rêve : J'étouffe… on m'a tuée de mille coups de couteau… j'étouffe… Ensuite, on entendit des coups sourds de poings et de pieds frappant le couvercle du cercueil. Alors que le bruit était si pesant, si énorme, ma mère continuait à ne pas l'entendre, elle poussait toujours ses ronflements mêlés de gémissements ; ma grande sœur ne l'entendait pas non plus, elle dormait sans émettre le moindre bruit, comme une bûche. Les enfants faisaient claquer leurs lèvres dans leur sommeil comme s'ils mâchaient. Je voulus tirer la barbiche de ma chèvre, mais j'avais les mains engourdies et étais incapable de les soulever malgré tous mes efforts. Je voulus crier, mais ma gorge fut serrée par deux mains invisibles. Au comble de l'effroi, je ne pus que voir et entendre la métamorphose du fantôme qui s'opéra dans le cercueil. Lentement, dans un long grincement, le couvercle se souleva, tenu par deux mains qui scintillaient d'une lumière verte, deux bras qui semblaient aussi solides que des barres de fer apparurent, dévoilés par deux manches amples qui retombaient. Le couvercle se souleva de plus en plus, le fantôme dressa lentement son cou et sa tête, puis brusquement s'assit. Le couvercle glissa vers le bas du cercueil, formant un angle avec lui, comme un énorme piège à rats. Elle était assise dans le cercueil, son visage scintillait aussi d'une lumière verte. Ce n'était pas du tout la vieille dame au visage comme une coquille de noix, mais une jeune femme qui ressemblait de manière frappante à ma troisième sœur, l'immortelle oiseau qui s'était tuée en tombant de la falaise. Ses vêtements étaient faits d'innombrables écailles – ou de plumes – dont la couleur argentée attirait le regard, dégageant une impression glacée et émettant mille cliquetis. Elle resta un instant assise en appuyant ses mains sur les bords du cercueil, puis se leva lentement. Lorsqu'elle souleva le pied pour sortir, à la lueur émise par ses vêtements, je vis que ses longues jambes étaient couvertes de cicatrices. C'étaient les jambes caractéristiques d'une femme fantôme qui emporte les cadavres, parce que les fantômes de ce genre excellent à courir : s'ils ne possédaient pas ces longues jambes solides, ils ne pourraient courir rapidement. Elle avait dix ongles longs comme des serres d'aigle, comme en ont les fantômes des légendes; son visage était d'une effrayante férocité, ses dents d'une blancheur de neige acérées comme des poinçons. Elle sortit du cercueil. Elle se pencha en avant et contempla une à une les personnes endormies, comme si elle cherchait à reconnaître un proche ou un ennemi. Ses yeux lançaient des éclairs verts qui, lorsqu'ils se posèrent sur le visage de ma mère, se focalisèrent en deux ronds gros comme des grains de raisin, qui bougeaient de haut en bas et de gauche à droite. Elle vint près de moi et je me hâtai de fermer les yeux. De ses habits étranges émanait une odeur, c'était un parfum de vrilles de raisin écrasées, à la fois acide et sucré, dont il était difficile de dire s'il était agréable ou désagréable. Le souffle froid et humide de sa bouche courut sur mon visage et je sentis tout mon corps se glacer, toute trace d'air chaud avait soudain disparu, comme si j'étais un poisson transformé en bâtonnet de glace. Ses doigts m'effleurèrent de la tête aux pieds, puis des pieds à la tête, ses ongles acérés griffèrent ma peau, produisant en moi une sensation impossible à exprimer. Je pensais qu'ensuite, elle allait m'ouvrir la poitrine, extirper mon cœur pour le dévorer bruyamment, comme on mange une poire croquante. Après mon cœur, elle allait couper avec ses dents la plus grosse veine de mon cou, y coller sa bouche de sangsue, me vider totalement de mon sang, me transformer en un corps totalement sec, comme s'il n'était fait que de carton qui s'enflammerait dès qu'on approcherait une allumette. Je ne pouvais attendre la mort. Alors je sentis que je sursautai violemment, parvenant soudain à libérer mes pieds et mes mains, je déployai toutes les forces de mon corps. Je poussai de côté la femme fantôme et lui envoyai un coup de poing dans le nez. J'entendis même le bruit que fit le cartilage cassé – et je devais même m'en souvenir longtemps. J'ouvris d'un coup la porte et me précipitai au-dehors, courant à perdre haleine le long de la rue en piétinant les cadavres. Elle était derrière moi, elle me poursuivait en hurlant. Ses ongles grattaient par moments mon épaule ou mon dos, je n'osais pas tourner la tête, car j'aurais risqué de me faire mordre à la gorge, je ne pouvais que courir vite, plus vite encore, mes pieds semblaient ne plus toucher le sol et le vent qui me frappait le visage m'asphyxiait presque. Pourtant, ses griffes continuaient à me gratter. Je repensai soudain au procédé utilisé par un petit garçon qui avait vaincu dans une histoire de fantômes emportant des cadavres : il avait couru jusqu'à un grand arbre, puis s'était mis à tourner très vite autour, car les fantômes qui s'emparent des cadavres ne savent pas tourner. Sous le croissant de lune, un hêtre ressemblait à un géant ébouriffé. Je me précipitai vers lui, et presque au moment où j'allais le heurter, je me penchai subitement et me jetai de côté. Je vis alors que le fantôme enserrait violemment l'arbre de ses bras et que ses doigts pénétraient en crissant dans l'écorce dure comme le fer…

À bout de forces, je revins à tâtons, mes pieds trempés du sang frais qui baignait la rue. Une foule d'araignées suceuses de sang aussi grosses que des petits cochons rampaient dans les décombres. Elles n'arrivaient presque plus à déplacer leur ventre lourd, un fil rose gluant, mêlé de sang humain, s'écoulait d'elles, qui m'empêchait de marcher aux endroits où elles étaient passées, mais il me fallait quand même marcher là, et cette matière, tel un corps liquide, se collait à mes semelles en formant de grands fils, s'enchevêtrant sur mes pieds dans la rue, les transformant carrément en deux énormes barbes à papa…

Quand le jour revint, j'eus hâte de raconter à ma mère ce qui s'était passé au cours de la nuit, mais elle paraissait nerveuse et ne me laissa pas ouvrir la bouche. Elle se hâta de mettre sur la charrette enfants et bagages, sans oublier bien sûr le grand fusil. Je cherchai les araignées, mais n'en trouvai plus aucune. Je savais qu'elles étaient toutes parties dans les décombres et qu'il suffisait de déplacer les briques et les tuiles cassées pour en découvrir. Les fils roses qu'elles avaient expulsés étaient encore là et, sous le soleil d'hiver, leur nom était beauté ; je ramassai un os de bœuf avec lequel je soulevai un fil. Je me servis de cet os comme d'un fuseau pour enrouler le fil et le faire tourner sans cesse, le transformant en une boule transparente, gluante, telle de la colle de poisson. Je sortis du village en la tirant derrière moi, formant une route rose de la soie.

Soudain, sur la route, les gens se pressèrent de tous côtés, y compris des soldats en uniforme. Ceux qui ne portaient pas d'uniforme avaient à la taille une ceinture de cuir où pendait une grenade. Sur le chemin étaient éparpillées des douilles au cul vert, et dans les fossés de chaque côté, il y avait des chevaux morts éventrés aux tripes bariolées. Il y avait aussi des tas de douilles d'obus. Tout à coup, ma mère se saisit du grand fusil et le lança dans le fossé gelé. Un homme qui portait à la palanche deux lourds coffres de bois nous regarda avec étonnement. Il posa sa palanche et descendit dans le fossé récupérer l'arme. C'est alors que je vis le hêtre isolé. Il était encore là, mais pas le fantôme qui emporte les cadavres, son écorce était abîmée par endroits : la trace des griffes. Elle était très probablement retournée dans les buissons pour redevenir un fantôme sauvage sans contraintes, la probabilité qu'elle fût récupérée et ramenée chez elle était égale à zéro, car à l'extérieur comme dans le village, partout on pouvait voir des cadavres.

Alors que nous approchions du village de la Colline-de-la-Famille-Wang, un air chaud déferla comme une vague, comme si le village avait été un grand chaudron où l'on eût fondu du métal. Au-dessus s'élevaient des volutes de brouillard et, au bout, les arbres étaient couverts d'une couche de poussière noire ; des nuées de mouches sortaient intempestivement du village et venaient se poser sur les tripes des chevaux morts et le visage des cadavres.

Pour éviter les ennuis, notre mère nous fit prendre un petit chemin qui le contournait. Il avait été défoncé par les roues des charrettes et la nôtre avançait avec les plus grandes difficultés. Ma mère la souleva et décrocha du brancard un récipient d'huile. Elle trempa dedans une plume d'oie et graissa les essieux et les interstices entre l'essieu et le moyeu. Ses mains étaient gonflées comme des galettes de sorgho. « Quand nous arriverons près du petit bois, nous nous reposerons », dit-elle quand elle eut fini de graisser les essieux. Les trois passagers, Lu Shengli, le Grand Muet et le Second Muet, avaient pris l'habitude depuis plusieurs jours de ne pas dire un mot, ils savaient que rester sur la charrette était méprisable, que c'était voyager sans se fatiguer, c'était vraiment perdre la face. La stridulation des essieux bien graissés était plus claire et se répercutait loin. Dans les terres bordant la route se trouvaient des tiges de sorgho sèches, renversées ou cassées pour la plupart. Des pousses avaient germé sur les épis, certaines se dressaient encore vigoureusement, d'autres étaient collées sur le sol.

Ce ne fut qu'en approchant du petit bois que nous découvrîmes qu'y était dissimulée une position d'artillerie. Une dizaine d'énormes tubes de canons tendaient le cou comme autant de vieilles tortues d'eau. À ces tubes étaient attachés des morceaux d'écorce et les grandes roues à pneus étaient profondément enfoncées dans la terre. Derrière les canons était disposée une rangée de grosses caisses dont certaines, ouvertes, laissaient voir de gros obus aux douilles de cuivre jaune, qui paraissaient fragiles et précieux, serrés les uns à côté des autres. Les artilleurs, portant sur leur tête une casquette garnie de branchettes de pin, étaient accroupis en bordure du petit bois et buvaient dans leurs gobelets en fer-blanc ; certains buvaient debout. Derrière les soldats était construit un fourneau en terre sur lequel était posée une grande marmite munie de deux poignées métalliques. À l'intérieur cuisait de la viande de cheval – pourquoi suis-je en mesure d'affirmer qu'il s'agissait de viande de cheval ? parce qu'une patte avec son sabot dépassait, dressée de biais vers le ciel, couverte à l'articulation de longs poils comme une barbiche de chèvre, tandis que sur le sabot scintillait le fer en forme de croissant. Un cuisinier fourra dans le fourneau un morceau de bois de pin. La fumée monta droit vers le ciel. L'eau de la marmite bouillait à gros bouillons en faisant trembler sans fin cette pitoyable patte.

Un homme qui semblait être un cadre arriva en courant et nous conseilla gentiment de faire demi-tour. Ma mère refusa en adoptant une attitude froide et hautaine. « Chef, dit ma mère, si vous vous obstinez à nous faire faire demi-tour, nous nous exécuterons, mais nous irons prendre un autre chemin.

– Est-ce que vous n'avez pas peur de la mort ? demanda l'homme avec impatience. Est-ce que vous n'avez pas peur d'être déchiquetés par un coup de canon ? Nos canons lourds peuvent couper en deux un gros pin.

– Au point où nous en sommes, dit ma mère, ce n'est pas nous qui craignons la mort, mais la mort qui nous craint.

– Si je vous ai barré la route, dit l'homme en s'écartant, c'est en fait parce que j'aime bien me mêler des affaires des autres, bon, allez-y. »

Nous finîmes par arriver à la limite des terres salines et alcalines. Sur les dunes qui s'élevaient et s'abaissaient à la jonction avec ces terres, les soldats, comme des sauterelles, métamorphosaient la couleur grise du sable ; de petits chevaux ressemblant à des lapins galopaient à toute vitesse en soulevant des volutes de poussière. Il devait bien y avoir des centaines de fumées de foyers qui s'élevaient tout droit jusque dans le ciel illuminé par un soleil aveuglant, où elles se dissipaient en se transformant lentement en nuages. L'étendue blanche qui s'étirait devant nous ressemblait à une mer argentée, et l'on ne pouvait regarder qu'à une courte distance, car le regard était immédiatement arrêté par la lumière aveuglante. Nous n'avions pas d'autre choix que de continuer et de suivre ma mère. Plus exactement, de suivre Laidi. Au cours de ce périple que nous n'oublierions jamais, Laidi ne cessa de tirer la charrette, comme un âne infatigable, et de plus elle avait été capable de manier avec aisance le lourd fusil pour protéger notre campement. J'éprouvais pour elle affection et respect : tout dans son passé, peu importe que ce fût folie feinte ou innocence simulée, composait à sa gloire les notes de musique éclatantes et nécessaires d'un héroïque chant romantique.

Nous pénétrâmes peu à peu dans l'étendue déserte. La route piétinée et retournée était encore plus difficile à parcourir que les terres qui la bordaient. Nous marchâmes sur la terre saline couverte de plaques de neige qui n'avaient pas encore fondu, comme une tête couverte de teigne, tandis que les rares grandes herbes jaunes toutes sèches ressemblaient aux cheveux dressés dessus. Bien que le danger semblât guetter de toutes parts, les alouettes continuaient à chanter dans les cieux, un groupe de lièvres jaunes se déployait en arc de cercle comme une ligne de tirailleurs, tout en poussant des sortes de jappements, pour attaquer un vieux renard au pelage blanc. Les lièvres devaient éprouver une haine profonde générée par de grandes souffrances, car ils avançaient droit devant eux avec courage. Une splendide chèvre sauvage suivait les lièvres, courant puis s'arrêtant, sans que l'on sache si elle venait en renfort ou simplement pour voir ce qui se passait.

Un objet brillait entre les herbes. Sha Zaohua se précipita pour le ramasser et me le montra. C'était une boîte de conserve métallique dans laquelle se trouvaient quelques petits poissons dorés frits à l'huile. Je la lui rendis. Elle en sortit un petit poisson qu'elle proposa à ma mère. « Je n'en veux pas, dit-elle, mange-le toi. » Allongeant son museau comme une chatte, Sha Zaohua mangea un petit poisson. Le Grand Muet, assis dans son panier, tendit une main toute sale : « Ah oh ! » dit-il à Sha Zaohua. « Ah oh ! » fit à son tour le Second Muet qui tendit aussi sa main sale. Tous deux avaient la même tête carrée en forme de courge d'hiver, les yeux haut placés faisant paraître leur front très court, le nez aplati, le sillon labial très allongé, une large bouche, la lèvre supérieure courte et relevée exposant en permanence des dents jaunâtres. Sha Zaohua jeta d'abord un coup d'œil à ma mère, comme pour lui demander son accord. Mais le regard de celle-ci se perdait dans le lointain. Elle prit deux petits poissons qu'elle donna aux muets. La boîte en métal fut rapidement vide, il ne restait plus dedans que quelques miettes et gouttes d'huile dorée. Elle sortit une longue langue pour en lécher le fond. À ce moment, ma mère dit : « Repos, dans un moment, on pourra voir l'église. »

Je m'allongeai sur le dos sur la terre saline. Ma mère et ma grande sœur ôtèrent leurs chaussures et les frappèrent contre un brancard pour en faire tomber la terre et le sel. Elles avaient les talons telles des patates douces pourries. Soudain, des oiseaux effrayés descendirent en piqué, y avait-il un aigle ? Ce n'était pas un aigle, mais deux gros dirigeables noirs pourvus de deux rangées d'ailes qui volaient en vrombissant en direction du sud-est. Le bruit qu'ils émettaient valait celui de mille rouets en activité. Au début, ils volaient très lentement, très haut, mais une fois arrivés au-dessus de nos têtes, ils perdirent rapidement de l'altitude et augmentèrent de vitesse. Ils avaient l'air un peu balourd, on eût dit deux veaux à qui on aurait attaché des ailes, et leurs hélices qui tournaient en vrombissant à toute allure ressemblaient à une nuée de fourmis entourant leur tête. Leur ventre énorme effleura presque notre charrette au passage ; comme un vieil ami, l'homme derrière sa fenêtre protégée par un pare-brise m'adressa un sourire étrange. J'eus l'impression que ce sourire m'était familier, mais n'eus pas le temps de l'observer en détail, et visage et sourire passèrent aussi vite qu'un éclair. Le dirigeable provoqua un violent tourbillon de poussière blanche, de paille, de graines, de crottes de lapin qui s'abattit sur nous comme une rafale serrée de balles. La boîte de fer qui se trouvait dans la main de Sha Zaohua vola. Je me levai en hâte et crachai la terre qui m'emplissait la bouche. L'autre dirigeable, suivant les traces du premier, piqua encore plus bas et, sous son ventre, il crachait deux longues langues de feu. Des balles s'enfoncèrent dans le sol autour de nous, avec un bruit sec et sourd, tandis que des volées de morceaux de terre jaillissaient de partout. D'un coup d'ailes, les dirigeables, propulsant trois jets de fumée noire, arrivèrent au-dessus des dunes. Ils crachaient par intermittence des langues de feu, émettant des sons semblables à des aboiements ; au-dessus des étendues de sable s'éleva une épaisse fumée jaune. Dans les airs, ils s'amusaient au jeu de l'hirondelle qui effleure l'eau, piquant vers le bas puis remontant avec témérité, et, lorsqu'ils remontaient, la lumière argentée des hublots scintillait, et sur leurs ailes brillaient des éclairs d'un bleu d'acier. Un désordre absolu régnait sur les dunes, les soldats en costume ocre couraient en hurlant dans les nuages de poussière. Aux langues de feu jaunes succédaient en tempête les rafales de coups de fusil. Les deux dirigeables, tels d'énormes oiseaux effrayés, filaient dans les airs, leurs ailes penchées, et le bruit qu'ils faisaient ressemblait au chant d'un fou. L'un d'eux fila, fila, puis ne réussit pas à aller plus loin, de son ventre s'échappa une épaisse fumée noire, il ralentit, hoqueta, vacilla, décrivit un cercle, puis piqua droit dans l'étendue déserte. Sa tête, tel un soc de charrue, retourna une grande portion de terre, ses ailes se mirent à battre, elles battirent un instant, puis du feu jaillit de son ventre, qui forma une grosse boule, tandis qu'un bruit énorme ébranlait les lièvres. L'autre dirigeable, pleurant de douleur, décrivit un grand cercle très haut dans le ciel et s'éloigna.

À cet instant seulement nous découvrîmes que la moitié de la tête du Grand Muet avait disparu et que sur le ventre du Second Muet s'étalait un trou gros comme le poing. Il n'était pas encore mort et roulait des yeux blancs dans notre direction. Ma mère prit une poignée de terre saline et colmata le trou, mais un liquide vert et des boyaux grisâtres en sortirent dans un bruit de succion semblable à celui d'une loche d'étang. Elle tenta encore de boucher le trou avec d'autres poignées de terre, mais n'y parvint pas. Les tripes du Second Muet auraient rempli un demi-panier. Ses pattes avant agenouillées, ma chèvre poussait des cris étranges, elle rétracta violemment son ventre, voûta son dos et vomit une boule d'herbe. L'imitant, ma grande sœur et moi nous pliâmes aussi en deux pour vomir. Ma mère contemplait les tripes d'un air absent, laissant pendre ses mains couvertes de sang. Puis sa bouche se mit à frémir et s'ouvrit soudain en projetant un liquide rouge fétide avant qu'elle éclate en sanglots.

Ensuite, depuis la position d'artillerie située près du petit bois, volèrent en direction de notre village des obus noirs comme des corbeaux, les rafales se succédant les unes aux autres. Des lumières bleues donnaient aux cieux au-dessus du petit bois une teinte lilas. Le soleil était grisâtre, d'une couleur passée. Après le feu d'un rang de canons, on eût dit qu'une mine avait totalement dévasté l'étendue déserte, puis ce fut le sifflement des obus, suivi par des explosions claquant comme des coups sur un tambour percé, et des colonnes de fumée blanche, du côté du village. Après plusieurs tirs, depuis la rive opposée de la rivière du Dragon, des obus encore plus gros vinrent nous rendre la politesse, certains tombèrent sur le petit bois, d'autres dans les terres désertes. Les obus allaient et venaient, comme des gens qui vont voir leurs proches. Des vagues d'air brûlant déferlaient. Au bout de deux heures, un grand feu se déclara dans le petit bois et les canons se turent. Du côté du village, on continuait à tirer vers nous des obus, qui, du reste, portaient de plus en plus loin. Derrière les dunes, le ciel devint soudain tout bleu et une rafale de gros projectiles alla s'écraser en sifflant du côté de notre village. Ce groupe de canons devait être beaucoup plus important que celui du petit bois, et ses obus étaient terribles. N'ai-je pas dit que les obus tirés par les canons du petit bois ressemblaient à des corbeaux ? Ceux qui étaient tirés par les canons derrière les dunes ressemblaient à des petits cochons noirs bien alignés : ils poussaient des grognements, agitaient leurs courtes pattes, remuaient leur petite queue et s'abattaient sur le village en se poursuivant les uns les autres. Une fois qu'ils avaient touché le sol, ce n'étaient plus du tout de petits cochons noirs, mais de grosses panthères noires, de gros tigres noirs, de gros sangliers noirs, dents aiguisées et crocs acérés, mordant tout ce qu'ils rencontraient. Pendant que les canons se répondaient, les dirigeables revinrent, cette fois-ci, douze d'un coup, deux par deux, volant aile contre aile. Et cette fois, ils volaient très haut, pondant tout en avançant leurs œufs qui creusèrent d'innombrables trous dans l'étendue de terres désertes. Et ensuite ? Un groupe de tanks cahotants sortit du village. À l'époque, j'ignorais que ces trucs au long cou qui avançaient dans un bruit de ferraille s'appelaient ainsi. Ils se mirent en ligne et se laissèrent aller sur l'étendue de terres alcalines. Derrière les tanks, des soldats casqués suivaient en courbant la taille. Tout en courant, ils tiraient en l'air. Pan pan pan ! Pan pan pan ! Pan pan pan pan pan pan pan pan ! Ils tiraient au hasard, sans le moindre objectif. Nous courûmes vers un trou d'obus, certains de nous se mirent à quatre pattes, d'autres assis. Nous étions tous très calmes, personne ne semblait avoir peur.

Les roues des tanks tournaient à toute vitesse en entraînant les chenilles les unes après les autres, progressant dans un grincement sonore. Ils ne se souciaient ni des fossés ni des bosses et passaient, leur cou toujours tendu. Tout en avançant frénétiquement, ils toussaient, éternuaient, crachaient, un comportement de sauvage dénué de toute éducation. Quand ils avaient fini de cracher, ils lançaient des boules de feu, et pour ce faire, leur long cou se rétractait. Les profonds fossés de l'étendue de terres désertes furent comblés en un ou deux passages, quelques hommes couleur ocre furent écrasés dans la boue. Là où les tanks passaient, le sol semblait avoir été labouré, on ne voyait que de la terre retournée. Lorsqu'ils arrivèrent devant les dunes, des volées de balles leur claquèrent dessus, mais ça ne leur faisait rien, les balles ne pouvaient rien contre eux. Pourtant, les soldats qui les suivaient tombèrent les uns après les autres. Quelques hommes bondirent hors des dunes en tenant des tiges de sorgho embrasées qu'ils jetèrent contre le ventre des tanks, les faisant sauter sous l'effet de la chaleur. Certains arrivaient en faisant des roulades jusque devant les tanks, il y eut des explosions, quelques tanks moururent, d'autres furent blessés. Les soldats des dunes ressemblaient à des ballons qui roulaient en masse et ne faisaient plus qu'un avec les soldats casqués. Cris aigus, hurlements désespérés, coups de poing, coups de pied, manchettes, empoignades de testicules, morsures de doigts, arrachages d'oreilles et d'yeux. Des lames de couteaux propres entraient, des lames de couteaux rouges ressortaient. Tous les procédés furent utilisés. Un petit soldat qui n'arrivait pas à venir à bout d'un grand prit discrètement une poignée de sable et lui dit : « Frère, au fond nous sommes parents, la femme de mon cousin germain est ta petite sœur, ne me frappe pas avec la crosse de ton fusil, d'accord ?

– Ça va, dit le grand soldat, je te fais grâce, je suis même allé boire une fois un coup d'alcool chez toi, votre pot à vin en étain était très ingénieux, on l'appelait le pot “canards mandarins [1]”. »

Le petit soldat leva soudain la main et jeta le sable au visage du grand qui se trouva aveuglé. Il passa furtivement derrière lui et de sa grenade fit voler en éclats la tête du grand soldat comme une courge.

Trop de scènes se déroulèrent ce jour-là, et même si l'on avait eu dix yeux, on ne serait pas arrivé à tout voir, et même avec dix bouches, on n'aurait pas pu tout raconter. Les soldats casqués montèrent à l'assaut groupe par groupe, les morts s'entassaient jusqu'à former un mur, mais ils ne parvenaient pas à passer. Ensuite, ils actionnèrent des lance-flammes avec lesquels ils vitrifièrent totalement les dunes. Les dirigeables revinrent. Ils lancèrent de grosses galettes, des petits pains farcis à la viande, ainsi que des billets multicolores. L'agitation dura jusqu'au coucher du soleil et, à la tombée de la nuit, les deux parties étaient fatiguées et l'on s'assit pour se reposer. On se reposa un moment, puis on reprit les combats jusqu'à

1. Le canard mandarin est le symbole de la fidélité conjugale.

ce que le ciel et la terre deviennent tout rouges ; la terre gelée fondit, elle était jonchée de lièvres morts, tous morts de peur.

Cette nuit-là, de tous côtés on tira au fusil et au canon, les balles éclairantes volaient dans le ciel par gerbes, si aveuglantes que l'on ne pouvait ouvrir les yeux.

Quand le jour revint, les groupes de soldats casqués levèrent les bras les uns après les autres pour se rendre.

Le matin du Jour de l'An 1948, nous, les cinq membres de notre famille, plus ma chèvre, traversâmes prudemment la rivière du Dragon prise par les glaces et grimpâmes sur la digue. Pour aider ma sœur aînée, Sha Zaohua et moi avions tiré les grandes roues en bois de la charrette. Nous étions là debout à contempler la glace criblée de balles, à regarder l'eau de la rivière sourdre par les trous. On entendait les craquements de la glace qui se brisait, mais par chance, nous n'étions pas tombés dans l'eau. Le soleil illuminait le grand champ de bataille au nord de la rivière, là-bas les fumées n'étaient pas encore dissipées, les appels, les acclamations, les coups de fusil espacés animaient encore l'étendue de terres. Les casques jonchaient le sol, comme autant de champignons vénéneux. Je repensai aux deux muets, ils avaient été déposés par ma mère dans un trou d'obus, sans que la moindre terre les recouvre. Retournons-nous pour regarder notre village ! Il n'avait pas été réduit en ruine – un vrai miracle –, l'église était toujours debout, le moulin aussi, la moitié de la demeure en brique de la famille de Sima Ku avait été démolie. Le plus important était que notre maison était encore là, mais le toit du bâtiment principal avait été troué par un sale obus. Nous entrâmes dans la cour et nous regardâmes mutuellement, comme si nous étions des inconnus. Puis nous nous jetâmes dans les bras les uns des autres et, dirigés par ma mère, nous laissâmes éclater nos sanglots.

Les précieux pleurs de Sima Liang qui retentirent soudain stoppèrent net les nôtres. Nous le découvrîmes accroupi sur l'abricotier, tel un chat sauvage, vêtu d'une peau de chien. Ma mère lui tendit la main. Il sauta de l'arbre et s'élança dans ses bras comme une fumée noire.

Quatrième partie

Chapitre 28

La première grande neige des années de paix recouvrit les cadavres, les pigeons sauvages affamés piétaient sur la surface enneigée, poussant des cris de détresse, comme les sanglots troubles d'une veuve. Au petit matin, après la neige, les cieux ressemblaient à un morceau de glace transparente ; l'orient était rouge, le soleil se levait, mais entre ciel et terre, c'était comme si s'étendaient des dizaines de milliers de toises de tuiles vernissées dorées. La neige recouvrait l'immensité ; les gens sortaient des maisons, soufflant une buée rose ; tirant bœufs et chèvres, chargés de marchandises, foulant la neige d'une blancheur immaculée, ils suivaient les étendues désertes à l'est du village pour se diriger vers le sud et traverser la rivière d'Encre où abondaient crabes et moules d'eau douce. Ils convergeaient vers une étonnante hauteur ronde, d'une cinquantaine de *mu* de superficie, pour se rendre à l'étrange « marché de la neige » du canton du Nord-Est de Gaomi, lieu d'un marché sur la neige, d'une foire dans la neige, de sacrifices et de cérémonies de la neige.

Au cours de cette cérémonie, on devait garder en soi les mille paroles qui venaient à l'esprit, car si l'on avait ouvert la bouche, cela aurait provoqué une catastrophe. Au « marché de la neige », on ne pouvait que regarder avec les yeux, sentir avec le nez, toucher avec la main, saisir avec la pensée, mais pas parler. Quelles conséquences, en fin de compte, aurait eu le fait de parler ? Personne ne le demandait, personne ne le disait, comme si tout le monde le savait par une sorte d'entente tacite.

Les gens du canton du Nord-Est de Gaomi qui avaient survécu à la catastrophe – pour la plupart des femmes et des enfants – avaient revêtu leurs habits de Nouvel An et se dirigeaient vers la hauteur à travers la neige. Son parfum glacé piquait les narines comme des pointes d'aiguille, les femmes se protégeaient le nez et la bouche derrière les larges manches de leur veste en coton. Elles semblaient vouloir empêcher l'odeur de la neige d'entrer dans leur nez, mais en réalité, je crois qu'elles craignaient surtout de laisser échapper un mot. Un immense crissement se répandait sur l'étendue neigeuse ; tous respectaient la règle du silence, seules les bêtes poussaient des cris à leur guise. Bêlements des chèvres, meuglements des bœufs, hennissements des vieux chevaux et des ânes éclopés, rescapés de la grande bataille. Les chiens fous grattaient de leurs pattes dures les cadavres et aboyaient frénétiquement comme des loups en direction du soleil. Un chien aveugle, le seul qui ne fût pas devenu fou au village, suivait son maître, le vieux taoïste Men Shengwu, en se frayant timidement un chemin dans la neige. Sur la hauteur se dressait une pagode de brique noire et, devant elle, se trouvait la chaumière à trois pièces, dont Men Shengwu était le propriétaire. Âgé de cent vingt ans, il pratiquait l'abstinence des céréales : on disait qu'il n'en avait plus mangé depuis dix ans et il était comme la cigale sur son arbre, qui ne vit que de rosée.

De l'avis des villageois, le vieux taoïste Men était un lettré de grande vertu, mi-homme mi-immortel. On ne savait d'où il venait, il marchait d'un pas léger, sa tête était lisse comme une ampoule, sa barbe blanche fournie comme un buisson. Ses lèvres ressemblaient à celles d'un ânon et ses dents lançaient des éclats de perle. Il avait le nez et le visage rouges, et ses sourcils blancs étaient aussi longs que des ailes d'oiseau. Il venait une fois l'an au bourg, le jour du solstice d'hiver, pour accomplir une tâche particulière : choisir un « prince de la neige » pour le « marché de la neige » – que l'on aurait dû plus précisément appeler la « fête de la neige ». Le « prince de la neige » devait, au cours du « marché de la neige », remplir une série d'obligations sacrées et il en obtenait une rétribution matérielle ; aussi les villageois espéraient-ils tous que leur enfant fût choisi.

Cette année-là, le « prince de la neige », ce fut moi, Shangguan Jintong. Le vieux taoïste avait parcouru les dix-huit villages du canton du Nord-Est de Gaomi et avait fini par me choisir. Cela signifiait que je n'étais pas ordinaire. Et pour cela, ma mère avait versé des larmes d'enthousiasme. Quand j'allais dans la rue, les femmes me regardaient avec respect. « Prince de la neige, prince de la neige, quand va-t-il neiger ? demandaient-elles d'une voix doucereuse.

– Je n'en sais rien, comment pourrais-je le savoir ?

– Le prince de la neige ne sait pas quand il va neiger ? Oh, c'est un secret qu'il ne doit pas divulguer ! »

Tout le monde attendait la neige, mais celui qui l'attendait le plus, c'était évidemment moi. Deux jours avant, le soir, des nuages sombres s'étaient rassemblés dans le ciel ; le jour précédent, à midi, il avait commencé à neiger. Au début, une petite neige, qui ensuite avait grossi, se transformant en une épaisse neige duveteuse, une épaisse neige veloutée, en une masse de neige qui se répandit partout, obscurcissant le ciel et le soleil. Comme il neigeait, la nuit tomba tôt. Dans les terres marécageuses, les renards hurlaient ; dans les rues et les ruelles, les âmes en peine erraient, pleurant sans relâche. La lourde neige venait s'écraser contre le papier des fenêtres. Des bêtes sauvages blanchies se tenaient accroupies sur leur rebord et frappaient le treillis de leur grosse queue. Cette nuit-là, je me sentis inquiet, car je vis beaucoup de choses étranges sans savoir si elles existaient réellement. Mais quand je voulus en parler, je les trouvai insignifiantes et préférai me taire.

Le jour venait juste de se lever. Ma mère fit chauffer de l'eau pour me laver la figure et les mains. « Lave-moi bien ces griffes de petit chien », dit-elle. Elle me coupa ensuite minutieusement les ongles. Enfin, de son doigt, elle m'appliqua une marque rouge au milieu du front, comme une marque de fabrique. Elle ouvrit la grande porte et découvrit que le vieux taoïste attendait déjà dehors. Il avait apporté une robe et une coiffe de couleur blanche. Toutes deux étaient faites dans une soie brillante et lisse dont le toucher remplissait d'aise. Il m'offrit aussi un chasse-mouches fabriqué avec le crin de la queue d'un cheval blanc. Il me vêtit de ses propres mains et me fit faire quelques pas dans la cour enneigée.

« Parfait ! s'exclama-t-il. Voilà un véritable prince de la neige ! »

J'étais fier comme un coq, ma mère et ma sœur aînée ravies. Sha Zaohua me regardait avec vénération. Le petit rire de ma huitième sœur était encore plus joli, aussi parfumé que la fleur de fritillaire. Sima Liang ricanait.

Deux hommes m'emmenèrent dans une chaise à porteurs décorée d'un dragon sur le côté gauche et d'un phénix sur le côté droit.

Devant marchait le porteur de palanquin professionnel Wang Taiping ; derrière, son frère aîné, Wang Gongping, porteur professionnel lui aussi. Les deux frères étaient bègues. Quelques années auparavant, pour éviter d'être enrôlé comme soldat, Wang Taiping s'était tranché l'index ; Wang Gongping, lui, s'était badigeonné les testicules avec de l'huile de croton dans l'intention de simuler une hernie de l'intestin grêle. La supercherie avait été découverte, et le chef du village, Du Baochuan, leur avait indiqué avec son fusil les deux voies possibles : la première consistait à être fusillés sur-le-champ, la seconde à devenir porteurs permanents sur le front, pour transporter civières, blessés et munitions. Ils avaient bégayé sans arriver à sortir une phrase cohérente. Leur père, Wang Dahai, un maçon qui s'était estropié la jambe en tombant d'un échafaudage alors qu'il réparait l'église, les aida à choisir la seconde voie. Des porteurs professionnels comme eux manièrent les civières de façon très assurée et d'un pas rapide, aussi furent-ils appréciés et distingués tous les deux. Lorsqu'ils furent démobilisés, le chef de la compagnie des brancardiers, Lu Qianli, écrivit de sa propre main un mot qui attestait de leurs mérites. Du Jinquan, le frère cadet de Du Baochuan, qui avait servi avec eux, tomba subitement malade et mourut. Les frères portèrent son corps sur une distance de mille cinq cents lis. En chemin, ils endurèrent toutes sortes de difficultés et de souffrances, mais parvinrent jusqu'à la maison de Du Baochuan. Là, comme ils se mettaient à bégayer sans arriver à s'expliquer, chacun reçut deux gifles de celui-ci qui affirma qu'ils avaient tenté d'assassiner son frère. Les porteurs exhibèrent leur attestation de mérite et la lettre du chef de compagnie. Du Baochuan s'en saisit et, crac crac crac, les déchira en petits morceaux, puis déclara en agitant la main : « Un déserteur sera toujours un déserteur. » Ils ressentirent en eux-mêmes une inexprimable amertume. Leurs épaules aguerries de longue date étaient dures comme le fer et leurs jambes parfaitement entraînées. Assis dans leur chaise à porteurs, on avait l'impression d'être dans une barque légère descendant au fil du courant, tandis que les étendues neigeuses se déroulaient en d'amples vagues ondulantes. Les aboiements des chiens tintaient avec une sonorité de bronze.

Sur la rivière d'Encre était construit un petit pont de pierre dont les piliers étaient en pin : c'était en somme un pont de pierre soutenu par du bois. Sur le pont se tenait la responsable des femmes du village des Dunes, Gao Changying, les cheveux « ras les oreilles », une barrette en plastique en forme de papillon sur la tête ; lorsqu'elle ouvrait les lèvres, elle dévoilait des gencives violacées. Elle avait un grand visage rouge aux pores aussi marqués que la peau d'une orange, et du poil au menton. Elle me contempla d'un regard de braise. Je savais qu'elle était maintenant veuve, car son mari avait été transformé en crêpe par un tank. Le petit pont bringuebalait et les pierres du tablier hoquetaient sous les pas. Une fois le pont franchi, je me retournai et regardai les traces dans la neige. Que de monde se dirigeait à grand-peine vers cet endroit ! Je vis aussi ma mère, ma sœur aînée et les enfants de notre famille, et encore ma chèvre. Ma mère avait-elle pensé à lui mettre son soutien-gorge ? Si elle avait oublié, ma chèvre souffrirait, car ses mamelles allaient traîner sur la couche de neige qui montait au niveau des genoux. De chez nous jusqu'à la hauteur, il y avait presque dix lis, comment pourrait-elle le supporter ?

Les frères me portèrent jusque sur la colline. Les gens qui y étaient déjà m'accueillirent avec des regards pleins d'excitation. Hommes, femmes et enfants restaient bouche close, se forçant à ne pas parler. Les adultes avaient la mine grave, les enfants un air malicieux.

Sous la conduite du vieux maître taoïste Men Shengwu, les frères porteurs m'amenèrent jusqu'à une plate-forme carrée faite de briques de terre séchée, située au centre de la hauteur. Là étaient installés deux longs bancs devant lesquels reposait un brûle-parfum piqué de trois bâtonnets d'encens. Ils posèrent la chaise à porteurs sur les bancs, me laissant assis les pieds dans le vide. Le froid silencieux me mordait les orteils comme un chat noir, les oreilles comme un chat blanc. Le grésillement de l'encens en train de se consumer ressemblait au crissement d'un ver de terre, tandis que les tortillons de cendre tombant dans le brûle-parfum émettaient le grondement d'une maison qui s'écroule sous les flammes. Telle une chenille, l'odeur de l'encens se glissa par ma narine gauche et sortit par ma narine droite. Au pied de la plate-forme se trouvait un brûle-papier en bronze dans lequel le maître taoïste brûla une liasse de monnaie de papier ; les flammes ressemblaient à des papillons dorés battant leurs ailes imprégnées de poudre d'or, les cendres, à des papillons noirs volant légèrement dans les airs avant de retomber épuisés sur la neige blanche où ils mouraient aussitôt. Le maître taoïste se prosterna à genoux devant l'autel sacré du « prince de la neige », puis ordonna du regard aux deux frères de me soulever. Il me tendit un bâton de bois enveloppé de papier doré. À son extrémité était fixé une sorte de bol fait d'une feuille d'étain : c'était le sceptre du « prince de la neige ». Si j'agitais ce sceptre fragile, la neige allait-elle aussitôt se mettre à voler ? Quand il m'avait choisi comme « prince de la neige », le maître taoïste m'avait expliqué que le fondateur de ce « marché de la neige » était son maître, le vieux taoïste Chen. Celui-ci avait suivi l'exhortation du Vieux Maître suprême, Lao Zi, de fonder un « marché de la neige », et comme il avait parfaitement accompli son devoir, il était devenu immortel. Une fois immortel, il était allé habiter sur une grande montagne dont le sommet se perdait dans les nuages, où il se nourrissait de pignes et buvait l'eau des sources, volant des pins aux cyprès et des cyprès jusqu'aux grottes. Puis il m'avait expliqué en détail les obligations du « prince de la neige ». La première étape consistait à s'asseoir à l'autel pour recevoir les offrandes – elle venait de s'achever ; la deuxième, à inspecter le marché : elle était en train de s'accomplir.

C'était le moment le plus important pour le « prince de la neige ». Une dizaine d'hommes en uniforme noir et rouge, les mains vides, faisaient semblant de brandir trompettes, *suona*, clairons et gongs. Ils gonflaient les joues comme s'ils s'époumonaient dans leur instrument. Celui qui jouait du gong levait le bras gauche à la hauteur de son épaule, tandis que, de la main droite, il semblait tenir fermement un maillet dont il frappait un coup tous les trois pas. On avait réellement l'impression d'entendre des coups de gong et même le son s'éloigner en longues vibrations. Comme si leurs jambes avaient été des ressorts, les frères Wang vacillaient. Les paysans du « marché de la neige » cessèrent leurs transactions silencieuses, se redressèrent et restèrent les mains pendantes et les yeux écarquillés pour regarder passer le « prince de la neige ». La neige blanche rehaussait les couleurs de ces visages familiers ou inconnus, les rouges étaient rouge jujube, les noirs, noir de charbon, les jaunes, cire d'abeille, les verts, vert ciboule. J'agitai mon sceptre en direction de la foule. Pendant un moment, elle s'anima, les mains pendantes se levèrent, les bouches s'ouvrirent comme si elles allaient crier, mais personne n'osa ni ne voulut pousser un son. L'une des tâches sacrées que m'avait conférées le maître taoïste consistait à obstruer avec le bol en feuille d'étain fixé à l'extrémité du sceptre la bouche de celui ou de celle qui aurait eu l'audace de proférer un son, pour ensuite, en le retirant, lui arracher la langue.

Dans la foule qui poussait des cris silencieux, je reconnus ma mère, ma sœur aînée et ma huitième sœur. Il y avait aussi Sha Zaohua, Sima Liang et consorts. Non seulement ma chèvre avait son soutien-gorge, mais elle portait aussi, noué par une lanière blanche derrière les oreilles, un masque en forme de cône confectionné dans un morceau de tissu blanc, qui lui couvrait le museau. Et si la famille du « prince de la neige » respectait la règle interdisant de parler, même sa chèvre ne faisait pas exception. Je brandis mon sceptre en direction de ma famille et tous levèrent les bras pour me saluer. Ce petit démon de Sima Liang forma un tube avec chacune de ses mains et les mit devant ses yeux, feignant de me regarder avec des jumelles. Le visage de Sha Zaohua arborait de fraîches couleurs, comme un poisson du fond des mers.

Les marchandises du « marché de la neige » étaient de toutes sortes, regroupées par catégories. Conduit par la garde d'honneur silencieuse, je pénétrai dans le marché des sandales de paille, confectionnées avec des tiges de massettes assouplies et tressées – sandales sur lesquelles les habitants du canton du Nord-Est de Gaomi comptaient pour passer l'hiver. Hu Tiangui, dont quatre fils sur cinq étaient morts pendant la guerre et dont le dernier avait été condamné aux travaux forcés, appuyé sur un bâton en saule, le menton couvert de glace, la tête enveloppée dans un morceau de tissu blanc, le corps dans un sac de jute déchiré, la taille courbée, tendait deux doigts noirs pour marchander avec l'habile artisan en sandales du village, Qiu Huangsan. Celui-ci sortit par surprise trois doigts, dominant les deux de Hu Tiangui. Avec entêtement, ce dernier retourna ses deux doigts, mais Qiu fit de même avec les trois siens, et ainsi cinq fois de suite. Puis Qiu retira sa main et prit une expression de souffrance et d'impuissance. Il détacha dans une série de sandales liées ensemble une paire de couleur verte de mauvaise qualité, fabriquée avec l'extrémité de la tige de la massette. Hu Tiangui ouvrit la bouche pour exprimer sa colère, sans émettre le moindre son. Il se frappa la poitrine, montra le ciel du doigt, puis la terre, on ne savait ce qu'il voulait dire, mais il était plein de conviction ; il remua de son bâton le tas de sandales et choisit une paire couleur de cire à la semelle épaisse, de bonne qualité, fabriquée avec la base de la tige de la massette. Qiu Huangsan écarta le bâton de saule de Hu Tiangui et tendit quatre doigts qu'il lui brandit fermement devant le visage. Celui-ci recommença à montrer le ciel puis la terre, agitant le sac de jute en haillons qu'il portait. Il se pencha pour détacher les sandales de paille qu'il avait choisies, les tripota, puis remua les jambes et ses sandales en plastique tout abîmées à la semelle décollée quittèrent ses pieds. S'appuyant sur son bâton, il glissa dans les nouvelles sandales ses pieds noirs grelottants. Ensuite il sortit un billet tout froissé d'une poche de son pantalon et le jeta devant Qiu Huangsan. Celui-ci avait l'air hors de lui, il l'injuriait en silence, trépignait sur place, mais il finit quand même par ramasser le billet qu'il défroissa et agita en le tenant par un coin pour le montrer aux gens tout autour. Dans la foule, certains secouaient la tête en signe de sympathie, d'autres ricanaient d'un air stupide. Appuyé sur son bâton, Hu Tiangui reprit gravement son chemin, à pas mesurés, les jambes aussi raides que si elles avaient été de bois. Je n'étais nullement impressionné par le bagout de Qiu Huangsan, aussi leste que ses mains ; mais j'espérais en moi-même que, troublé par la colère, il laisserait échapper quelques mots et que je pourrais profiter de mon pouvoir provisoire pour lui arracher sa longue langue avec mon sceptre. Intelligent, il sembla percer mes pensées intérieures. Il fourra le billet rose dans une paire de sandales accrochée à sa palanche, préparée à cet effet. Quand il les décrocha, je vis qu'au fond était entassée de la monnaie de toutes les couleurs. De la main, il désigna un à un les fabricants de sandales autour de lui, qui me contemplaient d'un regard obséquieux, puis il désigna la monnaie que contenaient les sandales et me les lança respectueusement. Elles vinrent frapper contre mon ventre et rebondir près de mes pieds. Quelques billets s'en échappèrent, sur lesquels figuraient des moutons très gras qui semblaient figés sur leurs pattes, comme s'ils attendaient d'être tondus ou tués. Un peu plus loin, plusieurs sandales de paille remplies de monnaie me furent encore lancées.

Au marché de la nourriture, Fang Meihua, la veuve de Zhao le Sixième, s'affairait à faire frire des petits pains farcis dans une marmite à fond plat. Son fils et sa fille, enroulés dans une couverture, étaient assis sur une natte en paille de blé. Leurs quatre petits yeux papillotaient. Devant son fourneau étaient installées quelques tables délabrées, à côté desquelles six grands gaillards accroupis, des vendeurs de nattes de roseau, mangeaient à grand bruit des petits pains accompagnés de gousses d'ail. Les pains étaient bien dorés sur leurs deux faces. Et brûlants : quand on mordait dedans, une huile rouge en sortait, si chaude que les hommes émettaient de grands claquements de langue. À côté, les autres marchands de petits pains ou de galettes n'avaient aucun client et ils se contentaient de taper contre le bord de leur marmite en envoyant des regards chargés de jalousie à l'étal de la veuve Zhao.

Lorsque je passai en chaise à porteurs, la veuve colla un billet sur un petit pain et le lança doucement dans ma direction, en visant mon visage. Je baissai d'un coup la tête et le petit pain atterrit sur la poitrine de Wang Gongping. La mine contrite, la veuve s'essuya les mains avec un chiffon. Son visage grisâtre était creusé de profondes orbites entourées de cercles violacés.

Un homme grand et maigre s'approcha de l'étal de poules vivantes. Effrayées, les poules se mirent à caqueter. La vieille femme qui les vendait hocha la tête à plusieurs reprises vers lui. Raide comme un bâton, il marchait d'une drôle de façon : son corps se soulevait en rythme, et à chaque pas, on eût dit qu'il allait prendre racine. C'était Zhang Tianci, un disciple de la « secte de la Vie difficile », à qui on avait donné le surnom de « seigneur du Ciel ». Il se consacrait à une activité étrange : guider les morts pour les aider à rentrer chez eux. Il connaissait un procédé de sorcellerie qui le rendait capable de faire marcher les défunts. Lorsqu'un habitant du canton du Nord-Est de Gaomi mourait dans une autre contrée, on lui demandait de le ramener au pays. Et lorsque des étrangers mouraient à Gaomi, on lui demandait aussi de les raccompagner chez eux. Qui aurait osé manquer de respect à un homme capable de faire marcher sagement un mort et de lui faire franchir montagnes et rivières ? Son corps répandait toujours une odeur étrange et, à sa vue, les chiens les plus féroces s'enfuyaient, la queue entre les jambes. Il s'assit sur un banc, devant la marmite de la veuve, et tendit deux doigts. Par gestes, il lui fit très vite comprendre qu'il voulait deux marmites de cinquante petits pains, et non pas deux ou vingt petits pains. La veuve se hâta de les lui préparer : l'arrivée de ce client au grand appétit illumina son visage, tandis que les tenanciers des étals voisins jetaient des regards verts. J'espérais vivement qu'ils ouvriraient la bouche, mais la jalousie ne parvint pas à les faire parler.

Zhang Tianci était tranquillement assis, son regard suivant les gestes de la veuve. Il frottait doucement ses mains sur ses genoux ; une poche de tissu noir pendait à sa ceinture, mais personne ne savait ce qu'elle contenait. Au cœur de l'automne, il avait eu à accomplir un gros travail : faire revenir chez lui un marchand de l'est des passes, qui vendait des images de Nouvel An et était mort au village de la Butte-aux-Armoises du canton du Nord-Est de Gaomi. Le fils du marchand avait négocié le prix et lui avait laissé son adresse avant de rentrer en avance pour les accueillir. Mais la route franchissait de nombreuses montagnes et tout le monde pensait que Zhang Tianci ne reviendrait pas. Pourtant, il était là et, manifestement, il venait juste de rentrer. Cette poche de tissu noir contenait-elle de l'argent ? Les sandales de paille toutes déchirées qu'il avait aux pieds laissaient voir ses énormes orteils enflés qui ressemblaient à des patates douces ainsi que ses chevilles aussi grosses que celles d'un bœuf.

La petite sœur du Bousier, la Bigleuse, portant un chou blanc comme neige, passa à côté de la chaise à porteurs. Ses yeux noirs enamourés louchèrent vers moi. Ses mains qui tenaient le gros chou étaient écarlates. Lorsqu'elle passa devant le fourneau de la veuve Zhao, la main de celle-ci se mit à trembler violemment. Quand les deux ennemies se rencontraient, leurs yeux lançaient feu et flammes. Mais même la haine contre celle qui avait causé la mort de son mari ne put amener la veuve Zhao à violer la règle du silence du « marché de la neige ». Je remarquai pourtant que son sang excité par la colère circulait à toute vitesse. La colère ne doit pas ralentir les affaires : c'était là le point fort de la veuve Zhao. Elle disposa une pleine marmite de petits pains fumants sur un grand plat en porcelaine qu'elle posa devant Zhang Tianci, qui tendit une main. La veuve fut un peu décontenancée, mais comprit aussitôt. Se frappant le front de sa main grasse pour montrer qu'elle regrettait son oubli, elle choisit soigneusement dans une jarre deux grosses têtes d'ail violettes qu'elle mit dans la main de Zhang Tianci, puis elle remplit un petit bol noir d'huile de sésame pimentée qu'elle posa devant lui avec respect. Les vendeurs de nattes l'observaient, mécontents, fustigeant de leurs regards noirs son attitude servile. La conscience tranquille, sans se presser, Zhang Tianci éplucha l'ail en attendant que les petits pains refroidissent. Il disposa patiemment sur la table les gousses blanches par ordre de grandeur en un seul rang. Parfois il intervertissait deux gousses de grosseur semblable, les plaçant dans l'ordre le plus rationnel possible. Lorsque ma chaise à porteurs tourna en direction du marché aux légumes, je vis de loin que cet homme étrange commençait à manger ses petits pains. Il dévorait à une vitesse stupéfiante, autant dire qu'il remplissait une énorme jarre.

Ma tâche d'inspection du « marché de la neige » prit fin. L'orchestre muet me conduisit devant la pagode. Les frères Wang posèrent la chaise à porteurs et m'en firent sortir. Mes jambes étaient tout endolories : j'avais tellement mal aux pieds que je n'osais plus toucher le sol. Dans la chaise, il y avait plus d'une dizaine de paires de sandales et aussi quelques billets de banque sales. Cet argent offert au « prince de la neige » était ma propriété, c'était ma rétribution pour tenir ce rôle.

À y repenser aujourd'hui, je me rends compte que le « marché de la neige » était en réalité la fête des femmes ; la neige qui recouvrait la terre comme une couverture la rendait humide, propre à engendrer, la neige était l'eau de fertilité, c'était le symbole de l'hiver, mais encore plus l'annonce du printemps : quand la neige était là, le printemps plein de vitalité arrivait au galop sur son fier destrier.

Sous la pagode se trouvait une toute petite « pièce de silence » qui ne servait à aucun immortel, mais était dédiée à la pagode dressée à côté d'elle. Dans cette pièce brûlait un encens à l'arôme raffiné. Devant le brûle-parfum il y avait une grande coupe de bois remplie d'une neige d'une blancheur immaculée. Et derrière la coupe se trouvait un tabouret carré : le siège du « prince de la neige ». Je m'y assis et réfléchis aussitôt au dernier devoir qui m'incombait, celui qui m'excitait le plus. Le maître taoïste souleva le rideau de gaze blanche qui séparait la pièce de silence de l'extérieur et vint me recouvrir le visage d'une soie blanche. Selon les recommandations qu'il m'avait faites auparavant, je savais qu'au moment d'accomplir ma tâche, il ne me faudrait pas soulever la soie. Je l'entendis sortir à pas feutrés. On n'entendait plus dans la pièce que le bruit de ma respiration, les battements de mon cœur et l'encens en train de se consumer. De l'extérieur me parvint indistinctement le crissement de pas sur la neige.

Une femme légère et mince entra. À travers la soie blanche qui couvrait mon visage, je distinguai vaguement sa silhouette. Sur son corps flottait une odeur de soies de porc brûlées. Il était fort improbable qu'il s'agît d'une femme du bourg de Dalan, mais il y avait de grandes chances que ce fût une femme du village des Dunes. Il s'y trouvait une fabrique artisanale de brosses. Quelle que fût sa provenance, le « prince de la neige » se devait de traiter cette femme avec la même impartialité que les autres. Je plongeai sur-le-champ mes mains dans la coupe devant moi, afin que la neige sacrée en ôte les souillures. Puis je les levai et les tendis en avant. Selon la règle, les femmes qui priaient pour avoir un enfant dans l'année, du lait en abondance et des seins en parfaite santé devaient ouvrir le pan de leur veste et prêter leurs seins aux mains du « prince de la neige ». Deux boules de chair tiède et souple entrèrent effectivement en contact avec mes mains glacées. Je ressentis une sorte d'éblouissement, une onde chaude de bonheur courut sur mes mains et se répandit dans tout mon corps. J'entendis la femme devant moi pousser des halètements qu'elle ne parvenait pas à réfréner. Ces seins, telles des colombes chaudes, firent une brève halte dans mes mains, puis reprirent leur vol.

Cette première paire de seins s'était envolée avant que j'aie pu suffisamment la caresser. Un peu déçu, mais reprenant espoir, je plongeai mes mains dans la neige pour qu'elles recouvrent leur propreté et leur pureté. J'attendais avec une certaine impatience la deuxième paire de seins. Celle-là, je ne la laisserais pas partir comme ça. De mes mains fermes, je les saisis brusquement. Ils étaient fins et délicats, ni vraiment mous, ni vraiment durs, tels deux petits pains cuits à la vapeur qui viennent de sortir de la corbeille de bambou ; je ne pouvais les voir, mais savais qu'ils étaient blancs et lisses. Leurs tétons étaient minuscules, comme deux petits champignons. Je les saisis dans la main, formant en moi-même les vœux les plus magnifiques. Je les pinçai une première fois : je souhaite que tu mettes au monde en une seule fois trois gros bébés. Je les pinçai une deuxième fois : que ton lait jaillisse avec l'abondance d'une source. Une troisième fois : que l'arôme de ton lait soit sucré comme la rosée bienfaisante. Gémissant à voix basse, la femme s'échappa subitement. Très désappointé, je ressentis un choc et une sensation de gêne irrépressible. Pour me punir moi-même, j'enfonçai mes mains profondément dans la neige et mes doigts touchèrent le fond lisse de la coupe. Je ne les ressortis que lorsque mes mains et mes avant-bras furent totalement insensibles. Le « prince de la neige », levant ses mains immaculées, était prêt à former des vœux pour les femmes du canton du Nord-Est de Gaomi. Mon moral était au plus bas quand deux seins ballottant, en forme de poches, rencontrèrent mes mains. Je les caressai, ils se mirent à caqueter comme une poule rétive et leur peau se couvrit de petits boutons. Je pinçai leur gros téton fatigué et retirai ma main. L'odeur de rouille de l'haleine qui s'échappait de la bouche de la femme atteignit mon visage couvert de la pièce de soie. Le « prince de la neige » fit preuve d'impartialité : je te souhaite de réaliser tes vœux, si tu souhaites un fils, que tu en aies un, si tu souhaites une fille, que tu en aies une, et que tu aies autant de lait que tu le souhaites. Que tes seins soient éternellement en bonne santé, mais si tu penses recouvrer la jeunesse, le « prince de la neige » ne peut rien pour toi.

La quatrième paire de seins ressemblait à deux cailles au caractère impétueux, au plumage jaune foncé et au bec dur. Un cou épais et court. Un bec solide qui ne cessait de picorer dans mes paumes.

Dans la cinquième paire, on eût dit qu'étaient cachés deux nids de guêpes. Dès que mes mains se mirent à les caresser, résonna un bourdonnement à l'intérieur, et du fait de la présence de ces guêpes, la surface de ces seins était brûlante, mes mains tétanisées, et je formulai d'innombrables vœux merveilleux pour eux.

Ce jour-là, je dus caresser environ cent vingt paires de seins, accumulant toutes sortes de sensations et d'impressions, comme si j'avais feuilleté un livre page à page. Mais ces impressions parfaitement pures furent à la fin perturbées par un animal à la corne unique. Il ressemblait à un rhinocéros, poussant et fonçant en tous sens, provoquant un tremblement de terre dans ma mémoire, semblable aussi à un bœuf sauvage qui dévaste un potager.

J'avais étendu mes mains qui commençaient à être enflées, ce qui amenuisait mes sensations, dans l'attente de la paire suivante, afin d'achever ma tâche de « prince de la neige ». Les seins n'arrivaient pas, mais j'entendis de petits ricanements qui m'étaient familiers.

Un visage rouge, des lèvres rouges, des pupilles toutes noires… Jin Sein unique… Le visage de cette femme jeune et aguichante flotta devant mes yeux.

Ma main gauche caressa son gros sein droit, mais ma main droite ne caressa que le vide, et j'eus la certitude que c'était bien elle. Cette veuve délurée qui avait ouvert une boutique d'huile de sésame avait bien failli être fusillée lors du meeting de lutte, mais par la suite, elle s'était mariée avec l'homme le plus pauvre du village – sans maison ni terre –, le mendiant Fang Jin le Borgne, et était ainsi devenue la femme d'un paysan pauvre. Son mari n'avait qu'un œil, elle n'avait qu'un sein : ils étaient faits l'un pour l'autre. Jin n'était pas vieille et j'avais entendu beaucoup de choses circuler parmi les hommes du village, que je comprenais plus ou moins, sur sa manière originale de pratiquer l'amour charnel. Alors que ma main gauche la touchait, elle guida aussi ma main droite. Mes deux mains entrèrent alors en contact avec son sein unique particulièrement développé et éprouvèrent son poids imposant. Guidant toujours mes mains, elle me fit caresser chaque centimètre de la peau de son sein. C'était un pic solitaire qui avait poussé librement sur la droite de sa poitrine. Le sommet en était une douce pente montagneuse, le bas, une demi-sphère légèrement inclinée. C'était le plus chaud de tous les seins que j'avais caressés, tel un coq brûlant atteint de la variole, qui crachait des étincelles. Il était si lisse, mais s'il n'avait pas été brûlant, il l'aurait été encore plus. À l'extrémité de la demi-sphère se trouvait un renflement en forme de petite tasse renversée qui se terminait par le téton légèrement redressé. Tantôt mou tantôt dur, comme une balle de caoutchouc. Quelques gouttes d'un liquide frais mouillèrent ma main. Je me rappelai soudain ce qu'avait dit un petit gars du village, Shi Bing, qui était parti loin dans le Sud vendre de la soie ; dans la réserve à sandales de paille, il m'avait dit que Vieille Jin était tellement délurée qu'elle était comme la papaye, elle se mettait à couler au moindre geste. La papaye ressemble-t-elle au sein de Vieille Jin ? Jusqu'aujourd'hui, je n'en ai encore jamais vu, mais je sais d'instinct que la papaye est à la fois laide et séduisante. Les obligations sacrées du « prince de la neige » furent ainsi peu à peu dévoyées par Jin Sein unique. Comme une éponge, mes mains buvaient la douceur de ce sein, et elle semblait ressentir une grande satisfaction sous mes caresses. Grognant comme un petit cochon, elle attira brusquement ma tête contre sa poitrine et son sein incandescent me brûla le visage. J'entendis qu'elle bredouillait à voix basse : « Chéri… mon chéri… »

La règle du « marché de la neige » avait été enfreinte.

Un seul mot prononcé, et surviendrait une catastrophe.

Sur la plate-forme devant la porte du vieux maître taoïste se gara une jeep verte d'où sautèrent quatre soldats de la sécurité vêtus d'uniformes kaki avec sur la poitrine un insigne en tissu blanc. Comme des léopards, ils pénétrèrent lestement dans la maison du maître. Quelques minutes après, celui-ci, les poignets entravés par des menottes argentées, était poussé dehors et emmené. Il me regarda tristement, sans dire un mot, et monta docilement dans la jeep.

Trois mois plus tard, l'espion Men Shengwu, disciple d'une société taoïste réactionnaire, qui allait fréquemment en cachette sur les hauteurs tirer des fusées d'alarme, fut passé par les armes près du pont des Âmes-Défuntes au chef-lieu de district. Son chien aveugle eut le crâne brisé par un tireur d'élite qui l'abattit depuis la jeep que suivait l'animal.

Chapitre 29

Je me réveillai de mes rêves en poussant un éternuement sonore. La lueur dorée de la lampe à huile colorait les murs luisants de graisse. Assise sous la lampe, ma mère caressait une peau de belette jaune d'or. Sur ses genoux était posée une paire de grands ciseaux noirs. La queue touffue et ébouriffée de la belette tressautait dans sa main. Sur le banc, face au *kang*, se tenait un homme qui ressemblait à un grand singe, le visage couvert de poussière, vêtu d'un uniforme militaire en coton jaune-kaki. De ses doigts estropiés, il grattait sa tête grisonnante d'un air tourmenté.

« Tu es Jintong ? me demanda-t-il avec circonspection, et il me jeta de ses yeux noirs un regard familier qui faisait pitié.

– Jintong, dit ma mère, c'est… grand frère… Sima… »

C'était donc Sima Ting. Voilà ce qu'il était devenu après plusieurs années de disparition. Où était passé le Sima Ting chef du bourg de Dalan, débordant d'énergie sur sa tour de guet en rondins de pin ? Où étaient passés ses doigts rouges comme des petites carottes ?

Lorsque les mystérieux cavaliers avaient fait voler en éclats les crânes de Sima Feng et de Sima Huang, Sima Ting, telle la carpe qui saute hors de l'eau, était sorti de la mangeoire des ânes dans l'aile ouest de notre maison. Le bruit perçant des coups de fusil lui avait perforé les tympans comme un poinçon. Il ressemblait, près de la meule, à un âne énervé qui galope autour à toute vitesse, décrivant cercle sur cercle. Des claquements de sabots de chevaux déferlaient comme une grande vague dans la rue. « Il faut que je m'enfuie, pensait-il, je ne peux pas rester caché ici à attendre la mort. » La tête couverte de paille, il escalada le petit mur sud de notre maison et retomba sur un tas de crottes de chien puantes où il s'étala de tout son long. À cet instant, il entendit du brouhaha venir de la ruelle. Il rampa en hâte pour se cacher derrière une vieille meule de foin. Dans un trou de la meule se tenait une poule prête à pondre, la crête toute rouge. Ensuite il entendit le bruit lourd et violent d'une porte que l'on fracture. Puis de solides gaillards au visage masqué de noir tournèrent au coin de la maison, pistolet noir à la main, et de leurs grands pieds chaussés de sandales de toile à semelles rembourrées piétinèrent jusqu'à les réduire en poudre les herbes sèches au pied du mur. Agissant avec détermination, sans la moindre hésitation, ils franchirent le mur, telles des hirondelles, avec la même prestance que les sévères gardes du corps du grand personnage. Il ne comprenait pas pourquoi ils devaient se masquer le visage, mais plus tard, lorsqu'il apprit la nouvelle de la mort de Sima Feng et de Sima Huang, dans son cerveau en plein chaos, s'ouvrit une petite fente, comme s'il avait saisi certaines choses. Ils se faufilèrent dans la cour. Sima Ting s'enfonça dans la meule de foin, ne s'occupant plus que de sa tête et non de ses fesses, attendant la fin.

« Mon frère, c'est mon frère, moi c'est moi ! dit Sima Ting à ma mère sous la lampe. Belle-sœur, chacun a sa place.

– Eh bien, on t'appellera oncle ! Jintong, voici ton oncle Sima Ting. »

Avant de replonger dans le royaume des songes, je vis Sima Ting sortir de sa poche une décoration dorée qu'il tendit à ma mère. Je l'entendis dire timidement d'une voix étouffée : « Belle-sœur, j'ai déjà réduit mes fautes grâce à mes mérites. »

Sima Ting sortit de la meule de foin et, profitant de l'obscurité de la nuit, s'enfuit du village. Quinze jours plus tard, il fut enrôlé dans une compagnie de brancardiers et fit équipe avec un jeune homme au teint sombre.

Je l'entendais vaguement raconter son extraordinaire histoire, comme un enfant qui invente toutes sortes de mensonges pour cacher ses bêtises. Ma mère hochait la tête dans le halo de la lampe, son visage semblait couvert d'une couche d'or ; sa grande bouche en triangle se relevait légèrement en un petit sourire ironique.

« Tout ce que je dis est vrai, dit Sima Ting, vexé. Je sais que vous ne me croyez pas, est-ce que cette importante décoration, je l'ai inventée de toutes pièces ? Je l'ai obtenue en me servant de ma tête. »

Le cliquetis des ciseaux qui coupaient la peau de belette retentit.

« Grand frère Sima, demanda ma mère, qui a dit que c'était faux ? »

Sima Ting et le jeune homme au teint sombre couraient en trébuchant dans la campagne, transportant sur leur brancard le commandant atteint par une balle à la poitrine. La lumière émeraude d'un avion traversa les airs. Les traces étincelantes des obus et des balles déchiraient la nuit, tissant un filet de feu serré et changeant. Les lumières de magnésium des explosions d'obus lançaient des éclairs verts, illuminant les levées de terre inégales entre les champs où ils posaient leurs pas et les rizières déjà moissonnées et durcies par le gel. Les brancardiers se dispersèrent à toute vitesse dans une rizière. Ils couraient en tous sens, sans savoir où ils allaient. Les cris déchirants des soldats blessés se répandaient par vagues dans la sombre nuit glacée. Le cadre qui conduisait la compagnie était une femme aux cheveux « ras les oreilles ». Elle alla se placer sur une levée de terre, une lampe de poche à la main masquée par un morceau de soie rouge. « Ne fuyez pas ! cria-t-elle. Ne fuyez pas ! Occupez-vous des blessés… » Sa voix était rauque, comme lorsque des semelles grossières piétinent des gravillons. La lumière de magnésium des explosions verdissait son visage. Elle portait une serviette sale autour du cou et à la taille une ceinture de cuir à laquelle étaient accrochés deux grenades à main et un gobelet en fer-blanc. C'était une femme pleine de fougue. Le jour, vêtue d'une veste brune, elle se déplaçait partout sur le front à la tête de la compagnie de brancardiers. Elle ressemblait à un papillon bariolé voletant de-ci de-là hors saison sur la ligne de front. À chaque explosion des myriades de bombes, le souffle brûlant qui se levait métamorphosait en printemps l'hiver rigoureux et glacé. Un jour, Sima Ting vit qu'à côté d'un tas de neige que le sang chaud faisait fondre avait éclos une fleur de pissenlit jaune d'or. Dans les tranchées soufflait un air chaud, les soldats mangeaient regroupés en cercles ; les petits pains d'un blanc de neige et les ciboules jaune tendre disparaissaient goulûment dans de grands claquements de mâchoires. Leur odeur alléchante faisait venir l'eau à la bouche de Sima Ting dont le ventre sonnait creux. Les porteurs s'assirent sur le brancard replié et sortirent de leur sac de provisions des boulettes de sorgho et de riz gelées qu'ils mastiquèrent tant bien que mal d'un air préoccupé. Sima Ting voyait dans la tranchée devant lui la chef de la compagnie des brancardiers – le papillon – en train de bavarder et de plaisanter avec un cadre armé d'un pistolet à la ceinture. Le visage de ce cadre lui parut familier. Tout en bavardant et en riant, la chef de compagnie et le cadre s'approchèrent le long de la tranchée fraîchement creusée.

« Camarades, dit la chef, le commandant Lü est venu vous rendre visite ! »

Les brancardiers se levèrent poliment. Sima Ting, observant les épais sourcils sur le visage rouge foncé, tentait de se rappeler qui était ce commandant.

« Asseyez-vous, asseyez-vous ! » dit très gentiment celui-ci.

Les porteurs se rassirent et continuèrent à manger leurs boulettes de sorgho et de riz.

« Merci, mes amis ! Vous vous donnez beaucoup de peine ! »

La plupart des porteurs restèrent silencieux, seuls quelques éléments s'écrièrent : « Vous de même, commandant ! »

Sima Ting n'arrivait toujours pas à se rappeler où il avait vu cet homme.

Le commandant examina avec attention la nourriture grossière que mangeaient les porteurs, puis leurs chaussures abîmées ; sur son visage solide comme du bois de santal se lurent des sentiments de tendresse fins comme les fils d'une toile d'araignée. D'une voix forte il appela : « Agent de liaison ! » Un jeune soldat agile arriva en courant comme un lièvre le long de la tranchée.

« Dis au vieux Tian d'apporter les petits pains qui restent ! » ordonna le commandant.

L'agent de liaison repartit à toute vitesse.

Le cuisinier apporta un plein panier de petits pains.

« Mes amis, dit le commandant, tenez le coup, quand la révolution aura triomphé, vous mangerez des petits pains tous les jours ! »

Il les distribua lui-même, un par personne, avec en plus une demi-tige de ciboule. Lorsqu'il posa un petit pain tout fumant dans la main de Sima Ting, des étincelles jaillirent de leurs regards qui venaient de se croiser. Sima Ting se souvint avec surprise que ce commandant au visage rouge foncé était Lü le Septième, le vice-commandant de la compagnie montée à dos de mulet du détachement de Sima Ku, plusieurs années auparavant. Celui-ci aussi l'avait reconnu. D'une main, il le prit par l'épaule, le serra avec force et dit à voix basse : « Grand patron, vous êtes là aussi. » Sima Ting sentit que son nez commençait à le piquer, il allait dire quelque chose à Lü le Septième, mais l'autre s'était déjà tourné vers les porteurs pour leur lancer d'une voix forte : « Merci, mes amis, sans votre soutien, nous ne pourrions triompher ! »

Lorsque commença l'offensive générale, Sima Ting et son compagnon se couchèrent à plat ventre dans la deuxième tranchée ; ils entendaient les sifflements perçants des obus qui passaient au-dessus d'eux comme une volée d'oiseaux dans le ciel, ainsi que dans le lointain des détonations à ébranler ciel et terre. Quand le clairon éclatant eut sonné, les soldats sortirent des tranchées en hurlant. La chef de compagnie se tenait bien droite et criait à tue-tête : « Debout, debout, venez secourir les blessés ! »

Elle grimpa hors de la tranchée en agitant sa grenade à main. Telles des sauterelles, les balles frappaient la terre derrière elle en soulevant de petites fumées blanches. Son visage était livide, mais elle n'avait peur de rien. Les porteurs se dépêchèrent de se mettre debout dans la tranchée qui leur arrivait à la poitrine, mais aussitôt se courbèrent instinctivement. Un porteur de petite taille sortit maladroitement. Les balles d'un chargeur complet frappèrent la terre gelée autour de lui ; d'une roulade il replongea dans la tranchée et cria en pleurant : « Chef… chef… je suis touché… »

La chef de compagnie sauta elle aussi et lui demanda : « Où es-tu touché ?

– Dans mon pantalon… dit le petit brancardier, dans mon pantalon, c'est tout chaud… »

La femme le releva et dit d'un air dédaigneux en fronçant ses jolis sourcils et en se pinçant le nez : « Espèce de trouillard, tu t'es fait dessus ! »

Frappant le petit brancardier avec sa grenade, elle s'écria : « Montez, camarades, vous tous, grands seigneurs, est-ce que vous vaudriez moins qu'une femme comme moi ? ! »

Ainsi encouragés, les porteurs sortirent en désordre de la tranchée.

Sima Ting se mit debout et vit que son compagnon restait couché à terre, le corps agité de spasmes. « Hé, qu'est-ce que tu as ? » lui demanda-t-il, mais l'homme ne répondit pas. Il se pencha et retourna le corps. Le visage de l'homme était violacé et il serrait les dents. Un sifflement sortait de sa bouche qui vomissait des bulles blanches.

« Sima Ting, qu'est-ce que tu as à traîner ? Tu as peur de la mort ? demanda la femme en fronçant les sourcils.

– Chef, dit Sima Ting embarrassé, je crois qu'il a la “maladie du mouton[1]”…

– Merde alors, il l'a jamais eue, ce n'est pas maintenant qu'il va commencer, il faut qu'il choisisse juste ce moment ! »

Elle sauta dans la tranchée en jurant, envoya un coup de pied au jeune malade, mais il ne bougea pas. Elle lui frappa un peu les genoux de sa grenade, il ne bougea pas davantage. Énervée, elle se mit à tourner en rond, comme une belle panthère en cage. Elle arracha une poignée d'herbes sèches sur le rebord de la tranchée et la fourra dans la bouche du petit gars : « Mange, dit-elle sur un ton boudeur, mange, si tu as la “maladie du mouton”, tu veux manger de l'herbe, c'est ça ? Eh bien, manges-en ! » S'aidant du manche de sa grenade, elle enfonçait l'herbe dans la bouche du gars qui poussa des gémissements et roula des yeux blancs, comme un mouton. « Oh, c'est vraiment efficace !… dit la femme contente d'elle. Allez, Xu Bao, lève-toi vite, grimpe, il faut évacuer les blessés ! »

Le dénommé Xu Bao se leva en se tenant aux parois de la tranchée au prix de mille efforts. Son corps tremblait encore et la chair de son visage était parcourue de spasmes comme un insecte blessé. Quand il émergea hors de la tranchée, ses membres semblaient privés de toute force. Sima Ting hissa le brancard, puis se retourna et tira Xu Bao vers lui. Celui-ci, ému, lui sourit, et son sourire étrange transperça douloureusement le cœur de Sima Ting comme une lame effilée.

Portant leur brancard, ils suivaient la chef de compagnie courbée en deux, courant droit devant eux en titubant. La neige accumulée s'était transformée en boue et les douilles qui s'entassaient crissaient sous les pas. Les balles volaient de partout et les obus dégageaient

1. En chinois, le mot « épilepsie » peut se traduire par « maladie du mouton ».

des colonnes de fumée blanche en explosant devant eux. Les énormes explosions faisaient trembler la terre sous les pieds. Suivant le drapeau rouge, les soldats déferlaient vers l'avant comme une vague. Face à eux, derrière la haute enceinte de terre, les mitrailleuses, tels des chiens, aboyaient frénétiquement. Des langues de feu se déployaient en éventail et les soldats qui lançaient l'assaut tombaient, fauchés comme l'herbe. Les lance-flammes derrière le mur d'enceinte crachaient des dragons de feu qui rampaient sur le sol et les assaillants dansaient de tous leurs membres dans les flammes, poussant des hurlements à faire dresser les cheveux sur la tête. L'un d'eux s'échappa du feu et se roula en hurlant, se tenant les oreilles et les joues ; certains, prisonniers des flammes, bondissaient dedans comme pris de folie, leurs visages prenaient des formes étranges, tordus par la douleur et la frayeur, puis en un clin d'œil, ils s'immobilisaient dans le feu. Une puanteur qui piquait le nez se répandait sur la campagne où tourbillonnaient les fumées des explosifs, retournant l'estomac et le cœur des soldats et des brancardiers qui les suivaient de près. Dans l'étroit champ de vision de Sima Ting, les assaillants tombaient avec légèreté, méthodiquement, les uns après les autres, comme des morceaux de bois pourri. Xu Bao, son compagnon épileptique, fit une culbute, la tête en avant, l'entraînant dans sa chute. À peine ses dents eurent-elles mordu la terre qu'il entendit siffler au-dessus de lui des balles brûlantes qui abattirent les brancardiers derrière eux. Le lance-flammes se mit à mugir, crachant ses flammes visqueuses et épaisses, humides et moites, en nappes, puis en colonnes. Des mines toutes rondes, dégageant une fumée blanche, roulaient de partout, explosant d'un côté, puis de l'autre, bang ! bang ! Des éclats d'obus gros comme des pois trouaient l'air de mille plaies. Oh ! maman, aujourd'hui, on ne s'en tirera pas ! Le petit gars épileptique se protégeait la tête de ses mains et restait allongé, le derrière haut levé ; son pantalon était percé par les éclats d'obus d'une dizaine de trous gros comme le poing et crachait de la bourre de coton noire. Les soldats qui donnaient l'assaut étaient vraiment exemplaires, ils poussaient de grands « oh ! oh ! » et, penchés en avant, tirant au fusil, piétinant les cadavres de leurs compagnons et le sang frais qui faisait fondre la neige, poussés par le son du clairon, guidés par ceux qui tenaient les drapeaux déchirés, ils se ruaient jusqu'au pied du mur d'enceinte qu'ils escaladaient au péril de leur vie, grimpant aux échelles ou se hissant à l'aide de cordes ; leurs corps retombaient dans le vide les uns après les autres dans des hurlements, ils tombaient jusqu'au fond des fossés pris par la solide glace bleutée où ils se recroquevillaient et roulaient. On rampait à l'aveuglette. La chef de compagnie était à plat ventre non loin de Sima Ting, les mains plantées dans la terre. Des volutes de fumée montaient de ses fesses. Son pantalon avait pris feu et elle se roulait sur le sol en attrapant de la terre pour la fourrer dans les trous enflammés du pantalon. Les soldats parvinrent à grimper sur le mur dans une clameur assourdissante, les coups de fusil pétaradant sans discontinuer. La femme se mit debout, fit quelques pas en avant, puis perdit violemment l'équilibre, s'étalant de tout son long, souffrant sans doute terriblement, comme si elle avait été atteinte par une balle. Mais elle se releva et reprit sa course, le corps penché, comme une tige de millet mûre. D'un tas de cadavres, elle sortit un homme. Elle le traîna de toutes ses forces, telle une fourmi qui tire un gros insecte, jusqu'au brancard de Sima Ting et de Xu Bao. C'était le commandant Lü, Lü le Septième. Plusieurs trous sanglants s'ouvraient sur sa poitrine d'où jaillissaient du sang et des bulles, à l'intérieur on distinguait les lobes blanchâtres de ses poumons.

« Vite, descendez-le dans la tranchée ! » ordonna la femme.

Xu Bao avait l'air hébété, il la regardait, interdit. Elle hurla : « Espèce de crétin ! »

Sima Ting étala en hâte le brancard et installa dessus le commandant Lü. Les yeux gris du commandant lançaient à Sima Ting des regards pleins d'excuses, puis ils se fatiguèrent et se fermèrent.

Ils coururent vers l'arrière en portant le brancard. Les balles sifflaient au-dessus de leur tête comme des petits oiseaux. Sima Ting se penchait instinctivement et courait maladroitement. Au bout de quelques pas, il se redressa carrément et fit de grandes enjambées. Que ce soit pour vivre ou pour mourir, l'oiseau vole toujours vers le haut, pensa-t-il. Il reprit un peu courage et ses pas se firent plus assurés.

Au poste de soins, les infirmiers firent à la hâte un pansement au commandant Lü et dirent de le transporter vers l'hôpital de l'arrière. À cet instant, le soleil était déjà couché, le ciel à l'horizon avait la couleur de pétales de rose violette, une couleur épaisse, compacte. Un gros mûrier isolé se dressait dans la campagne, ses branches couvertes de sang et son tronc graisseux, comme s'il avait transpiré de peur.

Suivant la lampe de poche couverte de soie rouge que tenait la chef de compagnie, les porteurs se rassemblèrent peu à peu dans une rizière avec leurs brancards. Les avions s'éloignaient. Dans le ciel crépusculaire violet, des étoiles dorées tremblaient dans la lueur de magnésium des explosions. La bataille continuait. Les porteurs avaient faim, ils étaient épuisés. Sima Ting était finalement un homme âgé, qui en plus était tombé sur un compagnon épileptique, et il était encore plus harassé. Lorsqu'il se tenait debout, il ne sentait même plus ses pieds. La sueur de son corps s'était entièrement écoulée durant la journée. Tandis qu'il se débattait dans les rizières, de son corps coula une huile visqueuse, puis il sentit que ses viscères se transformaient en quelque chose comme de la chair de calebasse. Le commandant Lü était un dur, il serrait les dents et ne poussait pas la moindre plainte. Sima Ting avait l'impression de transporter sur le brancard un cadavre, l'odeur de la mort flottait à ses narines.

La chef de compagnie remit un peu d'ordre dans sa troupe, puis donna l'ordre d'avancer. Elle dit que les camarades ne pouvaient se reposer : s'ils s'arrêtaient, ils ne se relèveraient plus. Ils traversèrent la rivière derrière elle. Les balles avaient brisé la glace. Xu Bao marcha dans le vide, tomba dans un trou, et Sima Ting se retrouva à plat ventre. Xu Bao défit alors les liens qui l'attachaient au brancard, dans un geste suicidaire, il disparut dans le trou et mourut. Le commandant Lü tomba douloureusement et ne put s'empêcher de desserrer les dents pour laisser échapper un gémissement. La chef de compagnie reprit le brancard à l'avant, faisant équipe avec Sima Ting. Ils parvinrent dans la plus grande confusion jusqu'à l'hôpital de l'arrière et déchargèrent les blessés ; les porteurs se laissèrent alors tomber pêle-mêle sur le sol. « Ne vous couchez pas, camarades ! » cria la femme, mais à peine eut-elle lancé cet ordre qu'elle-même s'écroulait.

Plus tard, au cours d'un combat, Sima Ting eut trois doigts de la main droite arrachés par des éclats de balle, mais, endurant la douleur, il transporta sur son dos le chef du peloton qui avait une jambe cassée.

Lorsque je me réveillai, au petit matin, je sentis d'abord une mauvaise odeur de fumée qui piquait le nez, puis je vis ma mère endormie, appuyée contre le mur. Du coin de sa bouche fatiguée coulait un filet de salive transparente. Sima Ting s'était assoupi, accroupi sur le banc, face au *kang*, comme un faucon posé sur son perchoir. Le sol devant le *kang* était jonché de mégots.

Ji Qiongzhi, qui devint plus tard mon institutrice, vint du district organiser le mouvement de remariage des veuves au bourg de Dalan. À la tête de femmes cadres aussi fougueuses que des chevaux sauvages, elle réunit les veuves du bourg tout entier pour leur expliquer pourquoi elles devaient se remarier. Grâce à la mobilisation active et à l'organisation concrète de ces femmes, les veuves du village trouvèrent presque toutes un mari.

Au cours de ce mouvement, les veuves de la famille Shangguan posèrent problème. Personne n'osait prendre pour épouse ma sœur aînée Laidi, car les célibataires savaient tous qu'elle avait été la femme du traître Sha Yueliang, puis qu'elle avait été utilisée par Sima Ku pour fuir la révolution, et enfin qu'elle s'était fiancée avec le militaire révolutionnaire Sun Pas-un-mot. Si, de leur vivant, il ne fallait pas provoquer ces trois hommes, morts, il ne le fallait pas davantage. L'âge de ma mère entrait dans la limite fixée par Ji Qiongzhi, mais elle était résolue à ne pas se remarier. Elle avait immédiatement mis à la porte sous un flot d'injures Luo Hongxia, la femme cadre qui était venue chez nous l'exhorter. « Fous-moi le camp, avait-elle dit, je suis plus âgée que ta mère ! »

Bizarrement, quand Ji Qiongzhi était venue elle-même, ma mère avait demandé sur un ton affable : « Jeune fille, à qui voulez-vous me marier ? »

À quelques heures d'intervalle seulement, la manière dont ma mère traita Ji Qiongzhi et Luo Hongxia fut radicalement différente.

« Tante, dit Ji Qiongzhi, un trop jeune ça n'ira pas, le seul qui ait à peu près votre âge, c'est Sima Ting. Son passé comporte des taches, mais par la suite, il a été décoré, ses mérites et ses fautes se compensent. Pourquoi ne pas réunir vos deux familles ?

– Jeune fille, dit ma mère en se forçant à rire, son petit frère est mon gendre !

– Eh bien, qu'est-ce que ça peut faire ? Vous n'avez aucune relation de sang avec lui », rétorqua Ji Qiongzhi.

Les noces collectives des quarante-cinq veuves eurent lieu dans l'église en ruine. J'étais furieux, mais participai quand même à la cérémonie. Ma mère se trouvait au milieu d'elles, et sur son visage gonflé flottait comme une rougeur. Sima Ting se tenait parmi les hommes, il se grattait sans cesse la tête de sa main mutilée, sans que l'on sût si c'était pour montrer ses mérites ou pour masquer son embarras.

Ji Qiongzhi, au nom du gouvernement, offrit aux nouveaux couples serviettes de toilette et savon. Le chef du bourg leur délivra un certificat de mariage. Ma mère reçut la serviette et le certificat, le visage tout rouge, comme une jeune fille pudique.

Dans mon cœur se consumait un feu mauvais. Mon visage était brûlant, j'avais honte pour elle. Sur les murs de l'église, là où était autrefois accroché le Jésus en jujubier, il n'y avait plus que de la poussière. Et sur l'estrade où le pasteur Maroya m'avait baptisé, des hommes et des femmes parfaitement impudiques. Hésitants, leurs regards s'évitant, comme de petits voleurs. Les cheveux de ma mère avaient blanchi, et pourtant, elle allait se marier avec le frère aîné de son propre gendre. Non, elle était déjà mariée. Le sens véritable de ce mariage était que Sima Ting allait dormir officiellement dans le même lit que ma mère. Les seins opulents de ma mère allaient être possédés par Sima Ting, de la même manière que Sima Ku, Babbitt, Sha Yueliang et Sun Pas-un-mot avaient possédé ceux de mes grandes sœurs. En pensant à cela, je sentis des flèches me percer le cœur et des larmes de colère me monter aux yeux. Une ouvrière cadre apporta dans une calebasse jaune des pétales séchés de fleurs de saison qu'elle lança en direction des jeunes mariés très empruntés. Comme une pluie sale, comme des plumes d'oiseaux desséchées, ces pétales tombèrent pêle-mêle sur les cheveux gris, enduits d'huile de hêtre, de ma mère.

Je sortis de l'église comme un chien affolé. Dans l'ancienne grande rue, je vis distinctement le pasteur Maroya flâner tranquillement, vêtu de sa robe noire. Son visage était couvert de boue, dans ses cheveux poussaient de jeunes pousses de blé jaune tendre. Ses yeux ressemblaient à deux grains de raisin violets et glacés, ils brillaient d'un éclat rempli de tristesse. Je lui annonçai d'une voix forte la nouvelle du mariage de ma mère avec Sima Ting. Je vis que son visage se contractait sous la douleur, son corps et sa robe noire se délitèrent en un instant comme un fragment de tuile imbibé d'eau, se transformant en une fumée noire puante et tourbillonnante.

Ma sœur aînée lavait dans la cour ses épais cheveux noirs en inclinant son cou d'une blancheur de neige. Lorsqu'elle plia la taille, ses magnifiques seins roses se mirent à chanter joyeusement, deux loriots gazouillant délicatement. Et lorsqu'elle se releva, un collier de perles fines coula entre ses seins. Elle leva un bras pour attacher ses cheveux derrière sa tête et me regarda en clignant les yeux, un sourire froid aux lèvres. « Tu es au courant ? Elle se marie avec Sima Ting ! » lui dis-je. Elle ricana sans me prêter attention. Ma mère, les cheveux encore couverts des pétales de fleurs de la honte, passa la porte de la maison, tenant par la main Yunü. Sima Ting la suivait, l'air abattu. Ma grande sœur vida la cuvette dans laquelle elle s'était lavé les cheveux. L'eau vola dans les airs en scintillant. Ma mère poussa un profond soupir, mais ne dit mot. Sima Ting sortit de sa poche de poitrine sa décoration et me la tendit : était-ce pour rechercher mes bonnes grâces ou pour montrer ses mérites ? Je scrutai sévèrement son visage qu'éclairait un sourire hypocrite. Son regard me fuit, il eut une petite toux pour masquer son embarras. Je m'emparai de la décoration et la lançai dehors violemment. Comme un petit oiseau, le lourd objet vola avec son ruban doré par-dessus le toit.

« Allez, va la chercher ! dit ma mère avec colère.

– Non, je n'irai pas, répliquai-je sur un ton boudeur.

– Ça va, ça va, dit Sima Ting, il n'y a qu'à la laisser. »

Ma mère me flanqua une gifle.

Je tombai volontairement de tout mon long et me roulai sur le sol comme un âne.

Elle me donna un coup de pied et je l'injuriai méchamment : « Honte à toi ! Honte à toi ! »

Effrayée, elle baissa tristement sa lourde tête. Soudain, elle éclata en sanglots et entra dans la maison. Sima Ting s'accroupit en soupirant sous le poirier pour fumer.

Au bout de quelques cigarettes, il se releva : « Mon neveu, me dit-il, va consoler ta mère, ne la fais plus pleurer. »

Il prit dans sa poitrine le certificat de mariage et le déchira en morceaux qu'il jeta par terre. Courbant la taille, il sortit de chez nous. Vu de dos, il ressemblait à un homme au déclin de l'âge.

Chapitre 30

Les lunettes de presbyte taillées dans du cristal étaient un cadeau d'anniversaire que le maître Qin le Deuxième, son précepteur, avait fait à Sima Ku, à l'époque de sa munificence. À présent, il portait lui-même ce cadeau contre-révolutionnaire et, assis sur une estrade faite de briques noires entassées, tenant à deux mains un manuel de chinois, il faisait cours avec une intonation hésitante au premier groupe d'élèves de première année du canton du Nord-Est de Gaomi – un groupe dont les écarts d'âge étaient très grands. Les lunettes glissaient lourdement sur l'arête de son nez tordu, au bout duquel était accrochée une goutte de morve verte, toujours près de tomber. *La grande chèvre est grande*… ânonnait-il. Bien que l'on fût déjà en juin, par un temps torride, il portait quand même une petite calotte à côtes noires surmontée d'un gland rouge et une grande robe noire doublée. *La grande chèvre est grande…* répétions-nous en imitant son intonation. *La petite chèvre est petite*… lisait mélancoliquement le maître. L'atmosphère était étouffante, la salle de classe sombre et humide, nous étions jambes et bras nus, et nos corps étaient couverts de sueur, mais le visage du maître tiré à quatre épingles restait gris, ses lèvres bleutées, comme s'il était complètement gelé. *La petite chèvre est petite…* reprenions-nous à tue-tête. Dans la pièce flottait une odeur d'urine, comme dans une bergerie qui n'a pas été nettoyée depuis longtemps. *La grande chèvre et la petite chèvre courent sur la montagne…* Nous : *La grande chèvre et la petite chèvre courent sur la montagne… La grande chèvre court, la petite chèvre bêle… La grande chèvre court, la petite chèvre bêle…* D'après mes connaissances très étendues sur les chèvres, je savais qu'une grande chèvre ne pouvait pas courir en traînant ses grosses mamelles, marcher, ce n'était déjà pas commode, comment aurait-elle pu courir ?

Que la petite chèvre bêle était tout à fait possible, et qu'elle coure l'était aussi : sur la vaste prairie, la grande chèvre paît tranquillement, tandis que la petite chèvre court en bêlant. J'avais très envie de lever la main pour questionner le maître, mais n'osais pas. Une règle était posée devant lui, qui servait spécialement à frapper la paume des élèves. *La grande chèvre mange beaucoup... La grande chèvre mange beaucoup !... La petite chèvre mange peu... La petite chèvre mange peu !...* Cette phrase était juste : la grande chèvre mange naturellement plus que la petite chèvre, et la petite chèvre naturellement moins que la grande. *La grande chèvre est grande... La petite chèvre est petite...* Une fois que les chèvres eurent fini de paître, on reprit du début. Infatigable, le vieux maître continuait à lire, mais peu à peu les élèves commençaient à chahuter. Âgé de dix-huit ans, Wu Yunyu, fils d'un ouvrier agricole, était très costaud. Tel un étalon, il avait déjà épousé une veuve marchande de fromage de soja, Lan Shuilian, qui avait huit ans de plus que lui et dont le ventre commençait à s'arrondir, prêt à mettre un enfant au monde. Wu Yunyu, futur père, sortit de sa ceinture un pistolet rouillé avec lequel il visa à la dérobée la boule rouge sur la calotte du maître Qin le Deuxième. *La grande chèvre court... La grande chèvre...* Pan !... Ah ah ah ah ah !... *court...* Le maître leva la tête et cligna ses yeux de vieille chèvre grise, regardant par-dessus ses lunettes de cristal. Comme sa vue était trouble, il ne vit rien. Il reprit la lecture. *La petite chèvre bêle...* Pan ! Wu Yunyu avait une nouvelle fois imité avec la bouche un tir de pistolet et la boule de la calotte du maître trembla. Éclat de rire général. Le maître donna un coup de règle sur la table et cria à la manière d'un juge : « Silence ! » La lecture continua. Âgé de dix-sept ans, le fils de paysan pauvre Guo Qiusheng quitta sa place courbé en deux, grimpa en cachette sur l'estrade et alla se mettre debout derrière le maître, puis se mordant la lèvre inférieure de ses incisives aussi développées que celles d'un rat, il fit des deux mains le geste d'effleurer la tête du maître : il imitait l'artilleur en train de charger son canon tandis que la tête du maître était le tube tirant sans relâche des obus. Ce fut le chahut général dans la classe, les élèves se tordaient de rire, le grand Xu Lianhe se mit à frapper en continu sur sa table, le petit gros Fang Shuzhai commença à déchirer le livre qu'il avait à la main et à en faire voler les morceaux comme des papillons gris.

Le vieux maître frappait sur son bureau sans parvenir à calmer la pagaille. Son regard passait par-dessus ses lunettes pour scruter la classe afin de trouver la cause du chahut. Guo Qiusheng faisait frénétiquement des gestes humiliants, et ces garçons de plus de quinze ans poussaient des cris étranges, comme pris de folie ; la main de Guo Qiusheng heurta l'oreille du vieux maître, qui se retourna et la lui saisit.

« Récite ! » ordonna-t-il sévèrement.

Guo Qiusheng restait debout tête baissée sur l'estrade. Son corps faisait semblant d'obéir, mais il ne cessait de faire des grimaces. Il retroussa les lèvres et forma avec la bouche un ombilic proéminent. Fermant un œil, tordant la bouche, puis serrant les dents, il fit remuer ses oreilles.

« Récite ! » répéta le maître en colère.

Guo Qiusheng récita : « La grande tante est grande, la petite tante est petite, la grande tante court après la petite tante… »

Sous des rires inextinguibles, Qin le Deuxième se leva en s'appuyant à son bureau. La barbe blanche tremblante, il bredouilla : « Vauriens ! On ne peut enseigner à des vauriens ! »

Le vieux maître s'empara de sa règle, prit la main de Guo Qiusheng et la posa sur le bureau. Vaurien ! Pan ! La règle frappa cruellement la paume de Guo Qiusheng qui laissa échapper un cri. Après lui avoir jeté un coup d'œil, le maître leva une nouvelle fois le bras qui tenait la règle mais instinctivement l'immobilisa en l'air. Sur le visage de Guo Qiusheng était soudain apparue l'expression farouche typique du lumpenproletariat ; ses yeux noirs bleutés lançaient des regards haineux pleins de défi. Le regard trouble du maître battit en retraite, tel un oiseau blessé, son bras et sa règle levés s'abaissèrent mollement. Il bafouilla, ôta ses lunettes et les rangea dans une boîte métallique qu'il enveloppa dans une pièce de tissu bleu avant de mettre le tout contre sa poitrine, puis il y rangea aussi la règle, véritable diable incarné qui avait aussi en son temps frappé Sima Ku. Ensuite, ôtant sa calotte, il s'inclina devant Guo Qiusheng, puis devant les autres élèves, et dit sur un ton à la fois pitoyable et parfaitement répugnant : « Jeunes seigneurs, moi, Qin le Deuxième, suis totalement encroûté dans mes idées arriérées, je suis telle la mante religieuse qui tente de bloquer le char avec ses pattes, j'ai présumé de mes forces, j'appartiens à la catégorie des bandits qui n'arrivent pas à mourir malgré leur grand âge. Je vous en prie, mes jeunes seigneurs, veuillez vous montrer indulgents envers mes nombreuses erreurs ! »

Ensuite il s'inclina plusieurs fois en tenant son poing serré dans son autre main à hauteur du nombril, puis sortit de la salle à petits pas, la taille courbée. De l'extérieur nous parvint sa toux rocailleuse.

Ainsi se termina la première classe.

La deuxième fut un cours de musique.

Musique : le professeur que le chef-lieu de district avait envoyé, Ji Qiongzhi, montrait de sa baguette ce mot qu'elle venait de tracer à la craie blanche sur le tableau noir ; d'une voix sonore et haut perchée, elle dit : « À présent, vous avez un cours de musique. Vous n'aurez pas de manuel, le manuel est ici, et là, et là » – elle désigna tour à tour sa tête, sa poitrine et son ventre. Elle se tourna vers le tableau noir et dit en écrivant : « La musique couvre de nombreux domaines : jouer de la flûte, jouer du violon, chanter des chansons, chanter des airs d'opéra, etc. Tout cela, c'est de la musique. Si aujourd'hui vous ne le comprenez pas, plus tard vous en serez peut-être capables. Chanter des chansons, c'est du chant, mais ce n'est pas que cela, chanter des chansons, c'est une activité musicale importante, dont on peut dire que c'est le principal objet des cours de musique des écoles primaires de nos villages reculés. Aujourd'hui, nous apprendrons donc une chanson. » Elle écrivit bruyamment au tableau noir. Par la fenêtre donnant sur la campagne, j'aperçus le fils de contre-révolutionnaire Sima Liang et la fille de traître Sha Zaohua, à qui le droit d'aller à l'école avait été retiré, qui regardaient avec inquiétude dans notre direction tout en menant leurs chèvres. Ils étaient dans des herbes vertes qui leur venaient aux genoux et derrière eux poussaient des tournesols aux fleurs jaunes éclatantes, aux larges feuilles et aux tiges robustes. Les grands visages des tournesols jaunes étaient tristes, mais mon cœur l'était encore plus. Je tournai le regard vers les prunelles de mes camarades scintillant dans l'obscurité et des larmes me montèrent aux yeux. Je contemplai la fenêtre au treillis en grosses tiges de saule et sentis dans ma rêverie que je me transformais en une bécasse qui sortait en volant, baignée par le soleil doré de cet après-midi de juin, pour aller se poser sur une fleur de tournesol couverte de pucerons et d'insectes virevoltants. Le chant que nous allions apprendre ce jour-là s'appelait *Le Chant de libération des femmes*. Le professeur de musique, plié en deux, écrivait avec empressement les derniers vers de la chanson tout en bas du tableau. Ses fesses étaient dressées comme une croupe de cheval toute ronde. Une flèche en bois, équipée de plumes à sa queue et, à sa tête, de résine de pêcher dont on se sert pour attraper les cigales, vola de biais au-dessus de moi et alla se coller sur le derrière du professeur. Des rires méchants éclatèrent dans la classe. Ding Jin'gou, l'archer assis derrière moi, leva en paradant son arc en bambou, l'agita en tous sens, puis le cacha en hâte. Le professeur de musique décolla la flèche de son derrière, la regarda un peu et se mit à rire avant de la lancer sur son bureau où elle vibra puis s'immobilisa toute droite. « Joli tir », dit-elle calmement en posant sa baguette et en retirant sa veste militaire d'une blancheur immaculée pour la poser aussi sur le bureau. Sa veste quittée, elle dévoila une chemise blanche à manches courtes et à grand col rabattu, boutonnée sur le devant. Le bas de la chemise était glissé dans son pantalon et sa taille était serrée par une vieille ceinture de cuir large que les années avaient rendue sombre et brillante. Sa taille était fine, sa poitrine proéminente, ses fesses plantureuses. En bas, elle portait un large pantalon militaire blanchi par les lavages, et aux pieds des chaussures de tennis blanches à la mode. Ainsi vêtue, elle paraissait svelte et proprette, et pour paraître encore plus svelte, devant nous, elle serra d'un cran sa ceinture. Elle sourit doucement, aussi séduisante qu'une renarde blanche ; mais lorsqu'en un éclair elle chassa son sourire, elle eut une expression aussi cruelle qu'une renarde blanche. « Vous venez de chasser le maître Qin le Deuxième, quels héros ! » dit-elle sur un ton moqueur. Puis elle prit sur son bureau la flèche et la fit tourner avec trois doigts. « L'extraordinaire archer, reprit-elle, est-ce Li Guang ou Hua Rong ? Osera-t-il se lever et se dénoncer ? » Ses beaux yeux noirs nous balayaient froidement. Personne ne broncha. Elle prit sa baguette et, paf ! l'abattit bruyamment sur le bureau. « Je vous préviens, dit-elle, pendant mon cours, vous devrez enfermer bien comme il faut dans un sac de coton vos trucs de voyous et demander à votre mère de les ranger.

– Maîtresse, ma mère est morte ! cria Wu Yunyu.

– La mère de qui est morte ? demanda-t-elle. Debout ! » Wu Yunyu se leva avec un air parfaitement détaché. « Viens devant, dit-elle, viens, que je te voie bien. » Wu Yunyu portait une casquette graisseuse qui ressemblait à une peau de serpent, destinée à cacher ses traces de pelade : il la portait en toute saison, on disait qu'il dormait avec et qu'il la gardait aussi pour se baigner dans la rivière. Il s'avança fièrement devant l'estrade. « Comment t'appelles-tu ? » demanda le professeur d'une voix douce en souriant. Tel un héros, Wu Yunyu donna son nom. « Mes chers élèves, dit-elle, mon nom de famille est Ji, mon prénom Qiongzhi. Je suis orpheline depuis ma petite enfance, j'ai grandi jusqu'à l'âge de sept ans sur les tas d'immondices, puis j'ai parcouru le monde avec un cirque et j'ai fait la connaissance de toutes sortes de voyous et de brutes, j'ai appris le cyclisme acrobatique, l'art de marcher sur une corde, d'avaler des sabres, de cracher le feu, puis j'ai changé de spécialité et je suis devenue dresseuse, j'ai d'abord dressé des chiens, puis des singes, des ours et en dernier des tigres. Je sais faire passer un chien dans un cerceau, grimper un singe à un mât, monter à bicyclette un ours et se rouler par terre un tigre. À l'âge de dix-sept ans, je suis entrée dans les troupes révolutionnaires et j'ai engagé la lutte à mort avec l'ennemi. À vingt ans, j'ai fait mes études à l'université du gouvernement militaire de Chine de l'Est, où j'ai appris à jouer au ballon, à peindre, à chanter et à danser. À vingt-cinq ans, je me suis mariée avec Ma Shengli, le chef de la section d'enquête de la sécurité publique, expert en neutralisation de l'adversaire et en combat au corps à corps, du même niveau que moi. Hmm, hmm, vous croyez que je me vante ? » Elle leva la main pour lisser un peu ses cheveux courts. Son visage bronzé respirait la santé, un visage de révolutionnaire, sa poitrine pleine de vitalité se dressait vigoureusement, prête à jaillir des ouvertures de sa chemise. Son nez avait une allure martiale, ses lèvres étaient minces et sévères, ses dents blanches comme la chaux. « Moi, Ji Qiongzhi, qui ne crains même pas les tigres, dit-elle sur un ton aussi léger que la cendre en regardant Wu Yunyu d'un air méprisant, tu crois que j'aurais peur de toi ? » Tout en prononçant ces mots pleins de dédain, elle tendit sa longue baguette qu'elle glissa prestement sous la visière de Wu Yunyu et, d'un coup de poignet, comme si elle faisait sauter une crêpe, avec un petit claquement sec, elle lui arracha sa casquette en peau de serpent. Tout s'était passé en l'espace d'une seconde. Wu Yunyu couvrit de ses mains son crâne qui ressemblait à une pomme de terre pourrie, son air hautain s'évanouit, laissant place à une expression de profonde hébétude. Il releva le visage en se couvrant la tête des mains, à la recherche de son couvre-chef. Elle leva très haut sa baguette et remua avec agilité son poignet pour faire tourner dans les airs la casquette de Wu Yunyu. Tourne, tourne, habilement, tourne, tourne, gracieusement, que les esprits de Wu Yunyu sortent de leur logement. Un autre petit coup de poignet, et la casquette s'envola, puis revint se poser juste à la pointe de la baguette en continuant à tourner. J'étais en extase. Elle lança une nouvelle fois la casquette en l'air. Pendant que celle-ci redescendait en tournant, elle agita la baguette doucement pour faire atterrir aux pieds de Wu Yunyu l'objet repoussant et puant. « Remets ta casquette pourrie et retourne vite à ta place, dit-elle sévèrement, j'ai plus mangé de sel que toi de farine et j'ai plus franchi de ponts que toi de routes. » Puis elle prit la flèche sur son bureau, son regard se tourna vers le bas de l'estrade et elle dit froidement : « C'est toi, c'est donc bien toi ! Apporte-moi ton arc ! » Ding Jin'gou se leva en hâte et s'approcha de l'estrade pour poser sagement l'arc sur le bureau. « Retourne à ta place ! » dit-elle. Prenant l'arc, elle le banda un peu. « Ce bambou est trop mou et la corde manque de force ! dit-elle. Seules les cordes en boyau de bœuf sont bonnes. » Elle posa sur la corde en crin de cheval la flèche emplumée, tendit doucement l'arc et visa Ding Jin'gou à la tête. Celui-ci poussa un cri et disparut sous sa table. Une mouche volait en bourdonnant dans la lumière de la fenêtre, Ji Qiongzhi la visa avec soin, la corde de crin siffla et la mouche fut abattue. « Y en a-t-il encore parmi vous qui veulent désobéir ? » demanda-t-elle. Silence absolu dans la classe. Elle eut un rire doucereux, et sur son menton se dessina une fossette très séduisante. Elle ajouta : « À présent, reprenons le cours. Je vais vous lire les paroles de la chanson :

La vieille société est un puits à sec d'une profondeur insondable, noir, noir, noir.
Et tout au fond, les femmes sont opprimées, opprimées, opprimées.
La nouvelle société est un grand soleil, d'une lumière incomparable, clair, clair, clair.
Et avec la libération, les femmes sont émancipées, émancipées, émancipées.

Chapitre 31

Au cours de Ji Qiongzhi, je manifestai une mémoire exceptionnelle et d'excellentes dispositions pour la musique. Au moment où nous chantions le vers du *Chant de libération des femmes :* « Et tout au fond, les femmes sont... », ma mère, debout près du treillis en tiges de saule de la fenêtre, m'avait appelé à voix basse, un biberon de lait de chèvre enveloppé dans une serviette blanche à la main.

« Jintong, ton lait ! Jintong, ton lait ! »

Les appels de ma mère et l'odeur du lait de chèvre perturbèrent fortement ma capacité d'attention, mais à la fin de la classe, le seul qui était en mesure de chanter complètement et correctement *Le Chant de libération des femmes*, c'était moi. Des quarante élèves, je fus le seul à me voir décerner les félicitations enthousiastes de Ji Qiongzhi. Elle me demanda mon nom et me fit me lever une deuxième fois pour rechanter la chanson. Elle venait juste d'annoncer la fin du cours que ma mère me tendait le biberon par la fenêtre. J'hésitai. Mais ma mère insista : « Allez, mon fils, bois vite, tu promets tellement, ta mère est vraiment contente de toi. »

Des rires fusèrent à la dérobée dans la classe.

« Vas-y, mon fils, qu'y a-t-il de gênant ? » dit ma mère.

Ji Qiongzhi s'approcha de moi, exhalant un frais parfum de poudre de dentifrice. S'appuyant avec élégance sur sa baguette, elle dit amicalement à travers la fenêtre : « C'est vous, tante ! À l'avenir, je vous prie de ne pas venir nous déranger pendant les cours. » Le ton de sa voix surprit ma mère. Ses yeux scrutant de toute leur force vers l'intérieur, elle dit poliment : « Maîtresse, c'est mon unique fils, depuis tout petit il souffre d'une anomalie, il ne peut rien manger, petit il buvait mon lait, mais à présent il boit du lait de chèvre. Ce matin, la chèvre a donné peu de lait, il n'a pas assez mangé, j'ai eu peur qu'il ne tienne pas jusqu'à ce soir... » Ma mère n'en finissait plus de ses explications. Ji Qiongzhi sourit : « Mais ça ne va pas, ça, dit-elle en me regardant, il faut le faire manger. Quand il sera grand et qu'il ira au lycée ou à l'université, est-ce qu'il amènera sa chèvre ? » Ses yeux avaient dû visualiser la scène d'un grand étudiant entrant dans une salle de classe en tirant une chèvre derrière lui. Elle se mit à rire franchement, mais sans mauvaises intentions. « Mais quel âge a-t-il donc ?

– Treize ans, dit ma mère, il est du signe du lièvre. Je suis très inquiète, car il rend tout ce qu'il mange et en plus ça lui fait mal au ventre, il a tellement mal qu'il en sue à grosses gouttes, c'est effrayant...

– Bon, ça suffit, maman ! dis-je furieux. N'en parlons plus ! Maman, je n'en veux plus ! » Je lui rendis le biberon par la fenêtre. Ji Qiongzhi me donna une petite chiquenaude à l'oreille : « Élève Shangguan, ne fais pas cela, il te faut changer progressivement tes habitudes. Bois donc ! » Je tournai la tête pour regarder les yeux qui scintillaient dans la pénombre et ressentis une honte terrible. « Souvenez-vous tous qu'on ne doit pas se moquer des points faibles des autres », dit Ji Qiongzhi. Et elle sortit.

Tourné vers le mur, je bus le biberon le plus vite que je pus, puis le repassai à ma mère : « Maman, il ne faut plus revenir. »

Durant la pause, Wu Yunyu et Ding Jin'gou, qui d'habitude chahutaient comme des fous, restèrent parfaitement obéissants, assis sur leur banc sans bouger. Le gros Fang Shuzhai avait défait la ceinture de son pantalon et, grimpé sur une table, l'avait passée à la poutre, pour jouer une scène de pendaison. Imitant la voix stridente d'une veuve, il se lamentait en poussant cette complainte : *Ergou, Ergou, quel sans-cœur ! Il est mort ! Toute seule il m'a laissée et nuit après nuit ma chambre est vide, en mon cœur on dirait qu'un ver est entré, mieux vaut me pendre pour rejoindre les enfers...*

Il pleurait et se lamentait, sur son visage grassouillet de petit cochon apparurent deux rangs de larmes, tandis que la morve s'écoulait sur ses lèvres comme deux dragons montrant leurs moustaches. « Je ne veux plus vivre ! » hurla-t-il en se dressant sur la pointe des pieds et en passant la tête dans le nœud coulant de sa ceinture. Puis, tenant le nœud à deux mains, il sauta et poussa un cri : « Je ne veux plus vivre ! » Il sauta encore. « J'ai assez vécu ! » Des rires étranges retentissaient dans la classe. Wu Yunyu, que sa haine n'avait pas entièrement abandonné, prenant appui des deux mains sur sa table, renversa celle où se trouvait Fang Shuzhai en ruant comme un cheval avec ses pattes arrière : le corps obèse de Fang Shuzhai se retrouva soudain pendu dans le vide. Il poussait des cris perçants et tirait de toutes ses forces sur le nœud coulant. Il hurlait, accrochait désespérément ses mains au nœud, ses courtes jambes pédalaient dans le vide, pédalaient, pédalaient de plus en plus lentement, lentement, son visage vira au violet, de l'écume blanche apparut à sa bouche et il émit les gémissements d'un homme qui se débat avant de mourir pendu. « Il s'est pendu ! » s'écrièrent effrayés quelques jeunes élèves en se ruant dehors. Dans la cour, ils criaient en trépignant sur place : « Il s'est pendu ! Fang Shuzhai s'est pendu ! » Les bras de Fang Shuzhai pendaient mollement, ses jambes ne pédalaient plus dans le vide, et son gros corps s'allongea soudain. Un bruit de pet se faufila tel un serpent par les jambes de son pantalon. Dans la cour, les élèves couraient en tous sens. Le professeur de musique, Ji Qiongzhi, sortit de la salle des professeurs ainsi que des hommes dont j'ignorais le nom et la matière qu'ils enseignaient. « Qui est mort ? Qui est mort ? » criaient-ils en courant vers la salle de classe. Les débris de construction qui n'avaient pas encore été complètement nettoyés dans la cour entravaient leurs pas. Un groupe d'élèves de l'école primaire, tout excités et effrayés, les précédaient en courant et trébuchaient en se retournant. Bondissant comme une biche, Ji Qiongzhi fut en quelques secondes dans la classe. Une expression de perplexité apparut sur son visage lorsque, quittant la cour baignée de soleil, elle pénétra dans la salle sombre. « Où est-il ? » s'écria-t-elle. Le corps de Fang Shuzhai, comme le cadavre d'un porc fraîchement abattu, gisait pesamment sur le sol. La ceinture faite dans un tissu noir avait cédé. Ji Qiongzhi s'accroupit près de lui et le tira par les bras pour le mettre sur le dos. Je vis qu'elle fronçait les sourcils, faisait la grimace et se bouchait le nez. Fang Shuzhai empestait. Elle tendit un doigt pour lui tâter les narines, puis lui pinça le sillon labial avec ses ongles. Une expression féroce apparut sur le visage de l'élève. Ses bras se tendirent et attrapèrent les mains du professeur. Elle se leva en fronçant les sourcils et lui envoya un coup de pied : « Debout ! » Puis elle demanda sur un ton sévère, juchée sur l'estrade : « Qui a renversé la table ?

– J'ai rien vu, j'ai rien vu !

– Moi non plus.

– Bon, alors qui a vu ? Ou alors, qui a renversé la table ? Qui osera se comporter en héros pour une fois ? ! » Tous gardaient la tête baissée. Fang Shuzhai pleurait en gémissant. « Ferme-la, dit-elle en frappant sur la table. Vouloir mourir, c'est vraiment trop facile. Dans un moment, je vais vous apprendre quelques moyens de donner la mort. Je ne peux pas croire que personne n'ait vu qui a poussé la table. Shangguan Jintong, toi qui es honnête, dis-le-moi. » Je gardai la tête baissée. « Lève la tête et regarde-moi, dit-elle, je sais que tu as peur, mais si je te soutiens, tu n'as rien à craindre. » Je levai la tête et regardai ses beaux yeux au milieu de son visage de révolutionnaire, son odeur fraîche de poudre de dentifrice afflua à ma mémoire et je fus plongé dans une sensation de vent d'automne. « Je suis sûre que tu auras ce courage, que tu oseras dénoncer ces méchants et leurs exactions, voilà une qualité que doit avoir la jeunesse de la Chine nouvelle ! » dit-elle d'une voix forte. Je tournai légèrement la tête vers la gauche, mais rencontrai aussitôt le regard menaçant de Wu Yunyu et baissai le plus possible le visage.

« Wu Yunyu, debout ! dit-elle calmement.

– C'est pas moi ! cria Wu Yunyu.

– De quoi as-tu peur ? Pourquoi cries-tu ? dit-elle en riant doucement.

– De toute façon, c'est pas moi… grommelait à voix basse Wu Yunyu en creusant la table de son ongle.

– Wu Yunyu, quand un brave passe à l'acte, il assume son geste ! » Wu Yunyu cessa de gratter la table et leva lentement la tête. Sur son visage se dessina une expression de méchanceté, il jeta ses livres et ses cahiers par terre, enveloppa son ardoise et ses craies dans une toile bleue, les glissa sous son bras et lança sur un ton méprisant : « Et qu'est-ce que ça ferait si c'était moi qui avais renversé la table ? J'arrête ces foutues études. D'ailleurs, je voulais pas venir, c'est vous qui m'avez forcé ! » Et il se dirigea avec arrogance vers la sortie. Il était si grand, avec des articulations si énormes, qu'il avait en tout point l'allure d'un homme grossier et sauvage. À l'entrée, Ji Qiongzhi lui barra le passage. « Écarte-toi, dit-il, qu'est-ce que tu veux me faire ? » Ji Qiongzhi lui adressa un sourire doucereux : « Tu vas le savoir, espèce de saleté ! » Elle fit voler son pied droit qui alla frapper le genou de Wu Yunyu. « Quand un salaud a fait une saloperie, il doit être puni ! » Wu Yunyu tomba accroupi en poussant un cri, puis il jeta sur Ji Qiongzhi l'ardoise qu'il portait sous le bras. Elle l'atteignit en pleine poitrine. Ji Qiongzhi poussa une plainte en se tenant le sein. Wu Yunyu se releva et lança sur un ton qui se voulait assuré : « Tu crois que tu me fais peur ? Ma famille est une famille d'ouvriers agricoles depuis trois générations, les familles de mes tantes sont toutes des familles de paysans pauvres, ma mère m'a mis au monde en mendiant sur les routes !

– Je ne voudrais vraiment pas me salir les mains avec un chien galeux comme toi. » Elle entrecroisa ses doigts et les appuya sur la table pour faire craquer les articulations : « Même si ta famille était une famille de paysans pauvres depuis trente générations, je te corrigerais ! » Et elle fit partir son poing vif comme l'éclair contre la joue de Wu Yunyu. Celui-ci poussa un cri étrange, son corps vacilla involontairement, puis un deuxième coup s'abattit plus lourdement encore sur ses côtes, suivi d'un coup de pied qui l'atteignit aux chevilles. Il resta paralysé à terre, pleurant comme un petit enfant. Ji Qiongzhi le releva en le tirant par le col, regarda en souriant son visage haineux, puis elle lui fit changer de position en le tournant et le frappa au bas-ventre de son genou replié. Enfin, les paumes tournées vers l'extérieur, elle poussa Wu Yunyu à la renverse sur un tas de briques cassées. « Je déclare que tu es renvoyé ! » dit-elle.

Chapitre 32

Ils me barrèrent le passage sur le petit chemin qui allait de l'école au village, chacun tenant à la main une badine de mûrier flexible. Le soleil dardait ses rayons obliques, faisant briller leurs visages jaunes comme de la cire d'abeille. La casquette en peau de serpent de Wu Yunyu et son visage enflé sur une moitié, les yeux féroces de Guo Qiusheng, les oreilles comme des champignons noirs de Ding Jin'gou, les dents noires de Wei Corne de chèvre, célèbre au village pour sa fourberie, tout cela brillait d'un éclat particulier dans la douce lumière du crépuscule. Le chemin était bordé de chaque côté par un canal où coulait une eau sale dans laquelle caquetaient des canards aux plumes ébouriffées. Me collant au talus du chemin, je tentai de les éviter, mais Wei Corne de chèvre me barra le passage avec sa badine. « Qu'est-ce que tu veux faire ? demandai-je craintivement.

– Ce que je veux faire, petit bâtard ? » Le blanc de leurs yeux de coqs de combat scintillait comme des papillons de nuit battant des ailes. « Aujourd'hui, nous allons donner une leçon au petit bâtard que nous a laissé le diable aux cheveux roux !

– Mais je ne vous ai rien fait », dis-je comme si j'étais victime d'une injustice. La branchette de mûrier de Wu Yunyu vint cingler mes fesses, provoquant une douloureuse brûlure. Quatre tiges s'abattirent sur mon cou, mon dos, mon derrière et mes jambes. Je me mis à sangloter. Wei Corne de chèvre exhiba devant mon visage un gros couteau au manche en os et menaça : « Ferme ta gueule ! Si tu continues, je te coupe la langue, je t'arrache les yeux et je te vrille le nez ! » Des éclairs glacés scintillaient sur la lame, je fermai la bouche, terrorisé.

Me poussant les fesses de leurs genoux, fouettant mes mollets de leurs branches de mûrier, tels quatre loups pourchassant un mouton, ils m'entraînaient vers quelque recoin désert. L'eau s'écoulait sans bruit dans les canaux qui bordaient le chemin ; une puanteur de plus en plus forte se faisait sentir à l'approche du crépuscule et des chapelets de fines bulles remontaient du fond. Je tournai la tête à plusieurs reprises pour les supplier : « Frères, laissez-moi ! » Mais je n'obtins que des coups drus de leurs badines. Je hurlai à plusieurs reprises, mais cela ne fit qu'attiser les menaces de Wei Corne de chèvre. Il ne me resta plus qu'à endurer leurs coups sans un cri, me laissant pousser vers l'endroit où ils voulaient m'entraîner.

Une fois passé un pont de paille confectionné avec les chaumes des récoltes, ils me donnèrent l'ordre de m'arrêter devant un bosquet touffu de ricins sauvages. J'avais les fesses trempées, mais je ne pouvais savoir s'il s'agissait de sang ou d'urine. Ils se mirent sur un rang, illuminés par les rayons rouge sang du soleil. L'extrémité émoussée de leurs badines laissait apparaître une couleur vert foncé. Les épaisses feuilles de ricin ressemblaient à des éventails sur lesquels chantaient tristement des grillons au gros ventre. L'odeur piquante des fleurs de ricin me fit monter les larmes aux yeux. Wei Corne de chèvre demanda complaisamment à Wu Yunyu : « Dis-moi, frère, comment va-t-on s'occuper de ce petit gars ? » Wu Yunyu caressa sa joue enflée et maugréa : « À mon avis, on le tue !

– Non, non, dit Guo Qiusheng, le mari de sa sœur est chef adjoint du district, une autre de ses sœurs est cadre, si on le tue, on est morts.

– Tuons-le, dit Wei Corne de chèvre, on jettera son corps dans la rivière d'Encre et, dans quelques jours, il arrivera dans la mer Orientale où il ira nourrir les tortues, même les démons n'en sauront rien.

– Moi, je marche pas avec vous pour le tuer, dit Ding Jin'gou, Sima Ku, le mari d'une de ses sœurs, le roi des monstres tueurs d'hommes, risque de faire sa réapparition, et si on tue son petit beau-frère, il ne restera plus grand-chose de nos familles. »

Tandis qu'ils discutaient de mon avenir et de ma destinée, je me sentais simple observateur peu concerné : dénué de toute crainte, je ne pensais même pas à m'enfuir. J'étais plongé dans une sorte d'état d'ivresse. J'eus même le temps de laisser mon regard vagabonder au loin pour admirer au sud-est la prairie telle une mer de sang et le mont du Bœuf-Couché, aux couleurs d'or, ainsi qu'au sud les cultures vert foncé à l'infini. La grande digue de la rivière d'Encre serpentait comme un long dragon, apparaissant et disparaissant selon la hauteur des cultures, tandis que des groupes d'oiseaux planaient comme des feuilles de papier blanc au-dessus de ses eaux invisibles. Une foule de souvenirs surgissaient les uns après les autres dans mon esprit et, soudain, j'eus l'impression d'avoir déjà vécu cent ans dans ce monde. « Tuez-moi, dis-je, tuez-moi, j'ai assez vécu. »

Une lueur d'étonnement scintilla dans leurs yeux. Ils se regardèrent mutuellement, puis tournèrent ensemble le regard vers moi, comme s'ils n'avaient pas compris le sens de mes paroles.

« Tuez-moi ! » dis-je sur un ton résolu en éclatant en sanglots. Des larmes collantes coulèrent dans ma bouche, salées et fétides comme du sang de poisson. Mes supplications les avaient plongés dans l'embarras. Ils se regardèrent une nouvelle fois pour se consulter. J'en rajoutai dans la démesure : « Je vous en supplie, mes seigneurs, faites-moi plaisir, tuez-moi comme ça vous chante, mais faites-le vite pour que je souffre le moins possible.

– Tu crois que nous n'oserons pas te tuer ? demanda Wu Yunyu en me pinçant le menton avec ses gros doigts et en me regardant droit dans les yeux.

– Si, si, vous oserez, bien sûr, mais je vous supplie seulement de le faire vite.

– Les amis, dit Wu Yunyu, aujourd'hui on s'est empêtrés avec ce petit gars, et à mon avis, il faut absolument le tuer. Le vin est tiré, il faut le boire, réglons-lui carrément son compte.

– Si vous voulez le tuer, faites-le, dit Guo Qiusheng, mais sans moi.

– Dis donc, petit, tu veux jouer les traîtres ? demanda Wu Yunyu en lui attrapant le bras et en le secouant. Nous sommes quatre sauterelles attachées à la même ficelle, aucune ne peut s'enfuir. Si tu veux partir, je parlerai de l'affaire de la jeune servante de la famille Wang dont tu as abusé.

– C'est bon, mes frères, dit alors Wei Corne de chèvre, ne vous disputez pas, il ne s'agit jamais que de tuer quelqu'un. Pour vous dire la vérité, la vieille dame du village du Petit-Pont-de-Pierre, c'est moi qui l'ai tuée, j'avais rien contre elle, je voulais seulement essayer le fil de ce couteau. À l'origine, je croyais que tuer quelqu'un demandait vraiment beaucoup d'efforts, mais en fait, c'est très simple, dès que je lui ai planté mon couteau dans le ventre, c'était comme du fromage de soja, tchac ! même le manche est entré. À peine je l'avais retiré qu'elle était morte, sans pousser le moindre soupir. » Et il ajouta en passant et repassant la lame de son couteau sur son pantalon : « Regardez-moi faire. » Il pointa le couteau contre mon ventre et appuya. Je fermai doucement les yeux et il me sembla voir un sang verdâtre gicler de mon abdomen et se répandre sur leur visage. Ils couraient jusqu'au bord de la rivière et brassaient l'eau pour se laver de ce sang. L'eau qu'ils prenaient dans leurs mains ressemblait à de la mélasse rouge foncé qui, non seulement n'arrivait pas à les nettoyer, mais au contraire les salissait encore plus. Suivant le jaillissement de mon sang, mes tripes sortaient en volant, puis, longeant la prairie, flottaient dans le canal où elles poursuivaient leur route au fil du courant. Ensuite, c'était ma mère qui sautait dans le canal en pleurant pour les récupérer, les enroulant sur ses bras les unes après les autres afin de me les rapporter ; elle était tellement chargée par mes tripes qu'elle en perdait le souffle et me regardait de ses yeux tristes. « Mon enfant, que t'est-il arrivé ?

– Maman, ils m'ont tué. » Les larmes de ma mère crépitaient sur mon visage, elle s'agenouillait et me rentrait mes boyaux dans le ventre, l'un après l'autre. Ceux-ci n'étaient pas très obéissants et ressortaient à peine rentrés, ma mère pleurait d'énervement, mais elle finissait par arriver à me rentrer toutes mes tripes. Ensuite, elle prenait dans ses cheveux une aiguille et du fil et, comme si elle raccommodait une veste de coton, me recousait la peau du ventre. Pendant un instant, mon ventre me fit très mal et j'ouvris les yeux brusquement. Ce que je venais de voir n'était qu'un rêve. La réalité de la situation était tout autre : ils m'avaient renversé par terre à coups de pied, ils avaient sorti leurs organes génitaux rouges et droits et me pissaient sur le visage. La terre humide tournait, j'eus l'impression que tout mon corps sombrait dans de l'eau.

« Petit oncle !… Petit oncle !… »

« Petit oncle !… Petit oncle !… »

Les appels de Sima Liang et de Sha Zaohua, tantôt forts, tantôt faibles, me parvenaient de derrière le bosquet de ricins. J'avais à peine ouvert la bouche pour leur répondre qu'elle se retrouva remplie d'urine. Ils rangèrent à la hâte leur instrument d'arrosage, relevèrent leur pantalon et disparurent en un éclair dans le bosquet.

Sima Liang et Sha Zaohua, tels l'Enfant d'Or et la Fille de Jade, se tenaient près du pont de paille et m'appelaient. Leurs cris flottaient longuement sur la campagne, plongeant mon cœur dans la tristesse et me serrant la gorge. Je me débattis et finis par me relever, mais avant de me tenir complètement droit, je retombai en avant. J'entendis les cris d'excitation de Sha Zaohua : « Il est là-bas ! »

Ils me redressèrent en me soutenant par les bras. Mon corps se balançait comme un poussah. Regardant mon visage, Sha Zaohua grimaça et éclata bruyamment en sanglots. Sima Liang tâta mes fesses, mais je poussai un cri de douleur strident. Considérant sur ses paumes les traces rouges laissées par le sang et les traces vertes laissées par le jus des branchettes de mûrier et des herbes, il grinça des dents : « Petit oncle, qui t'a mis dans cet état ?

– Eux...

– Qui eux ? insista Sima Liang.

– Wu Yunyu, Wei Corne de chèvre, Ding Jin'gou, et aussi Guo Qiusheng.

– Petit oncle, reprit Sima Liang, rentrons d'abord à la maison, ta mère est folle d'inquiétude, mais vous autres, les dénommés Wu, Wei, Ding et Guo, écoutez-moi bien, espèces de salauds ! Aujourd'hui vous vous en êtes peut-être tiré, mais demain vous ne vous échapperez pas. Qui a évité le Nouvel An, ne coupe pas au quinze du mois ! Si vous touchez à un seul cheveu de mon petit oncle, vos familles verront de quel bois je me chauffe ! »

À peine eut-il fini de prononcer ces mots que Wu, Wei, Ding et Guo bondissaient hors du bosquet de ricins en riant bruyamment. « Merde alors, dit Wu Yunyu, d'où vient ce petit gars qui se vante sans craindre de perdre sa langue ! » Ils brandirent leurs badines de mûrier qui s'étaient transformées en des sortes de fouets et arrivèrent devant nous en bondissant comme des chiens. « Zaohua, occupe-toi du petit oncle ! » cria Sima Liang en m'écartant et en se précipitant sur ces gaillards plus grands que lui. Cette manière d'attaquer sans hésiter les stupéfia tous les quatre, et avant qu'ils aient eu le temps d'abattre leurs branchettes, la tête dure de Sima Liang était allée cogner contre le bas-ventre de Wei Corne de chèvre. Ce type féroce à la bouche remplie de mots orduriers tomba plié en deux, puis se recroquevilla comme un hérisson attaqué. Les badines de mûrier de Wu, Guo et Ding sifflèrent en s'abattant sur Sima Liang qui se retourna et s'enfuit en se protégeant la tête dans ses bras. Ils se lancèrent à sa poursuite. Manifestement, Sima Liang, avec son fort esprit de révolte, suscitait l'enthousiasme des trois voyous. Comparé au chétif Shangguan Jintong, aussi faible qu'un mouton, le jeune loup Sima Liang était beaucoup plus intéressant. Poussant des hurlements d'excitation, ils se livrèrent à une course poursuite sur la prairie lugubre. Si Sima Liang était un jeune loup, Wu, Guo et Ding étaient des courtilières énormes et féroces, mais qui semblaient pataudes et stupides. Wei Corne de chèvre était le fruit du croisement d'un loup et d'une courtilière, aussi avait-il été le premier objectif de Sima Liang. Renverser Wei Corne de chèvre revenait à faire tomber le cerveau de la meute. Sima Liang courait tantôt vite, tantôt lentement : il utilisait la stratégie pour venir à bout des fantômes, faisant de nombreux écarts qui faisaient trébucher ses poursuivants. À plusieurs reprises, ils tombèrent dans leur précipitation ; l'herbe qui leur arrivait aux genoux s'ouvrait et se refermait sous leurs pieds. Des groupes de lièvres gros comme le poing s'échappaient de leurs terriers en poussant des cris de frayeur, l'un d'eux ne parvint pas à s'enfuir à temps et fut écrasé sous le gros pied de Wu Yunyu. Sima Liang ne faisait pas que fuir, par moments, il se livrait aussi à des contre-attaques. Quand il eut mis une bonne distance entre les gaillards et lui, il effectua une brusque volte-face pour se livrer contre chacun d'eux à une attaque éclair. S'emparant d'une poignée de boue, il l'envoya au visage de Ding Jin'gou, il mordit Wu Yunyu au bras, puis il recourut à la tactique du regard biaisé pour agripper les choses que Guo Qiusheng avait entre les jambes et tirer dessus de toutes ses forces. Les trois gaillards étaient blessés et Sima Liang avait aussi pris un bon nombre de coups sur la tête. Leur vitesse diminuait. Sima Liang se replia de côté en direction du pont de paille. Ses poursuivants s'étaient rapprochés les uns des autres, l'écume aux lèvres, gémissant comme de vieux soufflets, poursuivant Sima Liang mais toujours sur leurs gardes. Wei Corne de chèvre reprit son souffle. Il ressemblait à un chat menaçant : l'échine courbée, il avançait lentement à quatre pattes. Manifestement il cherchait quelque chose à tâtons. Son grand couteau au manche en os gisait quelque part dans les touffes d'herbe. « Enculé de ta mère ! Bâtard laissé par les brigades pour le retour au foyer, je vais te saigner ! » jurait-il en cherchant son couteau, et les papillons blancs dans ses yeux de coq de combat tremblaient comme s'ils pondaient. Avec présence d'esprit, Sha Zaohua fit un bond comme une biche, s'empara du couteau et, les mains agrippées au manche, recula jusqu'à moi. Wei Corne de chèvre se releva et tendit la main en menaçant : « Bâtarde laissée par les traîtres au pays, rends-moi ce couteau ! » Sha Zaohua restait silencieuse, me poussant de ses fesses pour me faire reculer. Elle fixait sans le moindre cillement les pattes couvertes de cals de Wei Corne de chèvre. Il se précipita plusieurs fois en avant, mais chaque fois qu'il approcha de la lame, il recula en hâte. Pendant ce temps, Sima Liang s'était déjà replié sur le pont de paille. Wu Yunyu hurla : « Wei Corne de chèvre, espèce d'enculé de ta mère, viens vite, tue-moi ce bâtard laissé par les brigades pour le retour au foyer ! Viens vite !

– Je m'occuperai de toi dans un moment, fillette ! » dit férocement Wei Corne de chèvre en se tournant vers Sha Zaohua. Il voulut arracher un plant de ricin pour s'en faire une arme, mais celui-ci était trop gros et il n'y parvint pas. Il ne put qu'en casser une branche qu'il agita bruyamment en l'air en se précipitant vers le pont.

Tout en me soutenant, Sha Zaohua monta sur le pont de paille branlant. Sous le pont étroit, l'eau s'écoulait avec rapidité, des bancs de petites carpes jaillissaient du courant impétueux, certaines passant carrément de l'autre côté, d'autres s'échouant sur la paille où elles tressautaient furieusement, leur corps leste s'incurvant comme un arc. Entre mes jambes je me sentais tout collant, les endroits où mon dos, mes fesses, mes mollets et mon cou avaient reçu des coups étaient brûlants. Je ressentais un goût de rouille à la fois sucré et saumâtre ; à chaque pas que je faisais, mon corps vacillait sans que je pusse l'en empêcher et un gémissement involontaire s'échappait de ma bouche. Mon bras s'appuyait sur l'épaule chétive de Sha Zaohua. Je voulais me redresser pour alléger sa charge, mais ne le pouvais pas.

Sima Liang courait, ni trop vite ni trop lentement, sur le chemin qui menait au village. Lorsque ses poursuivants se rapprochaient, il accélérait l'allure ; quand ils ralentissaient, il en faisait autant.

Il maintenait une distance capable de les exciter, mais pas de l'atteindre. Dans les champs cultivés, de chaque côté du chemin, s'élevaient des volutes de brume, colorées en rouge foncé par le soleil crépusculaire, et des canaux montaient les cris monotones des crapauds. Wei Corne de chèvre dit quelques mots à voix basse à Wu Yunyu et ils se séparèrent pour prendre trois voies différentes. Wei Corne de chèvre et Ding Jin'gou franchirent le canal et disparurent chacun dans les cultures qui le bordaient. Wu Yunyu et Guo Qiusheng ralentirent et crièrent : « Sima Liang, Sima Liang, celui qui fuit n'est pas un homme, si tu as du cran, arrête-toi et viens te battre !

– Grand frère, cours vite ! cria Sha Zaohua, ne tombe pas dans leur piège !

– Fillette, dit Wu Yunyu en se retournant et en agitant le poing, je te tuerai ! »

Courageusement, Sha Zaohua se tenait devant moi, tenant fermement le couteau. « Venez, dit-elle, je n'ai pas peur de vous ! »

Wu Yunyu s'approcha. De ses fesses, Sha Zaohua me fit reculer. Sima Liang se retourna et vint de notre côté. « Chauve galeux, si tu oses le toucher, j'empoisonnerai ta femme puante, la marchande de fromage de soja !

– File vite, frère ! s'écria Sha Zaohua, ces bâtards de Wei et Ding sont partis te couper la route. »

En s'arrêtant, Sima Liang venait de se fourrer dans une situation doublement périlleuse. Peut-être s'était-il volontairement arrêté ? Toujours est-il que Wu Yunyu et Guo Qiusheng en firent autant. Wei Corne de chèvre et Ding Jin'gou sortirent des cultures, franchirent le canal et grimpèrent sur le chemin. Leurs jambes étaient couvertes d'une boue bleu-noir. Ils progressaient avec précaution, comme s'ils s'apprêtaient à capturer un petit animal féroce. Sima Liang était debout, bien campé sur ses jambes, il leva un bras d'un air insouciant pour essuyer la sueur de son front – peut-être simulait-il cet air insouciant ? À cet instant, parvinrent du village les appels indistincts de ma mère. Sima Liang sauta au-dessus du canal et se faufila à toute vitesse sur un étroit sentier entre un champ de sorgho et un champ de maïs. Wei Corne de chèvre s'écria, au comble de l'excitation : « Allez, les gars, poursuivons-le ! » Comme des canards à la queue leu leu, ils franchirent le canal puis partirent sur ses traces dans l'eau et la boue. Les plants de sorgho et de maïs qui bordaient le sentier se refermaient sur lui. Nous n'entendions plus que le froissement des feuilles et leurs appels tels des aboiements. « Petit oncle, attends la tante ici, je vais donner un coup de main à Liang.

– J'ai peur, Zaohua.

– N'aie pas peur, petit oncle, la tante va arriver tout de suite. » Puis elle cria : « Tante !... Ils vont tuer Liang ! Crie, toi aussi !

– Maman... je suis là, maman, je suis là... ! »

Courageusement, Sha Zaohua sauta dans le canal dont l'eau lui monta jusqu'à la poitrine ; elle se débattit, faisant jaillir une écume verte, j'avais vraiment peur qu'elle se noie, mais, tenant son couteau levé, elle grimpa sur le bord opposé, arrachant à grand-peine de la boue ses petites jambes fines. Ses chaussures restèrent au fond. Elle se glissa sur le petit sentier qui formait comme un tunnel et disparut.

Telle une vache qui veut protéger son veau, ma mère arrivait en courant, balançant tout son corps. Ses cheveux ressemblaient à des fils d'or et son visage était couvert d'un tendre voile jaune. « Maman !... » m'écriai-je en versant les dernières larmes qui me restaient. Je sentis que je n'allais plus pouvoir tenir debout et fis quelques pas clopin-clopant pour me jeter contre sa poitrine chaude et humide de transpiration.

« Mon fils, qui t'a mis dans cet état ? demanda-t-elle en pleurant.

– Wu Yunyu, et aussi Wei Corne de chèvre... sanglotai-je.

– Ah ! les bandits, rugit ma mère de colère, où sont-ils partis ?

– Ils sont à la poursuite de Sima Liang et de Sha Zaohua ! » dis-je en indiquant la direction du sentier.

Des volutes de brume en sortaient ; des profondeurs de ce chemin mystérieux et insondable parvenaient des cris d'animaux, ainsi que des bruits de lutte et les cris stridents de Sha Zaohua.

Ma mère regarda en direction du village. Là-bas, tout était enfoui dans un épais brouillard, les aboiements des chiens semblaient venir du fond des eaux. M'entraînant, elle descendit dans le canal sans plus s'occuper de rien. L'eau aussi douce que l'huile de graissage des essieux monta brusquement par les jambes de mon pantalon. Ma mère était grosse, ses pieds petits, elle avançait avec la plus grande difficulté dans la boue. S'agrippant aux herbes qui poussaient sur le bord, elle parvint à grand-peine à monter de l'autre côté.

Me tirant par la main, elle s'engagea sur le sentier. Nous devions nous courber, sinon les feuilles pointues nous auraient griffé le visage et même crevé les yeux. De chaque côté poussaient des herbes sauvages luxuriantes, des touffes de chénopodes blancs qui avaient crû frénétiquement envahissaient le passage et leurs épines dures me griffaient les jambes. Je gémissais lamentablement. Mes blessures baignées d'eau me faisaient encore plus souffrir et, à plusieurs reprises, je faillis tomber inerte, mais ma mère me tirait de toutes ses forces. La lumière diminuait, il faisait tellement sombre que l'on ne voyait plus les petits animaux aux formes étranges qui s'ébattaient dans les cultures de chaque côté. Ils avaient des yeux émeraude, une langue rouge vif. Un sifflement s'échappait de leur museau pointu. J'eus soudain l'impression que je pénétrais dans le légendaire palais des enfers et me demandai si l'être qui me tenait fermement par la main, soufflant comme un bœuf et avançant droit devant lui sans se soucier de rien, était vraiment ma mère. N'était-ce pas un démon qui avait pris sa forme pour m'entraîner aux enfers ? Je tentai de dégager ma main serrée à me faire mal, mais les mouvements que j'effectuai dans ce but ne firent que renforcer la pression exercée.

Finalement, cet effrayant sentier devint plus dégagé. Au sud, c'était toujours le champ de sorgho à perte de vue comme une forêt noire, au nord apparaissait un espace découvert. Le soleil du soir était sur le point de disparaître, les grillons avaient commencé leur grand concert. Un four à briques abandonné accueillit chaleureusement notre arrivée de sa couleur rouge feu. Derrière un tas de briques crues, Sima Liang et Sha Zaohua se livraient à un combat de guérilla plein de souplesse et d'adresse contre les quatre canailles. Dans le camp adverse, chacun s'était fait un écran de briques et en lançait sur l'ennemi. Sima Liang et Sha Zaohua étaient manifestement en mauvaise posture : ils étaient inférieurs en nombre et en force, leurs bras étaient faibles, alors que du côté de Wu Yunyu, quatre hommes lançaient avec entrain des briques et des tuiles cassées qui volaient sans discontinuer, empêchant carrément Sima Liang et Sha Zaohua de lever la tête.

« Arrêtez ! hurla ma mère. Espèces de porcs ! »

Les quatre canailles enivrées par la bataille ne prêtèrent pas la moindre attention à ses injures et continuèrent à lancer briques et tuiles puis, contournant le tas de briques crues, encerclèrent peu à peu le camp de Sima Liang et Sha Zaohua. Tirant Sha Zaohua, Sima Liang s'enfuit éperdument vers le four délabré quand une tuile s'abattit sur la tête de la fillette qui poussa un cri et donna l'impression de vaciller sous le choc. Elle cramponnait encore le couteau dans sa main. Sima Liang ramassa deux briques cassées, sauta de l'autre côté du mur en briques crues et les lança sur l'ennemi qui les évita sans difficulté. Ma mère me cacha dans le champ de sorgho et, ouvrant grand ses bras, se précipita comme si elle allait exécuter la danse de repiquage du riz. Ses chaussures aussi étaient restées dans la boue. Ses petits pieds remuaient de façon pitoyable et ses talons creusaient une série de petits trous dans la terre humide.

Sima Liang et Sha Zaohua apparurent à l'extrémité du mur de briques crues, ils se tenaient par la main et couraient en trébuchant vers le four. Une grosse lune toute rouge s'était levée discrètement. Les ombres violettes de Sima Liang et de Sha Zaohua s'étiraient en biais sur le sol. Les ombres des quatre salopards étaient encore plus longues. Comme montés sur des ressorts, ceux-ci s'élancèrent à toute vitesse, semant ma mère loin derrière eux. Encombré par Sha Zaohua, Sima Liang ne put accélérer l'allure. Sur le vaste espace libre qu'ils se disputaient à corps perdu devant le four à briques en ruine, Wei Corne de chèvre renversa Sima Liang d'un coup de brique. Sha Zaohua se précipita sur Wei Corne de chèvre en brandissant son couteau, mais celui-ci l'esquiva et elle frappa dans le vide ; Wei Corne de chèvre la fit alors tomber d'un coup de pied.

« Arrêtez ! » cria ma mère.

Les quatre hommes, comme des vautours les ailes écartées, tenaient leurs bras ouverts et de leurs huit pieds frappaient sans relâche Sima Liang et Sha Zaohua. Celle-ci pleurait et hurlait, mais Sima Liang ne laissait échapper aucune plainte. Leurs corps roulaient sur le sol. Sous la lumière de la lune, les quatre hommes semblaient exécuter une danse étrange.

Ma mère tomba, mais elle se releva avec obstination. Elle agrippa fermement l'épaule de Wei Corne de chèvre. Ce gars, le plus pervers et le plus rusé, projeta en arrière ses coudes repliés qui atteignirent ma mère en pleine poitrine : elle poussa un grand cri, recula et tomba sur les fesses. Je me jetai à terre, le visage collé dans la boue. Je sentis un sang noir couler de mes yeux.

Ils continuèrent à frapper Sima Liang de leurs pieds avec un degré de cruauté qui dépassait de loin les limites d'une bagarre, mettant en péril sa vie et celle de Sha Zaohua. À cet instant, un homme à la stature imposante, les cheveux en broussaille, les joues envahies par la barbe, la figure couverte de poussière de charbon, noir de la tête aux pieds, surgit du four en ruine. Son dos et sa taille manquaient un peu de souplesse, ses jambes aussi étaient assez raides. Il sortit maladroitement du four et leva un poing gros comme un marteau avec lequel, d'un seul coup, il fracassa l'épaule de Wu Yunyu. Ce héros s'assit par terre en hurlant. Les trois autres cessèrent leurs coups de pied. Wei Corne de chèvre poussa un cri de frayeur : « Sima Ku ! » Il s'apprêtait à prendre la fuite quand il entendit Sima Ku pousser un rugissement, tel le bruit d'une mine qui explose à la surface du sol, qui les immobilisa complètement. Sima Ku brandit le poing, le premier coup éclata les prunelles de Ding Jin'gou, le deuxième fit vomir sa bile à Guo Qiusheng, le troisième n'était pas encore parti que Wei Corne de chèvre tombait à genoux, se frappant le front par terre comme le pilon qui écrase l'ail et suppliant : « Seigneur, seigneur, épargnez-moi, ils m'ont forcé à venir avec eux, sinon, ils m'auraient battu, ils m'auraient fait tomber toutes mes dents, seigneur, épargnez-moi… » Sima Ku hésita et lui envoya un coup de pied. Wei Corne de chèvre roula en arrière, puis détala comme un lapin. Très vite, depuis la route qui menait au village nous parvinrent ses cris tels des aboiements : « Il faut attraper Sima Ku ! Le chef des brigades pour le retour au foyer Sima Ku est revenu, attrapez-le ! »

Sima Ku aida Sima Liang et Sha Zaohua à se relever, puis ma mère.

Celle-ci lui demanda en tremblant : « Vous… vous êtes un homme ou un fantôme ?

– Ma vieille belle-mère… pleura Sima Ku à mi-voix, puis il s'arrêta.

– Papa, c'est vraiment toi ? demanda Sima Liang.

– Mon fils, dit Sima Ku, tu es un bon gars ! Ma vieille belle-mère, qui reste-t-il dans notre famille ?

– Ne posez pas de questions, dit ma mère folle d'inquiétude, fuyez vite ! »

Des coups de gong frénétiques et des coups de feu perçants parvenaient du village.

Sima Ku attrapa Wu Yunyu et dit en insistant sur chaque mot : « Petit porc, va dire à ces cafards du village que quiconque osera humilier un proche de Sima Ku, j'exterminerai sa famille jusqu'aux chiens et aux poules ! Tu te rappelleras ce que je t'ai dit ?

– Oui, oui, je me rappellerai… » répéta Wu Yunyu.

Lorsque Sima Ku le relâcha, il tomba raide sur le sol.

« Filez vite ! Vénérable ancêtre… » Ma mère l'exhortait frénétiquement en frappant ses paumes par terre.

« Je pars avec toi, papa… dit Sima Liang en pleurant.

– Mon bon fils, va plutôt avec la grand-mère, dit Sima Ku.

– Je t'en supplie, papa, emmène-moi…

– Liang, dit ma mère, ne retiens pas ton père, laisse-le partir ! »

Sima Ku s'agenouilla devant ma mère, frappa son front sur le sol et dit tristement : « Mère, je vous confie cet enfant ! La dette que moi, Sima Ku, j'ai envers vous, je ne pourrai la rembourser dans cette vie, mais je vous la rendrai dans une vie future !

– Je n'ai pas réussi à protéger Feng et Huang, il ne faut pas m'en garder rancune… dit ma mère à travers ses larmes.

– Je ne vous en veux pas, je les ai déjà vengées.

– Partez, partez, dit ma mère, le plus loin possible. Plus on se venge, plus la haine et les rancunes deviennent profondes. »

Sima Ku se releva et courut au four. Lorsqu'il en ressortit, il portait un manteau en jonc, sur sa poitrine un fusil-mitrailleur, et à sa ceinture, enroulées sur deux épaisseurs, des munitions brillant d'un éclat argenté. Il disparut en un éclair dans les champs de sorgho dont les pousses bruirent à son passage.

« Écoutez bien ce que je vais vous dire, cria ma mère, allez le plus loin possible, mais il ne faut plus tuer personne ! »

Le calme revint dans le champ de sorgho. La lumière de la nuit se répandait partout comme de l'eau. Les voix humaines affluaient du village par vagues.

Sous la conduite de Wei Corne de chèvre, la milice populaire du village et les agents de la sécurité publique de la zone arrivèrent en ordre dispersé devant le four, portant lanternes ou torches, armés de fusils et de lances. Ils l'entourèrent en faisant mille simagrées.

L'agent de la sécurité Yang, équipé d'une prothèse en plastique en guise de jambe, rampa jusque derrière le tas de briques crues et cria dans un porte-voix métallique : « Sima Ku ! Rends-toi ! Tu n'arriveras pas à t'échapper ! »

Il cria un long moment, mais il n'y eut aucun mouvement dans le four. L'agent de la sécurité Yang sortit son revolver et tira deux coups en visant la bouche noire du four. Les balles allèrent frapper la paroi, renvoyant un bourdonnement en écho.

« Apportez une grenade ! » cria Yang aux hommes derrière lui. Rampant collé au sol comme un lézard, un milicien sortit de sa ceinture deux grenades à manche qu'il passa à Yang. Celui-ci en dégoupilla une, tira sur le fil, l'accrocha à son doigt, puis la lança de toutes ses forces dans le four. Il se coucha ensuite précipitamment, attendant l'explosion. Elle se produisit. Il en envoya une autre qui explosa à son tour. Lorsque les ondes propagées par l'explosion se furent éloignées, un calme encore plus grand régna dans le four. Yang cria dans son porte-voix : « Sima Ku, rends tes armes et tu auras la vie sauve ! Nous traitons bien les prisonniers !... » Seuls lui répondirent les stridulations graves des grillons et les coassements sonores des grenouilles dans les canaux.

L'agent Yang s'enhardit à se mettre debout, sa lampe électrique dans une main, le pistolet dans l'autre, puis il cria derrière lui : « Suivez-moi ! » Deux miliciens courageux, l'un portant un fusil, l'autre une lance, le suivirent, courbés en deux. À chaque pas que faisait l'agent Yang, son membre en plastique émettait un grincement, et en même temps, son corps penchait sur le côté. C'est ainsi qu'ils pénétrèrent sans encombre dans le vieux four, pour en ressortir aussitôt.

« Wei Corne de chèvre ! hurla l'agent, où est-il passé ?

– Je jure devant le ciel, dit Wei Corne de chèvre, que Sima Ku est sorti de ce four, si vous ne me croyez pas, demandez-le-leur !

– C'était Sima Ku ? demanda mécontent l'agent de la sécurité Yang en fixant Wu Yunyu et Guo Qiusheng – Ding Jin'gou gisait évanoui sur le sol. Vous ne vous seriez pas trompés ? »

Wu Yunyu regarda craintivement vers le champ de sorgho et dit en hésitant : « Il me semble que c'était lui...

– Il était seul ? demanda l'agent de la sécurité.

– Il était seul...

– Il était armé ?

– Il me semble… qu'il avait un fusil… et qu'il était couvert de munitions. »

À ces mots, l'agent Yang et la dizaine de miliciens se jetèrent brutalement à terre, comme des herbes sauvages fauchées au pied.

Chapitre 33

L'exposition sur l'éducation de classe se tenait dans l'église. À peine arrivés devant l'entrée principale, les élèves en longue file ouvrirent grand la bouche et éclatèrent en pleurs comme s'ils obéissaient à un ordre. Les sanglots de centaines d'élèves – l'école du bourg de Dalan s'était agrandie pour devenir l'école centrale du canton du Nord-Est de Gaomi – ébranlaient toute la rue. Le nouveau directeur se tenait sur les marches en pierre de la grande entrée de l'église et les exhortait d'une voix forte avec un accent étranger au pays[1] : « Chers élèves, chers élèves, reprenez-vous, reprenez-vous ! » Il sortit un mouchoir gris et s'essuya les yeux avant de se moucher bruyamment.

Les élèves s'arrêtèrent de pleurer et, conduits par leurs professeurs, entrèrent en file indienne dans l'église où ils s'immobilisèrent en rang. Ils étaient serrés au milieu d'un grand carré dessiné à la chaux réservant un espace libre tout le long des murs, sur lesquels étaient suspendues des peintures à l'encre multicolores, accompagnées d'une explication.

Quatre présentatrices, une baguette à la main, se tenaient aux quatre angles.

La première était notre professeur de musique, Ji Qiongzhi, qui avait été sévèrement punie pour avoir frappé un élève. Son visage avait jauni, elle avait l'air abattu, ses grands yeux beaux et vifs étaient mornes. Fusil sur le dos, le nouveau chef de la région se tenait debout sur l'estrade où prêchait autrefois le pasteur Maroya.

1. Les cadres communistes se devaient d'utiliser le chinois standard, proche du pékinois, sensiblement différent du dialecte du Shandong.

Montrant les images avec sa baguette, Ji Qiongzhi lisait les explications dans un pékinois parfaitement standard.

Les dix premières images présentaient l'environnement naturel du canton du Nord-Est de Gaomi, ainsi que sa situation sociale et son évolution historique avant la Libération. Puis apparaissait sur une image une boule de serpents venimeux enchevêtrés qui crachaient des langues rouges. Sur la tête de chacun figurait un nom, et sur le front particulièrement développé de l'un d'eux était inscrit le nom du père de Sima Ku et Sima Ting. « Sous l'oppression cruelle de ces serpents venimeux avides de sang, débitait Ji Qiongzhi mécaniquement, la vie du peuple du canton du Nord-Est de Gaomi était plongée dans un abîme de souffrance, c'était une vie plus misérable que celle des bœufs et des chevaux. » Sa baguette désignait à présent une image qui représentait une vieille femme au visage de chameau, un panier tout abîmé au bras, appuyée sur un bâton de mendiante, une fillette aussi maigre qu'un petit singe accrochée au pan de son vêtement en haillons ; les feuilles noires qui tombaient depuis le sommet à gauche de l'image, entraînant quelques branches cassées, indiquaient à quel point le vent glacial était pénétrant. « Nombreux étaient ceux qui devaient quitter leur village et partir mendier afin de fuir la famine, ils étaient mordus par les chiens méchants des propriétaires fonciers et leurs jambes ruisselaient de sang frais », expliquait Ji Qiongzhi qui déplaça ensuite sa baguette vers une autre image : une grande porte laquée de noir entrebâillée, surmontée d'une plaquette gravée de gros caractères dorés, « Fu Sheng Tang, Résidence de la Vie Heureuse ». Par l'ouverture de la porte sortait une tête coiffée d'une calotte côtelée surmontée d'un gland rouge : c'était bien sûr un de ces bâtards de propriétaires fonciers qui faisaient la pluie et le beau temps. Ce qui était étonnant, c'était que ce bâtard de propriétaire foncier était représenté avec un visage de bonne pâte et des yeux clairs comme des étoiles ; avec son air plutôt aimable, il n'avait rien de haïssable. Un énorme chien jaune mordait la jambe d'un petit garçon. À cet instant, une élève se mit à pleurer, elle venait du village de Shakouzi, c'était une grande fille de dix-sept ou dix-huit ans qui n'était qu'en deuxième année de primaire. Les autres la regardèrent avec étonnement, comme s'ils cherchaient à savoir pourquoi elle pleurait. Dans les rangs des élèves, quelqu'un leva le bras et se mit à crier des slogans, interrompant les explications de Ji Qiongzhi. Appuyée sur sa baguette, elle attendit patiemment. Celui qui avait entrepris de lancer des slogans prit une voix effrayante et commença à sangloter. Il n'y avait aucune larme dans ses yeux dont le blanc était strié de vaisseaux rouges. Je tournai le regard pour observer mes camarades à côté de moi : ils pleuraient tous, telle une marée de sanglots déferlante. Le directeur de l'école, debout à une place bien en vue, se couvrit la figure avec son mouchoir et se frappa la poitrine de son poing gauche serré. Zhang Zhongguang, à ma gauche, essuya les traces brillantes de salive qui coulaient sur son visage constellé de taches de rousseur et se frappa ensuite la poitrine des deux mains, sans que je sache si c'était de colère ou de douleur. L'appartenance de classe qui avait été fixée pour sa famille était celle d'ouvrier agricole, mais, avant la Libération, j'avais souvent vu au marché du bourg de Dalan ce fils d'ouvrier agricole accompagner son père qui gagnait sa vie en organisant des paris : il tenait à deux mains une tête de porc cuite en sauce rouge enveloppée dans des feuilles fraîches de lotus et mordait dedans à chaque pas, enduisant ses joues et même son front de graisse luisante. Cette bouche qui avait mangé à satiété de la viande de porc bien grasse s'ouvrait aujourd'hui autant qu'elle pouvait, tandis que la bave dégoulinait sur son menton. À ma droite, une fille bien en chair avait à côté du pouce de chaque main un doigt supplémentaire tendre et jaune qui ressemblait à une pousse fraîche de gingembre. Son nom était Du Zhengzheng, mais nous l'appelions Du Six Six. Elle se cachait le visage dans les mains et émettait de petits cris, ses pleurs ressemblaient aux roucoulements d'un pigeon. Ses deux petits doigts monstrueux remuaient sur ses mains comme la queue d'un cochonnet bien gras, et ses yeux d'un noir de laque perçaient entre les interstices de ses doigts. Je vis bien sûr que sur le visage de la plupart de mes camarades de classe, c'étaient de vraies larmes qui coulaient. Tous ménageaient les larmes de leur visage et aucun ne pouvait se résoudre à les essuyer. Je n'arrivais vraiment pas à verser la moindre larme et ne comprenais pas comment quelques maladroites peintures à la gouache pouvaient toucher à ce point mes camarades. Mais je ne voulais pas trop attirer l'attention – j'avais découvert que le regard sombre de Du Six Six ne cessait de passer sur mon visage, et je savais qu'elle entretenait à mon égard une haine profonde. En classe, j'étais assis sur le même banc qu'elle et, un jour que j'assistais à un cours du soir, éclairé à la lampe à huile, de sa main au doigt supplémentaire, elle m'avait caressé la cuisse en cachette, tout en continuant à ânonner sa leçon. Je m'étais levé sous le coup de la surprise, enfreignant le règlement de la classe, ce qui me valut une réprimande du professeur. Je lui expliquai ce qui s'était passé. C'était sans aucun doute une conduite de salaud, les garçons ne doivent absolument pas refuser les caresses des filles, et même s'ils le font, ils ne doivent pas les dénoncer ouvertement, c'est une vérité que je n'ai reconnue que des années plus tard, et j'éprouve même encore un peu de regret, pourquoi n'avais-je pas... ? Mais à l'époque, ces deux doigts de trop remuant comme des vers provoquaient en moi vraiment trop de frayeur et de dégoût. À la suite de ma dénonciation, elle ne sut plus où se fourrer ; heureusement que c'était le cours du soir, dans la faible lumière des lampes à huile, chacun n'était éclairé que par un cercle jaune du diamètre d'une pastèque. Tête baissée, au milieu des rires lubriques des grands élèves, elle bredouilla : « Je n'ai pas fait exprès, je cherchais sa gomme...

– C'est faux, elle l'a fait exprès, ai-je dit comme un vrai salaud, elle m'a pincé.

– Tais-toi, Jintong ! » m'arrêta Ji Qiongzhi qui, en plus de la musique, nous enseignait le chinois. De ce jour, je devins l'ennemi mortel de Du Zhengzheng. La fois où je sortis de mon cartable un lézard mort, je la soupçonnai de l'y avoir mis. Aujourd'hui, au cours de ce rassemblement si solennel, j'étais le seul à n'avoir sur le visage ni salive ni larmes, mon cas était grave. Si Du Zhengzheng voulait se venger... Je n'osai imaginer les conséquences. Je levai mes mains et me cachai le visage, la bouche à moitié ouverte, tentant d'émettre de faux pleurs, mais n'y parvenant toujours pas.

Couvrant les pleurs, Ji Qiongzhi éleva brutalement la voix : « La classe réactionnaire des propriétaires fonciers menait une vie de débauche. À lui seul, Sima Ku avait pris quatre femmes ! » Sa baguette frappait avec impatience sur une image où Sima Ku était représenté avec une tête de loup et un corps d'ours ; il étendait des bras immenses couverts de poils noirs pour embrasser quatre sorcières : les deux de gauche avaient un corps de serpent et une tête humaine, les deux de droite avaient au-dessus des fesses une queue jaune et touffue. Derrière elles figurait aussi un groupe de petits diables. C'était manifestement la descendance mise au monde par Sima Ku, et mon jeune héros Sima Liang se trouvait parmi eux, mais lequel était-ce donc ? Était-ce ce chat-esprit qui portait sur le front deux oreilles triangulaires ? Ou bien ce chat-esprit au museau pointu, vêtu d'une petite veste rouge, qui tenait levées ses fines pattes griffues ? Je sentis le regard glacé de Du Zhengzheng me balayer de nouveau. « La quatrième épouse de Sima Ku, Shangguan Zhaodi, claironna Ji Qiongzhi d'une voix haut perchée mais dénuée de toute émotion, en montrant de sa baguette une femme avec une queue de renard, en avait assez de se nourrir des mets les plus exquis et elle finit par ne plus vouloir manger que la peau jaune des pattes de coquelets ; pour satisfaire ses goûts de luxe, les petits coqs à pattes jaunes qui ont été abattus chez Sima Ku auraient pu former une montagne ! » Sornettes ! Quand la deuxième sœur aurait-elle mangé la peau jaune des pattes de jeunes coqs ? Elle ne mangeait jamais ni coq ni poule. Jamais les cadavres de coqs n'avaient formé une montagne chez les Sima ! Ces injures adressées à ma deuxième sœur remplissaient mon cœur de colère et d'humiliation, des larmes à la signification confuse jaillirent alors de mes yeux. Je les essuyai sans la moindre retenue, mais elles continuèrent à couler.

Lorsque Ji Qiongzhi eut fini la partie des explications dont elle était responsable, elle recula dans un coin et reprit son souffle avec lassitude. Un professeur nommé Cai, nouvelle venue du chef-lieu de district, prit la suite. Elle avait des sourcils fins, une voix claire, et avant même qu'elle eût commencé à parler, on avait les larmes aux yeux. Cette partie de l'exposition était introduite par un titre qui éructait la colère : « Les crimes monstrueux de la brigade pour le retour au foyer ». Remplissant consciencieusement sa tâche, comme si elle enseignait la lecture de nouveaux caractères, le professeur frappait avec l'extrémité arrondie de sa baguette sur chaque mot l'un après l'autre, désignant chaque titre. Première image : au sommet à droite, des nuages noirs dans lesquels se cache un croissant de lune ; au sommet à gauche, des feuilles noires reliées par des traits noirs, mais ici, elles symbolisent le vent d'automne, pas le vent d'hiver. Sous la lune et les nuages noirs, dans le vent d'automne mélancolique, l'odieux chef du canton du Nord-Est de Gaomi, Sima Ku, vêtu d'une veste militaire, équipé d'une ceinture de l'armée, la bouche grande ouverte dévoilant ses dents pointues comme des dents de scie, tirant une longue langue dégouttant de sang frais ; sortant de son ample manche, sa main gauche tient un couteau ébréché et effilé en forme d'oreille de bœuf, dégoulinant aussi de sang frais, tandis que la droite tient un revolver d'où jaillissent des étincelles grossières qui montrent qu'il est en train de tirer des balles. Il ne porte pas de pantalon, mais son habit militaire le recouvre jusqu'à sa grosse queue de loup qui traîne à terre. Ses membres inférieurs sont représentés comme très robustes, mais ils sont trop gros, disproportionnés par rapport aux membres supérieurs, ils ne ressemblent pas à des pattes de loup, mais à des pattes de bœuf, alors que ses mains restent bien des pattes de canidé. Derrière lui suivent de près un groupe d'horribles animaux féroces et un serpent à lunettes qui tend le cou en crachant un venin rouge. « Voici Chang Xilu, un paysan riche réactionnaire du village des Dunes, dit le professeur Cai en pointant de sa baguette la tête du serpent à lunettes. Celui-ci – elle montra un chien sauvage –, c'est Du Jinyuan, un propriétaire foncier despote du village de Shakouzi. » Du Jinyuan, lui, avait une mâchoire de loup imbibée de sang frais et, à côté de lui, le soldat du village de la Colline-de-la-Famille-Wang, Hu Rikui, avait à peu près forme humaine, mais son visage étroit et allongé le faisait ressembler à un mulet. Le paysan riche réactionnaire du village des Deux-Districts, Ma Qingyun, était la vivante image d'un gros ours stupide. Bref, une troupe d'animaux cruels, prêts à en découdre, se ruaient sous la direction de Sima Ku, les armes à la main, sur le canton du Nord-Est de Gaomi.

« En l'espace de dix jours, la brigade pour le retour au foyer s'est livrée à une vengeance de classe frénétique ; recourant à des procédés d'une cruauté inimaginable, qui font dresser les cheveux sur la tête, ils ont tué mille trois cent quatre-vingt-huit personnes. » Elle désigna avec sa baguette les images montrant les scènes où la brigade tuait des gens. Une grande vague de sanglots monta de la foule des élèves. Ces images étaient comme les planches agrandies d'un effrayant dictionnaire de tortures, au riche contenu, abondamment illustré, aux couleurs éclatantes. Les premières images présentaient les méthodes traditionnelles pour tuer, par exemple la décapitation ou le passage par les armes. Ensuite, on entrait progressivement dans le monde de l'innovation : « Voici l'enterrement vivant, dit le professeur Cai en montrant une image. Comme son nom l'indique, il consiste à enfouir vivant un homme sous la terre. » Dans une grande fosse se tenaient une dizaine d'hommes au visage gris et au-dessus, c'était encore Sima Ku qui dirigeait les bandits de la brigade pour le retour au foyer remplissant la fosse de terre. « Selon la dénonciation de la vieille rescapée Guo Ma – le professeur Cai lisait les explications fournies sous l'image –, quand les bandits étaient fatigués d'enterrer les gens vivants, ils faisaient creuser leur propre fosse aux cadres révolutionnaires et aux masses de la base, puis les obligeaient à s'enterrer mutuellement. Lorsque la terre leur arrivait à la poitrine, ils ne pouvaient plus respirer, leurs poitrines étaient près d'exploser et le sang leur montait à la tête. À cet instant, les bandits visaient les têtes et ouvraient le feu, faisant gicler le sang et la cervelle à plus d'un mètre de hauteur. » Sur l'image, d'une tête à la surface du sol jaillissait effectivement du sang, comme d'une fontaine, qui montait jusqu'au sommet de la peinture puis se dispersait en gouttes comme des cerises et retombait – le professeur Cai, prise de vertige, était toute pâle, les pleurs des élèves faisaient trembler les poutres de l'église, mais à cet instant, il n'y avait plus de larmes dans mes yeux. D'après ce qui était mentionné sous les images, pendant que Sima Ku dirigeait le massacre frénétique du canton du Nord-Est de Gaomi à la tête de la brigade pour le retour au foyer, je suivais avec ma mère les cadres révolutionnaires et les activistes qui se repliaient en direction des régions côtières du Nord-Est. Sima Ku… Sima Ku avait-il vraiment été capable d'une telle cruauté ? Le professeur Cai avait réellement la tête qui tournait, elle l'appuya contre l'image à l'endroit de la fosse où étaient enterrés les gens vivants, un tout petit membre de la brigade pour le retour au foyer lançait une pelletée de terre, comme s'il voulait l'enterrer elle aussi. Le visage du professeur Cai était couvert de gouttes de sueur. Son corps glissa peu à peu et sa tête entraîna l'image fixée au mur. Elle resta assise au pied du mur, l'image lui cachant la tête, l'enduit gris tombant bruyamment sur le papier blanc.

Cet événement soudain stoppa les pleurs des élèves. Des cadres de la zone accoururent et emmenèrent le professeur Cai. Le chef de la zone, un homme d'âge moyen dont la moitié du visage aux traits réguliers était couverte par une tache de vin, la main serrée sur l'étui du pistolet pendu à sa ceinture, dit avec la plus grande gravité : « Camarades, camarades, à présent, nous allons demander à la vieille paysanne pauvre Guo Ma de nous raconter son expérience. Je donne la parole à Mme Guo ! » dit-il face à quelques jeunes cadres de la zone.

Tous les regards se tournèrent vers la petite porte qui faisait communiquer l'église avec l'endroit où habitait Maroya, comme si l'on attendait l'entrée d'un acteur célèbre. Silence, silence, soudain rompu par de longs pleurs lugubres parvenant de la cour de devant. Deux cadres de la zone ouvrirent la porte avec leurs fesses et entrèrent en soutenant Guo Ma. Elle avait des cheveux gris, se couvrait la bouche avec sa manche et, le visage levé vers le haut, pleurait à fendre l'âme. Tous l'imitèrent en pleurant au moins cinq minutes d'affilée. Elle s'essuya le visage et dit en s'arrangeant un peu : « Ne pleurez pas, les enfants, les larmes ne feront pas revenir les morts, mais les vivants doivent continuer à vivre. »

Les élèves s'arrêtèrent de pleurer et la regardèrent. Je trouvai que si ses paroles semblaient simples, leur sens était profond. Elle avait l'air un peu mal à l'aise et dit rapidement : « Que voulez-vous que je vous raconte ? Mieux vaudrait ne plus parler des choses du passé. » Elle fit carrément mine de s'en aller, mais la responsable des femmes du village des Dunes, Gao Changying, la tira par le bras : « Vieille dame, est-ce qu'on ne s'était pas entendues ? Pourquoi revenir sur votre parole ? ! » Manifestement, Gao Changying n'était pas contente du tout. Le chef de la zone dit aimablement : « Vieille dame, racontez-nous comment la brigade pour le retour au foyer a enterré les gens vivants, c'est pour éduquer les enfants, il ne faut pas oublier le passé, "Oublier le passé, c'est trahir", c'est ce qu'a dit le camarade Lénine.

– Puisque le camarade Lénine lui aussi veut que je parle, je vais le faire, dit Guo Ma, en poussant un long soupir. Ce soir-là, c'était la pleine lune, on aurait pu broder à sa lumière. Un soir aussi clair, c'est rare, quand j'étais petite, j'ai entendu les anciens dire qu'au moment des troubles des Taiping il était apparu une lune blanche comme ça. Je n'ai pas dormi tranquille, persuadée qu'il allait arriver quelque chose, j'ai même fini par ne plus dormir du tout et j'ai eu envie d'aller emprunter une forme pour les chaussures à la femme de Fu Sheng, dans la ruelle de l'Ouest, et au passage parler avec Fu Sheng de la question de sa future belle-fille, parce que, dans ma famille, on avait une nièce en âge de se marier. À peine j'étais sortie de chez moi, j'ai vu Petit Lion, avec un grand sabre brillant, qui escortait la femme de Jincai, sa mère et aussi ses deux enfants, l'aîné était un garçon de sept ou huit ans et la petite une fille d'un peu plus de deux ans. L'aîné suivait sa grand-mère en pleurant sans arrêt ; la petite était contre la poitrine de la femme de Jincai et elle pleurait aussi de peur. Jincai avait un bras qui pendait, il avait reçu un coup de sabre à l'épaule qui laissait voir sa chair rouge et blanche, c'était effrayant. Derrière Petit Lion, il y avait encore trois grands gaillards dont le visage ne m'était pas inconnu, armés aussi de sabres, l'air farouche. J'allais m'esquiver, mais, trop tard, ce bâtard de Petit Lion m'avait repérée. Il faut dire que j'étais cousine très lointaine avec sa mère. “Mais n'est-ce pas ma tante ? il a dit. – Quand es-tu revenu ? je lui ai demandé. – Hier soir, il a répondu. – Et qu'est-ce que tu fais là ? je lui ai demandé. – Rien de spécial, on est en train de chercher un endroit où dormir pour cette famille…” qu'il dit. Je savais bien que ces mots ne présageaient rien de bon, et je lui ai dit : “Petit Lion, on est tous voisins, quelle rancune t'anime pour faire ça ? – Il n'y a aucune haine entre nous, entre mon père et lui, il n'y avait ni haine ni rancune, et en plus mon père et le sien se considéraient comme des frères, mais il a quand même pendu mon père à un arbre pour de l'argent.” La mère de Jincai a dit : “Mon neveu, ton frère a soudain perdu la tête, mais en raison de notre vieille affection, tu dois lui pardonner, moi, je me prosterne devant toi.” Jincai a dit : “Maman, ne t'agenouille pas, il ne faut pas le supplier.” Petit Lion a dit : “Ça va, Jincai, tu es encore un peu un homme, tu es un digne chef de la milice populaire.” Jincai a dit : “Tu tiendras même pas quelques jours. – Tu as raison, a dit Petit Lion, j'estime que je pourrai tenir que dix à quinze jours. Mais pour venir à bout de ta famille, il me suffit de ce soir.” En me prévalant de mon âge, j'ai dit : “Petit Lion, relâche la famille de Jincai, sinon, je ne te reconnaîtrai plus comme neveu !” Il a écarquillé les yeux et il m'a dit : “Merde alors, c'est quoi cette histoire de neveu ? Arrête d'essayer de mettre en avant tes relations. Une année, sans faire attention, j'ai écrasé un de tes poussins et tu m'as donné un grand coup de bâton sur la tête. – Petit Lion, j'ai dit, tu n'es vraiment pas un être humain.” Il s'est retourné et a demandé aux trois gaillards : “Les gars, combien vous en avez tué aujourd'hui ?” Un gars a dit : “En comptant cette famille, juste quatre-vingt-dix-neuf." Alors Petit Lion a dit : "Sans cette tante, t'auras pas un compte rond." En l'entendant, ça m'a mis les nerfs en boule, ce bâtard voulait me tuer ! Je me suis retournée pour m'enfuir vers ma maison, mais comment leur échapper ? Cette saleté de Petit Lion aurait vraiment renié père et mère : une fois qu'il soupçonnait sa femme d'avoir des relations avec quelqu'un, il avait caché une grenade dégoupillée dans le fourneau. Ce jour-là, il a fallu que ce soit sa mère qui se lève la première et qui, en enlevant les cendres, sorte la grenade. Cette histoire, je l'avais oubliée, mais j'ai trop parlé et ça m'a attiré beaucoup d'ennuis. Ils ont emmené toute la famille de Jincai aux dunes, et moi avec. Un grand gaillard s'est mis à creuser à la pelle une fosse de la hauteur d'un homme. Comme c'était du sable, il n'a pas eu trop de peine et y est arrivé en peu de temps. La lune au-dessus de nos têtes était d'un blanc éclatant, on arrivait à voir tout ce qui se trouvait par terre, les herbes, les fleurs, les fourmis, les limaces, on voyait chaque chose très clairement, très très clairement. Petit Lion est allé jeter un coup d'œil à la fosse et il a dit : "Les gars, creusez encore un peu, ce salopard de Jincai est grand." Les gars ont continué à remonter le sable humide de la fosse. "Jincai, a dit Petit Lion, as-tu encore quelque chose à dire ? – Petit Lion, a dit Jincai, je n'ai pas l'intention de te supplier. J'ai poussé ton père à la mort. Si je ne l'avais pas tué, quelqu'un d'autre l'aurait fait." Alors Petit Lion a dit : "Mon père a toujours vécu de manière frugale, comme ton père il vendait des crevettes et des poissons, et quand il avait gagné un peu d'argent, il achetait quelques *mu* de terre. Mais ton père, lui, il a pas eu de chance, il s'est fait voler son argent. D'après toi, quel crime mon père avait-il commis ? – Acheter de la terre, c'était ça le crime ! – Jincai, a dit Petit Lion, en toute honnêteté, qui ne voulait pas acheter de la terre ? Est-ce que ton père ne le voulait pas ? Et toi, tu n'y penses pas ? – Ne me pose pas la question, a dit Jincai, je ne pourrai pas te répondre. Alors c'est fini, cette fosse ? – C'est prêt", a répondu le grand gaillard. Sans un mot, Jincai a sauté dedans. La fosse lui arrivait au niveau du cou. "Petit Lion, il a dit, je voudrais crier quelques slogans." Petit Lion a dit : "Vas-y, crie, depuis le temps où on allait cul nu ensemble on est amis tous les deux, je te dois un traitement de faveur, crie ce que tu veux." Jincai a réfléchi un moment, puis en levant son bras valide, il a crié de toutes ses forces : "Vive le Parti communiste chinois ! Vive le Parti communiste chinois ! ! Vive le Parti communiste chinois ! ! !" Puis il s'est tu. "Tu cries plus ? lui a demandé Petit Lion. – Non, il a répondu. – Allez, crie encore un peu, a dit Petit Lion, tu as une voix qui porte vraiment bien. – Ça va, a dit Jincai, je ne crierai plus. Trois fois, ça suffit." Petit Lion a poussé la mère de Jincai en disant : "Bon, tante, saute aussi !" La mère de Jincai s'est écroulée à genoux et s'est prosternée devant Petit Lion. Il a pris des mains d'un grand gaillard une pelle dont il a porté un coup à la femme pour la pousser dans la fosse. Les grands gaillards ont fait descendre aussi la femme de Jincai et ses enfants. Les enfants sanglotaient, sa femme aussi. Jincai a dit avec colère : "Arrêtez de pleurer, fermez-la, ne me faites pas perdre la face." Sa femme et ses enfants se sont arrêtés de pleurer. Un grand gaillard a demandé à Petit Lion en me montrant : "Petit chef, et celle-là, qu'est-ce qu'on en fait ? On la pousse aussi dedans ?" Avant que Petit Lion ait répondu, Jincai a crié depuis la fosse : "Petit Lion, on était d'accord qu'il y aurait une fosse pour notre seule famille, n'y mets pas des personnes extérieures ! – Sois tranquille, Jincai, a dit Petit Lion, je comprends ton souhait. Cette vieille chose, on va…" Et il a dit au grand gaillard : "Mon gars, encore un effort, creuse un autre trou pour l'enterrer."

Les grands gaillards se sont divisés en deux groupes, l'un pour me creuser une fosse, l'autre pour combler celle de la famille de Jincai. La fille de Jincai a dit en pleurant : "Maman, le sable me pique les yeux…" La femme de Jincai a alors relevé le pan de son vêtement pour lui couvrir la tête. Le fils de Jincai s'est débattu pour s'enfuir en grimpant hors de la fosse, mais les grands gaillards l'ont fait redescendre à coups de pelle. L'enfant hurlait. La mère de Jincai était assise dans la fosse et le sable l'a très vite ensevelie. Elle haletait à grand bruit en maugréant : "Parti communiste, Parti communiste, nous mourons entre tes mains ! – Quand la mort approche, a dit Petit Lion, en général on finit par comprendre, Jincai, si tu cries trois fois : À bas le Parti communiste !, je laisserai la vie sauve à un de tes descendants, comme ça, plus tard, il y aura quelqu'un pour aller brûler de la monnaie de papier sur ta tombe." La mère et la femme de Jincai se sont mises à le supplier en chœur : "Jincai, Jincai, crie vite, crie vite !" Le visage couvert de sable, Jincai écarquillait les yeux, mais c'était vraiment un brave capable de mâcher du fer, et il a dit : “Non, je ne crierai pas. – D’accord, tu as du caractère”, a dit Petit Lion avec admiration, puis il a pris une pelle des mains d’un gaillard, a soulevé du sable et l’a répandu dans la fosse. La mère de Jincai ne bougeait plus. Le sable avait enseveli sa femme jusqu’au cou et avait déjà complètement recouvert sa fille, seul le sommet de la tête de son fils apparaissait encore, deux mains sortaient, qui s’agitaient en aveugle. Du nez et des oreilles de la femme de Jincai coulait du sang noir et sa bouche ressemblait à un trou noir en train de crier une plainte, c’était triste, trop triste. Petit Lion s’est arrêté de pelleter et il a demandé à Jincai : “Ça va ?” Jincai haletait comme un vieux bœuf, sa tête était enflée comme un panier rond. Il a répondu : “Petit Lion, ça va très bien… – Jincai, a dit Petit Lion, comme on était des copains d’enfance, je te donne encore une chance, si tu cries : Vive le Guomindang !, je te fais sortir tout de suite.” Ouvrant grand les yeux, Jincai a dit d’une voix forte : “Vive le Parti communiste…” Petit Lion s’est énervé, il a pris des pelletées de sable et s’est mis à les lancer violemment dans la fosse. Quand elle a été comblée, la femme et le fils de Jincai étaient ensevelis, mais le sable bougeait encore, ils n’étaient pas complètement morts. La grosse tête de Jincai est réapparue de manière effrayante. Il ne pouvait déjà plus parler, de ses narines et de ses yeux coulait du sang, les veines de sa tête étaient enflées comme des gros vers. Petit Lion sautait sur la fosse pour piétiner le sable. Il s’est accroupi près de la tête de Jincai et lui a demandé : “Alors mon gars, comment tu te sens maintenant ?” Jincai ne pouvait plus répondre. Avec son doigt, Petit Lion a tâté la tête de Jincai et a demandé aux grands gaillards : “Hé, les gars, et si on mangeait de la cervelle d’homme vivant ? – Qui mangerait de ce truc, ils ont dit, c’est dégueulasse ! – Il y en a qui en mangent, a dit Petit Lion, le commandant de détachement Chen, il en mange. Il mélange avec de la sauce de soja et du gingembre émincé, c’est comme du fromage de soja de cervelle.” Le grand gaillard qui avait creusé l’autre fosse était ressorti et il a crié : “Chef, c’est prêt !” Petit Lion est allé au bord de la fosse et il m’a dit : “Tante tige de courge[1], viens voir un peu comment est ce trou. – Lion, Lion, j’ai dit, sois gentil, épargne-

1. Tante très éloignée : les tiges de courge sont très ramifiées et s’étirent très loin.

moi ! – Tu es tellement âgée, il a dit, à quoi ça te sert de vivre ? Et en plus, si je te libère, il faudra que je trouve quelqu'un d'autre à tuer, de toute façon aujourd'hui, il faut que j'en fasse cent. – Lion, j'ai dit, alors tue-moi au couteau, enterrer vivant, ça fait trop souffrir." Ce salopard de Petit Lion a dit : "Si tu vis, tu souffriras encore plus, mais quand tu seras morte, tu iras au paradis." Ce lâche m'a alors poussée d'un coup de pied dans la fosse. À ce moment-là, un groupe d'hommes est arrivé de derrière les dunes en criant. Leur chef était Sima Ku, le deuxième patron de la résidence de la Vie Heureuse, j'avais servi sa troisième épouse et je me suis dit : "Voilà mon sauveur !" Sima Ku est arrivé en se balançant, chaussé de grandes bottes de cheval. Je ne l'avais plus revu depuis des années, il avait beaucoup vieilli. Il a demandé : "Qui est là ?" Petit Lion a dit : "Moi, Petit Lion ! – Qu'est-ce que tu fais ? – J'enterre des gens ! – Qui ? – Le chef de la milice populaire du village des Dunes, Jincai, et sa famille." Sima Ku s'est approché et a dit : "Et c'est qui dans cette fosse ?" Alors j'ai crié : "Second patron, au secours ! J'ai servi madame la Troisième, je suis la femme de Guo le Bossu. – Ah ! c'est toi, a dit Sima Ku, comment ça se fait que tu sois tombée entre ses mains ? – J'ai trop parlé. Second patron, pitié !" Sima Ku a dit à Petit Lion : "Laisse-la partir. – Commandant, a dit Petit Lion, si on la relâche, on n'arrivera pas à cent. – Arrête de compter, a dit Sima Ku, tue ceux qu'il faut tuer, mais pas les autres !" Un gaillard m'a tendu une pelle pour que j'attrape le bout et m'a fait sortir. Quoi qu'on dise, Sima Ku était quelqu'un de raisonnable, sans lui, j'aurais été enterrée vivante par ce salopard de Petit Lion. »

Les cadres de la zone firent sortir Guo Ma en la tirant et en la poussant à qui mieux mieux.

Le professeur Cai, le visage livide, retourna à sa place, sa baguette à la main, et se remit à expliquer chaque exemple de torture ; malgré les larmes qui baignaient ses yeux, elle parlait de la même voix triste et monotone. Pourtant, les pleurs des élèves avaient cessé. Je vis que ceux-là même qui, un instant auparavant, se frappaient la poitrine et tapaient des pieds de désespoir n'affichaient plus maintenant sur leur visage que lassitude et impatience. Ces images qui exhalaient une odeur fétide de sang ressemblaient à des galettes sèches et sans goût que l'on fait tremper trop longtemps et qui se racornissent au soleil. Comparées à Guo Ma, exemple vivant qui faisait autorité, les images et leurs explications paraissaient illusoires et il leur manquait la couleur des sentiments.

Dans ma tête s'agitaient les images de la lumière de la lune à la blancheur aveuglante qu'avait connue Mme Guo, de la tête grosse comme une corbeille de Jincai, ainsi que de ce Petit Lion aussi vigilant et féroce qu'un lynx. Ces visions étaient d'une criante vérité, tandis que les formes reproduites sur les images étaient et ne seraient que des galettes sèches et sans goût que l'on avait fait tremper trop longtemps et qui s'étaient racornies au soleil.

Chapitre 34

Ils sont venus m'arrêter à l'école.

La rue était remplie de gens qui manifestement attendaient pour me voir. Deux soldats de la milice, le visage poussiéreux, se sont approchés et m'ont ligoté avec une corde. La corde était longue et après avoir fait plusieurs tours autour de moi, il en restait encore un long bout ; le soldat de la milice qui portait un fusil à l'épaule s'est mis en marche en me tirant comme une bête. Le milicien qui suivait me piquait le canon de son fusil dans le derrière. Les yeux écarquillés, les gens dans la rue me regardaient ébahis. À l'autre extrémité de la rue, un groupe arrivait sans se presser. Je distinguai vite qu'étaient attachés à la queue leu leu ma mère, ma sœur aînée, Sima Liang et Sha Zaohua. Shangguan Yunü et Lu Shengli n'avaient pas de liens, elles s'obstinaient à se précipiter sur ma mère, mais chaque fois en étaient écartées par un milicien aux épaules larges et au gros ventre. À l'entrée principale du siège du gouvernement de la zone – la résidence de la Vie Heureuse –, je fus réuni avec ma famille. Je les regardai, ils me regardèrent. Je sentis qu'il n'y avait plus rien à dire et ils devaient éprouver le même sentiment.

Escortés par les miliciens, nous traversâmes les cours profondes, puis, une fois arrivés tout au bout, ils nous enfermèrent dans le bâtiment le plus au sud, dont la fenêtre orientée au sud avait été démolie, son treillis cassé et son papier déchiré ne laissant qu'une grande ouverture irrégulière, comme si l'on avait sciemment voulu laisser voir de l'extérieur ce qui se passait dans la pièce. Sima Ting était recroquevillé dans un coin, le visage violacé et les dents manifestement déchaussées par les coups. Il nous regarda tristement. Derrière la fenêtre, c'était la dernière petite cour, puis le haut mur d'enceinte.

Un morceau de ce mur avait été abattu, comme si l'on avait encore sciemment voulu ouvrir un passage. De l'autre côté du mur, des miliciens en armes allaient et venaient, le vent du sud qui soufflait des rizières relevait les pans de leur veste. Des tours de défense situées aux angles sud-est et sud-ouest nous parvenait le bruit de soldats qui maniaient la culasse de leur fusil.

Ce soir-là, les cadres de la zone accrochèrent dans la pièce quatre lampes à gaz, installèrent une table et six chaises, et apportèrent aussi des fouets, des bâtons, des badines de rotin, des chaînes, des cordes, des seaux et des balais ; ils apportèrent encore un étal imbibé de sang sur lequel on tuait les cochons, ainsi qu'un long couteau pour les saigner et un petit pour les dépecer, des crochets pour suspendre les quartiers de viande et des seaux pour recueillir le sang. Ils semblaient vouloir transformer la pièce en abattoir.

L'agent de la sécurité Yang entra au milieu d'un groupe de miliciens, accompagné du grincement de sa jambe en plastique. Ses grosses bajoues pendaient lourdement. Le creux de ses aisselles était envahi de graisse, ce qui l'obligeait à tenir ses bras toujours écartés de son corps, comme s'il avait un joug sur le cou. Il s'assit à la table, accomplissant sans se presser les préparatifs à un interrogatoire. Il tira de derrière ses fesses un pistolet qu'il arma et posa sur la table ; près du pistolet, il posa un porte-voix en métal pris dans la main d'un milicien ; de sa ceinture, il tira sa pipe et sa blague à tabac qu'il mit près du porte-voix ; enfin, il se pencha pour ôter sa jambe en plastique garnie de sa chaussure et de sa chaussette qu'il posa sur un coin de la table. Cette demi-jambe, sous la lumière blanche de la lampe à gaz, avait une couleur de chair rouge effrayante. À son extrémité pendaient pêle-mêle des lanières de cuir. Du mollet à la cheville, la jambe était toute lisse, avec seulement quelques traces noires à hauteur du mollet. Sous la cheville on voyait seulement une chaussette et une chaussure trouées. Ainsi juchée sur la table, cette jambe ressemblait à un fidèle gardien de l'agent Yang.

Les autres cadres de la zone prirent place à ses côtés, exhibant d'un air grave stylos et carnets pour prendre des notes. Les miliciens appuyèrent leur fusil dans un angle, retroussèrent leurs manches, s'emparèrent qui d'un fouet qui d'un bâton, et se divisèrent en deux groupes en poussant des cris comme les gardes d'un tribunal.

Lu Shengli qui s'était jetée dans la gueule du loup se mit à pleurer en serrant dans ses bras les jambes de ma mère. Sur les longs cils de ma huitième sœur, Yunü, roulaient des larmes, mais aux coins de sa bouche était accroché un petit sourire séduisant. Même dans les situations les plus difficiles, elle était toujours séduisante. J'éprouvais un profond remords quant à mon entreprise de monopolisation des seins de ma mère lorsque j'étais enfant. Le visage impassible, ma mère fixait la lampe à gaz d'une blancheur de neige.

L'agent Yang bourra sa pipe, prit une allumette à tête blanche et la frotta sur la table rugueuse pour l'enflammer. Il tira sur sa pipe tandis que ses lèvres émettaient des pchitt pchitt pchitt. Aspirant la fumée, il jeta l'allumette, puis écrasa de son pouce la flamme dans le fourneau, aspira encore quelques coups, faisant grésiller le tabac, puis il recracha deux jets de fumée blanche par les narines. Il fit tomber les cendres contre le pied du banc, puis posa la pipe sur la table, prit le porte-voix en métal, l'appliqua sur sa bouche en dirigeant le pavillon vers le trou béant de la fenêtre comme si, au-delà de celle-ci, se tenaient d'innombrables spectateurs auxquels il voulait s'adresser. D'une grosse voix, il clama : « Shangguan Lushi, Shangguan Laidi, Shangguan Jintong, Sima Liang, Sha Zaohua, savez-vous pourquoi vous êtes arrêtés ? ! »

Nos regards cherchèrent le visage de ma mère, mais celui-ci était toujours tourné vers la lampe à gaz. Il était presque transparent tellement il était enflé. Ses lèvres remuèrent un peu, mais elle ne dit rien, elle se contenta de secouer la tête.

« Hocher la tête ne résout en rien le problème, dit l'agent Yang. Grâce aux dénonciations actives des masses et à une enquête sérieuse, nous sommes déjà en possession d'un grand nombre de preuves. La famille Shangguan, avec à sa tête Shangguan Lushi, a caché pendant une longue période l'ennemi du peuple Sima Ku du canton du Nord-Est de Gaomi, élément contre-révolutionnaire numéro un qui a de lourdes dettes de sang à payer. En outre, au cours d'une nuit récente, un membre de la famille Shangguan a saboté l'exposition d'éducation de classe en inscrivant sur le tableau noir dans l'église de nombreux slogans contre-révolutionnaires. Sur la base de ces chefs d'accusation, nous pourrions parfaitement passer toute la famille par les armes, mais après réflexion et guidés par notre politique, nous vous laissons une dernière chance : en premier lieu, nous espérons que vous indiquerez au gouvernement l'endroit où se cache l'infâme bandit Sima Ku, afin que ce loup cruel tombe au plus vite dans les filets de la justice. En second lieu, nous espérons que vous nous direz au plus vite qui a commis le crime de sabotage de l'exposition d'éducation de classe et qui a écrit les slogans réactionnaires ; il vous suffira d'être sincères et nous vous traiterons avec mansuétude. Avez-vous compris ? »

Nous conservâmes le silence.

L'agent Yang prit son pistolet et en frappa violemment le canon sur la table, sa bouche ne s'était pas éloignée du porte-voix toujours tourné vers le trou béant de la fenêtre et il mugit : « Shangguan Lushi, as-tu bien entendu ? »

Ma mère répondit avec le plus grand calme : « Nous sommes innocents. »

Et tous, nous reprîmes en chœur : « Nous sommes innocents.

– Innocents ? dit l'agent Yang, il est impossible que nous accusions à tort des gens honnêtes et il est impossible que nous relâchions des mauvaises gens. Pendez-les tous. »

Se débattre et pleurer ne permit que de gagner un peu de temps, mais le résultat fut que nous nous retrouvâmes les bras attachés derrière le dos, pendus très haut à la grosse et solide poutre en bois de pin de la maison de Sima Ku. Ma mère était pendue le plus au sud. Ensuite venaient Shangguan Laidi, puis Sima Liang et moi. Derrière moi, Sha Zaohua. Ces miliciens professionnels étaient experts dans l'art d'attacher et de pendre. Ils avaient auparavant installé à la poutre cinq poulies fixes qui leur permirent de nous hisser sans efforts. Je ressentis une douleur, encore supportable aux poignets, mais parfaitement insupportable aux épaules. Nos têtes étaient nécessairement inclinées en avant, notre cou étiré au maximum, nos jambes contraintes aussi de pendre, les pieds également. Pour moi, il était impossible de ne pas pousser de plainte. Pas Sima Liang. Shangguan Laidi gémissait. Sha Zaohua n'émettait pas un son. Le corps volumineux de ma mère faisait tendre la corde de chanvre toute neuve comme un fil de fer, des gouttes de sueur commençaient à couler en abondance sur elle, une vapeur blanche comme neige montait de ses cheveux en bataille. Lu Shengli et Shangguan Yunü entouraient de leurs bras les jambes de ma mère et la secouaient. Comme s'il se fût agi de poussins, les miliciens les écartaient. Mais elles se précipitaient de nouveau et étaient de nouveau éloignées. Un milicien demanda : « Agent Yang, est-ce qu'il faut les pendre aussi ?

– Non, dit résolument l'agent Yang, nous devons être vigilants sur la politique à l'égard des prisonniers. »

Sans le vouloir, Lu Shengli arracha une chaussure à ma mère. La sueur finit par se rassembler sur son gros orteil et se mit à dégouliner sur le sol.

« Alors, vous parlez ? demanda l'agent Yang, il vous suffit d'avouer et on vous relâchera aussitôt. »

Ma mère fit des efforts pour redresser la tête et haleta : « Relâchez mes enfants… Je suis responsable de tout…

– Torturez-la, hurla l'agent Yang en direction de la fenêtre, frappez-la cruellement ! »

Poussant des hurlements, les miliciens entreprirent de nous frapper de leurs fouets et de leurs bâtons en se retenant. Je hurlai, de même que ma grande sœur et ma mère ; Sha Zaohua restait impassible, peut-être était-elle évanouie. L'agent Yang et les cadres de la zone tapaient sur la table et poussaient des jurons de manière exagérée. Des miliciens portèrent Sima Ting sur l'étal à cochons et le frappèrent sur les fesses avec une barre de fer. Pour chaque coup de barre, une plainte s'élevait. « Frère cadet, espèce de salaud, viens vite reconnaître tes crimes ! – Vous ne pouvez pas me battre comme ça, j'ai été décoré… » Les miliciens abattaient silencieusement la barre comme s'ils frappaient un tas de viande avariée. Un cadre de la zone cinglait de son fouet une outre en cuir, un milicien fouettait de sa tige de rotin un sac de chanvre. Cris, hurlements, gémissements, vrais ou faux : un parfait désordre régnait dans la pièce, les ombres des fouets et des bâtons dansaient dans la lumière aveuglante des lampes à gaz…

Au bout du temps d'un cours à l'école, les miliciens détachèrent la corde fixée au treillis de la fenêtre et le corps de ma mère tomba lourdement sur le sol, inerte. Puis ils défirent une autre corde et ma grande sœur tomba à son tour. Nous fûmes ainsi détachés les uns après les autres. Les miliciens apportèrent un seau d'eau fraîche pour nous asperger le visage. Nous reprîmes conscience, mais tous nos membres étaient devenus insensibles.

« Ce soir, j'ai voulu vous montrer un peu de quel bois je me chauffe, hurla l'agent Yang, réfléchissez bien, vous allez parler ou non ? Si vous parlez, on passera l'éponge sur vos crimes antérieurs et on vous raccompagnera chez vous, si vous ne parlez pas, vos ennuis commenceront. »

L'agent Yang rattacha son membre artificiel, rangea sa pipe, remit son pistolet à sa ceinture, ordonna aux miliciens de bien nous surveiller, puis, escorté par les cadres de la zone, partit en claudiquant, sa jambe grinçant sans cesse.

Les miliciens refermèrent la porte et se mirent dans un coin pour fumer, leur fusil dans les bras. Appuyés contre notre mère, nous pleurions doucement sans dire un mot. De ses mains enflées, elle nous caressait les uns après les autres. Sima Ting gémissait de douleur.

« Hé, dit un milicien, parlez, parlez donc, l'agent Yang est capable de faire avouer un homme de pierre, vos corps à vous sont faits de chair, ils ont tenu aujourd'hui, mais est-ce qu'ils tiendront encore demain ?

– Si Sima Ku était vraiment un homme, dit un autre, il viendrait lui-même se dénoncer et ça irait. À présent, il y a encore de la végétation où il peut se cacher, mais dès que l'hiver sera là, il n'aura plus aucun endroit où se réfugier.

– Votre gendre, c'est vraiment un type incroyable : à la fin du mois dernier, une compagnie du bureau de la sécurité du district l'a encerclé dans les roselières du lac du Cheval-Blanc, mais elle l'a laissé échapper, il a vidé son chargeur et abattu sept personnes, le chef de la compagnie a eu une jambe coupée. »

Les miliciens semblaient vouloir nous suggérer quelque chose, mais nous ne comprenions pas exactement quoi. Nous avions enfin des nouvelles de Sima Ku : après sa réapparition au four à briques, il avait de nouveau sombré comme une pierre dans l'océan. Nous espérions qu'il fût parti au loin, mais il continuait à faire du grabuge dans le canton du Nord-Est de Gaomi et à nous attirer des ennuis. Le lac du Cheval-Blanc se trouvait au sud du village des Deux-Districts, tout au plus à vingt lis du bourg de Dalan. Là-bas, c'était l'endroit le plus large de la rivière d'Encre : ses eaux se jetaient dans une dépression et formaient un lac. Les roseaux y poussaient en abondance et les canards sauvages y proliféraient.

Chapitre 35

Le lendemain matin, Shangguan Pandi arriva à cheval du chef-lieu de district. Elle était folle de colère et voulait demander des comptes aux cadres de la zone. Mais lorsqu'elle ressortit de la maison du chef de la zone, sa colère s'était calmée. Elle vint nous voir en sa compagnie. Cela faisait six mois que nous ne l'avions plus revue et nous ne savions pas quelle était sa tâche au district. Depuis six mois, elle avait maigri. Les traces de lait séché sur sa poitrine montraient qu'elle allaitait. Nous lui lançâmes tous un regard glacial. « Pandi, quel crime ta mère a-t-elle commis en fin de compte ? » dit ma mère. Pandi jeta un coup d'œil au chef de la zone dont les yeux froids fixaient le haut mur à travers la fenêtre : « Maman… il faut supporter… dit-elle, les yeux pleins de larmes. Fais confiance au gouvernement… il est impossible que le gouvernement accuse à tort des gens honnêtes… »

À l'instant précis où Pandi tâchait tant bien que mal de nous réconforter, de l'autre côté du lac du Cheval-Blanc, dans le cimetière de famille de l'académicien Ding planté de pins vert sombre qui masquaient le soleil, Cui Fengxian du village de Shakouzi, une veuve devenue immortelle renarde, frappait en rythme à l'aide d'un galet noir sur la stèle de granit où étaient inscrits les hauts faits et les préceptes de l'académicien. Le son clair de la pierre se mêlait aux toc-toc des pic-verts creusant des trous dans les arbres ; les pies grises déployaient leur queue blanche en éventail et planaient entre les branches. Après avoir frappé un moment la stèle, Cui Fengxian attendit, assise sur l'autel. Elle était légèrement maquillée, portait des vêtements immaculés et tenait à l'épaule un panier de bambou couvert d'une serviette brodée. On eût dit une jeune mariée en visite chez ses parents. Sima Ku surgit de derrière la stèle. Cui Fengxian se leva en sursaut. « Démon, tu m'as fait peur, dit-elle.

– De quoi aurais-tu peur ? dit Sima Ku, les renardes ont-elles peur des démons ?

– Toujours le même, dit Cui Fengxian furieuse, tu as encore le cœur à jacasser !

– Pourquoi pas ? Je vais très bien, je n'ai jamais été aussi bien, dit Sima Ku, ces fils de pute veulent m'attraper ? Ah, ah ! ils rêvent ! » Il tapota le fusil-mitrailleur sur sa poitrine, son pistolet allemand Mauser sur le côté et son Browning de défense en bandoulière. « Ma belle-mère veut que je quitte le canton du Nord-Est de Gaomi, dit-il, pourquoi le quitterais-je ? C'est chez moi ici, ici sont enterrés les os des membres de ma famille, ici, chaque herbe, chaque arbre, chaque montagne, chaque rivière m'est familier, ici, c'est agréable, on est bien, et en plus il y a toi, une renarde ardente comme le feu, comment pourrais-je partir, à ton avis ? » Au loin, une troupe de canards sauvages effrayés s'envola des roselières, Cui Fengxian mit la main sur la bouche de Sima Ku. Celui-ci l'écarta. « Ce n'est rien, dit-il, j'ai donné une leçon à la 8e armée de route [1] là-bas, les canards sauvages ont été effrayés par les aigles qui viennent manger les cadavres. » Cui Fengxian entraîna Sima Ku vers un coin reculé du cimetière : « J'ai quelque chose de très important à te dire », annonça-t-elle.

Écartant des ronces épaisses, ils se faufilèrent dans un vaste tombeau. Les épines égratignèrent la main de Cui Fengxian qui poussa un cri. Sima Ku posa son fusil et alluma la lampe à huile accrochée au mur du caveau. Il se retourna et prit la main de Cui Fengxian : « Tu t'es fait mal ? Fais-moi voir », lui demanda-t-il avec sollicitude. Elle se débattit : « Non, ce n'est rien, ce n'est rien. » Mais Sima Ku avait déjà pris dans sa bouche son doigt qu'il suçait avec avidité. Cui Fengxian gémit : « Espèce de vampire… » Sima Ku abandonna le doigt et emprisonna la bouche de la femme avec ses lèvres, tandis que ses grosses mains sauvages s'emparaient brutalement de ses seins. Cui Fengxian se tortillait d'excitation, le panier dans sa main

1. Pendant la guerre contre le Japon, l'armée communiste a été intégrée à l'armée nationale sous le nom de 8e armée de route. Pendant la guerre civile qui a suivi, de 1946 à 1949, le nom lui est resté.

tomba par terre et des œufs durs cuits en sauce rouge roulèrent sur le sol de briques noires. Sima Ku souleva dans ses bras Cui Fengxian et la déposa sur le vaste couvercle d'un « cercueil à quatre planches »...

Sima Ku reposait nu sur le couvercle du cercueil, les yeux entrouverts, sa langue léchait les pointes de sa moustache jaunâtre qui n'avait pas été taillée depuis longtemps. De ses fines mains, Cui Fengxian pinçait les articulations des gros doigts de Sima Ku, puis soudain, elle colla son visage brûlant contre la poitrine aux os saillants d'où montait une odeur de bête sauvage. Mordillant Sima Ku, elle dit sur un ton désespéré : « Espèce de sale vermine, quand tu étais au pouvoir, tu ne venais pas me voir, maintenant que la chance a tourné et que tu es dans la guigne, tu viens m'embobeliner... Je sais que toutes les femmes qui t'ont suivi ont connu une triste fin, mais moi, je m'en fiche, si tu agites la queue devant moi, je suis comme une chienne, je pars avec toi... dis-moi, sale démon, par quel tour de sorcellerie obliges-tu les femmes à te suivre sans plus s'occuper de rien, alors qu'elles savent parfaitement que devant elles il n'y a que l'enfer où elles vont sauter les yeux grand ouverts ? »

Sima Ku eut l'air un peu triste, mais il ébaucha un sourire et posa la main de la femme sur sa poitrine qui frémissait avec force : « C'est grâce à ça, dit-il, mon cœur, un cœur véritable, j'ai un vrai cœur pour les femmes. »

Cui Fengxian fit non de la tête : « Tu n'en as pourtant qu'un, dit-elle, tu le divises en combien de parts ?

– Qu'importe le nombre, chacune est vraie ! Et en plus c'est grâce à ça aussi », dit-il en riant sur un ton déluré, tirant vers le bas la main de la femme. Cui Fengxian se débattit et lui pinça les lèvres : « Prendre ce truc, à quoi ça va servir ? Tout le monde te poursuit au point que tu es obligé de te réfugier dans un tombeau et tu continues à plaisanter !

– Plus c'est comme ça, plus j'ai envie de plaisanter, dit Sima Ku en riant, les femmes, c'est une belle chose, un trésor parmi les trésors, une richesse parmi les richesses. » Tout en parlant, il lui caressait les seins, mais elle dit : « Ça ne va plus, vénérable ancêtre, il est arrivé quelque chose à ta famille.

– Quoi ? demanda Sima Ku tout en la caressant.

– Ta belle-mère, dit Cui Fengxian, ta grande belle-sœur et ta petite belle-sœur, et aussi ton fils, ton petit oncle, la fille de ta grande belle-sœur et celle de ta cinquième belle-sœur, et aussi ton frère aîné, ils ont tous été arrêtés et enfermés dans une cour de ta maison, et tous les jours, ils sont pendus à une poutre, fouettés, battus, c'est terrible, je crains que d'ici deux jours, ils soient fichus… »

La grande main de Sima Ku s'immobilisa net sur la poitrine de Cui Fengxian, il sauta du cercueil, prit son fusil et allait sortir en se penchant en avant quand elle l'arrêta en l'attrapant par la taille et le supplia : « Si tu y vas comme ça, c'est la mort, non ? »

Il se calma, s'assit à côté du cercueil et mangea un œuf rouge. Les rayons du soleil qui traversaient les buissons de ronces éclairaient ses grosses joues et ses tempes grisonnantes. Le jaune de l'œuf se bloqua dans sa gorge, il toussa, hoqueta, son visage devint violet. Cui Fengxian lui tapa dans le dos, lui caressa le cou, s'agita un bon moment avant que l'œuf finisse par passer. Couverte de sueur, elle soupira : « Mon chéri, quelle peur tu m'as faite ! » Deux grosses larmes roulèrent sur les joues de Sima Ku. Il se redressa brusquement, manquant se frapper la tête contre la voûte du tombeau. Le feu de la vengeance brûlait dans son regard. « Salopards, je vais vous arracher la peau ! hurla-t-il.

– Mon homme, surtout n'y va pas, dit Cui Fengxian en l'enlaçant, manifestement, Yang le Boiteux est en train de t'appâter, même moi une femme aux cheveux longs mais aux idées courtes, je suis capable de reconnaître le piège qui se cache derrière ça. Réfléchis un peu, avec ton seul fusil, à peine entré, est-ce que tu ne tomberas pas dans leur embuscade ?

– Qu'est-ce que je dois faire d'après toi ?

– Obéir à ta belle-mère et partir loin. Si tu n'as pas peur que je sois une gêne, je veux partir avec toi, même si je dois user mes semelles de chaussures, je ne le regretterai pas ! »

Sima Ku lui prit la main et dit avec émotion : « Moi, Sima Ku, j'ai vraiment de la chance, toutes les femmes que j'ai rencontrées sont si bonnes, elles font tout leur possible pour m'accompagner, qu'est-ce qu'on peut demander d'autre dans la vie ? Mais je ne peux pas vous nuire encore. Fengxian, va-t'en, et ne reviens plus me voir. Lorsque tu apprendras la nouvelle de ma mort, surtout ne sois pas triste, je suis comblé, ma vie valait la peine… »

Les larmes aux yeux, Cui Fengxian hochait la tête. Elle prit dans ses cheveux un peigne incurvé en corne et le passa délicatement dans les cheveux poivre et sel tout emmêlés de Sima Ku, faisant tomber des graines, des petites coquilles et des insectes. Puis elle baisa de ses lèvres humides son front creusé de rides profondes : « Je t'attendrai », dit-elle sur un ton paisible. Elle prit son panier et gravit les marches en brique en courbant la taille. Écartant les ronces, elle se faufila hors du tombeau. Sima Ku resta assis, immobile, et longtemps après que la silhouette eut disparu, ses yeux fixaient encore les tiges de ronces qui se balançaient doucement dans le soleil aveuglant.

Le lendemain matin, Sima Ku sortit en laissant dans le tombeau fusil et munitions. Il marcha jusqu'au bord du lac du Cheval-Blanc, se lava de la tête aux pieds, puis, comme un promeneur goûtant le paysage, longea le lac, observant de tous côtés, tantôt dialoguant avec les oiseaux des roselières, tantôt faisant la course avec les petits lièvres croisés en chemin. Suivant le bord des marécages, il ramassa plusieurs bouquets de fleurs sauvages rouges et blanches, les portant à son nez pour les respirer avec avidité. Il parvint jusqu'au bord de la prairie après avoir décrit un long détour, admirant au loin le mont du Bœuf-Couché brillant de mille feux dans la brume vespérale. Il sauta un peu sur le pont de la rivière d'Encre, comme s'il avait voulu en éprouver la solidité. Le petit pont trembla en gémissant. Comme pour faire une mauvaise plaisanterie, il tira sa chose de son pantalon, baissa la tête pour l'admirer, n'en finissant plus de s'extasier, puis projeta dans la rivière son urine chaude. Accompagnant les floc-floc des gouttes d'urine tombant dans l'eau, il cria à pleine gorge : « Ayaah, aah ! ayaah ! aah ! » Sa voix sonore et traînante plana au-dessus des landes immenses. Sur la digue de la rivière, un petit berger qui louchait fit claquer son fouet pour attirer l'attention de Sima Ku. Celui-ci tourna la tête pour regarder le petit berger qui le regardait aussi. Tous deux se dévisagèrent, puis peu à peu leur visage s'éclaira. Sima Ku ricana : « Je te reconnais, petit garçon, tes jambes sont en poirier, tes bras en abricotier, et ta mère et moi, on a modelé ton petit zizi dans de l'argile ! » Hors de lui, le petit berger l'injuria : « Enculé de ta vieille mère ! » Cette injure remua Sima Ku en profondeur, ses yeux se mouillèrent, il était extrêmement ému. Le petit berger leva son fouet pour aller garder ses moutons, profitant du soleil du soir. Celui-ci était violet et s'inclinait vers la forêt. Le petit berger traînait son ombre immense et se mit à chanter à tue-tête d'une voix claire comme un carillon de pierres : « En 1937, les diables japonais dans la plaine Centrale sont entrés. D'abord le pont Marco-Polo ils ont occupé, puis Shanhaiguan, et la voie de chemin de fer ils ont établi chez nous jusqu'à Ji'nan. Un diable japonais tirait au canon, un soldat de la 8e armée sa culasse a enclenché et la cible a visé, tchac, tchac ! Un officier japonais il a tué, au paradis les pieds devant il l'a envoyé... » Lorsque la chanson fut finie, Sima Ku avait les yeux inondés de larmes. Cachant ses yeux brûlants, il s'accroupit sur le pont de pierre...

Ensuite, il alla au bord de la rivière laver les traces de larmes sur ses joues, il s'épousseta de la tête aux pieds et, suivant le bord couvert de fleurs multicolores, se mit lentement en marche. Au crépuscule, les oiseaux poussaient de tristes cris, des myriades de couleurs fusaient pêle-mêle, les parfums plus ou moins capiteux des fleurs sauvages enivraient Sima Ku, les odeurs plus ou moins âcres ou pimentées des plantes le stimulaient. L'univers est immense, l'éternité dure un clin d'œil. En pensant cela, son humeur s'assombrit. Sur le chemin blanchâtre au sommet de la digue, des sauterelles pondaient en nombre leurs œufs, leur ventre mou profondément enfoncé dans la boue dure, le haut du corps à la verticale, à la fois dans la souffrance et le bonheur. Sima Ku s'accroupit et en arracha une dont il contempla le ventre allongé et disloqué qui crissait, puis il repensa à sa propre enfance et aussi à son premier amour, à cette femme au visage blanc et aux sourcils fins, une connaissance de son père, Sima Weng. Il adorait frotter son nez entre ses seins...

Devant ses yeux, le village s'étalait dans les fumées du soir, signe de la présence humaine. Il prit un chrysanthème sauvage, le huma profondément, chassa ses pensées égoïstes, brida ses idées galopantes et, prenant fière allure, franchit la brèche récemment ménagée dans le mur sud de sa maison. Le soldat embusqué dans la brèche sursauta, arma la culasse de son fusil et hurla : « Haut les mains ! Plus un pas en avant !

– C'est ma maison ! » répondit froidement Sima Ku.

La sentinelle terrorisée jeta son arme et hurla frénétiquement : « Sima Ku est là ! Sima Ku est là ! »

Sima Ku maugréa à voix basse en voyant les miliciens s'enfuir en traînant leurs fusils : « Pourquoi s'enfuient-ils ? Ça alors ! »

Il avança en humant son chrysanthème, fredonnant la chansonnette de résistance au Japon qu'avait chantée le petit berger. Il voulait jouer son rôle de l'air le plus détaché possible, mais son pied rencontra le vide et il culbuta lamentablement dans le piège qui avait spécialement été creusé devant la brèche pour le capturer. Un groupe d'agents de la sécurité du district, embusqués nuit et jour, sortirent des champs au-delà du mur. Une dizaine de bouches de canons noirs furent pointées sur Sima Ku pris au piège. Une pique de bambou placée au fond de la fosse lui avait transpercé le pied. Il jura en grimaçant douloureusement : « Les gars, ça n'a pas de sens ! Je viens de mon propre chef et vous, vous utilisez une fosse à sanglier pour me maîtriser ! »

Le chef des enquêtes du bureau de la sécurité publique fit remonter Sima Ku, puis lui passa prestement des menottes aux poignets.

Sima Ku dit alors d'une voix forte : « Libérez la famille Shangguan, chacun assume ses actes ! »

Chapitre 36

Pour satisfaire la demande très forte de la population du canton du Nord-Est de Gaomi, le grand meeting pour le jugement public de Sima Ku eut lieu à l'endroit même où Babbitt et lui avaient organisé la première séance de cinéma en plein air. C'était l'ancienne aire de battage de sa famille, sur laquelle était restée une sorte de tribune en terre presque arasée, vestige de l'époque où Lu Liren dirigeait les masses dans la réforme agraire. Pour accueillir l'arrivée de Sima Ku, les cadres de la zone, à la tête des milices, fusil sur le dos, avaient mené jour et nuit le combat pour déplacer des centaines de mètres cubes de terre afin de construire une tribune aussi haute que la digue de la rivière du Dragon, creusant devant et de chaque côté un profond fossé qui se remplit d'une eau verte où flottaient des taches d'huile. Les cadres s'étaient fait accorder sur le budget des dépenses spéciales de leur chef une somme énorme, équivalant à mille livres de millet, pour aller au grand marché de Wopu acheter deux pleines charrettes de nattes en lanières de roseau serrées de couleur dorée, afin de dresser au-dessus de la tribune en terre un grand abri où furent collés des papiers multicolores couverts de slogans empreints de violence ou d'enthousiasme. Les nattes en trop furent étalées sur le sol de la tribune et suspendues contre ses pentes escarpées comme autant de cascades dorées. Le chef de la zone, accompagné du chef de district, inspecta les lieux où devait se dérouler le grand meeting : debout sur la tribune comme sur une scène de théâtre, foulant le sol couvert de nattes glissantes et confortables, ils pouvaient voir les vagues bleu-gris que la rivière du Dragon roulait en direction de l'est. Le vent froid qui soufflait de la rivière s'engouffrait dans leurs vêtements, transformant les jambes de leur pantalon et leurs manches en énormes boyaux de cochon.

Le chef de district frotta le bout de son nez tout rouge et demanda d'une voix forte au chef de la zone à côté de lui : « Et à qui doit-on ce chef-d'œuvre ? »

Le chef de la zone ne comprit pas si ces mots étaient ironiques ou laudatifs. Il se contenta de répondre de façon ambiguë : « J'ai participé à la conception, mais le principal a été fait sous sa direction. » Et il désigna le responsable du comité du Parti de la zone qui se tenait à côté de lui, un peu en retrait.

Le chef de district jeta un coup d'œil au responsable de la propagande qui avait l'air content de lui, hocha la tête, puis il dit à voix basse, mais assez distinctement pour les gens derrière lui : « Cela ne ressemble vraiment pas à un grand meeting de jugement public, c'est plutôt un lieu pour une cérémonie d'intronisation ! »

À cet instant arriva l'agent de la sécurité Yang, le corps penché de côté, qui salua le chef de district d'un geste peu réglementaire. Celui-ci l'examina de la tête aux pieds : « Pour votre mise au point de la capture de Sima Ku, dit-il, le district a décidé de vous octroyer une décoration de haut niveau ; mais comme vous avez, dans l'application de votre stratagème, blessé un membre de la famille Shangguan, nous vous infligeons aussi un blâme de haut niveau.

– Puisqu'on a réussi à capturer et à traduire en justice Sima Ku, le roi des criminels, dit avec enthousiasme l'agent Yang, j'accepte non seulement qu'on m'inflige une grosse peine, mais même qu'on me coupe ma jambe valide ! »

Le grand meeting de jugement public eut lieu le matin du huitième jour du douzième mois lunaire. Pour assister à l'événement, les gens étaient arrivés au cours de la deuxième partie de la nuit de tous les villages et hameaux alentour, couverts d'un manteau d'étoiles glacées et coiffés d'une lune froide. Dès l'aube, l'espace devant la tribune était plein d'une foule noire compacte, et sur la digue de la rivière du Dragon s'étendait une palissade humaine. Un timide soleil rouge apparut, éclairant les hommes aux sourcils et aux moustaches couverts de givre, dont la bouche exhalait une buée rose. Les gens avaient oublié que c'était le matin où l'on boit la bouillie de riz pour le sacrifice d'hiver, mais pas ma famille. Ma mère tenta de nous communiquer un enthousiasme factice, mais devant les pleurs de Sima Liang, notre moral était au plus bas.

Comme une grande personne, ma huitième sœur essuyait à tâtons les larmes qui coulaient de lui comme une fontaine avec une éponge rare qu'elle avait ramassée sur une grève. Ses pleurs étaient silencieux : le silence avait triomphé du bruit. Ma sœur aînée ne cessait de demander à ma mère en la suivant partout : « Maman, quand il sera mort, est-ce qu'il faudra que je me suicide pour protéger ma chasteté ?

– Tu es folle, la réprimanda ma mère, puisque tu as fait un mariage dans les formes, tu n'as pas à te suicider. »

La douzième fois qu'elle posa la question, ma mère, à bout de patience, adopta une attitude blessante : « Laidi, dit-elle, est-ce que tu tiens encore à ta dignité ou non ? Ta situation avec lui, ce n'était rien d'autre que "le beau-frère qui vole la sœur aînée de son épouse", ce n'est pas très glorieux !

– Maman, tu as bien changé, dit la grande sœur, stupéfaite.

– J'ai changé, dit ma mère, sans vraiment changer. Au cours des dix années passées, les membres de la famille Shangguan ont été comme la ciboulette : tige après tige, ils sont morts, tige après tige, ils se sont développés, dès que l'un mourait, un autre apparaissait ; mourir était facile, vivre plus difficile, mais plus c'était difficile, plus ils voulaient vivre. Et moins ils craignaient la mort, plus ils se battaient pour vivre. Je voudrais voir le jour où mes descendants arriveront à surnager, et vous devez vous battre pour ça ! »

Elle nous balaya de ses yeux remplis de larmes, mais qui lançaient des flammes. Finalement, son regard se posa sur mon visage, comme si elle me confiait ses plus grands espoirs. J'en ressentis une peur et une inquiétude incommensurables. Hormis le fait que j'étais capable d'apprendre assez vite mes leçons et de chanter relativement juste *Le Chant de libération des femmes*, je n'avais pratiquement aucun autre point fort : je pleurais volontiers, je manquais de courage, j'étais timide comme un mouton châtré.

« Rangeons tout, dit ma mère, et allons accompagner cet homme : c'est un salaud, mais c'était aussi un homme bien. Des hommes comme ça, dans le temps, il en apparaissait au moins un tous les huit à dix ans, mais désormais, je crains qu'il n'y en ait plus. »

Toute notre famille s'installa sur la digue. Autour de nous, les gens s'écartaient. De nombreux regards nous épiaient. Sima Liang avait envie de s'approcher, mais ma mère le retint par le bras : « Ça va, Liang, dit-elle, on peut regarder de loin, si on s'approche, on va le troubler. »

Lorsque le soleil fut levé à deux perches de hauteur, des camions empruntèrent prudemment le pont de la rivière du Dragon et montèrent par une brèche de la digue. Dessus se tenaient des soldats casqués avec dans leurs bras un fusil d'assaut, le visage sévère, comme s'ils allaient affronter un grand ennemi. Les véhicules se rangèrent sur le côté ouest de l'abri en nattes, et les soldats en sautèrent deux par deux. Puis ils se déployèrent rapidement pour former une rigoureuse ligne de défense. Enfin, deux soldats sortirent de la cabine d'un camion et ouvrirent la ridelle à l'arrière. Sima Ku, à l'imposante stature, entravé par des menottes scintillantes, fut poussé vers le bas. Lorsqu'il toucha le sol, il perdit l'équilibre, mais fut aussitôt rattrapé par des soldats certainement choisis pour leur taille gigantesque. Sima Ku les suivit en boitant, de ses pieds enflés coulait un sang purulent, laissant à chaque pas des traces à l'odeur fétide. Ils pénétrèrent à l'intérieur de l'abri en nattes, puis montèrent sur la tribune pour le jugement. D'après ce que dirent de nombreuses personnes étrangères au canton qui n'avaient jamais vu Sima Ku, elles se l'imaginaient comme le roi des tueurs d'hommes, une espèce de monstre au visage verdâtre et aux crocs acérés, mi-homme mi-bête ; aussi, quand elles virent le véritable Sima Ku, elles ne purent éviter d'être déçues. Cet homme d'âge moyen, de haute taille, le crâne rasé, n'avait rien de cruel dans ses grands yeux tristes. Il avait l'air simple et honnête, et fit naître le doute chez ceux qui ne l'avaient jamais vu et qui se demandèrent si la sécurité publique ne s'était pas trompée.

Le grand meeting de jugement se déroula rapidement. Le juge énuméra les crimes de Sima Ku et prononça à la fin la peine de mort. Quelques soldats poussèrent l'accusé au bas de la tribune. Pendant un instant, l'abri en nattes nous le cacha, mais il réapparut très vite du côté est. Il marchait en vacillant, gênant les pas des soldats qui le tenaient par les bras. Ils s'arrêtèrent à côté du célèbre étang où l'on pratiquait les exécutions. Sima Ku se tourna face à la digue. Peut-être nous vit-il. Sima Liang cria à tue-tête : « Papa ! », mais ma mère lui ferma la bouche. Elle le gronda à l'oreille : « Liang, sois obéissant, ne fais pas de chahut, la grand-mère sait très bien ce que tu ressens, mais le plus important est de ne pas troubler ton père et de le laisser accomplir les dernières choses de sa vie sans le gêner. »

Telles les formules magiques des légendes, les paroles de ma mère métamorphosèrent en un instant ce chien fou de Sima Liang en un docile petit mouton.

Les deux soldats gigantesques prirent Sima Ku par les épaules et lui firent décrire un demi-cercle pour le tourner vers l'étang. Les eaux de pluie qui s'y étaient accumulées pendant trente ans ressemblaient à de l'essence de citron dont la surface reflétait sa face blême et la nouvelle cicatrice qu'il avait à la joue. Il tournait le dos au peloton d'exécution et faisait face à l'étang. D'innombrables visages de femmes flottaient sur l'eau d'où montaient leurs odeurs féminines. Soudain naquit en Sima Ku un sentiment de faiblesse, dans son cœur apaisé s'éleva une vague incoercible. Il se retourna avec obstination et hurla d'une voix perçante, qui effraya même le chef de la section judiciaire du bureau de la sécurité du district, venu superviser l'exécution de la peine, et les tireurs professionnels qui fusillaient d'ordinaire les gens sans sourciller : « Je ne peux pas vous laisser me tirer dans le dos ! »

En voyant l'expression fruste propre aux bourreaux, il sentit la balafre sur sa joue le brûler. La blessure de son visage le contrariait beaucoup ; lui qui tenait tellement à sa face, ce qui s'était passé le jour d'avant remonta à sa mémoire.

Le juge chargé d'appliquer les peines lui avait fait parvenir son avis de condamnation à mort, qu'il avait reçu gaiement. Quand le juge lui avait demandé quels souhaits il avait encore à formuler, il avait caressé sa barbe de hérisson et dit : « Je voudrais qu'un coiffeur vienne m'arranger un peu.

– Je vais en référer aux dirigeants », avait dit le juge.

Portant sa mallette en bois, le coiffeur était entré en hésitant dans la cellule du condamné à mort. Après avoir rasé nerveusement le crâne de Sima Ku, il était passé à la barbe. Il venait d'en finir la moitié quand il lui fit une entaille. Sima Ku poussa un rugissement si effrayant que le coiffeur bondit hors de la pièce et se réfugia derrière deux gardes armés.

« Les cheveux de ce type sont plus durs que des poils de cochon, dit le coiffeur en montrant aux gardes la lame de son outil, mon rasoir est ébréché. Et sa barbe est encore plus dure, on dirait une brosse en métal. Ce type a concentré son souffle vital vers la base de ses poils. »

Le coiffeur rangea ses instruments, s'apprêtant à partir. Sima Ku l'injuria : « Espèce d'enculé, qu'est-ce que c'est que cette histoire ? Tu vas m'obliger à me montrer à mes compatriotes avec une barbe à moitié coupée ?

– Condamné à mort, répliqua le coiffeur, ta barbe est déjà dure, mais en plus tu concentres ton souffle vital dessus.

– Mon petit, dit Sima Ku sans savoir s'il devait rire ou pleurer, celui qui ne sait pas nager prétend que sa queue s'est accrochée aux algues, je ne sais absolument pas ce que tu entends par "concentrer son souffle".

– T'arrêtes pas de mugir, si tu concentres pas ton souffle, tu fais quoi ? dit le coiffeur avec malice, je suis pas sourd, non plus !

– Imbécile ! dit Sima Ku, c'est la souffrance qui me fait respirer comme ça.

– Allez, dit un garde au coiffeur, qu'est-ce que c'est que ce travail ? Supporte encore un peu et finis-le !

– Je peux plus, dit le coiffeur, cherchez quelqu'un de plus fort que moi.

– Et merde, soupira Sima Ku, ça existe sur terre des types comme ça ? ! Allez, les gars, enlevez-moi les menottes, je vais me raser moi-même !

– Impossible, dirent résolument les gardes, si tu profites de l'occasion pour commettre un meurtre, t'enfuir ou te suicider, nous aurons manqué à notre tâche.

– Espèces d'enculés, les injuria Sima Ku, faites venir un officiel ! » Et, dans un grand fracas, il brisa le cadre métallique de la fenêtre avec ses menottes.

Une femme cadre de la sécurité arriva en courant : « Qu'est-ce que c'est que ce boucan, Sima Ku ? demanda-t-elle.

– Jeune fille, regardez ma barbe, dit Sima Ku, il n'en a coupé que la moitié sous prétexte qu'elle est trop dure, c'est normal, ça ?

– Non, dit-elle en frappant sur l'épaule du coiffeur, pourquoi ne finis-tu pas de le raser ?

– Sa barbe est trop dure, il concentre son souffle vers ses poils…

– Enculé de tes ancêtres, tu dis encore que je concentre mon souffle ! »

Le coiffeur brandit son rasoir ébréché pour se justifier.

« Jeune fille, reprit Sima Ku, soyez courageuse pour une fois, ouvrez mes menottes, je me raserai moi-même, c'est la dernière requête de ma vie. »

La femme cadre de la sécurité, qui avait participé à l'arrestation de Sima Ku, hésita un peu, puis finit par ordonner aux gardes : « Ouvrez-lui les menottes. »

Transi de peur, un garde s'exécuta, puis recula en toute hâte. Sima Ku massa ses poignets enflés et tendit la main. La femme prit le rasoir dans la main du coiffeur et le remit à Sima Ku. Celui-ci s'en empara et fixa avec émotion les yeux comme des grains de raisin noir sous les épais cils de la femme : « Est-ce que vous n'avez pas peur que je commette un meurtre, que je m'enfuie ou me suicide ? demanda-t-il.

– Dans ce cas, tu ne serais plus Sima Ku ! dit-elle en riant.

– Je n'aurais pas cru que ce serait une femme qui me comprendrait le mieux ! » soupira Sima Ku.

La femme cadre eut un léger sourire.

Sima Ku contemplait d'un air lubrique ses lèvres rouges et charnues, puis son regard descendit sur sa poitrine qui bombait sous l'uniforme kaki. « Petite sœur, vos seins ne sont pas petits ! » dit-il.

Serrant les dents, elle l'injuria, gênée : « Bandit ! Tu vas bientôt mourir et tu penses encore à ces trucs-là !

– Petite sœur, dit Sima Ku sérieusement, moi qui ai baisé tellement de femmes dans ma vie, mon seul regret est de ne jamais avoir baisé une communiste. »

La femme gifla Sima Ku avec colère. La claque rendit un son clair, faisant trembler les poutres de la maison et tomber de la poussière, mais il continua à ricaner, comme si de rien n'était : « J'ai une petite tante qui est communiste, elle déborde d'énergie et ses seins sont énormes… »

Le visage écarlate, la femme cracha au visage de Sima Ku et l'insulta : « Espèce de chien lubrique, tu vas voir si je te castre ! »

Les cris désespérés de Sima Ting tirèrent Sima Ku de ce souvenir cuisant : il vit des miliciens à la taille imposante soutenir son frère aîné et le pousser dans le cercle de la foule. « C'est une injustice…

une injustice… J'ai été décoré, j'ai rompu toute relation avec lui depuis longtemps… » Sima Ting se lamentait sans que personne lui prêtât attention. Sima Ku poussa un soupir de compassion et dans son cœur montèrent des sentiments confus. Ce frère aîné avait été un bon frère, fidèle, et bien qu'il fût rusé en paroles, dans les moments cruciaux, il s'était toujours rangé aux côtés de son cadet. Sima Ku se rappela comment de nombreuses années auparavant, un jour il avait suivi son grand frère en ville : À cette époque, je n'étais encore qu'un adolescent, j'avais accompagné mon frère recouvrer des dettes. Quand nous étions passés par la ruelle des Fards, un groupe de filles poudrées et maquillées l'avaient entraîné. Lorsqu'il était ressorti, sa bourse était complètement vide. Il m'avait dit : « Petit frère, quand on rentrera, tu diras à notre père que nous sommes tombés en route sur des bandits. » Une autre fois, c'était la fête de la Mi-Automne, mon frère était ivre, il était passé chez des prostituées et s'était fait dépouiller de ses vêtements qu'il avait retrouvés pendus au sommet d'un sophora. « Petit frère, petit frère, viens vite à mon secours ! » Du sang coulait sur son visage. Je lui avais demandé : « Qu'est-ce qui t'arrive, grand frère ? » À cette époque, tu avais tellement d'humour, tu m'avais dit en plaisantant : « Petit frère, petit frère, mon petit bout est bien content, mais ma grosse tête est tourmentée… »

Les jambes de Sima Ting faiblissaient, il ne tenait plus debout, un cadre du village l'interrogea : « Sima Ting, parle, où est enfoui le trésor de la résidence de la Vie Heureuse ? Si tu ne parles pas, tu prendras le même chemin que lui !

– Il n'y a aucun trésor, il n'y en a pas, pendant la réforme agraire, on a même creusé à trois pieds de profondeur ! expliqua le grand frère sur un ton tragique.

– Allez, frère, ne fais pas de grabuge ! dit Sima Ku en riant.

– C'est toi, salaud, qui m'as toujours porté tort ! » l'injuria Sima Ting. Sima Ku hocha la tête en souriant tristement. Un cadre de la sécurité, la main sur la crosse de son fusil qui pendait sur ses fesses, réprimanda les cadres du village : « Qu'est-ce que c'est que ces bêtises ! Emmenez-moi ce type ! Vous n'avez pas la moindre conscience politique ! » Tout en entraînant Sima Ting, les cadres répondirent : « On a juste voulu en profiter pour voir si on pouvait en tirer quelque chose ! »

L'exécuteur des peines brandit un petit drapeau rouge et ouvrit grand la bouche pour crier : « Préparez-vous ! »

Les tireurs levèrent leur fusil, attendant le mot d'ordre. Fixant tout droit la bouche noire des canons, Sima Ku affichait un petit sourire glacé. À cet instant, une lumière rouge rutila sur la berge et un parfum féminin monta dans les airs. Sima Ku hurla : « Les femmes, c'est une belle chose ! »

Puis ce furent des détonations sourdes. Le crâne de Sima Ku vola en éclats comme une petite calebasse, le sang rouge et la cervelle blanche giclèrent partout. Son corps resta debout une seconde, puis s'écroula.

À ce moment précis, comme dans une pièce de théâtre où le rideau de fin va tomber, il y eut un nouveau rebondissement. La petite veuve du village de Shakouzi, Cui Fengxian, vêtue d'une veste ouatée en satin rouge, des grosses fleurs de soie dorées piquées dans les cheveux, se précipita depuis la digue et vint se jeter sur le corps de Sima Ku. Je croyais qu'elle allait se coucher sur le cadavre en sanglotant bruyamment, mais non ; peut-être le crâne de Sima Ku ouvert par les balles l'effraya-t-il ? De sa ceinture, elle sortit un couteau, et je crus qu'elle allait se le planter dans la poitrine afin de se sacrifier pour lui, mais non. Sous les regards de la foule, elle planta le couteau dans la poitrine du cadavre de Sima Ku. Puis elle se couvrit le visage et s'enfuit en trébuchant et en pleurant.

La population assemblée restait plantée là, comme des pieux, les mots qui n'avaient rien d'héroïque prononcés par Sima Ku au moment de mourir s'insinuaient avec malice dans le cœur des hommes, gigotant et démangeant comme un insecte. Les femmes étaient-elles une belle chose ? Peut-être, oui, c'était vrai. Les femmes, c'était une belle chose, mais, fondamentalement, les femmes n'étaient pas une « chose ».

Cinquième partie

Chapitre 37

Le jour du dix-huitième anniversaire de Jintong, Shangguan Pandi emmena de force Lu Shengli. Assis sur la digue, Jintong regardait tristement les hirondelles qui voletaient au milieu de l'eau. Sha Zaohua sortit des buissons et lui offrit un petit miroir en cadeau d'anniversaire. Les seins de la jeune fille à la peau sombre pointaient déjà ; ses yeux noirs atteints d'un léger strabisme ressemblaient à deux galets du fond de la rivière et lançaient des éclairs d'amour passionné. « Garde-le, dit Jintong, quand Sima Liang reviendra, tu le lui offriras. » Sha Zaohua tira de sa ceinture un autre miroir, plus grand : « Je lui garde celui-ci, dit-elle.

– Mais d'où tiens-tu tous ces miroirs ? demanda Jintong, étonné.

– Je les ai volés à la coopérative, dit-elle à voix basse. Au marché de Wopu, j'ai fait la connaissance d'une voleuse qui a fait de moi sa disciple. Petit oncle, je ne suis pas encore entrée en activité, mais plus tard, si tu as besoin de quoi que ce soit, je volerai pour toi. Ma maîtresse a volé une dent en or dans la bouche d'un expert soviétique, et sa montre en or à son poignet !

– Seigneur ! s'exclama Jintong, mais c'est un crime !

– Ma maîtresse dit que les petits voleurs commettent un crime, mais pas les grands, répliqua-t-elle. Petit oncle, tu es diplômé de l'école primaire, mais on ne t'a pas voulu dans le secondaire, tu devrais venir apprendre à voler avec moi. » Comme l'aurait fait une experte, elle saisit les doigts de Jintong et les examina attentivement. « Tes doigts sont fins et souples, c'est sûr que tu pourrais apprendre.

– Non, je ne veux pas, je ne suis pas courageux. Sima Liang, lui, il est courageux et avisé, c'est sûr que ça marchera, quand il rentrera, il étudiera avec toi. » Sha Zaohua cacha le grand miroir dans sa ceinture et déclama comme une femme mûre : « Liang, mon chéri, quand finiras-tu par revenir ? »

Cela faisait cinq ans que Sima Liang avait disparu. C'était le lendemain soir du jour où nous avions enterré Sima Ku, le vent glacial du nord-est soufflait à faire gémir les jarres cassées et les vieilles bouteilles dans l'angle du mur. Nous étions assis face à l'unique lampe. Le vent la souffla et nous restâmes dans le noir. Personne ne disait mot, nous avions tous à l'esprit la scène de l'enterrement de Sima Ku. Il n'y avait pas de cercueil et nous l'avions roulé dans une natte, comme une galette aux oignons verts. Puis nous l'avions attaché avec des ficelles. Une dizaine de personnes avaient porté son corps au cimetière et on l'avait enterré dans une fosse profonde. Ensuite, Sima Liang s'était prosterné devant, sans pleurer. Sur son petit visage étaient apparues de fines rides. J'avais très envie de consoler mon petit ami, mais ne trouvai rien à lui dire. Sur le chemin du retour, il me confia : « Petit oncle, je vais partir.

– Où veux-tu aller ? demandai-je.

– Je n'en sais rien. » Lorsque le vent éteignit la lampe à huile, je vis avec effroi une ombre se faufiler au-dehors. Instinctivement, je compris que Sima Liang était parti, mais je ne fis pas le moindre bruit. C'est ainsi qu'il disparut. Ma mère sonda avec une perche en bambou les puits et les étangs des environs. Je savais que cela n'avait aucun sens, car jamais Sima Liang ne se serait suicidé. Elle demanda aux gens de se renseigner partout aux alentours, mais n'obtint que des rumeurs contradictoires. Quelqu'un dit l'avoir vu dans une troupe de cirque, un autre avoir découvert au bord du lac le cadavre d'un garçon au visage défiguré par les aigles ; un groupe de « réquisitionnés » de retour du nord-est dirent qu'ils l'avaient aperçu au bout d'un pont métallique sur la rivière Yalu. À l'époque, la guerre faisait rage sur la presqu'île de Corée, les avions américains bombardaient jour et nuit les ponts sur les fleuves…

Grâce au petit miroir que m'avait offert Sha Zaohua, je découvris pour la première fois en détail mon apparence. Jintong, à l'âge de dix-huit ans, avait des cheveux blonds, des oreilles épaisses d'une tendre blancheur, des sourcils couleur de blé mûr, des cils jaunes dont l'ombre se reflétait dans des yeux d'un bleu profond. Un nez long, des lèvres roses, une peau velue. En fait, j'avais pressenti depuis longtemps, en voyant le corps de ma huitième sœur, que notre physique était différent. Je compris avec chagrin que notre véritable père ne pouvait en aucun cas être Shangguan Shouxi, mais que c'était bien ce que tout le monde disait dans notre dos : nous étions les enfants naturels du pasteur suédois Maroya, nous étions bel et bien des bâtards. Un effrayant complexe d'infériorité se mit à ronger mon âme. Je me teignis les cheveux à l'encre noire et me passai du fard noir sur le visage. Comme il n'y avait pas moyen de changer la couleur de mes yeux, je n'avais qu'une envie : les arracher. Me rappelant les histoires de suicide par empoisonnement avec de l'or, je trouvai dans le coffret à bijoux de Laidi une bague en or qui datait de l'époque de Sha Yueliang : tendant le cou, je l'avalai, puis me couchai sur le *kang* pour attendre la mort. Ma huitième sœur, assise dans un coin du *kang,* filait sans voir ses gestes. Quand ma mère revint du travail à la coopérative et me vit dans cet état, elle eut naturellement très peur. Je croyais qu'elle ressentirait de la honte, mais ce ne fut pas de la honte qui apparut sur son visage, ce fut une colère effrayante : elle m'attrapa par les cheveux et me fit me relever, me flanqua successivement huit gifles, me faisant saigner les gencives, bourdonner les oreilles et scintiller des étoiles devant les yeux.

« Rien n'est faux, dit-elle, votre père naturel est le pasteur Maroya, et qu'est-ce que ça fait ? Tu vas me laver cette figure et ces cheveux, et ensuite tu iras dans la grande rue dire en bombant le torse : Mon père était le pasteur suédois Maroya, je suis un descendant d'aristocrate, je suis beaucoup plus noble que vous, espèces de cloportes ! »

Pendant que ma mère me frappait, ma huitième sœur continuait à filer, imperturbable, comme si tout cela ne la concernait pas.

Je m'accroupis en pleurs devant la cuvette en grès pour me laver la figure et l'encre noircit très vite l'eau. Debout derrière moi, ma mère continuait de me couvrir d'injures, mais je savais que ce n'était déjà plus moi qu'elle insultait. Ensuite, elle puisa de l'eau fraîche et me la fit couler sur la tête. Toujours derrière moi, elle se mit à sangloter doucement. L'eau qui ruisselait sur mon nez et sur mon menton jusque dans la cuvette s'éclaircit peu à peu. M'essuyant les cheveux avec une serviette, elle me dit : « Mon fils, à cette époque, ta mère n'avait pas le choix. Mais puisque le Seigneur t'a fait, tu dois redresser la taille et t'endurcir, tu as dix-huit ans maintenant, tu es un homme. Sima Ku avait peut-être mille ou dix mille défauts, mais c'était quelqu'un de bien, tu dois prendre modèle sur lui ! »

J'acquiesçai à ses paroles en hochant la tête. Mais je me souvins soudain que je venais d'avaler de l'or. J'allais le lui avouer quand Shangguan Laidi entra en courant dans la maison, tout essoufflée. Elle était à présent ouvrière à l'usine d'allumettes de la zone et portait, noué à la ceinture, un tablier blanc avec l'inscription : *Usine d'allumettes Lumière d'étoiles de la zone de Dalan.* Effrayée, elle annonça à ma mère : « Maman, il est revenu !

– Qui ? demanda celle-ci.

– Le muet. » Ma mère s'essuya les mains avec la serviette et regarda tristement ma grande sœur toute desséchée : « Ma fille, c'est sans doute le destin ! »

Sun Pas-un-mot « entra » d'une manière étrange dans la cour de notre maison. Depuis toutes ces années qu'il avait disparu, il avait vieilli lui aussi. Il était coiffé d'une casquette militaire impeccable d'où dépassaient des mèches blanches. Ses yeux jaunes étaient encore plus profonds, sa solide mâchoire inférieure ressemblait à un soc de charrue rouillé. Il portait un uniforme en drap jaune flambant neuf bien fermé par les boutons réglementaires et arborait fièrement sur sa poitrine toutes sortes de médailles cliquetantes. Ses bras étaient longs et surdéveloppés ; ses mains énormes, recouvertes de gants de coton d'un blanc immaculé, étaient posées chacune sur un petit tabouret garni de sangles. Il se tenait assis tout raide sur un coussinet de caoutchouc rouge qui semblait ne faire qu'un avec ses fesses. Les larges jambes vides du pantalon étaient simplement nouées sur son ventre, car ses vraies jambes étaient coupées net à la base des cuisses. Voilà la vision que nous eûmes de ce muet que nous n'avions pas revu depuis bien longtemps. Ayant posé ses longs bras sur les petits tabourets, il les tendait le plus loin possible, puis, prenant appui dessus, balançait son buste vers l'avant, son derrière couvert de caoutchouc lançant des éclats rouge sombre.

Il se balança ainsi cinq fois de suite et resta confortablement assis à environ trois mètres de nous. Cette distance lui permettait de ne pas avoir à trop lever la tête pour nous regarder. L'eau sale avec laquelle je m'étais lavé coulait devant lui ; des deux mains, il se recula un peu. En l'observant, je compris que la taille d'un homme est fondamentalement déterminée par les jambes. Pourtant, la partie de Sun Pas-un-mot qui restait mettait encore plus en évidence le volume et la puissance de son demi-corps. Bien qu'il ne restât de cet homme qu'une moitié, il possédait la même force effrayante. Il nous fixait droit dans les yeux, et sur son visage noir se dessinait une expression complexe. Sa mâchoire tremblait aussi fortement qu'autrefois, alors qu'il émettait des monosyllabes graves et clairs : « Ôte, ôte, ôte. » Deux rangs de larmes sortirent de ses yeux dorés, tels des diamants…

Il ôta ses mains des tabourets et les leva haut, continuant à égrener ses « ôte ôte ôte » et faisant comme s'il imitait quelque chose, comme s'il le mesurait. Je me rendis compte que nous ne l'avions plus revu depuis notre repli vers le nord-est : il se renseignait sur le Grand Muet et le Second Muet. Ma mère se couvrit le visage avec la serviette et entra dans la maison en pleurant. Le muet comprit et baissa la tête sur sa poitrine.

Elle revint avec deux petites calottes imprégnées de sang qu'elle me donna en me faisant signe de les lui remettre. Oubliant l'anneau d'or que j'avais dans le ventre, je m'avançai vers lui. Il releva le visage, considéra mon corps long comme une canne de bambou et hocha la tête tristement. Je me penchai, mais sentant soudain que ce n'était pas convenable, je m'accroupis et lui présentai les calottes, puis lui indiquai la direction du nord-est. Ce triste périple me revint en mémoire, je revoyais cette scène du repli où le muet portait sur son dos un soldat à la jambe coupée, et je repensais encore plus aux cadavres effrayants des deux muets Sun au fond d'un trou d'obus. Il tendit la main pour prendre une calotte, la passa sous son nez pour la renifler comme un chien de chasse entraîné qui recherche l'odeur d'un criminel ou d'une victime. Il la posa entre ses moignons et prit l'autre dans mes mains, la renifla grossièrement à son tour et la posa elle aussi. Ensuite, sans y avoir été invité, il parcourut notre maison dans ses moindres recoins en s'aidant de ses mains : la grande salle, les pièces latérales, la pièce de la meule et la buanderie. Il fit même un tour dans les toilettes en plein air situées dans le coin sud-est de la cour. Il alla jusqu'à passer la tête dans le poulailler pour l'inspecter. Je le suivais, admirant son mode de déplacement aussi agile qu'ingénieux. Dans la chambre où dormaient ma grande sœur et Sha Zaohua, il se livra à une démonstration d'escalade du *kang*. Alors qu'il était là, les yeux rivés sur le bord du *kang*, j'éprouvai de la compassion pour lui. Mais la suite me prouva que ma compassion était superflue. Des deux mains, le muet saisit le bord du *kang*, puis fit quitter le sol à son corps pour s'élever doucement; je n'avais vu qu'une seule fois au cirque une telle force dans les bras. Quand sa tête eut dépassé le bord du *kang*, ses bras craquèrent et se tendirent brusquement pour projeter le corps vers le haut. Si, au moment de monter sur le *kang*, il avait eu l'air un peu embarrassé, il reprit très vite une attitude digne.

Assis à la tête du *kang* de ma grande sœur, il avait tout du chef de famille, tout d'un dirigeant. Et moi, debout devant lui, j'avais l'impression d'être face à un intrus qui avait fait irruption par erreur chez autrui.

Ma grande sœur pleurait dans la chambre de ma mère : « Maman, fais-le partir, je n'en veux pas. Quand il avait ses jambes, je n'en voulais déjà pas, mais maintenant que c'est un homme-tronc, j'en veux encore moins…

– Ma fille, dit ma mère, comme dit le proverbe, il est plus facile d'inviter un esprit que de le congédier.

– Qui l'a invité ? demanda ma grande sœur.

– C'est ma faute, dit ma mère. Il y a seize ans, ta mère t'a promise à lui, et depuis vous êtes liés. »

Ma mère remplit un bol d'eau chaude qu'elle tendit au muet. Il le prit, fronça les sourcils comme s'il était ému et but goulûment. « Je croyais que tu étais mort, dit ma mère, je ne pensais pas que tu vivais encore. Je ne me suis pas bien occupée de tes deux enfants et j'en ai encore plus de peine que toi. Ces enfants, c'est toi qui les as faits, mais c'est moi qui les ai élevés. À te voir, tu as obtenu de nombreuses médailles, le gouvernement va sans doute te procurer un endroit où vivre heureux, non ? Ces fiançailles conclues il y a seize ans, c'était un engagement de type féodal. Aujourd'hui, c'est la nouvelle société, le mariage est libre. Tu es un homme du gouvernement, tu dois avoir un comportement éclairé, il ne faut pas embêter une veuve comme moi. En plus, s'il est vrai que Laidi ne s'est pas mariée avec toi, notre troisième fille l'a fait à sa place. Je t'en supplie, va-t'en, va profiter de l'endroit que te donnera le gouvernement pour vivre heureux… »

Sans s'occuper de ce que disait ma mère, le muet déchira avec ses doigts le papier de la fenêtre et pencha la tête pour voir ce qui se passait dans la cour. La grande sœur avait trouvé on ne sait où des pincettes de l'époque de Shangguan Lüshi et fit irruption en les brandissant. Elle l'injuria : « Bâtard de muet, moitié de démon, fous le camp ! » Elle avança les pincettes pour coincer le muet, mais celui-ci, tendant légèrement la main, les bloqua. Ma grande sœur ne put les lui reprendre, même en tirant avec toute son énergie. Au cours de cette lutte inégale, apparut sur le visage du muet un petit sourire de satisfaction et de fierté. Très vite, ma grande sœur lâcha prise. Se couvrant le visage, elle dit en pleurant : « Muet, renonce à ton idée, je préférerais encore me marier avec le verrat de l'enclos à cochons qu'avec toi ! »

Dans la rue retentirent des coups de gong et de tambour. Un groupe franchit bruyamment la grande porte de notre maison. À leur tête se trouvait le chef de la zone, puis venaient quelques cadres et des élèves qui tenaient à la main des fleurs fraîches. « Félicitations, félicitations ! dit le chef de la zone à ma mère en se courbant.

– Des félicitations pour quoi ? demanda froidement celle-ci.

– Tante, dit le chef de la zone, le bonheur vient de vous tomber du ciel, je vais vous expliquer. »

Les élèves dans la cour dansaient en agitant leurs fleurs et criaient sans cesse : « Félicitations, félicitations ! Gloire, gloire ! Félicitations, félicitations ! Gloire, gloire ! »

Levant un doigt, le chef de la zone annonça : « Tante, nous avons vérifié à nouveau les documents de l'époque de la réforme agraire et nous avons estimé que votre classement en paysans moyens n'était pas correct. Votre famille a été brisée par le malheur, en fait vous êtes des paysans d'une extrême pauvreté. Aujourd'hui, après rectification de votre statut de classe erroné, votre famille sera classée dans les paysans pauvres. Voilà la première bonne nouvelle. Nous avons ensuite étudié les documents au sujet des massacres des bandits japonais et nous avons estimé que vos beaux-parents et votre mari ont fait de la résistance au Japon et se sont glorieusement sacrifiés. Il faut restaurer leur place historique, votre famille doit jouir du traitement de parents de sinistrés révolutionnaires. Voilà la deuxième bonne nouvelle. Et comme les deux points exposés ci-dessus donnent lieu à réhabilitation, l'école secondaire a décidé de reprendre Jintong pour qu'il poursuive ses études, et comme il a manqué des cours, l'école lui organisera un rattrapage particulier. De son côté, votre petite-fille Sha Zaohua aura également la possibilité d'étudier : la troupe d'opéra *maoqiang* du district recrute des élèves, et nous la recommanderons de toutes nos forces. Voilà la troisième bonne nouvelle. Pour ce qui est de la quatrième, c'est évidemment que le héros de première classe de l'Armée des volontaires en Corée, votre gendre le camarade Sun Pas-un-mot, est rentré glorieusement au pays. La cinquième bonne nouvelle est que l'hôpital de soins des invalides a recruté de façon exceptionnelle votre fille Shangguan Laidi comme infirmière de première classe, mais elle ne sera pas tenue d'aller à l'hôpital travailler et percevra un salaire mensuel. La sixième bonne nouvelle est une très grande nouvelle : nous célébrons les retrouvailles entre le héros du peuple et sa promise Shangguan Laidi ! L'organisation de leur mariage sera entièrement prise en charge par le gouvernement de la zone. Tante, vous, une vieille maman révolutionnaire, voilà que six bonnes nouvelles frappent à votre porte ! »

Comme foudroyée, ma mère était bouche bée, et le bol qu'elle tenait à la main tomba par terre.

Le chef de la zone fit signe à un cadre qui sortit de la foule des élèves. Il était suivi par une jeune fille avec plusieurs bouquets de fleurs dans les bras. Le cadre remit au chef de la zone un papier blanc et dit à voix basse : « Le certificat d'appartenance à une famille de sinistrés. » Le chef prit le papier et l'offrit des deux mains à ma mère. « Tante, voici votre certificat. » Ma mère le prit, les mains tremblantes. La jeune fille s'approcha et déposa dans le creux du bras de ma mère le bouquet de fleurs blanches. Le cadre donna au chef de la zone un sachet de papier rouge en disant : « La lettre de recrutement. » Le chef l'offrit à ma grande sœur. « Grande sœur, voici votre lettre de recrutement. » Ma grande sœur cacha ses mains noircies par la suie derrière son dos, le chef lui tira le bras et lui fourra la lettre dans la main en disant : « C'est bien normal. » La jeune fille glissa un bouquet de fleurs pourpres sous l'aisselle de ma grande sœur. Le cadre remit une enveloppe jaune au chef en annonçant : « L'avis d'inscription au lycée. » Le chef me tendit l'enveloppe jaune. « Mon petit, un avenir grandiose s'ouvre devant toi, étudie bien ! » La jeune fille me mit dans la main un bouquet de fleurs jaune d'or, et lorsqu'elle me les passa, ses yeux enjôleurs me fixèrent de façon appuyée. La douce odeur des fleurs jaune d'or me fit aussitôt repenser à l'anneau dans mon ventre, ciel, si j'avais su qu'il en serait ainsi ! Pourquoi avais-je avalé de l'or ? Le cadre donna une enveloppe violette au chef de la zone en disant : « Le document de la troupe de *maoqiang*. » Le chef leva l'enveloppe, cherchant Sha Zaohua des yeux. Celle-ci sortit de derrière la porte et prit l'enveloppe violette. Le chef lui prit la main et l'agita. « Jeune fille, étudie bien, tâche de devenir une vedette. » La jeune fille lui remit un bouquet de fleurs violettes. Lorsqu'elle tendit la main pour s'en saisir, un insigne doré et brillant tomba par terre. Le chef de la zone se baissa pour le ramasser, examina le motif et l'inscription qu'il portait, puis le donna au muet sur le *kang*. Celui-ci se l'agrafa sur la poitrine. Je pensai, heureusement surpris : « Une voleuse chevronnée a fait son apparition dans notre famille. » Le chef de la zone reçut des mains du cadre la dernière enveloppe de papier bleu. « Camarade Sun Pas-un-mot, dit-il, voici votre attestation de mariage avec la camarade Shangguan Laidi, nous avons déjà fait les formalités pour vous auprès de la zone. Il vous suffira de passer un de ces jours pour appliquer votre sceau. » La jeune fille tendit le bras et posa dans la grande main du muet un bouquet de fleurs bleues.

« Tante, s'écria le chef de la zone, avez-vous encore quelque chose à demander, ne vous gênez pas, nous formons tous une grande famille ! »

Ma mère regardait ma sœur avec embarras. Celle-ci, ses fleurs rouges dans les bras, faisait une grimace qui étirait sa bouche vers l'oreille droite. Des larmes jaillirent de ses yeux et tombèrent sur les pétales finement poudrés.

Ma mère tenta d'opposer un avis contraire : « C'est la nouvelle société, il faut écouter l'avis des enfants eux-mêmes…

– Camarade Shangguan Laidi, demanda le chef de la zone, quel est ton avis ?

– C'est mon destin, soupira ma grande sœur en nous regardant.

– Parfait ! dit le chef de la zone. Je vais immédiatement envoyer quelqu'un préparer la maison, on organisera la noce demain soir ! »

La veille du jour du mariage de Shangguan Laidi avec le muet, je chiai la bague en or.

Chapitre 38

Sous la direction d'experts médicaux soviétiques, une dizaine de médecins de l'hôpital du district formèrent une cellule de soins et, en s'appuyant sur la théorie de Pavlov, finirent par me guérir de mon anorexie et de mon obsession des seins. Débarrassé de ce lourd carcan, j'entrai au lycée où je progressai à toute vitesse, devenant le meilleur élève de premier cycle du lycée du bourg de Dalan. Ces jours sont l'âge d'or de mon existence : j'avais la famille la plus révolutionnaire, le cerveau le plus intelligent, une constitution solide, un visage que mes camarades filles n'osaient regarder en face, un appétit féroce – au réfectoire, j'enfilai sur une baguette une brochette de petits pains de maïs, dans l'autre main je prenais un énorme oignon vert, et en riant, je mâchai et avalai le tout dans un grand concert de mandibules. En six mois, je sautai deux niveaux et devins le délégué du cours de russe de la classe numéro 1 de troisième année du premier cycle ; sans que j'aie eu à le demander, on me fit entrer à la Ligue de la jeunesse communiste, devenant immédiatement membre du comité de propagande de la cellule du Parti. Ma principale tâche était de chanter, je chantais en russe des chants populaires russes, j'avais une voix claire et forte, où se mêlaient la délicatesse du lait et la rudesse de l'oignon vert ; dès que je chantais, j'ébranlais tout sur mon passage, et je devins une star du lycée du bourg de Dalan à la fin des années 1950. Le professeur Huo, une femme aux traits réguliers, qui avait été interprète pour les experts soviétiques, me vouait une grande admiration. En cours, elle faisait mon éloge. Elle disait que j'avais le don des langues. Pour m'aider à élever mon niveau de russe, elle s'arrangea pour me faire correspondre avec une élève russe de classe de neuvième niveau de la ville de Chita en Sibérie orientale. C'était la fille d'un expert soviétique qui avait travaillé en Chine et elle se prénommait Natacha. Nous échangeâmes nos photos. Sur un cliché en noir et blanc, Natacha me regardait en écarquillant de grands yeux un peu effrayés et en clignant ses longs cils…

Le cœur de Shangguan Jintong se mit à battre violemment, il sentit un sang brûlant lui monter à la tête, et, sans le vouloir, la main qui tenait la photo trembla légèrement. Les lèvres charnues de Natacha dessinaient une petite moue, et dans la fente entre ses lèvres luisait l'éclat argenté de ses dents ; son haleine au doux parfum de chrysanthème effleura les yeux de Jintong, une bouffée de sentiments doux comme le miel lui piquèrent le nez. Il regardait les beaux cheveux couleur de lin de Natacha déferler sur ses épaules lisses. Très échancrée sur la poitrine, une ample robe à col rond qui, si elle n'appartenait pas à sa mère, devait être à sa grande sœur, tombait sur ses seins bien dessinés. Son cou élancé, le creux entre les seins, tout y était. Dans ses yeux, bizarrement, il voyait des larmes. À travers ces larmes, il eut très clairement la vision complète des seins de Natacha. Un arôme de lait sucré lui monta au cœur, il lui semblait entendre un appel venant du Nord lointain, à perte de vue c'étaient la steppe immense, des forêts de bouleaux serrés, une isba dans la forêt épaisse, des sapins couverts de neige gelée… de merveilleux paysages se déroulaient devant ses yeux comme de vieilles vues stéréoscopiques. Dans ces paysages qui se succédaient, il y avait toujours la jeune Natacha, tenant dans ses bras des fleurs violettes. Shangguan Jintong se cacha les yeux et se mit à pleurer de bonheur. Les larmes coulèrent par les fentes entre ses doigts…

« Shangguan, qu'est-ce qui t'arrive ? demanda avec inquiétude une camarade au menton en pointe en lui tapotant l'épaule.

– Rien, rien », se hâta-t-il de dire en cachant la photo.

Cette nuit-là, Jintong resta dans un état de demi-sommeil. Natacha passait et repassait devant lui, traînant son ample robe. Dans un russe sans faille, il lui adressa quantité de paroles douces comme le miel, mais l'expression de la jeune fille manifestait tantôt de la joie tantôt de la colère, le plongeant des cimes de l'excitation vers les abîmes du désespoir, puis, grâce à un rire léger et aguicheur, le faisant remonter de l'abîme.

Quand le jour se leva, Zhao Fengnian, déjà père de deux garçons, qui dormait dans la couchette au-dessus de Jintong, protesta :

« Shangguan Jintong, ton russe est bon, je le sais, mais ça n'empêche pas qu'il faut me laisser dormir ! »

Shangguan Jintong avait la tête douloureuse, il chassa à grand-peine de son esprit la belle silhouette de Natacha et présenta ses excuses attristées à Zhao Fengnian. Devant son visage grisâtre et ses lèvres boursouflées, celui-ci demanda, effrayé : « Tu es malade, Shangguan ? »

Il fit tristement non de la tête. Ses pensées, telle une voiture qui glisse sur la pente d'une montagne, dégringolaient irrésistiblement en vrombissant. Au bas de la pente, fendant la prairie aux fleurs violettes, sa robe se soulevant, Natacha s'élançait vers lui dans un silence absolu…

Serrant de toutes ses forces dans ses bras le montant du lit à étages, il se frappa la tête dessus.

Zhao Fengnian appela le chef des instructeurs, Xiao Jin'gang, un cadre paysan venant d'une équipe ouvrière armée, qui avait juré de faire fusiller le professeur Huo parce qu'elle portait une jupe courte ; il estimait que ces jupes étaient quelque chose de dépravé et décadent. Ses petits yeux sombres au milieu de son visage en fonte brute refroidirent pour un temps la tête bouillante de Shangguan Jintong, qui sentit qu'il venait d'échapper à un piège effrayant.

« Shangguan Jintong, qu'est-ce que tu fiches ? ! demanda gravement Xiao Jin'gang.

– Face de crêpe, mêle-toi de tes affaires ! » Sans se préoccuper des conséquences, Jintong provoqua Xiao Jin'gang, pensant que sa sévérité l'aiderait à débarrasser ses pensées de Natacha.

Celui-ci lui envoya un coup de poing en pleine tête en l'injuriant : « Fils de pute, tu oses m'insulter ! Toi, l'élève d'élite formé par Huo Lina, je ne te ferai pas de cadeau ! »

Au petit déjeuner, face à sa bouillie de maïs, Shangguan Jintong ressentit un dégoût irrépressible. Il comprit avec terreur que son anorexie et son obsession des seins étaient revenues. Levant son bol, il se força à boire, faisant appel à ce qui lui restait de conscience éveillée dans son trouble, mais quand ses yeux se posèrent sur la bouillie, ils virent deux seins s'élever avec vivacité du bol qui tomba et se brisa. La bouillie brûlante se répandit sur ses pieds, mais il ne sentait plus rien.

Poussant des cris de frayeur, ses camarades l'accompagnèrent à l'infirmerie où le médecin nettoya la bouillie qu'il avait sur les pieds et passa sur ses blessures une pommade grasse. Le regard fixe, Jintong contemplait les planches d'anatomie accrochées au mur. Le médecin lui mit dans la bouche un thermomètre, et ses lèvres remuèrent, comme s'il suçait un téton. Il lui administra un calmant et demanda à ses camarades de le raccompagner au dortoir.

Jintong déchira en mille morceaux la photo de Natacha et les jeta dans la rivière derrière le lycée. Les miettes de Natacha descendirent le courant et furent emportées dans un petit tourbillon. Alors il vit cette Natacha en miettes se reconstituer dans les eaux, telle une sirène, et sortir nue de l'onde, ses cheveux mouillés couvrant sa poitrine. Elle penchait tristement la tête, sur son cou roulaient des gouttes, de ses mains elle cachait ses seins dont la pointe rouge ressemblait à une baie mûre, tandis qu'une chanson populaire familière et mélancolique s'élevait au-dessus de la rivière. Natacha regardait tristement Shangguan Jintong. Il l'entendit dire distinctement : « Cœur cruel ! » Ce fut comme si un couteau s'enfonçait dans le cœur de Jintong, il sentit l'odeur des seins déferler comme une vague qui le submergeait…

Les camarades qui le suivaient le virent de loin s'avancer dans la rivière les bras écartés et l'entendirent crier quelque chose. Tandis que certains se précipitaient vers le bord, d'autres retournaient en courant au lycée chercher du secours.

Shangguan Jintong sombra au fond de la rivière et y vit Natacha qui nageait comme un poisson entre les algues ; il l'appela, mais l'eau l'étouffa.

Quand il ouvrit les yeux, il découvrit qu'il était couché sur le *kang* de sa mère. Sa tête était vide, dans ses oreilles bourdonnait le sifflement du vent du nord dans les fils électriques. Il tenta de s'asseoir, mais sa mère l'en empêcha. Elle lui donna à boire au biberon un peu de lait de chèvre. Il se souvint vaguement que sa vieille chèvre était morte, d'où venait donc ce lait ? Son cerveau engourdi ne lui obéissait absolument plus et il ferma les yeux de lassitude. Confusément, il entendit sa mère et sa sœur parler de sacrifice pour conjurer le sort. Leurs voix ténues et lointaines semblaient sortir d'une bouteille. « Il a été frappé par le mal, dit la mère.

– Quel mal ? demanda la grande sœur.

– Pour moi, c'est une renarde qui l'a envoûté.

– Peut-être cette veuve qui était devenue immortelle renarde ? dit la sœur.

– Il est bien possible qu'une immortelle soit venue chercher notre Jintong. Hélas, le bonheur n'aura pas duré…

– Maman, dit la sœur, ces jours de bonheur, je n'en supporterai pas un de plus… Cette moitié de démon va finir par me tuer à force de me maltraiter… Il est comme un chien… mais lui, il n'y arrive pas… Maman, si je fais quelque chose, il ne faudra pas m'en vouloir.

– De quoi pourrais-je t'en vouloir ? » dit ma mère.

Jintong resta allongé deux jours sur le *kang*, puis son cerveau reprit peu à peu sa vivacité. L'image de Natacha passait encore par moments devant ses yeux. Quand il se lavait la figure dans la cuvette en grès, il la voyait dedans en train de pleurer. Quand il se regardait dans un miroir, il l'y voyait encore pleurer. Quand il fermait les yeux, il entendait sa respiration et pouvait même sentir ses cheveux souples tomber sur son propre visage, sa douce main avancer à tâtons sur son propre corps. Shangguan Lushi, devant les actes étranges de son petit trésor, était totalement décontenancée ; elle pleurait doucement, comme un petit enfant, et le suivait partout. Quand son visage flétri se refléta dans l'eau de la jarre, il cria : « Elle est dedans !

– Qui ? demanda Shangguan Lushi.

– Elle.

– Qui, elle ?

– Natacha ! Elle n'est pas contente. » Elle vit son fils introduire sa main dans la jarre. Hormis l'eau, il n'y avait rien à l'intérieur, mais il avait l'air très ému et murmurait des mots qu'elle ne comprenait pas. Shangguan Lushi le tira de côté et boucha la jarre avec un couvercle en bois. Mais Jintong était déjà à genoux à côté de la cuvette en grès en train d'adresser à l'eau des mots mystérieux. Shangguan Lushi la vida, alors Jintong appuya son visage contre la fenêtre et colla ses lèvres dessus comme s'il voulait baiser sa propre ombre.

Serrant Jintong dans ses bras, la mère pleurait, désespérée : « Mon fils, mon fils, que se passe-t-il ? Ta mère t'a élevé au prix de tellement de souffrances, elle y a réussi à grand-peine, jamais je n'aurais cru que tu deviendrais comme ça… »

Des larmes brillantes coulaient sur son visage, et dans ces larmes,

Jintong vit danser Natacha : elle sautait de goutte en goutte. « Elle est là ! dit-il en montrant hébété la figure de sa mère. Natacha, ne t'enfuis pas !

– Où est-elle ? demanda Shangguan Lushi.

– Dans les larmes », dit Jintong.

Shangguan Lushi les essuya rapidement. Jintong cria de nouveau : « Elle a sauté dans tes yeux. »

Shangguan Lushi finit par comprendre qu'il suffisait que quelque chose reflétât une ombre pour que Natacha s'y trouvât. Elle posa un couvercle sur tous les récipients pleins d'eau, enterra les miroirs, colla du papier noir sur les fenêtres et l'empêcha de regarder ses yeux.

Aussitôt, Shangguan Jintong vit Natacha dans le noir. Il était passé de l'étape où il cherchait par tous les moyens à éviter de la voir à celle où il la recherchait frénétiquement ; Natacha, elle, était passée du stade où elle était partout à celui où elle s'éclipsait sans cesse. Face à un angle de la pièce, il se mit à crier : « Natacha, écoute-moi… » Il s'élança vers le coin du mur et se frappa la tête dessus. Natacha s'était faufilée dans un trou de souris sous l'armoire. Il colla son visage contre le trou, cherchant à s'y introduire de toutes ses forces, sentit réellement qu'il s'y était glissé et la chercha dans le passage sinueux sous terre en criant : « Natacha, ne t'enfuis pas, pourquoi t'enfuis-tu ? » Elle sortit par un autre trou et disparut. Il la chercha partout et découvrit qu'elle s'était étirée aussi finement que du papier et s'était collée contre le mur. Il se précipita dessus, tâtant la paroi de ses mains, convaincu de toucher le visage de Natacha. Elle se plia en deux et s'échappa en glissant sous son aisselle. Alors elle s'insinua dans le fourneau, salissant son visage de cendres. Accroupi devant le foyer, il tendit la main pour essuyer la cendre sur son visage, mais n'y parvint pas et ne réussit qu'à maculer le sien de noir.

À bout de ressources, la mère, en se prosternant, finit par supplier le roi des attrapeurs de fantômes, Ma le Montagnard, qui avait pourtant renoncé à ses activités depuis de nombreuses années, de se rendre chez elle.

Vêtu d'une robe noire, les cheveux épars sur les épaules, ses pieds nus teints en rouge, une épée en bois de pêcher à la main, le Montagnard murmurait des mots incompréhensibles. Quand Shangguan

Jintong le vit, il se souvint des histoires merveilleuses que l'on racontait à son sujet et, comme s'il avait bu une grande gorgée de vinaigre, son esprit fut ébranlé et dans son cerveau troublé s'ouvrit une fente par laquelle s'esquiva l'ombre de Natacha. Avec son visage violacé et ses yeux exorbités, le Montagnard avait l'air féroce. Il se racla la gorge, cracha bruyamment, comme une poule atteinte de dysenterie. Agitant son épée en bois de pêcher, il exécuta une danse étrange. Au bout d'un moment, il se plaça près de la cuvette en grès, récita des formules sacrées, cracha dans la bassine puis, prenant son épée à deux mains, remua l'eau. Un instant plus tard, l'eau de la cuvette devenait rouge. Il se remit à danser. Puis il remua de nouveau l'eau, à présent aussi rouge que du sang. Jetant l'épée, il s'assit par terre, haletant, et fit venir Shangguan Jintong : « Que vois-tu dans la cuvette ? » demanda-t-il. Jintong sentit monter une odeur de médicament. Il fixa attentivement l'eau rouge aussi lisse qu'un miroir. Le visage qui se reflétait dans l'eau le surprit. Il pensa tristement que le Jintong qui, peu de temps auparavant, avait une figure rayonnante était devenu une sorte de monstre à la face jaune et ridée. « Qu'as-tu vu ? » le pressait le Montagnard. Le visage maculé de sang de Natacha s'éleva lentement dans la cuvette et se superposa au sien. Natacha ôta sa robe et, montrant les blessures sanglantes sur ses beaux seins, l'injuria à voix basse : « Shangguan Jintong, quel cœur cruel tu as !

– Natacha ! » cria tristement Jintong, puis il enfouit son visage dans l'eau. Il entendit le Montagnard dire à sa mère et à Laidi : « C'est bon, c'est bon, portez-le dans la maison ! »

Shangguan Jintong bondit et engagea le combat avec le Montagnard. C'était la première fois de sa vie qu'il agressait un homme. Il était vraiment courageux, car il s'attaquait à quelqu'un qui avait des relations avec les esprits. Tout cela pour Natacha. De la main gauche, il attrapa la barbe grisonnante du Montagnard qu'il tira de toutes ses forces vers le bas, transformant sa bouche en un trou noir en forme de losange. La salive fétide de l'homme coula sur sa main. Natacha, tenant ses seins blessés, était assise sur la langue du Montagnard et le contemplait d'un regard admiratif. Se sentant encouragé, s'aidant même de l'autre main, il tira encore plus fort vers le bas. Sous le coup de la douleur, le corps du Montagnard se plia, pareil à cette image de sphinx sur un manuel de géographie du lycée. Maladroitement, le Montagnard frappa les jambes de Jintong avec son épée de bois. Mais, grâce à Natacha, celui-ci ne ressentait pas la douleur, et cette douleur ne lui fit pas lâcher prise pour Natacha dans la bouche du Montagnard. Il songea aux conséquences effrayantes s'il relâchait ses mains : elle serait réduite en bouillie par les mâchoires du Montagnard, avalée et digérée. Les intestins et l'estomac du Montagnard devaient être si sales ! Ce diable qui recourait abusivement à la magie pour nuire aux femmes ! Qui forçait de gentils petits démons à pousser la meule pour lui ! Il était capable de faire des pigeons en papier découpé. Ça, c'était un aspect agréable. Il était même capable de poser un bateau en papier sur une marmite d'eau, de s'asseoir dessus pour se rendre en une nuit au Japon et rentrer le lendemain soir en rapportant un panier d'excellentes mandarines japonaises à offrir à son beau-père ! Cela, c'était encore quelque chose d'agréable. Mais pourquoi ce type à la magie aussi puissante voulait-il faire du mal à Natacha ? « Natacha, sors vite ! » cria Jintong, effrayé. Elle restait assise sur la langue du Montagnard, comme si elle était sourde. Il sentit que la barbe de celui-ci glissait de plus en plus. Le sang frais des seins de Natacha coulait dessus. Ses mains se relayaient sans répit. Le sang les rougissait. Le Montagnard jeta son épée et des deux mains agrippa les oreilles de Jintong, les tirant de toutes ses forces. La bouche de Jintong se fendit involontairement. Il entendit les cris de frayeur de sa mère et de sa sœur aînée. Il ne fallait pas qu'il lâche la barbe du Montagnard. Tous deux tournaient en rond dans la cour. La mère et la sœur les suivaient en décrivant aussi un cercle. Ses pieds furent gênés par quelque chose qui l'empêcha de changer de main à temps. Le Montagnard saisit l'occasion pour lui mordre le dos de la main. Jintong était vraiment en mauvaise posture. Ses oreilles allaient bientôt être arrachées, le dos de sa main était mordu jusqu'à l'os. Il poussa un cri de douleur. Mais sa douleur intérieure surpassa sa douleur corporelle. Tout se troubla devant ses yeux. Il pensa désespérément à Natacha. Elle avait été avalée par l'homme et était en train d'être digérée par ses sucs gastriques. Les parois stomacales hérissées d'épines du Montagnard la broyaient sans pitié. Le brouillard devant ses yeux devint aussi noir que l'intérieur du ventre d'une seiche.

Sun Pas-un-mot, qui était sorti acheter de l'alcool, entra dans la cour en se balançant. Ses yeux aiguisés, forts de son expérience militaire, saisirent très vite la situation. Il posa sans se presser la bouteille d'alcool au pied du mur de l'aile ouest. « Sauve Jintong ! » cria ma mère. Sun Pas-un-mot se balança alors en quelques coups jusque derrière le Montagnard et, brandissant les petits tabourets qu'il tenait dans les mains, les abattit en même temps. Ceux-ci frappèrent les mollets tendus du Montagnard qui tomba à genoux. Les petits tabourets de Sun Pas-un-mot volèrent dans les airs et atteignirent les bras de l'homme, libérant les oreilles de Shangguan Jintong. Puis, décrivant la figure « deux coups de tonnerre frappent les oreilles », ils s'abattirent sur le visage du Montagnard. Ce dernier recracha la main de Jintong et se roula de douleur sur le sol. Gardant la bouche fermée, il se saisit de son épée en bois. Sun Pas-un-mot poussa un rugissement et le Montagnard se mit à trembler comme de la balle dans un tamis. Jintong pleurait à fendre l'âme, il voulait encore se précipiter sur le Montagnard. Il voulait lui ouvrir le ventre pour sauver Natacha, mais sa mère et sa sœur le retinrent fermement tandis que le Montagnard s'enfuyait à toutes jambes en contournant Sun Pas-un-mot tapi comme un tigre.

Shangguan Jintong reprit peu à peu ses esprits, mais il ne pouvait toujours pas absorber de nourriture. Sa mère alla voir le chef de la zone qui aussitôt envoya quelqu'un acheter une chèvre laitière. Jintong restait allongé sur le *kang*, d'où il descendait parfois pour se promener. Ses yeux étaient encore absents. Lorsqu'il revoyait l'image de Natacha aux seins ensanglantés, ses larmes jaillissaient comme des flèches. Il n'avait pas le courage de parler, marmonnait un peu pour lui-même, et dès que quelqu'un s'approchait de lui, fermait la bouche.

Un matin où le temps était couvert et sombre, Shangguan Jintong était couché sur le *kang*, allongé sur le dos. Il venait de verser des larmes pour les seins ensanglantés de Natacha, son nez était bouché, sa tête lui tournait et une très forte envie de dormir le gagnait. À cet instant, un cri strident, à faire dresser les cheveux sur la tête, parvint de la chambre de Laidi et du muet, chassant son envie de dormir. Il prêta l'oreille jusqu'à en avoir des bourdonnements, mais n'entendit rien d'autre. Il allait fermer les yeux lorsqu'un nouveau cri strident retentit. Plus long que le précédent et encore plus effrayant. Il sentit les battements de son cœur se précipiter et la peau de sa tête se tendre. La curiosité le poussa à descendre du *kang* et il alla furtivement sur la pointe des pieds à la porte de la chambre de l'est pour regarder par une fente. Sun Pas-un-mot, ses vêtements ôtés, serrait fortement la taille fine de Laidi, telle une grosse araignée noire et luisante. Sa grosse bouche de sauterelle qui crachait une bave blanche mordait tantôt son sein gauche, tantôt le droit. Le long cou de Laidi reposait sur le bord du *kang*, sa tête était renversée, son visage aussi blanc qu'une feuille de chou. Les seins épanouis que Jintong avait connus dans la mangeoire des ânes ressemblaient à des petits pains jaunis, qui pendaient sur ses côtes. Le bout des seins saignait. Sa poitrine et ses bras étaient couverts de cicatrices. Laidi, si lisse et blanche, avait été réduite par Sun Pas-un-mot en une sorte de poisson mort écaillé. Ses longues jambes étaient posées nues sur le *kang* et remuaient comme des chaînes…

Shangguan Jintong éclata en sanglots. Sun Pas-un-mot tendit la main pour se saisir de la bouteille d'alcool à la tête du *kang* et la lança en direction de la porte. Jintong courut à toutes jambes dans la cour, prit une brique qu'il jeta contre la fenêtre, jurant violemment : « Muet, tu n'auras pas une belle mort ! »

Après avoir crié ces mots, il se sentit terriblement las, et l'ombre fantomatique de Natacha se dissipa devant ses yeux comme une fumée bleue.

Le poing de fer du muet brisa la fenêtre et jaillit brutalement à l'extérieur. Jintong, effrayé, recula jusque sous le sterculier. Il vit le poing se retirer, puis un jet d'urine jaunâtre goutter bruyamment dans le seau d'aisances placé sous la fenêtre en suivant un tuyau de caoutchouc que l'on avait fait sortir par un carreau. Se mordant les lèvres, il s'éloignait quand, à la porte de l'aile, il se trouva nez à nez avec un homme à la mine étrange. Celui-ci avait la taille courbée, ses bras pendaient sans force le long de son corps. Il avait le crâne rasé, des sourcils grisonnants, et dans ses grands yeux noirs cernés de rides très serrées se cachait quelque chose qui ôtait l'envie de le fixer. Son visage était couvert de cicatrices violettes petites et grandes, ses oreilles entaillées, par des brûlures ou par des gelures, comme celles des singes. Il portait un vieux costume Sun Yat-sen gris qui n'était visiblement pas à sa taille et sentait la naphtaline. Ses mains aux articulations saillantes et aux ongles tout abîmés tremblaient le long de ses cuisses. « Qui cherchez-vous ? » demanda hargneusement Jintong, pensant que c'était un compagnon d'armes du muet. L'homme s'inclina respectueusement devant lui et, la langue engourdie et la bouche pâteuse, lui dit : « Maison… Shangguan Lingdi… je suis son… Han… l'Oiseau… »

Chapitre 39

« … Je… je… ne parle pas… » balbutia Han l'Oiseau en tripotant avec inquiétude de ses deux mains la nappe blanche qui recouvrait la tribune, la tête levée, l'air pitoyable, vers le directeur du lycée Qiu Jiafu qui présidait la séance assis sur le côté. « Dire quoi… je ne sais pas… » On eût dit qu'un gros corps étranger obstruait sa gorge, et chaque fois qu'il prononçait une courte phrase, il tendait le cou comme un oiseau. Entre chaque bribe, il émettait des sons étranges qui n'avaient rien d'humain. C'était la première séance après le retour de Han l'Oiseau : les professeurs et les élèves du primaire et du secondaire, les cadres du comité du Parti de la zone, et aussi la population des villages qui avaient appris la nouvelle, tous se pressaient sur le terrain de basket de l'école. Un journaliste du district muni d'un appareil de photo mitraillait Han l'Oiseau sous tous les angles. Celui-ci jeta un coup d'œil à la foule regroupée à ses pieds et recula, pris de timidité, comme s'il recherchait un grand arbre ou un mur contre lequel s'appuyer. Lorsqu'il ne parlait pas, il rentrait le cou et soulevait les épaules, ses deux mains cachant son entrejambe.

Le directeur se leva, s'avança pour verser un peu d'eau chaude dans sa tasse et la lui tendit : « Camarade Han, dit-il, buvez un peu, mouillez-vous la gorge, détendez-vous, au pied de l'estrade, ce sont tous des compatriotes à vous et leurs enfants, tout le monde est avec vous, tous ressentent de l'orgueil et de la fierté d'avoir un compatriote comme vous, célèbre dans le monde entier. Chers camarades, chers élèves, chers compatriotes, poursuivit le directeur avec enthousiasme en se tournant vers la foule, le camarade Han Dingshan a vécu quinze ans comme un homme sauvage dans les forêts des montagnes de l'île d'Hokkaido au Japon. Il a accompli un miracle de niveau mondial, son exposé nous apportera à coup sûr un immense enseignement, encourageons-le encore une fois par nos applaudissements ! »

Tonnerre d'applaudissements du public. Le discours enflammé du directeur nous émut jusqu'aux larmes. Han l'Oiseau avança la main et, comme un rat qui teste l'appât d'une trappe, tâta l'anse de la tasse, recula vivement la main, tâta de nouveau, finit par soulever la tasse en tremblant et but une gorgée en fronçant les sourcils. La chaleur du thé lui fit relever le visage et fermer les yeux. Du liquide coula le long de son menton et sur son cou. Il toussota, comme un vieux hérisson, et cligna des yeux comme s'il était plongé dans des pensées profondes.

Le directeur passa derrière lui et lui tapota gentiment l'épaule : « Allez-y, Han, parlez, le supplia-t-il, vous êtes dans votre patrie, dans votre pays natal, chez vos parents ! » Han l'Oiseau leva le visage et, flic floc, deux rangs de larmes coulèrent de ses yeux : « Parler ?

– Oui, oui, l'encouragea chaleureusement le directeur, il faut parler !

– Eh bien, je vais parler… » Il baissa la tête, les mains toujours posées sur son entrejambe, garda le silence quelques minutes, releva la tête, tendit le cou, écarquilla les yeux et se mit à raconter avec difficulté.

« … Je chasse les oiseaux, ce jour-là, les peaux jaunes tirent, je m'enfuis, ils me poursuivent, d'un coup de fronde j'en aveugle un, ils m'attrapent, attachent mes bras, frappent mes jambes, avec la crosse du fusil, un groupe est attaché avec des cordes, puis un groupe, et encore un groupe, plus de cent personnes, les peaux jaunes interrogent, je suis, je suis du village, on dirait pas, à te voir, tu dois être sans travail, un vagabond, que veut dire sans travail, vagabond ? je ne comprends pas, paf, ils me flanquent une gifle, tu me demandes, je demande à quelqu'un, ils me filent une autre gifle, je n'obéis pas, on m'attache, ils me prennent ma fronde, ils tirent sur l'élastique, tchac, je répète que je suis pas sans travail, ni vagabond, ils me frappent, frappent, frappent, avec un fouet, un bâton, la crosse du fusil, parle, tu es sans travail, un vagabond, mon gars, l'homme avisé sait s'arrêter avant de subir des ennuis, reconnais-le, arrivés à la gare, on enlève les cordes, un par un on entre, je m'échappe, les balles sifflent à mes oreilles, on se disperse, la troupe à cheval arrive et m'encercle, un coup de sabre vole au-dessus de ma tête, des têtes tombent à terre, des yeux blancs roulent vers le haut, les mains pleines de sang, on est dans le train, on arrive à Qingdao, on est bouclés sur le quai, les petits Japonais, en rang de chaque côté, ils nous poussent avec leur baïonnette sur un bateau, un gros bateau, le *Fukuyamaru*, on rentre les passerelles, ha ! le bateau part, tout le monde pleure, père, mère, c'est fini, où va-t-on ? on ne sait pas, c'est comme taper un chien avec un petit pain à la viande, un aller simple, pas de retour, la mer, les vagues, ça tangue, on vomit, on crache, on a faim, y en a qui meurent, on les monte sur le pont, on les jette à la mer, les requins, ils font une bouchée d'une jambe, une autre bouchée du reste, les requins nous suivent, les mouettes aussi, on arrive au Japon, on accoste, on prend un train, et encore un bateau, on accoste, on arrive à Hokkaido, on va dans la montagne, la neige jusqu'aux cuisses, la figure bleue de froid, les oreilles coulent jaune, les pieds nus, on habite des maisons en planches, on n'a pas assez à manger, que de la soupe, on n'est plus que des ombres, ils nous font descendre dans une mine, les petits diables nous surveillent, "Tseloutse", "Loutselou", "Chegaobou chegaobou", c'est leurs mots, on comprend rien, alors ils nous frappent, le marteau-piqueur, la lampe de mineur, on extrait le charbon, on mange de la farine de glands, impossible de chier, les amis, on ne peut pas attendre la mort, il faut filer, on crèvera dans la montagne, mais on n'extraira pas le charbon pour les petits diables, on n'extraira pas le charbon pour faire de l'acier, faire des fusils, faire des canons, pour tuer les Chinois, on ne travaillera plus, on va filer, on n'extraira plus le charbon pour les diables, plus jamais ! »

Ses paroles avaient soudain pris une tonalité pleine d'émotion, et la foule, ébahie, se mit à applaudir frénétiquement. Étonné, il regarda vers le bas de l'estrade, puis tourna le visage à la recherche du directeur qui leva son pouce vers lui. De plus en plus à l'aise, il reprit : « Le petit Chen s'est enfui, il a été rattrapé, devant les copains, il a eu le ventre arraché par un chien-loup. Les diables blablatent, l'interprète dit : "Le chef a demandé : qui osera encore fuir ? Lui, c'était pour l'exemple !" En moi je dis, je baise ta maman, tant que j'aurai un souffle, je voudrai m'enfuir ! » Applaudissements pleins de chaleur. « Une femme, qui balaie la neige, elle me fait signe, je me glisse dans sa cabane en planches, elle me dit : "Frère, j'ai grandi à Shenyang. J'ai de la sympathie pour la Chine." Je n'ose rien dire, j'ai peur qu'elle soit une espionne, mais elle dit : "Si tu sors par les cabinets, c'est la forêt…" »

Le jour où Lu Liren et son bataillon de sabotage célébraient la victoire dans les rues du bourg de Dalan, Han l'Oiseau s'enfuyait par les cabinets et s'enfonçait dans la forêt. Il courut comme un fou, jusqu'au bout de ses forces, et finit par s'étaler de tout son long dans un bois de bouleaux. Il y régnait une odeur de feuilles pourries, les ding dong des gouttes d'eau qui tombaient dessus résonnaient comme une musique de luth. L'atmosphère était humide, la brume s'étalait partout, les rayons du soleil du soir pénétraient entre les arbres telles des flèches dorées. Le chant des loriots était poignant, il avait un goût de sang. Devant lui s'étendait une herbe d'un vert presque noir, et entre les feuilles pendaient des fruits rouges. Il mangea quelques baies et sa bouche se remplit de salive. Il mangea encore une poignée de petits champignons blancs qui lui donnèrent mal à l'estomac et le firent vomir sans répit. Il sentit que son propre corps dans le crépuscule sournois exhalait une puanteur qui piquait le nez. Il trouva une source de montagne et lava la merde qui le recouvrait. La froideur de la source le transperça jusqu'aux os, il frissonna et entendit dans la direction de la mine des aboiements de chiens et des appels indistincts. Ça y est, les petits Japonais ont découvert que je suis parti, ils ont dû s'apercevoir de mon absence au moment de l'appel du soir. Il sentit monter en lui la joie d'assouvir sa vengeance. Mes chers petits oncles, votre maître s'est enfui. Les soldats qui surveillaient la zone minière étaient de moins en moins nombreux, mais les chiens-loups l'étaient toujours plus, il eut le vague sentiment que les petits Japonais seraient bientôt fichus. Non, il fallait qu'il s'enfonce dans la forêt, les petits Japonais étaient peut-être bientôt fichus, mais comme ce serait injuste s'ils l'attrapaient et le donnaient à manger à leurs chiens ! La pensée de ces chiens-loups à la grosse tête et au derrière en pointe le fit frissonner, la gueule ensanglantée de l'un d'eux avait aspiré l'intestin du petit Chen comme s'il mangeait des nouilles. Il se débarrassa de l'uniforme donné par les petits Japonais et le jeta dans la rivière. Va te faire enculer ! L'uniforme se gonfla comme une vessie de bœuf et descendit le courant. Il s'accrocha à un rocher, décrivit quelques cercles, puis continua à descendre. Le soleil du soir était rouge sang ; dans la montagne, les bouleaux et les chênes, les glycines et les arbustes, les sapins, les pins, les vignes sauvages à mi-pente avec leur feuillage doré, les petits ruisseaux se frayant un passage dans les gorges encaissées – tout changeait de couleur dans le soleil du crépuscule. Mais il n'avait aucune envie d'admirer le paysage et, courant le plus vite qu'il le pouvait le long de la rivière, sautant sur les gros rochers glissants, il s'enfuit vers le coin le plus reculé de la montagne. Vers minuit, il estima que les chiens-loups avaient abandonné leur poursuite et il s'assit au pied d'un grand arbre. Ses pieds le brûlaient et le faisaient souffrir comme s'il les avait posés sur un fourneau. Son ventre était tantôt en feu, tantôt glacé. Le clair de lune glacial répandait sur la forêt sa lumière argentée ; dans les vallons, les rochers couverts de mousse ressemblaient à d'énormes œufs d'oiseaux qui luisaient d'une lueur sombre. Le son de la rivière portait loin, des gerbes d'écume soulevées par les rochers jaillissaient, blanches comme la neige. Il se réfugia dans l'ombre violette d'un grand arbre, tourmenté par tous les maux qui l'assaillaient : le froid, la faim, les blessures, la maladie, la peur, la tristesse. À plusieurs reprises, il était allé jusqu'à se demander si cette fuite subite n'était pas une erreur, mais dès que cette pensée l'effleurait, il s'insultait lui-même : quel idiot, tu es libre maintenant, c'est formidable, tu n'as plus à extraire le charbon, tu n'auras plus à subir les humiliations de ces petits Japonais qui n'ont au-dessus de la lèvre qu'un peu de duvet. Il dormit ainsi un moment, assailli par ces pensées à la fois douloureuses et excitantes. À l'aube, il fut réveillé par les paroles qu'il prononçait en rêvant. Il avait fait un rêve effrayant, mais son réveil en avait effacé tout souvenir. Il sentit le froid l'attaquer de toutes parts, son cœur lui paraissait aussi dur qu'un œuf de cane, et ses côtes, contre lesquelles tapait son cœur, lui faisaient terriblement mal. La rosée de la nuit était abondante, une couche de sueur gelée dégoulinait le long des troncs d'arbre. La lune s'était déjà couchée à l'ouest derrière la montagne, et quelques étoiles vertes scintillaient dans le ciel blanchâtre. Dans la vallée, la brume s'étalait en volutes ; quelques bêtes sauvages noirâtres lapaient l'eau de la rivière. Il sentit une odeur de sang et de poisson, et entendit les hurlements des bêtes féroces résonner dans les vallons.

Le jour apparut, le soleil se leva, le brouillard envahit la vallée.

Transi, il se mit au soleil pour se sécher et vit sur son corps, couvert des cicatrices laissées par les coups de fouet, des petits boutons blanchâtres purulents et partout des morsures d'insectes et des piqûres de moustiques. Avait-il encore quelque chose d'humain ? Il faillit pleurer. Il se sécha jusqu'à sentir sa peau le démanger, mais ces choses qu'il avait entre les jambes, ces choses auxquelles il tenait le plus au monde, ses poches à semence, étaient dures comme la pierre, et lorsqu'il les souleva de la main, une douleur sourde lui traversa le pubis. Il pensa au vieil adage : chez l'homme, l'endroit qui craint le plus le froid, ce sont les testicules, chez la femme, ce sont les seins. Il se frotta les testicules et, à force de les pétrir, il sentit que la glace fondait lentement, dégageant une vapeur froide. Il regretta d'avoir jeté l'uniforme, c'était de toute façon un vêtement : de jour, il l'aurait protégé, et de nuit, il lui aurait évité insectes et moustiques. Au pied des arbres, il chercha des légumes sauvages qu'il connaissait : laitue, plantain, ail, renouée. Aucune de ces plantes n'était vénéneuse et il les mangea. Les très nombreuses jolies plantes ou les fruits sauvages qu'il ne connaissait pas, il n'osa y goûter, de crainte de s'empoisonner. Sur la pente de la montagne, il découvrit un poirier ; à son pied, le sol était jonché de petites poires jaunes d'où montait une odeur d'alcool fermenté. Il en goûta une, elle était aigre-douce et avait le même goût que les poires chinoises. Très content, il en mangea à satiété. Ensuite, comme il voulait se rappeler l'endroit où se trouvait cet arbre, il chercha un moyen de se repérer, mais partout, ce n'étaient que des arbres, et il était incapable de situer les quatre points cardinaux. Le soleil se levait à l'est, il le savait, mais c'était un moyen de se repérer en Chine. Le soleil des petits Japonais faisait-il la même chose ? Il se souvint du drapeau avec un soleil qui flottait sur sa hampe devant la gare. Je veux rentrer chez moi, pensa-t-il, fuir, ce n'est pas mon affaire, et ce n'est pas une fin en soi, je veux rentrer chez moi, dans le canton du Nord-Est de Gaomi, au Shandong, en Chine. Devant ses yeux, apparut l'image d'une jeune fille innocente, avec un visage pur, un long nez, des oreilles charnues toutes blanches. En pensant à elle, ce fut comme si son cœur s'immergeait dans un jus de poires d'automne aigres-douces. Il avait la vague idée que la région d'Hokkaido au Japon devait côtoyer les monts Changbai en Chine, qu'il lui suffirait de marcher tout droit vers le nord-ouest pour rentrer chez lui. Petits

Japonais, petits Japonais, petit pays grand comme un confetti, en trois mois, je t'aurai parcouru de part en part, pensa-t-il. Il pensa même que, s'il marchait assez vite, il arriverait chez lui pour le Nouvel An. Ma mère est morte, la première chose que je ferai une fois rentré sera d'épouser la fille Shangguan pour mener une vie heureuse. Il décida que le lendemain, il irait rechercher l'uniforme qu'il avait jeté. Il revint donc sur ses pas en prenant mille précautions, craignant de voir les chiens-loups sortir de la forêt. À midi, il estima qu'il était arrivé au bon endroit, mais le paysage avait complètement changé par rapport au jour précédent. La veille, il n'avait pas vu de bambous, aujourd'hui il y en avait, dans le vallon poussaient de grands arbres échevelés à l'écorce noire et aussi des bouleaux qui montaient jusqu'à la lumière du soleil. Et des bosquets d'arbres en fleurs, rouges, blancs, violets, et partout s'ouvraient des fleurs fraîches qui exhalaient leur parfum léger ou capiteux. D'innombrables oiseaux étaient posés sur les branches, qui le regardaient avec curiosité. De certains il connaissait le nom, d'autres il ne pouvait dire l'espèce, mais tous avaient un plumage bariolé magnifique. Il pensa qu'il aurait aimé avoir sa fronde.

Pendant toute une journée, il ne quitta pas ce vallon. Le petit ruisseau ressemblait à un enfant espiègle qui jouait à cache-cache avec lui. Les chiens-loups ne reparurent pas. Il ne retrouva pas l'uniforme. À midi, il ramassa sur un tronc d'arbre pourri, couché au bord de l'eau, des oreilles de Juda blanches et les goûta. Elles étaient fraîches et croustillantes, avec un léger goût pimenté. Il s'enhardit à manger tous les champignons qui se trouvaient sur le tronc. Le soir venu, il fut pris de douleurs : son ventre était gonflé et résonnait comme un tambour quand il frappait un peu dessus. Ensuite, il vomit et il eut la diarrhée, toutes les choses devant ses yeux devenaient énormes. Levant la main, ses doigts lui parurent comme des navets. Dans un endroit du ruisseau où l'eau était calme, il vit le reflet de son visage enflé et ses yeux si gonflés qu'ils ne formaient plus qu'une fente : les rides de son visage avaient toutes disparu. Las et désespéré, il se glissa dans un buisson et s'allongea. Cette nuit-là, il délira, devant ses yeux passèrent des géants de la taille des arbres, et il eut souvent l'impression que des tigres à la peau rayée encerclaient son buisson. Quand le jour revint, il se sentit un peu mieux, son mal de ventre avait disparu. Son visage avait dégonflé. Dans la rivière, son reflet le fit sursauter. Après une nuit de vomissements et de diarrhée, il était d'une maigreur effrayante.

Un matin, au bout de sept ou huit nuits, il rencontra deux ouvriers qu'il connaissait. Il était étendu au bord du ruisseau, la tête plongée dans l'eau, et buvait comme une bête sauvage, lorsqu'il entendit, venant d'un grand chêne, une question prononcée à voix basse : « C'est le grand frère Han l'Oiseau ? »

Il sauta sur ses pieds et courut se réfugier dans son buisson. Cette voix humaine, qu'il n'avait pas entendue depuis longtemps, faillit le faire mourir de peur. À cet instant, il entendit de nouveau une question qui venait du bout des branches du chêne, mais cette fois, c'était la voix rauque d'un homme adulte : « C'est Han l'Oiseau ?

– Oui, c'est moi ! cria-t-il en sortant du buisson. C'est le grand frère Deng ? Je t'ai reconnu, et aussi le petit Bi, je pensais bien vous retrouver… » Il courut sous le chêne et leva le visage pour tenter de les apercevoir, mais des larmes jaillirent soudain au coin de ses yeux, qui coulèrent sur ses oreilles. Sur l'arbre, le vieux Deng et le petit Bi défirent la ceinture qui les attachait à la fourche d'une branche et se laissèrent maladroitement glisser le long du gros tronc moussu. Les trois hommes se jetèrent dans les bras les uns des autres, mêlant pleurs, cris et larmes.

Ils finirent par s'écarter, le regard de Han l'Oiseau allait du visage du vieux Deng à celui du petit Bi, tandis que les deux le fixaient.

Ils se calmèrent enfin et se racontèrent ce qui s'était passé depuis leur séparation. Le vieux Deng avait coupé du bois dans les monts Changbai, il avait l'expérience de la forêt. En examinant le côté des troncs où pousse la mousse, il savait se repérer. Deux semaines plus tard, alors que les feuilles des arbres de la montagne rougissaient sous l'effet de la gelée blanche, ils se tenaient sur un petit versant aux arbres clairsemés, contemplant la mer dont les vagues grises déferlaient jusqu'au ciel. Elles se jetaient inlassablement sur des récifs bruns et la marée poursuivait la berge étale comme un troupeau de moutons.

« … Sur le bord de la mer, hmm, une dizaine de barques. Des gens, hmm, des vieux, hmm, des vieilles femmes, des femmes, hmm, des enfants, ils faisaient sécher des poissons, hmm, des algues, hmm, c'était dur, hmm, ils fredonnaient un chant funèbre, hmm, une sorte de mélopée, le vieux Deng a dit, hmm, si on traverse la mer, c'est

Yantai, hmm, Yantai, hmm, c'est tout près de chez nous, hmm, j'étais heureux, hmm, j'avais envie de pleurer, hmm, je regardais au loin au-delà de la mer, hmm, il y avait des montagnes vertes, hmm, le vieux Deng a dit, là-bas c'est la Chine, hmm, la nuit est tombée sur la montagne, hmm, les gens sur la plage sont partis, hmm, le petit Bi voulait vite descendre de la montagne. Hmm, attendons encore un peu, j'ai dit. Hmm, un moment après, un homme, sur la tête une lampe à gaz, hmm, sur la plage, hmm, il a fait un tour, hmm, j'ai dit ça va, hmm, on descend, hmm, pendant un mois, on n'avait mangé que des herbes, hmm, quand on a vu les poissons qui séchaient, hmm, plus gloutons que des chats, hmm, sans dire un mot, hmm, on en a mangé plusieurs, hmm, le petit Bi a dit que les poissons avaient des piquants, hmm, puis on a mangé quelques algues, hmm, ce goût dans le ventre, pas facile à supporter, hmm, comme quand on fait bouillir le fromage de soja, hmm, on a eu la colique, hmm, le petit Bi a dit, hmm, frères, j'ai peur qu'un piquant des poissons m'ait troué l'intestin, hmm, sur le fil pour sécher les poissons, il y avait un tablier en toile cirée, hmm, je me le suis mis à la taille, hmm, j'en ai trouvé un autre, hmm, une veste de femme, elle me serrait, hmm, j'étais complètement nu depuis plus d'un mois, hmm, avec des vêtements j'avais l'air d'un être humain, hmm, on est montés dans une petite barque, hmm, on l'a poussée, on l'a tirée, jusque dans la mer, hmm, on était trempés, hmm, la barque n'était pas solide, hmm, comme un gros poisson, hmm, on s'est hissés les uns les autres pour monter dessus, hmm, on ne savait pas faire avancer le bateau, hmm, va que tu rames, va que je rame, hmm, le petit bateau a fait la mouche, il s'est mis à tourner sur lui-même, hmm, ça n'allait pas, comme ça on n'arriverait jamais jusqu'en Chine, hmm, le vieux Deng a dit, frères, comme ça, ça ne va pas, faisons demi-tour, hmm, j'ai dit, non, même si on se noie, hmm, nos cadavres flotteront, hmm, et on rentrera en Chine ! »

Le bateau chavira, ils se débattirent dans une eau qui leur arrivait à la poitrine et finirent par être portés vers le bord. Le bruit des vagues déferlantes de la mer envahissait tout, comme si des milliers de soldats et de chevaux s'élançaient pour s'entre-tuer, le ciel était couvert d'étoiles, à la surface de l'eau voletaient des lueurs phosphorescentes vertes. Han l'Oiseau avait si froid qu'il ne disait mot. Le petit Bi sanglotait doucement. « Frères, dit le vieux Deng, dans les pires épreuves, le ciel n'abandonne jamais les siens, le plus important est de ne pas se décourager.

– Frère, demanda Han l'Oiseau, tu es le plus âgé, dis-nous ce qu'il faut faire.

– Nous sommes des canards vivant sur la terre ferme, dit le vieux Deng, nous n'avons pas l'expérience des bateaux. Aller en mer imprudemment, c'est la mort assurée. On s'en est tiré au prix de mille difficultés, on ne va pas mourir à la légère, voilà ce qu'on va faire : on va se reposer un jour dans la montagne et demain soir on capturera un pêcheur japonais pour qu'il nous ramène chez nous. »

Le lendemain soir, ils s'embusquèrent au bord d'un chemin, des bâtons et des pierres à la main. Ils attendirent, attendirent et finirent par voir arriver l'homme à la lampe à gaz sur le front. Han l'Oiseau se précipita, le ceintura et le fit tomber à terre. L'homme poussa des cris étranges et s'évanouit. Le vieux Deng ramassa sa lampe pour l'éclairer. La poisse : c'était une femme au visage jaune desséché. Le petit Bi leva sa pierre. « Il faut la tuer, sinon, elle risque de nous dénoncer.

– Laisse tomber, dit le vieux Deng, si les petits diables ne sont pas humains, nous, nous devons rester justes. Tuer une femme, c'est s'attirer les foudres du ciel ».

Ils abandonnèrent la femme et s'éloignèrent en hâte. Soudain, ils virent la lumière d'une lampe sur la plage. Il y avait donc quelqu'un. Les trois hommes, sans se faire prier, retinrent leur respiration et se mirent à ramper. Han l'Oiseau entendait le tablier en toile cirée crisser sur le sable. La lumière sortait d'une cabane en planches. Des deux côtés étaient entassés des flotteurs en verre pour la culture des algues, ainsi que de vieux pneus. Han l'Oiseau colla son visage à la porte faite d'une simple planche et, par une fente assez large, vit un vieil homme à la barbe grisonnante accroupi à côté d'une petite marmite en métal, en train de manger du riz. Le parfum du riz excita tellement son estomac qu'il en eut des crampes, la colère lui monta à la tête, enculés de vos ancêtres ! vous nous retenez prisonniers et vous nous faites manger de l'herbe et des feuilles tandis que vous, vous mangez du riz blanc ! Il s'apprêtait à faire irruption dans la cabane quand le vieux Deng le saisit par le poignet.

Le vieux Deng les entraîna dans un coin tranquille éloigné de la cabane. Ils se couchèrent par terre, tête contre tête. « Frère, dit Han l'Oiseau, pourquoi on n'est pas entrés en force ?

– Petits gars, répondit le vieux Deng, ne nous pressons pas, laissons-le finir de manger.

– Tu as vraiment bon cœur, maugréa le petit Bi.

– Frères, expliqua le vieux Deng, notre espoir de rentrer en Chine dépend entièrement de ce vieillard. À mon avis, lui aussi est un pauvre homme. Quand nous entrerons chez lui, il ne faudra rien déranger et lui demander gentiment. S'il accepte, nous serons sauvés, sinon, on aura recours à la force. J'ai eu peur qu'une fois chez lui, vous le brutalisiez, voilà pourquoi je vous ai entraînés à l'écart.

– Frère Deng, nous n'avons rien à dire, nous obéirons à tes ordres », dit Han l'Oiseau.

Quand ils entrèrent dans la cabane, ils effrayèrent quand même le vieil homme, qui s'empressa de leur offrir du thé. Devant son visage buriné par le vent marin comme une écorce d'arbre, Han l'Oiseau ressentit une grande sympathie. « Grand-père, dit le vieux Deng, nous sommes des ouvriers chinois, nous vous prions de nous ramener en Chine avec votre bateau. » Le vieillard hébété les regardait en faisant courbette sur courbette. Le vieux Deng reprit : « Si vous nous ramenez chez nous, nous qui sommes dépourvus de tout, nous rassemblerons la somme nécessaire pour que vous puissiez rentrer, même si nous devons mettre en gage nos femmes et vendre nos enfants. Et si vous ne voulez pas revenir, nous vous garderons et nous subviendrons à vos besoins, comme si vous étiez notre propre père, vous mangerez comme nous. Celui qui voudra revenir sur sa parole ne sera pas un être humain. »

Patatras, le vieil homme tomba à genoux, roucoulant des mots qu'ils ne comprenaient pas, se prosternant sans fin, le visage couvert de deux rangs de morve et de larmes. Manifestant un peu d'impatience, Han l'Oiseau le secoua, mais aussitôt le vieux se mit à pousser des hurlements de goret qu'on égorge et s'enfuit à quatre pattes. Han l'Oiseau le rattrapa, mais l'homme se retourna et le mordit à la main. Sentant sa colère monter, Han l'Oiseau s'empara d'un couperet et l'appuya contre le cou du vieillard : « Ne crie pas, si tu cries, je te tue ! » le menaça-t-il. Le vieux n'osa plus crier, il clignait des yeux frénétiquement. « Grand frère Deng, dit Han l'Oiseau, arrivés à ce stade, on ne peut plus expliquer les vingt-quatre modèles de la piété filiale. Fais monter ce vieux machin sur un bateau, sers-toi de ton couteau pour l'obliger, car il ne le fera que s'il a peur. »

Les trois hommes trouvèrent dans la cabane une hachette et un tisonnier, ils ligotèrent le vieil homme et sortirent en le poussant et en le tirant pour se diriger vers la plage. Le vent soufflait, la surface de la mer était d'un noir d'encre. Ils venaient de passer au coin de la montagne quand ils virent une torche briller devant eux. Un groupe d'hommes arrivait en criant. Le vieux se débarrassa de ses cordes et se précipita en hurlant. « Frères, sauvez-vous ! » cria le vieux Deng.

Ils coururent jusque sur la montagne, si abattus que personne ne parlait. Ils restèrent assis là jusqu'au lendemain, ne sachant que faire. « Pourquoi prendre absolument la voie maritime ? dit Han l'Oiseau. Moi, je ne crois pas que le Japon n'ait pas un endroit qui touche la Chine. Est-ce que les soldats japonais qui sont venus par dizaines et centaines de milliers comme des sauterelles sont tous arrivés en Chine par bateau ?

– Il aurait fallu combien de bateaux ? ajouta le petit Bi. C'est impossible qu'il y en ait eu autant.

– Nous n'avons qu'à contourner la mer, dit Han l'Oiseau, nous finirons bien par trouver une route, tant pis si on fait un détour : si on n'arrive pas aujourd'hui on arrivera demain, et advienne que pourra, le jour viendra où on finira bien par rentrer en Chine.

– C'est le seul moyen, dit le vieux Deng, quand je coupais du bois dans les monts Changbai, j'ai entendu dire que le petit Japon était relié à la Corée, nous irons d'abord en Corée, puis nous rentrerons en Chine. Si on meurt en Corée, ce sera déjà mieux que de mourir au Japon. »

Tandis que les trois hommes discutaient, ils entendirent des voix qui montaient, des aboiements, des coups de gong, c'était mauvais, les Japonais fouillaient la montagne. Ils se replièrent vers le sommet. « Frères, dit le vieux Deng, il ne faut pas nous séparer, sinon nous serons fichus. »

Mais ils finirent par être séparés. Accroupi dans un bosquet de bambous, Han l'Oiseau vit une femme au visage jaune, portant une veste d'uniforme pour homme en haillons, qui tenait à deux mains un fusil de chasse et fouillait méthodiquement. À ses côtés se trouvaient des vieux munis de hachettes et de gourdins ; un garçon tout pâle suivait la femme et frappait avec une pelle en fer sur une bassine en métal percée. Un chien maigre aboyait sans force. Peut-être pour se donner du courage, ceux qui fouillaient la montagne, les vieux, la femme, l'enfant, tous criaient tant qu'ils pouvaient et tiraient de temps à autre un coup de feu. Le chien efflanqué au pelage noir et blanc se mit à aboyer frénétiquement en reculant, la queue entre les jambes, face au bosquet de bambous où se cachait Han l'Oiseau. Son attitude affolée attira l'attention de la femme au visage jaune. Elle épaula en direction du bosquet et poussa un cri étrange. Les bras comme des bâtons de cire qu'elle sortit de ses larges manches tremblaient violemment. Han l'Oiseau jaillit du bosquet et, levant son couperet vers la femme, et évidemment aussi vers la bouche noirâtre du canon du fusil, se précipita sauvagement en avant. Comme si elle venait d'être attaquée par un chien féroce, elle changea de voix et s'enfuit en balançant son fusil. Le couperet de Han l'Oiseau frôla de près le chapeau de paille qu'elle portait sur la tête et l'entailla, dévoilant ses cheveux secs. Elle tomba en gémissant. Han l'Oiseau dévala la pente en zigzag à toute vitesse et se retrouva rapidement dans un vallon recouvert d'une frondaison dorée si dense qu'elle ne laissait pas passer le vent. Les hurlements des Japonais et les aboiements du chien avaient mis sens dessus dessous tout un versant de la montagne.

Le vieux Deng et le petit Bi furent arrêtés par les Japonais, et comme d'un malheur peut naître un bonheur, deux ans après la reddition du Japon, ils furent rapatriés en Chine comme prisonniers de guerre, tandis que Han l'Oiseau qui s'était enfui en forçant le blocus fut contraint de supporter quinze dures années de vie dans les forêts désolées d'Hokkaido, jusqu'au jour où un chasseur courageux le tira d'un abri de neige en croyant qu'il s'agissait d'un ours en hibernation.

Le dernier hiver, au cours duquel d'abondantes neiges devaient tout envahir, les cheveux de Han l'Oiseau faisaient déjà plus d'un mètre. Les premières années, il se les coupait encore régulièrement avec le couperet, mais cet outil était désormais bon à être mis au rebut à force d'avoir été aiguisé et il avait perdu toute valeur d'usage : ses cheveux poussèrent alors en toute liberté. Le tablier qu'il avait volé sur la plage et la veste de femme étaient depuis longtemps réduits en lambeaux, déchirés par les branches des buissons épineux. Son corps était à présent recouvert de paille de riz, attachée avec des lianes souples, ainsi que de restes d'emballages de sacs d'engrais, récupérés dans les rizières loin de la montagne. À chaque mouvement, ses vêtements émettaient un chuintement, tel un monstre de l'époque des dinosaures. Il ressemblait à un animal sauvage qui avait délimité son territoire dans la forêt, et la horde de loups gris qui vivait là le respectait et l'évitait, lui-même n'osant pas la provoquer. Il savait que cette horde avait été engendrée par un seul couple de vieux loups. Lors du deuxième hiver, le couple de jeunes mariés avait essayé de le manger et lui-même avait tenté de les dépouiller de leur peau bien chaude pour s'en faire un lit dans sa grotte. Au début, lui et eux s'étaient regardés de loin, les loups ayant un peu peur de lui, mais leur inflexible patience de carnivores les avait poussés, soir après soir, à rester assis très longtemps au bord du ruisseau qui coulait devant la grotte où il avait trouvé refuge. Tendant le cou en direction de la lune, les loups poussaient leur triste hurlement, et même les étoiles dans le ciel tremblaient en entendant ce cri effrayant. Il se sentit bientôt à bout de patience : il mangea en une fois les algues avec lesquelles il faisait deux repas, y ajouta une patte de hérisson, puis il concentra son esprit sur la digestion de ces aliments et massa les articulations de ses jambes avec ses mains engourdies où avaient poussé de longs ongles, afin de se préparer à l'attaque. Ses seules armes étaient le couperet qu'il utilisait encore tant bien que mal à cette époque et un bâton pointu qui lui servait à déterrer des racines. Muni de ces deux armes, il poussa le rocher qui obstruait sa grotte et sortit. Les loups virent apparaître un animal qu'ils n'avaient encore jamais vu. Il était de grande taille, tout son corps était couvert d'écailles jaunes qui chuintaient, les cheveux sur sa tête ressemblaient à une impétueuse fumée noire, ses yeux lançaient des éclats verts. Il s'approcha des loups en hurlant. Lorsqu'il ne fut plus qu'à quelques pas, il découvrit l'énorme gueule du mâle : ses crocs blancs en forme de dents de scie lançaient des éclairs et ses babines allongées brillaient comme deux rondelles de caoutchouc. Hésitant, il s'arrêta. Il n'osait plus ni avancer ni reculer, car il savait parfaitement ce qui arriverait s'il reculait. Il resta ainsi, les loups hurlèrent encore plus longuement, sur un ton encore plus lugubre. Les bêtes montraient leurs dents ; lui aussi, mais il faisait en plus le geste de frapper son bâton avec le dos du couperet. Sous le clair de lune, les loups se mirent à effectuer une danse mystérieuse en poursuivant le bout de leur queue ; lui, agita les morceaux de papier sur son corps et se mit à sauter et à bondir comme s'il exultait de joie. Et de fait, plus il sautait, plus il exultait. Dans les yeux des loups, il avait découvert amitié et chaleur.

Au cours de sa neuvième conférence – à ce moment, sa langue était devenue beaucoup plus agile du fait de l'entraînement forcé qu'elle subissait –, arrivé à ce point, pris d'une inspiration soudaine, Han l'Oiseau introduisit un long dialogue entre l'homme et le loup : « Le loup dit – la louve, pas le mâle, insista-t-il, les femmes ont toujours le cœur tendre et les mots enjôleurs –, la louve dit : "Grand frère Han, devenons amis." Han l'Oiseau fit la moue : "Bon, d'accord, dit-il, mais je vous préviens, je n'ai pas eu peur des diables japonais, alors pensez-vous que j'aurais peur de vous ?" Le loup rétorqua : "Si je me mesure vraiment avec toi, ce n'est pas sûr que tu aies le dessus ! Regarde, tes dents sont déchaussées, elles sont en mauvais état, elles sont pourries." Tout en parlant, au bord de la rivière, le loup avait pris dans sa gueule un bâton gros comme le bras et il le brisa en deux d'un coup de crocs. Affolé, Han l'Oiseau répliqua : "J'ai un couperet !" Et brandissant son couperet émoussé, il découpa un morceau de l'écorce d'un arbre. La louve commenta : "Hé, les mâles, vous ne pensez qu'à vous battre !" Le loup dit : "Bon, ça va, je sais que toi non plus tu n'as pas de bonnes intentions, essayons de ne pas nous provoquer et de rester en bon voisinage." Putain ! je brûlais de me réconcilier, mais j'avais peur et je ne voulais pas le montrer. Alors j'ai répondu : "D'accord, soyons bons voisins." Je l'ai dit en prenant l'air de quelqu'un qui n'en a pas trop envie... » Son dialogue entre l'homme et le loup déclencha les rires des spectateurs et cela le poussa à continuer, encore plus satisfait de lui. Ce ne fut que lorsque le président de séance lui conseilla de ne plus parler des loups qu'il reprit le fil de son récit.

Han l'Oiseau, qui avait habité longtemps dans les forêts de la montagne, était parvenu par un accord tacite à une sorte de coexistence pacifique avec les loups ; Shangguan Jintong estimait que c'était possible, car lui-même s'était souvent extasié, dans ses relations avec les animaux, sur leur intelligence qui dépasse l'imagination humaine. Cette chèvre, par exemple, qui lui avait servi de nourrice pendant de nombreuses années, avait presque failli parler avec lui.

Han l'Oiseau connaissait avec précision les relations de sang qui unissaient la horde de loups, l'âge de chacun, sa place dans l'ordre des générations, et même leurs goûts. Hormis les loups, vivait dans le vallon un ours caractériel. Il dévorait tout, les racines des plantes, les feuilles des arbres, les fruits sauvages, les petits animaux, il pouvait aussi attraper dans la rivière avec une extrême dextérité les gros poissons argentés. Quand il mangeait les poissons à grand renfort de scrouitch scrouitch, il ne recrachait pas les arêtes et faisait le même bruit que lorsqu'on croque des radis. Un jour de printemps, il rapporta du bas de la montagne une jambe de femme encore chaussée de sa chaussure en caoutchouc qu'il jeta dans la rivière avant d'avoir fini de la manger. Une fois rassasié, l'ours était désœuvré, il se contentait de grimper aux arbres pour se dépenser physiquement et, dans le territoire où il vivait, le sol était jonché de jeunes arbres qu'il avait arrachés. Un jour, au cours de sa vingtième conférence, Han l'Oiseau finit par raconter son combat contre cet ours atteint de maladie mentale. D'une force inférieure, il avait été renversé par l'animal. L'ours s'était assis sur lui, avait remué son lourd derrière et s'était frappé la poitrine, secoué d'un grand rire frénétique, poussant des heu heu pour célébrer sa victoire. Han l'Oiseau était tellement écrasé que ses os étaient sur le point de rompre, mais dans son désespoir, il eut soudain une idée. Allongeant la main, il chatouilla les testicules de l'ours, ce qui émoustilla l'animal qui leva alors une patte. Tout en continuant à le titiller, Han l'Oiseau tira de sa ceinture une corde fine et, s'aidant de ses dents, fit un nœud coulant qu'il accrocha à la base des testicules de l'ours et dont il noua l'autre bout à un petit arbre. Puis, tout en continuant à le chatouiller, il dégagea lentement son corps. Soudain, il fit une roulade, se releva et s'enfuit en courant. L'ours s'élança en avant, mais une douleur fulgurante traversa ses testicules. La douleur que l'on éprouve à cet endroit est incomparable avec celle que l'on peut ressentir ailleurs, dit-il, les hommes le savent bien, et les femmes dévergondées aussi. Saisir cette partie, c'est comme s'emparer de la racine vitale de l'homme. L'ours s'évanouit d'un coup. Cette histoire laissa sceptiques plusieurs personnes qui avaient eu l'occasion de se rendre à l'est des passes : elles l'avaient déjà entendu raconter là-bas, mais dans ce combat entre un humain et un ours, le héros était une belle jeune fille, et de plus, l'ours se permettait quelques privautés avec elle. Mais la gloire de Han l'Oiseau fit qu'elles ravalèrent leurs doutes.

Selon sa première conférence, il avait passé le dernier hiver sur un versant de la montagne face à la mer. Il dit qu'en une dizaine d'années, le lieu où il passait l'hiver s'était déplacé toujours plus vers l'extérieur de la montagne pour arriver jusque-là, où il s'était creusé dans la pente un abri dont l'entrée faisait face à un petit village dans une gorge. Dans sa grotte, il conservait deux bottes d'algues, une botte de poissons séchés, ainsi qu'une dizaine de livres de pommes de terre. Tous les jours, le matin et le soir, il s'asseyait dans sa cavité, ses mains entourant ses testicules et, sombrant dans une sorte d'hébétude, il regardait les fumées des maisons qui s'élevaient en volutes au-dessus du village. Certaines choses du passé resurgissaient dans son esprit, mais elles réapparaissaient sous forme de fragments et il ne parvenait pas à se souvenir d'une chose en entier, même du visage d'une personne. Tout semblait flotter sur une surface instable, changeante, impossible à saisir. Une fois que la neige eut complètement recouvert la montagne, les habitants du village sortirent peu. Si un chien passait dans la rue, il laissait une rangée de traces fraîches. Les fumées montaient jour et nuit des cheminées. Dans les forêts alentour, les corbeaux croassaient du matin au soir. Sur la plage, il y avait quelques barques cassées ; à un endroit, la glace avait pris et était deux fois par jour balayée par les vagues grises qui recouvraient la grève. Il resta ainsi tapi tout un hiver ; quand il avait trop faim, il mâchait une algue sèche, et quand il avait trop soif, il ramassait un peu de neige à l'entrée de la grotte pour la boire. Il dormait, puis il se réveillait. Quand il avait fait ses besoins, il les prenait dans ses mains et les jetait dehors. En un hiver, il ne les fit qu'une dizaine de fois. Le printemps venu, la neige commença à fondre, de l'eau suinta de la couche de terre au-dessus de sa tête. Alors qu'il jetait ses excréments dehors, il vit que dans le village les petites maisons montraient leurs toits bruns, la couleur de la mer avait verdi, mais le versant de la montagne à l'ombre restait blanc de neige.

Un jour, il pensa que ce devait être midi, il entendit soudain des crissements de pas. Le bruit tourna autour de sa grotte, puis s'arrêta au-dessus de lui. Il était roulé en boule, ses mains ne tenaient plus ses testicules, mais agrippaient fermement une pelle abîmée et il attendait, immobile. Dans sa conscience engourdie défilaient des bribes du passé qui l'empêchaient de concentrer son énergie, et la pelle lui glissa plusieurs fois des mains. Des bruits sourds retentirent sur sa grotte et de la terre tomba. Un rai de lumière blanche pénétra soudain à l'intérieur. Instinctivement, il se recroquevilla, tout en fixant ce rayon lumineux. Au-dessus de lui, retentirent de nouveaux bruits sourds, la terre et la neige dégringolèrent bruyamment. Lentement, le canon tout rond d'un fusil de chasse apparut en hésitant dans la cavité. Ensuite, un coup fut tiré et la balle frappa le sol, faisant gicler de la boue. Une fumée qui piquait le nez envahit la grotte. Il enfonça sa tête entre ses genoux, se retenant de tousser. Après avoir tiré le coup de fusil, l'homme marcha sur le toit sans vergogne en criant. Soudain, une jambe couverte de fourrure et chaussée d'une botte fourrée descendit par le trou. Han l'Oiseau se précipita à l'aveuglette : brandissant sa pelle, il l'abattit sur la jambe. Le chasseur se mit à hurler comme un diable sur le toit de la grotte et remonta sa jambe. Il l'entendit s'éloigner en roulant et en rampant. La neige fondue et la boue coulaient dans la grotte. Il pensa que si l'homme rentrait chez lui, il allait sûrement appeler du renfort. Il fallait quitter ce trou, il ne voulait pas être capturé vivant. Il s'employa de toutes ses forces à surmonter le trouble de son cerveau et se livra avec difficulté à une réflexion simple. Il fallait fuir. Il poussa la planche qui obstruait l'entrée, prit une botte d'algues sèches et un petit morceau de toile de tente – empruntée à l'automne à une machine à battre le riz des Japonais – et sortit de la grotte. À peine s'était-il mis debout qu'il sentit un vent glacial envelopper tout son corps et une lumière intense lui transpercer les yeux comme un couteau. Tel un poteau pourri, il tomba par terre. Il se débattit pour se remettre debout, mais quand il eut fait quelques pas, il chuta de nouveau. Il se dit tristement : « C'est fini, je ne sais plus marcher. » Il n'osait ouvrir les yeux, car dès qu'il en ouvrait un, la lumière le piquait de façon insupportable. L'instinct de survie le poussa à descendre à quatre pattes le long de la pente. Il se souvenait encore vaguement qu'à droite se trouvait une forêt de petits arbres. Il eut l'impression de marcher à quatre pattes très longtemps et il aurait dû déjà arriver à la forêt. Mais quand il rouvrit les yeux, il comprit qu'il était encore tout près de son trou.

Le soir venu, il atteignit enfin la petite forêt. À ce moment, ses yeux s'étaient à peu près habitués à la lumière, même si elle le piquait encore et le faisait pleurer. S'aidant d'un petit pin, il se leva lentement et vit que le trou où il était réfugié était à environ cent mètres de là. Ses traces étaient restées sur la neige. Dans le village en bas, les coqs chantaient, les chiens aboyaient, les fumées des cheminées montaient, le tout formant une image paisible. Il baissa la tête pour se regarder : son corps était recouvert de papier déchiré, ses genoux et la peau de son ventre nus étaient tout écorchés et saignaient, ses pieds pourris exhalaient une puanteur écœurante. Dans son cœur monta un sentiment de haine inconnu, comme si une voix l'appelait haut dans le ciel : « Han l'Oiseau, Han l'Oiseau, tu es un homme, tu ne peux pas être pris vivant par les petits Japonais. »

De son arbre, il se précipita vers un autre, et ainsi de suite, parvenant de cette manière à s'enfoncer dans la forêt. Ce soir-là, il tomba encore une grosse neige. Accroupi au pied d'un arbre, il entendait le mugissement de la mer dans la nuit et les hurlements des loups dans la montagne. Il retomba dans un état de léthargie. La neige le recouvrit, ainsi que les traces qu'il avait laissées dans l'après-midi.

Le lendemain matin, le soleil qui se levait éclaira les champs de neige, les transformant en champs d'émeraude. Des voix animées et des aboiements de chiens résonnaient sur l'autre versant, près de son ancien abri. Il ne fit pas un geste, écoutant tranquillement ces voix indistinctes qui semblaient lui parvenir du fond de l'eau. Peu à peu, devant ses yeux monta une boule de feu, les flammes ressemblaient à une soie moelleuse qui s'agitait sans bruit. Au centre du feu se tenait debout une jeune fille, vêtue d'une robe blanche, avec un regard solitaire d'oiseau. Il se leva, couvert d'un épais manteau de neige, et se précipita vers elle…

L'odorat sensible des chiens de chasse guida les chasseurs jusqu'à lui. S'appuyant avec ses bras sur le sol, il releva la tête pour regarder les bouches de canons noirs qui lui faisaient face. Il voulut jurer, mais tout ce qui sortit de ses lèvres fut un hurlement de loup. Les chasseurs le regardaient, effrayés, et les chiens reculaient sans oser venir près de lui.

Un chasseur s'approcha et le tira par le bras. Il sentit que son cœur battait à tout rompre et qu'il allait rendre son dernier souffle, il étreignit l'homme et le mordit au visage de ses dents sans force.

Puis il s'écroula, l'entraînant avec lui. Il n'opposa plus de résistance, laissant les hommes desserrer ses doigts un par un. Il pénétra dans le village en chancelant, avec le sentiment confus qu'on le traînait comme le cadavre raide d'une bête sauvage.

Il fut complètement réveillé par une douleur indicible. Il se trouvait dans une petite boutique. Devant lui ronflaient les flammes d'un feu dans une cheminée en tôle tandis que la chaleur le piquait comme des pointes d'aiguilles. Entièrement nu, il se sentait aussi mal à l'aise qu'un crapaud sans sa peau. Il se débattit, hurla, il voulait s'éloigner du feu. Les chasseurs comprirent soudain ce qui se passait ; ils le poussèrent dans la cour et l'installèrent dans une buanderie vide sans feu. La femme propriétaire de la petite boutique lui prodigua beaucoup de soins. Lorsque dans sa bouche pénétra la première cuillère d'eau chaude sucrée, un flot de larmes s'écoula de ses yeux.

Trois jours plus tard, les chasseurs le roulèrent dans une couverture et le portèrent dans un autre lieu. Là, des gens bien habillés lui posèrent des questions dans leur charabia japonais. Sa langue était engourdie, il n'arrivait plus à prononcer le moindre mot.

Ensuite, il termina son récit : « Ils ont sorti, un tableau noir, hmm, une craie, ils m'ont fait écrire, hmm, écrire quoi ? mes doigts, comme les serres d'un aigle, hmm, j'ai pris la craie, hmm, j'avais mal au poignet, pas moyen de la tenir, hmm, écrire quoi ? je me demandais, dans ma tête c'était de la bouillie, toute fumante, hmm, je réfléchissais, je réfléchissais, hmm, deux caractères, hmm, ça y est, ça y est, hmm, les deux caractères pour Chine, c'est ça, Chine, hmm, sur le tableau noir, j'ai écrit deux caractères, tout de travers, hmm, deux caractères gros comme ça, hmm, deux caractères énormes, hmm, Chine ! »

Chapitre 40

Deux mois plus tard, Han l'Oiseau revint à la maison, après avoir donné la cinquantième conférence de sa tournée dans le district de Gaomi. La vague d'enthousiasme qu'il avait soulevée s'apaisait peu à peu. Les gens commençaient à émettre quelques doutes sur ses aventures qui devenaient de plus en plus riches et étranges au fur et à mesure qu'il les racontait : était-ce possible ? Comment se faisait-il qu'il lui soit arrivé autant de choses extravagantes ? En ne restant finalement que quinze ans dans les montagnes.

Han l'Oiseau répondait : « Espèces d'enculés, ce n'est pas en restant debout à parler que vous risquez de vous fatiguer, quinze ans, ça passe à toute vitesse, mais moi j'ai dû souffrir année après année, mois après mois, jour après jour, minute après minute ! Si vous avez du cran, allez donc y passer cinq ans pour voir ! »

Il est vrai que quinze années, c'était difficile à supporter, mais était-il possible qu'autant d'événements se fussent produits : le combat avec l'ours, le dialogue avec les loups… ?

Han l'Oiseau déclarait, hors de lui : « Espèces d'enculés, si je ne me suis pas battu contre un ours, si je n'ai pas parlé avec les loups, dites-moi un peu, pendant quinze ans, qu'est-ce que j'ai pu foutre dans les forêts et les montagnes au Japon ? »

Lorsque deux mois plus tôt il avait passé la porte de notre maison, il m'avait stupéfié. Je me souvenais vaguement de ce qui était arrivé à l'immortelle oiseau, mais je ne me rappelais que ses frasques avec le muet ainsi que la façon dont elle s'était jetée de la falaise : j'avais totalement oublié qu'elle avait eu un fiancé comme lui. Je m'écartai pour le laisser entrer dans la cour, mais à cet instant surgit Shangguan Laidi, torse nu, la taille ceinte d'un drap blanc. Du poing, le muet avait transformé la fenêtre en un trou béant et tendait à l'extérieur son tronc en criant : « Ôte ! Ôte ! » Laidi, en pleurs, trébucha et le sang qui coulait sur la partie inférieure de son corps tacha le drap blanc. C'est ainsi qu'elle se présenta, complètement nue, endurant mille souffrances, devant Han l'Oiseau. Lorsqu'elle découvrit qu'il y avait un inconnu dans la cour, elle se hâta de resserrer le drap autour d'elle, et le sang, glissant sur ses mollets, goutta par terre.

Ma mère revenait de faire paître les chèvres en tirant ma huitième sœur. Lorsqu'elle vit le piteux état dans lequel était ma grande sœur, elle ne parut pas trop étonnée, mais lorsqu'elle vit Han l'Oiseau, elle se retrouva le derrière par terre.

Plus tard, ma mère me dirait qu'elle avait alors compris que celui qui réclamait sa dette était de retour : les oiseaux que nous avions mangés quinze ans auparavant, il fallait les rembourser, intérêts et capital. Les honneurs et la richesse que la famille Shangguan avait acquis en sacrifiant sa fille aînée allaient prendre fin avec le retour de Han l'Oiseau. Malgré cela, ma mère le reçut solennellement avec le repas le plus somptueux. Cet étrange oiseau tombé du ciel était assis dans la cour de notre maison, couvrant par habitude de ses deux mains les choses de son entrejambe, et il regardait fixement ma mère et Laidi en train de s'affairer au fourneau. Émue par l'étrange histoire de Han l'Oiseau, Laidi oublia pour un temps les souffrances que lui faisait subir le muet. Celui-ci vint dans la cour en se balançant et regarda Han l'Oiseau avec un air provocateur.

À table, Han l'Oiseau prit ses baguettes maladroitement et se montra incapable de pincer un morceau de poulet. Ma mère les lui reprit et lui fit signe de manger avec les doigts. Il leva la tête et regarda ma mère : « Elle… ma… fiancée… ? » demanda-t-il. Ma mère jeta un regard haineux au muet qui était en train de ronger avec avidité la tête du poulet. « Elle… est partie en voyage… » répondit-elle.

La gentillesse de ma mère l'empêcha de refuser à Han l'Oiseau de dormir chez nous, d'autant plus que le chef de la zone et le chef du bureau des affaires civiles du district avaient dit : « Il n'a plus de famille chez qui aller, toutes les demandes de quelqu'un comme lui, un rescapé de l'enfer, il faut les satisfaire, d'autant plus que… » Ma mère avait interrompu le chef des affaires civiles : « N'en dites pas plus. Envoyez-moi donc quelques personnes pour m'aider à mettre de l'ordre dans l'aile est de la maison ! »

Et c'est ainsi que le héros de légende Han l'Oiseau occupa les deux pièces de l'aile est qui avaient servi de pièce de silence à l'immortelle oiseau. Ma mère décrocha de la poutre couverte de poussière le tableau de l'immortelle oiseau, tout rongé par les insectes, et l'accrocha sur le mur nord ; lorsque Han l'Oiseau revint de faire une conférence, il dit en le voyant : « Je sais qui a fait du mal à ma femme, tôt ou tard je me vengerai. »

L'amour insolite de ma grande sœur et de Han l'Oiseau était comme les fleurs des pavots qui poussent dans les marécages : bien qu'elles soient vénéneuses, elles fleurissent avec splendeur et frénésie. Ce jour-là, à midi, le muet était parti en se balançant acheter de l'alcool à la coopérative alimentaire. Ma grande sœur était accroupie sous le pêcher, occupée à laver une culotte ; ma mère, assise sur le *kang*, confectionnait un plumeau avec des plumes de poule. Elle entendit du bruit à la porte principale et vit rentrer Han l'Oiseau, qui avait repris son ancienne activité d'oiseleur ; sur son index, il portait un petit oiseau au joli plumage, qui sifflait éperdument à faire trembler les plumes de son cou et de ses ailes. Le chant de cet oiseau, dont les trilles se déployaient en mille modulations, aurait fait vibrer en toute femme les cordes les plus sensibles. Ma mère sentit monter en elle un profond remords : cet oiseau était purement et simplement la personnification de la douleur de Han l'Oiseau. Elle vit Laidi lever lentement la tête et regarder la poitrine magnifique, rouge comme le sang, de l'oiseau et ses yeux d'un noir brillant, de la grosseur des graines de sésame, qui fendaient le cœur. Elle vit le visage de Laidi s'empourprer et des larmes lui montèrent aux yeux, car elle avait conscience que, dans le chant éperdu de cet oiseau, s'écartait furtivement le rideau sur la chose qu'elle redoutait le plus. Mais elle n'avait pas la force de l'arrêter, car elle savait bien que, chez les filles Shangguan, dès que naissait un sentiment à l'égard d'un homme, même un attelage de huit chevaux n'aurait pu les retenir. Elle ferma les yeux de désespoir.

Une immense émotion assaillait le cœur de Shangguan Laidi. Les mains couvertes de savon, elle se releva lentement. Que ce petit oiseau au corps gros comme une noix fût capable d'émettre en continu un chant aussi mélodieux et plein de sentiments la plongeait dans une immense stupéfaction. Plus important encore : elle avait l'impression que l'oiseau lui communiquait un message secret, une sorte de stimulation imprécise, telle une fleur de nénuphar violette au clair de lune à la surface de l'eau, une tentation terrible aussi. Elle voulut à tout prix éviter cette tentation. Elle se leva pour se réfugier dans la maison, mais ses jambes semblaient avoir pris racine, tandis que ses mains se tendaient involontairement vers l'oiseau. Han l'Oiseau bougea un peu le poignet et l'oiseau alla se poser sur la tête de Laidi. Elle sentit ses petites griffes fines s'enfoncer dans la peau de son crâne, tandis que son chant, lui, s'insinuait tout droit dans son esprit. Ses yeux affrontaient les grands yeux de Han l'Oiseau, bienveillants, tristes, aussi beaux que ceux de son père, et un violent sentiment d'injustice la submergea soudain. Han l'Oiseau lui fit un signe de tête, puis se dirigea vers l'aile est. L'oiseau perché sur la tête de Laidi s'envola et entra dans la maison à la suite de Han l'Oiseau.

Elle resta un instant interdite, puis elle entendit sa mère qui l'appelait sur un ton impérieux depuis le *kang*. Sans se retourner et sans la moindre honte, elle se précipita en pleurs dans l'aile est. Han l'Oiseau avait déjà ouvert ses bras robustes, ces bras qui avaient étreint un ours, pour l'accueillir. Les larmes de Laidi inondèrent la poitrine de Han l'Oiseau. Elle pensa qu'elle avait assez d'autorité pour le frapper : tout en endurant ses coups, de ses deux grandes mains il caressait sans fin ses maigres épaules et le creux de ses reins. Pendant ce temps, le petit oiseau était perché sur l'autel disposé devant l'image de l'immortelle oiseau et chantait à tue-tête. Son bec semblait cracher de petites étoiles de sang.

Laidi ôta tranquillement ses vêtements, montra à Han l'Oiseau les cicatrices laissées par les mauvais traitements du muet et se plaignit en pleurant : « Han l'Oiseau, regarde ! Il a fait mourir ma petite sœur et à présent il est revenu me tourmenter ; pour moi, c'est fini, je suis tellement malmenée que je n'ai plus la moindre force. » Ensuite, elle s'allongea sur la couche et se mit à pleurer bruyamment.

C'était la première fois que Han l'Oiseau voyait aussi distinctement un corps féminin. Il pensa avec étonnement que la femme, cet objet sacré auquel il n'avait pas eu le bonheur de goûter à cause des vicissitudes de son existence, était plus belle encore que la plus belle des choses qu'il ait vues au cours de sa vie. Il était ému jusqu'aux larmes par les longues jambes fines de Laidi, par ses fesses rondes, ses seins serrés par la couverture, le creux naturel de ses reins, et aussi sa peau lisse et brillante plus tendre et blanche que son visage, scintillante comme le jade, malgré les multiples cicatrices. Sa ferveur juvénile contenue pendant quinze ans à cause de sa vie difficile brûlait lentement en lui comme un feu. Ses genoux faiblirent, il s'agenouilla devant Laidi et de sa bouche brûlante et tremblante, baisa la peau lisse et brillante sous la cheville.

Shangguan Laidi sentit qu'une étincelle bleue partait de sa cheville et se répandait dans tout son corps ; en un instant, sa peau se tendit, se tendit, puis se relâcha comme une digue qui cède. Elle se retourna soudain, écarta les jambes et se releva pour entourer de ses bras le cou de Han l'Oiseau. Sa bouche riche d'expérience le guida, lui qui était encore un enfant. Entre ses baisers ardents, elle disait en haletant : « Fais mourir ce bâtard muet, fais mourir ce demi-diable, fais-le pourrir, fais-lui manger les yeux par les corbeaux... »

Au bruit de leurs cris frénétiques qui se succédaient sans répit, ma mère alla en hâte fermer la grande porte, puis elle se mit à frapper dans la cour sur une vieille casserole en fer pour couvrir leurs ébats. Dans la ruelle allaient et venaient des élèves du primaire et du secondaire à la recherche de ferraille : on récupérait dans chaque maison les marmites, les pelles, les hachoirs, et même les moraillons des portes, les dés à coudre des femmes et les anneaux passés au museau des bœufs, pour les fondre afin de produire de l'acier[1]. Seule notre famille avait pu garder ses objets en métal du fait qu'elle hébergeait le célèbre héros combattant Sun Pas-un-mot et le héros de légende Han l'Oiseau. Ma mère espérait que l'amour entre Laidi et Han l'Oiseau prendrait vite fin, mais la compassion et les remords qu'elle éprouvait à l'égard de Laidi qui subissait les tourments du muet, la sympathie qu'elle ressentait pour les souffrances qu'avait subies Han l'Oiseau, et sa reconnaissance pour les oiseaux à la chair délicieuse consommés quinze ans plus tôt, faisaient que, tout en respectant le souvenir de sa troisième fille Lingdi, elle assumait

1. En 1958-1959, au cours du Grand Bond en avant, on fabriqua à la campagne les « petits hauts-fourneaux » censés produire de l'acier à partir de métaux de récupération que les familles de paysans devaient apporter. Ce mouvement, qui a désorganisé la production agricole, a provoqué une famine, évoquée plus loin par l'auteur.

consciemment la charge de protectrice des amours illicites de Laidi et Han l'Oiseau. Bien qu'elle pressentît que l'affaire se terminerait certainement de façon irréparable, elle voulait de toutes ses forces les protéger et faire en sorte que l'issue en arrivât le plus tard possible. Mais en réalité, après qu'il eut goûté à la passion et à la tendresse d'une femme, plus aucune force ne pouvait retenir un homme comme Han l'Oiseau. Lui qui avait vécu dans les forêts de montagne pendant quinze ans comme une bête sauvage, qui avait oscillé sur la balançoire de la vie et la mort durant quinze années, à ses yeux, un demi-muet valait moins qu'un simple pieu de bois. Et Laidi, qui avait eu l'expérience d'hommes aussi différents que Sha Yueliang, Sima Ku ou Sun Pas-un-mot, qui avait connu les honneurs et la richesse, la fumée et la poudre des canons, avait vécu avec Sima Ku la frénésie sexuelle portée à son paroxysme, avait subi les sévices sexuels ignobles de Sun Pas-un-mot, trouvait avec Han l'Oiseau une satisfaction parfaite. Ses caresses pleines de gratitude lui procuraient le bonheur de l'amour paternel, son ignorance en matière de sexe lui donnait la satisfaction d'occuper une position dominante de maîtresse en amour. Aussi, chaque fois que Laidi et Han l'Oiseau s'aimaient, avaient-ils du début à la fin des larmes dans les yeux et sentaient-ils mille choses à se dire monter en eux…

Ses bouteilles d'alcool accrochées autour du cou, le muet avançait en se balançant à toute vitesse au milieu de la foule dans la grande rue. La poussière volait sur la route, un groupe de travailleurs allait d'est en ouest en poussant du minerai de fer brun ; un autre groupe, poussant du minerai de la même couleur, allait d'ouest en est. Le muet avançait par bonds entre les deux, il faisait un bond en avant, un bond en avant, un grand bond en avant. Les travailleurs considéraient avec respect les décorations militaires qui luisaient sur sa poitrine et s'arrêtaient même pour lui céder le passage. Cela lui procurait une intense satisfaction. Bien qu'il n'arrivât qu'à la hauteur des cuisses de la foule, il était moralement d'une hauteur incomparable. De ce jour, il passa la plus grande partie de son temps dans la grande rue. Il allait par bonds de son extrémité est jusqu'à son extrémité ouest, buvait quelques gorgées d'alcool pour se remonter le moral, puis faisait le chemin en sens inverse. Pendant qu'il faisait ses allers et retours par bonds successifs, Shangguan Laidi et Han l'Oiseau, par terre ou sur le *kang*, bondissaient eux aussi sans répit. Le muet était couvert de poussière. L'usure avait fait perdre un centimètre de hauteur aux petits tabourets sous ses mains, et le caoutchouc sous ses fesses avait fini par être percé d'un grand trou provoqué par le frottement. Les arbres du village avaient tous été massacrés ; dans la campagne montaient de toutes parts d'épaisses fumées. Shangguan Jintong suivait la troupe de combat pour l'extermination des moineaux ; tenant haut levée une perche de bambou avec un morceau de tissu rouge attaché à son extrémité, et frappant sur des gongs, ils chassaient d'un village à l'autre les moineaux du canton du Nord-Est de Gaomi, les empêchant de se nourrir et de se poser, les contraignant à tomber comme des pierres dans les rues. Sous l'impulsion de plusieurs facteurs, le mal d'amour dont souffrait Jintong s'était effacé, et son amour pour les seins et son anorexie avait passé aussi. Mais son prestige connut aussi une sérieuse chute : le professeur de russe dont il était très proche, Huo Lina, avait été étiquetée comme droitiste [1] et envoyée en rééducation par le travail à la ferme de la rivière du Dragon, éloignée de cinq lis du bourg de Dalan. Dans la grande rue, il voyait le muet et le muet le voyait. Ils s'adressaient un signe de la main et chacun vaquait à ses occupations.

Ce carnaval qui faisait partout régner le vacarme et briller mille feux se calma rapidement. Le canton du Nord-Est de Gaomi, après la fête, entra dans une nouvelle ère de tristesse. Une compagnie de canons lourds, qui tirait douze gros obusiers à l'aide de douze énormes camions, arriva du sud-est par le chemin de terre étroit et pénétra en vrombissant dans le bourg de Dalan. Lorsqu'ils entrèrent dans le village, le muet était seul, en train de bondir sur la route mouillée. Au cours des mois du Grand Bond en avant qui venait d'avoir lieu, il avait épuisé son énergie. Il était à présent totalement amorphe, le regard sombre, et comme il buvait de grandes quantités d'alcool, son solide demi-corps s'était mis à gonfler. L'apparition de la compagnie de canons lourds réveilla son entrain. Intempestivement, il se balança depuis le bord de la route jusqu'au beau milieu et barra le passage au convoi. Les camions s'arrêtèrent les uns après les autres. Les soldats qui étaient dessus clignaient les yeux dans la

1. Après le mouvement des Cent Fleurs (mai 1957), qui a laissé la population exprimer son mécontentement, une brutale répression est intervenue, désignée sous le nom de mouvement antidroitier (juin 1957), suivie par le Grand Bond en avant.

pluie automnale pour observer cet homme étrange qui barrait la route. De la cabine d'un camion sauta un jeune officier, pistolet à la ceinture, qui se mit à l'injurier : « Espèce de crétin, tu en as marre de la vie ou quoi ? » C'était vraiment incroyable : comme la route était glissante, le corps du muet très bas et les roues du camion très hautes, il avait failli sauter dans l'angle mort du véhicule. Le chauffeur avait freiné en voyant se profiler une ombre jaune, mais même ainsi, l'énorme pare-chocs était venu frapper la grosse tête bien droite du muet. Il ne saignait pas, mais une énorme bosse violette grosse comme un œuf gonfla rapidement. Le jeune officier eut envie de l'injurier encore, mais le regard de rapace du muet le calma sur-le-champ, puis il découvrit les décorations sur l'uniforme déchiré. Joignant les talons, il le salua en se penchant : « Pardon, chef ! Toutes mes excuses ! » s'écria-t-il.

Le muet ressentit une immense satisfaction morale. Il recula jusqu'au bord de la route pour céder le passage. Les camions tirant les canons passèrent lentement. Les soldats sur les camions le saluèrent tous et il leva aussi la main, effleurant de ses doigts la visière ramollie de sa casquette, pour leur rendre leur salut. Une fois les camions passés, la chaussée était dans un piètre état. Le vent du nord-est soufflait en sifflant, la pluie blanche d'automne tombait de biais, la rue était recouverte d'une brume glacée. Quelques moineaux qui avaient survécu à la catastrophe voletaient entre les gouttes. Des chiens trempés, la queue entre les jambes, se tenaient sous l'abri en nattes destiné à la propagande, sur le bord de la grande rue, adressant des yeux un salut au muet.

Le passage de la troupe aux canons marqua la toute fin du carnaval. Le muet rentra tristement chez lui, tête baissée. Au moment où il allait comme à l'accoutumée frapper à la porte avec un de ses petits tabourets, celle-ci s'ouvrit toute seule. Et de plus, il en entendit soudain très distinctement le grincement sonore. Il vivait dans un monde presque silencieux et solitaire, aussi les amours illicites de Han l'Oiseau et de Shangguan Laidi auraient-elles pu l'abuser encore longtemps. Certes, au cours des mois précédents, il avait passé presque tout son temps à traîner dans la rue, à côté des petits hauts-fourneaux, et lorsqu'il rentrait à la maison, il était si fatigué qu'il sombrait dans le sommeil et dormait comme un chien mort. Dès que le jour se levait, il filait dehors sans avoir plus le temps de s'occuper de Laidi : c'était aussi la principale raison pour laquelle il n'avait pas découvert sa relation avec Han l'Oiseau.

Le recouvrement de l'ouïe par le muet avait sûrement une relation avec sa collision contre le pare-chocs du camion, qui avait dû expulser quelque corps étranger de ses oreilles. Le grincement de la porte le fit sursauter, et il eut l'heureuse surprise d'entendre aussi le crépitement de la pluie drue d'automne sur les feuilles des arbres, et même les ronflements de Shangguan Lushi sur le *kang* – ma mère avait failli à sa tâche : elle avait oublié de fermer la grande porte –, mais ce qui l'étonna le plus, ce furent les gémissements à la fois de souffrance et de bonheur de Laidi, qui venaient de l'aile est de la maison.

Tel un chien de chasse, il remua le nez et sentit l'odeur de chair de palourde du corps de Laidi. Alors il bondit à toute vitesse vers l'aile est. L'eau glaciale accumulée dans la cour passait par le trou de son coussin en caoutchouc et lui trempait le derrière, piquant douloureusement son anus.

La porte de l'aile était restée impunément grande ouverte ; dans la pièce était allumée une bougie, sur la peinture brillaient froidement les yeux de l'immortelle oiseau. Le premier coup d'œil du muet fut pour les deux jambes, longues et robustes, couvertes de poils noirs, de Han l'Oiseau, ces jambes dont il était si jaloux. Les fesses de Han l'Oiseau remuaient sans répit ; devant lui, Shangguan Laidi dressait haut son derrière, ses seins qui pendaient sur sa poitrine se balançaient, sa tête entourée de ses cheveux noirs en désordre roulait sur l'oreiller de Han l'Oiseau, ses mains agrippaient convulsivement la couverture, des gémissements qui l'excitaient violemment sortaient de ces cheveux noirs, sortaient... Il lui sembla qu'une flamme vert émeraude illuminait tout devant lui. Poussant un hurlement de bête blessée, il lança en avant le petit tabouret qu'il tenait dans la main. Celui-ci frôla l'épaule de Han l'Oiseau et alla frapper le mur avant de retomber près de la joue de Shangguan Laidi. Il lança l'autre tabouret qui, cette fois, atteignit Han l'Oiseau aux fesses. Celui-ci se retourna et fixa avec colère le muet qui grelottait dans la pluie d'automne. Un sourire de fierté se dessina sur le visage de Han l'Oiseau. D'un coup, Laidi se remit à plat ventre. Haletante sur le *kang,* elle tira la couverture pour cacher son corps. « Bâtard de muet, tant pis si tu m'as vue ! » lui dit-elle en se redressant.

Appuyant ses mains sur le sol, comme une énorme grenouille, le muet franchit d'un premier bond le seuil, et d'un deuxième se projeta aux pieds de Han l'Oiseau. De sa grosse tête, il envoya un coup en avant, et Han l'Oiseau, cachant dans ses mains son organe, à l'instant encore dans sa pleine puissance, se plia en deux en gémissant. Des gouttes de sueur jaunes et drues apparurent en une seconde sur son visage. Avec davantage de vigueur encore, le muet se précipita en avant. Ses longs bras particulièrement développés, tels des tentacules de pieuvre, s'agrippèrent aux épaules de Han l'Oiseau et, en même temps, ses grosses mains aux cals épais, solides comme du métal, où se concentrait la force de tout son corps, serraient fermement sa gorge. Le corps de Han l'Oiseau s'effondra mollement, sa bouche s'ouvrit de façon effrayante, ses yeux roulèrent dans leurs orbites, ne laissant voir que le blanc.

Quand elle fut sortie de sa stupeur, Shangguan Laidi s'empara du petit tabouret tombé près de l'oreiller et descendit toute nue du *kang*. Elle commença par l'asséner sur les épaules raides du muet, sans provoquer aucune réaction : c'était comme de frapper sur une bûche. Ensuite, elle l'abattit sur sa tête, comme si elle avait fracassé une pastèque bien mûre, produisant une sorte de bruit mou. Puis elle se débarrassa du petit tabouret pour décrocher la lourde barre de bois qui servait à fermer la porte, et la fit tournoyer avant de l'abattre sur la tête du muet. Elle l'entendit pousser un grognement, mais son corps ne bougea pas d'un pouce. Elle lui porta un autre coup avec la barre et le corps du muet se sépara du cou de Han l'Oiseau, resta un instant debout comme une jarre, avant de tomber brutalement en avant. Han l'Oiseau vint s'écrouler mollement sur lui.

Les bruits de lutte dans l'aile de la maison avaient tiré ma mère de son sommeil. Elle arriva à la porte en traînant ses chaussures, mais le combat était terminé et son issue était claire. Elle regarda avec tristesse Laidi, nue comme un ver, qui s'appuyait au chambranle. Celle-ci lâcha la barre imprégnée de sang et se dirigea hébétée vers la cour, les gouttes de pluie grises cinglaient son corps et des perles d'eau telles des larmes dégoulinaient sur elle. Ses pieds sales pataugeaient bruyamment dans l'eau boueuse. Elle s'accroupit près de la cuvette et se lava vigoureusement les mains.

S'efforçant de rester droite, ma mère dégagea le corps de Han l'Oiseau de celui du muet. Glissant son épaule sous l'aisselle de Han l'Oiseau, elle le souleva pour le hisser sur le *kang*. Elle tira la couverture et le recouvrit avec un peu de dégoût. Elle l'entendit gémir douloureusement et comprit que le héros de légende était vivant. Se penchant, elle souleva le muet comme un sac de jute et découvrit alors que deux filets de sang noir comme de l'encre coulaient de ses narines. Elle passa la main sous son nez, puis la retira. Une fois calé de façon stable sur le sol, le cadavre du muet ne retomba pas.

Elle essuya le sang de ses doigts sur le mur et retourna hébétée s'allonger tout habillée sur son *kang*. Les exploits du muet repassaient les uns après les autres devant ses yeux, elle revit la scène où, dans sa jeunesse, il jouait le despote à la tête de ses petits frères à califourchon sur le mur. Elle ne put s'empêcher de sourire. Dehors, Shangguan Laidi se lavait et se relavait les mains à l'aide d'un savon qui moussait, remplissant la cour de bulles. L'après-midi, Han l'Oiseau, se tenant la gorge d'une main, l'entrejambe de l'autre, sortit de l'aile est. Il releva Laidi qui était aussi froide qu'un glaçon. Elle lui enlaça le cou et se mit à rire stupidement.

Plus tard, un jeune officier aux lèvres rouges et aux dents blanches, portant un grand plateau de cadeaux enveloppés dans du papier rouge, entra dans la cour de notre maison, accompagné par le secrétaire du Parti de la zone. Ils appelèrent plusieurs fois, mais comme personne ne répondait, le secrétaire du Parti entraîna le jeune officier directement dans la chambre de ma mère.

« Tante, dit le secrétaire, voici le chef de la compagnie des canons, Song, il vient prendre des nouvelles du camarade Sun Pas-un-mot !

– Tante, dit à son tour le jeune officier, le visage plein de remords, je suis vraiment désolé, notre camion a blessé à la tête le camarade Sun Pas-un-mot.

– Que dites-vous ? demanda ma mère en s'asseyant d'un coup.

– Notre véhicule, dit l'officier, la route était glissante, a fait une grosse bosse sur la tête du camarade Sun Pas-un-mot…

– Une fois rentré à la maison, dit ma mère en éclatant en sanglots, il a gémi un moment, puis il est mort… »

Le jeune officier devint livide. Il dit presque en pleurant : « Tante, tante… nous avons freiné, mais la route était trop glissante… »

Quand le médecin légiste vint pour l'autopsie, Shangguan Laidi, parfaitement habillée, un petit baluchon à la main, dit à ma mère : « Maman, je dois y aller, il arrivera ce qui arrivera, il ne faut pas faire porter la faute sur ces soldats.

– Tu diras aux juges qu'autrefois il y avait une règle : quand une femme était enceinte, il fallait attendre qu'elle ait accouché pour…

– J'ai compris, dit Laidi, je n'ai jamais aussi bien compris de toute ma vie.

– Ton enfant, dit ma mère, je saurai très bien l'élever.

– Maman, dit Shangguan Laidi, je ne me fais aucun souci. »

Elle alla dans la cour et lança en direction de la chambre de l'aile est : « Inutile de faire une autopsie, je l'ai tué, je l'ai d'abord frappé avec le petit tabouret, puis avec la barre de la porte, à ce moment-là, il était en train d'étrangler Han l'Oiseau. »

Han l'Oiseau entra dans la cour, une brochette d'oiseaux morts à la main. « Qu'est-ce que vous faites ? dit-il. Ce n'est jamais qu'une demi-ordure qui est morte ! C'est moi qui l'ai tué. »

Shangguan Laidi et Han l'Oiseau furent emmenés, menottes aux poignets.

Cinq mois plus tard, une policière apporta un bébé maigre comme un chat malade. Elle avertit ma mère que Shangguan Laidi serait fusillée deux jours plus tard et que la famille pouvait venir récupérer le corps, sinon il serait envoyé à l'hôpital pour dissection. Elle informa aussi ma mère que Han l'Oiseau avait été condamné à la réclusion à perpétuité, qu'il serait bientôt envoyé dans le bassin du Tarim, à dix mille lis du canton du Nord-Est de Gaomi, pour purger sa peine, et que la famille pourrait venir le voir une fois avant son départ.

Comme Shangguan Jintong avait abîmé un petit arbre de l'école en le heurtant, il avait été exclu. Sha Zaohua avait été renvoyée de la troupe d'opéra *maoqiang* en raison de ses activités de voleuse.

« Allons chercher le corps, dit ma mère.

– Grand-mère, dit Sha Zaohua, c'est inutile, n'y va pas.

– Elle n'a jamais commis qu'un crime passible d'un coup de fusil, pas d'être coupée en mille morceaux ! » dit ma mère en faisant non de la tête.

Le jour où Shangguan Laidi fut passée par les armes, il devait y avoir au moins dix mille spectateurs. Un fourgon cellulaire l'amena à côté du pont des Âmes-Brisées. Son complice Han l'Oiseau fut aussi promené avec elle dans les rues sur le camion. Afin d'empêcher les condamnés de tenir des propos sans queue ni tête, les personnes chargées d'exécuter la peine leur avaient obstrué la bouche avec un instrument de torture fabriqué tout spécialement.

Peu de temps après l'exécution de Laidi, la famille Shangguan reçut un avis annonçant la nouvelle de la mort de Han l'Oiseau. Au cours de son transfert vers le lieu où il devait purger sa peine, voulant sauter du wagon pour s'enfuir, il avait été coupé en deux par les roues du train.

Chapitre 41

Pour défricher la dizaine de milliers de *mu* de terres incultes du canton du Nord-Est de Gaomi, tous les jeunes hommes et femmes du bourg de Dalan avaient été recrutés comme personnel de la ferme d'État de la rivière du Dragon. Ce jour-là, au moment de la répartition du travail, le directeur du bureau de gestion de la ferme me demanda : « Et toi, qu'est-ce que tu sais faire ? » La faim me faisait bourdonner les oreilles et je n'entendis pas bien sa question. Il retroussa un peu la lèvre, découvrant une dent en acier inoxydable au milieu de sa bouche. Élevant la voix, il me redemanda : « Qu'est-ce que tu sais faire ? » Je me rappelai qu'à l'instant sur le chemin, j'avais vu le professeur Huo Lina en train de porter une pleine palanche de merde. Elle disait toujours que j'étais doué pour le russe. Je répondis donc : « Je suis bon en russe.

– En russe ? » ricana le directeur en faisant étinceler sa dent, puis il ironisa : « Bon jusqu'à quel point ? Est-ce que tu pourrais servir d'interprète à Khrouchtchev et à Mikoyan ? Tu pourrais traduire les documents officiels des discussions sino-soviétiques ? Mon gars, ici, les étudiants qui ont fait un séjour en Union soviétique portent la merde à la palanche, est-ce que ton russe améliore leur vie ? » Les autres jeunes qui attendaient leur affectation de travail pouffèrent de rire. « Ce que je te demande, c'est ce que tu sais faire chez toi. Qu'est-ce que tu fais le mieux ?

– À la maison, j'ai gardé les chèvres, c'est garder les chèvres que je sais le mieux faire.

– Bon, dit le directeur en ricanant, voilà un bon point. Le russe, le français, l'anglais, le japonais, l'italien, tout ça, ça ne sert à rien. » Il rédigea un mot à la hâte et me le tendit : « Présente-toi à l'équipe d'élevage, va voir la chef d'équipe Ma, et demande-lui de t'affecter une tâche. »

Sur le chemin, un vieil employé m'avertit que la chef d'équipe Ma s'appelait Ma Ruilian, qu'elle était la femme de Li Du, le directeur de la ferme d'État, la première dame des lieux. Lorsque je me présentai, le mot à la main, ma literie sur le dos, elle était en train de diriger dans la ferme d'élevage une expérience d'hybridation sans précédent. Dans la cour étaient attachées une vache, une ânesse, une brebis, une truie et une lapine, toutes en chaleur. Cinq inséminateurs de la station de reproduction – deux hommes et trois femmes –, vêtus d'une blouse d'une blancheur immaculée, le nez et la bouche couverts d'un grand masque, tenaient dans leurs mains protégées de gants en caoutchouc un instrument pour l'insémination : tous les cinq ressemblaient aux membres d'une équipe d'assaut prêts à accueillir l'ennemi. Ma Ruilian avait une coiffure mi-féminine mi-masculine, une raie au milieu mais les cheveux courts, si épais qu'on eût dit une crinière de cheval. Un grand visage rond tout rouge, des yeux fins et allongés, un gros nez rouge, des lèvres charnues, un cou court et épais, une poitrine ample, des seins lourds comme deux tumulus. Crétin ! Jintong s'emporta contre lui-même : cette Ma Ruilian n'était autre que Shangguan Pandi ! Comme la mauvaise réputation de notre famille s'était répandue au loin, elle avait changé de nom. On pouvait donc en déduire que ce Li Du était Lu Liren, qui avant s'appelait Jiang Liren, et qui peut-être avant de s'appeler Jiang Liren, s'appelait X Liren ou Y Liren. Mari et femme, obligés de changer de nom, avaient été rétrogradés dans cet endroit perdu : manifestement, le couple avait la guigne. Elle portait une chemise russe brodée à manches courtes, un pantalon noir en synthétique comme de la peau de fromage de soja, tout froissé et tremblant, et aux pieds des chaussures de sport Huili. À la main, elle tenait une cigarette Grand Bond dont les volutes de fumée s'enroulaient autour de ses doigts qui ressemblaient à des carottes. Tirant une bouffée, elle demanda : « Le journaliste de la ferme est arrivé ?

– Oui, je suis là », dit avec une courbette un homme d'âge moyen, portant des lunettes de myope, le visage jaune et desséché, qui sortit de derrière le poteau auquel on attachait les chevaux. Il tenait à la main un stylo décapuchonné et un carnet ouvert ; la pointe du stylo était posée sur le papier, prête à écrire. La chef d'équipe

Ma partit d'un rire sonore et de sa main potelée tapota l'épaule de l'homme. « Le rédacteur en chef est venu en personne !

– Chef d'équipe Ma, dit l'homme d'âge moyen, ici, c'est un endroit où l'on recueille des nouvelles pour la une, si quelqu'un d'autre venait, je ne serais pas tranquille !

– Vieux Yu, quel activisme ! » Tout en dispensant ses louanges, Ma Ruilian tapota une nouvelle fois l'épaule du rédacteur en chef ; celui-ci était pâle, comme s'il avait froid, le cou rentré dans les épaules. Plus tard seulement j'appris que cet homme dont le nom était Yu et le prénom Zheng, qui éditait un petit journal ronéoté, avait été chef de l'agence de presse du comité du Parti de la province et rédacteur en chef : c'était un célèbre droitiste. « Aujourd'hui, dit Ma Ruilian, je vais vraiment vous donner une nouvelle pour la une. » Considérant avec une profonde sympathie ce Yu Zheng aux manières raffinées, elle tira sur sa cigarette jusqu'à se brûler les lèvres, puis d'un coup sec, recracha de façon que le papier et les quelques brindilles de tabac restant se séparent – son habileté devait mettre en rage les ramasseurs de mégots. Soufflant sa dernière bouffée de fumée, elle interrogea : « Tout est prêt ? » Les inséminateurs répondirent en silence à la question en brandissant leur instrument d'insémination. Le sang lui monta au visage, elle se tordit les mains, frappa ses paumes l'une contre l'autre avec excitation, puis tira un mouchoir de sa poche pour essuyer ses mains moites. « Le sperme de cheval, qui est le sperme de cheval ? » interrogea-t-elle d'une voix forte. L'inséminateur qui détenait le sperme de cheval s'avança d'un pas, sa voix derrière son masque semblait étouffée : « C'est moi, je suis le sperme de cheval. » Désignant la vache, Ma Ruilian ordonna : « Va lui donner, insémine cette vache avec ton sperme de cheval. » L'inséminateur hésitait, il regarda Ma Ruilian, puis ses quatre collègues, sur le point de dire quelque chose. « Qu'est-ce que tu fais là sans bouger ? demanda Ma Ruilian, vas-y, il faut battre le fer tant qu'il est chaud si on veut réussir !

– À vos ordres, chef Ma ! » s'écria l'inséminateur dans les yeux duquel passa un éclair de malice. Puis il alla se placer derrière la vache en tenant haut l'instrument rempli de sperme de cheval. Lorsqu'il introduisit l'appareil dans le vagin de la bête, Ma Ruilian avait la bouche à demi ouverte et elle respirait vigoureusement comme si ce sperme n'était pas inséminé dans la vache, mais en elle-même. Ensuite, elle donna avec assurance toute une série d'ordres. Elle ordonna que le sperme de taureau aille se mêler aux ovules de la brebis. Elle fit se mêler le sperme du bélier avec les ovules de la lapine domestique. Toujours sous ses directives, le sperme de l'âne fut projeté dans l'utérus de la truie, tandis que celui du verrat était envoyé, comme une sorte de vengeance, dans les organes reproducteurs de l'ânesse.

Le visage du rédacteur en chef du journal de la ferme était terreux, sa bouche grimaçait, difficile de savoir s'il s'apprêtait à fondre en larmes ou à éclater de rire. Une inséminatrice, celle qui tenait l'instrument rempli de sperme de bélier, avait des cils recourbés, des yeux petits mais d'un noir brillant incomparable, qui laissait peu de place au blanc ; elle refusa d'exécuter l'ordre de Ma Ruilian, jeta l'inséminateur dans le plateau émaillé et arracha ses gants et son masque, dévoilant une lèvre supérieure couverte d'un épais duvet, un nez blanc et un menton joliment dessiné. « C'est une farce ! » s'écria-t-elle, furieuse. Elle parlait un mandarin parfait d'une voix pure et agréable à l'oreille.

« Espèce d'insolente ! » Les mains de Ma Ruilian claquèrent d'un coup sec, et son regard, tel du sable mouvant, se répandit sur le visage de l'inséminatrice. « Si je ne me trompe, tu portes un chapeau, déclara-t-elle sur un ton grave – et elle fit le geste d'ôter une coiffure. Mais ce n'est pas un chapeau qu'on peut ôter avec la main, c'est un chapeau de droitiste extrême, un chapeau pour la vie. Tu es une droitiste qui portera ce chapeau toute sa vie, tu le sais[1] ? » Le cou de l'inséminatrice, comme une tige d'herbe victime d'une forte gelée, ne supportait plus sa tête qui pendait mollement. « Ce que vous dites est exact, je suis une droitiste extrême, pour la vie. Mais je pense qu'il s'agit d'autre chose. La science et la politique sont différentes, la politique peut interpréter les choses comme elle le veut, changer comme une girouette, dire que ce qui est blanc est noir et *vice versa*, mais la science est une chose sérieuse.

– Tais-toi ! cria Ma Ruilian qui tressautait et grondait telle une

1. Pendant le mouvement antidroitier, on a collé des « étiquettes » de droitiste qui n'ont été supprimées qu'au début des années 1980. L'expression en chinois est littéralement : « faire porter le chapeau de droitiste ».

machine à vapeur en folie, je t'interdis de continuer à dispenser ton venin dans ma ferme de reproduction. Tu fais aussi accoupler la politique ? Tu sais comment se nomme la politique ? Tu sais ce que mange la politique ? Le travail politique, c'est la ligne vitale de tous les autres travaux ! La science sans la politique, ce n'est plus la science. D'après les dictionnaires prolétariens, il n'y a jamais eu de science qui soit au-dessus des classes. La bourgeoisie possède la science bourgeoise, le prolétariat possède la science prolétarienne.

– Si la science prolétarienne, l'interrompit en criant l'inséminatrice qui risquait le tout pour le tout, si la science prolétarienne veut absolument forcer une brebis et un lapin à s'accoupler dans l'espoir de produire une nouvelle espèce, alors je dis que cette science prolétarienne n'est qu'un gros tas de merde puante de chien !

– Qiao Qisha, tu as perdu la raison ! dit Ma Ruilian en claquant des dents, lève la tête et regarde le ciel, baisse les yeux et regarde la terre, tu devrais savoir que le monde n'est pas simple ! Et tu oses quand même dire que la science prolétarienne, c'est de la merde puante de chien, tu es vraiment réactionnaire jusqu'au bout des ongles ! Avec une phrase comme ça, je peux t'envoyer en prison et te faire fusiller ! Alors que tu es si jeune et si jolie. » Shangguan Pandi dite Ma Ruilian ajouta en baissant le ton : « Ça va pour cette fois, mais tu dois achever ton travail d'insémination ! Sinon, je me fiche que tu sois la plus belle de l'Institut de médecine ou la plus moche de l'Institut d'agronomie, moi qui suis capable de dompter un étalon aux sabots plus grands qu'une cuvette, ça m'étonnerait que je n'arrive pas à venir à bout de toi !

– Petite Qiao, obéis à la chef d'équipe Ma, conseilla le rédacteur en chef du journal de la ferme, ce n'est qu'une expérience scientifique. Dans la banlieue de Tianjin, on a greffé avec succès du coton sur un sterculier, et du riz sur du roseau. C'était écrit noir sur blanc dans *Le Quotidien du peuple* ! Nous sommes dans une époque d'éradication des superstitions et de libération de la pensée, une époque de création de miracles humains ; puisque les ânes et les chevaux peuvent mettre au monde les mulets, qui peut garantir qu'une brebis et un lapin domestique ne pourraient pas produire une nouvelle espèce animale ? Obéis, vas-y ! »

Qiao Qisha, beauté de l'Institut de médecine et étudiante droitiste, devint toute rouge, des larmes d'injustice roulèrent dans ses yeux, mais elle assura fermement : « Non, je ne peux pas, c'est contraire aux connaissances de base !

– Petite Qiao, tu es vraiment stupide ! dit le rédacteur en chef.

– Si elle n'était pas stupide, elle ne serait pas droitiste ! » déclara froidement Ma Ruilian que la sollicitude du rédacteur en chef à l'égard de Qiao Qisha avait manifestement mécontentée. Celui-ci baissa la tête et garda le silence.

Un inséminateur s'approcha : « Chef, je vais le faire à sa place, dit-il. Envoyer du sperme de bélier dans l'utérus d'une lapine domestique ne me gêne pas plus que d'envoyer du sperme du directeur de la ferme Li Du dans l'utérus d'une truie. » Les inséminateurs se mirent à rire bizarrement, le rédacteur en chef feignit d'être pris d'une quinte de toux pour éviter de rire à son tour. Ma Ruilian s'emporta et, sous le coup de la colère, l'injuria : « Espèce de salaud, Deng Jiarong, tu dépasses les bornes ! »

Le dénommé Deng Jiarong baissa son masque, révélant un visage chevalin sans foi ni loi. « Chef, moi, je ne porte ni chapeau temporaire ni chapeau pour la vie, dit-il sèchement. Chez nous, nous sommes mineurs depuis trois générations, nos racines sont rouges et nos pousses sont droites, tu ne dois pas essayer de m'intimider comme tu le fais avec Petite Qiao. »

Ayant dit ces mots, Deng Jiarong s'éloigna, l'air hautain. Ma Ruilian déversa sa bile sur Qiao Qisha : « Alors, tu le fais, oui ou non ? Si tu ne le fais pas, je te fais sauter tous tes tickets de céréales de ce mois. »

Qiao Qisha se retenait, se retenait, puis elle finit par éclater. Des torrents de larmes se mirent à couler sur son visage tandis que des sanglots s'échappaient de sa bouche. Mains nues, elle prit l'instrument et, allant se placer en titubant derrière la lapine à inséminer – une lapine de couleur roussâtre avec une cordelette rouge attachée au cou –, pressa sur elle, tandis que l'animal se débattait dans tous les sens.

À cet instant, Shangguan Pandi métamorphosée en Ma Ruilian finit par m'apercevoir et me demanda sur un ton glacial : « Qu'est-ce que tu viens faire ? » Je lui tendis le mot que m'avait donné le directeur du bureau de gestion de la ferme. Elle le parcourut. « Va à l'élevage de poules, dit-elle, là-bas ils manquent justement d'un ouvrier robuste pour faire des gros travaux. » Puis, sans plus me prêter attention, elle s'adressa au rédacteur en chef : « Vieux Yu, rentre écrire ton article, et reste modéré…

– Je vous ferai lire les épreuves », dit le rédacteur en chef avec une courbette.

Elle se tourna vers Qiao Qisha : « Qiao Qisha, conformément à ta demande, j'accepte que tu quittes la station d'insémination. Range tes affaires et présente-toi à l'élevage de poules. » Puis elle s'adressa à moi : « Tu n'es pas encore parti ?

– Je ne sais pas comment on va à l'élevage de poules, répondis-je.

– Allons-y, dit-elle en regardant sa montre, j'avais justement à faire là-bas, je t'emmène. »

Lorsqu'on fut en vue des murs blanchis à la chaux de l'élevage de poules, elle s'arrêta. Le petit chemin boueux qui y conduisait passait tout près d'un terrain où étaient stockés des armements mis au rebut. Dans le fossé au bord du chemin coulaient des eaux usées rouge sombre. Sur cet espace délimité par des barbelés, les artémises avaient poussé jusqu'à enfouir les chenilles des vieux tanks abandonnés. Les canons striés de rouille des tanks pointaient tristement vers le ciel bleu. Des vrilles vert tendre d'ipomée grimpaient sur un canon de tir à longue portée cassé en deux. Une libellule était posée sur le tube d'une mitrailleuse. Un rat courait sur la tourelle d'un canon. Des moineaux avaient élu domicile dans un gros obusier où ils avaient fondé une famille ; des insectes vert émeraude dans le bec, ils pénétraient en volant dans le tube. Une petite fille, la tête ceinte d'une soie rouge attachée en nœud papillon, était assise sur un pneu qui avait depuis longtemps pris l'aspect d'un morceau de charbon de bois, et contemplait immobile deux garçons en train de frapper avec des galets les pièces à l'intérieur de la cabine de pilotage d'un tank… Le regard de Ma Ruilian quitta le terrain des armements mis au rebut, l'expression de son visage était totalement différente de celle, très arrogante, qu'elle arborait un instant plus tôt à la station d'insémination. « À la maison… tout va bien ? » me demanda-t-elle.

Je tournai la tête pour observer les vrilles d'ipomée qui frémissaient sur la bouche du canon comme des antennes de papillon ; au fond de moi, j'étais rempli de colère. Toi qui as changé ton nom, à quoi bon me poser cette question ? pensai-je intérieurement.

« À l'origine, ton avenir s'annonçait brillant, dit-elle, mais Laidi a tout détruit. Bien sûr, il ne faut pas s'en prendre qu'à elle, notre mère a été stupide…

– Si tu n'as pas d'autre recommandation à me faire, dis-je, je vais aller me présenter à l'élevage de poules.

– Hé, ça fait des années qu'on ne s'est pas vus et tu te mets déjà en colère ! dit-elle. Mais ça me rassure, Jintong a maintenant vingt ans, il est temps qu'il couse la fente de sa culotte[1] et ne s'occupe plus des tétons. »

Chargeant ma literie sur le dos, je me dirigeai vers l'élevage de poules.

« Arrête, dit-elle, tu ne dois pas te méprendre sur nous. Même si comme ça on fanfaronne, pour nous non plus les choses n'ont pas été faciles ces dernières années. Les gens pouvaient nous soupçonner d'être des droitistes. Nous n'avions pas le choix. C'était comme Han l'Oiseau qui s'habillait avec des sacs en papier… il n'avait pas d'autre choix. » Elle utilisa habilement une expression en vogue dans le canton du Nord-Est de Gaomi, qui était devenue proverbiale. Sortant le mot, elle prit un stylo dans sa poche de poitrine et traça à la hâte quelques caractères avant de me le rendre : « Va voir la chef Long et donne-lui ça.

– Si tu as encore quelque chose à me dire, déclarai-je en prenant le mot, dis-le-moi en une seule fois.

– Tu sais, dit-elle après une hésitation, moi et le vieux Lu, pour tenir le coup jusqu'aujourd'hui, ça n'a pas été facile. Alors, ne nous amène pas de nouveaux ennuis, s'il te plaît. Je pourrai t'aider en cachette, mais en public…

– Ne dis plus rien, puisque tu as même changé de nom, tu n'as plus rien à voir avec les Shangguan. Je ne vous connais pas du tout, c'est pourquoi je vous prie de ne pas me parler de "m'aider en cachette".

– Parfait ! dit-elle, quand tu pourras, dis à notre mère que Lu Shengli va bien. »

Je ne lui prêtai plus attention. Je me dirigeai à grands pas vers l'élevage de poules blanc comme neige en longeant le terrain couvert

1. Les petits enfants portent des culottes fendues à l'entrejambe jusqu'à ce qu'ils soient propres.

de carcasses de l'époque de la guerre, délimité par une clôture rouillée symbolique que même les bœufs pouvaient franchir pour paître. J'étais très satisfait de l'attitude que je venais d'adopter, je trouvais que j'avais été parfait, c'était comme si j'avais remporté une belle victoire. Allez au diable, Ma Ruilian et Li Du, allez au diable, affûts de canons rouillés au cou tendu comme des tortues, allez tous au diable, châssis de mortier, planches de garde de mitrailleuses lourdes, ailes de bombardier, tous au diable ! À la hauteur d'un chénopode aussi grand qu'un arbre, je tournai et découvris entre deux rangées de maisons en brique rouge un espace couvert d'un filet de pêche blanc : il y avait là plus de mille poules blanches qui remuaient paresseusement, tandis que, sur un perchoir très haut, un gros coq à la crête violacée, tel un empereur au milieu de ses concubines, chantait d'un air arrogant. Les caquètements des poules faisaient un vacarme insupportable.

Je remis à la chef Long, à qui il manquait un bras, le mot sur lequel Ma Ruilian avait ajouté quelques caractères. À son visage glacial, je devinai que cette femme n'était en rien un personnage ordinaire. Elle lut le mot et dit : « Petit gars, tu tombes à pic. Chaque jour, ta tâche sera celle-ci : le matin, tu devras ramasser toutes les crottes des poules et les transporter à l'élevage de cochons ; ensuite tu rapporteras de l'unité de fabrication de pâture qui se trouve là-bas la pâture grossière dont nous avons besoin ici. L'après-midi, tu apporteras à la ferme, avec Qiao Qisha qui va arriver, les œufs pondus par les poules. Ensuite, tu iras à la réserve de grains pour rapporter la pâture fine du lendemain. Tu as compris ?

– Oui. » Je fixai sa manche vide tout en répondant à la question. Comme elle avait remarqué mon regard, elle ajouta sur un ton glacial : « Pour travailler avec moi, il n'y a que deux principes à respecter : je ne supporte ni les gourmands ni les tire-au-flanc. »

Cette nuit-là, le clair de lune était très beau ; allongé sur un tas de cartons dans la réserve attenante aux cabanes des poules, j'écoutais leurs caquètements qui m'empêchèrent de dormir pendant un long moment. À côté, c'était le dortoir de la dizaine de femmes chargées de l'élevage. Le bruit de leurs ronflements traversait la mince cloison. Aux ronflements se mêlaient les paroles indistinctes qu'elles prononçaient dans leur sommeil. La lumière froide de la lune se répandait dans la pièce par les vitres et les interstices de la porte, éclairant ce qui était écrit sur les cartons. Vaccins contre la peste aviaire, Tenir à l'abri de l'humidité et de la lumière, Récipients en verre, Attention fragile, Ne pas entasser, Ne pas renverser. La lumière de la lune se déplaçait furtivement, j'entendais dans les champs en ce début d'été les grondements des tracteurs Orient rouge – c'étaient les tractoristes de l'équipe de labourage mécanisé qui défrichaient les terres vierges en se relayant jour et nuit... La veille, ma mère m'avait accompagné à la sortie du village, portant dans ses bras l'enfant laissé par Han l'Oiseau et Laidi. « Jintong, m'avait-elle dit, je te répète ce qu'on disait autrefois : plus c'est dur, plus il faut serrer les dents. Le pasteur Maroya disait que sa grosse bible ne cessait de le répéter. Ne te fais pas de souci pour moi, ta mère mène une vie de ver de terre : tant qu'il y a de la terre, il vit.

– Maman, dis-je, j'économiserai sur les céréales pour t'en rapporter.

– Surtout pas, dit ma mère, du moment que vous mangez à votre faim, votre mère elle aussi est rassasiée. »

Arrivé à la digue de la rivière du Dragon, je lui dis : « Maman, Sha Zaohua s'adonne déjà à son activité...

– Jintong, dit ma mère résignée, au cours de ces dizaines d'années, quelle fille de la famille Shangguan a-t-elle écouté les conseils de quiconque ? »

Dans la deuxième moitié de la nuit, les poules se mirent à caqueter dans le poulailler. Je me levai en hâte et collai mon visage à la fenêtre. Sous le filet troué, les poules d'une blancheur de neige ondulaient comme des vagues. Et dans la lumière brillante de la lune, fluide comme l'eau courante, bondissait parmi elles un gros renard vert. Dans ses sauts, le corps du renard ressemblait à une pièce de satin verte déployée. Les femmes d'à côté se mirent à crier. Très vite, elles se précipitèrent dehors, à peine habillées. À leur tête se trouvait la chef Long, la manchote. Elle tenait à la main un pistolet rudimentaire au canon noir en forme de cuisse de poulet. Le renard qui était en train de dévorer une grosse poule bien grasse s'enfuit en longeant le mur. Les pattes de la poule traînaient par terre, et la chef Long tira en direction du renard, faisant jaillir une boule de feu de la gueule du pistolet. Le renard s'arrêta net et la poule tomba à terre. « Touché ! » s'écria une ouvrière. Mais les yeux brillants du renard se dirigèrent vers elle. La lumière de la lune éclairait distinctement son long museau sur lequel se dessina un froid sourire ironique. Les ouvrières furent ébranlées par ce sourire. Le bras de la chef Long qui tenait le pistolet retomba sans force. Mais elle se reprit et tira une nouvelle fois. La balle toucha un tas de terre, bien loin du renard, mais tout près des ouvrières. Reprenant la poule dans sa gueule, le renard sortit sans se presser par la porte de la palissade métallique.

Pétrifiées, les ouvrières accompagnaient du regard l'animal dans sa fuite. Telle une légère fumée verte, il disparut dans le terrain des armements mis au rebut. Là, les herbes poussaient à foison, des feux follets scintillaient au clair de lune, c'était le paradis des renards.

Le lendemain matin, je me dirigeai, les paupières lourdes, vers l'élevage de porcs en tirant une pleine charrette de crottes de poules. À peine avais-je tourné sur le petit chemin au niveau du terrain des armements mis au rebut que quelqu'un derrière moi me dit de m'arrêter. Me retournant, je vis la droitiste Qiao Qisha qui arrivait en courant lestement. « La chef a dit que je devais t'aider à tirer la charrette, me dit-elle avec indifférence.

– Mets-toi derrière et pousse, répondis-je, je me mets devant pour tirer. » Le chemin était étroit, les roues de la charrette s'enlisaient souvent dans la boue molle. Chaque fois que cela se produisait, je me retournais, agrippais les brancards de toutes mes forces et, me redressant, le corps penché en arrière, dégageais la charrette. De son côté, Qiao Qisha poussait de toutes ses forces. Une fois que la charrette était dégagée, avant que je me retourne, elle me jetait un coup d'œil. Ses yeux d'un noir étonnant, son long nez blanc, le duvet sur sa lèvre supérieure, son menton à la jolie courbe, ainsi que son attitude suggestive, tout me forçait à faire malgré moi le lien dans mon esprit avec le renard voleur de poules de la veille. Une zone obscure de mon cerveau fut éclairée par son regard. De l'élevage de poules à l'élevage de porcs, il y avait plus de cinq lis. À mi-chemin, il fallait passer près de la fosse à merde de l'équipe spécialisée dans les légumes. Le professeur Huo passa en portant des seaux de merde à la palanche. La taille fine de Huo Lina semblait près de rompre à tout instant sous le poids des lourds seaux. À l'élevage de porcs, le professeur Ji Qiongzhi, qui m'avait enseigné la musique, était chargée de réceptionner les crottes fraîches que nous apportions. Elle mélangeait ces excréments à l'odeur aigrelette et puante à la pâture des porcs.

Dans le groupe de fabrication de la pâture se trouvait un sportif de haut niveau qui, grâce à la technique d'avant-garde de saut en coucher abdominal, avait franchi plus d'un mètre quatre-vingts de hauteur ; évidemment, il était droitiste. Il manifesta la plus grande sollicitude à l'égard de Qiao Qisha et fut aussi très amical envers moi. C'était un droitiste heureux, qui contrastait nettement avec les droitistes au visage triste et aux sourcils froncés. Une serviette blanche autour du cou et sur les yeux une paire de lunettes de protection, il s'activait joyeusement à côté de la broyeuse qui envoyait partout de la poussière. Le chef de la cellule du groupe de fabrication de la pâture était aussi un homme précieux. Il s'appelait Guo Wenhao ; bien qu'il ne connût aucun caractère, son prénom signifiait « grand écrivain ». Malgré cela, il s'exprimait avec facilité et élégance, et les *kuaiban*[1] qu'il composait étaient très en vogue à la ferme d'État de la rivière du Dragon. Le jour où nous allâmes pour la première fois chercher de la pâture grossière de patate douce broyée, il nous en récita à l'improviste un passage : « On raconte que Ma Ruilian, de l'équipe d'élevage la chef, n'arrête pas de faire des siennes. À la station d'insémination elle fait des expériences, moutons et lapins elle marie ensemble pour la science. L'inséminatrice Petite Qiao s'est fâchée, un coup de poing dans le ventre elle lui a donné. Un cheval apparié avec un âne ça donne un mulet, mais un mouton apparié à un lapin ça ne donne rien de bien. Si lapin et mouton sont mariés, le verrat aussi peut avec Ma Ruilian s'apparier. Ma Ruilian en colère s'est mise, sa poitrine a tendu sa chemise, Li Du son mari est allée chercher. Le directeur Li Du est arrangeant, à sa femme Ma Ruilian disant, ça ne fait rien, ça ne fait rien. Pour ces droitistes ce n'est pas facile, la petite Qiao la médecine a étudié, Yu Zheng rédacteur en chef au chef-lieu de district a été, Ma Ming en Amérique a étudié, Zhang Jie de gros dictionnaires peut réaliser, même le droitiste Wang Meizan, ce crétin de première catégorie, est un sportif hors série… »

1. Sortes de couplets rythmés par un instrument fait de deux plaquettes de bambou entrechoquées.

« Vieux droitiste ! » s'exclama Guo Wenhao. Wang Meizan joignit les talons. « Vieux droitiste, présent ! cria-t-il.

– Chargez la pâture pour la jeune fille Qiao, dit Guo Wenhao.

– Pas de problème, chef Guo », répondit Wang Meizan, qui chargea la pâture sur notre charrette. Dans le vacarme de la broyeuse, Guo Wenhao me demanda : « Tu es de la famille Shangguan ?

– Oui, répondis-je, je suis le bâtard de la famille Shangguan.

– Les bâtards font les héros. Chez vous, les Shangguan, vous êtes vraiment incroyables : Sha Yueliang, Sima Ku, Han l'Oiseau, Sun Pas-un-mot, Babbitt. Formidable ! Formidable ! » Alors que nous retournions à l'élevage de poules en tirant une pleine charrette de pâture, Qiao Qisha me demanda soudain : « Comment t'appelles-tu ?

– Shangguan Jintong, répondis-je, pourquoi tu me demandes ça ?

– Comme ça, pour rien, dit-elle, quand on travaille, il faut bien s'appeler à un moment ou à un autre. Combien tu as de sœurs ?

– Huit. Non, sept.

– Et la huitième alors ?

– Elle a trahi, dis-je mécontent, ne me pose plus de questions. »

Chaque nuit, le renard venait semer le trouble dans le poulailler et emportait une poule sans se gêner. Quand il n'en emportait pas, c'était seulement parce qu'il n'en avait pas envie. Ainsi, son comportement était de deux natures : les soirs où il capturait une poule, il venait pour la nourriture ; les soirs où il n'en capturait pas, il venait uniquement pour le plaisir de semer la confusion. Il troublait profondément les femmes de l'élevage qui, nuit après nuit, n'arrivaient pas à prendre de repos. La chef Long lui avait tiré dessus au moins une vingtaine de balles, mais chaque fois, elle ne lui avait même pas fait voler un poil.

« Ce renard est devenu un esprit, il doit savoir réciter les incantations pour éviter les balles, dit une ouvrière.

– Des conneries ! s'écria une jeune fille dont le surnom était Mule sauvage, en quel esprit un renard puant pourrait-il se transformer ?

– S'il ne s'est pas transformé, comment ça se fait que la chef Long, qui a été membre des équipes ouvrières armées, un as du tir, le rate chaque fois ? rétorqua l'ouvrière.

– Je pense que la chef Long a tendance à l'épargner : ce renard après tout, c'est un mâle ! dit Mule sauvage d'un air canaille. Peut-être que quand la nuit est profonde et que les gens se reposent, un beau jeune homme tout vert se glisse dans la couche de la chef Long ! »

La chef Long se tenait sous le filet du poulailler et écoutait en silence les bavardages des ouvrières. Elle jouait avec son vieux pistolet en « cuisse de poulet » et sur son visage apparut une expression d'intense réflexion. Les vagues de rires des ouvrières la tirèrent de ses pensées, elle redressa à l'aide du canon du pistolet la visière de sa casquette de travail gris clair et fit irruption à grandes enjambées dans les cabanes des poules, contournant une à une les cages où pondaient les volailles, pour venir se planter devant Mule sauvage qui était en train de retirer un œuf d'une cage. « Qu'est-ce que tu viens de dire ? demanda-t-elle en la fixant d'un regard brillant.

– Rien, je n'ai rien dit, répondit tranquillement Mule sauvage en se saisissant d'un gros œuf à la coquille rousse.

– Je t'ai entendue, dit-elle furieuse en frappant sur la cage avec son pistolet.

– Qu'est-ce que tu as entendu ? demanda sur un ton de défi Mule sauvage.

– Je ne risque pas de te le pardonner ! dit la chef Long, hors d'elle, avant de s'éloigner, le visage aussi rouge que l'œuf de la poule.

– Quand on n'a rien à se reprocher, on n'a pas peur qu'un fantôme frappe à sa porte, lança Mule sauvage en direction de la silhouette qui s'éloignait. Renard puant, ne te fie pas à son allure sérieuse, c'est une débauchée, l'autre soir… hmm, tu voudrais que je fasse comme si je n'avais pas vu ?

– Mule, lui conseilla une ouvrière plus pondérée, parle moins, avec six onces de farine par jour, d'où te vient toute cette énergie ?

– Six onces, six onces, va te faire foutre avec tes six onces ! » Mule sauvage ôta une épingle de ses cheveux, fit avec dextérité un trou à chaque extrémité d'un œuf, puis colla sa bouche sur un des orifices, aspira un grand coup et vida sur-le-champ la coquille. Puis elle reposa l'œuf qui semblait intact sur le tas : « Si vous voulez me dénoncer, dit-elle, allez-y, de toute façon, mon père m'a trouvé une belle-famille dans le Nord-Est, je pars le mois prochain, là-bas, les pommes de terre s'entassent comme des montagnes. Et toi, tu veux me dénoncer ? » demanda-t-elle à Shangguan Jintong qui nettoyait les crottes de poules, courbé en deux, dehors devant la fenêtre. « Si tu me dénonces, fais attention, ton petit zizi appétissant de jeune garçon, c'est ça que la manchote préfère, avec ses vieilles dents de vache qui ne sont pas bonnes, elle choisit toujours le plus tendre à manger ! » Shangguan Jintong, noyé sous les injures de Mule sauvage, prit une pleine pelle de crottes de poules et lui demanda : « Tu en veux ? »

L'après-midi, alors qu'ils tiraient quatre caisses d'œufs, à mi-chemin entre le bassin de transformation des excréments de l'équipe spécialisée en légumes et l'élevage de poules, Qiao Qisha déclara : « Jintong, arrêtons-nous un peu. » Jintong s'arrêta précautionneusement, posa la charrette, se retourna et la regarda. « Est-ce que tu t'es aperçu que tout le monde vole des œufs pour les gober crus ? dit-elle, Même la chef Long le fait. Tu as vu comment est Mule sauvage, pleine d'énergie, les femmes de l'élevage de poules sont toutes en parfaite santé.

– Mais ces œufs ont été pesés, dit Jintong.

– Nous ne pouvons pas nous laisser mourir de faim en surveillant ces œufs, dit-elle. La faim va bientôt me rendre folle. » Elle prit deux œufs, se glissa entre les barbelés et disparut derrière un tank en ruine. Un instant plus tard, elle ressortait en tenant deux œufs qui paraissaient intacts et les enfouit au milieu des autres. « Qiao Qisha, dit Jintong avec inquiétude, tu fais comme le chat qui recouvre ses crottes ; à la ferme, dès qu'ils auront passé les œufs sur la balance, ils découvriront la supercherie.

– Tu me prends vraiment pour une imbécile ! » dit-elle en riant. Puis elle prit deux autres œufs et lui fit signe de la suivre. « Viens avec moi. »

Jintong et Qiao Qisha se faufilèrent à travers la clôture. Les hautes armoises dispersaient leur pollen blanc, exhalant un parfum enivrant qui faisait tourner la tête. Elle s'accroupit près d'un tank et sortit d'entre la chenille et la roue un sachet en papier huilé qui contenait tous les outils nécessaires à son méfait : un petit poinçon, une grosse seringue, un morceau de papier collant couleur de coquille d'œuf et une petite paire de ciseaux. Avec le poinçon, elle fit un petit trou à l'extrémité de l'œuf, puis y introduisit la seringue et aspira lentement le contenu. Retirant l'aiguille, elle ordonna à Jintong : « Ouvre la bouche. » Qiao Qisha envoya le liquide dans la gorge de Jintong qui, sans réfléchir, était devenu son complice. Ensuite, elle remplit la seringue d'eau claire qu'elle prit dans un casque posé sous le tank et en remplit l'œuf. Avec les ciseaux, elle découpa un petit morceau de papier collant qu'elle appliqua sur le trou d'aiguille pour le boucher. Ses gestes étaient prompts et précis. « C'est à l'Institut de médecine que tu as appris cette activité ? demanda Jintong.

– Oui, c'est la spécialité dite vol d'œufs ! » répondit-elle en souriant.

Au moment de la pesée à la ferme, non seulement le poids des œufs n'avait pas diminué, mais au contraire, il dépassait de cinquante grammes.

Leur petit jeu se prolongea deux semaines avant d'être impitoyablement découvert. C'était déjà le plein été, la pluie tombait sans répit, les poules étaient entrées dans la période où elles changent de plumes et leur volume de ponte était en forte baisse. Poussant une caisse et demie d'œufs, ils arrivèrent au même endroit, s'arrêtèrent et se faufilèrent à travers la clôture trempée. Aux extrémités des armoises sauvages arrivées à maturité pendaient des brochettes de graines, et sur le terrain des armements au rebut, flottait une vapeur épaisse comme de la fumée. Le métal rouillé exhalait une forte odeur de sang séché. Une grenouille était accroupie sur une roue de transmission du tank. Sa peau gluante vert émeraude fit monter en Shangguan Jintong le sentiment d'un mauvais présage. Lorsque Qiao Qisha lui projeta dans la bouche le liquide de l'œuf, il eut la nausée et dit en se pinçant la gorge : « L'œuf d'aujourd'hui a mauvais goût et il est froid.

– Dans moins de deux jours, ce goût aura passé, dit-elle. Notre stratagème va prendre fin.

– C'est vrai, dit Jintong, les poules sont à la période où elles muent.

– Tu es un enfant stupide, ou bien tu as une vague idée à mon sujet ?

– À ton sujet ? dit Jintong en faisant non de la tête. Quelle vague idée pourrais-je avoir à ton sujet ?

– Ça va, dit-elle, c'est déjà assez animé dans ta famille, je ne vais pas y ajouter encore du désordre.

– Tes paroles ne sont jamais claires, dit Jintong, elles dissimulent toujours quelque chose.

– Pourquoi ne me poses-tu pas de questions sur ma vie ? demanda-t-elle.

– Pourquoi voudrais-tu que je t'en pose ? dit Jintong. Je ne vais pas te prendre comme épouse.

– Tu es bien un fils Shangguan, dit-elle en riant, après être restée un instant interdite, il y a toujours un peu de perversité dans ce que vous dites ! Est-ce que tu ne pourrais me poser des questions sur ma vie que si tu voulais m'épouser ?

– Oui, c'est ça, je pense que c'est ça, dit Jintong, j'ai entendu le professeur Huo Lina dire que poser sans se gêner des questions sur sa vie à une femme était de la plus extrême impolitesse.

– Tu parles de celle qui porte la merde sur sa palanche ?

– Son russe est excellent, dit Jintong.

– J'ai entendu dire que tu étais son meilleur élève, dit Qiao Qisha avec un rire.

– Oui, je pense que c'est vrai », dit Jintong. Qiao Qisha se lança alors avec emphase dans une longue tirade dans un russe absolument pur que Jintong n'arrivait pas à comprendre. Puis, le fixant de ses yeux noirs, elle demanda : « Tu as compris ce que j'ai dit ?

– Il me semble… dit Jintong, il me semble que tu as raconté un conte très triste au sujet d'une petite fille…

– Le meilleur élève de Huo Lina, dit Qiao Qisha, ne vaut pas pipette, c'est un chat à trois pattes, un tigre en tissu, une lanterne en papier, un oreiller brodé ! » Prenant les quatre œufs, elle s'éloigna déçue. Shangguan Jintong, ne s'avouant pas vaincu, s'exclama : « Je n'ai même pas étudié un an et demi avec elle, tes exigences sont trop élevées !

– Je suis fatiguée d'exiger des choses de toi ! » Elle tourna dans les hautes armoises où la rosée déposée sur les herbes mouilla ses vêtements, dévoilant ses seins épanouis et opulents grâce aux soixante-huit œufs qui les avaient fortifiés – des seins pleins qui n'étaient pas assortis avec son corps tout maigrichon. Aussitôt, Jintong éprouva en lui-même une sensation de douceur et de mélancolie, l'impression d'avoir déjà rencontré cette belle droitiste qu'il avait devant lui pénétra son cerveau comme une longue colonne de fourmis. Sans le vouloir, il tendit la main vers elle, mais elle s'esquiva avec agilité et se faufila à l'extérieur de la clôture. Elle entendit alors le ricanement froid de la chef Long.

Celle-ci tenait un œuf plein d'eau à la main et l'observait sous toutes les coutures. Les jambes de Shangguan Jintong se mirent à trembler comme il fixait sa main. Qiao Qisha, elle, contemplait d'un air hautain les tubes des obusiers de montagne, les canons de campagne, les tubes de DCA pointés vers le ciel gris comme s'ils poussaient des cris silencieux ; la pluie fine et pénétrante posait des perles transparentes sur son front pâle, qui roulaient sur les ailes de son nez. Dans son regard, Jintong reconnut le calme frisant l'indifférence qu'affichaient les femmes de la famille Shangguan face aux difficultés. Il comprit à demi quels devaient être les antécédents de la jeune femme qu'il avait devant les yeux et la raison pour laquelle elle l'avait de nombreuses fois interrogé sur la situation de sa famille, au cours de leur relation vieille déjà de plusieurs mois.

« Quel talent ! C'est vraiment un immense talent ! » ironisait la chef Long. Elle agita avec vivacité son bras unique et brisa l'œuf au beau milieu du front de Qiao Qisha. La coquille se cassa, la tête de Qiao Qisha vacilla, son visage se couvrit d'eau sale. « File, dit la chef Long, file à la ferme. Vous y recevrez la punition que vous méritez.

– Shangguan Jintong n'a rien à voir avec cette affaire, dit Qiao Qisha, sa seule faute, c'est de ne pas m'avoir dénoncée à temps, dans des circonstances qui lui échappaient. De la même manière que je n'ai pas dénoncé à temps certaines personnes qui, non seulement volent des œufs pour les manger, mais en plus volent des poules. »

Deux jours plus tard, Qiao Qisha se vit confisquer deux semaines de tickets de céréales et fut affectée au groupe chargé des légumes, pour transporter la merde dans l'équipe de Huo Lina. Les deux femmes, expertes en russe, échangeaient souvent des injures dans cette langue, sans rime ni raison, en agitant leur louche à merde. Shangguan Jintong continua à travailler à l'élevage de poules. Comme plus de la moitié des poules étaient mortes, la dizaine d'ouvrières furent transférées dans une équipe de travail en plein champ. Dans cet élevage de poules jadis si animé ne restaient plus que la chef Long et Shangguan Jintong pour surveiller des vieilles poules complètement déplumées qui dévoilaient leur croupion bleuâtre. Le renard continuait à venir semer le trouble dans l'élevage et la lutte contre l'animal devint la tâche principale de la chef Long et de Jintong.

Une nuit d'été où des nuages noirs cachaient parfois la lune, le renard revint. Prenant de grands airs, il mangea une vieille poule au croupion glabre, puis il emprunta son chemin habituel, sortant par la porte de la palissade. Comme à l'accoutumée, la chef Long tira deux coups : c'était purement et simplement une sorte de cérémonie pour saluer le départ du renard. Dans l'odeur enivrante de la poudre, Jintong se tenait à côté d'elle, interdit. Un vent frais et les coassements des grenouilles arrivaient par bouffées des rizières, et la lumière de la lune apparaissait entre les nuages, baignant leurs corps comme de l'huile. Il entendit la chef Long pousser un gémissement ; lui jetant un coup d'œil, il vit que son visage s'allongeait de façon effrayante, tandis que ses dents luisaient à vous glacer le sang. Il vit même qu'une grosse queue était en train de gonfler dans l'entrejambe de la chef Long comme un ballon à l'hélium. C'était une renarde ! La lumière, horrifiante, se fit dans son esprit. C'était un renard femelle, la compagne de ce renard mâle. Voilà pourquoi elle ne l'avait jamais atteint. Ce jeune homme qui se glissait dans sa chambre, dont avait parlé Mule sauvage, était en fait une métamorphose de ce renard mâle. Il sentait son odeur fétide, vit que le pistolet encore fumant qu'elle tenait à la main était tourné vers lui. Il jeta son gourdin et se précipita en hurlant vers la cabane en planches dont il bloqua fermement la porte de ses épaules. Il l'entendit entrer dans la pièce d'à côté. Elle dormait seule dans le dortoir des ouvrières. La lumière de la lune éclairait la cloison fabriquée avec de vieilles planches de caisses clouées ensemble. De l'autre côté, elle grattait le plancher de ses griffes pointues et ne cessait de marmonner tout bas. Soudain, elle ouvrit un grand trou dans la cloison. Nue comme un ver, la chef Long s'introduisit dans la pièce. À présent, elle avait forme humaine. À l'endroit où son bras avait été coupé à la base se présentait une cicatrice effrayante qui ressemblait à l'ouverture d'un sac nouée serré. Ses seins, tels deux poids de balance, se dressaient fermement. Le corps penché, elle se précipita devant Jintong et tomba à genoux, lui enserrant les jambes de son bras unique, le visage couvert de larmes, murmurant comme une vieille femme pitoyable : « Shangguan Jintong… Shangguan Jintong… aie pitié, aie pitié de moi… Je suis une pauvre femme… »

Shangguan Jintong dégagea ses jambes, mais la main pleine de force lui attrapa la ceinture et tira dessus jusqu'à la casser. Elle lui arracha brutalement son pantalon. Quand il voulut se baisser pour le remonter, son cou fut tiré vers le bras, tandis que les jambes de la femme se nouaient à son corps. Ils roulèrent tous deux sur le sol, et pendant qu'ils roulaient, elle lui arrachait un à un ses vêtements. Alors, elle lui donna sur la tempe un coup de poing léger et, comme un gros serpent blanc, il se renversa sur le sol en roulant des yeux blancs. De sa bouche, la chef Long mordilla chaque pouce de la peau de Jintong, mais elle ne put le faire sortir de sa terreur. S'emportant sous le coup de l'humiliation, elle courut dans la pièce à côté prendre son pistolet et, se plaçant face à lui, elle le coinça dans le creux de ses cuisses pour enclencher deux balles dorées dans le chargeur. Puis désignant le bas-ventre de Jintong avec l'arme, elle déclara : « Tu as deux solutions. Ou tu te lèves, ou je le fais sauter. » Son regard féroce révélait l'état d'esprit de quelqu'un qui ne craint ni la terre ni le ciel. Ses seins forgés dans le métal bondissaient de rage sur son buste. Shangguan Jintong vit que son visage s'allongeait de nouveau, qu'une queue comme un balai sortait lentement au sommet de son derrière et s'étirait jusqu'à finir par toucher le sol. Il était paralysé à terre, une sueur froide imprégnait sa couverture.

Au cours de ces jours où la pluie tombait sans cesse, la chef Long tenta, jour et nuit, faisant alterner la douceur et la violence, de faire de Jintong un homme, mais elle ne put parvenir à ses fins, souffrant au point de cracher le sang. Quelques minutes avant d'ouvrir le feu pour se suicider, elle essuya le sang sur son menton et dit tristement : « Long Qingping, Long Qingping, tu es encore vierge à trente-neuf ans, les gens savent seulement que tu es une héroïne, mais ils ne se rendent pas compte que tu es une femme, toute ta vie, tu l'auras vécue en vain… » Elle eut quelques violents hoquets qui firent se soulever ses épaules, son visage sombre vira au blanc, et dans un grand borborygme, elle vomit un jet de sang. Appuyé contre la porte, Shangguan Jintong fut saisi d'une peur terrible. Deux rangs de larmes coulaient des yeux de Long Qingping. Elle lui jeta un regard furieux, avança sur ses genoux lisses jusque devant son lit de fortune, leva son pistolet et appuya le canon sur sa tempe. Et précisément à cet instant ultime, Shangguan Jintong décela en elle une séduction toute féminine. Elle avait levé son bras unique, révélant son aisselle duveteuse, sa taille était fine, ses fesses brillantes reposaient sur ses talons, comme ouvertes par une explosion. Une boule de feu dorée éclata devant lui bruyamment, son pubis aussi froid qu'un glaçon se trouva soudain irrigué de sang chaud. À cet instant, Long Qingping, qui avait atteint le point extrême du désespoir, appuya sur la détente. Si elle avait jeté un coup d'œil avant de presser la détente, la tragédie se serait peut-être transformée en comédie. Toujours est-il que Shangguan Jintong vit une fumée jaunâtre monter des cheveux couvrant les tempes de la femme et entendit en même temps la détonation. Le corps de Long Qingping vacilla un peu, puis tomba sur la couverture. Shangguan Jintong se précipita et la retourna. Sur sa tempe s'ouvrait un petit trou noir, sur les bords irréguliers duquel était collée de la poudre métallique bleue. Un sang noir coulait de ses oreilles, qui humecta ses mains. Ses yeux grand ouverts étaient pleins d'une expression de reproche. La peau de sa poitrine tremblait encore comme un vent léger effleurant un étang, à la surface calme de l'eau s'élevaient de fines rides…

Plein de remords, Shangguan Jintong la serra dans ses bras et, avant que son corps ait perdu toute sensation, il exauça son désir. Quand il quitta son corps, épuisé, les yeux de la femme lancèrent encore quelques étincelles avant de s'éteindre, et ses paupières se fermèrent lentement.

Face au cadavre de la chef Long, Jintong sentit un voile grisâtre envahir son esprit. Dehors, il tombait des trombes d'eau, la pluie d'un gris aveuglant inonda peu à peu la pièce, noyant leurs deux corps.

Chapitre 42

Shangguan Jintong fut enfermé dans le bureau de l'élevage de poules pour y subir un interrogatoire. Ses pieds nus baignaient dans l'eau. Elle tombait en cascade de l'avant-toit, et dans la cour, la pluie volait à l'horizontale comme des flèches, faisant résonner le toit d'un immense vacarme. Depuis l'instant de son rapport sexuel avec Long Qingping, une énorme pluie avait commencé à s'abattre, qui faiblissait par moments, pour reprendre de plus belle un instant plus tard.

Dans la pièce, l'eau était déjà montée à plus de cinquante centimètres, et le chef de la section de la sécurité de la ferme, vêtu d'un imperméable noir, était accroupi sur une chaise. L'interrogatoire se déroulait depuis deux jours et deux nuits, mais l'enquête ne progressait pas d'un pouce. Il fumait cigarette sur cigarette, des mégots imbibés d'eau flottaient et une odeur de goudron et de fumée baignait la pièce. Il frotta ses yeux rougis par la fatigue et bâilla de lassitude, imité par le secrétaire chargé de prendre des notes. Le chef de la section de la sécurité s'empara sur la table trempée de son carnet de notes gonflé par l'humidité et considéra les gros caractères qui buvaient l'eau sur le papier. Il attrapa Shangguan Jintong par l'oreille et lui demanda avec brutalité : « Parle, après l'avoir violée, tu l'as tuée ? » Grimaçant, pleurant bruyamment sans verser de larmes, Jintong ne cessait de répéter : « Je ne l'ai pas tuée et je ne l'ai pas violée…

– Si tu ne parles pas, ce n'est pas grave, dit le chef de la section, troublé. Le médecin légiste de la police du district va arriver dans un moment avec les chiens-loups. Mais si tu avouais maintenant, on pourrait encore estimer que tu t'es livré de ton propre chef.

– Je ne l'ai pas tuée et je ne l'ai pas violée non plus… » répéta avec lassitude Jintong.

Le chef de section sortit un paquet de cigarettes, le chiffonna et le jeta dans l'eau. Il essuya la chassie de ses yeux et dit au secrétaire : « Petit Sun, retourne à la ferme passer un coup de fil pour qu'ils viennent vite. » Puis il fronça le nez et ajouta : « Je sens l'odeur du cadavre, s'ils ne viennent pas, ils ne pourront rien prélever.

– Chef, dit le secrétaire, la fatigue vous rend stupide ou quoi ? Depuis avant-hier, il n'y a plus de téléphone, avec des pluies comme ça, les poteaux se sont cassés depuis longtemps.

– Et merde ! » dit le chef en sautant de sa chaise. Puis, relevant la capuche de son imperméable, il pataugea dans l'eau pour se diriger vers la porte du bureau et tendit la tête à l'extérieur. Le rideau de pluie qui coulait de l'avant-toit tambourina bruyamment sur son dos luisant. Il courut jusqu'au lieu de débauche de Shangguan Jintong et de la chef Long, poussa la porte et entra. Dans la cour, les eaux claires et les eaux troubles s'entremêlaient, des poules mortes flottaient à la surface, des poules vivantes étaient perchées sur un tas de briques près du mur, elles rentraient leur cou, la morve au bec, caquetant douloureusement. Shangguan Jintong souffrait d'un terrible mal de tête et ses dents s'entrechoquaient. Dans son esprit, il n'y avait rien, hormis le corps nu de la chef Long qui s'agitait. Après s'être accouplé, sous le coup d'une pulsion fugitive, avec ce corps qui n'était pas encore mort, il avait été plongé dans de profonds remords et éprouvait à présent envers cette femme haine et dégoût. Il voulait se débarrasser d'elle à toute force, mais, comme à l'époque de Natacha, elle restait solidement collée dans sa conscience. La différence était que Natacha était une magnifique maîtresse, alors que la chef Long n'était qu'une horrible diablesse. Dès l'instant où on l'avait amené ici, il avait pris la résolution de cacher les derniers détails peu reluisants. Je ne l'ai pas violée ni tuée, c'est elle qui m'a forcé, je ne voulais pas, mais elle a tiré et elle s'est suicidée. Voilà les aveux complets qu'il passa au cours de cet interrogatoire aussi violent que l'attaque d'un aigle.

Le chef de section revint en courant en secouant l'eau qui était tombée dans son cou. « Merde, dit-il, elle a gonflé, on dirait un cochon à qui on a enlevé les poils, c'est dégueulasse. » Et tout en parlant, il se tenait la gorge.

Au loin, la grande cheminée en brique de la cantine de la ferme, qui crachait une fumée noire, s'écroula soudain. Dans sa chute, elle écrasa le toit de la cantine qui était équipé de fenêtres, des gerbes d'eau argentées s'élevèrent en tous sens, suivies du grondement sourd de l'eau.

« Tout est par terre, quelle catastrophe, dit le secrétaire au comble de la stupéfaction, à quoi ça sert d'interroger cet enculé, de toute façon on n'aura même plus rien à manger ! »

La cantine écroulée, le regard portait à perte de vue sur la campagne vers le sud. Le plus frappant, c'était ce monde aquatique qui allait jusqu'à l'horizon. La grande digue de la rivière du Dragon serpentait à la surface de l'eau dont le niveau était considérablement plus haut à l'intérieur de la digue qu'à l'extérieur. Les bourrasques de pluie tombaient de façon irrégulière, on eût dit qu'un énorme arrosoir se déplaçait à toute vitesse dans les cieux. Là où il arrivait, l'eau volait en flèches obliques, ce n'était plus que vacarme, gerbes, jaillissements, brouillards, tout était trouble. Aux endroits où il n'arrivait pas, il y avait encore un peu de lumière qui illuminait l'inondation s'égaillant en différents courants. La ferme de la rivière du Dragon était située au point le plus bas des basses terres de la région du canton du Nord-Est de Gaomi, là où se réunissaient les eaux pluviales de trois districts. Suite à l'écroulement de la cantine, les bâtiments de la ferme, faits de murs de terre et de toits de tuiles, furent les uns après les autres paralysés par les eaux. Seul le grand silo à grains conçu par le droitiste Liang les Huit Poutres se dressait encore parmi les ruines. Et quelques cages à poules de l'élevage, construites avec des briques récupérées dans des tombes, tenaient encore tant bien que mal. Dans les maisons, l'eau arrivait au niveau des fenêtres. Des bancs flottaient à la surface. Le niveau de l'eau atteignait le nombril de Shangguan Jintong et la chaise qu'il avait sous les fesses se soulevait.

Dans la zone des habitations de la ferme, ce n'étaient que pleurs des gens qui se débattaient dans l'eau. Quelqu'un se mit à crier : « Allez sur la digue ! Allez sur la digue ! »

Le secrétaire ouvrit la fenêtre d'un coup de pied et sauta. Le chef de section poussa un juron, se retourna et dit à Jintong : « Viens avec moi. »

Ils sortirent dans la cour. Le chef, de petite taille, écartait l'eau de ses bras et avançait en haletant. Quand il tourna la tête, Shangguan Jintong vit qu'un groupe de poules étaient perchées sur le toit et, à côté d'elles, était accroupi le renard coupable de crimes innombrables. Le cadavre de Long Qingping sortit de la pièce en flottant et se mit à suivre Jintong. S'il hâtait le pas, le cadavre accélérait l'allure derrière lui. Quand il tournait, le cadavre en faisait autant. Il fut si terrorisé par ce cadavre qui le suivait qu'il en fit dans son pantalon. Les cheveux en désordre du cadavre finirent par s'accrocher aux barbelés du terrain des armements au rebut, et alors seulement Shangguan Jintong se trouva libéré. Les tubes des canons poussaient dans l'eau trouble, un tank ne laissait plus apparaître que sa tourelle et son affût et ressemblait vraiment à une énorme tortue tendant le cou pour contempler l'eau. Ils venaient d'arriver tant bien que mal près de l'équipe de labourage motorisé quand les maisons de l'élevage de poules s'écroulèrent.

Sur l'aire de stationnement des véhicules de l'équipe de labourage, les gens s'entassaient sur deux moissonneuses-batteuses rouges importées d'Union soviétique. Certains tentaient encore d'y grimper, mais cela faisait glisser et tomber ceux qui étaient déjà dessus.

Un courant entraîna le chef de section. Par la grâce de l'inondation, Shangguan Jintong recouvra la liberté. Il s'agglutina à un groupe de droitistes qui avançaient vers la digue de la rivière du Dragon en se tenant par la main. Leur guide était Wang Meizan, le champion de saut en hauteur, et celui qui couvrait leur retraite, l'ingénieur de génie civil Liang les Huit Poutres. Au milieu il y avait Huo Lina, Ji Qiongzhi, Qiao Qisha et d'autres encore, dont les noms lui étaient inconnus. S'aidant de tous ses membres, il entra en nageant dans le groupe des droitistes. Qiao Qisha l'attrapa par la main. L'eau faisait coller les fins habits des femmes à leur corps, donnant l'impression qu'elles étaient nues. Sa mauvaise habitude étant difficile à corriger, un court instant, Jintong détailla les trois paires de seins, chacune très différente des autres, de Huo Lina, Ji Qiongzhi et Qiao Qisha. Du fait de l'embarrassante situation où se trouvaient leurs propriétaires, ces trois paires de seins semblaient dénuées de toute énergie, mais demeuraient belles et douces, pures, d'une froide beauté, libres et romantiques, d'une autre catégorie que les seins durs comme du métal et pas encore éclos de Long Qingping. Ces seins firent revenir violemment Jintong à l'époque des chimères de son enfance, et l'ombre diabolique de Long Qingping recula, il se sentit comme un papillon qui s'envolait de son cadavre noir et séchait ses ailes au soleil, puis se remettait à voleter entre ces seins qui exhalaient d'étranges parfums.

Jintong espérait que cette marche harassante dans l'eau ne prendrait jamais fin, mais la grande digue de la rivière du Dragon brisa son rêve. Les hommes de la ferme s'y tenaient debout, serrant leurs épaules entre leurs bras. L'eau qui atteignait le niveau de la digue s'écoulait lentement, de la brume flottait à sa surface, il n'y avait ni hirondelles ni mouettes. Le bourg de Dalan, au sud-ouest, était noyé dans un brouillard blanc et de tous côtés montaient les bruits désordonnés de l'eau.

Lorsque le grand entrepôt à grains en brique rouge s'effondra lui aussi, la ferme de la rivière du Dragon ne fut plus qu'une vaste étendue d'eau. Sur la digue retentissait un concert de pleurs : les gauchistes pleuraient, les droitistes aussi. Le chef de la ferme, que l'on voyait très rarement, Li Du, agitant sa tête grisonnante de Lu Liren, cria d'une voix enrouée : « Camarades, ne pleurez pas, restez forts, si nous restons unis, aucune difficulté ne nous résistera… » Subitement, il s'écroula en se tenant la poitrine. Le chef du bureau de la ferme tenta de le retenir, mais il tomba dans la boue. « Quelqu'un s'y connaît en médecine ? Un médecin, vite un médecin ! » cria à tue-tête le chef du bureau.

Qiao Qisha et un droitiste accoururent. Ils prirent le pouls de Li Du, soulevèrent ses paupières, pincèrent son sillon labial et le point vital entre le pouce et l'index, mais rien n'y fit. « C'est fini, infarctus du myocarde », dit froidement le droitiste.

Ma Ruilian, ouvrant sa bouche de Shangguan Pandi, éclata en sanglots.

La nuit allait tomber, les gens se recroquevillaient sur la digue ; un ballon dirigeable éclairé de lumières vertes s'approcha dans les airs, ranimant un fil d'espoir, mais il passa comme une étoile filante et ne revint pas. Vers minuit, la pluie cessa enfin et d'innombrables grenouilles entonnèrent un chœur assourdissant. Dans le ciel vacillaient des étoiles. Tandis que les grenouilles reprenaient leur souffle, le vent de la rivière faisait bruire les cimes des arbres qui pointaient à la surface de l'eau. Un homme prit son élan et sauta dans la rivière où il se retourna, comme un gros poisson. Personne ne se porta à son secours, ni même ne lui prêta attention. Un moment plus tard, un autre sauta, sans susciter davantage de réaction.

Sous les étoiles scintillantes, Qiao Qisha et Huo Lina s'avancèrent vers Jintong. « Je voudrais te raconter par personne interposée l'histoire de ma vie », dit Qiao Qisha. Puis elle parla quelques minutes en russe avec Huo Lina. Sur un ton parfaitement indifférent, Huo Lina traduisit ses propos : « À l'âge de quatre ans, j'ai été vendue à une Russe blanche. Pour quelles raisons cette Russe blanche voulait-elle acheter une fillette chinoise pour l'adopter, personne ne le sait. » Qiao Qisha parla de nouveau en russe et Huo Lina traduisit : « Par la suite, la Russe blanche est morte alcoolique et je me suis retrouvée dans la rue, mais j'ai été recueillie par un chef de gare. Cette famille a été très bonne pour moi, ils m'ont traitée comme une des leurs. C'était une riche famille et ils m'ont permis d'aller à l'école primaire. » Qiao Qisha parla en russe et Huo Lina traduisit : « Après la Libération, je suis entrée à l'Institut de médecine. Pendant une séance de libre expression d'opinion, au cours du mouvement des Cent Fleurs, j'ai dit que parmi les pauvres il y avait des canailles et que parmi les riches se trouvaient des saints. Je suis ainsi devenue droitiste. Je dois être ta septième sœur. »

Qiao Qisha serra la main de Huo Lina en signe de remerciement. Puis elle attira Shangguan Jintong sur le côté et lui dit en baissant la voix : « J'ai entendu parler de ton affaire. Je suis étudiante en médecine, dis-moi sérieusement, avant qu'elle se suicide, as-tu eu une relation sexuelle avec elle ?

– Non, après, après son suicide, murmura Jintong.

– Tu es vraiment ignoble, dit-elle, et le chef de la section de la sécurité est un idiot fini. Cette inondation a sauvé ta petite vie, tu t'en rends compte ? » Shangguan Jintong hocha la tête, hébété. « J'ai vu que son cadavre avait été emporté par l'eau, les preuves de ton crime ont disparu, serre les dents et nie que tu as eu une relation sexuelle avec elle – si cette inondation ne nous noie pas tous », ajouta avec indifférence celle qui se disait sa septième sœur.

Comme l'avait prédit Qiao Qisha, l'inondation fut d'un grand secours pour Shangguan Jintong. Quand le chef de la section d'enquête du bureau de la sécurité du district et le médecin légiste arrivèrent en canot pneumatique sur la rivière du Dragon, la moitié des réfugiés étaient évanouis de faim sur la digue. Ceux qui étaient encore conscients, accroupis au bord de l'eau, broutaient comme des chevaux des herbes jaunies et puantes à force d'avoir été inondées.

Le bateau pneumatique accosta, le chef de la section d'enquête et le médecin légiste sautèrent sur le bord, et les survivants les entourèrent comme un essaim d'abeilles, espérant obtenir quelque nourriture, mais ils exhibèrent leurs cartes et leurs pistolets, annonçant qu'ils obéissaient aux ordres et venaient enquêter sur l'affaire du viol de l'héroïne. Furieux, les gens se mirent à les injurier. Le chef de section, sourcils noirs et regard de tigre, chercha un dirigeant sur la digue et les gens désignèrent Lu Liren, étendu à terre, l'uniforme gris déboutonné. « Voilà notre dirigeant », dirent-ils. Se bouchant le nez, le chef de la section d'enquête contourna le cadavre en décomposition qui attirait des nuées de mouches ; il continua à avancer en disant qu'il cherchait le chef de la section de sécurité de la ferme, qui l'avait mis au courant de l'affaire au téléphone, mais celui-ci était parti depuis trois jours au fil de l'eau, cramponné à une planche, et devait être déjà arrivé dans l'estuaire de la rivière du Dragon. Le chef de la section d'enquête s'arrêta devant Ji Qiongzhi. Tous deux se toisèrent froidement, entre eux passaient les sentiments complexes de deux êtres après un divorce. « Aujourd'hui, dit-elle, la mort d'un homme ne vaut-elle pas à peu près autant que celle d'un chien ? Sur quoi enquêtes-tu encore ?

– Ce sont deux affaires différentes », répondit le chef de section en contemplant les cadavres d'hommes et d'animaux encore immergés dans les eaux au-delà de la digue.

Ils trouvèrent Shangguan Jintong et commencèrent l'interrogatoire sur la digue en utilisant tous les procédés de la guerre psychologique. Jintong serra les dents et garda son ultime secret.

Quelques jours plus tard, le méticuleux chef de section et le médecin légiste, pataugeant dans la boue qui leur montait jusqu'aux genoux, finirent par retrouver Long Qingping sur les barbelés ; le médecin légiste venait de faire une photo d'elle quand son corps éclata comme une bombe à retardement. Sa peau et sa chair s'étaient transformées en un liquide aussi visqueux que de la mélasse, qui avait pollué l'eau sur une surface d'un demi-*mu*. Accroché au fil de fer, il ne restait plus qu'un squelette qui semblait avoir été raclé au couteau. Le médecin légiste prit précautionneusement entre ses mains le crâne où se dessinait le trou de la balle et l'examina. Sa conclusion fut ambiguë : la balle avait été tirée par un pistolet appuyé contre la tempe, et il était possible que ce fût un suicide, mais on ne pouvait écarter la possibilité que ce fût le garçon qui l'avait tuée.

Lorsqu'ils voulurent emmener Shangguan Jintong, les droitistes l'entourèrent. Se prévalant des relations particulières qu'elle avait entretenues avec le chef de section, Ji Qiongzhi déclara : « Ouvre un peu les yeux pour regarder ce garçon ! Est-ce qu'il a l'air d'un violeur ? Cette femme, c'était une diablesse effrayante, alors que cet enfant, c'est un élève à qui j'ai fait cours. »

Le chef de section était si tracassé par la faim et la puanteur qu'il avait presque envie de se jeter dans la rivière pour se suicider. Dégoûté, il lâcha : « L'affaire est close. Long Qingping s'est suicidée, ce n'est pas lui qui l'a tuée. » Accompagné du médecin légiste, il sauta dans le bateau pneumatique et rama vers l'amont, mais le bateau changea tout seul de direction et partit à toute vitesse vers l'aval.

Chapitre 43

Lors du printemps 1960, alors que partout gisaient les cadavres de gens morts de faim, tous les membres de l'équipe des droitistes de la ferme d'État de la rivière du Dragon devinrent des animaux herbivores habitués à ruminer. À chaque individu était attribuée quotidiennement une ration de soixante-quinze grammes de céréales, mais en additionnant les prélèvements effectués dessus à tous les niveaux, du surveillant du silo au gestionnaire de la cantine et aux hauts fonctionnaires de la ferme, une fois arrivé à la bouche des droitistes, il ne restait en fait qu'un bol de bouillie si liquide que l'on pouvait se mirer dedans. Pourtant, même dans ces conditions, les droitistes reconstruisirent les maisons et, aidés par la compagnie d'obusiers cantonnée là, plantèrent des dizaines de milliers de *mu* de blé dans la boue de l'automne précédent. Pour empêcher les gens de les voler, étaient mélangés aux semences des pesticides très toxiques. Des produits vraiment terribles : dans les champs, après les semailles, courtilières, vers de terre et autres petits insectes en tout genre, que même le droitiste spécialiste de biologie Fang Huawen ne savait pas nommer, jonchaient le sol. Les oiseaux qui mangeaient les cadavres de ces insectes mouraient, le cou tordu, et les bêtes sauvages qui mangeaient les oiseaux faisaient un bond en l'air et retombaient mortes aussitôt.

Lorsque le blé de printemps arriva à hauteur des genoux, toutes sortes de légumes et d'herbes sauvages poussèrent en même temps. Les droitistes qui arrachaient à la pioche ces mauvaises herbes se les fourraient dans la bouche et les croquaient bruyamment. Au moment de la pause, près des rizières, ils s'asseyaient au bord des fossés et faisaient remonter les herbes de leur estomac pour finir de les mâcher. Un liquide vert s'écoulait de leur bouche et leur visage était gonflé jusqu'à en paraître transparent.

Seules une dizaine de personnes à la ferme n'étaient pas atteintes d'œdèmes. Le jeune Lao Du, le nouveau directeur, n'en souffrait pas, le gérant de l'entrepôt, Guo Zilan, non plus : ils devaient certainement manger en cachette la pâture des chevaux. L'envoyé spécial de la sécurité publique, Wei Guoying, n'avait pas d'œdèmes, car l'État lui octroyait une ration de viande pour son chien-loup. Un dénommé Zhou Tianbao était aussi épargné. Cet homme avait dans sa jeunesse fabriqué un explosif qui lui avait arraché trois doigts de la main et, plus tard, le canon de son fusil avait explosé en lui crevant un œil. Il assumait la garde de l'ensemble de la ferme, dormant le jour, et le soir, telle une âme en peine, furetant dans tous les coins et recoins, un fusil tchèque sur le dos. L'abri en tôle où il vivait se trouvait à l'angle du terrain des armements au rebut. Souvent, au beau milieu de la nuit, un parfum de viande en train de bouillir s'en échappait. À cette odeur, les gens se tournaient et se retournaient dans leur lit sans pouvoir trouver le sommeil. Profitant de l'obscurité, Guo Wenhao alla furtivement près de l'abri et s'apprêtait à regarder à l'intérieur quand il se heurta à une lourde crosse de fusil. L'œil unique de Zhou Tianbao brillait aussi fort qu'une ampoule dans le noir. « Merde alors, le contre-révolutionnaire, qu'est-ce que tu espionnes ? jura-t-il grossièrement en piquant le dos de Guo Wenhao avec le canon de son arme.

– Tianbao, qu'est-ce que tu fais cuire ? demanda Guo Wenhao tout sourire. Fais-moi un peu goûter !

– Tu oserais en manger ? dit Zhou Tianbao d'une voix sourde.

– Si ça a quatre pattes, dit Guo Wenhao, seul un banc, je n'oserais pas manger, et si ça en a deux, seul un homme, je n'aurais pas le courage de manger.

– Eh bien, répliqua Zhou Tianbao en riant, c'est justement ça que je fais cuire ! » Guo Wenhao s'enfuit sans demander son reste.

La nouvelle que Zhou Tianbao mangeait de la chair humaine se répandit en un éclair. L'inquiétude se propagea aussitôt et les gens ne dormirent plus que d'un œil, craignant qu'il ne vienne les prendre pour les dévorer. Le directeur de la ferme, le jeune Lao Du, organisa spécialement une réunion pour dissiper les rumeurs ; il dit qu'une enquête détaillée avait prouvé que ce que faisait bouillir Zhou Tianbao, c'étaient des rats capturés dans les vieux tanks abandonnés sur le terrain des armements au rebut. Le jeune Lao Du exhorta les gens, et spécialement les droitistes, à abandonner leurs grands airs puants et à se mettre à l'école de Zhou Tianbao, afin d'élargir les sources d'approvisionnement pour franchir cette période difficile et économiser les céréales : ainsi pourraient-ils soutenir les hommes dans le monde qui souffraient encore plus que nous. L'étudiant droitiste de l'université d'agriculture, Wang Siyuan, proposa qu'on cultive des champignons sur du bois en décomposition et obtint l'autorisation de Lao Du. Quinze jours plus tard, ses champignons provoquaient un empoisonnement collectif : plus de cent personnes furent prises de vomissements et de diarrhée, tandis que quatre-vingts autres étaient victimes de troubles psychiques conduisant au délire. La police crut à un empoisonnement volontaire, mais le département d'hygiène attesta qu'il s'agissait bien d'un empoisonnement alimentaire. Pour cette affaire, le jeune Lao Du fut puni et Wang Siyuan passa du statut de simple droitiste à celui de droitiste extrême. Comme ils avaient été secourus à temps, les malades furent sauvés, seule Huo Lina mourut en raison de la gravité de son état. Plus tard, la rumeur se répandit que Huo Lina entretenait une liaison avec le chef de la cantine, Zhang le Grêlé, qui la favorisait à chaque distribution de nourriture. Quelqu'un dit les avoir vus, lors d'une séance de cinéma un dimanche soir, s'esquiver derrière une meule de foin au moment où la lumière s'éteignait.

À la mort de Huo Lina, Jintong eut le cœur brisé. Il refusait absolument de croire qu'une femme d'origine aristocratique comme elle, qui avait fait des études en Russie, ait pu offrir son corps à un être aussi vil que Zhang le Grêlé pour une louche supplémentaire de soupe. Mais quelque temps plus tard, ce qui arriva à Qiao Qisha lui apporta par contrecoup la preuve de ce qui s'était passé avec Huo Lina. Lorsque les femmes ont faim au point que leurs seins collent à leurs côtes et que même leurs règles disparaissent, amour-propre et constance dans la vertu n'existent plus. Douloureusement, Jintong fut le témoin du processus qui avait mené à ces incidents.

Au cours du printemps, la ferme acheta dans le sud-ouest du Shandong des taureaux pour la reproduction, mais comme il n'y avait pas assez de vaches avec lesquelles les faire s'accoupler, on décida d'en châtrer quatre afin de les engraisser et d'en faire des bœufs de boucherie. Ma Ruilian était toujours la chef de l'équipe d'élevage, mais avec la mort de Li Du, son prestige avait beaucoup diminué. C'est pourquoi, lorsque Deng Jiarong partit avec les huit énormes testicules des taureaux, elle ne put que rester les yeux écarquillés et soupirer. L'odeur des testicules que faisait frire Deng Jiarong s'échappait de la cour de la station de reproduction, et Ma Ruilian qui en avait l'eau à la bouche pria Chen le Troisième d'aller lui en demander. Deng Jiarong proposa de les échanger contre du fourrage pour les chevaux. Bon gré mal gré, Ma Ruilian dut se résoudre à dire à Chen le Troisième d'échanger un testicule contre une livre de tourteaux de soja séché. Shangguan Jintong fut chargé de la tâche de promener les bœufs la nuit. Pour les empêcher de se coucher à terre et de rouvrir leur cicatrice, il fallait marcher avec eux sans répit en les tirant par la bride. Un soir, après le repas, dans la lumière déclinante du crépuscule, Shangguan Jintong, empruntant le canal asséché à l'est de la ferme, mena les bœufs dans le bois de saules et les attacha à un arbre. Après avoir promené les bœufs cinq nuits de suite, ses jambes lui semblaient aussi lourdes que des bateaux qui ont pris l'eau. Il s'assit au pied d'un saule, s'adossa contre le tronc, ses paupières se fermèrent et il était sur le point de sombrer dans le sommeil. À cet instant, il sentit un parfum de petit pain cuit à la vapeur tout chaud, un parfum à vous ébranler l'âme, sucré, frais, parfumé. Il écarquilla les yeux et vit le cuisinier Zhang le Grêlé avancer dans le bois en agitant en tous sens un petit pain tout blanc au bout d'un fin fil de fer. Il avançait à reculons en remuant le petit pain, comme un appât. Et c'en était bien un. À quatre ou cinq pas le suivait la fine fleur de l'Institut de médecine, Qiao Qisha, les yeux fixés avec avidité sur le petit pain. Le soleil éclairait son visage gonflé, comme s'il l'enduisait de sang de chien. Elle avançait avec difficulté, en respirant lourdement. À plusieurs reprises, ses doigts manquèrent toucher le petit pain, mais Zhang le Grêlé retirait vivement son bras et elle ne tâtait que le vide. L'homme ricanait sournoisement. Comme un petit chien qui a été berné, elle gémissait, vexée. Plusieurs fois, elle feignit de faire demi-tour, mais l'envie de ce petit pain inatteignable la força à le poursuivre, comme ivre. Qiao Qisha, à l'époque où elle disposait de trois cents grammes de nourriture par jour, était capable de refuser d'inséminer à une lapine le sperme d'un bouc ; aujourd'hui, où elle n'avait plus que cinquante grammes de ration quotidienne, elle ne croyait plus ni en la politique ni en la science, elle poursuivait un petit pain, poussée par un instinct animal, sans que pour elle la question de savoir qui le tenait n'eût plus la moindre signification. Elle pénétra ainsi jusqu'au fond du bois de saules en suivant le petit pain. Le matin, Shangguan Jintong avait pris l'initiative d'aider Chen le Troisième à hacher du foin pendant son temps de repos et en récompense avait reçu cent cinquante grammes de tourteaux de soja séché : voilà pourquoi, lui, il avait encore la capacité de se retenir, sinon il aurait sans doute participé à cette course au petit pain. À cette époque où les règles des femmes disparaissaient et où leurs seins collaient à leurs côtes, les testicules des hommes de la ferme ressemblaient à des galets durs qui pendaient dans des bourses transparentes, ayant perdu toute faculté de se rétracter. Ce n'était pas le cas pour le cuisinier Zhang le Grêlé. D'après les dénonciations notées ultérieurement dans les documents, durant la famine de 1960, Zhang le Grêlé avait violé presque toutes les droitistes de la ferme en les appâtant avec de la nourriture, et Qiao Qisha fut le dernier bastion auquel il s'attaqua. La plus jeune, la plus jolie, la moins docile des filles parmi les droitistes, comme toutes les autres, fut facile à avoir. Dans la lumière rouge sang du soleil du crépuscule, Shangguan Jintong assista au spectacle du viol de sa septième sœur.

L'année des inondations avait été une époque bénie pour les saules pleureurs, sur leurs troncs noirs poussaient des racines aériennes rouges comme les palpes de quelque animal de mer ; si on les avait coupées, il en aurait coulé du sang. Les gigantesques frondaisons ressemblaient à des femmes hystériques en colère avec leurs cheveux épars tombant sur leurs épaules. Les branches de saule molles et élastiques étaient parées de feuilles jaune tendre qui à présent étaient toutes roses et gorgées d'eau. Jintong pensa que ces tendres rameaux et ces feuilles devaient avoir bon goût et, tandis que le viol se passait devant lui, il s'en remplit la bouche. Zhang le Grêlé finit par jeter le petit pain à terre. Qiao Qisha s'élança pour s'en saisir et, au moment où elle le portait à ses lèvres, elle redressa la taille sans se méfier. Zhang le Grêlé passa derrière ses fesses, releva sa robe, lui descendit jusqu'aux chevilles sa culotte rose toute sale, et, avec une grande dextérité, sortit l'une de ses jambes de la culotte. Il les lui écarta, puis, lui relevant une queue invisible, enfonça son organe qui n'avait pas été ruiné par la famine de 1960 et pointait par la fente de son pantalon. Comme un chien qui mange en cachette, elle avalait la nourriture malgré la douleur qu'elle devait endurer pour la violente attaque qu'elle subissait sur les fesses, et elle faisait tous ses efforts pour en avaler encore quelques bouchées. De toute façon, peut-être cette douleur, comparée au plaisir de manger le petit pain, était-elle négligeable. Alors que les attaques frénétiques de Zhang le Grêlé contre ses fesses faisaient trembler son buste, elle dévorait le petit pain dans la précipitation. Ses yeux étaient remplis de larmes, mais c'étaient des larmes physiologiques qui lui venaient en s'étranglant avec le petit pain, elles n'avaient rien à voir avec les sentiments. Quand elle eut fini de le manger, alors peut-être ressentit-elle la douleur qui montait derrière son corps, elle se releva et tourna la tête. Le petit pain l'étouffait, lui gonflant la gorge, et elle tendait le cou comme un canard qu'on gave. Pour ne pas sortir d'elle, Zhang le Grêlé lui agrippa la taille d'une main et de l'autre sortit de la poche de son pantalon un autre petit pain tout aplati qu'il lança devant elle. Elle avança, courbée en deux, et lui, redressé, la suivait. Lorsqu'elle s'empara du petit pain, il l'attrapa d'une main par l'entrejambe, et de l'autre appuya sur son épaule ; à cet instant, tandis que la bouche de Qiao Qisha mangeait, les autres parties de son corps subissaient sans conditions la domination, tout cela pour que la bouche ne soit pas dérangée pendant qu'elle mangeait…

Mastiquant de toutes ses forces les feuilles et les tiges de saule, Shangguan Jintong estima que c'était un régal malheureusement oublié. D'abord il les trouva sucrées, mais bientôt, il leur trouva un goût amer, pensant qu'elles étaient impossibles à avaler et que les gens avaient bien raison de ne pas les manger. Il s'efforça de déglutir, les yeux pleins de larmes. À travers ses larmes, il vit que devant lui tout était terminé : Zhang le Grêlé avait filé, Qiao Qisha regardait hébétée autour d'elle, puis, se cognant la tête aux branches des saules pleureurs qui pendaient dans le soleil du crépuscule, elle partit à son tour.

Shangguan Jintong enserra un saule dans ses bras et frappa sa tête prise de vertiges contre l'écorce rugueuse.

Cette longue saison printanière était sur le point de s'achever, le blé de printemps de la ferme arrivait à maturité, il semblait que l'on était enfin au terme de cette époque de famine. Pour recouvrer les forces physiques nécessaires afin d'affronter la période très chargée de la récolte, on nous attribua une certaine quantité de tourteaux de soja séché : chacun en reçut deux cents grammes. Comme Huo Lina, qui était morte d'avoir trop mangé de champignons vénéneux, Qiao Qisha mourut d'avoir trop mangé de tourteaux.

Shangguan Jintong vit le ventre de Qiao Qisha gonflé comme une grosse jarre. Au moment de la distribution des tourteaux, les gens faisaient la queue. Zhang le Grêlé et un autre cuisinier pesaient les parts. Qiao Qisha attendait devant Jintong, sa gamelle à la main. Il la vit prendre sa part, puis remarqua que Zhang le Grêlé lui adressait un clin d'œil. L'odeur des tourteaux fit qu'il n'eut guère le temps d'y prêter attention. Les gens étaient de vrais loups et se disputaient avec les cuisiniers sur le niveau du fléau de la balance. Shangguan Jintong eut le vague sentiment que Qiao Qisha aurait droit à un traitement de faveur de la part de Zhang le Grêlé. Il en souffrit intérieurement. Les autorités de la ferme avaient ordonné que les deux cents grammes de tourteaux constituent la nourriture pour deux jours, mais une fois chez eux les gens mangèrent tout en une seule fois, sans en laisser une miette. Cette nuit-là, tout le monde courut au puits boire de l'eau fraîche. Les tourteaux gonflaient dans les estomacs et Jintong éprouva une sensation de trop-plein oubliée depuis longtemps. Il rotait et pétait sans arrêt, les gaz rejetés par le haut et par le bas avaient la même odeur fétide de tourteau de soja. Le lendemain matin, les gens faisaient la queue devant les WC. Les tourteaux de soja avaient trop rempli les intestins affamés.

On ne sut pas combien Qiao Qisha en avait ingurgité ; Zhang le Grêlé, lui, le savait, mais il ne le dirait jamais. Jintong ne voulait pas non plus verser encore de l'eau sale sur le corps de sa pauvre septième sœur ; de toute façon, se disait-il, dans peu de temps, tout le monde sera mort soit de faim soit d'avoir trop mangé, et puisqu'il en était ainsi, cela ne valait pas la peine de penser à quoi que ce fût.

Comme la cause de la mort était claire, il n'y eut pas de plainte. L'atmosphère était brûlante, le cadavre ne pouvait attendre trop longtemps et l'on donna l'ordre à la ferme de l'enterrer rapidement. Il n'y eut pas de cercueil et encore moins de cortège. Les femmes droitistes allèrent chercher quelques-uns des beaux vêtements de Qiao Qisha dans l'intention de les lui passer, mais quand elles furent face à son gros ventre et à l'écume puante qui sortait de sa bouche, elles renoncèrent. Les hommes droitistes dénichèrent un morceau de toile de tente utilisée par l'équipe de labourage motorisé, ils l'enroulèrent dedans et fermèrent les deux extrémités avec un fil de fer. Ils la portèrent sur un triporteur jusqu'à la roselière près du terrain des armements au rebut, creusèrent un trou et l'enterrèrent, puis ils élevèrent un tertre à côté de celui de Huo Lina. Derrière les deux tertres, se trouvait la tombe où était enfoui le corps de Long Qingping. Son crâne, qui gardait le trou de la balle, avait été emporté par le médecin légiste.

Chapitre 44

Vers le soir, Shangguan Jintong passa le seuil de sa maison qu'il avait quittée depuis un an. Dans une corbeille accrochée sous le sterculier, il vit l'enfant laissé par Laidi et Han l'Oiseau. Au-dessus de la corbeille avait été confectionnée une sorte de protection contre le soleil et la pluie en toile cirée et feuilles de plastique usagées. Le petit garçon, agrippé au bord de la corbeille, se tenait debout tout droit. Bien qu'il fût maigre et noiraud, c'était un enfant en pleine santé, tel qu'on en voyait peu à cette époque. « Qui es-tu ? » lui demanda Shangguan Jintong en posant son barda. Clignant ses yeux grands comme des pois noirs, il regarda Jintong avec curiosité. « Tu ne me connais pas ? dit celui-ci, je suis ton oncle.

– Mémé… mé… mé… » balbutia l'enfant, la salive coulant sur son menton en pointe.

Jintong s'assit sur le seuil pour attendre le retour de sa mère. C'était la première fois qu'il revenait depuis son affectation à la ferme d'État où d'ailleurs il n'aurait plus à retourner. Quand il repensait à la dizaine de milliers de *mu* de blé de printemps sur le point d'être récoltés, la colère montait en lui. Après la récolte, les employés et les ouvriers de la ferme auraient pu manger à leur faim, mais juste à ce moment, une dizaine de jeunes gens et lui avaient été impitoyablement rayés des listes et exclus. Cependant, quelque dix jours plus tard, sa colère n'aurait plus lieu d'être, car lorsque les droitistes de l'équipe motorisée conduiraient les deux grosses moissonneuses-batteuses rouges au bord des champs, prêtes à entrer en action, une grêle impitoyable ferait verser le blé mûr dans la boue.

Le petit garçon cessa aussitôt de lui prêter attention. Quelques perroquets vert émeraude descendirent du sterculier et voletèrent autour de la corbeille accrochée à l'arbre. Les yeux de l'enfant qui suivaient leurs mouvements lançaient des éclats colorés. Les oiseaux n'avaient pas du tout peur de lui, certains se posaient sur le bord de sa corbeille, d'autres sur son épaule et, de leur bec crochu, lui frottaient l'oreille. Ils poussaient des cris rauques et l'enfant proférait des sons semblables à ces cris.

Shangguan Jintong était assis, tout étourdi, les yeux à demi fermés. Il repensait à la traversée de la rivière qu'il venait de faire en bateau et au regard étonné du passeur Huang Laowan. Le pont de pierre de la rivière du Dragon avait été totalement détruit par les inondations de l'année précédente et, pour relier les deux rives, la commune populaire[1] avait établi un bac. Un jeune soldat voulait traverser en même temps que lui. Très bavard, avec un fort accent du Sud. Montrant à Huang Laowan un télégramme qu'il tenait à la main, il le pressait : « Vieil oncle, dépêchez-vous, regardez, ce télégramme me donne l'ordre de rentrer à la caserne aujourd'hui à midi, nous sommes dans une période pas ordinaire, les ordres de l'armée sont irrévocables ! » Face à ce soldat tout feu tout flamme, Huang Laowan restait aussi froid que la pierre. Il ressemblait à un cormoran, accroupi à la proue de son bateau, les épaules relevées, le regard fixé sur la rivière impétueuse. Arrivèrent ensuite deux cadres de la commune qui revenaient de la ville. Ils sautèrent sur le bateau, s'assirent chacun sur un bord et pressèrent le passeur : « Vieux Huang, vas-y vite ! Nous devons rentrer pour transmettre à tous le contenu de la conférence ! » Le vieux Huang restait imperturbable : « Attendez un peu, il faut l'attendre, elle », dit-il.

Elle, tenant dans ses bras un *pipa*, monta sur le bateau et s'assit en face de Jintong. Son visage était couvert de fard et de poudre qui ne parvenaient pas à masquer son teint jaune. Les deux cadres de la commune la dévisagèrent sans la moindre retenue. L'un d'eux, sur le ton d'un personnage haut placé, lui demanda : « De quel village êtes-vous ? »

Elle leva la tête et fixa droit dans les yeux le cadre qui avait posé la question. Dans ses yeux noirs un peu ternes qui étaient restés baissés depuis qu'elle était montée à bord, jaillit soudain un regard

1. À partir du Grand Bond en avant, la collectivisation des terres s'est mise en place en Chine sous la forme des communes populaires. Celles-ci furent supprimées au début des années 1980.

de haine farouche, qui fit trembler en lui-même Jintong : dans les yeux de cette femme qui paraissaient vieux, il y avait une force en mesure de dominer tous les hommes sans jamais être dominée par eux. Les muscles et la chair de son visage étaient affaissés, son cou qui dépassait du col était ridé, mais Shangguan Jintong vit que ses ongles très fins étaient polis et brillants, ce qui prouvait qu'elle n'était pas aussi âgée que son visage et son cou pouvaient le laisser croire. Elle jeta un coup d'œil au cadre et serra contre elle son *pipa* comme si elle tenait un bébé.

Debout à l'arrière, Huang Laowan appuya contre le fond de la rivière une longue perche de bambou pour faire quitter au bateau les eaux peu profondes du bord. Il plongeait la perche régulièrement et la proue du bateau fendait le courant en soulevant une écume blanche comme la neige. L'embarcation avançait de biais, tel un gros poisson. Les hirondelles rasaient la surface de l'eau, et de la rivière montait avec force l'odeur fétide des herbes aquatiques. Tous gardaient le silence. Le cadre de la commune qui aimait parler, ne supportant pas ce mutisme, demanda à Jintong : « Tu es de la famille Shangguan, tu es le… c'est ça ? » Jintong le regarda froidement, il savait quel mot lui était venu au bord des lèvres. Alors, comme à l'accoutumée, il dit : « Oui, c'est ça, je suis Shangguan Jintong, le bâtard. » Le cadre se sentit un peu gêné par cette franchise et cette capacité à se rabaisser soi-même ; son attitude hautaine d'homme qui perçoit un salaire et mange le riz de la collectivité en prit un coup. Un peu désarçonné, il se mit alors, sur un ton allusif, à parler haut et fort de la lutte des classes. « Est-ce que tu as entendu dire, demanda-t-il au soldat ardent comme le feu, que la milice populaire et la troupe de Huangdao ont encore anéanti des espions à la solde des Américains et de Tchang Kaï-chek qui voulaient s'infiltrer sur le continent ? Ils comptaient débarquer avec des radios, du poison, des bombes à retardement, ils auraient contaminé les puits avec un poison terriblement violent, il en suffit d'une quantité grande comme un pou pour tuer deux chevaux. Ils voulaient aussi saboter les ponts, faire sauter les voies ferrées pour faire dérailler les trains. Leurs bombes à retardement étaient de fabrication américaine, à haute concentration, format de poche, grosses comme une noix mais avec une force d'explosion égale à une tonne de TNT ! Mais ces gars-là sont tombés dans nos filets dès qu'ils ont accosté ! »

Le jeune soldat se tordait les mains d'excitation, désolé de ne pas avoir des ailes pour rentrer au plus vite à la caserne. Le cadre de la commune, évitant délibérément de regarder Shangguan Jintong et contemplant la perche de bambou qui laissait des perles d'eau dans les mains de Huang Laowan, poursuivit : « On dit que ces espions à la solde des Américains et de Tchang Kaï-chek sont pour la plupart originaires du canton du Nord-Est de Gaomi, ils étaient sous les ordres de Sima Ku, cette bande de types aux mains couvertes du sang du peuple a reçu là-bas un entraînement donné par un conseiller américain. Huang Laowan, Huang Laowan, essaie de deviner qui était ce conseiller américain ! Tu ne trouves pas ? Tu as dû le voir, cet Américain, c'est ce Babbitt qui faisait la pluie et le beau temps avec Sima Ku dans le canton du Nord-Est de Gaomi, celui qui avait passé un film ! J'ai entendu dire que sa débauchée de femme, Shangguan Niandi, avait donné un banquet d'adieu aux espions qui voulaient s'infiltrer sur le continent et qu'en plus elle leur avait offert à chacun une paire de semelles brodées… »

La femme qui tenait le *pipa* serré dans ses bras jeta à la dérobée un regard à Shangguan Jintong. Il sentit ce regard scrutateur et remarqua même que les doigts posés sur la caisse de résonance élégante et rebondie du *pipa* tremblaient.

Intarissable, le cadre de la commune reprit : « Mon gars, pour vous, les soldats, l'occasion est venue d'être décorés, il vous suffit d'attraper un espion pour devenir un surhomme pour la vie.

– J'avais deviné qu'il allait y avoir une grande action, dit le jeune soldat en agitant son télégramme, c'est pourquoi j'ai retardé mon mariage et je me suis mis en route la nuit même.

– Hier soir, sur le mont du Bœuf-Couché, on a tiré trois fusées d'alarme vertes, dit le cadre de la commune. Certains ont prétendu que c'étaient des lueurs émises par des écureuils volants, ces gens ne se méfient vraiment pas assez de l'ennemi ! » Puis, s'adressant à l'autre cadre à côté de lui : « Petit Xu, tu as entendu parler de l'histoire du professeur d'éducation physique du lycée numéro 2 ? » Petit Xu fit non de la tête. « Cette femme, expliqua-t-il, elle a évidé l'intérieur d'un dictionnaire et y a caché un pistolet. Et sa radio miniature, vous n'arriverez jamais à deviner où elle l'avait cachée ! À l'intérieur de ses seins ! Ses tétons c'étaient les électrodes, ses cheveux c'était l'antenne, pas étonnant que la police l'ait fouillée sans résultats. Cette bande d'espions, ils sont capables d'inventer n'importe quel moyen, c'est pourquoi quand on prétend que les ennemis craignent la mort et tiennent à leur peau, c'est faux, s'inciser les seins pour y cacher une radio, quel crime !... »

Dès que le bateau eut accosté, le soldat fila en courant. La femme qui tenait le *pipa* serré contre elle hésita, comme si elle voulait suivre Shangguan Jintong pour lui parler. Le cadre de la commune lui intima sur un ton sévère : « Toi, viens avec nous à la commune.

– Pourquoi ? demanda-t-elle inquiète, pourquoi voulez-vous que j'y aille ? »

Le cadre de la commune lui arracha brutalement le *pipa* qu'elle tenait serré, le secoua et entendit le bruit d'un objet à l'intérieur ; son petit visage devint tout rouge d'excitation, tandis que son nez tordu se mettait à se tortiller comme un ver de terre. « Une radio ! s'écria-t-il d'une voix tremblante d'émotion. Et si ce n'est pas une radio, c'est un pistolet ! » La femme se précipita pour reprendre son *pipa*, mais le cadre s'écarta lestement et elle ne rencontra que le vide. « Rendez-le-moi ! dit-elle en colère.

– Te le rendre ? dit le cadre en riant perfidement, qu'est-ce que tu caches là-dedans ?

– Des choses de femmes, dit-elle en hésitant.

– Des choses de femmes ? Pourquoi les cacher là ? dit-il. Citoyenne de la commune populaire, accompagne-moi à la commune.

– Rends-le-moi bien sagement », gronda la femme. Sur son visage triste se lisait une expression de grande détermination. « Mon fils, ce jeu qui consiste à frapper dans la montagne pour effrayer le tigre et à faire du chantage pour manger à l'œil, moi, ta mère, je l'ai déjà assez vu !

– Que fais-tu dans la vie ? demanda le cadre avec un peu moins d'assurance.

– Ne t'occupe pas de savoir ce que je fais, dit-elle, rends-moi mon *pipa* !

– Je n'ai pas le droit de te le rendre, dit le cadre, je te prie de nous accompagner à la commune !

– Me dévaliser comme ça en plein jour, gronda la femme, même les diables japonais n'agissaient pas comme vous ! » Les cadres s'étaient mis à courir à toute vitesse vers le siège de la commune installé dans la grande cour de la maison de Sima Ku. « Voleurs, voyous, sales punaises ! » les injuriait la femme qui ne put faire autrement que de les suivre.

Shangguan Jintong eut le pressentiment que cette femme qui tenait ce *pipa* serré contre elle avait quelque rapport avec les Shangguan. Dans son esprit, il passa à toute vitesse en revue les filles de la famille Shangguan et ses yeux lancèrent des éclairs verts comme ceux d'une chatte qui protège son petit. Ce ne pouvait être que Shangguan Xiangdi, sa quatrième sœur, qui avait fait pour la famille un sacrifice énorme en vendant son propre corps. Et en fin de compte, dans ce *pipa*, que se cachait-il ?

Au moment précis où il laissait son esprit vaguer et pénétrer à l'intérieur du mystérieux *pipa*, sa mère, si amaigrie qu'elle n'était plus qu'un grand squelette, franchit précipitamment la porte. Jintong venait à peine d'entendre le bruit de la barre quand il la vit se précipiter vers l'aile, toute raide, comme un personnage en papier mâché. Il l'appela, et la peine lui fit jaillir des larmes. Sa mère parut étonnée, mais ne dit mot. La main plaquée sur la bouche, elle se précipita vers un grand bac en bois rempli d'eau claire, s'accroupit et, les mains appuyées au rebord, allongeant le cou, la bouche grande ouverte, se mit à vomir bruyamment : un premier grand jet de pois qui semblaient encore secs fut expulsé dans le bac où ils tombèrent en crépitant. Elle se reposa quelques minutes, leva la tête, et de ses yeux remplis de larmes, regarda son fils, puis prononça quelques mots inintelligibles. Alors elle pencha de nouveau la tête et se remit à vomir. Il vit le cou de sa mère s'allonger prodigieusement, ses épaules se rapprocher l'une de l'autre de façon effrayante tandis que les spasmes de ses viscères se manifestaient à travers les mouvements de son corps. Les pois qu'elle vomissait à présent étaient mélangés à des sucs gastriques visqueux et tombaient par boules dans le bac. Quand elle eut terminé, elle plongea la main dans l'eau et en retira des pois pour les examiner d'un air satisfait. À cet instant seulement, elle s'approcha de son fils et prit dans ses bras son grand corps chétif. « Mon fils, pourquoi n'es-tu plus revenu depuis ton départ ? Tu n'étais qu'à dix lis ! » dit-elle sur un ton de reproche. Mais elle ajouta aussitôt : « Peu de temps après ton départ, j'ai trouvé un travail, la commune populaire a installé un moulin, c'est le moulin à vent de la famille Sima, dont le sommet est cassé, il faut pousser la meule à la main, j'ai pu y entrer, recommandée par Du

Wendou, on me donne une demi-livre de patates douces séchées par journée de travail, sans lui, tu ne m'aurais plus jamais revue, et Perroquet non plus, tu ne l'aurais plus jamais revu. »

C'est ainsi que Shangguan Jintong apprit que le fils de Han l'Oiseau s'appelait Perroquet. Il pleurait à tue-tête dans sa corbeille. « Va le prendre, je vais vous faire à manger. »

La mère rinça à plusieurs reprises les pois dans l'eau du bac et les mit dans un bol. Il y avait de quoi remplir un bol entier. Voyant l'étonnement de son fils, elle expliqua : « Mon fils, j'y ai été contrainte, ne te moque pas de moi… tout au long de sa vie, ta mère a commis d'innombrables fautes, mais c'est la première fois qu'elle vole le bien d'autrui… » Il posa sa tête chevelue sur l'épaule de sa mère et dit douloureusement : « Maman, ne dis pas ça… ce n'est pas voler, il y a des choses cent fois plus honteuses que voler… » La mère sortit de sous le *kang* un mortier à piler l'ail et réduisit les pois en farine, à laquelle elle ajouta de l'eau. Elle tendit un bol à Jintong : « Mange, mon enfant, je n'ose pas allumer le feu parce que dès que je l'allume, les cadres viennent inspecter et, s'ils trouvaient quelque chose, ce serait terrible. »

Shangguan Jintong prit le bol à deux mains, mais il eut un haut-le-cœur.

À l'aide d'une petite cuillère en bois toute mordillée, sa mère nourrissait Perroquet. Celui-ci était assis bien droit sur un petit tabouret et se régalait.

« Ça te dégoûte ? demanda sa mère comme pour s'excuser en regardant son fils.

– Non, maman, non, ça ne me dégoûte pas », dit Jintong dont les larmes coulaient dans le bol.

Puis, d'un trait, il avala goulûment toute la bouillie de farine de pois crus. Dans sa bouche il sentit un goût fétide de sang, dont il savait que c'était le sang expectoré de l'estomac et de la bouche de sa mère.

« Maman, comment as-tu pu imaginer un moyen pareil ? » demanda douloureusement Shangguan Jintong en considérant la tête grisonnante de sa mère qui tremblotait, même quand elle ne bougeait pas.

« Au début, dit-elle, je les cachais dans mes chaussettes, mais j'ai été fouillée à la sortie et humiliée comme un chien. Ensuite, tout le monde s'est mis à en manger. Un jour où on meulait des pois, j'en ai volé et je les ai cachés dans ma bouche ; au retour, j'ai été prise de maux de ventre, mes jambes ne pouvaient plus bouger, je savais que ce genre de chose peut gonfler et faire mourir, j'ai pris peur et je me suis enfoncé une baguette dans la gorge pour vomir. J'ai vomi dans la cour, il pleuvait à verse, je n'ai pas ramassé les pois, et le lendemain matin, j'ai vu un tas de pois tout blanchis par la pluie et Perroquet qui les ramassait pour les manger, et en les mangeant, il disait que c'était bon, il m'a demandé ce que c'était… Cet enfant, à son âge, il n'avait jamais vu de pois… Perroquet m'en a fourré quelques-uns dans la bouche, ils étaient sucrés, faciles à manger, c'était vraiment bon. Perroquet n'était pas rassasié, il en voulait encore, alors d'un coup j'ai compris ce qui me restait à faire. La première fois, j'ai dû m'enfoncer une baguette dans la gorge pour me faire vomir, et ce goût… À présent je suis habituée, dès que je baisse la tête, ça remonte, mon estomac, maintenant, c'est un sac à nourriture… Mais aujourd'hui, c'est peut-être la dernière fois, les femmes qui tirent la meule avec moi pour le village ont appris le truc et Ma Pang qui nous surveille a découvert que chaque jour de grosses quantités de vivres sont consommées, il a dit, hors de lui, qu'il allait nous mettre une muselière… »

Ensuite sa mère l'interrogea sur ce qui se passait à la ferme et sur ce qui lui était arrivé pendant plus d'une année. Il lui raconta tout, sans la moindre retenue, y compris sa relation sexuelle avec Long Qingping, la mort de Shangguan Qiudi, celle de Lu Liren, le changement de nom de Shangguan Pandi.

La mère garda longuement le silence, et ce ne fut que quand la lumière de la lune s'élevant à l'est eut illuminé la cour et les fenêtres qu'elle dit : « Mon enfant, tu n'as rien fait de mal, l'âme de cette dénommée Long a trouvé le repos. On peut la compter comme quelqu'un de notre famille. Quand la situation se sera améliorée, nous ramènerons son corps et celui de ta septième sœur. »

Ma mère alla coucher sur le *kang* Han Perroquet qui tombait de sommeil : « Il ne reste plus grand monde des Shangguan alors qu'au début ils étaient aussi nombreux que les moutons dans un enclos, dit-elle.

– Et la huitième sœur, maman ? » bredouilla Jintong.

Elle poussa un long soupir et le regarda embarrassée, comme si elle implorait sa compréhension.

Shangguan Yunü, à plus de vingt ans, avait encore une âme de jeune fille, de petite jeune fille timide et craintive. Elle restait dans son cocon, comme une larve, craignant toujours de créer des ennuis à sa famille.

Au cours des soirées d'été pluvieuses et monotones, elle écoutait tristement sa mère vomir. Le tonnerre grondait dans le ciel, le vent agitait bruyamment les feuilles des arbres, l'odeur de brûlé de la foudre montait au nez, mais tous ces bruits ne parvenaient pas à couvrir celui des vomissements de sa mère et aucune odeur n'était plus forte que celle de ses vomissures. Le crépitement des pois tombant dans l'eau lui faisait battre violemment le cœur. Elle espérait ardemment que ce bruit cessât, tout en souhaitant aussi qu'il durât le plus longtemps possible. Écœurée par le goût du sang mêlé aux sucs gastriques vomis par sa mère, elle éprouvait en même temps de la reconnaissance pour cette odeur désagréable. Quand sa mère broyait la nourriture dans le mortier à ail, les toc-toc semblaient piler son propre cœur. Et lorsque sa mère lui tendait un bol de bouillie de farine crue à l'odeur écœurante de pois froids, des larmes brûlantes roulaient dans ses yeux aveugles, sa jolie bouche était prise de tics, et à chaque bouchée de bouillie, deux rangs de larmes coulaient de ses yeux. Dans son cœur se pressaient mille paroles de remerciement pour sa mère, mais pas un mot ne parvenait à sortir de sa bouche.

Le matin du septième jour du septième mois de l'année précédente, avant que la mère parte au moulin, Shangguan Yunü dit soudain : « Maman, tu es comment ? » Et tout en parlant, elle tendit vers sa mère une main blanche en suppliant : « Maman, laisse-moi te toucher… »

La mère approcha son visage de la main de la huitième sœur et laissa cette main aussi molle que si elle était dépourvue d'os la caresser. Sur les doigts de sa fille, elle sentit une odeur froide d'humidité. « Yunü, dit-elle, tu devrais te laver les mains, dans la jarre il y a de l'eau. »

Une fois la mère partie, la huitième sœur descendit du *kang* à tâtons. Elle entendait Perroquet chanter joyeusement dans sa corbeille pendue sous l'arbre ; des oiseaux piaillaient sur les branches, des escargots laissaient sur le tronc un filet de bave, tandis que les hirondelles construisaient leur nid sous l'avant-toit. Flairant l'odeur fraîche de l'eau, elle s'approcha de la jarre et se pencha ; son joli visage se reflétait dans l'eau, comme lorsque Shangguan Jintong cherchait Natacha dans la jarre, mais elle ne pouvait pas se voir. Très rares étaient ceux qui avaient vu le visage de cette fille de la famille Shangguan. Elle avait l'arête du nez saillante, la peau blanche, des cheveux dorés et souples, un cou long comme celui d'un cygne qui s'ébat dans l'eau. Elle sentit l'eau fraîche mouiller le bout de son nez, puis elle immergea ses lèvres et enfin sa tête tout entière. Lorsque l'eau salée et fétide lui pénétra dans les narines, elle se réveilla d'un coup et se redressa. Un bourdonnement résonnait dans sa tête, son nez était gonflé et la piquait. Dans ses oreilles retentirent comme deux coups, l'eau qui les bouchait s'était écoulée, et elle entendit de nouveau les cris des perroquets sur l'arbre et les appels de Perroquet. Elle marcha jusque sous l'arbre et leva la main pour caresser le visage plein de morve de l'enfant dans sa corbeille, puis sans un mot quitta la maison à tâtons.

La mère s'essuya les larmes du revers de la main et dit à voix basse : « Ta huitième sœur est partie de peur d'être un fardeau pour moi… Ta huitième sœur était une réincarnation de la fille du vieux roi-dragon[1], son heure était venue, elle est certainement rentrée dans la mer de l'Est pour redevenir sa fille-dragon… »

Shangguan Jintong voulut réconforter sa mère mais ne trouva sur l'instant aucune parole convenable. Il toussa fort pour cacher sa peine.

À cet instant, on entendit frapper à la grande porte. La mère cacha en hâte le mortier à ail où était restée collée de la farine de pois. « Jintong, va ouvrir, dit-elle. Va voir qui est là. »

Shangguan Jintong ouvrit la porte et vit, tout embarrassée à l'entrée, la femme du bateau qui tenait son *pipa* cassé, serré contre elle. D'une voix ténue comme le bourdonnement d'un moustique, elle lui demanda : « Tu es Jintong ? »

Shangguan Xiangdi était de retour.

1. D'après les légendes populaires, c'est le génie de la pluie et des eaux.

Chapitre 45

Un matin d'hiver, cinq ans plus tard, Shangguan Xiangdi qui attendait la mort allongée sur le *kang* de l'aile est de la maison se leva soudain. Comme elle avait rechuté de son ancienne maladie, son nez était devenu un orifice tout noir et ses yeux étaient désormais aveugles. Ses cheveux noirs étaient presque tous tombés, il ne lui restait plus que quelques mèches sales couleur de rouille qui pendaient sur son front desséché. À tâtons, elle s'approcha de l'armoire, monta sur un tabouret et prit sur le sommet du meuble son *pipa* à la caisse de résonance cassée. Puis, toujours à tâtons, elle sortit dans la cour. Le doux soleil éclaira cette femme en pleine putréfaction. Ses yeux aveugles se tournèrent vers le ciel, des deux trous de son nez coulait un liquide qui ressemblait à de la colle. La mère en train de tresser dans la cour des nattes de roseau pour l'équipe de production se leva et lui demanda avec tristesse : « Xiangdi, ma pauvre enfant, pourquoi sors-tu ? »

Xiangdi s'assit au pied du mur, toute recroquevillée, ses jambes squameuses écartées, le ventre nu. La pudeur ne la concernait plus et le froid ne pouvait plus l'atteindre. La mère courut dans la maison prendre une couverture pour lui couvrir les jambes. « Ma fille… toute ta vie, c'est vraiment… » Elle essuya quelques larmes et retourna à ses occupations.

De l'extérieur parvenaient des cris d'écoliers qui criaient à tue-tête des slogans : « Attaquons, attaquons, attaquons encore les ennemis de classe ! Menons jusqu'au bout la Grande Révolution culturelle prolétarienne[1] ! » Ils passaient de rue en rue, dessinaient à

1. La Grande Révolution culturelle prolétarienne s'est déroulée en Chine de 1966 à 1976, date de la mort de Mao Zedong.

la craie rouge des dessins naïfs sur les murs des maisons et inscrivaient des slogans violents avec des caractères tracés maladroitement.

Xiangdi se mit à ricaner : « Maman, dit-elle d'une voix sourde, j'ai couché avec plus de dix mille hommes et j'ai gagné beaucoup d'argent que j'ai changé en or et en diamants, il y a de quoi vous nourrir pour toute la vie. » Sa main fouillait dans le trou rond que les cadres de la commune avaient fait dans son *pipa* : « Tout est là, dit-elle. Maman, regarde, cette grosse perle, c'est une perle qui luit dans le noir, c'est un marchand japonais qui me l'a offerte, si tu la mets sur un chapeau comme ornement et que tu sors le soir, pas besoin d'allumer la lanterne… Ça, c'est un œil-de-chat que j'ai échangé contre dix bagues et des petits rubis… Et cette paire de bracelets en or, elle m'a été offerte par le vieux maître Xiong le jour de mon dépucelage… » Elle sortait les uns après les autres ces trésors de sa mémoire et en même temps continuait à parler : « Prends-les tous, maman, ne te fais plus de souci, avec ça, plus de raisons de s'inquiéter ! Cette émeraude, on peut l'échanger contre au moins mille livres de farine blanche, ce collier vaut au moins le prix d'un mulet… Maman… du jour où je suis entrée dans cette vie de prostitution, j'ai juré que, de toute façon, se vendre une fois ou dix mille fois, c'est toujours se vendre, c'est la même chose, mais puisque ça permettait à mes sœurs d'avoir une bonne vie, j'ai vendu mon corps… Partout où je suis allée, j'ai toujours gardé avec moi ce *pipa*… Cette chaînette, je l'ai fait spécialement faire pour Jintong, pour qu'il la porte, pour lui souhaiter une longue vie de cent ans… Maman… ces trésors, tu devras les cacher, ne te les fais pas voler, ne laisse pas la Ligue des paysans pauvres les réquisitionner au nom de la lutte des classes… c'est la sueur et le sang de ta fille… Maman, tu les as bien cachés ? »

Les vieilles larmes de la mère jaillirent ; sans craindre de se souiller, elle prit Xiangdi dans ses bras et dit en sanglotant : « Ma fille, tu brises le cœur de ta mère… Mais les pires souffrances, c'est toi, Xiangdi, qui les as subies… »

Alors que Jintong balayait la ruelle, il avait eu la tête fendue par les gardes rouges. Le visage maculé de sang, il était debout sous le sterculier et écoutait, assailli par la douleur, les plaintes de sa quatrième sœur. Sur la porte de leur maison avaient été clouées une série de pancartes sur lesquelles était écrit : « maison de traître », « repaire de la brigade de retour au pays », « maison de putain », etc. À présent, alors qu'il écoutait les plaintes de la quatrième sœur à l'article de la mort, il nourrissait l'idée de changer le caractère « putain » en « femme fidèle » ou « martyre ». Du fait de la maladie de sa sœur, il s'était toujours tenu éloigné d'elle, mais à cet instant, il éprouvait un profond remords. Il s'approcha et prit sa main glacée : « Quatrième sœur… dit-il, merci pour la chaînette en or, je l'ai déjà… portée… »

Dans les yeux aveugles de la quatrième sœur brilla une lueur de joie : « Tu la portes ? Tu l'aimes ? Ne parle pas de moi à ta fiancée… Laisse-moi la toucher… que je voie si elle te va bien… »

Pendant ses derniers instants, une nuée de poux quitta son corps, ils avaient senti que son sang s'était déjà figé et qu'il n'y avait plus rien à sucer.

Sur son visage apparut un petit sourire horrible et elle dit d'une voix de plus en plus faible : « Mon *pipa*… laissez-moi… jouer un air… pour vous… »

Sa main tremblota un moment sur le *pipa* cassé, puis elle glissa, et sa tête retomba sur son épaule.

La mère eut quelques sanglots, puis essuyant ses yeux, elle se releva : « Ma fille, dit-elle, au moins tes souffrances ont pris fin. »

Deux jours après l'enterrement de Shangguan Xiangdi, alors que nous nous sentions un peu soulagés, huit droitistes de la ferme d'État de la rivière du Dragon apportèrent chez nous en se relayant le cadavre de Shangguan Pandi étendu sur un vantail de porte. Un petit chef qui suivait le corps, brassard rouge au bras, cria en frappant contre la porte : « Hé ! les Shangguan, venez réceptionner votre cadavre !

– Ce n'est pas ma fille ! » répliqua la mère.

Le petit chef était un jeune gars de l'équipe de labourage motorisé, il connaissait Jintong à qui il remit une feuille de papier : « Voici le testament de ta sœur, annonça-t-il. Au nom de notre esprit d'humanisme révolutionnaire, nous l'avons ramenée ici, mais vous ne pouvez pas imaginer à quel point elle est lourde, ces droitistes sont exténués. »

Shangguan Jintong hocha la tête en signe d'excuse à leur intention. Il déplia la feuille de papier et lut : *Je suis Shangguan Pandi, je ne suis pas Ma Ruilian. J'ai participé à la révolution depuis plus de vingt ans et voilà comment je finis. Après ma mort, je prie les masses révolutionnaires de ramener mon corps au bourg de Dalan et de le remettre à ma mère Shangguan Lushi.*

Jintong s'approcha, se pencha pour ôter le papier blanc qui couvrait la tête et jeta un coup d'œil. Elle avait les yeux exorbités et sa langue pendait à demi de ses lèvres. Il remit en hâte le papier et se jeta à genoux devant le petit chef et les huit droitistes : « Je vous en supplie, les exhorta-t-il, portez-la au cimetière, chez nous, nous n'aurons personne pour nous aider. »

À cet instant, la mère éclata bruyamment en sanglots.

Ayant fini d'enterrer sa cinquième sœur, Shangguan Jintong arrivait à l'entrée de la ruelle en portant sa pelle de fer lorsqu'il fut arrêté par un groupe de gardes rouges qui lui mirent sur la tête un haut chapeau conique en papier. Il secoua la tête et le chapeau tomba à terre. Il vit que son nom était inscrit dessus mais barré d'une croix tracée à l'encre rouge ; l'encre avait coulé, faisant comme du sang noir et rouge mélangé. Sur un côté était aussi écrit : « assassin et violeur de cadavre ». Les gardes rouges lui donnèrent un coup de bâton sur les fesses. Comme il portait des pantalons doublés de coton, cela ne lui fit pas trop mal, mais il poussa des cris exagérés. Les gardes rouges ramassèrent le chapeau et le sommèrent de plier les genoux pour être aussi petit que le personnage de Wu Dalang[1] sur la scène, puis lui remirent le chapeau sur la tête en l'enfonçant avec force. Un garde rouge au museau de lion et au visage de tigre lui intima : « Tiens-le bien, s'il tombe encore une fois, je te casse une jambe. »

Shangguan Jintong tenait ferme son chapeau à deux mains et avançait en vacillant. À l'entrée principale de la commune populaire se tenait déjà toute une foule coiffée de hauts chapeaux. Il y avait là Sima Ting, si enflé qu'il en semblait transparent, le ventre dilaté, il y avait la directrice de l'école primaire, le responsable des enseignements du lycée, et encore cinq ou six cadres de la commune qui avaient coutume de parader. Les hommes que Lu Liren avait autrefois contraints à s'agenouiller sur la tribune de terre étaient aussi tous là, un chapeau sur la tête. Shangguan Jintong vit sa mère. À

1. Personnage du roman *Au bord de l'eau*, petit et laid.

côté d'elle, se trouvait le minuscule Han Perroquet, et à côté de lui Jin Sein unique. Sur le chapeau de sa mère était inscrit : « Shangguan Lushi la mère scorpion ». Perroquet ne portait pas de chapeau, Jin Sein unique en portait un et à son cou était accrochée une chaussure percée [1]. Frappant sur leurs gongs et leurs tambours, les gardes rouges, conduisant sous escorte les génies malfaisants [2], défilèrent par les rues pour les exhiber à tous. Ce jour-là, c'était le dernier rassemblement avant la fête du Printemps, la foule se pressait dans les rues comme des fourmis ; de chaque côté se tenaient accroupis des hommes qui veillaient sur les produits autorisés à la vente : sandales de paille, gros choux blancs, feuilles de patates douces. Les gens portaient encore une veste ouatée d'un noir rendu luisant par un hiver de morve et de pollution. Les hommes âgés avaient pour la plupart une ceinture de paille à la taille. Le costume des gens n'avait presque pas changé par rapport à celui des participants du « marché de la neige », quelque quinze ans auparavant. La moitié d'entre eux étaient morts des suites de trois années de famine, et les survivants étaient devenus des vieillards. Seuls certains gardaient encore le souvenir de l'allure de Shangguan Jintong, le dernier « prince de la neige ». Personne n'aurait alors pu imaginer que le « prince de la neige » deviendrait un « violeur de cadavre ». Les génies malfaisants marchaient docilement, les bâtons des gardes rouges frappaient sur leurs fesses, mais pas trop fort, plutôt symboliquement. Gongs et tambours résonnaient, les slogans fusaient, la population approuvait de la tête en discutant vivement. Comme il avançait, Jintong sentit que l'on marchait sur son pied droit, mais il n'y prêta pas attention. On lui marcha de nouveau sur le pied. Il jeta un regard de côté et vit que Jin Sein unique levait les yeux vers lui. Ses cheveux jaunissants épars couvraient ses oreilles rougies par le froid. Il l'entendit dire : « Espèce de crétin de "prince de la neige", avec toutes les femmes vivantes qui t'attendaient, toi il a fallu que tu te fasses un cadavre ! » Il fit semblant de ne pas l'avoir entendue, continuant à fixer le sol devant lui et les talons de ceux qui le pré-

1. On appelle « chaussure percée » une femme aux mœurs légères.

2. Les génies malfaisants, littéralement les « démons à tête de bœuf et les génies à corps de serpent », désignaient pendant la Révolution culturelle les « éléments réactionnaires ».

cédaient. « À la fin de la manifestation, viens me voir », entendit-il murmurer Jin Sein unique. Il resta interdit, éprouvant une profonde aversion face aux avances déplacées de Jin.

Sima Ting qui traînait les pieds buta contre une brique et tomba raide par terre. Les gardes rouges lui donnèrent des coups de pied dans le derrière, mais il n'eut aucune réaction. Un petit garde rouge lui bondit sur le dos et sauta sur lui. Nous entendîmes un bruit sourd, comme un ballon qui éclate. Un liquide clair et jaune jaillit de la bouche de Sima Ting. Ma mère s'accroupit, lui prit le visage entre ses mains et lui demanda : « Hé, beau-frère, qu'est-ce qui vous arrive ? » Sima Ting entrouvrit ses yeux grisâtres pour lancer un coup d'œil à ma mère et les referma à jamais. Les gardes rouges poussèrent son corps dans le fossé qui bordait la rue. Et le cortège continua à avancer.

Dans la foule dense, Shangguan Jintong aperçut une charmante silhouette qui lui parut familière. Elle portait une veste en velours noir et un bandeau couleur café autour de la tête, son visage couvert d'un grand masque antiseptique blanc bleuté ne laissait apparaître que deux yeux noirs sous des sourcils en bataille. Sha Zaohua ! Il faillit crier. Depuis qu'elle était partie, quand sa grande sœur avait été fusillée, sept années s'étaient écoulées en un clin d'œil, au cours desquelles il avait entendu raconter l'histoire d'une voleuse célèbre dont on disait qu'elle avait dérobé les boucles d'oreilles de Mme Sihanouk, et il pensait que cette voleuse de légende n'était autre que Sha Zaohua. Depuis les années où elle avait disparu, on pouvait voir qu'elle était à présent une grande jeune fille mûre. Au marché, à la foule en noir se mêlaient des gens portant un masque antiseptique, la tête ceinte d'un bandeau : c'était le premier groupe de « jeunes instruits[1] ». Sha Zaohua paraissait encore plus occidentalisée qu'eux. Debout à l'entrée du restaurant de la coopérative d'approvisionnement, elle regardait dans sa direction. Comme son visage était levé vers le ciel, Jintong vit que ses yeux luisaient comme du verre. Ses mains étaient enfoncées dans les poches extérieures de sa veste en velours. Le bas de son pantalon était en velours bleu. C'était un pantalon en « patte de poule », le plus à la mode à cette époque.

1. Les jeunes instruits sont les étudiants en révolte qui furent envoyés dans les campagnes à partir de 1968 pour subir la « rééducation des paysans ».

Shangguan Jintong le remarqua quand elle se déplaça vers le magasin de la coopérative d'approvisionnement à côté du restaurant. Il en sortit un vieil homme torse nu qui alla résolument se réfugier dans le groupe des génies malfaisants. Derrière lui, deux hommes à l'accent d'une autre province s'étaient lancés à sa poursuite. Le corps du vieil homme était bleu de froid, la taille de son pantalon ouaté en tissu blanc grossier lui montait jusqu'à la poitrine. Il se mêla à la troupe aux chapeaux en pointe. Tout en fuyant, il se fourra dans la bouche une galette chaude, mais s'étouffa à en tourner de l'œil. Les deux étrangers au pays l'attrapèrent. Il pleurait à chaudes larmes, enduisant sa galette de morve et de salive. « J'ai faim, j'ai faim ! » disait-il en pleurant. Les deux hommes froncèrent les sourcils, répugnés, en voyant l'état de la galette qui était tombée par terre. L'un d'eux la prit entre deux doigts pour l'examiner. Sur son visage se lut une expression de dégoût mêlée de regret. Les gens à côté de lui qui avaient assisté à la scène lui dirent : « Jeune homme, ne la mange pas, aie pitié de lui ! » L'homme jeta la galette devant le vieux. « Sale type, lui lança-t-il, vieille canaille, mange et étouffe-toi avec ! » Sortant un mouchoir tout froissé, il s'essuya les mains et s'en alla avec son compagnon. Le vieil homme courut jusqu'au mur où il s'accroupit pour manger à petites bouchées la galette maculée de sa propre morve et de sa propre salive. Il la mastiqua et l'avala lentement, jouissant de la saveur de ce mets délicieux.

La silhouette de Sha Zaohua continuait à se mouvoir dans la foule. Un homme vêtu d'un uniforme d'ouvrier des champs pétrolifères, en coton bourrelé cousu de gros fil, la tête coiffée d'une casquette en peau de chien, s'approcha en attirant particulièrement les regards. Il avait des cicatrices aux paupières, une cigarette aux lèvres pour se donner des airs, et marchait de travers comme un crabe parmi la foule. Les gens le regardaient tous avec admiration. La satisfaction faisait briller ses yeux balafrés. Shangguan Jintong le reconnut. Au fond de lui, il soupira : l'homme est jugé sur sa mise, le cheval sur sa selle, un uniforme de travail en coton et une casquette en peau de chien avaient ainsi métamorphosé le bon à rien du village, Fang Shixian. Rares étaient les gens du coin qui avaient déjà vu ce genre d'uniforme de travail, qui en jetait plein la vue, tellement épais, dont le coton gonflait entre les coutures et débordait de toutes parts, donnant une impression de confort et de chaleur. Un garçon de taille moyenne noir comme un singe, le pantalon de coton en haillons, avec des morceaux de ouate tout abîmée qui sortaient des fesses comme la queue sale d'un mouton, une petite veste aux boutons arrachés jetée sur les épaules qui laissait voir son ventre nu violacé, les cheveux emmêlés en une touffe noire, suivait Fang Shixian partout où il allait. Les gens se pressaient les uns contre les autres, se bousculaient, espérant ainsi créer un peu de chaleur. Le garçon fit un bond et arracha par-derrière la casquette en peau de chien de Fang Shixian. Il se la mit sur la tête et se faufila dans la foule comme un chien rusé. Les gens se bousculèrent encore plus, criant à cor et à cri. Fang Shixian se passa la main sur le crâne, resta un instant interdit, puis se lança à la poursuite du garçon en hurlant. Celui-ci ne courait pas vite du tout, comme s'il l'attendait volontairement. Fang Shixian se précipita en avant en poussant des injures sans se soucier de son chemin, le regard rivé sur les poils de chien de la casquette qui scintillaient. Il tamponna un homme qui le repoussa en arrière. Poussé et tiraillé de toutes parts, ballotté en tous sens, sa tête lui tournait. Tout le monde observait cette comédie, même les petits généraux gardes rouges avaient oublié la lutte des classes : abandonnant sur le côté sans plus s'en préoccuper les génies malfaisants, ils se pressaient vers l'avant pour voir ce qui se passait. Le garçon courut jusqu'à l'entrée principale de la laminerie de la commune populaire où se tenaient accroupies des filles qui vendaient des cacahouètes grillées ; comme c'était une activité interdite, elles étaient sur leurs gardes, prêtes à détaler. À l'entrée de la laminerie s'étendait un grand étang d'où montaient des vapeurs chaudes, bien que l'on fût en plein hiver, car les eaux usées rouge foncé de la laminerie se déversaient là. Le garçon ôta la casquette en peau de chien et la lança au milieu de l'eau. Les spectateurs furent stupéfaits, puis, se réjouissant du malheur d'autrui, se mirent à pousser des bravos. La casquette flotta au milieu de l'étang sans couler pendant un certain temps. Quand Fang Shixian arriva sur le bord, il poussa des injures : « Petit bâtard, si je t'attrape, je t'arrache la peau ! » Mais le petit bâtard avait disparu depuis belle lurette. Contemplant sa casquette, Fang Shixian cligna ses yeux marqués de cicatrices d'où allaient bientôt couler deux rangs de larmes. Il tournait autour de l'étang. Quelqu'un lui conseilla : « Jeune homme, rentre chez toi prendre une longue perche pour l'attraper. » Un autre dit : « Ôte tes vêtements et va la chercher, sinon elle appartiendra à celui qui la repêchera ! » Entendant ces mots, Fang Shixian s'inquiéta, il quitta en hâte son uniforme de travail flambant neuf, ne conservant que son caleçon. Il tenta d'avancer dans l'étang, mais l'eau était profonde et lui arrivait au-dessus des épaules. Pourtant, il finit quand même par récupérer sa casquette en peau de chien. Alors que les regards de la foule étaient rivés sur l'étang, Shangguan Jintong vit que le garçon était revenu et que, vif comme l'éclair, il avait filé dans une ruelle en emportant l'uniforme. Dans la ruelle se profila une grande ombre, qui disparut. Lorsque Fang Shixian remonta sur le bord avec sa casquette trempée, ne l'attendaient plus qu'une paire de chaussures trouées et une paire de chaussettes pourries. Tournant en rond, il criait : « Mes habits ? Et mes habits ? » Ses cris se transformèrent vite en sanglots et quand il comprit enfin que ses vêtements avaient été volés, que le stratagème avait consisté à jeter la casquette dans l'étang et qu'il était tombé dans le panneau, il se mit à hurler : « Ciel, je suis mort ! » Et il se jeta à l'eau en serrant sa casquette contre lui. Les gens appelèrent au secours, mais personne n'osait se déshabiller. Le vent froid perçait les os, les gouttes d'eau se transformaient en glaçons, et bien que l'eau de l'étang fût chaude, il était facile d'y entrer mais difficile d'en sortir. Fang Shixian se débattait tandis que tous se répandaient en éloges sur le stratagème du voleur : « Merveilleux, merveilleux ! »

Est-ce que ma mère oublia qu'elle était en train d'être exhibée en public dans les rues ? Toujours est-il que cette vieille femme qui avait élevé toutes ces filles et qui avait eu tous ces gendres célèbres, ôta le chapeau qu'elle avait sur la tête et, claudiquant sur ses petits pieds, courut vers l'étang. Furieuse, elle se mit à injurier les spectateurs : « Comment pouvez-vous regarder quelqu'un mourir sans rien faire ? » Elle s'empara d'un balai à un étal, s'approcha du bord glissant et cria : « Neveu de la famille Fang, qu'est-ce que tu fais comme bêtise ? Dépêche-toi d'attraper ce balai, je vais te tirer de là. »

Le goût de l'eau était certainement insupportable, car Fang Shixian n'avait plus envie de mourir, il agrippa les poils du balai et, trempé comme une poule déplumée, grimpa sur le bord en tremblant. Ses lèvres étaient violettes, ses yeux ne pouvaient plus guère remuer et il n'arrivait plus à parler. Ma mère ôta son gros manteau en coton et le lui jeta sur les épaules. Il avait l'air parfaitement ridicule avec ce manteau croisé sur le côté et les gens hésitaient entre rire et pleurer. « Neveu, dit ma mère, enfile tes chaussures et cours chez toi. Cours vite, tu iras mieux si tu transpires, sinon tu vas mourir sur place. » Mais ses doigts gelés l'empêchaient d'enfiler ses chaussures. Quelques personnes influencées par ma mère s'empressèrent de lui passer ses chaussettes et ses chaussures, puis le soutinrent pour qu'il se mette à courir. Mais ses jambes, raides comme des bâtons, refusaient de se plier.

Vêtue de sa seule veste blanche non doublée, ma mère se tenait les épaules entre les mains pour lutter contre le froid. Elle suivit des yeux Fang Shixian entraîné par les gens. Des regards admiratifs se tournaient vers elle dans la foule. Jintong désapprouvait son acte. Il se souvenait que c'était ce Fang Shixian qui, l'année précédente, était en charge de la surveillance des récoltes : chaque fois qu'il se rendait à son travail, il était debout à l'entrée du village et fouillait les paniers et les vêtements des membres de la commune populaire. Un jour que la mère rentrait du travail, elle avait ramassé une patate douce qu'elle avait déposée dans son panier, et Fang Shixian l'avait trouvée. Il l'avait accusée de l'avoir volée, mais elle ne s'était pas laissé faire, et ce salaud était allé jusqu'à lui envoyer deux gifles, la faisant saigner du nez. Son sang avait coulé sur le devant de sa veste, et c'était justement cette veste blanche. Ce bon à rien qui se comportait en despote avec les habitants du village, du seul fait qu'il était paysan pauvre d'origine, n'était-ce pas un bien qu'il meure noyé ? Jintong alla presque jusqu'à haïr sa mère. À l'entrée de l'abattoir de la commune populaire, il vit Sha Zaohua debout devant un panneau de citations du président Mao inscrites en jaune sur fond rouge. Il pensa que les ennuis de Fang Shixian avaient sûrement un lien avec elle, car le jeune garçon devait être l'un de ses disciples. Elle qui avait été capable de voler la bague en diamant de la princesse Monica dans la suite présidentielle bien gardée de l'hôtel Mer Jaune, elle ne faisait évidemment pas cela pour cet uniforme de travail en coton. Ce procédé cachait en fait sa volonté de punir ce scélérat qui avait frappé sa tante. Jintong changea d'opinion sur Sha Zaohua. Lui qui estimait qu'être voleur n'était pas glorieux, sous aucune dynastie, à présent il trouvait que Sha Zaohua avait raison, les voleurs de poules et de chiens ne méritaient évidemment aucune gloire, mais une voleuse de son envergure méritait des éloges. Avec une certaine satisfaction, il pensa que dans la famille Shangguan s'élevait une nouvelle bannière qui claquait au vent.

Le chef des gardes rouges fut très mécontent du geste de ma mère, il brandit un haut-parleur à piles assez rare à l'époque, adapté à la situation et aux besoins de la révolution, et imitant le ton presque plaintif du grand personnage qui avait plusieurs dizaines d'années plus tôt établi une base expérimentale pour la réforme agraire, il cria d'une voix tremblante, tantôt aiguë tantôt grave : « Camarades… révolutionnaires… gardes rouges… compagnons d'armes… paysans pauvres et moyen-pauvres… ne vous laissez pas abuser par la fausse pitié de l'élément contre-révolutionnaire historique de la vieille école, Shangguan Lushi… qui a l'intention de faire dévier la direction générale de la lutte… »

Ce petit chef des gardes rouges s'appelait Guo Ping'en ; c'était en réalité un enfant malheureux qui avait eu à souffrir des brutalités de son père Guo Jingcheng, un homme au caractère bizarre. Guo Jingcheng avait brisé la jambe de sa femme et lui avait en plus ordonné de ne pas pleurer. Quand on passait devant chez lui, il était fréquent d'entendre dans sa cour le bruit sourd de coups de bâton frappés sur des chairs, ainsi que des sanglots étouffés de femme. Un brave homme nommé Li Wannian avait tenté d'entrer pour calmer les esprits, mais à peine avait-il frappé à la grande porte qu'une pierre avait volé depuis la cour et l'avait violemment blessé au dos. Le dénommé Guo Ping'en avait hérité de son père cruauté et sournoiserie. Au cours de la Grande Révolution culturelle, il s'était déjà distingué en blessant à coups de pied dans les reins le professeur Zhu Wen. Après avoir crié un moment, il remit le porte-voix sur son dos, puis alla se placer près de Shangguan Lushi et lui envoya un grand coup de pied dans les jambes. « À genoux ! » ordonna-t-il. Elle s'exécuta en poussant un cri de douleur. Il la tira ensuite par l'oreille. « Debout ! » ordonna-t-il. À peine avait-elle obtempéré que, d'un coup de pied, il la fit retomber par terre, puis lui écrasa le dos avec son pied. Cette façon de frapper les gens était une mise en pratique du slogan en vogue : « Renverser sur le sol les ennemis de classe et les écraser avec le pied. »

Voyant sa mère ainsi frappée, la colère monta en Shangguan

Jintong. Il serra les poings de toutes ses forces et se précipita sur Guo Ping'en. Il venait de lever le poing quand il rencontra son regard sournois. Aux coins de la bouche de ce garçon encore assez jeune se creusaient deux profondes rides qui se prolongeaient jusqu'au menton, faisant ressembler son visage à celui d'un reptile. Sans le vouloir, les poings serrés de Shangguan Jintong se relâchèrent tandis qu'il frissonnait intérieurement; il voulut s'efforcer de lui demander des explications, mais dès que Guo Ping'en leva la main, la question qu'il avait au bord des lèvres se transforma en une plainte : « Maman !... » Jintong tomba à genoux devant celle-ci. Elle redressa sa tête lourde et dit en regardant son fils avec colère : « Espèce d'incapable, relève-toi vite ! »

Shangguan Jintong se releva. Guo Ping'en, à la tête de la brigade aux gourdins et de la brigade aux gongs et tambours des gardes rouges, escortant les génies malfaisants, recommença à défiler sur le marché. Il essaya à l'aide de son haut-parleur d'encourager la population à crier des slogans avec lui. Mais l'amplification bizarre de sa voix à travers l'appareil fit l'effet d'un pesticide violent qui faillit faire périr tout le monde. Ils encaissèrent le coup les sourcils froncés, mais il n'y eut personne pour lui faire écho.

Shangguan Jintong se mit à fantasmer : un jour glorieux, tenant à la main la précieuse épée de Longquan de la légende, il amènerait sous escorte et ferait mettre à genoux sur une haute tribune, bien en rang : Guo Ping'en, Zhang Pingtuan, Fang le Rat, Liu le Chien, Wu Yunyu, Wei Corne de chèvre, Guo Qiusheng... puis, brandissant la précieuse épée scintillant de reflets bleutés, il en appuierait la pointe... il l'appuierait certainement en premier sur la gorge de Wu Yunyu. Ce galeux, les yeux pleins de larmes, le supplierait en bégayant : « Shangguan Jintong... non, non, prince Shangguan, épargnez-moi, j'ai encore ma vieille mère de quatre-vingts ans à nourrir... » Le prince Shangguan, tout de blanc vêtu, plein d'élégance, chevalier renommé de par le monde, ferait tourner l'épée pour trancher une oreille à Wu Yunyu, et celle-ci serait ensuite dévorée par un chien qui aussitôt recracherait les débris mâchonnés. Le prince Shangguan dirait : « Fiche le camp, même les chiens ne veulent pas de toi, espèce de crapaud pourri, fiche le camp !... » Wu Yunyu roulerait au pied de la tribune. Puis viendrait le tour de Wei Corne de chèvre, le plus mauvais des mauvais, plus cruel que le chacal, plus rusé que le renard, plus lâche que le lièvre. Ce type capable d'être tantôt dur tantôt mou, plus dur que le diamant ou plus mou que la merde, serait à genoux devant le prince Shangguan et se prosternerait comme une poule qui picore, clignant ses petits yeux comme des pièces de bronze. « Grand-père Shangguan, père Shangguan… – Ferme-la, tu ne mérites pas d'être mon petit-fils, et encore moins mon fils. Avec son corps de tigre et de loup, comment le prince Shangguan aurait-il pu fabriquer une limace comme toi ? » Avec la pointe glacée de son épée, il appuierait sur son nez épaté. « Tu te souviens ? Tu repenses un peu à la manière dont tu me traitais à l'époque ? – Prince Shangguan, grand chevalier Shangguan, maintenant que vous êtes grand, ne vous souvenez-vous plus de ce passé où vous étiez petit, “le ventre du ministre est assez vaste pour qu'un bateau y navigue”, mais pas n'importe quel bateau, un paquebot gigantesque de dix mille tonnes, bravant les tempêtes et fendant les courants, qui avance tout droit sur l'océan Pacifique, votre poitrine est plus vaste que l'océan Pacifique. » Des paroles rusées et sournoises comme celles-ci étaient parfaitement répugnantes, il allait lui arracher sa langue de voleur pour l'empêcher de continuer à débiter ses saletés et à colporter des rumeurs. Wei Corne de chèvre se couvrirait la bouche des deux mains, le visage bleu de peur. Le prince Shangguan agiterait le poignet, l'épée Longquan gémirait doucement, comme le son d'une flûte dans une nuit de pleine lune à l'ombre penchée des bambous, en un instant les mains de Wei Corne de chèvre seraient coupées à hauteur des poignets. L'épée ne rencontrerait aucun obstacle, comme si elle tranchait dans le vide. Puis il taillerait avec habileté la langue de Wei Corne de chèvre, transformant sa bouche en un trou noir sanglant. Au suivant ! Ce serait le tour de cette petite canaille de Guo Ping'en. Pendant un instant, le prince Shangguan hésiterait sur l'organe à lui couper, allez, il faudrait carrément le décapiter ! Il brandirait très haut l'épée magique et dirait : « Pour ma mère… détruisons ce rebut ! » L'épée s'abattrait et le crâne de Guo Ping'en serait coupé en deux, en biais depuis le sommet. Sa tête roulerait dans une profonde tranchée et des poissons noirs et maigres se précipiteraient en agitant leurs nageoires pour becqueter la chair de son visage. Une fois sa vengeance assouvie, ses yeux se rempliraient de larmes, il rengainerait son épée, et les poings serrés contre sa poitrine, saluerait les spectateurs au pied de la tribune. Ceux-ci l'acclameraient, une fillette avec un nœud en soie rouge dans les cheveux monterait sur la tribune en serrant dans ses bras un bouquet de fraîches fleurs blanches qu'elle lui offrirait. Le prince Shangguan découvrirait soudain que son visage lui était familier ; regardant de plus près, il reconnaîtrait la petite fille qui jouait sur le terrain des armements au rebut à la ferme de la rivière du Dragon. Celle qui était à cheval sur un canon rouillé qu'elle chevauchait comme un fier coursier. Il la prendrait dans ses bras, mais penserait soudain qu'il lui faudrait se rendre à la cantine pour châtier ce vicieux et ce débauché de Zhang le Grêlé. Il comprendrait qu'il faudrait couper tout ce que ce débauché avait dans son pantalon pour l'empêcher à jamais de parader… En un clin d'œil, il s'emparerait de Zhang le Grêlé. « À genoux, salopard ! dirait le prince Shangguan sur un ton sévère, tu sais pourquoi je te cherche ? – Grand chevalier Shangguan, dirait Zhang le Grêlé, je ne sais pas… » Le grand chevalier Shangguan lui toucherait l'entrejambe de la pointe de l'épée et dirait : « Je suis venu venger toutes les femmes. » Zhang le Grêlé se protégerait des mains l'entrejambe, comme avait coutume de le faire Han l'Oiseau. De son épée, le grand chevalier Shangguan lui ouvrirait son pantalon et, sur le point de le châtrer, verrait soudain Shangguan Qiudi sortir de derrière un saule, qui prendrait la défense de Zhang le Grêlé, disant sur un ton grave : « Jintong, que veux-tu faire ? – Septième sœur, dirait Jintong, écarte-toi, laisse-moi châtrer ce verrat, laisse-moi en faire le dernier eunuque de Chine, pour vous venger ! » Shangguan Qiudi dirait, les larmes aux yeux : « Mon cher frère, tu ne comprends rien au cœur des femmes… »

« Rentre dans le rang ! » Un petit général garde rouge donna un coup de poing dans le ventre de Shangguan Jintong et l'injuria : « Espèce de salaud, tu voulais t'enfuir ? ! »

Les scènes qu'il venait d'imaginer avaient fait venir de chaudes larmes dans ses yeux. Le coup de poing dissipa ses fantasmes et il éprouva encore davantage à quel point la réalité était dure et impitoyable, et son avenir incertain. À cet instant, un affrontement eut lieu entre les gardes rouges qui avaient à leur tête Guo Ping'en et le « corps d'armée rebelle des Singes d'or » qui avait à sa tête Wu Yunyu. Entre les deux hommes, ce fut d'abord une prise de bec, ils se disputèrent un moment, puis sentant que leur haine était inextinguible, ils en vinrent aux mains. Et cette lutte se transforma en rencontre armée.

D'abord, Wu Yunyu donna un coup de pied à Guo Ping'en, qui lui renvoya un coup de poing. Ensuite, les deux hommes roulèrent ensemble, Guo Ping'en déchira la casquette de Wu Yunyu, qui était un élément proprement vital pour lui, et lui agrippa sa tête chauve et galeuse comme il l'aurait fait d'une pomme de terre pourrie. Wu Yunyu enfonça son pouce au coin de la bouche de Guo Ping'en et tira de toutes ses forces jusqu'à la déchirer. Dès que les deux bandes de gardes rouges virent que leurs chefs se battaient, une bagarre générale s'engagea. Ce ne furent alors que pluie de coups de bâton et jets de briques. La mort plutôt que la reddition : tel était l'état d'esprit que montraient ces gardes rouges à la tête ensanglantée. D'un seul coup, de sa lance pointue à pompon rouge, le second de Wu Yunyu, Wei Corne de chèvre, transperça deux hommes en leur perforant l'intestin d'où s'écoulèrent du sang et des matières visqueuses. Guo Ping'en et Wu Yunyu reculèrent en seconde ligne d'où ils commandèrent les opérations. À cet instant, Shangguan Jintong aperçut la jeune instruite masquée qui ressemblait tellement à Sha Zaohua passer comme un éclair à côté de Guo Ping'en et sembler caresser de la main son visage. Quelques minutes plus tard, Guo Ping'en se mettait à hurler et à pleurer comme un fou : sa joue présentait une grande balafre faite à l'arme blanche. On eût dit qu'une seconde bouche s'y était ouverte. Le sang rouge coulait de la chair blanche de façon effrayante. Sans plus s'occuper de rien, Guo Ping'en courut vers le dispensaire de la commune populaire en se tenant la joue. Les gens virent que la vie d'un homme était en jeu, mais ils eurent tous peur d'être « contaminés » par ce sang et ils rangèrent leurs étals avant de filer discrètement par les ruelles.

Dans ce combat, le « corps d'armée rebelle des Singes d'or » de Wu Yunyu remporta une victoire totale. Il intégra aux siens la troupe de combat « Tempête déchaînée » de Guo Ping'en et s'empara de l'ensemble des génies malfaisants comme butin de guerre. Le haut-parleur à piles de Guo Ping'en pendait désormais à l'épaule de Wu Yunyu. Des deux membres de la troupe de combat « Tempête déchaînée » qui avaient eu l'intestin perforé par Wei Corne de chèvre dans la pagaille, l'un rendit l'âme avant d'être transporté au dispensaire, l'autre ne fut sauvé qu'après avoir subi une transfusion de deux mille centimètres cubes de sang. Du sang qui venait des veines des génies malfaisants. Lorsqu'il sortit de l'hôpital, une fois guéri, aucun groupe de gardes rouges ne voulut le prendre dans ses rangs, car son sang de paysan pauvre avait été changé. Dans les deux mille centimètres cubes de sang qui coulaient dans ses veines, il y avait du sang de propriétaire foncier, de paysan riche, de contre-révolutionnaire historique, d'ennemi de classe. D'après ce que disait Wu Yunyu, Wang Jinzhi était désormais un élément étranger à sa classe sociale, d'une extrême nocivité, comme s'il était greffé. Ce malchanceux qui s'appelait donc Wang Jinzhi appartenait à la troupe de propagande du groupe de combat « Tempête déchaînée ». Lorsqu'on lui battit froid, il ne se résigna pas à son isolement et fonda sa propre troupe de combat, appelée « La Licorne » ; il se fit faire, comme il se doit, un sceau officiel, confectionner drapeau et brassards, obtint en plus de la station de radio de la commune populaire un temps de cinq minutes et lança la chronique *La Licorne*. Les textes étaient tous de sa main, les sujets étaient divers, depuis l'état des combats de sa troupe jusqu'aux petites anecdotes historiques sur le bourg de Dalan, une rubrique de faits divers, une chronique galante, des anecdotes croustillantes, etc. La radio diffusait tous les jours, matin, midi et soir. Dès que l'heure d'émission arrivait, les speakers des groupes de masse de chaque faction venaient s'asseoir sur les bancs devant la station de radio, pour attendre leur tour. La chronique *La Licorne* de Wang Jinzhi était diffusée en dernier et, quand elle était terminée, on diffusait *L'Internationale*. Le dernier vers, « L'Internationale sera le genre humain », annonçait la fin des programmes.

À cette époque sans musique ni programmes de variétés, les cinq minutes de la chronique *La Licorne* étaient devenues le grand divertissement de la population du canton du Nord-Est de Gaomi. Les gens l'attendaient, l'oreille tendue, près de l'enclos à cochons, à table ou à la tête du *kang*. Un soir, *La Licorne* dit : « Chers paysans pauvres, combattants révolutionnaires, d'après les révélations d'une personnalité influente, celle qui a entaillé la joue de Guo Ping'en, le chef de l'ex-troupe de combat "Tempête déchaînée", serait la célèbre voleuse Sha Zaohua. Cette voleuse Sha est la fille de Sha Yueliang, le chef des traîtres qui a sévi pendant longtemps dans notre canton et de la criminelle Shangguan Laidi qui a assassiné une personnalité de premier plan et a été condamnée par le pouvoir populaire. Cette voleuse a rencontré à Laoshan, dans le Sud-Est, un homme extraordinaire auprès duquel elle a appris les arts martiaux : elle est capable de voler sur les toits, de franchir les murs, de blesser en crachant du sable, et son habileté prodigieuse à couper les poches pour voler les portefeuilles atteint, dit-on, la perfection. D'après les révélations de cette personnalité qui fait autorité, voilà déjà trois mois que la voleuse Sha est rentrée en cachette au canton du Nord-Est de Gaomi, elle a mis sur pied des contacts secrets dans chaque village et chaque bourg, et elle a recouru à l'intimidation et à la corruption pour enrôler un groupe de petits acolytes qui lui servent de porte-parole et d'indicateurs. Le garçon qui a un jour arraché sa casquette en peau de chien au paysan pauvre Fang Shixian au marché du bourg de Dalan était précisément un complice de la voleuse Sha. Dans les grandes villes, la voleuse Sha a commis partout sur son passage des délits qui n'ont cessé de s'accumuler. Ses surnoms sont nombreux, le plus répandu étant Sha l'Hirondelle. En rentrant secrètement au canton du Nord-Est de Gaomi, cette fois, la voleuse Sha a l'intention de venger ses parents et, si elle a entaillé la joue de Guo Ping'en, c'était un premier pas vers une vengeance de classe, des incidents encore plus tragiques, encore plus effrayants, risquent de se produire. La rumeur veut que l'outil utilisé par la voleuse Sha pour commettre ses méfaits soit une pièce de cuivre passée sous les roues gigantesques d'un train. Cette pièce de monnaie est plus fine que du papier, extrêmement affûtée, si coupante que, lorsqu'elle entaille la chair humaine, elle ne fait saigner que dix minutes plus tard et ne provoque la douleur qu'au bout de vingt minutes. Elle tient la pièce entre deux doigts et, en n'appuyant que très légèrement, elle peut trancher une artère et ôter la vie à sa victime. La voleuse Sha pratique aussi les arts martiaux de façon exceptionnelle. Lorsqu'elle s'entraînait auprès de son maître, elle a un jour jeté dix pièces de monnaie dans une marmite remplie d'huile bouillante puis, immergeant sa main, les a repêchées une à une. Sa peau ne présentait pas la moindre brûlure, ce qui laisse imaginer son degré de rapidité et d'habileté. Compagnons d'armes révolutionnaires, paysans pauvres et moyen-pauvres, après avoir exterminé les ennemis armés de fusils, il reste encore les ennemis armés de pièces de monnaie, ils vont lutter contre nous avec la plus extrême ruse et la plus extrême frénésie… – L'heure est passée… l'heure est passée… » Dans les haut-parleurs du canton du Nord-Est de Gaomi retentirent soudain ces mots. « Je finis, je finis tout de suite… – Ça ne va pas, ça ne va pas, *La Licorne* ne peut pas déborder sur le temps de *L'Internationale*… – Est-ce que je ne peux pas finir un peu en retard ? » Soudain l'air de *L'Internationale* fut violemment déversé par les haut-parleurs. Le lendemain matin, les haut-parleurs criards diffusaient un long texte du « corps d'armée rebelle des Singes d'or » qui réfutait mot pour mot les légendes sur Sha Zaohua fabriquées de toutes pièces par *La Licorne* et rejetait sur la tête de *La Licorne* la responsabilité de chacune de ses accusations. Les groupes de masse de toutes les factions diffusèrent grâce aux haut-parleurs un communiqué commun dans lequel il était décidé de retirer son temps d'antenne à *La Licorne* et ordonné à son dirigeant de dissoudre son groupe sous vingt-quatre heures, de détruire son sceau et autres instruments de propagande.

Bien que le « corps d'armée rebelle des Singes d'or » eût nié l'existence de la « superwoman », la voleuse Sha Zaohua, il plaça quand même des espions et des sentinelles près de la maison des Shangguan. Ce ne fut qu'à la fête de la Pure Clarté de l'année suivante, alors que les fleurs éclosaient dans la douceur printanière et que la voiture de police du district emmenait Shangguan Jintong, que ces espions et sentinelles travestis en réparateurs de porcelaine, aiguiseurs de couteaux ou raccommodeurs de chaussures usagées, furent dissous par ordre de Wu Yunyu qui venait de monter en grade, devenant président du comité révolutionnaire du bourg de Dalan.

Lorsque fut pratiqué l'assainissement des classes à la ferme d'État de la rivière du Dragon, on découvrit le journal intime de Qiao Qisha. Dans celui-ci, elle avait noté en détail tout ce qui s'était passé entre Shangguan Jintong et Long Qingping, c'est pourquoi la police du district arrêta Jintong, soupçonné d'assassinat et accusé du crime incontesté de viol de cadavre. Sans même procéder à enquête, il fut condamné à quinze ans de prison et envoyé sous escorte purger sa peine dans un camp de rééducation par le travail dans la région où le fleuve Jaune se jette dans la mer.

Sixième partie

Chapitre 46

Le premier printemps des années 1980, après avoir purgé sa peine, Shangguan Jintong, plein de honte et de désarroi, était assis dans un coin de la salle d'attente de la gare routière, où personne ne pouvait le remarquer ; il attendait le car pour le bourg de Dalan, chef-lieu du canton du Nord-Est de Gaomi.

Le jour n'était pas encore complètement levé ; au plafond du grand hall pendaient une dizaine de lustres aux branches habilement disposées, mais en réalité seules deux lampes murales au faible voltage diffusaient une pâle lumière jaunâtre. Sur la dizaine de longs bancs sombres étaient allongées de jeunes têtes brûlées à la mode, qui poussaient des ronflements sonores et bredouillaient des paroles incompréhensibles en rêvant. L'une d'elles, tout en dormant, croisait haut les jambes, offrant au regard les pattes d'éléphant de son pantalon qui semblait taillé dans de la tôle. Le petit jour filtrait à travers les vitres, apportant peu à peu de la clarté dans le grand hall. Aux vêtements des gens allongés devant lui, Shangguan Jintong sentit nettement le souffle d'une époque nouvelle. Bien que le sol fût couvert de crachats et de papiers sales et qu'il s'en élevât une forte odeur d'urine, il était dallé d'un revêtement de marbre de belle qualité. Et si les murs étaient constellés de nuées de mouches grasses, ils étaient néanmoins tapissés d'un revêtement plastifié richement décoré. Pour Shangguan Jintong qui venait de quitter les maisons en pisé du camp de rééducation par le travail, tout cela était parfaitement nouveau et inconnu.

Lorsque le soleil éclaira la salle d'attente à l'atmosphère étouffante, les gens commencèrent à s'agiter. Un jeune gars tout ébouriffé, le visage envahi d'acné, s'assit sur le banc où il avait dormi, se gratta un peu les pieds et, les yeux encore fermés, sortit une cigarette à bout filtre tout écrasée qu'il alluma avec un briquet à gaz en plastique. Il souffla la fumée, toussa, cracha par terre et essuya le sol de la pointe de sa chaussure, comme par habitude. Puis il donna une petite tape sur les fesses de la femme allongée à côté de lui. Elle remua plusieurs fois en poussant des gémissements capricieux. « En voiture ! » cria le jeune homme. La femme s'assit, un peu hébétée, se frotta les yeux du dos de ses mains rougies et poussa un long bâillement. Lorsqu'elle comprit que le jeune gars lui avait fait une blague, elle lui envoya quelques coups de poing, grogna un peu et se rallongea. Shangguan Jintong regarda son large visage et son petit nez tout luisant, et par une fente de son chemisier rose il aperçut les plis de la peau blanche de son ventre. La main gauche du jeune gars, qui portait une montre électronique, se glissa sans la moindre gêne dans l'échancrure du corsage pour caresser les deux seins aplatis. Une sorte de sentiment mélancolique d'avoir été éliminé de l'époque grignotait le cœur de Shangguan Jintong comme le ver à soie mange la feuille du mûrier. Il se dit, sans doute pour la première fois : Mon Dieu, j'ai déjà quarante-deux ans ! J'ai l'impression qu'avant même d'avoir eu le temps de grandir, je suis devenu un homme mûr. Les gestes trop intimes des jeunes gens firent rougir de honte ses joues de spectateur et il tourna la tête. Les sombres sentiments que l'âge impitoyable faisaient naître en lui le recouvraient d'une couche de couleurs tristes, et ses pensées se mirent à tourner à toute allure comme les roues d'une voiture : J'ai déjà vécu quarante-deux ans dans ce bas monde, mais pendant ces quarante-deux années, qu'ai-je fait ? Les mois et les années enfuis sont comme un petit chemin couvert d'une brume épaisse qui mène vers le coin reculé d'une prairie : en se retournant, on peut vaguement voir sur quatre ou cinq mètres en arrière, mais au-delà, ce n'est plus que le brouillard. Plus de la moitié de ma vie s'est écoulée et, de surcroît, elle a passé de façon affreuse, terriblement sordide, au point que j'en ressens moi-même de la pitié et de l'écœurement. La seconde moitié de ma vie a commencé avec ma libération, mais en fin de compte, qu'est-ce qui m'attend ?

Son regard se posa sur le panneau en céramique émaillée qui couvrait le mur de la salle d'attente : un homme tout en muscles, des feuilles vertes autour de la taille, tirait par la main une femme, buste nu, cheveux flottant au vent comme la queue d'un cheval, tous deux volant à l'intérieur de l'espace limité de la céramique vers un espace imaginaire illimité ; l'expression de désir et de quête ardente qui émanait de ce couple de jeunes gens mi-hommes mi-dieux fit naître en lui un tragique sentiment d'infini, une sensation qu'il avait déjà connue de nombreuses fois lorsque, allongé sur la terre jaune, là où le fleuve Jaune se jette dans la mer, il contemplait les cieux illimités d'un bleu pur. Les troupeaux de moutons paissaient sur l'immense prairie, le berger Shangguan Jintong étendu par terre admirait le ciel, au loin, une rangée de drapeaux rouges constituait la ligne de sécurité pour les condamnés qui purgeaient leur peine, et au-delà des drapeaux rouges, des policiers militaires à cheval galopaient sur la grande digue qui retenait la mer. Des chiens bâtards, issus de croisements entre des chiens militaires démobilisés et des cabots du coin, couraient paresseusement derrière les chevaux des policiers en patrouille et poussaient parfois des grondements dénués de sens contre l'écume des vagues grisâtres de l'autre côté de la digue.

Au printemps de la quatorzième année de sa peine, il avait lié connaissance avec le gardien de chevaux Zhao Jiading, qui avait été condamné pour avoir tenté d'empoisonner sa femme. C'était un homme distingué, portant des lunettes cerclées d'argent, qui avait été maître de conférences dans un institut d'études politiques et juridiques. Sans en rien cacher, il avait raconté en détail à Shangguan Jintong comment il avait conçu l'assassinat de sa femme selon un plan dont la perfection faisait soupirer d'admiration, mais auquel sa femme avait réchappé par un malheureux concours de circonstances. Shangguan Jintong, de son côté, lui avait expliqué son affaire. Lorsque Zhao Jiading eut fini de l'écouter, il lui dit en soupirant : « C'est trop beau, mon frère, c'est purement et simplement un poème, dommage que la loi exclue toute poésie. Mais, si moi à cette époque… Bon, ça va, des foutaises tout ça ! La peine dont tu as écopé est trop lourde, c'est évident, mais sur quinze ans, tu en as déjà fait quatorze, inutile de faire appel maintenant. »

Un peu plus tôt, quand les dirigeants de son équipe du camp de rééducation lui annoncèrent qu'il avait fini de purger sa peine et qu'il pouvait rentrer chez lui, il eut paradoxalement l'impression d'être abandonné. Les yeux remplis de larmes, il supplia : « Est-ce que le gouvernement ne pourrait pas me garder ici pour toujours ? »

Le cadre chargé de sa rééducation lui jeta un regard stupéfait et fit non de la tête. « Pourquoi ? Mais pourquoi ? lui demanda-t-il.

– Une fois dehors, répondit Shangguan Jintong, je ne sais pas du tout comment je vais continuer à vivre, je suis vraiment quelqu'un d'inutile… »

Le cadre lui offrit une cigarette et l'alluma. Puis il lui tapa sur l'épaule : « Sors, mon gars, dit-il, le monde à l'extérieur est bien plus beau qu'ici. » Jintong n'était pas fumeur, il se força à tirer une bouffée mais s'étouffa et des larmes lui montèrent aux yeux.

Une femme ensommeillée, vêtue d'un uniforme bleu, coiffée d'une casquette à large visière, une pelle à ordures à la main gauche, un balai à la main droite, passa en hâte, balayant à grands coups les mégots et les épluchures de fruits qui jonchaient le sol. Une expression d'ennui sur le visage, elle envoyait des coups de pied ou des coups de pelle aux gens couchés par terre. « Debout, debout ! » criait-elle à tue-tête, les éclaboussant de son balai imprégné d'urine. Malmenés par ses coups et ses cris, certains se mettaient à quatre pattes, d'autres debout. Ceux qui s'étaient levés étiraient leurs bras engourdis. Ceux qui étaient restés par terre bondissaient sur leurs jambes après avoir subi de nouveaux coups de pelle et de balai. À peine s'étaient-ils relevés que la femme faisait disparaître dans la pelle les vieux journaux sur lesquels ils avaient pris place. Bien que Shangguan Jintong fût recroquevillé dans un angle du mur, il ne put échapper à ses réprimandes. « Écarte-toi, tu as les yeux ouverts ou non ? » dit-elle. Ses quinze années de camp de rééducation lui avaient appris à se tenir sur ses gardes, il bondit sur le côté et vit qu'elle montrait furieuse son sac de voyage en toile. « C'est à qui ça ? Enlève-moi ça ! » Il souleva docilement le sac qui contenait toute sa fortune et, une fois qu'elle eut balayé le coin d'une manière toute symbolique, il le reposa au même endroit et se rassit.

Dans l'angle en face de lui se dressait un grand tas d'immondices sur lequel la balayeuse déversa ses ordures avant de s'éloigner. Une nuée de mouches qui se reposaient là s'élevèrent en zonzonnant, tournoyèrent un moment puis se reposèrent. À cet instant, il vit que dans le mur qui conduisait vers le parking des autocars s'ouvraient une dizaine de petites portes sur lesquelles étaient accrochées des pancartes portant le numéro de la ligne et la destination. Au-delà de la porte étaient disposées des barrières de gros tubes métalliques. Quelques personnes se tenaient déjà entre les barrières, attendant de faire poinçonner leur billet. Il finit par trouver dans un coin du grand hall le point de contrôle des billets de la ligne d'autocar n° 831 en direction du bourg de Dalan et de la ferme de la rivière du Dragon. Une dizaine de personnes attendaient déjà : certaines fumaient, d'autres bavardaient, d'autres restaient silencieuses, assises sur leurs bagages. Il sortit son billet pour y jeter un coup d'œil : il était écrit que le contrôle commencerait à 7 heures 30, mais l'horloge électrique accrochée au mur indiquait déjà 8 heures 10. Inquiet, il se demanda même si l'autocar qu'il devait prendre n'était pas déjà parti. Son vieux sac de voyage à la main, il prit place dans la file derrière un homme à l'air froid, qui portait une serviette en cuir noir. Il observa discrètement les gens qui faisaient la queue, ayant l'impression d'avoir déjà vu ces visages, mais il ne s'adressa à personne, car il était incapable de leur donner un nom. Les gens aussi semblaient l'examiner d'un regard surpris et curieux. Pendant un temps, décontenancé, il eut envie de reconnaître un compatriote qui lui aurait été familier, mais à la fois il craignait d'être reconnu par quelqu'un, et ce sentiment contradictoire rendait ses paumes moites. Balbutiant, il demanda à l'homme devant lui : « Camarade… ce car va bien à Dalan ? » L'homme le toisa de la tête aux pieds avec le même regard que celui des cadres du camp de travail chargés de sa rééducation, ce qui le mit mal à l'aise, comme s'il était sur un gril. Non seulement aux yeux des autres, mais à ses propres yeux, pensa-t-il, Shangguan Jintong était comme le chameau au milieu d'un troupeau de moutons, c'était un monstre à dix pattes. La veille au soir, dans les toilettes sales et délabrées, il avait vu dans le vieux miroir sa grosse tête stupide. Sur cette tête poussaient des cheveux bouclés ni vraiment roux ni vraiment blonds et les tempes étaient déjà dégarnies. Son visage rugueux comme la peau d'un crapaud était creusé de rides profondes, son grand nez tout rouge, comme si on venait de le lui tirer, sa barbe marron qui envahissait ses joues entourait des lèvres gonflées. Sous le regard perçant de l'homme, il éprouva un sentiment d'infériorité, et la sueur qui trempait ses paumes commença à mouiller ses doigts. En guise de réponse, l'homme fit une sorte de moue en direction de la plaque métallique accrochée très haut au-dessus du guichet de contrôle des billets, sur laquelle étaient tracés à l'encre rouge quelques caractères dans le style de l'époque Song.

Une petite voiture à quatre roues arriva, poussée par une grosse femme vêtue d'une blouse blanche au devant noir de crasse. La femme criait d'une voix perçante de petit enfant : « Petits pains, petits pains ! Petits pains chauds à la viande et à la ciboule ! Petits pains chauds à la viande et à la ciboule qui sortent de la poêle ! » Elle avait bonne mine, avec son visage rouge aux reflets brillants, ses cheveux frisottés comme la queue de ce mouton de race australienne qu'il avait eu l'occasion de mener paître. Le dos de sa main ressemblait à un petit pain cuit à la vapeur tout frais sorti de la marmite et ses doigts à des saucisses tirées du panier de cuisson.

« C'est combien la livre ? demanda un jeune gars vêtu d'un blouson.

– C'est pas à la livre, mais à la pièce.

– Combien la pièce ?

– Vingt-cinq centimes.

– J'en veux dix. »

La femme souleva la couverture blanche devenue presque noire qui servait de couvercle, tira d'un sac accroché sur le bord de la voiture un morceau de vieux journal prédécoupé et y posa les dix petits pains en les prenant avec une pince en métal. Avec affairement, le jeune gars cherchait de la monnaie dans une poignée de gros billets. Tous les regards convergeaient vers ses mains.

« Les paysans du canton du Nord-Est de Gaomi se sont vraiment enrichis ces deux dernières années ! » dit sur un ton acerbe l'homme qui tenait sous son bras une serviette en cuir. Le jeune gars au blouson l'apostropha d'une voix claironnante en enfournant un petit pain : « Vieux Huang, vous seriez pas jaloux ? Si vous êtes jaloux, rentrez briser votre bol de riz en fer et venez avec moi vendre du poisson[1].

– C'est quoi l'argent ? répliqua l'homme avec la serviette en cuir sous le bras. L'argent c'est un tigre féroce descendu de la montagne, j'ai peur de me faire mordre !

– Ça va, Vieux Huang, dit l'homme au blouson, le chien mord, le

1. Le « bol de riz en fer » symbolise le travail fourni à vie qui caractérisait le régime communiste chinois jusqu'à l'introduction des réformes économiques à partir de 1978.

chat mord, le lièvre affolé aussi peut mordre, mais j'ai jamais entendu dire que l'argent mordait.

– Tu es trop jeune, dit l'homme à la serviette de cuir, tu ne risques pas de comprendre.

– Vieux Huang, Vieux Huang, dit le blouson, vous ne devez pas écraser les autres avec votre expérience, ni vous frapper le visage pour passer pour un joufflu. Quand l'étagère est tombée, la viande est sale. Permettre aux paysans de s'enrichir en faisant du commerce, c'est ce que dit l'important document que votre chef de bourg a lu en public.

– Mon gars, dit l'homme à la serviette en cuir, ne t'emballe pas, le parti communiste n'oubliera pas sa propre histoire, méfie-toi un peu !

– Me méfier de quoi ? demanda le blouson.

– De la deuxième réforme agraire [1] ! martela l'homme à la serviette en cuir.

– Allez la faire, votre réforme, moi, en gagnant de l'argent, je peux manger, boire et m'amuser, mais vous, vous n'avez pas changé d'un poil, vous croyez que je risque d'être aussi stupide que mon grand-père ? Me tuer à gagner trois sous en espérant toujours que ma bouche arrête de manger et mon cul de chier ! Et, une fois qu'il a eu assez, après avoir acheté quelques dizaines de *mu* de mauvaise terre, la réforme agraire est arrivée et patatras ! Le voilà classé propriétaire foncier, emmené jusqu'au bout du pont par vos hommes, et voilà sa tête transformée en courge sanglante d'un coup de pistolet. Moi, je suis pas comme mon grand-père, moi, j'amasse pas, je mange, et quand elle arrivera, votre deuxième réforme agraire, je serai un vrai paysan pauvre.

– Jin Zhuzi, dit l'homme à la serviette en cuir, à peine on a enlevé à ton père son étiquette de propriétaire foncier que tu es déjà en train de faire ton chemin !

– Face jaune, rétorqua le blouson, vous êtes comme le crapaud qui veut barrer la route à la voiture, vous présumez de vos forces.

1. La première réforme agraire avait donné la terre aux paysans en 1950, avant que le Parti passe à la collectivisation, puis, en 1978, à la décollectivisation. Une deuxième réforme agraire amènerait, dans l'esprit de ce cadre, une nouvelle redistribution des richesses…

Rentrez chez vous vous pendre ! La politique du pays, vous croyez que vous allez arriver à l'arrêter ? À mon avis, ça ne risque pas ! »

À cet instant, un mendiant portant une veste en haillons, un fil électrique rouge à la taille en guise de ceinture, tenant à la main un bol en porcelaine ébréché – le bol était rempli de pièces de monnaie et de quelques billets sales –, l'agita devant l'homme au sac en cuir en implorant : « Frère, donne-moi quelques sous, quelques sous… pour m'acheter un petit pain…

– Fiche le camp, dit furieux l'homme à la serviette en cuir en s'écartant vivement, je n'ai même pas pris mon petit déjeuner ! » Le mendiant jeta un coup d'œil à Shangguan Jintong et dans son regard se lut du dédain, puis il alla mendier devant quelqu'un d'autre. Le cœur de Shangguan Jintong sombra dans un abîme de chagrin. Toi, même les mendiants t'évitent ! Le mendiant se plaça devant le gars au blouson et répéta sa litanie : « Grand frère, aie pitié, aie pitié, donne-moi quelques sous… pour m'acheter un petit pain…

– Quelle est l'origine de classe de ta famille ? demanda le blouson.

– Paysan pauvre, dit le mendiant surpris, mes ancêtres sont paysans pauvres depuis huit générations…

– Je porte plus particulièrement secours aux paysans pauvres ! » dit le blouson avec ironie, et il jeta dans le bol les deux petits pains qui restaient dans leur papier journal déchiré imbibé de saindoux. Le mendiant se saisit des petits pains et se les fourra dans la bouche, tandis qu'un morceau de journal restait collé à son menton.

Le grand hall commençait à s'animer. Une dizaine de contrôleurs en uniforme bleu, casquette à large visière sur la tête, sortirent de leur salle de repos, une pince à la main. Ils arboraient tous le même air ennuyé, leur regard était glacial, comme s'ils éprouvaient de la haine pour les voyageurs. La foule les suivit en se pressant vers le point de contrôle. Un homme se campa dans le passage et cria dans un haut-parleur électrique : « Faites la queue, faites la queue ! Pas de queue, pas de contrôle ! Avis à tous les contrôleurs, pas de queue, pas de contrôle ! » Les voyageurs continuaient pourtant à se bousculer. Les enfants écrasés pleuraient. Une femme au visage sombre, un petit garçon dans les bras, une petite fille sur le dos et à la main deux gros coqs, se mit à injurier à grands cris un homme qui la bousculait, mais celui-ci ne lui prêta pas la moindre attention, il hissa sur sa tête un carton rempli d'ampoules électriques et, jouant des coudes, tenta de progresser vers l'avant. La femme au visage sombre lui envoya un coup de pied dans le derrière, mais l'homme ne tourna même pas la tête.

Dans la confusion, Jintong fut expulsé hors de la foule : alors que, derrière lui, il y avait déjà des dizaines de personnes, il était désormais le dernier. Dans son cœur flottaient encore quelques vestiges de son caractère sanguin, il souleva son sac et se précipita dans la masse, mais sa poitrine rencontra aussitôt un coude très dur, la douleur lui fit voir trente-six chandelles et il s'accroupit en gémissant.

L'homme au haut-parleur répétait inlassablement : « La queue, faites la queue ! Pas de queue, pas de contrôle ! » La contrôleuse des billets pour le car en direction de Dalan, une jeune fille aux dents irrégulières, quitta son poste en brandissant ses cartes et sa pince pour se frayer un passage. Sa casquette à large visière, bousculée, était toute de travers, les cheveux noirs rentrés à l'intérieur s'en échappaient par mèches. En colère, elle cria en tapant des pieds : « Bousculez-vous donc, allez-y, quand il y en aura deux de morts, ça ira mieux ! »

Et elle regagna en maugréant la salle de repos. À ce moment-là, la grande et la petite aiguille de l'horloge électrique étaient toutes deux sur le chiffre neuf.

L'ardeur des voyageurs qui se pressaient vers l'avant fut subitement refroidie par la grève de la contrôleuse. Écarté du cercle, Shangguan Jintong se sentit envahi de joie devant le malheur des autres. Il éprouvait de la sympathie pour celle qui était partie furieuse et il eut la sensation d'être un être faible qui venait d'être protégé.

Aux autres points de contrôle, la porte étroite qui menait au parking des autocars était ouverte et les voyageurs suivaient en se pressant les passages délimités par les barrières métalliques, comme le flot impétueux d'une rivière canalisée par une digue.

Arriva un jeune homme bien habillé, bien fait de sa personne, de taille moyenne, qui tenait à la main une cage où se trouvait un couple de perroquets blancs d'une espèce rare. Les yeux d'un noir brillant du garçon attirèrent l'attention de Shangguan Jintong, mais ce furent surtout les perroquets blancs dans la cage qui lui rappelèrent les oiseaux virevoltant autour du fils de Han l'Oiseau et de Shangguan Laidi la première fois qu'il était revenu de la ferme de la rivière du Dragon, plus d'une dizaine d'années auparavant. Était-ce vraiment lui ? Shangguan Jintong l'observa intensément à la dérobée, et peu à peu il reconnut sur son visage le calme farouche de Shangguan Laidi et la résolution naïve de Han l'Oiseau. Abasourdi, Jintong s'exclama en lui-même : Comme il est grand déjà ! En un clin d'œil, le petit enfant noiraud dans sa corbeille accrochée à l'arbre était devenu un jeune homme. Il se rappela quel âge il avait lui-même et, noyé dans la sensation de toucher au crépuscule de sa vie, un sentiment de vide infini et de mélancolie l'envahit. Il trouvait qu'il était comme une tige de roseau desséchée sur une étendue déserte de terres salines : né sans bruit, il avait grandi sans bruit et il était en train de s'éteindre sans bruit.

Le jeune gars qui portait à la main les perroquets alla jeter un coup d'œil près du guichet de contrôle ; dans la foule, plusieurs personnes lui firent signe. Leur répondant d'un air hautain, il leva le poignet pour consulter sa montre à la forme originale. « Han Perroquet, Han Perroquet, toi, tu sais y faire, tu sais parler, va chercher cette fille et fais-la revenir ! dit parmi les voyageurs un homme qui avait l'air d'un cadre.

– Comme je n'étais pas encore là, elle n'osait pas contrôler les billets ! blagua Han Perroquet.

– Tu te vantes, on ne te croira que si tu vas la chercher !

– Oui, mais vous autres, arrêtez de vous bousculer, merde, faites la queue comme il faut, à quoi ça sert de pousser ? Pour avoir la première place, c'est ça ? Allez, faites la queue, allez ! » Les injuriant d'une grosse voix, mi-blagueur mi-sérieux, il força la masse compacte des voyageurs à s'étirer jusqu'aux bancs. « Le premier qui pousse, reprit-il, et qui perturbe l'ordre, je lui attrape sa mère et… c'est compris ? » Il ponctua ses paroles d'un geste obscène du doigt et ajouta : « De toute façon, vous finirez toujours par monter, ceux qui n'auront pas de place grimperont sur le porte-bagages du toit, là-haut l'air est plus frais et on a plus de vue. D'ailleurs, moi je vais m'asseoir sur le toit. Bon, attendez, je vais aller la chercher, cette fille ! »

Effectivement, il finit par faire sortir la jeune femme. Elle avait le visage chiffonné, l'air encore énervé. Han Perroquet lui débitait toutes sortes de paroles mielleuses à l'oreille : « Marraine, marraine, comment pouvez-vous vous abaisser à discuter avec des gens comme ça ? Des rebuts de la société, des fripons, des mégères, des individus de bas étage, des courges et des jujubes dégénérés, des poires pourries, des chats crevés, des chiens pourris, de la pâte de crevettes puante ! Se disputer avec eux, c'est perdre sa dignité. Et le pire, c'est que la colère risque de vous provoquer des ballonnements qui ne manqueront pas de briser le cœur du mari de ma marraine...

– Boucle-la, perroquet puant ! dit-elle en le frappant à l'épaule avec sa pince, on risque pas de te vendre comme muet, toi !

– Marraine, j'ai mis à part pour vous un couple de beaux oiseaux, je vous les apporterai quand vous voudrez, dit Han Perroquet en faisant la grimace.

– Espèce de sale type, dit la contrôleuse, même un beau parleur peut pas faire du thé dans une théière sans fond ! Tes beaux oiseaux, tu me les promets depuis un an, mais j'en ai pas vu la moindre plume !

– Cette fois, c'est vrai, dit Han Perroquet, cette fois vous verrez de vrais oiseaux.

– Si tu faisais réellement preuve de piété filiale, dit la contrôleuse, tu ne me parlerais plus de tes beaux oiseaux, mais tu m'offrirais ces deux perroquets !

– Marraine, dit Han Perroquet, je ne peux pas vous donner ces deux-là, ce sont des reproducteurs qu'on a fait venir d'Australie, mais si vous les aimez, quoi de plus simple ? Si l'année prochaine, moi, Han Perroquet, je vous donne pas un couple de perroquets comme ça, je serai plus votre filleul ! »

Dès que la porte étroite du guichet fut ouverte, les gens se précipitèrent. Han Perroquet resta à côté de la contrôleuse, sa cage à la main : « Regardez, marraine, dit-il, comment ne pas dire que les Chinois sont inférieurs ? Merde alors, ils se bousculent, ils se bousculent, alors qu'en fait plus ils se bousculent, moins ils avancent.

– Votre coin pourri du canton du Nord-Est de Gaomi a donné des bandits et des despotes, c'est un repaire de sauvages.

– Marraine, dit Han Perroquet, ne mettez pas tous les poissons dans le même filet, il y a aussi des gens bien là-bas, par exemple... » Il n'acheva pas sa phrase. Interdit, il venait d'apercevoir Shangguan Jintong qui s'avançait timidement tout au bout de la file.

« Je ne me trompe pas, lui dit-il, vous êtes mon petit oncle.

– Oui, dit Shangguan Jintong intimidé, moi aussi... je t'ai reconnu.

– Petit oncle, dit Han Perroquet en lui serrant la main avec chaleur et en l'agitant, vous êtes enfin revenu, la grand-mère a fini par devenir aveugle à force d'avoir pleuré en pensant à vous. »

Le car était si bondé qu'on n'aurait pas pu y glisser une tête d'épingle. Le buste de plusieurs passagers dépassait par les fenêtres. Han Perroquet était grimpé par l'échelle de métal sur le porte-bagages du toit. Il souleva le filet et installa les perroquets blancs en sécurité, puis, se penchant, il hissa le sac de Shangguan Jintong. Celui-ci dut jouer des coudes pour grimper à son tour. Han Perroquet écarta un peu le filet et l'en couvrit : « Petit oncle, recommanda-t-il, tenez-vous bien. En fait, non, si vous ne vous tenez pas, c'est pas grave, c'est un vieux bus, il va encore plus lentement qu'une vieille truie. »

Le chauffeur, cigarette au bec, s'approcha nonchalamment, un grand pot de thé à la main. Il cria vers le toit du car : « Han Perroquet, t'es un vrai homme oiseau ! Je te préviens, si tu te tues en tombant, je serai pas responsable ! » Han Perroquet lui jeta un paquet de cigarettes ; le chauffeur l'attrapa au vol et regarda quelle en était la marque avant de le mettre dans sa poche. « Avec des types comme toi, même le Bon Dieu serait convaincu ! dit-il.

– Démarre donc, répliqua Han Perroquet, mais sois gentil, ne tombe pas plus de deux fois en panne ! »

Le chauffeur claqua la porte du car et sortit la tête par la vitre. « Ce vieux car, s'écria-t-il, un jour ou l'autre il va tomber en ruine. Et encore c'est moi qui le conduis, ce serait un autre, il arriverait même pas à sortir du parking ! »

À cet instant retentit la musique qui saluait le départ des autocars, la bande magnétique usée grésillait tant et plus, faisant pleurer le son comme une dizaine de couteaux grattant sur du bambou. Par routine, la contrôleuse restait debout au garde-à-vous sur le quai, accompagnant d'un regard haineux le car à la peinture écaillée qui hoquetait péniblement. Han Perroquet lui adressa un signe de la main : « Marraine, la prochaine fois, c'est sûr que je vous apporterai un couple de jolis oiseaux. » La contrôleuse ne lui jeta pas même un regard et il ajouta à voix basse : « Te faire cadeau d'un couple d'oiseaux ? C'est une paire de pines de chien que je vais t'offrir ! »

Le car progressait lentement sur la route empierrée du canton du Nord-Est de Gaomi ; en face venaient de temps en temps des voitures et des tracteurs qui le croisaient précautionneusement en le frôlant. La poussière soulevée par les roues formait comme une fumée qui empêchait Shangguan Jintong d'ouvrir les yeux. « Petit oncle, on dit que vous avez été accusé à tort, dit Han Perroquet en le fixant droit dans les yeux.

– On peut le dire, si on veut », dit doucement Shangguan Jintong. Han Perroquet sortit une cigarette et la lui tendit. Il refusa. Han Perroquet la rangea dans le paquet et contempla avec sympathie ses deux grosses mains, puis il leva la tête vers son visage. « Ça a dû être dur, non ?

– Je me suis habitué, dit Shangguan Jintong, je n'ai pas trouvé trop dur.

– Depuis quinze ans que vous êtes parti, il y a eu de grands changements, la commune populaire a été dissoute, la terre a été distribuée à chaque famille, plus personne ne manque de quoi que ce soit pour manger et s'habiller. Les anciennes maisons ont été abattues selon un plan général. Comme la grand-mère n'arrivait pas à s'entendre avec mon odieuse épouse, elle est allée habiter toute seule à la pagode, vous savez, la chaumière à trois pièces du vieux Men Shengwu. Maintenant que vous êtes revenu, elle aura de la compagnie.

– Elle… va bien ? demanda Shangguan Jintong sur un ton hésitant.

– Elle est vraiment solide, dit Han Perroquet, à part ses yeux qui ne marchent plus du tout, elle peut sans problème se débrouiller toute seule. Petit oncle, je veux rien vous cacher : j'ai peur de ma femme, c'est le genre de ces femmes odieuses issues de familles du prolétariat qui ne connaissent rien aux vingt-quatre modèles de piété filiale[1]. Quand elle est arrivée, la grand-mère a dû déménager. Peut-être que vous la connaissez, c'est la fille du vieux Geng, le vendeur de pâte de crevettes, et de la femme serpent, c'est pas un être humain, c'est une belle femelle serpent ! Petit oncle, actuellement je me bats pour gagner le maximum d'argent, et quand j'aurai réussi à rassembler cinquante mille yuans, je la ficherai à la porte ! »

L'autocar s'arrêta au bout du pont de la rivière du Dragon et les gens descendirent. Shangguan Jintong descendit du toit aidé par

1. Titre d'un ouvrage composé sous la dynastie des Yuan (1280-1368) pour l'éducation des enfants.

Han Perroquet. La rive nord de la rivière s'était couverte de maisons neuves et à côté du pont de pierre en avait été construit un autre, plus grand, en béton. Sur l'espace libre à la tête du pont se trouvaient des étals de marchands de fruits, de cigarettes et de bonbons. Désignant les maisons de la rive nord, Han Perroquet expliqua : « Le gouvernement du bourg et l'école ont déménagé, la grande résidence de la famille Sima a été prise sous contrat par Dents en Or, le fils de Wu Yunyu, cet enculé a ouvert une fabrique de contraceptifs et, en plus, il fabrique de l'alcool frelaté et de la mort-aux-rats. Il touche un peu à tout. Sentez – il leva la main –, vous sentez l'odeur du vent ? » Shangguan Jintong vit qu'une cheminée s'élevait haut dans le ciel depuis la résidence des Sima, crachant des volutes de fumée d'un vert émeraude. L'odeur nauséabonde venait de là. « Heureusement que la grand-mère a déménagé, dit Han Perroquet, sinon elle aurait sûrement pas résisté à cette fumée. À présent, c'est vraiment "À chacun selon son talent", les classes ont disparu, plus de lutte des classes, tout le monde est cupide et on n'a plus que le mot "argent" à la bouche ! J'ai pris sous contrat vingt *mu* de terres incultes du côté des dunes. Petit oncle, j'ai des grandes ambitions, je me prépare à construire un élevage d'oiseaux rares et, en dix ans, je voudrais faire en sorte que les oiseaux rares de toute la planète soient installés chez nous, dans le canton du Nord-Est de Gaomi. À ce moment-là, une fois que j'aurai de l'argent, je n'aurai aucun souci à me faire pour avoir le pouvoir, et une fois que j'aurai et l'argent et le pouvoir, la première grande chose que je ferai, ce sera de faire sculpter sur la dune deux immenses statues pour mon père et ma mère… » Les yeux de Han Perroquet jetaient des éclairs bleutés à la pensée de ses grandioses projets et sa poitrine maigrichonne se rengorgeait comme un pigeon plein d'orgueil. Shangguan Jintong remarqua que les patrons des petits étals près de l'entrée du pont, tout en se livrant à leur commerce, le regardaient avec curiosité, ainsi que Han Perroquet qui gesticulait. Il eut à nouveau honte de lui et regretta de n'être pas allé, avant de quitter le camp de rééducation, à l'échoppe de la belle Wei Jinzhi se faire raser la tête et tailler barbe et moustache.

Han Perroquet sortit quelques billets qu'il fourra dans les mains de Shangguan Jintong. « Petit oncle, dit-il, ne me dites pas que c'est pas assez, je suis dans une période de fondation, je suis un peu à court d'argent, et de plus, les cordons de la bourse sont entre les mains de mon odieuse femme. J'ai ni le courage ni la possibilité de témoigner ma piété filiale à la grand-mère qui m'a élevé en crachant le sang, ça a été terriblement dur pour elle, je l'oublierai jamais. Mais quand j'aurai réalisé mes projets, je la paierai en retour. » Shangguan Jintong rendit les billets à Han Perroquet : « Perroquet, cet argent, je ne peux pas l'accepter…

– Vous trouvez que c'est trop peu, petit oncle ? demanda celui-ci.

– Mais non, mais non, répondit Shangguan Jintong gêné.

– Vous méprisez ce neveu sans avenir ? dit Han Perroquet en remettant les billets dans la main trempée de sueur de Shangguan Jintong.

– Au point où j'en suis, comment pourrais-je mépriser qui que ce soit ? Tu es formidable, comparé à ton oncle totalement inutile, tu es vraiment mille fois plus capable…

– Petit oncle, dit Han Perroquet, les autres ne vous comprennent pas, mais moi si. Nous autres, de la famille Shangguan, nous sommes tous nés de dragons et nous avons été élevés par des phénix, nous sommes de la race des tigres et des léopards, dommage que nous n'ayons pas vécu à la bonne époque ! Petit oncle, regardez-vous, vous êtes un Gengis khan vivant, sous peu vous serez prospère. Rentrez à la maison et restez quelques jours pour réconforter la grand-mère, et ensuite vous viendrez avec moi dans mon Centre ornithologique Orient. Pour aller au combat, il faut s'appuyer sur ses frères, pour se battre mieux vaut être uni comme père et fils ! Dents en Or est peut-être prospère, il est comme la queue du lièvre, elle ne pousse pas. Dès que le despote Wu Yunyu lui fera un croc-en-jambe, c'en sera fait de lui. »

À un étal de fruits, Han Perroquet acheta des bananes et une dizaine d'oranges qu'il mit dans un filet rouge et donna à Shangguan Jintong pour la grand-mère. Puis les deux hommes se séparèrent sur le pont de béton. Shangguan Jintong sentait son nez le piquer tandis qu'il contemplait les eaux claires de la rivière. Dans un endroit à l'écart, il posa ses bagages et descendit au bord de l'eau ; il en puisa dans ses mains et nettoya la poussière et la saleté de son visage. C'est vrai, pensait-il, puisque je suis de retour, je dois me reprendre et faire quelque chose de bien, pour la famille Shangguan, pour ma mère, et aussi pour moi.

Se fiant à sa mémoire des lieux, il arriva à l'ancienne adresse de la famille Shangguan où s'étaient déroulées tant d'aventures, mais devant lui ne se présenta plus qu'un chantier. Un bulldozer était en train de pousser les murs en ruine de ce qui restait de l'ancienne demeure des Shangguan. Il se rappela ce qu'avait dit Han Perroquet sur le toit de l'autocar : les trois districts de Gaomi, Pingdu et Jiaozhou avaient chacun cédé un morceau de leur territoire pour former une ville nouvelle dont le centre serait évidemment le bourg de Dalan et qui, très rapidement, deviendrait une ville prospère. Dans peu de temps, un grand immeuble de six étages se dresserait à l'emplacement de la maison des Shangguan, dans lequel serait installée la mairie de la ville.

Les rues avaient été élargies ; sur la chaussée en terre battue, on avait posé une épaisse couche de pierre concassée et sur les côtés avaient été creusés des fossés de plusieurs mètres de profondeur, dans lesquels des groupes d'ouvriers étaient en train de disposer d'énormes canalisations en béton. L'église avait été rasée et à l'entrée principale de la maison des Sima était accrochée une grande enseigne : « Société pharmaceutique Huachang SARL ». De vieux camions délabrés étaient garés à côté des restes de l'église. Une dizaine d'anciennes meules du moulin de la famille Sima s'entassaient en désordre au bord de la route, et sur les décombres du moulin sortait de terre une construction cylindrique. Dans le vacarme des bétonnières et dans la fumée noire et âcre qui montait des grands chaudrons où bouillait le goudron, il se faufila en les frôlant au milieu des équipes de relevés topographiques et des ouvriers du bâtiment, bouteille de bière à la main, complètement ivres. Quand il fut sorti du village transformé en un immense chantier, il finit par rejoindre le petit chemin de terre battue qui menait au pont de pierre de la rivière d'Encre.

Lorsqu'il franchit le petit pont de pierre, passa la digue sud de la rivière d'Encre et aperçut enfin l'austère pagode en briques à sept étages, c'était déjà le crépuscule. La pagode rutilait dans la lumière du couchant, tandis que les herbes sèches qui poussaient entre les briques ressemblaient à des flammes. Un groupe de pigeons blancs tournoyaient autour du bâtiment. Un filet de fumée solitaire, d'une blancheur immaculée, s'élevait de l'habitation devant la pagode. Un silence parfait régnait dans les champs, qui rendait plus distincts encore les bruits des machines sur le chantier de construction derrière lui. Shangguan Jintong eut la sensation que son esprit se vidait et des larmes brûlantes involontaires se mirent à couler dans sa bouche.

Contenant à grand-peine les battements de son cœur, il se dirigea vers la sainte et précieuse pagode à sept étages. De loin, il vit, debout devant la pagode, une vieille femme aux cheveux blancs flottant au vent, appuyée sur une canne faite d'un manche de parapluie, qui regardait dans sa direction. Les jambes de Shangguan Jintong étaient si pesantes qu'il n'arrivait plus à les mouvoir, ses larmes coulaient de façon incoercible. Les cheveux blancs de sa mère, comme les herbes sèches de la pagode, étaient soudain devenus des flammes incandescentes. Il poussa un cri étouffé et se précipita vers sa mère, tomba à genoux, le visage collé contre ses gros genoux proéminents déformés par toute une vie de labeur. Il eut l'impression de couler au fond de l'eau, tous les sons, toutes les couleurs, la forme de toutes les choses disparurent, seul resurgit subitement des tréfonds de sa mémoire le goût du lait, qui l'emporta sur l'ensemble de ses sensations.

Chapitre 47

Après son retour à la maison, Shangguan Jintong tomba gravement malade. Au début, ce ne fut qu'une lassitude de tout le corps, mais ensuite il fut pris de violentes diarrhées et de vomissements. Il évacuait par le haut et par le bas des choses qui ressemblaient à des boyaux de poisson pourri exhalant une odeur effroyable. Sa mère dépensa les économies accumulées en une dizaine d'années de récupération de déchets et de revente de chiffons pour faire venir tous les médecins qui exerçaient sur le territoire du canton du Nord-Est de Gaomi : piqûres et remèdes se succédèrent, sans qu'aucune amélioration intervînt. Un jour du mois d'août, Shangguan Jintong prit la main de sa mère et lui dit : « Maman, de toute ma vie, je n'ai fait que t'apporter souffrances et malheurs, maintenant ça va aller mieux, je vais mourir, et tes souffrances prendront fin… »

Shangguan Lushi serra fortement la main de son fils. « Jintong, ne dis pas des bêtises pareilles ! s'écria-t-elle. Tu n'es pas vieux ! Même avec un seul œil, ta mère peut voir les jours heureux qui s'ouvrent devant toi, le soleil radieux, les fleurs parfumées, tu dois aller de l'avant, mon fils… » Elle parlait avec conviction, mais des larmes amères coulaient sur la grande main maigre aux os saillants de Shangguan Jintong.

« Maman, les belles paroles ne servent à rien. Je viens de la revoir à l'instant, elle avait un emplâtre sur le trou que la balle avait fait dans sa tempe, elle tenait une feuille de papier rouge où étaient écrits son nom et le mien, elle m'a dit qu'elle avait fait établir un certificat de mariage, qu'elle m'attendait pour consommer nos noces.

– Ma fille, dit la mère, les yeux pleins de larmes, en adressant une prière au vide, ma fille, tu as eu une triste mort, ça je le sais, mais depuis longtemps je te considère comme ma propre fille. Jintong a fait quinze ans de prison pour toi, ma fille, il ne te doit rien, sois bonne et épargne-le, laisse la vieille femme seule que je suis avoir un appui, ma fille, sois raisonnable, depuis les temps anciens, les vivants et les morts empruntent des voies différentes, chacun suit son chemin, épargne-le, ma fille, moi, une vieille femme aveugle, je m'agenouille devant toi… »

Pendant que sa mère priait, Shangguan Jintong voyait le corps nu de Long Qingping à travers la fenêtre brillante. Ses seins de métal étaient couverts d'une rouille rouge. Entre ses jambes écartées avec obscénité poussaient des champignons blancs tout ronds, mais en regardant plus attentivement, il vit que ce n'étaient pas des champignons, mais un paquet de petits enfants emmêlés, et ces choses toutes rondes étaient en fait leurs crânes. Bien que ces têtes fussent minuscules, elles étaient formées normalement : des cheveux blonds et souples, un long nez et des yeux bleus, des oreilles minces comme la peau d'une graine de soja gonflée. Les enfants criaient en chœur vers lui d'une voix faible mais extraordinairement claire. Papa ! Papa ! Papa ! Terrorisé, il ferma les yeux. Les enfants se répandirent sur le *kang*, lui sautèrent dessus, sautèrent sur son corps, sur son visage, lui tirèrent les oreilles, lui grattèrent les narines, lui pincèrent les paupières. Ils ne cessaient de crier : « Papa ! » tout en le tourmentant. Bien qu'il eût fermé les yeux, il les voyait toujours aussi nettement. Long Qingping nettoyait la rouille de ses seins avec du papier abrasif qui crissait. Elle le fixait d'un regard triste et fâché, les gestes de ses mains ne s'arrêtaient pas un instant et ses seins ressemblèrent bientôt à des pièces de métal qui venaient d'être passées au tour, brillant d'un éclat métallique tout neuf. Cet éclat se concentrait sur les mamelons, formant deux faisceaux de lumière froide qui lui transperçaient le cœur. Il poussa un grand cri et s'évanouit.

Lorsqu'il se réveilla, il vit qu'une bougie brûlait sur le rebord de la fenêtre et qu'au mur étaient accrochées des lampes à huile. Dans la lumière vacillante, il distingua le visage affligé de Han Perroquet qui s'abaissait vers lui. « Petit oncle, petit oncle, qu'est-ce qui vous arrive ? » Il entendait sa voix résonner très loin, il aurait voulu dire quelque chose mais était incapable de remuer les lèvres. Comme la lumière de la bougie l'éblouissait, il referma les yeux.

« Je peux affirmer, entendit-il dire Han Perroquet, que le petit oncle ne mourra pas. Récemment, j'ai étudié un livre de physiognomonie, les visages comme celui du petit oncle annoncent richesse, honneur et longévité.

– Perroquet, dit ma mère, de toute sa vie, ta grand-mère n'a jamais sollicité personne, mais cette fois, elle a quelque chose à te demander.

– Grand-mère, que dis-tu là ? C'est comme si tu m'injuriais !

– Perroquet, tu as beaucoup de relations, trouve une voiture pour emmener ton petit oncle à l'hôpital du district.

– Grand-mère, c'est inutile ! Ici, c'est une structure de niveau urbain, les médecins de l'hôpital ont un niveau supérieur à celui des médecins du district, si même le docteur Leng est venu, il est inutile d'aller voir ailleurs. Le docteur Leng est un brillant élève de l'Institut de médecine Concorde, il est allé à l'étranger, il a même gagné son pain là-bas. S'il dit qu'il n'y a rien à faire, c'est qu'il n'y a rien à faire.

– Perroquet, répliqua la mère déçue, ne gaspille pas ta salive en paroles flatteuses, rentre vite chez toi, sinon tu vas te faire gronder par ta femme.

– Le jour viendra où je couperai ces chaînes, tu verras. Grand-mère, voici vingt yuans, si le petit oncle a envie de manger quelque chose, achète-le-lui avec.

– Reprends ton argent, entendit-il dire sa mère, rentre vite. Ton petit oncle ne veut rien manger.

– Si lui ne veut pas, pense à toi. Grand-mère, tu m'as élevé et ce n'était pas facile. À l'époque, nous subissions la pression politique, et sur le plan économique, nous n'avions pas un sou. Le petit oncle avait été arrêté, et toi, grand-mère, tu m'as porté sur ton dos pour aller mendier, tu as frappé à la porte des dix-huit mille foyers du canton du Nord-Est de Gaomi. Quand je repense à tout ça, c'est comme si un couteau me piquait le fond du cœur et les larmes me viennent aux yeux. À l'époque, nous étions considérés comme les derniers des derniers, sinon je ne me serais jamais marié avec une femme aussi brutale. Tu es d'accord, grand-mère ? Mais ces jours malheureux vont bientôt prendre fin, le prêt que je demande pour construire le Centre ornithologique Orient a déjà reçu la signature du maire. Grand-mère, si cette affaire a pu aboutir, c'est aussi grâce à ma cousine, Lu Shengli, qui est à présent directrice de la Banque industrielle et commerciale de Dalan. Elle est jeune et pleine d'avenir, sa parole compte, elle est aussi solide qu'un clou planté dans une plaque de fer. C'est vrai, comment ai-je pu l'oublier ? Grand-mère, ne t'inquiète pas, je vais aller la voir pour la maladie du petit oncle, si elle ne nous aide pas, qui le fera ? C'est une nièce, du même sang que les Shangguan, et elle aussi a été élevée par toi, grand-mère, je vais aller la voir. Grand-mère, notre cousine n'est-elle pas quelqu'un de supérieur ? Si, si, c'est ça ! Elle ne se déplace que sur quatre roues, et dans les banquets, ce qu'elle mange, si ça a deux pattes, ce sont des pigeons, quatre pattes, de la tortue, huit pattes, des crabes d'eau douce, si ça a la taille recourbée, ce sont des crevettes, des piquants sur tout le corps, des holothuries, si c'est venimeux, ce sont des scorpions, et non venimeux, des œufs de crocodile. Tout ce qui est poulet, canard, porc ou chien, est refusé par la bouche de ma cousine. La chaîne en or qu'elle porte au cou, je vais dire une méchanceté, est aussi grosse qu'une chaîne pour attacher un chien ; au doigt, elle a une bague en or blanc avec un diamant, au poignet un bracelet en jadéite, ses lunettes sont en cristal naturel cerclé d'or, ses vêtements viennent de Rome, et elle se parfume le cou avec un parfum de Paris, il suffit d'en respirer une fois pour ne plus jamais l'oublier…

– Prends ton argent, Perroquet, et va-t'en ! l'interrompit ma mère. Ne va pas la voir, la famille Shangguan n'a pas autant de chance qu'elle, on ne peut pas nouer des relations avec un parent aussi riche.

– Grand-mère, c'est là que tu as tort, dit Han Perroquet. Je peux peut-être emmener mon petit oncle à l'hôpital dans une charrette à bras, mais ce que tu ne sais pas, c'est que de nos jours, tout repose sur les relations, il y aura une très grande différence dans la façon de traiter le malade que j'amènerai et celui que ma cousine amènera.

– C'était déjà la même chose dans le passé, riposta ma mère, la maladie de ton oncle, c'est comme ça, la vie et la mort dépendent du destin, les richesses et les honneurs dépendent du ciel, si sa fortune est bonne, il vivra de toute façon, mais si elle ne l'est pas, Hua Tuo et Bian Que pourraient bien revenir sur terre, ils ne le sauveraient pas[1] ! Pars vite, ne me cause pas plus d'inquiétude. »

1. Médecins célèbres de l'Antiquité.

Han Perroquet voulait continuer à discuter, mais ma mère frappa le sol de sa canne avec colère : « Perroquet, Perroquet, sois gentil, agis comme il faut, prends ton argent et file vite ! »

Han Perroquet s'en alla. Dans son évanouissement, Shangguan Jintong entendit sa mère sangloter hors de la maison. Le vent soufflait sur les petites herbes de la pagode avec de légers sifflements. Ensuite il entendit sa mère allumer le feu dans le fourneau et, un instant plus tard, l'odeur de plantes médicinales qui bouillaient pénétrait ses narines. Il sentait que son cerveau s'était tellement resserré qu'il ne s'ouvrait plus que par une fente minuscule où l'odeur des plantes subissait une analyse minutieuse comme si elle était passée au tamis. Ah ! cette odeur sucrée, c'était l'odeur de la racine de roseau, cette odeur amère, celle de la patrinie, cette odeur acide était celle de « l'herbe qui ramène à la vie », cette odeur salée, celle du pissenlit, et cette odeur piquante, celle de la lampourde. Sucré, salé, amer, piquant, acide, les cinq saveurs étaient présentes, il y avait aussi l'arôme du pourpier, celui de la renouée, l'odeur de la pinellia et de la lobélie, de l'écorce de mûrier, de la racine de pivoine, ainsi que des pêches séchées à l'air... Ma mère avait récolté presque toutes les plantes médicinales du canton du Nord-Est de Gaomi et les avait mises à bouillir dans une grande marmite. Cette odeur mêlée de vie et de terre chassait comme un vigoureux dragon aquatique les scories amassées dans son esprit, pour permettre à ses pensées de prendre du champ. Il se rappela les herbes vertes luxuriantes au-dehors, les étendues de fleurs innombrables et étincelantes, et les grues couronnées flânant au bord des marais. Une touffe de chrysanthèmes sauvages jaune d'or attirait les abeilles aux ailes couvertes de pollen doré. Il entendit la lourde respiration de la grande terre et le son des graines tombant sur le sol.

Sa mère apporta une cuvette remplie d'une infusion de plantes et nettoya son corps avec un tampon de coton. Il se sentait un peu gêné, mais elle le rassura : « Mon fils, tu aurais mille ans, tu serais toujours un enfant à mes yeux... » Elle le lava en entier, ôtant la crasse jusqu'entre ses doigts de pied. Le vent de la nuit pénétrait dans la maison et le parfum des plantes médicinales se fit plus fort. Shangguan Jintong sentit que son corps était détendu et propre comme jamais. À cet instant, il entendit le mur que sa mère avait construit en empilant des milliers de bouteilles de verre derrière la maison émettre une sorte de hurlement, mi-pleur mi-plainte. Ce bruit qui changeait sans cesse évoqua toute une gamme de couleurs et toutes sortes de saveurs mêlées, qui lui firent venir des larmes dans les yeux. Il pensa aux ancêtres de la race humaine alors qu'ils commençaient à peine à marcher debout, il lui sembla les voir donner l'assaut avec des gourdins à des bêtes sauvages, et son cœur se remplit d'admiration pour eux. Puis il lui sembla voir les cieux étoilés scintiller au-dehors, d'énormes corps célestes tournaient sans répit, décrivant dans le ciel un tourbillon infini et projetant des myriades de flammes incandescentes. Il entendit la lente et rude voix de Jupiter, la voix sourde comme un roulement de tonnerre de Saturne, le chant rapide et léger de Mercure, la belle voix brillante de Mars et la mélodie perçante de Vénus. Le vacarme que faisaient les cinq planètes en tournant se mêlait au hurlement des bouteilles de verre dans le vent. Il pénétra calmement dans le royaume des songes, et pour la première fois, il ne fut pas réveillé par un cauchemar et dormit jusqu'au lever du jour. Le lendemain matin, dès qu'il ouvrit les yeux, il sentit une odeur fraîche de lait. Une odeur assez éloignée de celle du lait de sa mère ou de celui de sa chèvre. Alors qu'il tentait d'en déterminer l'origine, la sensation qu'il avait ressentie, plusieurs années auparavant quand, « prince de la neige », il caressait les seins des femmes pour leur porter bonheur, lui revint brusquement à l'esprit. Ce qui avait resurgi à plusieurs reprises dans sa mémoire, c'était le dernier sein qu'il avait caressé ce jour-là : le sein unique de Vieille Jin, la tenancière de la boutique d'huile de sésame. Alors, il comprit que ce qu'il désirait le plus au monde, c'était ce sein-là, et le lait dont il était rempli. Il compta qu'il s'était écoulé juste trente ans depuis qu'il avait assumé le rôle de « prince de la neige ». La Jin de l'époque était une jeune femme qui, pour changer de statut de classe, avait consenti à épouser Fang Jin le Borgne, mais elle devait à présent avoir une bonne cinquantaine d'années. Parvenus à cet âge, les seins des femmes sont comme des poches qui pendent jusqu'à la ceinture, comment pourraient-ils conserver une belle forme et donner un liquide abondant ? Déçu, il pensa que ses sensations étaient en train de le tromper.

Devant l'amélioration de son moral, sa mère se sentit rassurée : « Fils, tout ce que tu voudras manger, je te le préparerai, annonça-t-elle. Je suis allée au village emprunter de l'argent à Vieille Jin, elle va envoyer une voiture chercher les bouteilles de verre qui sont derrière la maison et sont consignées.

– Vieille Jin… elle… va bien ? » demanda Shangguan Jintong le cœur battant à tout rompre.

Avec le reste de vue que lui procurait son œil gauche, la mère considéra perplexe l'expression inquiète de son fils et, presque malgré elle, soupira : « Elle est devenue la plus grosse “reine de la récupération” à cent lis à la ronde, elle a une voiture particulière, elle emploie une cinquantaine de personnes qui font fondre tous les jours des vieilles matières plastiques et du caoutchouc. De l'argent elle en a, mais son mari n'est pas à la hauteur, sa réputation à elle n'est pas bonne non plus… Je ne suis allée la solliciter qu'après avoir tout essayé. Elle a été vraiment agréable… Hé, elle a plus de cinquante ans, mais… elle a encore mis un enfant au monde… »

Comme s'il avait reçu une gifle, Shangguan Jintong se redressa d'un coup sur son séant et, l'espace d'un instant, eut l'impression d'avoir aperçu le grand visage rouge et miséricordieux de Dieu. Mes sensations ne m'ont pas trompé, pensa-t-il tout heureux, j'ai bel et bien senti que Vieille Jin s'approchait rapidement de notre petite maison, son sein unique dressé en avant, et que Long Qingping, toute nue, en train de frotter ses seins rouillés au papier abrasif, ne cessait de reculer, complètement désappointée. Timidement, mais avec une parfaite franchise, il demanda : « Maman, quand elle viendra, tu pourras te retirer un moment ?

– Mon fils, répliqua sans détour sa mère après un instant de surprise, tu es un homme qui vient de faire reculer les diables qui emportaient ta vie, comment pourrais-je ne pas t'obéir ? ! Je m'en vais. »

Émⁿu, il se rallongea, puis s'immergea dans cette odeur pleine de vie. Ce parfum n'émanait pas du monde extérieur, il remontait violemment des tréfonds de sa mémoire. Il ferma les yeux et vit le visage de cette femme qui s'était manifestement empâté mais n'avait pas perdu son éclat. Ses yeux noirs étaient toujours les mêmes, limpides, ils tournaient avec provocation pour capturer l'âme des hommes. Elle marchait d'un pas pressé, et même à grandes enjambées. Son sein sur lequel le temps n'avait presque pas laissé de traces tressautait sous son chemisier à fleurs. De son téton rouge sombre et saillant, stimulé par le frottement et les mouvements, jaillissait comme d'un petit arrosoir un lait blanc bleuté, qui laissait une tache grande comme une soucoupe sur le devant de son vêtement. Progressivement, l'odeur spirituelle qui montait en lui et l'odeur matérielle qui émanait des seins de Vieille Jin, tel un couple de papillons désireux de s'accoupler, se rapprochèrent, puis s'entrechoquèrent et rapidement ne firent plus qu'un. Il ouvrit les yeux : Vieille Jin, en tout point identique à celle qu'il avait imaginée, se tenait debout devant le *kang*.

« Frère, dit-elle avec émotion en se penchant et en prenant sa main qui ressemblait à une branche sèche, ses yeux noirs comme des pierres envahis de larmes, mon cher frère, qu'est-ce qui t'arrive ? »

Son cœur fondit sous la tendresse de cette femme. Il leva le cou, comme un chiot qui vient de naître et n'a pas encore ouvert les yeux, et tendit vers sa poitrine ses lèvres brûlantes arrondies en cercle. Sans hésitation, elle releva sa chemise et laissa pendre comme un melon jaune au-dessus de son visage son sein rempli de lait. Les lèvres de Shangguan Jintong cherchaient le téton, le téton cherchait ses lèvres. Lorsque, tremblant, il le prit dans sa bouche, et lorsque, tremblante, elle l'y enfonça, tous deux poussèrent une plainte frénétique comme s'ils s'étaient ébouillantés avec de l'eau brûlante. Il sentit une dizaine de jets de lait fins mais vigoureux envahir sa bouche, se rassembler en un courant chaud sucré comme du miel, inondant cet estomac qui était allé jusqu'à recracher ses propres muqueuses. Elle, de son côté, sentit que l'amour maladif qu'elle avait porté pendant des dizaines d'années à ce garçon au beau visage, comme une poupée de porcelaine, s'épanchait sans fin dans l'écoulement de son lait…

Quand il eut complètement asséché son sein, il sombra dans un sommeil profond, continuant à sucer le téton tel un petit enfant. Lui caressant tendrement le visage, elle retira son sein. Il remua les lèvres et sur sa peau jaunâtre apparurent des traces couleur de sang. Vieille Jin vit alors sa mère debout à côté de la porte, qui la regardait tristement. Sur le visage de Shangguan Lushi marqué par les épreuves de la vie, elle ne lut ni reproche ni jalousie, mais un profond remords et une gratitude infinie. Vieille Jin rangea son sein dans sa chemise et déclara résolument : « Tante, c'est moi qui l'ai voulu, c'est ce que j'avais toujours souhaité, nous étions prédestinés l'un à l'autre.

– Belle-sœur, répondit Shangguan Lushi, si c'était le destin, je n'ai pas besoin de te remercier.

– Tante, dit Vieille Jin en sortant une liasse de billets, l'autre jour, je me suis trompée, ces bouteilles valaient beaucoup plus que ça.

– Belle-sœur, je crains seulement que si le grand frère Fang l'apprend, il ne soit pas content !

– Il suffit qu'il ait son alcool à boire, dit Vieille Jin, il ne demande rien d'autre. Tante, en ce moment, je suis très occupée, je ne pourrai venir qu'une fois par jour, quand je ne serai pas là, préparez-lui quelque chose de liquide à manger. »

Grâce à l'allaitement de Vieille Jin, Shangguan Jintong recouvra rapidement la santé. Tel un serpent, il se débarrassa de son ancienne peau pour une nouvelle toute tendre. Deux mois durant, il ne prit pas une seule bouchée de nourriture et ne vécut que grâce au lait de Vieille Jin. Bien que souvent il se sentît affamé, dès qu'il pensait à la grossièreté des aliments, un voile noir passait devant ses yeux et son estomac était pris de spasmes. Les sourcils de sa mère qui commençaient à se détendre en voyant l'évolution de sa maladie se fronçaient alors de nouveau. Chaque matin, il se campait à l'arrière de la maison, devant le mur de bouteilles capable d'émettre des cris de dragon et des plaintes de tigre, et comme une petit enfant qui attend sa maman ou comme un amoureux éperdu d'amour, il lorgnait ardemment au loin, mille fois, dix mille fois, la petite route déserte qui s'étirait depuis la nouvelle ville en pleine expansion. Il attendait en se lamentant.

Un jour, il patienta de l'aube jusqu'au crépuscule sans que Vieille Jin se profile à l'horizon. Ses jambes engourdies à force de rester debout, ses yeux troubles à force de regarder au loin, il finit par s'asseoir contre le mur de bouteilles ouvertes au vent. La petite brise du soir soufflait du nord dans les goulots de taille irrégulière, jouant une musique mélancolique ; un sentiment de désespoir envahit son cœur et il versa des larmes involontaires.

Sa mère se tenait appuyée sur sa canne dans le crépuscule profond et le fixait dédaigneusement d'un regard peiné et résigné. Elle ne dit rien, elle le considéra un instant, puis le piqua un peu de la pointe de sa canne avant de rentrer dans la maison.

Le lendemain matin, Shangguan Jintong prit une faucille et un panier et se dirigea vers le canal d'irrigation. Au petit déjeuner, il avait avalé, les yeux écarquillés comme si on l'écorchait vif, deux patates douces bien cuites. Son estomac avait aussitôt été pris de coliques, dans sa gorge avait remonté de l'acidité, mais, s'efforçant de ne pas vomir, il était parti en quête de l'odeur forte de la menthe. Il se souvenait qu'une fois la station d'achat de la coopérative de vente en avait acheté. Évidemment, il n'allait pas en couper uniquement pour gagner un peu d'argent et compléter les revenus de la famille, il voulait surtout par ce moyen se défaire de son amour aveugle pour le sein et le lait de Vieille Jin. Depuis la mi-pente jusqu'au fond, le canal n'était que menthe luxuriante dont l'arôme frais raviva son esprit, et ses yeux parurent aussi reprendre un peu d'éclat. Il inspira volontairement à fond pour faire pénétrer au plus profond de ses poumons ce parfum de menthe. Puis il se mit à en couper en agitant sa faucille. Au cours de ses quinze années de camp de travail, il avait appris à faucher, et derrière lui le sol fut rapidement jonché de tiges aux feuilles blanches légèrement duveteuses.

À mi-pente du canal, il découvrit un trou du diamètre d'un bol. D'abord, il fut effrayé, mais aussitôt après il ressentit une certaine excitation. Il devina que ce devait être un terrier de lièvre et espéra le capturer pour améliorer pour une fois le quotidien de sa mère. Il introduisit dans le terrier le long manche de sa faucille et entendit du remue-ménage à l'intérieur. Le terrier n'était pas abandonné. Alors il surveilla l'entrée, tenant fermement son instrument. Le lièvre sortit la tête et montra peu à peu son museau aux longs poils. Shangguan Jintong abattit la faucille, mais rencontra le vide, car le lièvre avait rentré sa tête juste à temps. Lorsque l'animal la sortit une nouvelle fois, il sentit la pointe de la faucille se ficher profondément dans le crâne de la bête. Il tira violemment l'instrument et le gros animal qui tremblait de tout son corps se retrouva couché à ses pieds. La pointe de la lame lui était entrée par une orbite et un filet dc sang coulait tel un fil de soie le long de la lame blanche comme la neige ; les yeux du lièvre semblables à des billes de verre restaient sournoisement mi-clos. Un froid glacial l'envahit soudain, il jeta la faucille et sauta sur le bord du canal, cherchant de tous côtés du regard, comme un enfant qui demande de l'aide après avoir provoqué une grosse catastrophe.

En fait, sa mère se tenait depuis longtemps derrière lui. De sa vieille voix, elle lui demanda : « Jintong, qu'est-ce que tu fais ?

– Maman, dit-il tristement, j'ai... j'ai tué un lièvre !... Le pauvre, je regrette vraiment, pourquoi est-ce que j'ai voulu le tuer ?

– Jintong, lui dit sa mère avec une sévérité dont elle n'avait jamais fait preuve auparavant, en un clin d'œil, tu as eu quarante-deux ans, mais tu es toujours aussi sentimental et aussi indécis. Ces derniers jours, je ne t'ai pas fait de reproches, mais à présent, je suis obligée. Tu dois te rendre compte que ta mère ne sera pas à tes côtés toute ta vie, quand je serai morte, tu devras vivre tout seul, comment pourras-tu continuer ainsi ? ! »

Shangguan Jintong essuya avec dégoût dans la terre le sang de lièvre qui avait taché ses paumes. Les réprimandes de sa mère lui avaient échauffé le visage et il se sentait mécontent.

« Tu vas partir dans le monde faire quelque chose, même quelque chose de petit... continua la mère.

– Maman, gémit-il, qu'est-ce que je pourrais faire ?

– Mon fils, écoute-moi. Désormais tu vas te comporter en homme, tu vas emporter ce lièvre au bord de la rivière d'Encre, tu vas le dépecer, quand tu l'auras ouvert, tu le laveras et tu le feras cuire pour l'offrir en gage de respect à ta mère qui n'a pas mangé de viande depuis plus de six mois. Au moment de le dépecer et de le vider, peut-être n'oseras-tu pas te décider, tu risques de trouver cela cruel, mais n'est-ce pas tout aussi cruel qu'un homme comme toi tètes le lait d'une femme ? Tu dois savoir que le lait, c'est le sang des femmes. C'est dix fois plus cruel de faire cela que de tuer un lièvre. Quand tu auras pensé à tout ça, tu réussiras à le dépecer et à le vider, et tu seras content. Quand un chasseur tue un animal, il n'est jamais triste d'avoir ôté une vie, il est heureux parce qu'il sait que les millions et millions d'oiseaux et d'animaux dans le monde ont été créés par Jéhovah à l'usage des hommes. L'homme est le maître des dix mille êtres, et il en est la merveille. »

Shangguan Jintong hocha la tête avec force et sentit que dans sa poitrine se déposait peu à peu une couche de terre solide. Son cœur qui était jusque-là comme une calebasse flottant à la surface de l'eau semblait presque s'être stabilisé. Sa mère continua : « Sais-tu pourquoi Vieille Jin ne vient plus ?

– C'est toi... dit-il en dévisageant sa mère.

– Oui, c'est moi ! C'est moi qui suis allée la voir. Je ne pouvais pas continuer à la regarder détruire mon fils sous mes propres yeux.

– Tu… Comment as-tu pu faire ça… ?

– Je lui ai dit, poursuivit la mère sans prêter attention à ses paroles : “Belle-sœur, si tu aimes vraiment mon fils, tu peux coucher avec lui, mais je t’interdis de lui donner ton lait.”

– Mais c’est son lait qui m’a sauvé la vie ! s’écria Shangguan Jintong d’une voix perçante. Sans son lait, je serais mort, pourri, déjà rongé par les vers !

– Je sais. Comment pourrais-je oublier qu’elle t’a sauvé la vie ? dit sa mère en frappant le sol de la pointe de sa canne. Depuis des dizaines d’années, j’ai été stupide, mais aujourd’hui j’ai compris : j’aurais mieux fait de le tuer plutôt que d’élever un bon à rien qui reste toute sa vie accroché au téton des femmes !

– Et alors, demanda Shangguan Jintong avec inquiétude, qu’est-ce qu’elle a dit ?

– C’est une brave femme, elle a dit : “Tante, rentrez dire à mon frère qu’à la tête du *kang* de Vieille Jin, il y aura toujours un oreiller pour lui.”

– Mais elle a un mari… dit Shangguan Jintong en pâlissant.

– Fais-moi une promesse, dit la mère sur un ton de défi farouche. Si tu es mon fils, va la voir, je n’ai plus besoin d’un fils qui n’arrivera jamais à grandir ; ce que je veux, c’est un fils qui affronte le danger, comme Sima Ku ou Han l’Oiseau. Je veux un homme véritable qui pisse debout. »

Chapitre 48

Vaillamment, comme sa mère le lui avait commandé, il traversa la rivière d'Encre pour aller voir Jin Sein unique et ainsi commencer la grandiose vie d'homme qu'elle l'avait aidé à concevoir. Mais son courage, sur le chemin qui le conduisait vers la ville en plein essor, ressemblait à une chambre à air à la valve défectueuse, il était en train de se dégonfler. Les grands immeubles et les hauts bâtiments dressés au cœur de la ville, décorés de mosaïques de couleur, trônaient majestueusement sous le soleil ; sur les chantiers de construction, les immenses bras jaunes des grues remuaient lentement pour soulever de lourds éléments en préfabriqué. Le bruit des marteaux pneumatiques frappant le métal faisait vibrer ses tympans. Aux environs du village des Dunes, sur les hautes structures métalliques, les arcs des soudures luisaient plus vivement que le soleil, et des fumées blanches montaient en volutes le long des tours de métal. Son regard ne savait plus où se porter. Suivant l'itinéraire que lui avait indiqué sa mère, il trouva, non loin de la grande anse où Sima Ku avait autrefois été fusillé, la station d'achat d'objets de récupération de Vieille Jin. Il s'y dirigea en empruntant une longue route goudronnée, large et plane. De chaque côté, des immeubles étaient achevés, d'autres en construction. La grande cour de la maison de la famille de Sima Ku n'existait plus et la « Société pharmaceutique Huachang SARL » avait aussi disparu. Des bulldozers étaient en train de creuser de profondes tranchées et sur les ruines de l'église se dressait un nouveau bâtiment de six étages, peint en une couleur dorée qui le faisait ressembler à un nouveau riche à la bouche pleine de dents en or. Une rangée de caractères rouges plus grands que des moutons étaient incrustés dans la surface dorée, étalant aux yeux de tous la puissance et le style de la succursale de la ville de Dalan de la Banque industrielle et commerciale de Chine. Sur le terrain vide devant le bâtiment, où s'entassaient des décombres, était garée une luxueuse voiture d'importation d'un rouge vermillon éclatant, si étincelante que l'on pouvait se refléter dedans. Il en vit descendre une femme qui avait belle allure : un tailleur occidental en laine noire et un pull-over à haut col rouge vermeil, au revers du tailleur ouvert, une broche dont les perles scintillaient, une poitrine opulente qui tendait le pull de manière attirante, des cheveux habilement rassemblés derrière la tête comme une bouse de vache, laissant dégagé le front brillant, un visage d'une blancheur humide tel un jade « graisse de mouton[1] », des fesses lestement dressées, un pantalon aux plis tombant droit comme une lame de couteau, des chaussures à talons mi-hauts, des lunettes aux verres couleur de thé dissimulant les yeux, et des lèvres rouge sang comme si elles venaient de mordre une cerise. Un sac de cuir souple sous le bras, elle sortit de la voiture, avança en faisant claquer ses talons, s'engouffra dans la porte tournante en aluminium et disparut en un éclair, comme un rêve.

La station d'achat d'objets de récupération était constituée d'un vaste terrain enclos de murs de plaques de ciment. Les objets y étaient classés par catégories : les bouteilles formaient une grande muraille éblouissante, les déchets de verre s'accumulaient en une petite montagne qui dardait ses rayons, les vieux pneus étaient rangés en tas, les plastiques usagés s'élevaient plus haut que le toit d'une maison, et parmi les ferrailles se trouvait encore un gros obusier dont on avait démonté les roues. Des dizaines d'ouvriers, la bouche protégée par un masque, s'activaient comme des fourmis : certains transportaient des pneus, d'autres triaient les métaux, certains remontaient des véhicules tandis que d'autres en démontaient. À l'angle d'un mur, un gros chien-loup au poil noir était attaché avec la chaîne d'une ancienne noria qui portait des restes de son revêtement en caoutchouc rouge. Ce chien avait l'air dix fois plus imposant que les bâtards du camp de rééducation. Son poil était comme gominé. Devant lui reposaient un poulet rôti entier et un pied de cochon à demi dévoré. À l'entrée principale, le gardien avait des cheveux en désordre dressés sur la tête, comme les poils du

1. Variété de jade très précieuse.

chien, des yeux troubles, un visage tout ridé, et en y regardant bien, il ressemblait au chef des troupes armées de l'ancienne commune populaire de Dalan. Dans la cour, il y avait un four pour fondre les plastiques dans lequel brûlaient de vieux pneus ; de sa cheminée en tôle sortait une fumée noire à l'odeur étrange et des particules de suie roulaient sur le sol comme de la bourre de massette. Les petits marchands venus vendre leurs chiffons se pressaient autour d'une balance et discutaient vivement avec le vieil homme chargé de la pesée. Il reconnut en lui le vendeur de la coopérative d'approvisionnement de Dalan, un nommé Luan Ping. Un homme aux cheveux grisonnants entra dans la cour sur un triporteur, c'était Liu le Grand Fonctionnaire, l'ex-chef du bureau de poste, un personnage qui se donnait de grands airs, à présent gérant de la cantine de Vieille Jin. Shangguan Jintong se sentait de plus en plus intimidé, car Jin Sein unique avait beaucoup de biens et son commerce était florissant : elle était purement et simplement devenue une capitaliste. Se demandant s'il ne s'était pas trompé d'endroit, il restait interdit dans la cour. Mais à cet instant, au premier étage d'un bâtiment tout simple, s'ouvrit une grande fenêtre. Jin Sein unique, un large peignoir de bain rose jeté sur les épaules, enroulant ses cheveux d'une main, lui adressa un signe de l'autre. « Monte, mon filleul ! » l'entendit-il dire sans scrupule.

Il avait l'impression que dans la cour tout le monde le regardait, c'était comme si tout son corps était couvert de balle de blé. Il se dirigea tête baissée vers le bâtiment. Sous les regards, ses jambes lui semblaient très empruntées, mais pas autant que ses bras : fallait-il les garder pliés ou tendus ? Mettre les mains dans les poches ou dans le dos ? Certes, il aurait pu faire comme l'ancien chef de la ferme de la rivière du Dragon, le jeune Lao Du, qui même dans son sommeil gardait ses mains sur ses hanches. Mais lui, il ne pouvait pas ; si le jeune Lao Du marchait les mains sur les hanches, c'était parce qu'il était fonctionnaire, c'était une façon de montrer son importance et de compenser les défauts de sa petite taille et de sa maigreur. Tandis que lui, Shangguan Jintong, il comptait pour quoi ? Je ne suis en rien différent de ces grands bœufs jaunes castrés de l'Ouest du Shandong que l'on élevait à la ferme de la rivière du Dragon : sans sexe, sans émotions, et qui remuaient la queue lorsqu'on leur piquait la croupe. Est-ce que je peux m'élancer en balançant les bras ? Non, c'est ce que ferait un jeune homme naïf, moi, j'ai déjà quarante-deux ans, j'ai l'âge d'être grand-père. Il finit par décider de laisser pendre ses bras et tomber ses épaules, garda la tête baissée et avança selon le style auquel il avait été entraîné pendant ses quinze années de camp de travail, comme un chien qui a pris deux coups de bâton, la queue entre les jambes, l'air abattu, jetant des regards furtifs à droite et à gauche tout en gardant la tête baissée et marchant à toute allure en rasant les murs comme un voleur. Lorsqu'il atteignit l'entrée des escaliers, il entendit Vieille Jin qui criait à l'étage : « Liu le Grand Fonctionnaire, Liu le Grand Fonctionnaire, mon filleul est là, fais préparer deux plats de plus ! » Dans la cour, une chansonnette aigrelette sortit de la bouche d'on ne sait qui : « L'enfant qui veut devenir fort, de vingt-quatre marraines délurées doit visiter le corps… »

Il gravit précautionneusement l'escalier en bois rudimentaire. Arrivé en haut, il sentit une forte odeur d'eau de Cologne. Il leva timidement la tête et vit Vieille Jin jambes écartées au sommet des marches, qui le regardait avec un petit sourire moqueur flottant sur son visage blanchi par le fard et la poudre. Il s'arrêta involontairement, les doigts cramponnés à la rampe en métal, la sueur y laissant distinctement la marque des plis de sa paume.

« Allez, mon filleul, monte ! » l'appela-t-elle avec force en ravalant son sourire.

Prenant son courage à deux mains, il gravit encore quelques marches et son poignet fut saisi par une douce main. Le couloir était sombre. Ses yeux n'étaient pas habitués. Il eut l'impression qu'il ne la suivait pas, mais qu'il était entraîné par son parfum dans la caverne d'une sorcière.

Elle poussa une porte et le tira à l'intérieur. La pièce était inondée de lumière, le sol recouvert d'une moquette, les murs de papier peint, et au plafond pendaient des boules décorées en papier cellophane de couleur. Au milieu se dressait un bureau avec un pot rempli de gros pinceaux. « C'est juste pour faire impression, dit-elle, je ne connais pas grand-chose à la calligraphie. »

Shangguan Jintong restait planté là, gêné, sans oser vraiment la regarder. Soudain elle se mit à rire : « Est-ce qu'une affaire pareille s'est déjà produite sur terre ? dit-elle. Non, il n'y en a pas d'autre, c'est un cas unique. »

Il leva la tête et rencontra son regard amoureux et déluré. « Mon fils, dit-elle, ne laisse pas tomber tes yeux jusqu'à te blesser les pieds, lève la tête pour me regarder, quand tu lèves la tête, tu es un loup, mais quand tu la baisses, tu es un mouton ! Et pour cette affaire étrange unique au monde, c'est la mère qui a servi d'entremetteuse ! Cette vieille femme, heureusement qu'elle y a pensé ! Sais-tu comment elle m'a dit ça ? Elle m'a dit : "Belle-sœur – Vieille Jin imitait à la perfection l'intonation de Shangguan Lushi –, quand on sauve les gens, on va jusqu'au bout, quand on raccompagne quelqu'un, on va jusque chez lui. En le nourrissant de ton lait, tu l'as peut-être sauvé de la mort, mais tu ne pourras pas continuer à le nourrir toute sa vie, n'est-ce pas ?" Ta mère disait juste, moi, Vieille Jin, je suis quand même une femme de cinquante ans. » Puis, tapotant son sein unique dissimulé sous l'ample peignoir de bain, elle ajouta : « Malgré tous mes efforts, ce trésor ne restera plus aussi vigoureux très longtemps. Il y a trente ans, quand tu l'as caressé, pour employer une expression en vogue ces dernières années, c'était la belle époque où il était "d'une combativité et d'un moral très élevés". À présent, il est comme "un vieux phénix qui vaut moins qu'un poulet". Frère, j'ai envers toi une dette qui date d'une existence antérieure, ne t'occupe pas de savoir pourquoi, moi non plus je ne me le demande pas, ce que je sais, c'est que ma chair blanche mijote à petit feu depuis trente ans, elle est juste à point, tu peux la manger comme ça te chante ! »

Shangguan Jintong contemplait passionnément son sein unique proéminent et reniflait avec avidité l'odeur de ce sein et l'odeur du lait, sans sembler remarquer les cuisses opulentes que Vieille Jin dévoilait à dessein. À cet instant, dans la cour, le petit vieillard qui s'occupait de la balance cria d'une voix haut perchée en brandissant une poignée de câbles électriques : « Patronne, il y en a un qui vend ça, vous en voulez ou pas ? » Vieille Jin tendit la tête à la fenêtre et lança sur un ton contrarié : « Pourquoi me le demander ? Prends-le ! » Puis elle referma la fenêtre. « Putain, s'il y en a qui osent le vendre, pourquoi moi j'oserais pas l'acheter ? N'aie pas l'air étonné, parmi ces types qui viennent vendre de la marchandise, huit sur dix sont des voleurs, tout ce qu'on trouve sur un chantier de construction, je suis capable de le récupérer. Des bâtons de soudure électrique dans leur coffret, des appareils électriques dans leur carton, des tiges d'acier, du ciment, il y a de tout. Et moi, je fais bon accueil à tout le monde, je prends ces marchandises au prix de la récupération et je les vends comme des produits finis, le changement de mains dégage des profits extraordinaires. Je sais que ce commerce finira tôt ou tard par craquer, alors dès que je gagne un yuan, j'en garde la moitié pour nourrir ces canailles, et l'autre moitié, j'en profite comme je peux. Je te cache pas que la plupart des chefs et des personnalités honorables sont passés dans mon lit. Et comment je les ai traités, tu le sais ? » Shangguan Jintong secoua la tête, perplexe. « Toute sa vie, reprit-elle en tapotant son sein, Vieille Jin a conquis le monde grâce à ce sein. Tes salopards de beaux-frères, les Sima Ku et Sha Yueliang, ont couché avec moi avec ce sein dans leur bouche, mais je n'ai jamais éprouvé pour eux de vrais sentiments. Toi seul, petit bâtard, tu as capturé mon âme et hanté mes rêves ! Ta mère m'a dit : "Belle-sœur, de sa vie, Jintong n'a jamais touché une femme, si ce n'est ce qu'il a fait avec ce cadavre, et j'ai compris que c'est ça qui est à l'origine de sa maladie." J'ai dit : "Tante, pas besoin de me le dire, au fil de sa vie, Vieille Jin est devenue experte dans ce domaine, confiez-moi votre fils, même s'il était de la morve, je saurais en faire de l'acier !" »

Vieille Jin entrouvrit son peignoir de façon provocante : dessous, elle était nue comme un ver. Ce qui devait être blanc était d'un blanc de neige, ce qui devait être noir était d'un noir d'ébène. Le visage couvert de sueur, Shangguan Jintong tomba assis sur la moquette.

Vieille Jin eut quelques hoquets de rire. « De quoi as-tu peur ? lui demanda-t-elle. Mon filleul, il ne faut pas avoir peur, sur le corps d'une femme, les seins sont des trésors, mais il y a aussi le trésor des trésors. L'impatience empêche de manger le fromage de soja brûlant, lève-toi, je vais te préparer comme il faut. »

Et elle le poussa dans sa chambre à coucher comme elle l'aurait fait d'un chien mort. Dans la pièce, les murs étaient couverts de couleurs criardes, et près de la fenêtre était construit un grand *kang* devant lequel s'étalait un épais tapis de laine. Comme si elle s'occupait d'un enfant désobéissant, elle lui ôta ses vêtements sans autre forme de procès. La fenêtre laissait passer la lumière, les gens allaient et venaient dans la cour. Imitant le geste de Han l'Oiseau, Shangguan Jintong se couvrit l'entrejambe de ses mains ; puis il s'accroupit et vit son corps tout blanc, laid et écœurant, dans l'immense miroir. Vieille Jin était pliée en deux de rire, un rire si jeune, si déluré, qui tournoyait dans la chambre comme un pigeon. Toujours riant, elle s'écria : « Mon Dieu, mon Dieu ! C'est le style de quelle école de boxe ? Mon fils, je ne suis pas un tigre, je ne vais pas te manger ! » Puis elle ajouta : « Allez, debout, va prendre une douche ! »

Shangguan Jintong entra dans la salle de bains attenante à la chambre à coucher. Vieille Jin alluma la lumière et, lui présentant la baignoire rose en plastique dur, les lustres en cristal dépoli, les carreaux vernissés en relief sur les murs, le siège des WC italiens couleur café, les chauffe-eau électriques japonais, elle déclara : « Tout ça, c'est de la récupération, la moitié des habitants du bourg de Dalan sont des voleurs. C'est provisoire, il n'y a pas encore d'eau courante chaude, il faut la faire chauffer soi-même. » Et elle ajouta en montrant les quatre énormes chauffe-eau sur les murs qui entouraient la baignoire : « Sur les vingt-quatre heures d'une journée, j'en passe douze dans l'eau chaude. Je n'ai jamais pris de bain pendant la première partie de ma vie, je veux me rattraper pendant la seconde. Mon filleul, par rapport à moi, tu es un pauvre diable, au camp de rééducation, il n'y avait pas de bains chauds, n'est-ce pas ? » Tout en parlant, elle avait ouvert les quatre arrivées d'eau des chauffe-eau et des quatre pommeaux de douche coula en même temps une eau à la bonne température. L'eau jaillissait comme une pluie violente. De la buée envahit aussitôt la salle de bains. Elle le poussa dans la baignoire. À peine l'eau chaude eut-elle mouillé son corps qu'il poussa un drôle de cri et s'écarta vivement. Vieille Jin le repoussa sous le jet : « Serre les dents, dit-elle, tu vas t'y habituer en un instant. » Il s'efforça de serrer les dents et sentit tout le sang de son corps lui affluer à la tête, tandis que sa peau lui semblait être piquée par d'innombrables aiguilles d'argent. Ce n'était ni vraiment de la douleur ni de l'engourdissement, mais plutôt une sensation à la fois de souffrance et de bonheur. Son corps se ramollit, comme une poignée de boue, et s'immobilisa pesamment dans la baignoire, les flèches d'eau l'assaillirent comme si elles frappaient une écorce vide qui n'avait plus rien à voir avec lui. À travers l'épais rideau de buée, il vit que Vieille Jin avait ôté son peignoir et se faufilait dans la salle de bains comme un gros porc blanc. Son corps souple et glissant se pressa contre le sien. Dans la buée se répandait un parfum, sa main tenait une savonnette à l'odeur entêtante qu'elle lui passa sur la tête, sur le visage, partout. Enfoui sous une couche de mousse, tout son corps devint onctueux. Faisant contre mauvaise fortune bon cœur, il s'abandonna à sa volonté, et quand son téton effleura sa peau, le bonheur le laissa entre la vie et la mort. Tous deux s'activèrent parmi les bulles, la crasse de son corps s'en alla, couche après couche, toutes les saletés furent éliminées de ses cheveux et de sa barbe, mais il ne réussit pas à la serrer dans ses bras comme un homme, il se laissa seulement caresser et pincer par elle.

Elle jeta par la fenêtre les vieux vêtements que Shangguan Jintong avait rapportés du camp de rééducation. Elle lui fit passer des sous-vêtements propres et mettre un costume Pierre Cardin manifestement prêt depuis longtemps, puis noua autour de son cou peu habitué à cela une cravate Golden Lion. Elle lui peigna les cheveux, tailla barbe et moustache, lui enduisit la chevelure d'une pommade de Corée du Sud, puis lui parfuma la barbe à l'eau de Cologne, et enfin le poussa devant le miroir où il découvrit devant lui un bel homme, grand, au maintien imposant, au style à la fois chinois et occidental. « Mon chéri, s'écria Vieille Jin surprise, tu es une vraie star de cinéma ! » Il rougit subitement. Et il se retourna en hâte, car en vérité sa propre image le surprenait aussi. Était-ce encore là le Shangguan Jintong qui gobait des œufs volés à la ferme de la rivière du Dragon ? Le Shangguan Jintong qui gardait les bœufs et les moutons au camp de rééducation ?

Vieille Jin l'installa sur le sofa devant le *kang* et lui tendit une cigarette, mais il refusa d'un geste ; elle lui versa une tasse de thé qu'il accepta, terrifié. Vieille Jin était appuyée de côté contre la pile de couvertures à la tête du *kang* et se tenait sans la moindre gêne jambes écartées, les pans de son peignoir ramenés entre ses cuisses ; fumeuse avertie, elle crachait rond de fumée sur rond de fumée. Une fois son maquillage ôté, ses rides réapparaissaient et sa peau gardait la trace noire des produits de beauté à bas prix. La fumée la força à fermer les yeux, ce qui fit ressortir les rides tout autour. « Tu es l'homme le plus sage que j'aie rencontré dans ma vie, dit-elle en plissant les yeux, et moi, peut-être ne suis-je déjà plus qu'une horreur. »

Ne pouvant plus soutenir son regard perçant à travers la fente de ses paupières, il baissa vite les yeux et balbutia en posant ses mains sur ses genoux : « Non, non, tu n'es pas vieille, tu n'es pas laide non plus, tu es la femme la plus belle du monde…

– Au début, je croyais que ce que disait ta mère était faux, dit-elle un peu abattue, je n'imaginais pas que ça pouvait être vrai. » Elle écrasa son mégot dans le cendrier, se redressa et s'assit. « Ce qui s'est passé entre cette femme et toi, en fin de compte, c'est vrai ou c'est faux ? » Il allongea un peu le cou, gêné par le col dur de la chemise et la cravate, et son visage se couvrit de fines gouttes de sueur. Il pétrissait ses genoux de ses mains et se sentait sur le point d'éclater en sanglots. « Ça va, ça va, dit-elle, je te posais la question comme ça, gros idiot ! »

Au moment du déjeuner, contre toute attente, elle invita à les accompagner une dizaine de personnalités importantes en costume occidental et chaussures de cuir. Tirant Shangguan Jintong par la main, elle dit à ces hommes : « Regardez un peu mon filleul, est-ce qu'on ne dirait pas une vedette de cinéma ? » Les hommes l'examinèrent avec attention ; l'un d'eux, un homme d'âge mûr aux cheveux gominés, portant au poignet une montre Rolex en or dont il laissait volontairement pendre la chaînette, et qui, selon les présentations de Vieille Jin, devait être un président de comité, insinua avec lubricité : « Vieille Jin, Vieille Jin, alors là c'est vraiment la vieille vache qui broute l'herbe tendre !

– Arrête tes conneries ! l'injuria Vieille Jin, mon filleul est l'Enfant d'Or qui se tient devant le trône de la reine mère d'Occident[1], un vrai gentilhomme, honnête en toutes circonstances, pas comme vous, bande de chiens lubriques. Dès que vous voyez une femme, vous êtes comme le moustique à la vue du sang : pour piquer, il est prêt à courir tous les risques !

– Vieille Jin, Vieille Jin, nous voudrions bien te piquer ! » dit un homme au crâne chauve. Quand il parlait, la chair de ses joues ballottait, au point qu'il devait les couvrir de ses mains pour empêcher sa bouche de se tordre. « Ta chair est si parfumée ! Si tu étais faite de chair puante, qui voudrait te piquer ? !

– Vieille Jin veut imiter Wu Zetian[2] ! dit un homme vigoureux

1. Divinité de la religion populaire.

2. Impératrice célèbre dans l'histoire de la Chine qui vécut au VIIe siècle après J.-C.

aux cheveux qui frisaient naturellement, écarquillant des yeux de poisson rouge. Elle va s'occuper d'un petit visage blanc.

– Occupez-vous donc de vos maîtresses et fichez-moi la paix... les interrompit Vieille Jin en les injuriant. À présent, fermez vos gueules, et faites attention que je vous fasse pas remballer vos saloperies de marchandises !

– Frère Shangguan Jintong, dit un homme aux sourcils épais et au visage émacié en se mettant devant lui et en levant son verre à deux mains, je bois à votre santé, félicitations pour votre retour à l'issue de votre peine. »

Il fit ainsi allusion au passé de Shangguan Jintong qui ne savait plus où se mettre et aurait voulu se cacher sous la table.

« C'est une grande injustice ! s'écria Vieille Jin outrée. Frère Jintong est un homme sage, jamais il n'aurait pu commettre cet acte. »

Quelques hommes se parlèrent à l'oreille à voix basse. Puis ils se levèrent et trinquèrent à tour de rôle à la santé de Shangguan Jintong. C'était la première fois de sa vie que celui-ci buvait de l'alcool ; au bout de quelques verres, il sentit le ciel et la terre tourner, et les visages de ces hommes devant lui se mirent à ressembler à des tournesols dorés qui pivotaient avec régularité. Il sentit confusément qu'il devait éclaircir la question à l'intention de ces personnalités. Il se mit debout et, levant son verre, déclara : « Avec elle, ce que j'ai fait... son corps n'était pas encore froid... elle souriait, elle avait les yeux ouverts...

– Voilà un homme véritable ! »

Il entendit cette phrase s'échapper d'un des tournesols. Il se sentit plus apaisé, puis s'étala de tout son long sur la table couverte d'une multitude de plats.

Lorsqu'il se réveilla, il était étendu complètement nu sur le *kang* de Vieille Jin, nue elle aussi, appuyée contre les couvertures, un verre de vin à la main, en train de regarder une cassette vidéo. C'était la première fois que Shangguan Jintong voyait la télévision en couleurs – il avait parfois jeté un coup d'œil à la télévision en noir et blanc à la direction du camp de rééducation. Si les images de la télévision en noir et blanc l'avaient déjà profondément émerveillé, celles en couleurs lui faisaient vraiment se demander s'il n'était pas au royaume des songes. Surtout que, sur cet écran en couleurs, apparaissaient des scènes où un homme et une femme cul nu s'en donnaient à cœur joie sans la moindre retenue. Un lourd sentiment de culpabilité lui fit baisser la tête. Il entendit Vieille Jin ricaner doucement : « Mon filleul, ne fais pas de manières, lève la tête et regarde bien, regarde comment font les gens. » Shangguan Jintong leva la tête et jeta quelques coups d'œil, il sentit un frisson glacé lui parcourir l'échine.

Vieille Jin se redressa et arrêta la bande vidéo. Des points blancs dansaient sur l'écran de télévision. Elle éteignit le poste et baissa la lampe de chevet. Une douce lumière jaune envahit la pièce. Les rideaux bleu pâle aux fenêtres formaient comme une cascade immobile qui se déversait sur la natte du *kang*. Vieille Jin lui sourit doucement et le taquina de ses pieds grassouillets.

Il avait la gorge aussi sèche qu'un puits abandonné, le haut de son corps était tout feu tout flamme, mais le bas une mare d'eau croupie. Ses yeux comme enflammés fixaient l'énorme sein de Vieille Jin au-dessus de son ventre. Il penchait un peu vers la gauche. S'il n'y avait pas eu, du côté droit, tout près de l'aisselle, un téton collé à la peau, gros comme une graine de lotus, et autour de lui un halo sombre de la taille d'un verre à alcool, prouvant qu'elle avait été conçue comme une femme à deux seins, elle aurait purement et simplement été un cas extraordinaire pour la médecine ou la biologie. Le téton de son sein unique avait été étiré par les hommes. Il tremblait d'excitation, laissant couler un peu de liquide sucré qui le faisait ressembler à une datte brillante couverte de miel. Comparé à ce sein, tout le reste paraissait terne. Il tendit la bouche dans sa direction, mais Vieille Jin se retourna pour l'éviter. Elle prit une position lascive pour l'attirer, mais il était terriblement troublé et essaya de la retourner en la prenant par ses douces épaules. Dès qu'elle fut sur le dos, son sein unique scintilla comme l'ombre d'une oie sauvage apeurée, puis de nouveau il fut caché par son corps. Il s'ensuivit une lutte acharnée, l'un se battait pour sucer le sein, l'autre pour l'en empêcher. Tous deux haletaient d'épuisement. Sans forces, Vieille Jin finit par se laisser maîtriser et, sans plus s'occuper de rien, il enfouit sa tête contre sa poitrine, enfonçant profondément le téton dans sa bouche avec une avidité telle qu'il semblait vouloir avaler le sein tout entier. Dès que le sein de Vieille Jin fut dans sa bouche, elle capitula, gémissante, les mains plantées dans ses cheveux ébouriffés, et le laissa vider tout son lait.

Quand il eut fini, Shangguan Jintong s'endormit pleinement satisfait, tandis que Vieille Jin, qui brûlait encore intérieurement, mettait tout en œuvre pour tenter de réveiller ce vieux bébé qui ronflait tranquillement.

Le lendemain matin, poussant un bâillement fatigué, elle couvrit Shangguan Jintong d'un regard furieux. La bonne de Vieille Jin lui amena son enfant pour qu'elle l'allaite. Jintong vit que le bébé de moins d'un an lui jetait depuis les bras de la bonne un regard haineux. Se massant le sein, Vieille Jin dit à celle-ci : « Emmène-le et va au marché lui acheter du lait de vache. »

La bonne s'en alla discrètement. Vieille Jin jura à voix basse : « Espèce de bâtard, tu m'as tétée jusqu'au sang. » Riant en guise d'excuse, il fixait du regard le trésor qu'elle tenait dans sa main et s'avançait lentement comme ensorcelé. Mais Vieille Jin, tenant toujours son sein, passa dans une autre pièce.

Le soir, elle mit un soutien-gorge en grosse toile spécialement confectionné pour elle, passa une veste épaisse ouatée et se noua à la taille une large ceinture décorée de rivets de cuivre à tête ronde, de celles que les maîtres d'arts martiaux portent lorsqu'ils se livrent à leurs exercices. Elle avait elle-même coupé aux ciseaux les pans de la veste ouatée au ras des fesses, laissant pendre un rang de fils en coton. En bas, elle ne portait rien, mais était chaussée d'une paire de chaussures rouges à talons hauts. Quand il la vit dans cet accoutrement, Shangguan Jintong sentit que dans son ventre s'enflammait une boule de feu, son sexe excité, gonflé comme un ballon, frappait contre son ventre. Elle s'apprêtait à prendre une attitude de femelle en chaleur, mais avant même qu'elle ait eu le temps de dresser les fesses, Shangguan Jintong la couchait sur le tapis devant le *kang* comme un tigre se jette sur sa proie…

Deux jours plus tard, Vieille Jin présentait à l'ensemble de son personnel le nouveau directeur général Shangguan Jintong. Vêtu d'un complet italien parfaitement ajusté, il portait une cravate en soie brodée Lacoste, sur les épaules un pardessus Stefanel dernier cri en serge couleur poil de chameau, et il était coiffé d'une petite casquette Rêve de Paris sans visière couleur café, élégamment portée sur le côté. Les mains sur les hanches, tel un grand coq qui vient de descendre du dos d'une poule, il faisait face d'un air épuisé mais plein de fierté à la horde enrôlée par Vieille Jin. Il prononça un discours simple, utilisant presque les mêmes mots et la même intonation que les cadres de la ferme de rééducation pour réprimander les condamnés. Dans les yeux des hommes, il perçut haine et jalousie.

Avec Vieille Jin pour guide, il parcourut tous les coins et recoins de la ville de Dalan, fit la connaissance d'hommes en rapport direct ou indirect avec l'achat et la vente d'objets de récupération. Il apprit à fumer des cigarettes de marque étrangère, à boire du vin étranger, à jouer au mah-jong, il apprit aussi à inviter, à offrir des cadeaux, à frauder le fisc et à échapper à l'impôt. Il alla même jusqu'à caresser la main blanche d'une serveuse devant une dizaine d'invités dans la salle de banquet de l'hôtel Julong. Comme la main de la serveuse tremblait, elle cassa un verre. Il sortit alors une liasse de billets qu'il fourra dans la poche de son uniforme blanc en disant : « C'est peu de chose !

– Je vous remercie ! » minauda la jeune fille.

Chaque nuit, tel un paysan infatigable, il labourait les terres fertiles de Vieille Jin. Son impétuosité et son manque d'expérience procuraient à celle-ci une excitation particulièrement neuve, et les cris qu'elle poussait tiraient souvent de leurs rêves ses employés épuisés qui habitaient dans des logements rudimentaires.

Un soir, un vieil homme borgne entra, tête penchée, dans la chambre de Vieille Jin. Un frisson glaça Shangguan Jintong qui la repoussa dans un coin du *kang* et s'enveloppa en hâte dans une serviette de bain. Au premier coup d'œil, il avait reconnu dans le vieux borgne debout devant le *kang* Fang Jin, le gardien de la brigade de production à l'époque de la commune populaire, mari de Vieille Jin devant la loi.

Assise en tailleur dans l'angle du *kang,* Vieille Jin lui lança avec colère : « Est-ce que je ne viens pas de te donner mille yuans ? »

Fang Jin s'assit devant le *kang* sur le grand sofa italien en cuir véritable, toussa un moment et cracha sur le tapis persan rutilant. Un regard de haine auquel on aurait pu allumer une cigarette flambait dans ses yeux. « Ce n'est pas de l'argent que je veux cette fois.

– Quoi alors ? demanda Vieille Jin hors d'elle.

– C'est votre vie que je veux ! » Et Fang Jin sortit de sa poitrine un couteau, puis il bondit du sofa sur le *kang* avec une agilité étonnante qui détonnait avec son allure décrépite.

Shangguan Jintong poussa un cri de stupéfaction, roula dans l'angle du *kang* et se blottit contre les couvertures, les membres flasques, sans pouvoir faire un geste.

Avec terreur il vit que la lame menaçante du couteau aux éclats glacés était pointée vers sa poitrine.

Bondissant telle une carpe, Vieille Jin s'interposa entre Fang Jin et Shangguan Jintong et, appuyant sa poitrine contre le couteau, déclara froidement : « Fang Jin, Fang Jin, si tu n'es pas un bâtard, tue-moi la première !

– Sale pute, jura Fang Jin en grinçant des dents et en grimaçant, sale pute… »

Il jurait sauvagement, mais le poignet qui tenait le couteau tremblait.

« Je ne suis pas une pute, les putes gagnent de l'argent en faisant ça, non seulement je n'en gagne pas, mais en plus j'entretiens mon amant ! Moi, je suis comme la femme riche qui ouvre une maison close : elle fait ça pour son plaisir ! »

Sur le petit visage étroit de Fang Jin ondulaient des rides comme des vagues, sur les poils de rat de son menton s'accrochaient quelques gouttes de morve. D'une voix stridente, il cria : « Je vais te tuer ! Je vais te tuer ! »

Il piqua la pointe de son couteau dans le sein de Vieille Jin. Celle-ci bomba bravement la poitrine et le couteau tomba sur le *kang*.

D'un coup de pied, elle envoya valser Fang Jin au bas du *kang*. Ensuite, elle détacha sa ceinture de maître d'arts martiaux, quitta sa veste courte à franges, défit son soutien-gorge en toile grossière, puis ôta ses chaussures à hauts talons. Elle se tapota la peau du ventre avec lascivité et émit des sons qui terrorisèrent Shangguan Jintong. D'une voix forte qui fit trembler les rideaux, elle cria : « Raclure de cercueil, tu en serais capable ? Si oui, monte le faire, sinon ne te mets pas en travers de ma route. Si tu ne peux pas, va te faire foutre ! »

Fang Jin se releva devant le *kang* en pleurnichant bruyamment comme un petit enfant. Tout en pleurant, il l'insultait : « Putain, putain, un jour ou l'autre, je viendrai vous tuer… »

Le calme revint dans la chambre à coucher. De la menuiserie parvenait le grondement des scies et le sifflet d'un train qui entrait en gare retentissait. À cet instant, ce qu'entendit Shangguan Jintong, ce fut la plainte monotone qui s'échappait de la grande muraille de bouteilles empilées dans la cour. Vieille Jin était face à lui, renversée sur le dos, il voyait son sein unique horriblement étalé sur sa poitrine, son gros téton noir semblable à une holothurie desséchée.

Le fixant froidement, Vieille Jin lui demanda : « Tu crois que tu peux t'en tirer comme ça ? Tu ne peux pas, je le sais. Shangguan Jintong, tu n'es qu'une merde de chien inutile, un chat crevé incapable de grimper aux arbres, va te faire foutre, comme Fang Jin ! »

Chapitre 49

Hormis sa tête un peu trop petite, l'épouse de Han Perroquet, Geng Lianlian, était une assez jolie femme. Son corps était particulièrement beau. Des jambes élancées, des fesses bien en chair mais pas trop grosses, une taille souple comme un ressort, des épaules minces, une poitrine proéminente, un long cou – on ne pouvait vraiment rien trouver à redire sur tout ce qui était au-dessous de sa tête –, tout cela lui ayant été légué par sa mère serpent. En repensant à cette femme, Shangguan Jintong se remémora cette nuit inoubliable de tempête dans le moulin à l'époque de la guerre civile. La petite tête de la mère de Geng Lianlian, qui ressemblait à une pelle plate, oscillait sur une grande amplitude dans la pluie battante et la brume matinale : elle était vraiment pour un tiers être humain, pour deux tiers serpent.

Après avoir été congédié par Jin Sein unique, Shangguan Jintong avait vagabondé dans les grandes avenues et les petites rues de la ville de Dalan, chaque jour plus animées. Il n'avait pas le courage d'aller affronter sa vieille mère. Il lui envoya par la poste le dédommagement que lui avait donné Vieille Jin, bien que le temps qu'il passa à faire la queue fût presque le même que celui qui lui aurait été nécessaire pour se rendre chez lui, et bien que sa mère dût de son côté aller au bureau de poste retirer l'argent après avoir reçu l'avis d'arrivée. L'employé de la poste ne comprenait pas son geste, mais Shangguan Jintong s'obstina à recourir à ce moyen pour faire passer l'argent. Lorsqu'il se rendit en flânant dans le quartier du village des Dunes, il découvrit que le bureau municipal de la culture avait érigé deux stèles. L'une commémorait les soixante-dix-sept victimes enterrées vivantes par la « brigade de retour au pays » ; l'autre célébrait Shangguan le Boisseau et Sima les Grandes Dents qui avaient héroïquement combattu les colonialistes allemands et avaient glorieusement fait le sacrifice de leur vie. Le style du texte gravé était archaïque et difficile à comprendre, sa tête se mit à tourner et ses yeux se brouillèrent à sa lecture. Un groupe de garçons et de filles à l'allure d'étudiants tournaient autour des stèles en discutant, puis ils se rassemblèrent pour se faire photographier devant elles. Une jeune fille prenait la photo. Elle portait un pantalon gris-bleu très serré aux fesses et aux cuisses ; sur les jambes du pantalon à pattes d'éléphant était collé du sable. Au niveau du genou, il y avait un trou aux bords irréguliers, comme si un chien enragé l'avait mordue. En haut, elle portait un grand pull jaune à col montant, si ample qu'il semblait ne pas avoir de bords, qui pendait sous les aisselles comme la peau sous le cou d'une vache. Ses seins étaient fermes, comme des petits pains en farine non levée : si on les lui avait arrachés, on aurait pu briser la tête d'un chien avec. Sur sa poitrine pendait une médaille avec un portrait de Mao Zedong, qui devait bien peser une demi-livre. Par-dessus son pull jaune, elle portait un gilet très pratique de photographe, cousu de poches de toutes tailles. Elle dressait les fesses, comme un cheval en train de chier. « OK ! dit-elle, on ne bouge plus, on ne bouge plus ! » Puis elle se mit à tourner avec son appareil autour des gens. Elle découvrit Shangguan Jintong qui la fixait, encore vêtu à ce moment-là de la tenue que lui avait fait confectionner Vieille Jin. La jeune fille roucoula une phrase dans une langue étrangère. Il ne comprit pas ce qu'elle disait, mais s'aperçut aussitôt qu'elle l'avait pris pour un étranger. « Mademoiselle, parlez chinois, je comprends ! » dit-il. La jeune fille parut étonnée, surtout de l'entendre parler chinois avec un si fort accent local. Un étranger, qui avait dû parcourir au moins dix mille lis pour venir en Chine et était ainsi capable de parler le dialecte du canton du Nord-Est de Gaomi, voilà qui n'était vraiment pas commun ! pensait-il à la place de la jeune fille ; et lui-même se mit à soupirer : Comme ce serait bien si un étranger avait été capable de parler le véritable dialecte du canton du Nord-Est de Gaomi ! Mais oui, il y en avait eu un ! Le sixième gendre de la famille Shangguan, Babbitt. Et aussi un autre : le pasteur Maroya, encore plus fort que Babbitt. La jeune fille lui demanda en souriant : « Monsieur, pouvez-vous m'aider en appuyant sur l'obturateur ? » Ému par cette jeune fille pleine de vie, Shangguan Jintong oublia son infortune et, imitant les étrangers qu'il avait vus à la télévision, haussa les épaules et fit la grimace, tout cela avec le plus grand naturel. Il prit l'appareil et la jeune fille lui montra où était le déclencheur. Il lança plusieurs « OK », puis prononça spontanément quelques phrases en russe. Un excellent coup, car la jeune fille le regarda avec un certain intérêt, puis elle alla se placer devant la stèle, se hissant sur les épaules d'un de ses compagnons. Dans le cadrage de la photo, Shangguan Jintong y alla à la hache et coupa complètement les compagnons de la jeune fille, ne gardant qu'elle dans l'objectif, sans s'occuper des autres. Enfin, il appuya sur le déclencheur, clic, OK ! Quelques minutes plus tard, seul près du monument commémoratif, il accompagnait du regard les silhouettes des jeunes gens qui s'éloignaient. Dans l'air flottait un parfum de jeunesse et de vigueur qu'il humait de toutes ses narines ; sa bouche avait un goût d'amertume, comme s'il avait mordu dans un kaki vert, sa langue bougeait difficilement, il se sentait plein de rancune. Le spectacle des jeunes gens qui s'embrassaient dans les bosquets le mit de mauvaise humeur : tout un chacun, avec sa bouche, mange des chats morts et des chiens pourris, n'est-ce pas sale ? Il pensa qu'embrasser sur la bouche était beaucoup moins bien qu'embrasser un sein, les femmes à l'avenir devraient avoir un sein sur le front, que les hommes pourraient embrasser. Ce sein sur le front serait le sein de courtoisie, il faudrait le farder des plus belles couleurs, et au téton on pourrait accrocher un collier de perles ou un pendentif en soie. Il y aurait aussi le sein de poitrine, unique, qui serait l'organe pour allaiter, mais qui aurait également une fonction esthétique, et on pourrait penser à généraliser le style de vêtement que sa mère avait inventé à l'époque de Sha Yueliang, avec ouvertures et rideaux. Le trou sur la poitrine serait ménagé en fonction de la grosseur du sein, selon les individus et selon les saisons. Pour le rabat, il faudrait une gaze légère ou une soie mince : s'il laissait voir trop de chose, cela manquerait de saveur puisque tout serait visible au premier coup d'œil, mais s'il ne dévoilait pas assez, ce serait une clôture excessive, qui aurait une influence sur l'échange des sentiments et la transmission des odeurs. L'ouverture devrait absolument être brodée, de toutes sortes de motifs, faute de quoi les femmes à sein unique du canton du Nord-Est de Gaomi risqueraient de paraître aussi comiques que ces soldats de l'Antiquité et ces petits brigands sous les ordres du roi de la Montagne dans les bandes dessinées.

La main appuyée contre la stèle, il n'arrivait pas à sortir du bourbier de ses pensées troubles. Sans l'aide de la femme de son neveu, Geng Lianlian, peut-être serait-il resté comme un oiseau mort à se dessécher sur le socle de marbre.

Au guidon d'un triporteur à moteur de couleur verte, Geng Lianlian arriva en trombe depuis la rue animée du marché. Pourquoi s'arrêta-t-elle près de la stèle, Shangguan Jintong ne le sut pas. Quand il la contempla d'un regard admiratif, elle lui demanda en hésitant : « Vous êtes le petit oncle Shangguan Jintong ? »

Il confirma son identité en rougissant de honte.

« Je suis la femme de Han Perroquet, Geng Lianlian, dit-elle, je sais qu'il dit beaucoup de mal de moi et me fait passer pour une vraie tigresse. »

Shangguan Jintong hocha prudemment la tête, sans prendre parti.

« Vieille Jin vous a foutu à la porte ? demanda Geng Lianlian. Bon, ça ne fait rien, petit oncle, je suis venue spécialement pour vous inviter, vous inviter à venir travailler dans notre Centre ornithologique Orient. Pour le salaire et le traitement, vous n'aurez rien à dire, je vous garantis que vous serez satisfait.

– Je ne suis qu'un objet au rebut, répliqua Shangguan Jintong, je ne sais rien faire.

– Nous avons trouvé pour vous un travail que vous êtes le seul à pouvoir faire », insista Geng Lianlian en riant.

Shangguan Jintong aurait encore voulu prononcer quelques paroles de modestie, mais Geng Lianlian lui avait déjà pris la main : « En route, petit oncle, j'ai parcouru aujourd'hui toutes les grandes avenues et les petites rues à votre recherche. »

Elle l'installa dans la cabine du triporteur où se trouvait un gigantesque ara attaché à la patte par une chaînette. Il regarda haineusement Shangguan Jintong, ouvrant grand son bec recourbé et poussant des cris rauques. Geng Lianlian lui donna une tape, l'attrapa de ses doigts agiles et lui libéra les pattes. « Vieux Huang, Vieux Huang, lui ordonna-t-elle, rentre à la maison, va dire au patron que le petit oncle va arriver. »

L'ara sauta maladroitement sur le bord du triporteur, puis sur le chemin de terre. Il trottait en se balançant comme un petit garçon.

Puis il étendit ses ailes raides qui se mirent à battre. Et il finit par s'envoler. Parvenu à une dizaine de mètres de hauteur, il tourna la tête et décrivit un cercle au-dessus du triporteur. Geng Lianlian leva le visage et cria : « Rentre vite à la maison, Vieux Huang, ne fais pas de bêtises, à la maison je te donnerai des pistaches ! » L'ara poussa des cris joyeux, frôla le sommet des arbres et piqua vers le sud.

Geng Lianlian se dressa sur le kick pour faire démarrer sa machine. Elle l'enfourcha, mit les gaz et le triporteur démarra en cahotant. Le vent qui lui soufflait dans la figure faisait voler ses cheveux et ébouriffait Shangguan Jintong. Empruntant une route récemment asphaltée, la moto se rapprocha à toute vitesse des terres marécageuses.

Le Centre ornithologique Orient avait enclos à l'aide d'un filet métallique deux cents *mu* de terre sur les bords des marécages. En forme de portique commémoratif, l'entrée était imposante. À la porte se tenaient deux gardes portant en travers de la poitrine un baudrier militaire et armés à la taille d'un pistolet factice. Lorsque la machine de Geng Lianlian arriva, ils saluèrent au garde-à-vous avec un ensemble si parfait qu'ils donnaient une impression d'affectation feinte.

Une fois la grande porte passée, s'élevait une montagne artificielle faite de pierres du lac Taihu ; devant s'étendait un bassin avec jet d'eau où se tenaient de fausses grues, parfaitement imitées mais résolument immobiles. L'ara, qui était déjà arrivé, se désaltérait au bord du bassin. Quand il vit que Geng Lianlian était de retour, il quitta le bassin en clopinant et la suivit.

Accoutré comme un clown, Han Perroquet, ganté de blanc, sortit en courant d'une grande pièce dont l'entrée était fermée par un rideau de perles. « Petit oncle, dit-il, cela faisait longtemps que je voulais vous inviter. Je vous l'avais dit : dès que j'aurais réussi à faire quelque chose, je commencerais à rembourser ma dette. » Puis, agitant la petite baguette argentée qu'il tenait dans la main, il ajouta : « Grand est le ciel et grande est la terre, mais pas autant que l'affection de ma grand-mère ; c'est pourquoi, la première à qui je voudrais rembourser ses bienfaits, c'est bien elle. Si je lui envoie un plein sac de viande de porc, ça ne lui fera pas plaisir. Si je lui envoie une canne en or, non plus. Mais arranger pour mon petit oncle le meilleur travail possible, ça, ça lui fera plaisir.

– Bon, ça va, arrête de causer, lui dit Geng Lianlian sur le ton du chef à son subordonné, le dressage du mainate avance ? Tu m'avais garanti que…

– Sois tranquille, ma chère épouse ! » dit Han Perroquet en imitant les gestes d'un clown. Il se courba jusqu'au sol. « Je te garantis qu'il saura chanter dix chansons et qu'il pourra prononcer les mots de bienvenue pour nos visiteurs dans un chinois parfait, comme le meilleur des speakers.

– Petit oncle, dit Geng Lianlian, je vais d'abord vous faire visiter et ensuite nous parlerons travail. »

Shangguan Jintong la suivit. Ils visitèrent l'élevage de paons où plus de mille oiseaux clopinaient d'un pas fatigué, indifférents, sur un espace sableux recouvert d'un filet de nylon. Quelques mâles blancs firent la roue pour la charmer quand ils virent arriver Geng Lianlian. Les plumes de leur queue étaient rares et laissaient voir, une fois la roue déployée, leur derrière violet. Quelques employées chaussées de cuissardes en caoutchouc tiraient un tuyau d'eau courante pour nettoyer le sol en béton de l'abri. L'odeur de l'élevage des paons était la même que celle de l'élevage de poules de la ferme de la rivière du Dragon, qui était gravée dans sa mémoire. Il jeta à la dérobée un coup d'œil à Geng Lianlian qui elle-même l'observait. Gêné, il demanda : « Y a-t-il des renards ?

– Dans la zone des marais, oui, répondit Geng Lianlian, mais ils ne sont jamais venus ici faire du grabuge.

– À quoi ça sert d'avoir autant de paons ? demanda-t-il.

– Chaque année, expliqua Geng Lianlian, nous en offrons à des zoos dans tout le pays, mais la plupart servent pour la viande. D'après le *Compendium des plantes médicinales* de Li Shizhen[1], la chair du paon détend les muscles et active la circulation sanguine, protège le foie et fortifie le poumon. Des recherches récentes ont prouvé que la chair du paon contient vingt-huit sortes d'acides aminés indispensables au corps humain, et plus de trente sortes d'oligoéléments. La chair est délicieuse, elle n'a rien à voir avec celle du poulet, du pigeon ou du canard. Mais le plus important, c'est qu'elle est capable de nourrir le *yin* et de renforcer le *yang*… » Avec un sourire, elle demanda à Shangguan Jintong : « Petit oncle, vous qui

1. Célèbre médecin et pharmacologue chinois du XVIe siècle.

avez fait tant de banquets avec Vieille Jin, vous n'avez vraiment jamais mangé de paon de notre Centre ornithologique Orient ? Pas de problème, nous avons un excellent cuisinier, son meilleur plat est le "paon à la citrouille aux huit trésors", demain, je vous ferai déguster ce délice. La vésicule de paon est aussi un remède précieux ; autrefois, on disait que c'était un poison violent, diffamation pure et simple que tout cela ! En réalité, la vésicule biliaire du paon nourrit le *yin* et renforce le *yang*, guérit les rhumatismes et éclaircit le regard. Pourquoi mes yeux brillent-ils d'un tel éclat ? Justement parce que tous les soirs au coucher, je bois un verre de liqueur de paon. » Un paon mâle marcha jusqu'au bord de l'enclos et pencha la tête pour regarder les visiteurs. Soudain il passa sa tête surmontée de grandes plumes par une maille du filet et donna un coup de bec à une jambe du pantalon de Shangguan Jintong. Geng Lianlian allongea la main pour attraper le cou fin de l'oiseau, passa l'autre main par une maille située plus haut pour choisir parmi les plumes bariolées de son arrière-train la plus grosse et la plus colorée, qu'elle pinça à la base et arracha d'un coup sec. Dès qu'elle relâcha sa main, le paon s'enfuit en poussant des cris de douleur. Puis il vola jusque sur son perchoir, fit un instant la roue, et l'instant suivant se tordit le cou pour passer son bec sur la partie endolorie où la plume avait été arrachée. Geng Lianlian offrit celle-ci à Shangguan Jintong : « Dans certaines régions d'Asie du Sud-Est, expliqua-t-elle, on offre des plumes de paon aux amis les plus précieux. » Shangguan Jintong observa en détail les magnifiques motifs constitués par la multitude de petites plumes plates. « Est-ce qu'il risque de mourir de douleur ? demanda-t-il.

– Ça ne m'étonne pas que Han Perroquet dise toujours que vous êtes un vrai cœur de Bouddha, dit Geng Lianlian, c'est bien vrai ! N'étant pas un paon, je ne sais pas s'il a mal ou non. Mais je sais que les plumes de paon représentent un gros revenu pour notre centre et que chaque année nous devons arracher leurs plumes à des paons vivants ; il faut qu'ils soient en vie, sinon leurs couleurs ne seraient pas aussi belles. Non seulement nous arrachons des plumes aux paons, mais aussi aux faisans. Là encore, il faut qu'ils soient vivants si l'on veut pouvoir en fournir aux acteurs d'opéra de Pékin pour leurs costumes. »

Toujours à sa suite, il vit ensuite l'élevage de perroquets installé dans un grand bâtiment où étaient empilées sur plusieurs niveaux des cages de métal abritant chacune une espèce. Le tintamarre que faisaient les cris de plus de dix mille perroquets était inquiétant, comme si une catastrophe était imminente. Les soigneuses de perroquets portaient un uniforme bleu et avaient du coton dans les oreilles. Si elles n'avaient pas eu les oreilles ainsi bouchées, elles auraient couru le risque d'être perturbées nerveusement. « C'est un oiseau d'ornement qui a un vaste marché potentiel, dit Geng Lianlian, bien sûr on peut aussi le manger, les fonctionnaires de la ville de Dalan sont de grands aventuriers en matière de nourriture, ils ont considérablement élargi l'horizon gastronomique de l'espèce humaine. Dans le passé, ils ont fait la conquête d'aliments dont on disait qu'ils étaient toxiques, ou impurs, ou impropres à la consommation. Autrefois, on estimait qu'on ne pouvait pas manger de crapaud, mais en fait sa chair est délicieuse, bien supérieure à celle de la grenouille. Le mois dernier, l'hôtel du Premier Mai, qui appartient au bureau du travail de la municipalité, a lancé un plat désormais célèbre : "Le crapaud mange la chair du cygne". Principaux ingrédients : sept crapauds dépecés, un cygne éviscéré. Fourrer le cygne avec les sept crapauds et faire cuire à feu doux. Ce plat a ouvertement enfreint la loi de protection des espèces animales du pays et on a récemment dû remplacer le cygne par de l'oie domestique. En réalité, le meilleur moyen de préserver les oiseaux sauvages qui sont rares consiste à les domestiquer. Par exemple, les paons ici sont à peu près comme des poulets élevés pour leur chair. »

En suivant Geng Lianlian, il visita encore l'élevage de grues à couronne rouge, l'élevage de cigognes noires, de dindes, de canards mandarins... Elle lui expliqua : « Le Centre ornithologique Orient répond à deux missions. La première est d'accueillir des espèces rares menacées de disparition du monde entier, d'assurer leur reproduction par des procédés d'élevage artificiel, et de transformer ainsi leur statut de denrée rare donc chère. La seconde est de fournir en nourriture les hommes de tous les pays, et de satisfaire les palais à l'affût de nouveautés. » Elle poursuivit : « Votre neveu est un spécialiste des oiseaux, à leurs cris il est capable de deviner leurs sentiments. C'est un homme qui comprend leur langue. Il peut apprendre à parler à des oiseaux que l'on considérait traditionnellement comme incapables de le faire. Le corbeau, par exemple, il est stupide, n'est-ce pas ? Il ne sait que pousser des croa croa, il a l'air complètement idiot, mais, grâce à son entraînement, un corbeau est capable de réciter des comptines. Mais votre neveu n'est pas un esprit féru de gestion, il a accablé de dettes le Centre ornithologique Orient. Quand j'ai pris la succession comme directeur général, ma tâche la plus importante a été de transformer les déficits en bénéfices. Le seul moyen que j'avais était de réussir à faire de tous ces oiseaux des plats délicieux. Quand on achète un couple de perroquets pour les admirer, il suffit de les élever et ils ne mourront qu'au bout de dix ans. Mais quand on mange un couple de perroquets, ils sont complètement digérés en vingt-quatre heures. L'appétit humain est le marché le plus vaste, et de plus, suite au développement économique et à l'abondance des biens matériels, le palais des gens ne se satisfait plus des mets ordinaires : le poulet, le canard, le poisson et le porc, ils en ont assez depuis longtemps. Évidemment, c'est une toute petite partie de la population, mais ce sont ceux qui ne sortent jamais l'argent de leur propre poche. C'est l'argent de ces gens-là que nous voulons gagner dans notre centre. Un couple de paons coûte mille deux cents yuans, est-ce que les gens du peuple auraient de quoi en manger ? Non, mais ces gens-là, oui. L'année dernière, je suis allée enquêter dans la province du Guangdong et j'ai découvert un paysan qui avait créé un élevage d'alligators. Or, l'alligator du Yangzi est, sur le plan national, un animal protégé de première catégorie, et du coup, la protection de l'État permet à cet homme d'augmenter le prix de vente de l'alligator. Vous voulez manger de l'alligator du Yangzi ? Oui, mais excusez-moi, sur le plan national, c'est un animal protégé de première catégorie, donc son prix n'est pas ordinaire. Ceux qui peuvent se le permettre ne font pas attention à la dépense ; ceux qui ne peuvent pas n'en voudraient pas, même moins cher. L'alligator est vendu au centimètre, mais quand on en achète un, il mesure au moins cent quarante centimètres de la tête à la queue : à quatre-vingts yuans le centimètre, excusez-moi, cet alligator du Yangzi coûte onze mille deux cents yuans, faites-moi donc un prix, hé, nous sommes de vieilles connaissances, oui, mais j'y perds sur mon capital, dix mille yuans, allez, et il est à vous. N'assistent aux banquets où l'on mange de l'alligator que les hommes qui détiennent le pouvoir, et leurs maîtresses. Il est difficile de dire si la chair d'alligator est meilleure que celle de la carpe, mais la carpe, tout le monde peut en manger, alors que l'alligator, et surtout l'alligator du Yangzi, ce n'est pas pour tout le monde. Quand vous serez vieux, vous pourrez dire fièrement à vos petits-enfants : "Quand votre grand-père était jeune, il a mangé une fois de l'alligator du Yangzi, invité par un grand patron." Le paysan qui élevait ces alligators avait fait fortune, bien sûr. Selon moi, nous devrions davantage libérer notre pensée [1], nous ne pouvons nous contenter d'élever les oiseaux rares de Chine, il nous faut aussi élever tous les oiseaux rares de la planète. En 2000, mon plan est d'enclore la zone marécageuse pour y créer un musée ornithologique, le plus grand paradis d'oiseaux au monde, et à ce moment-là, notre Centre ornithologique deviendra la principale attraction de la ville de Dalan, il attirera touristes, investisseurs et gastronomes. Notre avenir est extraordinairement radieux, conclut-elle.

– Eh bien, demanda Shangguan Jintong, qu'est-ce que je peux faire ?

– Petit oncle, dit Geng Lianlian, j'espère que vous accepterez le poste de directeur des relations publiques du Centre ornithologique Orient. »

Shangguan Jintong, le nouveau directeur des relations publiques du Centre ornithologique Orient fut envoyé par Geng Lianlian au sauna où il prit pendant dix jours des bains et bénéficia des massages de jeunes Thaïlandaises, puis il alla dans un centre de coiffure et d'esthétique se faire faire dix séances de massages faciaux et de soins du visage. Il se sentit le corps et l'esprit apaisés, comme s'il avait entièrement changé de peau. Sans lésiner sur les moyens, Geng Lianlian lui acheta les vêtements les plus à la mode, l'inonda d'eau de toilette Chanel et lui envoya une jeune fille pour s'occuper de tous ses besoins quotidiens. Ces dépenses somptuaires ne manquaient pas d'inquiéter Shangguan Jintong. Geng Lianlian ne lui assigna pas de tâche particulière, mais ne cessa de lui inculquer toutes sortes de connaissances sur les oiseaux et l'emmena visiter la salle où étaient exposés la maquette et les plans de développement du Centre ornithologique Orient. Tout cela le convainquit que l'avenir du Centre, c'était l'avenir de la ville de Dalan.

1. « Libérer la pensée » a été un slogan très en vogue au début des années 1980 en Chine.

Dans le calme d'une nuit profonde, couché sur un luxueux lit Simmons, Shangguan Jintong se tournait et se retournait sans arriver à trouver le sommeil. Faisant le bilan de la première partie de sa vie, il pensa qu'il n'aurait pas même imaginé en rêve ce dont il jouissait au Centre ornithologique Orient. Cette femme habile à la petite tête, que voulait-elle que je fasse, en fin de compte ? Puis il sombra peu à peu dans le sommeil en massant la graisse qui commençait à apparaître sur sa poitrine et sous ses bras. Il rêva que son corps était couvert de plumes de paon et que les plumes de sa queue se déployaient, on eût dit un mur magnifique sur lequel scintillaient des mouchetures aux milliers de couleurs. Soudain arrivait Geng Lianlian à la tête d'un groupe de femmes au visage méchant qui venaient lui arracher les plumes de la queue. Elles disaient qu'elles en avaient besoin pour les offrir à un ami très cher qui revenait de loin. Il protestait dans la langue chantante des paons. Geng Lianlian disait : « Petit oncle, si vous ne vous laissez pas plumer, à quoi ça me sert de vous entretenir ? » L'argument était irréfutable. Non seulement il s'appliquait aux paons, mais aussi aux hommes. Alors, il ne pouvait que sagement lever les fesses en attendant qu'elles viennent lui arracher ses plumes. Il sentait sur ses fesses et à l'intérieur de ses cuisses un petit courant d'air frais l'effleurer, sa peau se rétractait si violemment qu'une aiguille n'aurait pu s'y enfoncer. Geng Lianlian se lavait les mains dans une cuvette de cuivre, elle se les lavait longuement avec une savonnette parfumée au santal, puis, quand elle avait terminé, elle demandait à une employée vêtue d'une robe fendue blanche de lui verser de l'eau pour se rincer à l'aide d'une grande verseuse en cuivre à long bec. Vas-y, arrache, voulait-il lui dire, gentille épouse de mon neveu, ne torture pas les gens à petit feu. Est-ce que tu sais que pour un mouton attaché sur l'étal du boucher, la plus grande souffrance ne vient pas de la lame qui pénètre dans son cœur, mais de la vue du boucher qui aiguise son couteau dans un coin et en éprouve le fil sur son ongle ? Geng Lianlian lui frappait sur les fesses de ses mains protégées par des gants en caoutchouc en disant : « Détendez-vous, détendez-vous ! Petit oncle, que faites-vous ? Vous vous mettez à l'école de ce démon assassin de Sima Ku ? Ce gars-là, juste avant de mourir, il a concentré son souffle vital dans sa barbe et la lame du rasoir du barbier s'est ébréchée. » Ce genre d'histoire, comment elle, qui appartenait à la génération suivante, la connaissait-elle ? L'affaire de Sima Ku qui avait ébréché la lame du rasoir du coiffeur, ce n'était qu'une légende. Et les légendes sur Sima Ku, elles étaient si nombreuses qu'on aurait pu en remplir un camion. On disait que quand on l'avait fusillé, une balle avait frappé son front mais avait rebondi dessus. Ce genre d'exercice est digne d'un grand maître du *qigong*, comme Fan Jinpiao, dans lequel les baïonnettes ne parvenaient pas à pénétrer, à l'époque des Boxeurs, il y a bien longtemps dans le canton du Nord-Est de Gaomi. Ensuite, apercevant son fils Sima Liang au bord de la rivière, Sima Ku avait crié : « Mon fils ! » Alors, le bourreau, le tireur d'élite du bureau de police du district, avait profité de l'occasion pour lui vider dans la bouche tout son chargeur, mettant ainsi fin à ses jours. « Quelle injustice, femme de mon neveu ! disait Shangguan Jintong, moi, je n'ai pas concentré mon souffle vital, j'ai peur… – De quoi avez-vous peur ? demandait-elle sur un ton méprisant, vous faites déjà tout ce cirque pour une plume, qu'est-ce que ce serait si on vous arrachait un testicule ? Vous vous évanouiriez avant même qu'on ait commencé ! » Mon Dieu ! Shangguan Jintong pensait : Pas étonnant si Han Perroquet passe son temps à pleurer, ces femmes sont vraiment terribles, même quand elles font une comparaison, elles tranchent dans le vif ! Autrefois, un jour que la vétérinaire de la ferme de la rivière du Dragon, Petite Dong, surnommée « l'Impitoyable », avait procédé à l'émasculation du petit mulet de l'équipe de transport, elle s'était enfuie en jetant sa lancette après lui avoir retiré quatre testicules. À ce petit mulet étaient poussés des testicules comme une grappe de papayes. Vieux Deng avait terminé l'intervention. Une expression à tiroir[1] était toujours en vogue aujourd'hui parmi la population de la ville de Dalan : « Quand Petite Dong châtre un mulet, ce n'est ni fait ni à faire. » Geng Lianlian prenait dans sa main une des plus belles plumes de sa queue, épaisse comme une tige de roseau, et tirait dessus violemment – Shangguan Jintong poussa un cri et se réveilla. Couvert de sueur. À son coccyx, il ressentait une douleur diffuse. Cette nuit-là, il ne réussit pas à se rendormir. Il entendait les cris des oiseaux qui se battaient dans les terres marécageuses ; il repensa

1. Phrase en deux parties, dont on ne cite que la première pour suggérer la seconde, qui comporte souvent un jeu de mots.

plusieurs fois à la scène de son rêve puis, recourant à la méthode qu'il avait apprise auprès des condamnés de la ferme de rééducation, il interpréta ce rêve pour lui-même.

Quand il fit jour, Geng Lianlian l'invita à prendre le petit déjeuner avec elle dans son bureau. Jouissant de cet honneur insigne, il y avait aussi son mari, Han Perroquet, grand dresseur d'oiseaux. Dès que Shangguan Jintong entra, il fut salué par un merle huppé noir juché sur un perchoir en métal : « Bonjour, bonjour ! » Le merle agita ses plumes et se mit à « parler » en minaudant. Doutant complètement de la réalité de cette voix, Jintong balaya du regard autour de lui pour trouver d'où elle venait. Alors le merle huppé « dit » : « Shangguan Jintong ! Shangguan Jintong ! » Ces salutations plongèrent celui-ci dans une profonde stupéfaction. Il hocha la tête en direction du merle et lui répondit : « Bonjour ! Bonjour ! Comment t'appelles-tu ? » Le merle huppé remua la queue et « dit » : « Salaud ! Salaud ! »

« Han Perroquet, intervint Geng Lianlian, tu entends ? C'est ça l'oiseau précieux que tu as dressé ! »

Han Perroquet envoya une gifle au merle et l'injuria : « Salaud ! » Un peu sonné, le merle « répondit » : « Salaud ! Salaud ! » Han Perroquet, embarrassé, s'adressa à Geng Lianlian : « Putain, cet oiseau, regarde comme il est bizarre, il est comme un petit enfant : si tu lui enseignes des mots corrects, la plupart du temps il n'arrive pas à les apprendre, mais les gros mots et les insultes, il les connaît sans qu'on ait besoin de les lui enseigner ! »

Geng Lianlian reçut Shangguan Jintong avec du lait frais et des œufs d'autruche frits à la poêle. Elle picora, comme un oiseau. Shangguan Jintong dévora, comme un porc. Sirotant son Nescafé[1] à l'arôme envoûtant, elle lui dit : « Petit oncle, comme dit le proverbe : "On entretient les troupes mille jours pour ne les utiliser qu'une fois", le temps est venu pour vous de passer à l'attaque. »

Surpris, Shangguan Jintong en eut le hoquet : « Hic, que puis-je faire ? demanda-t-il. Hic… »

Geng Lianlian montra un dégoût manifeste pour ce hoquet et fixa sa bouche de ses yeux gris glacials. Sa froideur faisait que ses yeux, d'ordinaire beaux et émouvants, devinrent soudain extrêmement

1. Transcrit en chinois, Nescafé signifie « nid d'oiseau ».

effrayants, rappelant sa mère, et ces serpents pythons des marécages capables d'avaler un aigle en une seule bouchée. La peur fit immédiatement passer son hoquet à Shangguan Jintong.

« Vous êtes tout à fait capable de faire quelque chose pour nous ! » Dans ses yeux de serpent jaillit une lueur humaine, et ainsi redevinrent-ils beaux et émouvants. « Petit oncle, poursuivit-elle, si nous voulons réaliser notre plan grandiose, sur quoi devons-nous principalement compter ? Ne dites pas que vous ne le savez pas : nous devons compter sur l'argent. Pour aller au sauna, il faut de l'argent ; pour faire venir ces tendres et jeunes Thaïlandaises à la poitrine opulente pour vous masser, il faut de l'argent ; et pour l'œuf d'autruche que vous venez de manger, savez-vous combien il faut ? » Elle tendit cinq doigts. « Cinquante ? Cinq cents ?... Cinq mille yuans ! Il faut de l'argent pour tout, et si l'on veut développer le Centre ornithologique Orient, il en faut encore plus. L'argent dont nous avons besoin, ce n'est pas quatre-vingt mille ou cent mille, ni même un million ou deux millions, c'est dix millions, cent millions ! Nous avons besoin du soutien du gouvernement pour un emprunt bancaire, et comme les banques appartiennent à l'État, le directeur de la banque écoutera le maire, mais qui le maire écoutera-t-il ? »

Avec un petit rire, elle se tourna vers Shangguan Jintong : « Petit oncle, le maire, c'est vous qu'il va écouter ! »

Il fut si effrayé par ce qu'elle venait de dire que son hoquet reprit.

« N'ayez pas peur, petit oncle, le rassura-t-elle, je vais vous expliquer. Le nouveau maire n'est autre que le professeur qui vous a initié, Ji Qiongzhi ! Selon des renseignements fiables, la première personne sur laquelle elle s'est renseignée quand elle est entrée en fonction, c'est justement sur vous, petit oncle, réfléchissez bien, après des dizaines d'années, elle pense encore à vous, quelle affection profonde !

– Je vais aller la voir et lui dire : Professeur Ji, je suis Shangguan Jintong, s'il vous plaît, prêtez cent millions de yuans au centre ornithologique de la femme de mon neveu ? » demanda Shangguan Jintong.

Geng Lianlian se leva en éclatant de rire et frappa familièrement sur l'épaule de Shangguan Jintong : « Stupide oncle, stupide oncle, vous êtes vraiment un homme candide ! Écoutez bien, je vais tout vous expliquer tranquillement. »

Pendant la dizaine de jours qui suivirent, de la même manière que

Han Perroquet dressait ses oiseaux, Geng Lianlian dressa nuit et jour Shangguan Jintong pour lui faire acquérir les gestes et les paroles qu'apprécierait une célibataire disposant d'un grand pouvoir. La veille de l'anniversaire de Ji Qiongzhi, dans la chambre à coucher de Geng Lianlian eut lieu la répétition générale avant la bataille. Vêtue d'une seule chemise de nuit blanche, Geng Lianlian fumait une Moore et tenait un verre à pied rempli de vin dans l'autre main. À la tête de son lit était posé un flacon d'aphrodisiaque. Des pantoufles brodées aux pieds, elle tenait le rôle du maire Ji Qiongzhi. Vêtu d'un costume occidental au pli impeccable, le cou et les aisselles aspergés d'un parfum parisien, un bouquet de plumes de paon dans une main et un perroquet tout juste dressé dans l'autre, Shangguan Jintong poussa doucement la porte garnie de cuir de la chambre à coucher…

Dès que la porte s'ouvrit, il fut effrayé par l'allure de Ji Qiongzhi : elle ne portait absolument pas de chemise de nuit ample comme Geng Lianlian, qui dévoilerait sa tendre et douce poitrine, mais un vieil uniforme militaire d'homme au col serré par des agrafes. Elle ne fumait pas non plus de Moore, n'avait pas de verre à la main, et aucun flacon d'aphrodisiaque n'était posé à la tête de son lit. Et d'ailleurs, elle ne le recevait pas assise dans sa chambre à coucher. Elle avait à la bouche une grosse pipe à la Staline et fumait un tabac puant en sirotant bruyamment son thé dans un grand pot à l'émail écaillé, pareil à un pot de chambre, sur lequel figurait l'inscription « Ferme de la rivière du Dragon ». Elle était assise dans un fauteuil en rotin délabré, ses pieds puants, couverts de chaussettes de nylon, posés sur le bureau. Elle était en train de lire un document ronéotypé et, lorsque Shangguan Jintong entra, elle jeta le document en jurant : « Salopards ! Punaises ! » Shangguan Jintong sentit ses jambes mollir comme du coton tellement il avait peur et il manqua tomber à genoux. Elle retira ses jambes du bureau, enfila ses chaussures du bout des pieds et déclara : « Shangguan Jintong, approche, approche, n'aie pas peur, ce n'est pas contre toi que j'en ai ! »

Selon les instructions de Geng Lianlian, Shangguan Jintong aurait dû s'incliner respectueusement, puis, avec des yeux languides, fixer la douce poitrine du maire, pas trop longtemps, dix secondes environ : trop longtemps, il aurait eu l'air d'avoir de mauvaises intentions, trop peu de temps, il n'aurait pas eu l'air assez proche. Ensuite, il aurait dû dire : « Chère professeur Ji, est-ce que vous vous souvenez encore de votre élève sans avenir ? »

Mais sans lui laisser ouvrir la bouche, Ji Qiongzhi avait prononcé son nom et de plus le toisait de la tête aux pieds de ses yeux remplis de la même ardeur qu'autrefois ; elle le regardait si intensément qu'il sentit son corps le démanger et se maudit de ne pas pouvoir jeter tout ce qu'il avait dans les mains et s'enfuir. Remuant les ailes de son nez, elle lui demanda sur un ton moqueur : « Geng Lianlian t'a aspergé de quelle quantité de parfum ? »

Elle se leva pour ouvrir une fenêtre et faire entrer le vent frais du soir ; au loin, les étincelles des soudeuses sur les échafaudages brillaient de façon aveuglante, comme un feu d'artifice de jour de fête. « Assieds-toi, dit-elle, ici, je n'ai rien pour te recevoir. Sauf de l'eau. » Elle prit sur le plateau une tasse à l'anse cassée et vérifia si le fond était propre. « Laissons tomber, dit-elle, elle est trop sale, j'ai la flemme d'aller la rincer, j'ai vieilli, l'âge ne m'épargne pas, quand j'ai marché une journée, mes jambes sont si enflées qu'elles sont comme des petits pains qui ont gonflé. »

Lorsqu'elle parlera de son âge, petit oncle, lorsqu'elle dira qu'elle est vieille, surtout rappelez-vous que vous devez dire qu'elle ne l'est pas, même si elle ressemble à une vieille courge luffa desséchée, vous devrez dire… Il se répétait comme un perroquet qui apprend à parler ce que lui avait enseigné Geng Lianlian : « Professeur, en dehors du fait que vous avez très légèrement forci, pour le reste, vous êtes absolument comme lorsque vous nous appreniez à chanter il y a plusieurs dizaines d'années. Selon moi, vous ne deviez pas avoir plus de vingt-sept ou vingt-huit ans, tout au plus trente !

– C'est Geng Lianlian qui t'a appris tout ça, n'est-ce pas ? dit Ji Qiongzhi avec un rire froid.

– Oui, avoua-t-il en rougissant.

– Shangguan Jintong, dit-elle, inutile de me chanter la chanson qu'on t'a apprise ! Ces flatteries n'ont strictement aucun effet sur moi. Ton histoire que je n'avais pas plus de trente ans, que je suis une femme entre deux âges qui a toujours autant de charme, ce sont des conneries ! Tu crois que je ne sais pas moi-même si je suis vieille ou non ? Mes cheveux, ils grisonnent, mes yeux, ils se troublent, mes dents, elles branlent, ma peau, elle se relâche, et il y a encore bien d'autres choses dont je ne te parlerai pas. Ces gens-là, ils me flattent quand ils sont en face de moi, mais l'instant d'après, ils n'ont plus que des injures à la bouche, et quand ils n'ont pas le courage de les sortir, ils le font en pensée : Quelle vieille bonne femme qui ne se décide pas à mourir ! Quelle sorcière ! Je vois que toi tu es encore sincère, pour aujourd'hui je t'épargnerai, sinon, je t'aurais tout de suite foutu dehors ! Allez, assieds-toi, ne reste pas debout ! »

Shangguan Jintong offrit à Ji Qiongzhi le bouquet de plumes de paon : « Professeur Ji, dit-il, c'est Geng Lianlian qui m'a dit de vous les offrir. Elle m'a dit : Petit oncle, quand vous lui offrirez ces plumes, il faudra absolument lui dire : Professeur, à la veille de votre anniversaire, je vous offre ces cinquante-cinq plumes de paon pour vous souhaiter de rester aussi belle que cet oiseau.

– Des conneries encore ! dit Ji Qiongzhi. Ce sont les mâles qui sont beaux, les femelles sont encore plus vilaines que des vieilles poules. Rapporte-lui ses plumes. Et ça, qu'est-ce que c'est ? Un perroquet qui parle, c'est ça ? » Elle montra la cage couverte d'une pièce de soie rouge : « Ouvre, que je voie », demanda-t-elle. Shangguan Jintong ôta le tissu rouge et tapota sur la cage. Un perroquet aux yeux ensommeillés agita un peu ses ailes et cria furieux : « Bonjour ! Bonjour ! Professeur Ji, bonjour ! » Ji Qiongzhi donna un coup sur la cage, qui effraya tellement le perroquet que celui-ci se mit à sauter dans tous les sens en frappant ses belles plumes contre le métal dans un froissement sonore. « Quelles foutaises ! soupira Ji Qiongzhi. C'est vraiment nul ! »

Elle bourra sa pipe et tira de petites bouffées comme un vieillard édenté, puis elle dit : « Han l'Oiseau a planté de la semence de dragon, mais la récolte n'a donné qu'une puce ! Pourquoi Geng Lianlian t'a-t-elle envoyé ?

– Pour vous inviter à venir visiter le Centre ornithologique Orient, bégaya-t-il.

– Ça, ce n'est pas son intention réelle », dit-elle en levant son gros pot à thé pour s'humecter la bouche. Elle le reposa lourdement sur la table et déclara : « Son intention réelle, c'est d'obtenir un emprunt ! »

Chapitre 50

Ji Qiongzhi fit honneur à Shangguan Jintong. Par une journée où les fleurs de pêcher avaient éclos, à la tête des principaux fonctionnaires de la mairie de la ville de Dalan et en compagnie de dirigeants tout spécialement invités – de la Banque pour l'édification, la Banque de l'industrie et du commerce, la Banque populaire, la Banque de l'agriculture –, elle vint enquêter au Centre ornithologique Orient. Pour l'occasion, la pimpante Lu Shengli arborait une tenue sobre, mais des regards avertis pouvaient déceler que derrière cette sobriété se cachait une tenue des plus recherchées : ces vêtements apparemment modestes étaient en fait des produits de marque importés, au prix exorbitant.

Plus de quarante voitures de marques célèbres s'arrêtèrent à la grande entrée du Centre ornithologique Orient. Deux grosses lanternes rouges de trois mètres de diamètre y avaient été spécialement suspendues, dans lesquelles on avait introduit plus de cent alouettes au chant merveilleux. Grâce au dressage de Han Perroquet, dès que les alouettes entendirent le vrombissement des moteurs, elles entonnèrent un chœur. Leur chant faisait vibrer les lanternes, procurant un spectacle d'une incomparable beauté, réellement fascinant. Sous la voûte de l'entrée principale, encore grâce à la magie de Han Perroquet, des salanganes étaient en train de construire plus de soixante-dix nids. Sur le côté de la porte était accrochée une tablette verticale où étaient inscrits le nom anglais de la salangane ainsi qu'une explication bilingue, en chinois et en anglais. On y soulignait le fait que ces nids d'un blanc translucide constituaient un fortifiant renommé : un seul nid d'hirondelles coûtait trois mille yuans. Ce jour-là, Geng Lianlian avait fait cacher dans les arbres du Centre ornithologique une centaine de haut-parleurs qui diffusaient une bande enregistrée de chants d'oiseaux agréables à l'oreille. Devant la montagne artificielle de l'entrée avaient été installés quatre grands panneaux ; sur chacun était tracé en grands caractères : « Chants d'oiseaux, sons de fleurs ». D'abord, les visiteurs crurent que le mot « sons » était fautif, mais ils comprirent bientôt qu'il était en fait judicieusement utilisé. Dans le Centre ornithologique Orient, ce n'étaient que chants, comme si les fleurs elles aussi agitaient leurs ailes et chantaient. Un groupe de faisans bien dressés se mirent à exécuter dans la cour une danse de bienvenue : tantôt ils s'étreignaient, tantôt ils tournaient en volant, groupe après groupe, en rythme parfait avec la musique. Ce n'étaient plus des faisans ! C'étaient des gentilshommes (pour la beauté du spectacle, Han Perroquet ne dressait que des mâles), un groupe de gentilshommes qui avaient vraiment l'allure de play-boys. Leur danse était réellement gracieuse, leurs plumes colorées et éblouissantes émerveillèrent les visiteurs. Guidés par Geng Lianlian et Shangguan Jintong, ceux-ci pénétrèrent dans le grand hall de démonstration des oiseaux. Han Perroquet les y attendait de pied ferme, vêtu d'un costume de cérémonie brodé de grosses fleurs rouges, une baguette à la main. À peine les hôtes de marque furent-ils entrés qu'une jeune fille actionna un interrupteur qui alluma toutes les lampes d'un coup et, sur une barre transversale faisant face à la porte, vingt perruches crièrent à l'unisson : « Bienvenue, bienvenue, chaleureuse bienvenue, bienvenue, bienvenue, chaleureuse bienvenue ! » L'assistance ne put se retenir d'applaudir. Ensuite arriva un groupe de tarins des aulnes tenant chacun dans son bec un message en papier rose qu'il fit tomber dans les mains de chaque visiteur. L'ayant ouvert, ceux-ci lurent : « Bienvenue aux dirigeants qui nous honorent de leur présence, nous vous prions de nous faire part de vos précieux conseils ! » Les spectateurs firent claquer leur langue d'admiration. Au cours du numéro suivant, deux merles huppés habillés d'une minuscule veste rouge et coiffés d'un petit chapeau vert arrivèrent en se dandinant près du micro sur la scène et dirent avec affectation : « Bonjour, mesdames et messieurs ! » Dès que le premier merle avait fini une phrase, le second traduisait aussitôt dans un anglais courant. « Merci pour votre honorable visite au Centre ornithologique Orient, nous vous prions de nous faire part de vos précieux conseils » – traduction en anglais. Le chef du bureau du commerce extérieur de la municipalité qui était très bon en anglais déclara : « Pur accent d'Oxford ! »

« À présent, nous vous prions d'écouter *Le Chant de libération des femmes* exécuté en solo par un mainate religieux femelle. » Une femelle mainate vêtue d'une robe pourpre s'avança devant le micro, la tête en avant, et fit une profonde courbette à l'adresse des spectateurs, dévoilant les deux excroissances jaune tendre qu'elle avait derrière la tête. L'oiseau dit : « Aujourd'hui je vais vous interpréter un chant historique. Je dédie ce chant à la respectée Mme le maire Ji Qiongzhi, je prie tout le monde de l'écouter et j'espère qu'il vous plaira, merci ! » Puis elle s'inclina de nouveau, montrant encore une fois ses excroissances derrière la tête. À cet instant surgirent dix serins formant un petit orchestre au timbre délicieux qui entonnèrent un interlude. Le mainate religieux se dandina et se mit à chanter à gorge déployée :

La vieille société est un puits à sec d'une profondeur insondable, noir, noir, noir.
Et tout au fond, les femmes sont opprimées, opprimées, opprimées.
La nouvelle société est un grand soleil, d'une lumière incomparable, clair, clair, clair.
Et avec la libération, les femmes sont émancipées, émancipées, émancipées.

Les spectateurs applaudirent chaleureusement. Geng Lianlian et Shangguan Jintong observaient discrètement l'expression de Ji Qiongzhi. Le visage de celle-ci restait impassible, ni elle n'applaudissait ni elle ne criait de bravos. Inquiète, Geng Lianlian poussa discrètement Shangguan Jintong et lui demanda à voix basse : « Qu'est-ce qu'elle peut bien penser, la vieille ? » Incertain, Shangguan Jintong secoua la tête.

Geng Lianlian s'éclaircit la voix et annonça : « À présent, nous prions nos dirigeants de se rendre au restaurant pour le repas, notre Centre ornithologique Orient est créé depuis peu, ses ressources sont limitées, nous n'avons rien d'extraordinaire à vous offrir, mais nous vous avons préparé un "banquet aux cent oiseaux", j'espère que vous l'apprécierez. »

Les deux merles huppés qui avaient annoncé le programme coururent de nouveau au micro et récitèrent à l'unisson : « Banquet aux cent oiseaux, banquet aux cent oiseaux, mets recherchés et saveurs délicieuses en quantité. Comme gros oiseaux, vous mangerez de l'autruche. Comme petits oiseaux, vous mangerez du colibri. Canard sauvage. Hokki bleu. Grue à couronne rouge. Faisan vénéré. Engoulevent aux ailes en drapeau. Vautour. Grande outarde, ibis rouge, gros bec, canard mandarin, pélican, rouge-gorge. Rock jaune, grive dorée, pic-vert. Cygne, grand cormoran, flamant rose… »

Avant même que les deux merles aient fini d'annoncer le menu, Ji Qiongzhi était partie. Le visage aussi dur que du métal. Les cadres sous sa direction la suivirent à contrecœur, contraints et forcés.

Ji Qiongzhi était à peine montée dans sa voiture que Geng Lianlian se mettait à l'injurier en trépignant de rage : « Espèce de vieille sorcière ! Vieux débris qui ne se décide pas à mourir ! »

Le lendemain, la teneur de la réunion du bureau de la mairie la concernant fut intégralement rapportée aux oreilles de Geng Lianlian. Au cours de cette séance, Ji Qiongzhi avait juré : « Tu parles d'un centre ornithologique, c'est plutôt un spectacle de variétés ! Tant que je serai maire, je ne leur prêterai pas un sou ! »

« Espèce de vieux débris, dit Geng Lianlian avec une grimace, on verra laquelle de nous deux aura le dernier mot. »

Geng Lianlian ordonna à Shangguan Jintong d'aller offrir à chacun des visiteurs les cadeaux qui avaient été préparés pour eux, hormis à Ji Qiongzhi évidemment. Ces cadeaux consistaient en une livre de nids d'hirondelles et un bouquet de plumes de paon. Pour les personnalités les plus importantes, les directeurs de banque, par exemple, on avait ajouté une livre de nids d'hirondelles de plus.

Très gêné, Shangguan Jintong déclara : « Épouse de mon neveu, ça… je ne peux pas le faire. » Les yeux gris de Geng Lianlian furent en une seconde ceux d'un serpent. « Si tu ne peux pas le faire, répliqua-t-elle froidement, je te prie d'aller te chercher un autre poste. Peut-être ton bienveillant professeur pourra-t-il te trouver un bonnet de fonctionnaire à te mettre sur la tête ?

– Le petit oncle n'a qu'à surveiller l'entrée ou quelque chose comme ça, intervint Han Perroquet.

– Toi, ferme-la ! éructa Geng Lianlian. C'est ton oncle, pas le mien ! Ici ce n'est pas un hospice.

– Il ne faut pas tuer l'âne quand on a fini d'user la meule ! » bougonna Han Perroquet.

Geng Lianlian lui jeta sa tasse de café à la tête. Ses yeux lançaient des éclats jaune terreux, sa grande bouche grimaça soudain et elle hurla : « Foutez le camp ! Foutez tous le camp ! Ou je vais vous réduire en bouillie pour nourrir les aigles ! »

Shangguan Jintong eut une peur bleue et s'excusa sans fin : « Épouse de mon neveu, je mérite la mort, je mérite la mort, je ne suis pas un être humain, je ne suis pas un être humain, surtout ne t'emporte pas contre mon neveu, je m'en vais, j'ai pu manger grâce à votre argent, je me suis habillé grâce à lui, je vais aller ramasser des vieux papiers et vendre des bouteilles pour réunir tout ce que je vous dois et vous le rendre…

– Quelle force d'âme ! railla Geng Lianlian. Tu n'es qu'un crétin fini, un type comme toi qui vis accroché au bout des seins des femmes, ça vaut moins qu'un chien ! À ta place, j'aurais depuis longtemps trouvé un arbre avec une branche pour me pendre ! Ce qu'a planté Maroya, c'était de la semence de dragon, mais il n'a récolté qu'une puce, non, tu vaux moins qu'une puce, une puce saute à cinquante centimètres de hauteur, alors que toi, tu es tout au plus une punaise, même pas une punaise, tu ressembles plutôt à un pou qui aurait jeûné trois ans ! »

Shangguan Jintong s'enfuit du Centre ornithologique Orient en se bouchant les oreilles. Il courut le plus vite qu'il pût. Les paroles plus aiguisées qu'un couteau de boucher de Geng Lianlian l'avaient lardé de blessures sanglantes. Il courut comme un fou jusqu'à une roselière. Les roseaux qui n'avaient pas été récoltés l'année précédente avaient séché et jauni, et parmi eux les pousses de l'année atteignaient déjà une quinzaine de centimètres. Il s'enfonça dans la roselière, se coupant pour un temps du reste du monde. Les feuilles jaunes des roseaux bruissaient dans le vent léger. De la boue humide s'élevait l'odeur âcre des nouvelles pousses. Il avait la sensation que son cœur allait se briser de douleur et il enfouit son visage dans la boue en éclatant en sanglots. Tout en pleurant, il frappait sa lourde tête stupide de ses mains pleines de boue. Il sanglotait et murmurait comme une vieille femme : « Maman ! Pourquoi m'as-tu mis au monde ? À quoi ça a servi de mettre au monde un détritus comme moi ? Pourquoi ne m'as-tu pas noyé dans le pot de chambre ? Maman, toute ma vie je n'ai vécu ni en homme ni en diable, les adultes m'ont malmené, les enfants m'ont malmené, les hommes, les femmes encore plus, les vivants, et aussi les morts... Maman, ton fils ne va pas continuer à vivre, il va partir le premier. Seigneur, ouvre les yeux, envoie-moi un éclair pour me foudroyer... Vieille terre, ouvre-toi profondément pour m'enfouir en toi. Maman, j'en ai assez, tout le monde m'insulte en montrant mon nez... »

Il finit par se lasser de pleurer. Il était resté allongé sur le sol et la boue humide l'avait tout trempé. Il se releva, moucha son nez tout rouge et gonflé, essuya les larmes sur son visage. Ayant pleuré un bon coup, il se sentait beaucoup plus détendu. À un roseau pendait un vieux nid de pie-grièche. Au pied des roseaux rampait une couleuvre. Il sursauta et se réjouit qu'à l'instant d'avant, alors qu'il était couché par terre, elle ne soit pas remontée par son pantalon jusqu'à son entrejambe. La vue du nid lui rappela le Centre ornithologique Orient. La vue de la couleuvre, Geng Lianlian. La colère monta soudain en lui. Il envoya un grand coup de pied dans le nid. Il n'aurait pas imaginé que celui-ci fût attaché au roseau par du crin de cheval. Le coup de pied ne réussit pas à le faire tomber, mais lui faillit se retrouver les quatre fers en l'air. Il arracha le nid avec la main, le jeta à terre, puis le piétina à pieds joints en hurlant : « Saloperie de centre ornithologique ! Saloperie ! Je te fous des coups de pied ! Je t'écrase ! Saloperie ! » Quand le nid fut réduit en bouillie, il sentit son courage revenir et sa colère se raviver ; il se baissa pour couper une tige de roseau, mais une feuille lui entailla la main. Sans se soucier de la douleur, brandissant le roseau, il se lança à la recherche de la couleuvre. Il finit par la retrouver. Elle rampait avec rapidité entre les roseaux pourpres. Il leva sa branchette en criant : « Geng Lianlian, espèce de serpent venimeux ! Tu n'arriveras pas si facilement à m'humilier, je vais te tuer ! » Et il abattit violemment le roseau sur la couleuvre. La tige semblait l'avoir atteinte, mais ce n'était pas sûr. La grosse couleuvre s'enroula rapidement sur elle-même et dressa brusquement sa tête marquée de motifs sombres. Elle dardait vers lui sa langue noire et émettait un sifflement strident, ses yeux grisâtres le fixaient sournoisement. Le corps de Shangguan Jintong se couvrit d'une sueur froide, ses cheveux se dressèrent sur sa tête, il allait de nouveau abattre le roseau quand il vit la couleuvre bondir vers lui. Appelant sa mère, il jeta son arme et sans se préoccuper des feuilles sèches qui lui entaillaient le visage et les yeux, il se mit à courir à perdre haleine pour s'échapper de la roselière. Quand il se retourna, il vit que la couleuvre ne l'avait pas suivi et il poussa un soupir de soulagement. À cet instant, il sentit ses membres se ramollir, sa tête tourner, son corps se vider de toutes ses forces et son ventre gargouiller tant il avait faim. Au loin, la grande entrée en portique du Centre ornithologique Orient étincelait sous le soleil, les cris des grues se répandaient dans les cieux. Là-bas ce devait être l'heure du déjeuner. L'arôme du lait, l'odeur du pain, le goût délicieux de l'outarde et du faisan... Tout cela l'assaillait et il commençait à regretter son geste impulsif. Pourquoi vouloir quitter le Centre ornithologique Orient ? Pourquoi offrir des cadeaux devrait-il te faire perdre la face ? Il se donna une gifle, sans avoir mal. Une autre, qui lui fit un peu mal ; encore une autre, plus forte, qui lui fit si mal qu'il fit un bond, la moitié du visage enflammée. Shangguan Jintong, espèce de gros crétin qui tient à sa face et qui en bave à cause de ça ! Il s'injuria à grands cris. Porté par ses pas, il se rapprocha instinctivement du centre ornithologique. Allons-y, l'homme de cœur est capable de se plier à toutes les circonstances, tu offriras un cadeau à Geng Lianlian, tu lui présenteras tes excuses, tu reconnaîtras tes fautes, tu la supplieras de te reprendre. Quand on est dans ta situation, quelle face peut-on bien vouloir préserver ? La face, c'est pour les riches, pas pour toi. Elle t'a traité de punaise, en es-tu devenu une pour autant ? Elle t'a traité de pou, en es-tu devenu un ? Il se fit des reproches amers, s'en voulut à lui-même, se lamenta, se pardonna, se fit souffrir, se raisonna, se convainquit, se persuada, se conseilla, et peu à peu, sans s'en rendre compte, se retrouva de nouveau devant le Centre ornithologique Orient.

Là, il hésita, marcha de long en large et prit plusieurs fois son courage à deux mains pour s'y précipiter, mais chaque fois qu'il fut sur le point de le faire, il recula. Il est vrai que l'homme de cœur ne revient jamais sur sa parole. Si ici, on ne s'occupe pas de moi, leur maître, il y aura toujours un endroit où on le fera. Le bon cheval ne mange pas deux fois la même herbe. On peut mourir de faim, mais on ne baisse pas la tête ; on peut mourir de froid, mais on reste droit dans le vent. On ne se dispute pas pour un petit pain, mais pour son honneur. Si nous sommes indigents, notre volonté ne l'est pas. Les hommes sont mortels, mais les annales doivent en conserver la trace fidèle... Après avoir ainsi ressassé adages et aphorismes, il voulut s'en aller la tête haute, mais fit demi-tour au bout de quelques pas. Shangguan Jintong avait autant de mal à entrer qu'à partir. Il espérait tomber sur Han Perroquet ou Geng Lianlian à la grande entrée. Mais lorsqu'il entendit les cris de Han Perroquet, il alla en hâte se cacher derrière un arbre. Il resta ainsi jusqu'à ce que le soleil décline derrière les montagnes. Levant le visage vers la douce lumière de la lampe de l'appartement de Geng Lianlian à l'étage, il sentit une immense mélancolie l'envahir. Il la contempla longuement, puis, à bout de ressources, se dirigea pas à pas sur ses grandes jambes vers les rues animées de la ville.

Attiré par l'odeur de la nourriture, il arriva bientôt à la rue du marché de nuit où l'on pouvait goûter des spécialités locales. Autrefois c'était là que s'entraînaient aux arts martiaux les disciples du maître Guan l'Étoile filante : le lieu était devenu une rue des restaurants. Les boutiques de chaque côté n'étaient pas encore fermées, des néons de toutes les couleurs scintillaient au-dessus des devantures. Des marchands désœuvrés, appuyés à l'entrée de leur échoppe et recrachant avec adresse des peaux de graines de pastèque, attendaient le chaland, mais rares étaient ceux qui entraient. Le spectacle de la rue était bien meilleur. Les dalles de pierre était mouillées. De part et d'autre étaient installés provisoirement deux rangs de lampes couvertes de gros abat-jour rouges, dont la lumière douce et agréable faisait luire de reflets verdâtres la surface humide de la chaussée ; les patrons des étals avaient le visage qui brillait sous ces abat-jour, ils étaient tous vêtus d'un uniforme blanc et coiffés d'une toque. À l'entrée de la rue des restaurants était accrochée une haute pancarte verticale sur laquelle il était écrit : « Le silence est d'or. Ici, la bouche ne sert qu'à manger, pas à parler. Si l'on est capable de résister, on sera récompensé. » Peut-être la règle du « marché de la neige » avait-elle été transplantée ici. Les lampes rouges rutilaient, des fumées roses montaient en volutes, les patrons des étals lançaient des clins d'œil aux clients ou leur adressaient un signe : la rue tout entière était plongée dans une atmosphère de mystère et de cachotterie. Des groupes de garçons et de filles aux vêtements voyants allaient par deux, ou par trois, se tenant par l'épaule, remuant le nez ou les yeux, mais tous respectaient scrupuleusement l'interdiction de parler, dans une atmosphère étrange et joyeuse qui ne ressemblait ni à une mauvaise plaisanterie, ni à une situation cocasse. Tels des oiseaux, ils avançaient en se dandinant, en se balançant, picorant de-ci, picorant de-là, vendeurs et clients se mouvant dans une atmosphère de jeu solennel. Dès qu'il eut posé le pied dans cette rue qui avait perdu la parole, Shangguan Jintong sentit monter en lui un doux sentiment de retour au pays natal. Il oublia pour un temps sa faim et les vexations subies dans la journée et eut la profonde sensation que, dans cette rue silencieuse, les barrières étaient tombées entre les hommes. L'enjeu suprême consistait à s'autocontrôler consciemment afin de transformer sa bouche en une sorte d'organe à fonction unique qui n'attirerait aucun ennui. Il avança en foulant les dalles glissantes. La tenancière d'un étal de crevettes fraîches frites, une jeune fille aux traits fins, faisait cuire dans une marmite d'huile bouillonnante des langoustines rouge foncé aux grosses pinces, pour un garçon et une fille qui se tenaient par la taille. Dans la grande cuvette posée devant elle, les langoustines rouges remuaient stupidement en faisant scintiller de beaux reflets. La jeune fille lui adressa un signe éloquent des yeux. Il jeta un coup d'œil à la carte des prix et détourna rapidement la tête. Dans sa poche, il ne lui restait qu'un billet d'un yuan et il n'aurait même pas eu de quoi acheter une pince. La lampe rouge éclairait une corbeille où luisaient des serpents vivants, mais qui restaient enroulés les uns contre les autres, comme morts. Quatre policiers en uniforme blanc étaient installés à une grande table graisseuse. Ils avaient le visage affable, sans la moindre hostilité. L'aide du patron était une jeune fille aux yeux enfoncés et aux pommettes saillantes, un foulard bleu noué autour de la tête – c'était peut-être une jeune femme mariée, car ses seins, quand elle faisait des mouvements amples, ballottaient comme deux sacs de gelée de soja ; les seins d'une vierge ont une base plus solide –, elle était en train de tuer un serpent sur une planche en bois. Dans ses mains, le serpent était une chose morte encore vivante. Elle semblait avoir oublié que les serpents ont des crocs venimeux. Comme si elle prenait une carotte dans un panier, elle en choisit un, le posa sur la planche et paf ! d'un coup, lui trancha la tête, puis le suspendit à un clou pour le dépouiller. La chair blanc comme neige du serpent fut séparée de sa peau. Complètement dépouillé, l'animal sans tête remuait encore sur la planche. D'un geste prompt, imperceptible, elle lui ouvrit le ventre, ôta la vésicule biliaire, détacha les os et lança la chair sur une grande table où le patron, un grand et gros gaillard au teint sombre, maniait le couperet. Du dos de l'outil, il asséna quelques coups sonores pour aplatir la chair puis, tenant la lame de biais, découpa en un clin d'œil le serpent en lamelles transparentes aussi fines que du papier. Et, dans le temps qu'il lui fallut pour accomplir ce geste, la jeune fille en avait déjà écorché, désossé et vidé cinq autres. Devant les policiers bouillait une marmite, la jeune fille empila devant eux la chair des cinq serpents. Les quatre policiers échangèrent des regards et sur leurs lèvres se dessina un sourire entendu. Ils levèrent ensemble leur lourde chope de bière dorée qui moussait abondamment. Ping ! Les verres s'entrechoquèrent. Ils tendirent le cou pour faire cul sec, puis pinçant de leurs baguettes les morceaux de serpent, les plongèrent dans l'eau bouillante avant de les porter à la bouche. Shangguan Jintong regardait de tous côtés, il passa devant des étals de cailles et moineaux frits, fromage de soja au sang de porc, galettes à la friture de poisson, bouillie de graines de lotus aux huit trésors, crabes ivres, tripes de mouton, tête d'âne, bœuf braisé, testicules de bélier, boulettes de riz farcies à la viande, raviolis, sauterelles grillées, vers frits, cigales frites, chrysalides de vers à soie frites, abeilles frites... tous les aliments possibles et imaginables étaient rassemblés là, mais sur chaque pancarte il était indiqué : « Spécialités du canton du Nord-Est de Gaomi ». Cette manière de racoler le client força l'admiration de Shangguan Jintong. Dix ans plus tôt, jamais il n'avait entendu dire que quiconque osât manger du serpent. Aujourd'hui, on racontait que le fils de Fang la Demi-Boule, suite à un pari, avait roulé un serpent venimeux et une pousse de ciboule dans une crêpe de farine de blé qu'il avait trempée dans de la sauce de soja fraîche, et avait mangé le tout à grand bruit en se régalant, arrosé d'alcool de sorgho. Dans cette étroite rue pavée, les gens se frôlaient, se bousculaient, mais en raison de la consigne de silence, tout le monde était aimable. On n'entendait que le grésillement des aliments qui cuisaient dans les bassines d'huile, le tchac tchac des couperets sur les planches en bois, les claquements de lèvres et de dents des bouches mastiquant, les cui-cui des petits oiseaux tués sur place. Il se mêla aux clients, muets volontaires, de cette toute nouvelle ville, les yeux rassasiés de plats délicieux, le nez rempli de merveilleuses odeurs, mais la bouche si vide qu'il aurait pu en sortir un petit oiseau. Il finit par découvrir que pour un bol de bouillie de millet faite avec une grande théière au bec en forme de dragon, il suffisait d'un yuan. Il s'en approcha. Le liquide chaud qu'elle contenait chantait en bouillonnant. L'odeur de la bouillie fit souffler un doux parfum sur sa souffrance. Soudain, à l'étal à côté de la grande théière, il découvrit Jin Sein unique assise en compagnie d'un homme d'âge moyen au visage blanc, ils mangeaient des cuisses de grenouilles : l'homme, de ses baguettes, faisait manger la femme, et la femme, des siennes, faisait manger l'homme. Cette scène intime fit reculer Shangguan Jintong. Baissant la tête, il se glissa sur le côté et alla se cacher derrière un poteau électrique sur lequel étaient collées des couches et des couches de publicités ronéotées à l'intention des gens ayant contracté des maladies vénériennes. Une odeur d'ammoniaque lui piqua le nez et les yeux ; il comprit que c'était là que les hommes venaient uriner. Il était dans un recoin sombre, Vieille Jin en pleine lumière. Elle avait la tête frisée comme un gros chou-fleur, ses cheveux étaient d'un noir brillant. Peut-être les avait-elle teints ou portait-elle une perruque. Le noir de la nuit pouvait faire d'une vieille femme une frêle jeune fille, le maquillage pouvait faire d'un laideron une beauté, aussi, dans la douceur de la lampe rouge, le visage comme un plat en argent, les lèvres rouges, son sein unique bien dressé, sa chemise tendue comme un dais, Vieille Jin avait tout d'une jeune épouse coquine. Regardez avec quelle énergie dégoûtante elle fait ses minauderies ! Vieille peau ! Vieille dévergondée, tu mets au monde une fille et c'est une pute, tu mets au monde un fils et c'est un voleur. Il l'injuriait en silence tout en nourrissant la plus grande jalousie pour cet homme d'âge mûr au visage blanc. À cet instant, une griffe gratta sa jambe, il crut à un chat et baissa la tête, mais c'était un jeune handicapé qui se déplaçait en s'aidant des mains, à la manière de Sun Pas-un-mot. Il avait de grands yeux noirs et son cou était fin comme celui d'une autruche. Il tendait une petite main aux doigts repliés, pitoyable, et regardait en l'air, les yeux pleins d'espoir. Shangguan Jintong sentit son cœur se fendre dans ce monde silencieux et devenir mou comme un gâteau de riz glutineux. Même ce jeune mendiant handicapé ne voulait pas déroger à la règle du marché de nuit. Il en fut extrêmement ému. Il estima qu'il n'y avait vraiment aucune raison de ne pas accéder à la demande d'un jeune homme encore plus malheureux que lui. Après un instant d'hésitation, il tendit son billet tout humide au jeune mendiant qui s'inclina profondément, fit demi-tour et se traîna jusque devant la grande théière à la bouche de dragon. Quand le jeune homme but sa bouillie en levant son bol à deux mains, Shangguan Jintong éprouva quelque regret, mais aussitôt repoussa cette pensée et laissa de nobles sentiments occuper son esprit. Vieille Jin était toujours assise là-bas, il n'osait pas sortir de son recoin. Pour tuer le temps, et aussi parce qu'il était réellement pris par un besoin pressant, il urina contre le poteau électrique en contemplant le liquide vert qui s'écoulait. Comme il urinait depuis un bon moment, une grosse main solide lui attrapa l'épaule par-derrière.

C'était une vieille femme aux cheveux blancs, dont le visage sévère indiquait qu'à ses yeux il n'y avait aucune différence entre un homme et une femme. Elle portait au bras un brassard et sur sa poitrine était épinglé un badge du bureau d'hygiène municipal indiquant : « Agent d'hygiène. » À son poignet pendait une sacoche de cuir élimé. Elle lui montra une rangée de caractères sur le mur : « Interdit de faire ses besoins ici. » Puis elle lui montra la carte sur sa poitrine et son brassard, et agita les cinq doigts de la main. De sa sacoche, elle sortit un reçu qu'elle tendit à Shangguan Jintong. « Amende de cinq yuans pour avoir uriné sur la voie publique, ce reçu ne peut donner lieu à remboursement. » Shangguan Jintong tapota ses poches et montra ses mains vides. L'expression sévère de la vieille femme ne s'adoucit pas pour autant. Il se hâta de s'incliner devant elle, lui fit des politesses, se frappa la poitrine de ses poings, pour attester de son repentir. La vieille dame observait froidement sa démonstration. Il pensait avoir enfin obtenu son pardon et s'apprêtait à filer en rasant les murs, mais elle lui barra le passage. Quelle que fût la direction qu'il voulait prendre, la vieille se plaçait prestement devant lui et tendait la main. Il montra ses poches, lui fit signe de le fouiller elle-même, elle secoua la tête pour signifier qu'elle ne voulait pas, absolument pas, mais elle ne retira pas pour autant sa main. Alors, Shangguan Jintong la bouscula violemment et s'enfuit le long des murs sombres. Derrière lui, il n'y eut aucun cri, mais retentit le sifflement d'un sifflet de métal.

Dans cette dernière partie de la nuit, le vent du sud-est était humide et froid comme une peau de serpent. Shangguan Jintong déambula ici et là, puis finit par retourner au marché de nuit. Les patrons des étals avaient déjà plié bagage. Il ne restait plus de lampes rouges, seules les quelques faibles lampes de la rue éclairaient les plumes de volailles et les peaux de serpents qui jonchaient le sol. Des balayeurs étaient en train de nettoyer. Un groupe de petits voyous se bagarraient. Et tout en se bagarrant, ils respectaient le silence. Lorsqu'ils l'aperçurent, ils s'arrêtèrent et leurs regards convergèrent sur lui. Il s'aperçut avec effarement que le jeune homme le plus ardent au combat était en fait le jeune handicapé qui avait accepté son aumône. Il possédait une paire de jambes très développées en parfaite santé : socle et petits tabourets avaient disparu. Shangguan Jintong se sentit découragé, il se maudit d'avoir été aussi crédule et d'être tombé dans le panneau, mais en même temps, il admettait que ce jeune homme était d'une incroyable ruse. Les petits voyous échangèrent des regards, puis, se tournant vers lui, se précipitèrent et le renversèrent à terre. Ils le dépouillèrent de son costume occidental et de ses chaussures de cuir, ne lui laissant que son caleçon. Il y eut ensuite un coup de sifflet retentissant et, tels des poissons regagnant l'océan, ils disparurent sans laisser de trace.

Nu, sans chaussures, Shangguan Jintong se lança à la recherche de la bande de voyous à travers les ruelles obscures. À cet instant, il ne se souciait plus du tout de respecter la règle du silence. Tantôt il jurait à tue-tête, tantôt il sanglotait. Les briques et les tuiles cassées qui parsemaient le sol blessaient ses pieds ramollis par les séances de sauna ; la brume glaciale de la nuit s'infiltrait dans sa peau rendue délicate par les massages des jeunes Thaïlandaises. Il fit alors profondément l'expérience que les hommes qui passent toute leur vie en enfer ne se rendent pas vraiment compte des souffrances qu'ils y subissent, seuls ceux qui vivent au paradis peuvent véritablement en prendre conscience. À l'instant présent, il estimait qu'il était déjà tombé dans les derniers cercles de l'enfer et que ses ennuis touchaient à leur paroxysme. Repensant à la chaleur brûlante du sauna, il sentait davantage encore combien le froid le pénétrait maintenant jusqu'à la moelle des os. Et tout en se remémorant ces jours de bonheur frénétique qu'il avait connus avec Jin Sein unique, journées au cours desquelles il était nu également mais d'une nudité pleine de bonheur, il s'interrogea : qu'était-il devenu ? Un corps de un mètre quatre-vingts de haut qui errait dans les rues plongées dans une nuit profonde, un véritable cadavre ambulant.

Conséquence de la promulgation d'une interdiction des chiens en ville, une dizaine de chiens abandonnés – des chiens-loups allemands à tête noire aussi féroces que des fascistes, des mastiffs tibétains imposants comme des lions, des shar-peis à la peau tremblant comme un tas d'intestins de porc, des stardogs aux poils ébouriffés – formaient une bande alliant races locales et races étrangères, combinant styles chinois et occidental, qui avait élu domicile dans les tas d'ordures. Ils avaient parfois la panse si pleine qu'ils passaient leur temps à péter, et étaient d'autres fois si affamés qu'ils courbaient l'échine et traînaient la queue. Ils entretenaient une haine profonde pour l'équipe d'extermination des chiens du bureau municipal de protection de l'environnement. Peu de temps avant, Shangguan Jintong avait entendu dire que le petit garçon du chef de cette équipe, Zhang Huachang, avait été choisi sans la moindre erreur parmi une centaine d'autres enfants de maternelle et dévoré par de gros chiens féroces. Le groupe d'enfants était en train de s'amuser au parc et le fils de Zhang Huachang était assis sur un dragon qui tournait. Un chien noir fondit comme un aigle d'un haut pont de chaînes et s'abattit à l'endroit précis où le malheureux enfant était assis, le mordant à la nuque. Des chiens d'espèces différentes se précipitèrent de divers points où ils étaient embusqués pour prêter main-forte au chien-loup : sans se presser, au nez et à la barbe des femmes chargées de l'entretien, médusées, ils emportèrent le fils du chef de la troupe d'extermination des chiens. La Licorne, le célèbre présentateur des programmes de la télévision municipale, effectua une série de reportages sur ce fait divers complexe et effrayant. Il en arriva à la conclusion bizarre que cette bande de chiens était en réalité formée de membres de la mafia déguisés. À cette époque, Shangguan Jintong qui était dans une période faste n'avait pas porté attention à l'événement. Mais aujourd'hui, il était impossible de ne pas y penser, mon gars. Comme le « Mois d'hygiène et d'amour de la cité » avait permis l'éradication quasi totale des ordures, les chiens se trouvaient dans une phase de famine où ils courbaient l'échine et traînaient la queue. L'équipe municipale d'extermination s'était récemment équipée d'un fusil à répétition à visée laser importé de l'étranger. Le jour, les chiens se réfugiaient dans les égouts sans oser se montrer et ils ne sortaient que dans la seconde partie de la nuit pour tenter de trouver quelque nourriture. Ils venaient de déchirer et de dévorer un sofa en cuir de la boutique de meubles Aiwa. Shangguan Jintong, avec son corps nu et sa chair blanche, se trouvait dans une posture extrêmement dangereuse. En voyant le mastiff tibétain avec ses yeux ronds et son corps agitant son pelage noir, il se rappela le reportage de la Licorne, talentueux propagandiste au cours de la Grande Révolution culturelle : selon des sources fiables, ce mastiff tibétain était en fait le criminel invétéré Zang Xiao revêtu d'une peau de chien. Il le regarda attentivement et il lui sembla bien voir un homme caché sous une peau de chien. Joignant les mains en signe de supplication, il se hâta alors de l'implorer : « Frère Zang Xiao, frère Zang Xiao, je n'ai jamais eu la moindre haine à votre égard, j'ai toujours été très honnête, hormis le fait que j'aime regarder les tétons des femmes, je n'ai commis aucun autre crime, épargnez-moi, je vous en prie… »

Le mastiff s'approchait bruyamment, ses pattes grosses comme des poings faisant résonner le sol de coups sourds. Ses épaisses babines velues retroussées, ses crocs blancs lançant des éclairs froids, un grondement tel le tonnerre roulant de sa gueule. Derrière lui venaient deux chiens-loups, identiques comme des jumeaux, qui le protégeaient chacun d'un côté. Gueule allongée, expression sournoise et cruelle. Derrière se pressaient toutes sortes de chiens. Un petit cabot pas plus gros qu'un chat, aux oreilles en pointe et à la queue glabre, poussait des jappements comme des cris de petite fille, d'une voix claire mais pas agréable, car elle n'avait pas la pureté de celle d'une fillette, mais plutôt l'arrogance typique du chien qui est assuré de sa puissance. Le mastiff aboya violemment deux fois en agitant sa grosse tête de façon effrayante. C'était une véritable bande de bêtes sauvages, dix fois plus terrifiante que les hommes les plus cruels. La Licorne avait vraiment raconté n'importe quoi. Dans ce moment critique, Shangguan Jintong trouvait encore le moyen de reprocher ses activités à la Licorne qui se servait des médias de masse pour divulguer légalement des rumeurs infondées. La bande de chiens s'apprêtait à passer à l'attaque, les poils de leur échine se dressaient comme des herbes sèches. Tout en reculant pas à pas, Shangguan Jintong se pencha pour ramasser deux pierres noires. Il pensait d'abord faire demi-tour et déguerpir au plus vite, mais un enseignement de Han l'Oiseau lui était soudain revenu à l'esprit : face à une bête sauvage, il ne faut surtout pas s'enfuir, avec ses deux jambes l'homme n'arrivera jamais à courir plus vite qu'une bête qui a quatre pattes. La seule façon de faire face à une bête sauvage est d'ouvrir grand les yeux. Han l'Oiseau avait dit que quand il s'était battu avec l'ours noir, ils s'étaient mesurés du regard et il avait fini par faire baisser la tête à l'animal comme à une timide jeune mariée. Ciel, je n'ose pas regarder cet animal dans les yeux, ce ne sont pas des yeux, ce sont deux boules phosphorescentes, si on y jette un coup d'œil, on a tous les muscles des jambes qui se contractent. Je n'ose pas rester immobile, car ma colonne vertébrale fond peu à peu dans la raie de mes fesses, comme un glaçon en plein soleil, et ces choses gluantes entre mes jambes, ce sont mes vertèbres en train de fondre. Reculant, il cherchait du regard contre quoi son dos pourrait bien s'appuyer, un mur ou un arbre.

La bande de chiens avançait tranquillement, ils avaient l'air de savoir parfaitement ce qu'ils voulaient : ce grand gaillard à la chair blanche devant eux était déjà aux limites de la désagrégation mentale et de la paralysie totale. Ses pas qui reculaient étaient de moins en moins assurés, ses jambes si flexibles qu'elles ressemblaient à des ressorts, son buste vacillait, les pierres noires qu'il tenait à la main allaient glisser d'un instant à l'autre, des liquides fétides s'écouleraient de lui sous le coup de la peur. Recule, recule, quand tu auras reculé jusqu'à cette marche d'escalier, tu vas trébucher et nous pourrons te dévorer.

Les yeux de Shangguan Jintong se brouillèrent, les pierres tombèrent de ses mains. Il sentit qu'il allait bientôt être délivré de la vie. Qui eût cru que Shangguan Jintong finirait dans le ventre d'un chien ? Il pensa à sa mère avec lassitude, puis il pensa au sein unique de Vieille Jin qui avait eu le courage de dominer tous les hommes sans jamais se faire dominer par eux, et eut encore toutes sortes d'autres pensées. Quand il se retrouva assis sur la marche, il ne put que supplier les chiens de le manger proprement, sans laisser une jambe ou autre chose. Ne laissez aucune trace, même le sang, léchez-le bien, faites disparaître mystérieusement Shangguan Jintong…

Un veau jaune qui fit brusquement irruption servit de bouc émissaire à Shangguan Jintong. Il s'était enfui d'une boucherie. Gros et gras, avec un duvet telle une soie de première qualité. Sa chair devait naturellement être bien meilleure que celle de Shangguan Jintong. Quand on a du poisson vivant, qui voudrait manger du poisson mort ? Quand on a des petits pigeons, qui voudrait d'un vieux coq ? Les hommes et les chiens raisonnent de la même manière. Dès que le veau gras apparut, les chiens abandonnèrent Shangguan Jintong. Il vit le veau hypnotisé par la peur se jeter étourdiment dans la bande des chiens. Le mastiff tibétain bondit et le mordit au cou. Le veau poussa un mugissement profond, puis s'écroula. Les deux chiens-loups s'élancèrent et lui ouvrirent prestement le ventre. Tous les chiens se précipitèrent et soulevèrent presque le veau dont les membres et le corps furent disloqués en un clin d'œil.

Des hommes à l'air sournois sortirent d'une boucherie obscure. À la lumière jaunâtre des lampes de la rue, ils comptaient des billets graisseux et noirâtres. Shangguan Jintong savait que c'étaient des voleurs de bétail : ils le volaient aux paysans et revendaient les bêtes à bas prix aux boucheries. Les paysans leur vouaient une haine tenace et cherchaient à les attraper pour les punir en leur coupant le nez. Mais ils ne parvenaient jamais à tous les attraper. D'ailleurs, l'année précédente, la Licorne avait dévoilé une affaire qui avait fait sensation en ville : un voleur de vaches, après avoir eu le nez coupé, était allé porter plainte au tribunal contre les deux paysans qui l'avaient mutilé. Résultat : le voleur avait écopé de trois ans de travaux forcés et les paysans qui lui avaient coupé le nez, de la même peine. Les paysans ne cessaient de tempêter contre ce genre de jugement qui renvoyait tout le monde dos à dos ; certains, plus courageux, mobilisèrent une dizaine d'entre eux dont les vaches avaient été volées pour faire un sit-in devant le tribunal. Ils étaient restés assis là un jour et une nuit, sans que personne leur prête attention. Wang Caida, leur chef, avait arraché à la hache l'enseigne du tribunal. Le téméraire Li Chenglong s'était introduit dans le bâtiment et avait brisé avec une brique le miroir de trois mètres de haut et de six mètres de long de la cour intérieure. Résultat : Wang Caida et Li Chenglong furent menottés sur-le-champ et, un mois plus tard, condamnés à six ans de réclusion criminelle.

Parmi les voleurs de bétail qui comptaient leurs billets, deux n'avaient plus de nez. Ceux qui avaient subi cette mutilation étaient particulièrement farouches : ils osaient sortir leur couteau en plein jour et faire irruption chez les paysans pour y voler une bête, et à ceux qui avaient le courage de s'interposer, ils disaient : « Approche,

approche, de toute façon, moi, ton maître, je suis défiguré, vivre ou mourir c'est pareil, si l'un de vous est tué, ce sera déjà bien, mais si j'en tue deux, j'aurai gagné ! » Seigneur Dieu, qui aurait eu le courage de s'avancer ? Les voleurs savaient aussi un peu user de leurs poings et de leurs pieds, ils avaient de la force dans les bras, leurs sabres étaient effilés ; ces sabres qui avaient tous été forgés par le célèbre forgeron des dernières années de la dynastie des Qing, Shangguan le Boisseau, étaient en mesure de couper à la fois le dur et le mou. D'un coup d'un tel sabre, on pouvait trancher en deux une tête de vache. Mais qu'était-ce qu'une tête de vache ? Bien pire était le fait que les plants de deux *mu* de terre cultivée en coton aient été dévorés par les parasites, ou qu'on ait acheté une tonne d'engrais frelaté à la coopérative d'approvisionnement, ou d'être un de ces types constamment dépouillés par les chefs de bourg ou de village. Aller porter plainte ! Seigneur Dieu, c'était impossible ! Si l'on ne portait pas plainte, on ne perdait qu'une bête ; mais si on portait plainte, on en perdait au moins deux. Les membres de l'équipe de sécurité publique du commissariat du canton étaient individuellement des « braves garçons », mais, une fois les assassins et les incendiaires amnistiés, ils suivirent le même chemin que les voleurs de vaches : quand ceux-ci avaient vendu leurs bêtes, ils voulaient prélever une commission. Allez porter plainte, d'accord... Ils étaient aussi heureux que si des poulets rôtis leur tombaient du ciel. Se lançant des clins d'œil les uns aux autres, la bouche aussi sucrée que s'ils avaient craché du miel : Oncle, vous avez perdu une vache ? Ah, ces dévergondés sans nez, ces sales voyous, ces moins que rien ! Comme les insectes qui restent indestructibles, ces voleurs de vaches, on n'en finit pas de les arrêter. Oncle, regardez, notre équipe, elle court comme le lièvre pour régler les affaires publiques, nous sommes plus maigres que des criquets, comment aurions-nous encore la force d'attraper les voleurs ? Il faudrait d'abord nous emmener au restaurant pour nous nourrir un peu ! Quand nous serons rassasiés, alors nous aurons la force d'élucider vos affaires. Allons-y, en face, il y a un petit restaurant, Aux Cinq Étoiles d'Or, là-bas, le veau rôti dans la marmite de grès est juste à point, sentez un peu, le vent nous amène son parfum. Manger, oui, mais on ne peut pas que manger, il faudrait apporter dix bières pression, d'accord ? Putain ! c'est la mode de boire de la bière pression, mais une bière c'est huit yuans quatre-vingt-huit… Alors on dit : Ça va, ça va, ça va, ça va, ça va, ça… ! Ça va quoi ? Ça va être la folie ! C'est vous qui allez devoir payer les « frais d'établissement du dossier », les « frais d'enquête », les « frais complémentaires », les « frais de mission », les « frais de travail de nuit ». Alors vous vous mettez à genoux : Cette vache, je n'en veux plus, ça va ? Non, ça ne va pas ! C'est un commissariat de police digne de ce nom, ici ! Vous croyez qu'on peut s'en moquer comme ça ? Vous pouvez ne pas porter plainte, reprenez votre argent, mais les frais pour retirer une plainte, c'est mille yuans !… Voilà pourquoi, non seulement si vous perdez une vache, mais même si vous perdez votre femme et votre enfant, n'allez jamais porter plainte, aujourd'hui, ces bureaux de la sécurité publique, tous ces trucs, c'est vraiment… rien qu'à en parler, ça démange le cuir chevelu !… Le cerveau de Shangguan Jintong était aussi en plein chaos, toutes ces balivernes, toutes ces vieilles histoires, ne formaient plus qu'une boule de chanvre. Quand il avait aperçu les voleurs de bétail sans nez, il avait d'abord songé s'esquiver, mais il n'avait pas pensé qu'il allait tomber dans ce bourbier d'associations d'idées. Heureusement, un voleur vint agiter devant lui son couteau pointu et lui demanda en grondant : « Qu'est-ce que t'as vu ?

– Oncle, oncle, s'écria Shangguan Jintong, je suis aveugle, je n'ai rien vu, rien du tout…

– Fiche vite le camp, sale mendiant », dit l'homme.

Shangguan Jintong partit en courant droit devant lui. Il n'osait plus prendre les ruelles sombres. Seigneur Dieu, si je suis une nouvelle fois repéré par la bande de chiens féroces, il n'y aura plus de veau pour me sauver. Courons vers la lumière : qui survit à un grand malheur connaîtra un grand bonheur. Mais aller dans un endroit animé récupérer quelques haillons pour masquer sa honte était impossible, il lui fallait rentrer chez sa mère. Il irait avec elle ramasser les vieux chiffons, de toute façon il avait plus de quarante ans, et au cours des quelques années qu'il avait passées avec Vieille Jin et Geng Lianlian, il avait épuisé toutes les richesses de la vie humaine. À sa mort, il ne se sentirait pas victime d'une injustice.

La place du centre-ville était l'endroit le plus lumineux. Au milieu se trouvait le cinéma, et de chaque côté, le musée et la bibliothèque.

Tous avaient de grands escaliers, les hauts murs de verre bleu montaient dans la nuit, de grandes lumières les illuminaient. Ciel ! Personne ici ne faisait de travaux de couture, pourquoi allumer tant de lumières ? Quel gaspillage d'électricité ! Sur la façade du cinéma s'étalait une grande affiche. Des cuisses de femme plus grosses qu'un seau étaient à peine dissimulées par une robe fendue en soie. La bouche d'un pistolet plus gros que le bras crachait une flamme. Du sang frais coulait, scintillant comme mille perles. La peau de la femme, la poitrine dévoilée, les seins plus volumineux que des ballons de basket, les cils plus drus et épais que les poils d'une brosse à cirage. Il était souvent passé dans la voiture de Geng Lianlian sur cette place, mais n'avait jamais remarqué à quel point elle était vaste. Ce n'était que maintenant, alors que le digne fils Shangguan, complètement abattu, avançait solitaire dans le froid printanier sur cette immense place, qu'il la trouvait illimitée. Le sol était composé de carreaux de ciment octogonaux ; lorsqu'il avançait son pied gauche, d'un pas il en franchissait trois, avec une certaine lassitude, mais quand son pied droit avançait, il en franchissait la même quantité avec une grande légèreté. Ses pieds le faisaient atrocement souffrir. Sur la plante s'étaient formées une dizaine d'ampoules sanguinolentes, grosses comme des grains de raisin, certaines avaient percé à cause du frottement et il en coulait un liquide transparent. Elles étaient particulièrement douloureuses. Par terre, il y avait un tas d'excréments d'animaux. Effrayé, il fit un grand bond de côté, de peur que ce fût de la crotte de chien, tremblant de tout son corps comme s'il avait vu les chiens eux-mêmes. Sur un carreau de ciment était dessiné à la craie un portrait de femme qui lui parut familier au premier coup d'œil, mais plus il le regardait, plus il lui semblait inconnu. Un coup de vent souffla, des sacs en plastique blanc roulèrent, poussés par le courant d'air. Sans se soucier de sa douleur aux pieds, il se précipita pour en attraper un, puis un autre. Laissant à chaque pas une marque sanglante, il courut jusqu'au bord de la place en poursuivant les sacs. L'un d'eux resta accroché à un des troènes qui bordaient la rue. Il se laissa tomber sur les fesses. Bien que l'air froid lui transperçât l'anus, il resta assis et enveloppa son pied dans un sac. À cet instant, il découvrit que nombre d'entre eux s'étaient accrochés dans les arbres. Fou de joie, il les cueillit un à un et les attacha autour de ses pieds qui finirent par ressembler à des paumes d'ours. Lorsqu'il se releva pour reprendre sa marche, il ressentit sous la plante des pieds une immense douceur. C'était confortable, l'acuité de la douleur avait diminué et il en trembla d'émotion. À chacun de ses pas retentissait un grand chuintement qui portait loin. De la rive nord de la rivière du Dragon parvenait le vacarme des coups de bélier. Ce lieu, sous ses pieds, s'appelait aujourd'hui le quartier des Fleurs de cannelier. À cette heure, ses habitants dormaient profondément. Au sud-est seulement, dans le grand immeuble des Fleurs de cannelier, le plus luxueux de la ville, certaines fenêtres étaient encore éclairées, comme si les chambres étaient suspendues dans le ciel. Partout ailleurs régnait l'obscurité. Il finit par décider de retourner à la pagode, pour rester auprès d'elle, auprès de sa mère, et ne plus la quitter, quoi qu'on dise – qu'il était un bon à rien, un inutile. Tant pis, il ne mangerait plus d'œufs d'autruche, il ne prendrait plus de saunas, mais il ne courrait pas le risque de se retrouver dans cette situation pitoyable de courir nu dans les rues.

De chaque côté de la rue s'élevaient des boutiques. À ce moment-là, jamais, au grand jamais, il n'aurait dû voir soudain cette vitrine illuminée. À l'intérieur se trouvaient six mannequins de mode, trois hommes et trois femmes. Leurs vêtements semblaient confectionnés dans des nuages irisés, les femmes paraissaient sculptées dans l'ivoire. Cheveux blonds ou bruns, front lisse plein de sagesse, long nez droit, cils recourbés, beaux yeux affectueux, lèvres douces, et bien sûr, ce qui le fascinait le plus chez ces silhouettes féminines, seins proéminents. À force de les regarder encore et encore, il sentit qu'ils s'animaient, l'odeur sucrée des seins passa à travers la vitre, réchauffant son cœur. Son front qui cognait la vitrine glaciale finit par le faire revenir à lui. Craignant que la folie ne le reprenne irrémédiablement, il profita de cet instant de lucidité pour reculer en hâte. Il se força à fuir à toutes jambes, mais après avoir décrit un cercle, il était revenu sans le vouloir à son point de départ. Mains levées, face aux étoiles sombres dans le ciel, il pria : « Seigneur ! Permets-moi de les caresser, permets-le-moi, de toute ma vie, je ne te demanderai plus rien d'autre. »

Alors il s'élança violemment vers les mannequins, et l'instant d'après il sentit que les vitres s'étaient brisées en silence. Avant qu'il ait pu toucher leurs seins, les mannequins tombaient pêle-mêle. Sa main se pressa contre un « sein » dur. Une sensation effrayante le traversa : « Ciel, ils n'ont pas de tétons ! »

Un liquide chaud, fétide et salé, coula sur ses yeux et dans sa bouche. Il sentit son corps sombrer vers un abîme sans fond.

Chapitre 51

À la fin des années 1980, le centre de préservation des vestiges culturels du bureau municipal de la culture décida de transformer en un grand parc de loisirs la hauteur sur laquelle se trouvait la pagode. Le directeur du centre arriva à la tête d'une troupe bruyante, accompagné d'un bulldozer : il était accompagné d'une dizaine de gardes armés de matraques provisoirement empruntés à la brigade de maintien de l'ordre, du notaire attaché à la municipalité, d'un journaliste de la télévision municipale et d'un journaliste du quotidien de la ville, qui entourèrent la maison devant la pagode. Le directeur du centre de préservation des vestiges culturels lut à haute voix à la mère et au fils Shangguan le jugement du tribunal municipal : « À l'issue d'une enquête minutieuse, il appert que la maison située devant la pagode est un bien qui appartenait au canton du Nord-Est de Gaomi et n'est pas la propriété privée de Shangguan Lushi et de son fils. La maison de Shangguan Lushi a déjà été vendue et la somme réalisée a été perçue par son parent direct, Han Perroquet. L'occupation de la maison devant la pagode par la mère et le fils Shangguan est illégale, les intéressés ont six heures pour déménager à réception du présent avis. En cas de retard, ils devront répondre du délit d'entrave aux affaires publiques et d'occupation illégale de biens publics… Vous avez compris, Shangguan Lushi ? » demanda le chef du centre sur un ton sévère.

Inébranlable comme un roc, Shangguan Lushi, assise sur le *kang*, déclara : « Il faudra que votre bulldozer me passe sur le corps !

– Shangguan Jintong, ta mère a perdu la tête, persuade-la. Qui comprend son temps est un homme éminent, qui s'oppose au gouvernement est sans avenir assurément ! »

Pour s'être cogné la tête dans la vitrine et avoir brisé les mannequins, Shangguan Jintong avait été interné trois ans dans un hôpital psychiatrique ; à présent, il agitait la tête d'un air hébété. Il avait sur son front une cicatrice brillante, son regard était vide, complètement stupide. Lorsque le chef du centre sortit son téléphone portable, Shangguan Jintong se jeta à genoux et le supplia en se tenant la tête : « Pas l'électrochoc… pas l'électrochoc… je suis malade mental… je suis malade mental… »

Le directeur jeta un coup d'œil gêné au notaire. « La vieille a perdu la tête et le fils est malade mental, que faire ? demanda-t-il.

– Recourir à la force, la vidéo aura valeur de preuve ! » répondit le notaire.

Aussitôt le directeur du centre fit un geste de la main, et la dizaine de gardes de la sécurité s'approchèrent pour expulser de force Shangguan Lushi et Shangguan Jintong. Les cheveux blancs échevelés, Shangguan Lushi se débattait comme un lion. Shangguan Jintong, lui, ne faisait que supplier : « Pas l'électrochoc… pas l'électrochoc… je suis malade mental… »

Tout en se débattant, Shangguan Lushi tenta de se traîner vers la chaumière, mais les membres de la sécurité la ligotèrent. Elle écumait de rage et s'évanouit.

Les hommes sortirent de la maison les quelques vieux meubles et affaires de literie. Le bulldozer rouge fonça dans un grondement assourdissant sur la maisonnette devant la pagode, levant haut sa grosse pelle garnie de gigantesques dents serrées, le pot d'échappement crachant violemment des ronds de fumée. Shangguan Jintong crut que le monstre rouge lui fonçait dessus pour l'écraser et il se réfugia terrorisé au pied humide de la vieille pagode, attendant la mort les yeux écarquillés.

À cet instant crucial, Sima Liang, dont on avait perdu la trace depuis de nombreuses années, tomba du ciel.

En fait, une dizaine de minutes plus tôt, j'avais vu un hélicoptère vert qui décrivait des cercles au-dessus de la ville de Dalan. Telle une grosse libellule, son ombre glissait légèrement dans l'air. Il perdit peu à peu de l'altitude et à plusieurs reprises son gros ventre gonflé effleura la pointe arrondie du toit de la vieille pagode. Il releva haut le derrière, tandis que l'hélice qui tournait à toute allure sur sa tête brassait de grands tourbillons dans un vrombissement qui m'étourdit. À travers le hublot brillant, je vis une grosse tête ronde se pencher. Elle regardait vers le sol. Avant que j'aie eu le temps de distinguer vraiment son visage, elle s'était éclipsée. Rugissant, ses chenilles émettant un grincement continu, le bulldozer rouge, tel un monstre de l'époque des dinosaures, attaqua de sa grosse pelle la maison devant la pagode. L'ombre du vieux taoïste Men Shengwu vêtu de sa robe noire s'y profila et disparut aussitôt. Je ne pus m'empêcher de crier : « Pas l'électrochoc, je suis malade mental, ça ne vous suffit pas que je sois malade mental ? »

L'hélicoptère vert revint, penché sur le côté, soulevant des nuages de poussière. Un corps de femme se pencha par le hublot. On arrivait à grand-peine à entendre ses cris dans le vacarme assourdissant de l'appareil : « Arrêtez... il ne faut pas démolir... constructions anciennes... Qin Wujin... »

Qin Wujin était le petit-fils de maître Qin le Deuxième qui avait été le précepteur de Sima Ku, ainsi que le mien. En tant que directeur du centre de préservation des vestiges culturels, il avait en charge les reliques anciennes et les fouilles. À l'instant présent, il était en train d'admirer dans ses détails, tenant entre ses mains le grand bol en porcelaine bleue de notre famille. Ses yeux brillaient ! Les muscles de ses joues tremblaient, les cris qui venaient de l'hélicoptère le plongèrent manifestement dans la stupéfaction. Lorsqu'il leva la tête pour regarder l'appareil qui était revenu, un nuage de poussière l'ensevelit.

La grosse machine verte finit par se poser sur l'espace vide devant la pagode. Une fois à terre, elle continua à remuer, ses grandes hélices plates, qui ressemblaient à la palanche qu'utilisait la vieille Geng pour transporter sa pâte de crevettes, continuaient à battre sur sa tête dans un grand vrombissement. Puis elles battirent de moins en moins vite et finirent par s'arrêter ; la machine remua encore un peu et s'immobilisa complètement. Les yeux grand ouverts, l'hélicoptère reposait immobile. Les vitres de la cabine éclairaient son ventre. Une porte s'ouvrit. Ce fut d'abord un homme vêtu d'une veste en cuir qui dégringola par la petite échelle, puis descendit une masse jaune attirant l'œil : une femme portant un coupe-vent jaune orange. Sur l'échelle, son derrière tout rond saillait sous le coupe-vent. Elle portait une jupe en laine, jaune elle aussi, mais d'un jaune différent de celui du coupe-vent, qui était éclatant. Le jaune de la jupe était plus pâle. Ses mollets étaient tendus. Elle finit par tourner le visage. Fidèle à ma vieille habitude, je regardai d'abord sa poitrine moulée dans un pull fin, protégée par le coupe-vent : deux machins très gros, très florissants ; elle ne portait pas de soutien-gorge et ses mamelons, la tête penchée, collaient à son pull-over à col montant en fine laine. Ce pull était jaune également, presque le même que celui de la robe. Un gros pendentif en or se cachait entre ses seins. Elle avait un visage rectangulaire, très stylé, et sur la tête une raie séparait ses cheveux bouclés. Ah, qu'ils étaient noirs ! Presque huileux. Qu'ils poussaient dru ! On n'en voyait pas la racine. Je la reconnus : c'était ma nièce, la fille de Lu Liren et de Shangguan Pandi, Lu Shengli. Lorsqu'elle était directrice de la Banque industrielle et commerciale, la rumeur avait couru en ville qu'elle avait la particularité de manger des fœtus de bébés nés avant terme. Pourquoi était-ce une rumeur ? Parce qu'elle venait d'être nommée maire de la ville de Dalan. Le maire précédent, Ji Qiongzhi, était malheureusement décédée d'une attaque cérébrale – on disait qu'elle était morte sous le coup de la colère. Je souffre de maladie mentale, c'est un fait, je ne le nie absolument pas, mais pour moi, tout est clair : grâce à quoi Lu Shengli est devenue maire, je le sais parfaitement, mais je ne vous le dirai pas. Elle avait hérité du physique de ma cinquième sœur, mais avait beaucoup plus de style et d'allure qu'elle, c'était vraiment le cas de dire que l'on s'améliore de génération en génération. Elle marchait toujours en bombant la poitrine, comme un cheval pur-sang. Un homme d'âge mûr à la grosse tête se glissa hors de l'hélicoptère. Il portait un costume à l'occidentale recherché et une grosse cravate. Comme Lu Shengli lui emboîta le pas, elle ne pouvait pas vraiment déployer sa démarche de pur-sang.

L'homme d'âge mûr avait le crâne un peu dégarni, mais un visage d'enfant espiègle. Ses yeux débordaient de vie et changeaient d'expression de manière imprévisible. Sous son gros nez remuait une belle petite bouche bien en chair et il avait deux grosses oreilles blanches avec des lobes charnus comme des crêtes de dinde. Je n'avais encore jamais vu un tel visage chez un homme, et bien sûr encore moins chez une femme. Ce type de visage respirant le bonheur et la richesse indiquait à coup sûr que son propriétaire serait un empereur, qu'il connaîtrait une bonne fortune et aurait soixante-douze concubines pour lui tenir compagnie dans son palais. J'avais deviné que ce devait être Sima Liang, mais n'osais pas vraiment en être sûr. Il ne m'avait pas vu, et je ne voulais pas qu'il me voie. S'il me voyait, il n'aurait pas le courage de me reconnaître. Shangguan Jintong était à présent un malade mental, un obsédé sexuel. Derrière Sima Liang suivait une métisse plus grande que lui. Des yeux profonds, une grande bouche, des seins blancs comme neige, froids comme le givre, lisses comme la soie, vibrant à chacun de ses pas, des pointes d'une exquise finesse, comme deux petits museaux pointus de hérisson reniflant doucement. Deux voitures particulièrement imposantes arrivaient par le grand pont nouvellement construit sur la rivière d'Encre. Une rouge, une bleue, on eût dit le mâle et la femelle. Si elles s'accouplaient et mettaient au monde une petite voiture, de quelle couleur serait-elle ?

Lu Shengli jetait par moments des regards à l'homme et sur son visage toujours agressif apparaissait pourtant un sourire séducteur. Un sourire plus précieux qu'un diamant, plus effrayant qu'un poison. Tenant toujours entre ses mains notre grand bol en porcelaine bleue, le directeur du centre de préservation des vestiges culturels courut en se dandinant des fesses. « Maire Lu, maire Lu, bienvenue à vous qui venez inspecter notre travail.

– Que comptez-vous faire ici ?

– Nous avons l'intention d'édifier un grand parc qui aura pour centre la vieille pagode, afin d'attirer les touristes chinois et étrangers, dit le directeur.

– Comment se fait-il que je ne sois pas au courant ? s'étonna Lu Shengli.

– C'est une décision qu'avait prise le maire Ji Qiongzhi, répondit le directeur.

– Tout ce qu'a décidé Ji Qiongzhi doit être réexaminé, dit Lu Shengli, cette vieille pagode doit être préservée et la maison qui se trouve devant ne doit pas être démolie. Il faut restaurer ici les activités du "marché de la neige". Construire un parc d'attractions, y installer quelques jeux vidéo, des manèges d'autos tamponneuses, des tables de billard, est-ce que ce sont vraiment là des loisirs ? De quel genre de loisirs a-t-on besoin ? Camarade, il faut voir plus loin, il faut trouver un moyen d'attirer les hôtes étrangers et de s'emparer de l'argent dans leurs poches. J'ai déjà invité toute la ville à prendre exemple sur l'esprit d'innovation du Centre ornithologique Orient, à emprunter des chemins que les autres n'ont jamais pris, à faire des choses que les autres n'ont jamais faites. Qu'est-ce que la réforme ? Qu'est-ce que l'ouverture ? C'est précisément oser penser et oser agir. Dans le monde, il n'y a que des choses auxquelles l'on n'a pas pensé, et il n'y a pas de choses que l'on ne soit pas arrivé à faire. Le Centre ornithologique Orient applique actuellement le "plan Phénix" : ils font s'accoupler des autruches, des faisans et des paons pour faire naître le phénix qui n'existait que dans les légendes… » Elle avait la passion du discours, elle parlait, parlait, s'échauffait, comme un cheval qui s'emballe. Le notaire et la dizaine de gardes de la sécurité restaient interdits. Le journaliste de la télévision municipale, digne subordonné de la Licorne qui avait récemment été promu directeur du bureau de la radio et de la télévision, filmait caméra à l'épaule le maire Lu Shengli et les hôtes de marque. Le journaliste du quotidien municipal qui venait de se réveiller courait en tous sens pour prendre en photo la dirigeante et l'homme d'affaires étranger.

Sima Liang finit par apercevoir ma mère qui gisait devant la pagode, pieds et mains liés. Il eut un brusque sursaut, comme si une grande main l'avait soulevé en le tirant par les cheveux. Il recula d'un pas. Sa grosse tête ronde s'agita et dans ses yeux roulèrent des larmes. Il se baissa lentement et quand ses genoux furent pliés selon un certain angle, il se laissa tomber à terre en pleurant à chaudes larmes : « Tante, ma tante… »

Il pleurait avec simplicité, avec sincérité, la preuve en était ces deux rangs de larmes et cette morve qui coulait du bout de son nez. Shangguan Lushi ouvrit son œil le plus déficient et remua les lèvres : « C'est toi… Liang ?

– Tante, ma tante chérie, c'est moi Sima Liang, Sima Liang qui a grandi en buvant votre lait », dit-il avec des sanglots. Le corps de Shangguan Lushi roula un peu sur le côté. Sima Liang se releva et demanda : « Cousine, pourquoi faut-il attacher notre tante ?

– Cousin, répondit Lu Shengli gênée, j'ai failli à ma tâche. » Elle se tourna vers Qin Wujin et lâcha en grinçant des dents : « Espèce d'imbécile ! » Les jambes de Qin Wujin se mirent à trembler, il tenait toujours notre bol dans ses mains et ne le lâchait pas. « Quand je serai rentrée… non, maintenant, dit-elle, je déclare que vous êtes déchargé de votre fonction de directeur du centre de préservation des vestiges culturels et je vous ordonne de rentrer rédiger votre autocritique ! » Elle se pencha et défit elle-même les liens qui entravaient Shangguan Lushi. Un nœud était particulièrement serré et elle le dénoua avec la bouche. Une scène particulièrement émouvante. Soutenant Shangguan Lushi, elle lui dit : « Grand-mère, tu ne me reconnais pas ? Je suis Lu Shengli, ta petite-fille ! » Ma mère hocha la tête en signe de dénégation : « Vous ne lui ressemblez pas, pas du tout. » Puis elle se tourna vers Sima Liang : « Liang, dit-elle, laisse ta tante te toucher un peu, que je voie si tu as grossi ou maigri. » De sa main, elle tâta le sommet du crâne de Sima Liang : « C'est bien, mon Liang, l'homme peut changer mille ou dix mille fois, mais jamais les os de son crâne, affirma-t-elle. Tout le destin d'une vie est gravé dans ces os. Ça va, ça va, tu as assez de graisse, mon enfant, manifestement tu ne t'en tires pas trop mal, tu arrives à te nourrir.

– Oui, tante, j'arrive à me nourrir, pleurnicha Sima Liang, on s'en est enfin sortis, et désormais vous n'aurez plus de souci à vous faire. Et mon petit oncle ? Comment va-t-il ? »

Alors qu'il prenait de mes nouvelles auprès de ma mère et de Lu Shengli, je me déplaçais le long de la pagode. Je ne nie pas que je souffre de maladie mentale, mais celle-ci ne se manifeste que lorsque je suis en présence des seins d'une femme, le reste du temps je ne suis pas malade, mais je feins de l'être. J'avais en effet pris pleinement conscience des avantages qu'il y avait pour moi à jouer le malade. On peut dire tout ce que l'on veut, dire n'importe quoi, cela fait sourire. Ceux qui croient aux paroles d'un malade mental sont aussi malades que lui. On peut faire ce que l'on veut : au beau milieu d'une rue à grande circulation, vous pouvez exécuter la danse de repiquage du riz, les conducteurs ne vous heurteront jamais. Si un policier vous attrape, ni il ne vous frappera ni ne vous engueulera, et lorsqu'il vous fera la leçon, riez bêtement et tendez la main pour toucher la boucle de sa ceinture de cuir en disant : « Caresser les gros seins ! » Le policier ne saura plus s'il doit rire ou pleurer. Après avoir arrêté la voiture délabrée de la présidente de la Fédération des femmes, tu avais dit en caressant les phares : « Caresser les seins ! » et tu l'avais vue rire à gorge déployée à l'intérieur. Tu avais couru sur la place devant le cinéma de la ville et face à la grande affiche accrochée dans le vide, tu avais sauté comme un singe en tendant tes doigts noirs et en criant : « Toucher les gros seins ! Toucher les gros seins ! » La vedette célèbre – célèbre à cause de ses gros seins – souriait sur la publicité. Ce jour-là, les gens qui s'étaient attroupés pour me regarder moi, Shangguan Jintong, étaient beaucoup plus nombreux que ceux qui regardaient le film à l'intérieur du cinéma noir comme un four. Il y avait des hommes, des femmes, des adultes et des enfants. Il y avait une jeune femme qui venait de mettre au monde un bébé, elle m'avait reconnu et moi aussi, mais je fis semblant de ne pas être en possession de mes moyens et de ne pas la connaître. Elle était vêtue d'une robe ample, plus transparente qu'une moustiquaire, sous laquelle elle ne portait qu'un caleçon en maille noire. Sa peau était d'une grande blancheur, elle était très belle bien qu'elle vînt de mettre au monde un enfant. Quand une femme a accouché, ses seins ont la forme d'une tétine de chienne. Elle ne portait pas de soutien-gorge et ses seins fermes s'exposaient de manière magnifique. Son lait devait être si abondant. Et son enfant, si heureux. Elle portait à la main un filet qui contenait des petits cornichons en fleur couverts de piquants. Des aubergines violettes et brillantes à la queue recourbée et épineuse. Il y avait aussi des tomates à la couleur éclatante, juteuses, difformes, qui portaient des tétons. « Idiot, idiot, saute un peu pour caresser ses seins ! » criaient à l'unisson pour me taquiner des enfants purs et innocents avec leur foulard rouge noué autour du cou, en tapant dans leurs mains. Ils étaient venus sous la conduite de leur professeur voir un film d'éducation morale. La mélodie du film était diffusée par les grands haut-parleurs : *Au monde seule la maman est bonne, les enfants qui ont une maman sont des trésors, ceux qui n'en ont pas des herbes folles.* Glaces, glaces, crèmes glacées. Esquimaux, esquimaux, quand on en met un dans la bouche, il se forme de la vapeur. Pan ! un tir de pistolet à air comprimé, à tous les coups on gagne. Concours d'anneaux, un yuan le lancer. On gagne ce qu'on a attrapé. Cigarettes, chewing-gums, « élixir de force », Coca-Cola, vous gagnez ce que vous avez attrapé, sinon on vous rembourse. Et puis le montreur de singes. Les combats de cailles. Les marchands de bonbons qui frappaient leur gong. Les hommes qui exposaient des parties d'échecs inachevées. Les véritables spécialités vietnamiennes, la grande chef vietnamienne Nguyen Mai Huong, recrutée à prix d'or par le héros de la contre-offensive chinoise au Vietnam Léopard des Sables, vous invite à déguster sa cuisine aux mille saveurs. Les boulettes de viande de bœuf de la famille Ma, on vous masse pendant que vous mangez ! Une jeune fille du coin maquillée avec du fard bon marché qui aguiche les clients. Pour toutes ces attractions, il fallait payer, mais pour assister au spectacle de l'obsédé sexuel Shangguan Jintong, nul besoin d'argent. Obsédé, obsédé, joue-nous « Le vieux en train de téter » ! À cet instant, tu avais ressenti dans ton cœur une profonde amertume, parce que dans les beaux yeux de cette jeune femme bien en chair qui portait à la main ces légumes frais, tu avais lu une compassion propre aux femmes heureuses, qu'elles expriment particulièrement facilement. Tu t'étais rappelé que lors de ta courte période d'opulence chez Han Perroquet, tu avais eu avec elle une petite histoire d'amour aussi sucrée qu'une mûre. À l'époque, elle avait été arrêtée dans un supermarché. Ému par ses beaux seins, tu t'étais hardiment avancé pour payer à sa place en te faisant passer pour son mari. Tu avais dit : « Ma femme n'a pas l'habitude de payer ses achats elle-même. » Ce jour, tu faisais exprès de ne pas la reconnaître. Ton ardeur à sauter en l'air pour caresser les seins de la star de l'affiche était retombée. Tu t'étais enfui honteux et tu étais entré en courant dans une ruelle. Mais quand tu en étais ressorti, elle était là qui t'attendait. La petite rue était tranquille. Des langes d'enfants étendus dans le soleil brillaient comme des drapeaux multicolores. Elle t'avait dit à voix basse : « Tu es un vrai obsédé sexuel ou un faux ? J'ai une dette envers toi. Caresse mes seins, caresse-les une fois, et on sera quittes. Vas-y, caresse-moi, mon pauvre, ce qui est peint sur ces affiches, c'est faux, ces seins de star, ils sont presque tous faux, ils sont renforcés avec de la mousse ou du coton. Mon pauvre, et c'est à cause de ça qu'on peut devenir fou ? Caresse-moi ! » Elle s'était esquivée vers un angle de mur tranquille, avait regardé de tous côtés et dit en montrant ses seins : « Obsédé, obsédé, viens, vite, je vais t'aider à arriver à tes fins. » Ses seins ressortaient sur les langes de bébés, ils étaient si imposants, si sacrés. Te tenant le visage à deux mains, tu étais tombé à genoux et avais dit tristement : « Non… – Oh, je vois, avait-elle soupiré à la manière d'un grand intellectuel, en fait tu es comme "le duc de She qui aimait les dragons[1]" », puis elle s'était calmée. Dans son filet, elle avait choisi la plus grosse tomate, qui avait plusieurs tétons, et me l'avait fourrée dans ma chemise, puis elle avait tortillé plusieurs fois ses hanches fines parmi les langes et la lumière éblouissante du soleil l'avait avalée… J'étais resté longtemps pensif, face à cette tomate à la signification symbolique. Pourquoi la tomate avait-elle des tétons ? La montagne est le téton de la terre, la vague est le téton de la mer, le langage le téton de la pensée, les fleurs les tétons des plantes, les lampadaires les tétons des rues, le soleil le téton du cosmos… Tout ramener aux seins, relier grâce aux tétons tout ce qui constituait le monde matériel, voilà précisément quel était l'état d'esprit du malade mental Shangguan Jintong, au faîte de sa liberté et de son obsession.

Tourner autour de la pagode était comme tourner autour d'un sein. Quand je me retrouverais nez à nez avec Sima Liang, allais-je encore simuler la folie ? Ou bien allais-je lui montrer que mon esprit était parfaitement lucide ? Finalement, cela faisait presque quarante ans qu'on ne s'était pas vus, s'il découvrait que j'étais devenu un malade mental, il risquait d'être très triste. Vraiment très triste. Il fallait que je présente mon aspect le plus intelligent et le plus sage à l'ami intime de mon enfance. Liang ! Sima Liang ! Petit oncle, petit oncle Jintong ! Nous nous étreignîmes très fort. Son parfum me fit tourner la tête, comme si j'étais ivre. Ensuite il desserra son étreinte. Je fixai ses grands yeux toujours en mouvement. Il poussa aussi un grand soupir, à la manière d'un homme cultivé. Je vis que les épaules de son costume à l'occidentale bien repassé gardaient la trace de mes larmes et de ma morve. À cet instant, Lu Shengli tendit le bras comme si elle voulait échanger une poignée de main avec moi, mais quand je tendis la mienne, elle retira la sienne. Je me sentis extrêmement embarrassé et en moi-même très en colère. Merde alors, Lu Shengli, toi, tu as oublié le passé ! Tu as oublié l'histoire ! Oublier l'histoire, c'est trahir ! Toi qui as trahi la famille Shangguan, je représente… Au fait qui pouvais-je représenter ? Personne. Pas même moi. Petit oncle, bonjour, dès que je suis arrivée ici, je me

1. Le duc de She aimait beaucoup les dragons qu'il dessinait partout dans sa maison ; mais quand un véritable dragon pénétra chez lui, il fut pris de peur.

suis renseignée partout sur toi et ma tante. Mensonges que cela, du début jusqu'à la fin. Lu Shengli, tu as hérité de la force d'imagination cruelle de Shangguan Pandi qui était à l'époque la chef du groupe d'élevage de la ferme de la rivière du Dragon – dans le zoo du Seigneur elle a ouvert un bordel, et toi tu veux créer des phénix en croisant des espèces –, mais tu n'as pas reçu sa franchise en héritage. Tes deux gros seins qui ont perdu leur ligne, je les ai remarqués au premier coup d'œil sous ton élégant pull en laine, tu ne veux pas me serrer la main de peur de te salir, je vais donc caresser tes seins, même si tu es ma nièce et que je suis ton oncle. Les seins des femmes sont des biens publics, tout comme les fleurs dans le jardin du Phénix. Arracher les fleurs et les arbres, c'est enfreindre la morale sociale, mais juste toucher, on peut, non ? Non, impossible ! Je voudrais absolument toucher, parce que je suis malade mental : si un malade mental assassinait le président des États-Unis d'Amérique, il ne serait pas fusillé, qu'y a-t-il d'extraordinaire à ce qu'un malade caresse les seins d'une femme ? Je tiens compte du fait que tu es maire, directrice de banque… « Toucher les gros seins… » dis-je en fixant la poitrine de Lu Shengli. « Aïe, aïe, aïe ! » s'écria celle-ci, effrayée, en se réfugiant derrière Sima Liang. La pointe de ses seins toucha l'épaule de celui-ci. Ces seins qui avaient été pétris par les hommes comme des kakis mûrs, si on y faisait un petit trou, se videraient complètement, et toi, tu continuais à jouer les vierges effarouchées. Ça va, je ne m'occupe plus de toi. « Le petit oncle est devenu obsédé sexuel, il court après les femmes en pleine rue pour leur toucher les seins… » Et elle osait raconter des saletés à mon sujet à Sima Liang, quand avais-je couru après des femmes en pleine rue ? La métisse, mi-européenne mi-asiatique, que Sima Liang avait amenée avec lui, s'avança avec le plus grand naturel pour me serrer la main, dressant ses gros seins froids, lisses, vifs, blancs, abondants mais pas gras. Sima Liang avait de la prestance : rentrant glorieusement au pays en ramenant une chérie qui ressemblait à l'héroïne du film de Babbitt, il faisait honneur à nos ancêtres ; si j'avais un fils, je voudrais qu'il lui ressemble. Cette métis qui n'était pas frileuse ne portait qu'une robe légère. Faisant volontairement bomber sa poitrine dans ma direction, elle me dit : « Bonjour ! » Son chinois était approximatif. Je l'ai déjà dit, dès que je voyais une belle poitrine, je perdais tous mes moyens et étais incapable de retenir ma langue : « Toucher les gros seins. » Lu Shengli qui semblait terriblement bouleversée dit : « Jamais je n'aurais cru que le petit oncle deviendrait ainsi.

– Ce ne sera pas difficile à régler, dit Sima Liang en riant, la maladie du petit oncle, je garantis que je vais la guérir. Madame le maire Lu, je vais investir cent millions pour construire dans le centre le plus grand hôtel de la ville. J'assumerai aussi les frais de réparation de cette vieille pagode. Et pour le centre ornithologique de Han Perroquet, j'enverrai des gens enquêter afin de décider si cela vaut la peine d'y investir. Encore un mot : tu es en fin de compte une descendante de la famille Shangguan, et je te soutiendrai dans ta fonction de maire. Mais il vaudrait mieux que ne se reproduisent plus des incidents comme celui qui a consisté à ligoter ma tante.

– Je m'en porte garante, dit Lu Shengli, toute la famille de ma grand-mère sera traitée au top niveau. »

La cérémonie de signature d'un contrat entre la municipalité de Dalan et l'important homme d'affaires sud-coréen Sima Liang, pour un investissement conjoint dans la construction du Grand Hôtel de Dalan, eut lieu dans la salle d'honneur de l'hôtel Fleurs de cannelier. Quand elle fut achevée, je le suivis jusqu'à sa suite présidentielle située au dix-septième étage. Le sol était comme un grand miroir qui reflétait ma silhouette, au mur était accrochée une peinture à l'huile représentant une femme portant une cruche sur la tête, nue comme un ver, les tétons comme des cerises fraîches et juteuses. « Petit oncle, dit Sima Liang en riant, ne regarde pas ça, dans un moment je vais t'en faire voir une vraie. » Puis il appela : « Manli ! » La métisse arriva. « Fais-lui prendre un bain et changer de vêtements.

– Non, Liang, non, dis-je.

– Petit oncle, insista-t-il, nous deux, on en est pas au même point ? Les souffrances, on les a assumées tous les deux, alors le bonheur, on va en profiter ensemble. Tout ce que tu voudrais manger, ou ce que tu voudrais porter comme vêtements, tous les divertissements que tu voudrais, il suffira de me le dire, tu ne dois pas te gêner avec moi, sinon, ce serait me manquer de respect. »

Manli m'emmena dans la salle de bains ; elle ne portait qu'une courte robe en forme d'abat-jour, retenue par deux fines bretelles qui frissonnaient sur ses épaules. Elle sourit d'un air enjôleur et déclara dans son chinois maladroit : « Petit oncle, je ferai tout ce que vous voudrez, c'est M. Sima qui l'a dit. » Elle me retira tous mes habits comme l'avait fait Jin Sein unique. Je protestai vaguement, mais sans grande conviction, comme si je voulais en fait collaborer activement. Mes vêtements, tel du papier humide, partaient en morceaux, elle les jeta dans un sac en plastique noir. Lorsque je fus entièrement nu, imitant de nouveau Han l'Oiseau, je m'accroupis en cachant mon sexe. Elle me montra l'immense baignoire couleur café : « Veuillez, monsieur, entrer dans la jarre [1] ! » Elle avait l'air extrêmement satisfaite d'avoir utilisé une expression chinoise en quatre caractères, mais moi, je fus plongé dans un embarras terrible. Difficile de refuser une aimable intention. S'il fallait entrer dans la jarre, alors, entrons dans la jarre !

Elle tourna des robinets et une eau chaude d'une blancheur de neige jaillit en bouillonnant de plusieurs endroits de la baignoire ; comme de petits poings très doux, l'eau vint frapper mes reins et mon dos, et les scories accumulées depuis des années sur mon corps furent chassées couche après couche. Manli enfila une coiffe en plastique, jeta derrière elle sa robe en forme d'abat-jour, prit la pose et plongea dans la baignoire, puis telle Nezha [2] semant le trouble dans les eaux marines monta à califourchon sur moi. Elle m'enduisit de la tête aux pieds de produit de douche transparent. Elle me massa et me lava en tous sens. Finalement, je pris mon courage à deux mains et saisis son téton dans ma bouche. Elle eut un hoquet de rire et s'arrêta brusquement ; nouveau rire, nouvel arrêt. On eût dit un de ces moteurs diesel qui tentent de démarrer, mais n'y parviennent jamais en raison de la maladresse du conducteur. Elle découvrit

1. Expression proverbiale en quatre caractères faisant allusion à une anecdote historique datant du VIIe siècle : sous l'impératrice Wu Zetian, deux inquisiteurs étaient réputés pour leur cruauté. L'un étant accusé de trahison, l'impératrice envoya l'autre l'interroger. Celui-ci se targua de connaître le moyen de faire avouer un accusé : le jeter dans une jarre chauffée sur la braise. Il se tourna alors vers l'inquisiteur mis en cause et lui dit : « Je suis venu sur l'ordre de Sa Majesté pour vous interroger. Veuillez, monsieur, entrer dans la jarre. » Le proverbe a maintenant le sens de « rendre à quelqu'un la monnaie de sa pièce ».

2. Personnage mythologique célèbre, troisième fils du roi céleste. Jeune et intelligent, il est réputé pour avoir semé le trouble dans le royaume des mers.

rapidement ma mollesse et ses deux tétons pleins d'excitation parurent soudain complètement déprimés. Alors, reprenant son sérieux, telle une garde-malade, elle m'essuya le dos, me coiffa et m'aida à passer un grand peignoir moelleux.

La nuit du lendemain, Sima Liang invita sept belles jeunes filles à la fois et leur fit ôter leurs vêtements à coups de dollars. Il me dit : « Petit oncle, les gloutons sont des gens qui n'ont pas mangé à satiété. Est-ce que toi, tu ne cherches pas toute la journée à toucher des seins ? Je vais t'en donner à toucher tout ton saoul, des gras, des maigres, des gros, des petits, des blancs, des noirs, des jaunes, des rouges, en forme de grenade à la bouche fendue, en forme de pêche à la bouche tordue, je vais te faire passer ton obsession des seins en te faisant goûter tous les plaisirs printaniers de ce bas monde. »

Les femmes passaient d'une chambre à l'autre en pépiant, comme un groupe de singes agités. Elles se couvraient la poitrine, feignant la timidité. Sima Liang se fâcha : « Qu'est-ce que c'est que ces manières, mesdemoiselles ? Mon petit oncle est un spécialiste des seins, il est le grand patron d'une fabrique de soutiens-gorge. Calmez-vous un peu et montrez-lui vos seins, laissez-le les toucher. »

Elles se mirent en ligne devant moi. Dans le monde, on ne trouve pas deux feuilles d'arbre identiques, et on ne trouve pas non plus deux paires de seins semblables. Sept paires de seins, sept formes, sept caractères, sept couleurs, sept goûts. Je me dis que puisque mon neveu avait dépensé tout cet argent, je devais en profiter à fond, sinon je décevrais ses merveilleuses attentions à mon égard. Je ne m'occupai absolument pas de leur visage, car le visage des femmes est source d'ennuis infinis. Voir leurs seins équivalait pour moi à voir leur face ; sucer leurs tétons était comme saisir leur âme. Shangguan Jintong était tel un gynécologue spécialiste des seins qui procède à un examen de contrôle. D'abord, il considérait globalement leur apparence extérieure, puis les caressait de la main, les taquinait, inspectait leur degré de sensibilité aux stimulations, vérifiait s'il n'y avait pas de grosseur à l'intérieur. Enfin, il respirait leur parfum en introduisant son nez dans le sillon entre eux, les baisait et les suçait à tour de rôle. Quand il les suçait, la plupart des femmes se mettaient à gémir et se courbaient en avant. Seules quelques-unes restaient impassibles. Pendant la dizaine de jours qui suivirent, Sima Liang loua chaque jour les services de trois groupes de vingt et une filles qui vinrent présenter leurs seins pour que je les examine. Mais comme la ville de Dalan était quand même petite et que le nombre de filles exerçant cette activité était assez réduit, au bout de quelques jours, des filles qui étaient déjà venues les jours précédents se présentèrent à nouveau en changeant de vêtements et de maquillage. Peut-être avaient-elles réussi à tromper Sima Liang, mais pas Shangguan Jintong. Celui-ci avait déjà établi pour chacune ses archives des seins. Cependant, il ne voulut pas les dénoncer, les choses n'étaient faciles pour personne et elles avaient beaucoup de difficultés à vivre. Du reste, comme le dit le Maître : « On apprend du nouveau en répétant les choses anciennes. » La répétition est la mère de la mémoire. Boire chaque jour une qualité de thé différente est un plaisir, mais boire chaque jour le même thé rend facilement dépendant. Le dernier jour, à force de caresser ces seins, mes poignets n'avaient plus la moindre force et des ampoules étaient apparues au bout de mes doigts. Des seins de toutes sortes étaient archivés dans ma tête, classés par catégories, comme les médicaments dans une pharmacie traditionnelle. J'en ramenai le classement à sept grands groupes, eux-mêmes divisés en neuf sous-groupes. J'établis également quelques cas particuliers. Comme le sein unique de Vieille Jin. Comme ce sein que j'avais touché un jour, qui était rempli de matière plastique. Dur comme du plâtre, sans la moindre vitalité, très effrayant, il me fit penser au sein de métal de Long Qingping, mais en moins bien, car celui-ci était quand même fait de chair et de peau. Alors que ce sein, qu'était-il ? Vu de l'extérieur, il paraissait plein de vigueur et d'allant, mais à peine on le touchait, on sursautait de frayeur. Il était dur et faisait toc-toc si on frappait dessus. Récipient en verre, attention fragile, craint le vent et la pluie, facilement inflammable. Elle avait failli se mettre à pleurer de gêne. Je ne l'avais pas dénoncée. Je retins ma répulsion pour cette fausse poitrine, la caressai comme les autres, l'embrassai et protégeai ainsi sa réputation parmi ses collègues. Je sentis qu'elle m'en était extrêmement reconnaissante. Ce n'était pas nécessaire, les hommes ne doivent pas oublier de dispenser quelques faveurs, au prix de petits désagréments. On ne fait pas le bien que pour obtenir une récompense. Au-dessus de nous, le ciel sait ce que l'on a fait.

Sima Liang demanda en souriant : « Alors, petit oncle, est-ce que ton obsession des seins est presque passée à présent ? Toute la marchandise de choix de la ville de Dalan est épuisée. Autrement, viens une fois avec moi à Paris, j'inviterai quelques pin-up pour que tu puisses les caresser.

– Non, non, ça suffit, dis-je, cette chose que je ne pouvais même pas imaginer en rêve est devenue réalité. Mes mains sont couvertes d'ampoules, ma bouche est épuisée.

– Je te l'avais bien dit que ce n'était pas une maladie, dit Sima Liang en riant, ce qui te faisait souffrir, c'était un besoin physiologique normal que tu n'avais pas pu satisfaire pendant longtemps. Je pense que désormais quand mon petit oncle verra une femme, il sera moins agité. Ces deux masses de chair qu'ont les femmes, on pourrait penser qu'elles sont complexes, mais il n'y a rien de plus simple. Ce n'est en fait pas autre chose que du tissu alvéolaire, une machine pour produire du lait. Et ces choses, une fois complètement dévoilées, en fait ne sont pas belles. Mais excuse-moi, petit oncle, tu es un spécialiste, et moi, j'étale mon savoir devant un connaisseur !

– Toi aussi, tu es un expert, dis-je.

– Ma spécialité n'est absolument pas de caresser les seins, répondit-il avec franchise, ma spécialité, c'est de satisfaire les femmes. Celles qui passent dans mon lit ne m'oublieront plus de toute leur vie. C'est pourquoi, si vraiment il existe un paradis, après ma mort, j'en serai à coup sûr l'hôte le plus respecté. Réfléchis un peu, je permets aux femmes d'obtenir avec moi la jouissance physique la plus pure et la plus élevée, et en plus je les paie au plus haut prix, ne suis-je pas le plus grand bienfaiteur de l'humanité de toute l'histoire ? »

Tandis que nous parlions, deux sveltes jeunes filles, parfaitement familières des lieux, entrèrent dans sa chambre à coucher. M'adressant un clin d'œil, il me dit : « Attends-moi un peu, petit oncle, quand j'aurai fini de faire ma bonne action, j'ai quelque chose de très important à te dire. »

Quelques minutes plus tard, les deux jeunes filles se mettaient à crier, sans la moindre vergogne.

Chapitre 52

C'est ma mère qui m'a mis au monde, c'est Sima Liang qui m'a compris. Avec, dans la tête, une base de centaines de seins d'une admirable beauté, Shangguan Jintong avait l'esprit parfaitement clair, ses réactions étaient vives, son cœur léger, sa peau souple, comme s'il avait d'un coup rajeuni de plusieurs dizaines d'années. « Comment ça va, petit oncle ? » demanda Sima Liang en souriant, assis sur le vaste canapé de cuir véritable et fumant un gros cigare produit dans l'île de Luçon. « Tu te sens comment ? » Plein de reconnaissance, je lui répondis : « Très bien, je ne me suis jamais mieux senti.

– Petit oncle, ajouta Sima Liang, je voudrais te délivrer complètement. En route ! Je t'emmène voir quelque chose. »

La luxueuse Cadillac nous conduisit tous les deux dans le quartier commercial en plein essor de la ville de Dalan. Elle nous déposa devant un nouveau magasin de soutiens-gorge dont la décoration venait d'être achevée. Alors que les gens s'attroupaient pour admirer la voiture longue comme un bateau-dragon[1], Sima Liang m'entraîna devant le magasin. La grande vitrine était remplie de mannequins derrière une paroi de verre immense. Sur la porte était écrit en caractères artistiquement tracés : *Soutiens-gorge Mei'er – Fabrication soignée, qualité de niveau mondial, la mode et l'art réunis.* « Qu'en dis-tu, petit oncle ? » demanda-t-il. Comprenant confusément son intention, je m'exclamai, sans parvenir à réfréner mon excitation intérieure : « C'est bien !

– Eh bien, dit-il, te voilà directeur général de ce magasin de soutiens-gorge. »

1. Le cinq du cinquième mois du calendrier lunaire, des joutes sont organisées sur l'eau à bord de bateaux en forme de dragon.

Bien que j'eusse un pressentiment, j'étais au comble de l'étonnement : « Cela ne va pas, dis-je, comment pourrais-je convenir ?

– Petit oncle, dit Sima Liang, tu es spécialiste des seins. Un spécialiste des seins qui vend des soutiens-gorge : tu es le candidat idéal pour ce poste. »

Me tirant à sa suite, Sima Liang entra dans le vaste magasin. Les portes commandées par un œil électronique s'ouvraient et se fermaient silencieusement, la décoration intérieure n'était pas encore achevée, mais sur les quatre murs, on avait apposé de grands miroirs et, au plafond, un matériau métallique qui réfléchissait aussi les silhouettes. Les lustres et les appliques murales avaient la forme de seins. Des ouvriers s'affairaient à nettoyer la vitrine avec de la bourre de soie. L'entrepreneur accourut avec empressement et s'inclina devant nous. « Petit oncle, dit Sima Liang, si quoi que ce soit ne te satisfait pas, il faut le dire.

– Mei'er, ce nom n'est pas beau, trop commun, répondis-je.

– C'est toi le spécialiste, vas-y, quel nom proposes-tu ?

– La Licorne, laissai-je échapper. La Licorne – Le Monde du soutien-gorge.

– Petit oncle, dit Sima Liang troublé en se mettant à rire, ces trucs marchent par paires !

– La Licorne, c'est bien, insistai-je, j'aime ça.

– C'est toi le patron, trancha Sima Liang, si tu dis que c'est bien, c'est bien, on va vite envoyer quelqu'un refaire l'enseigne, ça ne s'appellera plus Soutiens-gorge Mei'er, mais La Licorne. La Licorne, La Licorne, répétait Sima Liang, c'est savoureux, c'est savoureux. Petit oncle, tu conviens parfaitement, un nom comme celui-ci, aussi stylé, je ne l'aurais pas trouvé, même sous la menace d'un couteau. Si autre chose ne va pas, dis-le vite, c'est toi le patron, il faut que tu aies l'esprit d'un décideur. »

Avant même d'entrer dans le magasin, j'avais remarqué que les mannequins aux corps charmants étaient de première beauté, très sexy, que les soutiens-gorge qu'ils portaient étaient d'une incomparable splendeur, mais le malheur était que les salauds qui avaient fabriqué les modèles avaient bâclé le travail et ne leur avaient pas fait de tétons. Je les montrai du doigt : « Ces mannequins ont des seins, mais pas de tétons.

– C'est vrai, dit Sima Liang étonné, apportez-m'en un ! »

Le personnel de la boutique lui apporta en toute hâte un mannequin qui portait un soutien-gorge magnifique : fond en satin doré décoré de petites fleurs rouges brodées, partie supérieure en dentelle de fils d'or, partie inférieure dotée d'une doublure élastique. Pas un point de couture n'était laissé au hasard. Porter un tel soutien-gorge dans la rue, caché sous un pull-over, était une offense à la beauté. Sima Liang fit glisser le soutien-gorge et, en effet, sur la poitrine du mannequin, il n'y avait que deux bosses en forme de petit pain. En colère, il s'écria : « Quelle ânerie, sans tétons, ça ne peut pas être une femme ! Il faut tous les changer et les faire refaire. » Un employé plein de déférence s'avança : « Monsieur Sima, les mannequins… sont tous comme ça…

– Ça ne va pas, ça, refaites-les, il faut les refaire de manière ressemblante, ils doivent avoir ce qu'il faut là où il le faut ! » D'une gifle il renversa le mannequin à culotte dorée brodée et jura : « Putain, à quoi ça ressemble ? ! » Le mannequin en plastique s'affaissa doucement sur le sol. « Dites-leur qu'ils fassent ça en s'appliquant, non seulement avec des tétons, mais il faudra aussi qu'elles battent des cils, qu'elles sachent sourire et parler. Merde alors, il suffit d'y mettre le prix, non ? »

De retour dans la Cadillac, il me glissa à l'oreille en me poussant du bras : « Petit oncle, tu es devenu vraiment habile. » Gêné, je me mis à rire. « Si tu n'as pas encore oublié Jin Sein unique, achetons-la et mettons-la dans la vitrine !

– J'ai complètement rompu avec elle.

– Ah oui, c'est vrai ! dit-il en se frappant le front, comment ai-je pu l'oublier ? »

Excité comme une puce, il tortillait des fesses sur les coussins de la voiture. « Petit oncle, dit-il, je viens d'avoir une idée excellente ! Ah, ah… » Et il se mit à rire, content de lui, plongé dans la scène merveilleuse qu'il venait d'imaginer.

Le jour de l'inauguration officielle de La Licorne – Le Monde du soutien-gorge, des corbeilles de fleurs étaient disposées à l'entrée du magasin ; celles de Lu Shengli et de Jin Sein unique encadraient la porte. La corbeille de Geng Lianlian était à la place la moins visible. On ne fit pas exploser de pétards, car Sima Liang prétendait que c'était trop rustique, une coutume ancienne. Nous lançâmes des ballons. Dix mille ballons en forme de sein. En remplissant ainsi le ciel de seins, nous adressions à l'humanité tout entière un message d'amour. Nous lançâmes aussi deux énormes ballons d'hydrogène auxquels étaient accrochées deux grandes banderoles rouges couvertes de caractères dorés aussi gros que des meules. « S'emparer des seins, c'est s'emparer des femmes » flottait doucement dans les airs ; « S'emparer des femmes, c'est s'emparer du monde » flottait tout aussi doucement. La conclusion implicite et logique de ce syllogisme était : « S'emparer des seins, c'est aussi s'emparer du monde. » La partie la plus brillante du programme que Sima Liang avait mis en scène était encore à venir. Il avait invité à prix d'or sept danseuses russes, qui se produisaient au palais de chants et danses Jardin d'Éden, pour jouer les mannequins vivants – c'était la cause de son excitation ce jour-là dans la Cadillac –, ces sept danseuses étaient vraiment ses âmes damnées, et avec de l'argent, il pouvait tout obtenir d'elles. C'étaient de vrais pur-sang qui valaient leur pesant d'or, avec leurs cheveux brillants couleur de lin, leurs yeux bleus, leur grand nez et leur bouche vive, leur cou élancé comme le goulot d'une bouteille, leurs longs bras souples comme s'ils n'avaient pas d'os. Et des cuisses épanouies, des mollets magnifiques, des fesses dressées comme un fuselage d'avion de combat. Un ventre plat comme une tôle tendue. La peau comme du suif figé. Évidemment, le plus important était qu'elles avaient toutes des seins épanouis parfaitement naturels. Respectant les directives de Sima Liang, les sept portaient sept ensembles culotte-soutien-gorge splendides de sept couleurs différentes : rouge, orange, jaune, vert, noir, bleu et violet. Les culottes en voile ne pouvaient pas être plus petites. Les soutiens-gorge avaient une forme magnifique et leur confection était recherchée ; on les avait spécialement commandés en France. Comme ils servaient aux défilés de mode, ils étaient d'assez petite taille. L'agent des sept danseuses avait proposé un défilé de nus, mais Sima Liang avait résolument refusé. Ce n'était pas par économie, avait-il dit, mais comme c'était une boutique de soutiens-gorge et qu'il voulait faire la promotion des articles, il fallait bien montrer aux spectateurs la beauté du port du soutien-gorge, à quoi cela aurait-il servi d'exhiber sept singes aux fesses nues ? À anéantir notre enseigne ? De plus, les habitants de Dalan étaient alors à une étape à la fois très civilisée et très sauvage : certains roulaient en Mercedes quand d'autres allaient encore à dos d'âne. Certains mangeaient du paon quand d'autres avalaient de la bouillie de riz. Il fallait réfléchir à la capacité psychologique de réception des habitants de la ville.

Les danseuses russes tenaient le ruban de soie multicolore pour nous le faire couper, à moi, à Lu Shengli ainsi qu'à quelques autres dirigeants. Les boules de soie de couleur, libérées, tombèrent dans un plat de porcelaine. Tonnerre d'applaudissements. Éclats des flashes. Photos. Re-applaudissements. Les danseuses pleines de vivacité lancèrent les boules multicolores vers les spectateurs, puis improvisèrent sur-le-champ une danse où elles écartaient les jambes et tortillaient des hanches, une autre où elles agitaient la tête et se trémoussaient, une autre encore où elles contractaient les muscles de leur ventre. Leurs chairs chatoyaient devant l'entrée de La Licorne, les petits marchands de patates douces et les jeunes gens à la mode aux cheveux gominés en pointe se bousculèrent, déclenchant une bagarre. La circulation fut bloquée. Des policiers arrivèrent pour dégager le passage. Dans la bousculade, la voiture de Lu Shengli eut un pneu crevé. Un jeune homme malin – sans doute le descendant de Ding Jin'gou, le « roi des archers » –, caché entre les jambes de la foule, envoya sur les fesses d'une danseuse une flèche à plumes de parfaite facture. La pointe en était de bronze, la hampe en buis, l'empenne en plumes de paon. La danseuse russe continua cependant à danser. Pour cela, Sima Liang lui octroya une prime de mille dollars américains. Ce fut un éblouissement. Lorsque la cérémonie d'inauguration fut achevée, je me réfugiai dans mon bureau de PDG et n'en sortis plus pendant trois jours.

« Mais les femmes ne sont pas si obéissantes que ça, elles risquent de ne pas te laisser t'emparer de leurs seins à ta guise », disait tranquillement le directeur du bureau de la radio et télévision municipale La Licorne en remuant avec une petite cuillère en argent sa tasse de Nescafé au Café Lili. Sur sa tête, qui avait connu bien des épreuves, les cheveux argentés étaient coiffés en arrière dans un ordre parfait, son visage était sombre mais d'une propreté parfaite, ses dents jaunes mais parfaitement brossées, ses doigts jaunis mais sa peau tendre. Allumant une cigarette de luxe Zhonghua, il me dit en me lançant un regard oblique : « Crois-tu qu'il suffit d'avoir le soutien du grand richard Sima Liang pour faire la pluie et le beau temps ?

– Non, je n'oserais pas le croire », dit Shangguan Jintong en se contenant intérieurement, décidé à adopter une attitude humble et respectueuse à l'égard d'un homme qui avait tenu la vedette pendant la Grande Révolution culturelle et qui continuait à le faire aujourd'hui. « Monsieur le directeur, dis-moi franchement ce que tu as à me dire.

– Hmm, hmm, ricana celui-ci, le fils de Sima Ku – ce contre-révolutionnaire aux mains pleines du sang du peuple du canton du Nord-Est de Gaomi – est devenu grâce à son argent puant l'hôte le plus distingué de la ville de Dalan. C'est vraiment le cas de dire : "Quand on a de l'argent, on peut faire pousser la meule au diable !" Shangguan Jintong, toi, qu'étais-tu auparavant ? Un violeur de cadavre, un malade mental, et te voilà à présent PDG ! » La haine de classe faisait virer au rouge les yeux de la Licorne, ses doigts faisaient sortir le goudron de sa cigarette tellement il la pinçait. Sur un ton glacial, il ajouta : « Mais aujourd'hui, je ne suis pas venu faire de la propagande pour la révolution, je suis là pour me battre pour ma réputation et mon prestige. »

Je l'écoutais parler calmement. Toute sa vie, Shangguan Jintong avait subi des vexations et il restait indifférent. « Tu sais, dit la Licorne, je ne risque pas d'oublier qu'au marché de Dalan, la fois où ta mère et toi avez été exhibés dans la rue ligotés, j'ai subi une lourde blessure au nom de la révolution – c'est vrai, moi, je ne l'avais pas oublié, je n'avais pas oublié le goût de ta gifle –, j'ai fondé la troupe de combat « La Licorne », et la radio du comité révolutionnaire du bourg de Dalan a lancé la chronique *La Licorne* qui a diffusé de nombreuses interventions qui ont servi de guide pendant la Grande Révolution culturelle. Parmi les gens d'une cinquantaine d'années, personne n'a oublié *La Licorne*. Depuis plus de trente ans, sous ce pseudonyme, j'ai signé quatre-vingt-huit articles dans des journaux nationaux : dès qu'on mentionne ce nom, on pense à moi. Et vous, vous avez osé associer mon nom à des soutiens-gorge. Sima Liang et toi, vous nourrissez les mêmes ambitions, peut-on être plus perfide ? Vous êtes animés par une vengeance de classe frénétique, vous portez ouvertement atteinte au prestige de vos concitoyens. Je vais écrire un article pour vous dénoncer. Je vais porter plainte contre vous devant les tribunaux. Je jouerai sur les deux tableaux : je m'appuierai à la fois sur l'opinion publique et sur la loi pour mener contre vous une lutte à mort.

– C'est comme tu veux, dis-je en commençant à m'échauffer.

– Shangguan Jintong, ne crois pas que parce que Lu Shengli est maire, tu peux compter sur son appui. Le mari de ma sœur aînée est vice-responsable du comité du Parti de la province, il est plus haut placé qu'elle. J'ai la preuve de tous les scandales qui la concernent, si la Licorne veut la renverser, rien de plus facile.

– Je n'ai aucune relation avec elle, tu n'as qu'à la renverser !

– Bien sûr, la Licorne veut faire preuve de magnanimité, répliqua-t-il, toi et moi, en fin de compte, nous sommes compatriotes, nous sommes vraiment des enfants de Dalan, il suffit qu'on s'entende…

– Monsieur le directeur, va droit au but…

– Cette affaire, on peut aussi la traiter entre nous.

– Dis un prix.

– Je ne vous ferai pas chanter, dit-il en tendant trois doigts. Trente mille yuans. Pour Sima Liang, c'est comme trois poils sur le dos de neuf buffles, et en plus, demandez à Lu Shengli qu'elle me fasse nommer vice-président du comité permanent de l'Assemblée populaire municipale, sinon, vous aurez tous des ennuis.

– Directeur, dis-je en me levant, le corps couvert de sueur froide, pour ce qui est de l'argent, il faut en discuter avec Sima Liang, le magasin de soutiens-gorge vient juste d'ouvrir, on n'a pas encore gagné un seul sou. Pour ce qui est des histoires de fonction, je n'y comprends rien, je ne pourrai pas en parler à Lu Shengli. »

« Merde alors, il veut jouer à ça ? dit Sima Liang en riant. Il ne s'est pas renseigné pour savoir ce dont était capable Sima Liang ! Petit oncle, laisse-moi m'occuper de ce raté, je vais lui faire avaler ses dents. S'il veut faire du chantage et s'en prendre aux grosses têtes, je suis le maître fondateur dans cette catégorie, qu'est-ce qu'il se croit, cette Licorne ? »

Quelques jours plus tard, Sima Liang me dit : « Petit oncle, fais tranquillement ton commerce, déploie tous tes talents. Le petit la Licorne, je l'ai mis au pli. Ne me demande pas comment, de toute façon, à partir de maintenant, il faudra seulement qu'il soit bien sage et ne fasse plus n'importe quoi. Nous avons exercé contre lui la dictature de la classe possédante. Petit oncle, ne te demande pas si tu fais des bénéfices ou des pertes, il suffit que tu t'amuses autant que tu veux, de façon que la famille Shangguan rayonne de gloire et de bonheur. Dans cette vie, il y a ce que j'ai dépensé moi et il y a ce que tu dépenses, toi. Gaspille ! L'argent est une saloperie, c'est une merde de chien puante ! Pour ma tante, j'ai tout arrangé, quelqu'un ira régulièrement lui apporter tout ce dont elle a besoin pour vivre. Je vais partir régler une grosse affaire, je reviendrai dans un an. Je t'ai fait installer le téléphone, en cas de problème, je t'appellerai. Voilà, les choses sont ainsi, ne me demande pas d'où je viens ni où je vais. »

Les affaires de La Licorne – Le Monde du soutien-gorge étaient florissantes. La ville se développait à vive allure, un nouveau pont avait été jeté sur la rivière du Dragon. Sur les vestiges de l'ancienne ferme, on avait construit deux grandes filatures de coton, une usine de fibres chimiques, une usine de fibres synthétiques, et le lieu devint un célèbre centre textile. J'y envoyai dans une voiture à cheval les sept danseuses russes pour faire la promotion des soutiens-gorge. La principale caractéristique de la femme est d'avoir des seins développés. Les seins sont le résultat de l'évolution de l'humanité. Le degré d'amour et de soins prodigués aux seins est un important marqueur pour mesurer le niveau de civilisation d'une société pendant une période donnée. Une femme doit ressentir de l'orgueil pour ses seins, et les hommes de l'orgueil pour les seins de leur femme. Une femme ne se sent vraiment bien que si ses seins vont bien. Un homme ne se sent vraiment bien que si sa femme se sent bien. Voilà pourquoi l'humanité ne se sentira bien que si on prend bien soin des seins. Une société qui néglige les seins est une société barbare. Une société qui n'aime pas les seins est une société inhumaine. Enfants, avec votre argent de poche, achetez à votre maman un soutien-gorge : sans le ciel, la terre n'existerait pas, sans votre maman, vous ne seriez pas là. Hommes, n'oubliez pas vos origines, qui oublie les seins de sa mère a perdu tout caractère humain. Maris ou fiancés, il n'est pas de cadeau qui puisse faire plus plaisir à une femme qu'un beau soutien-gorge. Les seins sont un trésor, ils sont l'origine du monde, l'incarnation du vrai, du bien et du beau offerts de façon désintéressée par l'humanité. Aimer les seins, c'est aimer les femmes. Inculquer par la répétition était le principe de base de la publicité. Il fallait sans répit faire entendre un langage d'amour pour les seins.

Éradiquer totalement des actes non civilisés comme ne pas porter de soutien-gorge. Le plus petit soutien-gorge a une utilité immense, hommes et femmes ne peuvent s'en passer. Il fallait remplir les cieux de soutiens-gorge. Transformer la ville de Dalan en une cité de l'Amour des Seins, en cité des Beaux Seins, cité des Seins Épanouis. Faire du mois de juin le mois de l'Amour des Seins, et du septième jour du septième mois du calendrier lunaire la fête des Seins. Ce jour-là, il fallait inciter un maximum de visiteurs chinois et étrangers à parcourir l'Asie et le monde entier. Dans le parc du Peuple de la ville de Dalan, organiser un concours des seins les plus épanouis et une grande exposition-vente de soutiens-gorge. Le concours de seins serait divisé en plusieurs catégories en fonction de l'âge. Pendant la fête des Seins, les journaux sortiraient une édition spéciale, les revues un numéro hors série, les télévisions un programme particulier. Il faudrait aussi inviter des spécialistes chinois et étrangers pour faire des communications sur le thème du sein d'un point de vue philosophique, esthétique, psychologique, médical, sociologique, anthropologique, etc. Quand les seins entrent en scène, l'économie chante des airs d'opéra. Ouvrez largement votre cœur, attirez les hôtes et amis du monde entier. Venez avec vos capitaux, avec votre technique, arrivez sur une charrette tirée par des chevaux, amenez votre petite sœur, votre femme, venez tous à Dalan ! Seuls les héros sont des hommes véritables, ouvrez largement votre cœur et vous comparerez. Les fêtes internationales du Scorpion, de la Sauterelle, du Fromage de soja, de la Bière… aucune ne surpassera notre fête internationale des Seins qu'on pourra aussi appeler fête internationale des Tétons. Peut-être les véritables gentilshommes risquent-ils de trouver cette fête vulgaire… En vérité, elle est très noble. Qui n'a pas grandi en tétant un sein ? Qui n'a pas envie de jeter un coup d'œil à un joli sein ? Quand ils parlent de sexe, les Chinois sont dénués de toute franchise, et pourtant ce sont eux qui mettent au monde le plus d'enfants… Demain, ce sera la fête des Femmes, le 8 mars, La Licorne – Centre d'amour du sein – oui, le nom a changé, ce n'est plus Le Monde du soutien-gorge, on a changé, on vient de changer –, La Licorne – Centre d'amour du sein offrira à nos sœurs de la ville de Dalan un cadeau important pour promouvoir un soutien-gorge dernier cri, tailles pour jeunes filles, tailles pour jeunes femmes, tailles pour mamans : pour célébrer la fête des Femmes, on consentira un rabais de vingt pour cent, pour un soutien-gorge acheté, une paire de bas sera offerte, pour deux, une culotte, et pour dix, un appareil pour faire grossir les seins de la marque Ève, un article dont l'efficacité a été confirmée par l'Institut de médecine, qui stimule les seins par micro-ondes, transformant les petits seins en gros et renforçant encore les gros. Il fallait faire passer auprès de Lu Shengli tous ces arguments en faveur d'une fête internationale des Seins ; elle avait un courage de bandit et était capable de tout : elle pouvait avec autant de facilité édifier un gratte-ciel que le détruire. Pour faire de l'argent, elle aurait été capable de vendre une bombe atomique. Elle avait grandi autant sous les injures que dans les louanges. Grâce aux dons importants de Sima Liang, la conférence consultative municipale s'apprêtait à m'élire comme vice-président. Je pourrais faire passer comme « projet de résolution » mon idée de fête internationale des Seins et le mettre à l'étude. La ville de Dalan ne possède ni montagne ni fleuve célèbre, ce n'est qu'en recourant à des procédés originaux que l'on pourrait accroître sa réputation…

Le soir du 7 mars 1991, alors qu'une pluie de printemps tombait dru, Shangguan Jintong, PDG de La Licorne – Le Monde du soutien-gorge, était submergé par l'émotion, l'esprit agité de mille pensées. Inondé de bonheur, il arpentait de long en large le magasin aux lumières éteintes. De l'étage lui parvenaient par moments les voix et les rires des vendeuses. Le commerce était prospère, les grandes ventes dans le quartier du textile avaient été réussies, il avait lancé la mode du téton dans la ville de Dalan, et les femmes se maudissaient de ne pas être comme ces danseuses russes qui défilaient dans les rues avec un soutien-gorge pour tout vêtement. Le fils du maire adjoint et une actrice de la troupe d'opéra *maoqiang*, Meng Jiaojiao, pour leurs fiançailles, avaient acheté en une fois sept cent soixante-dix-sept magnifiques soutiens-gorge. Le volume des ventes avait considérablement augmenté, l'argent déferlait. Comme on manquait de bras au magasin, on avait passé la veille une annonce à la télévision pour recruter des vendeuses et, le jour même, plus de deux cents jeunes filles s'étaient présentées… terriblement excitées. Il appuya sa tête contre la vitre pour contempler le paysage à l'extérieur, tentant ainsi d'éclaircir ses pensées et de retenir le char de ses idées folles. Les autres magasins de la rue étaient déjà fermés et les néons scintillaient dans la pluie luisante. L'autobus numéro 8 dont la ligne venait d'ouvrir faisait la navette entre les Dunes et Bajiaojing. Devant le restaurant Aux Cent Oiseaux se dressait un platane dont les branches trempées remuaient doucement dans la lumière des lampadaires jaunâtres. Les fruits de l'année dernière pendaient encore au bout des branches alors que les nouvelles feuilles étaient déjà sorties. Sous l'arbre se trouvait la pancarte de la station du numéro 8. Sous la pancarte, il y avait une jeune fille qui attendait le bus sous un parapluie en tissu fleuri. Bien que le temps ne fût pas encore très chaud, elle était en jupe. Ses bottes en caoutchouc rose luisaient. Les gouttes glissaient doucement sur son parapluie. Des nuages de brume roulaient dans la rue comme de la fumée. Le revêtement goudronné tout neuf, trempé par la pluie, était lisse et glissant, et reflétait la lumière des néons multicolores, offrant un spectacle féerique. Des jeunes gens aux cheveux en bataille, montés sur des vélos tout-terrain, la tête dans le guidon et les fesses en l'air, se poursuivaient en s'agitant violemment sur leur selle. Ils sifflèrent la jeune fille qui attendait le bus et dirent des grossièretés. Elle baissa son parapluie pour cacher son buste. Les jeunes gens hirsutes s'éloignèrent en criant. Le bus numéro 8 arriva, couvert de boue et de pluie. Une fois devant la pancarte, le véhicule sembla hésiter un peu avant de freiner brutalement, provoquant à l'intérieur un grand désordre. Un instant plus tard, il repartait. L'eau de pluie giclait sous ses roues en lançant des éclairs. La jeune fille au parapluie était partie avec lui. Mais l'autobus numéro 8, qui avait chargé une jeune fille, avait déchargé une jeune femme. Rejetant l'ancien et accueillant le neuf. Au moment où elle descendit du bus, elle sembla quelque peu indécise. Elle regarda autour d'elle dans la pluie fine. Très vite, elle se dirigea droit vers La Licorne – Le Monde du soutien-gorge et avança en direction de Shangguan Jintong qui se tenait debout dans le magasin plongé dans l'obscurité. Tête nue, elle portait un imperméable bleu pâle. Elle semblait avoir des cheveux bleus. Des cheveux bleus énergiquement peignés en arrière, qui découvraient son front à la lumière glacée. Son visage triste semblait recouvert d'un épais brouillard. Shangguan Jintong se dit que ce devait être une veuve, dont le mari venait de mourir. La suite allait lui prouver qu'il avait entièrement raison. Lorsqu'elle passa devant la vitrine du magasin, Shangguan Jintong se sentit pris d'une peur inexplicable. Il eut la sensation que l'âme noire de cette femme avait déjà traversé le verre épais et se répandait à l'intérieur. Avant même de s'approcher de la vitre, elle avait déjà transformé le magasin en salle funèbre. Shangguan Jintong voulut fuir, mais il était comme l'insecte hypnotisé par le crapaud, tétanisé. Cette femme vêtue d'un imperméable avait un regard perçant. Il faut reconnaître que ses yeux étaient beaux, mais vraiment effrayants. Elle s'arrêta exactement en face de Shangguan Jintong. Il était dans l'obscurité et elle dans la lumière, et selon les lois naturelles, elle n'aurait pas dû le découvrir debout devant son rayonnage en acier inoxydable. Pourtant, sans l'ombre d'un doute, elle l'avait vu et en plus savait qui il était. Son objectif était parfaitement clair : un instant plus tôt, alors qu'à la station de bus, perdue, elle regardait de tous côtés sous le platane, elle l'avait fait résolument exprès, c'était une façade pour faire diversion. Et bien que, par la suite, elle prétendrait : « C'est Dieu qui m'a montré la voie dans l'obscurité et m'a fait venir à tes côtés », Shangguan Jintong serait toujours convaincu que tout avait été prémédité, surtout lorsqu'il apprendrait que cette femme était la fille aînée de la Licorne, le directeur du bureau de la radio, devenue veuve. Il resterait persuadé que la Licorne avait participé au plan.

Comme dans un rendez-vous amoureux, ils se tenaient face à face, séparés par la vitre couverte de gouttes. Elle lui souriait doucement. Sur ses joues, ses fossettes creusaient deux rides profondes. À travers la vitre, il sentit l'haleine aigrelette propre aux veuves. Une profonde compassion jaillit du fond de son cœur. Cette compassion, dans le bruit régulier de la pluie, dans l'odeur salée de la boue qui pénétrait par les fentes de la vitrine, grandit rapidement pour se transformer en sentiment de sympathie pour un compagnon d'infortune. Shangguan Jintong la regardait comme s'il retrouvait une vieille connaissance. Des larmes encore plus abondantes jaillirent de ses yeux, restant accrochées sur ses joues pâles. Il sentit qu'il n'avait aucune raison de ne pas ouvrir la porte. Il l'ouvrit. Accompagnée du bruit de la pluie soudain amplifié, de l'air frais et humide et de la forte odeur de boue, très naturellement, elle se précipita contre sa poitrine. Sa bouche alla volontairement se poser sur celle de Shangguan Jintong. La main de celui-ci se glissa sous l'imperméable et alla caresser le soutien-gorge aussi dur que du carton collé. La puissante odeur de boue froide qu'exhalaient ses cheveux et le col de son vêtement fit revenir Shangguan Jintong à lui. Il retira en hâte sa main du soutien-gorge et regretta son geste. Mais, comme la tortue qui a avalé l'hameçon d'or, il était déjà trop tard pour regretter.

Il n'avait aucune raison de ne pas la conduire dans sa chambre.

Il ferma le loquet, mais réfléchissant, il sentit que ce n'était pas très opportun et rouvrit en hâte. Il lui versa une tasse de thé. La pria de s'asseoir. Elle refusa. Il se frotta les mains, inquiet. Il se haïssait, s'en voulait de toujours se chercher des histoires, de toujours si mal se conduire. Si m'arracher un doigt pouvait me faire revenir une demi-heure en arrière pour éviter ma faute, je n'hésiterais pas une seconde, pensait-il. Mais il ne pouvait s'arracher un doigt, et même perdre une main ne l'aiderait en rien. La femme que tu as caressée, que tu as embrassée, est dans ta chambre et elle sanglote, le visage dans les mains, elle pleure réellement, elle ne fait pas semblant, les larmes coulent entre ses doigts et tombent en clapotant sur son imperméable trempé par la pluie. Ciel ! Elle ne se satisfaisait déjà plus de pleurer silencieusement. Ses épaules se mirent à trembler, à travers ses paumes, il entendit une sorte de gloussement, elle allait bientôt éclater en sanglots. Réprimant un sentiment de dégoût pour cette femme exhalant une odeur de bête des cavernes, il la fit asseoir sur son fauteuil tournant de grand patron, au haut dossier en véritable cuir rouge, fabriqué à Rome. Puis il la fit se relever pour lui ôter son imperméable trempé. Pendant que tu ôteras ton imperméable, tes mains ne pourront pas continuer à cacher ton visage, non ? Son visage aussi était trempé, sans qu'on pût distinguer ce qui était pluie, transpiration, morve ou larmes. À cet instant, il s'aperçut que cette femme était laide : nez aplati, bouche proéminente, menton en pointe, telle une belette. Il y a un instant, à travers la vitre, pourquoi avait-elle autant d'allure ? Qu'est-ce qui m'a trompé ? La surprise était encore pour plus tard, lorsqu'il lui retira son imperméable, Shangguan Jintong s'écria en lui-même : « Maman ! » La femme avait la peau criblée de grains de beauté noirs et ne portait pour tout sous-vêtement qu'un soutien-gorge bleu vendu par La Licorne – Le Monde du soutien-gorge. Le prix n'en avait pas été ôté. Elle semblait gênée et se cacha de nouveau le visage dans ses mains. Ciel ! deux touffes de poils noirs à la pointe dorée sortaient de sous ses aisselles et exhalaient une odeur de transpiration. Extrêmement décontenancé, Shangguan Jintong se dépêcha de la recouvrir avec son imperméable, mais d'un coup d'épaule elle le fit glisser à terre. Il ferma le loquet, tira les lourds rideaux des fenêtres, empêchant d'entrer les luxuriantes lumières du grand immeuble Fleurs de cannelier, empêchant de pénétrer la nuit de pluie printanière d'une fraîcheur envoûtante. Il lui versa une tasse de café chaud et la lui tendit en disant : « Jeune fille, je devrais mourir, cela fait longtemps que je n'ai plus la volonté de vivre et que je devrais mourir, surtout ne pleurez pas, je redoute particulièrement les pleurs des femmes, si vous ne pleurez pas, vous n'aurez qu'à m'emmener dès demain à la police et ça ira, et dès aujourd'hui vous pouvez me donner sept fois neuf, soixante-trois gifles, et ça ira aussi, obligez-moi à me prosterner devant vous en me cognant le front sept fois neuf, soixante-trois fois, mais si vous pleurez, je ressens à quel point mon crime est grave, je vous en supplie, je vous en supplie… » Il alla chercher une serviette sèche et lui essuya maladroitement le visage. Elle ressemblait à un petit oiseau qui attend tête levée qu'on vienne l'essuyer. Il pensa : Joue les innocents, joue, Shangguan Jintong, espèce de sale type, espèce de porc qui ne pense qu'à manger mais oublie de se battre… Trompe-les bien et ensuite va vite au temple remercier Bouddha en brûlant de l'encens et en te prosternant. Seigneur, je ne veux vraiment pas retourner à la ferme de rééducation par le travail pour quinze ans.

Lorsqu'il eut fini de lui essuyer le visage, il l'exhorta à boire son café. Tout en le lui présentant à deux mains, il pensait en son for intérieur : J'ai touché tes nénés, tu es donc ma mémé, et je suis ton petit-fils. Cette histoire qui veut que « s'emparer des seins, c'est s'emparer des femmes », ce sont des sornettes, il vaudrait mieux dire : « Si tu ne t'es pas encore emparé de seins, les femmes vont s'emparer de toi. » Où cours-tu ? Bois donc, bois un peu, je t'en supplie, gentille jeune fille. Elle regardait Shangguan Jintong animée de mille sentiments amoureux, mais celui-ci sentait dix mille flèches lui transpercer le cœur, le perforer de dix mille trous où se développaient dix mille vers. Feignant d'avoir la tête qui tournait à force de pleurer, elle avança les lèvres, et aidée par Shangguan Jintong, but une gorgée de café. Elle finit par s'arrêter de pleurer. Shangguan Jintong lui mit la tasse dans la main, elle la prit à deux mains. Comme une fillette de trois ans qui vient de pleurer, elle poussait des hoquets sonores et reniflait avec trop d'affectation. Shangguan Jintong, qui avait passé quinze années en camp de travail et trois années en hôpital psychiatrique, réfléchissait, réfléchissait encore et encore, et en lui-même, était de plus en plus résolu. C'est toi qui t'es précipitée dans mes bras, c'est toi dont la bouche a pris l'initiative de venir sur la mienne, ma seule faute est d'avoir touché tes seins, mais en tant que directeur général d'un magasin de soutiens-gorge, je suis en contact permanent avec les seins, quelle sorte de seins n'ai-je pas touchés ? Ce n'est qu'un geste professionnel indispensable à mon travail, rien à voir avec la morale. Arrivé à ce stade de ses réflexions, il dit : « Jeune fille, il fait nuit, tu dois partir ! » Et tout en parlant, il attrapa son imperméable pour le lui mettre sur les épaules. La bouche de la femme se fendit brutalement et la tasse qu'elle tenait à la main tomba à terre en cheminant le long de sa poitrine et de son ventre. Qui sait si elle était véritablement choquée ou si elle jouait la comédie ? Il faudrait l'emmener jouer dans la troupe d'opéra *maoqiang*. Elle poussa un grand « ouah » et fondit de nouveau en larmes. Elle pleurait si fort, si bruyamment, dans cette paisible nuit d'été où ne passait à de rares instants qu'une voiture de couche-tard, le calme revenant aussitôt après, ses pleurs étaient si sonores que manifestement elle allait être entendue par les masses populaires de toute la ville. Il sentait la colère lui brûler le cœur, sans qu'aucune étincelle parvînt à s'en échapper. Sur la table se trouvaient par hasard deux chocolats aux amandes dans du papier doré, telles deux petites balles ; il se hâta d'ôter le papier pour lui fourrer une boule sucrée noire dans la bouche. Et sur une douce intonation obtenue en serrant les dents, il lui dit : « Jeune fille, jeune fille, gentille jeune fille, ne pleurez pas, mangez un chocolat… » Elle recracha la boule de chocolat qui roula par terre comme un œuf de bousier, salissant le tapis de laine. Elle continuait à sangloter. Shangguan Jintong écarta le chocolat et lui fourra un bonbon entre les lèvres. Évidemment, il n'était pas question qu'elle le mange sagement, elle voulut aussi le recracher, mais il tendit la main pour lui fermer la bouche. Elle leva le poing et le frappa. Quand il baissa la tête, il découvrit dans le soutien-gorge bleu deux seins tout blancs qui palpitaient. Sa rage intérieure changea un instant de nature, un sentiment de pitié le fit faiblir. Il prit maladroitement dans ses bras les épaules glacées. Puis ce furent encore des baisers tandis que le chocolat rendait les bouches collantes.

Un long, très long temps s'écoula. Il savait qu'il ne pouvait pas renvoyer cette jeune fille chez elle avant l'aube, d'autant plus qu'à force de se serrer dans les bras l'un de l'autre et d'échanger des baisers, leurs sentiments étaient passés à un degré supérieur et que sa part de responsabilité s'était encore accrue. Les yeux baignés de larmes, elle dit : « Est-ce que je vous dégoûte autant que ça ?

– Non, non, répondit Shangguan Jintong, je me dégoûte moi-même. Jeune fille, vous ne me connaissez pas, j'ai fait de la prison, j'ai séjourné en hôpital psychiatrique, toutes les femmes qui m'approchent ont des ennuis, jeune fille, je ne voudrais pas vous faire de mal…

– Ne dites plus rien, dit-elle en se couvrant le visage de ses mains en pleurant, je sais que je ne suis pas faite pour vous. Mais je vous aime, je vous ai toujours aimé en cachette. Je ne veux pas que vous vous sentiez responsable de quoi que ce soit, je vous supplie seulement de me laisser rester un moment à côté de vous, et je serai… satisfaite… »

Soudain, elle se dirigea, toujours dos nu, vers la sortie, mais arrivée à la porte, elle hésita un court instant avant de l'ouvrir.

Shangguan Jintong ressentit une profonde émotion. Il s'injuriait lui-même : Espèce de sale type, tu penses toujours du mal des gens, comment peux-tu laisser une femme aussi pure, une veuve qui a connu tant de malheurs, s'en aller ainsi aussi tristement ? Qu'as-tu de si extraordinaire ? Toi, un type de cinquante ans passés, tu vaudrais la peine que quelqu'un te supporte ? Es-tu un animal à sang froid ? Une grenouille ou un serpent ? Tu laisses partir comme ça une femme seule, en pleine nuit, et braver la pluie glacée ? Elle est trempée, elle risque d'attraper la crève, son corps ne supportera pas de nouveaux tourments. La sécurité laisse à désirer dans notre société, les délinquants sont nombreux, et si elle tombe sur des voyous, que se passera-t-il ?

Il se précipita et prit dans ses bras la femme qui sanglotait dans le couloir. Quand il sentit l'odeur de gras de ses cheveux, il regretta aussitôt. Mais il continua à l'étreindre pour l'emmener vers le lit.

Le regardant de ses yeux de brebis, elle lui dit : « Je suis à vous maintenant, entièrement à vous. »

Redressant son buste, elle libéra ses seins de son soutien-gorge. Deux seins très rapprochés. Shangguan Jintong se mit en garde contre lui-même : Il ne faut pas, il ne faut absolument pas. Mais elle avait déjà fourré un téton dans sa bouche. « Mon pauvre chéri », dit-elle en lui caressant les cheveux, comme si elle venait d'être délivrée d'un lourd fardeau.

Chapitre 53

Au moment d'apposer l'empreinte de son pouce sur le registre de mariage, Shangguan Jintong se sentit envahi par une tristesse extrême, mais il accomplit quand même le geste. Il savait bien qu'il n'aimait pas cette femme et que même il la haïssait. Il ne connaissait ni son âge, ni son nom, ni même l'existence qu'elle avait menée. Il ne lui posa la question qu'en sortant du bureau de l'état civil : « Comment t'appelles-tu ? »

Furieuse, elle fit la moue et ouvrit le certificat de mariage rouge vif. « Regarde donc, c'est écrit là », dit-elle.

Il était inscrit : « Mariage volontairement contracté entre Wang Yinzhi et Shangguan Jintong. Conforme, après enquête, à la loi sur le mariage de la République populaire de Chine… »

Shangguan Jintong lui demanda : « Qui est Wang Jinzhi par rapport à toi ?

– Mon père. »

Un voile noir passa devant les yeux de Shangguan Jintong, puis il s'évanouit…

Sans réfléchir, je m'étais embarqué avec l'ennemi, mais il est plus facile de se marier que de divorcer. À présent, je n'avais plus le moindre doute que Wang Jinzhi était en sous-main le chef d'orchestre de cette affaire. Ce maudit la Licorne avait dû souffrir en silence à cause de Sima Liang et il avait eu recours à ce stratagème perfide pour me punir. Sima Liang, Sima Liang, où es-tu ?

Les yeux pleins de larmes, elle dit : « Shangguan Jintong, ne pense pas du mal des autres, si je suis tombée amoureuse de toi, cela n'a rien à voir avec mon père. Il m'a même injuriée, il a voulu rompre nos relations. Il m'a dit : "Ma fille, dis-moi un peu, qu'est-ce que tu lui trouves en fin de compte ? Un violeur de cadavre, un malade mental, c'est de notoriété publique qu'il est atteint de toutes sortes de maladies pernicieuses. Et même s'il a un neveu riche et une nièce maire, nous, nous avons notre dignité…" » En pleurs, elle ajouta : « Jintong, ça ne fait rien, divorçons, et je m'en irai comme je suis venue… »

Ses larmes, goutte à goutte, frappaient contre mon cœur. Peut-être étais-je méfiant, c'est vrai, quelqu'un t'aimait, tu devrais être satisfait.

Wang Yinzhi était douée pour les affaires. Elle modifia la stratégie commerciale de Shangguan Jintong et installa une fabrique à l'arrière du magasin pour produire des soutiens-gorge de luxe La Licorne. Réduit à un rôle de potiche, Shangguan Jintong passait sa journée assis à côté du téléviseur, à regarder « en boucle » la publicité pour les soutiens-gorge La Licorne : « Avec La Licorne sur tes seins, s'ouvriront tous les chemins ; / avec La Licorne sur tes seins, la chance est pour demain. »

Une actrice de cinéma de troisième rang disait en agitant son soutien-gorge : « Si tu portes La Licorne, ton mari jamais ne se lassera ; si tu ôtes La Licorne, chaque jour il te grondera. »

Il ferma le téléviseur avec lassitude et se mit à faire les cent pas dans la chambre. La trace de ses pas avait déjà formé un petit chemin grisâtre sur l'épais tapis en pure laine. Plus il marchait, plus il était impatient et excité. Des pensées confuses tournaient dans sa tête comme des chèvres affamées dans un enclos. Fatigué de marcher, il se rassit et pressa la télécommande pour rallumer la télévision. Elle diffusait justement le programme *La Licorne*, une rubrique spécialement consacrée aux héroïnes de la ville de Dalan. Lu Shengli et Geng Lianlian en avaient déjà eu les honneurs. Dans la musique qui lui était familière, la mélodie agréable à l'oreille ressemblait aux coups du destin qui frappe à la porte. Pom pom pom pom, pom pom pom pom. Ce programme était produit en collaboration avec la SARL Soutiens-gorge La Licorne. « Avec La Licorne sur tes seins, s'ouvriront tous les chemins. » « La Licorne, animal de l'amour, me réchauffe nuit et jour. » Sur l'écran apparut le logo La Licorne, qui évoquait plus ou moins un monstre en forme de rhinocéros sans en être un, un mamelon sans en être un. Désormais, jeunes gens et jeunes filles de la ville de Dalan pouvaient s'enorgueillir de porter les vêtements à la mode La Licorne. Wang Yinzhi avait développé la marque pour décliner toute une gamme de vêtements, pas seulement des soutiens-gorge et des culottes : ils allaient du sous-vêtement au survêtement, du T-shirt à la veste. De la tête aux pieds, du chapeau aux chaussettes. Repérez les signes distinctifs de la marque, prenez garde aux contrefaçons et aux imitations. Un micro doré était tendu devant la bouche de Wang Yinzhi, le PDG de la marque de vêtements La Licorne, qui en portait elle-même ce jour-là. Sa bouche était couverte d'un rouge à lèvres brillant. Elle avait grossi, j'avais maigri. « S'il vous plaît, madame le président-directeur général, d'où vous est venue l'idée de ce nom étrange pour votre magasin et votre usine, ainsi que pour tous vos produits ? » Elle sourit légèrement, très digne ; au premier coup d'œil, on pouvait voir que c'était une femme extraordinaire, cultivée, pleine d'idées, d'argent et de pouvoir. « Ce serait long à raconter, dit-elle. Il y a trente ans, mon père avait commencé à utiliser le nom de plume la Licorne. D'après lui, la licorne était une sorte d'animal merveilleux, dont la forme se rapprochait de celle du rhinocéros, mais pas tout à fait. C'était bien comme le rhinocéros merveilleux du poète : "Les cœurs sont aussi sensibles que la corne du rhinocéros [1]." Entre amoureux, entre époux, entre amis intimes, n'est-ce pas cette même situation où "les cœurs sont aussi sensibles que la corne du rhinocéros" ? Voilà pourquoi j'ai choisi ce nom pour le magasin, et j'en ai ensuite fait une marque célèbre. "Des cœurs aussi sensibles que la corne du rhinocéros"… "Des cœur aussi sensibles que la corne du rhinocéros", quel monde d'émotions poussant à la rêverie ! Mais je parle trop, pour les amis qui ont le cœur aussi sensible que la corne d'un rhinocéros, inutile de répéter encore une fois. »

Ferme-la ! jura furieux Shangguan Jintong, toi qui t'attribues les mérites des autres, qui t'appropries ce qui ne t'appartient pas, je vais la mettre en pièces ta Licorne !

Face à l'animatrice aux canines en surnombre de la télévision de la ville, Wang Yinzhi parlait sur un ton assuré : « Bien sûr, mon mari a accompli des choses très bénéfiques à l'étape de création de l'entreprise, il y a longtemps, mais par la suite il est tombé grave-

1. Allusion au vers du poète Li Shangyin (813-858). La corne du rhinocéros possède une raie blanche très sensible qui fait communiquer son extrémité avec le cerveau de l'animal. Elle symbolise donc le fait d'être en communion avec autrui.

ment malade et a dû se mettre en congé. J'ai lutté seule, la licorne est aussi un fauve particulièrement combatif, j'ai donc développé cet esprit de combat de La Licorne pour aller de l'avant !

– S'il vous plaît, madame le président-directeur général, à quel résultat final tendez-vous ? demanda la jeune fille aux canines en surnombre.

– Maintenant qu'elle est devenue une marque nationale, je veux faire qu'en trois ans La Licorne se répande partout dans le monde ; et en dix ans, arriver à ce qu'elle devienne une marque internationale et exerce son hégémonie sur le monde entier ! » Wang Yinzhi bomba la poitrine, une poitrine proéminente formée de faux seins fabriqués avec des éponges de mer de première qualité armées de ressorts. Les seins de la patronne de La Licorne ressemblaient à de vrais seins. Ses faux tétons soulevaient sa fine chemise comme deux petites ombrelles, fascinant nombre de jeunes gens ignorants – il lança la télécommande en direction de Wang Yinzhi contre l'écran du téléviseur. Quelle honte ! La télécommande frappa le poste et rebondit sur le sol. Sur l'écran, elle continuait à pérorer en bombant ses faux seins. « S'il vous plaît, madame le président-directeur général, ces dernières années en Occident, les jeunes femmes ont développé un mouvement de libération des seins, elles assimilent le soutien-gorge au corset du XVIIe siècle, il serait une atteinte à leur intégrité, quel est votre point de vue sur ce sujet ?

– C'est faire montre d'ignorance ! dit avec fermeté Wang Yinzhi, les corsets tyranniques réalisés en toile épaisse et en lamelles de bambou, telles des armures, sont effectivement une atteinte contre les femmes, et sur ce point, le corset européen peut être comparé au bandage des pieds des femmes chinoises, mais le corset, le bandage des pieds et le soutien-gorge ne peuvent être mis sur le même plan, surtout le soutien-gorge La Licorne que nous produisons. Le soutien-gorge répond à un besoin esthétique et à un besoin physiologique. La Licorne a complètement pris en considération ces deux critères pour satisfaire au mieux la quête de beauté et les besoins biologiques. La Licorne rend vos seins plus beaux et plus sains, il vous aide à conserver la meilleure forme biologique et mentale. En prenant comme préalable de garantir que chaque soutien-gorge La Licorne est un objet d'art raffiné, nous avons recours à une conception et à une fabrication de première qualité, à un savoir-faire, à des matériaux de première qualité, nous prenons en compte tous les caractères physiologiques des seins pour faire en sorte que nos La Licorne atteignent cette finalité suprême : quand vos seins éprouvent une sensation de froid, comme des mains, le soutien-gorge les protège par sa tiédeur ; quand vos seins éprouvent une sensation de fatigue, il est comme un verre de vin rouge aussi translucide qu'une pierre précieuse, il est aussi comme une tasse de café brûlant, ou bien encore une tasse de thé d'où s'élèvent des volutes de vapeur et se dégage un parfum enivrant ; quand vos seins sont tristes et abattus, La Licorne vous rend heureuse ; quand vos seins sont remplis d'excitation, La Licorne vous apaise ; quand vos seins vous font souffrir, La Licorne vous aide à transformer votre douleur en force… Bref, c'est une protection méticuleuse, une finalité suprême, c'est une fleur éclatante qui combine la culture matérielle et la culture spirituelle de ce XXe siècle sur le point de s'achever. Il préfigure l'esprit qui animera le genre humain du XXIe siècle qui s'annonce : il est une attention portée à l'homme, à la femme, au sein. Le XXe siècle fut le siècle des guerres et des révolutions, le XXIe siècle sera le siècle des seins et de l'amour ! Voilà le slogan de notre société. La Licorne, c'est à la fois l'esprit de notre entreprise et notre stratégie de gestion… »

Shangguan Jintong s'empara d'une tasse à thé avec l'intention de la fracasser contre l'écran du téléviseur, mais son bras déjà haut levé changea de direction et la tasse alla cogner contre le mur tapissé de satin. Presque sans bruit, elle rebondit intacte sur le tapis, éclaboussant seulement le mur et l'écran de restes de thé et de liquide rouge foncé.

Une feuille de thé recourbée se colla contre l'écran couleur vingt-neuf pouces. La bouche et le bout des seins de Wang Yinzhi s'en rapprochaient à tour de rôle. La feuille de thé lui faisait une moustache, tandis que ses faux tétons dessinaient la bouche d'un poisson. « S'il vous plaît, madame le président-directeur général Wang, vous-même, portez-vous un soutien-gorge La Licorne ? demanda avec espièglerie la journaliste aux canines en surnombre.

– Bien sûr », répondit Wang Yinzhi de façon directe. Inconsciemment en apparence, mais volontairement en fait, elle souleva de ses mains ses faux seins parfaitement imités, fièrement dressés et plastiquement splendides. Encore une publicité gratuite ! Une publicité bien faite : non seulement les soutiens-gorge La Licorne sont bons, mais même les bouts des seins de la grande patronne de La Licorne, Wang Yinzhi, en sont la preuve. « S'il vous plaît, madame le président-directeur général Wang, votre vie de famille est-elle heureuse ? demanda la journaliste aux canines en surnombre.

– Pas très, répondit-elle de façon directe, mon mari souffre de blocage mental de nature sexuelle, mais c'est un brave homme qui a un bon naturel. »

Conneries ! Il bondit de son fauteuil pour insulter Wang Yinzhi sur l'écran. Espèce de comploteuse ! En face, tu dis des gentillesses et par-derrière tu frappes ! Tu m'as assigné à résidence ! La caméra fit un gros plan sur Wang Yinzhi : sur son visage flottait un petit sourire narquois, comme si elle était sûre que Shangguan Jintong était en train de la regarder devant le poste.

Shangguan Jintong éteignit le téléviseur et, les mains dans le dos, le cœur dévoré par les flammes de la colère, tel un gorille tournant dans sa cage, se mit à arpenter le tapis. Blocage mental, c'est toi, putain, qui souffres de blocage mental, tu es une malade mentale des pieds à la tête, une malade mentale à cent pour cent ! Tu dis que je ne peux pas baiser, mais je peux ! Espèce de pute, c'est toi qui ne me le permets pas ! Tu es une fausse femme, une femme en pierre, du sperme de grenouille hermaphrodite, de la semence de tortue molle. Tu es une boîte de semence de tortue molle pur jus, une tortue molle chinoise accompagnée d'un petit ange. Je voudrais te brûler la peau du ventre avec de l'eau bouillante ! Il marchait mécaniquement tel un militaire de carrière longuement entraîné, en arrière toute, en avant marche ! En arrière toute, en avant marche ! La poussière du tapis qui se soulevait sous ses pas volait dans la pièce. Mais son esprit s'était déjà transformé en une libre colombe et planait sur la place devant la grande entrée de la mairie.

C'était de nouveau un printemps où ne cessait de tomber une pluie fine, Shangguan Jintong volait dans cette petite pluie, et, dans un battement d'aile, il se posa sous le sophora en bordure de la place pour observer le malade mental Gao le Courageux qui faisait un discours. Les gens l'entouraient, riant à gorge déployée, comme s'ils avaient regardé un singe en train de faire un numéro. Citoyens, contribuables ! Ces punaises qui se sont engraissées grâce au sang et à la sueur du peuple, elles m'injurient en disant que je suis un malade mental. Oui, oui, faire enfermer dans les hôpitaux psychiatriques toutes les personnes parfaitement saines d'esprit est une ruse dont ils ont l'habitude. Frères et sœurs, amis, compagnons d'armes, ouvrez les yeux et regardez, regardez comment les biens publics sont passés dans leur bourse, regardez comment ils dilapident le sang et la sueur du peuple, comment avec le prix d'un seul de leurs soutiens-gorge, nous pouvons manger pendant six mois, comment un seul de leurs repas correspond pour nous à trois mois de vivres. Partout ce ne sont plus que restaurants et bars, partout corruption et pots-de-vin, partout fraudes et malversations. En deux ans, un maire du canton a ramassé cent mille yuans. Compatriotes, je sais que vous êtes encore plus clairvoyants que moi, dans vos veines ont été branchés des tuyaux de perfusion les uns après les autres. Compatriotes, leurs envies sont un océan que l'on ne peut jamais combler. Compatriotes, ouvrez vos yeux embrumés, regardez l'effrayante réalité ! La pluie fine mouillait le front pâle de Gao le Courageux. À l'aide d'un peigne en métal, il coiffa en arrière ses cheveux grisonnants que la pluie rendait luisants, comme enduits d'huile de cinnamome. La pluie de printemps est précieuse comme l'huile, la pluie d'été se répand partout. Je ne suis pas un malade mental, mon esprit est extrêmement clair, si lucide que cela m'effraie moi-même. Je sais que je n'ai aucun moyen de sortir du filet qu'ils ont tissé grâce à l'argent et au sexe, mon avenir sera aussi pitoyable que celui d'un chien enragé, aujourd'hui je suis encore ici à m'exprimer, mais demain peut-être serai-je mort sur une décharge. Si je meurs, ma chérie, je t'en prie, ne pleure pas pour moi, au cours des longues nuits et des rêves sans fin, je serai toujours ton unique. Mais tant que ma vie ne s'éteindra pas, je continuerai à me battre. Il tira de sa veste une corne, gonfla les joues et souffla de toutes ses forces. Le clairon du combat a sonné, frères et sœurs, rassemblez-vous sur le champ de bataille. Abattons les diables, exterminons les Japonais, défendons la paix, défendons notre pays. Il avançait en suivant le bord de la place en soufflant dans sa corne, tandis que dans la rue s'écoulait l'intense circulation et que les gens continuaient à s'affairer. Tu volas au-dessus de sa tête, les plumes imprégnées de gouttes de pluie cristallines. Des enfants heureux faisaient leurs premiers pas sur le gazon en trébuchant. De vieux retraités lançaient leur cerf-volant dans la pluie. À bas Lu Shengli, la chef corrompue de la ville de Dalan ! Il lançait ses slogans en agitant les bras. Un petit chien pékinois abandonné par son maître lui aboya après. À bas Geng Lianlian, qui a dilapidé la somme de trois cents millions de yuans ! À bas Han Perroquet et ses desseins chimériques ! À bas La Licorne ! Éradiquons la pollution pornographique et rétablissons la civilisation de l'esprit ! À bas le dandy Shangguan Jintong ! Gao le Courageux hurlait ses slogans. Shangguan Jintong, au comble de la frayeur, zou, d'un coup d'aile, traversa les nuages. Alors qu'il avait voulu se transformer en oiseau pour se trouver un ami, jamais il n'aurait pensé se découvrir un ennemi… Shangguan Jintong assailli de mille sentiments, Shangguan Jintong à bout de forces, en ce soir de printemps de 1993, était allongé sur le tapis imitation d'ancien de sa chambre et pleurait amèrement.

Lorsque ses larmes eurent fait sur le tapis une tache du diamètre d'un bol, la servante qui apportait le repas ouvrit la porte et entra. C'était une Philippine, son grand-père, un marchand de soie du canton du Nord-Est de Gaomi, était parti dans les mers du Sud. Dans ses veines coulait le sang mêlé des hommes du canton du Nord-Est de Gaomi et des Malais. Sa peau était sombre, son regard triste, et elle avait la poitrine épanouie caractéristique des femmes des régions chaudes. Son chinois était un peu hésitant, mais elle parvenait à se faire comprendre. Wang Yinzhi l'avait engagée spécialement pour servir Shangguan Jintong. « Monsieur, le repas est servi. » Elle posa la corbeille sur la table et en sortit un bol de riz glutineux, un bol de ragoût de mouton aux navets, un bol de céleri sauté aux crevettes et un bol de soupe aigre-douce à la seiche. Elle lui tendit une paire de baguettes. « Mangez, monsieur », dit-elle. Face à ces plats fumants, Shangguan Jintong n'avait pas le moindre appétit. Écarquillant ses yeux bouffis de pleurs, il demanda furieux : « Dites-moi, qu'est-ce que je suis ? »

Effrayée, la servante sursauta et, les mains ballantes le long des hanches, elle répondit : « Je sais pas, monsieur…

– Espèce d'espionne ! cria-t-il rageusement en frappant la table de ses baguettes, tu es une espionne que Wang Yinzhi a envoyée pour me surveiller, une espionne !

– Monsieur… Monsieur… disait-elle effrayée, comprends pas, comprends pas…

– Tu as mis un poison lent dans ces plats, tu veux m'empoisonner lentement, me tuer lentement comme un dindon, comme un pangolin ! » Il renversa violemment sur la table le bol rempli de riz, puis lança sur la servante le bol de soupe aigre-douce en criant : « Fiche le camp, fiche le camp ! Chienne d'espionne, je ne veux plus te voir ! »

Des restes de nourriture accrochés sur la poitrine, la servante s'enfuit en pleurant à chaudes larmes.

Wang Yinzhi, espèce de contre-révolutionnaire, ennemie du peuple, vampire, peste, élément trouble, droitiste extrême, clique au pouvoir qui marche sur la voie de la bourgeoisie, sommité académique bourgeoise et réactionnaire, élément dégénéré corrompu, élément étranger à sa classe, parasite paresseux et ignare, piètre agitatrice ligotée au poteau d'infamie de l'histoire, bandit, traître à la nation, voyou, vaurien, ennemie de classe embusquée, royaliste, fille fidèle et petite-fille pieuse de Confucius, apologiste du féodalisme, enragée de la restauration de l'esclavagisme, porte-parole de la classe des propriétaires fonciers décadents… Il énuméra sans exception toutes les expressions politiques injurieuses qu'il avait acquises au cours de dizaines d'années de vie troublée et les accumula une à une sur la tête de Wang Yinzhi ; il avait l'impression de la voir dessinée comme une caricature en vogue, ployant sous le poids comme un petit arbre couvert de balafres, toi, tu n'as pas de balafres sur le corps, mais des grains de beauté bien plus répugnants encore. Comme une nuit de juillet piquée d'étoiles… Le ciel était couvert d'étoiles, le croissant de lune brillait, la brigade de production tenait un grand meeting pour exposer les griefs et étaler les injustices subies. Wang Yinzhi, sors ! Ce soir nous verrons qui est le plus fort, si le poisson ne meurt pas, c'est que le filet est percé, si ce n'est pas toi qui meurs, ce sera moi ! Quand deux armées s'affrontent, les braves sont vainqueurs. Quand la tête est coupée, ne reste qu'une balafre grosse comme un bol !

Wang Yinzhi, un trousseau de clefs dorées à la main, ouvrit la porte et resta debout dans l'entrée. Un petit sourire méprisant sur le visage, elle lui dit : « Me voilà, montre-moi de quoi tu es capable !

– Je vais te tuer ! dit Shangguan Jintong en prenant son courage à deux mains.

– Effectivement, ça promet ! ricana Wang Yinzhi, si tu avais vraiment le courage de me tuer, je t'admirerais. »

Elle entra sans la moindre crainte, contourna avec dégoût les saletés sur le sol et s'approcha de Shangguan Jintong. Elle le frappa violemment au front avec son trousseau de clefs dorées et l'insulta : « Espèce de porc ingrat. Dis-moi, qu'est-ce qui te manque encore ? Je t'ai fait installer la chambre la plus luxueuse de toute la ville, j'ai engagé une servante pour qu'elle te fasse spécialement à manger, tu n'as qu'à tendre la main pour te mettre la nourriture dans la bouche, tu vis comme un coq en pâte, comme un empereur, qu'est-ce que tu veux de plus ?

– Je veux… la liberté… » bredouilla Shangguan Jintong.

Wang Yinzhi tressaillit, puis partit d'un grand rire. Quand elle eut fini, elle dit sérieusement : « Je ne restreins pas ta liberté, fiche le camp, vite, file !

– Sur quoi t'appuies-tu pour me faire filer ? demanda Shangguan Jintong, ce magasin est à moi, c'est toi qui dois filer, pas moi !

– Pff ! souffla Wang Yinzhi, si je n'avais pas pris en main la gestion de ce commerce, il aurait fermé depuis belle lurette, et tu oses encore dire que ce magasin est à toi ! Je t'ai entretenu un an, je ne t'ai pas déçu, alors je dois te rendre ta liberté, s'il te plaît, je t'en prie, ce soir, dans cette chambre, il y aura quelqu'un d'autre.

– Je suis ton mari devant la loi, dit Shangguan Jintong, tu veux me chasser, mais je ne m'en irai pas.

– Mari devant la loi, mari ! riposta peinée Wang Yinzhi. Et tu oses mettre ces mots ensemble ? Est-ce que tu as accompli ton devoir de mari ? Est-ce que tu l'as fait ?

– J'aurais pu, si on avait fait comme je voulais, dit Shangguan Jintong.

– Quelle honte ! gronda Wang Yinzhi, tu me prends pour une putain ? Tu crois que je vais tout faire selon ta volonté ? » Son visage était écarlate, ses lèvres hideuses tremblaient de colère. Elle abattit ses lourdes clefs sur son arcade sourcilière. Une douleur aiguë lui traversa le cerveau et un sang chaud inonda ses sourcils. Il se toucha de la main et vit le sang frais sur ses doigts. Dans ces circonstances, si nous étions dans un film d'arts martiaux, un violent combat s'ensuivrait ; dans un film d'art et d'essai, le héros blessé réagirait d'un regard courroucé, puis quitterait les lieux furieux. Que dois-je faire ? se demandait Shangguan Jintong, cette scène avec Wang Yinzhi, c'est une scène d'arts martiaux ou une scène d'art et d'essai ? C'est un film d'art et d'essai d'arts martiaux ou un film d'arts martiaux d'art et d'essai ? Hai, hai, hai ! Hai ! Coups de pied et coups de poing faisaient reculer les méchants les uns après les autres, ils se contentaient de parer les coups sans avoir la force de riposter, la justice était ramenée parmi les hommes. Les méchants étaient tués et tombaient morts à terre, le jeune héros et la belle jeune femme partaient ensemble et reprenaient librement leur vie de hors-la-loi. Tu es vraiment vicieuse, disait le héros à bout de patience en considérant le sang sur ses mains, tu ne dois pas croire que je ne peux pas ou que je n'ose pas frapper, j'ai seulement peur que ta chair puante me salisse les doigts ! Puis, grand seigneur, il s'en allait, sans se retourner, laissant la femme sangloter comme un cochon qu'on égorge…

Sans attendre que Shangguan Jintong ait trouvé le rôle adéquat pour jouer la scène, deux grands gaillards qui lui étaient familiers avaient fait irruption dans la pièce. L'un portait un uniforme de policier, l'autre un uniforme de juge. Le policier était le frère cadet de Wang Yinzhi, Wang Tiezhi ; le juge, le mari de la sœur de Wang Yinzhi, Huang Xiaojun. Aussitôt entrés, ils obligèrent Shangguan Jintong à se relever. « Qu'est-ce qui se passe, beau-frère ? » Le policier le bouscula de ses épaules de taureau et dit : « Brutaliser une femme n'est pas digne d'un brave, non ? » Le juge lui envoya un coup de son genou plié et dit : « Beau-frère, ma belle-sœur ne t'a pas déçu, agir comme tu le fais, c'est vraiment ingrat ! »

Shangguan Jintong allait discuter, mais il reçut un coup de poing dans l'estomac de la part du beau-frère. Il tomba à genoux en se tenant le ventre et vomit un liquide acide. Comme s'il voulait faire une démonstration, le beau-frère abattit sa paume aguerrie aux arts martiaux sur sa nuque. Ce juge était un cadre de l'armée qui avait été muté dans la justice ; pendant dix ans, il avait été soldat-éclaireur et avait appris à l'armée à briser une brique du tranchant de la paume : son meilleur score était d'en casser trois à la fois. Shangguan Jintong aurait dû le remercier d'avoir gardé quelque retenue, car s'il avait déployé tout son talent, les os de sa nuque auraient été broyés. Il pensa : Pleure donc, en pleurant, tu éviteras les coups. Pleurer est un signe de faiblesse, c'est le symbole de la demande de grâce, un brave ne frappe pas celui qui l'implore de l'épargner. Pourtant, ils continuèrent à lui infliger une volée de coups bien qu'il fût à genoux sur le tapis, larmes et morve mêlées.

Wang Yinzhi pleurait de façon vraiment déchirante, comme si elle avait subi un tort énorme. Le juge s'efforça de la réconforter : « Grande sœur, ça va, ça ne vaut pas la peine de te mettre en colère contre ce genre de type, divorce et voilà tout, il ne mérite pas que tu gaspilles ta jeunesse pour lui. » Le policier dit : « Petit gars, tu croyais qu'on pouvait facilement nous humilier, nous la famille Wang, c'est ça ? Ta nièce le maire a déjà été relevée de ses fonctions et mise en examen, ils sont finis les jours où tu pouvais t'appuyer sur le pouvoir pour humilier les gens. »

Ensuite, le policier et le juge, avec un parfait ensemble, plaquèrent Shangguan Jintong sur le sol et le forcèrent à lécher les restes de seiche, d'œufs et de pousses de bambou qui jonchaient le tapis. Les grains de riz tombés à terre, il dut aussi les absorber un par un, et quand il en laissait, il recevait une volée de coups de pied et de coups de poing. Shangguan Jintong léchait le tapis et pleurait. Je suis presque un chien, pensait-il tristement, et même moins qu'un chien, quand le chien lèche la nourriture, c'est de sa propre volonté, et la volonté, c'est le plaisir. Alors que moi, je lèche le sol contraint et forcé, si je ne le fais pas, je suis battu, et si j'en laisse, je suis frappé, il n'y a pas de plaisir, seulement de l'humiliation. Le chien est un animal qui a l'habitude de lécher la nourriture. Quand sa langue lèche les aliments, elle le fait avec aisance. Moi, je ne suis pas un animal qui lèche ses aliments, ma langue est maladroite, cela me demande beaucoup d'efforts, et donc, quelle que soit la comparaison qu'on fasse, je suis moins qu'un chien. Ce qu'il regrettait particulièrement, c'était d'avoir renversé ce bol de soupe, jamais, au grand jamais, il n'aurait dû, c'était purement et simplement la punition de ses mauvaises actions : Dette de juin n'attend point, On récolte ce qu'on a semé, La brique soulevée retombe sur les pieds, La gangue qu'il a fabriquée le menuisier doit lui-même porter…

Lorsqu'il eut fini de lécher et que son travail eut été inspecté et approuvé, Shangguan Jintong fut emmené par le policier et le juge. Ils empruntèrent le couloir sombre et évitèrent le hall illuminé. Ils le déposèrent à côté d'un tas d'ordures. C'était bien comme le slogan en vogue pendant la Révolution culturelle : jeter aux poubelles de l'histoire. Dans le tas d'immondices se trouvaient de petits chats galeux qui miaulèrent pour lui demander de l'aide. Shangguan Jintong hocha la tête vers eux comme pour s'excuser. Petits chats !

Nous sommes compagnons d'infortune, je ne peux rien pour vous. Lui revint à l'esprit un remède pour guérir la gale, que sa mère utilisait pour aider les gens à se soigner. Un mélange d'huile de sésame et de miel, de blanc d'œuf et de soufre, et encore quelque chose, mais quoi ? Zut, impossible de se souvenir. Il fallait mélanger les cinq ingrédients pour former une pâte et l'appliquer sur l'endroit infecté et, dès qu'elle séchait, en remettre une couche. Lorsque la croûte qui s'était formée tombait, on était guéri. Ce remède était d'une efficacité étonnante pour l'homme, il devait l'être aussi pour les chats, non ? Homme et chat sont tous deux des mammifères. Dommage que je ne puisse vous sauver, pensait-il tristement. Cela fait plus de six mois que je ne suis pas allé voir ma mère. Plus de six mois que je suis assigné à résidence par Wang Yinzhi. Il regarda la fenêtre tout illuminée, dehors flottait le parfum enivrant des lilas. Les lilas mauves, le parfum enivrant des lilas mauves, éclos à la lumière du soleil et diffusant leur parfum capiteux dans la petite pluie fine. Le même jour, l'année précédente, y avait-il ce parfum de lilas ? À ce moment-là, Wang Yinzhi était encore une femme frappée par le chagrin qui errait devant ma vitrine. À présent, c'était mon tour d'être un homme frappé par le chagrin. De la fenêtre me parvenaient les rires satisfaits des beaux-frères. Dans la ville de Dalan, elle avait beaucoup de relations, dans chaque corps de métier ses dieux protecteurs, je ne pouvais me mesurer à elle. En vérité, m'étais-je déjà confronté à toi ? Je n'étais qu'un morceau de fromage de soja tout mou. Un saule pleureur au bord de la rivière. Les uns me cassaient, les autres me grimpaient dessus. C'était inconvenant, c'était de la poésie sentimentale de prostituée. En fait, ce n'était pas si inconvenant que ça, la révolution ne fait pas de différence entre les premiers ralliés et les derniers. La prostitution ne fait pas de différence entre homme et femme. La petite face rouge que Wang Yinzhi cachait dans sa chambre, n'était-ce pas un prostitué ? Cette saleté de fille ne m'obéissait pas à moi, mais à lui, oui. Nue comme un ver, elle portait quand même un soutien-gorge en peau de renard, on eût dit que deux gros champignons velus lui étaient poussés sur la poitrine. Il fallait vraiment du talent pour concevoir une chose aussi excitante. Les poils étaient longs, d'un roux flamboyant, d'une douceur inégalable, comme une paire de champignons velus. Toutes les nuits, cette salope s'adonnait frénétiquement à sa passion avec cette petite face rouge. J'en avais la preuve, je devrais aller au tribunal porter plainte. Ou bien je pourrais provoquer en duel cette petite face rouge pour me battre pour mon honneur, à l'épée ou au pistolet, en bordure d'un bois de pins. L'épée dans une main, le chapeau dans l'autre, un chapeau rempli de cerises rouges comme des agates, je les mangerais joyeusement et cracherais les noyaux en signe de mépris absolu pour mon ennemi.

C'était la même nuit pluvieuse, mais la pluie de cette nuit-ci était plus froide que celle de l'année précédente, plus triste. Sur les vitres coulaient des larmes, l'année dernière, c'étaient les siennes, cette année les miennes. Les partis se succèdent au pouvoir, les sociétés changent de patron. Le nid de la pie est occupé par le coucou. L'invité est traité en maître de maison. Je ne sais d'où je viens, et encore moins où je vais. Dans la vie d'un homme, combien y a-t-il de nuits où il n'a nulle part où aller ? Pour avoir eu peur l'année dernière qu'elle marche seule dans les rues, c'était moi qui cette année marchais seul dans les rues. J'avais réchauffé un serpent en mon sein. Il ne faut pas avoir pitié des serpents gelés. Partout il y avait des pièges. Je m'étais tiré d'un piège pour tomber dans un autre, chacun plus profond que le précédent. Le cœur des femmes est plus nocif que le poison. C'est faux, ma mère a un cœur de Bouddha. L'enfant qui a une maman est un trésor. Je suis encore un trésor. Un trésor vivant, un trésor de ce monde. Je vais aller à la pagode vivre avec ma mère, ramasser des bouteilles pour les revendre, j'aurai une nourriture simple et frugale, nous vivrons de mon travail. « Reste-t-il encore des bouteilles à vendre[1] ? » L'argent est du fumier, à sa naissance l'homme n'apporte rien, à sa mort il n'emporte rien. Les seins eux non plus n'ont rien qui mérite de les regretter. Le serpent avide avale l'éléphant. L'amour poussé à l'extrême se transforme en haine, et cela peut aussi s'appliquer aux seins. Quand une chose atteint une limite extrême, elle tourne à son contraire, et il en va de même pour les seins.

Ce jour de la rencontre entre Wang Yinzhi et le type à la face rouge… Elle l'avait nourri des mets les plus recherchés. Elle l'avait gavé jusqu'à ce qu'il engraisse et prenne du poids. J'aurais dû retirer mon gant de fer et le lui jeter. Mais je n'avais pas de gant

1. Vers d'une chanson taiwanaise en vogue à l'époque.

de fer à jeter, et j'aurais dû serrer le poing. Mais il a affiché un grand sourire sur son visage et m'a tendu une main amicale. « Bonjour ! » a-t-il dit. « Bonjour ! » ai-je dit. Et ensuite, je lui ai même serré la main. Un cocu qui serre la main de celui qui l'a fait cocu. Nous nous sommes demandé comment ça allait et nous nous sommes remerciés. Comme si chacun tirait profit de l'autre. Espèce de lâche ! s'injuriait-il lui-même dans la petite pluie fine. La prochaine fois que je le rencontrerai, il ne faudra pas faire assaut de politesses, mais lui envoyer un poing en pleine figure, lui faire voir trente-six chandelles et faire couler le sang de son nez et de sa bouche !

Insensiblement, la petite pluie lui avait trempé les cheveux. Son nez était bouché, signe avant-coureur du rhume. Il sentait la faim gagner son ventre, il aurait dû être rassasié avec son repas du soir, quel dommage d'avoir renversé une aussi bonne soupe à la seiche ! À dire vrai, la colère de Wang Yinzhi n'était pas complètement infondée. Quand le mari est impuissant, l'épouse va voir ailleurs. Sans relations sexuelles, l'adultère pointe son nez. J'aurais dû me contenter de mes beaux vêtements et de ma bonne chère. Voilà où cela m'a mené de faire du tapage sans raison. Peut-être les choses ne sont-elles pas arrivées jusqu'à un point de non-retour. Après tout, elle m'a frappé et je ne le lui ai pas rendu. J'ai eu tort de renverser la soupe à la seiche, mais on peut estimer que le fait de lécher le sol en était la punition. Il faut que je patiente jusqu'au petit matin pour aller lui présenter mes excuses. Et aussi à la servante philippine. À présent, je devrais être sur mon matelas Simmons en train de ronfler, tant pis pour moi, il vaut mieux que tu souffres un peu plutôt que de faire du tapage.

Il se rappela que devant l'entrée du Cinéma du Peuple, il y avait un très long avant-toit où l'on pouvait se protéger du vent et de la pluie et il s'y dirigea. Maintenant qu'il avait pris la décision d'aller le lendemain présenter ses excuses à Wang Yinzhi, il se sentait l'esprit beaucoup plus tranquille. Il pleuvait encore, mais dans un coin du ciel apparaissait la lumière des étoiles. Tu as déjà cinquante-quatre ans, quand la terre aura recouvert ta nuque, tu devras arrêter de faire encore du grabuge. Même si Wang Yinzhi avait l'intention de coucher avec cent hommes, en quoi est-ce que cela pourrait encore te porter préjudice, à toi Shangguan Jintong ? Quelle différence y a-t-il entre un chapeau de cocu et cent chapeaux de cocu ?

Ce truc-là, plus on le fait, meilleur c'est. Certains époux de quatre-vingts ans font l'amour tous les jours. Reportage de *Nouvelles de références*[1]. Lui, il cueille le principe *yin* pour renforcer le principe *yang*. Elle, elle cueille le principe *yang* pour renforcer le principe *yin*. Sur une paire de bras de jade, mille hommes vont reposer leur tête, et dix mille bouches vont goûter la moindre parcelle d'une paire de lèvres rouges. Sur le mont Wu, dans les jeux des nuages et de la pluie, les pistils des fleurs sont brisés par la pluie ; dans la maison de passe, les aiguilles d'or sont rompues[2]. Wu Yunyu[3]... Ce salaud représentait les paysans pauvres et moyen-pauvres à la gestion de l'école. Sa gale sur la tête, peut-être que le remède de ma mère l'aurait guérie, mais quels en étaient les ingrédients déjà ?

Devant l'entrée du cinéma se rassemblait depuis longtemps un groupe de jeunes gens. Assis sur des vieux journaux, fumant des cigarettes bon marché, ils écoutaient un homme mûr aux cheveux longs réciter des poèmes.

Nous sommes une génération qui sait hurler, même si nous sommes souvent étranglés à la gorge ! ah ! Le poète déclamait en faisant de grands gestes. *Nous sommes une génération qui veut hurler, notre gorge enrouée est coulée dans le bronze, notre voix est imprégnée de l'ancienne culture !* Bravo ! Les jeunes vêtus de vêtements en cuir à bas prix se mirent à hurler. Pour une personne normale, il était difficile de distinguer les filles des garçons, mais Shangguan Jintong en était capable grâce à son nez. Grâce à l'odeur des seins. L'inflammation des parties génitales de certaines filles était due à des culottes trop serrées, qui ne laissaient pas suffisamment passer l'air, alors que les culottes La Licorne étaient en fin voile et laissaient la peau respirer. Partout étaient collées des affichettes de vieux médecins militaires qui prétendaient soigner les maladies vénériennes. Les jeunes fumaient, probablement de la drogue. La ville de Dalan ressemblait à un tatou qui sort d'un tas d'ordures : sous chacune de ses écailles se cache un petit parasite. Par terre

1. Titre du journal chinois répertoriant des nouvelles venant du monde entier.

2. Dans les « jeux des nuages et de la pluie » qui symbolisent les jeux érotiques, le pistil représente l'hymen, et l'aiguille d'or, le pénis.

3. Le prénom Yunyu signifie « nuages et pluie ».

étaient disposées des canettes de bière. Sur les vieux journaux, des cacahouètes, et aussi des saucisses à l'ail. Une main sale portant une grosse bague en cuivre grattait une guitare, on chantait à cœur joie. *Moi qui étais un loup des steppes, pourquoi suis-je devenu un chien des villes ? Ouh ouh ouh ouh. Moi qui hurlais face à la forêt dans la montagne, je cherche aujourd'hui des os dans les tas d'ordures. Ouh ouh ouh ouh !* Gling glang gling glang gling gling glang. Bravo ! Pschitt ! Une mousse abondante jaillissait des canettes de bière, les saucisses étaient dévorées avec gloutonnerie. Ces sortes de ballades populaires urbaines n'avaient rien de neuf, les jeunes Américains des années 1960 les avaient transmises aux jeunes Japonais, les jeunes Japonais des années 1970 aux jeunes Taiwanais, mais de qui donc les tenaient les jeunes Chinois des années 1990 ? Il était tel un présentateur de programmes de télévision hypercultivé, qui lit son prompteur mais s'efforce de faire semblant de parler naturellement. *La grue jaune est partie et n'est plus revenue, j'ai attendu jusqu'au coucher du soleil et à la tombée de la nuit, ah oh ah oh ah oh ! C'est le temps de la destruction, qui viendra refermer mes blessures ? Avec un tas de plumes éparses, qui va te faire un oreiller ?* Bravo ! Pris de folie, ils se levèrent en titubant, et imitant le hurlement du loup, lancèrent les canettes contre les affiches de cinéma. Une patrouille de policiers à cheval surgit dans le crépitement des sabots. Des bosquets de pins en bordure de la ville parvenaient les chants du coucou. *Coucou, coucou, coucou, non, non, j'ai pas beaucoup.* 1960 fut une année pas ordinaire, on mangeait des galettes en chaume et on buvait le jus des tiges de patates douces. Les chants d'étudiants, c'était encore plus tôt. *Je suis un soldat, je viens du peuple... Je suis une galette, fourrée de ciboulette. Je suis un soldat, après caca je m'essuie pas.* Du Youzi, issu d'une famille de paysans riches, avait rencontré les pires ennuis pour avoir détourné un chant révolutionnaire. On avait fait venir son père. Un vieux paysan riche, les yeux enfoncés, une barbiche de chèvre, un gros bâton à la main, avec lequel il avait frappé ce fils qui lui causait des ennuis. Que fais-tu ? Une démonstration de ta force ? Chef, ce garçon n'est pas mon fils, je l'ai ramassé au temple de la Terre, je n'en veux plus. Tu ne peux pas ne plus en vouloir. On l'avait exclu de l'école. Du Youzi était un bon nageur, il plongeait et d'une traite passait d'un bord à l'autre de la rivière. Le coup de bâton de son père l'avait rendu muet. Pendant vingt ans, il n'avait pas parlé. Il avait une volonté extraordinaire, il avait fait semblant d'être muet pendant tout ce temps. Son surnom était Du le Muet. Dans la rue Liquan, Du le Muet a ouvert un restaurant qui s'appelle Chez Du le Muet, sa spécialité, ce sont les croquettes de viande de bœuf. Il réduit en bouillie à la masse la viande de bœuf et en fait des boulettes. Elles ont un goût délicieux et elles sont excellentes pour la santé, la télévision a consacré un reportage à ce plat célèbre de Dalan. Ma mère disait que Du le Muet était quelqu'un de bien : l'année où Sha Zaohua était tombée dans la rivière, n'était-ce pas lui qui l'avait sauvée de la noyade ? Sha Zaohua était née en 1942, elle aurait aussi cinquante et un ans. Où était-elle passée ? Peut-être était-elle morte depuis longtemps. Et si elle était encore en vie, était-elle devenue la reine des voleuses ? Vieillir toujours et ne jamais mourir, n'est-ce pas le propre des voleurs ? Qui avait dit cette phrase ? Le grand-père du directeur du centre de préservation des vestiges culturels, le précepteur de Sima Ku. *Ji Qiongzhi a les seins qui pendent, quand elle les agite, ils scintillent et frappent son dos, pof pof pof.* Chanson d'étudiants, une des plus anciennes. Des bêtises, pour se venger d'elle. Ses seins étaient très beaux. Elle était morte tragiquement, la population lui avait spontanément offert des funérailles, elle n'était pas corrompue, c'était un bon cadre, il n'y avait pas deux Ji Qiongzhi au monde. À l'est, le jour commençait à poindre. Sur la place, les flaques d'eau brillaient. L'homme de cœur sait se courber et se redresser. Se prosterner ne revient jamais qu'à toucher le sol avec la tête. Je me suis trompé. Je ne suis pas un homme, si je suis une bête, ça ne va toujours pas ? disait-il en se frappant à grands coups sur les joues. Un mainate échappé du Centre ornithologique Orient s'était posé sur un lampadaire ; rétractant son cou, il lança un éternuement sonore.

Chapitre 54

Malgré mes torrents de larmes, malgré mon visage gonflé sous mes propres coups, Wang Yinzhi continuait à sourire froidement sans me pardonner le moins du monde. Vêtue d'une veste avec des ouvertures sur le modèle de celle que ma mère Shangguan Lushi avait confectionnée pour que je tète plus facilement, cette femme qui prenait de grands airs, dont les os étaient aussi froids que la glace, assistait à mon exhibition en jouant de ses doigts avec son trousseau de clefs en or. Elle avait un réel talent pour la conception de vêtements, il fallait le reconnaître. Alors que ma mère s'était contentée de ménager deux ouvertures dans l'ample veste ouatée de ma grand-mère, Wang Yinzhi avait fait de ces deux trous une avant-scène. C'était une veste doublée vert émeraude aux pans brodés dans le style de la dynastie des Qing, avec sur le devant deux trous ronds dont les bordures étaient en parfaite harmonie avec les bonnets finement brodés du soutien-gorge La Licorne de couleur cerise. C'était purement et simplement un paysage de Guilin[1], une œuvre magistrale, débridée et folle comme un brigand. Une provocation solennelle, un merveilleux appel au sexe. Le plus important était que ce vêtement transgressait le caractère privé du soutien-gorge, son caractère saisonnier, pour en faire un élément essentiel d'un costume à la mode. Avant de sortir, les femmes devraient réfléchir à la couleur de leur soutien-gorge. Quand elles changeraient de costume, il leur faudrait aussi changer de soutien-gorge. Les soutiens-gorge s'écouleraient en toute saison. La demande augmenterait considérablement. Je compris alors qu'elle n'avait pas conçu le soutien-gorge en peau de renard uniquement pour séduire la petite

1. Ville du Sud-Ouest de la Chine réputée pour la beauté de ses paysages.

face rouge. C'était du commerce. Et de l'esthétique. C'était pour entourer d'attention et mettre en valeur la plus belle partie du corps féminin sans plus s'occuper de la saison. Je savais qu'elle était déjà dans une position invincible.

« Yinzhi, dis-je sincèrement, un jour de vie conjugale vaut mieux que cent jours d'amour, donne-moi une occasion de m'amender.

– Le problème, répliqua-t-elle en riant doucement, c'est que nous n'avons pas même connu un seul jour de vie conjugale.

– On peut considérer… dis-je en me rappelant ce qui s'était passé le soir du 7 mars 1991, on peut considérer que ce jour-là compte. »

Manifestement, elle se souvenait aussi de ce qui s'était passé ce soir-là, car elle devint toute rouge, comme si elle avait subi une grande humiliation. « Non, ça ne compte pas, répliqua-t-elle furieuse, ce n'était qu'une obscénité honteuse, un viol raté. »

Elle se couvrit le visage, de ce geste qui lui était coutumier le soir du 7 mars 1991. Pendant qu'elle se couvrait ainsi le visage de ses mains, peut-être m'avait-elle observé en cachette à travers les fentes de ses doigts. Ce geste s'était prolongé jusqu'à l'aube du 8 mars 1991, quand les lueurs rougeâtres du matin rosirent les rideaux de la fenêtre. Comme j'avais tété son sein toute la nuit, mes joues étaient à la fois fatiguées, engourdies et enflées. Elle s'était levée, nue, dans la lueur matinale, comme une loche d'étang pleine. Glissante, dorée, mouchetée de noir et rayée. Ses mamelons suintant de sang ressemblaient aux nageoires de la loche et remuaient pitoyablement au rythme de sa respiration. Lorsque j'essayai de lui remettre le soutien-gorge bleu ciel, elle se jeta sur le lit en secouant les épaules. Elle pleurait, allongée. Les omoplates saillantes, le fossé de la colonne vertébrale profondément creusé. Des fesses grossières, comme couvertes d'écailles. Je tentai de couvrir son corps avec la couverture. Elle se cambra, la carpe sait se cambrer, la loche aussi, elle se cambra comme une loche et sauta du lit. Elle se précipita vers la porte en pleurant, le visage dans les mains. Elle poussait d'énormes sanglots d'une voix si puissante qu'elle me remplit d'effroi. J'ai honte, j'ai honte, comment ferai-je pour continuer à vivre ? Si une femme sortait nue, en pleurs et en se cachant le visage, de la chambre de Shangguan Jintong, les conséquences seraient difficiles à imaginer. Cette femme était manifestement à demi folle. En ce matin du 8 mars 1991, dans l'avenue du Peuple, les chatons de peupliers s'accumulaient dans les flaques d'eau telles des chenilles fraîches. Un air froid assaillait les passants. La fête internationale des Femmes est une journée dédiée à la protection de la femme. Comment pouvais-je la laisser partir ainsi ? Si je la laissais s'enfuir, en moins de dix minutes, elle se retrouverait couchée raide au bord de la rue, avec du sang coulant de la bouche. Comme elle n'attachait plus la moindre importance à la vie, il serait impossible de dire si une voiture l'avait heurtée ou si c'était elle qui s'était jetée sous ses roues, et de toute façon quel intérêt y aurait-il à le savoir ? J'entendais presque le bruit effrayant de ses chairs meurtries par le choc de l'avant de la voiture contre son corps, comme si en Australie une voiture avait heurté un kangourou tout nu. Les kangourous ne portent jamais de vêtements. Sans plus penser à rien, je fonçai vers la porte et j'ouvris sa main qui tournait la poignée dans tous les sens. Elle se débattit avec force, me frappa la poitrine de sa tête et me mordit à la main. « Laisse-moi, j'en ai assez de vivre, laisse-moi mourir ! » criait-elle à tue-tête. Au fond de moi, j'étais rempli d'un profond dégoût, un dégoût envers cette femme qui feignait d'être une jeune fille aux purs sentiments. Le plus effrayant encore était qu'elle frappait contre la porte avec sa tête, avec plus de force chaque fois, faisant résonner le battant de coups sonores. J'étais au comble de la peur, si jamais elle s'assommait contre cette porte, Shangguan Jintong écoperait encore une fois de quinze ans de travaux forcés au minimum. Avec quinze ans de plus, je n'en reviendrais jamais. Évidemment, être fusillé ou jeté en prison n'était pas un très grand problème, le plus grave était qu'à cause de moi, une femme se tourmentait au point de balancer entre la vie et la mort ! Tu es vraiment un salaud ! Pourquoi l'as-tu fait entrer ? Il n'y a pas de remède en vente contre le remords, le plus urgent, c'était d'apaiser, de calmer cette femme en réalité très seule et qui voulait tout démolir. Je la pris par les épaules et assurai sur un ton pathétique : « Jeune fille, je saurai assumer mes responsabilités à ton égard ! » Elle ne se débattit plus mais continua à pleurer : « Vivante, je serai à toi, morte, je serai ton âme errante, affirma-t-elle.

– Jeune fille, nous avons tous deux mené une vie errante, à quoi bon faire davantage connaissance puisque nous nous sommes rencontrés, allez, allons nous faire enregistrer. Marions-nous.

– Je ne veux pas, absolument pas que tu aies pitié de moi. »

L'expression de folie avait disparu de son visage. Face à son expression devenue soudain si pragmatique, je fus abasourdi.

Qu'elle ait qualifié le 7 mars 1991 d'« obscénité honteuse », de « viol raté » me stupéfiait et je ressentis une violente colère. Quels regrets pourrais-je avoir face à une femme capable d'un tel revirement ? Shangguan Jintong, toute ta vie tu as pleurniché, est-ce que tu ne pourrais pas être ferme au moins une fois ? Donne-lui ce magasin, donne-lui tout, tout ce que tu veux, tu es libre. « Eh bien, dis-je, quand allons-nous faire les formalités de divorce, s'il te plaît ?

– Tu n'as qu'à signer, répondit-elle en sortant une feuille de papier, tout est réglé. Bien sûr, je ferai preuve d'une grande générosité et je te donnerai trente mille yuans pour te réinstaller. Je t'en prie. » Je signai. Elle me tendit un livret bancaire ouvert au nom de Shangguan Jintong. « Je n'ai pas besoin de passer au tribunal ou quelque chose dans ce genre-là ? demandai-je.

– Il y a des gens qui le feront à ta place », dit-elle en riant. Elle me jeta l'attestation de divorce qui était prête depuis longtemps et ajouta : « À présent, tu es libre. »

Je tombai nez à nez avec la petite face rouge. Nous nous adressâmes un sourire plein de déférence et nous nous quittâmes sans dire un mot. Le rideau final était tombé sur cette scène et j'éprouvai une réelle légèreté d'avoir recouvré ma liberté. Le soir même, je retournai auprès de ma mère.

Dans l'espace de temps précédant la mort de ma mère, Lu Shengli, le maire de la ville de Dalan, fut condamnée à mort avec sursis à exécution d'un an pour avoir touché des pots-de-vin d'un montant exorbitant. Geng Lianlian et Han Perroquet furent jetés en prison pour faits de corruption. Leur « plan Phénix » était en fait une vaste escroquerie. Les cent millions de yuans que Lu Shengli avait prêtés au Centre ornithologique Orient grâce à ses fonctions avaient été pour la moitié utilisés par Geng Lianlian comme pots-de-vin et le reste entièrement dilapidé. On disait que les intérêts du prêt se montaient à quarante millions de yuans par an. Cette dette ne pourrait en fait jamais être complètement remboursée, mais la banque ne souhaitait pas que le Centre ornithologique Orient soit mis en faillite, la municipalité non plus. À cause de cette mauvaise plaisanterie, de nombreux oiseaux s'étaient enfuis, les cours étaient livrées aux mauvaises herbes, les oiseaux qui restaient étaient à l'abandon, leur plumage souillé. Les employés étaient partis chacun de son côté, mais le centre continuait à exister, il existait dans les comptes de la banque et produisait des intérêts, selon la politique de l'autruche ; en plus, il était voué à ce que personne n'ose le mettre en faillite et qu'aucune entreprise ne puisse l'absorber. Sha Zaohua, qui avait disparu depuis des années, revint d'on ne sait où. Très bien conservée, elle paraissait avoir seulement la trentaine ; elle vint à la pagode rendre visite à ma mère, mais celle-ci resta très distante. Dans les jours qui suivirent, elle témoigna à Sima Liang un amour passionné de nature tout à fait classique. Elle sortit une bille de verre et affirma que c'était Sima Liang qui la lui avait donnée comme cadeau de fiançailles. Puis elle exhiba un grand miroir et dit que c'était le présent qu'elle lui avait offert en gage d'amour. Elle prétendit avoir gardé jusqu'à ce jour sa virginité pour lui. Sima Liang qui habitait une suite présidentielle au dernier étage du grand immeuble Fleurs de cannelier était très préoccupé par ce retour, car il ne pensait pas reprendre ses vieilles amours avec elle. Tel un morpion, elle lui collait de près et l'importunait au point que Sima Liang finit par grimacer et grincer des dents, trépigner et tonitruer : « Ma chère cousine, que veux-tu en fin de compte ? Je te donne de l'argent, tu n'en veux pas, des vêtements non plus, des bijoux encore moins, qu'est-ce que tu veux ? ! » Sima Liang écarta la main de Sha Zaohua accrochée au pan de sa veste et se laissa lourdement tomber dans un fauteuil, hors de lui mais impuissant. De son pied relevé, il renversa par mégarde un vase de verre ventru au long col, dont l'eau se répandit sur la table et mouilla le tapis, tandis qu'une dizaine de roses pourpres tombaient en désordre. Vêtue d'une robe noire, aussi mince qu'une aile de cigale, Sha Zaohua s'agenouilla en se collant à Sima Liang et en le fixant de ses yeux d'un noir de laque, sans que lui soutienne son regard. Sa tête était délicate, sa nuque lisse, son cou élancé, avec seulement quelques rides minuscules. Sima Liang, qui avait une riche expérience des femmes, savait que le cou portait des traces de l'âge impossibles à masquer ; le cou d'une femme de la cinquantaine, s'il ne ressemble pas à une grosse saucisse boursouflée, est comme un morceau de bois pourri, alors que celui de Sha Zaohua, qui avait dépassé cinquante ans, était lisse et tendu, il ne savait pas comment elle avait pu le préserver. Suivant les lignes du cou, Sima Liang baissa le regard vers les salières très profondes, puis vers les seins esquissés sous la robe ; sous quelque angle qu'il la considérât, ce n'était pas comme s'il regardait une femme de plus de cinquante ans. Elle était une fleur qui était restée congelée pendant un demi-siècle. Une bouteille d'alcool de fleur de cannelier enterrée au pied d'un grenadier pendant un demi-siècle. La fleur congelée attendait d'être cueillie, l'alcool capiteux d'être dégusté. Sima Liang avança un doigt et toucha le genou nu de Sha Zaohua. Elle poussa un gémissement et le sang lui monta au visage comme la brume empourprée du soir. Telle une héroïne qui ne craint pas la mort, elle se jeta contre la poitrine de Sima Liang et ses bras langoureux lui enlacèrent le cou, tandis que ses seins brûlants se pressaient contre son visage, le pétrissant au point que le nez de Sima Liang devint humide et que dans ses yeux jaillirent des larmes. « Frère Sima, dit Zaohua, je t'ai attendu trente ans.

– Zaohua, s'énerva Sima Liang, arrête avec ça, tu veux vraiment me faire porter la faute d'avoir dû m'attendre trente ans !

– Je suis vierge, insista Sha Zaohua.

– Une voleuse qui serait encore vierge ! s'exclama Sima Liang. Si tu l'es vraiment, je veux bien me jeter du sommet de cet immeuble ! » Vexée, Sha Zaohua fondit en larmes, maugréa, puis la colère la prit, elle bondit et fit tomber à ses pieds sa robe, comme un serpent qui se débarrasse de sa mue. S'allongeant sur le dos à même le tapis, elle cria : « Sima Liang, essaie donc, si je ne suis pas vierge, c'est moi qui sauterai ! »

Face au corps de la vieille vierge Sha Zaohua, Sima Liang retrouva un certain bagout : « C'est étrange, étrange, vraiment étrange, merde alors, tu serais vraiment vierge ? ! » En dépit de ses propos sarcastiques, des larmes apparurent dans ses yeux. Heureuse, Sha Zaohua restait étendue sur le tapis, son corps immobile comme une morte, mais ses yeux humides fixaient Sima Liang avec avidité. Une odeur aigre, comme celle de la garniture d'un antique oreiller, envahit la chambre, il vit le corps de Sha Zaohua se couvrir en un instant de rides, et des taches de vieillesse grosses comme des pièces de bronze apparaître sur sa peau blanche. À l'instant précis où Sima Liang était au comble de la stupeur, une actrice de la troupe municipale de *maoqiang*, gros ventre en avant, poussa la porte et entra.

Sans son gros ventre, son corps aurait été vraiment très beau, on aurait pu dire d'elle : « belle comme une statue de jade ». Mais son expression était sévère, ses lèvres violettes, et sur ses joues elle avait des taches en forme de papillon, comme s'ils étaient collés dessus.

« Qui êtes-vous ? » demanda froidement Sima Liang.

L'actrice éclata en sanglots. Elle s'assit sur le tapis en pleurant et se frappa le ventre. « Tu dois assumer tes responsabilités, c'est toi qui m'as mise dans cet état. »

Sima Liang feuilleta son agenda et trouva ce qu'il avait écrit sur elle : « Cette nuit, j'ai fait venir dans mon lit une certaine Ding, actrice de la troupe de *maoqiang*, quand on a fini, j'ai découvert que le préservatif s'était déchiré. » Il ferma l'agenda et jura : « Putain, la qualité des produits baisse, c'est terrible ça ! »

Sans explication, il sortit de la chambre en la tirant par le bras. Elle se débattait. « Où m'emmènes-tu ? Je ne veux aller nulle part, j'ai déjà assez honte ! » Il lui pinça le menton et affirma sur un ton sévère : « Si tu es bien sage, rien ne t'arrivera. » L'actrice fut effrayée par son autorité. À cet instant, il entendit la voix de Sha Zaohua qui l'appelait doucement : « Frère, ne pars pas… »

Sima Liang fit un geste de la main et un taxi arriva, tel un scarabée orange. Le groom de l'hôtel, costume rouge et casquette jaune, ouvrit la porte de la voiture et Sima Liang poussa l'actrice à l'intérieur. « Où va-t-on, monsieur ? demanda le chauffeur en raidissant le cou.

– À l'Association des consommateurs.

– Non, je n'irai pas, je n'irai pas ! criait l'actrice.

– Pourquoi tu n'irais pas ? demanda Sima Liang en fixant son regard droit dans les yeux de la fille, ça n'a rien de honteux. »

Dans un nuage de poussière, le taxi se fraya un passage dans la circulation sur la grande avenue. De chaque côté, les chantiers succédaient aux chantiers, ici on détruisait, là on construisait. Le bâtiment de la Banque industrielle et commerciale était déjà à moitié démoli, une dizaine d'ouvriers chauves et couverts de poussière, comme des mannequins en plastique, abattaient mécaniquement, mollement, leur masse contre les briques des murs. Les éclats volaient jusqu'au milieu de la rue, faisant crisser les pneus des véhicules qui passaient dessus. Entre les chantiers de chaque côté étaient déjà installés des bars luxueux et de leurs fenêtres sortaient de fortes odeurs d'alcool qui faisaient vaciller les arbres sur le bord de l'avenue. Par moments, c'étaient des têtes cramoisies qui sortaient par les fenêtres aux cadres en aluminium et vomissaient une bouillie multicolore. Sous les fenêtres de chaque bar étaient rassemblés des chiens galeux au pelage sale qui attendaient de récupérer ce qui tombait. Les voitures étaient serrées les unes contre les autres, la poussière volait, le chauffeur du taxi klaxonnait avec impatience. Sima Liang regardait en souriant le spectacle qui s'offrait à lui, sans prêter la moindre attention à l'actrice qui gémissait et pleurnichait à ses côtés. Arrivé à proximité du rond-point du centre-ville, le taxi faillit heurter un énorme camion, presque aussi gros qu'un tank. Le chauffeur, une jeune fille au gros visage rougeaud et aux mains couvertes de gants blancs, sortit la tête par la vitre et jura grossièrement : « Espèce d'enculé !

– Ah bon ? » demanda dédaigneusement le taxi. Sima Liang descendit sa vitre, fixa la femme chauffeur d'un air charmeur et l'invita d'une voix forte : « Mademoiselle, vous venez vous amuser avec moi ? » La femme se racla la gorge à plusieurs reprises, avança les lèvres et lui envoya un crachat droit dans la figure. À l'arrière du camion étaient posées des branches couvertes par un filet. Des dizaines de singes à poil vert y sautaient en tous sens et poussaient des cris. S'adressant aux singes, Sima Liang cria : « Frères, d'où venez-vous ? Où allez-vous ? » Les singes se calmèrent et firent des grimaces en clignant des yeux vers lui. Le chauffeur de taxi remarqua tristement : « Le centre ornithologique n'a pas marché, est-ce que le centre de singes marchera ?

– Qui va créer un centre de singes ? demanda Sima Liang.

– Qui a les moyens de le faire ? » Le chauffeur donna un coup de volant et la voiture frôla la cuisse d'une jeune fille à moto. Effrayé, un âne qui tirait une charrette lâcha un grand jet de diarrhée, déclenchant les jurons du vieux paysan qui conduisait l'attelage. Sous le soleil brûlant du mois de mai, il portait encore un chapeau en peau de chien à poil noir. Sur sa charrette étaient chargées deux corbeilles d'abricots dorés tout ronds.

Tirant l'actrice par le poignet, Sima Liang entra au siège de l'Association municipale des consommateurs. Elle se débattait tant qu'elle pouvait, mais avait du mal à résister à la force surhumaine de Sima Liang. Les gens de l'association étaient en train de jouer aux cartes. Trois femmes et un homme. Sur le crâne chauve tout lisse de l'homme étaient collés des morceaux de papier blanc.

« Les gars, on vient porter plainte ! » cria Sima Liang.

Une jeune femme aux lèvres rouges le regarda de côté et demanda en avançant une carte : « Porter plainte pour quoi ?

– Un préservatif ! » dit Sima Liang.

Les joueurs restèrent un instant hébétés, puis se mirent à sauter comme des singes. L'homme au crâne chauve se précipita à son bureau sans plus s'occuper des morceaux de papier collés sur sa tête et énonça sur un ton grave : « Madame, monsieur, notre association est de tout son cœur au service des consommateurs, veuillez nous exposer en détail le processus du dommage que vous avez subi.

– Il y a cinq mois, dit Sima Liang, j'ai acheté au centre commercial du grand immeuble Fleurs de cannelier une boîte de préservatifs de couleur de marque Bonheur, mais au bout de seulement une demi-heure avec cette jeune fille, le préservatif s'est rompu. Comme la qualité de ce préservatif était déficiente, elle est tombée enceinte, et si elle avorte, elle risque de subir un grave dommage sur les plans physique et mental ; et si elle n'avorte pas, cela conduira à une naissance hors planning familial. C'est pourquoi nous demandons une indemnité de un million de yuans à l'entreprise qui produit les préservatifs.

– Combien de temps avez-vous dit que vous avez fait ça ? demanda une femme d'âge mûr.

– À peine une demi-heure, dit Sima Liang.

– Mon Dieu, une demi-heure ! dit la dame d'âge mûr en tirant la langue.

– Oui, exactement une demi-heure, dit Sima Liang, j'aime faire ça en regardant ma montre, si vous ne me croyez pas, demandez-le-lui donc. »

L'actrice gardait timidement la tête baissée. Sima Liang la secoua un peu : « Ne reste pas comme ça tête baissée sans dire un mot ! dit-il. C'est toi la victime directe. Dis-leur si oui ou non on ne l'a fait qu'une demi-heure !

– Une demi-heure ? s'écria-t-elle, sa timidité se muant en colère, merde alors, tu es bien resté au moins une demi-journée sans redescendre ! »

Plusieurs employées se mirent à rire, mi-gênées mi-admiratives.

Le chauve demanda : « Vous êtes mari et femme tous les deux ?

– Mari et femme ? s'exclama Sima Liang effaré, est-ce qu'entre mari et femme on ferait ça ? Tu parles d'un âne ! »

L'injure de Sima Liang laissa le chauve interdit.

La femme d'âge mûr demanda : « Monsieur, qu'est-ce qui prouve que la rupture de ce préservatif a conduit votre compagne à tomber enceinte ?

– Il vous faudrait encore des preuves ? répliqua Sima Liang.

– Évidemment, dit la femme, si des chaussures ont un défaut, il faut les conserver pour le prouver ; si une cocotte-minute explose, il faut la présenter comme preuve ; si un préservatif se déchire, c'est pareil.

– Hé, demanda Sima Liang à l'actrice, tu as gardé la preuve ? »

L'actrice dégagea sa main et se précipita vers la sortie en se cachant le visage. Ses longues jambes étaient agiles et légères, elle ne semblait plus du tout enceinte. Sima Liang suivit sa silhouette du regard en souriant malicieusement.

Une fois rentré dans sa suite présidentielle du grand immeuble Fleurs de cannelier, Sima Liang trouva Sha Zaohua, complètement nue, assise sur le rebord de la fenêtre, en train de l'attendre. Froidement, elle demanda : « Reconnais-tu que je suis vierge ?

– Cousine, dit-il, arrête un peu tes trucs pour me berner, tu voudrais me tromper alors que je viens de passer entre les mains de tout un tas de femmes ? En fait, si je voulais vraiment t'épouser, tu crois que je me préoccuperais de savoir si tu es vierge ou non ? »

Sha Zaohua poussa un cri suraigu qui effraya tellement Sima Liang qu'il sentit une sueur froide l'inonder. Quand la femme assise sur le rebord de la fenêtre se mit à crier, les traits de son visage se déformèrent et la lumière bleue qui jaillit de ses yeux était aussi asphyxiante qu'un gaz toxique. Instinctivement, il fit un pas en avant. Le corps de Sha Zaohua bascula en arrière et ses talons rouges disparurent en un éclair de sa vue.

Sima Liang dit en soupirant : « Petit oncle, tu vois comment ça se passe. Si je saute de cet immeuble, ça ne ressemblera pas au fils de Sima Ku. Et si je ne saute pas, ça ne lui ressemblera pas non plus. Qu'est-ce que je dois faire d'après toi ? »

Je restai muet, incapable de dire quoi que ce soit.

Sima Liang ouvrit une ombrelle de couleur oubliée par je ne sais quelle femme dans sa chambre et poursuivit : « Petit oncle, si je me tue, ramasse mon cadavre, mais si je ne meurs pas en tombant, je ne mourrai plus jamais ! »

Ouvrant l'ombrelle, il conclut : « Putain, c'est comme de piler l'ail avec une ampoule électrique, ça ne marche qu'une fois ! » Puis il sauta tel un fruit mûr avec ses feuilles et tomba comme une flèche.

Je tendis mon buste par la fenêtre et criai : « Sima Liang… ma Liang… » Sans s'occuper de moi, Sima Liang tombait. Il avait ouvert son ombrelle, attirant vers lui des regards effarés. Les passants au bas de l'immeuble levaient la tête pour profiter de ce spectacle étonnant. Les sifflets des pigeons remplissaient les airs et leurs crottes tombaient droit dans les jolies bouches grandes ouvertes. Le corps bafoué de Sha Zaohua, tel un petit chien mort, gisait sur le sol en béton. Sima Liang atterrit sur le faîte d'un énorme platane au pied de l'immeuble, l'ombrelle resta suspendue à une branche, gros bouton de fleur, l'homme glissa entre les branches et s'enfonça dans un bosquet de houx taillé aussi raide que la moustache de Staline. Les arbustes s'ouvrirent comme de la vase verte. Les passants s'attroupèrent stupéfaits. Mais, comme si de rien n'était, Sima Liang se glissa hors du bosquet en s'époussetant les fesses et adressa un signe en direction du sommet de l'immeuble. Son visage était de toutes les couleurs, comme les vitraux de l'église de notre enfance. « …ma Liang… » appelai-je, les yeux remplis de larmes. Sima Liang se fraya un passage parmi la foule qui l'entourait et, arrivé devant l'entrée de l'immeuble, héla un taxi abricot où il s'engouffra. Le groom en livrée pourpre tenta maladroitement de le poursuivre. Dégageant derrière lui une fumée noire, le taxi vira avec habileté et s'engagea dans la circulation de l'avenue ; sous le regard un peu guindé des rangs serrés de bâtiments de style parvenu, décadent ou modeste, parmi les cris des chiens qui profitent du pouvoir, et parmi les manières ridicules et affectées des gens qui cherchent à se faire voir, il disparut soudain.

Je relevai la tête et poussai un long soupir, comme si je me réveillais enfin d'un long rêve. Le soleil scintillait, illuminant ce quartier commerçant, frénétique, ivre, alangui, plein d'espoir, mais où étaient tendus mille pièges. En bordure de la ville, la pagode aux sept étages de ma mère luisait d'un éclat doré.

« Mon fils, dit-elle d'une voix éteinte, accompagne-moi à l'église, ce sera la dernière fois… »

Portant sur mon dos ma mère dont seul l'œil gauche était encore animé d'un peu de lumière, je finis, au bout de cinq heures, après avoir tourné de-ci de-là, par trouver l'église qui avait été reconstruite dans une ruelle souillée des eaux polluées qui sortaient de l'usine de colorants chimiques, derrière le dortoir des acteurs de la troupe de *maoqiang*.

L'église était bâtie au milieu de vieilles maisons basses et n'avait pas la moindre solennité, elle était simple et sobre. Devant elle et de chaque côté de la ruelle étaient garées d'innombrables bicyclettes enveloppées dans des toiles de plastique bariolées. Une vieille dame aimable au visage large et joufflu était assise à l'entrée, comme un contrôleur de tickets, mais aussi comme un fidèle agent introduit dans la place pour monter la garde sur quelque activité secrète. Elle nous adressa aimablement un signe de la tête et nous laissa entrer.

La cour était remplie de gens assis, et il y en avait davantage encore à l'intérieur. Un vieux pasteur lisait la bible en avalant ses mots. Un rayon de soleil tombait sur la chaire haut perchée. Dans sa lumière, ses mains toutes sèches ressemblaient à des spécimens qui auraient subi un traitement spécial. Dans l'assemblée, il y avait des vieillards et des enfants, mais plus de la moitié était composée de jeunes femmes. Assises sur de petits tabourets, une bible ouverte sur les genoux, un stylo à la main pour prendre des notes sur le livre. Une vieille femme qui connaissait ma mère nous apporta deux tabourets et nous fit asseoir au pied d'un mur. Au-dessus de notre tête s'étalaient les vastes frondaisons d'un vieux sophora, dont les fleurs s'épanouissaient dans une profusion de boules neigeuses. Il s'en dégageait un parfum entêtant et suffocant. Sur le tronc rugueux de l'arbre était accroché un haut-parleur délabré qui diffusait très fort la voix du pasteur en train de prêcher. L'appareil grésillait tant et plus, sans que l'on sût s'il s'agissait de la respiration du pasteur ou de celle du haut-parleur. Nous nous assîmes pour écouter.

Le vieux pasteur parlait de sa voix rauque et, bien que je ne puisse voir son visage, je devinai qu'à la commissure de ses lèvres devaient pendre deux filets de salive blanche.

« Frères, soyez bons envers votre prochain, même s'il est votre ennemi. Comme le Seigneur nous l'enseigne : “Si tu rencontres le bœuf de ton ennemi ou son âne égaré, tu le lui ramèneras. Si tu vois l'âne de ton ennemi succombant sous sa charge, et que tu hésites à le décharger, tu l'aideras à le décharger.”

Frères, ne soyez pas gourmands. Comme le Seigneur nous l'enseigne : “On ne mangera pas l'aigle, l'orfraie et l'aigle de mer ; le milan, l'autour et ce qui est de son espèce ; le corbeau et toutes ses espèces ; l'autruche, le hibou, la mouette, l'épervier et ce qui est de son espèce ; le chat-huant, le plongeon et la chouette ; le cygne, le pélican et le cormoran ; la cigogne, le héron et ce qui est de son espèce, la huppe et la chauve-souris.” Tous ceux qui ont enfreint ces règles ont été punis.

Frères, soyez patients et, comme le Seigneur nous l'enseigne : “Si quelqu'un te frappe sur la joue droite, présente-lui aussi l'autre.” Qu'importe l'injustice que vous subissez, ne pensez pas seulement à vous plaindre, si vous êtes victimes d'une offense, c'est le destin qui l'a voulu. Même le ventre vide ou malade, ne pensez pas seulement à vous plaindre. Si vous souffrez ici-bas, le bonheur vous connaîtrez dans l'au-delà. Continuez à vivre en tenant bon. Notre-Seigneur Jésus-Christ n'aime pas ceux qui se suicident, leur âme n'obtiendra pas le pardon.

Frères, ne convoitez pas les richesses, les richesses sont comme le tigre, qui élève un tigre sera blessé par lui.

Frères, ne convoitez pas les femmes, les femmes sont comme le couteau qui racle l'os, qui convoite le sexe racle ses propres os tel un couteau.

Frères, tremblez de tous vos membres, n'oubliez pas le déluge et le feu du ciel. Vénérez éternellement le nom glorieux de Jéhovah. Emmanuel. Amen ! »

Le commentaire de la Bible était terminé. Les fidèles rangèrent leur livre, certains s'étirèrent en bâillant, d'autres restèrent assis à marmonner à voix basse. Un jeune homme avec une large raie au milieu du crâne, le visage couvert de boutons, la cigarette au bec, un pied sur un tabouret, était penché en avant et essuyait sa chaussure à l'aide d'un billet de dix yuans. Un vieil homme à l'allure de mendiant fixait sa main d'un regard effaré. Une femme jeune et jolie rangea sa bible dans un sac raffiné en soie tout en jetant un coup d'œil à la petite montre en or qui entourait son poignet blanc comme une racine de lotus. Ses longs cheveux tombaient sur ses épaules, ses lèvres étaient d'un rouge vif et à ses doigts brillaient des bagues. Un militaire aux épaules larges et au visage rustre plia en long un billet de cent yuans et le glissa dans le tronc vert. Sur le mur était tracé à la craie le nom Emmanuel en gros caractères. Une vieille femme au visage ravagé par la souffrance, assise sur une brique cassée au pied du mur, déplia un baluchon en tissu bleu, en sortit une galette fine comme du papier et se mit à la mâcher bruyamment. De la salle de répétition de la troupe de *maoqiang* parvenait la voix haut perchée d'une actrice. *Yi... Ya... Par ce jour de canicule du sixième mois... à dos d'âne la deuxième sœur se rend à Yangguan... Yi ya ya...* Un petit garçon fesses à l'air inondait d'urine une fourmilière, provoquant une catastrophe chez les fourmis. Une femme d'âge mûr le gronda et le menaça de lui couper le zizi, mais il resta impassible, la tête levée vers elle. Un homme d'âge mûr, portant des lunettes, la taille courbée et traînant ses jambes raides, passa devant une femme en train de donner le sein à son enfant. Sur le front de la femme était appliqué un emplâtre sale et sur ses cheveux étaient collées des croûtes sanglantes. Un vieillard aux jambes nues couvertes de plaies était assis sur un sac de jute en lambeaux, et une volée de mouches vertes chérissaient particulièrement ces jambes d'où s'écoulait un sang épais. Un pic-vert posé sur son genou saillant becquetait à toute vitesse ses plaies dont il retirait de petits vers blancs. Les yeux mi-clos, tournés vers le soleil, les lèvres du vieux remuaient légèrement comme s'il récitait quelque incantation secrète. Dans l'avenue derrière l'église, se fit entendre un vacarme assourdissant produit par des haut-parleurs : *Si l'on veut devenir riche, il faut faire moins d'enfants et planter plus d'arbres. Un enfant par couple. Au deuxième, il faut ligaturer, ligature des trompes. Celle qui ne le fera pas devra payer une amende de cinq mille huit cents yuans.* La voiture de propagande pour la planification des naissances passait fièrement. Arriva la troupe de chant de repiquage du riz de la distillerie. Roulements de tambours et coups de gongs. Quatre-vingts garçons vêtus de jaune, la tête ceinte d'un turban jaune aussi, et quatre-vingts filles vêtues d'un corsage de soie rouge s'agitaient avec un parfait ensemble en faisant voler des nuages de poussière qui passaient par-dessus le toit de l'église. Cette troupe de chant de repiquage du riz avait parcouru en l'espace de quelques années tous les recoins de la ville de Dalan. Leurs costumes étaient imprégnés d'alcool, leurs bouches exhalaient des vapeurs d'alcool, ce qu'ils jouaient, c'était le chant ivre de repiquage du riz, ils semblaient vaciller en tous sens, mais en fait respectaient des règles strictes. Ils jouaient du « tambour ivre », pour simuler la fougue des héros du passé. Parmi les gens assemblés dans la cour de l'église, certains furent attirés par le son des tambours et des gongs et levèrent la tête vers la poussière rouge qui passait au-dessus du toit, d'autres restaient tête baissée, plongés dans leurs pensées ; certains arboraient une expression de parfaite sérénité, d'autres un regard hébété. Sur le toit, la croix en fer couverte de rouille apparaissait et disparaissait dans la poussière, comme le visage mystique du Christ. Une femme d'âge mûr portant des vêtements de deuil entra dans la cour en sanglotant, ses yeux gonflés par les larmes se réduisaient à deux fentes noires. Ses pleurs montaient et descendaient comme une triste mélopée japonaise. Elle tenait à la main un bâton en saule vert émeraude et ses amples vêtements étaient maculés de morve, de salive et de boue. Un chien maigre, à l'air rusé, marchait derrière elle craintivement, la queue entre les jambes. Elle se jeta à genoux devant l'image de Jésus à la tête couverte de sa couronne d'épines et expliqua d'une voix forte : « Seigneur ! Ma mère est morte, protégez-la pour qu'elle aille au paradis, ne la faites pas aller en enfer... » Jésus la regardait tristement. Le sang frais qui coulait sur son front ressemblait à des perles. Trois policiers en uniforme observaient la cour depuis la porte, comme s'ils avaient quelque scrupule à s'avancer. Ils échangèrent quelques mots à voix basse, puis entrèrent timidement. Le jeune homme qui peu avant essuyait ses chaussures avec un billet de banque sursauta et son visage grisâtre se couvrit de grosses gouttes de sueur luisantes. Il semblait vouloir prendre la poudre d'escampette, mais les trois policiers s'étaient déjà déployés en arc de cercle pour lui barrer le passage. Il se retourna et fonça vers le mur de briques de l'église. Là, il bondit, ses mains agrippèrent le sommet du mur couvert d'herbes chétives tandis que la pointe de ses pieds escaladait la paroi lisse. Les policiers volèrent tels des rapaces et lui attrapèrent le pied. Ils le tirèrent vers le bas et le plaquèrent à terre. Des menottes brillantes lui bloquèrent les poignets. Les policiers le relevèrent et l'entraînèrent vers la sortie. La moitié de son visage était couverte de boue et un filet de sang coulait entre ses dents. Un petit garçon portant une glacière se glissa dans la cour et cria d'une voix juvénile : « Esquimaux ! Esquimaux ! Esquimaux à la crème ! » Il avait une grosse tête ronde et des oreilles décollées, le front couvert de rides, tandis que dans ses yeux d'un noir brillant luisaient des éclats désespérés qui n'étaient pas de son âge. Il montrait deux longues incisives blanches, tel un lapin. La lourde glacière le tirait tellement que son long cou paraissait démesuré. Il portait un maillot déchiré sous lequel saillait chacune de ses côtes. Et un large pantalon qui faisait ressortir la maigreur de ses jambes comme deux tiges de chanvre. Des petites plaies suppuraient aux mollets. Aux pieds, il avait de vieilles sandales en plastique d'une pointure beaucoup trop grande qui couinaient à chacun de ses pas. Personne parmi les fidèles ne lui acheta de glace et il s'en alla déçu. En regardant sa silhouette triste, je sentis mon cœur se serrer, mais malheureusement je n'avais pas un sou en poche. La voix sonore du garçon résonna, comme une chanson, dans la ruelle hors de l'église, il ne semblait plus aussi affligé que je l'avais imaginé…

Les mains posées sur les genoux, ma mère se tenait assise bien droite sur son tabouret. Les yeux clos, elle semblait dormir. Il n'y avait pas le moindre souffle de vent, mais soudain les fleurs dont le sophora était couvert se mirent à tomber dru. C'était comme si les pétales avaient été retenus par un aimant sur les branches et que l'on eût soudain coupé son attraction magnétique. Ils se répandaient partout dans de grands effluves parfumés ; une neige de fleurs de sophora tombait de l'immense ciel bleu sur la tête de ma mère, sur son cou, ses oreilles, puis sur ses mains, ses épaules, et sur la terre brune qui s'étendait devant elle…

Amen !

À cet instant, le vieux pasteur qui venait de commenter la Bible sortit en claudiquant de l'église. S'appuyant au chambranle, il contempla perplexe le spectacle étonnant de la chute des fleurs de sophora. Il avait des cheveux roux hirsutes, des yeux bleus, un long nez rouge, une barbe blonde clairsemée, et dans la bouche des dents en métal comme autant de dents de râteau. Je me levai frappé de stupeur : il me semblait voir mon père de légende.

La vieille tante Li accourut en agitant ses petits pieds et fit les présentations : « Voici le pasteur Ma, le fils aîné de notre vieux pasteur Ma, il est rentré spécialement de Lanzhou pour nous transmettre son enseignement. Et voici Shangguan Jintong, le fils de Shangguan Lushi, une vieille fidèle… »

En réalité, les présentations de la vieille tante Li étaient superflues parce que, avant même qu'elle ait prononcé nos noms, le Seigneur avait éveillé nos cœurs et nos esprits, si bien que nous savions chacun à qui nous avions affaire. Ce bâtard, né de la relation entre le pasteur Maroya et la femme hui, ce demi-frère qui avait le même père que moi mais pas la même mère, me serra fort de ses grandes mains rouges et couvertes de poils. Ses yeux bleus remplis de larmes, il dit : « Mon frère, je t'attendais ! »

Septième partie

Chapitre 55

La vingt-sixième année du règne de Guangxu de la dynastie des Qing est l'année 1900 de notre ère.

Le matin du septième jour du huitième mois lunaire, profitant d'un brouillard épais, l'armée allemande, guidée par le sous-préfet du district Ji Guifen, encercla le village de Shawo du canton du Nord-Est de Gaomi. Ce jour-là, ma mère avait tout juste six mois et son nom de lait était Xuan'er.

Mon grand-père maternel était Lu les Cinq Troubles, un beau jeune homme féru d'arts martiaux, qui courait les routes. Levé au petit matin, il commença son entraînement à la lutte dans la cour de sa maison noyée dans la brume, puis, chargé de deux seaux en fer-blanc, très précieux à l'époque, il alla puiser de l'eau douce au puits au sud du village. Bien que la brume ne fût pas encore totalement dissipée, il y avait déjà beaucoup de monde dans la rue. Mon grand-père entendit des bruits d'entraînement aux arts martiaux lui parvenir depuis l'aire de battage de la famille de Du Jieyuan. Celui-ci était un licencié militaire, haut de taille et blanc de teint, barbe fleurie flottant au vent, un personnage distingué, mais qui avait épousé une femme horrible au visage sombre et grêlé. On disait qu'après avoir obtenu le grade de licencié, il avait eu l'intention de répudier sa femme, mais avait vu une nuit en songe un gros oiseau au plumage aux vives couleurs qui l'avait recouvert de son aile. À son réveil, un bras de sa femme reposait en travers de son corps. Du Jieyuan comprit que c'était là un signe divin et abandonna l'idée de la répudier. On lui attribuait des capacités hors du commun : debout sur le dos d'un cheval et portant à la palanche deux seaux pleins à ras bord, il pouvait lancer le cheval au galop sans renverser une seule goutte.

Lorsque mon grand-père arriva au puits, il sentit soudain un parfum s'en échapper. Tout le monde disait que ce puits communiquait avec la mer Orientale ; il n'était jamais à sec, même les années de grande sécheresse, et de gros poissons rouges y apparaissaient souvent. Son eau était particulièrement douce et tous les habitants du village la buvaient. Les gens le protégeaient comme la prunelle de leurs yeux. Quand mon grand-père tendit la tête à l'intérieur, il vit qu'y avait éclos une fleur de lotus blanche, comme sculptée dans l'agate. Il sursauta et se recula en hâte, craignant de déranger cette fleur d'une merveilleuse beauté. Comme il rentrait en portant ses seaux vides, il rencontra Du Li, le valet de Du Jieyuan, qui venait puiser de l'eau. Les yeux pleins de sommeil, Du Li l'apostropha en poussant un long bâillement : « Cinq Troubles, déjà debout !

– Ne va pas au puits, dit mon grand-père en lui barrant le passage.

– Qu'est-ce qui se passe ?

– Il y a un lotus blanc à l'intérieur.

– Blanc ou rouge, je dois puiser de l'eau, sinon, le patron sera pas content. »

Ses lourds seaux sur la palanche, Du Li se dirigea en se balançant vers le puits.

« Il y a vraiment un lotus blanc, insista mon grand-père en le rattrapant.

– Cinq Troubles, quelle maladie as-tu attrapée de si bonne heure ?

– Je l'ai vu de mes yeux vu, il est plus grand qu'un bol.

– Même s'il était plus grand qu'une marmite, j'irais quand même puiser de l'eau. »

Quand Du Li fut au puits, il tendit la tête à l'intérieur, puis se retourna vers mon grand-père en jurant : « Il y a un putain de... »

Avant même d'avoir fini sa phrase, il s'écroulait sur la margelle. Mon grand-père entendit le claquement sourd d'un coup de fusil et vit le sang jaillir de la poitrine de Du Li. Une troupe de soldats allemands coiffés de casquettes carrées, grands, les jambes longues et fines, déferlaient par le pont suspendu. À leur tête, il y avait un Chinois, sa petite natte roulée autour du cou, un pistolet à la main.

Les diables allemands !

En construisant la ligne de chemin de fer Jiaozhou-Ji'nan, les

Allemands avaient perturbé la géomancie[1] du canton du Nord-Est de Gaomi. C'était pour cela que Shangguan le Boisscau et Sima les Grandes Dents leur avaient livré la bataille de la merde et de l'urine. Une bataille qui avait pris fin avec la défaite sanglante des habitants du canton. Les cris déchirants de Shangguan le Boisseau marchant pieds nus sur des tôles rougies au feu, ainsi que l'odeur écœurante de sa chair brûlée, jamais mon grand-père ni personne ne les oublieraient. Cette défaite avait fait comprendre aux habitants la chose suivante : les Allemands n'étaient pas des pantins sans genoux dont les jambes ne pouvaient pas plier ; ils n'étaient pas non plus des diables obsédés par la propreté, qui vomissaient jusqu'à la mort dès qu'ils entraient en contact avec des excréments humains. La haine s'installa entre les villageois de Shawo et les Allemands. Au marché de Shawo, un ingénieur qui construisait des routes toucha les seins de la grande sœur de Yu Bao, déclenchant la colère populaire ; il fut tué par les villageois. Ils savaient que les Allemands n'en resteraient pas là. Pour la bataille de la merde et de l'urine au bourg de Dalan, la société des Fusils rouges de Shawo était venue prêter main-forte. Mon grand-père maternel était chef d'escouade dans cette troupe dont Du Jieyuan était le chef. Ils s'exercèrent au combat, fabriquèrent des pistolets et fondirent des canons, édifièrent des murs de défense en terre et creusèrent des tranchées, attendant l'ennemi de pied ferme. Pendant plusieurs mois, ce fut le calme plat et peu à peu les hommes se lassèrent. Mais, à présent, la chose qu'ils attendaient impatiemment et craignaient par-dessus tout se produisait. Les soldats allemands escaladèrent le mur de défense, ouvrirent grand la porte, posèrent une passerelle et se précipitèrent à l'intérieur du village. Du Li, qui n'avait pas cru qu'il y eût un lotus dans le puits, fut la première victime ce jour-là, mais il y eut ensuite trois cent quatre-vingt-quatorze villageois tués.

Lu les Cinq Troubles vit les soldats allemands se précipiter comme une nuée de grosses grues. Les fusils à culasse dont ils étaient armés crachaient des flammes et les balles sifflaient de partout. L'épaisse brume n'était pas entièrement dissipée et les Allemands apparaissaient et disparaissaient par intermittence sans que l'on pût détermi-

1. La géomancie *(fengshui)*, littéralement « vent et eau », détermine l'influx faste ou néfaste produit par la disposition du terrain sur un site donné.

ner combien ils étaient. Mon grand-père se mit à hurler pour alerter les villageois. Incapable d'abandonner les seaux en fer-blanc qu'il avait obtenus en échange de quatre boisseaux de blé, il les emporta dans sa course. Les seaux bringuebalaient et s'entrechoquaient dans un grand vacarme. Une balle allemande perça le fond de l'un d'eux. Dans la rue, les gens fuyaient en tous sens. Chen l'aveugle, qui traînait une barre de meule, alla sans le vouloir se jeter en plein dans la troupe allemande et demanda d'une voix forte : « Où sont les diables ? Où sont les diables ? »

Un soldat allemand appuya le canon de son fusil contre sa nuque et tira. L'aveugle tomba à terre en entraînant la barre avec lui.

Les habitants se cloîtrèrent chez eux pour rassembler leurs affaires.

Le chef des Fusils rouges, Du Jieyuan, n'eut pas le temps de réunir ses troupes, il ne réussit à regrouper que quelques employés et serviteurs chez lui, puis ferma la grande porte de sa maison avec la barre en jujubier. Sa femme au visage grêlé était aussi combative que lui. Torse nu, agitant ses seins en forme de courge, elle courait derrière Du Jieyuan, un battoir de fer à la main.

Mon grand-père rentra en courant à la maison et ferma la grande porte. Ma grand-mère tremblait sur le *kang*, Xuan'er dans les bras. Ma grand-mère, qui s'appelait Yao de son nom de jeune fille, était la plus belle jeune mariée du village de Shawo. Ses petits pieds en pointe comme des pousses de bambou ne mesuraient pas plus de trois pouces. Du Jieyuan avait dit à Lu les Cinq Troubles : « Je suis un licencié militaire qui en impose, mais j'ai épousé une femme au visage grêlé et aux grands pieds ; et toi, un petit gars stupide, tu passes tes nuits avec une merveilleuse jeune fille aux lotus d'or de trois pouces[1]. » Yaoshi ne pouvait pas beaucoup se mouvoir à cause de ses petits pieds et elle restait donc toujours à la maison. Comme elle n'était jamais exposée au soleil, sa peau était blanche comme la farine.

« Père de Xuan'er… dit Yaoshi, le visage terreux, rongée par l'inquiétude, qu'allons-nous faire, qu'allons-nous faire ? »

Lu les Cinq Troubles frotta ses mains sur le fond de la marmite et les passa sur le visage de sa femme. Les habitations paysannes

1. Les lotus d'or désignent les pieds bandés des femmes chinoises. Cette pratique n'a disparu que pendant les années 1920.

étaient rudimentaires, il n'y avait pas d'endroit où se cacher. Lu les Cinq Troubles, comme un brave, se serra la taille avec une large ceinture, but une gorgée d'alcool pour se donner du courage, sortit de derrière la porte une lance en frêne à franges rouges, sauta dans la cour et s'embusqua derrière la grande porte.

Du Jieyuan grimpa par l'escalier de bois dans le vaste grenier situé sous le toit de sa maison. Derrière lui, montaient en haletant deux valets hissant un lourd canon rudimentaire. Dans les rues où le brouillard ne s'était pas encore complètement éclairci, il vit les habitants affolés courir comme des moutons égarés. La troupe de soldats allemands, genou à terre, dans un ordre parfait, tirait, abattant la population groupe après groupe. Certains mouraient sur-le-champ, sans un geste, d'autres hurlaient en se tordant dans une mare de sang. Il vit que les soldats allemands, de haute taille, s'étaient placés tout autour du mur de défense en terre où la brume s'était dissipée ; ils étaient accompagnés de soldats des bannières mandchoues qui portaient sur la poitrine et sur le dos un tissu blanc où était tracé le caractère « milice [1] ». À la porte sud, un groupe de diables allemands étaient attroupés devant deux gros canons étincelants, tirés par deux mulets noirs, qui avaient traversé dans un fracas de grincements le pont suspendu. Le village était cerné.

Les valets hissèrent le canon rudimentaire, puis se hâtèrent d'aller chercher la poudre. Sur le toit du grenier, le brouillard s'était levé et un soleil doré brillait intensément. La femme de Du Jieyuan grimpa elle aussi et inspecta la situation en connaisseuse. « Pingjie – c'était le nom qu'elle utilisait pour s'adresser à son mari –, j'ai bien peur que ce jour ne nous apporte plus de malheur que de joie. » Regardant sa femme, Du Jieyuan répondit : « Emmène l'enfant à la cave, aujourd'hui, si on lutte, ce sera la mort, et si on ne lutte pas, ce sera la mort aussi. Le carnet que j'ai écrit pour l'empereur se trouve sous la natte du *kang*, après ma mort, tu iras à Qingzhoufu voir Son Excellence Murong et tu lui demanderas de remettre ce mémoire à l'empereur pour moi. » Sa femme lui dit en riant : « Pingjie, quel idiot tu fais ! » Une nouvelle rafale tirée par les Allemands abattit une femme

1. Jusqu'en 1911, la dynastie régnante en Chine était la dynastie des Qing, d'origine mandchoue, au pouvoir depuis 1644. L'armée mandchoue était organisée en « bannières ».

portant son bébé juste sur les marches de pierre de la maison de Du Jieyuan. Dans la cour, les chiens aboyaient frénétiquement. « Chargez le canon ! » ordonna Du Jieyuan. Les valets versèrent la poudre dans le canon, le bourrèrent avec la baguette, puis le remplirent de billes de métal grosses comme des cacahouètes. « Patron, demanda un valet, on met quelle proportion de poudre ?

– Neuf parts ! » répondit celui-ci.

Du Jieyuan ajusta lui-même le canon et le pointa sur les soldats allemands qui restaient indistincts dans la brume. Il prit dans la main de sa femme un bâtonnet d'encens sur lequel il souffla pour raviver la braise afin de mettre le feu à la mèche. Une fumée blanche sortit par l'orifice de la mèche. Le canon en fer resta muet, parfaitement muet, telle une bête sauvage menaçante, puis soudain il sursauta violemment, une langue de feu rouge sombre jaillit de sa gueule et alla s'enfoncer dans la troupe ennemie, comme un balai d'acier renversant les soldats allemands. Dans la rue retentirent les cris de détresse des Occidentaux. Des volutes de fumée blanche s'élevaient de la gueule du canon. « Rechargez ! » ordonna Du Jieyuan. Le coup de canon avait effacé la brume sur la rue, les soldats allemands affolés cherchaient refuge dans les ruelles. Des cadavres jonchaient le sol, des soldats blessés se cachaient le visage dans leurs mains, le sang coulant entre les doigts. Les valets se dépêchèrent de recharger. Les soldats allemands, qui s'étaient repris, tirèrent en direction du grenier. Une balle effleura l'oreille de Du Jieyuan. Il sentit une sensation de brûlure et sa main se couvrit de sang quand il se toucha l'oreille. Il se jeta à plat ventre. Un des valets qui chargeaient le canon fut blessé au ventre. Il pleurait en se tenant l'abdomen à deux mains, le visage livide. « Patron, patron, dans ma famille de cinq générations, je suis le seul fils, si je meurs, la famille Sun n'aura pas de descendance.

– Fous le camp, cria Du Jieyuan, le visage couvert de sang, aujourd'hui, il n'y aura pas que ta famille qui n'aura pas de descendance, ce sera la même chose pour tout le village de Shawo ! Allez, chargeons ! » Sa femme le conseillait : « Continue, Pingjie. » Il leva la gourde de poudre imprégnée de sang et lança : « On va leur en redonner, qu'ils en aient pour leurs frais !

– On en a abattu beaucoup, assura son épouse, ils en ont déjà eu pour leurs frais. » Une balle l'atteignit au cou. Elle se redressa puis tomba sur le côté, le sang coulant de sa bouche. C'est fini, ils ont abattu le phénix, pensa Du Jieyuan. Le visage sombre et grêlé de sa femme se contracta et ses longs yeux fins lancèrent un regard triste. Du Jieyuan versa toute la poudre de la gourde dans la gueule fumante du canon. Se tenant penché pour éviter les balles qui claquaient contre le mur bas, il jaugea la poudre avec la baguette. Le valet qui n'était pas blessé lui tendit le bâtonnet d'encens. « Patron, mettez le feu », dit-il.

Une énorme explosion retentit et la grenaille alla frapper le mur d'en face. Des trous le criblèrent, comme un essaim d'abeilles, faisant tomber la terre dans la rue dans un crépitement sonore.

Du Jieyuan se redressa en vacillant et cria en direction du soleil : « Vive l'empereur, vive l'empereur ! »

Une rangée de soldats allemands ajusta l'homme immense et le fit dégringoler du grenier.

À cet instant, les deux canons des Allemands ouvrirent le feu l'un après l'autre sur la grande maison en brique de la famille de Du Jieyuan. Ils utilisaient des obus de cuivre qui rendaient un son clair, perçant, faisant vibrer les tympans. L'un d'eux atteignit le toit de la maison et explosa dans un bruit gigantesque, faisant voler de partout dans un nuage de fumée des débris de briques mêlés à des éclats d'obus.

Les Allemands enfoncèrent la grande porte de la maison de Lu les Cinq Troubles. D'abord ils tirèrent quelques coups de fusil à l'intérieur, mais rien ne bougea. Cinq Troubles était caché derrière la porte où il attendait calmement. Un soldat allemand, armé d'un fusil, baïonnette au canon, passa la tête par l'entrebâillement comme un gros coq. Son pantalon serré faisait saillir deux gros genoux tels des petits pains de maïs, et le devant de sa veste était fermé par deux rangées de boutons dorés. Cinq Troubles ne bougea toujours pas. Le soldat tourna la tête et fit un signe en direction de la grande porte. Cinq Troubles distinguait avec la plus grande netteté ses yeux bleus, son nez rouge et les cheveux blancs qui dépassaient de sa casquette. Quand le soldat le vit à son tour, caché derrière la porte, immobile comme une tour noire en fer, il voulut ouvrir le feu, mais il était déjà trop tard. Cinq Troubles s'était élancé comme une flèche et la pointe de fer de sa lance avait déjà traversé le ventre de l'Allemand. Le buste de celui-ci se coucha sur le manche en frêne. Lorsque Cinq

Troubles retira l'arme, il sentit un souffle de vent glacé lui parcourir les reins. Ses mains se paralysèrent, il lâcha la lance et se retourna avec difficulté. Face à lui, deux soldats allemands pointaient leur fusil contre sa poitrine. Il tendit les bras en avant pour se protéger, mais dans les tréfonds de son cerveau il entendit un claquement, comme si quelque chose s'y était rompu, et devant ses yeux tout devint vert émeraude.

Tirant des coups de fusil, les soldats firent irruption dans la maison où ils trouvèrent le corps d'une femme, blanc comme neige, pendu à la poutre. Ses deux pieds en pointe qui ne possédaient qu'un seul ongle les plongèrent dans la plus extrême stupéfaction.

Le lendemain, la tante paternelle de ma mère et son mari Yu les Grandes Paumes accoururent quand ils apprirent la nouvelle. Ils secoururent Xuan'er en la sortant de la jarre de farine où elle était cachée. Tout son corps en était couvert et elle était à deux doigts de la mort. Yu Lushi lui extirpa la farine de la bouche et lui donna longuement des petites tapes avant qu'elle se mette à geindre.

Chapitre 56

Lorsque Lu Xuan'er eut cinq ans, sa tante sortit les instruments destinés au bandage des pieds, lamelles de bambou, petit maillet, tissu blanc, et lui dit : « Xuan'er, tu as cinq ans déjà, il faut te bander les pieds !

– Pourquoi faut-il me bander les pieds, tante ? demanda Xuan'er, étonnée.

– Les filles qui n'ont pas les pieds bandés n'arrivent pas à se marier, répondit gravement la tante.

– Pourquoi faut-il se marier ?

– Tu voudrais que je te nourrisse toute ta vie, si tu ne te maries pas ? »

Le mari de la tante, Yu les Grandes Paumes, un joueur invétéré au caractère très doux, était, hors de chez lui, un redoutable gaillard aux nerfs d'acier, mais une fois à la maison, il ressemblait à un gentil chat soumis. Il était devant le fourneau en train de faire frire des petits poissons pour accompagner l'alcool. Ses grandes mains paraissaient maladroites, mais étaient en fait extrêmement habiles. Les petits poissons grésillaient dans l'huile et une odeur alléchante pénétrait les narines de Xuan'er. Elle était pleine d'affection pour le mari de sa tante. Dès que celle-ci allait travailler dehors, l'oncle paresseux se faisait à manger en cachette : il faisait cuire un œuf dans une cuillère en métal ou faisait griller sur le feu de la viande séchée. Et quand l'oncle mangeait en cachette, il réservait toujours une part pour Xuan'er, à condition qu'elle n'en dise rien à la tante.

Avec ses ongles, Yu les Grandes Paumes écailla avec habileté les deux faces d'un petit poisson, puis ayant détaché un mince filet de chair, le dégusta du bout de la langue et aspira une gorgée d'alcool dans un long sifflement. « Ta tante a raison, dit-il, les femmes qui n'ont pas les pieds bandés sont des femmes puantes aux grands pieds, et personne n'en veut.

– Tu as entendu ? dit la tante, ton oncle dit la même chose que moi.

– Xuan'er, demanda Yu les Grandes Paumes, pourquoi est-ce que j'ai pris ta tante comme femme ?

– Parce qu'elle est gentille, tiens ! répondit Xuan'er.

– Non, dit l'oncle, c'est parce qu'elle avait les pieds bandés. »

Xuan'er regarda ses pieds puis ceux, si pointus, de sa tante. Elle demanda encore : « Mes pieds, ils deviendront comme ça ?

– Tout dépendra si tu es obéissante ou non, si oui, tu pourras même en avoir de plus petits. »

Chaque fois que ma mère nous racontait l'histoire du bandage de ses pieds, c'était à la fois comme si elle exposait ses griefs envers les souffrances endurées et comme si elle était fière d'une glorieuse histoire.

Elle disait que le caractère résolu et l'habileté au travail de sa tante étaient célèbres dans tout le canton du Nord-Est de Gaomi. Tout le monde savait que la maison de Yu les Grandes Paumes était dirigée par sa femme. L'oncle ne faisait rien, hormis jouer de l'argent, s'amuser à tirer au fusil et capturer des oiseaux. Il possédait cinquante *mu* de bonnes terres et deux mulets ; pour le travail domestique et le travail des champs, il louait les services d'ouvriers agricoles et c'était la tante qui s'occupait de tout. Sa taille ne dépassait pas un mètre cinquante et son poids quarante kilos ; qu'un corps aussi gracile pût développer une telle énergie tenait vraiment du miracle. Et c'était cette tante qui avait juré de faire de sa nièce un modèle de beauté et qui réalisa naturellement le bandage de ses pieds avec la plus grande méticulosité. À l'aide de lamelles de bambou, elle lui serra les pieds si fort que ma mère se mit à hurler comme un cochon qu'on égorge, puis elle les enroula couche après couche le plus serré possible avec une bande de tissu imprégné d'alun. Le bandage terminé, elle égalisa le tout en tapotant avec un petit marteau. Ma mère racontait : « C'était terriblement douloureux, à se taper la tête contre les murs. »

Elle supplia : « Tante, tante, desserre un peu…

– Si je serre, c'est parce que je t'aime, répondit la tante en la fusillant du regard, si je desserre, c'est que je te hais. Quand, à force de serrer, tu auras tes lotus d'or, alors tu viendras me remercier.

– Tante, dit ma mère en pleurant, et si je ne me marie pas, ça ira, non ? Je vous servirai, toi et l'oncle, toute ma vie. » Dans un coin, l'oncle qui avait le cœur sensible intervint : « Desserre un peu, desserre un peu…

– Fiche le camp, paresseux ! » dit la tante en se précipitant sur l'oncle, le balai à la main.

Il en profita pour prendre sur le *kang* une ligature de sapèques et filer.

L'oncle était devenu un obsédé du jeu et, chaque fois que se tenait le marché, on entendait ses vociférations. Ses mains imprégnées de vert-de-gris étaient vert émeraude. Lorsqu'il gagnait, il buvait, et lorsqu'il perdait, il buvait encore plus. Et quand il était ivre, il cherchait la bagarre. D'un seul coup de poing, il avait fait tomber ses deux incisives à Balai de Fer. Mais qui était ce Balai de Fer ? Le bandit le plus célèbre du canton du Nord-Est de Gaomi. Une fois que Balai de Fer eut craché ses dents, il lui dit en riant : « Quelle énergie, tu veux entrer dans ma bande ?

– Va donc en discuter avec ma femme », répondit Yu les Grandes Paumes.

Au marché de Dalan, on assistait souvent à cette scène comique : Yu Lushi, la petite femme aux petits pieds, ramenait résolument chez elle en le traînant par l'oreille son échalas de mari. Yu les Grandes Paumes se tenait tête penchée, poussant des cris stridents, et balançait ses grandes mains comme deux éventails de jonc. À la vue de ce spectacle, les gens étaient vraiment impressionnés : un gaillard de cette envergure, capable de faire tomber ses dents à Balai de Fer, qui devenait si docile sous la poigne d'une femme aux petits pieds !

En un clin d'œil, ce fut la République [1], Xuan'er eut seize ans et elle finit par avoir les pieds bandés.

« Pour voir des petits pieds, à l'anse du fleuve il faut chercher. » La maison de la tante de ma mère se trouvait au bord de l'anse aux lotus. Le mari de la tante, bien qu'à demi illettré, avait accroché sur la grande porte de sa demeure une pancarte où il était écrit :

1. La République fut fondée à l'issue de la révolution de 1911.

« Résidence du Parfum des Lotus ». Lui aussi était très fier des petits pieds de Xuan'er et il considérait sa nièce aux petits pieds extraordinaires et au physique hors du commun comme un trésor rare qu'il vendrait au plus offrant. « Notre Xuan'er ne se mariera qu'avec un membre de l'Académie impériale ! » disait l'oncle. Les gens lui disaient : « Grandes Paumes, c'est fini la dynastie mandchoue, il n'y a plus d'académiciens !

– Eh bien, on la mariera à un gouverneur militaire et, sinon, à un chef de district. »

L'été 1917, à peine le nouveau chef de district de Gaomi, Niu Tengxiao, fut-il nommé qu'il se lança dans quatre grands projets : « *Primo :* Interdiction de l'opium ; *Secundo :* Interdiction du jeu ; *Tertio :* Élimination des bandits ; *Quarto :* Libération des pieds bandés. » Interdire l'opium revenait à tarir l'argent : on l'interdit en façade, mais on continua en secret. Le jeu, on ne parvint pas à l'interdire : Putain, qu'ils fassent comme ils veulent ! Éliminer les bandits fut impossible : on laissa carrément tomber. Il ne resta que la libération des pieds bandés : rien ne s'y opposait. Le chef de district Niu se rendit en personne dans les villages faire sa propagande, ce qui lui valut un grand prestige.

Lors d'une de ces rares journées de beau temps du mois de juillet, une voiture décapotable arriva au bourg de Dalan. L'ordonnance du chef de district fit venir le chef de bourg qui lui-même fit venir les chefs de village, les chefs de village appelèrent à leur tour les chefs de hameau qui informèrent la population. Tout le monde devait se rendre sur l'aire de battage pour une grande réunion, hommes, femmes, vieux, jeunes, tous devaient être présents, faute de quoi il faudrait verser un boisseau de grains comme amende.

Attendant que la population fût au complet, le chef de district Niu aperçut la pancarte accrochée sur la porte de la maison de la tante et remarqua : « Je n'aurais pas pensé qu'on pût avoir autant de goût dans une famille paysanne. » Cherchant à se faire bien voir, le chef de bourg lui dit : « Monsieur le chef de district, dans cette famille se trouve une paire de lotus d'or. » Le chef de district Niu déclara : « Quand les penchants deviennent excentriques, les habitants du pays tombent malades, le parfum des lotus n'est en fait que la puanteur des pieds. »

Les gens arrivèrent peu à peu et se rassemblèrent sur l'aire de battage pour écouter les exhortations du chef de district. Ma mère racontait qu'il était vêtu d'un costume Sun Yat-sen noir et portait un chapeau haut de forme de couleur café, il avait des favoris noirs également, son nez était chaussé d'une paire de lunettes à monture en or, de la poche de sa veste dépassait la chaîne d'une montre de gousset, et il se tenait appuyé sur une canne. Il parlait d'une voix éraillée, un peu comme un canard. Il avait un vrai talent d'orateur, de petites bulles de salive se formaient à la commissure de ses lèvres, il débitait un véritable torrent de paroles, sans toujours savoir ce qu'il disait.

Ma mère se tenait au pan de la veste de sa tante, très intimidée. Depuis qu'elle avait les pieds bandés, elle ne sortait jamais de la maison, passant son temps à broder et à tresser des filets. C'était la première fois de sa vie qu'elle voyait autant de monde et la timidité lui faisait baisser le visage. Elle avait l'impression que tous les yeux étaient rivés sur ses petits pieds. Ma mère dit que ce jour-là elle portait une veste doublée de satin vert dont le bas des manches et la bordure étaient ornés d'un motif de caractères « longévité » répété à l'infini. Sa grande natte d'un noir brillant lui descendait jusqu'à la courbe des hanches. Ses pieds portaient des chaussures à hauts talons en soie rouge brodée sur une semelle de bois, et apparaissaient parfois sous le pantalon. Lorsqu'elle marchait, ses chaussures résonnaient de petits coups secs. Elle ne tenait pas debout de manière très stable et devait s'appuyer sur sa tante.

Le chef de district commença son exhortation en critiquant la « résidence du Parfum des Lotus ». Il déclara : « Ce sont des séquelles féodales, une pathologie de l'existence humaine. » Tous les yeux cherchèrent les pieds de ma mère qui n'osait plus relever la tête. Ensuite, le chef de district récita personnellement le texte de ses instructions :

> Maintes et maintes fois a été promulgué que les femmes débandent leurs pieds.
> Le gouvernement à plusieurs reprises l'a ordonné, à ce propos des textes clairs les fonctionnaires ont édités.
> Le débandage des pieds sous trois mois doit être achevé, au-delà, l'application de la loi sera vérifiée.
> Les populations des campagnes et des villes, les notables rétrogrades et obstinés, seront visités.

Nombreux encore hésitent et continuent à tergiverser, considérant la question avec légèreté.
L'interdiction est aujourd'hui de nouveau promulguée et la libération des pieds sous aucun prétexte ne sera évitée.
Pour toute personne de moins de cinquante ans, elle devra être appliquée sévèrement.
À partir du trentième jour de juin, des contrôles seront effectués.
Chaque mois, une inspection aura lieu et tout contrevenant une amende devra payer.
La première amende sera de deux cents pièces, les suivantes chaque mois davantage augmenteront.
Pour les femmes mariées, la responsabilité de la faute au mari incombera, pour les filles, au père et aux frères ce sera.
Aujourd'hui, cet arrêté est encore proclamé, pour dissiper les rumeurs qui maintiennent le peuple dans l'ignorance.
Il sera affiché dans tous les temples et lieux de culte, et de manière claire sans cesse sera publié.
Tous les trois jours, dans chaque foyer de chaque village, accompagné par le gong, il sera proclamé.
Lorsque tous les pieds seront libérés, un peuple fort d'être nous serons assurés.
Qui se permettra de continuer à désobéir à la loi sera sévèrement puni.

Quand il eut fini de lire ses instructions, le chef de district ordonna de faire venir six jeunes filles pour exécuter une démonstration de pieds naturels. Elles sautèrent de la voiture décapotable en pépiant à qui mieux mieux. C'étaient effectivement des filles au physique merveilleux, jambe fine et pied léger. L'ordonnance du chef de district s'écria : « Chers notables, chers villageois, chères sœurs, ouvrez grand vos yeux et regardez ! » Tous avaient le regard rivé sur les six filles. Elles portaient des cheveux courts coupés au niveau du cou, une veste bleu ciel à col montant, une jupe blanche courte qui laissait voir leurs mollets brillants, aux pieds des chaussettes courtes et blanches, ainsi que des chaussures de gymnastique de marque Huili.

Un air nouveau soufflait, une bouffée de vent frais emplit la poitrine des habitants du canton du Nord-Est de Gaomi.

Les filles se mirent en ligne, saluèrent l'assistance, puis déclarèrent la tête haute : « Nous avons des pieds naturels, des pieds naturels, notre corps tout entier est tel que nos parents nous l'ont légué – sautant sur le sol, levant haut la jambe, agitant en direction de l'assistance de longues plantes de pied. Courir, sauter et bondir nous pouvons, les souffrances des petits pieds nous évitons – elles bondissaient et couraient. Le féodalisme nuit aux femmes et nous considère comme des jouets, libérons nos pieds, libérons-les, en déchirant les bandages de leurs pieds, les femmes obtiendront bonheur et liberté. »

Les jeunes filles aux pieds naturels se retirèrent en sautillant. Un médecin spécialiste des os apporta une immense maquette de pied bandé et expliqua de façon très vivante à quel endroit les os étaient cassés et où ils étaient déformés.

Finalement, le chef de district Niu se laissa aller à son imagination et ordonna que les pieds bandés les plus réputés du canton du Nord-Est de Gaomi viennent se montrer en exemple afin que les gens en comprennent toute l'horreur de manière imagée.

Ma mère eut très peur et se recroquevilla derrière la tante. « C'est un ordre du chef de district, dit le chef du bourg, qui osera s'y opposer ? » Ma mère entoura la taille de la tante de ses bras et la supplia : « Tante, tante, protège-moi, je ne veux pas y aller…

– Xuan'er, dit la tante, vas-y, montre-leur. Ce n'est pas de méconnaître la marchandise qui fait peur, c'est de la comparer aux autres. Je ne peux pas croire que ces lotus d'or que j'ai bandés de mes propres mains vaudraient moins que six sabots d'ânesses sauvages. »

La tante fit avancer Xuan'er en la soutenant, puis elle s'esquiva. Xuan'er vacillait à chaque pas comme une branche de saule dans le vent. Aux yeux des hommes des temps anciens du canton du Nord-Est de Gaomi, c'était là une véritable beauté. Tous avaient le regard fixé sur elle, se maudissant de ne pouvoir relever les jambes de son pantalon avec leurs sourcils pour contempler les lotus d'or dans leur entier. Les yeux du chef de district, tels des papillons de nuit, s'insinuaient dans les jambes de pantalon de Xuan'er. Il resta un moment interdit, bouche bée, puis déclara d'une voix forte : « Regardez ! Une jeune fille aussi belle, elle a été bandée avec tant de fermeté qu'elle est devenue cet être étrange qui ne peut rien porter, ni à la palanche ni à la main.

– Une jeune fille issue de famille riche est élevée pour s'amuser.

Pour faire les gros travaux, il y a des servantes ! dit la tante en fixant avec insolence le chef de district.

– Vous êtes sans doute la mère de cette jeune fille ? demanda-t-il en lui jetant un regard brillant.

– Oui, et alors ? dit la tante.

– Ses petits pieds, c'est votre chef-d'œuvre ? demanda le chef de district.

– Oui, et alors ? reprit la tante.

– Arrêtez cette mégère barbare, elle restera détenue en prison autant de jours que sa fille n'aura pas libéré ses pieds.

– On verra qui osera ! » hurla Yu les Grandes Paumes comme si le tonnerre avait frappé le sol. Il jouait des poings pour se frayer un passage dans la foule et jaillit devant sa femme pour la protéger.

« Qui es-tu ? demanda le chef de district.

– Ton maître ! répondit violemment Yu les Grandes Paumes.

– Arrêtez-le ! » ordonna à ses gardes le chef de district hors de lui.

Quelques sbires s'avancèrent timidement pour l'attraper. Agitant ses bras, Yu les Grandes Paumes les repoussa sur le côté.

La foule discutait avec véhémence. Des gens prirent des poignées de terre pour les jeter sur les six jeunes filles.

Depuis toujours, le caractère des habitants du canton du Nord-Est de Gaomi est réputé pour être direct et tranché, le chef Niu en avait sans doute entendu parler, aussi déclara-t-il : « J'ai aujourd'hui au district une affaire urgente, je t'épargne pour l'instant, mais débander les pieds est un ordre du gouvernement, ceux qui oseront y contrevenir subiront un sévère châtiment ! »

Il se glissa dans la voiture décapotable en criant : « Démarre ! démarre ! »

Le chauffeur bondit devant la voiture et enclencha la manivelle qu'il se mit à tourner dans un concert de hoquets.

Les filles aux grands pieds et l'ordonnance du chef de district se hâtèrent de grimper sur le porte-bagages.

Le moteur émit une série de peuf-peuf. Le chauffeur sauta au volant et fit faire demi-tour au véhicule qui s'éloigna dans un nuage de fumée.

Un jeune garçon frappa dans ses mains et s'écria : « Yu les Grandes Paumes est courageux, devant lui, le chef de district n'est qu'un peureux. »

Le soir même, Shangguan Lüshi, la femme du forgeron Shangguan Fulu, allait voir l'entremetteuse Yuan la Grande Gueule et lui offrait une petite pièce de tissu afin qu'elle aille faire une proposition de mariage à la famille Yu pour son fils unique Shangguan Shouxi. Tapant de son éventail en jonc sur ses grands pieds, Yuan la Grande Gueule dit à la tante : « Ma chère belle-sœur, si la dynastie des Qing n'avait pas disparu, même si on m'avait piqué les fesses avec un poinçon, jamais je n'aurais osé franchir le pas de votre porte. Mais à présent, c'est la République de Chine, les filles aux petits pieds ne sont plus en grâce. Les jeunes gens des grandes familles ont adopté les nouvelles idées, ils portent l'uniforme, fument des cigarettes et fréquentent des étudiantes aux grands pieds, qui peuvent courir, sauter, parler, rire, et qui pépient quand ils les serrent contre leur poitrine. Votre nièce, à présent, est un phénix passé de mode, qui vaut moins qu'un poulet. Ne battez pas froid la famille Shangguan, belle-sœur, je pense que nous devons rendre grâce pour la chance que nous avons. Ce Shangguan Shouxi, il est bien de sa personne, et il a bon caractère. Chez eux, ils élèvent une grosse ânesse et un gros mulet. De plus, ils tiennent une boutique de forgeron. Ce n'est peut-être pas une grande famille, mais pas non plus une petite. Si Xuan'er pouvait y entrer, ce ne serait pas déshonorant pour elle.

– Moi qui ai façonné une petite impératrice en argile, je la marierais au fils d'un forgeron ? ! s'exclama la tante.

– Belle-sœur, dit Yuan la Grande Gueule, vous n'avez pas entendu ce qu'on raconte ? La première épouse de l'empereur Xuantong[1] cire les chaussures des gens à Ha'erbin ! Les temps ont changé !

– Dis aux Shangguan de venir discuter directement avec moi ! » dit la tante.

Le lendemain matin, par la fente de la porte, ma mère fit connaissance avec le grand corps robuste de sa future belle-mère. Elle vit aussi la tante et Shangguan Lüshi discuter à en devenir rouges de la tête aux pieds à propos du nombre de cadeaux de fiançailles. « Tu vas rentrer chez toi en parler, dit la tante. C'est ou le mulet, ou deux *mu* de terre à potager. Je l'ai élevée dix-sept ans, ce n'était pas pour rien !

1. Plus connu en Occident sous le nom de Puyi, le dernier empereur.

– Bon, concéda Shangguan Lüshi, disons que notre famille n'a pas de chance. Le mulet noir est à vous, mais votre famille devra nous donner en compensation la charrette aux roues en bois. »

Les deux femmes conclurent l'affaire en se frappant dans la main. « Xuan'er, cria la tante, viens voir ta belle-mère ! »

Chapitre 57

Trois ans après le mariage de Shangguan Shouxi et de Lu Xuan'er, celle-ci n'avait toujours pas d'enfant dans le ventre. Sa belle-mère ne cessait de l'insulter de manière détournée en s'adressant aux poules : « Espèces de propres à rien qui se contente de manger sans pondre, à quoi ça sert qu'on vous nourrisse ? ! »

Shangguan Lüshi tenait avec une pince un morceau de fer brûlant qu'elle jeta devant les poules. Celles-ci, croyant que c'était de la nourriture, avancèrent la tête pour picorer, mais se brûlèrent si fort que de la fumée monta de leur bec.

Lu Xuan'er était occupée à piler des os sous le poirier, faisant gicler sur ses vêtements des fragments rouges et blancs. Toujours près de ses sous, Shangguan Lüshi ne pouvait se résoudre à acheter de la viande ; elle avait acheté quelques livres d'os qui, une fois réduits en bouillie, seraient mélangés à des navets pour faire des petits pains farcis, afin de célébrer la fête du huitième jour du quatrième mois lunaire, que l'on appelait « la faucille de la récompense ». L'orge était déjà sur l'aire de battage et le blé commençait à jaunir. Les paysans affûtaient les faucilles et nourrissaient les chevaux, prêts à moissonner. Cette année-là, les vents et les pluies de printemps avaient été favorables et les céréales poussaient en abondance. La boutique de forgeron des Shangguan débordait d'activité. Les paysans y défilaient les uns après les autres, qui pour acheter une faucille, qui pour en faire réparer une. La forge était installée en plein milieu de la cour de la maison, protégée du soleil par une tenture de toile cirée. Le feu était violent, la fumée de charbon noire odorante. Dans la lumière blanche du soleil, les flammes du foyer paraissaient rouge foncé. Shangguan Fulu maniait la pince. Shangguan Shouxi activait le soufflet. Shangguan Lüshi, vêtue d'une vieille veste noire élimée, la taille ceinte d'une toile cirée jaune piquée d'innombrables points noirs causés par les étincelles, un chapeau de paille tout abîmé sur la tête, activait le marteau-pilon. Son visage était sillonné de rigoles de transpiration et de suie ; sans ses seins en forme de jarre, personne n'aurait pu penser qu'il s'agissait d'une femme. Les bang bang du marteau-pilon résonnaient du matin au soir. La règle chez les forgerons était de faire deux repas par jour. Lu Xuan'er était chargée de préparer à manger, de nourrir les bêtes de trait et les cochons. Elle s'activait sans relâche dans le grondement incessant du martèlement du fer. Même si elle avait du travail par-dessus la tête, sa belle-mère continuait à lui faire des reproches. Tout en actionnant le marteau-pilon, le dos trempé de sueur, Shangguan Lüshi surveillait sa bru du coin de l'œil. Elle maugréait sans fin, sans un instant de répit, jurant après sa belle-fille, jurant après son mari. Ils étaient tous habitués à ses insultes, car dans cette famille, Lüshi était à la fois le véritable chef et l'autorité en matière de forge. Lu Xuan'er détestait et craignait sa belle-mère, mais ne pouvait s'empêcher de l'admirer. Quand le soir approchait, contempler Shangguan Lüshi en train de forger était une attraction très prisée au village. Au moment de la moisson, les gens entraient et sortaient sans cesse de la cour de la maison des Shangguan ; le soir, ceux qui venaient chercher une nouvelle faucille et ceux qui en apportaient une ancienne se bousculaient. Dans le soleil tout rouge du crépuscule, les fleurs qui couvraient le cannelier ressemblaient à des flocons de neige. Le feu de la forge était doré, les charbons incandescents embaumaient, le fer était chauffé jusqu'à devenir blanc et étincelant. Shangguan Fulu sortait le fer du feu et le posait sur l'enclume. Avec une petite masse, il frappait quelques coups, prenant un peu la pose. Dès qu'elle voyait le fer étincelant, tel un grand fumeur qui va assouvir son besoin irrépressible, tout excitée, le visage rouge, les yeux brillants, Shangguan Lüshi se crachait dans les mains, s'emparait de la poignée du marteau qui tremblait, le levait et l'abattait sur le fer blanchi avec un son sourd, comme si elle écrasait de la pâte à modeler. Bang, bang, bang, son corps se soulevait et s'abaissait, avec une puissance à renverser les montagnes, c'était un duel entre la force et le métal, un duel entre l'homme et la femme, sous les coups du marteau-pilon, le fer s'étirait comme une nouille, il s'aplatissait, s'amincissait, noircissait, se purifiait et prenait peu à peu forme. Tandis qu'elle maniait le marteau, la plupart des regards des paysans étaient rivés sur sa paire de seins qui ballottaient. Un petit gars nommé Claquette, qui s'était avancé pour prendre sa faucille, se mit soudain à rire. Lüshi lui demanda brutalement : « Hé, Claquette, Claquette, espèce de courgette, qu'est-ce que tu as à rire de moi ?

– Tante, demain je vous apporterai deux clochettes en cuivre, lui dit-il.

– Pourquoi veux-tu me donner des clochettes ? demanda Lüshi.

– Pour vous les accrocher au bout des seins, comme ça elles bougeront dès que vous actionnerez votre marteau-pilon.

– Et c'est ça qui te fait rire ? dit Lüshi. Tu n'as vraiment rien vu dans ce monde, si demain, tu ne m'apportes pas tes clochettes, je t'arracherai ta peau de petit bâtard. »

Quand l'outil avait pris forme, juste avant d'être trempé, Shangguan Lüshi imprimait un motif de fleur de prunus à un endroit où la meule ne pourrait pas l'effacer. C'était le signe distinctif de la famille Shangguan : en cas d'usure anormale à l'aiguisage, il garantissait réparation ou échange. La production la plus célèbre de la famille était la « faucille Shangguan ». Au premier regard, elle paraissait lourde, mais elle était forgée dans un métal d'excellente qualité et sa lame n'était ni ondulée ni bombée. On pouvait se raser le crâne avec une faucille Shangguan bien aiguisée. Les années où le blé poussait bien, le commerce des Shangguan était florissant et leurs revenus prospères.

C'était évidemment de l'argent gagné dans la peine, toute la journée à rôtir devant la forge en perdant des litres et des litres de sueur, les vêtements en loques couverts d'une couche de sel blanc. La belle-mère était la première à montrer l'exemple en maniant le marteau-pilon, et dans cette intense activité, ses gros seins se balançaient au point de ressembler à deux poids de fer forgé assouplis au feu. La juste évaluation du temps de trempe était son point fort. Quelle que fût la qualité du forgeage, si la trempe n'était pas réussie, l'outil n'était bon qu'à être mis au rebut. Cette phase, disait Shangguan Lüshi, est d'abord question d'expérience et ensuite d'intuition, et peut-être même l'intuition est-elle encore plus importante que l'expérience. Quand elle mettait à tremper l'outil bien forgé, l'odeur était merveilleuse. Pendant la trempe, Shangguan Lüshi gardait les yeux mi-clos, son visage empreint d'une rare douceur. La vapeur s'élevait vigoureusement, l'eau de la bassine chantait tant et plus sans que l'on pût savoir si c'était l'eau ou le fer qui chantait. L'odeur sucrée et âcre du métal s'élevait avec la vapeur et se répandait dans la cour avant de se diffuser plus loin dans la ruelle.

Tout le monde disait que la famille Shangguan vivait au rythme de la femme, tout comme chez Yu les Grandes Paumes. Mais les femmes qui soutenaient ces deux familles étaient bien différentes : Shangguan Lüshi était grande et grosse, d'une force exceptionnelle ; la tante de ma mère était maigrichonne, l'œil vif et la main rapide. La voix de Shangguan Lüshi résonnait chaque fois qu'elle ouvrait la bouche, comme une grosse cloche de bronze dans une église ; quand la tante de ma mère se mettait à parler, sa voix crissait, comme un couteau effilé qui épluche un navet.

Quand elles n'étaient plus stimulées par le soufflet, les flammes dans la forge étaient souples comme un morceau de soie jaune. Dessus ondulaient des fumées à l'odeur de brûlé. Shangguan Shouxi se mettait à bâiller. Avec son petit nez, ses petits yeux, sa petite tête, ses petites mains et ses petits bras, on avait du mal à croire qu'il était bien le fils de ce grand cheval à grosse tête qu'était Shangguan Lüshi. Celle-ci soupirait souvent : Quand la semence n'est pas bonne, même si la terre est fertile, ça ne sert à rien. Elle passa sous son nez pour la renifler la dernière faucille qu'elle venait de sortir de l'eau, comme si elle pouvait juger par son odorat de la qualité de la trempe. Puis elle la jeta à terre, laissa retomber ses épaules et dit avec lassitude : « À table ! »

Tel un petit soldat qui a reçu les ordres d'un grand général, Shangguan Lushi courait de-ci de-là, en remuant à toute vitesse ses petits pieds. Le repas du soir était servi sous le poirier, une lampe-tempête à la lumière jaunâtre accrochée dans l'arbre attirant les papillons de nuit qui se jetaient sur son couvercle en grésillant. Sur la table étaient disposés un plat de gros pains faits avec de la farine mélangée et farcis avec des navets et les os concassés, un bol de soupe de haricots mungos par personne, ainsi qu'une botte de ciboules et un bol de pâte de haricots de soja fraîche. Inquiète, Shangguan Lushi guettait à la dérobée les réactions de sa belle-mère. Si les plats étaient abondants, celle-ci se plaignait de gaspillage et maugréait en faisant la tête ; si les plats étaient trop légers, elle n'y trouvait aucun goût et, s'emportant, jetait bol et baguettes. C'était vraiment dur d'être belle-fillc chez les Shangguan ! Les pains farcis et la bouillie claire fumaient sur la table ; dans cette famille de forgerons qui avaient trimé toute la journée dans le tintamarre de la forge, il régnait à cet instant un calme particulier. Lüshi était assise au centre, flanquée de son mari et de son fils. Lu Xuan'er n'osait pas s'asseoir et restait debout à côté de la table, tête baissée, attendant les ordres de sa belle-mère.

« Tu as nourri les bêtes ?

– Oui, mère.

– Tu as fermé le poulailler ?

– Oui, mère. »

Après avoir avalé une grande gorgée de soupe de haricots mungos, Lüshi émit un gargouillis sonore.

Shangguan Shouxi recracha une esquille d'os et grommela, furieux : « Tout le monde mange des raviolis à la viande de porc, mais nous on mange des pains farcis aux os, comme des chiens…

– Toi, cria Lüshi en frappant violemment la table de ses baguettes, tu crois que tu as le droit de choisir ta nourriture ?

– Il y a tellement de grain dans les corbeilles et d'argent dans l'armoire, à quoi ça sert de les garder ? rétorqua Shangguan Shouxi.

– Le fils dit vrai, appuya Shangguan Fulu, il faut aussi récompenser un peu notre travail.

– Il y a du grain dans les corbeilles et de l'argent dans l'armoire, mais c'est à qui tout ça ? Quand je partirai dans le paradis de l'Ouest les pieds devant, est-ce que j'emporterai ces biens dans mon cercueil ? Est-ce que ce ne sera pas tout à vous ? » cria Lüshi.

Lu Xuan'er restait respectueusement debout, tête penchée, retenant son souffle.

Furieuse, Lüshi se leva et rentra dans la maison en hurlant : « Allez-y, demain faites frire des beignets, faites sauter de la viande, faites cuire des œufs, tuez un poulet, faites des galettes, des raviolis ! N'économisez plus… À quoi ça servirait ? Dans une vie antérieure, la famille Shangguan a dû commettre un crime. Mon fils s'est marié avec une femme qui est plutôt hermaphrodite, elle ne fait que manger sans avoir d'enfants et nous n'aurons pas de descendance. À quoi ça sert d'économiser ? Allez-y, gaspillez tout ! »

Lu Xuan'er éclata en sanglots et se couvrit le visage de ses mains.

Shangguan Lüshi reprit encore plus fort : « Putain, la voilà qui pleure à présent ! Tu as mangé pour rien notre riz pendant trois ans, tu ne nous as pas donné de fils, même une fille tu aurais pu en faire une, mais non, tu ne nous as même pas sorti un pet sonore. À quoi ça sert d'avoir une mangeuse comme toi ? Demain, tu n'as qu'à rentrer chez ta tante. La famille Shangguan ne peut pas voir sa descendance interrompue à cause de toi ! »

Cette nuit-là, Lu Xuan'er pleura jusqu'au lever du jour. Shangguan Shouxi la tourmenta jusqu'à ce qu'elle se retourne et le laisse faire. « Moi je fais tout comme il faut, est-ce que ça ne viendrait pas de toi ? » lui dit-elle en pleurant.

Tout en la chevauchant, Shangguan Shouxi l'injuria : « La poule n'arrive pas à pondre, et la voilà qui s'en prend au coq ! »

Chapitre 58

Après la moisson, à l'approche de la saison des pluies, la règle voulait que la bru rentre chez ses parents passer la période dite de « la canicule[1] ». La plupart des brus mariées depuis plus de trois ans retournaient fièrement chez elles, tirant par la main leur enfant qui savait marcher, un autre en train de téter contre leur poitrine, les seins gonflés bien dressés en avant, avec à l'épaule un sac rempli d'empeignes de chaussures. Lu Xuan'er, elle, était profondément affligée. Son corps portait les traces des blessures que son mari lui avait infligées, les injures de sa belle-mère volaient encore autour de ses oreilles, et elle rentrait chez la tante en faisant grise mine, avec son petit baluchon, les yeux rouges et gonflés. La tante ne pouvait remplacer complètement une mère : bien que Xuan'er eût en elle beaucoup d'amertume, elle devrait la ravaler. Une fois chez la tante, elle devrait s'efforcer de paraître souriante.

La tante avait le regard si perspicace qu'elle perça à jour Xuan'er dès le premier coup d'œil : « Toujours pas ? » demanda-t-elle.

Piquée là où elle avait mal, Xuan'er se mit à verser des larmes qui roulèrent sur sa poitrine comme les perles d'un collier brisé.

La tante poussa un profond soupir : « C'est étrange quand même, dit-elle, depuis plus de trois ans, il devrait se passer quelque chose… »

Au repas, Yu les Grandes Paumes découvrit les bleus sur les bras de Xuan'er et jura : « C'est la République et on ose encore maltraiter sa bru, ça me fout en rage, je vais aller mettre le feu à ce repaire de tortues molles !

1. Période de trente jours comptés à partir du troisième jour suivant le solstice d'été.

– Remplis ta sale gueule de riz et ferme-la ! » lança la tante à son mari en le fusillant du regard.

La nourriture chez la tante était abondante, Xuan'er était affamée, mais elle mangeait avec retenue. Le mari de la tante prit avec ses baguettes une grosse pincée d'œufs de poisson et la déposa dans son bol.

« Pour l'enfant, dit la tante, tu ne peux pas trop en vouloir à ta belle-mère, quand les gens prennent une bru, qu'est-ce qu'ils veulent ? La première chose, c'est qu'elle leur donne une descendance !

– Tu ne m'as pas non plus donné de descendance, dit le mari de la tante, et pourtant est-ce que je ne suis pas très gentil avec toi ?

– Tu arrêtes de m'interrompre, d'accord ? dit la tante. On va faire comme ça : prépare l'âne, mets Xuan'er dessus et emmène-la au district voir un spécialiste des femmes. »

Montée sur l'âne, Xuan'er chevauchait dans la campagne parcourue d'un dense réseau de cours d'eau du canton du Nord-Est de Gaomi. De gros nuages flottaient dans le ciel, entre lesquels les espaces dégagés paraissaient particulièrement bleus. Les cultures d'un vert émeraude et les herbes sauvages poussaient frénétiquement dans les moindres interstices. Les étroits passages étaient presque entièrement ensevelis sous la végétation. Le petit âne courait en se balançant et par moments tendait son museau vers les herbes sur le bord du chemin pour cueillir une fleur bleue. *Petite campanule, gorgée de liqueur bleue, la mariée suit le gendre, ils cheminent, ils cheminent, ils cheminent jusqu'à la nuit tombée, dans un nid d'herbe la nuit ils ont passé. Ils se sont embrassés, se sont serrés, l'année prochaine au monde viendra un petit chien tacheté.* La comptine que l'on chantait dans son enfance se rapprochait puis s'éloignait. Xuan'er sentit monter en elle une peine immense. Le long du chemin, les étangs succédaient aux canaux et les canaux se déversaient dans les marais. D'innombrables bancs de petits poissons se déplaçaient dans les eaux jaune pâle et transparentes. Un martin-pêcheur était perché au sommet d'une herbe, le cou rentré, immobile, puis soudain il se jeta à l'eau comme une pierre, et quand il en ressortit, il tenait dans son bec un poisson brillant. Le soleil brûlait, la terre exhalait de la vapeur d'eau, partout retentissaient les bruits de la croissance des végétaux. Deux libellules qui se mordaient la queue passèrent devant elle en voletant. Deux hirondelles dans le ciel se poursuivaient pour s'accoupler. Sur la route sautaient de petites grenouilles qui venaient de perdre leur queue ; au bout des herbes, il y avait de jeunes sauterelles tout juste écloses. Des levrauts qui venaient de naître suivaient leur mère pour téter dans les fourrés. Des canetons nageaient sur l'eau derrière leur maman. Leurs palmes roses ramaient à la surface, faisant naître une ligne de petites vagues derrière eux… Même les lièvres et les sauterelles étaient capables de procréer, pourquoi pas moi ? Elle ressentit un grand sentiment de vide en elle. Il lui semblait voir la poche où naissent les enfants que possèdent toutes les femmes dans les légendes, qui pendait à son propre bas-ventre, complètement vide, sans rien dedans. Ciel, déesse qui accordez les garçons, je vous en supplie, donnez-moi un fils… Il lui semblait voir le visage blanc comme un gâteau de riz et les yeux bridés très fins de la déesse qui accorde les garçons ; montée sur une licorne verte au corps couvert d'écailles, barbiche au menton, clochette en or au cou ; la tête surmontée d'un nuage rouge, chevauchant un nuage blanc, elle se déplaçait au-dessus des prairies. Déesse, déesse, donnez-moi ce garçon dodu que vous tenez contre votre poitrine, je ferai dix mille prosternations sonores devant vous. Émue par sa propre ferveur, elle se mit à verser de chaudes larmes, elle avait l'impression d'entendre tinter à ses oreilles la clochette d'or de la licorne qui descendait devant elle. La déesse fit passer devant ses yeux le garçon dodu qu'elle tenait contre sa poitrine. La déesse et l'enfant exhalaient un parfum capiteux…

Bien que le mari de la tante eût la quarantaine, il avait le caractère encore très espiègle. Lâchant la bride de l'âne, il le laissa cheminer librement, Xuan'er sur son dos. Lui-même courait de-ci de-là dans les champs au bord du chemin. Il cueillit une poignée de fleurs sauvages et en fit une couronne qu'il posa sur la tête de Xuan'er pour la protéger du soleil. Il poursuivit les petits oiseaux dans les prés, la respiration haletante. Il se glissa dans un fourré où il trouva un melon sauvage gros comme le poing, qu'il donna à manger à Xuan'er. Il l'assura que c'était un melon sucré, mais dès qu'elle eut mordu dedans, il était si amer qu'elle en eut la langue paralysée. Relevant les jambes de son pantalon, il sauta dans l'eau où il attrapa deux insectes gros comme des pépins de pastèque. Il les posa dans le creux de ses paumes, les agita un instant et cria : « Métamorphose ! » Puis il les fit sentir à Xuan'er. « Qu'est-ce que ça sent ? »

Elle secoua la tête pour dire qu'elle ne savait pas. « La pastèque, dit-il. Ce sont des graines de pastèque métamorphosées en vers de pastèque. »

Xuan'er trouvait que le mari de la tante était vraiment un grand enfant, joueur et amusant.

Résultat de la visite chez le spécialiste : Lu Xuan'er ne souffrait d'aucune maladie.

Furieuse, la tante déclara : « Je vais aller régler mes comptes avec les Shangguan ! Manifestement leur fils est un mulet stérile qui tracasse notre Xuan'er ! »

Mais quand la tante arriva à leur porte, elle fit demi-tour.

Une dizaine de jours plus tard, un soir qu'il pleuvait à verse, la tante prépara un somptueux repas et fit chauffer de l'alcool dans le pot d'étain de son mari. Tante et nièce s'assirent face à face. La tante sortit deux tasses à glaçure verte qu'elle posa l'une devant Xuan'er et l'autre devant elle. La lueur chancelante de la bougie projetait son ombre sur le mur du fond. Lorsqu'elle versa l'alcool dans les tasses, Xuan'er vit que sa main tremblait.

« Tante, pourquoi faut-il boire de l'alcool ? demanda-t-elle, un peu inquiète, pressentant qu'il allait se passer un grand événement.

– Pour rien, quand il pleut, c'est triste, nous allons bavarder toutes les deux. » Puis, levant sa tasse, elle l'exhorta : « Allez, bois, ma fille. »

Xuan'er leva aussi sa tasse et regarda craintivement la tante. Elle vit la tasse de celle-ci venir choquer la sienne en tremblant.

Tendant le cou, la tante but d'une traite.

Xuan'er fit de même.

« Ma fille, que comptes-tu faire ? » demanda la tante.

Xuan'er secoua tristement la tête.

La tante remplit à nouveau sa tasse et celle de Xuan'er.

« Ma fille, dit-elle, nous devons nous résigner. Le fils de la famille Shangguan n'est bon à rien, il nous a causé du tort. Souviens-toi, c'est sa famille qui a une dette envers nous, pas le contraire. Ma fille, dans ce monde, nombre de choses grandioses ont été accomplies lampes et feux éteints. Comprends-tu ce que je veux dire ? »

Perplexe, Xuan'er secoua la tête, les deux tasses d'alcool qu'elle venait d'ingurgiter l'avaient déjà grisée.

Le soir même, Yu les Grandes Paumes montait sur le *kang* de Xuan'er.

Lorsqu'elle se réveilla le lendemain matin, elle ressentit un violent mal de tête. Près de son oreille, elle entendit un ronflement sonore. Lorsqu'elle ouvrit les yeux avec difficulté, elle vit le mari de la tante allongé tout nu à côté d'elle. Une de ses grosses mains, telle une paume d'ours, reposait sur un de ses seins. Elle poussa un cri et tira la couverture pour se cacher. Puis elle fondit en larmes. Yu les Grandes Paumes se réveilla et, comme un petit enfant qui a fait une bêtise, sauta du *kang* en tenant ses vêtements et en ne cessant de répéter : « C'est ta tante... c'est elle qui m'a obligé... »

Au printemps de l'année suivante, alors que la fête de la Pure Clarté venait juste de passer, la belle-fille de la famille Shangguan, Lu Xuan'er, mit au monde une fille toute maigrichonne aux yeux noirs. Shangguan Lüshi se prosterna trois fois devant la statue de porcelaine de Bouddha. Soulagée, elle dit : « Grâce soit rendue au ciel, grâce soit rendue à la terre, elle a fini par ouvrir les fesses. Que Bouddha nous bénisse et que l'année prochaine il nous envoie un petit-fils. »

Pleine d'enthousiasme, elle fit cuire des œufs sur le plat et les porta à sa bru. « Allez, mange », lui dit-elle.

Shangguan Lushi regarda avec reconnaissance le grand visage de sa belle-mère, son nez se mit à la piquer et ses larmes coulèrent.

La belle-mère jeta un coup d'œil à la petite fille couchée dans ses langes en vieux tissu. « Il n'y a qu'à l'appeler Laidi ! » dit-elle.

Chapitre 59

La deuxième sœur, Shangguan Zhaodi, était aussi une graine de Yu les Grandes Paumes.

Après la naissance de deux filles, la mine de Shangguan Lüshi n'était pas belle à voir.

Ma mère comprit une vérité cruelle : si une femme ne se marie pas, ça ne va pas ; si, une fois mariée, elle ne met pas un enfant au monde, ça ne va pas non plus ; et si elle ne met au monde que des filles, ça ne va toujours pas. Si elle voulait gagner sa place dans la famille, il lui fallait mettre au monde un garçon.

Le troisième enfant de ma mère fut conçu dans la roselière.

Un jour, alors que Zhaodi avait tout juste un mois, suivant les instructions de Shangguan Lüshi, ma mère était allée à midi ramasser des petits escargots pour nourrir les canards au bord de la roselière située au sud-ouest du village. Ce printemps-là était arrivé un marchand de canards, un étranger au pays, grand et robuste, une veste de toile bleue jetée sur les épaules, des sandales de chanvre aux pieds, qui portait à la palanche deux corbeilles remplies de canetons très doux couleur abricot. Il posa ses paniers dans la grande rue qui passait devant l'église et se mit à crier d'une voix mélodieuse : « Canetons à vendre ! Canetons à vendre ! » Les printemps précédents, il y avait eu des marchands de poussins, d'oisons, mais jamais de marchand de canards. Tout le monde se pressait autour de ses paniers pour admirer ces jolies petites bêtes qui ressemblaient à des boules de velours jaune avec un bec rose. Ils poussaient des petits piaillements et de leurs petites palmes transparentes se déplaçaient maladroitement. « Achetez, achetez, au printemps vous achetez, à l'automne vous payez, et si vous avez un mâle, c'est gratuit. Ce sont des canards de Pékin, ils pondent bien, ils pondront dans l'année, un œuf par jour, et si vous les nourrissez d'escargots et de petites grenouilles, ils en pondront deux par jour, un le matin, un le soir. » Shangguan Lüshi fut la première à acheter dix canards. Il suffit que quelqu'un s'y mette pour que tout le monde en fasse autant, et en un clin d'œil les deux corbeilles furent vendues.

Le marchand fit un tour dans le village et s'en alla. La nuit même, le fils aîné de la résidence de la Vie Heureuse, Sima Ting, fut enlevé et ne fut rendu qu'après versement d'une rançon de plus de mille pièces d'argent. Les gens dirent que le marchand de canards était un comparse des bandits et qu'il avait utilisé cette couverture pour espionner la résidence.

Pourtant, ses canards étaient vraiment de bons canards : au bout de cinq mois seulement, ils étaient gros comme des petits bateaux. Shangguan Lüshi les chérissait comme la prunelle de ses yeux et envoyait chaque jour sa bru ramasser des escargots en espérant que les canes pondraient deux œufs par jour.

Un pot en terre à la main, munie d'une épuisette en métal attachée à un long manche, ma mère marchait dans la direction indiquée par sa belle-mère. Tous les escargots qui vivaient dans les fossés et les étangs près du village avaient déjà été ramassés par les éleveurs de canards. La veille, la belle-mère s'était rendue au marché de Liaolan et, en passant près de la grande roselière, avait vu au bord des étangs une multitude d'escargots en eau peu profonde.

Des canards sauvages au plumage vert nageaient sur la roselière. De leur bec plat comme une pelle, ils avaient dévoré tous les escargots. Ma mère fut déçue et regretta d'être arrivée trop tard. Elle était aussi inquiète, sachant qu'à son retour à la maison, les injures ne manqueraient pas de pleuvoir. Elle avançait le long du petit sentier boueux et tortueux au bord de l'étang en espérant trouver une étendue d'eau où les canards n'auraient pas fouillé, afin d'y ramasser des escargots et de mener à bien la mission que lui avait confiée sa belle-mère. Elle sentit que ses seins étaient gonflés et repensa à ses deux filles laissées à la maison. Laidi commençait tout juste à marcher et Zhaodi n'avait pas encore deux mois. La belle-mère attachait plus de prix à ses dix canards qu'à ses petites-filles. Elles pouvaient pleurer tant qu'elles voulaient, il n'y avait pas le moindre espoir qu'elle les prenne dans les bras. Quant à Shangguan Shouxi, il était difficile de dire que c'était un homme ; au-dehors, il était aussi peu reluisant que de la morve, devant sa mère, il était toujours docile, mais avec sa femme, il était d'une grande cruauté. Il détestait les deux enfants. Chaque fois qu'elle avait subi ses mauvais traitements, ma mère pensait en elle-même furieuse : Espèce de mulet stérile, tu peux me frapper, mais ces deux filles ne sont pas de toi. Si moi, Lu Xuan'er, je mettais au monde mille enfants de plus, ce ne seraient jamais des descendants des Shangguan. Depuis ce qui s'était passé avec Yu les Grandes Paumes, elle avait honte de revoir sa tante, aussi cette année-là, au moment de la canicule, ne rentra-t-elle pas chez eux. Sa belle-mère l'y incita, mais elle dit : « Je n'ai plus de famille du côté de ma mère, où voulez-vous que j'aille ? » Manifestement, la semence de Yu les Grandes Paumes ne convenait pas non plus. Elle pensa qu'il lui faudrait trouver un autre homme pour lui emprunter sa semence. Belle-mère, mari, frappez si vous voulez, injuriez, espérez, j'arriverai à mettre au monde un garçon, mais ce ne sera pas un descendant de votre famille, c'est une guigne pour vous !

Perdue dans ces pensées confuses, elle avançait en écartant les roseaux qui barraient presque entièrement le sentier. Les bruissements dans la roselière et l'odeur puissante des végétaux aquatiques faisaient naître en elle une peur diffuse. Des oiseaux d'eau poussaient leurs croa croa au fond des roseaux, des bouffées de vent passaient à l'extrémité des tiges. Un sanglier au museau allongé lui barra le passage à quelques pas devant elle. Deux longues défenses sortaient des babines de l'animal. Il écarquillait ses petits yeux aux sourcils froncés et la fixait haineusement, tandis que son groin émettait des grognements menaçants. Ma mère eut un sursaut et frissonna involontairement comme si elle venait d'avaler une grande gorgée de vinaigre. Comment ai-je pu me faufiler jusqu'ici ? se demanda-t-elle. Parmi les habitants du canton du Nord-Est de Gaomi, qui ne le savait pas ? Ces dix mille *mu* de roselière éloignés de tout étaient des repaires de bandits, même les troupes à cheval de Wang San Guada, le commandant en chef des maquisards du Shandong, n'avaient pas osé s'y aventurer. Deux ans plus tôt, au moment de l'encerclement des bandits, on avait installé des canons sur la route, mais au bout de quelques coups tirés, on avait battu en retraite.

Lorsque ma mère se hâta de rebrousser chemin, elle s'aperçut que les petits sentiers se mélangeaient tous, effacés par les traces des hommes ou des animaux, et qu'il lui était impossible de distinguer le chemin qu'elle avait emprunté pour venir. Elle se précipita en direction de l'est, puis en direction de l'ouest, et finit par éclater en sanglots, dévorée d'inquiétude. Le soleil dardait ses rayons tels des sabres entre les feuilles de roseaux, et sur le sol, les chaumes accumulés depuis des années exhalaient une odeur de pourriture. Lorsque son pied marcha dans des excréments, bien qu'une puanteur pestilentielle lui montât au visage, elle se sentit rassurée – là où il y a de la merde, il y a des hommes. Elle se mit à crier : Il y a quelqu'un ? Il y a quelqu'un ? Elle entendit sa propre voix rouler dans les champs et se perdre entre les tiges serrées des roseaux. Baissant la tête, elle remarqua que dans les excréments qu'elle avait piétinés, il y avait de gros débris végétaux, et comprit alors que ce n'étaient sûrement pas des excréments humains, mais des crottes de sanglier ou de toute autre bête sauvage. Elle se précipita de nouveau droit devant elle, puis s'assit désespérée par terre et se mit à sangloter bruyamment. Dans son dos, elle sentit quelque chose de froid, comme si un œil glacial l'épiait à travers les roseaux. Elle se retourna vivement, mais hormis l'enchevêtrement des feuilles pointues et des tiges dressées, il n'y avait rien. Un petit souffle de vent se leva dans les champs de roseaux et disparut, ne laissant derrière lui que des bruissements légers et secs. Des oiseaux criaient au fond de la roselière, des cris bizarres, comme si c'étaient des hommes qui les imitaient. Partout était tapi le danger, entre les feuilles ce n'étaient plus que des yeux vert sombre. Des feux follets vert émeraude sautaient sur les feuilles de roseau en scintillant. Son courage fondit, tous les pores de son corps frémirent et ses seins se firent durs comme deux poids de fer. Sa raison l'abandonnait peu à peu, elle se cognait partout, les yeux fermés. Elle courut jusqu'à une mare peu profonde, où elle effraya des nuées de moustiques à la surface, qui formèrent un nuage noir. Ils la piquèrent sans la moindre pitié. Tout son corps était couvert d'une sueur qui les attirait encore plus. Elle avait depuis longtemps perdu son pot de terre et son épuisette. Elle se mit à courir comme une folle en pleurant, ma pauvre mère. Au moment où elle était au bord du désespoir, le Seigneur lui envoya un sauveur. C'était le marchand de canetons.

Il portait sur les épaules un large manteau de paille et sur la tête un grand chapeau conique. Il entraîna ma mère sur une hauteur au fin fond de la roselière. Les roseaux y étaient plus clairsemés. Au milieu, il y avait une grande cabane. Devant la cabane, un feu, et au-dessus du feu, un pot en fer. Du pot montait le parfum d'une bouillie de millet.

L'homme fit entrer ma mère dans la cabane. Elle s'agenouilla et lui dit : « Frère, toi qui as bon cœur, fais-moi sortir d'ici, je suis la belle-fille de la famille du forgeron Shangguan.

– Rien ne presse, dit l'homme en riant, quand on a un hôte rare, il faut bien l'accueillir, n'est-ce pas ? »

Dans la cabane, le sol était couvert d'un plancher où avaient été étalées des peaux de chiens pour éviter l'humidité. L'homme souffla pour l'enflammer sur une poignée d'armoise utilisée pour chasser les moustiques. « Tu as été piquée ? dit-il. Les moustiques par ici peuvent tuer un buffle, à plus forte raison quand on a une peau fine et délicate comme la tienne, belle-sœur. »

La fumée blanche dégagée par l'armoise exhalait une odeur agréable d'herbes médicinales. L'homme prit dans un panier pendu à la poutre faîtière une petite boîte métallique rouge. Il l'ouvrit et en sortit un peu d'onguent orange qu'il passa sur le visage et les mains de ma mère gonflés par les piqûres. Elle sentit une certaine fraîcheur s'insinuer en elle. L'homme tira d'une corbeille un morceau de sucre candi qu'il lui fourra dans la bouche. Ma mère savait bien qu'au milieu de ces champs de roseaux à l'infini, tôt ou tard se passerait ce qui devait se passer entre un homme et une femme. Contenant ses larmes, elle dit : « Frère, fais ce que tu veux, mais je te supplie de me ramener le plus vite possible, à la maison, il y a des enfants qui sont encore au sein… »

Ma mère accueillit docilement cet homme de grande taille. Elle ne sentit ni douleur ni plaisir. Elle souhaitait seulement que ce qu'il sèmerait fût un garçon.

Chapitre 60

Le père de ma quatrième sœur, Shangguan Xiangdi, fut un médecin ambulant.

C'était un jeune homme maigre à la silhouette élancée, avec un bec d'aigle et des yeux de busard. Il parcourait rues et ruelles en agitant une clochette en cuivre et en criant : « Mon grand-père était médecin de l'empereur, mon père tenait une officine de pharmacopée, moi, toute ma vie, j'ai été plongé dans la plus extrême pauvreté, agitant ma clochette, parcourant fleuves et marais. »

Ma mère qui rentrait de la prairie en portant une hotte d'herbes sur le dos vit le médecin ambulant occupé à extirper des insectes des dents d'un vieil homme. Il tenait une petite boîte de métal et avec une pincette noire sortait de la bouche du patient de minuscules insectes blancs. Lorsqu'elle rentra, ma mère raconta la scène à sa belle-mère qui justement souffrait de maux de dents.

Le médecin ambulant demanda à Shangguan Lushi de tenir une lampe pour éclairer la bouche de Shangguan Lüshi. Avec sa pincette, il tira sur la dent et affirma : « Tante, ce n'est qu'une inflammation, il n'y a pas d'insectes. »

Il sortit des aiguilles en argent qu'il piqua sur les mains et les joues de Shangguan Lüshi, puis prit dans son sac à dos un sachet de poudre qu'il lui souffla dans la bouche. En un instant, la douleur disparut.

Le médecin passa une nuit dans la chambre de l'aile est. Le lendemain, il sortit une grande pièce en argent et demanda à louer la chambre pour recevoir ses patients. La belle-mère accepta avec enthousiasme, d'une part parce qu'il lui avait fait passer son mal de dents, d'autre part parce qu'elle avait vu étinceler la pièce de monnaie.

L'art médical de cet homme était réellement excellent.

Yu le Quatrième, gardien de vaches au village, avait un furoncle au cou qui ne guérissait pas de longue date. Quoi qu'il fît, le furoncle suppurait et déclenchait des démangeaisons insupportables. Le médecin l'examina et affirma : « Furoncle en courbe, facile à guérir. Allez chercher une bouse de vache fraîche et appliquez-la sur la plaie. »

Tout le monde crut qu'il plaisantait.

« Maître, dit Yu le Quatrième, s'amuser d'un malade, c'est offenser le ciel et nuire à la raison.

– Si tu me fais confiance, dit le médecin, va chercher de la bouse fraîche, sinon, va voir quelqu'un d'autre. »

Le lendemain, Yu le Quatrième revenait avec un gros poisson pour remercier le maître. Il expliqua qu'il avait appliqué de la bouse de vache sur le furoncle, que des démangeaisons terribles avaient commencé, mais qu'en un instant de petits insectes noirs étaient sortis et que les démangeaisons s'étaient calmées. Après plusieurs applications, la plaie s'était cicatrisée.

« Vous êtes un vrai magicien ! dit Yu le Quatrième.

– Ton furoncle, expliqua le médecin, était un furoncle de bousier. Lorsqu'un bousier voit une bouse de vache, comment pourrait-il ne pas sortir ? »

Dès lors, la réputation du médecin se répandit comme une traînée de poudre ; il resta trois mois chez les Shangguan. Chaque mois, il payait ponctuellement son loyer ainsi que les frais de nourriture, et ses relations avec la famille étaient très bonnes.

Shangguan Lüshi se renseigna auprès de lui sur la façon de mettre au monde des garçons ou des filles.

Le médecin établit une prescription pour Shangguan Lushi : mélanger et faire cuire dix œufs, de l'huile de sésame et du miel.

« Ce genre de médicament, moi aussi, je veux bien en prendre », dit Shangguan Shouxi.

Ma mère nourrissait d'excellents sentiments pour ce médecin un peu sorcier. Elle se glissa dans la chambre de l'est et lui révéla la situation de son mari, incapable de procréer.

Le médecin lui confia : « Les insectes, je les mets à l'avance dans ma petite boîte. »

Quand il fut sûr que ma mère était bien enceinte, il prit congé de tous et s'en alla. Au moment de partir, il donna à Shangguan Lüshi tous les revenus qu'il avait tirés de ses talents de médecin et la salua comme sa marraine.

Chapitre 61

Un soir au souper, Shangguan Lushi laissa échapper de ses mains un bol qui se cassa. Elle entendit résonner dans sa tête une sorte de bourdonnement et comprit au fond de son cœur que le moment des ennuis était arrivé.

Depuis la naissance de sa quatrième fille, le ciel au-dessus de la famille Shangguan était chargé d'épais nuages. Sa belle-mère arborait un visage aussi dur qu'une lame de faucille que l'on vient de retirer du seau de trempe, prête à voler pour couper la tête à quelqu'un.

Il ne s'agissait absolument plus de « garder la chambre un mois après l'accouchement ». À peine s'était-elle occupée de l'enfant, alors que du sang frais coulait encore entre ses jambes, qu'elle avait entendu sa belle-mère frapper à la fenêtre avec les pincettes à feu. « Tu as réussi, c'est ça ? jura violemment Shangguan Lüshi. Tu crois que tu as réussi parce qu'en écartant ton c… puant tu as pu mettre au monde quelques filles, c'est ça ? Et tu voudrais encore que je te serve en t'apportant quatre plats et huit bols ? À la bonne jeune fille pleine d'éducation de la famille de Yu les Grandes Paumes ! Tu parles d'une bru ! Je trouve que tu ressembles plutôt à ma belle-mère ! Dans une vie antérieure, j'ai certainement tué un bœuf et blessé la raison du ciel, à présent je dois payer ! J'ai vraiment dû perdre la tête, devenir aveugle, le suif a recouvert mon cœur, un fantôme en a obstrué les orifices, pour être allée chercher une aussi bonne épouse pour mon fils ! » Frappant sur la fenêtre avec ses pincettes, elle continuait à crier : « Je te parle ! Qu'est-ce qui te prend de faire semblant d'être sourde et muette ?

– J'ai entendu… dit ma mère d'une voix étouffée.

– Si tu as entendu, qu'est-ce que tu as à traîner comme ça ? Ton beau-père et ton mari sont en train de battre le grain sur l'aire, ils manient le balai et la pelle, et ils ont tellement à faire qu'ils voudraient se partager en quatre, et toi, tu es comme une jeune madame qui ne descend plus du *kang*, confortablement installée sur de l'or et de l'argent ! Si tu arrivais à mettre au monde un bébé avec une petite queue, je t'apporterais à deux mains une cuvette en or pour te laver les pieds ! »

Ma mère changea de pantalon, se couvrit la tête d'une serviette sale, jeta un regard au bébé maculé de traces de sang, essuya de sa manche son visage couvert de larmes et, sur ses jambes molles comme du coton, s'efforçant de supporter sa vive douleur, sortit dans la cour. Le soleil aveuglant du cinquième mois de l'ancien calendrier l'empêcha d'ouvrir les yeux. Avec la louche, elle puisa dans la jarre de l'eau fraîche qu'elle but goulûment. Autant mourir, pensa-t-elle. Si je vis, je suis punie, autant me faire du mal jusqu'à mourir ! Dans la cour, la belle-mère était en train de pincer avec ses pinces à feu noires une cuisse de Shangguan Laidi. Shangguan Zhaodi et Shangguan Lingdi écarquillaient les yeux de frayeur et se tenaient recroquevillées au pied d'un tas de foin. Elles restaient silencieuses et semblaient vouloir faire disparaître leurs petits corps sous le foin. Laidi criait comme un cochon qu'on égorge tandis que son corps chétif remuait sur le sol. « Je vais te faire crier ! Vas-y ! » hurlait méchamment Shangguan Lüshi et, ses deux mains serrées sur les pinces avec la force exceptionnelle qu'elle avait acquise en forgeant des années durant, elle pinçait Laidi sans répit.

Ma mère se précipita et s'accrocha aux bras de Shangguan Lüshi en la suppliant et en pleurant : « Mère, c'est une enfant, elle ne comprend pas, épargnez-la… Pincez-moi si vous voulez… » Elle tomba mollement à genoux devant sa belle-mère. Furieuse, celle-ci jeta la pince à terre, resta un instant interdite puis se mit à pleurer en se frappant la poitrine : « Ciel ! Ciel ! elle va me rendre folle !… »

Quand ma mère finit par atteindre l'aire de battage, Shangguan Shouxi l'injuria en la frappant aux chevilles avec le manche de sa fourche : « Espèce d'ânesse paresseuse, comment ça se fait que tu n'arrives que maintenant ? Tu veux me faire mourir de fatigue ? »

Ma mère était si faible sur ses jambes que, s'appuyant sur la fourche, sans le vouloir, elle se retrouva assise par terre. Elle entendit son mari rôti par le soleil comme un poulet gronder contre elle de sa voix éraillée : « Ne fais pas semblant de mourir, relève-toi pour retourner le grain ! »

Il jeta devant elle la fourche en bois de mûrier et partit clopin-clopant se mettre à l'ombre d'un sophora. Elle vit son beau-père jeter lui aussi sa fourche. Il insultait son fils : « Espèce d'enculé, si tu arrêtes, moi aussi, est-ce que ce grain serait à moi tout seul ? » Le beau-père alla s'installer sous l'arbre. Quand ils se disputaient, père et fils ne ressemblaient pas à un père et à son fils, mais plutôt à deux frères au mauvais caractère.

« J'arrête de travailler ! dit le fils. Il vaut encore mieux manger de la farine grossière à tous les repas que de battre autant de grains.

– Si toi tu manges de la farine grossière à tous les repas, fit le père, est-ce que moi, au moins, j'arriverai à manger de la farine raffinée ? »

À entendre cette dispute entre le père et le fils, ma mère sentit monter en elle une immense tristesse. Chez les Shangguan, cette année-là, la récolte de blé avait été excellente, sur l'aire de deux *mu* de circonférence était étalée une épaisse couche d'épis. L'odeur des grains qui séchaient lui montait au nez. La bonne récolte apportait toujours de la joie aux paysannes, pourquoi fallait-il qu'elle, elle baigne dans une eau aussi amère que la gentiane ? Prenant appui sur ses mains, elle se releva difficilement. Lorsqu'elle se pencha pour ramasser la fourche, elle faillit s'évanouir. Une fois debout, appuyée sur le manche, elle eut encore l'impression que le ciel bleu et la terre jaune étaient deux roues gigantesques qui tournaient sur un axe incliné et que son propre corps penchait aussi, près de tomber. Son bas-ventre la faisait cruellement souffrir, son utérus qui venait de se débarrasser d'une lourde charge se contractait violemment, un liquide froid et fétide coulait sans fin de son vagin en inondant ses cuisses.

Le soleil était brûlant, c'était comme si une couche de feu chauffé à blanc embrasait la terre. L'eau qui était restée dans les épis et les tiges de blé partait joyeusement en vapeur ; s'efforçant de réprimer ses violentes douleurs, ma mère piqua les épis à la fourche et les retourna pour les aider à sécher plus vite. « Sur la houe, il y a de l'eau ; sur le manche de la fourche, il y a du feu. » Elle se rappela les mots de sa belle-mère. Celle-ci avait mille et dix mille défauts, mais elle continuait à être une femme qui jouissait d'un grand prestige au village. Toujours équitable en affaires, perspicace, férue de justice, et bien que chez elle, elle fût économe jusqu'à l'avarice, généreuse pour son voisinage. Elle forgeait le fer à la perfection, et pour les activités agricoles, que ce soit aux champs ou sur l'aire de battage, elle savait s'y prendre. Ma mère trouvait que, face à sa belle-mère, elle ressemblait à un petit lapin domestique entre les pattes d'un lion. Elle la craignait, la haïssait et l'admirait. Belle-mère, pardonnez-moi ! Dans un bruissement incessant, tels des petits poissons d'or, les épis glissaient lourdement entre les dents de la fourche et les grains qui s'en détachaient retombaient en crépitant. Une sauterelle verte à la tête en pointe et aux longues antennes, apportée avec les épis, ouvrit ses élytres roses et vola sur sa main. Ma mère regarda les yeux à facettes, tel un jade, du petit insecte si fin et son ventre coupé en deux par la faucille. Avec la moitié du ventre en moins, elle pouvait encore vivre, voler, cette force vitale opiniâtre l'émut, elle agita son poignet pour la faire s'envoler, sans résultat. Sentant les petites pattes agripper sa peau, elle ne put retenir un soupir. Lui revint à l'esprit le moment où elle avait conçu en cachette sa deuxième fille, Zhaodi, dans la cabane des champs de pastèques chez sa tante, tandis que le vent frais venant de la rivière d'Encre soufflait jusque dans la pièce. Dans les champs, parmi les feuilles d'un gris argenté, reposaient de grosses pastèques à la peau violacée. À cette époque, Laidi tétait encore. Des nuées de petites sauterelles, elles aussi avec des élytres roses, volaient dans de grands bruissements d'ailes tout autour de la cabane. Le mari de sa tante, Yu les Grandes Paumes, à genoux devant elle, se frappait douloureusement la tête en disant : « Je suis tombé dans le piège tendu par ta tante, je ne pourrai jamais retrouver la paix, je ne suis plus un homme, Xuan'er, prends ce couteau et fends-moi en deux ! » Pleurant à chaudes larmes, le mari de la tante lui désigna le couteau à pastèques à la lame brillante, posé sur le sol. Le cœur de ma mère était assailli de mille sentiments. Elle tendit la main avec hésitation et caressa la tête rasée du mari de la tante. « Oncle, dit-elle, je ne t'en veux pas, c'est eux qui m'ont… forcée à en arriver là… » Sa voix se fit soudain plus aiguë et elle s'exclama à l'adresse des pastèques toutes rondes à l'extérieur de la cabane – comme à des spectatrices : « Écoutez donc ! Riez donc ! C'est toujours la même chose chez les être humains : si je me comporte en femme chaste, je suis frappée, injuriée, renvoyée chez moi ; si je vole sa semence à un homme, alors je deviens une parfaite honnête femme. Oncle, mon bateau un jour ou l'autre versera, si ce n'est pas dans le fossé de chez les Zhang, ce sera dans la rivière de chez les Li. Oncle ! ajouta-t-elle en riant froidement, ne dit-on pas qu'"on ne verse pas son purin dans le champ des autres" ? » Un peu affolé, l'oncle se releva, mais, comme une femme en colère, elle descendit brusquement son pantalon…

Sur l'aire de battage de la résidence de la Vie Heureuse, quatre grands mulets tiraient en rond un gros rouleau. Faisant claquer son fouet, un garçon de ferme criait après les bêtes. Là-bas, ce n'étaient que hennissements des animaux et cris des hommes, vibrations du rouleau et crissement des sabots sur les épis, tous ces sons se mêlaient dans la lumière du soleil de midi tandis que les épis dorés étaient retournés en vagues étincelantes par les sabots des mulets. Ici, sur l'aire de battage de la famille Shangguan, elle était seule à travailler, le dos inondé de sueur. Les épis craquaient tant ils étaient secs, une simple étincelle qui serait tombée dessus aurait provoqué un grand incendie. C'était vraiment le bon moment pour battre le blé, le ciel était aussi brillant qu'un fourneau. Les sophoras sur les bords de l'aire laissaient pendre leurs feuilles. Le père et le fils Shangguan étaient assis à l'ombre, respirant la bouche grande ouverte, un chien allongeait sa langue rose à l'angle du mur en ruine et haletait lui aussi. Ma mère sentit que son corps se couvrait d'une sueur froide collante et fétide. Elle avait la gorge en feu. Mal à la tête, la nausée, les veines de son crâne battaient à tout rompre, comme près d'exploser. Elle avait l'impression d'avoir toute la partie inférieure du corps comme de la bourre de coton plongée dans une jarre d'eau, impossible à bouger tellement elle était pesante. Bien décidée à mourir sur l'aire de battage, elle continuait à travailler avec une détermination étonnante, allez, retourne, retourne ! Toute l'aire était traversée d'éclairs dorés, les épis ressemblaient à des millions et des millions de petits poissons argentés frétillants qui se déplaçaient en masse, bien en ordre. Et aussi à des millions et des millions de serpents qui dansaient frénétiquement. Tandis qu'elle retournait le blé, un sentiment de détresse agitait son cœur. Ouvre les yeux, Seigneur ! Voisins de gauche et voisins de droite, ouvrez grand les yeux ! Regardez comment la belle-fille de la famille Shangguan, qui vient juste d'accoucher, le corps encore couvert de sang, est déjà sur l'aire de battage à retourner le blé, la tête sous un soleil de plomb. Tandis que son beau-père et son mari, ces deux minus, sont assis à l'ombre, à se disputer. Même en consultant les trois mille ans d'histoire impériale, on ne pourrait arriver à trouver mention de jours aussi durs. Elle s'émut tellement elle-même que de grosses larmes se mirent à couler de ses yeux et qu'elle ne put retenir des sanglots sonores. À travers ses larmes, monta entre les épis de blé un nuage de fumée multicolore. Dans le ciel infini retentirent les ding ding d'une clochette en or. Le char du Seigneur s'était mis en route. Orgues à bouche et flûtes jouaient à l'unisson, le dragon d'or conduisait le char et le phénix dansait. La déesse qui accorde les garçons, chevauchant sa licorne, tenait dans ses bras un petit garçon dodu. À l'instant où Shangguan Lushi tombait évanouie sur l'aire de battage, elle vit la déesse lui lancer le bébé, dont le joli petit zizi ressemblait à une boulette de pâte. Le petit garçon se faufila dans son corps en l'appelant maman. Elle s'agenouilla et se mit à crier : « Merci à la déesse, merci à la déesse !... »

Lorsqu'elle se réveilla, ma mère découvrit qu'elle était couchée à l'ombre légère du mur en ruine ; couverte de poussière, elle attirait des nuées de mouches, tel un chien sur le point de crever. Au bord de l'aire, il y avait le gros mulet noir de la famille Shangguan. La belle-mère, Shangguan Lüshi, agitait son fouet pour frapper le père et le fils qui tiraient au flanc. Ces deux trésors, la tête entre les mains, ressemblaient à des chiens abasourdis par les coups, qui aboient en cherchant à les esquiver. La pointe du fouet de la belle-mère leur striait impitoyablement la peau.

« Ne me frappe pas, ne me frappe pas... suppliait le beau-père en se protégeant la tête. Par mes ancêtres, on va y aller, on va y aller !

– Et voilà aussi pour toi, petit bâtard, dit la belle-mère en assénant un coup de fouet à Shangguan Shouxi, je le sais que tu tires au flanc, c'est toujours toi qui donnes l'exemple !

– Maman, ma chère maman, ne me frappe pas, dit Shangguan Shouxi en rentrant le cou, si tu me tues, il n'y aura personne pour s'occuper de toi quand tu seras vieille !

– Et tu crois que je compte sur toi pour t'occuper de moi pendant mes vieux jours ? dit tristement la belle-mère. Pff, certainement que mes os serviront de bois de chauffage, sans que je trouve personne pour m'enterrer. »

Le père et le fils attelèrent maladroitement le mulet et se remirent à battre le grain, l'un appuyé sur le fléau, l'autre tenant la fourche.

Son fouet à la main, Shangguan Lüshi s'avança vers le mur en ruine et dit sur un ton de reproche : « Lève-toi et rentre, ma brave belle-fille, à quoi ça sert que tu restes allongée là ? Tu veux me faire perdre la face à rester comme ça ? Tu veux que les gens disent que ta belle-mère est méchante ? Qu'elle ne traite pas sa belle-fille comme un être humain ? Pourquoi ne rentres-tu pas ? Est-ce que tu voudrais en plus que je fasse venir pour toi un palanquin à huit porteurs pour te ramener à la maison ? Ah, à notre époque, les belles-filles se croient plus importantes que les belles-mères ! Mais je te souhaite de mettre au monde un garçon et comme ça, plus tard, tu pourras goûter au plaisir d'être toi-même une belle-mère ! » Elle se dirigea vers l'aire de battage en bougonnant.

Cette nuit-là, le tonnerre gronda. L'aire était couverte de blé, une année de sueur. Endurant sa douleur, traînant son corps lourd, ma mère alla rentrer la récolte avec les autres membres de la famille. Une pluie glaciale tomba, qui la trempa comme une soupe. Lorsqu'ils eurent terminé de récupérer les grains et qu'elle monta sur le *kang*, elle sentit qu'elle avait déjà atteint la porte du dieu des enfers, les petits diables qui hâtent la mort avaient déjà passé autour de son cou une chaîne qu'ils agitaient en la faisant cliqueter…

Instinctivement, ma mère se pencha pour ramasser le bol cassé et entendit alors sa belle-mère grogner comme un vieux bœuf qui sort de l'eau. D'un coup, quelque chose de lourd lui tomba sur la tête et elle piqua brutalement du nez vers le sol. La belle-mère jeta le pilon à ail couvert de sang et explosa comme un coup de canon : « Casse, casse, casse tout ! De toute façon, il n'y a pas moyen de vivre de façon normale ! »

Ma mère se débattit pour tenter de se relever, mais la belle-mère l'avait frappée derrière la nuque. Un sang chaud coulait le long de son cou. « Mère, cria-t-elle, je ne l'ai pas fait exprès…

– Et tu oses encore répliquer ? dit la belle-mère.

– Mais non, je ne réplique pas. »

La belle-mère jeta un coup d'œil de côté à son fils. « Bon, je ne m'occupe plus de toi ! Shouxi, espèce de bon à rien, porte ta femme sur la table et occupe-toi d'elle ! »

Comprenant ce que voulait dire sa mère, Shangguan Shouxi prit un bâton près du mur et donna à ma mère un coup qui la fit retomber par terre. Puis il leva et abattit plusieurs fois le bâton, la faisant se rouler sur le sol. Shangguan Lüshi encourageait son fils du regard. Shangguan Fulu conseilla : « Shouxi, arrête, arrête, on va avoir des ennuis avec la justice.

– La vie d'une femme ne vaut pas grand-chose, et les femmes, il faut les battre, lança Shangguan Lüshi. Les femmes battues sont dociles, la pâte bien pétrie est meilleure.

– Pourtant, tu me frappes tout le temps… » dit Shangguan Fulu.

Quand il fut fatigué de donner des coups, Shangguan Shouxi jeta le bâton et resta debout sous le poirier à haleter bruyamment.

Ma mère avait les reins et les fesses en bouillie. Elle entendit sa belle-mère l'insulter en fronçant le nez : « Merde alors, quelle saleté ! À peine elle prend quelques coups qu'elle se chie dans le pantalon ! »

Ma mère se souleva sur les bras, s'efforça de relever la tête et, pour la première fois, jura d'une voix méchante : « Shangguan Shouxi, tue-moi… Si tu ne me tues pas, tu n'es qu'un chien… »

À peine eut-elle dit cette phrase qu'elle s'évanouit.

Elle reprit ses esprits au milieu de la nuit et vit en ouvrant les yeux que le ciel était couvert d'étoiles. Sur les bords de la Voie lactée qui traversait les cieux, la comète de 1924 passa en traînant sa queue immense, annonçant aux hommes l'arrivée de temps troublés.

À côté d'elle étaient blottis trois petits animaux chétifs, c'étaient Laidi, Zhaodi et Lingdi, tandis que sa petite Xiangdi pleurait à gorge déployée sur le *kang*. Dans les yeux du nouveau-né et dans ses oreilles remuaient de petits vers qui avaient éclos des œufs déposés par les mouches pendant l'après-midi.

Chapitre 62

Remplie de haine pour la famille Shangguan, ma mère donna son corps à un célibataire, Gao le Gros, du village de Shakouzi, qui vivait en capturant des chiens pour en revendre la viande. Il la souilla pendant trois jours. Gao le Gros écarquillait des yeux de bœuf, retroussait deux lèvres épaisses et, hiver comme été, portait toujours sur le dos une veste de coton si imprégnée de graisse de chien qu'elle lui faisait comme une armure. À sa vue, les chiens les plus féroces passaient le plus loin possible et se mettaient à aboyer en respectant une distance de sécurité. Ma mère avait profité d'une occasion où elle était allée cueillir des herbes médicinales sur la rive nord de la rivière du Dragon pour aller le voir. Il était justement en train de faire cuire du chien quand elle avait fait irruption chez lui. Brutalement, il lui avait dit : « Si vous voulez de la viande de chien, elle n'est pas encore cuite !

– Le Gros, dit ma mère, c'est moi qui vous apporte de la viande. L'autre année, pendant la séance de théâtre, vous m'avez touchée, vous vous en souvenez ou non ? » Gao le Gros rougit. « Aujourd'hui, je suis venue livrer à domicile ! » dit-elle.

Une fois enceinte, ma mère courut au temple de la déesse de la mère situé près de la cabane de chez les Tan où elle brûla de l'encens, se prosterna, fit le vœu de lui offrir toutes ses économies personnelles apportées au moment de son mariage, mais l'année suivante, quand elle accoucha, c'était encore une fille. Et cette fille, c'était Shangguan Pandi.

Que le père de la sixième fille de ma mère, Shangguan Niandi, fût Gao le Gros ou le charmant moine du temple Tianqi, même elle ne le sut que plus tard : c'est seulement à l'âge de sept ou huit ans que Shangguan Niandi prouva l'origine de son sang par son visage ovale, son long nez et ses sourcils allongés.

Ce printemps-là, la belle-mère Shangguan Lüshi attrapa une maladie étrange ; sur son corps, au-dessous du cou, apparurent des squames gris argenté, lui procurant d'insupportables démangeaisons. Pour éviter qu'elle ne se gratte jusqu'à ce que mort s'ensuive, le père et le fils devaient lui ligoter les mains avec une ceinture. Cette femme solide comme un roc était tourmentée par la maladie à en crier nuit et jour ; dans les coins de la cour, sur l'écorce rude du poirier, elle laissait des traces de sang en se grattant. « Ça me démange trop, ça me démange trop ! hurlait-elle. J'ai dû offenser le ciel, j'ai dû offenser le ciel, sauvez-moi, sauvez-moi ! »

Le père et le fils Shangguan étaient toujours aussi indifférents à tout ; la tâche de trouver un médecin pour Shangguan Lüshi retomba sur ma mère. Elle parcourut à dos de mulet tout le canton du Nord-Est de Gaomi et fit venir une dizaine de médecins, de médecine chinoise ou de médecine occidentale. Après avoir examiné Lüshi, certains établissaient une ordonnance et s'en allaient, d'autres s'en allaient sans même l'avoir fait. Ma mère alla ensuite à la recherche d'une sorcière, d'un sorcier, elle se mit en quête de remèdes miracles, d'eau divine, elle essaya tous les moyens, mais la maladie de Shangguan Lüshi ne faisait qu'empirer.

Un jour, Lüshi l'appela près du *kang* et lui dit : « Épouse de Shouxi, sans affection, pas de relation père-fils, sans haine, pas de relation belle-mère-belle-fille. Après ma mort, cette maison reposera entièrement sur toi, eux, le père et le fils, ne sont que des petits ânes qui ne grandiront jamais.

– Mère, ne prononcez pas des paroles de découragement, je viens juste d'entendre dire par le troisième oncle Fan que le moine Zhitong du temple Tianqi au bourg de Madian possède un art consommé de la médecine, je vais aller le chercher.

– Ne dépense pas inutilement de l'argent, répliqua la belle-mère. Je sais d'où vient ma maladie. Alors que je venais juste de me marier, j'ai ébouillanté un chat qui avait volé un poussin pour le manger, j'étais furieuse contre lui et j'ai voulu lui donner une leçon, je n'avais pas pensé qu'il en mourrait, c'est lui qui m'a apporté sa malédiction ! »

À dos d'âne, ma mère parcourut trente lis pour aller jusqu'au temple Tianqi du bourg de Madian voir le moine Zhitong.

Celui-ci avait le visage clair et l'esprit alerte, de beaux yeux soulignés par de fins sourcils, et son corps exhalait un parfum de bois de santal.

Tout en égrenant son chapelet, il conseilla à ma mère, après l'avoir écoutée : « Chère donatrice, moi, pauvre moine, je m'adonne à la médecine au temple, je ne sors jamais en consultation, veuillez retourner chez vous chercher votre belle-mère. »

Ma mère ne put faire autrement que s'exécuter : elle attela la charrette aux roues en bois et retourna au temple avec sa belle-mère.

Zhitong prescrivit deux ordonnances : l'une consistait à faire une décoction à usage interne, l'autre à usage externe. Puis il ajouta : « Si vous ne voyez pas de résultats, inutile de revenir, si vous en voyez, revenez pour une autre ordonnance. »

Ma mère alla à la boutique de pharmacopée chercher les remèdes qu'elle prépara elle-même et servit à sa belle-mère, pleine d'attention. Après que cette dernière eut pris trois fois le remède à usage interne et deux fois celui à usage externe, les démangeaisons cessèrent.

Très heureuse, elle prit de l'argent dans son coffre et demanda à ma mère d'aller remercier le médecin et chercher l'autre ordonnance.

Lorsque ma mère retourna au temple, elle en profita pour consulter auprès de Zhitong afin de savoir pourquoi elle ne mettait au monde que des filles. Peu à peu, leur conversation se fit plus intime. Le moine était un homme affectueux, ma mère espérait avoir un fils, si bien que tous deux s'entendirent à merveille.

Gao le Gros du village de Shakouzi avait pris goût au corps de ma mère et il avait jeté son dévolu sur elle.

Ce soir-là, le soleil se couchait et la pleine lune se levait tandis qu'elle revenait du temple Tianqi à dos de mulet. Alors qu'elle passait dans un champ de sorgho au sud de la rivière d'Encre, Gao le Gros en sortit subrepticement et arrêta le mulet.

« Lu Xuan'er, espèce d'ingrate ! dit-il.

– Le Gros, dit ma mère, j'ai eu pitié de toi, en fermant les yeux, je me suis donnée à toi, n'en demande pas toujours plus.

– Tu ne devrais pas oublier ce qui s'est passé entre nous parce que tu as jeté ton dévolu sur le petit moine !

– Tu dis des bêtises, dit ma mère.

– Tu n'arriveras pas à me tromper, sois gentille avec moi, sinon j'irai proclamer partout dans Gaomi que tu as pris le prétexte de faire soigner ta belle-mère pour avoir des relations illicites avec un moine. »

Ma mère entra dans le champ de sorgho, serrée dans les bras de Gao le Gros…

La maladie de la belle-mère guérit. Mais les rumeurs sur les relations entre ma mère et le moine Zhitong parvinrent jusqu'à ses oreilles.

Quand Shangguan Niandi sortit en vagissant et que la belle-mère vit que c'était encore une fille, elle l'attrapa par ses petites jambes, sans dire un mot, et voulut la noyer dans le seau d'urine.

Ma mère sauta du *kang* et, s'accrochant aux jambes de sa belle-mère, supplia : « Mère, mère, soyez bonne, épargnez-la en échange du temps que j'ai passé à vous servir… »

Brandissant le bébé qui vagissait, la belle-mère demanda d'une voix sourde : « Dis-moi la vérité, l'histoire du moine, c'est vrai ? »

Ma mère hésita.

« Dis-le-moi, est-ce que c'est une bâtarde ? »

Ma mère fit résolument non de la tête.

La belle-mère jeta le nouveau-né sur le *kang*.

Chapitre 63

À l'automne 1935, alors qu'elle était en train de couper de l'herbe sur la rive nord de la rivière du Dragon, ma mère fut violée à tour de rôle par quatre soldats en déroute, armés de grands fusils.

Face à l'eau claire de la rivière, l'idée de mettre fin à ses jours en se jetant dedans lui traversa l'esprit comme un éclair. Mais comme elle s'apprêtait à se précipiter dans le courant en relevant ses habits, elle vit brusquement le beau ciel d'un bleu profond du canton du Nord-Est de Gaomi qui se reflétait dans l'eau. Des nuages d'une blancheur immaculée flottaient dans ce ciel et de petits oiseaux bruns sifflaient joyeusement en passant dessous. Des minuscules poissons au corps transparent remuaient la queue et nageaient à l'ombre des nuages. C'était comme si rien ne s'était passé, le ciel était toujours aussi bleu, les nuages aussi majestueux, aussi paresseux, aussi blancs. Malgré l'existence des autours, les petits oiseaux ne s'arrêtaient pas de chanter, et les petits poissons ne s'arrêtaient pas non plus de nager parce qu'il y avait le martin-pêcheur. Ma mère sentit pénétrer dans son cœur outragé un filet d'air frais. Elle prit de l'eau, lava son visage maculé de larmes et de sueur, remit de l'ordre dans ses vêtements et rentra à la maison.

Au début de l'année suivante, Shangguan Lushi qui n'avait plus enfanté depuis huit ans mit au monde sa septième fille Shangguan Qiudi. Shangguan Lüshi qui avait placé un immense espoir dans cette grossesse ressentit un désespoir absolu. Elle alla en vacillant dans sa chambre et tira du coffre une bouteille d'alcool précieux. Tête relevée, elle la but d'un trait, puis, sous l'effet de la boisson, se mit à sangloter à chaudes larmes. Shangguan Lushi elle aussi était extrêmement triste, elle regarda avec dégoût le petit visage tout fripé de son nouveau-né et pria en silence : Seigneur du ciel, Seigneur du ciel, pourquoi es-tu aussi avare ? Dépense un tout petit peu plus d'argile pour coller un zizi à mon enfant…

Shangguan Shouxi fit irruption dans la pièce, souleva les langes usés pour jeter un coup d'œil et tomba à la renverse. La première chose qu'il fit quand il eut repris ses esprits fut de s'emparer derrière la porte du battoir à linge dont il asséna un grand coup sur la tête de ma mère. Le sang frais gicla contre le mur. Le petit homme fou de colère sortit, hors de lui, et prit dans la forge un morceau de fer rougi au feu qu'il appliqua entre les jambes de sa femme.

Une fumée jaunâtre s'éleva et une odeur de peau brûlée envahit la pièce. Ma mère poussa un hurlement de douleur et roula au bas du *kang*. Son corps tendu comme un arc, elle remuait à terre.

Lorsque Yu les Grandes Paumes apprit la brûlure infligée à Lu Xuan'er, il fit irruption chez les Shangguan un fusil à long canon à la main. Passé la grande porte, sans un mot, il visa la large poitrine de Shangguan Lüshi et tira. Il était dit que la vie de Shangguan Lüshi ne devait pas encore prendre fin, car le coup fit long feu. Le temps que Yu les Grandes Paumes recharge, Shangguan Lüshi s'était réfugiée à l'intérieur de la maison et avait fermé la porte. Yu les Grandes Paumes, dont la colère était loin d'être apaisée, tira un coup de fusil à travers la porte. Dans une formidable explosion, des centaines de plombs creusèrent dans le vantail un trou de la largeur d'un bol. Dans la maison, Shangguan Lüshi poussa un hurlement de frayeur.

Yu les Grandes Paumes ébranla la porte de la crosse de son fusil. Sans un mot, mais en respirant violemment. Son corps gigantesque se balançait comme celui d'un ours. Toutes les filles de la famille Shangguan étaient cachées dans l'aile est d'où elles assistaient au spectacle, terrorisées.

Le père et le fils Shangguan, l'un armé d'une masse en fer, l'autre de pinces de forgeron, avançaient de côté dans la cour pour tâcher de prendre à revers Yu les Grandes Paumes. Shangguan Shouxi se précipita le premier, comme un petit oiseau, et abattit ses pinces sur le dos de Yu les Grandes Paumes qui se retourna en hurlant. Shangguan Shouxi jeta les pinces, il semblait vouloir fuir, mais ses jambes étaient toutes molles ; un petit sourire implorant se dessina sur son visage. « Je vais te tuer, bâtard ! » l'injuria Yu les Grandes Paumes qui le fit tomber en le frappant avec le fusil. Il avait frappé si violemment que l'arme se brisa en deux. Shangguan Fulu se précipita, la masse à la main. Il la leva, mais frappa dans le vide et son corps, déséquilibré par son geste, tituba. Yu les Grandes Paumes lui asséna une claque sur l'épaule et il se retrouva allongé à côté de son fils.

Yu les Grandes Paumes envoya des volées de coups de pied au père et au fils Shangguan. Pour que ses coups aient davantage de force, il bondissait de tout son corps. Contemplant ce « grand oncle », les sœurs Shangguan pensaient qu'il était en train de se livrer à un jeu amusant. Le père et le fils étaient recroquevillés et roulaient sur le sol comme des balles. Au début, leurs cris étaient plus sonores les uns que les autres, mais très vite, ils se turent complètement. Shangguan Shouxi, tel un gros crapaud blessé, avançait à quatre pattes, les fesses en l'air. Yu les Grandes Paumes fit encore voler un coup de pied qui le renversa.

Puis, ramassant la grosse masse de fer encore vibrante, il la souleva très haut et jura en visant la tête de Shangguan Shouxi : « Espèce de salopard, je vais t'éclater la pastèque ! »

À cet instant crucial, ma mère ouvrit la porte et s'approcha en titubant : « Oncle, oncle, dit-elle, ne viens pas te mêler des affaires de ma famille… »

Yu les Grandes Paumes laissa tomber la masse et jeta un regard douloureux à Lu Xuan'er qui ressemblait à un arbre desséché, puis il dit, plein de tristesse : « Xuan'er… tu souffres tant…

– Je suis sortie de la famille Yu, dit ma mère, j'appartiens donc à la famille Shangguan, que je meure ou que je vive, ne t'en occupe plus… »

Le grabuge qu'avait fait Yu les Grandes Paumes mit fin à l'arrogance de la famille Shangguan. Shangguan Lüshi reconnut ses torts et son attitude à l'égard de sa bru s'améliora. Shangguan Shouxi garda au fond de lui un peu de reconnaissance envers sa femme pour l'avoir sauvé *in extremis* et il diminua ses mauvais traitements.

Le bas du corps de ma mère qui avait été brûlé s'infecta et enfla, dégageant une odeur infecte. Sentant qu'elle n'en avait plus pour longtemps, elle déménagea dans l'aile ouest de la maison.

Un matin à l'aube, les cloches de l'église la tirèrent de son sommeil. La grosse cloche sonnait chaque jour, mais ce matin-là elle lui parut particulièrement familière. Le magnifique son cuivré et bourdonnant bouleversa son âme, faisant frémir son cœur comme des rides à la surface de l'eau. Pourquoi n'avais-je jamais entendu ce son ? Qu'est-ce qui bouchait mes oreilles ? pensait-elle silencieusement, oubliant peu à peu la douleur qui traversait son corps. Elle ne sortit de ses pensées profondes que lorsque des rats grimpèrent sur elle et commencèrent à la mordre. Le vieux mulet qui avait été donné en dot par la tante la réconfortait, la stimulait, l'encourageait de son regard affectueux et triste, comme celui d'un vieil homme.

Appuyée sur une canne, traînant son corps en putréfaction, ma mère franchit la porte de l'église, pas à pas, comme si elle gravissait le chemin infini du paradis.

Ce jour-là était justement un dimanche. Le pasteur Maroya, la bible dans les mains, était debout dans sa chaire couverte de poussière et lisait à haute voix un passage de l'Évangile de Matthieu à une dizaine de vieilles femmes assises au-dessous de lui : « Marie, sa mère, ayant été fiancée à Joseph, se trouva enceinte par la vertu du Saint-Esprit, avant qu'ils eussent habité ensemble. Joseph, son époux, qui était un homme de bien et qui ne voulait pas la diffamer, se proposa de rompre secrètement avec elle. Comme il y pensait, voici, un ange du Seigneur lui apparut en songe, et dit : Joseph, fils de David, ne crains pas de prendre avec toi Marie, ta femme, car l'enfant qu'elle a conçu vient du Saint-Esprit ; elle enfantera un fils, et tu lui donneras le nom de Jésus ; c'est lui qui sauvera son peuple de ses péchés. »

En entendant ces mots, ma mère inonda de larmes le devant de sa veste. Elle jeta sa canne et tomba à genoux. Tête levée vers le visage immobile du Jésus en jujubier crevassé sur sa croix, elle dit en pleurs : « Seigneur, j'arrive trop tard… »

Les vieilles femmes regardaient Shangguan Lushi avec étonnement. Sa puanteur leur faisait froncer les narines.

Le pasteur Maroya posa sa bible et descendit de la chaire pour aider Lu Xuan'er à se relever. Ses doux yeux bleus étaient remplis de larmes transparentes. « Ma sœur, je t'attendais », dit-il.

Au début de l'été 1938, dans le bois serré de sophoras des dunes, où toute trace humaine était rare, le pasteur Maroya était pieusement agenouillé à côté du corps en voie de guérison de ma mère et la caressait doucement de sa grande main rouge tremblante. Ses lèvres écarlates et humides remuaient, ses yeux bleus, brillants et pétillants comme de l'eau, se confondaient avec le ciel d'un bleu profond du canton du Nord-Est de Gaomi qui apparaissait entre les fleurs serrées des sophoras. Il murmurait sans cesse : « … ma sœur… ma bonne épouse… ma colombe… ma femme accomplie… tes cuisses sont douces et lisses comme le jade… elles ont été sculptées par un habile artisan… ton nombril est une tasse parfaite, pleine d'un alcool merveilleux… ta taille est un tas de blé ceint de lis… tes seins sont un couple de biches que leur mère a mis au monde ensemble… tes seins sont les fruits qui pendent du palmier… ton souffle a le parfum de la pomme… ta bouche a le goût d'un alcool exquis… je t'aime pour ta beauté ! Quelle joie ! Tu procures un tel bonheur… »

Sous les compliments émouvants de Maroya, sous ses tendres caresses, ma mère sentit son corps s'envoler comme une plume de cygne, s'envoler dans le ciel d'un bleu profond du canton du Nord-Est de Gaomi, s'envoler dans les yeux d'un bleu profond du pasteur Maroya, tandis que le parfum entêtant des fleurs rouges et des fleurs blanches des sophoras déferlait en vagues impétueuses. Quand le sperme frais du pasteur Maroya fut projeté comme une flèche dans son utérus, des larmes de gratitude jaillirent dans ses yeux. Assailli de mille émotions, le couple d'amants au corps couvert d'anciennes cicatrices se mit à crier à pleine voix dans le parfum étouffant des fleurs de sophora :

Emmanuel ! Emmanuel !

Alléluia ! Alléluia…

Amen ! Amen.

A… men…

13 avril 1995, premier manuscrit à Gaomi.
17 juillet 1995, deuxième manuscrit à Pékin.
15 septembre 1995, troisième manuscrit à Pékin.
11 juillet 2001, révisé à Pékin.

RÉALISATION : PAO ÉDITIONS DU SEUIL
IMPRESSION : NORMANDIE ROTO IMPRESSION S.A.S. À LONRAI
DÉPÔT LÉGAL : FÉVRIER 2004. N° 38584 (040045)
IMPRIMÉ EN FRANCE